CB058858

SHŌGUN

*Para dois navegadores, capitães da Armada Real,
que amaram seus navios mais do que
suas mulheres — como era de se esperar deles.*

JAMES CLAVELL

SHŌGUN
A gloriosa saga do Japão

FUNDADOR
Masakazu Shoji

DIRETORA-PRESIDENTE
Luzia Shoji

SUPERINTENDENTE
Marina Shoji

PUBLISHER
Júlio Moreno

EDITORIAL
Gerente: Marcelo Del Greco
Editores: Amanda Sayuri e Marcelo Naranjo
Assistentes de Arte: Douglas Souza, Fernanda Aversa, Giovanni Kawano e Ingride Zippert
Assistentes Editoriais: Jonatas Carmona e Patricia Machado
Revisor de Texto: Henrique Minatogawa

OPERAÇÕES
Encarregado de Produtos: Lucas Malaspina
Coordenadora de Produção Gráfica: Eliana Aragão

ADMINISTRATIVO
Gerente: Iris Souza
Assistente: Maira Lacerda

COMERCIAL
Coordenadora: Daniele Andrade
Encarregados: Rafael Teixeira
Analista: Magda Veloso

COMUNICAÇÃO E MARKETING
Gerente: Edi Carlos Rodrigues
Analista: Karin Kimura
Assistentes: Mariana Rickheim e Richard Silva

TI
Programador: Renato Sakamoto

COLABORADORES DESTA EDIÇÃO
Tradução: Jaime Bernardes
Revisão da tradução: Fábio Bonillo
Revisão de termos japoneses e glossário: Luiz Kobayashi
Ilustrações: Guilherme Match
Design de capa: Gabê Almeida
Diagramação: Abreu's System

SIGA A GENTE NAS REDES SOCIAIS

@EDITORAJBC
WWW.EDITORAJBC.COM.BR

Copyright © 1975 por James Clavell
Copyright da tradução © 2025 por Editora JBC.
Este livro é uma obra de ficção. Os personagens e os diálogos foram criados a partir da imaginação do autor e não são baseados em fatos. Qualquer semelhança com acontecimentos ou pessoas, vivas ou mortas, é mera coincidência. Por conta de seu contexto de época, a obra pode apresentar representações culturais desatualizadas. Contém linguagem adulta, tortura psicológica e física, sexo e violência.

Dados Internacionais de Catalogação na Publicação (CIP)
(Câmara Brasileira do Livro, SP, Brasil)

Clavell, James, 1921-1994
Shogun : a gloriosa saga do Japão / James Clavell ; [ilustrações Guilherme Match ; tradução Jaime Bernardes ; revisão da tradução Fábio Bonillo ; revisão de termos japoneses e glossário Luiz Kobayashi]. -- São Paulo : Japorama Editora e Comunicação, 2025.

Título original: Shogun
ISBN 978-65-5594-761-8

1. Romance inglês I. Match, Guilherme. II. Bernardes, Jaime. III. Bonillo, Fábio. IV. Kobayashi, Luiz. V. Título.

25-256606   CDD-823

Índices para catálogo sistemático:
1. Romances : Literatura inglesa 823
Eliane de Freitas Leite - Bibliotecária - CRB 8/8415

A Editora JBC é uma divisão da Editora Schwarcz S.A

SHŌGUN (ISBN 978-65-5594-761-8) é uma publicação da Editora JBC.
É proibida a reprodução total ou parcial de textos e ilustrações por qualquer meio, sem autorização dos responsáveis. Todos os direitos reservados.

Dustjacket Cover art © 2023 FX. All Rights Reserved.

NOTA DO AUTOR

GOSTARIA DE AGRADECER A TODOS NA ÁSIA, NA EUROPA E AQUI – OS VIVOS E os mortos – que me ajudaram a tornar este romance possível.

– Montanha Lookout, Califórnia.

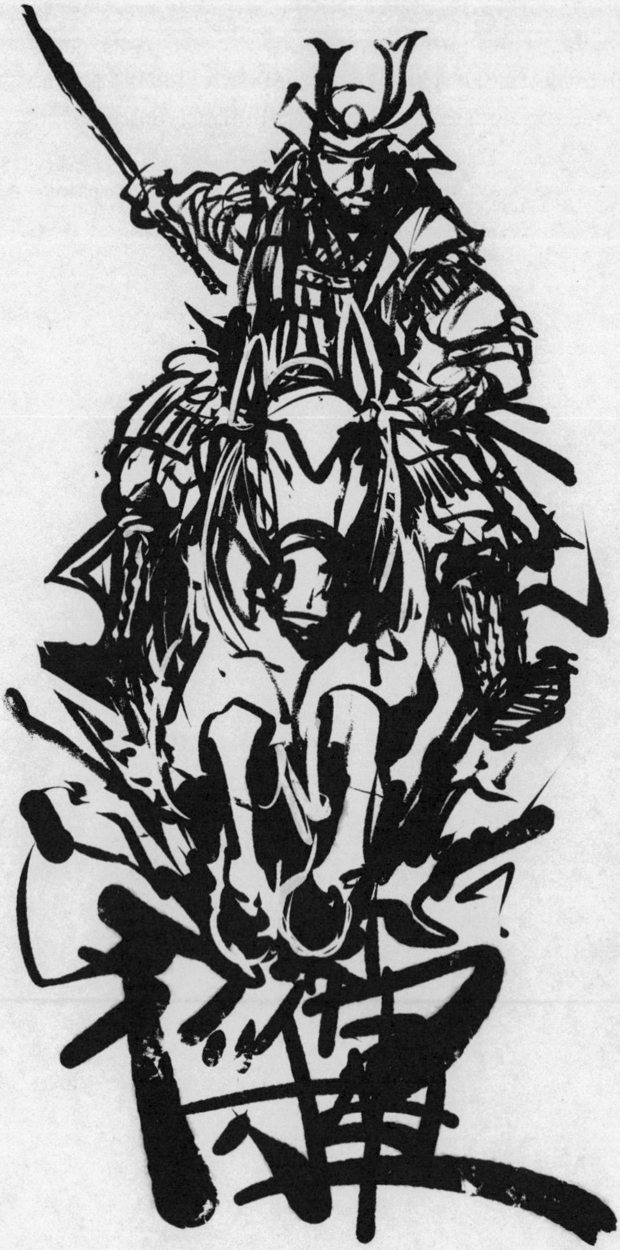

PRÓLOGO

A VENTANIA FUSTIGAVA-O COM VIOLÊNCIA E ELE SENTIA A SUA MORDIDA BEM fundo, sabendo que se não acostassem dentro de três dias morreriam todos. São mortes demais numa viagem só, pensou. Sou o piloto-mor de uma armada morta. Restou um de cinco navios. E restaram 28 de uma tripulação de 107 homens. Agora apenas dez conseguem andar e o resto está para morrer, o capitão-mor entre eles. Não há comida, quase não há água, e a que há é salobra e cheia de lodo.

O seu nome era John Blackthorne. Estava só no convés, não contando com o vigia no bico da proa – Salamon, o mudo –, que se protegia do furor do vento, a sotavento, olhando ansiosamente o mar à sua frente.

O navio se abateu lateralmente, empurrado por uma forte e inesperada rajada de vento, e Blackthorne segurou-se no braço da cadeira de convés, amarrada perto do timão, no tombadilho, até que a embarcação se endireitasse, com os costados rangendo. Era a belonave mercante *Erasmus*, de 260 toneladas, um veleiro de três mastros, proveniente de Roterdã, armado com vinte canhões. O único navio sobrevivente da primeira armada expedicionária enviada da Neerlândia para acabar com o inimigo no Novo Mundo. Foram os primeiros navios holandeses a violar os segredos do estreito de Magalhães. Quatrocentos e noventa e seis homens, todos voluntários. Todos holandeses, com exceção de três ingleses – dois pilotos e um oficial. As suas ordens eram saquear as possessões espanholas e portuguesas no Novo Mundo e incendiá-las; estabelecer concessões regulares de comércio; descobrir novas ilhas no oceano Pacífico que pudessem servir como bases permanentes e reivindicar o território para a Neerlândia; e, dentro de três anos, voltar para casa.

A Neerlândia protestante estava em guerra com a Espanha católica havia mais de quatro décadas, combatendo para se livrar do jugo de seus odiados senhores espanhóis. A Neerlândia, ou Países Baixos, às vezes chamada também de Holanda, ou Terra dos Holandeses, ainda era legalmente parte do império espanhol. A Inglaterra, a única aliada, o primeiro país da cristandade a romper com a corte papal em Roma e a tornar-se protestante mais de setenta anos antes, também estava em guerra com a Espanha, nos últimos vinte anos, e se aliara abertamente aos holandeses havia uma década.

O vento soprava cada vez mais forte e o navio reagia com dificuldade. Estava navegando sem velas, os mastros nus, exceto pelo joanete, próprio para esse tipo de tempestade. Ainda assim, a maré e a borrasca impeliam-no com força rumo ao horizonte escurecido.

Há mais tempestade por lá, disse Blackthorne para si mesmo, e mais recifes, e mais bancos de areia. E mares desconhecidos. Bom. Enfrentei o mar a vida toda e sempre venci. Vou vencer sempre.

O primeiro piloto inglês a passar pelo estreito de Magalhães. Sim, o primeiro – e o primeiro a singrar essas águas asiáticas, não considerando alguns bastardos portugueses ou espanhóis sem mãe, que pensam ainda que são os donos do mundo. O primeiro inglês naqueles mares...

Tantos primeiros, sim. E tantas mortes para merecê-los.

De novo provou o vento, cheirou-o, mas não havia indício de terra. Perscrutou o oceano, mas este estava sombrio e ameaçador. Nada de algas flutuando, nem mancha parda a dar sinal de algum banco de areia. Viu a crista de um outro recife, ao longe, a estibordo, mas isso não lhe dizia muita coisa. Fazia agora um mês que esses afloramentos os ameaçavam, mas nem um vislumbre de terra. Esse é um oceano sem fim, pensou. Bom. É para isso que você foi treinado – navegar em mares desconhecidos, fazer mapas deles e voltar para casa. Há quantos dias longe de casa? Um ano, onze meses e dois dias. O último desembarque, no Chile, 133 dias à popa, do outro lado do oceano, chamado Pacífico, que Magalhães cruzara pela primeira vez oitenta anos antes.

Blackthorne estava faminto e tinha a boca e o corpo doídos por causa do escorbuto. Forçou os olhos para examinar a bússola e o cérebro para calcular a posição aproximada. Uma vez que a situação estivesse registrada no seu portulano – o seu manual do mar –, ele estaria a salvo nesta mancha de oceano. E, se ele estivesse a salvo, seu navio também estaria, e então, juntos, poderiam encontrar o Japão, ou até o rei Preste João, cristão, e seu império dourado, que, segundo a lenda, estava situado ao norte de Catai, onde quer que Catai ficasse.

E com a minha parte das riquezas velejarei de novo, rumo oeste, para casa, sendo o primeiro piloto inglês a circum-navegar o globo, e jamais abandonarei o lar novamente. Nunca mais. Pela cabeça do meu filho!

Um golpe de vento interrompeu o seu devaneio. Tinha que ficar acordado. Dormir agora seria tolice. Você nunca acordará desse sono, pensou, e esticou os braços para relaxar os músculos das costas com cãibras e estreitou mais a capa junto ao corpo. Viu que as velas estavam ajustadas e o timão amarrado com segurança. O vigia do gurupés estava acordado. Então, quase inconscientemente, afundou na cadeira e rezou por terra à vista.

– Vá para baixo, piloto. Se quiser, fico com este turno de vigia. – O terceiro imediato, Hendrik Specz, estava se içando para o convés, o rosto pálido de cansaço, os olhos encovados, a pele amarelada e com pústulas. Encostou-se pesadamente contra a bitácula para se firmar, sentindo certa ânsia de vômito. – Cristo seja louvado, maldito o dia em que saí da Holanda!

– Onde está o imediato, Hendrik?

– No beliche dele. Não pode sair do beliche de *scheit voll*. E não sairá, pelo menos antes do dia do Juízo Final.

— E o capitão-mor?

— Gemendo por comida e água. — Hendrik cuspiu. — Disse-lhe que vou assar um capão para ele e o levarei numa bandeja de prata, com uma garrafa de conhaque para ajudar o frango a descer. *Scheit-huist! Coot?*

— Cale essa boca!

— Vou me calar, piloto. Mas ele é um imbecil empestado de vermes. Morreremos todos por causa dele. — O jovem teve ânsias e cuspiu um catarro mosqueado. — E que Jesus Cristo louvado me ajude!

— Vá para baixo. Volte ao amanhecer.

— Há um fedor de morte lá embaixo — reagiu Hendrik, sentando-se pesadamente na outra cadeira de convés. — Se não se importa, prefiro ficar de vigia. Qual é a rota?

— Para onde o vento nos levar.

— Onde está a terra que nos prometeu? Onde está o Japão, onde está, pergunto eu?

— Em frente.

— Sempre em frente! *Gottinhimmel*, não fazia parte das nossas ordens navegar para o desconhecido. Nesta altura já devíamos estar de volta em casa, a salvo, de barriga cheia, não à caça do fogo de santelmo.

— Vá para baixo ou cale essa boca!

Tristemente, Hendrik desviou o olhar do homem alto e barbado ao seu lado. Onde estamos agora?, queria perguntar. Por que não posso ver o portulano secreto? Mas sabia que não se fazem essas perguntas a um piloto, particularmente a esse. Só gostaria, pensou, de estar tão forte e saudável como quando parti da Holanda. Aí, não iria esperar. Esmagaria agora os seus olhos azul-acinzentados e acabaria com esse seu sorriso irônico de enlouquecer e o mandaria para o inferno, que é o que ele merece. Aí eu seria capitão-piloto e teríamos um holandês comandando o navio — não um estrangeiro — e os segredos seriam guardados para nós. Porque logo estaremos em guerra contra você, inglês. Queremos a mesma coisa: dominar o mar, controlar todas as rotas de comércio, dominar o Novo Mundo e estrangular a Espanha.

— Talvez o Japão não exista — resmungou Hendrik, de repente. — É uma lenda, *Gottbewonden*.

— Existe. Entre as latitudes 30 e 40 norte. Agora cale essa boca ou vá lá para baixo.

— Lá embaixo só existe a morte, piloto — resmungou Hendrik, olhando em frente e deixando a vista vaguear pelas águas do mar.

Blackthorne mudou de posição na sua cadeira de convés, o corpo doendo mais hoje. Você tem mais sorte do que a maioria, pensou, mais sorte do que Hendrik. Não, nada de mais sorte, você é mais cuidadoso. Guardou as suas frutas, enquanto os outros consumiam as deles sem maiores preocupações. Apesar das suas advertências. Por isso, agora o seu escorbuto ainda continua brando, enquanto os outros têm hemorragias constantes, diarreia, os olhos injetados e lacrimejantes, e já perderam os dentes ou os têm soltos nas queixadas. Por que será que os homens nunca aprendem?

Sabia que todos tinham medo dele, até o capitão-mor, e que os homens, na sua maioria, o odiavam. Mas isso era normal. Era o piloto quem comandava no mar. Era ele quem determinava a rota e dirigia o navio. Era ele quem os levava de porto em porto.

Qualquer viagem, hoje, era perigosa, porque as poucas cartas de navegação que existiam eram tão vagas que se tornavam praticamente inúteis. E não havia absolutamente nenhum modo de determinar a longitude.

– Descubra como determinar a longitude e você será o homem mais rico do mundo – dissera-lhe seu velho professor, Alban Caradoc. – A rainha, que Deus a abençoe, lhe dará 10 mil libras e um ducado pela resposta ao enigma. Os portugueses comedores de bosta lhe darão mais: um galeão de ouro. E os espanhóis enjeitados lhe darão 20! Se não houver terra à vista, você estará sempre perdido, mocinho. – Caradoc fizera uma pausa, abanando lentamente a cabeça, como sempre fazia. – Você está perdido, mocinho. A menos que...

– A menos que tenha um portulano! – exclamara Blackthorne alegremente, sabendo que aprendera bem a lição. Estava com treze anos nessa altura e já fazia um ano que era aprendiz de Alban Caradoc, piloto e construtor naval, que se transformara no pai que ele perdera, e que nunca lhe batera, mas ensinara, a ele e aos outros rapazes, os segredos da construção naval e da intimidade com o mar.

Um portulano era um livrinho que continha a observação detalhada de um piloto *que estivera lá antes*. Registrava percursos por bússolas magnéticas entre portos e cabos, promontórios e canais. Assentava a sondagem, profundidades e cor da água e a natureza do leito do mar, continha o *como-chegamos-lá-e-como-de-lá-voltamos*: o tempo das tempestades e o de ventos propícios; onde querenar o navio e onde se abastecer de água; onde havia amigos e onde havia inimigos; bancos de areia, recifes, marés, céus; *tudo* o que era necessário para uma viagem segura.

Os ingleses, os holandeses e os franceses tinham portulanos para as suas próprias águas, mas as águas do resto do mundo tinham sido navegadas apenas por capitães de Portugal e Espanha, e esses dois países consideravam secretos todos os portulanos. Portulanos que revelavam os caminhos marítimos do Novo Mundo ou elucidavam os mistérios do estreito de Magalhães e do cabo da Boa Esperança – ambos descobertos pelos portugueses –, e, desse modo, os caminhos marítimos para a Ásia eram guardados como tesouros nacionais por portugueses e espanhóis e procurados com igual ferocidade pelos inimigos holandeses e ingleses.

Mas a qualidade do portulano dependia de quanto fora bom o piloto que o escrevera, do escriba que o copiara à mão, do raríssimo impressor que o imprimira ou do acadêmico que o traduzira. Um portulano podia, por isso, conter erros.

Até erros intencionais. Um piloto nunca sabia nada com certeza *até que estivesse lá pessoalmente, no lugar.* Pelo menos uma vez.

No mar, o piloto era o líder, o único guia, o juiz final do navio e da tripulação. Sozinho, comandava do tombadilho.

Isso é inebriante, disse Blackthorne para si mesmo. E, uma vez provado, era para não ser esquecido nunca, ser procurado sempre e sempre necessário. É uma das coisas que mantêm a gente viva, enquanto outros morrem.

Levantou-se e aliviou as suas necessidades nos embornais. Mais tarde a areia esgotou-se na ampulheta ao lado da bitácula. Virou-a e tocou o sino do navio.

— Você consegue ficar acordado, Hendrik?

— Sim. Sim, acho que sim.

— Mandarei alguém para substituir o vigia na proa. Olhe bem para que ele fique ao vento e não a sotavento. Isso o manterá atento e desperto. — Por momentos, pensou se não seria melhor virar o navio contra o vento e ficar à deriva durante a noite, mas decidiu manter a rota, desceu para a gaiuta e abriu a porta do castelo de proa. O caminho levava até ao dormitório da tripulação. A cabine se estendia por toda a largura do navio, e havia beliches e espaços de redes para 120 homens. O calor envolveu-o, ele se sentiu grato por isso e ignorou o mau cheiro sempre presente, vindo dos porões. Nenhum dos mais de vinte homens se moveu em seu beliche.

— Vá para cima, Maetsukker — disse em holandês, a "língua franca" dos Países Baixos, que ele falava perfeitamente, assim como o português, o espanhol e o latim.

— Estou às portas da morte — disse o homenzinho de feições astutas, encolhendo-se mais fundo no beliche. — Estou doente. Olhe, o escorbuto levou todos os meus dentes. Que Jesus nos ajude, vamos todos morrer! Não fosse por você, estaríamos todos em casa agora, a salvo! Sou um mercador. Não sou marujo. Não faço parte da tripulação... Pegue outro homem. Johann está... — Deu um berro quando Blackthorne o arrancou do beliche e o arremessou contra a porta. A sua boca ficou salpicada de sangue, e ele, completamente atordoado. Um pontapé brutal no flanco fez com que saísse da letargia.

— Coloque a cara contra o vento e fique lá em cima até morrer ou até que desembarquemos.

O homem abriu a porta com um puxão e fugiu agoniado.

Blackthorne olhou para os outros, que retribuíram o olhar, observando fixamente a sua figura.

— Como está se sentindo, Johann?

— Ainda bastante bem, piloto. Talvez eu sobreviva.

Johann Vinck tinha 43 anos, artilheiro-chefe e imediato do contramestre, o homem mais velho a bordo. Estava sem cabelos e sem dentes, da cor de um carvalho envelhecido e igualmente forte. Seis anos antes navegara com Blackthorne na malfadada busca da passagem nordeste, e os dois conheciam bem a capacidade um do outro.

– Na sua idade, a maioria dos homens já morreu, de modo que você está à frente de todos nós. – Blackthorne tinha 36.

Vinck sorriu melancolicamente.

– É o conhaque, piloto, isso mais a fornicação e a vida santa que levei.

Ninguém riu. Um deles, porém, apontou para um beliche.

– Piloto, o contramestre morreu.

– Então levem o corpo para cima! Lavem-no e fechem-lhe os olhos! Você, você e você!

Desta vez os homens saltaram rápido dos beliches e, juntos, foram arrastando e carregando o cadáver para fora da cabine.

– Pegue o quarto do amanhecer, Vinck. E, Ginsel, você vai ser o vigia de proa.

– Sim, senhor.

Blackthorne voltou ao convés.

Viu que Hendrik ainda estava acordado, que o navio estava em ordem. O vigia substituído, Salamon, cambaleou à sua frente, mais morto do que vivo, os olhos inchados e vermelhos por causa do vento. Blackthorne atravessou o convés até a outra porta e desceu. O passadiço levava à grande cabine na popa, que era o alojamento e o paiol do capitão-mor. A sua cabine ficava a estibordo, e a outra, a bombordo, geralmente se destinava aos três imediatos. Agora era compartilhada por Baccus van Nekk, o chefe dos mercadores, Hendrik, o terceiro imediato, e o rapaz, Croocq. Estavam todos muito doentes.

Dirigiu-se para a cabine grande. O capitão-mor, Paulus Spillbergen, estava deitado, semiconsciente, no beliche. Era um homem pequeno, corado, antes muito gordo, mas agora muito magro, a pele da barriga despencando frouxamente em dobras. Blackthorne pegou uma garrafa com água de uma gaveta secreta e ajudou-o a tomar um pouco.

– Obrigado – disse Spillbergen, sussurrando. – Onde está a terra? Onde está a terra?

– À nossa frente – replicou o outro, já sem acreditar nisso. Depois guardou a garrafa, fechou os ouvidos aos lamentos e partiu, sentindo que o ódio pelo capitão se renovava.

Havia quase exatamente um ano tinham chegado à Terra do Fogo, com ventos favoráveis à travessia do desconhecido estreito de Magalhães. Mas o capitão-mor ordenara um desembarque para procurar ouro e riquezas.

– Jesus Cristo, olhe para terra, capitão-mor! Não há tesouros nesses ermos.

– A lenda diz que a região é rica em ouro, e podemos reivindicar a terra para a nossa gloriosa Holanda.

– Os espanhóis já estão aqui com força total há cinquenta anos.

– Talvez. Mas talvez não tanto ao sul, piloto-mor.

– Neste sul remoto as estações são invertidas. Maio, junho, julho e agosto são de inverno rigoroso. O portulano diz que a época é crítica para atravessar o estreito. Os ventos mudam dentro de poucas semanas, depois teremos que ficar aqui, e o inverno aqui dura meses.

– Quantas semanas, piloto?

– O portulano fala em oito. Mas as estações não são sempre iguais...

– Então vamos explorar por umas duas semanas. Isso nos dará tempo suficiente, e depois, se necessário, iremos para o norte novamente e vamos saquear mais algumas cidades, hein, cavalheiros?

– Temos que tentar agora, capitão-mor. Os espanhóis têm muito poucos navios de guerra no Pacífico. Digo que temos que ir em frente agora.

Mas o capitão-mor ignorara os seus avisos e submetera o assunto à votação dos outros capitães – não dos outros pilotos, um inglês e três holandeses –, e fora realizar infrutíferas incursões de pilhagem em terra.

Os ventos mudaram cedo naquele ano e eles tiveram que passar o inverno por lá. O capitão-mor estava com medo de seguir para o norte por causa das armadas espanholas. Passaram-se quatro meses até que pudessem velejar. Nessa altura, 156 homens haviam morrido de inanição, frio e corrimento nasal, e os outros estavam comendo as peles de bezerro que cobriam os cordames. As terríveis tempestades dentro do estreito dispersaram a esquadra. O *Erasmus* foi o único navio que apareceu no local de encontro, ao largo do Chile. Esperaram um mês pelos outros e depois, com os espanhóis se aproximando, zarparam rumo ao desconhecido. O portulano secreto se detinha no Chile.

Blackthorne voltou pelo corredor e destrancou a porta da sua cabine, trancando-a de novo atrás de si. A cabine era de vigas baixas, pequena e arrumada, e ele teve que se curvar ao cruzá-la para se sentar à sua escrivaninha. Abriu com a chave uma das gavetas e desembrulhou a última das maçãs que guardara com todo o cuidado e consumira comedidamente por todo o caminho desde a ilha Santa Maria, ao largo do Chile. A fruta estava murcha, minúscula, com bolor na parte estragada. Cortou um quarto. Havia alguns vermes dentro. Comeu-os junto com a polpa, atento à velha lenda do mar de que os vermes de maçã eram exatamente tão eficazes contra o escorbuto quanto a própria fruta, e que, esfregados nas gengivas, ajudavam a impedir que os dentes caíssem. Mastigou devagar: os dentes doíam e as gengivas estavam sensíveis e inflamadas. Depois tomou uns goles de água do odre de vinho. Tinha um gosto insalubre. Em seguida embrulhou o resto da maçã e fechou-o à chave.

Um rato correu entre as sombras marcadas pela lanterna de óleo, pendurada por cima da cabeça de Blackthorne. Os costados do navio rangiam agradavelmente. E as baratas enxameavam no chão.

Estou cansado. Estou muito cansado.

Deu uma olhada no beliche. O colchão de palha, comprido e estreito, estava convidativo.

Estou tão cansado.

Vá dormir uma hora, disse a sua outra metade diabólica. Por dez minutos que sejam, e você estará revigorado por uma semana. Há dias que você só dorme algumas horas, na maior parte lá em cima, ao frio. Você tem que dormir. Dormir. Eles contam com você...

— Não vou dormir agora, durmo amanhã — disse ele em voz alta, e fez força com a mão para destrancar o baú e tirar o portulano. Viu que o outro, em português, estava seguro e intacto, e isso o deixou contente. Pegou numa pena limpa e começou a escrever: "12 de abril de 1600. Quinta hora. Crepúsculo, 133o dia desde a ilha Santa Maria, no Chile, grau 32 norte da linha de latitude. Mar ainda alto, vento forte e o navio mastreado como antes. Cor do mar de um monótono cinza-esverdeado e insondável. Ainda estamos correndo com o vento num curso de 270 graus, virando para nor-noroeste, avançando rapidamente cerca de duas léguas, cada uma de três milhas, por hora. Grandes recifes em forma de triângulo foram avistados a meio grau de longitude, apontando para nordeste em direção norte, a meia légua de distância.

"Três homens morreram de escorbuto à noite: Joris, veleiro, Reiss, artilheiro, e o segundo imediato, De Haan. Depois de encomendar-lhes as almas a Deus, visto que o capitão-mor ainda está doente, lancei-os ao mar sem mortalhas, pois não havia ninguém para fazê-las. Hoje o contramestre Rijckloff morreu.

"Não pude medir o desvio do sol ao meio-dia de hoje, novamente por causa da nebulosidade. Mas imagino que ainda estejamos na rota e que o desembarque no Japão ocorra logo..."

— Mas quão logo? — perguntou à lanterna que pendia acima de sua cabeça, oscilando com o jogo do navio. Como fazer uma carta? Deve haver um modo, disse ele para si mesmo pela milionésima vez. Como determinar a longitude? Deve haver um modo. Como conservar os vegetais frescos? O que *é* o escorbuto?...

— Dizem que é uma secreção do mar, rapaz — dissera Alban Caradoc, que era um homem generoso, de ventre avantajado, com uma barba grisalha, encaracolada.

— Mas não se pode ferver as verduras e conservar o caldo?

— Estragam, mocinho. Ninguém jamais descobriu um modo de conservá-las.

— Dizem que Francis Drake vai zarpar em breve.

— Não, você não pode ir, menino.

— Tenho quase catorze anos. Você deixou Tim e Watt se engajarem, e Drake precisa de pilotos aprendizes.

— Eles têm dezesseis anos. Você só tem treze.

— Dizem que ele vai tentar atravessar o estreito de Magalhães, depois subir a costa para a região inexplorada, para as Califórnias, a fim de encontrar os estreitos de Amian, que unem o Pacífico ao Atlântico. Das Califórnias para a Terra Nova e para a passagem noroeste finalmente...

— A *suposta* passagem noroeste, mocinho. Ninguém ainda comprovou essa lenda.

— Ele fará isso. É almirante agora e seremos o primeiro navio inglês a atravessar o estreito de Magalhães, o primeiro no Pacífico, o primeiro. Nunca terei outra chance como essa.

— Oh, sim, terá, e ele nunca violará o segredo do caminho de Magalhães, a menos que possa roubar um portulano ou capturar um piloto português para guiá-lo. Quantas vezes eu preciso lhe dizer: um piloto tem que ter paciência. Aprenda a ter paciência, menino. Você tem...

— Por favor?

— Não.

— Por quê?

— Porque ele ficará fora dois, três anos, talvez mais. Os fracos e os jovens ficarão com a pior comida e com o mínimo de água. E, dos navios que vão, só o dele retornará. Você nunca sobreviveria, menino.

— Então vou me engajar apenas para o navio dele. Sou forte. Ele me aceitará!

— Ouça, menino, estive com Drake no *Judith*, o seu navio de cinquenta toneladas, em San Juan de Ulua, quando nós e o almirante Hawkins, que estava no *Minion*, abrimos caminho à força para fora da enseada por entre os espanhóis comedores de bosta. Estávamos comerciando escravos da Guiné para a Nova Espanha, na costa norte da América do Sul e regiões adjacentes no mar das Caraíbas, mas não tínhamos licença espanhola para o comércio e eles enganaram Hawkins e armaram uma cilada para a nossa esquadra. Eles tinham treze navios grandes, nós, seis. Afundamos três dos deles, e eles nos afundaram o *Swallow*, o *Angel*, o *Caravelle* e o *Jesus of Lübeck*. Oh, sim, Drake conseguiu nos arrancar da emboscada e nos trouxe para casa. Com onze homens a bordo para contar a história. Hawkins tinha quinze. Era o resto de 408 excelentes lobos do mar. Drake é inclemente, menino. Quer glória e ouro, mas só para si, e muitos homens morreram para provar isso.

— Mas eu não vou morrer. Serei um dos...

— Não. Você será aprendiz por doze anos. Tem mais dez pela frente, depois está livre. Mas até lá, até 1588, vai aprender a construir navios e a comandá-los, obedecendo a Alban Caradoc, mestre construtor naval, piloto e membro da Trinity House, ou nunca obterá a sua licença. E, se não tiver a licença, jamais pilotará qualquer navio em águas inglesas, nunca comandará o tombadilho de qualquer navio inglês em quaisquer águas, porque essa foi a lei do bom rei Harry, Deus conserve a sua alma. Foi lei da grande prostituta Maria Tudor, que a sua alma esteja no inferno, é lei da rainha, que ela possa reinar para sempre, é lei da Inglaterra, e é a melhor lei marítima que jamais existiu.

Blackthorne lembrou-se de como odiara então o seu mestre, odiara a Trinity House, o monopólio criado por Henrique VII em 1514 para o treinamento e licenciamento de todos os pilotos e mestres ingleses, e odiara os seus doze anos de semiescravidão, sem os quais sabia que nunca conseguiria a única coisa no mundo que realmente queria. E odiara Alban Caradoc ainda mais quando, para glória eterna de Drake, este e a sua corveta de cem toneladas, a *Golden Hind*, voltaram miraculosamente à Inglaterra após desaparecerem por três anos, o primeiro navio inglês a circum-navegar o globo, trazendo a bordo o saque mais rico jamais trazido para aquelas praias: um incrível milhão e meio de libras esterlinas em ouro, prata, especiarias e moedas.

Que quatro dos cinco navios se tivessem perdido, e que oito em cada dez homens tivessem perecido, e que Tim e Watt não tivessem voltado, e que um piloto português capturado houvesse conduzido a expedição por conta de Drake através do estreito de Magalhães para o Pacífico não lhe diminuiu o ódio. Que Drake tivesse enforcado um oficial, excomungado o capelão Fletcher e fracassado na tentativa de encontrar a passagem noroeste não diminuiu a admiração nacional por ele. A rainha tomou 50% do tesouro e o sagrou cavaleiro. A pequena nobreza e os comerciantes que haviam levantado o dinheiro para a expedição receberam 300% de lucro e suplicaram para financiar a sua próxima viagem de corsário. E todos os marujos imploraram para navegar com ele, porque ele realmente conseguia fazer pilhagens valiosas, sempre voltava para casa, e, com a parte de cada um no butim, os poucos felizardos que sobrevivessem estariam ricos para a vida inteira.

Eu teria sobrevivido, disse Blackthorne para si mesmo. Teria. E, depois, a minha parte do tesouro teria sido suficiente para...

– *Rotz vooruiiiiiiiit!* Recife à frente!

De imediato, ele mais sentiu do que ouviu o grito. Depois, junto com os uivos da ventania, ouviu de novo o grito, quase um gemido.

Saiu da cabine, subiu a gaiuta até o tombadilho, o coração palpitando, a garganta seca. Já era noite escura, chovia torrencialmente e ele, por um momento, exultou, pois sabia que os coletores de chuva, de lona, feitos havia tantas semanas, logo estariam transbordando. Abriu a boca à chuva quase horizontal e provou-lhe a doçura, depois voltou as costas às rajadas de vento e chuva.

Viu que Hendrik estava paralisado de terror. O vigia, Maetsukker, agachado perto da proa, gritava incoerentemente, apontando para a frente. Então também ele olhou pela proa do navio e em frente.

O recife estava a menos de duzentos metros de distância, grandes garras negras, atacadas pelo mar faminto. A linha espumante de rebentação se estendia a bombordo e a estibordo, quebrada intermitentemente. O temporal levantava imensas faixas de espuma e as atirava contra a escuridão da noite. Uma adriça de vante rompeu-se e o topo do mastro mais alto e imponente rebentou. O mastro estremeceu na base, mas aguentou, e o mar continuou empurrando o navio inexoravelmente para a morte.

– Todas as mãos no convés! – berrou Blackthorne, tocando o sino com violência.

O barulho arrancou Hendrik do seu estupor.

– Estamos perdidos! – gritou em holandês. – Oh, que Deus nos acuda!

– Chame a tripulação para o convés, seu bastardo! Você estava dormindo! Vocês dois estavam dormindo! – Blackthorne empurrou-o na direção da gaiuta, agarrou-se ao timão, soltou a amarra de fixação dos seus raios, amarrou-se e girou o timão com dificuldade para bombordo.

Teve que aplicar toda a sua força para obrigar o leme a girar contra a corrente. O navio inteiro estremeceu, depois a proa começou a girar com rapidez cada vez maior à medida que o vento a forçava a abrir passagem para o lado. E logo eles estavam navegando paralelamente às ondas e aos ventos. Os joanetes da proa enfunaram e, corajosamente, estavam conseguindo carregar todo o peso do navio. E todas as cordas aguentaram o esforço, rangendo. O mar elevava-se acima deles e já estavam avançando paralelamente ao recife quando Blackthorne viu uma enorme onda avançando. Berrou um aviso aos homens que estavam chegando do castelo de proa e agarrou-se à roda do leme para salvar a vida.

O mar se abateu sobre o navio, lateralmente. O casco adernou. E Blackthorne pensou que o fim chegara. Mas o barco se sacudiu como um cachorro molhado e voltou para fora da depressão. A água saía em cascatas através dos embornais, enquanto o piloto tentava respirar, encher de novo os pulmões. Viu que o cadáver do contramestre, colocado no convés para sepultamento no dia seguinte, se fora. E que a onda seguinte se aproximava ainda mais alta. A onda apanhou Hendrik e o levantou, ele lutando e tentando respirar. E levou-o para o lado e para o mar. Veio outra onda, que avançou por cima do convés. Blackthorne passou um braço pelos raios do timão e as águas passaram por ele. Hendrik estava cinquenta metros a bombordo. A retração da água tragou-o, depois uma onda gigantesca atirou-o acima do navio, manteve-o lá por um instante, gritando, depois o levou, reduziu-o a pasta contra a crista de um rochedo e devorou-o.

O navio enfiou o nariz mar adentro, tentando avançar. Outra adriça cedeu e a roldana e o guincho giraram furiosamente, até se enroscarem com o cordame.

Vinck e um outro homem se arrastaram pelo tombadilho e se debruçaram sobre o timão, para ajudar. Blackthorne podia ver o recife intruso a estibordo, mais perto agora. À frente e a bombordo havia mais afloramentos, mas ele viu brechas aqui e ali.

– Suba, Vinck! Traquetes, *ho!*

Em passadas pequenas, mas seguras, Vinck e dois marujos se arrastaram para os ovéns do cordame do mastro de proa, enquanto outros, embaixo, se inclinavam sobre as cordas para ajudá-los.

– Atenção à frente! – berrou Blackthorne.

O mar espumava ao longo do convés. Levou outro homem e trouxe o cadáver do contramestre novamente para bordo. A proa elevou-se fora da água e foi abaixo mais uma vez, trazendo mais água para bordo. Vinck e os outros homens conseguiram soltar das cordas a vela que se enroscara. Abruptamente, ela enfunou, com estrondo, quando o vento a inflou, e o navio deu uma guinada.

Vinck e seus ajudantes ficaram pendurados no ar, balançando sobre o mar, e só depois começaram sua descida.

– Recife, recife à frente! – berrou Vinck.

Blackthorne e outro homem giraram o timão para estibordo. O navio hesitou, depois virou e soltou um guincho quando os rochedos, ligeiramente à flor da água, lhe encontraram o costado. Mas foi um golpe oblíquo, e a ponta do rochedo esfacelou-se, os costados permaneceram ilesos e os homens a bordo recomeçaram a respirar mais uma vez.

Blackthorne viu uma brecha no recife à frente e dirigiu o navio para ela. O vento estava mais forte agora, o mar mais furioso. O navio balançava conforme as rajadas e as ondas. E o timão escapou-lhe das mãos, mas juntos, ele e o marujo, logo o agarraram de novo e restabeleceram a rota. O navio se sacudiu e girou como bêbado. O mar inundou o convés e irrompeu contra o castelo de proa, esmagando um homem contra o tabique. E o deque inferior ficou inteiramente alagado, tanto quanto o de cima.

– Homens às bombas! – gritou Blackthorne, vendo dois homens descerem.

A chuva fustigava-lhe o rosto e ele mantinha os olhos meio fechados por causa da dor. As luminárias da bitácula e da popa tinham se apagado havia muito tempo. Depois, quando outra rajada atirou o navio para mais longe de sua rota, o marujo escorregou e novamente o timão lhe escapou das mãos. O homem guinchou quando um raio do leme lhe bateu na cabeça e o prostrou à mercê do mar. Blackthorne puxou-o para cima e segurou-o até que o vagalhão espumante passasse. Então viu que o homem estava morto e jogou-o numa cadeira de convés, até que a onda seguinte o varreu para longe.

O corte através do recife estava três pontos a barlavento e, por mais que tentasse, Blackthorne não conseguia alcançá-lo. Procurou desesperadamente outro canal, mas sabia que não havia nenhum, de modo que deixou o navio virar para sotavento, momentaneamente, para ganhar velocidade. Depois virou-o de novo com dificuldade para barlavento. A embarcação conseguiu entrar na rota certa e manteve o curso.

Houve um estremecimento lamentoso e atormentado à medida que a quilha raspava pelas espinhas rochosas no fundo, e todos a bordo imaginaram o madeirame de carvalho a se romper e ver a água do mar entrar. O navio agora estava avançando sem controle.

Blackthorne gritou e pediu ajuda, mas ninguém escutou as suas palavras e, assim, teve de se agarrar sozinho ao timão, enfrentando o mar. A certa altura, foi jogado para longe, mas voltou, se arrastando, e segurou o timão de novo, ao mesmo tempo que questionava a sua mente, cada vez mais lenta, acerca de como o leme tinha aguentado até então.

No gargalo da passagem, o mar agitava-se num redemoinho só, gerado pela tempestade e pelo curral das rochas. Ondas enormes batiam contra os recifes e voltavam, então, contra a onda seguinte, até que todas se debatiam umas contra as outras e atacavam de todos os lados e orientações da bússola. O navio era sugado pelo vórtice, por todos os lados, indefeso.

– Estou me cagando para você, tempestade! – gritava Blackthorne, raivoso. – Solte as suas garras de merda do meu navio!

O timão se soltou novamente e o atirou para trás, enquanto o navio voltava a adernar, ferido. O mastro de gurupés, espetado na frente da proa, bateu numa rocha e se partiu, levando consigo uma parte do cordame, mas a embarcação se endireitou de novo. O mastro de vante, com o joanete, vergava que nem um arco, estalando. Os homens no tombadilho atiravam-se aos cordames com machados para cortar as amarras pendentes, enquanto o navio continuava avançando raivosamente pelo canal. Também conseguiram cortar o mastro, que tombou para o lado e foi levado na enxurrada, arrastando consigo mais um homem, apanhado no emaranhado caótico das correntes. O coitado ainda gritou, vítima da cilada, mas não havia nada que pudesse ser feito. E os homens que ficaram viram o corpo e o mastro aparecerem e desaparecerem ao longo do navio. E, depois, nunca mais.

Vinck e os outros que ficaram para trás olharam depois para a popa e viram Blackthorne enfrentando a tempestade como um louco. Fizeram o sinal da cruz e insistiram nas suas preces, alguns chorando de medo, todos receando por suas vidas.

O canal alargara-se por um instante e o navio diminuiu a velocidade, mas na frente voltou a estreitar-se, ameaçador, e as rochas pareciam crescer e tombar sobre todos. A corrente ricocheteava de um dos lados, levando o navio com ela, endireitava-o mais uma vez e de novo o jogava para o que parecia a perdição final.

Blackthorne parou de amaldiçoar a tempestade e agarrou-se ao timão jogando o navio para bombordo e aguentando-se na posição, os seus músculos retesados e endurecidos pelo esforço. Só que o navio já não obedecia ao leme nem o mar tomava conhecimento dele.

– Vire, seu filho da puta! – gritou ele, sufocado, suas forças se esgotando rapidamente. – Ajudem-me!

A corrida do mar se acelerou e ele sentiu o coração quase a rebentar, mas ainda assim continuava lutando contra a pressão da água. Tentou manter os olhos atentos, mas a visão ficou andando à roda, as cores se misturando e esvanecendo. O navio continuava no gargalo do canal, já morto; mas de repente a quilha raspou no fundo, num baixio de lama. O choque desviou a proa, o leme mordeu o mar, e então o vento e o mar se juntaram para ajudar e, juntos, empurraram a belonave para a frente, a toda a velocidade, através do canal. E para a segurança. Para a baía salvadora.

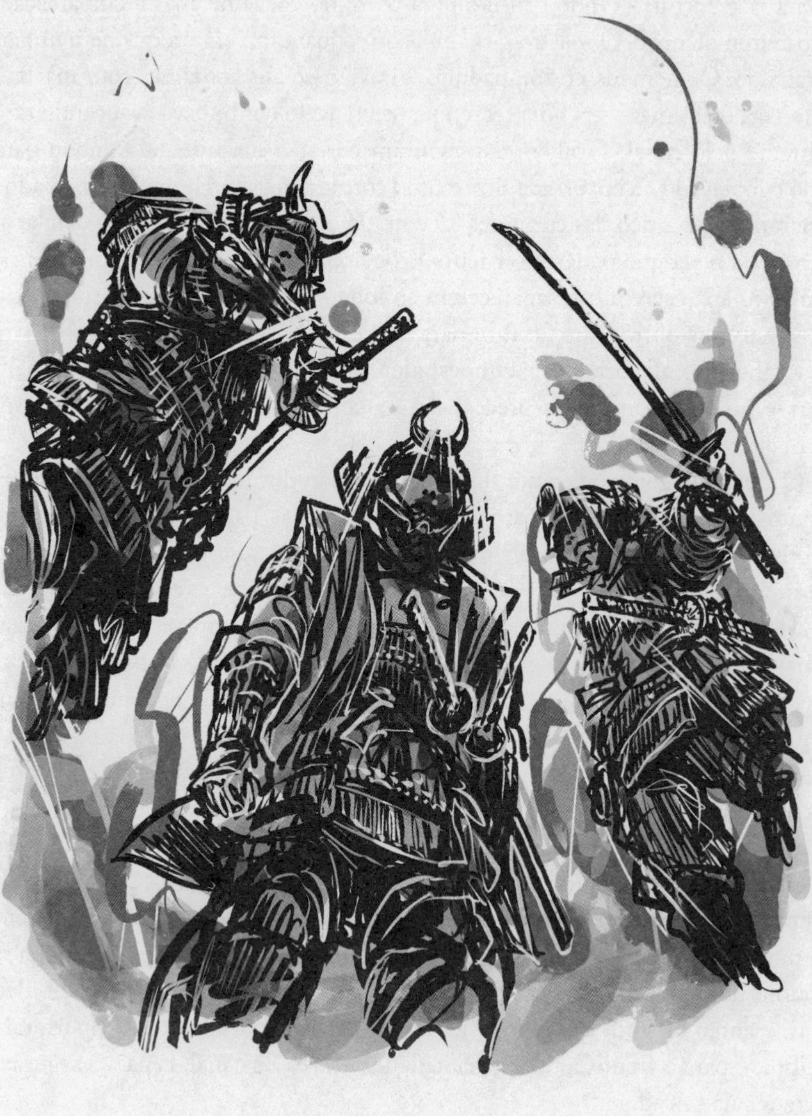

LIVRO UM

CAPÍTULO 1

BLACKTHORNE ACORDOU REPENTINAMENTE. POR UM INSTANTE PENSOU ESTAR sonhando, pois se encontrava em terra firme e num quarto incrível. Pequeno, muito limpo e coberto de esteiras macias. Estava deitado num espesso acolchoado, com outro atirado por cima do corpo. O teto era de cedro polido e as paredes, de ripas de cedro, em quadrados, revestidas com um papel opaco que tornava a luz suave e agradável. Ao lado dele havia uma bandeja vermelha com tigelinhas. Uma delas continha legumes cozidos frios, que ele devorou avidamente, quase sem notar o sabor picante. Outra continha uma sopa de peixe, e ele a tomou de um trago. Outra ainda estava cheia de um mingau grosso de trigo ou cevada, que ele devorou rapidamente, comendo com os dedos. A água numa cuia de formato curioso estava morna e com um gosto estranho – levemente amargo, mas saboroso.

Então notou o crucifixo no nicho.

Esta casa é espanhola ou portuguesa, pensou, contrariado. Isto será o Japão ou o Catai?

Deslizando, um painel da parede se abriu. E, ajoelhada ao lado da porta, havia uma mulher de meia-idade, atarracada, rosto redondo, curvando-se e sorrindo. Tinha a pele dourada, os olhos pretos e estreitos e o longo cabelo negro habilmente arrumado no alto da cabeça. Vestia um quimono de seda cinza, meias soquetes brancas com uma sola grossa e uma larga faixa púrpura na cintura.

– *Goshujin-sama, gokibun wa ikaga desu ka?* – disse ela. E ficou esperando, enquanto ele a fitava inexpressivamente. E, em seguida, disse a mesma coisa mais uma vez.

– Será que estamos no Japão? – perguntou ele. – Japão? Ou Catai?

Ela fixou nele o seu olhar sem compreender e disse outra coisa que ele não conseguiu entender. Nisso, ele percebeu que estava nu. A sua roupa não estava à vista. Por meio de sinais, mostrou a ela que queria se vestir. Depois apontou para as tigelas de comida e ela entendeu que o homem ainda estava com fome.

Sorriu, fez uma vênia e fechou a porta.

Blackthorne deitou-se de costas, exausto, com a desagradável e nauseante sensação de imobilidade do chão lhe fazendo a cabeça rodar. Com um esforço, tentou se recompor. Lembro-me de estar lançando a âncora, pensou. Com Vinck. Acho que era Vinck. Estávamos numa enseada, o navio havia se chocado contra um banco de areia e parado. Podíamos ouvir as ondas quebrando na praia, mas estava tudo salvo. Havia luzes em terra e então eu estava na minha cabine na escuridão. Não me lembro de mais nada. Depois havia luzes na escuridão e vozes estranhas. Eu estava falando inglês, depois português. Um dos nativos falava um pouco de português. Ou será que era um português? Não, acho que era nativo. Perguntei a ele onde estávamos? Não lembro. Em seguida estávamos de volta ao recife, o vagalhão surgiu outra vez, fui arrastado para o mar e para o afogamento – estava gelado... não, o mar estava morno, parecia uma cama de seda, com a espessura de uma braça. Devem ter me carregado para terra firme e colocado aqui.

– Deve ter sido esta cama que me pareceu tão macia e quente – disse em voz alta. – Nunca tinha dormido antes sobre seda. – A fraqueza acabou por dominá-lo e ele dormiu um sono sem sonhos.

Quando despertou havia mais comida em tigelas de louça e a sua roupa estava ali ao lado, numa pilha caprichosa. Fora lavada, passada e remendada com pontos minúsculos, perfeitos.

Mas a sua faca desaparecera, assim como as suas chaves.

É melhor arrumar uma faca logo, pensou ele. Ou uma pistola.

Os seus olhos bateram no crucifixo. Apesar da veneração, sentiu crescer a excitação. A vida toda ouvira histórias contadas por pilotos e marinheiros sobre as riquezas inacreditáveis do império secreto de Portugal no Oriente, sobre a maneira como haviam convertido os pagãos ao catolicismo, reduzindo-os assim à escravidão, sobre o lugar onde o ouro era tão fácil de conseguir quanto lingotes de ferro, e as esmeraldas, rubis, diamantes e safiras eram tão abundantes quanto seixos numa praia.

Se o que se refere ao catolicismo for verdade, disse ele a si mesmo, talvez o resto também seja. O resto sobre as riquezas. Sim. Mas quanto mais depressa eu estiver armado, de volta ao *Erasmus* e atrás dos canhões, melhor.

Comeu, vestiu-se e ergueu-se vacilante, sentindo-se fora de seu elemento, como sempre acontecia quando estava em terra. Faltavam as botas. Dirigiu-se para a porta, cambaleando ligeiramente, e estendeu uma mão para se apoiar, mas os frágeis quadrados de ripas não aguentaram seu peso e se despedaçaram, rasgando o papel. Ele se endireitou. No corredor, a mulher fitava-o de olhos arregalados, horrorizada.

– Desculpe – disse ele, estranhamente embaraçado com a própria falta de jeito. A pureza do quarto fora de certo modo maculada. – Onde estão as minhas botas?

A mulher o encarava sem compreender. Então, pacientemente, ele repetiu a pergunta, acompanhando-a de sinais, e ela se precipitou para uma passagem, ajoelhou-se, abriu outra porta de ripas e fez-lhe sinal que a seguisse. Havia vozes nas proximidades e o som de água corrente. Ele atravessou a porta e entrou em outro cômodo, também quase sem mobília. Abria-se para uma varanda com degraus que levavam a um pequeno jardim cercado por um muro alto. Ao lado da entrada principal da casa estavam duas velhas, três crianças de quimono vermelho e um velho, obviamente um jardineiro, com um ancinho na mão. Imediatamente todos se curvaram com gravidade e mantiveram as cabeças baixas.

Para seu espanto, Blackthorne viu que o velho estava quase nu, usando apenas uma tanga estreita, mínima, que mal lhe cobria o sexo.

– Bom dia – falou, sem saber o que dizer.

Todos permaneceram imóveis, ainda curvados.

Desorientado, ele os observou. Depois, desajeitadamente, fez também uma reverência. Então todos se endireitaram e lhe sorriram. O velho inclinou-se mais uma vez e voltou ao seu trabalho no jardim. As crianças olharam-no atentamente e, rindo, saíram correndo. As velhas desapareceram no interior da casa. Mas ele podia sentir-lhes os olhos pregados nele.

Viu as botas ao pé da escada. Mas, antes que pudesse pegá-las, a mulher de meia-idade já estava de joelhos, para seu constrangimento, ajudando-o a calçá-las.

– Obrigado – disse ele. Pensou um instante e depois apontou para si mesmo. – Blackthorne – disse vagarosamente. – Blackthorne. – Em seguida apontou para ela: – Qual é o seu nome?

Ela o olhava sem compreender.

– *Blackthorne* – repetiu ele, com todo o cuidado, apontando para si mesmo, e depois, apontando para ela: – Qual é o seu nome?

Ela estremeceu e a seguir, num transbordamento de compreensão, apontou para si mesma e disse:

– *Onna! Onna!*

– Onna! – repetiu ele, orgulhoso de si mesmo, tanto quanto ela de si mesma. – Onna.

Ela concordou, feliz:

– *Onna!*

O jardim não se parecia com nada que ele tivesse visto antes: uma pequena cascata, um córrego, uma pontezinha, minúsculos caminhos de seixos, muito bem-cuidados, rochas, flores e arbustos. Tudo tão limpo, pensou ele. Tão caprichoso.

– Incrível! – disse.

– *Inrii-buu?* – repetiu ela, solícita.

– Nada – disse ele. Depois, sem saber o que mais podia fazer, afastou-a com um gesto. Obediente, ela curvou-se educadamente e o deixou.

Blackthorne sentou-se ao sol cálido, encostado a um poste. Sentindo-se muito fraco, ficou observando o velho que arrancava as ervas daninhas do jardim já quase sem ervas daninhas. Gostaria de saber onde estão os outros. Será que o capitão-mor ainda está vivo? Quantos dias será que eu dormi? Lembro que acordei, comi e dormi de novo, uma comida tão desagradável quanto os sonhos.

As crianças passaram alvoroçadas, correndo umas atrás das outras, e a nudez do jardineiro fez com que Blackthorne se sentisse embaraçado, pois quando o homem se dobrava ou se abaixava podia-se ver tudo. E ele ficou espantado com o fato de as crianças parecerem não notar nada. Por cima do muro, viu tetos de telhas e de colmo de outras construções e, bem à distância, altas montanhas. Um vento fresco varria o céu, evitando o avanço dos cúmulos. Havia abelhas à procura de flores e fazia um dia de primavera adorável. O seu corpo implorava por mais sono, mas ele ainda assim levantou-se e dirigiu-se para o portão do jardim. O jardineiro sorriu, curvou-se, correu a abrir o portão, curvou-se e fechou-o atrás dele.

A aldeia erguia-se em torno do porto em forma de lua crescente, voltada para leste, umas duzentas casas, talvez, diferentes de todas as que já vira, aninhadas no sopé da montanha que se estendia até a praia. Acima havia campos dispostos em plataformas e estradas de terra, rumando para o norte e para o sul. Abaixo, o lado que dava para o mar era pavimentado com pedras arredondadas, e havia uma rampa de lançamento, também de pedra, indo da praia até o mar. Um porto bom e seguro, um quebra-mar de pedra, homens e mulheres limpando peixe e tecendo redes, um barco estranho sendo construído no lado norte. Havia ilhas ao largo, nas direções leste e sul. Os recifes deviam estar ali, ou além do horizonte.

No porto havia muitos outros barcos de formas esquisitas, a maioria embarcações de pesca, alguns com uma vela grande, vários a remo – os remadores mantinham-se em pé e empurravam a água, em vez de estarem sentados e puxando a água, como ele teria feito. Alguns dos barcos dirigiam-se para mar aberto, outros apontavam para o embarcadouro de madeira, e o *Erasmus* fora ancorado com habilidade, a cinquenta metros da praia, em boa profundidade, com três cabos na proa. Quem teria feito isso?, perguntou Blackthorne a si mesmo. Viam-se barcos dos lados do navio e também dava para perceber que havia nativos a bordo. Mas nenhum dos seus companheiros. Onde poderiam estar?

Olhou em volta na aldeia e sentiu que muitas pessoas o observavam. Quando perceberam que ele as tinha notado, todas se curvaram e ele curvou-se também, ainda um pouco constrangido. Todas as pessoas reiniciaram então as suas atividades, aparentemente felizes, passando de um lado para outro, parando, conversando, curvando-se uns para os outros, aparentemente esquecidos dele, como muitas borboletas multicores. Mas ele sentiu que havia olhos a estudá-lo de cada janela e de cada porta enquanto caminhava para a praia.

O que há com eles que parece tão estranho?, voltou a perguntar-se. Não é só a roupa e o comportamento. É... *eles não portam armas*, pensou, atônito. Nada de espadas ou pistolas! Por que será?

Lojas abertas, repletas de mercadorias estranhas e fardos, alinhavam-se na ruazinha. O chão das lojas era elevado e os vendedores e compradores ajoelhavam-se ou acocoravam-se nos assoalhos de madeira, todos muito limpos. Ele viu que a maioria usava tamancos ou sandálias de junco, alguns com as mesmas meias brancas de sola grossa, cortadas entre o dedão e o dedo seguinte para segurar as correias, mas todos deixavam os tamancos e as sandálias do lado de fora. Os que estavam descalços limpavam os pés e deslizavam em sandálias limpas, de uso interno, prontas para serem usadas por eles. Isso é muito sensato, se pensarmos na coisa, falou Blackthorne para si mesmo, admirado.

Então viu aproximar-se um homem tonsurado, e o medo fluiu-lhe, nauseante, dos testículos para o estômago. O padre era obviamente português ou espanhol, e, embora o seu manto ondeante fosse alaranjado, não havia dúvida alguma quanto ao rosário e ao crucifixo no cinto ou quanto à fria hostilidade em seu rosto. O manto estava sujo da viagem e as botas, em estilo europeu, manchadas de lama. Olhava para o porto na direção do *Erasmus*. Blackthorne sabia que ele devia reconhecer o navio como holandês ou inglês, um navio novo na maioria dos mares, mais delgado e veloz, um navio mercante de combate, copiado e melhorado a partir dos navios piratas ingleses que haviam causado tanta devastação na Armada espanhola. Com o padre estavam dez nativos, de cabelos e olhos pretos, um deles também vestido de padre, com exceção das sandálias, que eram de tiras. Os outros usavam mantos multicoloridos ou calças folgadas ou, simplesmente, tangas. Mas nenhum deles estava armado.

Blackthorne quis correr enquanto era tempo, mas sabia que não tinha forças para isso e não havia lugar algum onde se esconder. A sua altura, o tamanho e a cor dos olhos o tornavam um estranho naquele mundo. Colocou-se de costas contra o muro.

– Quem é você? – perguntou o padre em português. Era um homem magro, moreno, bem-nutrido, com seus 25 anos e uma longa barba.

– Quem é você? – perguntou Blackthorne por sua vez, sustentando o seu olhar.

– Aquele é um navio pirata neerlandês. Você é um herege holandês. São piratas. Deus tenha piedade de vocês!

– Não somos piratas. Somos pacíficos mercadores, mas não para os nossos inimigos. Sou o piloto daquele navio. Quem é você?

– Padre Sebastião. Como foi que chegou aqui? Como?

– Fomos jogados na praia. Que lugar é este? O Japão?

– Sim, o Japão, *Nippon* – respondeu o padre com impaciência. Voltou-se para um dos homens, mais velho que os demais, pequeno e magro, com braços fortes e mãos calejadas, o alto da cabeça raspado e o resto do cabelo puxado para cima num rabo fininho, tão grisalho quanto suas sobrancelhas. O padre falou-lhe num japonês vacilante, apontando para Blackthorne. Ficaram todos chocados e um deles fez o sinal da cruz, como que pedindo proteção.

– Os holandeses são hereges, rebeldes e piratas. Qual é o seu nome?

– Este povoado é português?

Os olhos do padre estavam duros e injetados.

– O chefe da aldeia diz que avisou as autoridades sobre você. Seus pecados quase que acabaram com você. Onde está o resto da sua tripulação?

– Fomos desviados da rota. Só precisamos de comida, água e tempo para consertar o nosso navio. Depois partiremos. Podemos pagar por cada...

– Onde está o resto da sua tripulação?

– Não sei. A bordo. Acho que estão a bordo.

O padre interrogou novamente o chefe, que respondeu indicando a outra extremidade da aldeia, com uma longa explicação. O padre voltou-se para Blackthorne:

– Aqui os criminosos são crucificados, piloto. Você vai morrer. O daimio está chegando com os samurais. Deus tenha piedade de você.

– O que é "daimio"?

– Um senhor feudal. É o dono desta província toda. Como é que você chegou aqui?

– E "samurais"?

– Guerreiros, soldados, membros da casta guerreira – disse o padre, com crescente irritação. – De onde veio e quem é você?

– Não reconheço o seu sotaque – disse Blackthorne, para desconcertá-lo. – Você é espanhol?

– Sou português – enfureceu-se o padre, mordendo a isca. – Já lhe disse, sou o padre Sebastião, de Portugal. Onde você aprendeu um português tão bom, hein?

– Mas Portugal e Espanha são o mesmo país agora – disse Blackthorne, com altivez. – Vocês têm o mesmo rei.

– Somos uma nação separada. Somos um povo diferente. Sempre fomos. Hasteamos a nossa própria bandeira. As nossas possessões ultramarinas são separadas, sim, separadas. O rei Filipe concordou com isso quando roubou o meu país. – O padre controlou-se com esforço, os dedos tremendo. – Tomou o meu país à força de armas há vinte anos! Seus soldados e aquele tirano espanhol gerado pelo demônio, duque de Alba, aniquilaram o nosso verdadeiro rei. *Que seja!* Agora o filho de Filipe reina, mas também não é o nosso verdadeiro rei. Brevemente teremos o nosso próprio rei de volta. – E acrescentou, maldoso: – Você sabe que isso é verdade. O que esse perverso Alba fez ao seu país fez ao meu.

– Isso é mentira. Alba foi um flagelo na Neerlândia, mas nunca a conquistou. Ela ainda é livre. Sempre será. Mas em Portugal ele esmagou um pequeno exército e o país todo capitulou. Não há coragem. Vocês podiam expulsar os espanhóis, se quisessem, mas nunca o farão. Não têm *cojones*. Exceto para queimar inocentes em nome de Deus.

– Que Deus o queime no fogo do inferno por toda a eternidade – vociferou o padre. – Satã vaga pelo mundo, mas será aniquilado. Os hereges serão aniquilados. Você é maldito diante de Deus!

Blackthorne sentiu o terror religioso começar a se erguer dentro dele.

– Os padres não são os ouvidos de Deus nem falam com a sua voz. Estamos livres do seu jugo miserável, vamos permanecer livres!

Fazia só quarenta anos que Maria Tudor, a Sanguinária, fora rainha da Inglaterra e o espanhol Filipe II, o Cruel, seu marido. Essa filha de Henrique VIII, profundamente religiosa, trouxera de volta à Inglaterra os padres católicos, os inquisidores, os julgamentos de heresias e o domínio do papa estrangeiro, revogando as restrições do pai e as mudanças históricas da Igreja de Roma na Inglaterra contra a vontade da maioria. Reinara durante cinco anos e o reino fora dilacerado pelo ódio, o medo e a carnificina. Mas acabou morrendo e Elizabeth se tornara rainha aos 24 anos.

Blackthorne sentia-se pleno de admiração e amor filial quando pensava em Elizabeth. Fazia quarenta anos que ela guerreava contra o mundo. Havia superado e batido papas, o Santo Império Romano, a França e a Espanha, todos juntos. Excomungada, desprezada, injuriada no exterior, levou-nos para um lugar seguro – a salvo, fortes, independentes.

– Somos livres – disse Blackthorne para o padre. – Vocês estão arruinados. Temos as nossas próprias escolas agora, os nossos livros, a nossa Bíblia, a nossa igreja. Vocês, espanhóis, são todos iguais. Um lixo! Vocês, frades, são todos iguais. Idólatras!

O padre ergueu o crucifixo e segurou-o entre si e Blackthorne como um escudo.

– Ó Deus, proteja-nos deste mal! Não sou espanhol, já lhe disse! Sou português. E não sou frade. Sou irmão da Sociedade de Jesus!

– Ah, um deles, um jesuíta!

– Sim. Que Deus tenha piedade da sua alma! – O padre Sebastião disse rispidamente alguma coisa em japonês e os homens lançaram-se na direção de Blackthorne. Este se apoiou contra o muro e atingiu um homem com força, mas os outros lhe caíram em cima como um enxame e ele se sentiu sufocar.

– *Nanigoto da?*

Abruptamente a escaramuça cessou.

Um jovem estava a dez passos de distância. Usava calções e tamancos e um quimono leve, e trazia duas espadas embainhadas e presas no cinto. Uma parecia uma adaga. A outra, uma espada para ser manejada com as duas mãos, mortífera, era comprida, ligeiramente curva. O homem tinha a mão direita, como por acaso, sobre o punho dela.

– *Nanigoto da?* – perguntou rudemente. E, como ninguém respondesse de imediato, repetiu: – *NANIGOTO DA?*

Os japoneses caíram de joelhos, cabeça inclinada até o pó do chão. Somente o padre permaneceu em pé. Fez uma mesura e começou a explicar, vacilante, mas o homem, desdenhoso, ignorou-o rudemente e apontou para o chefe:

– Mura!

Mura, o chefe da aldeia, manteve a cabeça baixa e começou a explicar rapidamente. Apontou várias vezes para Blackthorne, uma para o navio e duas para o padre. Agora não havia movimento algum na rua. Todas as pessoas visíveis estavam ajoelhadas e de cabeça bem baixa. O chefe terminou. Arrogantemente, o homem armado fez algumas perguntas, que o outro respondeu com deferência e presteza. Então o soldado disse algo ao chefe, acenou com desprezo declarado para o padre, depois para Blackthorne, e o homem grisalho traduziu para o padre, que enrubesceu.

O homem, que era uma cabeça mais baixo e muito mais jovem do que Blackthorne, com um belo rosto ligeiramente marcado de varíola, fixou o olhar no estrangeiro:

– *Onushi ittai doko kara kita no da? Doko no kuni no mono da?*

O padre traduziu, nervosamente:

– Kashigi Omi-san pergunta de onde você vem e qual é a sua nacionalidade.

– O sr. Omi-san é o daimio? – perguntou Blackthorne, com medo das espadas.

– Não. É um samurai, o samurai encarregado da aldeia. O sobrenome dele é Kashigi. Omi é o nome. Aqui eles sempre põem o sobrenome na frente. "San" significa "honorável", e se acrescenta a todos os nomes por cortesia. Você faria melhor aprendendo a ser cortês e tratando de encontrar bons modos rapidamente. Aqui não se tolera falta de modos. – A sua voz tornou-se cortante. – Responda logo, vamos!

– Amsterdã. Sou inglês.

O choque do padre Sebastião foi total. Disse "inglês, Inglaterra" ao samurai e iniciou uma explicação, mas Omi, impaciente, interrompeu-o abruptamente e vociferou uma torrente de palavras.

– Omi-san pergunta se você é o comandante. O chefe da aldeia diz que só alguns de vocês, hereges, estão vivos, e a maioria está doente. Há um capitão-mor?

– Sou o comandante – respondeu Blackthorne, ainda que na verdade, agora que estavam em terra, o capitão-mor estivesse no comando. – Estou no comando – acrescentou, sabendo que o capitão-mor Spillbergen não podia comandar nada, nem em terra nem em curso, mesmo quando estava apto e em forma.

Outra enxurrada de palavras do samurai:

– Omi-san diz que, como você é o comandante, tem permissão para andar pela aldeia livremente, por onde quiser, até que o senhor dele chegue. O senhor dele, o daimio, decidirá a sua sorte. Até lá você tem permissão para viver como hóspede na casa do chefe da aldeia e para ir e vir como lhe convier. Mas não deve sair da aldeia. Os seus homens estão confinados na casa onde se encontram e não estão autorizados a deixá-la. Compreendeu?

– Sim. Onde está a minha tripulação?

O padre Sebastião apontou vagamente para um amontoado de casas perto de um desembarcadouro, obviamente desolado com a decisão e a impaciência de Omi.

– Lá! Aproveite a sua liberdade, pirata. Vá para o diabo que o carregue...

– *Wakarimasu ka?* – disse Omi, dirigindo-se a Blackthorne.

– Ele perguntou: "Você compreende?".

– Como é "sim" em japonês?

O padre Sebastião dirigiu-se ao samurai, dizendo:

– *Wakarimasu.*

Desdenhosamente, Omi afastou-se com um gesto. Todos se curvaram profundamente. Exceto um homem, que se manteve ereto deliberadamente, sem se curvar.

Com uma velocidade estonteante, a espada mortífera descreveu um sibilante arco prateado no ar e a cabeça do homem tombou de cima dos seus ombros, e um esguicho de sangue jorrou sobre a terra. O corpo agitou-se algumas vezes até ficar imóvel. Involuntariamente, o padre havia recuado um passo. Ninguém mais na rua movera um músculo. Permaneciam de cabeça baixa, imóveis. Blackthorne estava petrificado, horrorizado.

Omi pôs o pé descuidadamente sobre o cadáver.

– *Ikinasai!* – disse, gesticulando para que todos se fossem.

Os homens à sua frente curvaram-se de novo até o chão. Depois se ergueram e se afastaram, impassíveis. A rua começou a ficar vazia. E as lojas também.

O padre Sebastião baixou os olhos para o corpo. Gravemente, fez o sinal da cruz e disse:

– *In nomine Patris et Filii et Spiritus Sancti.* – Devolveu o olhar do samurai, sem medo agora. – *Ikinasai!* – A ponta da espada que surgira de repente continuava descansando sobre o corpo.

Após um longo momento o padre deu meia-volta e se afastou. Com dignidade. Omi observou-o um instante, depois deu uma olhada para Blackthorne. Este recuou e, quando se viu a uma distância segura, dobrou rapidamente uma esquina e desapareceu.

Omi começou a rir alto. A rua estava agora vazia. Quando a risada se esgotou, ele agarrou o punho da espada com ambas a mãos e começou, metodicamente, a cortar o corpo em pequenos pedaços.

Blackthorne estava num pequeno barco, o barqueiro remando alegremente em direção ao *Erasmus.* Não tivera dificuldade em conseguir o barco e podia ver homens no convés principal. Eram todos samurais. Alguns tinham peitorais de aço, mas a maioria usava simples quimonos, como eram chamados os trajes, e as duas espadas. Todos usavam o cabelo do mesmo jeito: o topo da cabeça raspado e o cabelo, atrás e dos lados, reunido num rabo, com óleo, depois dobrado sobre a coroa e habilmente amarrado. Apenas os samurais podiam usar esse estilo, que, para eles, era obrigatório. Apenas os samurais podiam usar as duas espadas: a comprida, mortífera, para ser usada com as duas mãos, e a curta, parecida com uma adaga. Para eles, as espadas eram obrigatórias.

Os samurais alinharam-se ao longo da amurada do navio, observando-o.

Muito inquieto, subiu ao passadiço e dirigiu-se para o convés. Um samurai, mais elaboradamente vestido do que os outros, veio ao seu encontro e curvou-se. Blackthorne já aprendera o costume e correspondeu à reverência de maneira idêntica, e todo mundo no convés sorriu cordialmente. Ele ainda sentia o horror da matança repentina na rua e os sorrisos deles não lhe acalmaram os pressentimentos. Foi até a gaiuta e parou abruptamente. Colada na porta, de lado a lado, havia uma larga faixa de seda vermelha e, ao lado dela, um pequeno sinal numa escrita estranha e coleante. Hesitou, examinou a outra porta, mas também essa estava lacrada com uma faixa semelhante. E havia um sinal igual pregado ao tabique.

Estendeu a mão para remover a seda.

– *Hōtte oke!* – Para deixar a coisa absolutamente clara, o samurai de guarda meneou a cabeça. Já não estava sorrindo.

– Mas este navio é meu e eu... – Blackthorne conteve a sua ansiedade, de olho nas espadas. Tenho que ir lá embaixo, pensou. Tenho que pegar os portulanos, o meu e o secreto. Jesus Cristo, se forem encontrados e dados aos padres ou aos japoneses, estamos liquidados. Qualquer tribunal do mundo – exceto na Inglaterra e na Neerlândia – nos condenaria como piratas diante dessas evidências. O meu portulano dá datas, lugares, quantidades de saques pilhados, o número de mortos nos nossos três desembarques nas Américas e na África espanhola, o número de igrejas saqueadas e como queimamos cidades e embarcações. E o portulano português? Esse é a nossa sentença de morte, pois naturalmente foi roubado. No mínimo, fora comprado de um traidor português, e pela lei deles qualquer estrangeiro apanhado de posse de qualquer dos portulanos deles, para não mencionar aquele que desvendava o estreito de Magalhães, devia ser morto de imediato. E, se o portulano fosse encontrado a bordo de um navio inimigo, o navio devia ser queimado e todos a bordo executados sem piedade.

– *Nan no yō da?* – perguntou um dos samurais.

– Você fala português? – perguntou Blackthorne nessa língua.

O homem resmungou:

– *Wakarimasen.*

Outro se aproximou e respeitosamente falou ao chefe, que acenou, concordando.

– *Portugueis amigu* – disse o samurai em português, com sotaque pesado. Abriu o alto do quimono e mostrou o pequeno crucifixo de madeira que lhe pendia do pescoço.

– Kirishitan! – Apontou para si mesmo e sorriu. – Cristão. – Apontou para Blackthorne: – Cristão, *ka?*

Blackthorne hesitou e acenou com a cabeça:

– Sim, cristão.

– *Portugueis?*
– Inglês.

O homem tagarelou com o chefe, depois ambos deram de ombros e olharam para ele:

– *Portugueis?*

Blackthorne meneou a cabeça, não querendo discordar dele em nada.

– Os meus amigos? Onde?

O samurai apontou na direção do extremo leste da aldeia:

– Amigos.

– Este é o meu navio. Quero ir lá embaixo – disse isso de várias maneiras e com sinais, e eles compreenderam.

– *Ah, naruhodo! Kinjiru!* – disseram enfaticamente, indicando os avisos. E sorriram.

Estava absolutamente claro que ele não estava autorizado a descer. "*Kinjiru*" deve significar "proibido", pensou Blackthorne, irritado. Bem, que vá para o inferno! Agarrou o trinco da porta e abriu-a um pouco.

– *KINJIRU!*

Fizeram-no voltar-se com um puxão, para encará-los. As suas espadas estavam meio desembainhadas. Imóveis, os dois homens esperavam pela sua decisão seguinte. Alguns outros, no convés, observavam impassíveis.

Blackthorne sabia que não tinha outra opção a não ser recuar, de modo que sacudiu os ombros e afastou-se para examinar as amarras e o navio o melhor que podia. As velas, esfarrapadas, estavam arriadas e amarradas. Mas as cordas eram diferentes de quaisquer outras já vistas por ele, de modo que presumiu que tivessem sido os japoneses que colocaram a embarcação em segurança. Começou a descer o passadiço e parou. Suou frio quando viu todos a fitá-lo malevolamente e pensou: Jesus Cristo, como pude ser tão estúpido! Curvou-se polidamente e imediatamente a hostilidade desvaneceu-se e todos se curvaram, novamente sorridentes. Mas ele ainda sentia o suor escorrendo-lhe pela espinha e odiou tudo o que se relacionava com o Japão. Desejou estar com a sua tripulação de volta a bordo, armado e ao largo.

— Pelo amor de Deus, acho que você está errado, piloto – disse Vinck. O seu sorriso desdentado era largo e obsceno. – Se a gente conseguir suportar a lavagem que eles chamam de comida, este é o melhor lugar onde já estive. Dormi com duas mulheres em três dias e elas são como coelhos. Fazem qualquer coisa desde que a gente lhes mostre como.

– Tem razão. Mas não se pode fazer nada sem carne ou conhaque. Nem por muito tempo. Estou esgotado e só pude dar uma – disse Maetsukker, contraindo o rosto estreito. – Esses bastardos amarelos não vão compreender que precisamos de carne, cerveja e pão. E conhaque ou vinho.

– Isso é o pior! Meu Deus, Jesus Cristo, meu reino por um grogue qualquer! – Baccus van Nekk estava realmente melancólico. Aproximou-se, parou junto de Blackthorne e examinou-o atentamente. Era muito míope e perdera o último par de óculos na tempestade. Mas, mesmo com eles, sempre se aproximava tão perto das pessoas quanto possível. Era chefe dos mercadores, tesoureiro e representante da Companhia Holandesa das Índias Orientais, que havia levantado o dinheiro para a viagem. – Estamos em terra, a salvo, e ainda não bebi nada! Nem uma simples gota! Terrível. Você conseguiu alguma bebida, piloto?

– Não. – Blackthorne não gostava de que as pessoas chegassem tão perto, mas Baccus era um amigo e quase cego, por isso não se afastou. – Só água quente com ervas.

– Eles simplesmente não vão compreender o que é grogue. Nada para beber além de água quente e ervas. Que o bom Deus nos ajude! Imagine se não houver álcool no país todo! – As suas sobrancelhas se ergueram. – Faça-me um enorme favor, piloto, peça uma bebida para mim, sim?

Blackthorne encontrara a casa que lhes fora destinada no extremo oriental da aldeia. O guarda samurai o deixara passar, mas seus homens confirmaram que não podiam sair além do portão do jardim. A casa tinha muitos cômodos, como a sua, mas era maior e equipada com muitos criados de idades variadas, tanto homens quanto mulheres.

Onze dos seus homens ainda estavam vivos. Os mortos tinham sido levados pelos japoneses. Generosas porções de verduras frescas haviam começado a afugentar o escorbuto, e todos eles, com exceção de dois, estavam se recuperando rapidamente. As duas exceções tinham sangue nos intestinos e hemorragias nas vísceras. Vinck lhes fizera uma sangria, mas isso não ajudara. Esperava-se que morressem ao anoitecer. O capitão-mor, em outro quarto, ainda estava muito doente.

Sonk, o cozinheiro, um homenzinho atarracado, disse, com uma risada:

– É bom aqui, como diz Johann, piloto, com exceção da comida e de não haver grogue. Está tudo bem com os nativos, desde que não se ande de sapatos na casa deles. Esses bastardinhos amarelos ficam loucos se a gente não tirar os sapatos.

– Ouçam – disse Blackthorne –, há um padre aqui. Um jesuíta.

– Jesus Cristo! – As piadas pararam por completo quando ele lhes contou sobre o padre e sobre a decapitação.

– Por que ele cortou a cabeça do homem, piloto?

– Não sei.

– É melhor voltarmos para bordo. Se os papistas nos pegam em terra...

Havia agora um medo intenso na sala. Salamon, o mudo, observava Blackthorne. Mexia a boca, bolhas de catarro aparecendo nos cantos.

— Não, Salamon, não há engano algum — disse Blackthorne gentilmente, respondendo à pergunta silenciosa. — Ele disse que era jesuíta.

— Cristo, jesuíta, dominicano ou seja que diabo for, não faz a mínima diferença — disse Vinck. — É melhor voltarmos para bordo. Piloto, você pede àquele samurai, hein?

— Estamos nas mãos de Deus — disse Jan Roper. Era um dos mercadores aventureiros, um homem jovem, de olhos apertados, com uma testa alta e um nariz fino. — Ele nos protegerá contra os adoradores de Satã.

Vinck olhou para Blackthorne.

— E quanto aos portugueses, piloto? Viu algum por aí?

— Não. Não há sinal deles na aldeia.

— Vão todos se reunir aqui assim que souberem de nós — disse Maetsukker, e o jovem Croocq deixou escapar um gemido.

— Sim, e, se há um padre, tem que haver outros. — Ginsel lambeu os lábios secos. — E, depois, os amaldiçoados conquistadores deles nunca estão muito longe.

— Tem razão — acrescentou Vinck, inquieto. — Eles são como piolhos.

— Jesus Cristo! Papistas! — resmungou alguém. — E conquistadores!

— Mas estamos no Japão, piloto? — perguntou Van Nekk. — Ele lhe disse isso?

— Sim. Por quê?

Van Nekk aproximou-se e baixou a voz:

— Se os padres estão aqui e alguns nativos são católicos, talvez a outra parte seja verdade, a que fala de riquezas, ouro, prata e pedras preciosas. — Um silêncio se abateu sobre eles. — Viu alguma coisa, piloto? Algum ouro? Alguma gema nos nativos, ou ouro?

— Não. Nada. — Blackthorne pensou um instante. — Não me lembro de ter visto. Nenhum colar, pérola ou bracelete. Ouçam, tenho mais uma coisa a lhes dizer. Fui a bordo do *Erasmus*, mas o navio está lacrado. — Relatou o que acontecera e a ansiedade deles aumentou.

— Jesus, se não podemos voltar para bordo e há um padre em terra e papistas por perto... temos que dar o fora daqui! — a voz de Maetsukker começou a tremer. — Piloto, o que vamos fazer? Vão nos queimar! Conquistadores... Esses bastardos vão saber como usar as espadas.

— Estamos nas mãos de Deus — lembrou Jan Roper, confiante. — Ele nos protegerá do anticristo. Foi essa a promessa Dele. Não há nada a temer.

— O modo como o samurai Omi-san gritou com o padre... tenho certeza de que o odeia — disse Blackthorne. — Isso é bom, hein? O que eu gostaria de saber é por que o padre não estava usando os trajes normais. Por que o manto alaranjado? Nunca vi isso antes.

— Sim, é curioso — disse Van Nekk.

Blackthorne encarou-o:

— Talvez a posição deles aqui não seja forte. Isso poderia nos ajudar enormemente.

– O que devemos fazer, piloto? – perguntou Ginsel.

– Ter paciência e esperar até que o chefe deles, o daimio, chegue. Ele nos deixará partir. Por que não? Não lhe fizemos mal nenhum. Temos mercadorias para comerciar. Não somos piratas. Não temos nada a temer.

– Absolutamente certo. E não se esqueçam de que o piloto disse que os selvagens não são todos papistas – disse Van Nekk, mais para dar coragem a si mesmo do que aos outros. – Sim. É bom que os samurais odeiem o padre. E são os samurais que estão armados. Não é tão mau assim, hein? Simplesmente é preciso ficarmos atentos aos samurais e recuperarmos as nossas armas. É essa a ideia. Estaremos a bordo antes que vocês se deem conta.

– O que acontecerá se o daimio for papista? – perguntou Jan Roper.

Ninguém lhe respondeu. Depois Ginsel disse:

– Piloto, o homem com a espada? Ele cortou o outro em pedaços depois de lhe arrancar a cabeça?

– Sim.

– Cristo! São bárbaros! Lunáticos! – Ginsel era um jovem alto, de boa aparência, braços curtos e pernas muito arqueadas. O escorbuto lhe levara todos os dentes. – Depois que lhe arrancou a cabeça fora, os outros simplesmente se afastaram? Sem dizer nada?

– Sim.

– Jesus Cristo, um homem desarmado, assassinado assim? Por que ele fez isso? Por que o matou?

– Não sei, Ginsel. Mas você nunca viu tamanha rapidez. Num momento, a espada estava embainhada, no momento seguinte, a cabeça do homem estava rolando.

– Deus nos proteja!

– Meu amado Senhor Jesus Cristo – murmurou Van Nekk –, e se não pudermos voltar ao navio... Deus amaldiçoe aquela tempestade, sinto-me tão indefeso sem os óculos!

– Quantos samurais estavam a bordo, piloto? – perguntou Ginsel.

– Vinte e dois no convés. Mas havia mais na praia.

– A ira do Senhor recairá sobre os pagãos e os pecadores, eles arderão no inferno por toda a eternidade.

– Gostaria de ter certeza disso, Jan Roper – disse Blackthorne, com nervosismo na voz, como se sentisse medo de que a vingança de Deus se derramasse pela sala. Estava muito cansado e queria dormir.

– Pode ter certeza, piloto. Por mim, eu tenho, sim. E rezo para que os seus olhos, piloto, se abram para a verdade de Deus. Para que acabe entendendo que estamos aqui nesta situação apenas por sua causa. Nós, ou o que restou de nós.

– O quê? – disse Blackthorne, ameaçador.

– Por que razão, realmente, você convenceu o capitão-mor a tentar encontrar o Japão? Não fazia parte das nossas ordens. Devíamos pilhar o Novo Mundo, levar a guerra para dentro das fronteiras do inimigo e depois voltar para casa.

– Havia navios espanhóis ao sul e ao norte de nós e nenhum outro lugar mais para onde fugir. Perdeu a memória junto com os miolos? Tivemos que navegar para oeste, era a nossa única chance.

– Não vi nunca navios inimigos, piloto. Nenhum de nós viu.

– Ora, Jan – disse Van Nekk, cansado. – O piloto fez o que julgou melhor. Claro que os espanhóis estavam lá.

– Sim, essa é a verdade, e estávamos a milhares de léguas de quaisquer amigos e em águas inimigas, por Deus! – cuspiu Vinck, rapidamente. – Essa é a verdade de Deus, e a verdade de Deus foi que pusemos a coisa em votação. Nós todos dissemos sim.

– Eu, não. A mim ninguém perguntou – disse Sonk.

– Oh, Jesus Cristo!

– Acalme-se, Johann – disse Van Nekk, tentando aliviar a tensão. – Somos os primeiros a atingir o Japão. Lembram-se das histórias todas, hein? Se conservarmos os miolos, estaremos ricos. Temos mercadorias para comerciar e há ouro aqui, tem que haver. Onde mais poderíamos vender a nossa carga? Não lá no Novo Mundo, caçados e acossados. Estavam nos caçando e os espanhóis sabiam que estávamos ao largo de Santa Maria. Tivemos que abandonar o Chile e não havia como escapar de volta através do estreito. Claro que eles estariam de tocaia à nossa espera, claro que estariam! Não, era aqui que estava a nossa única chance, e foi uma boa ideia. A nossa carga trocada por especiarias, ouro e prata, hein? Pensem no lucro, o normal é de mil vezes. Estamos nas ilhas das Especiarias. Vocês conhecem as riquezas do Japão e de Catai, vocês sempre ouviram falar delas. Nós todos ouvimos. Por que outro motivo nós todos nos engajamos? Ficaremos ricos, vocês verão!

– Somos homens mortos, como todos os outros. Estamos na terra de Satã.

– Cale essa boca, Roper! – disse Vinck, zangado. – O piloto agiu certo. Não é culpa dele que os outros tenham morrido, não é culpa dele. Sempre morrem homens nessas viagens.

Os olhos de Jan Roper estavam injetados, as pupilas minúsculas.

– Sim, Deus guarde a alma deles. Meu irmão foi um dos que se foram.

Blackthorne olhou dentro daqueles olhos fanáticos, odiando Jan Roper. Interiormente perguntava a si mesmo se realmente havia navegado para oeste a fim de se esquivar dos navios inimigos. Ou se teria sido porque ele era o primeiro inglês a atravessar o estreito, o primeiro em posição, pronto e capaz de penetrar para oeste, e, por isso, o primeiro com a chance de circum-navegar o globo.

– Os outros não morreram por causa da sua ambição, piloto? Deus o castigará! – sibilou Jan Roper.

— Agora cale essa boca. — A palavra de Blackthorne foi gentil e final.

Jan Roper sustentou o olhar de Blackthorne com aquele seu rosto pétreo de traços acentuados, mas ficou de boca fechada.

— Bom. — Blackthorne sentou-se pesadamente no chão e apoiou-se num dos pilares.

— O que devemos fazer, piloto?

— Esperar e voltar a ficar em forma. O chefe deles virá logo, discutiremos e tudo ficará certo.

Vinck olhava para o jardim lá fora, para o samurai sentado imóvel sobre os calcanhares, ao lado do portão.

— Vejam aquele bastardo. Está lá há horas, nunca se mexe, nunca diz nada, nem cutuca o nariz.

— Mas ele não representa problema algum, Johann. Nenhum, em absoluto — disse Van Nekk.

— Sim, mas tudo o que fizemos até agora foi dormir, fornicar e comer essa lavagem que chamam de sopa.

— Piloto, ele é apenas um homem. Nós somos dez — disse Ginsel, tranquilamente.

— Pensei nisso. Mas ainda não estamos suficientemente bem. Vai levar uma semana para que o escorbuto passe — respondeu Blackthorne, preocupado. — Há muitos deles a bordo. Eu não gostaria de enfrentar sequer um deles sem uma lança ou uma pistola. Vocês são vigiados à noite?

— Sim. Trocam a guarda três ou quatro vezes. Alguém viu qualquer sentinela pegar no sono? — perguntou Van Nekk.

Todos acenaram negativamente com a cabeça.

— Poderíamos estar a bordo esta noite — disse Jan Roper. — Com a ajuda de Deus subjugaremos os pagãos e tomaremos o navio.

— Limpe a merda dos seus ouvidos! Escutou o que o piloto acabou de dizer! Você não ouve? — exclamou Vinck, contrariado.

— Está certo — concordou Pieterzoon, um dos artilheiros. — Pare de importunar o velho Vinck!

Os olhos de Jan Roper apertaram-se ainda mais:

— Cuidado com a sua alma, Johann Vinck. E com a sua, Hans Pieterzoon. O dia do Juízo Final se aproxima. — Afastou-se e foi sentar-se na varanda.

Van Nekk rompeu o silêncio:

— Tudo vai dar certo. Vocês verão.

— Roper está certo. Foi a ganância que nos trouxe aqui — disse o jovem Croocq, a voz trêmula. — Foi o castigo de Deus que...

— Pare com isso!

O rapaz estremeceu.

— Sim, piloto. Desculpe, mas bem... — Maximilian Croocq era o mais novo deles, tinha só dezesseis anos e fora engajado para a viagem porque seu pai era o capitão de um dos navios e eles iam fazer fortuna. Mas vira o pai ter uma péssima morte quando saquearam a cidade espanhola de Santa Madalena, na Argentina. O butim fora bom e ele vira o que era estupro e o experimentara, odiando a situação e as suas ações, saturado do cheiro de sangue e da matança. Mais tarde vira morrer mais amigos seus e os cinco navios se transformarem em um único. E agora se sentia como o mais velho de todos. E insistiu: – Desculpe. Desculpe.

– Há quanto tempo estamos em terra, Baccus? – perguntou Blackthorne.

– Este é o terceiro dia. – Van Nekk aproximou-se de novo, pôs-se de cócoras. – Não me lembro da chegada com muita clareza, mas quando acordei os selvagens estavam por todo o navio. Mas muito polidos e gentis. Deram-nos comida e água quente. Levaram embora os mortos e lançaram as âncoras. Não lembro muito bem, mas acho que nos rebocaram para um ancoradouro seguro. Você delirava quando o carregaram para a praia. Quisemos conservá-lo conosco, mas não deixaram. Um deles falava algumas palavras em português. Parecia ser o chefe, tinha o cabelo grisalho. Não entendia "piloto-mor", mas conhecia "capitão". Ficou absolutamente claro que ele queria que o nosso "capitão" tivesse alojamento diferente do nosso, mas disse que não precisávamos nos preocupar, porque você seria bem-cuidado. Nós também. Depois nos guiou para cá, a maioria veio carregada, e disse que devíamos ficar dentro de casa até que o capitão dele viesse. Não queríamos deixar que o levassem, mas não havia nada que pudéssemos fazer. Você perguntará ao chefe sobre vinho ou conhaque, piloto? – Van Nekk lambeu os lábios, sedento, e acrescentou: – Agora que penso nisso, ele também mencionou "daimio". O que vai acontecer quando o daimio chegar?

– Alguém tem uma faca ou pistola?

– Não – disse Van Nekk, coçando distraído os piolhos na cabeça. – Levaram todas as nossas roupas para limpar e ficaram com as armas. Não pensei sobre isso na hora. Também pegaram minhas chaves, assim como a minha pistola. E tinha todas as minhas chaves numa argola. A da sala-forte, a da caixa-forte e a do paiol.

– Está tudo muito bem trancado a bordo. Não é preciso se preocuparem com isso.

– Não gosto de estar sem as minhas chaves. Fico muito nervoso. Malditos olhos os meus. Um conhaque viria bem a calhar, agora. Até uma garrafa de cerveja.

– Jesus! O *samari* cortou-o em pedaços, foi? – disse Sonk, não se dirigindo a ninguém em particular.

– Pelo amor de Deus, cale a boca. É "samurai". Você sozinho é suficiente para fazer um homem se borrar todo – disse Ginsel.

– Espero que aquele padre bastardo não venha aqui – disse Vinck.

– Estamos seguros nas mãos do bom Deus. – Van Nekk ainda estava tentando demonstrar confiança. – Quando o daimio vier, seremos libertados.

Recuperaremos o nosso barco e as nossas armas. Vocês verão. Venderemos toda a nossa mercadoria e voltaremos à Holanda, e a salvo, depois de termos dado a volta ao mundo, os primeiros holandeses a conseguirem isso. Os católicos irão para o inferno e isso é o fim da história.

– Não, não é – disse Vinck. – Os papistas fazem a minha pele se arrepiar toda. Não posso evitar isso. Isso e a ideia de conquistadores. Acha que chegarão aqui em grande número, piloto?

– Não sei. Diria que sim! Gostaria que tivéssemos toda a nossa esquadra aqui.

– Pobres bastardos – disse Vinck. – Pelo menos estamos vivos.

– Talvez tenham voltado para casa – disse Maetsukker. – Talvez tenham retornado pelo estreito de Magalhães quando a tempestade nos dispersou.

– Espero que você esteja certo – disse Blackthorne. – Mas acho que as tripulações se perderam todas.

– Nós, pelo menos, estamos vivos – exclamou Ginsel, estremecendo.

– Com papistas aqui e esses pagãos miseráveis, eu não daria um peido de puta velha pelas nossas vidas.

– Maldito o dia em que saí da Holanda! – disse Pieterzoon. – Maldito grogue! Se eu não estivesse mais bêbado do que a cadela de um violinista, ainda estaria em Amsterdã com a minha velha.

– Amaldiçoe quem quiser, Pieterzoon. Mas não a bebida. É a substância da vida.

– Eu diria que estamos numa fossa, enterrados na merda até o queixo, e a maré está subindo depressa. – Vinck girou os olhos nas órbitas e insistiu: – Sim, muito depressa.

– Nunca pensei que ainda poríamos o pé em terra – disse Maetsukker, mais parecido com um furão do que nunca, mas um furão sem dentes. – Nunca. E menos ainda no Japão. Papistas nojentos e fedorentos! Nunca sairemos vivos daqui! Gostaria que tivéssemos algumas armas. Que desembarque podre! Eu não quis dizer nada, piloto – apressou-se a esclarecer quando Blackthorne o encarou –, apenas má sorte, isso é tudo.

Mais tarde os criados lhes trouxeram comida de novo. Sempre a mesma coisa: verduras – cozidas e cruas – com um pouco de vinagre, sopa de peixe e o mingau de trigo ou cevada. Todos desprezaram os pedacinhos de peixe cru e pediram carne e bebida. Mas não foram compreendidos, e depois, quase ao pôr do sol, Blackthorne foi embora. Cansara-se dos medos deles, dos ódios e das obscenidades. Disse-lhes que voltaria após o amanhecer.

Nas ruas estreitas, as lojas estavam movimentadas. Achou a sua rua e o portão da casa. As manchas na terra tinham sido varridas e o corpo desaparecera. É quase como se eu tivesse sonhado a coisa toda, pensou. O portão do jardim abriu-se antes que ele pudesse tocá-lo.

O velho jardineiro, ainda de tanga, embora o vento estivesse fresco, sorriu e fez uma reverência:

– *Konbanwa*.

– Olá – disse Blackthorne, sem pensar. Subiu os degraus, parou, lembrando-se das botas. Tirou-as e foi descalço pela varanda até a sala. Atravessou um corredor, mas não conseguiu encontrar seu quarto.

– Onna! – chamou.

Apareceu uma velha.

– *Hai?*

– Onde está Onna?

A velha franziu o cenho e apontou para si mesma.

– Onna?

– Oh, pelo amor de Deus – disse Blackthorne, irritado. – Onde é o meu quarto? Onde está Onna? – Correu outra porta de treliça. Quatro japoneses estavam sentados no chão em torno de uma mesa, comendo. Ele reconheceu um deles como o homem grisalho, o chefe da aldeia que estivera com o padre. Todos se inclinaram.

– Oh, perdão! – disse ele, e fechou a porta.

– Onna! – chamou.

A mulher pensou um instante, depois o chamou com um gesto. Ele a seguiu por outro corredor. Ela puxou uma porta para o lado. Ele reconheceu seu quarto pelo crucifixo. Os acolchoados já estavam estendidos.

– Obrigado – disse, aliviado. – Agora vá buscar Onna!

A velha afastou-se, silenciosa. Ele sentou-se, a cabeça e o corpo doendo, e desejou que houvesse uma cadeira, perguntando a si mesmo onde as guardavam. Como chegar a bordo? Como conseguir algumas armas? Deve haver uma maneira. Ouviu passos abafados, virou-se e viu três mulheres: a velha, uma jovem de rosto redondo e uma senhora de meia-idade.

A velha apontou para a garota, que parecia um pouco assustada.

– *Onna*.

– Não. – Blackthorne levantou-se, mal-humorado, e sacudiu um dedo na frente da mulher de meia-idade. – Esta é Onna, por Deus! Você não sabe o seu nome? Onna! Estou com fome. Posso comer alguma coisa? – Esfregou o estômago, parodiando fome. Elas se entreolharam. Então a mulher de meia-idade sacudiu os ombros, disse alguma coisa que fez as outras rirem, foi até a cama e começou a se despir. As outras duas se acocoraram de olhos arregalados e expectantes.

Blackthorne estava apavorado.

– O que está fazendo?

– *Shimashō!* – disse ela, puxando para o lado a larga faixa da cintura e abrindo o quimono. Tinha os seios chatos e murchos e uma vasta barriga.

Estava bem claro que ela ia se pôr na cama. Ele acenou negativamente com a cabeça, disse-lhe que se vestisse, pegou no braço dela e começaram todos a tagarelar e a gesticular, e a mulher a ficar bastante zangada. Tirou a longa combinação e, nua, tentou voltar para a cama. O alvoroço se interrompeu e todas se curvaram quando o chefe da aldeia chegou silenciosamente pelo corredor.

– *Nanda? Nanda?* – perguntou. A velha explicou o que estava acontecendo.

– Você quer esta mulher? – perguntou ele, incrédulo, num português com sotaque pesado, quase incompreensível, apontando para a mulher nua.

– Não. Não, claro que não. Só queria que Onna me trouxesse comida. – Blackthorne apontou para a mulher, impaciente. – Onna!

– *Onna* quer dizer "mulher". – O japonês apontou para cada uma delas: – *Onna, onna, onna*. Você quer *onna*?

Blackthorne sacudiu a cabeça, cansado:

– Não. Não, obrigado. Cometi um engano. Desculpe. Qual é o nome dela?

– O quê?

– Qual é o nome dela?

– Ah! O *namae* é Haku. Haku.

– Haku?

– *Hai*. Haku!

– Desculpe, Haku-san. Pensei que *onna* fosse o seu nome. – O homem explicou a Haku e ela não ficou nem um pouco satisfeita. Mas ele disse alguma coisa mais e elas todas olharam para Blackthorne, riram por trás das mãos e saíram. Haku afastou-se nua, levando o quimono no braço, com uma grande dose de dignidade.

– Obrigado – disse Blackthorne, furioso com a própria ignorância.

– Esta minha casa. Meu *namae* Mura.

– Mura-san. O meu é Blackthorne.

– Como?

– Meu *namae*, Blackthorne.

– Ah, Burakkuson. – Mura tentou várias vezes, mas não conseguiu dizer o nome. Acabou desistindo e continuou a estudar o colosso à sua frente. Era o primeiro bárbaro que via, com exceção do padre Sebastião e de outro padre, muitos anos atrás. Mas de qualquer modo, pensou, os padres têm cabelo e olhos pretos e altura normal. Mas este homem é alto, de cabelo dourado, barba dourada, olhos azuis e uma estranha palidez na pele onde ela está coberta e uma vermelhidão onde está exposta. Surpreendente! E pensava que todos os homens tivessem cabelo preto e olhos escuros. Nós todos temos. Os chineses têm, e a China não é o mundo todo, com exceção da terra dos bárbaros portugueses do sul? Surpreendente! E por que o padre Sebastião odeia tanto este homem? Porque é um adorador de Satã? Eu não pensaria isso, porque o padre Sebastião poderia expulsar o diabo se quisesse. Puxa, nunca tinha visto o bom padre tão zangado! Nunca. Surpreendente!

Olhos azuis e cabelo dourado são a marca de Satã?

Mura olhou para Blackthorne e lembrou-se de como tentara interrogá-lo a bordo do navio e depois, como o capitão ficara inconsciente, resolvera trazê-lo para sua casa porque era o líder e devia merecer consideração especial. Haviam-no deitado sobre o acolchoado e o despiram, muito mais curiosos do que seria normal.

– Este órgão ímpar é certamente impressionante, *né?* – dissera Saiko, a mãe de Mura. – Fico imaginando como deve ser grande quando ereto.

– Grande mesmo – reagira Mura, e todos riram, a mãe, a esposa, os amigos, os criados e o médico.

– Suponho que as mulheres deles devam ser... devam ser igualmente dotadas – dissera Niji, sua esposa.

– Que absurdo, garota – dissera a mãe. – Um bom número das nossas cortesãs poderiam alegremente fazer a acomodação necessária. – Meneou a cabeça, espantada. – Nunca vi nada como ele em toda a minha vida. Muito esquisito mesmo, *né?*

Lavaram-no e ele não saíra do estado de coma. O médico não achou prudente mergulhá-lo num banho propriamente dito até que despertasse.

– Talvez devêssemos nos lembrar, Mura-san, de que não sabemos como o bárbaro realmente é – dissera, com cauteloso bom senso. – Sinto muito, mas poderíamos matá-lo por engano. Obviamente está no limite das suas forças. Devemos ser pacientes.

– Mas e os piolhos no cabelo dele? – perguntara Mura.

– Por enquanto terão que ficar no lugar. Compreendo que todos os bárbaros os tenham. Sinto muito, mas eu aconselharia paciência.

– O senhor não acha que poderíamos ao menos lavar a cabeça dele? – dissera Niji. – Seríamos muito cuidadosas. Tenho certeza de que a senhora supervisionaria os nossos pobres esforços. Isso ajudaria o bárbaro e manteria a nossa casa limpa.

– Concordo. Podem lavar a cabeça dele – dissera a mãe com determinação. – Mas eu certamente gostaria de saber qual é o tamanho dele quando ereto.

Naquele momento, Mura deu uma olhada para baixo da cintura de Blackthorne, involuntariamente. Depois se lembrou do que o padre lhes dissera sobre aqueles diabos e piratas. Deus, o Pai, que nos proteja deste mal, pensou. Se soubesse que ele era tão terrível, nunca o teria trazido para a minha casa. Não, disse a si mesmo. Você é obrigado a tratá-lo como um hóspede especial até que Omi-san determine outra coisa. Mas você teve o bom senso de mandar avisar o padre e Omi-san imediatamente. Muito bom senso. Você é o chefe, você protegeu a aldeia e você, sozinho, é responsável.

Sim. E Omi-san o responsabilizará pela morte daquela manhã e pela impertinência do morto, e com toda a razão.

– Não seja idiota, Tamazaki! Está pondo em risco o bom nome da aldeia, *né?* – prevenira ele uma dúzia de vezes o amigo, o pescador. – Pare com a sua intolerância. Omi-san não tem opção a não ser escarnecer dos cristãos. O nosso daimio não detesta cristãos? O que mais Omi-san pode fazer?

– Nada, concordo, Mura-san, por favor, desculpe-me. – Tamazaki sempre respondera assim formalmente. – Mas os budistas devem ter mais tolerância, *né?* Os dois não são zen-budistas? – O zen-budismo era autodisciplinador; contava fortemente com a autoajuda e a meditação para encontrar a iluminação. A maioria dos samurais pertencia à seita zen-budista, já que ela convinha perfeitamente, parecia até destinada a qualquer guerreiro orgulhoso, a qualquer samurai que buscasse a morte.

– Sim, o budismo ensina a tolerância. Mas quantas vezes eu preciso lembrar-lhe de que eles são samurais, e isto aqui é Izu e não Kyūshū, e mesmo que fosse Kyūshū, você ainda assim estaria errado. Como sempre. *Né?*

– Sim. Por favor, desculpe-me, sei que estou errado. Mas algumas vezes sinto que não posso conviver com a minha humilhação interior quando Omi-san é tão insultuoso para com a verdadeira fé.

E agora, Tamazaki, você está morto por sua própria culpa, porque insultou Omi-san, não se curvando, simplesmente, porque ele disse "... este malcheiroso padre da religião estrangeira". Ainda que o padre realmente cheire mal e a verdadeira fé seja estrangeira. Meu pobre amigo. A verdade não vai alimentar a sua família agora ou remover o estigma da minha aldeia.

– Oh, Nossa Senhora, abençoe o meu velho amigo e dê-lhe a alegria do paraíso.

Espero muitos problemas com Omi-san, falou Mura para si mesmo. E, como se isso não fosse ruim o bastante, agora ainda vem o nosso daimio.

Uma ansiedade penetrante o invadia sempre que pensava no seu senhor feudal, Kashigi Yabu, daimio de Izu, tio de Omi – a crueldade e a falta de honra do homem, o modo como trapaceava com todas as aldeias quanto à parte justa de cada uma na pesca e na colheita, e o peso opressivo do seu governo. Quando a guerra chegar, perguntou-se Mura, por que lado Yabu vai se declarar, o do senhor Ishido ou o do senhor Toranaga? Estamos numa armadilha entre os gigantes e empenhados com ambos.

Ao norte, Toranaga, o maior general vivo, senhor das Oito Províncias de Kantō, o daimio mais importante da terra, general-chefe dos exércitos do leste; a oeste, os domínios de Ishido, senhor do castelo de Ōsaka, conquistador da Coreia, protetor do herdeiro, general-chefe dos exércitos do oeste. E, ainda ao norte, o Tōkaidō, grande estrada costeira que une Edo, capital de Toranaga, a Ōsaka, capital de Ishido – trezentas milhas para oeste sobre as quais as suas legiões terão de marchar.

Quem vencerá a guerra?

Ninguém.

Porque a guerra deles vai envolver o império novamente, as alianças se romperão, províncias lutarão contra províncias, até aldeia contra aldeia, como sempre foi. Exceto nos últimos dez anos. Nos últimos dez anos, inacreditavelmente, houvera uma ausência de guerra chamada paz, por todo o império, pela primeira vez na história.

Eu estava começando a gostar da paz, pensou Mura.

Mas o homem que fez a paz está morto. O soldado camponês que se tornou samurai – e depois general, e em seguida o maior general, e finalmente o táicum, o absoluto Senhor Protetor do Japão – está morto há um ano, e o seu filho de sete anos é jovem demais para herdar o poder supremo. Assim, o menino, como nós, é um refém. Entre os gigantes. E a guerra é inevitável. Agora nem mesmo o táicum pode proteger o seu amado filho, a sua dinastia, a sua herança ou o seu império.

Talvez seja como deve ser. O táicum conquistou a terra, fez a paz, forçou todos os daimios a se curvarem como camponeses à sua frente, reorganizou feudos conforme a própria veneta – promovendo alguns, dissolvendo outros – e depois morreu. Era um gigante entre pigmeus. Mas talvez esteja certo de que toda a sua obra e grandeza tenham morrido com ele. Não é verdade que o homem é apenas uma flor levada pelo vento e que somente as montanhas, o mar, as estrelas, esta Terra dos Deuses são reais e duradouros?

Estamos todos numa armadilha, e isso é um fato. A guerra virá logo, e isso é um fato. Yabu decidirá sozinho de que lado vamos estar, e isso é um fato. A aldeia será sempre uma aldeia, porque os campos macios são ricos, o mar abundante, e esse é o último fato que conta.

Mura trouxe a mente de volta ao pirata bárbaro na sua frente. Você é um demônio, enviado para nos flagelar, pensou, e só nos causou problemas desde que chegou. Não podia ter escolhido outra aldeia?

– O capitão-san quer *onna?* – perguntou solicitamente. Por sugestão sua, o conselho da aldeia fizera arranjos para agradar os bárbaros, tanto por polidez quanto por ser um meio simples de mantê-los ocupados até que as autoridades chegassem. Que a aldeia se entretivesse com as histórias subsequentes das ligações mais do que compensou o dinheiro que tivera de ser investido.

– *Onna?* – repetiu, naturalmente presumindo que, como o pirata estava de pé, ficaria igualmente contente de se pôr de bruços, com a sua lança sagrada calidamente envolvida antes de dormir, e de qualquer modo tinham sido feitos todos os preparativos.

– Não! – Blackthorne queria apenas dormir. Mas como sabia que precisava daquele homem ao seu lado, forçou um sorriso e indicou o crucifixo. – Você é cristão?

– Sim, cristão – confirmou Mura.

– Eu também sou cristão.

– Padre diz não. Não cristão.

– Sou cristão. Não católico. Mas ainda assim sou cristão.

Mura não conseguiu compreender. E não houve como Blackthorne pudesse explicar, embora tentasse muito.

– Quer *onna?*

– O... o dimio... quando vem?

– Dimio? Não entender.

– Dimio... ah, quero dizer, daimio.

– Ah, daimio. *Hai*, daimio? – Mura sacudiu os ombros. – Daimio vem quando vem. Dormir. Primeiro limpar. Por favor.

– O quê?

– Limpar. Banho, por favor.

– Não entendo.

Mura chegou mais perto e franziu o nariz com desagrado.

– Fede. Ruim. Como todos os *portugueis*. Banho. Esta casa limpa.

– Tomo banho quando tiver vontade, e não cheiro mal! – encolerizou-se Blackthorne. – Todo mundo sabe que os banhos são perigosos. Você quer que eu pegue um resfriado? Acha que sou algum maldito idiota? Suma daqui e me deixe dormir!

– Banho! – ordenou Mura, chocado com a explosão de raiva do bárbaro, o cúmulo dos maus modos. E não era só que o bárbaro cheirasse mal, como de fato cheirava, mas, pelo que lhe constava, fazia três dias que ele não se banhava corretamente, a cortesã com toda a razão se recusaria a deitar-se com ele, por maior que fosse a sua paga. Esses estrangeiros horríveis, pensou. Surpreendente! Como os seus hábitos são inacreditavelmente imundos! Não importa. Sou o responsável por você. Você aprenderá bons modos. Vai tomar banho como um ser humano e a mãe vai saber aquilo que quer saber. – Banho!

– Agora saia antes que eu o faça em pedaços! – Blackthorne encarou-o, furioso, gesticulando para que se fosse.

Houve uma pausa momentânea e outros três japoneses apareceram com três das mulheres. Mura explicou resumidamente o que estava acontecendo, depois disse a Blackthorne com determinação:

– Banho. Por favor.

– Fora!

Mura avançou sozinho para dentro do quarto. Blackthorne levantou o braço para a frente, não querendo ferir o homem, só empurrá-lo. De repente soltou um berro de dor. De algum modo Mura lhe atingira o cotovelo com o lado da mão e agora o braço de Blackthorne pendia, momentaneamente paralisado. Furioso, atacou. Mas o quarto rodou, ele caiu de cara no chão, houve outra dor paralisante, penetrante, nas suas costas e ele não pôde se mover. "Por Deus..." Tentou levantar-se, mas as pernas se curvaram ao seu peso. Depois, calmamente, Mura estendeu o dedo pequeno mas duro como ferro, e tocou um centro nervoso na nuca de Blackthorne. Houve uma dor ofuscante.

– Meu bom Jesus...

– Banho? Por favor?

– Sim, sim – cedeu Blackthorne, ofegante em sua agonia, atônito por ter sido dominado com tanta facilidade por um homem tão minúsculo e agora jazer indefeso como qualquer criança, pronto para ter a garganta cortada.

Anos antes, Mura aprendera a arte do *jūjutsu*, assim como a lutar com espada e lança. Isso fora quando ele era um guerreiro e lutara por Nakamura, o general camponês, o táicum – muito antes de o táicum tornar-se táicum –, quando os camponeses podiam ser samurais e os samurais podiam ser camponeses ou artesãos, ou mesmo modestos mercadores, e guerreiros novamente. "Estranho", pensou Mura distraidamente, olhando para o gigante caído, "que praticamente a primeira coisa que o táicum fez quando se tornou todo-poderoso tenha sido ordenar que todos os camponeses deixassem de ser soldados e imediatamente depusessem todas as armas." O táicum lhes proibira as armas para sempre e estabelecera o sistema de castas imutáveis, que agora controlava todas as vidas no império: os samurais acima de todos, abaixo deles os camponeses, depois os artesãos, em seguida os mercadores, seguidos pelos atores, os párias e os bandidos, e finalmente, na base da escala, os *eta*, os não humanos, os que lidavam com corpos mortos, com a defumação do couro e a manipulação de animais mortos, que também eram os carrascos públicos, os mutiladores e os que marcavam os criminosos com ferro em brasa. Claro que todo bárbaro estava abaixo de qualquer consideração nessa escala.

– Por favor, desculpe-me, capitão-san – disse Mura, fazendo uma profunda reverência, envergonhado pela perda de dignidade do bárbaro, que jazia deitado ali, gemendo como um bebê de peito. Sim, sinto muito, pensou, mas tinha que ser feito. Você me provocou além de tudo o que seria razoável, em especial vindo de um bárbaro. Grita como um lunático, perturba a minha mãe, rompe a tranquilidade da minha casa, incomoda os criados, e a minha esposa já teve que substituir uma porta *shōji*. Eu não podia permitir que a sua óbvia falta de educação continuasse sem oposição. Ou permitir-lhe ir contra os meus desejos na minha própria casa. Na realidade, é para o seu próprio bem. E depois, não é tão ruim assim, porque vocês, bárbaros, na realidade não têm dignidade a perder. Exceto os padres – eles são diferentes. Ainda cheiram horrivelmente, mas são os ungidos de Deus, o Pai, portanto têm muita dignidade. Mas você... Você é um mentiroso e um pirata. Não tem honra. Que surpreendente! Bradando ser cristão! Infelizmente isso não vai ajudá-lo em absoluto. O nosso daimio odeia a verdadeira fé e os bárbaros, e só os tolera porque tem que tolerá-los. Mas você não é português nem cristão, portanto não é protegido pela lei, *né?* Assim, ainda que você seja um homem morto, ou pelo menos um homem mutilado, é meu dever fazer com que você siga o seu destino estando limpo. – Banho, muito bom!

Ajudou os outros homens a carregar Blackthorne, ainda entorpecido, através da casa, pelo jardim, ao longo de um caminho coberto, do qual ele sentia muito orgulho, e para dentro da casa de banho. As mulheres vinham atrás.

Tornou-se uma das grandes experiências da sua vida. Na época soube que contaria e recontaria a história aos amigos incrédulos, esvaziando barris de saquê quente, como era chamado o vinho nacional do Japão. Aos seus companheiros mais velhos, pescadores, aldeões, aos filhos deles, que também não acreditariam nele de imediato. Mas eles, por sua vez, regalariam os próprios filhos com o relato, e o nome de Mura, o pescador, viveria para sempre na aldeia de Anjiro, que ficava na província de Izu, na costa sudeste da ilha principal de Honshū. Tudo porque ele, Mura, o pescador, teve a boa fortuna de ser chefe da aldeia no primeiro ano após a morte do táicum e, portanto, temporariamente, responsável pelo chefe dos estranhos bárbaros que surgiram do mar oriental.

CAPÍTULO 2

–KASHIGI YABU, DAIMIO E SENHOR DE IZU, QUER SABER QUEM É VOCÊ, DE ONDE vem, como chegou aqui e que atos de pirataria cometeu – traduziu o padre Sebastião.

– Continuo sustentando que não somos piratas.

Era uma manhã clara e quente, Blackthorne estava ajoelhado diante da plataforma, na praça da aldeia, e a cabeça ainda doía por causa da pancada. Conserve a calma e ponha o cérebro a funcionar, murmurou para si mesmo. Você está em julgamento pela vida de todos. Você é o porta-voz e isso é tudo. O jesuíta é hostil, é o único intérprete disponível, e você não tem meios de saber o que ele está dizendo, só pode ter certeza de que ele não vai ajudá-lo... "Ponha os miolos a trabalhar, rapaz", quase podia ouvir o velho Alban Caradoc dizendo. "É quando a tempestade está pior e o mar mais revoltoso que você precisa dos seus miolos especiais. É isso que o mantém vivo e mantém vivo o seu navio – se você for o piloto. Ponha os miolos a funcionar e tire de cada dia o suco que esse dia lhe ofereça, por muito amargo que seja..."

O suco de hoje é de bile, pensou Blackthorne de cara amarrada. Por que ouço a voz de Alban com tanta clareza?

– Primeiro diga ao daimio que nós dois estamos em guerra, que somos inimigos – pediu. – Diga-lhe que a Inglaterra e a Neerlândia estão em guerra com a Espanha e Portugal.

– Previno-o de novo para simplesmente falar e não torcer os fatos. A Neerlândia, ou Holanda, Zelândia, Províncias Unidas, ou seja como for que vocês, imundos rebeldes holandeses, a chamem, é uma pequena província revoltosa do império espanhol. Você é o líder de traidores que se encontram em estado de insurreição contra o rei legítimo.

– A Inglaterra está em guerra e a Neerlândia está sep... – Blackthorne não continuou porque o padre não estava mais ouvindo, e sim traduzindo.

O daimio estava sobre a plataforma, baixo, atarracado e dominador. Ajoelhara-se confortavelmente, os calcanhares cuidadosamente dobrados sob o corpo, ladeado por quatro lugar-tenentes, um dos quais era Kashigi Omi, seu sobrinho e vassalo. Todos usavam quimonos de seda e, sobre estes, sobrecotas ornadas, com cintos largos apertando-os até a altura do peito e imensos ombros alargados. E as inevitáveis espadas.

Mura estava ajoelhado sobre o chão da praça. Era o único aldeão presente, e os demais espectadores eram os cinquenta samurais que tinham vindo com o daimio. Sentavam-se em filas disciplinadas, silenciosos. A ralé da tripulação do navio estava atrás de Blackthorne e, como ele, todos de joelhos, com guardas por perto. Tiveram que carregar o capitão-mor ao serem mandados para a praça, embora ele ainda estivesse passando muito mal. Autorizaram-no a permanecer deitado, semiconsciente. Blackthorne e todos os outros se curvaram quando chegaram diante do daimio, mas isso não fora suficiente. Os samurais os fizeram ajoelhar-se à força e empurraram-lhes as cabeças até o pó do chão, à maneira dos camponeses. Blackthorne tentara resistir e gritara ao padre que explicasse que o costume deles não era aquele, que ele era o líder e um emissário de seu país e devia ser tratado como tal. Mas o cabo de uma lança o fizera cambalear. Os seus homens se agruparam para um ataque impulsivo, mas ele lhes gritara que parassem e se ajoelhassem. Felizmente obedeceram. O daimio proferira alguma coisa gutural e o padre traduzira isso como uma advertência para que ele dissesse a verdade, e a dissesse rapidamente. Blackthorne pedira uma cadeira, mas o padre dissera que os japoneses não usavam cadeiras e não havia nenhuma no Japão.

Blackthorne estava concentrado no padre enquanto este falava com o daimio, procurando entender qualquer indício no emaranhado de palavras japonesas.

Há arrogância e crueldade no rosto do daimio, pensou. Aposto que é um verdadeiro bastardo. O japonês do padre não é fluente. Ah, viu isso? Irritação e impaciência. O daimio pediu outra palavra, uma palavra mais clara? Acho que sim. Por que o jesuíta está usando vestes alaranjadas? O daimio é católico? Olhem, o jesuíta é muito respeitoso e está suando um bocado. Aposto que o daimio não é católico. Preste atenção! Talvez ele não seja católico. Se for, não lhe dará acolhida alguma. Como será que você pode usar esse bastardo miserável? Como falar diretamente com ele? Como é que você vai lidar com o padre? Como desacreditá-lo? Qual é a isca? Vamos, pense! Você sabe o suficiente sobre jesuítas...

— O daimio diz para você se apressar e responder às perguntas dele.

— Sim. Claro, desculpe. Meu nome é John Blackthorne. Sou inglês, piloto-mor de uma armada neerlandesa. O nosso porto de partida foi Amsterdã.

— Armada? Que armada! Está mentindo. Não há armada alguma. Por que um inglês é piloto de um navio holandês?

— Tudo na sua hora. Primeiro, por favor, traduza o que eu disse.

— Por que você é piloto de um navio pirata holandês? Vamos!

Blackthorne decidiu jogar a sua sorte. Endureceu abruptamente a voz, que saiu cortante no calor da manhã.

— Que é que há? Primeiro traduza o que eu disse, *espanhol!* Já!

O padre corou.

— Sou português! Já lhe disse. Responda à pergunta.

— Estou aqui para falar com o daimio, não com você. Traduza o que eu disse, sua excrescência! — Blackthorne viu o padre corar ainda mais e sentiu que isso não passara despercebido ao daimio. Seja prudente, murmurou para si mesmo. Esse bastardo amarelo vai cortá-lo em pedaços mais depressa do que um cardume de tubarões se você passar da conta. – Diga ao senhor daimio! – Blackthorne fez deliberadamente uma profunda reverência para a plataforma e sentiu um suor gelado começar a porejar enquanto se comprometia irreversivelmente com o rumo da sua ação.

O padre Sebastião sabia que seu treinamento deveria fazê-lo impermeável aos insultos do pirata e ao seu plano evidente de desacreditá-lo perante o daimio. Mas, pela primeira vez, isso não ocorreu, e ele se sentiu perdido. Quando o mensageiro de Mura levara a notícia do navio à sua missão na província vizinha, ele ficara agitado com as implicações. Não pode ser holandês nem inglês!, pensara. Nunca houvera um navio herético no Pacífico, exceto os do arquidiabólico corsário Drake, e nunca ali na Ásia. As rotas eram secretas e estavam bem guardadas. Ele se preparara imediatamente para partir e enviara uma mensagem urgente, por pombo-correio, a seu superior em Ōsaka, desejando ter podido consultá-lo primeiro, sabendo que era jovem, quase inexperiente e novo no Japão, havia uns escassos dois anos ali, ainda não ordenado e sem competência para lidar com essa emergência. Correra para Anjiro, esperando e rezando para que a notícia não fosse verdadeira. Mas o navio era holandês e o piloto, inglês, e toda a sua repugnância pelas satânicas heresias de Lutero, Calvino, Henrique VIII e a arquiinimiga Elizabeth, filha bastarda deste último, o dominara por completo. E ainda lhe anuviara o discernimento.

– Padre, traduza o que o pirata disse – ouviu o daimio dizer.

Ó, bendita mãe de Deus, ajude-me a fazer a sua vontade. Ajude-me a ser forte diante do daimio, dê-me o dom das línguas e deixe-me convertê-lo à verdadeira fé.

O padre Sebastião concentrou-se com toda a sua sagacidade e começou a falar com mais confiança.

Blackthorne ouviu com cuidado, tentando distinguir as palavras e os significados. O padre falou "Inglaterra", "Blackthorne" e apontou para o navio, lindamente ancorado na baía.

– Como chegou aqui? – perguntou o padre Sebastião.

– Pelo estreito de Magalhães. Estamos a 136 dias de lá. Diga ao daimio...

– Está mentindo. O estreito de Magalhães é secreto. Você veio pela África e Índia. Você terá que dizer a verdade de qualquer modo. Usam tortura aqui.

– O estreito *era* secreto! Um português nos vendeu um portulano. Um dos seus vendeu vocês por um pouco do ouro de Judas. Vocês são todos filhos da puta! Agora os navios de guerra ingleses e holandeses conhecem o caminho através do Pacífico. Há uma esquadra – vinte navios de linha ingleses, navios de guerra com sessenta canhões – atacando Manila bem neste instante. O seu império está acabado!

– Está mentindo!

Sim, pensou Blackthorne, sabendo que não havia meio de provar a mentira exceto indo até Manila.

— Essa esquadra vai devastar as suas rotas marítimas e aniquilar as suas colônias. Há outra esquadra holandesa com chegada prevista aqui, mais cedo ou mais tarde. O porco luso-espanhol voltou para o chiqueiro, e o pau do superior-geral dos jesuítas está no cu dele, que é o lugar onde deve estar! — Voltou-se e curvou-se para o daimio.

— Deus o amaldiçoe e à sua boca imunda!

— *Ano mono wa nani wo mōshite oru!* — vociferou o daimio com impaciência.

O sacerdote falou mais rápida e asperamente, citando "Magalhães" e "Manila", mas Blackthorne achou que o daimio e os seus lugar-tenentes não pareciam compreender com muita clareza.

Yabu estava se cansando daquele julgamento. Olhou para a enseada, para o navio que o obcecava desde que recebera a mensagem secreta de Omi, e perguntou-se novamente se aquele era o aguardado presente dos deuses.

— Já inspecionou a carga, Omi-san? — perguntou assim que chegou naquela manhã, respingado de lama e muito cansado.

— Não, senhor. Achei melhor lacrar o navio até que o senhor viesse pessoalmente, mas os porões estão cheios de engradados e fardos. Espero ter agido corretamente. Aqui estão todas as chaves. Confisquei-as.

— Bom. — Yabu viera de Edo, capital de Toranaga, a mais de cem milhas de distância, com a urgência de um mensageiro, furtivamente, e com grande risco pessoal, e era vital que regressasse o mais rápido possível. A viagem levara quase dois dias por estradas enlameadas e riachos transbordantes por causa da primavera, realizada a cavalo e de palanquim. — Irei até o navio imediatamente.

— Deveria ver os estrangeiros, senhor — dissera Omi com uma risada. — São inacreditáveis. A maioria tem olhos azuis, como gatos siameses, e cabelo dourado. Mas a melhor notícia é que eles são piratas...

Omi lhe falou sobre o padre, sobre o que este relatou a respeito daqueles corsários, o que o pirata disse e o que aconteceu. A animação de Yabu triplicou. Dominou a impaciência por ir a bordo e quebrar os lacres. Em vez disso tomou um banho, trocou a roupa e ordenou que os bárbaros fossem trazidos à sua presença.

— Você, padre — disse com voz cortante, praticamente incapaz de compreender o japonês ruim do sacerdote. — Por que ele está tão furioso com você?

— Ele é ruim. Pirata. Adora o diabo.

Yabu inclinou-se para Omi, o homem à sua esquerda.

— Você entende o que ele está dizendo, sobrinho? Está mentindo? O que acha?

— Não sei, senhor. Quem sabe no que é que os bárbaros realmente acreditam? Imagino que o padre ache que o pirata é adorador do diabo. Claro que isso tudo é um absurdo.

Yabu virou-se de novo para o padre, detestando-o. Gostaria de poder crucificá-lo em seguida e apagar o cristianismo dos seus domínios de uma vez por todas. Mas não podia. Embora ele e todos os outros daimios tivessem poder total em seus respectivos territórios, ainda estavam sujeitos à autoridade superior do Conselho de Regentes, a junta militar dirigente à qual o táicum legara o poder durante a menoridade de seu filho. E sujeitos também aos éditos que o táicum emitira em vida, que ainda estavam todos legalmente em vigor. Um desses, promulgado anos antes, tratava dos bárbaros portugueses e ordenava que fossem todos protegidos e que, dentro dos limites do bom senso, a sua religião devia ser tolerada e os seus padres autorizados, também dentro dos limites do bom senso, a fazer prosélitos e a converter.

– Você, padre! O que mais o pirata disse? O que estava lhe dizendo? Vamos! Perdeu a língua?

– Pirata diz coisas ruins. Ruins. Sobre mais velejantes de guerra piratas, muitos.

– O que quer dizer com "velejantes de guerra"?

– Desculpe, senhor, não entendo.

– "Velejantes de guerra" não faz sentido, *né*?

– Ah! Pirata diz outros guerra barcos estar em Manila, nas Filipinas.

– Omi-san, você compreende o que ele está dizendo?

– Não, senhor. A pronúncia é assustadora, é quase uma linguagem desarticulada. Será que está dizendo que há mais návios piratas a leste do Japão?

– Você, padre! Esses navios piratas estão ao largo da nossa costa? No leste? É isso?

– Sim, senhor. Mas acho que ele mente. Falou em Manila.

– Não compreendo. Onde é Manila?

– No leste. Uma viagem de muitos dias.

– Se aparecerem navios piratas aqui, daremos a eles uma agradável acolhida, esteja Manila onde estiver.

– Por favor, desculpe-me, não o compreendo.

– Não importa – disse Yabu, com a paciência esgotada. Já decidira que os estrangeiros deviam morrer e antecipava com prazer essa perspectiva. Obviamente aqueles homens não se incluíam no édito do táicum, que especificava "bárbaros portugueses", e de qualquer modo eram piratas. Pelo que podia se lembrar, sempre odiara os bárbaros, o seu mau cheiro, a sua imundície e os seus nojentos hábitos de comer carne, a sua religião estúpida, a sua arrogância e as suas maneiras detestáveis. Mais do que isso, ele se sentia humilhado, como todos os daimios, pela opressão deles sobre a Terra dos Deuses. Fazia séculos que existia um estado de guerra entre a China e o Japão. A China não permitia o comércio. A seda chinesa era vital para tornar suportável o verão japonês, longo, quente e úmido. Durante gerações, apenas uma quantidade mínima de seda contrabandeada escorregara pelas malhas da fiscalização, para ser vendida no Japão a um custo enorme. Então, havia mais de sessenta anos, os primeiros bárbaros chegaram. O imperador chinês em Pequim deu-lhes uma minúscula base permanente em Macau, no sul da China, e concordou em comerciar seda por prata. O Japão tinha prata em abundância. Logo o comércio estava florescendo.

Ambos os países prosperaram. Os intermediários, os portugueses, enriqueciam, e os seus padres – jesuítas na maioria – se tornaram vitais para o comércio. Só eles tinham tentado aprender japonês e chinês, e por isso podiam agir como negociadores e intérpretes. À medida que o comércio foi crescendo, os padres foram se tornando cada vez mais essenciais. Agora o comércio anual era imenso e tocava a vida de cada samurai. De modo que os padres tinham que ser tolerados, assim como a difusão da sua religião, ou os bárbaros levantariam âncoras e o comércio cessaria.

Havia atualmente uma grande quantidade de importantes daimyōs cristãos e muitas centenas de milhares de convertidos, na maioria em Kyūshū, a ilha meridional que ficava mais próxima da China e onde estava situado o porto português de Nagasaki. Sim, pensou Yabu, temos que tolerar os padres e os portugueses, mas não estes bárbaros, os novos, os inacreditáveis homens de cabelo dourado e olhos azuis. Sentiu-se excitado pelo evento. Agora, finalmente, poderia satisfazer a curiosidade de saber como um bárbaro morreria quando submetido à tortura. E tinha onze homens, onze testes diferentes para realizar. Nunca se questionou a respeito da razão por que a agonia dos outros lhe agradava. Apenas sabia que isso lhe dava prazer e que por isso era algo a procurar e a gozar.

– Esse navio estrangeiro, não sendo português e sendo pirata – disse Yabu –, está confiscado com tudo o que contém. Todos os piratas estão condenados à... – Ficou boquiaberto quando viu o chefe dos piratas subitamente saltar para cima do padre, arrancar-lhe o crucifixo de madeira do cinto, quebrá-lo em pedaços e atirá-los ao chão, depois gritar bem alto qualquer coisa. Quando os guardas se lançaram para ele, espadas em riste, o pirata imediatamente caiu de joelhos e fez-lhe uma profunda reverência.

– Parem! Não o matem! – Yabu estava atônito, vendo que alguém podia ter a impertinência de agir com tal falta de educação na sua frente. – Esses bárbaros são verdadeiramente inacreditáveis!

– Sim – disse Omi, a mente fervilhando com as questões que aquela atitude implicava.

O padre ainda estava ajoelhado, contemplando fixamente os pedaços da cruz. Todos o viram estender a mão trêmula e recolher o símbolo violado. Disse alguma coisa ao pirata em voz baixa, quase gentil. Os seus olhos se fecharam, as mãos se postaram e os lábios começaram a mover-se lentamente. Imóvel, o chefe pirata olhava os japoneses, os olhos azul-pálidos sem piscar, ferinos, diante da ralé em que a sua tripulação tinha se transformado.

– Omi-san – disse Yabu –, primeiro quero ir até o navio, depois recomeçaremos. – A sua voz estremeceu ao imaginar o prazer que prometera a si mesmo. – Quero começar com aquele de cabelo vermelho ali na ponta, o baixinho.

Omi inclinou-se mais, para chegar mais perto, e baixou a voz excitada.

– Por favor, desculpe-me, mas isso nunca aconteceu antes, senhor. Desde que os bárbaros portugueses chegaram aqui. O crucifixo não é o símbolo sagrado deles?

Não são sempre respeitosos com os padres? Exatamente como os nossos cristãos? Os padres não têm controle absoluto sobre eles?

– Vá direto ao ponto.

– Nós todos detestamos os portugueses, senhor. Exceto os cristãos entre nós, *né*? Talvez esses bárbaros lhe sejam de mais valia vivos do que mortos.

– Como?

– Porque são únicos. São anticristãos! Talvez um homem sábio pudesse encontrar um meio de usar o ódio deles – ou a sua falta de religiosidade – a nosso favor. São propriedade sua, pode fazer com eles o que quiser, *né*?

Sim. É verdade que eu os quero torturar, pensou Yabu. Sim, mas isso você pode fazer a qualquer momento. Escute o que Omi está lhe dizendo. Ele é bom conselheiro. Mas será que merece confiança? Será que tem algum motivo secreto para dizer isso? Pense bem.

– Ikawa Jikkyu é cristão – ouviu o sobrinho dizer, citando o seu odiado inimigo, um dos parentes e aliados de Ishido, seu vizinho nos limites ocidentais. – Não é lá que esse padre imundo tem o seu lar? Talvez esses bárbaros pudessem lhe dar a chave para abrir toda a província de Ikawa. Talvez a de Ishido. Talvez até a do senhor Toranaga – acrescentou Omi, delicadamente.

Yabu estudou o rosto de Omi, tentando alcançar o que estava por trás dele. Depois desviou o olhar para o navio. Não tinha dúvida alguma agora de que fora enviado pelos deuses. Sim. Mas como um presente ou como um flagelo?

Renunciou ao próprio prazer pela segurança do seu clã:

– Concordo. Mas primeiro baixe a crista desses piratas. Ensine-lhes boas maneiras. Especialmente a *ele*.

– Pela morte do bom Jesus! – resmungou Vinck.

– Devíamos rezar, fazer uma prece – disse Van Nekk.

– Acabamos de fazer uma.

– Talvez fosse melhor fazermos outra. Senhor Deus, no paraíso, como viria a calhar agora um cálice de conhaque!

Estavam amontoados numa cela profunda, uma das muitas que os pescadores usavam para armazenar peixe seco ao sol. Os samurais os haviam arrebanhado na praça, obrigaram-nos a descer uma escada e eles agora estavam trancados no subterrâneo. A cela tinha cinco passos de comprimento, cinco de largura e quatro de altura, com chão e paredes de terra. O teto era feito de pranchas de madeira com um palmo de terra em cima e um único alçapão.

– Saia de cima do meu pé, seu gorila amaldiçoado!

– Cale a boca, seu catador de merda! – disse Pieterzoon amavelmente. – Ei, Vinck, afaste-se um pouco, seu velho peidão desdentado, você ocupa mais espaço do que qualquer outro! Por Deus, gostaria de beber agora uma cerveja gelada! Afaste-se.

– Não posso, Pieterzoon. Estamos mais apertados aqui do que a bunda de uma virgem.

– É o capitão-mor. Ficou com o espaço todo. Dêem-lhe um empurrão. Acordem-no! – disse Maetsukker.

– Hein? O que é que há? Deixem-me em paz. O que está acontecendo? Estou doente. Tenho que ficar deitado. Onde estamos?

– Deixem-no em paz. Ele está doente. Vamos, Maetsukker, levante-se, pelo amor de Deus. – Zangado, Vinck empurrou Maetsukker e atirou-o contra a parede. Não havia espaço suficiente para todos se deitarem, ou mesmo sentarem confortavelmente, ao mesmo tempo. O capitão-mor, Paulus Spillbergen, estava deitado ao comprido sob o alçapão, onde havia o melhor ar, a cabeça apoiada no seu capote enrolado. Blackthorne estava encostado a um canto, olhando fixamente para o alçapão. A tripulação o deixara em paz e permanecera à distância, tanto quanto possível, preocupada, reconhecendo, de longa data, o seu estado de espírito e a violência tempestuosa e explosiva que sempre espreitava por trás da sua aparência tranquila.

Maetsukker perdeu a paciência e desferiu um soco na virilha de Vinck.

– Deixe-me em paz ou eu o mato, seu filho da puta!

Vinck voou para cima dele, mas Blackthorne agarrou os dois, arremessando as cabeças de ambos contra a parede.

– Calem-se, todos vocês – disse calmamente. E eles se calaram. – Vamos nos dividir em grupos. Um grupo dorme, outro senta e outro fica em pé. Spillbergen fica deitado até se recuperar. Aquele canto é a latrina. – Dividiu-os. Quando se reorganizaram, a situação tornou-se mais suportável.

Temos que dar o fora daqui dentro de um dia ou estaremos fracos demais, pensou Blackthorne. Quando descerem a escada para nos trazer comida ou água. Terá que ser esta noite ou amanhã à noite. Por que nos puseram aqui? Não representamos ameaça. Poderíamos ajudar o daimio. Será que ele vai compreender? Era o meu único meio de mostrar-lhe que o padre é o nosso verdadeiro inimigo. Será que vai compreender? O padre compreendeu.

– Talvez Deus possa perdoá-lo pelo sacrilégio, mas eu não – dissera o padre Sebastião, muito calmamente. – Não descansarei enquanto você e o diabo que existe em você não forem eliminados.

O suor corria pelas suas faces e pingava pelo queixo. Enxugou-o distraidamente, ouvidos sintonizados na cela, como ficavam quando ele estava a bordo e dormindo, ou de guarda e devaneando: apenas para tentar ouvir o perigo antes que ele ocorresse.

Temos que dar o fora daqui e tomar o navio. Gostaria de saber o que Felicity está fazendo. E as crianças. Vejamos, Tudor tem sete anos agora e Lisbeth... Estamos a um ano, onze meses e seis dias de Amsterdã, mais 37 dias abastecendo e vindo de Chatham para cá, mais os onze dias que ela já tinha antes do embarque. É essa a idade dela, exatamente – se tudo estiver bem. Deve estar. Felicity estará cozinhando, tomando precauções, limpando e tagarelando enquanto as crianças crescem, tão fortes e destemidas quanto a mãe. Será ótimo estar em casa de novo, caminharmos juntos pela praia, pelas florestas e clareiras e pela beleza que é a Inglaterra.

Ao longo dos anos ele se treinara em pensar neles como personagens de uma peça. Pessoas que a gente amou e por quem sofreu, numa peça que não terminava nunca. De outro modo, a dor de estar longe seria excessiva. Quase que podia contar os dias que passara em casa nos onze anos de casamento. Poucos, pensou, muito poucos. "É uma vida dura para uma mulher, Felicity", ele lhe dissera antes. E ela respondera: "Qualquer vida é dura para uma mulher.". Tinha dezessete anos então, era alta, os seus cabelos eram compridos e sensu...

Os seus ouvidos o aconselharam a se acautelar.

Os homens estavam sentados, encostados ou tentando dormir. Vinck e Pieterzoon, bons amigos, conversavam tranquilamente. Van Nekk, como os outros, fitava o espaço. Spillbergen estava meio desperto e Blackthorne pensou que o homem era mais forte do que deixara qualquer um acreditar.

Houve um súbito silêncio quando ouviram passos acima de suas cabeças. Os passos pararam. Vozes abafadas, ásperas, numa língua de sons estranhos. Blackthorne pensou reconhecer a voz do samurai. Omi-san? Sim, era esse o nome dele. Mas não conseguiu ter certeza. Num instante as vozes cessaram e os passos se afastaram.

– Acha que vão nos alimentar, piloto? – disse Sonk.

– Sim.

– Eu gostaria de tomar um drinque. Uma cerveja gelada, por Deus – disse Pieterzoon.

– Cale a boca – retrucou Vinck. – Você sozinho é suficiente para fazer um homem tranquilo transpirar.

Blackthorne tinha consciência da sua camisa encharcada. E do mau cheiro. Pelo amor de Deus, eu tomaria um banho, pensou, e repentinamente sorriu, lembrando-se.

Mura e os outros o haviam carregado para dentro da sala quente naquele dia e o deitaram num banco de pedra, com os membros ainda adormecidos e movendo-se lentamente. As três mulheres, lideradas pela velha, começaram a despi-lo. Ele tentara detê-las, mas cada vez que se movia um dos homens lhe apertava um nervo e o deixava impotente. Apesar do muito que xingou e praguejou, continuaram a despi-lo até deixá-lo nu. Não que se sentisse envergonhado de ficar nu na frente de uma mulher, acontecia simplesmente que o ato de despir-se era sempre realizado privadamente, esse era o costume. Além disso, não gostava de ser despido por ninguém, especialmente por aqueles nativos incivilizados. Mas ser despido publicamente, como um bebê indefeso, e lavado como um bebê, com água quente contendo sabão e perfume, enquanto todos tagarelavam e sorriam, vendo-o de costas, era demais. Depois tivera uma ereção e, quanto mais tentava impedir que acontecesse, pior se tornava – pelo menos foi o que pensou, mas as mulheres não. Os olhos delas cresceram e ele começou a corar. Jesus, meu Deus, Um e Único, não posso estar corando – mas estava, e isso pareceu aumentar-lhe o tamanho. A velha bateu palmas de admiração e disse alguma coisa com que todos concordaram com a maior veemência. Mura dissera, com enorme gravidade:

– Capitão-san, Mãe-san lhe agradece o melhor dia da vida dela, agora morre feliz! – e inclinaram-se, ele e os outros, ao mesmo tempo.

Foi nessa altura que Blackthorne percebeu o cômico da situação e começou a rir. Os outros ficaram surpresos, depois se puseram a rir também, a risada levou-lhe a potência embora, a velha ficou um pouco triste e disse isso, o que o fez rir ainda mais, assim como a todos. Em seguida deitaram-no gentilmente no imenso calor da água profunda, que ele não conseguiu suportar muito tempo. Estenderam-no, ofegante, sobre o banco mais uma vez. As mulheres o enxugaram e depois apareceu um velho cego. Blackthorne jamais soubera o que era massagem. Inicialmente tentara resistir aos dedos esquadrinhadores, mas depois se deixou seduzir pela mágica deles e se viu quase como um gato, enquanto os dedos descobriam as nodosidades e davam passagem ao sangue ou ao elixir que espreitava sob a pele, músculos e tendões.

Depois o ajudaram a ir para a cama, estranhamente fraco, quase levitando, e a garota estava lá. Ela foi paciente com ele e ele, depois de dormir, quando teve forças, tomou-a com cuidado, ainda que não fizesse aquilo havia muito tempo.

Não lhe perguntou o nome, e de manhã, quando Mura, tenso e muito assustado, o arrancou do sono, ela já se tinha ido.

Blackthorne suspirou. A vida é maravilhosa, pensou.

No porão, Spillbergen gemia novamente. Maetsukker embalava-lhe a cabeça e lamentava-se não de dor, mas de medo, e Croocq estava a ponto de estourar. Jan Roper disse:

– Há algum motivo para sorrir, piloto?

– Vá para o inferno.

– Com todo o respeito, piloto – disse Van Nekk, cuidadosamente, trazendo à tona o que estava em primeiro lugar na cabeça de todos –, você foi muito imprudente atacando o padre na frente do miserável bastardo amarelo.

Houve concordância geral, embora expressa com precaução.

– Se não tivesse feito isso, acho que não estaríamos nesta pocilga imunda. – Van Nekk não se aproximou de Blackthorne. – Tudo o que você tem a fazer é pôr a cabeça no pó do chão quando o lorde bastardo estiver por perto e eles ficarão tão mansos quanto cordeiros.

Esperou uma resposta, mas Blackthorne não deu nenhuma, simplesmente voltou-se para o alçapão. Foi como se ninguém tivesse dito nada. A apreensão deles aumentou.

Paulus Spillbergen ergueu-se sobre um cotovelo com dificuldade.

– Do que é que você está falando, Baccus?

Van Nekk, com os olhos doendo mais do que nunca, foi até ele e lhe contou sobre o padre e a cruz, o que acontecera e por que estavam ali.

– Sim, isso foi perigoso, piloto-mor – disse Spillbergen. – Sim, eu diria que foi absolutamente errado. Passem-me um pouco de água. Agora os jesuítas não vão nos deixar em paz em hipótese alguma.

– Você devia ter quebrado o pescoço dele, piloto. Porque de qualquer modo os jesuítas não vão nos deixar em paz – disse Jan Roper. – São piolhos imundos, e estamos aqui neste buraco fedorento por castigo de Deus.

– Isso é absurdo, Roper – disse Spillbergen. – Estamos aqui porq...

– É um castigo de Deus! Devíamos ter queimado todas as igrejas em Santa Madalena, e não apenas duas. Devíamos ter queimado todas. As fossas de Satã!

Spillbergen, fracamente, afastou uma mosca com um tapa.

– As tropas espanholas estavam se reagrupando e nos excediam em quinze para um. Deem-me um pouco de água! Saqueamos a cidade, conseguimos o butim e esfregamos o nariz deles no pó. Se tivéssemos ficado lá, teríamos sido mortos. Pelo amor de Deus, alguém me dê um pouco de água. Teríamos sido todos mortos se não tivéssemos batido em retir...

– Que importa isso quando se está fazendo a obra de Deus? Estamos em falta para com Ele.

– Talvez estejamos aqui para fazer a obra de Deus – disse Van Nekk, apaziguador, pois Roper era um bom homem, embora muito zeloso, um mercador esperto e filho do seu sócio. – Talvez possamos mostrar aos nativos daqui o erro das suas práticas. Talvez até convertê-los à verdadeira fé.

– Absolutamente certo – disse Spillbergen. Ainda se sentia fraco, mas as suas forças estavam voltando. – Acho que você devia ter consultado Baccus, piloto-mor. Afinal, ele é o mercador-chefe. É muito bom para negociar com selvagens. Passem a água!

– Não há água, Paulus. – O abatimento de Van Nekk aumentou. – Não nos deram nem comida nem água. Não nos deram nem um penico para mijar.

– Bem, peça um! E água! Deus do paraíso, estou com sede. Peça água! Você!

– Eu? – perguntou Vinck.

– Sim. Você!

Vinck olhou para Blackthorne, mas Blackthorne simplesmente observava o alçapão, distraído, de modo que Vinck parou embaixo da abertura e gritou:

– Ei! Você aí em cima! Dê-nos água! Queremos comida e água!

Não houve resposta. Ele gritou de novo. Nenhuma resposta. Os outros gradualmente se puseram a gritar também. Todos, exceto Blackthorne. Logo o pânico e a náusea do confinamento exíguo se insinuaram na voz deles e começaram a uivar como lobos.

O alçapão se abriu. Omi olhou-os lá embaixo. A seu lado estava Mura. E o padre.

– Água! E comida, por Deus! Tirem-nos daqui! – E logo se puseram todos a berrar novamente.

Omi fez um gesto para Mura, que concordou e se afastou. Um momento depois voltou com outro pescador, carregando um grande barril entre eles. Esvaziaram o conteúdo – peixe podre e água do mar – sobre a cabeça dos prisioneiros.

Os homens se espalharam na cela, tentaram escapar, mas nenhum conseguiu. Spillbergen ficou soterrado, quase sufocado. Alguns homens escorregaram e foram pisados. Blackthorne não se moveu do canto onde estava. Simplesmente encarou Omi, odiando-o.

Então Omi começou a falar. Houve um silêncio amedrontado, rompido por algumas tossidelas e pelas ânsias de vômito de Spillbergen. Quando Omi terminou, o padre surgiu na abertura, nervoso.

– As ordens de Kashigi Omi são estas: vocês começarão a se comportar como seres humanos decentes. Vocês não farão mais barulho. Se fizerem, cinco barris serão esvaziados na cela, da próxima vez. Depois dez, depois vinte. Receberão comida e água duas vezes por dia. Quando tiverem aprendido a se comportar, terão permissão para subir ao mundo dos homens. O senhor Yabu graciosamente poupou-lhes a vida, estipulando que vocês o sirvam com lealdade. Todos menos um. Um deve morrer. Ao crepúsculo. Vocês devem escolher quem morrerá. Mas você – apontou para Blackthorne – não deve ser escolhido. – Ansioso, o padre tomou fôlego profundamente, fez uma meia mesura ao samurai e recuou.

Omi perscrutou o buraco lá embaixo. Podia ver os olhos de Blackthorne e sentiu-lhe o ódio. Vai levar muito tempo para domar o espírito desse homem, pensou. Não importa. Temos bastante tempo.

E fecharam o alçapão, batendo com força.

CAPÍTULO 3

YABU IMERGIU NO BANHO QUENTE MAIS CONTENTE E CONFIANTE DO QUE NUNCA na vida. O navio pusera à mostra a sua riqueza, e essa riqueza dava-lhe um poder que nunca sonhara possível.

— Quero que tudo seja trazido para terra amanhã — dissera. — Recoloquem os mosquetes nos engradados. Escondam tudo com redes ou sacos de aniagem.

Quinhentos mosquetes, pensou, exultante. Com mais pólvora e balas do que Toranaga tem em todas as Oito Províncias. E vinte canhões. Cinco mil balas de canhão, munição em abundância. Arcas com flechas de fogo. Tudo da melhor qualidade europeia.

— Mura, você providenciará carregadores. Igurashi-san, quero todo esse armamento, inclusive os canhões, no meu castelo de Mishima o mais breve possível e em segredo. Você será responsável.

— Sim, senhor.

Estavam no porão principal do navio, e todos o fitavam boquiabertos: Igurashi, um homem alto, ágil, de um olho só, era o seu principal assistente. Estavam presentes ainda Zukimoto, o seu mestre-quarteleiro, junto com dez aldeões cobertos de suor que haviam aberto os engradados sob a supervisão de Mura, e a sua guarda pessoal de quatro samurais. Sabia que eles não compreendiam a sua alegria ou a necessidade de agirem às ocultas. Antes assim, pensou.

Quando os portugueses chegaram pela primeira vez ao Japão, em 1542, introduziram os mosquetes e a pólvora. Os japoneses, dezoito meses depois, já os estavam fabricando. A qualidade não era tão boa quanto a do equivalente europeu, mas isso não tinha importância, porque as armas foram consideradas meramente uma novidade e, por longo tempo, usadas apenas para a caça; e mesmo para isso as flechas eram muito mais precisas. Além disso, mais importante ainda, a arte bélica japonesa era quase um ritual: o combate individual corpo a corpo, sendo a espada a arma mais honrosa. O uso de armas de fogo foi considerado covarde e desonroso e completamente contra o código dos samurais, o *bushidō*, o Caminho do Guerreiro, que compelia os samurais a lutar com honra, viver com honra e morrer com honra. A ter uma eterna e inquestionável lealdade ao seu senhor feudal. A não temer a morte — procurá-la, mesmo, em seu serviço. E a ter orgulho do próprio nome e mantê-lo sem mancha.

Durante anos, Yabu mantivera uma teoria secreta. Finalmente, pensou exultante, você poderá desenvolvê-la e pô-la em prática. Quinhentos samurais escolhidos, armados com mosquetes, *mas treinados como uma unidade*, atuando como ponta de lança para os seus 12 mil soldados convencionais, apoiados por vinte canhões usados de um modo especial por homens especiais, igualmente treinados *como uma unidade*. Uma nova estratégia para uma nova era? Na guerra que se aproxima, as armas de fogo talvez sejam decisivas.

E o *bushidō?*, perguntavam-lhe sempre os espíritos de seus ancestrais.

E o *bushidō?*, perguntava-lhes ele sempre de volta.

Nunca lhe responderam.

Nunca, nem nos seus sonhos mais extravagantes, imaginara ter recursos para obter quinhentas armas. Mas agora as tinha de graça e só ele sabia como usá-las. Mas a favor de que lado? De Toranaga ou de Ishido? Ou deveria esperar e, talvez, ser o eventual vencedor?

— Igurashi-san, você viajará durante a noite e manterá segurança máxima.

— Sim, senhor.

— Tudo isso deve permanecer em segredo, Mura. Ou a aldeia será eliminada.

— Não se dirá nada, senhor. Posso falar pela minha aldeia. Não posso falar pela viagem ou por outras aldeias. Quem pode saber onde estão os espiões? Mas por nós nada será dito.

Depois Yabu fora até a sala-forte. Continha o que presumiu ser pilhagem pirata: placas de ouro e prata, cálices, candelabros e ornamentos, algumas pinturas religiosas em molduras ornamentadas. Um baú continha roupas de mulher, elaboradamente bordadas com fios de ouro e pedras coloridas.

— Fundirei a prata e o ouro em lingotes e os colocarei no tesouro — disse Zukimoto. Era um homem hábil, pedante, dos seus quarenta anos, mas não samurai. Anos antes fora um sacerdote-guerreiro budista, mas o táicum, o Senhor Protetor, havia aniquilado o seu mosteiro numa campanha para expurgar a terra de certos mosteiros e seitas budistas de guerreiros militantes que não aprovavam a sua soberania absoluta. Por meio de suborno, Zukimoto conseguira escapar daquela morte prematura, se tornara mascate e, mais tarde, um pequeno mercador de arroz. Havia dez anos juntara-se ao comissariado de Yabu e agora era indispensável. — Quanto às roupas, talvez os fios de ouro e as gemas tenham valor. Com a sua permissão, vou mandar empacotá-las e enviá-las a Nagasaki, com alguma coisa mais que eu possa aproveitar.

O porto de Nagasaki, na costa meridional da ilha de Kyūshū, no extremo sul, era o entreposto e mercado legal dos portugueses.

— Os bárbaros talvez paguem bem por essas bugigangas.

— Bom. E quanto aos fardos no outro porão?

— Todos contêm um tecido pesado. Praticamente inútil para nós, senhor, sem nenhum valor comercial em absoluto. Mas isto deve agradar ao senhor.

Zukimoto abrira a caixa-forte. A arca continha 20 mil moedas de prata cunhadas. Dobrões espanhóis. Da melhor qualidade.

Yabu mexeu-se na água. Enxugou o suor do rosto e do pescoço com a toalhinha branca e mergulhou mais fundo no banho quente perfumado. Se há três dias, disse ele para si mesmo, um adivinho tivesse antecipado que tudo isso aconteceria, eu o teria feito engolir a língua por dizer mentiras impossíveis.

Três dias antes ele estava em Edo, a capital de Toranaga. A mensagem de Omi chegara ao pôr do sol. Evidentemente, o navio tinha que ser investigado de imediato. Mas Toranaga ainda se encontrava em Ōsaka para a confrontação final com o senhor general Ishido e, na sua ausência, convidara Yabu e todos os daimios amigos da vizinhança a esperar até que retornasse. Um convite assim não podia ser recusado sem resultados sinistros. Yabu sabia que ele e os outros daimios independentes e respectivas famílias eram meramente proteção adicional à segurança de Toranaga e, embora naturalmente a palavra jamais devesse ser usada, eram reféns em troca do regresso de Toranaga da inexpugnável fortaleza do inimigo em Ōsaka, onde o encontro estava se realizando. Toranaga era presidente do Conselho de Regentes que o táicum designara no seu leito de morte para governar o império durante a menoridade de seu filho Yaemon, agora com sete anos. Havia cinco regentes, todos eminentes daimios, mas apenas Toranaga e Ishido tinham poder efetivo.

Yabu considerara cuidadosamente todas as razões para ir até Anjiro, os riscos envolvidos e as razões para ficar. Depois mandara chamar a esposa e a consorte favorita. Uma consorte era uma amante formal, legal. Um homem podia ter tantas quantas quisesse, mas apenas uma esposa de cada vez.

— Meu sobrinho Omi acaba de me enviar uma mensagem secreta falando de um navio bárbaro que aportou em Anjiro.

— Um dos Navios Negros? — perguntara a esposa, excitada. Referia-se aos imensos e incrivelmente ricos navios mercantes que, levados pelas monções, cobriam anualmente o percurso entre Nagasaki e a colônia portuguesa de Macau, que ficava a quase mil milhas ao sul, na China continental.

— Não. Mas talvez seja rico também. Vou partir imediatamente. Você deve dizer que fiquei doente e não posso ser incomodado por motivo algum. Estarei de volta dentro de cinco dias.

— Isso é incrivelmente perigoso — advertiu-o a esposa. — O senhor Toranaga deu ordens específicas para que ficássemos. Estou certa de que ele fará outro acordo com Ishido e é poderoso demais para ser insultado. Senhor, jamais podemos ter a certeza de que ninguém suspeitará da verdade, há espiões por toda parte. Se Toranaga regressar e descobrir que o senhor partiu, a sua ausência será mal-interpretada. Os seus inimigos vão envenenar a mente dele contra o senhor.

— Sim — acrescentou a consorte. — Por favor, desculpe-me, mas o senhor Toranaga jamais acreditará que o senhor lhe desobedeceu apenas para examinar um navio bárbaro. Por favor, mande outra pessoa.

— Mas não se trata de um navio bárbaro comum. *Não é* português. Escutem: Omi diz que é de um país diferente. Os homens falam entre si uma língua de som diferente, e têm *olhos azuis* e *cabelos dourados*.

— Omi-san ficou louco. Ou tomou saquê demais — disse a esposa.

— Isto é importante demais para brincadeiras, tanto dele quanto de vocês.

A esposa se curvara, pedira desculpas e dissera que ele estava absolutamente certo em corrigi-la, mas que a observação não visava troçar dele. Ela era uma mulher pequena, magra, dez anos mais velha do que ele, que lhe dera um filho por ano durante oito anos até que seu útero murchou. Dos filhos, cinco foram homens. Três haviam se tornado guerreiros e morrido bravamente na guerra contra a China, outro se tornara sacerdote budista e o último, agora com dezenove anos, era desprezado pelo pai.

A esposa, senhora Yuriko, era a única mulher que ele temera, a única a quem dera valor — com exceção da sua própria mãe, já falecida — e que governava a casa com chicote de seda.

— Desculpe-me novamente, por favor — disse ela. — Omi-san entrou em pormenores sobre a carga?

— Não. Não a examinou, Yuriko-san. Diz que, como o navio era tão incomum, lacrou-o imediatamente. Nunca chegou aqui nenhum navio não português, *né*? Diz também que é um navio de guerra. Com vinte canhões nos conveses.

— Ah! Então alguém deve ir imediatamente.

— Vou eu mesmo.

— Por favor, reconsidere. Mande Mizuno. Seu irmão é inteligente e prudente. Imploro-lhe que não vá.

— Mizuno é fraco e não merece confiança.

— Então ordene-lhe que cometa *seppuku* e dê um jeito nele — disse ela asperamente.

Seppuku, às vezes chamado de haraquiri, o suicídio ritual por estripação, era o único modo de um samurai expiar com honra uma vergonha, um pecado ou uma falha, sendo prerrogativa exclusiva da casta dos samurais. Todos eles — tanto homens quanto mulheres — eram preparados desde a infância, tanto para o ato quanto para participar da cerimônia como auxiliar. As mulheres cometiam o suicídio ritual somente com uma faca na garganta, não por estripação.

— Mais tarde, não agora — disse Yabu à esposa.

— Então mande Zukimoto. Ele, com certeza, merece confiança.

— Se Toranaga não tivesse ordenado que todas as esposas e consortes também permanecessem aqui, eu mandaria você. Mas isso também seria muito arriscado. Tenho que ir. Não tenho opção. Yuriko-san, você me diz que o meu tesouro está vazio. Diz que não tenho mais crédito com os imundos usurários. Zukimoto diz que estamos cobrando o imposto máximo dos meus camponeses. Preciso ter mais cavalos, equipamentos, armas e samurais. Talvez o navio forneça os meios.

— As ordens do senhor Toranaga foram absolutamente claras, senhor. Se ele voltar e descobrir...

— Sim. *Se* ele voltar, senhora. Ainda acho que ele se colocou em uma armadilha. O senhor Ishido tem 80 mil samurais só no Castelo de Ōsaka e em torno dele. Para Toranaga, ir até lá com umas poucas centenas de homens foi a atitude de um louco.

– Ele é muito astuto para se arriscar desnecessariamente – disse ela, confiante.

– Se eu fosse Ishido e o tivesse no meu laço, o mataria imediatamente.

– Sim – disse Yuriko –, mas a mãe do herdeiro ainda está como refém em Edo até que Toranaga regresse. O senhor general Ishido não vai ousar tocar em Toranaga até que ela esteja de volta, em segurança, em Ōsaka.

– Eu o mataria. Não faz diferença que a senhora Ochiba viva ou morra. O herdeiro está a salvo em Ōsaka. Com Toranaga morto, a sucessão é certa. Toranaga é a única ameaça real ao herdeiro, o único com possibilidade de usar o Conselho de Regentes, usurpar o poder do táicum e matar o menino.

– Por favor, desculpe-me, senhor, mas talvez o senhor general Ishido consiga o apoio dos outros três regentes e desacredite Toranaga, e esse é o fim de Toranaga, *né?* – disse a consorte.

– Sim, senhora, se Ishido pudesse, ele o faria, mas não acho que possa. Ainda. Nem Toranaga. O táicum escolheu os cinco regentes de modo muito inteligente. Desprezam-se tanto uns aos outros que é quase impossível se porem de acordo em qualquer coisa. Antes de tomar o poder, os cinco grandes daimios haviam publicamente jurado fidelidade eterna ao táicum moribundo, ao seu filho e aos seus descendentes. Prestaram juramentos públicos, sagrados, de concordar segundo um critério de unanimidade no conselho, fazendo o voto de entregar o reino intacto a Yaemon quando este atingisse quinze anos. Critério de unanimidade significa que nada pode ser realmente mudado até que Yaemon assuma como herdeiro.

– Mas algum dia, senhor, quatro regentes se unirão contra um, por ciúme, medo ou ambição, *né?* Os quatro vão distorcer as ordens do táicum o suficiente para conseguirem a guerra, *né?*

– Sim. Mas será uma guerra curta, senhora, e esse *um* sempre será esmagado e suas terras divididas pelos vencedores, que terão, então, de designar um quinto regente. Com o tempo serão quatro contra um e novamente um será esmagado e as suas terras confiscadas, tudo conforme o que o táicum planejou. O único problema é decidir quem será o *escolhido* desta vez, Ishido ou Toranaga.

– É Toranaga quem vai ficar isolado.

– Por quê?

– Os outros o temem demais porque todos *sabem* que ele secretamente quer ser shōgun, por mais que diga o contrário.

Shōgun era o último posto que um mortal podia atingir no Japão. Shōgun significava "supremo ditador militar". Apenas um daimio de cada vez podia assumir o título. E apenas Sua Alteza Imperial, o imperador reinante, o Divino Filho do Céu, que vivia segregado com a família imperial em Kyōto, podia outorgar o título.

Com a atribuição do título de shōgun vinha o poder absoluto – o selo e o mandato do imperador. O shōgun governava em nome do imperador. Todo poder derivava do imperador, já que ele descendia diretamente dos deuses. Portanto, todo daimio que se opusesse ao shōgun estava automaticamente em revolta contra o trono, era imediatamente banido e todas as suas terras eram confiscadas.

O imperador reinante era adorado como divindade por ser descendente em linha direta da deusa do Sol, Amaterasu Ōmikami, e por ser um dos filhos dos deuses Izanagi e Izanami, que, do firmamento, haviam formado as ilhas do Japão. Por direito divino, o imperador reinante possuía toda a terra, reinava e era obedecido sem contestação. Mas, na prática, havia mais de seis séculos o verdadeiro poder assentava por trás do trono.

Seis séculos atrás houvera um cisma quando duas das três grandes famílias de samurais rivais, semirreais – Minowara, Fujimoto e Takashima –, apoiaram pretendentes rivais ao trono e mergulharam o reino numa guerra civil. Depois de sessenta anos, os Minowara prevaleceram sobre os Takashima. E os Fujimoto, a família que permanecera neutra, ficaram aguardando a sua vez.

A partir daí, preservando ciosamente o próprio poder, os shōguns Minowara dominaram o reino, decretaram a hereditariedade do seu shōgunato e começaram a casar algumas de suas filhas com a linhagem imperial. O imperador e toda a corte imperial eram mantidos completamente isolados em palácios e jardins murados no pequeno enclave de Kyōto, muitas vezes na penúria, com as atividades perpetuamente limitadas a observar os rituais do xintoísmo, a antiga religião animista do Japão, e dedicando-se a ocupações intelectuais, tais como caligrafia, pintura, filosofia e poesia.

A corte do Filho do Céu era fácil de dominar porque, embora possuísse toda a terra, não tinha rendimentos. Somente os daimios, samurais, possuíam rendimentos e o direito de cobrar impostos. Por isso, embora todos os membros da corte imperial estivessem acima de todos os samurais em posição, eles viviam de um estipêndio atribuído à corte conforme o capricho do shōgun, do *kanpaku* – o conselheiro-chefe civil – ou da junta militar governante no momento. Poucos eram generosos. Alguns imperadores tiveram até que trocar as próprias assinaturas por comida. Muitas vezes não havia nem sequer dinheiro suficiente para uma coroação.

Os shōguns Minowara acabaram perdendo o poder para outros, os descendentes dos Takashima ou dos Fujimoto. E, como as guerras civis continuassem incessantes através dos séculos, o imperador tornou-se cada vez mais um instrumento do daimio que fosse forte o bastante para tomar posse física de Kyōto. No momento em que o novo conquistador de Kyōto massacrava o shōgun reinante e sua linhagem, devia – desde que fosse Minowara, Takashima ou Fujimoto –, com humildade, jurar fidelidade ao trono e, submisso, convidar o impotente imperador a lhe conceder o agora vago posto de shōgun. Depois, tal como seus antecessores, tentaria estender seu poder para fora de Kyōto até ser, por sua vez, engolido por outro. Os imperadores casavam-se, abdicavam ou ascendiam ao trono conforme o capricho do shōgun. Mas sempre a linhagem do imperador reinante permanecia inviolada e contínua.

De modo que o shōgun era o todo-poderoso. Até que fosse derrubado.

Muitos foram depostos através dos séculos, enquanto o império se fragmentava em várias facções menores. Nos últimos cem anos, nenhum daimio isolado tivera poder suficiente para se tornar shōgun. Doze anos antes, o general Nakamura, camponês, obtivera o poder e o mandato do atual imperador, Go--Nijo. Mas não pôde ocupar o cargo de shōgun, apesar de muito desejado, porque nascera camponês. Teve que se contentar com o título civil, muito inferior, de *kanpaku*, conselheiro-chefe, e mais tarde, quando renunciou a esse título em favor do filho menor de idade, Yaemon – embora conservando o poder, como era de hábito –, teve que se contentar com o de táicum. Por costume histórico, somente os descendentes das prolíferas, antigas e semidivinas famílias Minowara, Takashima e Fujimoto tinham direito ao posto de shōgun.

Toranaga descendia dos Minowara. Por sua vez, Yabu podia traçar a própria linhagem até um vago ramo secundário da família Takashima, o suficiente para estabelecer uma conexão se algum dia pudesse alcançar o supremo poder.

– Iiiih, senhora – disse Yabu –, claro que Toranaga quer ser shōgun, mas nunca conseguirá chegar lá. Os outros regentes o desprezam e temem. Neutralizam-no, conforme planejou o táicum. – Inclinou-se para a frente e estudou a esposa atentamente, acrescentando: – Você pensa que Toranaga vai perder para Ishido?

– Ficará isolado, sim. Mas, no final, acho que não perderá, senhor. Imploro--lhe que não desobedeça ao senhor Toranaga e não saia de Edo apenas para examinar o navio bárbaro, não importa quão incomum Omi diga que ele é. Por favor, mande Zukimoto a Anjiro.

– E se o navio contiver um tesouro? Prata ou ouro? Você confiaria em Zukimoto ou em qualquer um dos nossos oficiais?

– Não – respondeu a esposa.

Então naquela noite ele se esgueirou para fora de Edo secretamente, com apenas cinquenta homens. E agora tinha riqueza e poder para além de todos os seus sonhos, e cativos inigualáveis, um dos quais ia morrer naquela noite. Providenciou para que uma cortesã e um menino estivessem prontos para mais tarde. Ao amanhecer, no dia seguinte, retornaria a Edo. E ao pôr do sol as armas e o tesouro iniciariam a sua viagem secreta.

"Iiiih, as armas!", pensou ele, exultante. "As armas e o plano, juntos, me darão poder para fazer Ishido vencer, ou Toranaga, seja qual for aquele que eu escolha. Então me tornarei um regente, no lugar do perdedor, *né*? Depois, o regente mais poderoso. Por que não chegar a ser até shōgun? Sim. Tudo é possível *agora*."

Deixou-se devanear agradavelmente. Como usar as 20 mil moedas de prata? Posso reconstruir o calabouço do castelo. E comprar os cavalos especiais para os canhões. E expandir a nossa rede de espionagem. E quanto a Ikawa Jikkyu?

Será que mil moedas seriam suficientes para subornar os cozinheiros dele para envenená-lo? Mais do que suficientes! Talvez quinhentas, talvez até cem moedas, nas mãos certas, fossem muito. Nas mãos de quem?

O sol vespertino infiltrava-se obliquamente pela pequena janela aberta na parede de pedra. A água do banho estava muito quente, aquecida por uma lareira a lenha construída na parede interna. A casa era de Omi e se erguia em uma pequena colina que dominava a aldeia e a enseada. Dentro de seus muros, o jardim era esmerado, sereno e digno.

A porta da sala de banho se abriu. O homem cego inclinou-se.

– Kashigi Omi-san me mandou, senhor. Sou Suwo, o massagista dele. – Era alto, muito magro e velho, com o rosto enrugado.

– Bom. – Yabu sempre tivera horror a ficar cego. Pelo que podia se lembrar, sempre tivera sonhos em que acordava na escuridão, sabendo que era dia; abrindo a boca para gritar, sabendo que era desonroso gritar, mas gritando assim mesmo. Depois, o despertar verdadeiro e o suor escorrendo.

Mas esse horror à cegueira pareceu aumentar-lhe o prazer de ser massageado pelo cego.

Viu a cicatriz de corte na têmpora direita do homem e a fenda profunda no crânio, logo abaixo dela. É um corte de espada, disse para si mesmo. Será que foi isso que lhe causou a cegueira? Será que ele já foi samurai um dia? De quem? Será que é um espião?

Yabu sabia que o homem fora revistado muito cuidadosamente pelos seus guardas antes de ser autorizado a entrar. Portanto, não havia que temer uma arma oculta. A sua estimada espada comprida estava ao seu alcance, uma lâmina antiga feita pelo mestre-espadeiro Murasama. Observou o velho tirando o quimono de algodão e pendurando-o sem procurar o suporte. Tinha mais cicatrizes de espada no peito. A sua tanga estava muito limpa. Ajoelhou-se, esperando pacientemente.

Yabu saiu do banho quando o outro ficou pronto e deitou-se na bancada de pedra. O velho enxugou Yabu cuidadosamente, passou óleo perfumado nas mãos e começou a massagear os músculos do pescoço e das costas do daimio.

A tensão de Yabu foi desaparecendo à medida que os dedos muito fortes se moviam sobre ele, esquadrinhando em profundidade com surpreendente habilidade.

– Isso é bom. Muito bom – disse, momentos depois.

– Obrigado, Yabu-sama – disse Suwo. *Sama*, que significava "senhor", era uma cortesia obrigatória quando alguém se dirigia a um superior.

– Você serve Omi-san há muito tempo?

– Há três anos, senhor. Ele é muito gentil com um velho como eu.

– E antes disso?

– Vaguei de aldeia em aldeia. Alguns dias aqui, meio ano ali, como uma borboleta na brisa de verão. – A voz de Suwo era tão relaxante quanto suas mãos. Decidira que o daimio queria conversar e esperou pacientemente pela próxima pergunta. Parte da sua arte era saber o que lhe era exigido e quando. Às vezes os seus ouvidos lhe diziam isso, mas na maior parte delas eram os dedos que pareciam destrancar o segredo da mente do homem ou da mulher. Seus dedos estavam lhe dizendo que se acautelasse contra aquele homem, que ele era perigoso e inconstante, tinha cerca de quarenta anos, era bom cavaleiro e excelente espadachim. Além disso, que seu fígado estava mal e ele morreria dentro de dois anos. O saquê, e provavelmente os afrodisíacos, o matariam. – O senhor é forte para a sua idade, Yabu-sama.

– Você também. Qual é a sua idade, Suwo?

O velho riu, mas seus dedos não paravam nunca.

– Sou o homem mais velho do mundo, do meu mundo. Todas as pessoas que conheci estão mortas há muito tempo. Devo ter mais de oitenta anos, não estou certo. Servi o senhor Yoshi Chikitada, avô do senhor Toranaga, quando o feudo do clã não era maior do que esta aldeia. Até me encontrava no acampamento no dia em que ele foi assassinado.

Yabu deliberadamente manteve o corpo relaxado por esforço de vontade, mas sua mente se aguçou e começou a ouvir atentamente.

– Aquele foi um dia horrível, Yabu-sama. Não sei qual era a minha idade, mas minha voz ainda era firme. O assassino foi Obata Hiro, um filho do aliado mais poderoso dele. Talvez o senhor conheça a história, como o jovem decepou a cabeça do senhor Chikitada com um único golpe de espada. Era uma lâmina Murasama, e foi isso o que deu início à superstição de que todas as lâminas Murasama trazem azar para o clã Yoshi.

"Será que ele está me contando isso por causa da minha espada Murasama?", indagou-se Yabu. "Muita gente sabe que eu tenho uma. Ou é apenas um velho, lembrando-se de um dia especial na sua longa vida?"

– Como era o avô de Toranaga? – perguntou, simulando falta de interesse, testando Suwo.

– Alto, Yabu-sama. Mais alto do que o senhor e muito mais magro quando o conheci. Tinha 25 anos no dia em que morreu. – A voz de Suwo animou-se. – Iiiih, Yabu-sama, ele aos doze anos já era um guerreiro, e nosso suserano aos quinze, quando o seu pai foi morto numa escaramuça. Naquela época, o senhor Chikitada era casado e já havia gerado um filho. Foi uma pena que ele tivesse que morrer. Obata Hiro era amigo dele, assim como vassalo, tinha dezessete anos, mas alguém lhe envenenou a mente dizendo que Chikitada planejara matar o seu pai traiçoeiramente. Claro que era tudo mentira, mas isso não trouxe Chikitada de volta para nos guiar. O jovem Obata ajoelhou-se diante do corpo e inclinou-se três vezes. Disse que fizera aquilo por respeito filial ao pai e agora desejava reparar o insulto a nós e ao nosso clã cometendo *seppuku*. Deram-lhe permissão. Primeiro lavou a cabeça de Chikitada com as próprias mãos e colocou-a em posição de reverência. Depois se rasgou de lado a lado e morreu bravamente com grande cerimônia, um dos nossos homens agindo como auxiliar e removendo-lhe a cabeça com um único golpe. Mais tarde o pai veio buscar a cabeça do filho e a espada Murasama. As coisas ficaram ruins para nós. O único filho do senhor Chikitada foi levado como refém para algum lugar e sobre a nossa parte do clã se abateram tempos de desgraça. Isso foi...

– Você está mentindo, velho. Você nunca esteve lá. – Yabu se voltara e estava encarando o homem, que, instantaneamente, ficou paralisado. – A espada foi quebrada e destruída depois da morte de Obata.

– Não, Yabu-sama. Essa é a lenda. Eu vi o pai chegar e pegar a cabeça e a espada. Quem iria querer destruir uma obra de arte como aquela? Teria sido sacrilégio. O pai dele a recuperou.

– O que fez com ela?

– Ninguém sabe. Alguns dizem que a atirou ao mar porque gostava do senhor Chikitada e o honrava como a um irmão. Outros dizem que a enterrou e que está à espera do neto, Yoshi Toranaga.

– O que *você* acha que ele fez com ela?

– Atirou-a ao mar.

– Você o viu fazer isso?

– Não.

Yabu deitou-se novamente e os dedos do velho recomeçaram o trabalho. O pensamento de que mais alguém sabia que a espada não fora quebrada excitou-o estranhamente. "Você devia matar Suwo", disse para si mesmo. "Por quê? Como poderia um cego reconhecer a lâmina? É parecida com qualquer outra lâmina Murasama, e o punho e a bainha foram trocados muitas vezes ao longo dos anos. Ninguém pode saber que a sua espada é *a* espada, que passou de mão em mão com sigilo crescente à medida que o poder de Toranaga foi aumentando. Por que matar Suwo? O fato de ele estar vivo acrescenta um atrativo a mais, é um estímulo para você. Deixe-o vivo, você pode matá-lo a qualquer momento. Com a espada."

Esse pensamento deixou Yabu satisfeito, ao mesmo tempo que devaneava mais uma vez muito confortavelmente. Um dia, em breve, prometeu a si mesmo, serei poderoso o bastante para usar minha lâmina Murasama na presença de Toranaga. Um dia, talvez, contarei a ele a história da minha espada.

– O que aconteceu depois? – perguntou, querendo ser embalado pela voz do velho.

– Simplesmente caímos num período de desgraça. Esse foi o ano da grande escassez e, com a morte do meu amo, virei *rōnin*.

Os *rōnins* eram samurais ou camponeses-soldados, sem terra ou sem amo, que, devido a desonra ou perda do amo, eram forçados a perambular até que algum outro senhor aceitasse seus serviços. Era difícil para um *rōnin* encontrar novo trabalho. A comida era escassa, quase todos os homens eram soldados e os estrangeiros raramente mereciam confiança. A maioria dos bandos de salteadores e corsários que infestavam a terra e a costa eram *rōnins*.

— Aquele ano foi muito ruim, assim como o ano seguinte. Combati para todo mundo, uma batalha aqui, uma escaramuça ali. Comida era a minha paga. Então ouvi dizer que havia alimento em abundância em Kyūshū e comecei a me dirigir para o oeste. Naquele inverno encontrei um santuário. Dei um jeito de ser contratado por um mosteiro budista como guarda. Combati por eles durante meio ano, protegendo o mosteiro e os seus campos de arroz contra os bandidos. O mosteiro ficava perto de Ōsaka e naquela época, muito tempo antes de o táicum destruir a maior parte deles, os bandidos eram tão numerosos quanto mosquitos num brejo. Um dia caímos numa emboscada e fui abandonado como morto. Uns monges me acharam e curaram o meu ferimento. Mas não puderam me devolver a vista. — Os seus dedos se aprofundavam cada vez mais. — Colocaram-me junto de um monge cego, que me ensinou a fazer massagem e a ver de novo com os dedos. Agora os meus dedos me dizem mais do que meus olhos diziam, acho eu.

E Suwo continuou:

— A última coisa que me lembro de ter visto com os olhos foi a boca escancarada do bandido e os seus dentes apodrecidos, a espada como um arco resplandecente e, a seguir, depois do golpe, o aroma de flores. Vi o perfume em todas as suas cores, Yabu-sama. Isso tudo foi há muito tempo, muito antes de os bárbaros chegarem à nossa terra, cinquenta, sessenta anos atrás, mas eu vi as cores do perfume. Vi o nirvana, acho, e, num lapso de tempo, o rosto de Buda. A cegueira é um preço baixo para uma dádiva assim, *né*?

Não houve resposta. Suwo não esperava que houvesse. Yabu estava dormindo, conforme o planejado. Gostou da minha história, Yabu-sama?, pensou Suwo silenciosamente, divertido como um velho devia estar. Foi tudo verdade, menos uma coisa. O mosteiro não ficava perto de Ōsaka, mas do outro lado da fronteira ocidental das suas terras. O nome do monge? Su, tio do seu inimigo Ikawa Jikkyu.

Eu poderia quebrar-lhe o pescoço com muita facilidade, pensou. Seria um favor para Omi-san. Seria uma bênção para a aldeia. E retribuiria, em minúscula medida, a dádiva do meu benfeitor. Devo fazê-lo agora? Ou mais tarde?

Spillbergen estendeu as hastes de palha de milho enfeixadas, o rosto retesado.

— Quem quer pegar primeiro?

Ninguém respondeu. Blackthorne parecia estar cochilando, encostado num canto de onde não se movera. Era quase o crepúsculo.

— Alguém tem que pegar primeiro — irritou-se Spillbergen. — Vamos, não temos muito tempo.

Deram-lhes comida e um barril de água, e outro barril como latrina. Mas nada com que lavar o lixo fedorento ou com que se limparem. E as moscas surgiram.

O ar estava fétido, a terra lamacenta. A maioria dos homens se despira até a cintura, suando de calor. E de medo.

Spillbergen olhou de rosto em rosto. Voltou a Blackthorne.

– Por que você foi descartado? Hein? Por quê?

Os olhos se abriram, estavam gelados.

– Pela última vez: eu... não... sei...

– Não é justo. Não é justo.

Blackthorne voltou a sonhar. Deve haver um meio de dar o fora daqui. Deve haver um meio de recuperar o navio. Aquele bastardo vai nos matar a todos no final, isso é tão certo quanto haver uma estrela polar. Não temos muito tempo, e se fui descartado é porque eles têm algum fétido plano específico para mim.

Quando o alçapão se fechara, todos tinham olhado para ele e alguém dissera:

– O que vamos fazer?

– Não sei – respondera.

– Por que você não deve ser escolhido?

– Não sei.

– Que o Senhor Jesus nos ajude – choramingara alguém.

– Tratem de dar um jeito nessa sujeira – ordenara ele. – Empilhem a imundície ali!

– Não temos esfregões nem...

– Usem *as mãos!*

Fizeram como ele lhes ordenara, com a ajuda dele, e limparam o capitão-mor da melhor maneira que puderam.

– Você se sentirá bem melhor agora.

– Como... Como vamos escolher alguém? – perguntou Spillbergen.

– Não vamos. Vamos lutar contra eles.

– Com o quê?

– Iremos como ovelhas para o açougueiro? *Você* irá?

– Não seja ridículo, eles não me querem, não seria certo que eu fosse o escolhido.

– Por quê? – perguntou Vinck.

– Sou o capitão-mor.

– Com todo o respeito – disse Vinck, ironicamente –, talvez o senhor devesse se oferecer como voluntário. Faz parte da sua posição.

– Ótima sugestão – disse Pieterzoon. – Dou o meu apoio à proposta, por Deus!

Houve concordância geral e todos pensaram: Jesus Cristo, qualquer um, menos eu.

Spillbergen começou a vociferar e a dar ordens, mas apenas viu olhares implacáveis. Então parou e olhou fixamente para o chão, nauseado. Depois disse:

– Não. Não... Não seria justo que alguém se oferecesse como voluntário. Vamos... Nós... Vamos tirar à sorte. Palhas, uma mais curta do que as outras.

Colocaremos a sorte em nossas mãos... Ficaremos nas mãos de Deus. Piloto, você segura as palhas.

– Não. Não quero ter nada a ver com isso. Digo que devemos combater.

– Eles nos matarão a todos. Você ouviu o que o samurai disse: as nossas vidas serão poupadas, menos uma. – Spillbergen enxugou o suor do rosto e uma nuvem de moscas se levantou, para pousar de novo. – Deem-me água. É melhor que morra um do que todos nós.

Van Nekk encheu a cuia no barril e deu-a a Spillbergen.

– Somos dez. Incluindo você, Paulus – disse ele. – As chances são boas.

– Muito bem, a menos que você seja o escolhido. – Vinck deu uma olhada em Blackthorne. – Podemos enfrentar aquelas espadas?

– Você consegue ir mansinho para o torturador se for o escolhido?

– Não sei.

– Vamos tirar à sorte – disse Van Nekk. – Deixemos que Deus decida.

– Pobre Deus! – disse Blackthorne. – As imbecilidades pelas quais é responsabilizado!

– De que outro modo escolher, então? – gritou alguém.

– Não escolhemos.

– Faremos como Paulus diz. Ele é o capitão-mor – disse Van Nekk.

– Tiraremos à sorte. É melhor para a maioria. Vamos votar. Somos todos a favor?

Todos disseram que sim. Menos Vinck.

– Estou com o piloto. Para o inferno com essas palhas imundas!

Vinck acabou sendo persuadido. Jan Roper, o calvinista, conduziu as preces. Spillbergen quebrou os dez pedaços de palha com exatidão. Depois partiu um deles ao meio.

Van Nekk, Pieterzoon, Sonk, Maetsukker, Ginsel, Jan Roper, Salamon, Maximilian Croocq e Vinck.

– Quem quer pegar o primeiro? – repetiu ele.

– Como vamos saber se... se aquele que pegar a palha errada, a curta, irá? Como vamos saber? – A voz de Maetsukker estava inflamada de terror.

– Não vamos saber. Não com certeza. Devíamos saber com certeza – disse Croocq, o rapaz.

– Isso é fácil – disse Jan Roper. – Juremos que faremos isso em nome de Deus. Em nome dele. Mo... morrer pelos outros em nome dele. Então não há motivo de preocupação. O ungido como cordeiro de Deus irá diretamente para a glória eterna.

Todos concordaram.

– Vamos, Vinck. Faça como Roper diz.

– Muito bem. – Os lábios de Vinck estavam ressecados. – Se... se... for eu... juro por Deus que irei com eles se... se eu pegar a palha errada. Em nome de Deus.

Todos o imitaram. Maetsukker estava tão assustado que teve que ser incitado antes de afundar de volta no lamaçal do pesadelo que estava vivendo.

Sonk escolheu primeiro. Pieterzoon foi o segundo. Depois Jan Roper, em seguida Salamon e Croocq. Spillbergen sentiu-se morrer, porque haviam combinado que ele não escolheria e ficaria com a última palha, e agora as probabilidades estavam se tornando terríveis.

Ginsel estava salvo. Restavam quatro.

Maetsukker chorava abertamente, mas empurrou Vinck para o lado e pegou uma palha. Não conseguiu acreditar que não era ele o escolhido.

O pulso de Spillbergen tremia e Croocq ajudou-o a firmar o braço. Fezes escorriam-lhe despercebidas pelas pernas abaixo.

– Qual eu pego? – perguntava Van Nekk a si mesmo, desesperado. Oh, Deus me ajude! Mal podia ver as palhas através da névoa da sua miopia. Se ao menos pudesse ver, talvez tivesse uma pista para escolher. Qual?

Pegou a palha e trouxe-a bem junto aos olhos para ver sua condenação com clareza. Mas a palha não era a curta.

Vinck observou os próprios dedos escolhendo a penúltima palha, ela caiu no chão, mas todos viram que era a mais curta. Spillbergen abriu a mão apertada e todos viram que a última palha era comprida. O capitão-mor desmaiou.

Ficaram todos olhando fixamente para Vinck. Desamparado, ele os olhou, sem os ver. Meio que sacudiu os ombros, meio que sorriu, afastou as moscas, distraído. E caiu. Abriram espaço para ele, mantendo-se à distância como se fosse um leproso.

Blackthorne ajoelhou-se no lamaçal, ao lado de Spillbergen.

– Está morto? – perguntou Van Nekk, numa voz quase inaudível.

Vinck soltou uma gargalhada estrepitosa, que deixou todos amedrontados, e parou tão violentamente quanto começou.

– Sou eu quem... quem está morto – disse. – Estou morto!

– Não tenha medo. Você é o ungido de Deus. Está nas mãos de Deus – disse Jan Roper, pausadamente.

– Sim – disse Van Nekk. – Não tenha medo.

– É fácil agora, não é? – Os olhos de Vinck foram de rosto em rosto, mas nenhum conseguiu sustentar o seu olhar. Somente Blackthorne não desviou os olhos.

– Traga água, Vinck – disse tranquilamente. – Vá até o barril e traga água. Vá.

Vinck encarou-o. Depois pegou a cuia, encheu-a de água e deu-a a ele.

– Jesus Cristo, meu Deus, piloto – murmurou –, o que vou fazer?

– Primeiro me ajude com Paulus, Vinck! Faça o que eu lhe digo! Ele vai ficar bom?

Vinck pôs de lado a própria aflição, ajudado pela calma de Blackthorne. O pulso de Spillbergen estava fraco. Vinck ouviu o coração do capitão-mor, levantou as pálpebras e observou-o por um momento.

– Não sei, piloto. Meu Deus, não consigo pensar direito. O coração dele está bem, acho eu. Precisa de uma sangria, mas... mas não tenho como... eu... eu... não posso me concentrar... Dê-me... – Parou, exausto, e sentou-se contra a parede. Seus ombros começaram a sacudir tremendamente.

O alçapão se abriu.

Omi erguia-se, delineado contra o céu, seu quimono avermelhado pelo sol poente.

CAPÍTULO 4

VINCK TENTOU MOVER AS PERNAS, MAS NÃO CONSEGUIU. TINHA ENFRENTADO A morte muitas vezes, mas nunca como desta vez, passivamente. A sua sorte fora decretada pelas palhas. "Por que eu?", urrava o seu cérebro. "Não sou pior do que os outros e sou melhor do que muitos. Amado Deus do paraíso, por que eu?"

Baixaram uma escada. Omi fez sinal para que o escolhido subisse, e rápido.

– *Isoge!* Vamos! Depressa!

Van Nekk e Jan Roper rezavam em silêncio, de olhos fechados. Pieterzoon não conseguia ver. Blackthorne olhava fixamente para Omi e os seus homens.

– *Isoge!* – vociferou Omi, novamente.

Mais uma vez, Vinck tentou se levantar.

– Ajudem-me. Alguém me ajude a levantar!

Pieterzoon, que estava mais perto, curvou-se e passou a mão sob o braço de Vinck, ajudando-o a se erguer. Então Blackthorne aproximou-se da escada, os pés bem fincados na lama.

– *Kinjiru!* – berrou, usando a palavra do navio. Um grito sufocado percorreu a cela. A mão de Omi apertou o punho da espada e ele se aproximou da escada. Blackthorne logo a girou, desafiando Omi a colocar um pé ali.

– *Kinjiru!* – rugiu de novo.

Omi parou.

– O que está acontecendo? – inquiriu Spillbergen, assustado, assim como todos os demais.

– Disse-lhe que é proibido! Nenhum homem da minha tripulação vai caminhar para a morte sem uma luta.

– Mas... mas nós combinamos.

– Eu, não.

– Você ficou louco!

– Está certo, piloto – sussurrou Vinck. – Eu... nós combinamos e foi justo. É a vontade de Deus. Eu vou... é... – Encaminhou-se às apalpadelas para o pé da escada, mas Blackthorne permaneceu implacavelmente no caminho encarando Omi.

– Você não vai sem uma luta. Ninguém vai.

– Afaste-se da escada, piloto! Estou lhe ordenando! – Spillbergen ficou tremendo no seu canto, tão longe da abertura quanto possível. A sua voz soou estridente: – Piloto!

Mas Blackthorne não estava ouvindo.

– Preparem-se!

Omi recuou um passo e gritou ordens ríspidas a seus homens. Imediatamente um samurai, seguido de perto por dois outros, começou a descer os degraus, os três de espadas desembainhadas. Blackthorne girou a escada e investiu contra o homem da dianteira, tentando estrangulá-lo e desviando-se do violento golpe de espada.

– Ajudem! Vamos! *Pelas suas vidas!*

Blackthorne mudou de posição para arrancar o homem dos degraus, enquanto o segundo se atirava para baixo. Vinck saiu de seu estado cataléptico e, frenético, se lançou contra o samurai. Interceptou o golpe que teria cortado fora o pulso de Blackthorne, segurou o braço que empunhava a espada e com o outro punho golpeou os testículos do homem. O samurai gritou e chutou com raiva. Vinck mal pareceu notar o golpe. Subiu os degraus e se atirou ao homem pela posse da espada, as suas unhas partindo para arrancar-lhe os olhos. Os outros dois samurais estavam contidos pelo espaço limitado e por Blackthorne, mas um pontapé de um deles apanhou o rosto de Vinck, que cambaleou. O samurai na escada desferiu um golpe contra Blackthorne, errou e então a tripulação inteira se jogou contra a escada.

Croocq martelou o punho contra o peito do pé do samurai e sentiu um ossinho ceder. O homem tentou atirar a espada para fora do buraco – não queria armar o inimigo – e tombou pesadamente na lama. Vinck e Pieterzoon caíram em cima dele. O samurai invasor revidou ferozmente quando os outros correram para cima dele. Blackthorne agarrou a adaga do japonês e começou a subir a escada, tendo Croocq, Jan Roper e Salamon atrás dele. Ambos os samurais recuaram e permaneceram à entrada, com as espadas assassinas perversamente a postos. Blackthorne sabia que a sua adaga era inútil contra as espadas. Ainda assim atacou, os outros lhe dando cobertura de perto. No momento em que a sua cabeça surgiu acima do solo, uma das espadas passou vibrando, errando por centímetros. Um pontapé violento de outro samurai que permanecera invisível até então o atirou de novo no porão.

Levantou-se e pulou de novo, evitando a massa de homens engalfinhados que tentavam subjugar o samurai no lodo fedorento. Vinck chutou o homem na nuca e ele cedeu, amolecendo. Vinck continuou a golpeá-lo repetidamente, até que Blackthorne o puxou para trás.

– Não o mate, podemos usá-lo como refém! – gritou ele, torcendo desesperadamente a escada e tentando puxá-la para dentro da cela. Mas era comprida demais. Lá em cima, na entrada do alçapão, um outro samurai de Omi esperava impassível.

– Pelo amor de Deus, piloto. Pare com isso! – chiou Spillbergen. – Vão nos matar, você vai matar todos nós! Que alguém o detenha!

Omi estava gritando mais ordens e, lá em cima, mãos fortes impediam Blackthorne de bloquear a entrada com a escada.

– Cuidado! – gritou.

Três samurais, de faca na mão e usando apenas tangas, saltaram agilmente para dentro da cela. Os dois primeiros, esquecidos do próprio risco, deliberadamente estatelaram-se sobre Blackthorne, atirando-o indefeso ao chão, e passaram a atacá-lo ferozmente.

Blackthorne foi esmagado pela força dos homens. Não podia usar a faca, sentia a sua vontade de lutar diminuir e desejou ter a habilidade de Mura na luta desarmada. Desamparado, sabia que não poderia sobreviver por muito mais tempo, mas fez um esforço final e conseguiu libertar um braço. A pancada violenta de uma mão dura como rocha sacudiu-lhe a cabeça, e uma segunda pancada fez com que visse estrelas, mas ainda assim conseguiu revidar.

Vinck estava prestes a arrancar os olhos de um dos samurais quando o terceiro se atirou sobre ele. Maetsukker gritou quando uma adaga fez um talho no seu braço. Van Nekk investia às cegas e Pieterzoon dizia: "Pelo amor de Cristo, bata neles, não em mim", mas o mercador não ouvia, tomado pelo terror.

Blackthorne agarrou um dos samurais pela garganta, as mãos escorregadias devi-do ao suor e ao lodo, e estava quase de pé como um touro enlouquecido, tentando livrar-se deles, quando um último golpe o mergulhou na escuridão. Os três samurais abriram caminho a pontapés, e a tripulação, agora sem líder, recuou do círculo perfurante das três adagas. Os samurais dominavam a cela com suas adagas rodopiantes, não tentando matar ou mutilar, mas apenas forçar os homens, ofegantes e assustados, contra as paredes, para longe da escada ao pé da qual Blackthorne e o primeiro samurai jaziam inertes.

Omi desceu arrogantemente para o buraco e agarrou o homem mais próximo, que era Pieterzoon. Deu-lhe um tranco na direção da escada. Pieterzoon gritou e tentou desvencilhar-se do aperto de Omi, mas uma faca retalhou-lhe o pulso e outra abriu-lhe o braço. Implacavelmente, o marujo, aos berros, foi impelido para a escada.

– Que Cristo me ajude, não sou eu quem vai, não sou eu, não sou eu... – Pieterzoon tinha os dois pés no degrau e recuava para cima e para longe do sofrimento das facas; depois gritou: – Ajudem-me, pelo amor de Deus! –, uma última vez virou-se e precipitou-se alucinado para fora.

Omi seguiu-o sem se apressar.

Um samurai retirou-se. Depois outro. O terceiro apanhou a faca que Blackthorne usara. Voltou as costas desdenhosamente, passou por cima do corpo prostrado do companheiro inconsciente e subiu.

A escada foi puxada para cima. Ar, céu e luz desapareceram. Os ferrolhos foram passados com estrépito. Agora havia apenas escuridão, e nela peitos arquejantes, corações disparados, suor correndo e o mau cheiro. As moscas voltaram.

Por um momento ninguém se moveu. Jan Roper tinha um pequeno corte na face, Maetsukker sangrava muito, os outros se encontravam em estado de choque. Exceto Salamon. Abriu caminho às apalpadelas até Blackthorne e puxou-o para longe do samurai inconsciente. Moveu a boca, emitindo sons guturais, e apontou para a água. Croocq foi buscar um pouco numa cuia, ajudou-o a apoiar Blackthorne, ainda inanimado, contra a parede. Juntos começaram a limpar a sujeira do rosto dele.

– Quando aqueles bastardos... quando saltaram em cima dele, pensei ouvir o seu pescoço ou o ombro ceder – disse o rapaz, arfando. – Ele parece um cadáver, Jesus! – Sonk forçou-se a se levantar e aproximou-se deles. Cuidadosamente moveu a cabeça de Blackthorne de um lado para o outro, apalpou-lhe os ombros.

– Parece em ordem. Temos que esperar até que ele volte a si para dizer.

– Oh, Deus – começou Vinck a se lamuriar. – Pobre Pieterzoon... estou condenado... estou condenado...

– Você estava indo. O piloto o deteve. Você estava indo como prometeu, eu vi, por Deus. – Sonk sacudiu Vinck, mas ele não prestou atenção. – Eu vi você, Vinck. – Voltou-se para Spillbergen, afastando as moscas. – Não foi isso mesmo que aconteceu?

– Sim, ele estava indo. Vinck, pare de se lamentar! A culpa foi do piloto. Deem-me água.

Jan Roper apanhou água com a cuia, bebeu-a e passou um pouco no corte do rosto.

– Vinck devia ter ido. Era o cordeiro de Deus. Recebeu o sacramento. Agora a alma dele está perdida. Oh, Deus tenha piedade, ele arderá por toda a eternidade.

– Deem-me água – choramingou o capitão-mor.

Van Nekk pegou a cuia de Jan Roper e passou-a a Spillbergen.

– Não foi culpa de Vinck – disse, cansado. – Ele não conseguia se levantar, você não se lembra? Pediu que alguém o ajudasse. Eu estava com tanto medo que também não conseguia me mexer, e não era eu quem tinha que ir.

– A culpa não foi de Vinck – disse Spillbergen. – Não. Foi dele. – Todos olharam para Blackthorne. – Ele está louco.

– Todos os ingleses são loucos – disse Sonk. – Já conheceram algum que não fosse? Arranhe a superfície e você encontrará um maníaco... e um pirata.

– Bastardos, todos eles! – disse Ginsel.

– Não, não todos eles – disse Van Nekk. – O piloto estava só fazendo o que achava certo. Ele nos protegeu e nos trouxe por 10 mil léguas.

– Protegeu-nos! Estou cagando para isso. Éramos quinhentos quando começamos, e cinco navios. Agora há nove de nós!

– Não foi por culpa dele que a esquadra se separou. Não foi culpa dele que as tempestades nos jogassem...

– Não fosse por ele, teríamos ficado no Novo Mundo, por Deus. Foi ele quem disse que podíamos chegar ao Japão. E, pelo amor de Jesus, olhem onde estamos agora.

– Concordamos em tentar atingir o Japão. Todos concordamos – disse Van Nekk, exausto. – Todos votamos.

– Sim. Mas foi ele quem nos convenceu.

— Cuidado! — Ginsel apontou para o samurai, que estava se mexendo e gemendo. Sonk rapidamente deslizou para cima dele e esmagou o punho no seu maxilar. O homem apagou de novo.

— Pela morte de Cristo! Para que os bastardos o deixaram aqui? Poderiam tê-lo carregado para fora facilmente. Não podíamos fazer nada.

— Acha que pensaram que ele estivesse morto?

— Não sei! Devem tê-lo visto. Por Jesus, eu tomaria uma cerveja gelada! — disse Sonk.

— Não bata nele de novo, Sonk, não o mate. É um refém. — Croocq olhou para Vinck, que se apertara contra a parede, trancado no seu lamuriento ódio por si mesmo. — Deus nos ajude. O que farão com Pieterzoon? O que farão conosco?

— A culpa é do piloto — disse Jan Roper. — Só dele.

Van Nekk, compassivo, observou Blackthorne atentamente.

— Agora não importa. Importa? De quem é ou de quem foi a culpa?

Maetsukker cambaleava, o sangue ainda escorrendo pelo antebraço.

— Estou ferido. Alguém me ajude.

Salamon fez um torniquete com um pedaço da camisa e estancou o sangue. O corte no bíceps de Maetsukker era profundo, mas nenhuma veia ou artéria fora atingida. As moscas começaram a importunar o ferido.

— Malditas moscas! E que Deus amaldiçoe o piloto com o inferno — disse Maetsukker. — Estava combinado. Mas, oh, não, ele tinha que salvar Vinck! Agora o sangue de Pieterzoon está nas mãos dele e nós todos sofreremos por causa dele.

— Cale a boca! Ele disse que nenhum homem da tripulação...

Ouviram-se passos acima. O alçapão se abriu. Os aldeões começaram a esvaziar barris de peixe podre e água do mar na cela. Quando o chão ficou inundado até vinte centímetros de altura, pararam.

○

Os gritos começaram quando a lua já ia alta.

Yabu estava ajoelhado no jardim interno da casa de Omi. Imóvel. Observava o luar batendo na árvore florida, os ramos de azeviche contra o céu mais claro, as flores em cachos, agora ligeiramente matizados. Uma pétala caiu em espiral e ele pensou:

> *"A beleza
> não é menor
> por cair
> na brisa."*

Outra pétala pousou. O vento suspirou e levou outra. A árvore mal tinha a altura de um homem, enfiada entre rochas cobertas de musgo que pareciam ter crescido da terra, tão inteligentemente haviam sido colocadas.

Yabu precisou de toda a sua vontade para se concentrar na árvore, no céu e na noite, para sentir o toque suave do vento, o cheiro doce do mar, para pensar em poemas e, ao mesmo tempo, manter os ouvidos atentos ao sofrimento. A sua coluna parecia mole. Apenas a vontade o mantinha ereto como as rochas. Essa lucidez lhe deu um nível de sensualidade indizível. E nessa noite era mais forte e mais violenta do que nunca.

– Omi-san, quanto tempo o nosso senhor ficará lá? – perguntou a mãe de Omi, num sussurro assustado, de dentro de casa.

– Não sei.

– Os gritos são terríveis. Quando vão parar?

– Não sei – disse Omi.

Estavam sentados atrás de uma tela, no segundo melhor quarto. O melhor quarto, o da mãe, fora cedido a Yabu, e esses dois quartos davam para o jardim que ele construíra com tanto esforço. Podiam ver Yabu através da gelosia, a árvore traçando desenhos rígidos no seu rosto, o luar reluzindo nos punhos de suas espadas. Estava usando um *haori* escuro, um tipo de jaqueta aberta, sobre o escuro quimono.

– Quero ir dormir – disse a mulher, tremendo. – Mas não posso dormir com todo esse barulho. Quando vai terminar?

– Não sei. Seja paciente, mãe – disse Omi suavemente. – O barulho cessará logo. Amanhã o senhor Yabu voltará para Edo. Por favor, seja paciente. – Mas Omi sabia que a tortura continuaria até o amanhecer. Fora planejada assim.

Tentou se concentrar. Como o seu senhor feudal meditava em meio aos gritos, tentou novamente seguir-lhe o exemplo. Mas o berro seguinte o trouxe de volta e ele pensou: Não posso, não posso, ainda não. Não tenho o controle dele, ou o poder.

Isso é poder?, perguntou a si mesmo.

Podia ver claramente o rosto de Yabu. Tentou ler a estranha expressão na face do daimio: o leve retorcer dos lábios cheios com um salpico de saliva nos cantos, olhos transformados em fendas escuras, movendo-se apenas com as pétalas. É quase como se ele estivesse a ponto de atingir um orgasmo, sem se tocar. Isso é possível? Era a primeira vez que Omi se via em contato íntimo com o tio, pois era um elo muito secundário na cadeia do clã, e seu feudo de Anjiro, bem como a área circundante, era pobre e sem importância. Omi era o mais novo de três filhos, e o pai, Mizuno, tinha seis irmãos. Yabu era o mais velho, o chefe do clã Kashigi; Mizuno era o segundo filho. Omi estava com 21 anos e tinha um filho bebê.

– Onde está a sua miserável esposa? – sussurrou a velha, queixosa. – Quero que ela me esfregue as costas e os ombros.

– Ela teve que ir visitar o pai, não se lembra? Ele está muito doente, mãe. Deixe-me fazer isso para a senhora.

– Não. Você pode mandar chamar uma empregada daqui a pouco. A sua esposa não tem consideração. Poderia ter esperado alguns dias. Faço todo esse trajeto desde Edo para visitá-los. Levei duas semanas fazendo uma viagem terrível, e o que acontece? Estou aqui há apenas uma semana e ela parte. Devia ter esperado! Imprestável, isso é o que ela é. Seu pai cometeu um terrível engano arranjando o seu casamento com ela. Você deveria dizer a ela que fique longe definitivamente. Divorcie-se dessa imprestável de uma vez por todas. Não sabe nem me fazer uma massagem nas costas de modo adequado. Esses gritos medonhos! Por que não param?

– Vão parar. Muito em breve.

– Você devia lhe dar uma boa surra.

– Sim. – Omi pensou na esposa, Midori, e o coração deu um pulo no peito. Era tão bonita, agradável, gentil e inteligente, tinha uma voz tão clara, e sua música era tão boa quanto a de qualquer cortesã de Izu.

– Midori-san, você deve partir imediatamente – dissera-lhe ele em particular.

– Omi-san, meu pai não está tão doente assim, e o meu lugar é aqui, servindo a sua mãe, *né?* – respondera ela. – Se o nosso daimio vai chegar, esta casa tem que ser preparada. Oh, Omi-san, isso é tão importante, o momento mais importante de toda a sua vida de devoção, *né?* Se o senhor Yabu ficar impressionado, talvez lhe dê um feudo melhor, você merece tanto! Se qualquer coisa acontecesse enquanto eu estivesse longe, eu nunca me perdoaria, e esta é a primeira vez que você tem uma oportunidade de se superar, e ela deve ser bem-sucedida. Ele *tem* que vir. Por favor, há tanta coisa para fazer!

– Sim, mas eu gostaria que você partisse imediatamente, Midori-san. Fique só dois dias, depois volte correndo para casa.

Ela rogara, mas ele insistira, e ela partira. Quisera-a longe de Anjiro antes que Yabu chegasse e enquanto o homem fosse um hóspede em sua casa. Não que o daimio fosse se atrever a tocá-la sem permissão, isso era impensável, porque ele, Omi, teria então o direito, a honra e o dever, por lei, de destruir o daimio. Mas tinha visto Yabu a observá-la logo depois de se casarem, em Edo, e quisera afastar uma possível fonte de irritação, tudo o que pudesse perturbar ou estorvar o seu senhor enquanto estivesse ali. Era tão importante impressionar Yabu-sama com sua lealdade filial, a sua precaução e a sua opinião. E, por enquanto, tudo tivera um êxito que ultrapassava todas as possibilidades. O navio fora um achado, a tripulação, outro. Tudo era perfeito.

– Pedi ao *kami* da nossa casa que zele por você – dissera Midori antes de ir, referindo-se ao espírito xintoísta particular que tinha a casa deles a seu cuidado. – E mandei uma oferenda ao templo budista, para preces. Disse a Suwo que se exceda em perfeição e mandei um recado a Kiku-san. Oh, Omi-san, por favor, deixe-me ficar.

Ele sorrira e a pusera a caminho, com lágrimas a borrar-lhe a maquiagem.

Omi sentia-se triste por estar sem ela, mas contente de que tivesse partido. Os gritos a teriam feito sofrer demais.

A sua mãe estremeceu com o tormento que o vento trazia, moveu-se ligeiramente para minorar a dor nos ombros, sentindo as juntas péssimas. É a brisa marinha do oeste, pensou ela. No entanto, aqui é melhor do que em Edo. Lá é pantanoso demais, e há muitos mosquitos.

Podia apenas ver o suave contorno de Yabu no jardim. Secretamente, ela o odiava e queria vê-lo morto. Uma vez que Yabu estivesse morto, Mizuno, seu marido, seria daimio de Izu e chefiaria o clã. Isso seria excelente, pensou ela. Então todos os outros irmãos, esposas e filhos seriam subservientes a ela e, naturalmente, Mizuno-san faria de Omi o herdeiro.

Outra dor no pescoço fez com que ela se movesse ligeiramente.

– Vou chamar Kiku-san – disse Omi, referindo-se à cortesã que esperava pacientemente por Yabu no quarto ao lado, com o menino. – Ela é muito, muito hábil.

– Estou bem, apenas cansada, *né?* Oh, muito bem. Ela pode me fazer uma massagem.

Omi dirigiu-se ao quarto ao lado. A cama estava pronta. Consistia em cobertores de cima e de baixo, chamados *futons*, colocados sobre o chão de esteiras. Kiku curvou-se, tentou sorrir e murmurou que ficaria honrada em tentar usar o seu modesto talento na muito honorável mãe da casa. Estava até mais pálida do que de costume e Omi podia ver que os gritos também a estavam desgastando. O menino tentava não demonstrar medo.

Quando os gritos começaram, Omi tivera que usar toda a sua capacidade para persuadi-la a ficar.

– Oh, Omi-san, não posso suportar, é terrível. Sinto muito, por favor, deixe-me ir. Quero tapar os ouvidos, mas o som passa pelas mãos. Pobre homem, é terrível – dissera ela.

– Por favor, Kiku-san, por favor, seja paciente. Yabu-sama ordenou isso, *né?* Não há nada que se possa fazer. Vai parar logo.

– É demais, Omi-san. Não posso suportar.

Por um costume que jamais fora violado, o dinheiro em si não podia comprar uma garota, se ela, ou seu patrão, quisesse se recusar ao cliente, fosse ele quem fosse. Kiku era uma cortesã de primeira classe, a mais famosa de Izu, e, embora Omi estivesse convencido de que sequer se comparava a uma cortesã de segunda classe de Edo, Ōsaka ou Kyōto, ela ali estava no auge, devidamente orgulhosa e exclusiva. E, ainda que ele tivesse combinado com a patroa dela, a Mama-san Gyoko, pagar cinco vezes o preço habitual, não tinha certeza de que Kiku ficaria.

Agora observava os dedos ligeiros dela no pescoço de sua mãe. Era linda, pequenina, a pele quase translúcida e muito macia. Normalmente estaria fervilhando de interesse pela vida. Mas como poderia um tal brinquedo estar feliz sob a opressão dos gritos?, perguntou-se ele. Ficou a apreciá-la, saboreando aquele corpo, a tepidez...

Abruptamente, os gritos pararam. Omi escutou, a boca meio aberta, esforçando-se por apreender o mais leve ruído, esperando. Notou que os dedos de Kiku pararam, a mãe não reclamou, escutando com a mesma atenção. Olhou pela gelosia para Yabu. O daimio permanecia imóvel como uma estátua.

– Omi-san! – chamou Yabu finalmente.

Omi levantou-se, foi até a varanda encerada e curvou-se.

– Sim, senhor.

– Vá ver o que aconteceu.

Omi inclinou-se novamente e atravessou o jardim, saindo para o caminho calçado com seixos minúsculos que descia a colina até a aldeia e levava à praia. À distância, podia ver o fogo de um dos desembarcadouros e os homens ao lado dele. E, na praça que dava para o mar, o alçapão do buraco e quatro guardas.

Andando em direção à aldeia, viu que o navio dos bárbaros estava seguro nas âncoras, com lâmpadas de óleo no convés e nos botes. Os aldeões – homens, mulheres e crianças – ainda estavam desembarcando a carga, e os barcos de pesca e os botes iam e vinham como muitos pirilampos. Fardos e engradados empilhavam-se em ordem na praia. Sete canhões já se encontravam lá e outro estava sendo arrastado por cordas de um bote para uma rampa, depois para a areia. Ele estremeceu, embora o vento não estivesse nada frio. Normalmente os aldeões estariam cantando enquanto trabalhavam, tanto de felicidade quanto para ajudá-los a puxar em uníssono. Mas naquela noite a aldeia estava inusitadamente silenciosa, embora todas as casas estivessem acordadas e cada mão estivesse sendo utilizada, mesmo a mais doente. As pessoas se apressavam de um lado para outro, faziam mesuras e rapidamente seguiam em frente de novo. Silêncio. Até os cães estavam quietos.

Isso nunca foi assim, pensou ele, com a mão desnecessariamente apertada sobre a espada. É quase como se o *kami* da nossa aldeia nos tivesse abandonado.

Mura veio da praia ao seu encontro, prevenido desde o momento em que Omi abrira o portão do jardim. Fez uma reverência.

– Boa noite, Omi-sama. O navio estará descarregado por volta do meio-dia.

– O bárbaro morreu?

– Não sei, Omi-sama. Vou até lá e descubro imediatamente.

– Pode vir comigo.

Obedientemente, Mura o seguiu, meio passo atrás. Omi ficou curiosamente contente com a sua companhia.

– Por volta do meio-dia, você disse? – perguntou Omi, desconfiando do silêncio.

– Sim. Está tudo correndo bem.

– E a camuflagem?

Mura apontou para grupos de velhas e crianças que estavam tecendo esteiras rústicas. Suwo estava com elas.

– Podemos desmontar os canhões e cobri-los. Precisaremos de no mínimo dez homens para carregar cada um. Igurashi-san mandou chamar mais carregadores na aldeia vizinha.

– Bom.

– Estou me empenhando para que o sigilo seja mantido, senhor.

– Igurashi-san vai convencê-los da necessidade disso, *né*?

– Omi-sama, teremos que gastar todos os nossos sacos de arroz, toda a nossa linha, todas as nossas redes e toda a nossa palha para esteiras.

– E daí?

– Como vamos pescar ou enfardar a nossa colheita depois?

– Encontrarão um jeito. – A voz de Omi endureceu. – O imposto de vocês foi aumentado em metade para esta estação. Yabu-san ordenou isso esta noite.

– Já pagamos o imposto deste ano, e do próximo.

– Isso é privilégio de camponês, Mura. Pescar, arar, colher e pagar impostos. *Né*?

– Sim, Omi-sama – disse Mura calmamente.

– Um chefe de aldeia que não consegue controlar sua aldeia é um objeto inútil, *né*?

– Sim, Omi-sama.

– Aquele aldeão. Era um louco e um insolente. Há outros como ele?

– Nenhum, Omi-sama.

– Espero que não. Maus modos são imperdoáveis. A família dele fica multada no valor de um *koku* de arroz. Em peixe, arroz, cereais ou outra coisa. A ser pago dentro de três luas.

– Sim, Omi-sama.

Tanto Mura quanto Omi, o samurai, sabiam que a soma estava totalmente além dos meios da família. Havia apenas o barco de pesca e meio hectare de arroz que os três irmãos Tamazaki – agora dois – compartilhavam com as esposas, quatro filhos e três filhas, e mais a viúva de Tamazaki e três filhos. Um *koku* de arroz era uma medida que se aproximava da quantidade de arroz necessária para manter viva uma família durante um ano. Cerca de cinco alqueires. Quase 160 quilos de arroz. Todos os pagamentos no reino eram medidos por *kokus*. E todos os impostos.

– Onde é que esta Terra dos Deuses vai parar se nos esquecermos dos bons modos? – perguntou Omi. – Tanto para com os que estão abaixo de nós quanto para com os que estão acima?

– Sim, Omi-sama. – Mura estava calculando onde conseguir aquele *koku*, porque a aldeia teria que pagá-lo se a família não pudesse. E onde obter sacos de arroz, linha e redes. Alguns poderiam ser aproveitados da viagem. Teriam que pedir dinheiro emprestado. O chefe da aldeia vizinha lhe devia

um favor. Ah! A filha mais velha de Tamazaki não é uma belezinha de seis anos, e seis anos não é uma idade perfeita para uma menina ser vendida? E o melhor mercador de crianças em toda Izu não é o terceiro primo da irmã de minha mãe, o avarento e detestável bruxo velho? Mura suspirou, sabendo que agora tinha uma série de furiosas sessões de ajustes pela frente. Não importa, pensou. Talvez a criança traga até dois *kokus*. Com certeza vale muito mais.
– Peço desculpas pela conduta inconveniente de Tamazaki. Perdoe-me – disse.
– Foi inconveniência dele, não sua – replicou Omi, de modo igualmente polido.

Mas ambos sabiam que era responsabilidade de Mura e seria melhor que não houvesse outros Tamazaki. No entanto, ficaram ambos satisfeitos. Um pedido de desculpas fora oferecido, aceito, mas recusado. Assim a honra dos dois homens estava satisfeita.

Dobraram a esquina do desembarcadouro e pararam. Omi hesitou, depois afastou Mura com um gesto. O chefe da aldeia curvou-se e partiu, agradecido.
– Ele está morto, Zukimoto?
– Não, Omi-san. Só desmaiou de novo.

Omi dirigiu-se ao grande caldeirão de ferro que a aldeia usava para derreter a gordura das baleias que às vezes apanhavam em alto-mar nos meses de inverno ou para derreter cola de peixe, uma atividade da aldeia.

O bárbaro estava mergulhado até os ombros na água fervendo. Tinha o rosto púrpura, os lábios repuxados para trás sobre os dentes estragados.

Ao pôr do sol, Omi observara Zukimoto, arrotando vaidade, supervisionar enquanto o bárbaro era amarrado como uma galinha, os braços em torno dos joelhos, as mãos frouxamente junto dos pés, e colocado em água gelada. O tempo todo o bárbaro baixinho de cabelo vermelho com que Yabu quisera começar havia balbuciado, rido e chorado, o padre cristão lá, no começo, sussurrando suas malditas orações. Depois o fogo começara a ser atiçado. Yabu não estivera na praia, mas as suas ordens tinham sido específicas e foram seguidas diligentemente. O bárbaro começara a gritar e a delirar, e tentara bater a cabeça contra a beirada de ferro do caldeirão, o que o impediram de fazer. Depois veio mais oração, choro, desmaio, despertar, guinchos de pânico, antes que a dor realmente começasse. Omi tentara assistir como assistiria à imolação de uma mosca, tentando não ver o homem. Mas não conseguira e fora embora o mais depressa possível. Descobrira que não apreciava a tortura. Não havia dignidade nela, concluíra, contente pela oportunidade de saber a verdade, já que nunca presenciara torturas antes. Não havia dignidade nem para o torturado nem para o torturador. Removia a dignidade, e sem essa dignidade qual era a finalidade última da vida?, perguntou a si mesmo.

Zukimoto calmamente cutucou a carne parcialmente cozida das pernas do homem com um bastão, como se faria com um peixe cozinhando em fogo brando.

— Ele voltará a si logo. Extraordinário o tempo que está durando. Não acho que sejam feitos como nós. Muito interessante, hein? – disse Zukimoto.

— Não – disse Omi, detestando-o.

Zukimoto ficou imediatamente em guarda e sua untuosidade reapareceu.

— Não quis dizer nada, Omi-san – disse com uma profunda reverência. – Absolutamente nada.

— Claro. O senhor Yabu está contente de que você tenha trabalhado tão bem. Deve exigir grande habilidade não alimentar o fogo em demasia e, ao mesmo tempo, alimentá-lo o suficiente.

— É muito gentil, Omi-san.

— Já tinha feito isso antes?

— Não deste modo. Mas o senhor Yabu me honra com seus favores. Simplesmente procuro agradá-lo.

— Ele quer saber quanto tempo o homem viverá.

— Até o amanhecer. Com cuidado.

Omi estudou o caldeirão pensativamente. Depois caminhou da praia para a praça. Todos os samurais se levantaram e se curvaram.

— Está tudo tranquilo lá embaixo, Omi-san – disse um deles com uma risada, dando uma batida no alçapão. – Primeiro houve um pouco de conversa, pareciam zangados, e algumas pancadas. Depois dois deles, talvez mais, se puseram a choramingar como crianças assustadas. Mas estão quietos há muito tempo.

Omi escutou. Ouviu patinharem na lama e um sussurro distante. Um breve gemido.

— E Masujirō? – perguntou, citando o samurai que, por ordem sua, fora deixado lá embaixo.

— Não sabemos, Omi-san. Não chamou nem uma vez, isso é certo. Provavelmente, está morto.

Que ousadia de Masujirō ser tão inútil, pensou Omi. Ser subjugado por homens indefesos, a maioria doente! Repugnante! Melhor que esteja morto.

— Nada de comida ou água amanhã. Ao meio-dia removam os corpos, *certo?* E quero que o líder seja trazido para cima. Sozinho.

— Sim, Omi-san.

Omi voltou para a fogueira e esperou até que o bárbaro abrisse os olhos. Depois regressou ao jardim e relatou o que Zukimoto dissera, a tortura mais uma vez vindo penetrante com o vento.

— Você olhou para os olhos do bárbaro?

— Sim, Yabu-sama.

Omi estava ajoelhado atrás do daimio, a dez passos. Yabu permanecera imóvel. O luar lançava sombras sobre o quimono dele e projetava um falo do punho da espada.

— O que... o que você viu?

– Loucura. A essência da loucura. Nunca vi olhos como aqueles. E terror sem limites.

Três pétalas caíram suavemente.

– Faça um poema sobre ele.

Omi tentou forçar o cérebro a trabalhar. Depois, desejando ser mais adequado, disse:

> *"Os seus olhos*
> *eram simplesmente o fundo*
> *do inferno...*
> *Todas as dores*
> *articuladas."*

Os berros vinham em lufadas, mais vagos agora, parecendo que a distância tornava essa diminuição de intensidade mais cruel.

Um instante depois, Yabu disse:

> *"Se você permite*
> *que o calafrio penetre*
> *no mais fundo do âmago,*
> *você se torna um deles,*
> *inarticulado."*

Omi pensou sobre isso um longo instante em plena beleza da noite.

CAPÍTULO 5

POUCO ANTES DA PRIMEIRA LUZ DA MANHÃ OS GRITOS CESSARAM.

A mãe de Omi adormeceu. Yabu também.

A aldeia ainda estava agitada ao amanhecer. Ainda restava trazer para terra quatro canhões, cinquenta barriletes de pólvora e mil balas de canhão.

Kiku estava deitada sob o cobertor, olhando as sombras na parede *shōji*. Não dormira, embora estivesse mais exausta do que nunca. Os roncos chiados da velha no quarto contíguo abafavam a suave e profunda respiração do daimio ao seu lado. O menino dormia silenciosamente num outro canto, um braço cobrindo os olhos por causa da luz.

Um leve tremor percorreu o corpo de Yabu, e Kiku susteve o fôlego. Mas ele continuou dormindo e isso lhe agradou, pois sabia que muito em breve poderia partir sem o perturbar. Enquanto esperava pacientemente, procurou pensar em coisas agradáveis. "Lembre-se sempre, criança", incutiu nela a sua primeira professora, "de que ter maus pensamentos é realmente a coisa mais fácil do mundo. Se você deixar a mente por conta própria, ela vai sugá-la para baixo, numa infelicidade sempre crescente. Ter bons pensamentos, porém, exige esforço. Isso é uma das coisas de que a disciplina *treinamento* trata. Portanto, treine a sua mente para se deter em perfumes doces, o toque desta seda, ternas gotas de chuva contra o *shōji*, a curva deste arranjo de flores, a tranquilidade do amanhecer. Depois, finalmente, você não precisará fazer um esforço tão grande, e isso será de valor para você mesma, um valor para a nossa profissão, e trará honra para o nosso mundo, o Mundo do Salgueiro."

Pensou na gloriosa sensualidade do banho que tomaria em breve e que expulsaria aquela noite da sua mente e, depois, nas carícias calmantes das mãos de Suwo. Pensou nas risadas que daria com as outras garotas e com Gyoko-san, a Mama-san, no momento em que trocariam tagarelices, boatos e histórias, e no quimono limpo, oh, tão limpo, que usaria naquela noite, o dourado, com flores amarelas e verdes, e as fitas de cabelo que combinavam. Depois do banho, pentearia o cabelo, e do dinheiro da noite passada haveria muito para saldar a sua dívida com a patroa, Gyoko-san, algum para mandar ao pai, que era um camponês fazendeiro, e ainda algum para ela mesma guardar. Logo encontraria o seu amante e passaria uma noite perfeita.

A vida é muito boa, pensou.

Sim. Mas é muito difícil afastar os gritos. Impossível. As outras garotas continuarão infelizes. E coitada de Gyoko-san também! Mas não importa. Amanhã partiremos todas de Anjiro e voltaremos para casa, a nossa adorável casa de chá em Mishima, a maior cidade de Izu, que circunda o maior castelo do daimio em Izu, onde a vida começa e existe.

Que pena que a senhora Midori tenha mandado me buscar.

Fique séria, Kiku, disse a si mesma categoricamente. Você não deveria se lamentar. Não está se lamentando, *né?* Foi uma honra servir o nosso senhor. Agora, que você foi honrada, o seu valor para Gyoko-san é maior do que nunca, *né?* Foi uma experiência e você passará a ser conhecida como a Senhora da Noite dos Gritos, e, se tiver sorte, alguém escreverá uma balada sobre você e talvez a balada seja cantada até em Edo. Oh, isso seria muito bom! Depois o seu amante certamente comprará o seu contrato, você estará segura e contente e terá filhos.

Ela sorriu para si mesma. Ah, que histórias os trovadores farão sobre esta noite, que serão contadas em todas as casas de chá de Izu! Sobre o senhor daimio, sentado imóvel em meio aos gritos, o suor escorrendo. O que foi que ele fez na cama? Todos quererão saber. E por que o menino? Como foi? O que foi que a senhora Kiku fez e disse, e o que o senhor Yabu fez e disse?

O pilão dele era insignificante ou farto? Foi uma vez, duas ou nenhuma? Nada aconteceu?

Mil perguntas. Mas nenhuma feita ou respondida diretamente, nunca. Isso é prudente, pensou Kiku. A primeira e última regra do mundo do salgueiro era sigilo absoluto, nunca falar sobre um cliente ou seus hábitos ou o que era pago, e assim ser completamente digna de confiança. Se alguma outra pessoa falasse, bem, era problema dela, mas com paredes de papel e casas tão pequenas sempre havia histórias correndo da cama para a balada – nunca a verdade, sempre exageros, porque o povo é o povo, *né?* Mas nada da senhora. Uma sobrancelha arqueada talvez, ou um dar de ombros hesitante, um alisar delicado de um penteado perfeito ou de uma dobra do quimono, era tudo o que se permitia. E sempre suficiente, se a garota tivesse juízo.

Quando os gritos cessaram, Yabu permanecera como estátua ao luar pelo que parecera uma eternidade e depois se levantara. Imediatamente, ela correra de volta para o outro quarto, o quimono de seda suspirando como o mar de meia-noite. O menino estava assustado, tentando não demonstrá-lo, e enxugou as lágrimas que a tortura causara. Ela lhe sorrira tranquilizadora, forçando uma calma que não sentia.

Então Yabu apareceu à porta. Estava banhado em suor, o rosto tenso e os olhos semicerrados. Kiku ajudou-o a tirar as espadas, depois o quimono encharcado e a tanga. Enxugou-o, ajudou-o a pôr um quimono fresco e amarrou o cinto de seda. Começara a saudá-lo, mas ele lhe pusera um dedo gentil sobre os lábios.

Depois se dirigira para a janela e olhara a lua declinando, como que enlevado, balançando-se levemente sobre seus pés. Ela permaneceu tranquila, sem medo, pois o que havia a temer? Ele era um homem e ela uma mulher, treinada para ser mulher, para dar prazer, do modo que fosse. Mas não para dar ou receber dor. Havia outras cortesãs especializadas nessa forma de sensualidade. Um apertão aqui e ali, talvez uma mordida, bem, isso era parte do prazer-dor de dar e receber, mas sempre dentro da razão, pois a honra estava envolvida e ela era uma dama do Mundo do Salgueiro, de primeira classe, nunca para ser menosprezada, a ser sempre honrada. Mas parte do seu treinamento era saber como manter um homem dócil dentro dos limites. Às vezes o homem ficava indócil e então era terrível. Pois a dama estava sozinha. Sem direitos.

O seu penteado estava impecável, com exceção de minúsculas mechas de cabelo cuidadosamente soltas sobre as orelhas para sugerir um desalinho erótico, mas, ao mesmo tempo, para realçar a pureza do conjunto. O quimono vermelho e preto, axadrezado, bordado com o mais puro verde, que lhe aumentava a brancura da pele, estava apertado na minúscula cintura por uma larga faixa rija, um *obi*, de um verde iridescente. Ela podia ouvir a arrebentação na praia agora e um vento leve que farfalhava no jardim.

Finalmente, Yabu se voltara e olhara para ela, depois para o menino.

O menino tinha quinze anos, era o filho de um pescador local, aprendiz, no mosteiro das proximidades, de um monge budista que era artista, pintor e ilustrador de livros. O menino era um dos que gostavam de ganhar dinheiro, daqueles que apreciavam sexo com meninos e não com mulheres.

Yabu fez-lhe um gesto. Obedientemente, o menino, que agora também superara o medo, afrouxou a faixa do quimono com uma elegância estudada. Não usava tanga, mas uma combinação de mulher que chegava quase ao chão. Tinha o corpo macio, curvilíneo e quase sem pelos. Kiku lembrou-se de como o quarto estivera tranquilo, os três aproximados pela tranquilidade e pelos gritos extintos, ela e o menino esperando que Yabu desse as ordens. Yabu, em pé ali entre os dois, balançava-se levemente, olhando de um para outro.

Por fim fez um sinal para ela. Graciosamente, ela desatara a fita do *obi*, desenrolara-o gentilmente e o deixara cair. As dobras de seus três quimonos, leves como teias, abriram-se sussurrantes e revelaram a combinação que lhe acentuava os quadris. Yabu se deitou e, a uma ordem sua, os dois se deitaram também, um de cada lado dele.

Ele pôs as mãos deles sobre si e abraçou-os. Aqueceu-se rapidamente, mostrando-lhes como usar as unhas nos flancos dele, apressando-os; o seu rosto era uma máscara: mais depressa, mais depressa e depois o estremecimento, o grito violento de dor absoluta. Por um instante ficou deitado, arquejando, os olhos apertados, o peito arfante; depois virou-se e quase instantaneamente caiu no sono.

No silêncio, eles contiveram o fôlego, tentando esconder a própria surpresa. Acabara tão depressa.

O menino arqueou uma sobrancelha, espantado, e sussurrou:

— Será que fomos inábeis, Kiku-san? Quero dizer, tudo aconteceu tão depressa.

— Fizemos tudo o que ele quis — disse ela.

– Ele certamente atingiu as nuvens e a chuva – disse o menino. – Pensei que a casa fosse desabar.

Ela sorriu.

– Sim.

– Estou contente. Primeiro fiquei com muito medo. É muito bom agradar.

Juntos, enxugaram Yabu gentilmente e cobriram-no com o acolchoado. Depois o menino deitou-se de costas, langorosamente, meio apoiado num cotovelo e reprimindo um bocejo.

– Por que você não dorme também? – disse ela.

O menino puxou o quimono mais para junto do corpo e mudou de posição para ajoelhar-se diante dela, que estava sentada ao lado de Yabu, a mão direita acariciando suavemente o braço do daimio, acalmando seu sono trêmulo.

– Nunca tinha estado com um homem e uma mulher ao mesmo tempo, Kiku-san – sussurrou o menino.

– Nem eu.

O menino franziu o cenho.

– Também nunca estive com uma garota. Quero dizer, nunca me deitei com uma.

– Gostaria de ter a mim? – perguntou ela polidamente. – Se esperar um pouquinho, tenho certeza de que nosso senhor não acordará.

O menino franziu a testa de novo. Depois:

– Sim, por favor. – E mais tarde: – Foi muito estranho, senhora Kiku.

Ela sorriu interiormente.

– Qual você prefere?

O menino pensou um longo tempo, os dois deitados em paz, um nos braços do outro.

– Este jeito dá muito mais trabalho.

Ela afundou a cabeça no ombro dele e beijou-lhe a nuca para esconder o sorriso.

– Você é um amante maravilhoso – sussurrou. – Agora deve dormir. – Acariciou-o até que pegasse no sono, depois deixou-o e foi para os outros acolchoados.

A outra cama estava fria. Ela não quis se mover para o calor de Yabu com receio de perturbá-lo. Logo o seu lado estava quente.

As sombras da *shōji* estavam nítidas. Os homens são uns bebês, pensou ela. Tão cheios de orgulho tolo. Todo o sofrimento desta noite por uma coisa tão transitória. Por uma paixão que em si mesma não passa de uma ilusão, *né?*

O menino mexeu-se no sono. Por que foi que você se ofereceu a ele?, perguntou-se. Pelo prazer dele, por ele e não por mim, embora tenha me divertido, passado o tempo e dado a ele a tranquilidade de que necessitava. Por que você não dorme um pouquinho? Mais tarde. Dormirei mais tarde, disse a si mesma.

Quando chegou a hora, deixou a tepidez e levantou-se. Seus quimonos se abriram num sussurro e o ar esfriou sua pele. Rapidamente cingiu os trajes com perfeição e amarrou o *obi*. Um rápido mas cuidadoso toque no penteado. E na maquiagem.

Partiu sem nenhum ruído.

O samurai de sentinela na entrada da varanda inclinou-se, ela retribuiu a reverência e logo se encontrava à luz do amanhecer. Sua empregada estava à espera.

– Bom dia, Kiku-san.

– Bom dia.

O sol causou uma sensação ótima e lavou a noite. É muito bom estar viva, ela pensou.

Deslizou os pés para dentro das sandálias, abriu a sombrinha carmesim e atravessou o jardim, em direção ao caminho que levava à aldeia, através da praça, à casa de chá que era sua residência temporária. A empregada seguiu-a.

– Bom dia, Kiku-san – chamou Mura, curvando-se. Estava descansando na varanda de sua casa, tomando chá, o fraco chá verde do Japão. Sua mãe o servia.

– Bom dia, Kiku-san – ecoou esta última.

– Bom dia, Mura-san. Bom dia, Saiko-san, a senhora está com ótima aparência – replicou Kiku.

– Como vai? – perguntou a mãe, os seus velhíssimos olhos cravados na garota.

– Que noite terrível! Tome um chá conosco, por favor. Você parece pálida, criança.

– Obrigada, mas, por favor, desculpe-me, preciso ir para casa agora. A senhora realmente me faz uma grande honra. Talvez mais tarde.

– Claro, Kiku-san. Você honra a nossa aldeia com sua presença.

Kiku sorriu e fingiu não notar os olhares inquisitivos. Para deixar mais picante o dia deles, e o dela, fingiu uma dorzinha nas partes inferiores.

Isso vai correr pela aldeia inteira, pensou feliz, enquanto se curvava, estremecia novamente e se afastava como se estivesse estoicamente dissimulando uma dor intensa, as dobras dos quimonos oscilando perfeitamente, e a sombrinha inclinada para dar-lhe exatamente aquela luz mais maravilhosa. Estava muito contente de ter ganhado aquele quimono e a sombrinha. Num dia insípido, o efeito nunca teria sido tão dramático.

– Ah, pobre, pobre criança! É tão bonita, *né?* Que vergonha! Terrível! – disse a mãe de Mura com um suspiro de cortar o coração.

– O que é terrível, Saiko-san? – perguntou a esposa de Mura, vindo para a varanda.

– Você não viu o sofrimento da pobre garota? Não viu como ela bravamente tentava escondê-lo? Pobre criança! Apenas dezessete anos e ter que passar por tudo isso!

– Ela tem dezoito – disse Mura secamente.

– Tudo o quê, senhora? – perguntou ansiosamente uma das empregadas, juntando-se a eles.

A velha olhou em torno para ter certeza de que todos a escutavam e, abaixando a voz:

– Ouvi dizer – deixou escapar –, ouvi dizer que ela ficará... ficará inutilizada... por três meses.

– Oh, não! Pobre Kiku-san! Oh! Mas por quê?

– Ele usou os dentes. Fiquei sabendo da melhor fonte.

– Oh!

– Oh!

– Mas por que foi que ele quis o menino, senhora? Com certeza, ele não...

– Ah! Vão embora! De volta ao trabalho, suas imprestáveis! Isso não é para os ouvidos de vocês! Vamos, fora, todas! O patrão e eu temos que conversar.

Enxotou-as da varanda. Até a esposa de Mura. E sorveu o chá, afável e contente.

Mura rompeu o silêncio.

– Dentes?

– Dentes. Corre o boato de que os gritos o fazem grande porque ele foi assustado por um dragão quando era pequeno – disse ela num fôlego só. – Ele sempre tem um menino junto para lembrá-lo de quando era jovem, petrificado, mas, na realidade, o menino fica lá só para se deitar com ele, para exauri-lo; de outro modo, ele arrancaria tudo com os dentes, pobre garota.

Mura suspirou. Foi até o pequeno telheiro ao lado do portão da frente e peidou involuntariamente quando começou a se aliviar no balde. Gostaria de saber o que realmente aconteceu, disse a si mesmo, excitado. Por que será que Kiku-san estava sofrendo? Talvez o daimio realmente use os dentes! Que extraordinário!

Saiu, sacudindo-se para não sujar a tanga, e seguiu, através da praça, profundamente absorto. Puxa, como eu gostaria de ter uma noite com a senhora Kiku! Que homem não gostaria? Quanto será que Omi-san teve que pagar à Mama-san dela, que no final nós é que vamos ter que pagar? Dois *kokus?* Dizem que a Mama-san dela, Gyoko-san, pediu e obteve dez vezes a paga regular. Conseguiu cinco *kokus* por uma noite. Kiku-san certamente valeria isso, *né?* Corre o boato de que ela tem tanta prática aos dezoito anos quanto uma mulher duas vezes mais velha. Consta que é capaz de prolong... Iiiih, que alegria ela é! Se fosse eu, como eu começaria?

Distraidamente ajeitou-se dentro da tanga enquanto os pés o levavam para fora da praça, pelo caminho batido até o pátio de funeral.

A pira fora preparada. A delegação de cinco homens da aldeia já se encontrava lá.

Era o lugar mais agradável da aldeia, onde as brisas do mar eram mais frescas no verão e a vista, melhor. Perto ficava o santuário xintoísta da aldeia, um minúsculo telhado de palha sobre um pedestal para o *kami*, o espírito, que vivia ali, ou poderia querer viver ali, se lhe agradasse. Um teixo retorcido, plantado antes de a aldeia nascer, inclinava-se ao vento.

Mais tarde Omi subiu o caminho. Com ele vieram Zukimoto e quatro guardas. Manteve-se à distância. Quando se curvou formalmente para a pira e para o corpo amortalhado, quase desconjuntado, que jazia sobre ela, todos se curvaram com ele, em homenagem ao bárbaro que morrera para que os companheiros pudessem viver.

A um sinal dele, Zukimoto avançou e acendeu a pira. Zukimoto havia pedido a Omi o privilégio, e a honra lhe fora concedida. Curvou-se uma última vez. Depois, quando o fogo estava bem aceso, todos se afastaram.

Blackthorne mergulhou a mão na borra do barril, mediu cuidadosamente meia xícara de água e deu-a a Sonk. Sonk tentou tomá-la aos goles para fazê-la durar, a mão tremendo, mas não conseguiu. Sorveu de um trago o líquido morno, lamentando tê-lo feito no momento em que ele passou pela sua garganta ressecada, e tateou, fatigado, de volta a seu lugar junto da parede, passando por cima dos que estavam no turno de ficar deitados. O chão agora era um lodo profundo, o mau cheiro e as moscas, hediondos. Uma tênue claridade chegava ao buraco através das ripas do alçapão.

Vinck era o seguinte na fila da água. Pegou sua xícara e ficou contemplando-a, sentado perto do barril, Spillbergen do outro lado.

— Obrigado — murmurou melancolicamente.

— Apresse-se — disse Jan Roper, com o corte no rosto já supurando. Era o último na fila e, estando tão próximo, a sua garganta o torturava. — Apresse-se, Vinck, pelo amor de Cristo!

— Desculpe. Pegue, tome você — murmurou Vinck, estendendo-lhe a xícara, esquecido das moscas que o cobriam.

— Beba, seu idiota! É a última que vai receber até o pôr do sol. Beba! — Jan Roper empurrou a xícara de volta para as mãos de Vinck, que não levantou os olhos para ele, mas obedeceu, infeliz, e mais uma vez deslizou de volta para o seu inferno particular.

Jan Roper pegou sua xícara de água de Blackthorne. Fechou os olhos e fez uma oração de graças silenciosa. Era um dos que estavam em pé sentindo doer os músculos das pernas. A xícara mal continha dois goles.

Depois que todos receberam sua ração, Blackthorne afundou a mão no barril e sorveu, agradecido. Tinha a boca e a língua ásperas, queimadas e cobertas de pó. Estava infestado de moscas, suor e imundície. O peito e as costas se encontravam seriamente machucados.

Observou o samurai que fora deixado na cela. Estava amontoado contra a parede, entre Sonk e Croocq, ocupando tão pouco espaço quanto possível, e não se movia havia horas. Vestido só com a tanga, com escoriações violentas por todo o corpo, um grosso vergão em torno do pescoço, o homem fitava friamente o vazio.

Quando Blackthorne voltou a si, a cela se encontrava em completa escuridão. Os gritos enchiam o buraco, e ele pensou que tinha morrido e estivesse nas sufocantes profundezas do inferno. Sentiu-se sugado para uma lama viscosa que causava arrepios além de qualquer medida; gritou e farejou em pânico, incapaz de respirar, até que, após uma eternidade, ouviu: "Está tudo bem, piloto, você não morreu, está tudo bem. Acorde, acorde, pelo amor de Cristo, isto não é o inferno, mas poderia muito bem ser. Ó abençoado Senhor Jesus, ajude-nos!".

Quando recuperou totalmente a consciência, contaram-lhe sobre Pieterzoon e os barris de água do mar.

– Oh, Nosso Senhor Jesus Cristo, tire-nos daqui! – choramingou alguém.

– O que estão fazendo com o coitado do Pieterzoon? O que estão fazendo com ele? Oh, Deus nos ajude. Não posso aguentar esses gritos.

– Oh, Senhor, deixe o coitado morrer! Deixe-o morrer!

– Cristo, meu Deus, pare esses gritos! Por favor, pare esses gritos!

O buraco e os gritos de Pieterzoon haviam se entranhado em todos, forçando-os a olhar para dentro de si mesmos. E ninguém gostara do que vira.

A escuridão ainda torna as coisas piores, pensara Blackthorne.

Fora uma noite interminável no buraco.

Com o crepúsculo, os gritos se extinguiram. Quando o amanhecer escoou até eles, viram o samurai esquecido.

– O que vamos fazer com ele? – perguntara Van Nekk.

– Não sei. Parece tão assustado quanto nós – dissera Blackthorne, o coração latejando.

– É melhor que ele não comece nada, por Deus.

– Oh, Senhor Jesus, tirem-me daqui... – começou a voz de Croocq, num crescendo. – Socooooooorro!

Van Nekk, que estava perto dele, sacudiu-o e acalmou-o.

– Está tudo bem, mocinho. Estamos nas mãos de Deus. Ele está zelando por nós.

– Olhem o meu braço – gemeu Maetsukker. O ferimento já havia supurado.

Blackthorne levantou-se, trêmulo.

– Estaremos todos delirando como loucos dentro de um ou dois dias se não sairmos daqui... – disse a ninguém em particular.

– A água quase acabou – disse Van Nekk.

– Vamos racionar a que há. Um pouco agora, mais um pouco ao meio-dia. Com sorte haverá o suficiente para três turnos. Deus amaldiçoe todas as moscas!

Então, encontrara a xícara e lhes dera uma ração; agora estava sorvendo a sua, tentando fazê-la durar.

– E quanto a ele, o japonês? – disse Spillbergen. O capitão-mor passara melhor do que nunca durante a noite porque tapara os ouvidos aos gritos com um pouco de lama e, como estava ao lado do barril de água, cuidadosamente saciara a sede. – O que vamos fazer com ele?

– Ele deveria receber um pouco de água – disse Van Nekk.

– É mesmo? – disse Sonk. – Pois digo que não deve receber coisa nenhuma. Todos votaram e concordou-se em que o samurai não tomaria água.

– Não concordo – disse Blackthorne.

– Você não concorda com nada que a gente diga – disse Jan Roper. – Ele é o inimigo. É um diabo pagão e quase nos matou.

– Você também quase me matou. Meia dúzia de vezes. Se o seu mosquete tivesse disparado, em Santa Madalena, você teria me estourado os miolos.

– Eu não estava mirando você. Estava mirando satanistas fedorentos.

– Eram sacerdotes desarmados. E havia tempo de sobra.

– Eu não estava mirando você.

– Você quase me matou meia dúzia de vezes com a sua maldita raiva, a sua maldita beatice e a sua maldita estupidez!

– Blasfêmia é pecado mortal. Proferir o nome Dele em vão é pecado. Estamos nas mãos Dele, não nas suas. Você não é um rei e isto não é um navio. Não é nosso...

– Mas vai fazer o que eu disser!

Jan Roper olhou em torno da cela, inutilmente, em busca de apoio.

– Faça o que quiser – disse, sombriamente.

– Eu farei.

O samurai estava tão sedento quanto eles, mas meneou a cabeça à xícara que lhe foi oferecida. Blackthorne hesitou, colocou-a junto dos lábios inchados do samurai, mas o homem afastou-a com um golpe, entornando a água, e disse alguma coisa asperamente. Blackthorne preparou-se para aparar o golpe seguinte. Mas ele não veio nunca. O homem não tornou a se mover, simplesmente mergulhou o olhar no vazio.

– Ele está louco. São todos loucos – disse Spillbergen.

– Sobra mais água para nós. Bom – disse Jan Roper. – Deixem-no ir para o inferno, que é o que merece.

– Qual é o seu nome? *Namu?* — perguntou Blackthorne. Repetiu de maneiras diferentes, mas o samurai parecia não ouvir.

Deixaram-no em paz. Mas observavam-no como se fosse um escorpião. Ele não os olhava. Blackthorne tinha certeza de que o homem estava tentando tomar alguma decisão, mas não fazia ideia do que pudesse ser.

Que será que ele tem na cabeça?, perguntou Blackthorne a si mesmo. Por que recusou a água? Por que foi deixado aqui? Será que foi um engano de Omi? Não é provável. Será que foi um plano? Não é provável. Poderíamos usá-lo para sair daqui? Não é provável. Tudo é improvável, só é provável que vamos ficar aqui até que nos deixem sair... se deixarem. E, se deixarem, o que virá a seguir? O que aconteceu a Pieterzoon?

As moscas enxameavam com o calor do dia.

Oh, Deus, como gostaria de me deitar, como gostaria de tomar aquele banho, não teriam que me carregar desta vez. Nunca tinha percebido como um banho é importante. Aquele velho cego com os dedos de aço! Viria a calhar por uma ou duas horas.

Que desperdício! Todos os nossos navios, homens e esforços para chegar a isto. Um fracasso total. Bem, quase. Alguns de nós ainda continuam vivos.

– Piloto! – Van Nekk o estava sacudindo. – Você adormeceu. Ele... ele está se curvando para você há um minuto ou mais. – Apontou para o samurai, que estava ajoelhado e de cabeça inclinada à sua frente.

Blackthorne esfregou bem os olhos. Fez um esforço e retribuiu a reverência.

– *Hai?* – disse bruscamente, lembrando-se da palavra japonesa para "sim".

O samurai segurou a faixa do seu quimono rasgado e enrolou-a em torno do pescoço. Ainda ajoelhado, deu uma ponta a Blackthorne e a outra a Sonk, baixou a cabeça e fez-lhes sinal para que a puxassem com força.

– Está com medo de que o estrangulemos – disse Sonk.

– Jesus Cristo, acho que isso é o que ele quer que façamos. – Blackthorne deixou cair o cinto e sacudiu a cabeça. – *Kinjiru* – disse, pensando em como essa palavra era inútil. Como você diz a um homem que não fala a sua língua que é contra o seu código cometer assassínio, matar um homem desarmado, que você não é um executor, que o suicídio é condenado por Deus?

O samurai pediu de novo, claramente implorando-lhe, mas Blackthorne tornou a sacudir a cabeça. – *Kinjiru.* – O homem olhou em torno, ansiosamente. De repente se pôs em pé e mergulhou a cabeça bem fundo na latrina, tentando se afogar. Jan Roper e Sonk imediatamente puxaram-no para trás, sufocado e debatendo-se.

– Deixem-no – ordenou Blackthorne. Obedeceram. Ele apontou para a latrina. – Samurai, se é isso o que você quer, vá em frente!

O homem estava com ânsia de vômito, mas compreendeu. Olhou para a tina repugnante e viu que não teria forças para manter a cabeça lá o tempo suficiente. Na mais profunda infelicidade, voltou a seu lugar junto da parede.

– Jesus – murmurou alguém.

Blackthorne raspou meia xícara de água no barril, levantou-se, sentindo as juntas rijas, aproximou-se do japonês e ofereceu-lhe a água. Ele olhou para além da xícara.

– Pergunto a mim mesmo quanto tempo ele vai conseguir aguentar – disse Blackthorne.

– Para sempre – disse Jan Roper. – São animais. Não são humanos.

– Pelo amor de Cristo, quanto tempo mais vão nos manter aqui? – perguntou Ginsel.

– O tempo que quiserem.

– Teremos que fazer qualquer coisa que eles queiram – disse Van Nekk. – Teremos que fazer, se quisermos continuar vivos e sair deste buraco do inferno. Não é verdade, piloto?

– Sim. – Blackthorne avaliou, agradecido, as sombras do sol. – É meio-dia, o turno muda.

Spillbergen, Maetsukker e Sonk começaram a se queixar, mas ele os fez levantar-se com imprecações, e, quando todos haviam se redistribuído, deitou-se agradavelmente. A lama era repelente e as moscas piores que nunca, mas o prazer de poder estirar-se por inteiro foi enorme.

O que fizeram com Pieterzoon?, perguntou-se, sentindo a fadiga tragá-lo. Oh, Deus nos ajude a sair daqui. Estou com tanto medo!

Ouviram passos lá em cima. O alçapão se abriu. O padre apareceu, ladeado de samurais.

– Piloto. Você deve subir. Deve subir sozinho – disse o padre.

CAPÍTULO 6

TODOS OS OLHOS NO POÇO SE FIXARAM EM BLACKTHORNE.

— O que querem comigo?

— Não sei — disse o padre Sebastião gravemente. — Mas você deve subir imediatamente.

Blackthorne sabia que não tinha escolha, mas não queria se afastar da parede protetora, tentando reunir mais forças.

— O que aconteceu com Pieterzoon?

O padre contou. Blackthorne traduziu para os outros que não falavam português.

— O Senhor tenha piedade dele — sussurrou Van Nekk no silêncio horrível que se fez. — Pobre homem. Pobre homem.

— Sinto muito. Não houve nada que eu pudesse fazer — disse o padre, com grande tristeza. — Não acho que ele me reconhecesse ou a qualquer outro no momento em que o puseram na água. Já havia perdido o juízo. Dei-lhe a absolvição e rezei por ele. Talvez, com a piedade de Deus... *In nomine Patris et Filii et Spiritus Sancti*. Amém. — Fez o sinal da cruz sobre o porão. — Imploro-lhes que renunciem às suas heresias e serão aceitos de volta na fé de Deus. Piloto, você tem que subir.

— Não nos deixe, piloto, pelo amor de Deus! — gritou Croocq.

Vinck cambaleou rumo à escada e começou a subir.

— Podem pegar a mim, não ao piloto. Eu, não ele. Diga-lhe... — Parou, desamparado, os dois pés nos degraus. Uma longa lança estava a uma polegada de sua cabeça. Tentou agarrar o cabo da lança, mas o samurai estava preparado e, se Vinck não tivesse saltado, teria sido empalado.

Esse mesmo samurai apontou para Blackthorne e fez-lhe sinal para que subisse. Rudemente. Blackthorne continuou imóvel. Outro samurai empurrou um longo bastão farpado para dentro da cela e tentou fisgar Blackthorne.

Ninguém se moveu para ajudar Blackthorne, exceto o samurai na cela. Ele agarrou a fisga rapidamente e, ríspido, disse alguma coisa ao homem lá em cima, que hesitou. Depois olhou para Blackthorne, deu de ombros e falou.

— Que foi que ele disse? — perguntou Blackthorne.

— É um dito japonês — respondeu o padre. — "O destino de um homem é o destino de um homem, e a vida não passa de uma ilusão."

Blackthorne acenou para o samurai e se dirigiu para a escada sem olhar para trás. Subiu. Quando se viu em plena luz do sol, semicerrou os olhos por causa da dolorosa claridade, os joelhos cederam e ele desabou sobre a terra arenosa.

Omi estava ao seu lado. O padre e Mura continuaram perto dos quatro samurais. À distância, alguns aldeões olharam por momentos, depois viraram as costas e foram embora.

Ninguém o ajudou.

Oh, Deus, me dê forças, orou Blackthorne. Tenho que me pôr de pé e fingir ser forte. É a única coisa que eles respeitam. Ser forte. Não demonstrar medo. Por favor, meu Deus, me ajude.

Rangeu os dentes, tomou impulso apoiado na terra e levantou-se, oscilando ligeiramente.

— Que diabo você quer de mim, seu bastardinho sifilítico? — disse diretamente para Omi. Depois, acrescentou para o padre: — Diga ao bastardo que eu sou um daimio no meu país e pergunte que espécie de tratamento é este. Diga-lhe que não queremos brigar com ele. Diga-lhe que nos deixe sair ou será pior para ele. Diga-lhe que sou um daimio, por Deus. Sou herdeiro de Sir William de Micklehaven, possa o bastardo estar morto há muito tempo. Diga-lhe!

A noite fora terrível para o padre Sebastião. Mas, durante a vigília, viera a sentir a presença de Deus e ganhara uma segurança que nunca experimentara antes. Agora sabia que poderia ser um instrumento de Deus contra os pagãos, que estava escudado contra eles e a astúcia do pirata. De algum modo sabia que aquela noite fora para ele uma preparação, uma encruzilhada.

— Diga-lhe.

E o padre traduziu em japonês:

— O pirata diz que é um senhor em seu país. — Ouviu a resposta de Omi. — Omi-san diz que não importa se você é um rei no seu país. Aqui você vive na dependência dos caprichos do senhor Yabu, você e todos os seus homens.

— Diga-lhe que ele é um merda.

— Você deveria tomar cuidado e não insultá-lo.

Omi começou a falar de novo.

— Omi-san diz que vão lhe dar um banho. E comida e bebida. Caso se comporte, não será posto de volta no buraco.

— E os meus homens?

O padre perguntou a Omi.

— Vão continuar lá embaixo.

— Então diga-lhe que vá para o inferno. — Blackthorne encaminhou-se para a escada; ia voltar para baixo. Dois dos samurais o impediram e, embora ele lutasse, dominaram-no com facilidade.

Omi falou ao padre, depois aos seus homens. Soltaram-no e Blackthorne quase caiu.

— Omi-san diz que, a menos que você se comporte, outro dos seus homens será trazido para cima. Há muita lenha e muita água.

Se eu concordar agora, pensou Blackthorne, eles terão encontrado o meio de me controlar e ficarei em poder deles para sempre. Mas o que importa isso?

Estou em poder deles agora e, no final, terei que fazer o que eles quiserem. Van Nekk tinha razão. Terei que fazer seja o que for.

– O que ele quer que eu faça? O que quer dizer com "comportar-me"?

– Omi-san diz que significa obedecer. Fazer o que lhe disserem que faça. Comer excremento, se for necessário.

– Diga-lhe que vá para o inferno. Diga-lhe que mijo em cima dele e em cima do país dele inteiro. E em cima do daimio dele.

– Recomendo que concorde com...

– Diga-lhe o que eu disse, exatamente, por Deus!

– Muito bem, mas eu o avisei, piloto.

Omi ouviu o padre. Os nós na mão sobre a espada embranqueceram. Todos os seus homens mudaram de posição, inquietos, com os olhos apunhalando Blackthorne. Então, calmamente, Omi deu uma ordem.

Imediatamente, dois samurais desceram ao buraco e trouxeram Croocq, o rapaz. Arrastaram-no até o caldeirão e o amarraram, enquanto outros traziam lenha e água. Puseram o rapaz, petrificado, no caldeirão cheio até a borda e acenderam o fogo.

Blackthorne olhava os movimentos da boca de Croocq, que não conseguia emitir som, e o terror que o dominava por completo. A vida não tem valor em absoluto para essa gente, pensou.

Deus os amaldiçoe com o inferno, vão ferver Croocq, e isso é tão certo quanto eu estar agora nesta terra esquecida por Deus.

A fumaça se elevava da areia. Gaivotas grasnavam em torno dos barcos de pesca. Um pedaço de lenha da fogueira caiu e foi chutado de volta por um samurai.

– Diga-lhe que pare – disse Blackthorne. – Peça-lhe que pare.

– Omi-san diz: você concorda em se comportar?

– Sim.

– Obedecerá a todas as ordens?

– Na medida do possível, sim.

Omi falou novamente. O padre Sebastião fez uma pergunta e ele concordou.

– Ele quer que você responda diretamente a ele. A palavra japonesa para "sim" é *hai*. Ele pergunta se você obedecerá a todas as ordens.

– Na medida do possível, *hai*.

O fogo estava começando a esquentar a água e um gemido longo irrompeu da boca do rapaz. As chamas do fogo aceso sobre os tijolos lambiam o ferro por cima. Mais madeira foi empilhada.

– Omi-san diz para você se deitar. Imediatamente.

Blackthorne fez conforme o ordenado.

– Omi-san diz que não o insultou pessoalmente, nem havia motivo algum para que você o insultasse. Como você é um bárbaro e ainda não sabe proceder melhor, não será morto. Mas aprenderá bons modos. Entende?

– Sim.

– Ele quer que você responda diretamente para ele.

Ouviu-se um grito lamentoso do rapaz. Durou momentos intermináveis, e então Croocq desmaiou. Um dos samurais segurou a cabeça dele fora da água.

Blackthorne olhou para Omi. Lembre-se, ordenou a si mesmo, lembre-se de que o rapaz está em suas mãos, a vida de todos os seus homens está em suas mãos. Sim, refletiu o diabo dentro dele, mas não há garantia de que o bastardo vá respeitar qualquer acordo.

– Entende?

– *Hai.*

Viu Omi levantar o quimono e puxar o pênis para fora da tanga. Esperava que o homem lhe urinasse no rosto. Mas Omi não fez isso. Urinou-lhe nas costas. Pelo Senhor Deus, jurou Blackthorne a si mesmo, eu me lembrarei deste dia e, de algum modo, em algum lugar, Omi pagará.

– Omi-san diz que é falta de educação você dizer que vai mijar em cima de alguém. É muito ruim. É falta de educação e muita estupidez dizer que vai mijar em cima de alguém quando se está desarmado. É muita falta de educação e uma estupidez ainda maior dizer que vai mijar em cima de alguém quando se está desarmado, impotente e despreparado para permitir que os seus amigos, a sua família ou seja quem for morra primeiro.

Blackthorne não disse nada. Não desviava os olhos de Omi.

– *Wakarimasu ka?* – disse Omi.

– Ele pergunta se você entendeu.

– *Hai.*

– *Okiro.*

– Ele disse para você se levantar.

Blackthorne se levantou, uma dor martelando sua cabeça. Tinha os olhos pregados em Omi e Omi também o encarava.

– Você irá com Mura e obedecerá às ordens dele.

Blackthorne não respondeu nada.

– *Wakarimasu ka?* – perguntou Omi, rispidamente.

– *Hai.* – Blackthorne estava medindo a distância que o separava de Omi. Já podia sentir os seus dedos no pescoço e no rosto do homem e rezou para ser rápido e forte o bastante para arrancar os olhos de Omi antes que o tirassem de cima dele. – E o rapaz? – perguntou.

O padre falou com Omi, hesitante.

Omi deu uma olhada no caldeirão. A água ainda estava apenas morna. O rapaz desmaiara, mas estava incólume.

– Tirem-no daí – ordenou. – Tragam um médico se for preciso.

Os seus homens obedeceram. Viu Blackthorne se dirigir para o rapaz e auscultar-lhe o coração.

Omi fez um gesto para o padre.

– Diga ao chefe que o jovem também pode ficar fora do buraco hoje. Se o chefe se comportar e o jovem se comportar, outro bárbaro *talvez* saia do buraco amanhã. Depois, outro. Talvez. Ou mais de um. Depende de como se comportem os que estiverem aqui em cima. Mas você – olhou para Blackthorne – é responsável pela mínima infração a qualquer regra ou ordem. Entende?

Depois de o padre traduzir, Omi ouviu o bárbaro dizer "sim" e viu parte da raiva sanguínea e vítrea desaparecer dos seus olhos. Mas o ódio permaneceu. Que tolice, pensou Omi, e quanta ingenuidade ser tão aberto. Pergunto a mim mesmo o que ele não teria feito se eu tivesse jogado mais tempo, fingido voltar atrás na minha promessa ou restringido o que prometera.

– Padre, qual é mesmo o nome dele? Diga devagar.

Ouviu o padre dizer o nome diversas vezes, mas ainda lhe soava como linguagem inarticulada.

– Você consegue dizer? – perguntou a um de seus homens.

– Não, Omi-san.

– Padre, diga-lhe que daqui em diante o nome dele é Anjin, Piloto, *né?* Quando merecer, será chamado de Anjin-san. Explique-lhe que não há sons na nossa língua para pronunciarmos corretamente o nome dele. – Depois acrescentou secamente: – Convença-o de que isso não tem a intenção de ser insultante. Adeus, Anjin, por enquanto.

Todos se curvaram para ele. Retribuiu a saudação polidamente e se afastou. Quando estava bem longe da praça e certo de que ninguém o observava, permitiu-se dar um largo sorriso. Domar o chefe dos bárbaros tão rapidamente! Ter percebido imediatamente como dominá-lo, e a eles!

Como esses bárbaros são extraordinários, pensou. Iiiih, quanto mais depressa o Anjin falar a nossa língua, melhor. Então saberemos como esmagar os bárbaros cristãos de uma vez por todas!

– Por que você não urinou na cara dele? – perguntou Yabu.

– Primeiro pretendia fazer isso, senhor. Mas o piloto ainda é um animal indomado, totalmente perigoso. Fazer isso, bem, para nós, tocar o rosto de um homem é o pior dos insultos, *né?* Então raciocinei que, se o insultasse tão a fundo, ele perderia o controle. De modo que urinei nas costas dele, acho que foi o suficiente.

Estavam sentados na varanda de sua casa sobre almofadas de seda. A mãe de Omi servia o chá com toda a cerimônia – fora bem treinada para isso quando jovem. Ofereceu a xícara com uma reverência a Yabu. Este fez uma vênia e, polidamente, ofereceu-a a Omi, que naturalmente recusou com uma reverência mais profunda ainda. Então Yabu aceitou-a e sorveu a bebida com prazer, sentindo-se completo.

– Estou muito impressionado com você, Omi-san – disse. – O seu raciocínio é excepcional. O modo como você planejou e lidou com toda essa história foi esplêndido.

– É muito gentil, senhor. Os meus esforços poderiam ter sido muito melhores, muito melhores.

– Onde foi que aprendeu tanto sobre a mente dos bárbaros?

– Quando tinha catorze anos, tive um professor durante um ano, um monge chamado Jiro. Tinha sido padre cristão, pelo menos um aprendiz de padre, mas felizmente percebera os erros dessa estupidez. Nunca me esqueci de uma coisa que ele me contou. Disse que a religião cristã era vulnerável porque ensinava que a divindade principal, Jesus, dissera que todas as pessoas deviam "amar-se" mutuamente. Não ensinou nada sobre honra ou dever, apenas amor. E também que a vida era sagrada. "Não matarás", *né?* E outras tolices. Esses novos bárbaros bradam ser cristãos também, embora o padre negue isso. Então pensei que talvez sejam apenas de uma seita diferente, e essa é a causa da inimizade deles, exatamente como algumas seitas budistas que se odeiam entre si. Achei que, se eles "se amam uns aos outros", talvez pudéssemos controlar o líder tirando a vida ou mesmo ameaçando tirar a vida de um de seus homens. – Omi sabia que essa conversa era perigosa por causa da morte sob tortura, a morte infame. Sentiu a advertência não pronunciada da sua mãe atravessando o espaço entre eles.

– Mais chá, Yabu-sama? – perguntou ela.

– Obrigado – disse Yabu. – Está muito bom, muito.

– Obrigada, senhor. Mas, Omi-san, o bárbaro está definitivamente dominado? – perguntou, mudando o rumo da conversa. – Talvez você devesse dizer ao nosso senhor se acha que isso é temporário ou permanente.

Omi hesitou.

– Temporário. Mas acho que ele deveria aprender a nossa língua o mais depressa possível. Isso é muito importante para o senhor. Provavelmente terá que destruir um ou dois para manter ele e o resto sob controle, mas até lá ele terá aprendido como se comportar. Uma vez que lhe possa falar diretamente, Yabu-sama, poderá usar o conhecimento dele. Se o que o padre disse é verdade, que ele pilotou o navio por 10 mil *ris*, ele deve ser muito mais inteligente do que parece.

– Você é que é muito mais inteligente do que parece – Yabu riu. – Você fica encarregado desses animais. Omi-san, treinador de homens!

Omi riu com ele.

– Tentarei, meu senhor.

– O seu feudo fica aumentado de quinhentos *kokus* para 3 mil. Você terá controle sobre vinte *ris*. – Uma *ri* era uma medida de distância de aproximadamente uma milha. – Como prova da minha afeição, quando voltar a Edo lhe mandarei dois cavalos, vinte quimonos de seda, uma armadura, duas espadas e armamento suficiente para equipar mais cem samurais, que você recrutará. Quando a guerra vier, você se reunirá imediatamente ao meu estado-maior pessoal, na qualidade de *hatamoto*.

Yabu estava se sentindo expansivo: *hatamoto* era um assistente pessoal especial de um daimio, que tinha o direito de se aproximar do senhor e de usar espadas na presença dele. Estava encantado com Omi e sentia-se descansado, até renascido. Dormira deliciosamente bem. Ao despertar, estava sozinho, o que era de esperar, pois ele não pedira nem à garota nem ao menino que ficassem. Tomara um pouco de chá e comera frugalmente uma sopa de arroz. Depois, um banho e a massagem de Suwo.

Foi uma experiência maravilhosa, pensou. Nunca me havia sentido tão próximo da natureza, das árvores, das montanhas e da terra, da incalculável tristeza da vida e da sua transitoriedade. Os gritos haviam rematado tudo esplendidamente.

– Omi-san, há uma rocha no meu jardim em Mishima que eu gostaria que você aceitasse também para comemorar este acontecimento, esta noite maravilhosa e nossa boa fortuna. Vou mandá-la com as outras coisas – disse ele. – A pedra vem de Kyūshū. Dei-lhe o nome de "A Pedra da Espera", porque estávamos esperando que o senhor táicum ordenasse um ataque quando a encontrei. Isso foi, oh, há quinze anos. Eu fazia parte do exército dele, que esmagou os rebeldes e dominou a ilha.

– O senhor me concede muita honra.

– Por que não colocá-la aqui, no seu jardim, e rebatizá-la? Por que não chamá-la de "A Pedra da Paz do Bárbaro", para comemorar a noite e a interminável espera de paz pela qual o bárbaro passou?

– Talvez eu possa ser autorizado a chamá-la de "A Pedra da Felicidade", para lembrar a mim e a meus descendentes das honras que o senhor me faz, tio?

– Não, o melhor é simplesmente chamá-la de "Um Bárbaro na Espera". Sim, gosto disso. Isso nos aproxima muito mais, a ele e a mim. Ele estava esperando, assim como eu estava esperando. Eu vivi, ele morreu. – Yabu olhou para o jardim, meditando. – Bom, "Um Bárbaro na Espera"! Gosto do nome. Há uns curiosos salpicos num lado da rocha que se parecem com lágrimas e veios de quartzo azul mesclado com um tom avermelhado que me lembram a carne, a transitoriedade da carne! – Yabu suspirou, desfrutando a própria melancolia. Depois acrescentou: – É bom para um homem plantar uma pedra e dar-lhe um nome. O bárbaro levou muito tempo para morrer, *né*? Talvez ele venha ao mundo novamente como japonês, para compensá-lo pelo sofrimento. Não seria maravilhoso? Então um dia, talvez, os seus descendentes vão ver a pedra e ficarão contentes.

Omi emitiu uma profusão de agradecimentos sinceros e protestou que nunca merecera tanta bondade. Yabu sabia que a bondade não era maior do que a merecida. Poderia facilmente ter dado mais, mas lembrara-se do velho adágio de que sempre se pode aumentar um feudo, mas reduzi-lo causa inimizade. E traição.

– Oku-san – disse ele à mulher, dando-lhe o título de Mãe Honorável –, o meu irmão deveria ter me falado mais cedo sobre as grandes qualidades de seu filho mais novo. Omi-san teria progredido muitíssimo mais. O meu irmão é reservado demais.

– O meu marido zela demais pelo senhor para preocupá-lo – replicou ela, consciente da crítica subjacente. – Estou contente de que o meu filho tenha tido uma oportunidade de servi-lo e que lhe tenha agradado. O meu filho simplesmente cumpriu o próprio dever, *né*? É nosso dever, de Mizuno-san e de todos nós, servir.

Ouviu-se o tropel de cavalos subindo a colina. Igurashi, assistente-chefe de Yabu, transpôs o jardim a passos largos.

– Está tudo pronto, senhor. Se deseja voltar para Edo rapidamente, devemos partir agora.

– Bom. Omi-san, você e os seus homens irão com o comboio e darão assistência a Igurashi-san até vê-lo entrar em segurança no castelo.

Yabu viu uma sombra atravessar o rosto de Omi.

– O que foi?

– Só estava pensando nos bárbaros.

– Deixe alguns guardas para eles. Comparados ao comboio, não têm importância alguma. Faça o que desejar com eles. Ponha-os de volta no buraco, faça como quiser. Quando e se você obtiver alguma coisa útil deles, mande-me um recado.

– Sim, senhor – retrucou Omi. – Deixarei dez samurais e instruções específicas com Mura. Eles não vão causar dano em cinco ou seis dias. O que deseja que se faça com o navio?

– Mantenha-o em segurança aqui. Você é responsável por ele, naturalmente. Zukimoto mandou cartas a um negociante em Nagasaki oferecendo-o para compra aos portugueses. Os portugueses podem vir buscá-lo.

Omi hesitou.

– Talvez devesse conservar o navio, senhor, e fazer os bárbaros treinar alguns dos nossos marinheiros para manejá-lo.

– Para que preciso de navios bárbaros? – Yabu riu zombeteiramente. – Devo me tornar um imundo mercador?

– Claro que não, senhor – disse Omi de pronto. – Simplesmente pensei que Zukimoto poderia encontrar uma boa utilidade para uma belonave assim.

– Para que preciso de um navio mercante?

– O padre diz que é um navio de guerra, senhor. E ele parecia com medo dele. Quando a guerra começar, um navio de guerra poderia...

– A nossa guerra será realizada em terra. O mar é para mercadores, que são todos usurários imundos, para piratas ou para pescadores. – Yabu levantou-se e começou a descer os degraus em direção ao portão do jardim, onde um samurai segurava a rédea de seu cavalo. Parou e olhou fixamente para o mar. Sentiu os joelhos enfraquecerem.

Omi seguiu-lhe o olhar.

Um navio contornava o promontório. Era uma grande galera com uma infinidade de remos, o mais veloz dos vasos costeiros japoneses, porque não dependia nem do vento nem da maré. A bandeira no topo do mastro ostentava o escudo de Toranaga.

CAPÍTULO 7

TODA HIROMATSU, CHEFE SUPREMO DAS PROVÍNCIAS DE SAGAMI E KŌZUKE, GEneral e conselheiro da maior confiança de Toranaga, comandante-chefe de todos os seus exércitos, desceu sozinho, a passos largos, pelo passadiço até o cais. Era alto para um japonês, quase 1,90m, um homem de maxilares sólidos e compleição taurina que carregava os seus 67 anos com vigor. O seu quimono militar era de um marrom sedoso, forte, com exceção dos cinco pequenos timbres de Toranaga na cota de armas – três ramos de flores de bambu entrelaçados. O peitoral lustroso e os protetores de braços eram de aço. Apenas a espada curta lhe pendia da cintura. A outra, a mortífera, ele a levava frouxamente na mão. Estava pronto a desembainhá-la e a matar instantaneamente em defesa do seu suserano. Tinha esse hábito desde os quinze anos de idade.

Ninguém, nem mesmo o táicum, conseguira mudá-lo.

Um ano antes, quando o táicum morrera, Hiromatsu se tornou vassalo de Toranaga. Este lhe deu Sagami e Kōzuke, duas das suas oito províncias, para governar, mais 500 mil *kokus* anuais e, além disso, também o deixou conservar o seu antigo hábito. Hiromatsu era muito bom na arte de matar.

Ao longo da praia alinhavam-se todos os habitantes da aldeia – homens, mulheres e crianças – de joelhos e de cabeça baixa. Um pouco adiante, os samurais em filas disciplinadas, formais. Yabu estava à frente de todos, com os seus lugar-tenentes.

Se fosse mulher ou homem de fraquejar, Yabu reconhecia que a hora era de bater no peito, gemendo e arrancando os cabelos. Era coincidência demais o famoso Toda Hiromatsu estar ali, naquele dia. Isso significava que Yabu fora traído – ou em Edo, por alguém da sua casa, ou ali, em Anjiro, por Omi, por algum dos homens de Omi ou algum dos aldeões. Fora surpreendido em desobediência. Algum inimigo tirara partido do seu interesse pelo navio.

Ajoelhou-se, curvou-se e todos os samurais o imitaram. Amaldiçoou o navio e quem navegara nele.

– Ah, Yabu-sama – ouviu Hiromatsu dizer, e viu-o ajoelhar-se na esteira que fora estendida para ele usar na hora de retribuir a sua mesura. Mas a reverência de Hiromatsu foi menos profunda que o correto. Hiromatsu nem esperou que Yabu se curvasse de novo. Yabu ficou sabendo, sem que lhe dissessem, que se encontrava em perigo muitíssimo sério. Viu o general sentar-se sobre os calcanhares. "Punho de Aço" era como o chamavam pelas costas. Apenas Toranaga ou um dos seus três conselheiros tinha o privilégio de hastear a bandeira de Toranaga. Por que enviar de Edo um general tão importante no meu encalço?

– O senhor me honra vindo a uma das minhas pobres aldeias, Hiromatsu-sama.

– O meu senhor me enviou.

Hiromatsu era conhecido pela sua rudeza. Não tinha nem malícia nem astúcia, apenas uma fidelidade absoluta ao seu suserano.

– Estou honrado e muito contente – reagiu Yabu. – Precipitei-me de Edo para cá por causa do navio bárbaro.

– O senhor Toranaga convidou todos os daimios amigos a esperar em Edo até que ele regressasse de Ōsaka.

– Como está o nosso senhor? Espero que esteja tudo bem com ele.

– Quanto mais depressa o senhor Toranaga estiver a salvo em seu castelo de Edo, melhor. Quanto mais depressa o conflito com Ishido for declarado e nós reunirmos os nossos exércitos, investirmos contra o Castelo de Ōsaka e o queimarmos até os tijolos, melhor. – Os maxilares do velho se avermelhavam à medida que a sua ansiedade por Toranaga aumentava. Odiava estar longe dele. O táicum construíra o Castelo de Ōsaka para ser invulnerável. Era o maior do império, com masmorras e fossos interligados, castelos menores, torres e pontes, e espaço para 80 mil soldados dentro dos seus muros. Em torno dos muros e na cidade imensa estavam outros exércitos, também disciplinados e igualmente bem armados, todos fanáticos partidários de Yaemon, o herdeiro. – Eu lhe disse uma dúzia de vezes que era loucura se colocar nas mãos de Ishido. Lunático!

– O senhor Toranaga tinha que ir, *né?* Não tinha escolha. – O táicum ordenara que o Conselho de Regentes, que governava em nome de Yaemon, se reunisse por dez dias no mínimo duas vezes por ano e sempre no Castelo de Ōsaka, trazendo consigo um máximo de quinhentos secretários para dentro dos muros. E todos os outros daimios ficavam igualmente obrigados a visitar o castelo com as respectivas famílias, para prestar homenagem ao herdeiro, também duas vezes por ano. Assim, todos eram controlados, pois ficavam indefesos em parte do ano, todos os anos. – O encontro estava marcado, *né?* Se ele não fosse seria traição, *né?*

– Traição contra quem? – Hiromatsu ficou ainda mais vermelho. – Ishido está tentando isolar o nosso amo. Ouça, se eu tivesse Ishido em meu poder como ele tem o senhor Toranaga, eu não hesitaria um momento, fossem quais fossem os riscos. A cabeça de Ishido lhe teria sido arrancada dos ombros há muito tempo e o seu espírito estaria à espera do renascimento. – Involuntariamente, o general estava torcendo a bainha da espada que carregava na mão esquerda. A direita, áspera e calosa, esperava pronta, no colo. Ele estudou o *Erasmus*. – Onde estão os canhões?

– Mandei trazê-los para terra. Por segurança. Toranaga-sama vai fazer outro acordo com Ishido?

– Quando parti de Ōsaka, tudo estava tranquilo. O conselho se reuniria dentro de três dias.

— O conflito vai se tornar declarado?
— Eu gostaria que sim. Mas e o meu senhor? Se quiser fazer um acordo, fará.
— Hiromatsu olhou de novo para Yabu. — Ele ordenou que todos os daimios aliados o esperassem em Edo. Até que regressasse. Isto aqui não é Edo.
— Sim. Achei que o navio era importante o bastante para a nossa causa para que o investigasse imediatamente.
— Não havia necessidade, Yabu-san. Deveria ter mais confiança. Nada acontece sem o conhecimento do nosso amo. Ele teria mandado alguém para investigar. Aconteceu de mandar a mim. Há quanto tempo o senhor está aqui?
— Um dia e uma noite.
— Então levou dois dias para vir de Edo?
— Sim.
— Veio muito depressa. Merece ser cumprimentado.

Para ganhar tempo, Yabu começou a contar a Hiromatsu sobre a sua marcha forçada. Mas tinha a mente em outros assuntos mais vitais. Quem seria o espião? Como Toranaga recebera a informação sobre o navio tão rapidamente quanto ele? E quem falara a Toranaga sobre a sua partida? Como poderia manobrar agora e lidar com Hiromatsu?

Hiromatsu ouviu-o, depois disse sem rodeios:
— O senhor Toranaga confiscou o navio e todo o conteúdo.

Um silêncio chocante varreu a praia. Estavam em Izu, feudo de Yabu, e Toranaga não tinha direitos ali. Nem Hiromatsu tinha direito de ordenar qualquer coisa. A mão de Yabu apertou o punho da sua espada.

Hiromatsu esperava com calma estudada. Fizera exatamente como Toranaga ordenara e agora estava comprometido. Era matar ou ser morto, implacavelmente.

Yabu sabia também que não tinha outra saída. Não havia mais o que esperar. Caso se recusasse a ceder o navio, teria que matar Hiromatsu Punho de Aço, porque Hiromatsu Punho de Aço jamais partiria sem assumir o navio. Havia talvez uns duzentos samurais de elite na galera atracada ao cais. Também teriam que morrer. Poderia convidá-los a desembarcar, iludi-los e em poucas horas poderia facilmente ter samurais suficientes em Anjiro para dominá-los, pois ele era considerado um mestre em emboscadas. Mas isso forçaria Toranaga a enviar tropas contra Izu. Você será engolido, disse Yabu para si mesmo, a menos que Ishido venha socorrê-lo. E por que Ishido deveria socorrê-lo, quando o seu inimigo, Ikawa Jikkyu, é parente dele e quer Izu para si? Matar Hiromatsu abrirá as hostilidades, porque Toranaga terá um motivo de honra para investir contra você, o que forçaria a mão de Ishido, e Izu seria o primeiro campo de batalha.

E as minhas armas? As minhas lindas armas e o meu belo plano? Perderei a minha chance de imortalidade para sempre se tiver que cedê-las a Toranaga.

Tinha a mão sobre a espada Murasama. Sentia o sangue no braço da espada e a estonteante premência de começar. Descartou imediatamente a possibilidade de não mencionar os mosquetes. Se houve traição quanto à notícia do navio, certamente também houve quanto à especificação da carga. Mas como Toranaga obtivera a notícia tão depressa? Por pombo-correio! É a única resposta. De Edo ou daqui? Quem possui pombos-correio aqui? Por que eu não tenho um serviço assim? É culpa de Zukimoto, ele devia ter pensado nisso, *né?*

Decida-se. Guerra ou não?

Yabu invocou a má vontade de Buda, de todos os *kamis*, de todos os deuses que jamais existiram ou ainda estavam por ser inventados sobre o homem ou os homens que o haviam traído, sobre os seus pais e os seus descendentes em 10 mil gerações. E cedeu.

– O senhor Toranaga não pode confiscar o navio porque já é um presente para ele. Ditei uma carta com essa finalidade. Não foi, Zukimoto?

– Sim, senhor.

– Claro que, se o senhor Toranaga quiser considerá-lo confiscado, ele pode. Mas era para ser um presente. – Yabu ficou contente de ouvir que sua voz soava autêntica. – Ele ficará feliz com o butim.

– Agradeço-lhe em nome do meu amo. – Novamente Hiromatsu se maravilhava com a antevisão de Toranaga.

Seu senhor havia predito que isso aconteceria e que não haveria luta. "Não acredito", dissera Hiromatsu. "Nenhum daimio suportaria tal usurpação dos seus direitos. Yabu não suportará. Eu certamente não suportaria. Nem mesmo do senhor." "Mas você teria obedecido às ordens e teria me falado sobre o navio", respondera Toranaga. "Yabu deve ser manobrado, *né?* Preciso da violência e da astúcia dele. Neutraliza Ikawa Jikkyu e defende o meu flanco."

Ali na praia, sob o sol forte, Hiromatsu forçou-se a fazer uma reverência polida, detestando a própria duplicidade.

– O senhor Toranaga ficará encantado com a sua generosidade.

Yabu observava-o de perto.

– Não é navio português.

– Sim. Foi o que ouvimos dizer.

– E é pirata. – Viu os olhos do general se estreitarem.

– Hein?

Enquanto lhe contava o que o padre dissera, Yabu pensava: se isso for novidade para você como foi para mim, não significa que Toranaga teve a mesma informação original que eu? Mas, se você conhecer o conteúdo do navio, então o espião é Omi, um dos samurais dele ou um aldeão.

– Há uma grande abundância de tecido. Algum dinheiro. Mosquetes, pólvora e munição.

Hiromatsu hesitou. Depois disse:

– O tecido é seda chinesa?

— Não, Hiromatsu-san — disse Yabu, usando o "san". Eram ambos igualmente daimios. Mas, agora que ele estava magnanimamente "dando" o navio, sentia-se seguro o suficiente para usar o termo menos respeitoso. Gostou de ver que a palavra não passou despercebida pelo homem mais velho. Sou daimio de Izu, pelo sol, pela lua e pelas estrelas! — E muito incomum, um tecido grosso, pesado, totalmente inútil para nós — completou. — Mandei trazer para terra tudo o que valia a pena aproveitar.

— Bom. Por favor, ponha tudo a bordo do meu navio.

— O quê? — As vísceras de Yabu quase explodiram.

— Tudo. Imediatamente.

— Agora?

— Sim. Sinto muito, mas o senhor naturalmente compreenderá que quero retornar a Ōsaka o mais depressa possível.

— Sim, mas... mas haverá espaço para tudo?

— Ponha os canhões de volta no navio bárbaro e lacre o navio. Dentro de três dias chegarão barcos para rebocá-lo até Edo. Quanto aos mosquetes, pólvora e munição, há... — Hiromatsu parou, evitando a armadilha que repentinamente percebeu estar preparada para ele.

"Há espaço suficiente para os quinhentos mosquetes", dissera-lhe Toranaga. "E para toda a pólvora e os 20 mil dobrões de prata. Deixe os canhões no convés do navio e o tecido nos porões. Deixe Yabu falar à vontade, mas dê-lhe ordens, não lhe dê tempo para pensar. Não fique irritado ou impaciente com ele. Preciso dele, mas quero essas armas e esse navio. Cuidado porque ele vai tentar pegá-lo numa armadilha a fim de fazê-lo revelar que conhece a carga com exatidão. Ele não deve descobrir o nosso espião."

Hiromatsu amaldiçoou a própria inabilidade para jogar esses jogos necessários.

— Quanto ao espaço necessário — disse abruptamente —, talvez o senhor devesse me dizer. Qual é a carga, exatamente? Quantos mosquetes, quanta munição, e assim por diante? O metal está em barras ou em moedas? É prata ou ouro?

— Zukimoto!

— Sim, Yabu-sama.

— Traga a lista do conteúdo. — Cuido de você mais tarde, pensou Yabu. Zukimoto saiu correndo. — Deve estar cansado, Hiromatsu-san. Talvez queira tomar um chá? Preparamos acomodações para o senhor. Os banhos são totalmente inadequados, mas talvez um o refrescasse um pouco.

— Obrigado. O senhor é muito previdente. Um pouco de chá e um banho seriam excelentes. Mais tarde. Primeiro conte-me tudo o que aconteceu desde que o navio chegou aqui.

Yabu contou-lhe os fatos, omitindo a parte sobre a cortesã e o menino, que não tinha importância. Por ordem de Yabu, Omi contou a sua história, exceto a sua conversa particular com Yabu. E Mura contou a sua, excluindo a parte sobre a ereção de Anjin, o que, raciocinou, embora interessante, poderia ofender Hiromatsu, cujas ereções, na idade dele, deviam ser poucas e espaçadas.

Hiromatsu olhou para a coluna de fumaça que ainda se erguia da pira.

– Quantos piratas sobraram?

– Dez, senhor, incluindo o líder – disse Omi.

– Onde está ele agora?

– Na casa de Mura.

– O que ele fez? Qual foi a primeira coisa que fez lá depois de sair do buraco?

– Foi direto para a casa de banho, senhor – disse Mura rapidamente. – Agora está dormindo, senhor, como um morto.

– Não precisou carregá-lo desta vez?

– Não, senhor.

– Parece que ele aprende depressa. – Hiromatsu deu uma olhada em Omi novamente. – Acha que podem ser ensinados a se comportar?

– Não. Não com certeza, Hiromatsu-sama.

– Você poderia limpar a urina de um inimigo das suas costas?

– Não, senhor.

– Nem eu. Nunca. Os bárbaros são muito estranhos. – Hiromatsu voltou a atenção para o navio. – Quem vai supervisionar o carregamento?

– Meu sobrinho, Omi-san.

– Bom. Omi-san, quero partir antes do pôr do sol. O meu capitão o ajudará a ser muito rápido. Dentro de três bastões. – A unidade de tempo era a que um bastão de incenso padrão levava para queimar, aproximadamente uma hora.

– Sim, senhor.

– Por que não vem comigo para Ōsaka, Yabu-san? – disse Hiromatsu, como se fosse o caso de um pensamento repentino. – O senhor Toranaga ficaria encantado em receber todas essas coisas das suas mãos. Pessoalmente. Por favor, há bastante espaço. – Quando Yabu começou a protestar, permitiu-lhe que continuasse por um tempo, conforme Toranaga ordenara, e depois disse, de acordo com as ordens de Toranaga: – Eu insisto. Em nome do senhor Toranaga, eu insisto. A sua generosidade precisa ser recompensada.

Com minha cabeça e minhas terras?, perguntou Yabu a si mesmo, amargamente, sabendo que não havia nada que pudesse fazer agora senão aceitar, agradecido.

– Obrigado. Ficaria honrado.

– Bom. Muito bem, está tudo pronto – disse Punho de Aço com um alívio evidente. – Agora um pouco de chá. E um banho.

Polidamente, Yabu conduziu-o pela colina até a casa de Omi. O velho foi lavado e esfregado e depois se deitou agradavelmente no calor e no vapor. Mais tarde as mãos de Suwo o puseram novo. Um pouco de arroz, peixe cru e verduras em conserva foram consumidos frugalmente a sós. Chá bebido em boa porcelana. Um rápido cochilo sem sonhos.

Após três bastões a *shōji* se abriu. A guarda pessoal sabia muito bem que não devia entrar no quarto sem ser convidada. Hiromatsu já estava acordado e a espada meio desembainhada e pronta.

— Yabu-sama está esperando lá fora, senhor. Diz que o navio está carregado.
— Excelente.

Hiromatsu se dirigiu para a varanda e satisfez suas necessidades no balde.

— Seus homens são muito eficientes, Yabu-san.
— Os seus homens ajudaram, Hiromatsu-san. São mais que eficientes.

Sim, e pela altura do sol é bom que sejam mesmo, pensou Hiromatsu. Depois disse cordialmente:

— Nada como uma boa urinada quando se está com a bexiga cheia, já que há muito vigor atrás do jato, *né*? Faz a gente se sentir jovem novamente. Na minha idade é preciso sentir-se jovem. — Afrouxou a tanga confortavelmente, esperando que Yabu fizesse alguma observação cortês em anuência, mas não houve nenhuma. Sentiu a irritação começar a crescer, mas refreou-a. — Mande levar o líder pirata para o meu navio.

— O quê?
— O senhor foi muito generoso fazendo presente do navio e do conteúdo. A tripulação é conteúdo. Portanto, leve o líder pirata para Ōsaka. O senhor Toranaga quer vê-lo. Naturalmente, o senhor faz o que quiser com o resto deles. Mas, durante a sua ausência, por favor, providencie para que os seus assistentes entendam que os bárbaros são propriedade do meu amo e que é melhor que haja nove em bom estado de saúde, vivos e aqui quando ele os quiser.

Yabu correu para o molhe, onde Omi deveria estar.

Quando deixou Hiromatsu no banho, Yabu subiu o caminho que passava, sinuoso, perto do pátio de funeral. Ali se curvou rapidamente para a pira e continuou, ladeando os campos em degraus de trigo e frutas, para finalmente dar num pequeno altiplano bem acima da aldeia. Um bem-cuidado santuário de *kami* guardava aquele lugar agradável. Uma árvore antiga provia sombra e tranquilidade. Fora até lá para acalmar a raiva e para pensar. Não se atrevera a se aproximar do navio, de Omi ou dos seus homens, porque sabia que teria ordenado que a maioria, se não todos, cometesse *seppuku*, o que seria um desperdício, e teria massacrado a aldeia, o que era uma grande tolice — somente camponeses apanhavam peixe e cultivavam o arroz que produzia a riqueza dos samurais.

Enquanto esteve sentado, encolerizando-se sozinho e tentando estimular o cérebro, o sol declinou e dissipou a névoa do mar. As nuvens que encobriam as montanhas distantes a oeste se fragmentaram por um instante e ele viu a beleza dos altos picos cobertos de neve. A vista o acalmou e ele começou a relaxar e a pensar num plano.

Ponha os seus espiões para descobrir o espião, disse a si mesmo. Nada do que Hiromatsu disse indicou se o traidor é daqui ou de Edo. Em Ōsaka, você tem amigos poderosos, o próprio senhor Ishido entre eles. Talvez um deles possa descobrir esse espírito maligno. Mas mande uma mensagem secreta à sua esposa, para o caso de o informante estar lá. E quanto a Omi? Deixar-lhe a responsabilidade de encontrar o informante aqui? Será ele o informante? Não é provável, mas não é impossível. É mais que provável que a traição tenha começado em Edo. Uma questão de tempo. Se Toranaga, em Ōsaka, recebesse a informação no momento em que o navio chegou aqui, então Hiromatsu teria vindo para cá antes. Você tem informantes em Edo. Deixe-os provar o próprio valor.

E quanto aos bárbaros? Agora são o seu único lucro do navio. Como é que você pode usá-los? Espere, Omi não lhe deu a resposta? Poderia usar o conhecimento que eles têm do mar e dos navios para negociar com Toranaga pelas armas, *né?*

Outra possibilidade: tornar-se vassalo de Toranaga completamente. Dar-lhe o seu plano. Pedir-lhe que o autorize a liderar o Regimento das Armas – para glória *dele. Mas um vassalo não deve nunca esperar que seu senhor o recompense por seus serviços ou mesmo os reconheça. Servir é um dever, dever é samurai, samurai é imortalidade.* Seria o melhor caminho, pensou Yabu, o melhor. Mas eu posso realmente ser *vassalo* dele? Ou de Ishido?

Não, isso é impensável. Aliado sim, vassalo não.

Bom, então os bárbaros são um recurso, no final das contas. Omi tem razão novamente.

Sentira-se mais tranquilo e, então, quando chegara a hora e um mensageiro lhe trouxera a informação de que o navio estava carregado, dirigira-se a Hiromatsu para descobrir que perdera até os bárbaros.

Estava espumando de raiva quando chegou ao molhe.

– Omi-san!

– Sim, Yabu-sama?

– Traga o líder bárbaro aqui. Vou levá-lo para Ōsaka. Quanto às ordens, veja que sejam todas bem cumpridas enquanto eu estiver fora. Quero-os em boas condições e bem-comportados. Use o buraco, se for preciso.

Desde que a galera chegara, a mente de Omi se encontrava em confusão e ele se sentia muito preocupado com a segurança de Yabu.

– Deixe-me ir também, senhor. Talvez eu possa ajudar.

– Não, agora quero que você tome conta dos bárbaros.

– Por favor. Talvez, de algum modo insignificante, eu possa retribuir a sua gentileza para comigo.

– Não há necessidade – disse Yabu, mais afavelmente do que gostaria. Lembrou-se de que aumentara o rendimento de Omi para 3 mil *kokus* e ampliara seu feudo por causa da prata e das armas. Que agora haviam desaparecido.

Mas vira o interesse do jovem e sentira uma cordialidade involuntária. Com vassalos assim, eu vou cavar um império, prometeu a si mesmo. Omi vai comandar uma das unidades quando eu recuperar minhas armas. – Quando a guerra vier, bem, terei um trabalho muito importante para você, Omi-san. Agora vá e traga o bárbaro.

Omi levou quatro guardas consigo. E Mura para traduzir.

Blackthorne foi arrancado do sono. Precisou de um minuto para clarear a mente. Quando a névoa se dissipou, Omi estava olhando fixamente para ele.

Um dos samurais puxou o acolchoado de cima dele, outro o sacudiu para despertá-lo; os outros dois seguravam varas de bambu, finas e de aparência maligna. Mura tinha um rolo curto de corda na mão.

– *Konnichi wa*. Bom dia – disse Mura, ajoelhando e curvando-se.

– *Konnichi wa*. – Blackthorne se pôs de joelhos também e, embora estivesse nu, curvou-se com igual polidez.

É somente uma cortesia, disse a si mesmo. É costume deles, e eles fazem reverência por educação, de modo que não há vergonha nisso. A nudez é ignorada, isso também é um costume deles, e também não há vergonha na nudez.

– Anjin! Por favor, vestir – disse Mura.

Anjin? Ah, lembro agora. O padre disse que eles não conseguem pronunciar o meu nome, então, me deram o nome de "Anjin", que significa "piloto", sem a intenção de insultar. E serei chamado de Anjin-san – sr. Piloto – quando merecer.

Não olhe para Omi, advertiu a si mesmo. Ainda não. Não se lembre da praça da aldeia, de Omi, de Croocq e de Pieterzoon. Uma coisa de cada vez. É isso o que você vai fazer. Foi o que você jurou diante de Deus: uma coisa de cada vez. A vingança será minha, por Deus.

Blackthorne viu que as suas roupas tinham sido limpas de novo e abençoou quem as limpara. Despojara-se delas na casa de banho como se estivessem contaminadas de peste. Fizera-os esfregar-lhe as costas três vezes. Com a esponja mais áspera e com pedra-pomes. Mas ainda sentia a urina queimando.

Desviou os olhos de Mura e fitou Omi. Sentiu um prazer envolvente por saber que o seu inimigo estava vivo e perto dele.

Curvou-se, imitando mesuras que já vira, e manteve-se na posição um instante.

– *Konnichi wa*, Omi-san – disse. Não há vergonha alguma em falar a língua deles, nem em dizer "bom dia" ou em fazer uma vênia primeiro, como é hábito deles.

Omi retribuiu a reverência.

Blackthorne notou que não foi exatamente igual à sua, mas, por enquanto, bastava.

— *Konnichi wa*, Anjin — disse Omi.

A voz era cortês, mas não o suficiente.

— Anjin-san! — disse Blackthorne olhando diretamente para ele.

As suas vontades entraram em choque. Omi estava sendo desafiado como aquele homem que dá as cartas ou os dados. Vai ter maneiras ou não?

— *Konnichi wa*, Anjin-san — disse Omi finalmente, com um breve sorriso.

Blackthorne vestiu-se rapidamente.

Pôs calças folgadas e um *codpiece*, meias, camisa e casaco, o longo cabelo em ordem, amarrado num rabo, e a barba aparada com a tesoura que o barbeiro lhe emprestara.

— *Hai*, Omi-san? — perguntou Blackthorne quando terminou de se vestir, sentindo-se melhor, mas muito cauteloso, desejando ter mais palavras para usar.

— Por favor, mão — disse Mura.

Blackthorne não compreendeu e disse isso com sinais. Mura ergueu as próprias mãos e imitou o ato de amarrá-las.

— Mão, por favor.

— Não. — Blackthorne disse diretamente a Omi e balançou a cabeça. — Não é necessário — disse em inglês —, não é necessário em absoluto. Dei a minha palavra. — Manteve a voz gentil e razoável, depois acrescentou com rudeza, imitando Omi: — *Wakarimasu ka*, Omi-san?

Omi riu. Depois disse:

— *Hai*, Anjin-san. *Wakarimasu*. — Voltou-se e saiu.

Mura e os outros arregalaram os olhos, atônitos. Blackthorne seguiu Omi para o sol. Suas botas tinham sido limpas. Antes que pudesse enfiá-las, a empregada "Onna" já estava de joelhos, ajudando-o.

— Obrigado, Haku-san — disse ele, lembrando-se do verdadeiro nome dela. Qual é a palavra para "obrigado?", perguntou a si mesmo. Caminhou na direção do portão, Omi na frente.

Estou atrás de você, seu maldito bast... Espere um minuto! Lembra-se do que prometeu a si mesmo? E por que xingá-lo, mesmo interiormente? Ele não o xinga. Imprecações são para os fracos ou para os imbecis. Não são?

Uma coisa de cada vez. Já basta que você esteja atrás dele. Você sabe disso claramente e ele também. Não cometa erros, ele sabe disso muito claramente.

●

Os quatro samurais ladeavam Blackthorne na descida da colina, a enseada ainda oculta, Mura discretamente dez passos atrás, Omi na frente.

Será que vão me levar novamente para o subterrâneo?, perguntou-se Blackthorne. Por que queriam me amarrar as mãos? Omi não disse ontem — Jesus Cristo, foi ontem só? — "se você se comportar pode ficar fora do buraco.

Caso se comporte, amanhã outro homem poderá ser tirado do buraco. Talvez. E até mais homens, talvez"? Não foi isso o que ele disse? Eu me comportei? Gostaria de saber como Croocq está. O rapaz estava vivo quando o carregaram para a casa onde a tripulação ficou primeiro.

Blackthorne sentia-se melhor. O banho, o sono e a comida fresca haviam começado a recuperá-lo. Sabia que se fosse cuidadoso e pudesse descansar, dormir e comer, dentro de um mês estaria em condições de correr ou nadar uma milha, comandar um navio de combate e levá-lo à volta do mundo.

Não pense nisso ainda! Simplesmente preserve a sua força. Um mês não é muito para se esperar, hein?

A caminhada colina abaixo e através da aldeia o estava fatigando. Você está mais fraco do que pensava... Não, você está mais forte do que pensava, ordenou a si mesmo.

Os mastros do *Erasmus* despontavam acima dos telhados de cerâmica e Blackthorne sentiu o coração acelerar. Adiante, a rua fazia uma curva, acompanhando o contorno do flanco da colina, descia até a praça e terminava. Um palanquim com cortinas estava parado ao sol. Quatro carregadores em tangas sumárias de cócoras ao lado dele distraidamente cutucavam os dentes. No momento em que viram Omi, puseram-se de joelhos, fazendo uma longa e profunda reverência.

Omi mal lhes fez um gesto de cabeça quando passou por eles, mas, nesse momento, uma garota atravessou o portão, indo para o palanquim, e ele parou.

Blackthorne susteve o fôlego e também parou.

Uma jovem empregada veio correndo segurar uma sombrinha verde para proteger do sol a garota. Omi curvou-se, a garota retribuiu, e puseram-se a conversar alegremente, a imponente arrogância de Omi desaparecida.

A garota usava um quimono cor de pêssego, uma larga faixa de ouro à cintura e sandálias com tiras de ouro. Blackthorne notou o olhar que ela lhe deu. Era claro que ela e Omi falavam a seu respeito. Não sabia como reagir, ou o que fazer, de modo que não fez nada além de esperar pacientemente, exultando com a vista dela, a sua pureza e o calor da sua presença. Perguntou a si mesmo se ela e Omi eram amantes, ou se ela era a esposa de Omi, e pensou: ela existe realmente?

Omi perguntou-lhe alguma coisa e ela respondeu, agitando o leque verde, que cintilou tenuemente e dançou à luz do sol, a sua risada musical, a sua extraordinária delicadeza. Omi também estava sorrindo, depois deu meia-volta sobre os calcanhares e se afastou a passos largos, novamente samurai.

Blackthorne seguiu-o. Viu que os olhos dela se detinham nele quando passou e disse:

– *Konnichi wa.*

– *Konnichi wa*, Anjin-san – respondeu ela, e sua voz o comoveu. Mal tinha 1,50m de altura e era perfeita. Quando se curvou ligeiramente, a brisa agitou a seda do quimono e mostrou um vislumbre de uma peça interior escarlate, o que ele achou surpreendentemente erótico.

O perfume da garota ainda o cercava quando dobrou a esquina. Viu o alçapão e o *Erasmus*. E a galera. A garota desapareceu da sua mente. Por que as nossas vigias de armas estão vazias? Onde estão nossos canhões e, em nome de Cristo, o que uma galera de escravos está fazendo aqui, o que aconteceu no buraco?

Uma coisa de cada vez.

Primeiro, o *Erasmus:* o toco do mastro de proa que a tempestade havia arrebatado sobressaía de modo desagradável. Isso não importa, pensou ele. Poderíamos zarpar facilmente. Poderíamos soltar as amarras – a brisa noturna e a maré nos levariam silenciosamente e poderíamos carenar amanhã, bem longe desta ilha minúscula. Meio dia para assentar o mastro sobressalente e então todas as velas enfeixadas e rumo ao alto-mar! Talvez fosse melhor não lançar ferros, mas escapar para águas mais seguras. Mas quem tripularia? Você não pode levar o navio sozinho.

De onde veio esse navio de escravos? E por que está aqui?

Podia ver aglomerados de samurais e marinheiros lá embaixo, no desembarcadouro. O navio com sessenta remos – trinta de cada lado – estava em ordem e equilibrado, os remos ensarilhados com cuidado, prontos para partida imediata. Ele estremeceu involuntariamente. A última vez que vira uma galera fora ao largo da Costa do Ouro, dois anos antes, quando sua esquadra zarpara, os cinco navios juntos. Era um rico navio mercante costeiro, português, fugindo dele contra o vento. O *Erasmus* não pôde alcançá-lo nem capturá-lo nem afundá-lo.

Blackthorne conhecia bem a costa norte-africana. Fora piloto e capitão durante dez anos da London Company of Barbary Merchants, a sociedade anônima que equipava navios mercantes de combate para romper o bloqueio espanhol e comerciar com a costa da Barbária. Pilotara para a África setentrional e ocidental, para o sul até Lagos, para o norte e o leste através do traiçoeiro estreito de Gibraltar – sempre patrulhado pelos espanhóis – até Salerno, no reino de Nápoles. O Mediterrâneo era perigoso para a navegação inglesa e holandesa. O inimigo espanhol e português estava lá maciçamente e, pior que isso, os otomanos, os turcos infiéis, infestavam a região com galeras de escravos e navios de combate.

Essas viagens tinham sido muito proveitosas e ele pudera comprar seu próprio navio, um brigue de 150 toneladas, para fazer comércio por conta própria. Mas fora afundado por ordem sua e ele perdera tudo. Tinham sido surpreendidos a sotavento, numa calmaria ao largo da Sardenha, quando a galera turca surgira vindo da direção do sol. A luta fora cruel e depois, pelo crepúsculo, o esporão da nau inimiga atingira-lhes a popa e eles foram abordados rapidamente. Ele nunca esquecera o grito penetrante "Allahhhhhhh!" quando os corsários saltaram a amurada. Estavam armados com espadas e mosquetes. Ele havia reagrupado seus homens e o primeiro ataque fora rechaçado, mas o segundo os subjugou e ele ordenara que incendiassem o paiol de armas. Com o navio em chamas, resolveu que era melhor morrer do que ser posto aos remos. Sempre tivera um terror mortal de ser capturado vivo e ser transformado em escravo de galera – o que não era um destino inusitado para qualquer marujo capturado.

Quando o paiol foi pelos ares, a explosão arrancou a quilha do navio e destruiu parte da galera corsária. Na confusão que se seguiu, ele conseguiu nadar para a chalupa e escapar com quatro tripulantes. Foi preciso deixar para trás os que não conseguiram nadar com ele, e ainda se lembrava dos gritos por ajuda, em nome de Deus. Mas Deus virara o rosto para aqueles homens naquele dia; portanto, pereceram ou foram postos aos remos. Deus mantivera o rosto voltado para Blackthorne e os quatro homens, e eles conseguiram atingir Cagliari, na Sardenha. De lá rumaram para casa, sem um tostão.

Isso fora há oito anos, o mesmo ano em que a peste irrompera de novo em Londres. Peste, carestia e tumultos de desempregados famintos. O seu irmão mais novo e a família tinham sido arrasados. O seu primogênito também perecera. Mas no inverno a peste sumiu, ele conseguiu um novo navio com facilidade e partiu para o mar, a fim de refazer a fortuna. Primeiro para a London Company of Barbary Merchants. Depois uma viagem às Índias Ocidentais, à caça de espanhóis. Em seguida, um pouco mais rico, navegara para Kees Veerman, o holandês, na sua segunda viagem em busca da lendária passagem nordeste para Catai e as ilhas das Especiarias, na Ásia, que se supunha existir nos mares de Gelo, ao norte da Rússia czarista. Procuraram durante dois anos; então Kees Veerman morrera nos desertos árticos, assim como 80% da tripulação, e Blackthorne dera meia-volta, levando o resto dos homens para casa. No entanto, havia três anos fora seduzido pela recém-formada Companhia Holandesa das Índias Orientais e pedira para pilotar sua primeira expedição ao Novo Mundo. Comentava-se à boca pequena que haviam adquirido, a um custo imenso, um portulano português contrabandeado que supostamente revelava os segredos do estreito de Magalhães e queriam pô-lo à prova. Naturalmente os mercadores holandeses teriam preferido usar um dos seus próprios pilotos, mas não havia nenhum que se comparasse em qualidade com os ingleses treinados pela monopolística Trinity House, e o valor espantoso do portulano forçou-os a arriscar com Blackthorne. Mas ele fora a melhor escolha: era o melhor piloto protestante vivo, sua mãe era holandesa e ele falava perfeitamente o holandês. Blackthorne concordara, entusiasmado, aceitara os 15% do lucro total como paga e, como era de costume, jurara solenemente, diante de Deus, fidelidade à companhia, fazendo o voto de levar a esquadra e de trazê-la de volta para casa.

Por Deus, vou levar o *Erasmus* de volta, pensou Blackthorne.

E com tantos homens quantos Ele deixar vivos.

Atravessavam a praça agora. Ele desviou os olhos da galera e viu os três samurais guardando o alçapão. Estavam comendo em tigelas, manejando habilmente os pauzinhos que Blackthorne os vira usando muitas vezes, mas com os quais não conseguia lidar.

– Omi-san! – Por meio de sinais, explicou que queria ir até o alçapão, só para dar um alô aos amigos. Só por um instante. Mas Omi balançou a cabeça, disse alguma coisa que ele não compreendeu e continuou através da praça, para a praia lá embaixo, passando pelo caldeirão e seguindo em frente, rumo ao molhe. Blackthorne seguiu-o obedientemente. Uma coisa de cada vez, disse a si mesmo. Seja paciente.

Quando atingiram o quebra-mar, Omi voltou-se e chamou os guardas do buraco. Blackthorne viu-os abrir o alçapão e descer.

Um deles fez um sinal aos aldeões, que trouxeram a escada e um barril cheio de água fresca e o carregaram para baixo. O vazio foi trazido para cima. Assim como a latrina.

Aí está! Se você for paciente e aceitar o jogo com as regras deles, pode ajudar a sua tripulação, pensou ele satisfeito.

Havia grupos de samurais reunidos perto da galera. Um homem alto, velho, mantinha-se à parte. Pela deferência que o daimio Yabu lhe demonstrava, e pelo modo como os outros saltavam à sua mais ligeira observação, Blackthorne imediatamente percebeu a sua importância. Será que é o rei deles?, indagou-se.

Omi ajoelhou-se com humildade. O velho fez uma meia mesura e voltou os olhos para Blackthorne.

Reunindo tanta dignidade quanto conseguiu, Blackthorne ajoelhou-se, estendeu as mãos sobre o chão de areia do quebra-mar, como Omi fizera, e se curvou tão baixo quanto o samurai.

– *Konnichi wa, sama* – disse polidamente.

Viu o velho fazer novamente uma meia mesura.

Houve uma discussão entre Yabu, o velho e Omi. Yabu falou a Mura.

Mura apontou para a galera.

– Anjin-san. Por favor, lá.

– Por quê?

– Vá! Agora. Vá!

Blackthorne sentiu o pânico despertar.

– Por quê?

– *Isoge!* – comandou Omi, fazendo um gesto na direção da galera.

– Não, eu não...

A uma ordem curta de Omi, quatro samurais caíram em cima de Blackthorne e lhe seguraram os braços para trás.

Mura estendeu a corda e começou a atar-lhe as mãos às costas.

– Seus filhos da puta! – gritou Blackthorne. – Eu não vou subir a bordo desse maldito navio de escravos!

– Nossa Senhora! Deixem-no em paz. Ei, seus macacos bebedores de mijo, deixem o bastardo em paz! *Kinjiru, né?* Ele é o piloto? O *Anjin, ka?*

Blackthorne mal podia crer nos próprios ouvidos. Aquela linguagem violenta e injuriosa em português viera do convés da galera. Então viu o homem começar a descer a prancha de desembarque. Tão alto quanto ele e mais ou menos da mesma idade, mas de cabelo preto e olhos escuros e descuidadamente vestido com roupas de marujo, florete do lado, pistolas ao cinto. Um crucifixo cravejado de pedras preciosas pendia-lhe do pescoço. Usava um gorro vistoso e um sorriso rasgava-lhe o rosto.

– Você é o piloto? O piloto do navio holandês?

– Sim – Blackthorne ouviu-se responder.

– Bom. Bom. Eu sou Vasco Rodrigues, piloto desta galera! – Voltou-se para o velho e falou uma mistura de japonês e português, chamando-o ora de macaco-sama, ora de Toda-sama, que, pelo modo como pronunciava, soava "Toady-sama". Por duas vezes sacou da pistola, apontou enfaticamente para Blackthorne e enfiou-a de volta no cinto, falando em japonês escabrosamente entremeado de vulgaridades em português de sarjeta, que apenas homens do mar compreenderiam.

Hiromatsu falou brevemente, os samurais soltaram Blackthorne e Mura o desamarrou.

– Assim é melhor. Ouça, piloto, este homem é como um rei. Disse-lhe que fico responsável por você e que lhe arrebentaria a cabeça tão depressa quanto vou beber com você! – Rodrigues curvou-se para Hiromatsu, depois sorriu para Blackthorne. – Curve-se para o bastardo-sama.

Como que em sonho, Blackthorne fez o que lhe dizia o outro.

– Você faz isso como um japona – disse Rodrigues com um sorriso irônico. – É mesmo o piloto?

– Sim.

– Qual é a latitude de *The Lizard?*

– Quarenta e nove graus e cinquenta e seis minutos norte, e cuidado com os recifes situados a sul-sudoeste.

– Você é o piloto, por Deus! – Rodrigues apertou a mão de Blackthorne calorosamente. – Venha a bordo. Há comida, conhaque, vinho e grogue. Todos os pilotos deviam amar todos os pilotos, que são o esperma da terra. Amém! Certo?

– Sim – disse Blackthorne fracamente.

– Quando ouvi dizer que íamos levar um piloto conosco, eu disse: ótimo! Faz anos que não tenho o prazer de falar com um verdadeiro piloto. Venha a bordo. Como foi que você passou sorrateiramente por Malaca? Como evitou as nossas patrulhas no oceano Índico, hein? O portulano, de quem você roubou?

– Para onde você vai me levar?

– Para Ōsaka. O grão-senhor e alto executor em pessoa quer vê-lo.

Blackthorne sentiu voltar o pânico.

– Quem?

— Toranaga! Senhor das Oito Províncias, fiquem elas onde o diabo quiser! O daimio-chefe do Japão. Um daimio é como um rei ou um senhor feudal, mas melhor. São todos déspotas.

— O que ele quer comigo?

— Não sei, mas é por isso que estamos aqui, e, se Toranaga quer vê-lo, piloto, ele o verá. Dizem que ele tem um milhão desses fanáticos de olhos oblíquos que morreriam pela honra de lhe limpar a bunda se ele resolvesse que o prazer dele era esse! "Toranaga quer que você traga o piloto, Vasco", disse o intérprete dele. "Traga o piloto e a carga do navio. Leve o velho Toda Hiromatsu lá para examinar o navio e..." Oh, sim, piloto, foi tudo confiscado, pelo que ouvi, o navio e tudo o que está dentro.

— Confiscado?

— Pode ser um boato. Os japonas às vezes confiscam coisas com uma mão e as devolvem com a outra, ou fingem que nunca deram a ordem. É difícil compreender esses bastardinhos sifilíticos! — Blackthorne sentiu os olhos gelados dos japoneses cravados nele e tentou ocultar o medo. Rodrigues seguiu-lhe o olhar. — Sim, estão ficando impacientes. Já falamos o bastante. Venha a bordo. — Voltou-se, mas Blackthorne o deteve.

— E os meus amigos, a minha tripulação?

— Hein?

Blackthorne contou-lhe rapidamente sobre o buraco. Rodrigues interrogou Omi num japonês estropiado.

— Diz que eles ficarão bem. Ouça, não há nada que você ou eu possamos fazer agora. Você terá que esperar... Nunca se pode saber com um japona. Eles têm seis caras e três corações. — Rodrigues fez uma reverência como um cortesão europeu a Hiromatsu. — É assim que fazemos no Japão. Como se estivéssemos na corte daquele fornicador do Filipe II, que Deus leve logo aquele espanhol para o túmulo. — Mostrou-lhe o caminho para o convés. Para surpresa de Blackthorne, não havia correntes nem escravos. — Qual é o problema? Está doente? — perguntou Rodrigues.

— Não. Pensei que isto fosse um navio de escravos.

— Não os têm no Japão. Nem nas minas. É loucura, mas é isso. Você nunca viu doidos como estes, e eu dei a volta ao mundo três vezes. Temos remadores samurais. São soldados, soldados pessoais do sodomita velho... E você nunca viu escravos remando melhor ou homens lutando melhor. — Rodrigues riu. — Põem a bunda diante dos remos e eu os incito para ver esses pederastas sangrar. Nunca desistem. Fizemos o caminho todo de Ōsaka até aqui, trezentas e tantas milhas marítimas, em quarenta horas. Desça. Vamos zarpar em breve. Tem certeza de que está bem?

— Sim. Sim, acho que sim. — Blackthorne estava olhando para o *Erasmus*, atracado a cem metros. — Piloto, não há um jeito de ir a bordo, há? Não me deixaram voltar a bordo, não tenho roupas e eles lacraram o navio no momento em que chegamos. Por favor?

Rodrigues examinou atentamente o navio.

– Quando foi que perderam o mastro de proa?

– Pouco antes de desembarcarmos aqui.

– Ainda há um sobressalente a bordo?

– Sim.

– Qual é o porto de origem?

– Roterdã.

– Foi construído lá?

– Sim.

– Estive lá. Bancos de areia péssimos, mas uma boa enseada. Tem boas linhas, o seu navio. É novo... nunca tinha visto um desse tipo antes. Nossa Senhora, deve ser veloz, muito veloz. Muito difícil de lidar. – Rodrigues olhou para ele. – Você pode pegar o equipamento rapidamente? – Pegou o marcador de meia hora, de vidro e areia, ao lado da ampulheta, ambos presos à bitácula, e virou-o.

– Sim. – Blackthorne tentou evitar que lhe transparecesse no rosto a esperança crescente que sentia.

– Há uma condição, piloto. Nada de armas, nas mangas ou em qualquer lugar. A sua palavra de piloto. Eu disse aos macacos que seria responsável por você.

– Concordo. – Blackthorne olhou a areia caindo silenciosamente pelo gargalo do marcador de tempo.

– Eu lhe estouro a cabeça, piloto ou não, se houver o simples cheiro de trapaça, ou corto-lhe a garganta. *Se* eu concordar.

– Dou-lhe a minha palavra, de piloto para piloto, por Deus. E sífilis nos espanhóis!

Rodrigues sorriu e bateu-lhe ruidosa e cordialmente nas costas.

– Estou começando a gostar de você, Inglês.

– Como sabe que sou inglês? – perguntou Blackthorne, sabendo que o seu português era perfeito e que nada que tivesse dito poderia diferenciá-lo de um holandês.

– Sou um adivinho. Todos os pilotos não são? – Rodrigues riu.

– Conversou com o padre? O padre Sebastião lhe disse?

– Não converso com padres se posso evitar. Uma vez por semana é mais que suficiente para qualquer homem. – Rodrigues cuspiu com destreza nos embornais e foi para o passadiço de bombordo, que dava para o quebra-mar. – Toady-sama! *Ikimashō ka?*

– *Ikimashō*, Rodorigu-san. *Ima!*

– Será *ima*. – Rodrigues olhou para Blackthorne pensativamente. – "Ima" significa "agora", "imediatamente". Vamos partir imediatamente, Inglês.

A areia já fizera um montinho no fundo do vidro.

– Quer pedir a ele, por favor? Se posso ir a bordo do meu navio?

— Não, Inglês. Não pedirei porra nenhuma!

Blackthorne repentinamente se sentiu vazio. E muito velho. Observou Rodrigues ir até a grade do tombadilho e berrar para um pequeno e distinto marujo que se encontrava no convés elevado da proa.

— Ei, capitão-san. *Ikimashō?* Traga os samurais para bordo, *ima! Ima, wakarimasu ka?*

— *Hai*, Anjin-san.

Imediatamente Rodrigues fez soar o sino do navio seis vezes e o capitão-san começou a gritar ordens aos marujos e samurais em terra e a bordo. Acorreram todos para o convés a fim de se prepararem para a partida, e, na confusão disciplinada, controlada, Rodrigues tranquilamente pegou o braço de Blackthorne e o empurrou na direção do passadiço de estibordo, longe da praia.

— Há um escaler lá embaixo, Inglês. Não se mova depressa, não olhe em torno e não preste atenção a não ser em mim. Se eu lhe disser que volte, faça-o rapidamente.

Blackthorne atravessou o convés, desceu a escada do costado, dirigindo-se para o pequeno bote japonês. Ouviu vozes zangadas atrás dele e sentiu os cabelos na nuca levantando-se, pois havia muitos samurais por todo o navio, alguns armados com arcos e flechas, poucos com mosquetes.

— Não é preciso se preocupar com ele, capitão-san, sou responsável. Eu, Rodrigu-san, *ichiban* Anjin-san, pela Virgem! *Wakarimasu ka?* — A voz de Rodrigues dominava as outras vozes, mas elas estavam ficando cada vez mais zangadas.

Blackthorne estava quase no escaler agora e viu que não havia cavilhas de remos. Não sei remar como eles, disse a si mesmo. Não posso usar o bote! É longe demais para nadar. Ou não é?

Hesitou, examinando a distância. Se dispusesse de todo o vigor, não teria esperado um instante. Mas agora?

Ouviu pés se atropelarem escada abaixo atrás dele e lutou contra o impulso de se virar.

— Sente na popa — ouviu Rodrigues dizer com urgência. — Apresse-se!

Fez o que lhe dizia o outro, que saltou agilmente, agarrou os remos e, ainda em pé, remou com grande habilidade.

Um samurai estava no topo da escada, muito perturbado, com dois outros ao seu lado, arcos preparados. O capitão samurai chamou, acenando para que voltassem.

A alguns metros do navio, Rodrigues voltou-se.

— Vou só até lá — gritou, apontando para o *Erasmus*. — Ponha os samurais a bordo! — Deu as costas resolutamente ao seu navio e continuou remando, empurrando os remos à moda japonesa. — Se eles puserem flechas nos arcos, me diga! Vigie-os cuidadosamente! O que estão fazendo agora?

– O capitão está muito zangado. Você não vai se meter em apuros, vai?

– Se não zarparmos na hora, o velho Toady pode ter motivo de queixa. O que aqueles arqueiros estão fazendo?

– Nada. Estão escutando o que ele diz. Ele parece indeciso. Não. Agora um deles está puxando uma seta.

Rodrigues preparou-se para parar.

– Nossa Senhora, eles têm pontaria demais para a gente arriscar qualquer coisa! A seta ainda está no arco?

– Sim... mas espere um momento! O capitão está... Alguém se aproximou dele, um marujo, acho. Parece que está perguntando alguma coisa sobre o navio. O capitão está olhando para nós. Disse alguma coisa ao homem com a seta. Agora o homem a está guardando. O marujo está apontando para alguma coisa no convés.

Rodrigues arriscou uma olhada rápida e furtiva para ter certeza e respirou com mais facilidade.

– É um dos imediatos. Vai levar a nossa meia hora toda para acomodar os remadores.

Blackthorne esperou, a distância aumentou.

– O capitão está olhando para nós novamente. Não, está tudo bem. Ele se foi. Mas um dos samurais está nos vigiando.

– Deixe que vigie. – Rodrigues relaxou, mas não diminuiu o ritmo nem olhou para trás. – Não gosto de ficar de costas para samurais, não quando eles estão de armas nas mãos. O que não quer dizer que alguma vez eu tenha visto um dos bastardos desarmado. São todos bastardos!

– Por quê?

– Eles adoram matar, Inglês. O costume é até dormirem com as espadas. Este país é ótimo, mas os samurais são perigosos como víboras e muito mais vis.

– Por quê?

– Não sei, Inglês, mas são – replicou Rodrigues, contente de conversar com alguém da sua espécie. – Claro, todos os japonas são diferentes de nós, não sentem dor ou frio como a gente, mas os samurais são ainda piores. Não têm medo de nada, e menos ainda da morte. Por quê? Só Deus sabe, mas é a verdade. Se os superiores deles dizem "mate", eles matam, "morra", eles caem em cima das espadas ou rasgam a própria barriga. Matam e morrem tão facilmente quanto nós mijamos. As mulheres samurais também, Inglês. Matam para proteger o amo, que é como chamam os maridos aqui, ou matam-se a si mesmas se lhes disserem que façam isso. Fazem isso cortando a garganta. Aqui, um samurai pode ordenar à esposa que se mate e ela tem que fazer isso, por lei. Jesus, Nossa Senhora, as mulheres são uma coisa diferente, uma espécie diferente, Inglês, não há nada na Terra como elas, mas os homens... Samurais são répteis e o mais seguro a fazer é tratá-los como cobras venenosas. Você está bem agora?

– Sim, obrigado. Um pouco fraco, mas bem.

– Como foi a sua viagem?

— Dura. Quanto a eles, os samurais, como fazem para se tornar samurais? Simplesmente pegam duas espadas e fazem aquele corte de cabelo?

— É preciso nascer samurai. Claro, há todos os níveis de samurai, de daimios, no topo, até o que chamamos de soldado raso, na base. Na maior parte, é hereditário, como conosco. Antigamente, assim me disseram, era a mesma coisa que na Europa de hoje: camponeses podiam ser soldados, e soldados, camponeses, com cavaleiros que herdavam o título de nobreza e nobres que eram feitos cavaleiros. Alguns soldados camponeses chegaram ao mais alto grau. O táicum foi um.

— Quem é ele?

— O grande déspota, o dirigente do Japão todo, o grande assassino de todos os tempos. Eu lhe falo dele um dia. Morreu há um ano e agora está ardendo no inferno. — Rodrigues cuspiu no mar. — Hoje em dia você tem que nascer samurai para ser um deles. É tudo hereditário, Inglês. Nossa Senhora, você não tem ideia de quanto valor eles dão a herança, família, nível e aparência. Você viu como Omi se curva diante daquele diabo de Yabu e ambos rastejam na frente do velho Toady-sama. "Samurai" vem da palavra japonesa que significa "servir". Mas, embora todos se curvem e se desmanchem em rapapés diante do superior, são todos samurais igualmente, com privilégios especiais de samurai. O que está acontecendo a bordo?

— O capitão está tagarelando com outro samurai e apontando para nós. O que há de especial com eles?

— Aqui os samurais governam tudo, possuem tudo. Têm seu próprio código de honra e conjunto de regras. Arrogantes? Nossa Senhora, você não faz ideia! O mais inferior deles pode matar legalmente qualquer não samurai, *qualquer* homem, mulher ou criança, por qualquer razão ou sem razão nenhuma. Podem matar, legalmente, só para testar o fio das malditas espadas deles. Já os vi fazer isso, e têm as melhores espadas do mundo. Melhor do que aço de Damasco. O que aquele fornicador está fazendo agora?

— Só olhando. Está com o arco nas costas agora. — Blackthorne estremeceu. — Odeio aqueles bastardos mais do que aos espanhóis.

Novamente Rodrigues riu enquanto remava.

— Para dizer a verdade, eles me talham o mijo também! Mas, se você quer ficar rico depressa, tem que trabalhar com eles, porque possuem tudo. Tem certeza de que está bem?

— Sim, obrigado. O que você estava dizendo? Os samurais possuem tudo?

— Sim. O país todo está dividido em castas, como na Índia. Samurais no topo; camponeses, os seguintes em importância. — Rodrigues cuspiu no mar. — Só os camponeses podem possuir terra. Compreende? Mas a produção é todinha dos samurais. São donos do arroz todo, que é a única safra importante, e dão uma parte aos camponeses. Somente os samurais têm permissão para carregar armas. Para todo mundo, exceto para um samurai, atacar um samurai é rebelião, punível com morte instantânea. E qualquer um que veja um ataque assim e não o comunique na hora é igualmente responsável, assim como as viúvas, e mesmo as crianças. A família toda é condenada à morte se não comunicar o que viu. Por Nossa Senhora, eles são crias de Satã, os samurais! Vi crianças sendo retalhadas em pedacinhos. – Rodrigues pigarreou e cuspiu. – Ainda assim, se você sabe uma ou duas coisas, este lugar é o paraíso na Terra. – Ele deu uma olhada para trás, para a galera, a fim de se tranquilizar, depois sorriu, irônico. – Bem, Inglês, nada como um passeio de bote em torno da baía, hein?

Blackthorne riu. Os anos se desvaneceram quando ele se regalou com o movimento familiar das ondas, o cheiro de sal marinho, gaivotas grasnando e brincando no céu, a sensação de liberdade, de estar chegando depois de muito, muito tempo.

– Pensei que você não fosse me ajudar a ir até o *Erasmus!*

– Esse é o problema com todos os ingleses. Não têm paciência. Ouça, aqui você não pede nada aos japoneses; samurais ou outros, é tudo a mesma coisa. Se fizer, eles vão hesitar, depois perguntar ao superior pela decisão. Aqui você tem que *agir*. Claro – a sua risada sincera atravessou as ondas –, às vezes você pode ser morto se agir errado.

– Você rema muito bem. Estava perguntando a mim mesmo como usar os remos quando você chegou.

– Você não acha que eu o deixaria ir sozinho, acha? Qual é o seu nome?

– Blackthorne. John Blackthorne.

– Já esteve no norte alguma vez, Inglês? No norte longínquo?

– Estive com Kees Veerman no *Der Lifle*. Há oito anos. Foi a segunda viagem dele para encontrar a passagem nordeste. Por quê?

– Gostaria de ouvir sobre isso e sobre todos os lugares onde você esteve. Acha que algum dia encontrarão o caminho? O caminho setentrional para a Ásia, a leste ou oeste?

– Sim. Vocês e os espanhóis bloqueiam ambas as rotas meridionais, de modo que teremos que encontrá-lo. Sim, encontraremos. Ou os holandeses. Por quê?

– E você pilotou pela costa da Barbária, hein?

– Sim. Por quê?

– E conhece Trípoli?

– A maioria dos pilotos já esteve lá. Por quê?

– Pensei que já o tinha visto uma vez. Sim, foi em Trípoli. Alguém me apontou você. O famoso piloto inglês. Que foi com o explorador holandês, Kees Veerman, até os mares de Gelo e que uma vez foi capitão com Drake, hein? Na Armada? Que idade tinha na época?

– Vinte e quatro. O que você estava fazendo em Trípoli?

– Estava pilotando um navio pirata inglês. Meu navio tinha sido pego nas Índias por aquele pirata, Morrow, Henry Morrow. Queimou o meu navio até a linha-d'água depois de tê-lo saqueado e ofereceu-me o lugar de piloto... o dele estava inutilizado, disse ele... sabe como é. Ele queria ir dali – estávamos nos abastecendo de água ao largo de Hispaniola quando ele nos capturou – para o sul, ao longo do *Spanish Main*; depois de volta através do Atlântico para tentar interceptar, perto das Canárias, o barco espanhol do carregamento anual de ouro; depois seguir em frente pelo estreito de Trípoli, caso o perdêssemos, para procurar outras presas; depois para o norte novamente, para a Inglaterra. Fez a oferta usual de libertar os meus companheiros, dar-lhes comida e botes em troca, se eu me juntasse a ele. Eu disse: "Claro, por que não? Desde que não peguemos nenhum navio português, que você me desembarque perto de Lisboa e não roube os meus portulanos". Discutimos muito, como de hábito, você sabe como é. Então jurei por Nossa Senhora, ambos juramos pela cruz, e estava feito. Tivemos uma boa viagem e alguns gordos mercadores espanhóis caíram na nossa rede. Quando estávamos ao largo de Lisboa, ele me pediu que ficasse a bordo, deu-me o recado habitual da boa rainha Bess de como ela pagaria uma recompensa principesca a qualquer piloto português que se juntasse a ela e ensinasse a habilidade aos outros pilotos de Trinity House e de como daria 5 mil guinéus pelo portulano do estreito de Magalhães ou do cabo da Boa Esperança. – Rodrigues tinha o sorriso largo, dentes brancos e fortes e o bigode e a barba pretos, bem tratados. – Eu não os tinha. Pelo menos foi o que lhe disse. Morrow cumpriu a palavra, como todos os piratas deveriam cumprir. Desembarcou-me com os meus portulanos. Claro que mandara copiá-los, já que ele mesmo não sabia ler nem escrever. Até me deu a minha parte do dinheiro. Já navegou com ele alguma vez, Inglês?

– Não. A rainha o fez cavaleiro anos atrás. Nunca servi em nenhum dos navios dele. Fico contente de saber que foi justo com você.

Estavam se aproximando do *Erasmus*. Os samurais os observavam lá de cima, de modo esquisito.

– Essa foi a segunda vez que pilotei para hereges. Na primeira vez, não tive tanta sorte.

– Oh?

Rodrigues fixou os remos, o bote desviou habilmente para o lado e ele se agarrou às cordas de abordagem.

– Suba, mas deixe a conversa comigo.

Blackthorne começou a subir enquanto o outro piloto amarrava o bote com segurança. Rodrigues foi o primeiro a chegar ao convés. Curvou-se como um cortesão.

– *Konnichi wa* a todos os samas comedores de grama!

Havia quatro samurais no convés. Blackthorne reconheceu um deles como um guarda do alçapão. Embaraçados, curvaram-se rigidamente para o português. Blackthorne imitou este último, sentindo-se desajeitado. Teria preferido curvar-se corretamente.

Rodrigues caminhou diretamente para a escada da gaiuta. Os lacres estavam em perfeita ordem, no lugar. Um dos samurais o interceptou.

– *Kinjiru, gomen nasai.* É proibido, sinto muito.

– *Kinjiru,* hein? – disse o português, abertamente, sem ficar impressionado. – Sou Rodorigu-san, *anjin* de Toda Hiromatsu-sama. Este lacre – apontou para o selo vermelho com a escrita esquisita –, Toda Hiromatsu-sama, *ka?*

– *Iie* – disse o samurai, sacudindo a cabeça. – Kashigi Yabu-sama!

– *IIE?* – disse Rodrigues. – Kashigi Yabu-sama? Sou de Toda Hiromatsu-sama, que é rei mais importante do que o sodomita do seu, e Toady-sama é de Toranaga, que é o maior sodomita-sama do mundo todo. *Né?* – Arrancou o selo da porta, levou a mão a uma das pistolas. As espadas estavam meio fora das bainhas, e ele disse calmamente a Blackthorne: – Prepare-se para abandonar o navio. – E ao samurai disse grosseiramente: – Toranaga-sama! – Apontou com a mão esquerda a bandeira que tremulava no topo do mastro do seu navio. – *Wakarimasu ka?*

Os samurais hesitaram, as espadas prontas. Blackthorne preparou-se para mergulhar.

– Toranaga-sama! – Rodrigues lançou o pé contra a porta, o trinco estalou e a porta se abriu com violência. – *WAKARIMASU KA?*

– *Wakarimasu,* Anjin-san. – Rapidamente os samurais largaram as espadas, curvaram-se, pediram desculpas, curvaram-se novamente e Rodrigues disse roucamente: – Assim é melhor. – E foi em frente.

– Jesus Cristo, Rodrigues – disse Blackthorne quando se viram no convés inferior. – Você faz isso sempre e se dá bem?

– Faço com muita frequência – disse o português, enxugando o suor da testa –, até quando seria preferível nunca ter começado.

Blackthorne encostou-se ao tabique.

– Sinto como se alguém me tivesse dado um pontapé no estômago.

– É o único jeito. Você tem que agir como um rei. Ainda assim, com um samurai, nunca se sabe. São tão perigosos quanto um padre com uma vela na bunda, sentado em cima de um barrilete de pólvora quase cheio!

– O que foi que disse a eles?

– Toda Hiromatsu é conselheiro-chefe de Toranaga, é um daimio maior do que o daimio local. Foi por isso que cederam.

– Como é ele, Toranaga?

– É uma longa história, Inglês. – Rodrigues sentou-se num degrau, tirou a bota e esfregou o tornozelo. – Quase quebrei o pé na sua porta comida de piolhos.

– Não estava trancada. Você poderia simplesmente tê-la aberto.

– Eu sei. Mas não teria sido tão eficaz. Pela Virgem abençoada, você tem muito que aprender!

– Você me ensinará?

Rodrigues calçou a bota nova.

— Isso depende – disse.

— De quê?

— Teremos que ver, não? Fui só eu que falei até agora, o que é justo: eu estou bem, você não. Logo chegará a sua vez. Qual é a sua cabine?

Blackthorne estudou-o por um momento. O cheiro embaixo dos conveses era denso, estragado.

— Obrigado por me ajudar a vir a bordo.

Seguiu em direção à popa. A porta estava destrancada. A cabine fora revistada e tudo o que era removível fora levado. Não havia livros, roupas, instrumentos ou penas. O seu baú também estava destrancado. E vazio.

Branco de raiva, dirigiu-se para a cabine grande, Rodrigues observando-o atentamente. Até o compartimento secreto fora descoberto e pilhado.

— Levaram tudo. Filhos de piolhos infestados de peste!

— O que você esperava?

— Não sei. Pensei... com os lacres... — Blackthorne foi até a sala-forte. Estava nua. Assim como o paiol. Os porões continham apenas os fardos de tecido de lã. — Deus amaldiçoe os japonas! — Voltou à sua cabine e fechou o baú com estrépito.

— Onde estão? — perguntou Rodrigues.

— O quê?

— Os seus portulanos. Onde estão os seus portulanos?

Blackthorne olhou-o penetrantemente.

— Nenhum piloto se preocuparia com roupas. Você veio aqui por causa dos portulanos. Não veio?

— Sim.

— Por que está tão surpreso, Inglês? Por que você acha que eu vim a bordo? Para ajudá-lo a pegar mais trapos? Estão todos puídos e você precisará de outros. Tenho um monte para você. Mas onde estão os portulanos?

— Sumiram. Estavam no meu baú.

— Não vou roubá-los, Inglês. Só quero lê-los. E copiá-los, se for necessário. Cuidarei deles como se fossem os meus, portanto não precisa se preocupar. — A voz endureceu. — Por favor, pegue-os, Inglês, só nos resta pouco tempo.

— Não posso. Sumiram. Estavam no meu baú.

— Você não os teria deixado aí, vindo para um porto estrangeiro. Não se esqueceria da primeira regra de um piloto: escondê-los cuidadosamente e deixar apenas cópias falsas desprotegidas. Vamos!

— Foram roubados!

— Não acredito em você. Mas admitirei que os tenha escondido muito bem. Procurei durante horas e não encontrei nem sombra deles.

— O quê?

— Por que tão surpreso, Inglês? Está com a cabeça enfiada na bunda? Naturalmente vim de Ōsaka até aqui para examinar os seus portulanos!

— Você já esteve a bordo?

— Nossa Senhora! – disse Rodrigues com impaciência. – Sim, claro, duas ou três horas atrás, com Hiromatsu, que queria dar uma olhada. Ele rompeu os lacres e depois, quando fomos embora, o daimio local lacrou o navio de novo. Apresse-se, por Deus. A areia está se esgotando.

— *Foram roubados!* – Blackthorne contou-lhe como haviam chegado e como despertara em terra. Depois chutou o baú para o outro lado da sala, enfurecido com os homens que haviam saqueado o seu navio. – Foram roubados! Todas as minhas cartas! Todos os meus portulanos! Tenho cópias de alguns na Inglaterra, mas o meu portulano desta viagem sumiu e o... – Ele se deteve.

— E o portulano português? Vamos, Inglês, tinha que ser português.

— Sim, e o português sumiu também. – Controle-se, pensou. Sumiram e acabou. Quem será que os tem? Os japoneses? Ou será que os deram ao padre? Sem os portulanos e as cartas você não pode pilotar de volta para casa. Nunca chegará a casa... Isso não é verdade. Pode voltar com cuidado, e uma sorte enorme... Não seja ridículo! Está a meio caminho em torno do globo, em terra inimiga, em mãos inimigas, e não tem nem portulano nem cartas. – Oh, Jesus, dê-me forças!

Rodrigues observava-o atentamente. Ao final, afirmou:

— Sinto muito por você, Inglês. Sei como se sente. Aconteceu comigo uma vez. Foi um inglês também, o ladrão. Possa o navio dele estar no fundo do mar e ele ardendo no inferno para sempre. Vamos, vamos voltar.

Omi e os outros esperaram no molhe até que a galera contornasse o promontório e desaparecesse. Para oeste, laivos da noite já manchavam o céu carmesim. Para leste, a noite unia céu e mar, sem horizonte.

— Mura, quanto tempo vai levar para recolocar todos os canhões no navio?

— Se passarmos a noite trabalhando, por volta do meio-dia de amanhã estará terminado, Omi-san. Se começarmos ao amanhecer, terminaremos bem antes do pôr do sol. Seria mais seguro trabalhar durante o dia.

— Trabalhem durante a noite. Tragam o padre ao buraco imediatamente.

Omi deu uma olhada em Igurashi, o primeiro lugar-tenente de Yabu, que ainda estava olhando na direção do promontório, o rosto tenso, a lívida cicatriz sobre a cavidade do seu olho vazado lugubremente sombreada.

— Seria bem-vindo se ficasse, Igurashi-san. Minha casa é pobre, mas talvez possamos recebê-lo confortavelmente.

— Obrigado – disse o homem mais velho, voltando-se para ele –, mas o nosso amo disse que eu retornasse a Edo imediatamente, portanto retornarei agora mesmo. – A sua preocupação transparecia ainda mais. – Gostaria de estar naquela galera.

— Sim.

— Odeio a ideia de Yabu-sama estar a bordo com apenas dois homens. Odeio.

– Sim.

Apontou para o *Erasmus*.

– Um navio do demônio, é isso o que é! Tanta riqueza, depois nada.

– Será, com certeza? Será que o senhor Toranaga não ficará satisfeito, enormemente satisfeito, com o presente do senhor Yabu?

– Aquele ladrão de províncias é tão cheio de si e da própria importância que não vai sequer notar o montante de prata que roubou do nosso amo. Onde estão os seus miolos?

– Presumo que tenha sido apenas a preocupação com um possível perigo contra o nosso senhor que o induziu a fazer essa observação.

– Tem razão, Omi-san. Não tive a intenção de insultar. Você foi muito inteligente e útil para o nosso amo. Talvez também tenha razão quanto a Toranaga – disse Igurashi, mas estava pensando: Aproveite a sua riqueza recente, seu pobre tolo! Conheço meu amo melhor do que você, e o seu feudo aumentado não lhe fará bem em absoluto. A sua promoção teria sido uma retribuição justa pelo navio, o dinheiro e as armas. Mas agora isso tudo sumiu. E por sua causa meu amo está em perigo. Você mandou a mensagem e o tentou, dizendo: "Veja os bárbaros primeiro". Deveríamos ter partido ontem. Sim, então o meu amo estaria longe daqui agora, em segurança, com o dinheiro e as armas. Você é um traidor? Está agindo para si mesmo ou para o seu estúpido pai, ou para algum inimigo? Para Toranaga, talvez? Não importa. Pode acreditar em mim, Omi, seu jovem tolo comedor de bosta, você e o seu ramo do clã Kashigi não vão durar muito nesta terra. Eu lhe diria isso na cara, mas então teria que matá-lo, e isso seria menosprezar a confiança do meu amo. É ele quem deve dizer quando, não eu. – Obrigado pela sua hospitalidade, Omi-san – disse. – Ficarei ansioso por revê-lo em breve, mas agora vou me pôr a caminho.

– Faria uma coisa para mim, por favor? Transmita os meus respeitos a meu pai. Eu ficaria muito agradecido.

– Eu ficarei muito feliz em fazer isso. Ele é um excelente homem. E ainda não cumprimentei você pelo novo feudo.

– O senhor é muito gentil.

– Obrigado novamente, Omi-san. – Ergueu a mão numa saudação amigável, fez um gesto aos seus homens e conduziu a falange de cavaleiros para fora da aldeia.

Omi foi até o buraco. O padre estava lá. Omi podia ver que estava zangado e esperou que ele fizesse alguma coisa abertamente, publicamente, para trucidá-lo.

– Padre, diga aos bárbaros que subam, um de cada vez. Diga-lhes que o senhor Yabu disse que eles podem viver novamente no mundo dos homens. – Omi mantinha a linguagem deliberadamente simples. – Mas, à menor infração a uma regra, dois deles serão colocados de novo no buraco. Eles devem se comportar e obedecer a todas as ordens. Está claro?

– Sim.

Omi fez o padre repetir. Quando teve certeza de que ele sabia tudo corretamente, obrigou-o a falar para dentro do buraco. Os homens subiram, um a um. Estavam todos atemorizados. Alguns tiveram que ser ajudados. Um homem estava sentindo dores fortes e gritava sempre que alguém lhe tocava o braço.

– Devia haver nove.

– Um está morto. O corpo está lá embaixo, no buraco – disse o padre.

Omi pensou um instante.

– Mura, queime o cadáver e conserve as cinzas junto com as do outro bárbaro. Ponha esses homens na mesma casa onde estavam antes. Dê-lhes muita verdura e peixe. E sopa de cevada e frutas. Mande lavá-los. Eles fedem. Padre, diga-lhes que, caso se comportem e obedeçam, continuarão recebendo comida.

Omi observou e ouviu cuidadosamente. Viu-os reagir com reconhecimento e pensou, com desprezo: Que estúpidos! Privo-os por apenas dois dias, depois concedo-lhes uma ninharia e agora eles comeriam bosta, realmente comeriam.

– Mura, ensine-os a se curvar adequadamente e leve-os daqui.

Depois voltou-se para o padre.

– E então?

– Eu vou agora. Vou para minha casa. Deixo Anjiro.

– É melhor que parta e fique longe para sempre, você e todos os padres como você. Talvez a próxima vez que venha ao meu feudo seja porque alguns dos meus camponeses ou vassalos cristãos estejam pensando em traição – disse, usando a ameaça velada e o estratagema clássico que os samurais anticristãos empregavam para controlar a difusão indiscriminada do dogma estrangeiro nos seus feudos, pois, embora os padres estrangeiros fossem protegidos, os japoneses convertidos não o eram.

– Cristãos, bons japoneses. Sempre. Somente bons vassalos. Nunca tiveram maus pensamentos. Não.

– Fico contente em ouvir isso. Não se esqueça de que o meu feudo se estende a vinte *ris* em todas as direções. Compreendeu?

– Compreendo. Sim. Compreendo muito bem.

Viu o padre curvar-se rigidamente – até os padres bárbaros deveriam ter boas maneiras – e se afastar.

– Omi-san? – disse um dos seus samurais. Era jovem e muito bonito.

– Sim?

– Por favor, desculpe-me, sei que não se esqueceu, mas Masujirō-san ainda está no buraco. – Omi se aproximou do alçapão e olhou fixamente para o samurai lá embaixo. Imediatamente o homem se pôs de joelhos, curvando-se respeitoso.

Os dois dias o haviam envelhecido. Omi sopesou seu serviço passado e o valor futuro. Então pegou a adaga do cinto do jovem samurai e atirou-a no buraco.

Ao pé da escada, Masujirō arregalou os olhos para a faca, não acreditando no que via. Lágrimas começaram a correr pelo seu rosto.

– Não mereço esta honra, Omi-san – disse abjetamente.

— Sim.

— Obrigado.

O jovem samurai ao lado de Omi disse:

— Posso, por favor, pedir que ele seja autorizado a cometer *seppuku* aqui, na praia?

— Ele falhou lá dentro. Fica lá dentro. Ordene aos aldeões que encham o buraco. Eliminem qualquer vestígio dele. Os bárbaros o conspurcaram.

Kiku riu e balançou a cabeça.

— Não, Omi-san, sinto muito, por favor, nada de mais saquê para mim ou o meu cabelo vai desabar, eu vou desabar, e então onde estaríamos?

— Eu desabaria com você e nós nos deitaríamos e estaríamos no nirvana, fora de nós mesmos — disse Omi, feliz, a cabeça girando por causa do vinho.

— Ah, mas eu estaria roncando, e o senhor não pode se deitar com uma horrível garota bêbada que ronca e ter muito prazer nisso. Certamente que não, sinto muito. Oh, não, Omi-sama do Novo Feudo Enorme, o senhor merece muito mais do que isso! — Ela verteu outro dedal do vinho quente no minúsculo cálice de porcelana e ofereceu-o com as duas mãos, o indicador e o polegar esquerdos delicadamente segurando o cálice, o indicador direito tocando a face inferior. — Aqui está, porque o senhor é maravilhoso!

Ele aceitou e bebeu, apreciando o calor e o sabor adocicado da bebida.

— Estou tão contente por ter conseguido convencê-la a ficar um dia a mais, *né?* Você é tão bonita, Kiku-san.

— O senhor é bonito e o prazer é meu. — Os olhos dela dançavam à luz da vela encerrada numa flor de papel e bambu que pendia da viga de cedro.

Aquele era o melhor conjunto de quartos na casa de chá perto da praça. Ela se inclinou para servir-lhe mais arroz da tigela simples de madeira que estava sobre a mesa baixa, laqueada, na frente dele, mas Omi sacudiu a cabeça.

— Não, não, obrigado.

— Devia comer mais, um homem forte como o senhor.

— Estou satisfeito, realmente.

Ele não retribuiu o oferecimento porque ela mal havia tocado a pequena salada — pepinos cortados em fatias finas e minúsculos rabanetes esculpidos em conserva no vinagre doce —, que fora tudo o que aceitara da refeição toda. Tinha havido pedacinhos de peixe cru sobre bolas de arroz em papa, sopa, a salada e verduras frescas servidas com um molho picante de soja e gengibre. E arroz. Ela bateu palmas suavemente e a *shōji* foi aberta imediatamente pela sua empregada particular.

— Sim, ama?

— Suisen, leve todas estas coisas embora e traga mais saquê e outro bule de chá. E frutas. O saquê deve estar mais quente do que da última vez. Vamos, imprestável! — tentou soar imperiosa.

Suisen tinha catorze anos, era meiga, ansiosa por agradar e uma aprendiz de cortesã. Estava com Kiku havia dois anos e Kiku era responsável pelo seu treinamento.

Com um esforço, Kiku afastou os olhos do puro arroz branco que adoraria ter comido e ignorou a própria fome. Você comeu antes de chegar e comerá depois, lembrou a si mesma. Sim, mas ainda assim é tão pouco! "Ah, mas as damas têm um apetite minúsculo, realmente minúsculo", costumava dizer sua professora. "Os hóspedes comem e bebem — quanto mais, melhor. As damas não, e certamente nunca com os hóspedes. Como podem conversar ou entreter, ou tocar o *shamisen*, ou dançar, se estiverem enchendo a boca? Você comerá mais tarde, seja paciente. Concentre-se no seu hóspede."

Enquanto observava Suisen criticamente, avaliando-lhe a habilidade, contava histórias a Omi para fazê-lo rir e esquecer o mundo exterior. A jovem se ajoelhou ao lado dele e arrumou as tigelinhas e os pauzinhos sobre a bandeja de laca numa disposição agradável, conforme fora ensinada. Depois pegou o frasco de saquê vazio, inclinou-o para ter certeza de que estava vazio — teria sido muita falta de educação sacudi-lo —, em seguida se levantou com a bandeja, levando-a silenciosamente até a porta *shōji*, ajoelhou-se, pôs a bandeja no chão, abriu a porta, levantou-se, atravessou a porta, ajoelhou-se de novo, levantou a bandeja, colocou-a no chão novamente do lado de fora, sempre em silêncio, e fechou a porta completamente.

— Realmente, preciso arrumar outra criada — disse Kiku, sem estar descontente. Essa cor fica bem nela, estava pensando. Preciso mandar buscar mais um pouco dessa seda em Edo. Que vergonha ser tão cara! Não importa, com todo o dinheiro que foi dado a Gyoko-san pela noite passada e por hoje haverá mais que o suficiente da minha parte para comprar para a pequena Suisen vinte quimonos. É uma criança tão meiga e realmente muito graciosa. — Ela faz tanto barulho... perturba o aposento todo... sinto muito.

— Não a notei. Só a você — disse Omi, terminando o vinho.

Kiku agitou o leque, seu sorriso iluminando-lhe o rosto.

— O senhor faz que eu me sinta muito bem, Omi-san. Sim. E amada.

Suisen trouxe rapidamente o saquê. E o chá. A ama verteu no cálice um pouco de vinho para Omi e passou-o a ele. A jovenzinha discretamente encheu os cálices. Não derramou uma gota e achou que o som que o líquido fazia caindo no cálice tinha exatamente o timbre suave que devia ter, por isso suspirou intimamente, com um alívio imenso, sentou-se sobre os calcanhares e esperou.

Kiku estava contando uma história divertida que ouvira de uma das amigas em Mishima, e Omi ria. Enquanto fazia isso, ela pegou uma das pequenas laranjas e, usando as longas unhas, abriu-a como se fosse uma flor, os gomos da fruta, as pétalas, as divisões da pele, as folhas. Removeu um gomo do núcleo e ofereceu-o com as duas mãos, como se fosse o modo usual de uma dama servir a fruta ao seu convidado.

– Aceita uma laranja, Omi-san?

A primeira reação de Omi foi dizer: Não posso destruir essa beleza. Mas isso seria inepto, pensou ele, deslumbrado pelo talento dela. Como posso cumprimentá-la e à sua anônima professora? Como posso retribuir a felicidade que ela me deu, deixando-me ver seus dedos criarem uma coisa tão preciosa e, no entanto, tão efêmera?

Segurou a flor nas mãos por um instante, depois agilmente retirou quatro gomos equidistantes uns dos outros e comeu-os com prazer. Isso deixou uma nova flor. Ele tirou mais quatro gomos, criando um terceiro desenho floral. Em seguida pegou um gomo e moveu um segundo, de modo que os três remanescentes ainda fizessem outra flor.

Então pegou dois gomos e recolocou o último no centro da base da laranja, como se fosse uma lua crescente dentro de um sol.

Comeu um muito lentamente. Quando terminou, pôs o outro no centro da mão e ofereceu a ela. – Este você deve aceitar porque é o penúltimo. É o meu presente para você.

Suisen mal podia respirar. Para quem era o último?

Kiku pegou a fruta e comeu-a. Era a melhor que jamais provara.

– Este último – disse Omi, colocando a flor inteira gravemente sobre a palma da mão direita – é o meu presente aos deuses, sejam eles quem forem, estejam onde estiverem. Nunca comerei esta fruta novamente, a menos que venha das suas mãos.

– Isso é demais, Omi-san! – disse Kiku-san. – Liberto-o do seu voto! Isso foi dito sob a influência do *kami* que vive em todas as garrafas de saquê!

– Recuso-me a ser libertado.

Estavam os dois muito felizes juntos.

– Suisen – disse ela –, deixe-nos agora. E, por favor, criança, por favor, tente fazê-lo com graça.

– Sim, ama. – A jovem dirigiu-se para o aposento contíguo e examinou se os *futons* estavam meticulosamente em ordem, os instrumentos do amor e as pérolas do prazer perto, à mão, e as flores perfeitas. Uma ruga imperceptível foi alisada na coberta já alisada. Depois, satisfeita, Suisen se sentou, suspirou de alívio, abanou-se com o leque lilás para diminuir o calor do rosto e esperou, contente.

No cômodo ao lado, que era o mais requintado da casa de chá, o único com um jardim só seu, Kiku pegou o longo *shamisen*. Era de três cordas, parecido com uma guitarra, e o primeiro acorde sublime de Kiku encheu o quarto. Depois ela começou a cantar. Primeiro suave, depois penetrante, suave de novo, depois mais baixo, mais suave, suspirando suavemente, sempre suavemente, ela cantou sobre o amor, o amor não correspondido, a felicidade e a tristeza.

— Ama? — O sussurro não teria perturbado o mais leve dos sonos, mas Suisen sabia que a ama preferia não dormir depois das nuvens e da chuva, mesmo que a chuva fosse forte. Preferia descansar, meio desperta, em meio à tranquilidade.

— Sim, Sui-chan? — sussurrou Kiku, tão quietamente quanto a criada, usando "chan", como se faria com uma criança favorita.

— A esposa de Omi-san voltou. O palanquim dela acabou de subir pelo caminho em direção de casa.

Kiku deu uma olhada em Omi. Tinha o pescoço confortavelmente apoiado sobre o travesseiro de madeira macia, os braços cruzados. O seu corpo era forte e sem marcas, a pele firme e dourada, com reflexos aqui e ali. Ela o acariciou suavemente, o suficiente para fazer o toque passar para o sonho dele, mas não o suficiente para despertá-lo. Depois deslizou por debaixo do acolchoado e passou o quimono em torno do corpo.

Levou muito pouco tempo para Kiku refazer a maquiagem, enquanto Suisen lhe penteava e escovava o cabelo e o amarrava de novo no estilo *shimoda*. Depois, patroa e empregada caminharam silenciosamente pelo corredor, saíram para a varanda, atravessaram o jardim e se dirigiram para a praça. Havia botes, como pirilampos, cobrindo o percurso entre o navio bárbaro e o quebra-mar, onde ainda estavam sete canhões para serem carregados. A noite ainda ia alta, faltava muito para o amanhecer.

As duas mulheres passaram rápidas e silenciosas ao longo da estreita alameda entre um aglomerado de casas e começaram a subir o caminho.

Carregadores exaustos e cobertos de suor recuperavam as forças junto do palanquim no topo da colina, do lado de fora da casa de Omi. Kiku não bateu no portão do jardim. Havia velas acesas na casa e criados correndo de um lado para outro. Fez um gesto para Suisen, que imediatamente se dirigiu para a varanda, para a porta da frente, bateu e esperou. Num instante a porta se abriu. A criada assentiu com a cabeça e desapareceu. Outro instante e a criada voltou. Chamou Kiku com um aceno e fez uma profunda reverência quando esta passou com dignidade. Outra criada precipitou-se na frente e abriu a *shōji* do melhor aposento.

A cama da mãe de Omi estava intacta. Ninguém dormira ali. A mãe estava sentada, rigidamente ereta, perto do pequeno nicho que sustentava o arranjo de flores. Uma pequena janela *shōji* abria-se para o jardim. Midori, esposa de Omi, estava em frente à sogra.

Kiku ajoelhou-se. Faz só um dia que eu estive aqui, aterrorizada na noite dos gritos? Curvou-se, primeiro para a mãe de Omi, depois para a esposa, sentindo a tensão entre as duas mulheres. Por que será que há sempre tanta violência entre sogra e nora?, perguntou a si mesma. A nora não se torna sogra um dia? Por que então ela sempre trata a nora com língua viperina e faz da vida dela uma miséria, e por que a garota faz o mesmo quando chega a sua vez? Ninguém aprende?

— Sinto muito perturbá-la, Ama-san.

– É muito bem-vinda, Kiku-san – replicou a velha. – Não há problema algum, espero?

– Oh, não, mas eu não sabia se a senhora gostaria ou não que eu despertasse seu filho – disse, já sabendo a resposta. – Achei que era melhor perguntar-lhe, já que – voltou-se, sorriu, curvou-se ligeiramente para Midori, de quem gostava muito – a senhora voltou.

– É muito gentil, Kiku-san – disse a velha –, e muito previdente. Não, deixe-o em paz.

– Muito bem. Por favor, desculpe por perturbá-la assim, mas achei que era melhor perguntar. Midori-san, espero que a viagem não tenha sido muito ruim.

– É lamentável, mas foi horrível – disse Midori. – Estou contente de estar de volta e odiei estar longe. Meu marido está bem?

– Sim, muito bem. Riu muito esta noite e pareceu estar feliz. Comeu e bebeu frugalmente e está dormindo profundamente.

– A Ama-san estava começando a me contar algumas das coisas terríveis que aconteceram enquanto estive fora e...

– Você não devia ter ido. Era necessária aqui – interrompeu a velha, com rancor na voz. – Ou talvez não. Talvez devesse ter ficado longe definitivamente. Talvez você tenha trazido um mau *kami* para a nossa casa junto com a sua roupa de cama.

– Eu nunca faria isso, Ama-san – disse Midori pacientemente. – Por favor, acredite que eu preferiria me matar a trazer a mais leve mácula ao seu bom nome. Por favor, perdoe-me por ter estado ausente e pelos meus erros. Sinto muito.

– Desde que aquele navio diabólico chegou aqui não tivemos senão problemas. Isso é mau *kami*. Muito mau. E onde você estava quando foi necessária? Tagarelando em Mishima, enchendo a barriga e bebendo saquê.

– O meu pai morreu, Ama-san. Um dia antes de eu chegar.

– Hum, você não teve nem a cortesia ou a previdência de estar junto do leito de morte de seu pai. Quanto mais depressa você deixar nossa casa permanentemente, melhor para todos nós. Quero chá. Temos uma hóspede aqui e você nem se lembrou o suficiente da sua educação para oferecer-lhe um refresco!

– Foi pedido, imediatamente, no momento em que ela...

– Não chegou imediatamente!

A *shōji* se abriu. Uma empregada, nervosa, trouxe chá e alguns doces. Primeiro, Midori serviu a velha, que imprecou asperamente contra a criada e deu uma dentada sem dentes num doce, sorvendo ruidosamente a sua bebida.

– Deve desculpar a criada, Kiku-san – disse. – O chá está sem gosto. Sem gosto! E escaldante. Suponho que só se pode esperar que isso aconteça nesta casa.

– Tome, por favor, fique com o meu. – Midori soprou gentilmente sobre o chá para esfriá-lo.

A velha pegou-o com má vontade.

– Por que não pode vir correto logo da primeira vez? – Mergulhou num silêncio mal-humorado.

– O que pensa de tudo isso? – perguntou Midori a Kiku. – O navio, Yabu-sama e Toda Hiromatsu-sama?

– Não sei o que pensar. Quanto aos bárbaros, quem sabe? Certamente, são uma extraordinária coleção de homens. E o grande daimio Punho de Aço? É muito curioso que tenha chegado quase ao mesmo tempo que o senhor Yabu, *né*? Bem, a senhora deve me desculpar, mas, por favor, preciso ir embora.

– Oh, não, Kiku-san, não quero nem ouvir falar nisso.

– Aí está, Midori-san – interrompeu a velha com impaciência. – A nossa hóspede está desconfortável e o chá, terrível.

– Oh, o chá é suficiente para mim, Ama-san, realmente. Não, se me desculparem, estou um pouco cansada. Talvez antes de partir, amanhã, eu possa ser autorizada a vir vê-las. É sempre um imenso prazer conversar com as senhoras.

A velha permitiu-se ser bajulada e Kiku seguiu Midori à varanda e ao jardim.

– Kiku-san, você é tão atenciosa – disse Midori, segurando-lhe o braço, impressionada pela sua beleza. – Foi muito gentil de sua parte, obrigada.

Kiku deu uma olhada para trás, para a casa, e arrepiou-se:

– Ela é sempre assim?

– Hoje foi cortês, comparado a outras vezes. Se não fosse por Omi e por meu filho, juro que sacudiria o pó de sob meus pés, rasparia a cabeça e me tornaria monja. Mas tenho Omi e o meu filho, e isso compensa tudo. Só agradeço a todos os *kamis* por isso. Felizmente Ama-san prefere Edo e não consegue ficar muito tempo longe de lá. – Midori sorriu tristemente. – A gente se treina para não ouvir, você sabe como é. – Suspirou, muito bonita ao luar. – Mas isso não tem importância. Conte-me o que aconteceu desde que parti.

Fora por isso que Kiku viera à casa com tanta urgência, pois obviamente nem a mãe nem a esposa gostariam que o sono de Omi fosse perturbado. Viera para contar tudo à adorável senhora Midori, de modo que ela pudesse ajudar a proteger Kashigi Omi, assim como ela mesma tentaria fazer. Contou-lhe tudo o que sabia, exceto o que acontecera no quarto com Yabu. Acrescentou os rumores que ouvira e as histórias que as outras garotas lhe haviam passado ou inventado. E tudo o que Omi lhe dissera – suas esperanças e temores e planos –, tudo sobre ele, menos o que acontecera no quarto naquela noite. Sabia que isso não era importante para a esposa.

– Tenho medo, Kiku-san, medo pelo meu marido.

– Tudo o que ele aconselhou foi sábio, senhora. Acho que tudo o que fez foi correto. O senhor Yabu não recompensa ninguém levianamente e 3 mil *kokus* é um aumento respeitável.

– Mas o navio é do senhor Toranaga agora, e todo aquele dinheiro.

– Sim, mas Yabu-sama oferecer o navio como presente foi uma ideia de gênio. Omi-san deu a ideia a Yabu e certamente isso em si já é pagamento suficiente, *né*? Omi-san deve ser reconhecido como vassalo proeminente. – Kiku torceu a verdade só um pouquinho, pois sabia que Omi estava em grande perigo, e toda a sua casa. O que tiver que ser será, lembrou a si mesma. Mas não há mal em desanuviar o rosto de uma bela mulher.

– Sim, posso ver isso – disse Midori. Faça com que isso seja verdade, rezou. Por favor, faça com que isso seja verdade. Abraçou a garota, os olhos cheios de lágrimas. – Obrigada. Você é muito gentil, Kiku-san, muito gentil. – Ela tinha dezessete anos.

CAPÍTULO 8

– O QUE ACHA, INGLÊS?
– Acho que vai haver uma tempestade.
– Quando?
– Antes do pôr do sol.

Era quase meio-dia e os dois estavam em pé no tombadilho da galera, sob um céu nublado, fechado. Era o segundo dia no mar.

– Se este navio fosse seu, o que você faria?
– A que distância estamos do nosso ponto de chegada? – perguntou Blackthorne.
– Chegaremos após o pôr do sol.
– A que distância estamos da terra mais próxima?
– Quatro ou cinco horas, Inglês. Mas procurar um abrigo vai nos custar meio dia e eu não posso me permitir uma perda dessas. O que você faria?

Blackthorne pensou um instante. Durante a primeira noite, a galera rumara velozmente para o sul, seguindo a costa leste da península de Izu, ajudada pela grande vela do mastro central. Quando passaram diante do cabo mais ao sul, cabo Ito, Rodrigues estabelecera a rota oeste-sul-oeste e trocara a segurança da costa por mar aberto, rumando para o cabo Shinto, a duzentas milhas.

– Normalmente, numa galera como esta, acompanhamos a costa, por segurança – dissera Rodrigues –, mas isso toma tempo demais, e o tempo é importante. Toranaga me pediu que levasse Toady a Anjiro e voltasse. Rapidamente. Vou receber um prêmio se formos bem rápidos. Um dos pilotos japoneses é tão bom quanto eu num trajeto curto como este, mas o pobre filho da puta morreria de medo ao transportar um daimio tão importante quanto Toady, em especial longe da vista de terra. Eles não são pilotos oceânicos, os japoneses. Ótimos piratas, lutadores e marinheiros costeiros. Mas o alto-mar os assusta. O velho táicum fez até uma lei exigindo que os poucos navios oceânicos japoneses sempre navegassem com pilotos portugueses a bordo. Essa lei ainda está em vigor.

– Por que ele fez isso?

Rodrigues encolheu os ombros e explicou:
– Talvez alguém lhe tenha sugerido isso.
– Quem?
– O seu portulano roubado, Inglês, o português. De quem era?
– Não sei. Não havia nome nele, nenhuma assinatura.
– Onde o conseguiu?
– Do mercador-chefe da Companhia Holandesa das Índias Orientais.
– De onde ele conseguiu?

Foi a vez de Blackthorne encolher os ombros.

A risada de Rodrigues não continha humor.

– Bem, nunca esperei que você me dissesse, mas, seja quem for que o tenha roubado e vendido, espero que queime no fogo do inferno para sempre!

– Você é empregado desse Toranaga, Rodrigues?

– Não. Estávamos só visitando Ōsaka, o meu capitão e eu. Trata-se só de um favor prestado a Toranaga. O meu capitão me ofereceu voluntariamente. Sou piloto do...
– Rodrigues se deteve. – Sempre esqueço que você é inimigo, Inglês.

– Portugal e Inglaterra foram aliados durante séculos.

– Mas agora não somos. Vá lá para baixo, Inglês. Você está cansado, eu também, e homens cansados cometem erros. Volte para o convés quando estiver descansado.

Blackthorne desceu para a cabine do piloto e se deitou no beliche. O portulano de Rodrigues com a rota da viagem encontrava-se sobre a mesa do comando, presa à parede de onde descia, assim como a cadeira do piloto estava fixada ao chão do tombadilho. O livro de mapas sobre a mesa tinha capa de couro e aspecto de muito usado, mas Blackthorne não o abriu.

– Por que deixá-lo aí? – havia perguntado antes.

– Se não deixasse, você iria procurá-lo. Mas aí você não vai nem tocar nele, nem olhar para ele, sem ser convidado. Você é piloto, não um mercador qualquer barrigudo e desonesto ou soldado corrupto.

– Vou lê-lo. Você mesmo faria isso.

– Não sem ser convidado, Inglês. Nenhum piloto faria isso. Nem eu faria!

Blackthorne olhou o livro por um instante, depois fechou os olhos. Dormiu profundamente aquele dia todo e parte da noite. Faltava pouco para o amanhecer quando despertou, como sempre. Levou tempo para se acostumar ao movimento desajeitado da galera e à batida do tambor que mantinha os remos movendo-se como um só. Estava confortavelmente deitado de costas, os braços sob a cabeça. Pensou no seu navio e afastou a preocupação quanto ao que aconteceria quando chegassem a Ōsaka. Uma coisa de cada vez. Pense em Felicity, em Tudor, no lar. Não, agora não. Pense que, se os outros portugueses são como Rodrigues, você tem uma boa chance agora. Vai pegar um navio de volta para casa. Pilotos não são inimigos. E dane-se o resto, todos os sifilíticos! Mas você não pode dizer isso, mocinho. Você é inglês, o herege odiado e anticristo. Os católicos são os donos deste mundo. *Eram* os donos. Agora, nós e os holandeses vamos esmagá-los.

Que absurdo tudo isso! Católicos, protestantes, calvinistas, luteranos e todos os outros merdas seus iguais. Você devia ter nascido católico. Foi só o destino que levou o seu pai para a Holanda, onde conheceu Anneke van Croste, que se tornou mulher dele. E foi aí que ele viu os católicos espanhóis, os padres espanhóis e a Inquisição pela primeira vez. Ainda bem que ele abriu os olhos, pensou Blackthorne. Ainda bem que os meus estão abertos.

Depois foi para o convés. Rodrigues estava sentado na sua cadeira, os olhos estriados de vermelho pela falta de sono, dois marujos japoneses ao leme como antes.

— Posso pegar este turno para você?

— Como se sente, Inglês?

— Descansado. Posso pegar o turno para você? — Blackthorne viu que Rodrigues o media de alto a baixo. — Eu o acordo se o vento mudar ou outra coisa qualquer acontecer.

— Obrigado, Inglês. Sim, vou dormir um pouco. Mantenha esta rota. Quando virar a ampulheta, vá quatro graus mais para oeste; na virada seguinte, mais seis, sempre para oeste. Terá que apontar a nova rota na bússola para o timoneiro. *Wakarimasu ka?*

— *Hai!* — Blackthorne riu. — Quatro pontos para oeste. Desça, piloto, o seu beliche é confortável.

Mas Vasco Rodrigues não desceu. Simplesmente puxou a sua capa mais para junto do corpo e instalou-se mais profundamente na cadeira de convés. Pouco antes da virada da ampulheta, despertou momentaneamente, examinou a mudança de rota sem se mover e imediatamente voltou a dormir. Outra vez, quando o vento virou, ele despertou e, vendo que não havia perigo, novamente adormeceu.

Hiromatsu e Yabu vieram ao convés durante a manhã. Blackthorne notou a surpresa deles ao vê-lo pilotando o navio e Rodrigues dormindo. Não falaram com ele, mas voltaram à conversa que estavam tendo e, mais tarde, desceram novamente.

Por volta do meio-dia, Rodrigues se levantou da cadeira e olhou na direção nordeste, farejando o vento, todos os sentidos concentrados. Os dois homens estudaram o mar, o céu e as nuvens invasoras.

— O que você faria, Inglês, se este fosse o seu navio? — disse Rodrigues novamente.

— Eu escaparia para a costa, se soubesse onde ela está, para o ponto mais próximo. Esta embarcação não vai aguentar muita água e há uma tempestade bem ali. A umas quatro horas daqui.

— Não pode ser tufão — resmungou Rodrigues.

— O quê?

— Tufões. São imensos vendavais, as piores tempestades que você jamais poderá imaginar. Mas não estamos na época dos tufões.

— Quando é a época?

— Não é agora, inimigo. — Rodrigues riu. — Não, não é agora. Mas isso poderá ser uma tempestade bastante ruim, sim, de modo que vou aceitar o seu conselho. Mude a rota para norte, pelo lado oeste.

Enquanto Blackthorne mostrava o novo curso e o timoneiro virava a embarcação com destreza, Rodrigues foi até a amurada e gritou para o capitão:

– *Isoge!* Capitão-san. *Wakarimasu ka?*
– *Isoge, hai!*
– O que é isso? Apresse-se?

Os cantos dos olhos de Rodrigues se enrugaram, risonhos.

– Não faz mal que você saiba um pouco de japonês, hein? Claro, Inglês, "isogi" quer dizer "apresse-se". Tudo de que você precisa aqui são umas dez palavras, e então, se quiser, você pode fazer esses sodomitas cagarem. Se forem as palavras certas, é claro, e se eles estiverem com disposição. Vou descer agora para comer alguma coisa.

– Você também cozinha?

– No Japão, todo homem civilizado tem que cozinhar ou tem que treinar pessoalmente um dos macacos para cozinhar, senão morre de fome. Tudo o que comem é peixe cru e verduras cruas conservadas num vinagre doce. Mas a vida aqui pode ser incrível se você souber como.

– "Incrível" é bom ou mau?

– Na maioria das vezes é muito bom, mas às vezes é terrivelmente ruim. Tudo depende de como a gente se sente. E você faz perguntas demais.

Rodrigues foi lá para baixo. Trancou a porta de sua cabine e cuidadosamente examinou o fecho do seu livro de mapas. O fio de cabelo que colocara sutilmente continuava lá. E um fio semelhante, igualmente invisível para qualquer um menos para ele, que o colocara na capa do portulano, também permanecia intacto.

Não se pode ser cuidadoso demais neste mundo, pensou Rodrigues. Será que há algum perigo em que ele saiba que você é o piloto da *Nao del Trato*, o grande Navio Negro que vem de Macau este ano? Talvez. Porque então você teria que explicar que o navio é um leviatã, um dos maiores e mais ricos navios do mundo, mais de 1600 toneladas. Você poderia se sentir tentado a falar-lhe sobre a carga, sobre comércio e sobre Macau, e todo tipo de coisas esclarecedoras que são muitíssimo particulares e muitíssimo secretas. Mas estamos em guerra, nós contra os ingleses e holandeses.

Abriu o fecho bem oleado e tirou seu portulano particular para verificar algumas posições para a enseada mais próxima e seus olhos viram o pacote lacrado que o padre Sebastião lhe dera pouco antes de deixarem Anjiro.

Será que isso contém os portulanos do inglês?, perguntou a si mesmo novamente.

Sopesou o pacote e olhou os lacres jesuítas, altamente tentado a rompê-los. Blackthorne lhe contara que a esquadra holandesa viera pelo estreito de Magalhães e pouca coisa mais. O inglês faz muitas perguntas e não fala nada voluntariamente, pensou Rodrigues. É astuto, inteligente e perigoso.

Será que isto são os portulanos dele ou não? Se forem, que serventia têm para os santos padres?

Estremeceu ao pensar em jesuítas, franciscanos, dominicanos, em todos os monges e padres e na Inquisição. Há padres bons e maus, na maior parte maus, mas ainda assim são padres. A Igreja tem que ter padres, e sem eles para interceder por nós somos ovelhas perdidas neste mundo satânico. Oh, Nossa Senhora, proteja-me do mal e dos maus padres!

Ainda na enseada de Anjiro, Rodrigues estava na sua cabine com Blackthorne, quando a porta se abriu e o padre Sebastião entrou sem ser convidado. Os dois tinham comido e bebido, e as sobras ainda se encontravam nas tigelas de madeira.

— Você reparte o pão com hereges? — perguntara o padre. — É perigoso comer com eles. São infectos. Ele lhe disse que é pirata?

— É cristão ser cavalheiro com os inimigos, padre. Quando estive nas mãos deles, foram justos comigo. Só estou retribuindo a caridade deles. — Havia se ajoelhado e beijado a cruz do padre. Depois se levantara e, oferecendo vinho, dissera: — Em que posso ajudá-lo?

— Quero ir para Ōsaka. No navio.

— Vou perguntar a eles imediatamente. — Saíra, perguntara ao capitão, e a solicitação subira gradualmente até Toda Hiromatsu, que respondera que Toranaga não dissera nada sobre levar um padre estrangeiro de Anjiro, de modo que lamentava não poder levar o padre.

O padre Sebastião queria conversar em particular com ele, então mandara o inglês para o convés e depois, sozinhos na cabine, o padre lhe exibira o pacote lacrado.

— Gostaria que entregasse isto ao padre-inspetor.

— Não sei se Sua Eminência ainda estará em Ōsaka quando eu chegar lá. — Rodrigues não gostava de ser portador de segredos jesuítas. — Talvez eu tenha que voltar para Nagasaki. O meu capitão-mor pode ter me deixado ordens.

— Então entregue ao padre Alvito. Certifique-se de que vai entregar isto apenas nas mãos dele.

— Muito bem — dissera ele.

— Quando foi que se confessou pela última vez, meu filho?

— No domingo, padre.

— Gostaria de se confessar agora?

— Sim, obrigado. — Ficara agradecido de que o padre lhe perguntasse, pois nunca se sabia quando é que a vida da gente dependia do mar, e depois da confissão se sentira muito melhor, como sempre.

Agora, na cabine, Rodrigues recolocou o pacote no lugar, muitíssimo tentado. Por que o padre Alvito? O padre Martim Alvito era o principal negociador comercial e fora intérprete pessoal do táicum durante muitos anos e, por isso, íntimo da maioria dos daimios influentes. O padre Alvito se alternava entre Nagasaki e Ōsaka e era um dos pouquíssimos homens, e o único europeu, que tivera acesso ao táicum a qualquer momento; muito inteligente, falava um japonês perfeito e conhecia mais sobre eles e o seu modo de vida do que qualquer outro homem na Ásia. Agora era o mediador português mais influente junto ao Conselho de Regentes, junto a Ishido e Toranaga em particular.

Só os jesuítas para colocar um de seus homens numa posição vital assim, pensou Rodrigues com admiração. Certamente, não fosse pela Companhia de Jesus, a torrente da heresia nunca teria parado, Portugal e Espanha poderiam ter se tornado protestantes e teríamos perdido a nossa alma imortal para sempre. Minha Nossa Senhora!

"Por que você pensa em padres o tempo todo?", perguntou Rodrigues a si mesmo em voz alta. "Sabe que isso o deixa nervoso!" Sim. Mas ainda assim, por que o padre Alvito? Se o pacote contém os portulanos, destina-se a um dos daimios cristãos, a Ishido, a Toranaga? Ou, simplesmente, a Sua Eminência, o padre-inspetor? Ou ao meu capitão-mor? Ou os portulanos serão enviados a Roma, para os espanhóis? Por que o padre Alvito? O padre Sebastião poderia facilmente ter dito que o entregasse a qualquer um dos outros jesuítas.

E por que Toranaga quer o inglês?

No meu coração sei que devo matar Blackthorne. É o inimigo, é um herege. Mas há alguma coisa mais. Tenho a sensação de que esse inglês é um perigo para todos nós. Por que devo pensar isso? É um piloto, um ótimo piloto. Forte, inteligente. Um bom homem. Não há nada com que se preocupar. Então, por que estou com medo? Gosto muito dele, mas sinto que deveria matá-lo rapidamente, e quanto mais depressa, melhor. Não por raiva. Só para nos proteger. Por quê? Tenho medo dele. O que fazer? Deixá-lo nas mãos de Deus? A tempestade está se aproximando e vai ser péssima.

"Deus me amaldiçoe e à minha falta de miolos! Por que não tenho mais facilidade em saber o que fazer?"

A tempestade chegou antes do pôr do sol e os alcançou em alto-mar. A terra estava a dez milhas de distância. A baía para onde se dirigiam ficava em frente e era abrigo suficiente. Não havia bancos de areia ou recifes entre os quais navegar, mas dez milhas eram dez milhas, e o mar estava se avolumando rapidamente, impelido pelo vento saturado de chuva.

A ventania soprava de nordeste, atingindo-os a estibordo, e mudava perversamente de direção, quando rajadas se lançavam em torvelinho de leste e de norte desordenadamente, o mar bravíssimo. A rota era noroeste, de modo que estavam bem em meio às vagas, balançando furiosamente, ora na depressão entre duas ondas, ora na crista. A galera era de estrutura rasa e fora construída para velocidade e águas calmas, e, embora os remadores fossem resolutos e muito disciplinados, era difícil manter os remos na água e o impulso regular.

— Você terá que fixar os remos e correr com o vento – gritou Blackthorne.

— Talvez, mas ainda não! Onde estão os seus *cojones*, Inglês?

– Estão onde devem estar, por Deus, e onde quero que fiquem!

Os dois homens sabiam que se virassem contra o vento nunca poderiam avançar contra a tempestade, de modo que a maré e o vento os levariam para longe do refúgio e para alto-mar. Se corressem com o vento, a maré e o vento os levariam igualmente para longe do refúgio e para alto-mar, só que mais depressa. Ao sul ficava a Grande Fossa. Não havia terra ao sul por mil milhas, ou, se não se tivesse sorte, por mil léguas.

Estavam presos a cordas amarradas à bitácula e tranquilos quando o convés arfou e jogou. Os dois se agarraram às amuradas e montaram nelas.

Até aquele momento, a água ainda não chegara a bordo. O navio estava pesadamente carregado e afundava mais na água do que qualquer um dos dois gostaria. Rodrigues se preparara adequadamente nas horas de espera. Fora tudo fixado com sarrafos e os homens prevenidos. Hiromatsu e Yabu disseram que ficariam embaixo por um tempo, mas depois subiram para o convés. Rodrigues dera de ombros e lhes dissera claramente que seria muito perigoso. Tinha certeza de que não compreenderam.

– O que é que eles vão fazer? – perguntara Blackthorne.

– Quem é que sabe, Inglês? Mas não vão chorar de medo, pode ter certeza.

No poço do convés principal, os remadores davam duro. Normalmente haveria dois homens em cada remo, mas Rodrigues ordenara três, por uma questão de força, segurança e velocidade. Havia outros esperando sob os conveses para render esses remadores quando ele mandasse. Na coberta de proa, o capitão mestre dos remos era experimentado e o ritmo das batidas era lento, sincronizado com as ondas. A galera continuava avançando, embora a cada momento a batida parecesse mais pronunciada e o restabelecimento da normalidade mais lento. Depois as rajadas se tornaram intermitentes e fizeram o mestre dos remos perder o ritmo.

– Atenção à frente! – gritaram Blackthorne e Rodrigues, quase no mesmo fôlego. A galera jogou com violência, vinte remos impeliram o ar em vez de impelirem o mar e foi o caos a bordo. O primeiro vagalhão abalroou o navio e a amurada de bombordo foi arrastada pela água.

– Vá lá para a frente! – ordenou Rodrigues. – Faça-os armar os remos a meia altura de cada lado! Minha Nossa Senhora, depressa, depressa!

Blackthorne sabia que sem a corda salva-vidas poderia facilmente ser lançado ao mar. Mas os remos tinham que ser armados ou estariam todos perdidos. Soltou o nó e investiu com dificuldade pelo convés escorregadio e gordurento, descendo a escadinha para o convés principal. Abruptamente a galera deu uma guinada e ele foi arrastado para baixo, suas pernas levadas por alguns remadores que também haviam soltado as cordas de segurança para tentar, arduamente, controlar os remos. A amurada estava sob a água e um homem foi lançado ao mar. Blackthorne deixou-se ir também. A sua mão agarrou a amurada, os seus tendões se estiraram, mas ele aguentou. Depois, a outra mão alcançou a borda e, sufocando, ele forçou o corpo para trás. Os seus pés encontraram o convés e ele se sacudiu, agradecendo a Deus e pensando: lá se foi a sua sétima vida. Alban Caradoc sempre dissera que um bom piloto tinha que ser como um gato, com a diferença de que tinha de ter no mínimo dez vidas, enquanto um gato se satisfazia com nove.

Um homem estava a seus pés e ele o arrancou ao repuxo do mar, segurou-o até que estivesse a salvo, depois ajudou-o a voltar a seu lugar. Olhou para trás para amaldiçoar Rodrigues por deixar o timão escapar-lhe das mãos. Rodrigues acenou, apontou e gritou, o grito engolido por uma lufada. Blackthorne viu que a rota havia mudado. Agora estavam quase contra o vento, e percebeu que a guinada fora planejada. É prudente, pensou. Isso nos dará um intervalo para nos organizarmos, mas o bastardo poderia ter me prevenido. Não gosto de perder vidas desnecessariamente.

Respondeu ao aceno e se lançou ao trabalho de recompor os remadores. A voga se interrompera totalmente, exceto pelos dois remos mais à frente, que os mantinham contra o vento. Com sinais e berros, Blackthorne conseguiu que armassem os remos, dobrou os homens que estavam trabalhando e foi novamente para a popa. Os homens eram estoicos e, embora alguns estivessem muito enjoados, ficaram e esperaram pela ordem seguinte.

A baía estava mais próxima, mas ainda parecia a um milhão de léguas de distância. Para nordeste o céu estava escuro. A chuva açoitava-os e as rajadas de vento se tornavam mais fortes. No *Erasmus*, Blackthorne não se preocuparia. Poderiam ter atingido a enseada com facilidade ou ter voltado despreocupadamente para a rota real, avançando para o ponto de chegada correto. Seu navio fora construído e mastreado para enfrentar o vento. Esta galera, não.

— O que acha, Inglês?

— Faça o que quiser, não importa o que eu pense — gritou ele contra o vento. — Mas o navio não vai aguentar muita água e iremos para o fundo como uma pedra, e, na próxima vez que eu for até a proa, avise-me que o está pondo contra o vento. Melhor ainda: ponha-o a barlavento enquanto eu estiver com a minha corda e então nós dois chegaremos a porto seguro.

— Foi a mão de Deus, Inglês. Uma onda deu um empurrão na traseira do barco e obrigou-o a girar.

— Isso quase me atirou ao mar.

— Eu vi.

Blackthorne estava medindo o desvio.

— Se permanecermos neste curso, nunca chegaremos à baía. Passaremos velozmente pelo promontório a uma milha ou mais.

— Vou ficar contra o vento. Depois, quando o tempo estiver adequado, vamos nos arremessar para a praia. Sabe nadar?

— Sim.

– Bom. Eu nunca aprendi. Perigoso demais. Melhor afundar rapidamente do que aos poucos, hein? – Rodrigues estremeceu involuntariamente. – Bendita Nossa Senhora, proteja-me de um túmulo de água! Esta porca barriguda e prostituta desta barcaça vai chegar à enseada esta noite! Tem que chegar. O meu nariz diz que, se virarmos e corrermos, vamos nos atrapalhar. Estamos carregados demais.

– Alivie a carga. Atire-a ao mar.

– O rei Toady nunca concordaria. Tem que chegar com ela, senão não fará diferença que chegue.

– Pergunte-lhe.

– Nossa Senhora, você é surdo? Eu lhe disse! Sei que ele não concordará! – Rodrigues aproximou-se mais do timoneiro e certificou-se de que ele compreendera que devia manter-se contra o vento de qualquer jeito.

– Vigie-os, Inglês! Você está com o comando. – Desamarrou a sua corda e desceu a escadinha pisando firme. Os remadores olharam-no atentamente enquanto ele se dirigia ao capitão-san no convés de popa para explicar por meio de sinais e com palavras o plano que tinha em mente. Hiromatsu e Yabu vieram ao convés. O capitão-san explicou-lhes o plano. Estavam ambos pálidos, mas permaneciam impassíveis e não haviam vomitado. Olharam na direção da terra, através da chuva, sacudiram os ombros e foram para baixo novamente.

Blackthorne contemplava a baía a bombordo. Sabia que o plano era perigoso. Teriam que esperar até passar pelo promontório, depois se pôr a sotavento, virar para noroeste novamente e lutar pela vida. A vela não os ajudaria. Teria que ser a força deles somente. O lado meridional da baía era todo denteado de rochedos e recifes. Se eles calculassem mal o tempo, seriam atirados contra a praia e destroçados.

– Inglês, ponha-se à proa! – O português lhe fazia sinais. Postou-se na proa.

– E quanto à vela? – gritou Rodrigues.

– Não. Vai prejudicar mais do que ajudar.

– Fique aqui, então. Se a batida do capitão enfraquecer, ou se o perdermos, você toma o lugar dele. Está certo?

– Nunca manobrei um destes antes, nunca controlei remos. Mas tentarei.

Rodrigues olhou em direção à terra. O promontório aparecia e desaparecia na chuva. Logo teria que investir. Os vagalhões estavam crescendo e já havia jatos de espuma desprendendo-se das cristas. A corrida entre os promontórios parecia péssima. Esta vai ser feia, pensou ele. Depois cuspiu e decidiu-se.

– Vá para a popa, Inglês. Pegue o leme. Quando eu fizer sinal, vá oeste-nor-te-oeste para aquele ponto. Está vendo?

– Sim.

– Não hesite e mantenha esse curso. Observe-me com atenção. Este sinal significa virar a bombordo, este para trás, este mantenha o passo.

– Muito bem.

– Pela Virgem, você vai esperar as minhas ordens e obedecer a elas?
– Quer que eu pegue o leme ou não?
Rodrigues sabia que estava numa armadilha.
– Tenho que confiar em você, Inglês, e detesto isso. Vá para a popa. – Viu Blackthorne ler o que ele tinha por trás dos olhos e se afastar. Depois mudou de ideia e chamou por ele: – Ei, seu pirata arrogante! Vá com Deus!
Blackthorne voltou-se, agradecido:
– Você também, espanhol!
– Mijo em todos os espanhóis, e longa vida a Portugal!
– Mantenha o passo!
Atingiram a enseada, mas sem Rodrigues. Foi atirado ao mar quando a sua corda se partiu.
O navio estava prestes a se pôr em segurança quando o vagalhão veio de norte e, embora tivessem aguentado muita água até então, inclusive perdendo o capitão japonês, foram inundados e impelidos para trás, na direção da praia coalhada de rochedos.
Blackthorne viu quando Rodrigues se foi e ficou a olhá-lo, ofegando, debater-se no mar encrespado. A tempestade e a maré haviam levado o barco para o lado sul da baía e agora a embarcação estava quase sobre os rochedos, todos a bordo sabendo que o navio estava perdido.
Quando Rodrigues foi varrido de bordo, Blackthorne atirou-lhe um salva-vidas de madeira. O português tentou alcançar o salva-vidas, mas o mar o arrastou para fora do seu alcance. Um remo espatifou-se contra ele, e ele o agarrou. Mas a chuva golpeava com violência, e a última coisa que Blackthorne viu de Rodrigues foi um braço e o remo quebrado e, bem à frente, a rebentação enfurecida contra a praia atormentada. Poderia ter mergulhado, nadado até ele e sobrevivido, talvez. Havia tempo, talvez, mas seu primeiro e último dever era para com o navio e *seu* navio estava em perigo.
Então deu as costas a Rodrigues.
O vagalhão levara também alguns remadores, e outros estavam lutando para preencher os lugares vazios. Um imediato bravamente desatou a corda de segurança. Saltou para a coberta de proa, se amarrou e reiniciou a batida. O líder do cantochão também recomeçou, os remadores tentaram impor ordem ao caos.
– *Isogeeeeee!* – gritou Blackthorne, lembrando-se da palavra. Atirou o seu peso sobre o leme para ajudar a pôr a proa mais contra o vento, depois foi para a amurada e bateu o tempo, gritando um-dois-um-dois e tentando encorajar a tripulação.
– Vamos, seus bastardos, *puuuuuuuuxem!*
A galera estava sobre os rochedos, pelo menos os rochedos estavam bem junto à popa, a bombordo e a estibordo. Os remos afundavam e puxavam, mas o navio continuava não fazendo caminho, o vento e a maré vencendo, arrastando-o sensivelmente para trás.

— Vamos, puxem, seus bastardos! — gritou novamente Blackthorne, a mão batendo a cadência.

Os remadores extraíram forças dele.

Primeiro aguentaram a parada com o mar. Depois o conquistaram.

O navio afastou-se dos rochedos. Blackthorne manteve o curso para a praia a sotavento. Pouco depois encontravam-se em águas mais calmas. O vendaval continuava, mas bem acima deles. A tempestade continuava, mas longe, em alto-mar.

— Lancem a âncora de estibordo!

Ninguém compreendeu as palavras, mas todos os marujos sabiam o que ele queria. Correram para cumprir a ordem. A âncora desceu com estrépito. Ele deixou o navio adernar levemente para testar a firmeza do leito marítimo, e o imediato e os remadores compreenderam a manobra.

— Lancem a âncora de bombordo!

Quando o navio ficou em segurança, ele olhou em direção à popa.

Mal se podia ver a linha da praia através da chuva. Ele avaliou o mar e considerou as possibilidades.

O portulano português está lá embaixo, pensou, extenuado. Posso pilotar o navio até Ōsaka. Poderia pilotá-lo de volta a Anjiro. Mas você agiu corretamente desobedecendo a ele? Não desobedeci a Rodrigues. Eu estava no tombadilho. Sozinho.

— Vire para sul — gritara Rodrigues quando o vento e a maré os lançaram perigosamente para perto das rochas. — Vire e corra com o vento!

— Não! — gritara ele de volta, acreditando que a única chance que tinham era tentar atingir a enseada e que em mar aberto estariam perdidos. — A gente consegue!

— Deus o amaldiçoe, vai matar a todos nós!

Mas não matei ninguém, pensou Blackthorne. Rodrigues, você sabia e eu sabia que a responsabilidade de decidir era minha, se houvesse tempo para uma decisão. Eu estava certo. O navio está salvo. Nada mais importa.

Acenou para o imediato, que veio correndo da coberta de proa. Os dois timoneiros estavam prostrados, braços e pernas quase arrancados das juntas. Os remadores pareciam cadáveres, caídos sobre os remos. Outros, igualmente enfraquecidos, vieram lá de baixo para ajudar. Hiromatsu e Yabu, ambos muito abalados, foram ajudados a subir ao convés, mas, uma vez chegando lá, mantiveram-se ambos eretos.

— *Hai*, Anjin-san? — perguntou o imediato. Era um homem de meia-idade, com os dentes brancos e fortes e um rosto largo e castigado pelo tempo. Tinha uma leve contusão marcando-lhe a face no ponto onde o mar o havia martelado contra a amurada.

— Você agiu muito bem — disse Blackthorne, não se importando com o fato de que as suas palavras não seriam compreendidas. Sabia que o tom seria claro, assim como o seu sorriso. – Sim, muito bem. Você é capitão-san agora. *Wakarimasu?* Você! Capitão-san!

O homem arregalou os olhos para ele, boquiaberto, depois curvou-se para dissimular tanto a surpresa quanto o prazer.

– *Wakarimasu*, Anjin-san. *Hai. Arigatô gozaimashita.*

– Ouça, capitão-san – disse Blackthorne, – dê comida e bebida aos homens. Comida quente. Vamos passar a noite aqui. – Por meio de sinais, fez-se compreender.

Em seguida, o novo capitão se virou e gritou com nova autoridade. Imediatamente os marujos correram para obedecer-lhe. Muito orgulhoso, o novo capitão olhou para o tombadilho. Gostaria de poder falar a sua língua bárbara, pensou, feliz. Então poderia agradecer-lhe, Anjin-san, por ter salvado o navio e a vida do nosso senhor Hiromatsu. A sua mágica deu-nos novas forças. Sem ela não teríamos escapado. Você talvez seja pirata, mas é um grande marujo, e enquanto for o piloto eu lhe obedecerei com a minha vida. Não sou digno de ser capitão, mas tentarei merecer a sua confiança.

– O que quer que eu faça em seguida? – perguntou.

Blackthorne estava olhando por cima do costado. O leito marítimo estava turvo. Mentalmente tomou algumas posições e, quando teve certeza de que as âncoras não haviam se soltado e o mar era seguro, disse:

– Desça o esquife. E arrume um bom remador.

Novamente com sinais e palavras, Blackthorne fez-se compreender. O esquife foi descido e tripulado imediatamente.

Blackthorne dirigiu-se para a amurada e teria descido pelo costado se uma voz áspera não o detivesse. Olhou em torno. Hiromatsu estava ali, com Yabu ao lado.

O velho estava muito contundido em torno do pescoço e nos ombros, mas ainda segurava a espada comprida. Yabu punha sangue pelo nariz, tinha o rosto machucado, o quimono manchado e tentava estancar o fluxo com um pedacinho de pano. Estavam ambos impassíveis, aparentemente inconscientes dos próprios ferimentos e do vento frio.

Blackthorne curvou-se polidamente.

– *Hai,* Toda-sama?

As palavras ásperas se repetiram, o velho apontou com a espada para o esquife e balançou a cabeça.

– Rodorigu-san lá! – Blackthorne apontou para a praia ao sul como resposta. – Vou olhar!

– *Iie!* – Hiromatsu meneou a cabeça de novo e, com palavras, demonstrou não dar sua permissão por causa do perigo.

– Sou Anjin-san deste puto deste navio e, se quero ir até a praia, vou até a praia. – Blackthorne manteve a voz muito polida, mas forte, e era igualmente óbvio o que queria dizer. – Sei que esse esquife não vai aguentar nesse mar. *Hai.* Mas vou até a praia naquele ponto. Está vendo aquele ponto, Hiromatsu-sama?

Ao largo daquela pequena rocha. Vou começar a contornar o promontório ali. Não tenho pressa de morrer e não tenho lugar algum para onde fugir. Quero recuperar o corpo de Rodorigu-san. – Passou uma perna por sobre o costado. A espada embainhada moveu-se uma fração. Ele gelou. Mas seu olhar estava tranquilo, o rosto decidido.

Hiromatsu se viu num dilema. Podia compreender que o pirata queria encontrar o corpo de Rodorigu-san, mas era perigoso ir até lá, e o senhor Toranaga lhe dissera que levasse o bárbaro em segurança; portanto, ele seria levado em segurança. Mas estava igualmente claro que o homem pretendia ir.

Vira-o durante a tempestade, em pé no convés inclinado, como um *kami* maligno do mar, destemido, em seu elemento, fazendo parte da tempestade, e pensara seriamente: é melhor ter esse homem e todos os bárbaros como ele em terra, onde podemos lidar com eles. No mar, estamos em suas mãos.

Podia ver que o pirata estava impaciente. Como são insolentes, disse para si mesmo. Ainda assim eu devia agradecer-lhe. Todos estão dizendo que foi o único responsável por trazer o navio para a enseada, que Rodorigu-san perdeu a coragem e deixou que fôssemos carregados para longe da costa, mas você manteve o curso. Sim. Se tivéssemos rumado para o largo certamente teríamos soçobrado e, então, eu teria falhado com meu amo. Ó Buda, proteja-me disso!

Sentia doer todas as juntas. Estava exausto devido ao esforço que lhe fora exigido para permanecer estoico diante de seus homens, de Yabu, da tripulação, e mesmo do bárbaro. Ó Buda, estou tão cansado. Gostaria de poder deitar num banho, ficar lá um bom tempo... e ter um dia de sossego, sem sofrimento. Só um dia. Pare com esses seus estúpidos pensamentos de mulher! Você sofre há quase sessenta anos. O que é o sofrimento para um homem? Um privilégio! Dissimular a dor é a medida de um homem. Agradeça a Buda por ainda estar vivo para proteger seu amo, quando você deveria estar morto uma centena de vezes. Agradeço a Buda.

Mas odeio o mar. Odeio o frio. E odeio a dor.

– Fique onde está, Anjin-san – disse, apontando com a bainha da espada para ser mais claro, desanimadamente divertido com o fogo de um azul gelado nos olhos do homem. Quando teve certeza de que o homem compreendera, deu uma olhada no imediato. – Onde estamos? De quem é este feudo?

– Não sei, senhor. Acho que estamos em algum ponto da província de Ise. Poderíamos mandar alguém à aldeia mais próxima.

– Você pode nos pilotar até Ōsaka?

– Desde que fiquemos muito perto da praia, senhor, e que sigamos lentamente, com grande cautela. Não conheço estas águas e nunca poderia garantir a sua segurança. Não tenho conhecimento suficiente e não há ninguém a bordo, senhor, que tenha. Exceto esse piloto. Se dependesse de mim, eu o aconselharia a ir por terra. Poderíamos conseguir-lhe cavalos ou palanquins.

Hiromatsu sacudiu a cabeça com raiva. Ir por terra estava fora de questão. Tomaria tempo demais – o caminho era montanhoso e havia poucas estradas – e teriam que atravessar muitos territórios controlados por aliados de Ishido, o inimigo. Além desse perigo, havia também os numerosos grupos de bandidos que infestavam os desfiladeiros. Isso significava que teria que levar todos os seus homens. Poderia abrir caminho à força entre os bandidos, certamente, mas nunca conseguiria forçar a passagem se Ishido ou os seus aliados resolvessem impedi-lo. Tudo isso o atrasaria ainda mais, e as ordens que recebera eram entregar a carga, o bárbaro e Yabu, rapidamente e em segurança.

– Se acompanharmos a costa, quanto tempo levaremos?

– Não sei, senhor. Quatro ou cinco dias, talvez mais. Eu me sentiria muito inseguro, não sou capitão, sinto muito.

O que significa, pensou Hiromatsu, que preciso da cooperação deste bárbaro. Para impedi-lo de ir até a praia terei que mandar amarrá-lo. E quem sabe se, amarrado, ele vai cooperar?

– Quanto tempo teremos que ficar aqui?

– O piloto disse a noite toda.

– A tempestade terá acabado então?

– É o que deve acontecer, senhor, mas nunca se sabe.

Hiromatsu estudou a costa montanhosa, depois o piloto, vacilando.

– Posso dar uma sugestão, Hiromatsu-san? – disse Yabu.

– Sim, sim, naturalmente – disse o outro com impaciência.

– Como parece que precisamos da cooperação do piloto para nos levar a Ōsaka, por que não deixá-lo ir até a praia, mas com homens para protegê-lo, e ordenar que voltem antes do pôr do sol? Quanto a ir por terra, concordo que seria perigoso demais para o senhor. Eu nunca me perdoaria se alguma coisa lhe acontecesse. Uma vez que a tempestade se dissipe, o senhor estará mais seguro no navio e chegará a Ōsaka muito mais depressa, *né?* Com certeza, por volta do crepúsculo de amanhã.

Relutante, Hiromatsu assentiu.

– Muito bem. – Chamou um samurai com um gesto. – Takatashi-san, pegue seis homens e vá com o piloto. Traga o corpo do português de volta se conseguirem encontrá-lo. Mas, se um cílio que seja deste bárbaro for lesado, você e os seus homens cometerão *seppuku* imediatamente.

– Sim, senhor.

– E mande dois homens à aldeia mais próxima para descobrir onde é, exatamente, que estamos e no feudo de quem.

– Sim, senhor.

– Com a sua permissão, Hiromatsu-san, vou comandar o destacamento até a praia – disse Yabu. – Se chegássemos a Ōsaka sem o pirata, eu ficaria tão envergonhado que me sentiria obrigado a me matar. Gostaria de ter a honra de executar as suas ordens.

Hiromatsu concordou, acenando com a cabeça, intimamente surpreso de que Yabu resolvesse enfrentar por si um perigo como aquele. E desceu para o deque inferior.

Quando Blackthorne entendeu que Yabu ia até a praia com ele, a sua pulsação se acelerou. Ele não havia esquecido Pieterzoon, nem a sua tripulação, nem o buraco – e os gritos. Nem Omi ou qualquer detalhe do que aconteceu. Era bom tomar cuidado com a sua vida.

CAPÍTULO 9

LOGO ESTAVAM EM TERRA. BLACKTHORNE PRETENDIA ASSUMIR A CHEFIA, MAS Yabu usurpou-lhe a posição e impôs uma marcha forçada que ele teve dificuldade em acompanhar. Os outros seis samurais vigiavam-no com todo o cuidado. Não tenho para onde fugir, seus imbecis, pensou ele, interpretando mal a preocupação deles, enquanto seus olhos automaticamente esquadrinhavam a baía à procura de bancos de areia ou recifes escondidos, medindo posições, guardando detalhes importantes na cabeça para uma futura transcrição.

O caminho levou-os primeiro ao longo da praia de cascalho, depois a uma pequena subida sobre rochas polidas pelo mar, até uma vereda que ladeava o penhasco e se insinuava precariamente em torno do promontório, ao sul. A chuva havia parado, mas não a ventania. Quanto mais perto chegavam da língua de terra, totalmente exposta, mais alto a rebentação – atirando-se contra os rochedos lá embaixo – respingava no ar. Logo se viram encharcados.

Embora Blackthorne estivesse sentindo frio, Yabu e os outros, que tinham os quimonos leves descuidadamente franzidos pelos cintos, não pareciam ser afetados pela umidade nem pelo ar frio. Deve ser como Rodrigues disse, pensou, sentindo o medo voltar. Os japoneses simplesmente não são feitos como nós. Não *sentem* frio, fome, privações ou dor como nós. Comparados a nós, são mais como animais, de nervos embotados.

Acima deles o penhasco se elevava a sessenta metros. A areia estava quinze metros abaixo. Ao longe e em volta viam-se apenas montanhas – nem uma casa ou choupana em toda a área da baía. Isso não era de surpreender, pois não havia campos: os seixos da praia rapidamente se transformavam em rochas, que logo davam lugar a montanhas de granito, com árvores nas vertentes mais altas.

Muito insegura, de superfície movediça, a vereda descia e subia ao longo da face do penhasco. Blackthorne, que caminhava inclinando-se contra o vento, notou que as pernas de Yabu eram fortes e musculosas. Escorregue, seu filho da puta, pensou ele. Escorregue, arrebente-se nas pedras lá embaixo. Será que isso o faria gritar? O que o faria gritar?

Com esforço, desviou os olhos de Yabu e voltou a sondar a praia. Cada fenda, cada greta, cada fresta. O vento com a maresia continuava a açoitar seu rosto e a provocar-lhe lágrimas. As ondas do mar vinham e voltavam, corriam de um lado para outro. Havia redemoinhos. O mar era um torvelinho só. Ele sabia que a chance de encontrar Rodrigues era mínima, havia muitas cavernas e lugares escondidos impossíveis de investigar. Mas precisava vir à praia para tentar. Devia a Rodrigues essa tentativa. Todos os pilotos rezavam por uma morte e um sepultamento em terra. Eles já haviam visto demasiados cadáveres inchados pelo mar, cadáveres meio comidos ou mutilados pelos caranguejos.

Contornaram o promontório e se detiveram a sotavento. Não havia necessidade de ir mais além. Se o corpo não estava a barlavento, então estava escondido ou fora engolido ou já carregado para o alto-mar, para o abismo. A meia milha de distância havia uma pequena aldeia de pescadores na praia coberta de espuma branca. Yabu fez sinal a dois samurais. Logo eles se curvaram e saíram correndo na direção da aldeia. Uma última olhada, depois Yabu enxugou o rosto encharcado pela chuva, olhou para Blackthorne e fez sinal para retornarem. Blackthorne concordou e todos reiniciaram a caminhada de volta. Yabu à frente, os outros samurais ainda a observá-lo com todo o cuidado, e, novamente, ele pensou em como eram estúpidos.

Então, a meio caminho de volta, viram Rodrigues.

O corpo estava preso numa fenda entre duas grandes rochas, acima da rebentação, mas parcialmente atingido por ela. Um braço estava esticado para a frente. O outro ainda estava agarrado ao remo quebrado, que se movia levemente com o fluxo e refluxo da água. Foi esse movimento que atraiu a atenção de Blackthorne quando se inclinou contra o vento, arrastando-se com dificuldade no rastro de Yabu.

O único caminho para baixo era pelo penhasco. A descida seria de apenas quinze ou vinte metros, mas era um declive íngreme e quase não havia apoio para os pés.

E a maré?, perguntou-se Blackthorne. Está subindo; não, descendo. Vai levá-lo de volta para o mar. Jesus, a coisa parece estar feia lá embaixo. E agora?

Aproximou-se mais da borda e imediatamente Yabu lhe cortou o caminho, balançando a cabeça, e os outros samurais o rodearam.

– Só estou tentando olhar melhor, pelo amor de Deus! Não estou tentando escapar! Para onde diabos eu posso fugir?

Recuou um pouco e olhou atentamente para baixo. Os outros lhe seguiram o olhar e tagarelaram entre si, Yabu falando mais que todos. Não há chance alguma, decidiu Blackthorne. É perigoso demais. Voltaremos ao amanhecer, com cordas. Se estiver aqui, estará aqui, e eu o sepultarei em terra. Relutantemente, voltou-se e, ao fazer isso, a beirada do penhasco desmoronou e ele começou a escorregar. Logo Yabu e os outros o agarraram e o puxaram de volta. Foi quando, de repente, percebeu que todos estavam preocupados apenas com a sua segurança. Só estão tentando me proteger!

Por que me querem ver a salvo? Por causa de Tora...? Como é mesmo o nome dele? Toranaga? Por causa dele? Sim, mas também, talvez, porque não há mais ninguém a bordo para pilotar o barco. Foi por isso que me deixaram vir à praia, por isso cederam? Sim, deve ser. Então agora tenho poder sobre o navio, sobre o velho daimio e sobre este bastardo. Como poderei usá-lo?

Descontraiu-se, agradeceu-lhes e deixou os olhos vagar lá embaixo.

– Temos que pegá-lo, Yabu-san. *Hai!* O único caminho é este. Sobre o penhasco. Eu o trarei para cima, eu, Anjin-san! – De novo avançou como se fosse descer e de novo o seguraram. Então disse com preocupação fingida: – Temos que pegar Rodrigu-san. Olhem! Não temos tempo, a claridade está sumindo.

– *Iie*, Anjin-san – disse Yabu.

Blackthorne erguia-se sobranceiro a Yabu.

– Se não vai me deixar ir, Yabu-san, então mande um de seus homens. Ou vá você mesmo. Você!

O vento castigava-os com violência, uivando contra a face do penhasco. Viu Yabu olhar para baixo, avaliando a descida e a luz enfraquecida, e sentiu que o homem estava fisgado. Caiu na armadilha, bastardo, a sua vaidade lhe preparou uma armadilha. Se descer até lá, vai se machucar. Mas não se mate, por favor, só quebre as pernas ou os tornozelos. Depois se afogue.

Um samurai começou a descer, mas Yabu ordenou-lhe que voltasse.

– Volte ao navio. Traga algumas cordas, imediatamente – disse ele. O homem saiu correndo.

Yabu descalçou as sandálias de tiras com um chute. Tirou as espadas do cinto e colocou-as em segurança:

– Vigiem-nas e vigiem o bárbaro. Se alguma coisa acontecer a ele ou a elas, eu os faço sentar-se em cima das suas próprias espadas.

– Por favor, deixe-me ir, Yabu-sama – disse Takatashi. – Se o senhor se ferir ou se perder, eu...

– Acha que pode ter êxito onde eu falhar?

– Não, senhor, naturalmente que não.

– Bom.

– Por favor, espere pelas cordas, então. Nunca me perdoarei se alguma coisa lhe acontecer. – Takatashi era baixo e sólido, com uma barba cheia.

Por que não esperar as cordas?, perguntou-se Yabu. Seria razoável, sim. Mas não seria inteligente. Olhou para Blackthorne e concordou, com um aceno rápido. Sabia que fora desafiado. Contara com isso. E tivera esperança de que acontecesse. Por isso me ofereci para esta missão, Anjin-san, pensou, silenciosamente divertido. Você realmente é muito simples. Omi tinha razão.

Yabu despiu o quimono ensopado e, somente de tanga, dirigiu-se para a borda do penhasco. Testou-a com as solas dos seus *tabis* de algodão, ou seja, os seus sapatos-meias. É melhor ficar com eles, pensou, deixando a sua vontade e o seu corpo, forjados por uma vida inteira de treinamento a que todo samurai tinha que se submeter, dominarem o frio que o trespassava. Os *tabis* me darão uma garra mais firme, pelo menos por algum tempo. Você vai precisar de toda a força e habilidade para chegar lá embaixo vivo. Valerá a pena?

Durante a tempestade e a arremetida para a praia, ele subira ao convés e, sem que Blackthorne notasse, tomara lugar nos remos. Prazerosamente, usara a sua força com os remadores, detestando o miasma lá embaixo e o enjoo que sentia. Resolvera que era melhor morrer ao ar do que sufocado lá embaixo.

Trabalhando com os outros ao frio, começara a observar os pilotos. Vira claramente que, no mar, o navio e todos a bordo estavam em poder daqueles dois homens. Os pilotos se encontravam no seu elemento, cavalgando os conveses arfantes tão descuidadamente quanto ele num cavalo a galope. Nenhum japonês a bordo se igualava a eles. Em habilidade, coragem ou conhecimento. E gradualmente essa consciência havia gerado um conceito grandioso: modernos navios bárbaros cheios de samurais, pilotados por samurais, capitaneados por samurais, manobrados por samurais. Samurais *dele*.

Se eu tivesse de começo três navios bárbaros, poderia facilmente controlar as rotas marítimas entre Edo e Ōsaka. Baseado em Izu, poderia estrangular toda a navegação ou deixá-la passar. Portanto, praticamente todo o arroz e toda a seda. Não seria eu, então, um árbitro entre Toranaga e Ishido? No mínimo, no mínimo, não seria um equilíbrio entre eles?

Nenhum daimio jamais gostara do mar.

Nenhum daimio tem navios ou pilotos.

Com exceção de mim.

Eu tenho um navio – tive um navio – e agora posso ter meu navio de volta – se for esperto. Tenho um piloto e, consequentemente, um treinador de pilotos, se conseguir afastá-lo de Toranaga. Se conseguir dominá-lo.

Uma vez que se torne meu vassalo por vontade própria, treinará meus homens. E construirá navios.

Mas como torná-lo um autêntico vassalo? O buraco não lhe dobrou o espírito. Primeiro, isolá-lo e mantê-lo isolado – não foi isso o que Omi disse? Depois, esse piloto seria persuadido a aprender boas maneiras e falar japonês. Sim. Omi é muito esperto. Esperto demais, talvez – pensarei em Omi mais tarde. Concentre-se no piloto. Como dominar um bárbaro, um cristão comedor de imundície?

O que foi que Omi disse? "Eles dão valor à vida. Sua divindade principal, Jesus Cristo, ensina-os a se amarem uns aos outros e a darem valor à vida." Eu poderia devolver-lhe a vida? Poupá-la, sim, isso seria muito bom. Como dobrá-lo?

Yabu ficara tão dominado pela animação que mal notara o movimento do navio ou os vagalhões. Uma onda cascateou aos borbotões sobre ele. Viu-a envolver o piloto. Mas não havia medo no homem, em absoluto. Yabu ficou atônito. Como é que alguém que humildemente permitira a um inimigo urinar-lhe nas costas podia salvar a vida de um insignificante vassalo? Como é que aquele homem podia ter a força para esquecer tal desonra eterna e manter-se ereto ali no tombadilho, invocando os deuses do mar para a batalha, como um herói lendário – e para salvar os mesmos inimigos? E depois, quando o vagalhão arrastara o português e eles estavam todos se debatendo, o Anjin-san miraculosamente rira da morte e dera-lhes a força para se afastarem dos rochedos.

Nunca os entenderei, pensou.

À beira do penhasco, Yabu olhou para trás uma última vez. Ah, Anjin-san, sei que está pensando que me encaminho para a morte, que me pegou numa armadilha. Sei que você mesmo não iria até lá embaixo. Estive a observá-lo bem de perto. Mas cresci nas montanhas e aqui no Japão escalamos por orgulho e por prazer. Por isso, desço agora nos *meus* termos, não nos seus. Tentarei, e se morrer não tem importância. Mas se tiver êxito, então você, enquanto homem, saberá que sou melhor que você, nos *seus* termos. E se eu trouxer o corpo de volta, você estará igualmente endividado comigo.

Você será meu vassalo, Anjin-san!

Desceu pelo lado do penhasco com grande habilidade. Quando estava a meio caminho, escorregou. A sua mão esquerda agarrou-se a uma saliência. Isso lhe deteve a queda, e ele oscilou entre a vida e a morte. Os seus dedos se enterraram profundamente quando sentiu que a saliência ruía e fincou os dedos dos pés numa fenda, lutando por outro apoio. Quando o da mão esquerda rachou, os pés encontraram uma greta, aguentaram ali, ele abraçou o penhasco desesperadamente, ainda desequilibrado, comprimindo-se contra ele, à procura de apoios. Então a fenda onde fincara a ponta dos pés não resistiu. Embora conseguisse agarrar outra saliência com as duas mãos, três metros abaixo, e ficasse suspenso momentaneamente, esta também cedeu. Ele caiu os últimos seis metros.

Havia se preparado da melhor maneira para isso e tombou sobre os pés como um gato, rolando pela face inclinada do rochedo para amortecer o choque. Parou ofegante e enrolado em torno de si. Apertou os braços lacerados ao redor da cabeça, protegendo-se da avalanche de pedras que poderia se seguir. Mas não houve avalanche. Sacudiu a cabeça para desanuviá-la e levantou-se. Um tornozelo estava torcido. Uma dor abrasante percorria-lhe a perna até as entranhas e o suor começou a correr. Os artelhos e as unhas das mãos sangravam, mas isso era de esperar.

Não há dor. Você não vai sentir dor. Ponha-se de pé e ereto. O bárbaro está olhando.

Uma coluna de salpicos ensopou-o e o frio ajudou a suavizar a dor. Com precaução, ele deslizou sobre os seixos polidos pelo mar, moveu-se lenta e cuidadosamente através das fendas e viu-se junto ao corpo.

De repente Yabu percebeu que o homem ainda estava vivo. Certificou-se disso, depois sentou-se um instante. Você o quer vivo ou morto? O que é melhor?

Um caranguejo abriu passagem por baixo de uma rocha e estatelou-se no mar. Ondas precipitavam-se de roldão. Yabu sentiu o sal fustigar-lhe os ferimentos. O que é melhor, que viva ou que morra?

Levantou-se precariamente e gritou:

– Takatashi-san! O piloto ainda está vivo! Vá até o navio, traga uma padiola e um médico, se houver um a bordo!

As palavras de Takatashi lhe chegaram fracamente contra o vento:

— Sim, senhor. — E as que disse a seus homens, quando abalou em disparada: — Vigiem o bárbaro, não deixem que nada lhe aconteça!

Yabu contemplou a galera flutuando sobre as âncoras suavemente. O outro samurai que ele mandara buscar as cordas já estava ao lado dos esquifes. Viu quando o homem saltou para dentro de um, que foi descido. Sorriu para si mesmo, olhou para trás. Blackthorne se aproximara da borda do penhasco e gritava para ele com insistência.

O que está tentando dizer?, perguntou-se Yabu. Viu o piloto apontar para o mar, mas isso não lhe disse nada. O mar estava violento e forte, mas não diferente de antes.

Yabu acabou desistindo de entender e voltou a atenção para Rodrigues. Com dificuldade, soltou o homem das rochas, tirando-o da rebentação. A respiração do português estava irregular, mas o coração parecia forte. Havia muitas escoriações. Um osso lascado despontava da pele da barriga da perna esquerda. O ombro direito parecia deslocado. Yabu procurou vestígio de hemorragia em algum dos ferimentos, mas não encontrou nenhum. Se não estiver ferido por dentro, talvez viva, pensou.

O daimio fora ferido tantas vezes e vira tantos morrendo ou sendo feridos que era impossível não ter atingido certa dose de habilidade diagnóstica. Se Rodrigues for mantido aquecido, concluiu ele, tomar saquê, ervas fortes, muitos banhos quentes, viverá. Talvez não volte a andar, mas viverá. Sim. Quero que este homem viva. Se não puder andar, não importa. Talvez até seja melhor. Terei um piloto de reserva – este homem certamente me deve a vida. Se o pirata não cooperar, talvez eu possa usar este aqui. Valeria a pena fingir tornar-me cristão? Será que isso os traria, a ambos, para mim?

O que Omi faria?

Esse é inteligente, Omi. Inteligente demais? Omi vê demais e rápido demais. Se pode ver tão longe, deve perceber que o seu pai chefiaria o clã se eu desaparecesse – o meu filho ainda é inexperiente demais para sobreviver sozinho – e, depois do pai, o próprio Omi. *Né?*

O que fazer com Omi?

Digamos que eu dê Omi aos bárbaros. Como um brinquedo. Que tal isso?

Ouviu muitos gritos ansiosos lá de cima. Então entendeu o que o bárbaro estivera apontando. A maré! A maré estava se aproximando velozmente. Já estava ultrapassando a rocha adiante. Ele se arrastou penosamente mais para cima e estremeceu com uma pontada de dor no tornozelo. Qualquer outra saída ao longo da praia estava bloqueada pelo mar. Viu que a marca da maré no penhasco estava acima da altura de um homem de pé em cima da base.

Olhou para o esquife. Ainda estava perto do navio. Na praia, Takatashi ainda ia correndo. As cordas não vão chegar a tempo, disse a si mesmo.

Seus olhos esquadrinharam a área diligentemente. Não havia como subir o penhasco. Nenhum rochedo oferecia abrigo. Nenhuma caverna. Dentro da água havia saliências, mas ele nunca conseguiria alcançá-las. Não sabia nadar e não havia nada para usar como jangada.

Os homens lá em cima o observavam. O bárbaro apontou para os afloramentos dentro do mar e fez movimentos de natação, mas ele balançou a cabeça. Procurou cuidadosamente de novo. Nada.

Não há escapatória, pensou. Você agora está comprometido com a morte. Prepare-se.

Karma, disse a si mesmo, e deu as costas para eles, acomodando-se mais confortavelmente e usufruindo a iluminação que lhe adveio subitamente. Último dia, último mar, última luz, último prazer, último tudo. Que belos, o mar, o céu, o frio e o sal. Começou a pensar no poema-canção final que deveria compor agora, por hábito. Sentiu-se afortunado. Tinha tempo para pensar claramente.

Blackthorne estava gritando:

— Ouça, seu filho de uma puta! Encontre uma saliência, tem que haver uma saliência em algum lugar! — Os samurais lhe barravam a frente, fitando-o como se fosse louco. Estava claro para eles que não havia saída e que Yabu simplesmente se preparava para uma morte suave, como eles fariam se estivessem lá. E ressentiam-se daqueles desvarios como sabiam que Yabu se ressentiria.

— Procurem ali embaixo, todos vocês. Talvez haja uma saliência! — Um deles aproximou-se da borda, olhou para baixo, sacudiu os ombros e falou aos companheiros, que também sacudiram os ombros. Cada vez que Blackthorne tentava se aproximar mais da borda para procurar uma saída, eles o detinham. Ele poderia facilmente ter empurrado um deles para a morte e até sentiu-se tentado a isso. Mas compreendeu-os e aos seus problemas. Pense num modo de ajudar aquele bastardo. Você tem que salvá-lo, para salvar Rodrigues.

— Ei, seu japona miserável, mijão, bunda-mole! Ei, Kashigi Yabu! Onde estão os seus *cojones*? Não desista! Só os covardes desistem! Você é um homem ou uma ovelha? — Mas Yabu não prestava atenção. Estava tão imóvel quanto a rocha sobre a qual se sentara.

Blackthorne pegou uma pedra e atirou-a nele. Caiu despercebida na água e os samurais gritaram zangados com Blackthorne. Sabia que a qualquer momento eles iriam cair em cima dele e amarrá-lo. Mas como poderiam fazer isso? Não têm corda...

Corda! Arranje uma corda! Sabe fazer uma corda!

Seus olhos toparam com o quimono de Yabu. Começou a rasgá-lo em tiras, testando-lhes a resistência. A seda era muito forte.

— Vamos! — ordenou aos samurais, tirando a própria camisa. — Façam uma corda. *Hai?*

Eles compreenderam. Rapidamente desataram os cintos de pano, despiram os quimonos e imitaram-no. Ele começou a unir as extremidades e os cintos.

Enquanto terminavam a corda, Blackthorne cuidadosamente se deitou e avançou lentamente para a borda, fazendo com que dois deles segurassem os seus tornozelos por medida de segurança. Não precisava da ajuda deles, mas quis tranquilizá-los.

Estendeu a cabeça tão longe quanto pôde, consciente da preocupação deles. Depois começou a investigar como se estivesse no mar: quadrante por quadrante. Usando cada ângulo da sua visão, mas principalmente os laterais.

Uma busca completa. Nada.

Mais uma vez.

Nada.

De novo.

O que é aquilo, bem acima da linha da maré? É uma rachadura no penhasco? Ou uma sombra?

Blackthorne mudou de posição, consciente de que o mar já havia quase coberto a rocha onde Yabu estava sentado e quase todas as outras entre ele e a base do penhasco. Agora podia ver melhor e apontou.

– Ali! O que é aquilo?

Um dos samurais estava de quatro e seguiu o dedo esticado de Blackthorne, mas não viu nada.

– Ali! Não é uma saliência?

Com as mãos, formou a saliência e com dois dedos fez um homem. Pôs o homem em pé sobre a saliência e, com outro dedo, fez aparecer um longo fardo sobre o ombro do homem, de modo que agora havia um homem sobre a saliência – *aquela* saliência – com outro sobre o ombro.

– Depressa! *Isoge!* Façam-no compreender. Kashigi Yabu-sama! *Wakarimasu ka?*

O homem arrastou-se para cima e falou rapidamente com os outros, que também olharam. Agora todos viam a saliência. E começaram a gritar. Nenhum movimento de Yabu. Parecia uma pedra. Continuaram a gritar, e Blackthorne juntou seus gritos aos deles, mas era como se não emitissem som algum.

Um deles falou brevemente aos outros, todos assentiram e se curvaram. Ele retribuiu a reverência. Então, com um repentino grito de "*Banzaiiiiiii!*", atirou-se do penhasco lançando-se para a morte. Yabu saiu violentamente do seu transe, olhou em torno atarantado e arrastou-se mais para cima. Os outros samurais gritaram e apontaram, mas Blackthorne não ouvia nem via nada senão o cadáver que jazia lá embaixo já sendo levado pelo mar. Que espécie de homens são esses?, pensava. Isso foi coragem ou somente insanidade? Aquele homem deliberadamente cometeu suicídio apenas com a finalidade, possivelmente remota, de atrair a atenção de outro homem que havia capitulado. Não faz sentido! Eles não fazem sentido.

Viu Yabu cambalear. Esperou que ele rastejasse para a segurança abandonando Rodrigues. Isso é o que eu teria feito. É? Não sei. Mas Yabu meio engatinhou, meio deslizou, arrastando o homem inconsciente através dos baixios invadidos pela rebentação até a base do penhasco. Encontrou a saliência. Tinha mal e mal uns trinta centímetros de largura. Penosamente, empurrou Rodrigues para lá, quase o perdendo uma vez, depois puxou a si mesmo.

A corda tinha uns seis metros de comprimento. Rapidamente os samurais acrescentaram as tangas. Agora, se Yabu se pusesse ereto, poderia tocar a ponta dela.

Eles gritaram para encorajá-lo e se puseram à espera.

Apesar do ódio, Blackthorne teve que admirar a coragem de Yabu. Por uma meia dúzia de vezes as ondas quase o tragaram. Por duas vezes Rodrigues esteve perdido, mas a cada vez Yabu arrastou-o de volta, segurando-lhe a cabeça fora da água sôfrega, muito depois do ponto em que Blackthorne sabia que ele mesmo teria desistido. De onde você tira a coragem, Yabu? É gerada pelo demônio? Em todos vocês?

Para descer, em primeiro lugar, fora necessário coragem. Primeiro Blackthorne pensou que Yabu agira por bravata. Mas logo viu que o homem estava enfrentando o penhasco e quase vencendo. Depois amortecera a queda tão agilmente quanto qualquer acrobata. E capitulara com dignidade.

Por Jesus Cristo, admiro esse bastardo, detestando-o.

Por quase uma hora, Yabu resistiu ao mar e ao enfraquecimento do seu corpo, e então, ao crepúsculo, Takatashi voltou com as cordas. Fizeram uma espécie de berço e o escorregaram pelo penhasco com uma habilidade que Blackthorne nunca vira em terra.

Logo Rodrigues foi trazido para cima. Blackthorne teria tentado socorrê-lo, mas um japonês com cabelo cortado rente já estava de joelhos ao lado dele. E Blackthorne ficou observando aquele homem, obviamente um médico, examinar a perna quebrada. Depois um samurai segurou os ombros de Rodrigues, e o doutor apoiou o seu peso sobre o pé e o osso deslizou de volta sob a carne. Seus dedos sondaram a perna, apertaram, apoiaram e amarraram-na à tala. Começou a enrolar ervas de aparência insalubre em torno do ferimento inflamado, enquanto Yabu era trazido para cima.

O daimio recusou qualquer ajuda. Mandou o médico de volta para Rodrigues com um gesto, sentou-se e esperou.

Blackthorne olhou para ele. Yabu sentiu-lhe o olhar. Os dois homens se encararam.

– Obrigado – disse Blackthorne finalmente, apontando para Rodrigues. – Obrigado por salvar-lhe a vida. Obrigado, Yabu-san. – Curvou-se vagarosamente. Isto é pela sua coragem, seu filho de olhos pretos de uma puta de merda apodrecida! Yabu retribuiu a reverência de modo igualmente rígido. Mas por dentro sorria.

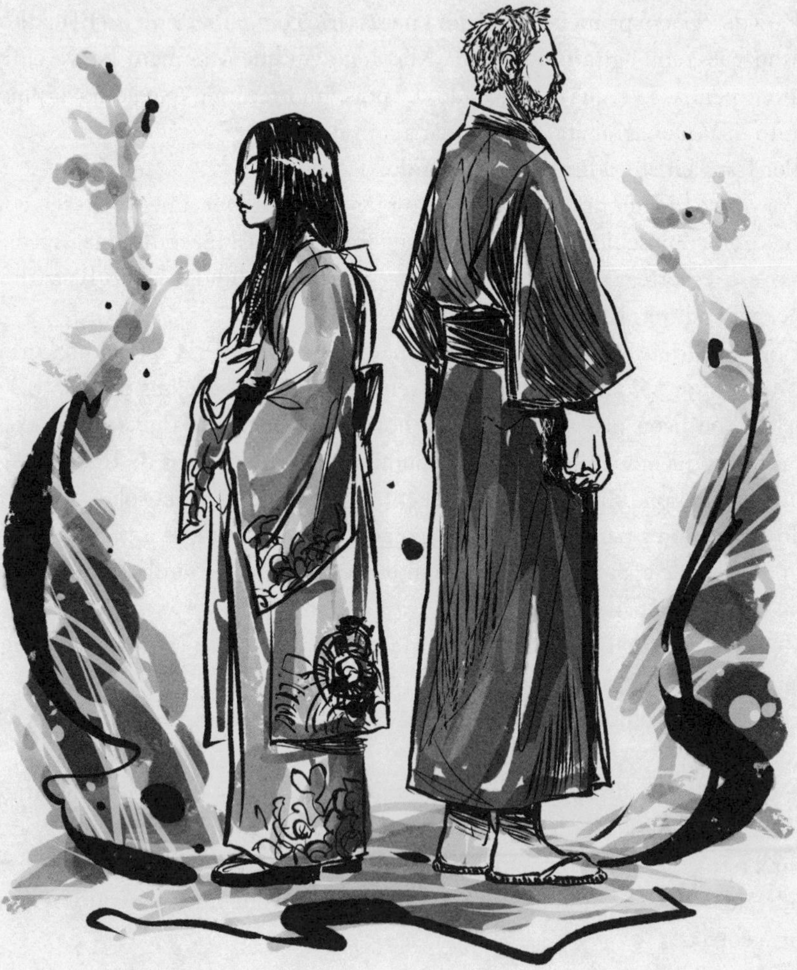

LIVRO DOIS

CAPÍTULO 10

A VIAGEM DA BAÍA PARA ŌSAKA DECORREU SEM MAIS PROBLEMAS. OS PORTUlanos de Rodrigues eram explícitos e muito precisos. Durante a primeira noite Rodrigues recuperara a consciência. No começo, achou que estivesse morto, mas a dor logo o fez pensar diferente.

— Eles endireitaram a sua perna e a enfaixaram – disse Blackthorne. – E enfaixaram o ombro também. Estava deslocado. Não vão lhe fazer uma sangria, por mais que eu tenha tentado convencê-los.

— Quando chegar a Ōsaka, os jesuítas podem fazer isso. – Os atormentados olhos de Rodrigues cravaram-se em Blackthorne. – Como vim parar aqui, Inglês? Lembro-me de ser atirado ao mar e nada mais.

Blackthorne contou-lhe.

— Então agora lhe devo a vida. Amaldiçoado seja.

— Do tombadilho parecia que podíamos atingir a baía. Da proa, o seu ângulo de visão era diferente, alguns graus apenas. A má sorte veio com a onda.

— Isso não me preocupa, Inglês. Você estava no tombadilho e detinha o timão. Ambos sabíamos disso. Não o mando para o inferno porque agora lhe devo a vida. Nossa Senhora, minha perna! – As lágrimas brotaram por causa da dor; Blackthorne deu-lhe uma caneca de grogue. Velou-o a noite toda enquanto a tempestade amainava. O médico japonês veio várias vezes e forçou Rodrigues a beber um remédio quente, colocou-lhe toalhas quentes sobre a testa e abriu as vigias. E toda vez que o médico ia embora Blackthorne as fechava, pois todo mundo sabia que a doença vinha pelo ar, que quanto mais firmemente fechada estivesse a cabine, mais segura e saudável ficaria para um homem tão mal quanto Rodrigues.

Finalmente o médico gritou com ele e postou um samurai junto às vigias, que permaneceram abertas.

Ao amanhecer, Blackthorne foi para o convés. Hiromatsu e Yabu estavam ambos lá. Fez-lhes uma reverência como qualquer cortesão.

— *Konnichi wa.* Ōsaka?

Retribuíram-lhe a saudação.

— Ōsaka. *Hai*, Anjin-san – disse Hiromatsu.

— *Hai! Isoge,* Hiromatsu-sama. Capitão-san! Levantar ferros!

— *Hai*, Anjin-san.

Sorriu involuntariamente para Yabu. Yabu correspondeu ao sorriso, depois afastou-se coxeando. É um homem fantástico, pensou Blackthorne, embora seja um demônio e um assassino. Você também não é assassino? Sim, mas não desse jeito, disse a si mesmo.

Blackthorne pilotou o navio até Ōsaka com facilidade. A viagem durou aquele dia e aquela noite, e pouco antes do amanhecer do dia seguinte encontravam-se próximos da entrada de Ōsaka. Um piloto japonês subiu a bordo para levar o navio ao ancoradouro e Blackthorne, aliviado da responsabilidade, desceu, satisfeito, para dormir. Mais tarde o capitão acordou-o com uma sacudidela, fez uma reverência e gesticulou para ele, indicando que devia se preparar para ir com Hiromatsu assim que atracassem.

– *Wakarimasu ka*, Anjin-san?

– *Hai*.

O marujo foi embora. Blackthorne esticou os músculos das costas, doloridos. E, então, viu que Rodrigues o estava observando.

– Como se sente?

– Bem, Inglês. Considerando que a minha perna está em chamas, a minha cabeça estourando, quero mijar e a minha língua está com o mesmo sabor que deve ter um barril de bosta de porco!

Blackthorne deu-lhe o urinol, depois esvaziou-o pela vigia. E tornou a encher a caneca com grogue.

– Você é uma enfermeira abominável, Inglês. É por causa do seu coração negro. – Rodrigues riu, e foi bom ouvi-lo rir novamente. Os seus olhos se dirigiram para o portulano que estava aberto sobre a mesa e para o livro de mapas. Viu que fora destrancado. – Eu lhe dei a chave?

– Não. Eu revistei você. Precisava do portulano verdadeiro. Disse-lhe isso quando acordou na primeira noite.

– É justo. Não me lembro, mas é justo. Ouça, Inglês, pergunte a qualquer jesuíta em Ōsaka por Vasco Rodrigues e eles o guiarão até mim. Venha me ver... E poderá tirar uma cópia do meu portulano, se quiser.

– Obrigado. Já tirei uma cópia. Pelo menos copiei o que pude e li o resto com todo o cuidado.

– Puta que o pariu! – disse Rodrigues em espanhol.

– A sua.

Rodrigues voltou a falar português.

– Falar espanhol me dá ânsia de vômito, embora se possa praguejar melhor nessa língua do que em qualquer outra. Há um pacote na minha arca. Dê-me, por favor.

– O que tem os lacres jesuítas?

– Sim.

Ele lhe deu o pacote. Rodrigues examinou-o, apalpou os selos intactos, depois pareceu mudar de ideia, pôs o pacote sobre o áspero cobertor sob o qual estava deitado e recostou a cabeça de novo.

– Ah, Inglês, a vida é tão estranha!

– Por quê?

— Se eu viver, será por causa da graça de Deus, ajudado por um herege e por um japonês. Mande o comedor de grama descer para que eu possa agradecer-lhe.
— Agora?
— Mais tarde.
— Está bem.
— Essa sua esquadra, essa que você diz que está atacando Manila, a de que você falou com o padre... Qual é a verdade, Inglês?
— Uma armada de navios nossos vai destroçar o seu império na Ásia.
— Existe uma armada?
— Claro.
— Quantos navios estavam na sua armada?
— Cinco. O resto está ao largo, a uma semana mais ou menos. Vim na frente para sondar o terreno e fui apanhado pela tempestade.
— Mais mentiras, Inglês. Mas não me importo... Contei tantas mentiras quanto você aos meus captores. Não há navio algum nem armada.
— Espere e verá.
— Esperarei — disse Rodrigues, bebendo lentamente.
Blackthorne espreguiçou-se e foi até a vigia, querendo parar com aquela conversa, e olhou para a praia e a cidade lá fora.
— Pensei que Londres fosse a maior cidade do mundo, mas comparada a Ōsaka é apenas uma cidadezinha.
— Eles têm dúzias de cidades como esta — disse Rodrigues, contente também por parar o jogo de gato e rato que, sem tortura, nunca levaria a nada. — Miyako, a capital, ou Kyōto, como é chamada às vezes, é a maior cidade do império, mais de duas vezes o tamanho de Ōsaka, assim dizem. Depois vem Edo, capital de Toranaga. Nunca estive lá, assim como nenhum padre e nenhum português. Toranaga mantém a cidade dele trancada, uma cidade proibida. No entanto — acrescentou Rodrigues, deitando-se no beliche e fechando os olhos, o rosto tenso de dor —, isso não é diferente do resto. O Japão todo está oficialmente proibido para nós, com exceção dos portos de Nagasaki e Hirado. Os nossos padres não prestam muita atenção às ordens, no que agem acertadamente, e vão aonde lhes agrada ir. Mas nós, marujos, não podemos, nem os mercadores, a menos que seja com um passe especial dos regentes ou de um grande daimio, como Toranaga. Qualquer daimio pode apreender um dos nossos navios — como Toranaga fez com o seu — fora de Nagasaki ou Hirado. É a lei deles.
— Quer descansar agora?
— Não, Inglês. Conversar é melhor. Ajuda a afastar a dor. Minha Nossa Senhora, que dor de cabeça! Não posso pensar claramente. Vamos conversar até você desembarcar. Venha aqui e me olhe, há muita coisa que quero lhe perguntar. Dê-me mais um pouco de grogue. Obrigado, obrigado, Inglês.
— Por que vocês são proibidos de ir aonde quiserem?

– O quê? Oh, aqui no Japão? Foi o táicum, foi ele que começou o problema todo. Desde que viemos pela primeira vez, em 1542, para dar início à obra de Deus e para trazer-lhes a civilização, nós e os nossos padres podíamos nos mover livremente, mas, quando o táicum assumiu todo o poder, começou com as proibições. Muitos acreditam... Você poderia mudar a minha perna de posição? Tire o cobertor de cima do meu pé, está queimando... Sim... Oh, minha Nossa Senhora, tenha cuidado... Aí, obrigado, Inglês. Sim, onde é que eu estava? Oh, sim... Muitos acreditam que o táicum era o pênis de Satã. Há dez anos emitiu éditos contra os santos padres, Inglês, e contra todos os que quisessem difundir a palavra de Deus. E baniu todos, menos os mercadores, há uns dez, doze anos. Foi antes de eu vir para estas águas... Estou aqui há sete anos, para lá e para cá. Os santos padres dizem que foi por causa dos sacerdotes pagãos, os budistas, os fedorentos e invejosos adoradores de ídolos. Esses pagãos viraram o táicum contra os nossos santos padres, encheram-no de mentiras quando já o havíamos quase convertido. Sim, o grande assassino em pessoa quase teve a alma salva. Mas perdeu a oportunidade de salvação. Sim. Em todo caso, ordenou que todos os nossos padres deixassem o Japão... Eu lhe disse que isso foi há uns dez anos e pouco?

Blackthorne concordou com a cabeça, contente por deixá-lo divagar e por ouvir, desesperado por aprender.

– O táicum reuniu todos os padres em Nagasaki, pronto para embarcá-los para Macau com ordens escritas de nunca mais regressarem, sob pena de morte. Então, igualmente de repente, deixou-os todos em paz e não fez mais nada. Eu lhe disse que os japoneses são complicados. Sim, deixou-os em paz e logo estava tudo como antes, exceto que a maioria dos padres ficou em Kyūshū, onde eram bem-vindos. Eu lhe contei que o Japão é feito de três grandes ilhas, Kyūshū, Shikoku e Honshū? E milhares de ilhas pequenas. Há outra ilha bem ao norte – alguns dizem que já é continente – chamada Hokkaidō, mas só nativos peludos vivem lá. O Japão é um mundo de cabeça para baixo, Inglês. O padre Alvito me contou que ficou tudo como se nada tivesse jamais acontecido. O táicum, tão amável quanto antes, embora nunca se tenha convertido. Mal mandou fechar uma igreja e baniu só dois ou três dos daimios cristãos, mas isso foi só para se apoderar das terras deles, e nunca pôs em prática os éditos de expulsão. Então, há três anos, ficou louco de novo e martirizou 26 padres. Crucificou-os em Nagasaki. Por nenhuma razão. Era um maníaco, Inglês. Mas, depois de assassinar os 26, não fez mais nada. Morreu logo depois. Foi a mão de Deus, Inglês. A maldição de Deus estava sobre ele e está sobre os seus descendentes. Tenho certeza disso.

– Vocês têm muitos convertidos aqui?

Mas Rodrigues pareceu não ouvir, perdido na sua própria semiconsciência.

– São animais, os japoneses. Contei-lhe sobre o padre Alvito? É o intérprete, chamam-no de Tsukku-san, sr. Intérprete. Era o intérprete do táicum, Inglês;

agora é o intérprete oficial do Conselho de Regentes e fala japonês melhor do que muitos japoneses e sabe mais sobre eles do que qualquer homem vivo. Contou-me que há um monte de terra de quinze metros de altura em Miyako, a capital, Inglês. O táicum tinha o nariz e as orelhas de todos os coreanos mortos na guerra reunidos e enterrados ali. A Coreia é parte do continente, a oeste de Kyūshū. É verdade! É verdade! Pela Virgem abençoada, nunca houve um assassino como ele, e são todos igualmente ruins. – Os olhos de Rodrigues estavam fechados e a sua testa ardia.

– Vocês têm muitos convertidos? – perguntou Blackthorne de novo, com cuidado, querendo desesperadamente saber quantos inimigos havia ali.

Para espanto de Blackthorne, Rodrigues disse:

– Centenas de milhares, e mais a cada ano. Desde a morte do táicum temos tido mais conversões do que nunca, e os que eram cristãos em segredo agora vão à igreja abertamente. A maioria na ilha de Kyūshū é católica agora. A maioria dos daimios de Kyūshū são convertidos. Nagasaki é uma cidade católica, os jesuítas são os donos dela, dirigem-na e controlam o comércio. O comércio todo passa por Nagasaki. Temos uma catedral, uma dúzia de igrejas e muitas mais espalhadas por Kyūshū, mas ainda há poucas aqui na ilha principal, Honshū, e... – A dor o interrompeu novamente. Após um instante, continuou: – Há 3 ou 4 milhões de pessoas só em Kyūshū. Serão todos católicos logo, logo. Há mais uns 20 e tantos milhões de japoneses nas ilhas, e em breve...

– Isso não é possível! – Blackthorne imediatamente se amaldiçoou por interromper o fluxo de informações.

– Por que eu mentiria? Houve um recenseamento há dez anos. O padre Alvito disse que foi por ordem do táicum e ele deve saber, pois estava lá. Por que mentiria? – Os olhos de Rodrigues estavam febris e ele estava perdendo o controle sobre a boca. – Isso é mais do que a população de Portugal toda, a Espanha toda, a França toda, a Neerlândia espanhola e a Inglaterra, tudo junto, e você quase poderia juntar aí o Santo Império Romano inteiro também!

Senhor Jesus, pensou Blackthorne, a Inglaterra toda não tem mais que 3 milhões de habitantes. E isso inclui o País de Gales.

Se há tantos japoneses assim, como vamos poder lidar com eles? Se há 20 milhões, isso significa que, se quisessem, poderiam facilmente reunir um exército com mais homens do que a nossa população inteira. E se são todos tão ferozes quanto os que eu vi – e por que não seriam? –, pelas chagas de Cristo, eles seriam imbatíveis. E se também são parcialmente católicos, e se os jesuítas estão aqui maciçamente, os efetivos deles aumentarão, e não há fanático que se compare a um convertido fanático. Então, que chance temos nós e os holandeses na Ásia?

Absolutamente nenhuma.

– Se você acha que é muito – estava dizendo Rodrigues –, espere até ir à China. São todos amarelos lá, todos com cabelos e olhos pretos. Oh, Inglês, digo-lhe que você tem tanta novidade para aprender! Estive em Cantão, no ano passado, nas vendas de seda. Cantão é uma cidade murada no sul da China, sobre o rio Pérola, ao norte da nossa Cidade do Nome de Deus, Macau. Há 1 milhão desses pagãos comedores de cachorros só dentro daqueles muros. A China tem mais gente do que todo o resto do mundo reunido. Deve ter. Pense nisso! – Um espasmo de dor percorreu-lhe o corpo e ele pressionou o estômago com a mão ilesa. – Tive alguma hemorragia? Em algum lugar?

– Não. Verifiquei isso. É só a sua perna e o ombro. Você não está ferido por dentro, Rodrigues, pelo menos não acho que esteja.

– Como está a perna? Muito mal?

– Foi lavada e limpa pelo mar. O corte estava limpo e a pele também, no momento.

– Você derramou conhaque em cima e botou fogo?

– Não. Eles não me deixariam. Ordenaram que eu me afastasse. Mas o médico parece saber o que está fazendo. A sua gente virá a bordo logo?

– Sim. Assim que atracarmos. Isso é mais que provável.

– Bom. Você estava dizendo? Sobre a China e Cantão?

– Eu estava falando demais, talvez. Temos tempo bastante para falar nisso.

Blackthorne viu a mão sã do português brincar com o pacote lacrado e novamente perguntou a si mesmo que significado teria aquilo.

– A sua perna vai ficar boa. Você vai saber disso no decorrer da semana.

– Sim, Inglês.

– Não acho que vá degenerar... não tem pus... você está pensando com clareza, de modo que o seu cérebro está em ordem. Você ficará ótimo, Rodrigues.

– Ainda lhe devo a vida. – Um arrepio percorreu o português. – Quando estava me afogando, tudo em que podia pensar era nos caranguejos subindo e me entrando pelos olhos. Podia senti-los agitando-se dentro de mim, Inglês. Foi a terceira vez que fui atirado ao mar, e cada vez é pior.

– Fui posto a pique quatro vezes. Três por espanhóis.

A porta da cabine se abriu, o capitão inclinou-se e fez sinal para que Blackthorne subisse.

– *Hai!* – Blackthorne levantou-se. – Você não me deve nada, Rodrigues – disse gentilmente. – Deu-me a vida e socorreu-me quando eu estava desesperado, e agradeço-lhe por isso. Estamos quites.

– Talvez, mas ouça, Inglês, uma verdade para você, como pagamento parcial: nunca se esqueça de que os japoneses têm seis caras e três corações. É um ditado deles que um homem tem um falso coração na boca para que todo mundo veja, outro no peito para mostrar aos amigos muito especiais e à família, e o verdadeiro, o real, o secreto que nunca é conhecido por ninguém exceto por eles mesmos, escondido só Deus sabe onde. São traiçoeiros para além da crença.

– Por que Toranaga quer me ver?

– Não sei. Pela Virgem abençoada! Não sei. Volte para me ver, se puder.

– Sim. Boa sorte, espanhol!

– Espanhol é a mãe! Ainda assim, vá com Deus!

Blackthorne retribuiu o sorriso, sem reservas. Subiu para o convés e ficou atarantado com o impacto de Ōsaka, sua imensidão, o laborioso formigueiro humano e o enorme castelo que dominava a cidade.

De dentro da vastidão do castelo vinha a beleza sublime do torreão – a torre central – com sete ou oito pavimentos de altura, coruchéus pontudos com telhados curvos em cada nível, as telhas todas douradas e os muros azuis.

É ali que Toranaga deve estar, pensou, sentindo repentinamente uma farpa de gelo nas entranhas.

Um palanquim fechado levou-o a um casarão. Ali deram-lhe um banho, comeu, inevitavelmente, a sopa de peixe, peixe cru e defumado, um pouco de verduras em conserva e bebeu a água quente com ervas. Em vez de sopa de trigo, a casa ofereceu-lhe uma tigela de arroz. Ele só tinha visto arroz em Nápoles. Era branco e saudável, mas para ele insosso. O seu estômago gritava por carne e pão, pão fresco sequinho, pesado de manteiga, um bife de lombo, tortas, frangos, cerveja, ovos.

No dia seguinte, uma criada veio buscá-lo. As roupas que Rodrigues lhe dera foram lavadas e passadas. Ela ficou olhando enquanto ele se vestia e o ajudou a calçar os *tabis*. Do lado de fora havia um novo par de sandálias de tiras. Faltavam as botas. Ela balançou a cabeça e apontou para as sandálias e depois para o palanquim com cortinas. Uma falange de samurais o rodeava. O chefe fez-lhe sinal que se apressasse e entrasse no palanquim.

Puseram-se em movimento de imediato. As cortinas estavam totalmente fechadas. Após uma eternidade, o palanquim parou.

– Você não vai ficar com medo – disse ele em voz alta e saiu.

O gigantesco portão de pedra do castelo estava à sua frente recortado em um muro de uns dez metros, com ameias interligadas, bastiões e fortificações exteriores. A porta era imensa, com placas de ferro, e estava aberta, o rastrilho de ferro forjado levantado. Além disso havia uma ponte de madeira, com vinte passos de largura e duzentos de comprimento, que se estendia sobre o fosso e terminava numa enorme ponte levadiça, e outro portão, aberto no segundo muro, igualmente imenso.

Centenas de samurais estavam por toda parte. Todos usavam o mesmo uniforme cinza-escuro – quimonos presos com cinto, cada um com cinco pequenas insígnias circulares, uma em cada braço, uma de cada lado do peito e uma no meio das costas. A insígnia era azul, aparentemente uma flor ou várias flores.

– Anjin-san!

Hiromatsu estava sentado rigidamente num palanquim aberto, levado por quatro carregadores de libré. O seu quimono era marrom-escuro, o cinto, preto, o mesmo dos cinquenta samurais que o rodeavam. Eles, igualmente, tinham cinco insígnias no quimono, mas escarlates, como a que tremulava no topo do mastro, o monograma de Toranaga. Esses samurais carregavam longas lanças com minúsculas bandeiras na ponta.

Blackthorne curvou-se sem pensar, levado pela majestade de Hiromatsu. O velho curvou-se também, formalmente, a espada comprida solta no colo, e fez-lhe sinal que o seguisse.

O oficial do portão avançou. Houve uma leitura cerimoniosa do papel que Hiromatsu lhe estendeu, muitas mesuras e olhares para Blackthorne. Em seguida passaram para a ponte, com a escolta dos cinquenta marrons ao lado deles.

A superfície do fosso profundo estava quinze metros abaixo. Estendia-se por cerca de trezentos passos até o outro lado, depois acompanhava os muros quando estes se voltavam para o norte. Senhor Deus, pensou Blackthorne, eu odiaria ter que tentar um ataque aqui. Os defensores poderiam deixar a guarnição do muro exterior perecer, queimar a ponte e estariam a salvo lá dentro. Jesus, o muro externo deve ter aproximadamente uma milha quadrada e, olhe, deve ter de seis a nove metros de espessura – o de dentro também. E é construído com enormes blocos de pedra. Cada um deve ter três metros por três! No mínimo! Perfeitamente cortados e fixados no lugar sem argamassa. Devem pesar cinquenta toneladas no mínimo. Melhor do que qualquer um que pudéssemos fazer. Armas de assédio? Certamente poderiam bombardear os muros externos, mas as armas defensoras revidariam o ataque com a mesma intensidade. Seria duro pegá-los aqui em cima, e não há nenhum ponto mais alto do qual arremessar granadas para dentro do castelo. Se o muro externo fosse tomado, os defensores ainda poderiam fazer os atacantes voar para longe das ameias. Mas mesmo que se pudessem colocar armas de assédio ali, voltá-las contra o muro seguinte e bombardeá-lo, não lhe causaria dano algum. Poderiam danificar o portão, mas para que serviria isso? Como se poderia cruzar o fosso? É vasto demais para os métodos normais. O castelo deve ser inexpugnável – com soldados suficientes. Quantos soldados há aqui? Quantos habitantes da cidade encontrariam abrigo lá dentro? Faz a Torre de Londres parecer uma pocilga. E a Hampton Court toda caberia num canto!

No portão seguinte houve outra verificação cerimoniosa dos papéis. A estrada virava para a esquerda imediatamente, descendo uma vasta avenida alinhada de casas pesadamente fortificadas por trás de muros maiores e menores, facilmente defensáveis, então se multiplicava num labirinto de degraus e caminhos. Depois havia outro portão e mais verificação, outro rastrilho e outro vasto fosso e novas voltas e volteios até que Blackthorne, que era um observador acurado, com uma extraordinária memória e senso de direção, se perdesse hesitante numa confusão premeditada pelos planejadores do castelo. E o tempo todo inúmeros cinzentos os olhavam de taludes, trincheiras, ameias, parapeitos e bastiões. E havia mais deles em pé, guardando, marchando, treinando ou cuidando de cavalos em estábulos abertos. Soldados por toda parte, aos milhares. Todos bem armados e meticulosamente vestidos.

Blackthorne amaldiçoou a si mesmo por não ter sido esperto o bastante para arrancar mais coisas de Rodrigues. À parte a informação sobre o táicum e os convertidos, fornecida já com muita vacilação, Rodrigues fora tão fechado quanto um homem deve ser – como você foi, evitando as perguntas dele.

Concentre-se. Procure indícios. O que há de especial neste castelo? É o maior. Não, alguma coisa diferente. O quê?

Os cinzentos são hostis aos marrons? Não posso dizer, são todos tão sérios.

Blackthorne observou-os cuidadosamente e se concentrou nos detalhes. À esquerda havia um jardim multicolorido, cuidadosamente tratado, com pequenas pontes e um minúsculo riacho. Os muros agora estavam mais próximos uns dos outros, as ruas mais estreitas. Estavam se aproximando do torreão. Não havia gente da cidade lá dentro, mas centenas de criados e... *Não há canhões!* É isso que é diferente!

Você não viu nem um canhão. Nem um.

Senhor Deus do paraíso, nenhum canhão... Por isso não há armas de assédio!

Se você tivesse armas modernas, e os defensores não, conseguiria explodir os muros, as portas, lançar granadas no castelo, incendiá-lo e tomá-lo?

Não conseguiria atravessar o primeiro fosso.

Com armas de assédio você talvez tornasse as coisas difíceis para os defensores, mas eles poderiam resistir para sempre – se a guarnição fosse resoluta, se houvesse quantidade suficiente deles, com comida suficiente, água e munição.

Como atravessar os fossos? De barco? Balsas com torres?

A sua mente tentava delinear um plano quando o palanquim parou. Hiromatsu desceu. Estavam num estreito beco sem saída. Havia ali um imenso portão de madeira reforçada com ferro encravado no muro de uns seis metros, que se fundia com as paredes externas do local fortificado acima, ainda distante do torreão, mas que ficava oculto em grande parte. Ao contrário de todos os outros portões, este era guardado pelos marrons, os únicos que Blackthorne viu dentro do castelo. Era claro que ficaram mais que contentes de ver Hiromatsu.

Os cinzentos deram meia-volta e partiram. Blackthorne notou os olhares hostis que receberam dos marrons.

Então eles são inimigos!

O portão girou nos gonzos e ele entrou, seguindo o velho. Sozinho. Os outros samurais ficaram do lado de fora.

O pátio interno era guardado por mais marrons, assim como o jardim que ficava mais à frente. Cruzaram o jardim e entraram na fortaleza. Hiromatsu descalçou as sandálias e Blackthorne o imitou.

O corredor interno era ricamente atapetado com tatames, as mesmas esteiras de junco, limpas e macias aos pés, que havia no chão de quase todas as casas, mesmo as mais pobres. Blackthorne já havia notado que eram todas do mesmo tamanho, cerca de dois metros por um.

É de se pensar, disse a si mesmo. Nunca vi esteiras moldadas ou cortadas em grandes dimensões. E nunca encontrei um aposento de formato indefinido! Todos os cômodos até agora não eram exatamente quadrados ou retangulares?

Claro! Isso quer dizer que todas as casas – ou cômodos – devem ser construídos para conter um número exato de esteiras. Por isso são todas de tamanho padrão! Que coisa estranha!

Subiram escadas em caracol, facilmente defensáveis, seguiram por outros corredores e mais escadas. Havia muitos guardas, sempre marrons. Raios de sol vindos das seteiras na parede traçavam desenhos intricados. Blackthorne podia ver que agora estavam bem acima dos três principais muros circundantes. A cidade e a enseada eram uma colcha desenhada lá embaixo.

O corredor dobrou uma esquina brusca e terminou cinquenta passos à frente.

Blackthorne sentiu o gosto de bile na boca. Não se preocupe, disse a si mesmo, você já resolveu o que vai fazer. Está comprometido.

Uma multidão de samurais, com seu jovem oficial à frente, protegia a última porta – cada um deles com a mão direita sobre o punho da espada, a esquerda na bainha, todos imóveis e prontos, fitando os dois homens que se aproximavam.

Hiromatsu sentiu-se tranquilizado pela prontidão deles. Selecionara pessoalmente aqueles guardas. Odiava o castelo e pensou novamente em como fora perigoso para Toranaga colocar-se em poder do inimigo. Assim que desembarcara, na véspera, acorrera ao encontro de Toranaga para lhe contar o que acontecera e descobrir se ocorrera alguma coisa desfavorável na sua ausência. Mas continuava tudo tranquilo, embora os seus espiões sussurrassem sobre perigosas formações do inimigo a norte e a leste, e que os seus principais aliados, os regentes Onoshi e Kiyama, os daimios cristãos mais importantes, iam se passar para Ishido. Hiromatsu trocara a guarda e as senhas e de novo implorara a Toranaga que partisse, mas fora em vão.

A dez passos do oficial ele se deteve.

CAPÍTULO 11

— BOM DIA, SENHOR. SEJA BEM-VINDO — DISSE YOSHI NAGA, OFICIAL DO TURNO, um perigoso e arisco jovem de dezessete anos.

— Obrigado. O senhor Toranaga está à minha espera.

— Sim. — Mesmo que Hiromatsu não fosse esperado, Naga o teria admitido do mesmo modo. Toda Hiromatsu era uma das três únicas pessoas no mundo que tinham permissão para se dirigir à presença de Toranaga de dia ou de noite, sem audiência marcada.

— Revistem o bárbaro — disse Naga. Era o quinto filho de Toranaga com uma das consortes e idolatrava o pai.

Blackthorne submeteu-se tranquilamente, entendendo o que eles estavam fazendo. Os dois samurais eram muito habilidosos. Nada lhes teria escapado.

Naga fez sinal para o resto de seus homens. Afastaram-se para o lado. E ele mesmo abriu pessoalmente a pesada porta.

Hiromatsu entrou na imensa sala de audiências. Logo que o fez, ajoelhou-se, colocou as espadas no chão, à sua frente, estendeu as mãos ao lado delas e inclinou profundamente a cabeça, esperando nessa posição abjeta.

Naga, sempre vigilante, indicou a Blackthorne que fizesse o mesmo. Blackthorne avançou. A sala tinha quarenta passos quadrados e dez de altura, com tatames da melhor qualidade, impecáveis e com quatro dedos de espessura. Havia duas portas na parede oposta. Perto do estrado, num nicho, um pequeno vaso de cerâmica com um único ramo de flores de cerejeira, que enchia o quarto de cor e perfume.

Ambas as portas estavam guardadas. A dez passos do estrado, rodeando-o, encontravam-se mais vinte samurais, sentados de pernas cruzadas.

Toranaga encontrava-se sentado sobre a única almofada no estrado. Estava tratando de uma pena quebrada na asa de um falcão encapuzado, com tanta delicadeza quanto um entalhador de marfim.

Nem Toranaga nem ninguém na sala mostrou ter notado a presença de Hiromatsu ou prestado atenção a Blackthorne quando este avançou e parou ao lado do velho. Mas, ao contrário de Hiromatsu, Blackthorne se inclinou como Rodrigues lhe ensinara. Depois, respirando fundo e usando todo o fôlego, sentou-se de pernas cruzadas e ficou olhando fixamente para Toranaga.

Todos os olhos se voltaram na direção de Blackthorne.

Na soleira da porta, a mão de Naga estava sobre o punho da espada. Hiromatsu já havia agarrado a sua, embora ainda estivesse de cabeça inclinada.

Blackthorne sentiu-se nu, mas havia se comprometido e, agora, a única coisa que podia fazer era esperar. Rodrigues dissera: "Com os japoneses, você tem que agir como um rei", e, embora aquilo não fosse agir como um rei, era mais que suficiente.

Toranaga levantou os olhos lentamente.

Uma gota de suor começou a brotar na têmpora de Blackthorne quando tudo o que Rodrigues lhe dissera sobre os samurais pareceu se cristalizar naquele único homem. Sentiu o suor escorrer pouco a pouco pelo rosto até o queixo. Forçou-se a manter os olhos azuis firmes e sem piscar, o rosto calmo.

O olhar de Toranaga era igualmente estável e imperturbável.

Blackthorne sentiu o poder quase esmagador do homem estender-se até ele. Começou a contar até seis lentamente, depois inclinou a cabeça e curvou-a levemente de novo, esboçando um pequeno e calmo sorriso.

Toranaga olhou-o durante um breve momento, com o rosto impassível. Depois baixou o olhar e se concentrou novamente no que estava fazendo. A tensão na sala diminuiu.

O falcão era peregrino, viera de outro país e estava na plenitude de sua força. O falcoeiro, um velho e enrugado samurai, estava de joelhos diante de Toranaga, segurando a ave – na realidade, uma fêmea – como se fosse de vidro. Toranaga cortou a pena quebrada, mergulhou a minúscula agulha de bambu na cola e inseriu-a no cabo da pena; depois delicadamente enfiou a pena recém-cortada na outra extremidade. Ajustou o ângulo até considerá-lo perfeito e amarrou tudo com um fio de seda. Os minúsculos sinos nos pés da ave retiniram de medo e Toranaga teve que acalmá-la.

Yoshi Toranaga, senhor de Kantō – Região das Oito Províncias –, cabeça do clã Yoshi, general-chefe dos exércitos do leste, presidente do Conselho de Regentes, era um homem baixo com uma grande cintura e um nariz enorme. Tinha as sobrancelhas espessas e escuras, o bigode e a barba ralos e grisalhos. Os olhos dominavam-lhe o rosto. Tinha 58 anos e era forte para a idade. Usava um quimono simples, um uniforme marrom comum, com cinto de algodão. Mas as suas espadas eram as melhores do mundo.

– Aí está, minha beleza – disse ele, com uma ternura de amante. – Agora você está inteira de novo. – Acariciou a ave com uma pena enquanto ela se aninhava sempre encapuzada no pulso enluvado do falcoeiro. A ave se arrepiou e se alisou com o bico, satisfeita. – Vamos fazê-la voar ainda esta semana.

O falcoeiro curvou-se e saiu.

Toranaga voltou os olhos para os dois homens ainda na porta de entrada:

– Bem-vindo, Punho de Aço, estou contente em vê-lo – disse. – Então, esse é o seu famoso bárbaro?

– Sim, senhor. – Hiromatsu aproximou-se, deixando as espadas na soleira conforme o costume, mas Toranaga insistiu para que ele as trouxesse consigo.

– Eu me sentiria desconfortável se você não as tivesse à mão – disse Toranaga.

Hiromatsu agradeceu-lhe. Ainda assim, sentou-se a cinco passos de distância. Por costume, nenhuma pessoa armada podia sentar-se mais perto do que isso de Toranaga. Na primeira fileira dos guardas estava Usagi, marido da neta de Hiromatsu, o seu parente predileto, a quem este fez um breve aceno de cabeça. O jovem curvou-se profundamente, honrado e contente por ter sido notado. Talvez eu devesse adotá-lo formalmente, pensou Hiromatsu, satisfeito e aquecido pela lembrança da neta favorita e do primeiro bisneto, que lhe haviam apresentado no ano anterior.

– Como estão as suas costas? – perguntou Toranaga solicitamente.

– Bem, obrigado, senhor. Mas devo dizer-lhe que estou contente por me ver fora daquele navio e em terra de novo.

– Ouvi dizer que você tem um novo brinquedo aqui com que passar as horas, *né?*

O velho deu uma gargalhada.

– Só posso lhe dizer, senhor, que as horas não se passaram ociosas. Fazia anos que eu não tinha tanto trabalho. – Toranaga riu com ele.

– Então deveríamos recompensá-la. A sua saúde é importante para mim. Posso mandar para ela um símbolo dos meus agradecimentos?

– Ah, Toranaga-sama, o senhor é tão gentil. – Hiromatsu ficou sério. – Poderia recompensar a todos nós, senhor, deixando este ninho de vespas imediatamente e voltando para o seu castelo em Edo, onde os seus vassalos podem protegê-lo. Aqui estamos vulneráveis. A qualquer momento Ishido poderia...

– Partirei. Assim que a reunião do Conselho de Regentes termine. – Toranaga voltou-se e chamou com um gesto o português de rosto magro que estava pacientemente sentado à sua sombra. – Quer traduzir para mim agora, meu amigo?

– Certamente, senhor. – O padre tonsurado avançou e com uma graça vinda da prática ajoelhou-se em estilo japonês junto do estrado. Tinha o corpo tão enxuto quanto o rosto, os olhos escuros e líquidos, um ar de serena concentração ao seu redor. Usava meias *tabis* e um quimono ondeante que, nele, parecia estar na pessoa certa. Um rosário e uma cruz de ouro entalhada pendiam-lhe do cinto. Saudou Hiromatsu como a um igual, depois olhou amavelmente para Blackthorne.

– O meu nome é Martim Alvito, da Companhia de Jesus, piloto-mor. O senhor Toranaga me pediu que lhe servisse de intérprete.

– Primeiro diga-lhe que somos inimigos e que...

– Tudo na sua hora – interrompeu-o o padre Alvito suavemente. E acrescentou: – Podemos falar português, espanhol ou, naturalmente, latim, o que você preferir.

Blackthorne não tinha visto o padre até que o homem avançara. O estrado o escondera, e os outros samurais. Mas estivera à espera dele, prevenido por Rodrigues, e detestou o que viu: a elegância desenvolta, a aura de força e poder natural dos jesuítas. Presumira que o padre fosse muito mais velho, considerando a sua posição influente e o que Rodrigues lhe falara dele. Mas eram praticamente da mesma idade, ele e o jesuíta. Talvez o padre fosse alguns anos mais velho.

– Português – disse ele com firmeza, esperando que isso pudesse lhe dar uma leve vantagem. – Você é português?

– Tenho esse privilégio.

– É mais jovem do que eu esperava.

– O senhor Rodrigues é muito gentil. Dá-me mais crédito do que mereço. A você descreveu com perfeição. Assim como à sua bravura.

Blackthorne viu-o voltar-se e falar fluente e afavelmente com Toranaga um instante e isso o perturbou ainda mais. Apenas Hiromatsu, de todos os homens na sala, ouviu e observou com atenção. Os outros fitavam o vazio, como se fossem de pedra.

– Agora, capitão-piloto, começaremos. Você, por favor, ouvirá tudo o que o senhor Toranaga disser sem interrupções – começou o padre Alvito. – Depois responderá. Daqui em diante estarei traduzindo o que você disser quase simultaneamente, portanto, por favor, responda com todo o cuidado.

– De que se trata? Não confio em você!

Logo, o padre Alvito traduziu o que ele disse, e o rosto de Toranaga se turvou visivelmente.

Tenha cuidado, pensou Blackthorne, ele está brincando com você como com um peixe! Três guinéus de ouro contra um ceitil mascado como ele pode acabar com você. Traduza ele corretamente ou não, você tem que criar a impressão correta em Toranaga. Esta pode ser a única chance que você terá na vida.

– Pode confiar em mim para traduzir exatamente o que você disser, da melhor maneira que eu puder. – A voz do padre era suave, sob controle absoluto. – Esta é a corte do senhor Toranaga. Sou o intérprete oficial do Conselho de Regentes, do senhor general Toranaga e do senhor general Ishido. O senhor Toranaga honra-me com sua confiança há muitos anos. Sugiro-lhe que responda com sinceridade porque posso lhe garantir que ele é um homem muito sagaz. Também devo assinalar que não sou como o padre Sebastião, que talvez seja excessivamente zeloso e, infelizmente, não fala japonês muito bem nem tem muita experiência no Japão. A sua presença repentina afastou a graça de Deus para longe dele, o que, lamentavelmente, permitiu que o seu passado pessoal o dominasse: os seus pais, irmãos e irmãs foram massacrados do modo mais hediondo na Neerlândia pelas suas... Pelas forças do príncipe de Orange. Peço que seja indulgente e tenha compaixão dele. – Sorriu benevolamente. – A palavra japonesa para "inimigo" é *teki*. Você pode usá-la se quiser. Se apontar para mim e usar essa palavra, o senhor Toranaga compreenderá claramente o que quer dizer. Sim, sou seu inimigo, capitão-piloto John Blackthorne. Completamente. Mas não sou o seu assassino. Isso é uma coisa que você fará a si mesmo.

Blackthorne viu-o explicar a Toranaga o que dissera e ouviu a palavra *teki* várias vezes. Perguntou a si mesmo se realmente significava "inimigo". Claro que sim, pensou. Este homem não é como o outro.

— Por favor, por um momento esqueça que eu existo — disse o padre Alvito. — Sou meramente um instrumento para transmitir as suas respostas ao senhor Toranaga, exatamente como farei com as perguntas *dele*. — O padre Alvito se acomodou, voltou-se para Toranaga e curvou-se polidamente.

Toranaga falou com poucas palavras. Logo a seguir, o padre começou a traduzir quase simultaneamente, com uma voz que era uma cópia perigosa de inflexão e significado secreto.

— Por que você é inimigo de Tsukku-san, meu amigo e intérprete, que não é inimigo de ninguém? — O padre Alvito acrescentou, à guisa de explicação: — Tsukku-san é o meu apelido, porque os japoneses também não conseguem pronunciar o meu nome. A língua deles não tem o som "l" nem "th". Tsukku é uma adaptação da palavra japonesa *tsūyaku*, "interpretar". Por favor, responda à pergunta.

— Somos inimigos porque os nossos países estão em guerra.

— Oh? Qual é o seu país?

— A Inglaterra.

— Onde fica?

— É um reino insular, mil milhas ao norte de Portugal. Portugal é parte de uma península na Europa.

— Há quanto tempo estão em guerra com Portugal?

— Desde que Portugal se tornou um Estado vassalo da Espanha. Isso foi em 1580, vinte anos atrás. A Espanha conquistou Portugal. Na realidade, estamos em guerra com a Espanha. Estamos em guerra com ela há quase trinta anos.

Blackthorne notou a surpresa de Toranaga e o seu olhar inquisitivo na direção do padre Alvito, que, serenamente, fitava o vazio à distância.

— Diz que Portugal é parte da Espanha?

— Sim, senhor Toranaga. Um Estado vassalo. A Espanha conquistou Portugal e agora são de fato o mesmo país, com o mesmo rei. Mas os portugueses são subservientes aos espanhóis em muitas partes do mundo e seus líderes são tratados como pessoas sem importância no império espanhol.

Houve um longo silêncio. Então Toranaga falou diretamente ao jesuíta, que sorriu e respondeu detalhadamente.

— O que ele disse? — perguntou Blackthorne, rispidamente.

O padre Alvito não respondeu, mas traduziu como antes, quase simultaneamente, imitando a inflexão do piloto, no seu virtuoso desempenho de interpretação.

Toranaga respondeu diretamente a Blackthorne, com voz dura e cruel.

— O que eu disse não é da sua conta. Quando quiser que você saiba alguma coisa eu lhe direi.

— Sinto muito, senhor Toranaga, não tinha a intenção de ser rude. Posso dizer-lhe que viemos em paz...

— Não pode me dizer nada no momento. Vai conter a língua até que eu lhe solicite uma resposta. Entendeu?

– Sim.

Erro número um. Vigie-se. Você não pode cometer erros, disse ele a si mesmo.

– Por que estão em guerra com a Espanha? E com Portugal?

– Em parte porque a Espanha está inclinada a conquistar o mundo, e nós, ingleses, e os nossos aliados, os neerlandeses, recusamo-nos a ser conquistados. E, em parte, por causa das nossas religiões.

– Ah! Uma guerra religiosa? Qual é a sua religião?

– Sou cristão. A nossa igreja...

– Os portugueses e os espanhóis são cristãos! Você disse que a sua religião era diferente. Qual é a sua religião?

– É a cristã. É difícil explicar de modo simples e rápido, senhor Toranaga. São ambas...

– Não há necessidade de ser rápido, senhor Piloto, apenas preciso. Tenho muito tempo. Sou muito paciente. Você é um homem culto, obviamente não é um camponês, portanto pode ser simples ou complicado conforme deseje, exatamente o necessário para ser claro. Caso se desvie da questão, eu o trarei de volta. Estava dizendo?

– A minha religião é cristã. Há duas religiões cristãs importantes, a protestante e a católica. A maioria dos ingleses é protestante.

– Adoram ao mesmo Deus, à Nossa Senhora e ao Filho?

– Não, senhor. Não do modo como os católicos o fazem. – O que ele quer saber? Será que é católico? Devo responder o que acho que ele quer saber ou o que acho que é verdade? Será que é anticristão? Mas ele não chamou o jesuíta de "meu amigo"? Será que Toranaga é um simpatizante dos católicos, será que vai se tornar católico?

– Você acredita que Jesus é Deus?

– Acredito em Deus – respondeu cautelosamente.

– Não se esquive a uma pergunta direta! Acredita que Jesus é Deus? Sim ou não?

Blackthorne sabia que em qualquer corte católica do mundo ele já teria sido condenado há muito por heresia. E na maioria das cortes protestantes, se não em todas. O simples fato de hesitar antes de responder a uma pergunta assim já era uma admissão de dúvida. Dúvida era heresia.

– Não se pode responder a perguntas sobre Deus com "sim" ou "não". Tem que haver graduações de "sim" ou "não". Ninguém sabe com certeza sobre Deus até que esteja morto. Sim, acredito que Jesus é Deus, mas não saberei com certeza até estar morto.

– Por que foi que você quebrou a cruz do padre quando chegou ao Japão?

Blackthorne não esperava essa pergunta. Toranaga sabe de tudo o que aconteceu desde que cheguei?

– Eu... Eu queria mostrar ao daimio Yabu que o jesuíta, o padre Sebastião, o único intérprete que havia lá, era meu inimigo, não merecia crédito, pelo menos na minha opinião. Porque eu tinha certeza de que ele necessariamente não traduziria com exatidão, não como o padre Alvito está fazendo agora. Acusou-nos de sermos piratas, por exemplo. Não somos piratas, viemos em paz.

– Ah, sim! Piratas. Voltarei à pirataria num instante. Você diz que ambas as seitas são cristãs, ambas veneram Jesus, o Cristo? A essência do ensinamento dele não é "amarem-se uns aos outros"?

– Sim.

– Então como podem ser inimigos?

– O credo deles... A versão deles do cristianismo é uma falsa interpretação das Escrituras.

– Ah! Finalmente, estamos chegando a algum lugar. Então vocês estão em guerra devido a uma diferença de opinião sobre o que é Deus e o que não é?

– Sim.

– É uma razão muito estúpida para fazer guerra.

– Concordo – disse Blackthorne. Olhou para o padre. – Concordo de todo o coração.

– Quantos navios tem a sua armada?

– Cinco.

– E você era o primeiro-piloto?

– Sim.

– Onde estão os outros?

– No mar – disse Blackthorne cautelosamente, continuando com a mentira e presumindo que Toranaga tivesse sido instruído por Alvito a perguntar certas coisas. – Fomos divididos por uma tempestade e dispersamo-nos. Onde estão exatamente eu não sei, senhor.

– Os seus navios eram ingleses?

– Não, senhor, holandeses. Da Holanda.

– Por que um inglês está encarregado de navios holandeses?

– Isso não é raro, senhor. Somos aliados. Pilotos portugueses às vezes comandam navios e esquadras dos espanhóis. Tomei conhecimento de que pilotos portugueses comandam alguns dos seus navios oceânicos. E por lei.

– Não há pilotos holandeses?

– Muitos, senhor. Mas para uma viagem tão longa os ingleses são mais experientes.

– Mas por que você? Por que quiseram que *você* conduzisse os navios deles?

– Talvez porque a minha mãe era holandesa, falo a língua fluentemente e sou experiente. Fiquei contente com a oportunidade.

– Por quê?

– Foi a minha primeira oportunidade para singrar estas águas. Não havia navios ingleses planejando vir tão longe. Foi uma chance que tive de circum-navegar o mundo.

— Você pessoalmente, piloto, juntou-se à esquadra por causa da sua religião e para combater seus inimigos da Espanha e Portugal?

— Sou um piloto, senhor, antes de mais nada. Nenhum inglês ou holandês jamais esteve nestes mares antes. Somos principalmente uma esquadra mercante, embora tenhamos cartas de corso para atacar o inimigo no Novo Mundo. Viemos ao Japão para fazer comércio.

— O que são cartas de corso?

— Licenças legais emitidas pela coroa, ou governo, autorizando-nos a combater o inimigo.

— Ah, e os seus inimigos estão aqui. Planeja combatê-los aqui?

— Não sabíamos o que esperar quando chegássemos aqui, senhor. Viemos apenas para comerciar. O seu país é quase desconhecido, uma lenda. Os portugueses e os espanhóis são muito sigilosos sobre esta área.

— Responda à pergunta: seus inimigos estão aqui. Planeja combatê-los aqui?

— Se eles me atacarem, sim.

Toranaga mudou de posição, irritado.

— O que vocês fazem no mar ou em seus países é assunto de vocês. Mas aqui há uma lei para todos, e os estrangeiros estão na nossa terra unicamente por permissão. Quaisquer desordens ou rixas públicas serão imediatamente punidas com a morte. As nossas leis são claras e serão obedecidas. Entendeu?

— Sim, senhor. Mas viemos em paz. Viemos para fazer comércio. Poderíamos discutir o assunto, senhor? Preciso querenar o meu navio e fazer alguns reparos. Podemos pagar tudo. Depois há a quest...

— Quando eu quiser falar sobre comércio ou qualquer outra coisa eu lhe direi. Enquanto isso, por favor, limite-se a responder às perguntas. Portanto, você se juntou à expedição para fazer comércio, por lucro, não por dever ou lealdade? Por dinheiro?

— Sim. É o nosso costume, senhor. Ser pago e ter uma parte do saq... do comércio todo e de todos os bens inimigos capturados.

— Então você é um mercenário?

— Fui contratado como primeiro-piloto para conduzir a expedição. Sim. — Blackthorne podia sentir a hostilidade de Toranaga, mas não compreendia por quê. O que foi que eu disse de errado? O padre não disse que eu mesmo me assassinaria? — É um hábito normal entre nós, Toranaga-sama — repetiu.

Toranaga começou a conversar com Hiromatsu e trocaram pontos de vista, ambos num acordo óbvio. Blackthorne pensou ver asco no rosto deles. Por quê? Obviamente, era alguma coisa relacionada com "mercenário", pensou. O que há de errado nisso? As pessoas todas não são pagas? De que outro modo ganhar dinheiro suficiente para viver? Mesmo que se herde terra, ainda se...

— Você disse antes que veio para fazer comércio pacificamente — estava dizendo Toranaga. — Por que, então, carrega tantas armas e tanta pólvora, mosquetes e munição?

— Os nossos inimigos espanhóis e portugueses são muito numerosos e fortes, senhor Toranaga. Temos que nos proteger e...

— Está dizendo que as suas armas são meramente defensivas?

— Não. Nós as usamos não só para nos proteger como também para atacar os nossos inimigos. E as produzimos em abundância para comércio; as nossas armas são da melhor qualidade do mundo. Talvez pudéssemos negociá-las com o senhor, ou outras mercadorias que trazemos.

— O que é um pirata?

— Um fora da lei. Um homem que rouba, mata ou pilha por lucro pessoal.

— Não é o mesmo que um mercenário? Não é isso que você é? Um pirata e um chefe de piratas?

— Não. A verdade é que os meus navios têm cartas de corso dos dirigentes legais da Holanda, autorizando-nos a combater em todos os mares e lugares dominados até agora pelos nossos inimigos. E a encontrar mercados para os nossos produtos. Para os espanhóis e a maioria dos portugueses, sim, somos piratas e hereges religiosos, mas, repito, a verdade é que não somos.

O padre Alvito terminou de traduzir, depois começou a falar, tranquila mas firmemente, direto a Toranaga.

Como gostaria de poder falar assim diretamente também, pensou Blackthorne, blasfemando intimamente. Toranaga olhou para Hiromatsu e o velho fez algumas perguntas ao jesuíta, que respondeu prolixamente. Depois Toranaga se voltou para Blackthorne e a sua voz tornou-se ainda mais severa.

— Tsukku-san diz que esses "holandeses", os neerlandeses, eram vassalos do rei espanhol até alguns anos atrás. É verdade?

— Sim.

— Em consequência, os neerlandeses, os seus aliados, encontram-se em estado de rebelião contra o rei legal?

— Estão em luta contra os espanhóis, sim. Mas...

— Isso não é rebelião? Sim ou não?

— Sim. Mas há circunstâncias atenuantes. Sérias atenu...

— Não existem "circunstâncias atenuantes" quando se trata de rebelião contra um senhor soberano.

— A menos que se vença.

Toranaga olhou atentamente para ele. Depois riu estrondosamente. Disse alguma coisa a Hiromatsu no meio da gargalhada e Hiromatsu concordou.

— Sim, sr. Estrangeiro com o nome impossível, sim. Você citou o *único* fator atenuante. — Outra casquinada, depois o humor desapareceu de modo tão repentino como começara. — Vocês vão vencer?

— *Hai*.

Toranaga falou novamente, mas o padre não traduziu de imediato. Estava sorrindo de modo peculiar, os olhos fixos em Blackthorne. Suspirou e disse:

— Tem tanta certeza?

— Foi isso o que ele disse ou é o que você está dizendo?

— O senhor Toranaga disse isso. Minha... Ele disse isso.

— Sim. Diga-lhe que sim, tenho muita certeza. Posso explicar por quê?

O padre Alvito falou com Toranaga muito mais tempo do que levaria para traduzir essa simples pergunta. Você está tão calmo quanto aparenta?, queria perguntar-lhe Blackthorne. Qual é a chave que o desvenda? Como posso destruí-lo?

Toranaga falou e tirou um leque da manga.

O padre Alvito começou a traduzir novamente com a mesma descortesia sinistra, cheio de ironia.

— Sim, piloto, você pode me dizer por que acha que vencerá esta guerra.

Blackthorne tentou permanecer confiante, ciente de que o padre o estava dominando.

— Atualmente, dominamos os mares da Europa, a maioria dos mares da Europa — disse, corrigindo-se. Não se deixe arrebatar. Diga a verdade. Pode torcê-la um pouco, exatamente como é certo que o jesuíta está fazendo, mas diga a verdade. — Nós, ingleses, esmagamos duas imensas armadas invasoras espanholas e portuguesas, e é pouco provável que eles sejam capazes de organizar outras. A nossa pequena ilha é uma fortaleza e estamos seguros agora. A nossa Marinha domina o mar. Os nossos navios são mais rápidos, mais modernos e mais bem armados. Com mais de cinquenta anos de terror, a Inquisição e carnificina, os espanhóis não venceram os holandeses. Os nossos aliados estão ilesos e fortes, e uma coisa mais: estão fazendo o império espanhol sangrar até a morte. Venceremos porque somos os donos dos mares e porque o rei espanhol, na sua vaidosa arrogância, não vai querer deixar livre um povo hostil.

— São os donos dos mares? Dos nossos também? Os que contornam as nossas costas?

— Não, claro que não, Toranaga-sama. Não tive a intenção de ser arrogante. Referia-me, naturalmente, aos mares europeus, embora...

— Bom, fico contente de que isso esteja claro. Estava dizendo? Embora...?

— Apesar de que, em *todos* os oceanos, logo estaremos varrendo o inimigo — disse Blackthorne claramente.

— Você disse "o inimigo". Talvez nós também sejamos seus inimigos? E então? Tentarão afundar os nossos navios e nos invadir?

— Não posso conceber a ideia de ser seu inimigo.

— Eu posso, com muita facilidade. E então?

— Se o senhor viesse contra a minha terra, eu o atacaria e tentaria vencê-lo — disse Blackthorne.

— E se o seu governante ordenasse que nos atacasse aqui?

— Eu o aconselharia em contrário. Veementemente. A nossa rainha daria ouvidos. Ela é...

— Você é governado por uma rainha e não por um rei?

— Sim, senhor Toranaga. A nossa rainha é sábia. Ela não daria... Não poderia dar uma ordem tão imprudente.

– E se desse? Ou se o seu governante legal o fizesse?

– Então eu encomendaria a alma a Deus, porque certamente morreria. De um modo ou de outro.

– Sim. Morreria. Você e todas as suas legiões. – Toranaga fez uma pausa. Em seguida perguntou: – Quanto tempo você levou para chegar aqui?

– Quase dois anos. Exatamente um ano, onze meses e dois dias. Uma distância marítima aproximada de 4 mil léguas, cada uma de três milhas.

O padre traduziu, depois acrescentou alguma coisa mais. Toranaga e Hiromatsu interrogaram o padre, que concordou e respondeu.

Toranaga usava o leque pensativamente.

– Converti as medidas e o tempo, capitão-piloto Blackthorne, para as medidas deles – disse o padre polidamente.

– Obrigado.

Toranaga falou novamente:

– Como chegou aqui? Por qual rota?

– Pelo estreito de Magalhães. Se dispusesse dos meus mapas e portulanos, poderia lhe mostrar com clareza, mas foram roubados... Foram removidos do meu navio com as minhas cartas de corso e todos os meus papéis. Se o senhor...

Blackthorne parou quando Toranaga falou bruscamente com Hiromatsu, que estava igualmente perturbado.

– Afirma que todos os seus papéis foram removidos... Roubados?

– Sim.

– Isso é terrível, se for verdade. Abominamos o roubo no Nippon... Japão. A punição para roubo é a morte. O assunto será investigado imediatamente. Parece incrível que qualquer japonês fizesse tal coisa, embora haja infames bandidos e piratas aqui e ali.

– Talvez só tenham sido tirados do lugar – disse Blackthorne. – E colocados em segurança em alguma outra parte. Mas são valiosos, senhor Toranaga. Sem as minhas cartas marítimas eu seria como um homem cego num labirinto. Quer saber a minha rota?

– Sim, mas mais tarde. Primeiro diga-me *por que* percorreram toda essa distância.

– Viemos para comerciar, pacificamente – repetiu Blackthorne, contendo a impaciência. – Para comerciar e voltar para casa. Para fazê-lo mais rico, ao senhor e a nós também. E para tentar...

– Vocês mais ricos e nós mais ricos? O que é mais importante aí?

– Ambas as partes devem lucrar, naturalmente, e o comércio deve ser justo. Estamos visando ao comércio a longo prazo. Ofereceremos termos melhores do que os dos portugueses e espanhóis e um serviço melhor. Os nossos mercadores... – Blackthorne parou ao ouvir o som de vozes altas do lado de fora da sala. Hiromatsu e metade dos guardas dirigiram-se imediatamente para a porta e os outros se movimentaram para formar um cerrado escudo de proteção ao estrado. Os samurais diante das portas internas colocaram-se de prontidão, igualmente.

Toranaga não se mexeu. Falou ao padre Alvito.

– Deve vir para cá, capitão Blackthorne, para longe da porta – disse o padre com uma premência cuidadosamente contida. – Se dá valor à vida, não se mexa repentinamente nem diga nada. – Ele próprio mudou-se lentamente para a porta interna à esquerda e sentou-se perto dela.

Blackthorne curvou-se inquieto para Toranaga, que o ignorou, e caminhou com cautela na direção do padre, profundamente consciente de que sob aquele ponto de vista a entrevista fora um desastre.

– O que está acontecendo? – perguntou num sussurro ao se sentar.

Os guardas em torno se retesaram ameaçadores e o padre disse rapidamente alguma coisa para tranquilizá-los.

– Será um homem morto na próxima vez que falar – disse a Blackthorne. E pensou: quanto mais depressa, melhor. Com uma lentidão compassada, pegou um lenço da manga e enxugou o suor das mãos. Exigira-lhe todo o treinamento e resistência permanecer calmo e amável durante a entrevista do herege, que fora pior do que até o padre-inspetor esperara.

– Você terá que estar presente? – perguntara o padre-inspetor na noite anterior.

– Toranaga solicitou-me especificamente.

– Acho que é muito perigoso para você e para todos nós. Talvez pudéssemos pretextar uma doença. Se você estiver lá, terá que traduzir o que o pirata disser, e, pelo que descreve o padre Sebastião, ele é um demônio na Terra, tão astucioso quanto qualquer judeu.

– É muito melhor que eu esteja lá, Eminência. Pelo menos serei capaz de interceptar as mentiras menos óbvias de Blackthorne.

– Por que será que veio até aqui? Por que agora, quando tudo estava se tornando perfeito de novo? Será que eles realmente têm outros navios no Pacífico? É possível que tenham enviado uma esquadra contra a Manila espanhola? Não que eu me importe nem um pouco com essa cidade pestilenta ou qualquer uma das colônias espanholas nas Filipinas, mas uma esquadra inimiga no Pacífico! Isso teria terríveis implicações para nós na Ásia. E se ele conseguir que Toranaga lhe dê ouvidos, ou Ishido, ou qualquer um dos daimios mais poderosos? A situação ficaria bem mais difícil, para dizer o mínimo.

– Blackthorne é um fato. Felizmente estamos em posição de poder lidar com ele.

– Deus é meu juiz, mas eu quase acreditaria que os espanhóis, ou mais provavelmente os seus lacaios desencaminhados, os franciscanos e os beneditinos, deliberadamente o guiaram para cá a fim de nos importunar.

– Talvez tenham feito isso, Eminência. Não há nada que os monges não façam para nos destruir. Mas é apenas ciúme por estarmos tendo êxito onde eles fracassaram. Certamente Deus lhes mostrará o erro do seu procedimento! Talvez o inglês se "remova" por si mesmo antes de causar qualquer dano. Os seus portulanos provam que ele é o que é. Um pirata e um líder de piratas!

— Leia-os para Toranaga, Martim. As partes onde ele descreve o saque de povoados indefesos da África ao Chile e a lista dos saques e toda a matança.

— Talvez devêssemos esperar, Eminência. Sempre podemos exibir os portulanos. Esperemos que ele se condene sem isso.

O padre Alvito enxugou as palmas das mãos novamente. Podia sentir os olhos de Blackthorne sobre ele. Deus tenha piedade de você, pensou. Pelo que disse hoje a Toranaga, a sua vida não vale um níquel falsificado e, pior ainda, a sua alma está além de qualquer redenção. Será crucificado, mesmo sem a evidência dos seus portulanos. Deveríamos mandá-los de volta ao padre Sebastião, de modo que ele possa devolvê-los a Mura? O que faria Toranaga se os papéis nunca fossem descobertos? Não, isso seria perigoso demais para Mura.

A porta na extremidade mais afastada abriu-se com um estremecimento.

— O senhor Ishido quer vê-lo, senhor — anunciou Naga. — Ele... Ele está aqui no corredor e quer vê-lo. Imediatamente, diz ele.

— Voltem aos seus lugares, todos vocês — disse Toranaga aos seus homens. Foi imediatamente obedecido. Mas todos os samurais se sentaram com a atenção voltada para a porta, Hiromatsu à testa deles, as espadas afrouxadas nas bainhas. — Naga-san, diga ao senhor Ishido que ele é sempre bem-vindo. Peça-lhe que entre.

Um homem alto entrou a passos largos na sala. Dez dos seus samurais — cinzentos — o seguiram, mas permaneceram na soleira. A um sinal dele, sentaram-se de pernas cruzadas.

Toranaga curvou-se com uma formalidade precisa e a reverência foi retribuída com a mesma exatidão.

O padre Alvito bendisse a própria sorte por estar presente. O conflito pendente entre os dois líderes rivais afetaria completamente o curso do império e o futuro da Mãe Igreja no Japão, portanto, qualquer indício ou informação que pudesse ajudar os jesuítas a decidir onde lançar sua influência seria de uma importância incomensurável. Ishido era zen-budista e fanaticamente anticristão. Toranaga era zen-budista e abertamente simpatizante. Mas a maioria dos daimios cristãos apoiava Ishido, temendo — justificadamente, acreditava o padre Alvito — a ascendência de Toranaga. Os daimios cristãos achavam que, se Toranaga eliminasse a influência de Ishido do Conselho de Regentes, usurparia o poder todo para si. E uma vez detendo o poder, acreditavam eles, poria em execução os éditos de expulsão do táicum e arrasaria a verdadeira fé. Se, no entanto, Toranaga fosse eliminado, a sucessão, uma débil sucessão, estaria garantida e a Mãe Igreja prosperaria.

Como a fidelidade dos daimios cristãos vacilava, à semelhança do que ocorria com todos os outros daimios da terra, e o equilíbrio do poder entre os dois líderes flutuava continuamente, ninguém sabia com certeza que lado era, na realidade, o mais poderoso. Nem ele, o padre Alvito, o europeu mais bem informado do império, podia dizer com certeza que lado os daimios cristãos realmente apoiariam quando o conflito se tornasse declarado, ou que facção prevaleceria.

Viu Toranaga descer do estrado, atravessando o círculo de segurança formado por seus homens.

– Bem-vindo, senhor Ishido. Por favor, sente-se ali. – Toranaga fez um gesto na direção da única almofada sobre o estrado. – Gostaria de que se sentisse confortável.

– Não, obrigado, senhor Toranaga. – Ishido Kazunari era magro, moreno e muito vigoroso, um ano mais novo que Toranaga. Eram inimigos de longa data. Oito mil samurais no interior e nos arredores do Castelo de Ōsaka atendiam às suas ordens, pois era o comandante da guarnição e, portanto, o comandante da guarda pessoal do herdeiro, o general-chefe dos exércitos de oeste, conquistador da Coreia, membro do Conselho de Regentes e, antigamente, inspetor-geral de todos os exércitos do falecido táicum, os quais, legalmente, eram compostos por todos os exércitos de todos os daimios no reino inteiro. – Não, obrigado – repetiu. – Ficaria embaraçado de estar confortável e o senhor não, *né?* Um dia eu lhe tomarei a almofada, mas não hoje.

Uma torrente de cólera percorreu os marrons ante a ameaça implícita de Ishido, mas Toranaga respondeu amavelmente.

– Veio num momento muito oportuno. Eu estava acabando de entrevistar o novo bárbaro. Tsukku-san, por favor, diga-lhe que se levante.

O padre fez conforme o solicitado. Sentiu a hostilidade de Ishido vinda do outro lado da sala. Além de ser anticristão, Ishido sempre fora veemente na sua condenação a todos os europeus e queria o império totalmente fechado para eles.

Ishido olhou para Blackthorne com acentuado desgosto.

– Ouvi dizer que era feio, mas não imaginava que fosse tanto. Corre o boato de que é pirata. É mesmo?

– O senhor pode duvidar disso? E também é mentiroso.

– Então, antes de crucificá-lo, deixe-o comigo por meio dia. O herdeiro poderia achar divertido vê-lo antes com a cabeça no lugar. – Ishido riu asperamente. – Ou talvez devesse ser ensinado a dançar como um urso; então o senhor poderia exibi-lo por todo o império: "O Monstro Vindo do Leste".

Embora fosse verdade que Blackthorne tivesse, singularmente, vindo dos mares orientais – ao contrário dos portugueses, que sempre vinham do sul e, por isso, eram chamados de bárbaros meridionais –, Ishido estava espalhafatosamente insinuando que Toranaga, que dominava as províncias orientais, era o verdadeiro monstro.

Mas Toranaga simplesmente sorriu, como se não tivesse compreendido.

– É um homem de muito humor, senhor Ishido – disse. – Mas concordo em que quanto mais depressa o bárbaro for eliminado, melhor. É enfadonho, arrogante, fala grosso e de modo singular, sim, mas é de pouco valor e sem educação. Naga-san, mande alguns homens e ponha-o com os criminosos comuns. Tsukku-san, diga-lhe que os acompanhe.

– Capitão-piloto, deve seguir esses homens.

– Para onde estou indo?

O padre hesitou. Estava contente por ter vencido, mas o adversário era corajoso e tinha uma alma imortal que ainda podia ser salva.

– Vai ficar detido – disse.

– Por quanto tempo?

– Não sei, meu filho. Até que o senhor Toranaga decida outra coisa.

CAPÍTULO 12

ENQUANTO OBSERVAVA O BÁRBARO DEIXAR A SALA, TORANAGA LAMENTOU TER que desviar a mente da surpreendente entrevista e se dedicar ao problema mais imediato de Ishido.

Toranaga decidiu não dispensar o padre sabendo que isso enfureceria ainda mais Ishido, embora tivesse a certeza de que a presença do padre pudesse ser perigosa. Quanto menos os estrangeiros soubessem, melhor. "Quanto menos qualquer pessoa soubesse, melhor", pensou ele. "A influência de Tsukku-san sobre os daimios cristãos será a meu favor ou contra mim? Até hoje confiei nele de maneira implícita. Mas houve uns momentos estranhos com o bárbaro que ainda não entendi."

Ishido, deliberadamente, não seguiu as cortesias habituais e foi direto ao ponto.

– Devo perguntar-lhe novamente: qual é a sua resposta ao Conselho de Regentes?

– Repito de novo: como presidente do Conselho de Regentes, não acredito que seja necessária qualquer resposta. Fiz algumas conexões de família secundárias, que não têm importância. Nenhuma resposta se faz necessária.

– O senhor contratou o casamento de seu filho Naga-san com a filha do senhor Masamune, o de uma de suas netas com o filho e herdeiro do senhor Zataki, o de outra neta com o filho do senhor Kiyama. Todos os casamentos se relacionam com senhores feudais ou com parentes próximos deles, portanto não são secundários e são absolutamente contrários às ordens de nosso amo.

– O nosso falecido amo, o táicum, morreu há um ano. Infelizmente. Sim. Lamento a morte do meu cunhado e preferiria que ainda estivesse vivo, guiando os destinos do império. – E Toranaga acrescentou, prazerosamente, revolvendo uma faca numa ferida permanente: – Se meu cunhado fosse vivo, não há dúvida de que aprovaria essas ligações de família. As suas instruções aplicavam-se aos casamentos que ameaçassem a sucessão da casa *dele*. Não ameaço a casa dele nem o meu sobrinho Yaemon, o herdeiro. Estou satisfeito como senhor de Kantō. Não procuro mais território. Estou em paz com meus vizinhos e desejo que a paz continue. Por Buda, não serei o primeiro a romper a paz.

Durante seis séculos, o reino vivera alarmado por constantes guerras civis. Havia 35 anos, um daimio menor, chamado Goroda, tomara posse de Kyōto, instigado principalmente por Toranaga. Nas duas décadas seguintes, esse guerreiro miraculosamente dominara metade do Japão, erguera uma montanha de crânios e se declarara ditador – ainda sem poder suficiente para solicitar ao imperador reinante a concessão do título de shōgun, embora descendesse vagamente de um ramo dos Fujimoto. Então, havia dezesseis anos, Goroda fora assassinado por um de seus generais e o seu poder caíra nas mãos de um príncipe vassalo e o seu mais brilhante general, o camponês Nakamura.

Em quatro rápidos anos, o general Nakamura, auxiliado por Toranaga, Ishido e outros, aniquilou os descendentes de Goroda e colocou o Japão inteiro sob o seu controle absoluto e único, a primeira vez na história em que um homem dominava o reino todo. Triunfante, foi a Kyōto para se curvar diante de Go-Nijo, o Filho do Céu. Como nascera camponês, Nakamura tivera que aceitar o título menor de *kanpaku*, conselheiro-chefe, ao qual renunciou mais tarde em favor do filho, tomando para si o título de táicum. Mas todos os daimios se curvaram a ele, mesmo Toranaga. Inacreditavelmente, houvera paz completa durante doze anos. No ano anterior, o táicum morrera.

– Por Buda – repetiu Toranaga –, não serei o primeiro a romper a paz.

– Mas irá à guerra?

– Um homem sábio se prepara para a traição, *né?* Há homens maus em todas as províncias. Alguns em altos postos. Ambos conhecemos a extensão ilimitada da traição no coração dos homens. – Toranaga retesou-se. – Onde o táicum deixou um legado de unidade, agora estamos divididos no meu leste e no seu oeste. O Conselho de Regentes está dividido. Os daimios se envolvem em disputas. Um conselho não pode governar sequer uma aldeia infestada de caprichos e venetas, quanto mais um império. Quanto mais depressa o filho do táicum atingir a idade, melhor. Quanto mais depressa houver outro *kanpaku*, melhor.

– Ou talvez um shōgun? – disse Ishido, de modo insinuante.

– *Kanpaku*, shōgun ou táicum, o poder é o mesmo – disse Toranaga. – Qual é o valor real de um título? O poder é a única coisa importante. Goroda nunca se tornou shōgun. Nakamura ficou mais que satisfeito como *kanpaku* e depois como táicum. Ele governava, e isso é o que importa. Que importa que um dia o meu cunhado tenha sido camponês? Que importa que minha família seja antiga? Que importa que o senhor seja de origem humilde? O senhor é um general, um suserano, até faz parte do Conselho de Regentes.

Importa muito, pensou Ishido. Você sabe disso. Eu sei. Cada daimio sabe. Até o táicum sabia.

– Yaemon tem sete anos. Dentro de outros sete se tornará *kanpaku*. Até lá...

– Dentro de *oito* anos, general Ishido. É essa a nossa lei histórica. Quando meu sobrinho tiver quinze anos se tornará adulto e herdará. Até lá, nós, os cinco regentes, governaremos em nome dele. Foi assim que nosso amo quis.

– Sim. E também ordenou que os regentes não tomassem reféns uns contra os outros. A senhora Ochiba, a mãe do herdeiro, é refém no seu castelo de Edo, contra a sua segurança aqui, e isso também viola a vontade dele. O senhor concordou formalmente em obedecer às cláusulas dele, assim como todos os regentes. Até assinou o documento com seu próprio sangue.

Toranaga suspirou.

– A senhora Ochiba está visitando Edo, onde a sua única irmã se encontra em trabalho de parto. A irmã dela é casada com meu filho e herdeiro. O lugar de meu filho é em Edo enquanto eu estou aqui. Há coisa mais natural do que uma irmã visitar a outra num momento assim? Talvez eu já tenha meu primeiro neto, *né?*

– A mãe do herdeiro é a senhora mais importante do império. Não deve estar em... – Ishido ia dizer "mãos inimigas", mas pensou melhor e continuou – uma cidade diferente. – Fez uma pausa, depois acrescentou claramente: – O conselho gostaria que o senhor lhe ordenasse que voltasse para casa hoje.

Toranaga esquivou-se à armadilha.

– Repito, a senhora Ochiba não é refém, portanto, não está sob as minhas ordens, como nunca esteve.

– Então deixe-me colocar a coisa de modo diferente. O conselho solicita a presença dela em Ōsaka imediatamente.

– Quem solicita isso?

– Eu, o senhor Sugiyama, o senhor Onoshi e o senhor Kiyama. E tem mais: todos concordamos em esperar aqui até que ela esteja de volta a Ōsaka. Eis as assinaturas deles.

Toranaga ficou lívido. Manipulara tanto o conselho para que a votação fosse sempre de dois a três e nunca fora capaz de vencer um quatro a um contra Ishido, mas tampouco Ishido conseguira isso contra ele. Quatro a um significava isolamento e calamidade. Por que Onoshi desertara? E Kiyama? Ambos inimigos implacáveis, mesmo antes de se terem convertido à religião estrangeira. E que influência teria Ishido agora sobre eles?

Ishido sabia que abalara o inimigo. Mas faltava um movimento para tornar a vitória completa. Por isso, pôs em prática o plano que havia combinado com Onoshi.

– Nós, regentes, estamos todos de acordo em que chegou o momento de acabar com aqueles que planejam usurpar o poder do meu amo e matar o herdeiro. Os traidores serão condenados. Serão exibidos nas ruas, eles e os seus descendentes, como criminosos comuns, e depois serão executados como criminosos comuns, com todos os descendentes. Fujimoto, Takashima, origem humilde, origem ilustre, não importa quem. Até Minowara!

Um arquejo de cólera irrompeu de cada samurai de Toranaga, pois tal sacrilégio contra as famílias semirreais era impensável. Foi quando o jovem samurai Usagi, marido da neta de Hiromatsu, se colocou de pé, afogueado de raiva. Sacou a espada mortífera e saltou para cima de Ishido, a lâmina nua pronta para o golpe de duas mãos.

Ishido estava preparado para o golpe de morte e não fez movimento algum para se defender. Era isto o que planejara, o que esperava, e os seus homens tinham ordens para não interferir até que ele estivesse morto. Se ele, Ishido, fosse morto aqui, agora, por um samurai de Toranaga, a guarnição de Ōsaka inteira cairia sobre Toranaga legitimamente e o liquidaria, sem se importar com a refém. Depois a senhora Ochiba seria eliminada em retaliação pelos filhos de Toranaga, e os regentes remanescentes seriam forçados a movimentar-se em conjunto contra o clã Yoshi, que, isolado, seria aniquilado. Só então a sucessão do herdeiro estaria garantida e ele, Ishido, teria cumprido seu dever para com o táicum. Mas o golpe não veio. No último momento, Usagi recuperou o controle e, tremendo, embainhou a espada.

– O seu perdão, senhor Toranaga – disse, ajoelhando-se miseravelmente. – Não pude suportar a vergonha de... de vê-lo ouvindo esses... esses insultos. Peço permissão... Peço desculpas e... peço permissão para cometer *seppuku* imediatamente, pois não posso viver com essa vergonha.

Embora tivesse permanecido imóvel, Toranaga estivera pronto para interceptar o golpe, pois sabia que Hiromatsu e os outros estavam igualmente prontos e que, provavelmente, Ishido só ficaria ferido. Também compreendia por que Ishido fora tão insultuoso e provocador. "Vou lhe devolver isso e com juros bem elevados, Ishido", prometeu ele, silenciosamente.

Toranaga voltou a atenção para o jovem ajoelhado.

– Como se atreve a deduzir que qualquer coisa que o senhor Ishido tenha dito signifique, de algum modo, um insulto a *mim?* Claro que ele nunca seria tão descortês. Como se atreve a ouvir conversas que não lhe dizem respeito? Não, você não será autorizado a cometer *seppuku*. Isso é uma honra. Você será crucificado hoje como um criminoso comum. As suas espadas serão quebradas e enterradas na aldeia *eta*. O seu filho será enterrado na aldeia *eta*. A sua cabeça será espetada a um chuço e exposta ao escárnio de toda a população, com um aviso: "Este homem nasceu samurai por engano. Seu nome cessou de existir!".

Com um esforço supremo, Usagi controlou a respiração, mas o suor o encharcava e a vergonha o torturava. Inclinou-se para Toranaga, aceitando seu destino com calma aparente.

Hiromatsu avançou e arrancou as duas espadas da cintura do neto por afinidade.

– Senhor Toranaga – disse, de forma solene –, com a sua permissão verificarei pessoalmente que as suas ordens sejam cumpridas.

Toranaga concordou.

O jovem curvou-se uma última vez e começou a se levantar, mas Hiromatsu o empurrou de volta ao chão.

– Os samurais andam – disse. – Os homens também. Mas você não é uma coisa nem outra. Vai rastejar para a morte.

Silenciosamente, Usagi obedeceu.

E todos na sala se sentiram reconfortados naquele momento pela força da autodisciplina do jovem e pela dimensão da sua coragem. Ele renascerá samurai, disseram a si mesmos, satisfeitos.

CAPÍTULO 13

NAQUELA NOITE TORANAGA NÃO CONSEGUIU DORMIR. ISSO ERA RARO NELE, porque normalmente podia adiar o problema mais premente sempre para o dia seguinte, sabendo que, se estivesse vivo no dia seguinte, iria resolvê-lo com a melhor das suas habilidades. Descobrira já há muito tempo que um sono tranquilo podia oferecer a resposta a muitos enigmas, e, se não pudesse, que importância tinha, na realidade? A vida não era apenas uma gota de orvalho dentro de outra gota de orvalho?

Mas naquela noite havia uma infinidade de questões desconcertantes a ponderar.

O que vou fazer com relação a Ishido?
Por que Onoshi se passou para o inimigo?
Como vou lidar com o conselho?
Será que os padres cristãos se intrometeram de novo?
De onde virá a próxima tentativa de assassinato?
Quando devo tratar de Yabu?
E o que devo fazer com o bárbaro?
Será que o bárbaro disse a verdade?

Curioso que o bárbaro tenha vindo dos mares orientais bem nesta época. Será um presságio? Será que o karma dele vai ser a faísca que acenderá o barrilete de pólvora?

Karma era uma palavra indiana adotada pelos japoneses. Era a parte da filosofia budista que se referia ao destino de uma pessoa nesta vida, o seu destino imutavelmente fixado pelos feitos realizados numa vida prévia, dando aos bons atos uma posição melhor nestes estratos de vida e os maus, o inverso. Exatamente como os feitos desta vida afetariam o renascimento seguinte. Uma pessoa estava sempre renascendo neste mundo de lágrimas até, finalmente, depois de padecer, sofrer e aprender ao longo de muitas vidas, se tornar perfeita, quando seguia para o *nirvana*, o Lugar da Paz Perfeita, não precisando sofrer o renascimento nunca mais.

Estranho que Buda ou algum outro deus ou talvez apenas o karma tivesse trazido o Anjin-san para o feudo de Yabu. Estranho que tivesse aportado na aldeia exata onde Mura, o líder secreto do sistema de espionagem de Izu, se instalara tantos anos atrás, bem às vistas do táicum e do pai de Yabu, corroído de sífilis. Estranho que Tsukku-san estivesse ali em Ōsaka para interpretar e não em Nagasaki, onde normalmente deveria se encontrar. Que também o padre-chefe dos cristãos estivesse em Ōsaka, assim como o capitão-mor dos portugueses. Estranho que o piloto Rodrigues também estivesse disponível para levar Hiromatsu a Anjiro a tempo de capturar o bárbaro com vida e tomar posse das armas. Depois, há Kashigi Omi, filho do homem que me dará a cabeça de Yabu a um simples dobrar de um dedinho meu.

Como a vida é bela e como é triste! Como é fugaz, sem passado nem futuro, apenas um infindável *agora*.

Toranaga suspirou. Uma coisa é certa: o bárbaro jamais partirá. Nem vivo nem morto. É parte do reino para sempre.

Os seus ouvidos detectaram o som quase imperceptível de passos se aproximando e a sua espada se preparou. Todas as noites ele mudava de quarto de dormir, trocava os guardas e a senha ao acaso, prevenindo-se contra os assassinos que estavam à espreita. Os passos se detiveram do lado de fora da *shōji*. Então ouviu a voz de Hiromatsu e o começo da senha:

— Se a verdade já está clara, para que serve a meditação?

— E se a verdade estiver oculta? — disse Toranaga.

— Já está clara — respondeu Hiromatsu corretamente. A citação era do velho professor de tantrismo Saraha.

— Entre.

Só quando Toranaga viu, realmente, que se tratava do seu conselheiro, a sua espada descansou.

— Sente-se.

— Disseram-me que o senhor não estava dormindo. Pensei que pudesse precisar de alguma coisa.

— Não. Obrigado. — Toranaga observou os sulcos mais acentuados em torno dos olhos do velho. — Estou contente que esteja aqui, velho amigo.

— Tem certeza de que está bem?

— Oh, sim.

— Então vou deixá-lo. Sinto tê-lo perturbado, senhor.

— Não, por favor, entre, estou contente de que tenha vindo. Sente-se.

O velho se sentou ao lado da porta, as costas eretas.

— Redobrei a guarda.

— Ótimo.

Pouco depois Hiromatsu disse:

— Quanto àquele louco, foi tudo executado conforme o senhor ordenou. Tudo.

— Obrigado.

— A mulher dele, minha neta, logo que ficou sabendo da sentença, pediu-me permissão para se matar, para acompanhar o marido e o filho ao Grande Vazio. Recusei e ordenei-lhe que esperasse e aguardasse a sua aprovação. — Hiromatsu sangrava por dentro. Como a vida é terrível!

— Agiu corretamente.

— Peço-lhe formalmente permissão para pôr fim à minha vida. O que ele fez colocou o senhor em perigo mortal, mas o erro foi meu. Deveria ter descoberto a nulidade dele. Falhei com o senhor.

– Você não pode cometer *seppuku*.
– Por favor. Peço-lhe permissão formalmente.
– Não. Você é necessário vivo.
– Obedecerei. Mas, por favor, aceite as minhas desculpas.
– As suas desculpas estão aceitas.
Depois de um instante Toranaga disse:
– E quanto ao bárbaro?
– Muitas coisas, senhor. Primeiro: se o senhor não tivesse estado à espera do bárbaro hoje, estaria falcoando desde a primeira luz do dia, e Ishido nunca o teria enredado num encontro tão repulsivo. O senhor não tem escolha agora senão declarar guerra a ele. Isso se conseguir sair deste castelo e voltar a Edo.
– Segundo?
– E terceiro e quadragésimo terceiro e centésimo quadragésimo terceiro: não sou de modo algum tão inteligente quanto o senhor, mas até eu pude ver que tudo em que fomos induzidos a crer pelos bárbaros meridionais não é verdadeiro. – Hiromatsu estava contente por falar. Ajudava a mitigar a dor. – Mas se há *duas* religiões cristãs que se odeiam mutuamente, e se os portugueses são parte de uma nação espanhola maior, e se o país deste novo bárbaro, seja lá como se chame, está em guerra com ambos e os vencer, e se esse mesmo país é uma nação insular como a nossa, e, o maior "se" de todos, se ele estiver dizendo a verdade e o padre tiver dito exatamente o que o bárbaro disse... Bem, o senhor pode reunir todos esses "se" e extrair-lhes um sentido e um plano. Eu não consigo, sinto muito. Só sei o que vi em Anjiro e a bordo do navio. E que o Anjin-san é muito forte de cabeça e no domínio do mar, embora esteja fraco de corpo atualmente, talvez devido à longa viagem. Não compreendo nada sobre ele. Como poderia ser todas essas coisas e, no entanto, permitir que um homem lhe urinasse nas costas? Por que salvou a vida de Yabu depois do que o homem lhe fez, e também a vida do seu inimigo confesso, o português Rodorigu? Minha cabeça roda com tantas perguntas como se eu estivesse encharcado de saquê. – Hiromatsu fez uma pausa. Estava absolutamente exausto. – Mas acho que devíamos mantê-lo em terra, e a todos como ele, se outros o seguirem, e matá-los muito rapidamente.
– E quanto a Yabu?
– Ordene que ele cometa *seppuku* esta noite.
– Por quê?
– Não tem boas maneiras. O senhor previu o que ele faria se eu não chegasse a Anjiro. Ia roubar a sua propriedade. E é um mentiroso. Não se dê ao trabalho de recebê-lo amanhã, conforme foi combinado. Em vez disso, deixe-me levar-lhe sua ordem agora. O senhor terá que matá-lo mais cedo ou mais tarde. Melhor agora quando ele está acessível, sem nenhum de seus vassalos a rodeá-lo. Aconselho-o a não perder tempo.
Houve uma batida suave na porta interna.
– Tora-chan?

Toranaga sorriu como sempre fazia ao ouvir aquela voz muito especial, com aquele diminutivo especial.

— Sim, Kiri-san?

— Tomei a liberdade, senhor, de trazer chá para o senhor e seu convidado. Posso entrar?

— Sim.

Os dois homens retribuíram a sua reverência. Kiri fechou a porta e se ocupou em servir a bebida. Tinha 53 anos, uma pessoa farta, responsável pelas damas de companhia de Toranaga. Kiritsubo-no-Toshiko, apelidada de Kiri, a dama mais velha da sua corte. Tinha o cabelo com salpicos grisalhos, o peito generoso, mas o rosto cintilante com uma alegria eterna.

— Não devia estar acordado, não, não a esta hora da noite, Tora-chan! Logo vai amanhecer e suponho que o senhor sairá para as colinas com seus falcões, *né*? Precisa dormir!

— Sim, Kiri-chan! — Toranaga deu-lhe um tapinha afetuoso no vasto traseiro.

— Por favor, não me chame de Kiri-chan! — Kiri riu. — Sou uma velha e preciso de muito respeito. As suas outras damas já me dão problemas suficientes. Kiritsubo-Toshiko-san, se lhe apraz, meu senhor Yoshi Toranaga-no-Chikitada!

— Aí está, Hiromatsu. Depois de vinte anos ela ainda tenta me dominar.

— Desculpe, mas são mais de trinta anos, Tora-sama — disse ela com orgulho. — E o senhor era tão manejável na época quanto é agora!

Quando Toranaga estava na casa dos vinte anos, foi retido como refém pelo despótico Ikawa Tadazaki, senhor de Suruga e Tōtōmi, pai do atual Ikawa Jikkyu, inimigo de Yabu. O samurai responsável pelo bom comportamento de Toranaga acabara de tomar Kiritsubo como segunda esposa. Ela estava então com dezessete anos. O samurai, assim como a esposa, tratava Toranaga com generosidade, dava-lhe sábios conselhos e depois, quando Toranaga se rebelou contra Tadazaki e se juntou a Goroda, o seguiu com muitos guerreiros e lutou bravamente ao lado dele. Mais tarde, no combate pela conquista da capital, o marido de Kiri foi morto. Toranaga então pediu-lhe que se tornasse uma de suas consortes e ela aceitou, contente. Naqueles dias ela não era gorda. Mas já era protetora e igualmente sábia. Tinha dezenove anos, ele, 24, e desde então ela se tornou o centro da sua vida doméstica. Kiri era muito perspicaz e muito eficiente. Dirigia a casa e a mantinha sem problemas.

Tão sem problemas quanto qualquer casa com mulheres poderia ser, pensou Toranaga.

— Está engordando — disse ele, pouco se importando que ela estivesse gorda.

— Senhor Toranaga! Na frente do senhor Toda! Oh, sinto muito, tenho que cometer *seppuku* ou no mínimo raspar a cabeça e me tornar monja! E eu que pensei que ainda fosse jovem e esbelta! — Explodiu numa gargalhada. — Na realidade, concordo que tenho um traseiro gordo, mas o que posso fazer? Simplesmente gosto de comer e isso é problema de Buda e o meu karma, *né*?

– Ela ofereceu o chá. – Aqui está. Agora me retiro. Gostaria que eu mandasse a senhora Sazuko?

– Não, minha zelosa Kiri-san, não, obrigado. Vamos conversar um pouco, depois vou dormir.

– Boa noite, Tora-sama. Um sono suave e sem sonhos. – Ela se curvou para ele, para Hiromatsu e saiu.

Eles sorveram o chá, degustando-o.

– Sempre lamentei – disse Toranaga – que não tivéssemos tido um filho, Kiri-san e eu. Uma vez ela concebeu, mas abortou. Foi quando estivemos na batalha de Nagakude.

– Ah, aquela.

– Sim.

Isso foi pouco depois de o ditador Goroda ser assassinado, quando o general Nakamura – o futuro táicum – tentava consolidar todo o poder nas mãos. Naquela época a questão ainda estava pendente, e Toranaga apoiava um dos filhos de Goroda, o herdeiro legal. Nakamura investiu contra Toranaga perto da pequena aldeia de Nagakude, o seu exército foi rechaçado e dispersado e ele perdeu a batalha. Toranaga recuou inteligentemente, perseguido por um novo exército, agora comandado para Nakamura por Hiromatsu. Mas Toranaga evitou a armadilha e escapou para as suas províncias, com o seu exército intacto, pronto para lutar de novo. Cinquenta mil homens morreram em Nagakude, muito poucos dos quais eram de Toranaga. Na sua sabedoria, o futuro táicum susteve a guerra civil contra Toranaga, embora tivesse condição de vencer. Nagakude foi a única batalha que o táicum perdeu e Toranaga o único general que o derrotou.

– Estou contente por nunca termos travado combate, senhor – disse Hiromatsu.

– Sim.

– O senhor teria vencido.

– Não. O táicum era o maior general e o mais sábio, o homem mais inteligente que jamais houve.

Hiromatsu sorriu.

– Sim. Com exceção do senhor.

– Não. Engano seu. Foi por isso que me tornei *seu* vassalo.

– Lamento que tenha morrido.

– Sim.

– E Goroda? Era um excelente homem, *né?* Tantos homens bons mortos. – Hiromatsu inconscientemente virou e torceu a bainha gasta. – O senhor terá que investir contra Ishido. Isso forçará cada daimio a tomar posição de uma vez por todas. Acabaremos vencendo a guerra. Então o senhor poderá dissolver o conselho e tornar-se shōgun.

– Não busco essa honra – disse Toranaga de modo cortante. – Quantas vezes preciso dizer-lhe?

– Seu perdão, senhor. Mas sinto que seria melhor para o Japão.

– Isso é traição.

– Contra quem, senhor? Contra o táicum? Ele está morto. Contra as suas últimas vontades e testamento? É um pedaço de papel. Contra o menino Yaemon? Yaemon é o filho de um camponês que usurpou o poder e a herança de um general cujos herdeiros ele massacrou. Éramos aliados de Goroda, depois vassalos do táicum. Sim. Mas estão ambos completamente mortos.

– Você aconselharia isso se fosse um dos regentes?

– Não. Mas não sou um dos regentes e estou muito contente. Sou apenas seu vassalo. Tomei posição há um ano. Fiz isso voluntariamente.

– Por quê? – Toranaga nunca lhe perguntara isso antes.

– Porque o senhor é um homem, porque é Minowara e porque fará o que for mais sábio. O que disse a Ishido é verdade: não somos um povo para ser governado por um comitê. Necessitamos de um líder. A quem, dos cinco regentes, eu deveria ter escolhido para servir? Ao senhor Onoshi? Sim, é um homem muito sábio e um bom general. Mas é cristão e um mutilado, tem a carne tão apodrecida pela lepra que cheira mal a cinquenta passos. Ao senhor Sugiyama? É o daimio mais rico, de uma família tão antiga quanto a sua. Mas é um vira-casaca sem entranhas e nós o conhecemos há uma eternidade. Ao senhor Kiyama? Sábio, corajoso, um grande general e um velho camarada. Mas também é cristão, e acho que já temos deuses bastantes nesta Terra dos Deuses para não sermos arrogantes ao ponto de adorar a apenas um. Ishido? Detesto esse lixo camponês traiçoeiro desde que o conheço e a única razão por que nunca o matei é que ele era o cão do táicum. – O seu rosto coriáceo fendeu-se num sorriso. – Então, senhor Yoshi Toranaga-no-Minowara, o senhor não me deixou escolha.

– E se eu for contra o seu conselho? Se manipular o Conselho de Regentes, até Ishido, e puser Yaemon no poder?

– Qualquer coisa que o senhor faça é sábia. Mas aí todos os regentes gostariam de vê-lo morto. A verdade é essa. Sou pela guerra imediata. *Imediata*. Antes que o isolem. Ou, mais provavelmente, o assassinem.

Toranaga pensou em seus inimigos. Eram poderosos e abundantes.

Precisaria de três semanas inteiras para regressar a Edo, viajando pela estrada Tōkaidō, a principal, que acompanhava a costa entre Edo e Ōsaka. Ir de navio era mais perigoso e talvez consumisse mais tempo, exceto de galera, que podia viajar contra o vento e a maré.

A mente de Toranaga deteve-se de novo no plano pelo qual se decidira. Não via defeito algum nele.

– Ouvi dizer em segredo, ontem, que a mãe de Ishido está visitando o neto em Nagoya – disse, e Hiromatsu imediatamente se pôs atento. Nagoya era uma imensa cidade-estado ainda não comprometida com nenhum lado. – A senhora poderia ser "convidada" pelo prior a visitar o Templo Johji. Para ver as flores de cerejeira.

– Imediatamente – disse Hiromatsu. – Por pombo-correio. – O Templo Johji era famoso por três coisas: sua avenida de cerejeiras, a militância de seus monges zen-budistas e a sua fidelidade declarada e perene a Toranaga, que, anos antes, pagara a construção do templo e se responsabilizava pela sua manutenção desde então. – As flores já terão passado do auge, mas ela estará lá amanhã. Não duvido que a veneranda senhora quererá ficar alguns dias, o lugar é tão calmante. O neto deveria ir também, *né?*

– Não, apenas ela. Isso faria o "convite" do prior parecer óbvio demais. Em seguida, mande uma mensagem secreta a meu filho Sudara: "Deixo Ōsaka no momento em que o conselho concluir esta sessão – dentro de quatro dias". Mande-a por mensageiro e confirme por pombo-correio amanhã.

A desaprovação de Hiromatsu era flagrante.

– Então posso ordenar a vinda de 10 mil homens imediatamente? Para Ōsaka?

– Não. Os que estão aqui bastam. Obrigado, velho amigo, acho que vou dormir agora.

Hiromatsu levantou-se e estirou os ombros. Na soleira da porta, disse:

– Posso dar a Fujiko, minha neta, permissão para se matar?

– Não.

– Mas Fujiko é samurai, senhor, e o senhor sabe como são as mães em relação aos filhos. A criança era o primeiro filho dela.

– Fujiko pode ter muitos filhos. Que idade tem? Dezoito, quase dezenove? Encontrarei um novo marido para ela.

Hiromatsu balançou a cabeça.

– Não aceitará nenhum. Conheço-a bem demais. O seu desejo mais profundo é pôr fim à vida. Por favor?

– Diga à sua neta que não aprovo mortes inúteis. A permissão está recusada.

Finalmente Hiromatsu se curvou e começou a se retirar.

– Quanto tempo o bárbaro viveria na prisão? – perguntou Toranaga.

Hiromatsu não se voltou.

– Isso vai depender de sua bravura.

– Obrigado. Boa noite, Hiromatsu. – Quando teve certeza de estar sozinho, disse calmamente: – Kiri-san?

A porta interna se abriu, ela entrou e se ajoelhou.

– Mande uma mensagem a Sudara imediatamente: "Está tudo bem". Mande por pombos de corrida. Solte três ao mesmo tempo ao amanhecer. Ao meio-dia faça o mesmo novamente.

– Sim, senhor. – Ela saiu.

"Um conseguirá passar", pensou. "Pelo menos quatro serão abatidos por flechas, espiões ou falcões. Mas, a menos que Ishido tenha desvendado o nosso código, a mensagem não vai significar nada para ele."

O código era muito particular. Quatro pessoas o conheciam. O filho mais velho, Noboru; o segundo filho e herdeiro, Sudara; Kiri; e ele mesmo. Decifrada, a mensagem significava: "Ignorar todas as outras mensagens. Acionar o plano cinco". Conforme arranjos prévios, o plano cinco continha ordens de reunir todos os líderes do clã Yoshi e os seus conselheiros mais dignos de confiança imediatamente na capital, Edo, e de mobilizar para a guerra. A expressão em código que indicava a guerra era "Céu Carmesim". Caso ele fosse assassinado ou capturado, Céu Carmesim tornava-se inexorável e desencadeava a guerra – um imediato e fanático assalto contra Kyōto conduzido por Sudara, o herdeiro, com todas as legiões, para tomar posse daquela cidade e aprisionar o imperador fantoche. Esse ataque seria acompanhado de insurreições secretas e meticulosamente planejadas em cinquenta províncias que haviam sido preparadas ao longo dos anos para tal eventualidade. Todos os alvos, caminhos, cidades, castelos, pontes tinham sido selecionados fazia muito tempo. Havia armas, homens e determinação suficientes para levar o plano a efeito.

É um bom plano, pensou Toranaga. Mas fracassará se eu mesmo não o comandar. Sudara falhará. Não por falta de empenho, coragem, inteligência, nem por causa de traição. Meramente porque Sudara ainda não tem conhecimento e experiência suficientes e não vai conseguir levar consigo um número considerável de daimios não comprometidos. E também porque o Castelo de Ōsaka e o herdeiro, Yaemon, erguem-se invioláveis no caminho, o ponto de fusão de toda a inimizade e inveja que mereci em 52 anos de guerra.

A guerra de Toranaga começara quando ele tinha seis anos e fora mantido como refém num acampamento inimigo, depois libertado, depois capturado por outros inimigos, novamente feito refém, e isso até ter doze anos, idade em que comandara a sua primeira patrulha e vencera sua primeira batalha.

Tantas batalhas. Nenhuma perdida. Mas tantos inimigos. Que agora estão se agrupando.

Sudara falhará. Você é o único que poderia vencer com Céu Carmesim, talvez. O táicum poderia fazê-lo facilmente. Mas seria melhor não ter que pôr em prática o Céu Carmesim.

CAPÍTULO 14

PARA BLACKTHORNE FOI UM AMANHECER INFERNAL. ESTAVA TRAVANDO UMA luta de morte com um prisioneiro. O prêmio era uma xícara de sopa de aveia. Os dois homens estavam despidos. Sempre que um condenado era colocado naquela vasta cela de madeira de um único andar, as suas roupas eram levadas embora. Um homem vestido ocupava mais espaço e as roupas podiam esconder armas.

A sala escura e sufocante tinha cinquenta passos de comprimento e dez de largura e estava abarrotada de japoneses nus, transpirando. A luz se infiltrava escassamente através das pranchas e vigas que compunham os muros e o teto baixo.

Blackthorne mal conseguia ficar ereto. Tinha a pele machucada e arranhada pelas unhas quebradas do homem e pelo madeirame das paredes. Finalmente, foi de cabeça contra o rosto do homem, agarrou-o pelo pescoço e martelou-lhe a cabeça contra as vigas até fazê-lo perder os sentidos. Depois atirou o corpo para o lado e investiu por entre a massa de corpos transpirando, em direção ao lugar que reclamara no canto. E se preparou para novo ataque.

Acontecera que, ao amanhecer, na hora da refeição, os guardas começaram a passar as xícaras de sopa de aveia e água pela pequena abertura. Era o primeiro alimento que lhes era dado desde que ele fora posto ali ao crepúsculo da véspera. A fila para comida e água mantivera-se excepcionalmente calma. Sem disciplina ninguém comeria. Então aquele homem simiesco – barba por fazer, imundo, coberto de piolhos – lhe deu um soco nos rins e lhe tomou a ração, enquanto os outros esperavam para ver o que ia acontecer. Mas Blackthorne já participara de um sem-número de rixas no mar para ser derrotado com um golpe traiçoeiro. Portanto, fingiu estar indefeso, depois deu um pontapé certeiro e a luta começou.

Agora, no canto, Blackthorne viu, para espanto seu, que um dos homens lhe oferecia a xícara de sopa e a de água que ele presumira perdidas. Pegou-as e agradeceu ao homem.

Os cantos eram as áreas preferidas. Uma viga corria ao longo do chão de terra, dividindo a sala em duas seções. Em cada seção havia três fileiras de homens, duas se encarando mutuamente, as costas contra a parede ou a viga, e a terceira entre elas. Apenas os fracos e os doentes ficavam na fileira central. Quando os homens mais fortes, nas fileiras externas, queriam esticar as pernas, tinham que fazê-lo por cima dos que estavam no meio.

Blackthorne viu dois cadáveres, inchados e cobertos de moscas, numa das filas do meio. Mas os homens enfraquecidos e moribundos ao redor pareciam ignorá-los. Não conseguia enxergar à distância na escuridão abafada. O sol já estava ressecando a madeira. Havia latrinas, mas o mau cheiro era terrível porque os doentes haviam se sujado, e sujado também os lugares onde se acotovelavam.

De vez em quando os guardas abriam a porta de ferro e chamavam nomes. Os homens curvavam-se para os companheiros e saíam, mas logo eram trazidos outros e o espaço era novamente ocupado. Todos os prisioneiros pareciam ter aceitado a sua sorte e tentavam, da melhor maneira possível, viver altruisticamente em paz com os vizinhos imediatos.

Um dos homens contra a parede começou a vomitar. Foi rapidamente empurrado para a fileira do meio e tombou, meio sufocado, sob o peso das pernas.

Blackthorne teve que fechar os olhos e lutar para controlar o próprio terror e a claustrofobia. Toranaga, bastardo! Rezo para ter um dia a oportunidade de colocá-lo aqui dentro.

Os guardas são todos bastardos! Na noite anterior, quando lhe ordenaram que se despisse, lutara com amargura e desespero, sabendo que ia ser derrotado e lutando só porque se recusava a capitular passivamente. E, em seguida, foi jogado para dentro.

Havia quatro blocos de celas como aquele. Ficavam num lugar limítrofe da cidade, numa construção por trás de altos muros de pedra. Do lado de fora havia uma área isolada de terra batida à margem do rio onde já se viam cinco cruzes. E vários homens e uma mulher, todos nus, estavam de pernas abertas, amarrados às traves pelos pulsos e tornozelos. Ao caminhar pelo perímetro, seguindo os seus guardas samurais, Blackthorne vira os carrascos com lanças enfiando-as no peito das vítimas, enquanto a multidão em volta escarnecia. Em seguida cinco foram descidos, mais cinco foram içados. E, ao lado, alguns samurais avançaram e esquartejaram os cadáveres em pedaços com as suas longas espadas, rindo o tempo todo em que faziam isso.

Bastardos sanguinários, pústulas, ralé da ralé!

Sem que ninguém notasse, o homem com quem Blackthorne lutara estava voltando a si. Jazia na fila do meio. O sangue coagulara nos dois lados do rosto dele e o nariz estava esmagado. De repente pulou para cima de Blackthorne, ignorando os homens deitados no seu caminho. Blackthorne viu-o no último instante. Rapidamente aparou a investida furiosa e o prostrou por terra. Os prisioneiros sobre os quais caiu amaldiçoaram-no, e um deles, lerdo mas com a compleição de um buldogue, atingiu-o violentamente na nuca com o cutelo da mão. Houve um estalo seco e a cabeça do homem cedeu.

O homem-buldogue levantou a cabeça meio raspada pelo topete eriçado e infestado de piolhos e deixou-a cair. Elevou os olhos para Blackthorne, disse alguma coisa guturalmente, sorriu com as gengivas nuas, desdentadas, e sacudiu os ombros.

– Obrigado – disse Blackthorne, lutando para respirar, satisfeito por seu atacante não ter a habilidade de Mura no combate desarmado. – Meu *namae* é Anjin-san – disse, apontando para si mesmo. – Você?

— *Ah, naruhodo!* Anjin-san! — O buldogue apontou para si mesmo e tomou fôlego. — Minikui.

— Minikui-san?

— *Hai* — e acrescentou uma torrente de palavras em japonês.

— *Wakarimasen*. Não entendi — reagiu Blackthorne sacudindo os ombros, cansado.

— *Ah, naruhodo!* — O buldogue trocou algumas palavras com os vizinhos, depois também sacudiu os ombros. Blackthorne o imitou e juntos pegaram o morto e o colocaram com os outros cadáveres. Quando voltaram ao canto, ninguém havia tomado o lugar deles. A maioria dos prisioneiros estava dormindo ou, espasmodicamente, tentando dormir.

Blackthorne sentiu-se imundo, péssimo e às portas da morte. Não se preocupe, disse a si mesmo, você ainda tem um longo caminho pela frente antes de morrer... Não, não vou poder viver muito tempo neste buraco do inferno. Há homens demais. Oh, Deus, faça-me sair! Por que a sala está subindo e descendo assim, e aquele é Rodrigues que vem flutuando das profundezas com tenazes movendo-se no lugar dos olhos? Não consigo respirar, não consigo respirar. Tenho que dar o fora daqui, por favor, por favor, não ponham mais lenha na fogueira, e o que você está fazendo aqui, jovem Croocq, pensei que o tivessem deixado ir. Pensei que tivesse voltado para a aldeia, mas agora estamos aqui na aldeia, e como foi que cheguei aqui — está tão frio e há aquela garota tão bonita lá embaixo, perto do cais, mas por que a estão arrastando para a praia, o samurai nu, Omi, rindo, lá? Por que para a areia, marcas de sangue na areia, todos nus, eu nu, feiticeiras, aldeões e crianças, e há o caldeirão e estamos no caldeirão e não, não ponham mais lenha, não ponham mais lenha, estou me afogando num líquido imundo, oh, Deus, oh, Deus, oh, Deus, estou morrendo, morrendo, morrendo. "*In nomine Patris et Filii et Spiritu Sancti*." Este é o último sacramento e você é católico, somos todos católicos, e você vai arder ou se afogar em mijo e arder no fogo, o fogo, o fogo, o fogo...

Arrastou-se para fora do pesadelo, os ouvidos explodindo com o tranquilo caráter decisivo do último sacramento. Por um momento não soube se estava desperto ou adormecido porque seus incrédulos ouvidos captaram a bênção em latim novamente e os seus incrédulos olhos estavam vendo um velho e enrugado espantalho de europeu dobrado sobre a fileira do meio, a quinze passos de distância. O velho desdentado tinha um longo cabelo imundo, uma barba emaranhada, unhas quebradas e usava um camisolão puído e sujo. Tinha uma mão levantada como uma garra de abutre e segurava a cruz de madeira acima do corpo meio oculto. Um raio de sol iluminou-o momentaneamente. Depois ele fechou os olhos do homem, murmurou uma prece e levantou os olhos. Viu Blackthorne olhando-o fixamente.

— Mãe de Deus, você é real? — disse o homem, numa voz baixa e áspera, falando um espanhol grosseiro, de camponês, e persignando-se.

– Sim – disse Blackthorne em espanhol. – Quem é você?

O velho aproximou-se às apalpadelas, resmungando consigo mesmo. Os outros deixaram-no passar, pisando-os ou pulando-os sem dizer palavra. Ele sustentou o olhar de Blackthorne com olhos remelentos, o rosto cheio de verrugas.

– Oh, Virgem abençoada, o senhor é real. Quem é? Sou... Sou o frei... frei Domingo... Domingo... Domingo da sagrada... sagrada Ordem de São Francisco... a Ordem... – por um instante suas palavras se tornaram uma confusão de japonês, latim e espanhol. A cabeça estremeceu e ele enxugou a saliva sempre presente que lhe escorria para o queixo. – O *señor* é real?

– Sim, sou real. – Blackthorne se sentiu aliviado.

O frade murmurou outra ave-maria, as lágrimas correndo-lhe pelas faces.

Beijou a cruz repetidamente e teria se postado de joelhos se houvesse espaço. O buldogue sacudiu o vizinho para acordá-lo e ambos se puseram de cócoras para dar espaço suficiente para que o monge se sentasse.

– Pelo abençoado São Francisco, as minhas preces foram atendidas. Pensei estar vendo outra aparição, *señor*, um fantasma. Sim, um mau espírito. Vi tantos, tantos... há quanto tempo o *señor* está aqui? É difícil ver na escuridão e os meus olhos não são bons... Há quanto tempo?

– Desde ontem. E o senhor?

– Não sei, *señor*. Muito tempo. Fui posto aqui em setembro, no ano do senhor de 1598.

– Estamos em maio agora. De 1600.

– 1600?

Um gemido distraiu a atenção do monge. Levantou-se e abriu caminho por sobre os corpos como uma aranha, encorajando um homem aqui, tocando outro ali, no seu japonês fluente. Não conseguiu encontrar o moribundo, de modo que sussurrou os últimos ritos na direção daquela parte da cela e abençoou a todos, com o que ninguém se importou.

– Venha comigo, meu filho.

Sem esperar, o monge coxeou ao longo da prisão, por entre o amontoado de homens, na escuridão. Blackthorne hesitou, não querendo sair do seu lugar. Mas acabou se levantando e o seguiu. A dez passos, olhou para trás. Seu lugar desaparecera. Parecia impossível que ele alguma vez tivesse estado ali.

Continuou por todo o comprimento da cela. No canto oposto havia, inacreditavelmente, um espaço aberto. Exatamente o espaço suficiente para um homem pequeno se deitar. Continha alguns potes e tigelas e uma velha esteira de palha.

Frei Domingo avançou até o espaço e chamou Blackthorne com um gesto. Os japoneses ao redor olhavam silenciosos, deixando-o passar.

– É o meu rebanho, *señor*. São todos meus filhos em Jesus abençoado. Converti a tantos aqui... este, João, aquele, Marcos, e Matusalém... – O velho parou para tomar fôlego. – Estou muito cansado. Cansado. Tenho que... tenho...

– Suas palavras foram se arrastando e ele adormeceu.

Ao entardecer chegou mais comida. Quando Blackthorne começou a se levantar, um dos japoneses das proximidades fez um sinal para que ficasse sentado e trouxe-lhe uma tigela bem cheia. Outro homem gentilmente acordou o monge com um tapinha, oferecendo a comida.

– *Iie* – disse o velho balançando a cabeça, um sorriso no rosto, e empurrou a tigela de volta às mãos do homem.

– *Iie*, Bateren-sama.

O monge permitiu-se ser persuadido e comeu um pouco, depois se levantou, as juntas estalando, e estendeu a tigela a um dos que estavam na fileira do centro. Esse homem tocou a mão do frade com a testa e foi abençoado.

– Estou tão contente por ver outra pessoa da minha espécie – disse o frade, sentando-se novamente ao lado de Blackthorne, a sua voz de camponês abafada e sibilante. Apontou debilmente para a outra extremidade da cela. – Uma de minhas ovelhas disse que o *señor* usou a palavra "piloto", "anjin". O *señor* é piloto?

– Sim.

– Há outros da sua tripulação aqui?

– Não, estou só. Por que está aqui?

– Se está só... o *señor* veio de Manila?

– Não. Nunca estive na Ásia antes – disse Blackthorne cuidadosamente, num excelente espanhol. – Foi minha primeira viagem como piloto. Fui... fui desviado da rota. Por que o senhor está aqui?

– Os jesuítas me puseram aqui, meu filho. Os jesuítas e as suas imundas mentiras. O *señor* se desviou da rota? Não é espanhol, não... nem português... – O monge perscrutou-o, desconfiado, e Blackthorne foi rodeado pela sua respiração malcheirosa. – O navio era português? Diga a verdade, diante de Deus!

– Não era, padre. Não era português. Diante de Deus!

– Oh, Virgem abençoada, obrigado! Por favor, desculpe-me, *señor*. Tive medo... sou velho, doente e estúpido. O seu navio era espanhol, vindo de onde? Estou tão contente... de onde o *señor* é, originalmente? Da Flandres espanhola? Ou do ducado de Brandemburgo, talvez? De algum lugar nos nossos domínios na Germânia? Oh, é tão bom falar a minha abençoada língua materna de novo! O *señor* naufragou como nós? Depois foi perfidamente atirado nesta prisão, falsamente acusado por aqueles diabólicos jesuítas? Que Deus os amaldiçoe e lhes mostre o erro de sua traição! – Os olhos dele cintilaram ferozmente. – O *señor* disse que nunca esteve na Ásia antes?

– Não.

– Se nunca esteve na Ásia antes, então, será como uma criança na escuridão. Sim, há tanta coisa para dizer! O *señor* sabe que os jesuítas são meramente comerciantes, mercadores de armas e usurários? Que controlam toda a seda que é comerciada aqui, todo o comércio com a China? Que o Navio Negro anual vale 1 milhão em ouro? Que forçaram Sua Santidade a conceder-lhes poder total sobre a Ásia, a eles e a seus cães, os portugueses? Que todas as outras ordens religiosas são proibidas aqui? Os jesuítas negociam ouro, comprando e vendendo por lucro, para eles e para os pagãos, contra as ordens diretas de Sua Santidade, o papa Clemente, do rei Filipe, e contra as leis desta terra? Que eles secretamente contrabandeiam armas para o Japão, para os reis cristãos aqui, incitando-os à rebelião? Que se imiscuem em política, são alcoviteiros dos reis, mentem, trapaceiam e prestam falso testemunho contra nós! Que o superior deles em pessoa enviou uma mensagem secreta ao nosso vice-rei espanhol em Luzón, pedindo--lhe homens para conquistar a terra – imploraram por uma invasão espanhola para ocultar mais erros dos portugueses. Todos os nossos problemas podem ser atribuídos a eles, *señor*. Foram os jesuítas que mentiram, trapacearam e espalharam veneno contra a Espanha e o nosso amado rei Filipe! As suas mentiras me colocaram aqui e causaram o martírio de 26 santos padres! Pensam que, só porque fui camponês um dia, não compreendo... mas sei ler e escrever, *señor*, sei ler e escrever! Fui um dos secretários de Sua Excelência, o vice-rei. Pensam que nós, franciscanos, não compreendemos... – Neste ponto ele irrompeu numa mistura de espanhol e latim.

O espírito de Blackthorne ressuscitou, a sua curiosidade aguçada com o que o monge dissera. Que armas? Que ouro? Que comércio? Que Navio Negro? Um milhão? Que invasão? Que reis cristãos?

"Você não está iludindo esse coitado doente?", perguntou a si mesmo. "Ele pensa que você é um amigo, não um inimigo."

Não menti para ele.

Mas não deixou implícito que era amigo?

Respondi-lhe diretamente.

Mas disse voluntariamente alguma coisa?

Não.

Isso é justo?

É a primeira regra de sobrevivência em águas inimigas: não dizer nada voluntariamente.

O furor do monge aumentou de intensidade. Os japoneses próximos mudaram de posição, inquietos. Um deles se levantou, sacudiu o frade gentilmente e falou com ele. Frei Domingo gradualmente saiu do acesso de cólera, os olhos clarearam. Olhou para Blackthorne com reconhecimento, respondeu ao japonês e acalmou o resto.

– Sinto muito, *señor* – disse, sem fôlego. – Eles... eles acharam que eu estava zangado com... com o *señor*. Deus me perdoe a minha raiva tola! Só estava... *que va*, os jesuítas vêm do inferno, junto com os hereges e pagãos. Posso lhe contar muita coisa sobre eles. – O monge enxugou a baba do queixo e tentou se acalmar. Apertou o peito para aliviar a dor ali. – O *señor* estava dizendo? Seu navio foi atirado na praia?

– Sim. De certo modo. Encalhado – respondeu Blackthorne. Mudou as pernas de posição com todo o cuidado. Os homens que estavam observando e

ouvindo deram-lhe mais espaço. Um se levantou e fez-lhe sinal que se esticasse.
– Obrigado – disse ele imediatamente. – Oh, como se diz "obrigado", padre?

– *Dōmo*. Às vezes se diz *arigatō*. Uma mulher tem que ser muito polida. Diz *arigatō gozaimashita*.

– Obrigado. Qual é o nome dele? – Blackthorne indicou o homem que se levantara.

– Esse é González.

– Mas qual é o nome japonês?

– Ah, sim! Akabo. Mas isso só significa "carregador", *señor*. Eles não têm nome. Só os samurais têm.

– O quê?

– Só os samurais têm nomes, prenomes e sobrenomes. É a lei deles, *señor*. Todos os outros têm que se satisfazer com o nome do que são: carregador, pescador, cozinheiro, executor, fazendeiro, e assim por diante. Os filhos e filhas praticamente são apenas Primeira Filha, Segunda Filha, Primeiro Filho... Às vezes chamam um homem de "pescador que mora perto do olmo" ou "pescador com os olhos maus". – O monge sacudiu os ombros e reprimiu um bocejo. – Os japoneses comuns não têm direito de usar nome. As prostitutas dão a si mesmas nomes como Carpa, Lua, Pétala, Enguia, Estrela. É estranho, *señor*, mas é a lei deles. Nós lhes damos nomes cristãos, nomes verdadeiros, quando os batizamos, trazendo-lhes a salvação e a palavra de Deus...
– As suas palavras ficaram no ar e ele adormeceu.

– *Dōmo*, Akabo-san – disse Blackthorne ao carregador.

O homem sorriu acanhado, curvou-se e respirou fundo.

Mais tarde o monge despertou, disse uma prece rápida e se coçou.

– Só ontem, o *señor* disse? Chegou aqui só ontem? O que aconteceu com o *señor*?

– Quando desembarcamos, havia um jesuíta lá – disse Blackthorne. – Mas o senhor, padre, estava dizendo que foi acusado? O que lhe aconteceu? E ao seu navio?

– Nosso navio? O *señor* estava vindo de Manila, como nós? Ou... oh, que tolice a minha! Agora me lembro, o *señor* foi desviado da rota, vindo de casa, e nunca esteve na Ásia antes. Pelo abençoado corpo de Cristo, é tão bom conversar com um homem civilizado de novo, na minha abençoada língua materna! *Que va*, faz tanto tempo. A minha cabeça dói, dói, *señor*. O nosso navio? Estávamos voltando para casa, finalmente. Voltando de Manila para Acapulco, na terra de Cortez, o México, de lá, por terra, até Vera Cruz. Em seguida, outro navio e a travessia do Atlântico, depois de muito, muito tempo, para casa. Minha aldeia é fora de Madri, *señor*, nas montanhas. Chama-se Santa Verônica. Estive fora quarenta anos, *señor*. No Novo Mundo, no México e nas Filipinas. Sempre com nossos gloriosos conquistadores, que a Virgem vele por eles! Eu estava em Luzón quando destruímos o rei nativo pagão, Lumalon, conquistamos Luzón e assim levamos a palavra de Deus às Filipinas. Muitos dos nossos convertidos japoneses lutaram conosco, *señor*. Que combatentes! Isso foi em 1575. A Madre Igreja está bem plantada lá, meu filho, e nunca se viu um jesuíta ou português imundo. Vim para o Japão por quase dois anos, depois tive que partir para Manila de novo, quando os jesuítas nos traíram.

O monge parou e fechou os olhos, devaneando. Mais tarde voltou à conversa e, como fazem os velhos às vezes, continuou como se nunca tivesse adormecido.

– O meu navio era o grande galeão *San Felipe*. Levava uma carga de especiarias, ouro e prata, e dinheiro no valor de 1 milhão e meio em pesos de prata. Uma das grandes tempestades nos pegou e nos atirou às praias de Shikoku. O nosso navio quebrou a quilha num banco de areia no terceiro dia. Nessa altura já tínhamos desembarcado os nossos lingotes e a maior parte da carga. Então chegou o aviso de que estava tudo confiscado, confiscado pelo próprio táicum, que nós éramos piratas e... – Ele parou ante o silêncio repentino.

A porta de ferro da cela se abriu.

Os guardas começaram a chamar nomes da lista. O buldogue, o homem que ajudara Blackthorne, foi um dos chamados. Caminhou para fora e não olhou para trás. Um dos homens no círculo também foi escolhido. Akabo. Akabo ajoelhou-se diante do monge, que o abençoou, fez o sinal da cruz sobre ele e rapidamente lhe ministrou o último sacramento. O homem beijou a cruz e se afastou.

A porta se fechou de novo.

– Vão executá-lo? – perguntou Blackthorne.

– Sim, o calvário dele está do outro lado da porta. Que a Santa Virgem lhe tome a alma rapidamente e lhe dê a recompensa eterna.

– O que fez aquele homem?

– Infringiu a lei... a lei deles, *señor*. Os japoneses são um povo simples. E muito severo. Só conhecem, realmente, uma única punição: a morte. Na cruz, por estrangulamento ou decapitação. Pelo crime de incêndio culposo, a pena é a morte no fogo. Praticamente não têm outra punição. Banimento, às vezes, ou corte de cabelo para as mulheres. Mas – o velho suspirou – quase sempre é a morte.

– Esqueceu-se do aprisionamento.

As unhas do monge cutucaram distraidamente as crostas no braço.

– Não é uma punição, meu filho. Para eles, a prisão é apenas um lugar provisório onde manter o homem até que decidam a sentença. Só os culpados vêm para cá. E por muito pouco tempo.

– Isso é absurdo. E o senhor? Está aqui há um ano, quase dois.

– Um dia virão me buscar, como a todos os outros. Isto não é mais que um lugar de repouso entre o inferno na terra e a glória da vida eterna.

– Não acredito no senhor.

– Não tenha medo, meu filho. É a vontade de Deus. Estou aqui, posso ouvi-lo em confissão, dar-lhe a absolvição e torná-lo perfeito. A glória da vida eterna está a uns poucos passos e momentos de distância daquela porta. O *señor* gostaria que eu ouvisse sua confissão agora?

– Não... não, obrigado. Agora não. – Blackthorne olhou para a porta de ferro. – Alguém já tentou escapar daqui?

– Por que fariam isso? Não há para onde fugir... nenhum lugar onde se esconder. As autoridades são muito severas. Qualquer pessoa que ajude um condenado fugitivo ou mesmo um homem que cometa um crime... – Apontou vagamente para a porta da cela. – González... Akabo... o homem que nos... nos deixou. É um *cango*. Ele me disse...

– O que é um *cango*?

– Oh, os portadores, *señor*, os que carregam os palanquins ou os *cangos* menores, de dois homens, como uma rede pendurada numa vara. Ele nos contou que o parceiro roubou um lenço de seda de um freguês, pobre sujeito, e, porque ele não comunicou o roubo, a vida dele também está perdida. O *señor* pode acreditar em mim: o homem que escapar, ou mesmo ajudar alguém a escapar, perde a vida, e toda a família também. São muito severos, *señor*.

– É por isso, então, que vão todos para a execução como ovelhas?

– Não há escolha. É a vontade de Deus.

Não se encolerize, não entre em pânico, advertiu Blackthorne a si mesmo. Seja paciente. Você pode pensar num jeito. Nem tudo o que o padre diz é verdade. Ele está perturbado. Quem não estaria, depois de tanto tempo?

– Estas prisões são novas para eles, *señor* – estava dizendo o monge. – O táicum instituiu as prisões aqui há poucos anos, pelo que dizem. Antes dele não havia nenhuma: quando um homem era apanhado, confessava o crime e era executado.

– E se não confessasse?

– Todo mundo confessa... o quanto antes, melhor, *señor*. É o mesmo que no nosso mundo quando se é apanhado.

O monge dormiu um pouco, coçando-se e resmungando durante o sono. Quando despertou, Blackthorne disse:

– Por favor, diga-me, padre, como é que os malditos jesuítas colocam um homem de Deus neste buraco pestilento?

– Não há muito a dizer e há tudo. Depois que os homens do táicum vieram e tomaram todo o nosso dinheiro e mercadorias, o nosso capitão-mor insistiu em ir à capital para protestar. Não havia motivo para o confisco. Não éramos súditos de Sua Majestade Imperial Católica, o rei Filipe da Espanha, governante do maior e mais rico império do mundo? O monarca mais poderoso do mundo? Não éramos amigos? O táicum não estava pedindo à Manila espanhola que comerciasse diretamente com o Japão, para quebrar o infame monopólio dos portugueses? Era tudo um engano, o confisco. Tinha que ser.

"Fui com o nosso capitão-mor porque sabia falar um pouco de japonês, não muito naquele tempo. *Señor*, o *San Felipe* perdeu o rumo e veio dar em terra em outubro de 1597. Os jesuítas – um se chamava padre Martim Alvito – ousaram se oferecer para servirem de mediadores nossos, lá em Kyōto, a capital. O despropósito! O nosso superior franciscano, frei Braganza, estava na capital e era um embaixador – um verdadeiro embaixador da Espanha na corte do táicum! O abençoado frei Braganza estava na capital, em Kyōto, há cinco anos, *señor*. O próprio táicum, pessoalmente, pedira ao nosso vice-rei em Manila que enviasse monges franciscanos e um embaixador para o Japão. Então, o abençoado frei Braganza veio. E nós, *señor*, nós do *San Felipe*, sabíamos que ele merecia confiança, que não era como os jesuítas.

"Depois de muitos e muitos dias de espera, tivemos uma entrevista com o táicum – era um homenzinho minúsculo, horroroso, *señor* – e pedimos que nos devolvesse as nossas mercadorias e nos desse outro navio, ou passagem em outro, pelo que o nosso capitão-mor se prontificou a pagar generosamente. A entrevista transcorreu bem, achamos nós, e o táicum nos dispensou. Dirigimo-nos ao nosso mosteiro em Kyōto e esperamos, e nos meses seguintes, enquanto aguardávamos a decisão dele, continuamos a levar a palavra de Deus aos pagãos. Realizávamos os nossos serviços abertamente, não como ladrões na noite, como fazem os jesuítas. – A voz de frei Domingo estava cortante de tanto desdém. – Usávamos os nossos hábitos e paramentos, não íamos disfarçados de sacerdotes nativos, como eles fazem. Levamos a Palavra ao povo, aos inválidos, aos doentes e aos pobres, não como os jesuítas, que só mantêm relações com príncipes. As nossas congregações aumentaram. Tínhamos um hospital para leprosos, a nossa própria igreja, e o nosso rebanho prosperava, *señor*. Grandemente. Estávamos prestes a converter muitos dos reis deles e, então, um dia, fomos traídos.

"Um dia, em janeiro, nós, franciscanos, fomos todos levados diante do magistrado e acusados por determinação pessoal do táicum, *señor*, acusados de violar a lei deles, perturbadores da paz, e condenados à morte por crucificação. Havia 43 de nós. Nossas igrejas espalhadas pelo país deviam ser destruídas, todas as nossas congregações deviam ser dissolvidas, as franciscanas, não as jesuíticas, *señor*. Só nós, *señor*. Fomos falsamente acusados. Os jesuítas envenenaram os ouvidos do táicum e o convenceram de que éramos conquistadores, que queríamos invadir estas praias, quando foram os jesuítas que imploraram a Sua Excelência, o nosso vice-rei, que enviasse um exército de Manila. Vi a carta pessoalmente! Do superior deles! São demônios que fingem servir à Igreja e a Cristo, mas servem apenas a si mesmos. Cobiçam o poder, poder a qualquer preço. Escondem-se por trás de uma capa de pobreza e devoção, mas por baixo disso alimentam-se como reis e acumulam fortunas. *Que va, señor*, a verdade é que eles estavam com inveja das nossas congregações, inveja da nossa igreja, inveja da nossa verdade e do nosso modo de vida. O daimio de Hizen, dom Francisco – o nome japonês é Harima Tadao, mas foi batizado como dom Francisco –, intercedeu por nós. Ele é como um rei, todos os daimios são como reis, e ele é franciscano e intercedeu por nós, mas em vão.

"No fim, 26 foram martirizados. Seis espanhóis, dezessete dos nossos noviços japoneses e três outros. O abençoado Braganza foi um deles, e havia três meninos entre os noviços. Oh, *señor*, os fiéis estiveram lá aos milhares naquele dia. Cinquenta, 100 mil pessoas assistiram ao martírio abençoado em Nagasaki, disseram-me. Foi um triste dia frio de fevereiro e um triste ano também. Foi o ano dos terremotos, dos tufões, enchentes, tempestades, incêndios, foi o ano em que a mão de Deus se abateu pesada sobre o grande assassino e até pôs abaixo o grande castelo dele, Fushimi, fazendo a terra tremer. Foi aterrorizante mas maravilhoso presenciar o dedo de Deus punindo pagãos e pecadores.

"Assim eles foram martirizados, seis bons espanhóis. O nosso rebanho e a nossa igreja foram devastados e o hospital, fechado. – As lágrimas escorriam pelo rosto do velho. – Eu... eu fui um dos escolhidos para o martírio, mas... mas a honra não seria minha. Fizeram-nos vir caminhando de Kyōto e quando chegamos a Ōsaka puseram alguns de nós numa das nossas missões aqui e o resto... o resto teve uma orelha cortada, depois tiveram que desfilar pelas ruas como criminosos comuns. Então puseram os abençoados irmãos a caminhar para oeste. Durante um mês. A jornada abençoada terminou numa colina chamada Nishizaki, que domina a grande enseada de Nagasaki. Implorei ao samurai que me deixasse ir com eles, *señor*, mas ele me ordenou que voltasse à missão aqui em Ōsaka. Por nenhuma razão. E então, meses mais tarde, fomos colocados nesta cela. Éramos três, acho que éramos três, mas eu era o único espanhol. Os outros eram noviços, nossos irmãos leigos, japoneses. Alguns dias depois os guardas chamaram o nome deles. Mas nunca chamaram o meu. Talvez seja a vontade de Deus, *señor*, ou talvez aqueles jesuítas imundos me deixem vivo apenas para me torturar, eles, que me tiraram a chance de ser martirizado junto com os meus. É duro, *señor*, ser paciente. Tão difícil..."

O velho monge fechou os olhos, rezou e chorou até pegar no sono.

Embora quisesse muito, Blackthorne não conseguiu dormir, mesmo já sendo noite. Sentia a carne arrepiar-se com as mordidas dos piolhos. A cabeça fervilhava de terror.

Sabia, com uma terrível clareza, que não havia meio de escapar. Sentia-se subjugado e no limiar da morte. Na altura em que a noite se tornou mais escura, o pavor o engoliu e, pela primeira vez na vida, ele cedeu e chorou.

– Sim, meu filho? – murmurou o monge. – O que foi?

– Nada, nada – disse Blackthorne, com o coração ribombando. – Durma de novo.

– Não é preciso ter medo. Estamos todos nas mãos de Deus – disse o monge, e adormeceu novamente.

O grande terror cedeu lugar a um terror com que se podia viver. Sairei daqui de algum modo, disse Blackthorne a si mesmo, tentando acreditar na mentira.

Ao amanhecer chegou comida e água. Blackthorne estava mais forte agora. Estupidez ceder assim, advertiu-se ele. Estúpido, fraco e perigoso. Não faça isso de novo ou você começa a definhar, fica louco e morre com certeza. Colocarão você na terceira fileira e você morrerá. Tenha cuidado, seja paciente e vigie-se.

– Como está hoje, *señor?*

– Ótimo, obrigado, padre. E o senhor?

– Razoavelmente bem, obrigado.

– Como digo isso em japonês?

– *Dōmo, genki desu.*

– *Dōmo, genki desu.* Ontem, padre, o senhor esteve falando sobre os Navios Negros portugueses... como são eles? Já viu algum?

– Oh, sim, *señor*. São os maiores navios do mundo, quase 2 mil toneladas. São necessários duzentos homens e rapazes para tripular um, *señor*, e com tripulação e passageiros o total seria de quase mil almas. Disseram-me que esses galeões navegam bem a barlavento, mas se arrastam quando o vento vem de través.

– Quantos canhões eles levam?

– Às vezes vinte ou trinta, em três conveses.

Frei Domingo estava contente por responder a perguntas, conversar e ensinar, e Blackthorne estava igualmente contente de ouvir e aprender. O conhecimento desconexo do monge era inestimável e abrangia muita coisa.

– Não, *señor* – estava dizendo agora. – *Dōmo* é "obrigado" e *dōzo* é "por favor". "Água" é *mizu*. Lembre-se sempre de que os japoneses dão muito valor às boas maneiras e à cortesia. Uma vez, quando eu estava em Nagasaki... Oh, se ao menos eu tivesse tinta, uma pena e papel! Ah, já sei... aqui, desenhe as palavras no pó, isso o ajudará a se lembrar...

– *Dōmo* – disse Blackthorne. Depois de memorizar mais algumas palavras, perguntou: – Há quanto tempo os portugueses estão aqui?

– Oh, a terra foi descoberta em 1542, *señor*, o ano em que nasci. Foram três homens: Da Mota, Peixoto e o nome do outro não consigo lembrar. Eram todos comerciantes portugueses negociando ao longo da costa da China e provenientes de um porto no Sião. O *señor* já esteve no Sião?

– Não.

– Ah, há muito que ver na Ásia. Esses três homens estavam comerciando, mas foram apanhados por uma grande tempestade, um tufão, atirados para fora da rota e atracaram em segurança em Tanegashima, em Kyūshū. Foi a primeira vez que um europeu pôs os pés em solo japonês, e imediatamente o comércio começou. Poucos anos mais tarde, Francisco Xavier, um dos membros fundadores dos jesuítas, chegou aqui. Isso foi em 1549... um mau ano para o Japão, *señor*. Um dos nossos irmãos deveria ter vindo primeiro, então teríamos nós herdado este reino, não os portugueses. Francisco Xavier morreu três anos depois, na China, sozinho e desamparado... Já lhe disse, *señor*, que já há um jesuíta na corte do imperador da China, num lugar chamado Pequim?... Oh, devia ver Manila, *señor*, e as Filipinas! Temos quatro catedrais, quase 3 mil conquistadores e perto de 6 mil soldados japoneses espalhados pelas ilhas, e trezentos irmãos...

A mente de Blackthorne encheu-se de fatos e palavras e frases japonesas. Perguntou sobre a vida no Japão, os daimios, os samurais, o comércio, Nagasaki, guerra, paz, jesuítas, franciscanos, portugueses na Ásia, Manila espanhola, e sempre mais sobre o Navio Negro que vinha anualmente de Macau. Durante três dias e três noites Blackthorne sentou-se junto ao frei Domingo, interrogou, ouviu, aprendeu, dormiu com pesadelos, para despertar e fazer mais perguntas e obter mais informações.

Então, no quarto dia, chamaram seu nome.

– Anjin-san!

CAPÍTULO 15

BLACKTHORNE LEVANTOU-SE E FICOU EM PÉ, EM SILÊNCIO ABSOLUTO.
– A sua confissão, meu filho, e seja rápido, por favor.
– Eu... eu não acho... eu... – Blackthorne percebeu, no torpor da sua mente, que estava falando em inglês. Apertou então os lábios com força e começou a caminhar. O monge ergueu-se com dificuldade, supondo que as palavras dele fossem holandesas ou alemãs, agarrou-lhe o pulso e saiu coxeando ao seu lado.
– Rápido, *señor*. Eu lhe darei a absolvição. Seja rápido, pela sua alma imortal. Faça a sua confissão. Diga simplesmente que o *señor* confessa diante de Deus todas as coisas passadas e presentes...
Estavam se aproximando do portão de ferro, o monge segurando-se a Blackthorne com uma força surpreendente.
– Vá, confesse! A Virgem abençoada velará pelo *señor*.
Blackthorne puxou o braço com um repelão e disse, asperamente, em espanhol:
– Fique com Deus, padre.
A porta se fechou com estrépito atrás dele.
O dia estava incrivelmente fresco e agradável, as nuvens serpenteando ao vento suave que soprava de sudeste.
Blackthorne inalou, respirou fundo o ar limpo, glorioso, e sentiu o sangue correr mais solto pelas veias. A alegria de viver invadiu-o.
Vários prisioneiros despidos estavam no pátio junto com um oficial, carcereiros munidos de lanças, *etas* e um grupo de samurais. O oficial vestia um quimono escuro, um manto com ombros engomados, em forma de asas, e um pequeno chapéu escuro. Esse homem deteve-se diante do primeiro prisioneiro, leu um rolo de papel muito fino e, quando acabou, cada homem começou a caminhar lenta e penosamente atrás dos seus guardiões, em direção às grandes portas do pátio. Blackthorne foi o último. Ao contrário dos outros, deram-lhe uma tanga, um quimono de algodão e tamancos de tiras. E os seus guardas eram samurais.
Resolvera escapar no momento em que ultrapassassem o portão, mas quando se aproximaram da saída os samurais o rodearam mais de perto e o fecharam no círculo. Atingiram a passagem juntos. Uma vasta multidão observava, asseada e bem-vestida, com sombrinhas carmesim, amarelas e douradas. Já havia um homem amarrado a uma das cruzes que se erguiam contra o céu. Ao lado de cada cruz dois *etas* esperavam, com as lanças cintilando ao sol.
Blackthorne retardou as passadas. Os samurais se aproximaram mais, apressando-o. Entorpecido, achou que seria melhor morrer logo, rapidamente. E preparou a mão para dar um bote sobre a espada mais próxima. Mas a oportunidade

não surgiu. Os samurais, entretanto, desviaram-se da arena e caminharam na direção do perímetro urbano, dirigindo-se para as ruas que levavam à cidade e, em seguida, rumo ao castelo.

Blackthorne esperou, mal respirando, querendo ter certeza. Atravessaram a multidão, que recuou e se curvou, e entraram por uma rua. Agora, sim, não havia nenhuma dúvida.

Blackthorne sentiu-se renascer.

– Aonde estamos indo? – perguntou, sem se importar que suas palavras não fossem entendidas ou com o fato de estar falando em inglês. Na realidade, estava delirante. Os seus pés mal tocavam o chão, as tiras dos tamancos não eram desconfortáveis, o contato do quimono não era desagradável. Sentia-se muito bem, pensou. Um pouco leve demais, talvez, mas num dia excelente como este... Era exatamente o tipo de situação para se gozar no tombadilho!

– Por Deus, é maravilhoso falar inglês de novo – disse ele aos samurais. – Jesus Cristo, pensei que fosse um homem morto. Lá se foi a minha oitava vida. Sabiam disso, velhos amigos? Agora só tenho mais uma. Bem, não importa! Os pilotos têm dez vidas no mínimo, como Alban Caradoc costumava dizer. – Os samurais pareciam estar se irritando com aquela conversa incompreensível.

Controle-se, disse Blackthorne a si mesmo. Não vá fazê-los mais suscetíveis do que já são.

Notou então que todos os samurais eram cinzentos. Homens de Ishido. Ele havia perguntado ao padre Alvito o nome do homem que se opunha a Toranaga. Alvito dissera "Ishido". Isso fora pouco antes de lhe ordenarem que se levantasse e de o levarem embora. Todos os cinzentos são homens de Ishido? E todos os marrons, de Toranaga?

– Aonde estamos indo? Para lá? – Apontou o castelo, que pairava acima da cidade. – Para lá, *hai?*

– *Hai* – assentiu o líder com cabeça de bala de canhão, a barba grisalha.

O que será que Ishido quer comigo?, perguntou-se Blackthorne.

O líder dobrou outra rua, sempre se afastando da enseada. Foi quando Blackthorne o viu: um pequeno brigue português com a bandeira azul e branca oscilando à brisa, dez canhões no convés principal. O *Erasmus* poderia pegá-lo facilmente, disse Blackthorne a si mesmo. Como estará a minha tripulação? O que estarão fazendo lá na aldeia? Pelo sangue de Cristo, gostaria de vê-los. Fiquei tão contente em deixá-los naquele dia e voltar para a minha casa, onde estava Onna – Haku –, a casa de... como era o nome? Ah, sim, Mura-san. E a garota, aquela na minha cama, e a outra, a beleza de anjo que conversou naquele dia com Omi-san? A do sonho, que também estava dentro do caldeirão.

Mas para que lembrar esse absurdo? Enfraquece a mente. "Você tem que ser muito forte de cabeça para viver com o mar", dissera Alban Caradoc. Coitado do Alban.

Alban Caradoc sempre parecera imenso, quase divino, vendo tudo, sabendo tudo, por tantos anos. Mas morrera aterrorizado. Fora no sétimo dia da Armada. Blackthorne estava comandando um brigue de cem toneladas, partindo de Portsmouth e transportando armas e pólvora, munição e comida para os galeões de guerra de Drake, ao largo de Dover, que acossavam e cortavam a esquadra inimiga que vinha atacando o canal, na direção de Dunquerque, onde se encontravam as legiões espanholas esperando para embarcar e partir rumo à conquista da Inglaterra.

A grande esquadra espanhola fora devastada pelas tempestades e pelos navios de guerra mais odiosos, velozes e ágeis que Drake e Howard jamais haviam construído.

Blackthorne encontrava-se num ataque de turbilhão perto da nau capitânia do almirante Howard, *Renown*, quando o vento mudou, revigorado por um temporal de rajadas monstruosas, e ele teve que decidir entre tentar seguir a barlavento para escapar à canhonada que irromperia do grande galeão *Santa Cruz*, bem à frente, ou correr com o vento sozinho, através da esquadra inimiga, visto que o restante dos navios de Howard já dera meia-volta, rumando mais para o norte.

– Rumo norte a barlavento! – gritara Alban Caradoc. Ele estava com o co-piloto.

Blackthorne era o capitão-piloto e o responsável, no seu primeiro comando. Alban Caradoc insistira em ir para a luta, embora não tivesse o direito de estar a bordo, exceto pelo fato de ser inglês e de todos os ingleses terem esse direito naquele período sombrio da história.

– Pare aí! – ordenara Blackthorne e girara a cana do leme para sul, rumando para a boca da esquadra inimiga, sabendo que o outro caminho os condenaria aos canhões do galeão, que agora se erguia sobranceiro à sua frente.

Então foram para o sul, correndo com o vento, por entre os galeões. A canhonada dos três conveses do *Santa Cruz* passou por cima de suas cabeças sem atingi-los, e Blackthorne disparou duas salvas contra o inimigo, picadas de pulgas num navio tão imenso. Em seguida se lançou de vento em popa, passando pelo centro da formação inimiga.

Os galeões de cada lado não queriam disparar contra aquele navio solitário, pois temiam que as descargas pudessem danificar uns aos outros, por isso os canhões permaneceram silenciosos. O navio de Blackthorne estava atravessando e escapando quando uma canhonada do *Madre de Dios* o acertou em cheio. Os dois mastros tombaram como setas, com os homens enredados na mastreação. A metade a estibordo do convés principal desapareceu, havia mortos e moribundos por toda parte.

Ele vira Alban Caradoc deitado contra uma carreta de canhão despedaçada, incrivelmente minúsculo, sem as pernas. Acorrera para lá, soerguera o velho marujo, cujos olhos quase saltavam das órbitas e que soltava gritos horríveis.

— Oh, Cristo, não quero morrer, não quero morrer, socorro, ajudem-me, ajudem-me, ajudem-me, ajudem-me, oh, Jesus Cristo, a dor, *socooooorro!*

Blackthorne sabia que só havia uma coisa a fazer por Alban Caradoc: pegou uma malagueta e bateu com toda a força.

Então, semanas mais tarde, teve que contar a Felicity que o pai dela morrera. Só lhe disse que Alban Caradoc fora morto instantaneamente. Não lhe contou que tinha sangue nas mãos, sangue que jamais sairia...

Blackthorne e os samurais atravessavam agora uma rua larga e sinuosa. Não havia lojas, apenas casas, de um lado e de outro, cada uma dentro do seu terreno e atrás de cercas altas, tudo — casas, cercas e até a rua — surpreendentemente limpo.

Essa limpeza parecia inacreditável a Blackthorne porque em Londres e nas cidades grandes e pequenas da Inglaterra — e da Europa — lixo, fezes noturnas e urina eram atirados nas ruas, para serem varridos ou deixados amontoar-se até que os pedestres, carros e cavalos já não pudessem passar. Só então a maioria dos municípios talvez providenciasse a limpeza. Os varredores de Londres eram grandes manadas de porcos conduzidos pelas principais vias públicas durante a noite. Mas quem, na maior parte, fazia a limpeza de Londres eram os ratos, as matilhas de cães e gatos selvagens, assim como os incêndios. E as moscas.

Mas Ōsaka era muito diferente. Como é que fazem?, perguntou-se. Não há o conteúdo de urinóis, montes de bosta de cavalo, sulcos de rodas, nada de imundície ou refugo de qualquer espécie. Apenas terra socada, varrida e limpa. Muros de madeira e casas de madeira, tudo brilhante e tratado com esmero. E onde estão os pedintes e aleijados que infestam cada cidade da cristandade? E os bandos de salteadores e jovens selvagens que inevitavelmente estariam se esgueirando nas sombras?

As pessoas que passavam curvavam-se polidamente, algumas se ajoelhavam. Carregadores de *cango* apressavam-se levando palanquins ou os *cangos* de um passageiro só. Grupos de samurais — cinzentos, nunca marrons — caminhavam pelas ruas despreocupadamente.

Estavam subindo uma rua ladeada de lojas quando as pernas de Blackthorne cederam. Ele tombou pesadamente e caiu de quatro.

Os samurais o ajudaram a se levantar mas, no momento, suas forças o haviam abandonado e ele não conseguiria andar.

— *Gomen nasai, dōzo ga matsu.* Sinto muito, por favor, espere — disse ele, com cãibras nas pernas. Esfregou os músculos da barriga da perna e bendisse frei Domingo pelas coisas inestimáveis que lhe ensinara.

O líder dos samurais olhou para ele e falou demoradamente.

— *Gomen nasai, nihongo ga hanasemasen.*

— Sinto muito, não falo japonês — respondeu Blackthorne, lentamente mas com clareza. — *Dōzo, ga matsu.*

– *Ah? Naruhodo*, Anjin-san. *Wakarimasu* – disse o homem, compreendendo-o. Deu uma ordem áspera e um dos samurais saiu correndo. Dali a pouco Blackthorne se levantou, tentou caminhar, penosamente, mas o chefe dos samurais disse: – *Iie* – e fez-lhe sinal que esperasse.

Logo o samurai voltou com quatro carregadores meio despidos e um *cango*. Os samurais mostraram a Blackthorne como se recostar e se segurar na correia que pendia da vara central.

O grupo se pôs a caminho novamente. Logo Blackthorne recuperou as forças e teria preferido voltar a andar, mas sabia que ainda estava fraco. Preciso descansar um pouco, pensou. Não tenho reservas. Preciso de um banho e de comida. Comida de verdade.

Subiram largos degraus que uniam uma rua a outra e entraram em outro setor residencial que ladeava um bosque compacto, com árvores altas e recortado de caminhos. Blackthorne apreciou muitíssimo estar longe das ruas, o gramado macio e bem cuidado, o caminho que se insinuava por entre as árvores.

Quando já se haviam aprofundado no bosque, outro grupo de uns trinta e tantos cinzentos se aproximou, surgido de uma curva à frente. Avançaram, pararam e, após o cerimonial habitual dos capitães se saudando, os olhos de todos voltaram-se para Blackthorne. Houve um vaivém de perguntas e respostas e depois, quando esses homens começaram a se reagrupar para partir, o líder deles calmamente puxou a espada e cravou-a no líder dos samurais de Blackthorne. Simultaneamente, o novo grupo caiu sobre o resto dos samurais. A emboscada foi tão repentina e tão bem planejada que os dez cinzentos foram todos mortos quase no mesmo instante. Nenhum deles teve tempo de sacar a espada.

Os carregadores do *cango* estavam de joelhos, aterrorizados, com a testa apertada contra a grama. Blackthorne erguia-se ao lado deles.

O capitão samurai, um homem forte com um vasto ventre, mandou sentinelas para cada extremidade do caminho. Os outros reuniram as espadas dos mortos. Durante esse tempo todo os homens não prestaram atenção alguma a Blackthorne, até que ele começou a recuar. Imediatamente houve uma ordem sibilante do capitão, claramente significando que ele ficasse onde estava.

A uma outra ordem, todos os cinzentos despiram os quimonos, seus uniformes. Por baixo, usavam uma heterogênea coleção de trapos e quimonos velhos. Todos cobriram o rosto com máscaras que já estavam amarradas em torno do pescoço de cada um. Um homem apanhou os uniformes cinza e sumiu com eles no bosque.

Devem ser bandidos, pensou Blackthorne. Senão, por que as máscaras? O que querem comigo?

Os bandidos conversaram tranquilamente entre si, vigiando-o, enquanto limpavam as espadas nas roupas dos samurais mortos.

– Anjin-san? *Hai?* – Os olhos do capitão acima da máscara de pano eram redondos, negros e perscrutantes.

– *Hai* – replicou Blackthorne, sentindo a pele arrepiar-se.

O homem apontou para o chão, obviamente lhe dizendo que não se mexesse.

– *Wakarimasu ka?*

– *Hai.*

Mediram-no de alto a baixo. Uma das sentinelas avançadas – já sem uniforme, mas com máscara, como todos os outros – surgiu dos arbustos um instante, a uns cem passos de distância. Acenou e desapareceu de novo.

Imediatamente os homens rodearam Blackthorne, preparando-se para partir. O capitão bandido fixou o olhar nos carregadores, que tremiam como cães de um dono cruel, e afundou-lhes a cabeça ainda mais na grama. Então vociferou uma ordem. Os quatro lentamente levantaram a cabeça, incrédulos. Novamente a mesma ordem. Eles se curvaram, recuaram rastejando, depois, simultaneamente, deram às pernas e sumiram por entre o bosque cerrado.

O bandido sorriu satisfeito e fez sinal a Blackthorne que começasse a andar de volta à cidade.

Ele os seguiu, indefeso. Não havia como escapar.

Estavam quase na extremidade do bosque quando pararam. Ouviram ruídos à frente e um outro grupo de trinta samurais contornou a curva. Marrons e cinzentos, os marrons na vanguarda, o líder num palanquim, alguns cavalos de carga seguindo atrás. Pararam imediatamente. Ambos os grupos posicionaram-se para a briga, encarando-se hostilmente, com setenta passos a separá-los. O líder dos bandidos avançou para o espaço entre eles, gesticulou e gritou colericamente para os outros samurais, apontando para Blackthorne e depois para o ponto onde ocorrera a emboscada. Puxou a espada, brandindo-a ameaçadoramente no ar, obviamente dizendo ao outro grupo que saísse do caminho.

As espadas de todos os seus homens cantaram nas bainhas. A uma ordem sua, um dos bandidos postou-se atrás de Blackthorne, a espada levantada e pronta, e novamente o líder se pôs a falar em altos brados.

Por um instante nada aconteceu. Blackthorne viu o homem no palanquim descer e imediatamente o reconheceu. Era Kashigi Yabu. Yabu gritou com o líder dos bandidos, mas o homem sacudiu a espada furiosamente, ordenando-lhes que saíssem do caminho. Terminou o discurso com determinação. Então Yabu deu uma ordem curta e investiu com um penetrante grito de batalha, coxeando ligeiramente, espada ao ar, seus homens arremetendo com ele, os cinzentos logo atrás.

Blackthorne caiu de joelhos para escapar do golpe de espada que o teria cortado ao meio, mas o golpe foi mal calculado e o líder dos bandidos se virou e disparou para a mata, seguido de seus homens.

Num instante os marrons e os cinzentos estavam junto de Blackthorne, que se ergueu com dificuldade. Alguns samurais saíram à caça dos bandidos por entre os arbustos, outros se puseram a vasculhar a trilha e o resto se dispersou a título de proteção. Yabu parou à beira do mato, gritou ordens imperiosamente, depois voltou lentamente, coxeando de modo mais pronunciado.

– *Daijōbu ka*, Anjin-san – disse ele, ofegante por causa do esforço.

– *Daijōbu*, Yabu-san – retrucou Blackthorne, usando a mesma frase que significava alguma coisa como "bem" ou "a salvo" ou "sem problemas". Apontou na direção que os bandidos haviam tomado. – *Dōmo*. – Curvou-se educadamente, de igual para igual, e entoou outra bênção a frei Domingo. – *Gomen nasai nihongo ga hanasemasen*. Sinto muito, não sei falar japonês.

– *Hai* – disse Yabu, nem um pouco impressionado, e acrescentou alguma coisa que Blackthorne não compreendeu.

– *Tsukku ga imasu ka?* – perguntou Blackthorne. Tem um intérprete?

– *Iie*, Anjin-san. *Gomen nasai*.

Blackthorne sentiu-se um pouco mais à vontade. Agora podia comunicar-se diretamente. O vocabulário era parco, mas já era um começo.

Como eu gostaria de ter um intérprete, estava pensando Yabu intensamente. Por Buda!

Gostaria de saber o que aconteceu quando você se encontrou com Toranaga, Anjin-san, que perguntas ele fez e o que você respondeu, o que lhe disse sobre a aldeia, as armas, a carga, o navio, a galera e Rodorigu. Gostaria de saber tudo o que foi dito, e como foi dito, e onde você esteve e por que está aqui. Então eu teria uma ideia do que passa pela cabeça de Toranaga, o modo como está pensando. E poderia planejar o que vou lhe dizer hoje. Do modo como se encontra a situação agora, estou completamente desamparado.

Por que Toranaga recebeu você imediatamente, assim que chegamos, e não a *mim?* Por que, desde que atracamos até hoje, não recebi nenhuma mensagem ou ordem dele, além da saudação polida e obrigatória e de "Espero com prazer a oportunidade de vê-lo brevemente"? Por que mandou me chamar hoje? Por que o nosso encontro foi adiado duas vezes? Teria sido por causa de alguma coisa que você tenha dito? Ou Hiromatsu? Ou se trata apenas de um atraso normal, causado por todas as outras preocupações dele?

Oh, sim, Toranaga, você tem problemas quase insuperáveis. A influência de Ishido está se espalhando como fogo. E já está sabendo sobre a traição do senhor Onoshi? Sabe que Ishido me ofereceu a cabeça e a província de Ikawa Jikkyu se eu, secretamente, me juntasse a ele?

Por que você escolheu o dia de hoje para mandar me chamar? Que bom *kami* me pôs aqui para salvar a vida de Anjin-san, só para zombar de mim porque não posso conversar diretamente com ele, nem por intermédio de alguma outra pessoa?

Por que você o pôs na prisão? Para ser executado? Por que os bandidos tentaram capturá-lo para exigir resgate? Resgate pago por quem? E por que Anjin-san ainda está vivo? Aquele bandido poderia facilmente tê-lo cortado ao meio.

Yabu notou as linhas profundamente vincadas que não estavam no rosto de Blackthorne na primeira vez que o vira. Parece faminto, pensou Yabu. É como um cão selvagem. Mas não um cão qualquer, e sim o líder da matilha, *né?*

Oh, sim, piloto, eu daria mil *kokus* para ter um intérprete digno de confiança bem agora. Vou ser seu amo. Você vai construir os meus navios e treinar os meus homens. Tenho que manipular Toranaga de algum jeito. Se não conseguir, não importa. Na minha próxima vida estarei mais bem preparado.

— Bom cão! — disse Yabu em voz alta para Blackthorne e sorriu levemente. — Tudo o que você precisa é uma mão firme, alguns ossos e algumas chicotadas. Primeiro vou entregá-lo ao senhor Toranaga... depois que você tiver tomado um banho. Você fede, senhor piloto!

Blackthorne não compreendeu as palavras, mas sentiu cordialidade nelas e viu o sorriso de Yabu. Retribuiu ao sorriso.

— *Wakarimasen*. Não entendo.

— *Hai*, Anjin-san.

O daimio deu-lhe as costas e relanceou os olhos à procura dos bandidos. Pôs as mãos em concha em torno da boca e gritou. Imediatamente todos os marrons regressaram. O samurai-chefe dos cinzentos estava em pé no centro da trilha e também ele mandou interromper a busca. Nenhum dos bandidos foi trazido de volta.

Quando esse capitão dos cinzentos se aproximou de Yabu, houve muita discussão, apontaram para a cidade e para o castelo, e era óbvio o desentendimento entre eles.

Finalmente Yabu prevaleceu, a mão sobre a espada, e fez sinal a Blackthorne para que subisse no palanquim.

— *Iie* — disse o capitão.

O impasse entre os dois começou a tomar ares de gravidade e tanto os cinzentos quanto os marrons remexeram-se nervosamente.

— Anjin-san *wa* Toranaga-sama *no shūjin desu*...

Blackthorne apanhava uma palavra aqui, outra ali. "*Watakushi*" queria dizer "eu"; quando era seguido de "*tachi*" significava "nós"; "*shūjin*" significava "prisioneiro". E então se lembrou do que Rodrigues dissera, sacudiu a cabeça e interrompeu abruptamente:

— *Shūjin, iie? Wakarimasu ka Anjin-san!*

Os dois homens o encararam.

Blackthorne rompeu o silêncio e continuou num japonês vacilante, sabendo que falava sem fazer as relações gramaticais e de modo infantil, mas esperando que as suas palavras fossem compreendidas:

— Eu, amigo. Não prisioneiro. Compreender, por favor. Amigo. Sinto muito, amigo quer banho. Banho, compreendem? Cansado. Com fome. Banho. — Apontou para o torreão do castelo. — Vou lá! Agora, por favor, senhor Toranaga um, senhor Ishido dois. Vou *agora*. — E, com um tom arrogante imposto ao último "*ima*", subiu desajeitadamente no palanquim e reclinou-se sobre as almofadas, os pés pendendo para fora.

Então Yabu riu e todos se juntaram a ele na risada.

– *Ah so*, Anjin-sama! – disse ele com uma reverência zombeteira.

– *Iie*, Yabu-sama, Anjin-*san* – corrigiu-o Blackthorne, satisfeito.

Sim, seu bastardo. Sei uma ou duas coisinhas agora. Mas não me esqueci de você. E logo estarei caminhando sobre a sua sepultura.

CAPÍTULO 16

– TALVEZ TIVESSE SIDO MELHOR ME CONSULTAR ANTES DE RETIRAR O *MEU* PRIsioneiro da *minha* jurisdição, senhor Ishido – disse Toranaga.

– O bárbaro estava na prisão comum, com pessoas comuns. Naturalmente presumi que o senhor não tivesse mais interesse algum por ele, do contrário eu não o teria tirado de lá. Claro que nunca pretendi interferir nos seus assuntos particulares. – Ishido estava aparentemente calmo e respeitoso, mas, por dentro, a agitação era total. Sabia que fora surpreendido. Era verdade que devia ter perguntado a Toranaga primeiro. A polidez mais banal exigia isso. Ainda assim, nada disso teria importância se ainda detivesse o bárbaro em seu poder, nos seus quartéis. Simplesmente teria cedido o estrangeiro quando quisesse, se e quando Toranaga o pedisse. Mas como alguns dos seus homens tinham sido interceptados e infamemente mortos, e como, em seguida, o daimio Yabu e alguns dos homens de Toranaga tinham tomado posse física do bárbaro, a posição tinha mudado completamente. Perdera em dignidade quando toda a sua estratégia para a destruição pública de Toranaga era precisamente colocar o outro nessa posição.

– Novamente peço desculpas – repetiu Ishido.

Toranaga relanceou o olhar para Hiromatsu. Aquele pedido de desculpas soava como música. Os dois homens sabiam quanto esforço custara a Ishido. Encontravam-se na grande sala de audiências. Por acordo prévio, os dois antagonistas tinham apenas cinco guardas presentes, homens de absoluta confiança. O resto esperava do lado de fora. Yabu também esperava lá fora. E o bárbaro estava tomando banho, em ação de limpeza geral. Ótimo, pensou Toranaga, sentindo-se muito contente consigo mesmo. Pensou rapidamente em Yabu e resolveu não vê-lo ainda e continuar a brincar com ele. Pediu a Hiromatsu que o despachasse e voltou-se de novo para Ishido.

– É claro que as suas desculpas são aceitas. Felizmente, não houve nenhum dano.

– Então posso levar o bárbaro ao herdeiro... Assim que ele estiver apresentável?

– Eu próprio o enviarei, assim que tiver terminado com ele.

– Posso perguntar quando será isso? O herdeiro o esperava esta manhã.

– Não deveríamos nos preocupar demais com isso, o senhor e eu, *né*? Yaemon tem só sete anos. Estou certo de que um menino de sete anos pode controlar a sua impaciência. *Né*? A paciência é uma forma de disciplina e exige prática. Não é mesmo? Explicarei o mal-entendido pessoalmente. Vou lhe dar outra aula de natação esta manhã.

– Oh?

– Sim. O senhor também devia aprender a nadar, senhor Ishido. É um excelente exercício e poderia ser de grande utilidade durante a guerra. Todos os meus samurais sabem nadar. Insisto em que todos eles aprendam essa arte.

– Os meus passam o tempo praticando arco e flecha, esgrima, equitação e tiro.

– Os meus juntam a isso a poesia, a caligrafia, a arte de arranjar flores, a cerimônia de *cha-no-yu*. Os samurais devem ser bem versados nas artes da paz para serem fortes nas artes da guerra.

– A maioria dos meus homens já é mais que perita nessas artes – disse Ishido, consciente de que sua própria escrita era pobre e a leitura, limitada. – Os samurais são gerados para a guerra. Conheço a guerra muito bem. Isso é suficiente no momento. Isso é obediência ao testamento do nosso amo.

– A aula de natação de Yaemon é à hora do Cavalo. – O dia e a noite eram, cada um, divididos em seis partes iguais. O dia começava com a hora da Lebre, das cinco às sete da manhã, depois a do Dragão, das sete às nove. Seguiam-se as horas da Cobra, do Cavalo, do Bode, do Macaco, do Galo, do Cão, do Javali, do Rato e do Touro, e o ciclo terminava com a hora do Tigre, entre as três e as cinco da manhã. – Gostaria de participar da aula?

– Não, obrigado. Sou velho demais para mudar os meus hábitos – disse Ishido fracamente.

– Ouvi dizer que o capitão de seus homens recebeu ordem de cometer *seppuku*.

– Naturalmente. Os bandidos deviam ter sido apanhados. No mínimo, um deles devia ter sido capturado. Aí teríamos descoberto os outros.

– Estou atônito de que essa podridão tenha podido agir tão perto do castelo.

– Concordo. Talvez o bárbaro pudesse descrevê-los.

– O que um bárbaro saberia dizer? – Toranaga riu. – Quanto aos bandidos, eram *rōnins*, não eram? Os *rōnins* são muito numerosos entre os seus homens. Talvez algumas investigações ali fossem frutíferas. *Né?*

– As investigações estão sendo apressadas. Em muitas direções.

Ishido ignorou o sarcasmo velado sobre os *rōnins*, os sem-amo, samurais mercenários, quase párias, que haviam, aos milhares, se reunido sob a bandeira do herdeiro quando Ishido espalhara em segredo o rumor de que, em nome do herdeiro e da mãe do herdeiro, aceitaria a fidelidade deles, perdoaria – inacreditavelmente – e esqueceria as suas imprudências, o seu passado e lhes recompensaria a lealdade, no decorrer do tempo, com a prodigalidade do táicum. Ishido sabia que fora uma manobra brilhante. Deu-lhe uma enorme quantidade de samurais treinados; garantiu a lealdade deles, pois os *rōnins* sabiam que nunca teriam chance igual; trouxera para seu lado todos os encolerizados, muitos dos quais tinham sido reduzidos a *rōnins* pelas conquistas de Toranaga e de seus aliados. E, finalmente, eliminara do reino um perigo – um aumento na população de bandidos –, pois praticamente o único modo de vida suportável e acessível a um samurai desgraçado o bastante para se tornar *rōnin* era transformar-se em monge ou em bandido.

– Há muitas coisas que não entendo sobre essa emboscada – prosseguiu Ishido, a voz impregnada de veneno. – Sim. Por que, por exemplo, os bandidos tentariam capturar esse bárbaro para trocá-lo por resgate? Há muitos outros na cidade, muitíssimo mais importantes. Não foi isso que o bandido disse? Era resgate o que queriam. Resgate de quem? Qual é o valor do bárbaro? Nenhum. E como ficaram sabendo onde ele estaria? Foi só ontem que dei a ordem de trazê-lo para o herdeiro, pensando que isso divertiria o menino. Muito curioso.

– Muito – disse Toranaga.

– Depois, há a coincidência de o senhor Yabu estar nas vizinhanças com alguns dos seus homens e alguns dos meus na hora exata. Muito curioso.

– Muito. Naturalmente, ele estava lá porque eu mandara chamá-lo e seus homens estavam lá porque combinamos, por sugestão sua, que seria uma boa política e um modo de começar a sanar a brecha entre nós se os seus homens acompanhassem os meus por toda parte enquanto eu estiver nesta visita oficial.

– Também é estranho que os bandidos, que foram suficientemente corajosos e bem organizados para assassinar os primeiros dez sem que houvesse combate, agissem como coreanos quando nossos homens chegaram. Os dois lados estavam em condições de igualdade. Por que os bandidos não lutaram ou não levaram o bárbaro para as colinas imediatamente, em vez de ficarem estupidamente num caminho principal para o castelo? Muito curioso.

– Muito. Com certeza levarei uma guarda dobrada comigo, amanhã, quando for falcoar. A título de prevenção. É desconcertante saber que há bandidos tão perto do castelo. Sim. Talvez o senhor gostasse de caçar também? Fazer um dos seus falcões competir contra os meus? Estarei caçando nas colinas ao norte.

– Não, obrigado. Estarei ocupado amanhã. Talvez depois de amanhã? Ordenei a 20 mil homens que varressem todas as florestas, bosques e clareiras em torno de Ōsaka. Não haverá um bandido dentro de vinte *ris* em dez dias. Isso eu posso lhe prometer.

Toranaga sabia que Ishido estava usando os bandidos como desculpa para aumentar o número de seus homens nas proximidades. Se diz vinte, quer de fato dizer cinquenta. A armadilha está chegando mais perto, disse ele a si mesmo. Por que tão depressa? Que nova traição aconteceu? Por que Ishido está tão confiante?

– Ótimo. Então depois de amanhã, senhor Ishido. Manterá seus homens longe da minha área de caça? Não gostaria que o meu jogo fosse perturbado – acrescentou.

– É claro. E o bárbaro?

– Ele é e sempre foi minha propriedade. Assim como o navio. Mas poderá ficar com ele quando eu tiver terminado. E depois pode mandá-lo para o pátio de execução, se quiser.

– Obrigado. Sim. Farei isso. – Ishido fechou o leque e escorregou-o para dentro da manga. – Ele não tem importância. O importante e a razão pela qual vim vê-lo é que... oh, a propósito, ouvi dizer que a senhora minha mãe está visitando o mosteiro de Johji.

– Oh? Eu teria pensado que a estação já está um pouco avançada para apreciar as flores de cerejeira. Certamente já terão passado do auge agora.

– Tem razão. Mas, afinal, se ela quer vê-las, por que não? Nunca se pode contrariar os mais velhos. Têm lá as suas manias e veem as coisas de modo diferente, *né*? Mas a sua saúde não é boa. Preocupo-me com ela. Tem que ser muito cuidadosa... Resfria-se com muita facilidade.

– Com a minha mãe acontece o mesmo. É preciso vigiar a saúde dos velhos. – Toranaga tomou nota mentalmente, para enviar uma mensagem imediata, lembrando ao prior que velasse atentamente pela saúde da velha. Se morresse no mosteiro, a repercussão seria terrível. Ele ficaria em desgraça perante o império. Todos os daimios perceberiam que no jogo de xadrez pelo poder ele usara uma velha indefesa, a mãe do inimigo, como refém e falhara na sua responsabilidade por ela. Tomar um refém era, na verdade, muito perigoso.

Ishido ficara quase cego de raiva quando soubera que a sua venerada mãe se encontrava em poder de Toranaga, em Nagoya. Cabeças rolaram. Imediatamente trouxera à tona planos para a destruição de Toranaga e tomara a resolução solene de investir contra Nagoya e aniquilar o daimio Kazamaki – sob cuja responsabilidade ela estivera – no momento em que as hostilidades começassem. Enviara uma mensagem particular ao prior, por intermediários, dizendo que, a menos que ela fosse retirada do mosteiro em segurança dentro de 24 horas, Naga, o único filho de Toranaga que se encontrava ao alcance, e qualquer uma das suas mulheres que pudesse ser apanhada infelizmente despertariam no dia seguinte na aldeia dos leprosos, sendo alimentados por eles e servidos por uma das suas prostitutas. Ishido sabia que, enquanto sua mãe estivesse em poder de Toranaga, ele teria que agir com cautela. Mas deixara bem claro que, se não a deixassem partir, ele poria o império a ferro e fogo.

– Como está a senhora sua mãe, senhor Toranaga? – perguntou educadamente.

– Muito bem, obrigado. – Toranaga permitiu-se demonstrar a própria felicidade, tanto pela lembrança da mãe quanto pelo conhecimento da fúria impotente de Ishido. – Está notavelmente bem para 74 anos. Só espero estar tão forte quanto ela quando tiver essa idade.

Você tem 58, Toranaga, mas nunca chegará aos 59, prometeu Ishido a si mesmo.

– Por favor, transmita-lhe os meus melhores votos de uma vida permanentemente feliz. Obrigado novamente e sinto muito que o senhor tenha sido incomodado. – Curvou-se com grande polidez e então, contendo com dificuldade o imenso prazer que sentia, acrescentou: – Oh, sim, o assunto importante pelo qual eu queria vê-lo é que a última reunião formal dos regentes foi adiada. Não vamos nos reunir hoje ao pôr do sol.

Toranaga conservou o sorriso no rosto, mas por dentro ficou petrificado.
– Oh? Por quê?
– O senhor Kiyama está doente. Os senhores Sugiyama e Onoshi concordaram em adiar. Eu também. Em se tratando de assuntos tão importantes, alguns dias não farão diferença, não é?
– Podemos fazer a reunião sem o senhor Kiyama.
– Combinamos que não podemos. – Os olhos de Ishido escarneciam.
– Formalmente?
– Aqui estão nossos quatro selos.
Toranaga estava perturbadíssimo. Qualquer atraso o colocava num risco incomensurável. Poderia negociar a mãe de Ishido por uma reunião imediata? Não, porque levaria tempo demais para as ordens irem e voltarem e ele concederia uma vantagem muito grande por nada.
– Quando será a reunião, então?
– Suponho que o senhor Kiyama esteja bem amanhã, ou talvez depois de amanhã.
– Ótimo. Mandarei o meu médico particular ir vê-lo.
– Estou certo de que ele apreciaria isso. Mas o médico dele proibiu qualquer visita. A doença poderia ser contagiosa, *né?*
– Qual é a doença?
– Não sei, senhor. Foi o que me disseram.
– O médico é bárbaro?
– Sim. Informaram que é o principal médico dos cristãos. Um médico-sacerdote cristão para um daimio cristão. Os nossos não são bons o bastante para um daimio tão... tão importante – disse Ishido, com um riso zombeteiro.
A preocupação de Toranaga aumentou. Se o médico fosse japonês, havia muitas coisas que ele poderia fazer. Mas com um médico cristão – inevitavelmente um padre jesuíta –, bem, ir contra um deles, ou mesmo se intrometer com um deles, poderia afastar todos os daimios cristãos, coisa que ele não podia se permitir arriscar. Sabia que sua amizade com Tsukku-san não o ajudaria contra os daimios cristãos Onoshi e Kiyama. Fazia parte dos interesses cristãos apresentar uma frente unida. Dentro em breve teria que se aproximar deles, dos padres bárbaros, para fazer um acerto, descobrir o preço da cooperação deles. Se Ishido realmente tem Onoshi e Kiyama com ele – e todos os daimios cristãos seguiriam esses dois se agissem em conjunto –, então estou isolado, pensou Toranaga. E o único recurso que me resta é o Céu Carmesim.
– Visitarei o senhor Kiyama depois de amanhã – disse ele, fixando um último prazo.
– Mas e o contágio? Eu nunca me perdoaria se alguma coisa lhe acontecesse enquanto se encontra aqui em Ōsaka, senhor. É nosso hóspede, está sob os meus cuidados. Devo insistir em que não faça isso.

— Fique descansado, senhor Ishido, o contágio que me derrubará ainda não nasceu, né? O senhor se esqueceu da predição do adivinho. — Quando a delegação chinesa veio ao táicum, seis anos antes, para tentar encerrar a guerra nipo--sino-coreana, um famoso astrólogo veio com ela. Esse chinês predisse muitas coisas que depois se concretizariam. Num dos jantares de cerimônia incrivelmente pródigos, o próprio táicum pediu ao adivinho que predissesse a morte de alguns de seus conselheiros. O astrólogo disse que Toranaga morreria a golpe de espada quando atingisse a meia-idade. Ishido, o famoso conquistador da Coreia, ou Chōsen, como os chineses chamavam aquela terra, morreria com saúde, velho, os pés firmes na terra, o homem mais famoso de sua época. Mas o táicum morreria na cama, respeitado, venerado, com muita idade, deixando um filho saudável para sucedê-lo. Isso agradou tanto ao táicum, que ainda não tinha filhos, que ele resolveu deixar a delegação regressar à China e não matar os emissários como planejara devido às suas insolências anteriores. Em vez de negociar a paz, como se esperava, o imperador chinês, por intermédio da delegação, simplesmente oferecera "investi-lo rei do País de *Wa*", que era como os chineses chamavam o Japão. O táicum mandou-os vivos para casa, e não dentro das minúsculas caixas que já haviam sido preparadas para eles, e reiniciou a guerra contra a Coreia e a China.

— Não, senhor Toranaga, não esqueci — disse Ishido, lembrando-se muito bem. — Mas o contágio pode ser desconfortável. Por que se indispor? Poderia contrair sífilis como o seu filho Noboru, sinto muito, ou lepra, como o senhor Onoshi. Ele ainda é jovem, mas sofre muito. Oh, sim, sofre.

Toranaga ficou momentaneamente perturbado. Conhecia a devastação causada por ambas as doenças muitíssimo bem. Noboru, o mais velho de seus filhos vivos, contraíra a sífilis chinesa aos dezessete anos — dez anos antes —, e todas as curas dos médicos japoneses, chineses, coreanos e cristãos não tinham conseguido debelar a doença que já o desfigurara, mas não o mataria. Se me tornar todo-poderoso, prometeu Toranaga a si mesmo, talvez possa exterminar essa doença. Será que, realmente, vem das mulheres? Como é que as mulheres a pegam? Pobre Noboru. Não fosse a sífilis, seria o meu herdeiro, porque é um brilhante soldado, um administrador melhor do que Sudara e muito astuto. Deve ter feito muitas coisas ruins numa vida anterior para ter que carregar esse peso nesta.

— Por Buda, não desejo nenhuma das duas para ninguém — disse ele.

— Acredito — disse Ishido, pensando de fato que Toranaga, se pudesse, bem que gostaria que ele contraísse ambas. Curvou-se mais uma vez e saiu.

Toranaga rompeu o silêncio:

— Bem?

— Ficar ou partir agora — disse Hiromatsu — é a mesma coisa: catástrofe, porque agora o senhor foi traído e está isolado. Se ficar para a reunião, e não vai haver reunião por uma semana, Ishido terá mobilizado as suas legiões em torno

de Ōsaka e o senhor nunca escapará, aconteça o que acontecer à senhora Ochiba em Edo. E Ishido está claramente resolvido a arriscar para pegar o senhor. É óbvio que o senhor foi traído e os quatro regentes tomarão uma decisão contra o senhor. Se partir, ainda assim eles poderão sancionar qualquer ordem que Ishido deseje dar. O senhor tem que suster uma decisão de quatro a um. Jurou fazer isso. Não pode ir contra a sua palavra solene como regente.
– Concordo.
O silêncio se fez, interminável.
Hiromatsu esperou, com ansiedade crescente.
– O que vai fazer?
– Primeiro vou nadar – disse Toranaga, com surpreendente jovialidade. – Depois verei o bárbaro.

A mulher atravessou silenciosamente o jardim particular de Toranaga no castelo, dirigindo-se para a pequena cabana de sapé que se erguia numa clareira entre bordos. O seu quimono e o *obi* de seda eram muito simples, ainda que fossem os mais elegantes que os mais famosos artesãos da China conseguiam fazer. Usava o cabelo à última moda de Kyōto, preso no alto e mantido no lugar por longos alfinetes de prata. Uma sombrinha colorida protegia a sua pele muito delicada. Era minúscula, apenas 1,50m, mas de proporções perfeitas. Em torno do pescoço usava uma fina corrente de ouro e, pendendo dela, um pequeno crucifixo, também de ouro.

Kiri esperava na varanda da cabana. Sentada pesadamente à sombra, as suas nádegas transbordando da almofada, observou a mulher aproximando-se pelo caminho de pedras que tinham sido colocadas com tanto cuidado no musgo que parecia ter crescido ali.
– Está mais bela do que nunca, mais jovem do que nunca, Toda Mariko-san – disse Kiri sem inveja, retribuindo-lhe a mesura.
– Gostaria que fosse verdade, Kiritsubo-san – retrucou Mariko sorrindo. Ajoelhou-se sobre uma almofada e, inconscientemente, arranjou as saias num formato delicado.
– É verdade. Quando foi que nos encontramos pela última vez? Há dois... três anos? Você não mudou um fio de cabelo em vinte anos. Deve fazer quase vinte anos desde que nos vimos pela primeira vez. Lembra-se? Foi numa festa que o senhor Goroda deu. Você tinha catorze anos, era recém-casada e extraordinária.
– E assustada.
– Não, não você. Assustada não.
– Foi há dezesseis anos, Kiritsubo-san, não vinte. Sim, lembro-me muito bem. – Bem demais, pensou ela, entristecida. Foi o dia em que o meu irmão me

cochichou que acreditava que o nosso venerado pai ia se vingar do seu suserano, o ditador Goroda, que ia assassiná-lo. *Seu suserano!*

Oh, sim, Kiri-san, lembro-me daquele dia, daquele ano e daquela hora. Foi o início de todo o horror. Nunca admiti para ninguém que sabia o que iria acontecer antes que acontecesse. Nunca preveni meu marido ou Hiromatsu, pai dele, ambos fiéis vassalos do ditador, de que havia uma traição planejada por um dos seus maiores generais. Pior, nunca preveni Goroda, o meu suserano. Por isso, falhei no meu dever para com meu suserano, para com meu marido, para com a família dele, que, devido ao meu casamento, é a minha única família. Ó, minha Nossa Senhora, perdoe o meu pecado, ajude-me a me purificar. Mantive-me em silêncio para proteger meu amado pai, que profanou a honra de mil anos. Ó meu Deus, ó senhor Jesus de Nazaré, salvem esta pecadora da danação eterna...

– Foi há dezesseis anos – disse Mariko, serenamente.

– Eu estava carregando o filho do senhor Toranaga naquele ano – disse Kiri, e pensou: se o senhor Goroda não tivesse sido perfidamente traído e assassinado pelo seu pai, o meu senhor Toranaga nunca teria precisado lutar na batalha de Nagakude, eu nunca teria apanhado um resfriado e o meu filho nunca teria sido abortado. Talvez. Mas talvez não. Era apenas karma, o meu karma, acontecesse o que acontecesse, *né?* – Ah, Mariko-san – disse ela, sem maldade –, isso é muito tempo, parece quase outra vida. Mas você não tem idade. Por que não posso ter o seu rosto, o seu belo cabelo e caminhar tão graciosamente? – Kiri riu. – A resposta é simples: porque como demais!

– O que importa? Você goza do favor do senhor Toranaga, *né?* Portanto, está realizada. É sábia, afetuosa, íntegra e feliz.

– Preferia ser magra, poder continuar comendo e gozando do favor dele – disse Kiri. – Mas e você? Não é feliz?

– Sou apenas um instrumento do meu senhor Buntaro. Se o senhor meu marido está feliz, então, é claro, eu estou feliz. O seu prazer é o meu prazer. O mesmo que acontece com você – disse Mariko.

– Sim. Mas não é o mesmo. – Kiri abanou o leque, a seda dourada refletindo o sol da tarde. Estou tão contente por não ser você, Mariko, com toda a sua beleza e seu brilho, coragem e erudição. Não! Eu não suportaria estar casada com aquele homem odioso, feio, arrogante, violento, por um dia, quanto mais por dezessete anos. É tão diferente do pai, o senhor Hiromatsu. Aquele, sim, é um homem maravilhoso. Mas Buntaro? Como é que os pais têm filhos tão terríveis? Gostaria de ter um filho, oh, como gostaria! Mas você, Mariko, como aguentou tantos maus-tratos todos esses anos? Como suportou as suas tragédias? Parece impossível que não haja sombra delas no seu rosto ou na sua alma. – Você é uma mulher surpreendente, Toda Buntaro Mariko-san.

– Obrigada, Kiritsubo Toshiko-san. Oh, Kiri-san, é tão bom ver você.

– O mesmo digo eu. Como está o seu filho?

— Lindo, lindo, lindo. Saruji tem quinze anos agora, imagine! Alto, forte, igualzinho ao pai, e o senhor Hiromatsu deu um feudo a Saruji e ele... você sabe que ele vai se casar?

— Não, com quem?

— Ela é uma neta do senhor Kiyama. O senhor Toranaga combinou tudo muito bem. Um casamento excelente para a nossa família. Só gostaria que a garota fosse... fosse mais atenciosa com o meu filho, mais adequada. Sabe, ela... — Mariko riu, um pouco acanhada. — Pronto, estou falando como todas as sogras que sempre existiram. Mas acho que você concordaria, ela realmente ainda não está treinada.

— Você terá tempo para fazer isso.

— Oh, espero que sim. Tenho sorte por não ter uma sogra. Não sei o que faria.

— Você a encantaria e a treinaria como faz com toda a gente da sua casa, *né?*

— Gostaria que isso também fosse verdade. — As mãos de Mariko estavam imóveis no colo. Ela observou uma libélula pousar, depois disparar como uma seta. — O meu marido ordenou-me que viesse aqui. O senhor Toranaga quer me ver?

— Sim. Quer que você sirva de intérprete para ele. — Mariko ficou espantada.

— Com quem?

— Com o novo bárbaro.

— Oh! Mas... e o padre Tsukku-san? Está doente?

— Não. — Kiri brincou com o leque. — Acho que só nos deixaram a curiosidade de saber por que o senhor Toranaga quer você aqui e não o padre, como na primeira entrevista. Por que será, Mariko-san, que temos que guardar o dinheiro todo, pagar todas as contas, treinar todos os criados, comprar toda a comida e todo o vestuário da casa, na maioria das vezes até as roupas dos nossos senhores, e eles, na realidade, não nos *contam* nada?

— Talvez seja para isso que a nossa intuição existe.

— Provavelmente. — O olhar de Kiri era franco e cordial. — Mas imagino que se trate de um assunto muito particular. Por isso você juraria pelo seu Deus cristão não divulgar nada sobre esse encontro? A ninguém?

O dia pareceu perder o calor.

— Naturalmente — disse Mariko, inquieta. Compreendeu muito claramente que o que Kiri queria dizer era que ela não devia contar nada ao marido, ao pai dele, nem ao confessor. Como o marido lhe ordenara que viesse, obviamente a uma solicitação do senhor Toranaga, o seu dever para com o suserano superava o dever para com o marido, de modo que ela poderia livremente omitir informações. Mas e o confessor? Poderia não dizer nada a ele? E por que era ela a intérprete e não o padre Tsukku-san? Sabia que, mais uma vez, contra a sua vontade, estava envolvida no tipo de intriga política que lhe havia atormentado a vida e mais uma vez desejou que a sua família não fosse antiga e que Fujimoto nunca tivesse nascido com o dom das línguas, que lhe permitira aprender as quase incompreensíveis línguas portuguesa e latina, e que nunca tivesse nascido, em absoluto. Mas então, pensou ela, eu nunca teria visto meu filho, nem aprendido sobre o menino Jesus ou a verdade Dele, ou sobre a vida eterna. É o seu karma, Mariko, disse a si mesma tristemente, só karma. – Muito bem, Kiri-san. – E acrescentou, com um pressentimento: – Juro pelo Senhor, meu Deus, que não divulgarei nada do que for dito aqui hoje, nem em qualquer outra vez que eu esteja interpretando para o meu suserano.

– Também imagino que você talvez precise excluir parte dos seus próprios sentimentos para traduzir exatamente o que for dito. Este novo bárbaro é estranho e diz coisas peculiares. Tenho certeza de que o meu senhor escolheu você, entre todas as possibilidades, por razões especiais.

– Sou do senhor Toranaga para que ele faça o que desejar. Ele não precisa nunca ter qualquer receio quanto à minha lealdade.

– Isso nunca esteve em questão, senhora. Não falei com má intenção.

Começou a cair uma chuva de primavera que salpicou as pétalas, o musgo e as folhas e desapareceu, deixando ainda mais beleza no seu rastro.

– Eu lhe pediria um favor, Mariko-san. Poderia colocar o crucifixo por baixo do quimono?

Os dedos de Mariko lançaram-se para ele defensivamente.

– Por quê? O senhor Toranaga nunca fez objeção à minha conversão, nem o senhor Hiromatsu, o cabeça do meu clã! Meu marido tem... meu marido me deixa tê-lo e usá-lo.

– Sim. Mas crucifixos deixam este bárbaro louco de raiva e o meu senhor Toranaga não o quer furioso, e sim calmo.

Blackthorne nunca vira alguém tão diminuto.

– *Konnichi wa* – disse. – *Konnichi wa*, Toranaga-sama. – Curvou-se como um cortesão, fez um gesto de cabeça ao menino ajoelhado e de olhos arregalados ao lado de Toranaga e à mulher gorda sentada atrás dele. Estavam todos na varanda que rodeava a pequena cabana. A construção continha uma única sala pequena com biombos rústicos, vigas desbastadas, telhado de sapê e uma área atrás que servia de cozinha. Erguia-se sobre estacaria de madeira, a uns trinta centímetros ou pouco mais acima do tapete de pura areia branca. Tratava-se de uma casa de chá cerimonial para o ritual do *cha-no-yu*, construída com materiais raros apenas para aquela finalidade, embora às vezes, como aquelas casas ficassem isoladas em clareiras, fossem usadas para encontros e conversas privados. Blackthorne juntou o quimono em torno do corpo e sentou sobre a almofada que fora colocada sobre a areia, na frente deles. – *Gomen nasai*, Toranaga-sama, *nihongo ga hanasemasen. Tsūyaku-ga imasu ka?*

– Sou sua intérprete, senhor – disse Mariko imediatamente, num português quase impecável. – Mas o senhor fala japonês.

– Não, senhorita, só algumas palavras ou frases – respondeu Blackthorne perplexo. Esperava que o padre Alvito fosse o intérprete e que Toranaga estivesse acompanhado de samurais e talvez do daimio Yabu. Mas não havia nenhum samurai nas proximidades, embora muitos rodeassem o jardim.

– O meu senhor Toranaga pergunta onde... Primeiro, talvez lhe deva perguntar se prefere falar em latim?

– Como desejar, senhorita. – Como todo homem educado, Blackthorne sabia ler, escrever e falar latim, porque era a única linguagem erudita em todo o mundo civilizado.

Quem é essa mulher? Onde aprendeu um português perfeito assim? E latim? Onde mais senão com os jesuítas?, pensou ele. Numa das escolas deles. Oh, como são inteligentes! A primeira coisa que fazem é construir uma escola.

Fazia só setenta anos que Inácio de Loyola formara a Companhia de Jesus e agora as suas escolas, as melhores da cristandade, estavam espalhadas pelo mundo e a sua influência apoiava ou destruía reis. Contava com a consideração do papa. Havia detido a torrente da Reforma e agora estava conquistando territórios imensos para a Igreja.

– Falaremos português, então – disse ela. – O meu amo deseja saber onde o senhor aprendeu "algumas palavras e frases".

– Havia um monge na prisão, senhorita, um monge franciscano, e ele me ensinou coisas como "comida", "amigo", "banho", "ir", "vir", "verdade", "falso", "aqui", "lá", "eu", "você", "por favor", "obrigado", "querer", "não querer", "prisioneiro", "sim", "não", e assim por diante. É só um começo, infelizmente. Quer dizer ao senhor Toranaga, por favor, que agora estou mais bem preparado para responder às perguntas dele, para ajudar, e muito contente por estar fora da prisão? Agradeço a ele por isso.

Blackthorne observou quando ela se voltou e falou a Toranaga. Sabia que teria que falar com simplicidade, de preferência com sentenças curtas, e teria cuidado, porque, ao contrário do padre, que traduzia simultaneamente, esta mulher esperava até que ele acabasse, depois fazia uma sinopse ou uma versão do que fora dito – o problema habitual com todos os intérpretes, exceto com os melhores, embora mesmo estes, como o jesuíta, permitissem que sua personalidade interferisse no que era dito, voluntária ou involuntariamente. O banho, a massagem, a comida e as duas horas de sono o revigoraram admiravelmente. As criadas de banho, todas de peso e força, o esfregaram, ensaboaram seu cabelo, trançando-o depois num rabo caprichado, e o barbeiro lhe aparara a barba. Deram-lhe uma tanga limpa, um quimono e um *obi*, e *tabis* e sandálias para os pés. Os *futons* sobre os quais dormira estavam limpíssimos, assim como o quarto. Parecera tudo um sonho e, acordando de um sono sem sonhos, se perguntara momentaneamente qual era o sonho, aquele ou a prisão.

Aguardara com impaciência, esperando ser conduzido de novo à presença de Toranaga, planejando o que dizer e o que revelar, como superar o padre Alvito em esperteza e como ganhar ascendência sobre ele. E sobre Toranaga. Pois sabia, para além de qualquer dúvida, por causa do que frei Domingo lhe contara sobre os portugueses, sobre a política japonesa e o comércio, que agora podia ajudar Toranaga, o qual, em troca, poderia facilmente lhe dar as riquezas que desejava.

E ali, sem padre algum com quem lutar, sentiu-se ainda mais confiante. Só preciso de um pouco de sorte e paciência.

Toranaga ouvia atentamente a intérprete que parecia uma boneca.

Eu poderia levantá-la do chão com uma mão, pensou Blackthorne, e, se passasse as duas mãos em torno da cintura dela, meus dedos se tocariam. Que idade terá? Perfeita! Casada? Não usa aliança. Ah, isso é interessante. Não está usando joia de tipo algum. Exceto os alfinetes de prata no cabelo. Nem a outra mulher, a gorda.

Revirou a memória. As outras duas mulheres na aldeia também não usavam joias, coisa que ele também não vira em nenhuma das mulheres da casa de Mura. Por quê?

E quem é a gorda? Esposa de Toranaga? Ou a ama do menino? Será que o menino é filho de Toranaga? Ou neto, talvez? Frei Domingo disse que os japoneses têm só uma esposa de cada vez, mas tantas consortes – amantes legais – quantas desejem.

Será que a intérprete é consorte de Toranaga?

Como seria estar com uma mulher assim na cama? Eu teria medo de esmagá-la. Não, não se quebraria. Na Inglaterra há mulheres quase tão pequenas. Mas não como ela.

O menino era pequeno, aprumado, de olhos redondos, com o cabelo preto e cheio, amarrado num rabo curto. A sua curiosidade parecia enorme. Sem pensar, Blackthorne piscou. O menino deu um pulo, depois riu, interrompeu Mariko e apontou e falou. Eles o ouviram indulgentemente e ninguém o mandou se calar. Quando terminou, Toranaga falou brevemente a Blackthorne.

– O senhor Toranaga pergunta por que fez isso, senhor.

– Oh, só para divertir o rapazinho. É uma criança como qualquer outra, e as crianças no meu país geralmente riem quando a gente faz isso. O meu filho deve estar mais ou menos com essa idade agora. Tem sete anos.

– O herdeiro tem sete anos – disse Mariko após uma pausa, depois traduziu o que ele dissera.

– Herdeiro? Isso quer dizer que o menino é o único filho do senhor Toranaga? – perguntou Blackthorne.

– O senhor Toranaga instruiu-me para dizer-lhe que, por favor, se limite apenas a responder às perguntas, por enquanto. – E acrescentou: – Se for paciente, capitão-piloto Blackthorne, estou certa de que terá uma oportunidade de perguntar tudo o que desejar mais tarde.

– Muito bem.
– Como seu nome é muito difícil de dizer, pois não temos os sons para pronunciá-lo... posso, para o senhor Toranaga, usar o nome japonês Anjin-san?
– Naturalmente. – Blackthorne ia perguntar o nome dela, mas lembrou-se do que ela dissera e da necessidade de ser paciente.
– Obrigada. Meu senhor pergunta se tem outros filhos.
– Uma filha. Nasceu pouco antes de eu partir da Inglaterra. Portanto, tem uns dois anos agora.
– O senhor tem uma esposa ou muitas?
– Uma. É o nosso costume. Como os portugueses e espanhóis. Não temos consortes, consortes formais.
– É a sua primeira esposa, senhor?
– Sim.
– Por favor, qual é a sua idade?
– Trinta e seis.
– Na Inglaterra, onde o senhor vive?
– Nos subúrbios de Chatham. É um pequeno porto perto de Londres.
– Londres é a cidade principal?
– Sim.
– Ele pergunta que línguas o senhor fala.
– Inglês, português, espanhol, holandês e, naturalmente, latim.
– O que é "holandês"?
– Uma língua falada na Europa, na Neerlândia. É muito semelhante ao alemão.
Ela franziu o cenho.
– Holandês é uma língua pagã? Alemão, também?
– Ambos os países são não católicos – disse ele, cuidadoso.
– Desculpe, isso não é o mesmo que pagão?
– Não, senhorita. O cristianismo está dividido em duas religiões distintas e bem separadas. Catolicismo e protestantismo. São duas versões do cristianismo. A seita no Japão é católica. No momento, as duas seitas são muito hostis uma com a outra. – Ele reparou na surpresa dela e sentiu a impaciência crescente de Toranaga por estar sendo deixado fora da conversa. Seja cuidadoso, advertiu a si mesmo. Ela com certeza é católica. Mude de assunto. E seja simples. – Talvez o senhor Toranaga não queira discutir religião, senhorita, já que isso foi parcialmente tratado no nosso primeiro encontro.
– O senhor é um cristão protestante?
– Sim.
– E os cristãos católicos são seus inimigos?
– A maioria deles me consideraria herege e inimigo deles, sim.
Ela hesitou, voltou-se para Toranaga e falou longamente.

Havia muitos guardas em torno do perímetro do jardim. Todos bem afastados, todos marrons. Então Blackthorne notou dez cinzentos sentados num grupo, em ordem, à sombra, todos de olhos no menino. Que significado tinha aquilo?

Toranaga estava interrogando Mariko de novo, depois falou diretamente a Blackthorne.

– O meu senhor quer saber a seu respeito e sobre sua família – começou Mariko. – Sobre o seu país, a rainha e os governantes anteriores, os hábitos, os costumes e a história. O mesmo com relação a todos os outros países, particularmente Portugal e Espanha. Tudo sobre o mundo em que o senhor vive. Sobre os seus navios, armas, comidas, comércio. Sobre as suas guerras e batalhas, como dirigem um navio, como o senhor conduziu o seu navio e o que aconteceu na viagem. Ele quer compreender... Desculpe, por que ri?

– Só porque isso parece ser praticamente tudo o que sei, senhorita.

– Isso é precisamente o que meu amo deseja. "Precisamente" é a palavra correta?

– Sim, senhorita. Posso cumprimentá-la pelo seu português, que é impecável?

O leque esvoaçou ligeiramente.

– Obrigada, senhor. Sim, o meu amo quer saber a *verdade* sobre tudo, o que é fato e o que seria a sua opinião.

– Ficaria contente em dizer-lhe. Talvez leve um pouco de tempo.

– O meu amo tem tempo, diz ele.

Blackthorne olhou para Toranaga:

– *Wakarimasu*.

– Se me desculpar, senhor, meu amo me ordena que lhe diga que sua pronúncia está um pouco errada. – Mariko mostrou-lhe como dizer, ele repetiu e agradeceu. – Sou a senhora Mariko Buntaro, não senhorita.

– Sim, senhora. – Blackthorne deu uma olhada em Toranaga. – Por onde ele gostaria que eu começasse?

Ela perguntou. Um sorriso fugaz passou pelo rosto forte de Toranaga.

– Pelo começo, diz ele.

Blackthorne sabia que se tratava de outro julgamento. Com que, dentre todas as ilimitadas possibilidades, começaria? A quem falaria? A Toranaga, ao menino ou à mulher? Obviamente, se só houvesse homens presentes, seria a Toranaga. Mas agora? Por que as mulheres e o menino estavam presentes? Aquilo devia ter algum significado.

Resolveu se concentrar no menino e nas mulheres.

– Em tempos antigos, o meu país era governado por um grande rei que tinha uma espada mágica chamada Excalibur, e a sua rainha era a mais linda mulher da terra. O seu principal conselheiro era um mágico, Merlin, e o nome do rei era Artur – começou ele, confiante, contando a lenda que o seu pai, na infância perdida num nevoeiro, costumava contar-lhe. – A capital do rei Artur chamava-se Camelot, aquele era um tempo feliz, sem guerras, com boas colheitas e... – De repente ele percebeu a enormidade do seu engano. O centro da história eram Guinevere e Lancelot, uma rainha adúltera e um vassalo infiel; Mordred, filho ilegítimo de Artur, que traiçoeiramente vai à guerra contra o pai; e um pai que mata esse filho em batalha só para ser mortalmente ferido por ele. Oh, Jesus Deus, como pude ser tão estúpido? Toranaga não é como um grande rei? Essas não são as damas dele? Esse não é o seu filho?

— Está doente, senhor?

— Não... não, desculpe... foi só que...

— Estava falando sobre esse rei e sobre boas colheitas...

— Sim. É... Como a maioria dos países, o nosso passado é obscurecido por mitos e lendas, a maioria dos quais sem importância — disse ele, claudicante, tentando ganhar tempo.

Ela o encarava perplexa. Os olhos de Toranaga tornaram-se mais perscrutadores e o menino bocejou.

— O senhor estava dizendo?

— Eu... bem... — Então teve um clarão de inspiração. — Talvez o melhor que eu poderia fazer seria desenhar um mapa do mundo, senhora, do modo como o conhecemos — disse num fôlego só. — Gostaria que eu fizesse isso?

Ela traduziu e ele notou um vislumbre de interesse em Toranaga, mas nada no menino ou nas mulheres. Como envolvê-los?

— Meu amo diz que sim. Mandarei buscar papel...

— Obrigado. Mas isto servirá por ora. Mais tarde, se me der material para escrever, poderei desenhar um mais preciso.

Blackthorne levantou-se da almofada e se ajoelhou. Com os dedos começou a traçar um mapa grosseiro na areia, de cabeça para baixo a fim de que eles pudessem ver melhor.

— A Terra é redonda como uma laranja. Este mapa é como a sua crosta, só que oval, norte-sul, plano e esticado um pouquinho no topo e na base. Um holandês chamado Mercator inventou o modo de fazer isto com precisão há vinte anos. É o primeiro mapa-múndi preciso. Podemos até navegar com ele... ou com os globos de Mercator. — Blackthorne fizera um esboço dos continentes com traços arrojados. — Isto é norte e isto é sul, leste e oeste. O Japão fica aqui, o meu país do outro lado do mundo... Aqui. Isto tudo é desconhecido e inexplorado... — A sua mão eliminou tudo na América do Norte, ao norte de uma linha indo do México à Terra Nova, tudo na América do Sul, além do Peru e de uma estreita faixa costeira em torno daquele continente, depois tudo a norte e a leste da Noruega, tudo a leste da Moscóvia, toda a Ásia, todo o interior da África, tudo ao sul de Java e a extremidade da América do Sul. — Conhecemos as linhas costeiras, mas pouca coisa mais. O interior da África, das Américas e da Ásia são mistérios quase completos para nós. — Ele parou para que ela pudesse assimilar.

Ela traduziu com mais facilidade agora e ele sentiu que o seu interesse crescia. O menino mexeu-se e chegou um pouco mais para perto.

– O herdeiro deseja saber onde estamos nós, no mapa.

– Aqui. Isto é Catai, na China, acho. Não sei a que distância estamos da costa. Levei dois anos para navegar daqui até aqui. – Toranaga e a mulher esticaram o pescoço para ver melhor.

– O herdeiro pergunta por que somos tão pequenos no seu mapa.

– É só uma escala, senhora. Neste continente, da Terra Nova, aqui, ao México, aqui, há quase mil léguas, quase 5 mil quilômetros. Edo está a umas cem léguas daqui.

Houve um silêncio, depois eles conversaram entre si.

– O senhor Toranaga deseja que o senhor lhe mostre no mapa como chegou ao Japão.

– Por aqui. Este é o estreito de Magalhães, ou passo, na extremidade da América do Sul. É chamado assim por causa do navegador português que o descobriu há oitenta anos. Desde então, portugueses e espanhóis o mantiveram secreto, para seu uso exclusivo. Fomos os primeiros estrangeiros a atravessar o passo. Eu tinha um dos portulanos secretos deles, um tipo de mapa, mas ainda assim precisei esperar seis meses para conseguir passar, porque os ventos estavam contra nós.

Ela traduziu o que ele disse. Toranaga olhou, incrédulo.

– O meu amo diz que o senhor está enganado. Todos os bár... todos os portugueses vêm do sul. É essa a rota deles, a única rota.

– Sim. É verdade que os portugueses preferem esse caminho, o cabo da Boa Esperança, como o chamamos, porque eles têm dúzias de fortes ao longo dessas costas, África, Índia e as ilhas das Especiarias, onde se abastecem e passam o inverno. E os seus galeões-belonaves patrulham e monopolizam as rotas marítimas. Entretanto, os espanhóis usam o estreito de Magalhães para chegar às suas colônias americanas no Pacífico e às Filipinas ou então atravessam por aqui, pelo estreito istmo do Panamá, indo por terra para evitar meses de viagem. Para nós era mais seguro navegar pelo estreito de Magalhães, do contrário teríamos que cruzar o fogo de todos esses fortes portugueses inimigos. Por favor, diga ao senhor Toranaga que agora conheço a posição de muitos deles. Muitos utilizam soldados japoneses. Aliás – acrescentou com ênfase –, o frade que me deu a informação na prisão era espanhol e hostil aos portugueses e a todos os jesuítas.

Blackthorne viu uma reação imediata no rosto dela e, quando traduziu, no rosto de Toranaga. Dê tempo a ela e conserve as coisas simples, preveniu-se.

– Soldados japoneses? Quer dizer, samurais?

– *Rōnins* seria mais exato, imagino.

– O senhor disse um mapa "secreto"? O meu senhor quer saber como o obteve.

– Um homem chamado Pieter Suyderhof, da Holanda, era o secretário particular do primaz de Goa – esse é o título do padre católico chefe, e Goa é a capital da Índia portuguesa. A senhora sabe, naturalmente, que os portugueses estão tentando dominar aquele continente à força. Na qualidade de secretário particular desse arcebispo, que também era vice-rei português na época, todo tipo de documento lhe passava pelas mãos. Depois de muitos anos, ele conseguiu alguns portulanos, mapas, e os copiou. Isso revelou os segredos do caminho através do passo de Magalhães e também como contornar o cabo da Boa Esperança, assim como os bancos de areia e recifes de Goa ao Japão, via Macau. O meu portulano era o de Magalhães. Estava com os meus papéis que sumiram do meu navio. São vitais para mim e poderiam ser de imenso valor para o senhor Toranaga.

– Meu amo diz que já enviou ordens para procurá-los. Continue, por favor.

– Quando Suyderhof regressou à Holanda, vendeu-os à Companhia Holandesa das Índias Orientais, que recebera o monopólio da exploração do Extremo Oriente.

Ela o olhava friamente.

– Esse homem era um espião pago?

– Foi pago pelos mapas, sim. É o costume deles, é como recompensam um homem. Não com um título ou com terras, só com dinheiro. A Holanda é uma república. Claro, senhora, o meu país e o nosso aliado, a Holanda, estão em guerra com a Espanha e Portugal, e isso há anos. A senhora compreenderá que, na guerra, é vital descobrir os segredos do inimigo.

Mariko voltou-se e falou longamente.

– O meu senhor diz: por que esse arcebispo empregaria um inimigo?

– A história que Pieter Suyderhof contou foi que esse arcebispo, que era jesuíta, estava interessado apenas em comércio. Suyderhof dobrou os lucros deles, por isso era muito "mimado". Tratava-se de um mercador extremamente inteligente, os holandeses geralmente são superiores aos portugueses nisso, de modo que as suas credenciais não foram examinadas com muito cuidado. Além disso, muitos homens de olhos azuis e cabelo claro, alemães e outros europeus, são católicos. – Blackthorne esperou até que isso fosse traduzido, depois acrescentou cuidadosamente: – Ele era o chefe da espionagem holandesa na Ásia, um soldado do país, e colocou alguns dos seus homens em navios portugueses. Por favor, diga ao senhor Toranaga que, sem o comércio com o Japão, a Índia portuguesa não conseguirá viver muito tempo.

Toranaga manteve o olhar no mapa enquanto Mariko falava. Não houve reação ao que ela disse. Blackthorne perguntou-se se ela traduzira tudo.

Depois veio o pedido:

– Meu amo gostaria de ter um mapa detalhado, feito em papel, o mais rápido possível, com todas as bases portuguesas assinaladas e a quantidade de *rōnins* em cada uma. Por favor, continue.

Blackthorne sabia que dera um gigantesco passo à frente. Mas o menino bocejou e ele resolveu mudar a rota, sempre se dirigindo para a mesma enseada.

– O nosso mundo não é sempre do modo como parece. Por exemplo, ao sul desta linha, que chamamos de equador, as estações são invertidas. Quando estamos no verão, eles estão no inverno; quando estão no verão, nós estamos congelando.

– Por que isso?

– Não sei, mas é verdade. O caminho para o Japão passa por um desses estreitos meridionais. Nós, ingleses, estamos tentando encontrar uma rota pelo norte, seja a nordeste, através da Sibéria, seja a noroeste, através das Américas. Estive ao norte até este ponto. Toda a região no extremo norte é de gelo e neve perpétuos, e faz tanto frio na maior parte do ano que, se a gente não usa luvas de pele, os dedos congelam em pouco tempo. O povo que lá vive é chamado de lapão. As roupas deles são feitas de pele de animais. Os homens caçam e as mulheres fazem todo o trabalho restante. Parte do trabalho das mulheres é confeccionar as roupas. Para fazer isso, a maior parte das vezes têm de mastigar as peles para amaciá-las antes de poderem costurá-las.

Mariko riu alto.

Blackthorne sorriu, sentindo-se mais confiante.

– É verdade, senhora. É *hontō*.

– *Nani ga hontō nano ka?* – perguntou Toranaga com impaciência. O que é verdade?

Rindo ainda mais, ela lhe contou o que fora dito. Puseram-se todos a rir.

– Vivi entre eles por quase um ano. Ficamos presos no gelo e tivemos que esperar o degelo. A comida deles é peixe, focas, ocasionalmente ursos polares, e baleias, que comem cruas. O maior refinamento deles é comer gordura de baleia crua.

– Ora vamos, Anjin-san!

– É verdade. E vivem em pequenas casas redondas, feitas inteiramente de gelo, e nunca tomam banho.

– O quê? Nunca? – espantou-se ela.

Ele sacudiu a cabeça e resolveu não lhe contar que os banhos eram raros na Inglaterra, mais raros até que em Portugal e na Espanha, que eram países quentes.

Ela traduziu. Toranaga balançou a cabeça, não acreditando.

– O meu amo diz que isso é exagero demais. Ninguém poderia viver sem banho. Nem povos incivilizados.

– A verdade é essa, *hontō* – disse ele calmamente e levantou a mão. – Juro por Jesus de Nazaré e pela minha alma, juro que é verdade.

Ela o observou em silêncio.

– Tudo?

– Sim. O senhor Toranaga queria a verdade. Por que eu mentiria? A minha vida está nas mãos dele. É fácil provar a verdade... Não, para ser honesto, seria muito difícil provar o que eu disse, os senhores teriam que ir lá e ver por si mesmos. Certamente os portugueses e espanhóis, que são meus inimigos, não vão me apoiar. Mas o senhor Toranaga pediu a verdade. Ele pode confiar em mim para dizê-la.

Mariko pensou um instante. Depois escrupulosamente traduziu. Por fim:
— O senhor Toranaga diz que é inacreditável que um ser humano viva sem banho.
— Sim. Mas as terras frias são assim. Os hábitos são diferentes dos seus e dos meus. Por exemplo, no meu país todo mundo crê que os banhos são perigosos para a saúde. A minha avó, Granny Jacoba, costumava dizer: "Um banho ao nascer e outro ao esticar as canelas".
— É muito difícil de acreditar.
— Alguns dos seus hábitos aqui são muito difíceis de acreditar. Mas é verdade que tomei mais banhos neste curto período de tempo que estou no seu país do que em toda a minha vida antes. Admito francamente que me sinto melhor com eles. – Ele sorriu. – Não acredito mais que os banhos sejam perigosos. Portanto, lucrei vindo aqui, não?

Após uma pausa, Mariko disse:
— Sim – e traduziu.
— Ele é surpreendente... Surpreendente, *né?* – disse Kiri.
— Qual é a sua opinião sobre ele, Mariko-san? – perguntou Toranaga.
— Estou convencida de que está dizendo a verdade, ou acredita estar. Parece claro que ele talvez lhe possa ser de grande valor, meu senhor. Temos um conhecimento tão diminuto do mundo exterior. Isso é valioso para o senhor? Não sei. Mas é quase como se ele tivesse caído das estrelas ou aparecido do fundo do mar. Se é inimigo de portugueses e espanhóis, as suas informações, se dignas de confiança, talvez possam ser vitais aos seus interesses, *né?*
— Concordo – disse Kiri.
— O que pensa, Yaemon-sama?
— Eu, tio? Oh, penso que ele é feio e não gosto do cabelo dourado dele, nem desses olhos de gato, e ele não parece humano, absolutamente – disse o menino apressadamente. – Estou contente por não ter nascido bárbaro como ele, mas samurai como o meu pai. Podemos ir nadar mais um pouco, por favor?
— Amanhã, Yaemon – disse Toranaga, contrariado por não ser capaz de conversar diretamente com o piloto.

Enquanto conversavam entre si, Blackthorne decidiu que chegara a hora. Mariko voltou-se para ele de novo.
— O meu amo pergunta por que o senhor esteve no norte.
— Eu era piloto de um navio. Estávamos tentando encontrar uma passagem nordeste, senhora. Muitas coisas que eu posso lhe contar soarão risíveis, eu sei – começou ele. – Por exemplo, há setenta anos os reis da Espanha e Portugal assinaram um tratado solene que dividia a posse do Novo Mundo, o mundo não descoberto, entre eles. Como o seu país cai na metade portuguesa, oficialmente o seu país pertence a Portugal: o senhor Toranaga, a senhora, todo mundo, este castelo e tudo dentro dele foi doado a Portugal.
— Oh, por favor, Anjin-san. Perdoe-me, mas isso é um absurdo!

— Concordo que a arrogância deles é inacreditável. Mas é verdade.

Imediatamente ela começou a traduzir e Toranaga riu ironicamente.

— O senhor Toranaga diz que então ele poderia igualmente dividir os pagãos entre ele e o imperador da China, *né?*

— Por favor, diga ao senhor Toranaga que me desculpe, mas não é a mesma coisa — disse Blackthorne, consciente de que estava em terreno perigoso. — Isso está escrito em documentos que dão a cada rei o direito de reivindicar para si qualquer território não católico descoberto por seus súditos, aniquilar o governo existente e substituí-lo por um governo católico. — No mapa, o dedo dele traçou uma linha de norte a sul, que cortava o Brasil em dois. — Tudo o que se encontra a leste desta linha pertence a Portugal, tudo o que se encontra a oeste pertence à Espanha. Pedro Álvares Cabral descobriu o Brasil em 1500, por isso Portugal é dono do Brasil, destruiu toda a cultura nativa e os dirigentes locais e enriqueceu com o ouro e a prata extraídos das minas e pilhados dos templos nativos. Todo o resto das Américas descoberto até agora é da Espanha: o México, o Peru, este continente meridional quase todo. Eles arrasaram as nações incas, aniquilaram a cultura deles e escravizaram centenas de milhares de indivíduos. Os conquistadores têm armas modernas, os nativos não tinham nenhuma. Com os conquistadores chegam os padres. Logo alguns príncipes estão convertidos e as inimizades começam a ser utilizadas. Então, príncipe é atirado contra príncipe e o reino é engolido gradativamente. Agora a Espanha é a nação mais rica do nosso mundo, devido ao ouro e à prata incas e mexicanos que foram pilhados e enviados para a Europa.

Mariko estava séria agora. Captara rapidamente o significado da lição de Blackthorne. Assim como Toranaga.

— O meu amo diz que isso é conversa sem valor. Como é que eles podem se atribuir tais direitos?

— Não se atribuíram — disse Blackthorne gravemente. — Foi o papa quem lhes concedeu, o Vigário de Cristo na Terra em pessoa. Em troca da difusão da palavra de Deus.

— Não acredito! — exclamou ela.

— Por favor, traduza o que eu disse, senhora. É *hontō*.

Ela obedeceu e falou longamente, obviamente perturbada. Depois:

— O meu amo... O meu amo diz que o senhor está apenas querendo envená-lo contra os seus inimigos. Qual é a verdade? Pela sua vida, senhor?

— O papa Alexandre VI estabeleceu a primeira linha de demarcação em 1493 — começou Blackthorne, abençoando Alban Caradoc, que lhe martelara tantos fatos quando ele era jovem, e frei Domingo, por informá-lo sobre o orgulho japonês e lhe dar tantos indícios sobre a mente japonesa. — Em 1506, o papa Júlio II sancionou modificações no Tratado de Tordesilhas, assinado pela Espanha e Portugal em 1494, que alterou um pouco a linha. O papa Clemente VII sancionou o Tratado de Saragoça em 1529, há uns setenta anos, que traçou uma segunda linha aqui – seu dedo desenhou uma linha longitudinal na areia, cortando a extremidade do Japão meridional. – Isso dá a Portugal direito exclusivo sobre o seu país, sobre todos estes países, do Japão e China à África, no caminho de que eu falei. Para explorar com exclusividade, *por qualquer meio*, em troca de difundirem o catolicismo.

Novamente ele esperou e a mulher vacilou, confusa. Blackthorne podia sentir a crescente irritação de Toranaga por ter que esperar que ela traduzisse.

Mariko forçou os lábios para falar e repetir o que ele dissera. Depois ouviu Blackthorne de novo, detestando o que ouvia. Isso é realmente possível?, perguntava a si mesma. Como poderia Sua Santidade fazer coisas assim? Dar o nosso país aos portugueses? Deve ser mentira. Mas o piloto jurou por Jesus.

– O piloto diz, senhor – começou ela –, que... que no tempo em que essas decisões foram tomadas por Sua Santidade, o papa, o mundo deles todo, inclusive o país de Anjin-san, era cristão católico. O cisma ainda não... não ocorrera. Portanto, portanto essas... essas decisões foram, naturalmente, acatadas por... por todas as nações. Ainda assim, acrescentou ele, embora os portugueses tenham exclusividade para *explorar* o Japão, a Espanha e Portugal estão incessantemente discutindo sobre a *posse*, por causa da riqueza do nosso comércio com a China.

– Qual é a sua opinião, Kiri-san? – disse Toranaga, tão chocado quanto elas. Apenas o menino brincava com o leque desinteressadamente.

– Ele acredita estar dizendo a verdade – disse Kiri. – Sim, penso isso. Mas como prová-la... ou parte dela?

– Como você provaria, Mariko-san? – perguntou Toranaga, muito perturbado com a reação de Mariko ao que fora dito, mas muito contente por ter concordado em tê-la como intérprete.

– Eu perguntaria ao padre Tsukku-san. Depois também enviaria alguém, um vassalo de confiança, pelo mundo para ver. Talvez com o Anjin-san.

– Se o padre não apoiar essas declarações – disse Kiri –, isso não significará necessariamente que o Anjin-san esteja mentindo, *né?*

Kiri estava contente por haver sugerido que Mariko fosse a intérprete quando Toranaga procurou uma alternativa para Tsukku-san. Sabia que Mariko merecia confiança e que, uma vez tendo jurado pelo seu Deus estrangeiro, manteria silêncio mesmo sob o mais rigoroso interrogatório de qualquer padre cristão. Quanto menos esses demônios souberem, melhor, pensou Kiri. E que tesouro de conhecimento esse bárbaro tem!

Kiri viu o menino bocejar de novo e ficou contente com isso. "Quanto menos a criança compreender, melhor", disse ela a si mesma. Depois, em voz alta:

– Por que não mandar chamar o líder dos padres cristãos e perguntar sobre esses fatos? Vamos ver o que ele diz. Eles têm o rosto aberto, na maioria, e quase não têm sutileza.

Toranaga assentiu, de olhos em Mariko.

– Pelo que você sabe sobre os bárbaros meridionais, diria que as ordens do papa seriam obedecidas?

– Sem dúvida.

– As ordens dele seriam consideradas como se o próprio Deus cristão estivesse falando?

– Sim.

– Todos os cristãos católicos obedeceriam às ordens dele?

– Sim.

– Até os nossos cristãos aqui?

– Penso que sim.

– Até você?

– Sim, senhor. Caso se tratasse de uma ordem direta de Sua Santidade a mim, pessoalmente. Sim, pela salvação da minha alma. – O olhar dela mantinha-se firme. – Mas até lá não obedecerei a homem algum, além do meu suserano, ao cabeça da minha família ou ao meu marido. Sou japonesa, cristã, sim, mas, antes, sou samurai.

– Acho que seria bom, então, que essa santidade permanecesse longe das nossas praias. – Toranaga pensou um instante. Depois resolveu o que fazer com o bárbaro, Anjin-san. – Diga-lhe... – Parou. Os olhos de todos estavam postados na vereda e na anciã que se aproximava. Usava o hábito com capuz das monjas budistas. Com ela vinham quatro cinzentos. Pararam e ela entrou sozinha.

CAPÍTULO 17

TODOS FIZERAM UMA PROFUNDA REVERÊNCIA. TORANAGA NOTOU QUE O BÁR-baro o imitou mas não se levantou nem olhou, coisa que todos os bárbaros, exceto Tsukku-san, teriam feito. O piloto aprende depressa, pensou ele, com a cabeça ainda ardendo com o que ouvira. Estava fervilhando de perguntas, mas, usando a sua autodisciplina, afastou-as temporariamente para se concentrar no perigo presente.

Kiri acorreu para ceder à velha a almofada, ajudou-a a sentar-se, depois se ajoelhou atrás dela, ficando imóvel, em atitude de assistência.

— Obrigada, Kiritsubo-san — disse a mulher, retribuindo a reverência deles. Chamava-se Yodoko. Era a viúva do táicum e agora, desde a morte dele, monja budista. — Desculpe por ter vindo sem ser convidada e por interrompê-lo, senhor Toranaga.

— A senhora é sempre bem-vinda e dispensa convites, Yodoko-sama.

— Obrigada, sim, muito obrigada — disse ela, desviando o olhar para Blackthorne e apertando os olhos para tentar enxergar melhor. — Mas acho que realmente interrompi. Não consigo ver quem... Ele é o bárbaro? Os meus olhos estão ficando cada vez piores. Não é o Tsukku-san, certo?

— Não, este é o novo bárbaro — confirmou Toranaga.

— Oh, ele! — Yodoko examinou-o mais de perto. — Por favor, diga-lhe que não vejo bem, daí a minha indelicadeza.

Mariko fez o que lhe foi recomendado.

— Ele diz que muita gente no seu país é míope, Yodoko-sama, mas usam óculos. Perguntou se nós também usamos. Disse-lhe que alguns de nós, sim, trazidos pelos bárbaros meridionais. Que a senhora costumava usá-los, mas que não os usa mais.

— Sim. Prefiro a névoa que me rodeia. Sim, não gosto muito do que vejo hoje em dia. — Yodoko voltou-se e olhou para o menino, fingindo ter acabado de vê-lo. — Oh! Meu filho! Então você está aí. Estava à sua procura. Como é bom ver o *kanpaku!* — Fez uma vênia respeitosa.

— Obrigado, Primeira Mãe. — Yaemon sorriu e também se inclinou numa reverência. — Oh, a senhora devia ter ouvido o bárbaro. Desenhou um mapa do mundo para nós e contou-nos coisas engraçadas sobre povos que nunca tomam banho! Nunca, durante toda a vida, e vivem em casas de neve e usam peles como os maus *kamis!*

— Quanto menos vierem aqui, melhor, acho eu, meu filho — resmungou a velha. — Nunca os consegui entender e cheiram sempre muito mal. Jamais consegui entender como o senhor táicum, o seu pai, os podia tolerar. Mas ele era um homem e você é um homem e vocês têm mais paciência do que uma mulher inferior. Você tem um bom professor, Yaemon-sama. – Os seus olhos voaram de novo para Toranaga. – O senhor Toranaga tem mais paciência do que qualquer outra pessoa no império.

– A paciência é importante para qualquer homem e vital para um chefe – disse Toranaga. – E a sede de conhecimento é uma boa qualidade também, hein, Yaemon-sama? E o conhecimento vem de lugares estranhos.

– Sim, tio. Oh, sim. Ele tem razão, não tem, Primeira Mãe?

– Sim, sim. Concordo. Mas estou contente por ser mulher e não ter que me preocupar com essas coisas. – Yodoko abraçou o menino, que fora sentar-se ao seu lado. – Então, meu filho, por que estou aqui? Para buscar o *kanpaku*. Por quê? Porque o *kanpaku* está atrasado para a refeição e para as suas aulas de escrita.

– Detesto as aulas de escrita e vou nadar.

– Quando eu tinha a sua idade – disse Toranaga, com uma gravidade zombeteira – também detestava a escrita. Mas depois, quando tinha vinte anos, tive de parar de lutar em batalhas e voltar para a escola. Achei isso muito pior.

– Voltar para a escola, tio? Depois de deixá-la para sempre? Oh, que coisa terrível!

– Um chefe tem que escrever bem, Yaemon-sama. Não só com clareza, mas com beleza, e o *kanpaku* mais que ninguém. De que outro modo ele vai poder escrever a Sua Alteza Imperial ou aos grandes daimios? Um chefe tem que ser melhor que seus vassalos em tudo, sob todos os aspectos. Um chefe tem que fazer muitas coisas difíceis.

– Sim, tio. É muito difícil ser *kanpaku*. – Yaemon franziu o cenho, dando-se ares de importância. – Acho que vou fazer minhas lições agora e não quando tiver vinte anos, porque então terei importantes assuntos de Estado.

Ficaram todos muito orgulhosos dele.

– Você é muito sábio, meu filho – disse Yodoko.

– Sim, Primeira Mãe. Sou sábio como o meu pai, conforme diz minha mãe. Quando é que a mãe vai voltar para casa?

Yodoko levantou os olhos e fitou Toranaga.

– Logo.

– Espero que volte bem logo – disse Toranaga. Sabia que Yodoko fora enviada por Ishido para buscar o menino. Toranaga trouxera-o e também os guardas, diretamente ao jardim, para irritar ainda mais o inimigo. E para mostrar ao menino o estranho piloto e assim privar Ishido do prazer de proporcionar essa experiência à criança.

– É muito exaustivo ser responsável pelo meu filho – estava dizendo Yodoko. – Seria muito bom ter a senhora Ochiba aqui em Ōsaka, de volta a casa, aí eu poderia regressar ao templo, *né?* Como está ela, e a senhora Genjiko?

— Estão ambas com excelente saúde — disse-lhe Toranaga, rindo consigo mesmo. Nove anos atrás, numa inusitada demonstração de amizade, o táicum o convidara reservadamente a se casar com a senhora Genjiko, a irmã mais nova da senhora Ochiba, sua consorte favorita. — Assim as nossas casas estarão reunidas para sempre, *né?* — dissera o táicum.

— Sim, senhor. Obedecerei, embora não mereça essa honra — respondera Toranaga, respeitosamente, desejando o vínculo com o táicum. Mas sabia que, embora Yodoko, a esposa do táicum, talvez o aprovasse, a consorte Ochiba o detestava e usaria a sua grande influência sobre o táicum para impedir o casamento. Além disso, seria mais prudente evitar ter a irmã de Ochiba como esposa, pois isso daria a ela poderes enormes sobre ele, sendo que o menor de todos não seria a chave do seu cofre. Mas, se ela se casasse com o filho dele, Sudara, então Toranaga, enquanto chefe supremo da família, teria o domínio completo. Fora necessária toda a sua habilidade para arranjar o casamento entre Sudara e Genjiko, mas acontecera, e agora Genjiko lhe era de um valor incalculável como defesa contra Ochiba, porque Ochiba adorava a irmã.

— A minha nora ainda não está em trabalho de parto. Esperava-se que começasse ontem, mas imagino que a senhora Ochiba parta assim que não houver mais perigo.

— Depois de três meninas, já é tempo de Genjiko lhe dar um neto, *né?* Farei algumas preces pelo nascimento.

— Obrigado — disse Toranaga, gostando dela como sempre, sabendo que era sincera no que dizia, ainda que ele representasse perigo para a sua casa.

— Ouvi dizer que a sua senhora Sazuko está grávida.

— Sim. Sou muito afortunado. — Toranaga aqueceu-se com a lembrança da sua mais nova consorte, a juventude dela, a sua força, o seu carinho. Espero que seja um filho, disse a si mesmo. Sim, seria muito bom. Dezessete é uma boa idade para se ter o primeiro filho, caso se tenha uma saúde perfeita como a dela. — Sim, sou muito afortunado.

— Buda o abençoou. — Yodoko sentiu uma pontada de inveja. Parecia tão injusto que Toranaga tivesse cinco filhos vivos, quatro filhas, e já tivesse quatro netas. Com essa criança de Sazuko, que logo chegaria, e os muitos anos de vigor que lhe restavam e as muitas consortes em sua casa, poderia gerar muitos filhos mais. Quanto a ela, todas as suas esperanças estavam centradas naquela única criança de sete anos, seu filho tanto quanto de Ochiba. Sim, é igualmente o meu filho, pensou ela. Como odiei Ochiba no começo... Viu que todos a fitavam e se alarmou.

— Sim?

Yaemon estava de testa franzida.

— Eu perguntei se podemos ir ter a minha aula, Primeira Mãe. Disse duas vezes.

– Desculpe, meu filho, eu estava devaneando. É o que acontece quando se fica velha. Sim, vamos então. – Kiri ajudou-a a se levantar. Yaemon saiu correndo na frente. Os cinzentos já estavam de pé. Um deles alcançou o menino e afetuosamente o colocou sobre os ombros. Os quatro samurais que a haviam escoltado esperavam separadamente.

– Caminhe comigo um pouco, senhor Toranaga, sim? Preciso de um braço forte para me apoiar.

Toranaga pôs-se de pé com surpreendente agilidade. Ela tomou-lhe o braço, mas não lhe usou a força.

– Sim. Preciso de um braço forte. Yaemon também. Assim como o reino.

– Estou sempre pronto para servi-la – disse Toranaga.

Quando estavam afastados dos outros, ela disse calmamente:

– Torne-se regente único. Tome o poder e governe sozinho. Até que Yaemon atinja a idade.

– O testamento do táicum proíbe isso. Mesmo que eu quisesse. E não quero. As restrições que ele fez impedem que um regente tome o poder. Não busco o poder isolado. Nunca busquei.

– Tora-chan – disse ela, usando o apelido que o táicum lhe dera havia tanto tempo –, temos poucos segredos, você e eu. Poderia fazê-lo, se quisesse. Respondo pela senhora Ochiba. Tome o poder. Torne-se shōgun e faça...

– Senhora, o que diz é traição. *Não pretendo ser shōgun.*

– Naturalmente, mas, por favor, ouça-me uma última vez. Torne-se shōgun, faça de Yaemon seu único herdeiro, *único*. Ele poderia ser shōgun depois de você. Ele não é Fujimoto pela senhora Ochiba, pelo avô dela, Goroda, e, através dela, por toda a antiguidade? Fujimoto!

Toranaga olhou-a fixamente.

– Acha que os daimios concordariam com essa reivindicação ou que Sua Alteza, o Filho do Céu, poderia aprovar a designação?

– Não. Não para Yaemon mesmo. Mas se você fosse shōgun primeiro, e o adotasse, poderia persuadi-los, todos eles. Nós o apoiaremos, a senhora Ochiba e eu.

– Ela concordou com isso? – perguntou Toranaga, atônito.

– Não. Nunca discutimos o assunto. A ideia é minha. Mas concordará. Respondo por ela. Antecipadamente.

– Esta conversa é impossível, senhora.

– Você pode lidar com Ishido e com todos eles. Sempre pôde. Tenho medo do que ouço, Tora-chan, rumores de guerra, tomada de posições, e os séculos de escuridão começando novamente. Quando a guerra começar, continuará para sempre e devorará Yaemon.

– Sim. Também acredito nisso. Sim, se começar, vai durar para sempre.

– Então tome o poder! Faça o que quiser, a quem quiser, como quiser. Yaemon é um menino de valor. Conheço você como conheço a ele. Tem a mente do pai e, com a sua orientação, todos lucraremos. Ele devia receber a herança.

– Não me oponho a ele, nem à sua sucessão. Quantas vezes preciso dizer?

– O herdeiro será destruído a menos que você o apoie ativamente.

– Eu o apoio! – disse Toranaga. – Sob todos os aspectos. Foi isso o que combinei com o táicum, seu falecido marido.

Yodoko suspirou e puxou o hábito mais para junto do corpo.

– Estes velhos ossos estão com frio. Tantos segredos e batalhas, traições e mortes e vitórias, Tora-chan. Sou apenas uma mulher, e muito, muito só. Estou contente por estar me dedicando a Buda agora, e que a maioria dos meus pensamentos se volte para Buda e para a minha próxima vida. Mas, nesta, tenho que proteger meu filho e dizer estas coisas a você. Espero que perdoe minha impertinência.

– Sempre procuro e aprecio o seu conselho.

– Obrigada. – O seu corpo se aprumou um pouco. – Ouça, enquanto eu estiver viva, nem o herdeiro nem a senhora Ochiba jamais se voltarão contra você.

– Sim.

– Vai considerar o que propus?

– A vontade do meu falecido amo o proíbe. Não posso ir contra a vontade dele nem contra a minha promessa sagrada como regente.

Caminharam em silêncio. Então Yodoko suspirou.

– Por que não tomá-la por esposa?

Toranaga estacou.

– Ochiba?

– Por que não? É totalmente válida como escolha política. Uma escolha perfeita para você. É bela, jovem, forte, sua linhagem é a melhor, parte Fujimoto, parte Minowara, e ela tem uma imensa alegria de viver. Você não tem esposa oficial agora, portanto por que não? Isso solucionaria o problema da sucessão e impediria que o reino se dilacerasse. Você certamente teria outros filhos com ela. Yaemon o sucederia, depois os filhos dele ou os outros filhos dela. Você poderia tornar-se shōgun. Teria o poder do reino e o poder de um pai, portanto poderia educar Yaemon ao seu modo. Você o adotaria formalmente e ele seria seu filho tanto quanto os outros que você tem. Por que não se casar com a senhora Ochiba?

Porque ela é um gato selvagem, uma tigresa traiçoeira com o rosto e corpo de uma deusa, que pensa ser uma imperatriz e age como tal, pensou Toranaga. Eu nunca poderia confiar nela na minha cama. É o tipo de pessoa de quem tanto se pode esperar que lhe enfie uma agulha nos olhos durante o sono quanto lhe faça uma carícia. Oh, não, ela não! Mesmo que eu a desposasse apenas em nome... – com o que ela nunca concordaria. Oh, não! É impossível! Por todo tipo de razões, inclusive porque me odiou e conspirou a minha ruína e a da minha casa desde que concebeu pela primeira vez, há onze anos.

Mesmo nessa altura, mesmo aos dezessete anos, ela se empenhou pela minha destruição. Ah, tão suave aparentemente como o primeiro pêssego maduro do verão, e igualmente perfumada. Mas por dentro uma espada de aço, com uma cabeça à altura, jogando com os seus encantos, logo deixando o táicum louco por ela até conseguir a exclusão de todas as outras. Sim, ela intimidou o táicum desde os quinze anos, quando ele a tomou formalmente. Sim, e não se esqueça de que na realidade foi ela que o levou para a cama, e não ele a ela, por mais que ele tenha acreditado nisso. Sim, mesmo aos quinze anos, Ochiba sabia o que procurava e como obtê-lo. Então aconteceu o milagre: deu finalmente um filho ao táicum, ela, a única a conseguir isso dentre todas as que ele teve na vida. Quantas mulheres? Cem, no mínimo, já que ele era um arminho que derramou o sumo do prazer em mais alcovas paradisíacas do que dez homens comuns. Sim. E mulheres de todas as idades e castas, casuais ou consortes, desde uma princesa Fujimoto até uma cortesã de quarta classe. Mas nenhuma jamais engravidou, embora mais tarde muitas das que o táicum repudiou ou de quem se divorciou tenham tido filhos com outros homens. Nenhuma, exceto a senhora Ochiba.

Mas ela lhe deu o primeiro filho aos 53 anos, uma pobre coisinha doentia que morreu muito depressa, fazendo com que o táicum rasgasse a roupa, quase louco de dor, responsabilizando-se, a si mesmo, e não a ela. Depois, quatro anos mais tarde, miraculosamente ela concebeu de novo, miraculosamente teve outro filho, miraculosamente saudável desta vez, ela com 21 anos agora. Ochiba, a Incomparável, era como a chamava o táicum.

O táicum seria mesmo o pai de Yaemon? Ou não? O que eu não daria para saber a verdade! Será que jamais a conheceremos? Provavelmente não, mas o que eu não daria por uma prova, de um modo ou de outro!

Estranho que o táicum, tão inteligente para com todo o resto, não fosse esperto com Ochiba, idolatrando-a, a ela e a Yaemon, até a insanidade. Estranho que, de todas as mulheres, devesse ser ela a mãe do herdeiro, ela, cujo pai, cujo padrasto e cuja mãe foram mortos por causa do táicum.

Teria ela tido a esperteza de dormir com outro homem, tomar-lhe a semente, depois destruir esse mesmo homem para se salvaguardar? E não uma vez, mas duas?

Poderia ela ser tão traiçoeira? Oh, sim.

Casar com Ochiba? Nunca.

– Fico honrado de que a senhora tenha feito tal sugestão – disse alto.

– Você é um *homem*, Tora-chan. Poderia manobrar uma mulher como ela facilmente. É o único homem no império que poderia, *né?* Seria um casamento maravilhoso para você. Veja como ela luta para proteger os interesses do filho agora e é apenas uma mulher indefesa. Seria uma esposa digna de você.

– Não creio que ela sequer tenha considerado essa ideia.

– E se o fizesse?

– Eu gostaria de ficar sabendo. Reservadamente. Sim, isso seria uma honra inestimável.

– Muitos acreditam que apenas você se ergue entre Yaemon e a sucessão.

– Tem muita gente tola neste mundo.

– Sim. Mas você não é tolo, Toranaga-sama. Nem a senhora Ochiba.

Nem você, minha senhora, pensou ele.

CAPÍTULO 18

NA HORA MAIS ESCURA DA NOITE, O ASSASSINO PULOU O MURO E ENTROU NO jardim. Era quase invisível. Usava roupas pretas, bem justas, até os *tabis* eram pretos. Cobriam-lhe a cabeça um capuz e uma máscara da mesma cor. Era um homem baixo. Correu sem fazer nenhum ruído até a fortaleza interna de pedra e parou pouco antes dos muros altíssimos. Cinquenta metros à frente, dois marrons guardavam a porta principal. Habilmente, ele atirou um gancho revestido de pano, amarrado a uma corda de seda muito fina. O gancho prendeu-se à borda de pedra da seteira. Ele subiu pela corda, espremeu-se através da fenda e desapareceu lá dentro.

O corredor estava quieto e iluminado por velas. Ele o percorreu rápida e silenciosamente, abriu uma porta externa e saiu para o parapeito. Novo hábil arremesso, uma subida curta e ele se viu no corredor superior. As sentinelas que se encontravam nos cantos das ameias não o ouviram, embora estivessem alertas.

Ele se comprimiu contra um nicho de pedra no momento em que outros marrons passaram tranquilamente por perto, patrulhando. Assim que se afastaram, ele deslizou por toda a extensão do corredor. Na virada, parou. Silenciosamente, observou à sua volta. Havia um samurai guardando a porta na outra extremidade. E as velas tremulavam no silêncio. O guarda, que estava sentado de pernas cruzadas, bocejou, encostou-se à parede e espreguiçou-se. Os seus olhos fecharam-se por um instante. Imediatamente o assassino se jogou em cima dele. Sempre sem ruído. Fez um laço com a corda de seda, jogou-o ao pescoço do guarda e apertou com força. Os dedos do guarda tentaram arrancar o garrote, mas já era tarde, estava morrendo. Um golpe curto com a faca entre as vértebras, tão hábil quanto o de um bom cirurgião, e o guarda ficou imóvel.

O homem empurrou a porta lentamente. A sala de audiências estava vazia, as portas internas sem guardas. Ele puxou o cadáver para dentro e fechou a porta de novo. Sem hesitação, atravessou o espaço e escolheu a porta interna da esquerda. Era de madeira reforçada. O homem passou a faca curva para a mão direita. E bateu com leveza.

– "No tempo do Imperador Shirakawa..." – disse ele, dando a primeira parte da senha.

Do outro lado da porta houve uma sibilação de lâmina de aço saindo da bainha e a resposta:

– "... vivia um homem sábio chamado Enraku-ji..."

– "... que escreveu o trigésimo primeiro sutra." Tenho despachos urgentes para o senhor Toranaga.

A porta se abriu e o assassino arremeteu. A faca subiu até a garganta do primeiro samurai, pouco abaixo do queixo, desceu com a mesma rapidez, para se enterrar identicamente no segundo guarda. Uma leve torção e a faca saiu de novo. Ambos os homens estavam mortos, mas ainda em pé. O assassino agarrou um deles e deixou-o descer suavemente. O outro caiu, mas sem ruído. O sangue escorria pelo chão e os corpos se contraíam nas agonias da morte.

O homem correu rápido pelo corredor interno. Estava fracamente iluminado. Então uma *shōji* se abriu. Ele se deteve no mesmo instante e lentamente olhou em torno.

Kiri o encarava, pasma, a dez passos, com uma bandeja nas mãos.

Ele viu que as duas xícaras sobre a bandeja não tinham sido usadas e a comida não fora tocada. Um filete de vapor subia do bule de chá. Ao lado do bule crepitava uma vela. Então a bandeja caiu, as mãos dela foram para o *obi*, puxaram uma adaga, a sua boca se mexeu, mas não emitiu qualquer som. E ele já estava correndo para um canto do corredor. No extremo desse mesmo corredor, uma porta se abriu e um samurai alarmado, caindo de sono, colocou o rosto para fora.

O assassino se atirou contra ele e abriu bruscamente uma *shōji* à direita, que era a que procurava. Kiri estava gritando, o alarme soava, e ele correu com passo firme na escuridão, através da antessala, por cima das mulheres já despertas e suas criadas, chegando ao corredor interno do outro lado.

Ali estava escuro como breu, mas ele, imperturbável, procurou às apalpadelas até encontrar a porta certa. Correu a porta e saltou sobre a figura deitada no *futon*. Mas o braço com a faca foi agarrado por um aperto como que de torquês, e o homem foi arrastado para o chão. Lutou com destreza, libertou-se e golpeou de novo, mas errou, emaranhado com o acolchoado. Arremessou-o longe e se atirou à figura, a faca erguida para o ataque de morte. Mas o homem se esquivou com inesperada agilidade e um pé enrijecido afundou-se na virilha do invasor. Este sentiu a explosão de dor, enquanto a sua vítima escapava para um canto seguro.

Nisso, uma multidão de samurais se aglomerou à soleira da porta, alguns com lanternas, e Naga, usando apenas uma tanga, o cabelo em desalinho, saltou entre o assassino e Blackthorne, espada em riste.

— Renda-se!

O assassino simulou um ataque, gritou "*Namu Amida Butsu*", "Em nome de Buda Amida", voltou a faca contra si mesmo e com ambas as mãos cravou-a sob a base do queixo. O sangue jorrou e ele caiu de joelhos. Naga desferiu um único golpe com sua espada, um arco rodopiante, e a cabeça rolou.

Em meio ao silêncio, Naga levantou a cabeça do chão, segurando pelo topete do cabelo penteado à samurai, e arrancou a máscara. O rosto era comum, os olhos ainda volteando nas órbitas.

— Alguém o conhece?

Ninguém respondeu. Naga cuspiu no rosto, jogou enraivecido a cabeça para um de seus homens, rasgou as roupas pretas e ergueu o braço direito do homem, para descobrir o que estava procurando. A pequena tatuagem – o símbolo chinês de Amida, o Buda especial – estava gravada na axila.

– Quem é o oficial do turno?

– Eu, senhor. – O homem estava branco de choque.

Naga lançou-se para ele e os outros abriram caminho. O oficial não fez nenhuma tentativa de evitar o feroz golpe de espada que lhe arrancou a cabeça, parte do ombro e um braço.

– Hayabusa-san, ordene que todos os samurais deste turno se dirijam ao pátio – disse Naga a um oficial. – Dobre a guarda para o próximo turno. Tirem o corpo daqui. Os demais... – Parou quando Kiri se aproximou da soleira, ainda com a adaga na mão. Ela olhou para o cadáver, depois para Blackthorne.

– O Anjin-san não está ferido? – perguntou.

Naga olhou para o piloto, que respirava com dificuldade. Não viu ferimentos nem sangue. Apenas um homem desgrenhado que quase fora morto. Pálido, mas sem medo aparente.

– Está ferido, piloto?

– Não compreendo.

Naga se aproximou e puxou o quimono dele, para ver se fora ferido.

– Ah, compreendo agora. Não. Não ferido. – Naga ouviu o gigante dizer e viu-o sacudir a cabeça.

– Bom – disse ele. – Não parece ferido, Kiritsubo-san.

Naga viu o Anjin-san apontar para o corpo e dizer alguma coisa.

– Não o compreendo – retrucou ele. – Anjin-san, fique aqui. – E dirigindo-se a um dos homens: – Traga-lhe comida e água, se ele quiser.

– O assassino estava com a tatuagem de Amida, *né?* – perguntou Kiri.

– Sim, senhora Kiritsubo.

– Demônios... Demônios.

– Sim.

Naga fez-lhe uma mesura, depois olhou para um dos amedrontados samurais.

– Você, venha comigo. Traga a cabeça. – Afastou-se a passos largos, perguntando a si mesmo como contaria ao pai. Oh, Buda, obrigado por proteger o meu pai.

– Era um *rōnin* – disse Toranaga bruscamente. – Você jamais encontrará a trilha dele, Hiromatsu-san.

– Sim. Mas Ishido é responsável. Não teve honra para fazer isso, *né?* Nenhuma. Usar esse lixo de assassinos! Por favor, rogo-lhe que me deixe convocar as nossas legiões agora. Paro com isto de uma vez por todas.

– Não. – Toranaga olhou novamente para Naga. – Tem certeza de que o Anjin-san não está ferido?

– Tenho, senhor.

– Hiromatsu-san, rebaixe todos os guardas deste turno por falharem com o dever. Estão proibidos de cometer *seppuku*. Ordeno que vivam com essa vergonha diante de todos os meus homens, como soldados da mais baixa categoria. Mande arrastar pelos pés os guardas mortos pelo castelo e pela cidade até o pátio de execução. Que os cães se alimentem dos seus restos.

Depois, olhou para o filho. Antes, naquela noite, chegara uma mensagem urgente do mosteiro de Johji, em Nagoya, informando sobre a ameaça de Ishido contra Naga. Toranaga ordenara imediatamente que o filho se confinasse e se rodeasse de guardas, e os outros membros da família em Ōsaka – Kiri e a sra. Sazuko – fossem igualmente guardados. A mensagem do prior acrescentava que ele considerava prudente libertar a mãe de Ishido imediatamente e mandá-la de volta para a cidade com suas criadas. "Não ouso arriscar a vida de um dos seus ilustres filhos tolamente. Pior ainda, a saúde dela não está boa. Está gripada. É melhor que morra em sua casa e não aqui."

– Naga-san, você é igualmente responsável pela entrada do assassino – disse Toranaga, com voz fria e áspera. – Cada samurai é responsável, estivesse ou não no turno, dormindo ou acordado. Você fica multado em metade de seu rendimento anual.

– Sim, senhor – disse o jovem, surpreso por poder conservar alguma coisa, inclusive a cabeça. – Por favor, rebaixe-me também. Não posso viver com a vergonha. Não mereço nada além de desprezo pelo meu fracasso, senhor.

– Se eu quisesse rebaixá-lo, teria feito isso. Parta imediatamente para Edo. Irá com vinte homens esta noite e se apresentará ao seu irmão. Chegará lá em tempo recorde! Vá! – Naga curvou-se e se afastou, pálido. A Hiromatsu, Toranaga disse, de modo igualmente áspero: – Quadruplique a minha guarda. Cancele a caça de hoje e a de amanhã. Deixo Ōsaka no dia seguinte ao da reunião de regentes. Você fará todos os preparativos, e até lá ficarei aqui. Não receberei ninguém que não seja convidado. *Ninguém*. – Fez um gesto com a mão, numa despedida encolerizada. – Saiam todos vocês. Hiromatsu, fique.

A sala esvaziou-se. Hiromatsu ficou contente pelo fato de que a sua humilhação seria em particular, pois, de todos eles, como comandante da guarda pessoal, era ele o mais responsável.

– Não tenho desculpas, senhor. Nenhuma.

Toranaga estava perdido em pensamentos. Não havia raiva visível agora.

– Se você quisesse contratar em segredo os serviços da Facção Amida, como faria para se encontrar com eles? Como se aproximaria deles?

– Não sei, senhor.

– Quem saberia?

– Kashigi Yabu.

Toranaga olhou pela seteira. Flocos de aurora misturavam-se com a escuridão a leste.

– Traga-o aqui ao amanhecer.

– Acha que ele é o responsável? – Toranaga não respondeu e voltou às suas meditações.

Finalmente, o velho soldado não aguentou mais o silêncio.

– Por favor, senhor, deixe-me sair da sua presença. Estou tão envergonhado com o nosso fracasso...

– É quase impossível prever um atentado assim – disse Toranaga.

– Sim. Mas devíamos tê-lo agarrado lá fora, nunca perto do senhor.

– Concordo. Mas não o considero responsável.

– Eu me considero. Há uma coisa que devo dizer, senhor, pois sou responsável pela sua segurança até que esteja de volta a Edo. Haverá mais atentados contra o senhor, e todos os nossos espiões relatam um movimento maior de tropas. Ishido está se mobilizando.

– Sim – disse Toranaga distraidamente. – Depois de Yabu, quero ver Tsukku-san, depois Mariko-san. Dobre a guarda do Anjin-san.

– Chegaram mensagens esta noite de que o senhor Onoshi tem 100 mil homens melhorando as suas fortificações em Kyūshū – disse Hiromatsu, acossado pela sua preocupação com a segurança de Toranaga.

– Perguntarei a ele sobre isso quando nos encontrarmos.

O equilíbrio de Hiromatsu rompeu-se.

– Não o entendo, em absoluto. Devo dizer-lhe que arrisca tudo estupidamente. Sim, estupidamente. Não me importo que o senhor me tome a cabeça por lhe dizer isso, mas é a verdade. Se Kiyama e Onoshi votarem com Ishido, o senhor estará perdido! Será um homem morto. Arriscou tudo vindo aqui e perdeu! Escape enquanto pode. Pelo menos terá a cabeça sobre os ombros!

– Ainda não estou em perigo.

– O ataque desta noite não lhe diz nada? Se não tivesse mudado de quarto novamente, estaria morto agora.

– Sim, talvez, mas provavelmente não – disse Toranaga. – Havia muitos guardas do lado de fora do *meu* quarto esta noite, assim como na noite passada. E você também estava de guarda esta noite. Nenhum assassino conseguiria chegar perto de mim. Nem esse, que estava tão bem preparado. Conhecia o caminho, até a senha, *né?* Kiri-san diz que o ouviu usando-a. Portanto, acho que ele sabia em que quarto eu me encontrava. Não era eu a presa. Era o Anjin-san.

– O bárbaro?

– Sim.

Toranaga antecipara que o bárbaro correria perigo após as extraordinárias revelações daquela manhã. Evidentemente, para alguns o Anjin-san era perigoso demais para continuar vivo. Mas Toranaga nunca presumira que se organizasse um ataque dentro dos seus aposentos privados, nem que acontecesse tão depressa. Quem está me traindo? Não fez caso da possibilidade de alguma informação ter transpirado através de Kiri, ou de Mariko. Mas castelos e jardins sempre têm lugares secretos de onde espreitar, pensou. Estou no centro da fortaleza do inimigo, e, onde tenho um espião, Ishido e os outros terão vinte. Talvez fosse apenas um espião.

– Dobre a guarda do Anjin-san. Ele vale 10 mil homens para mim.

Depois que a senhora Yodoko partira aquela manhã, ele retornara à casa de chá no jardim e notara imediatamente a profunda debilidade do Anjin-san, os olhos anormalmente brilhantes e a sua fadiga opressiva. Então controlara a própria excitação e a necessidade quase subjugante de esquadrinhar mais fundo e o dispensara, dizendo que continuariam no dia seguinte. O Anjin-san fora entregue aos cuidados de Kiri, com instruções de mandar-lhe um médico, fazê-lo recuperar as forças, dar-lhe alimento bárbaro se ele desejasse e até ceder-lhe o quarto de dormir que o próprio Toranaga usara muitas noites.

– Dê-lhe tudo o que achar necessário, Kiri-san – dissera a ela em particular. – Preciso dele perfeito de mente e corpo, e depressa.

Então o Anjin-san pedira que ele libertasse o monge da prisão, pois o homem era velho, estava doente. Respondera que consideraria o pedido e mandara o bárbaro embora com agradecimentos, sem lhe dizer que já ordenara aos samurais que fossem à prisão imediatamente buscar aquele monge que talvez fosse igualmente valioso, tanto para ele quanto para Ishido.

Toranaga sabia da existência daquele padre havia muito tempo, sabia que era espanhol e hostil aos portugueses. Mas o homem fora enviado para lá por ordem do táicum, portanto era prisioneiro do táicum, e ele, Toranaga, não tinha jurisdição sobre ninguém em Ōsaka. Deliberadamente enviara o Anjin-san para aquela prisão não só para fingir a Ishido que o estrangeiro não tinha valor como também com a esperança de que o impressionante piloto fosse capaz de extrair os conhecimentos do monge.

O canhestro atentado à vida do Anjin-san, na cela, fora frustrado, e imediatamente se colocara uma tela de proteção em torno dele. Toranaga recompensara o vassalo espião, Minikui, um carregador de *cango*, tirando-o de lá em segurança, dando-lhe quatro *cangos* e o direito hereditário de usar o trecho da estrada Tōkaidō – a grande via que unia Edo a Ōsaka – entre o segundo e o terceiro estágios, que ficavam em seus domínios perto de Edo, e o mandara secretamente para fora de Ōsaka no primeiro dia. No decorrer dos outros dias, os seus outros espiões enviaram relatórios de que os dois homens eram amigos agora, o monge falando e o Anjin-san fazendo perguntas e ouvindo. O fato de que Ishido provavelmente também tivesse espiões na cela não o incomodou. O Anjin-san estava protegido e seguro. Então, inesperadamente, Ishido tentara dar sumiço nele.

Toranaga lembrou-se de como se divertira com Hiromatsu planejando a "emboscada" – sendo os "bandidos *rōnins*" um dos pequenos grupos isolados de samurais seus, de elite, que estavam escondidos dentro e em torno de Ōsaka – e sincronizando o aparecimento de Yabu, que, sem suspeitar de nada, efetuara o "resgate". Haviam rido juntos, sabendo que mais uma vez tinham usado Yabu como títere para esfregar o nariz de Ishido no seu próprio excremento.

Tudo correra lindamente. Até hoje.

Mas, hoje, o samurai que enviara para buscar o monge regressara de mãos vazias.

– O padre morreu – relatara o homem. – Quando o seu nome foi chamado, ele não saiu, senhor Toranaga. Entrei para procurá-lo, mas estava morto. Os criminosos em torno dele disseram que, quando os carcereiros chamaram seu nome, ele simplesmente desabou. Estava morto quando o desvirei. Por favor, desculpe-me, o senhor me mandou buscá-lo e eu falhei. Eu não sabia se o senhor queria a cabeça dele ou a cabeça no corpo, já que era um bárbaro, então trouxe o corpo ainda com a cabeça. Alguns dos criminosos em torno dele disseram que eram seus convertidos. Queriam conservar o corpo e tentaram fazer isso, por isso matei alguns e trouxe o cadáver. Cheira mal e tem vermes, mas está no pátio, senhor.

Por que o monge morreu?, perguntou-se Toranaga mais uma vez. Então viu Hiromatsu a olhá-lo inquisitivamente.

– Sim?

– Só perguntei quem quereria o piloto morto.

– Os cristãos.

Kashigi Yabu seguiu Hiromatsu pelo corredor, sentindo-se ótimo ao amanhecer. Havia um agradável travo de sal na brisa que lhe lembrava Mishima, a sua cidade. Estava contente porque finalmente veria Toranaga e a espera terminara. Banhara-se e vestira-se com cuidado. As últimas cartas foram escritas para a mulher e a mãe, e as últimas vontades, lacradas, para o caso de a entrevista não lhe ser favorável. Estava usando dentro da bainha a sua lâmina Murasama, honrada por muitas batalhas.

Dobraram uma outra esquina e então, inesperadamente, Hiromatsu abriu uma porta reforçada com ferro e tomou a dianteira, subindo os degraus de pedra para a torre central daquela parte das fortificações. Havia muitos guardas a postos e Yabu pressentiu perigo.

As escadas subiam em espiral e terminavam num reduto facilmente defensável. Guardas abriram a porta de ferro. Ele saiu para o parapeito. "Será que Hiromatsu recebeu ordens de me atirar lá embaixo, ou vai me mandar pular?", perguntou a si mesmo, sem medo.

Para surpresa sua, Toranaga encontrava-se ali e, inacreditavelmente, levantou-se para saudá-lo, com uma deferência jovial que Yabu não tinha o direito de esperar. Afinal de contas, Toranaga era senhor das Oito Províncias, enquanto ele era apenas senhor de Izu. Algumas almofadas tinham sido cuidadosamente colocadas. Havia um bule de chá envolto num abafador de seda. Uma garota ricamente trajada, de rosto quadrado e não muito bonita, se curvava profundamente. Chamava-se Sazuko e era a sétima consorte oficial de Toranaga, a mais jovem, visivelmente grávida.

– Que prazer em vê-lo, Kashigi Yabu-san! Sinto muito por tê-lo feito esperar.

Agora Yabu teve a certeza de que Toranaga resolvera arrancar-lhe a cabeça de um jeito ou de outro, pois, por costume universal, o seu inimigo nunca é mais polido do que quando está planejando a sua destruição. Ele tirou as duas espadas, colocou-as cuidadosamente sobre as lajes de pedra, permitiu-se ser afastado delas e sentou-se no lugar de honra.

– Pensei que seria interessante observar o alvorecer, Yabu-san. Acho a vista daqui magnífica. Melhor até que a do torreão do herdeiro, *né?*

– Sim, é linda – disse Yabu, sem reservas, nunca tendo estado tão alto no castelo antes, mas certo agora de que a observação de Toranaga sobre "o herdeiro" insinuava que as suas negociações secretas com Ishido eram conhecidas. – Estou honrado em poder compartilhá-la com o senhor.

Abaixo deles estavam a cidade adormecida, a enseada e as ilhas, Awaji a oeste, a linha da costa esbatendo-se para leste, a luz crescente no céu oriental recortando as nuvens com salpicos carmesim.

– Esta é a minha senhora Sazuko. Sazuko, este é o meu aliado, o famoso senhor Kashigi Yabu, de Izu, o daimio que nos trouxe o bárbaro e o navio do tesouro! – Ela curvou-se, cumprimentando-o, ele curvou-se e ela retribuiu a reverência. Ofereceu a Yabu a primeira xícara de chá, mas ele, polidamente, declinou da honra, dando início ao ritual, e pediu-lhe que a passasse a Toranaga, que recusou e o instou a aceitá-la. Finalmente, dando continuidade ao ritual, Yabu, na qualidade de convidado de honra, permitiu-se ser persuadido. Hiromatsu aceitou a segunda xícara, os seus dedos nodosos segurando a porcelana com dificuldade, a outra mão agarrada ao punho da espada, solta no colo. Toranaga aceitou a terceira xícara e sorveu o chá; depois, juntos, entregaram-se à natureza e assistiram ao nascer do sol. No silêncio do céu.

As gaivotas grasnavam. Os sons da cidade começaram. O dia tinha nascido.

A sra. Sazuko suspirou, com lágrimas nos olhos.

– Faz-me sentir como uma deusa estar tão alto e presenciar tanta beleza. É tão triste que tenha acabado para sempre, senhor. Tão triste, *né?*

– Sim – disse Toranaga.

Quando o sol estava a meio caminho acima do horizonte, ela se curvou e saiu. Para surpresa de Yabu, os guardas a imitaram. Ficaram sozinhos. Os três.

– Fiquei contente em receber o seu presente, Yabu-san. Foi muito generoso, o navio todo e tudo dentro dele – disse Toranaga.

– Tudo o que tenho é seu – disse Yabu, ainda profundamente emocionado pelo amanhecer. Gostaria de ter mais tempo, pensou. Que elegante da parte de Toranaga fazer isso! Dar-me um final de tamanha imensidade. – Obrigado por este amanhecer.

– Sim – disse Toranaga. – Era a minha vez de dar. Fico contente de que tenha apreciado o meu presente, como apreciei o seu.

Houve silêncio.

– Yabu-san, o que sabe sobre a Facção Amida?

– Só o que a maioria das pessoas sabe: que é uma sociedade secreta de dez – unidades de dez, um líder e nunca mais de nove acólitos em cada área, mulheres e homens. Prestam os mais sagrados e secretos juramentos a Buda Amida, aquele que provê o amor eterno, de obediência, castidade e morte, juram passar a vida treinando para se tornarem perfeitas armas letais. Matar apenas por ordem do líder, e, se falharem ao tentar matar a pessoa escolhida, seja homem, mulher ou criança, tirar a própria vida imediatamente. São fanáticos religiosos que têm certeza de ir diretamente desta vida para o convívio de Buda. Nenhum deles foi jamais capturado vivo. – Yabu sabia do atentado contra a vida de Toranaga. Toda Ōsaka sabia agora e também sabia que o senhor de Kantō, as Oito Províncias, se trancara por trás de portas de aço. – Eles matam com perfeição, o sigilo de suas identidades é completo. Não há chance de vingança contra eles, porque ninguém sabe quem são, onde vivem ou onde treinam.

– Se quisesse contratá-los, como faria?

– Eu faria a notícia correr por três lugares: o mosteiro Heinan, os portões do santuário de Amida e o mosteiro de Johji. Dentro de dez dias, se eu fosse considerado aceitável como contratador, seria abordado por intermediários. É tudo tão secreto e tortuoso que, mesmo que se quisesse traí-los ou capturá-los, nunca seria possível. No décimo dia pedem uma soma em dinheiro, em prata, a quantia dependendo da pessoa a ser assassinada. Não há como barganhar, paga-se o que eles pedem com antecedência. Apenas garantem que um deles tentará matar dentro de dez dias. Reza a lenda que, se é bem-sucedido, o assassino volta ao templo e então, com grande cerimônia, comete um suicídio ritual.

– Então acha que nunca conseguiríamos descobrir quem pagou pelo ataque de hoje?

– Acho.

– Acha que haverá outro?

– Talvez. Talvez não. Eles tratam para um atentado de cada vez, *né?* Mas o senhor seria prudente em melhorar a sua segurança, entre os seus samurais e também entre suas mulheres. As mulheres Amida são treinadas para usar veneno, assim como a faca e o garrote, pelo que dizem.

– Você já os utilizou?

– Não.

– Mas seu pai, sim?

– Não sei, não com certeza. Disseram-me que o táicum lhe pediu que os contratasse uma vez.

– O ataque teve êxito?

– Tudo o que o táicum fez teve êxito. De um modo ou de outro.

Yabu sentiu alguém se aproximar por trás e presumiu que fossem os guardas voltando secretamente. Estava medindo a distância até suas espadas. Tento matar Toranaga?, perguntou novamente a si mesmo. Tinha resolvido fazer isso e agora não sei. Mudei. Por quê?

– Quanto você teria que pagar a eles pela minha cabeça? – perguntou Toranaga.

– Não há prata suficiente em toda a Ásia para me tentar a empregá-los com essa finalidade.

– Quanto uma outra pessoa teria que pagar?

– Vinte mil *kokus*... 50 mil... 100... talvez mais, não sei.

– Você pagaria 100 mil *kokus* para se tornar shōgun? A sua linhagem remonta aos Takashima, *né?*

– Eu não pagaria nada – disse Yabu com orgulho. – O dinheiro é imundo, um brinquedo para mulheres ou para mercadores nojentos. Mas se isso fosse possível, o que não é, eu daria minha vida, a de minha esposa, minha mãe e de toda a minha família, exceto meu filho, e de todos os meus samurais em Izu, com mulheres e filhos, para ser shōgun um dia.

– E o que daria pelas Oito Províncias?

– O mesmo que antes, exceto a vida de minha esposa, minha mãe e meu filho.

– E pela província de Suruga?

– Nada – disse Yabu com desprezo. – Ikawa Jikkyu não vale nada. Se eu não lhe arrancar a cabeça e a de toda a sua descendência nesta vida, farei isso na próxima. Urino em cima dele e da sua semente por 10 mil vidas.

– E se eu o desse a você? E Suruga inteira... e talvez a província vizinha, Tōtōmi?

De repente Yabu se cansou do jogo de gato e rato e da conversa sobre Amida.

– O senhor resolveu tirar-me a vida, senhor Toranaga. Muito bem. Estou pronto. Agradeço-lhe pelo amanhecer. Mas não tenho vontade de empanar essa elegância com mais conversa. Portanto, vamos em frente.

– Mas não resolvi tirar-lhe a vida, Yabu-san – disse Toranaga. – De onde lhe veio essa ideia? Algum inimigo andou lhe envenenando o espírito? Ishido, talvez? Você não é o meu aliado predileto? Acha que o receberia aqui, sem guardas, se o considerasse hostil?

Yabu voltou-se lentamente. Esperara encontrar samurais atrás de si, espadas em riste. Não havia ninguém. Olhou de novo para Toranaga.

– Não compreendo.

– Trouxe-o aqui para que pudéssemos conversar em particular. E para assistir ao amanhecer. Gostaria de governar as províncias de Izu, Suruga e Tōtōmi... se eu não perder esta guerra?

— Sim. Muitíssimo — disse Yabu, as suas esperanças crescendo.

— Você se tornaria meu vassalo? Me aceitaria como seu suserano?

Yabu não hesitou:

— Nunca! Como aliado, sim. Como meu líder, sim. E por muito menos, sempre, sim. A minha vida e tudo o que possuo do seu lado, sim. Mas Izu é minha. Sou daimio de Izu e nunca cederei a ninguém o poder sobre Izu. Fiz esse juramento a meu pai e ao táicum, que confirmou o nosso feudo hereditário, primeiro a meu pai, depois a mim. O táicum confirmou a posse de Izu a mim e a meus sucessores para sempre. Ele era nosso suserano e jurei nunca aceitar outro até que o seu herdeiro atingisse a maioridade.

Hiromatsu torceu, ligeiramente, a espada na mão. Por que Toranaga não me deixa acabar com isso de uma vez por todas? Foi combinado. Por que toda essa conversa cansativa? Estou com dores, com vontade de urinar e preciso me deitar.

Toranaga coçou a virilha.

— O que Ishido lhe ofereceu?

— A cabeça de Jikkyu, no momento em que a sua tiver rolado. E a província dele.

— Em troca de quê?

— De apoio quando a guerra começar. Atacar o seu flanco meridional.

— Você aceitou?

— O senhor me conhece muito bem.

Os espiões de Toranaga na casa de Ishido haviam informado que o acordo estava selado e incluía a responsabilidade pelo assassinato de seus três filhos, Noboru, Sudara e Naga.

— Nada mais? Só apoio?

— Por todos os meios à minha disposição — disse Yabu delicadamente.

— Incluindo assassinato?

— Quando a guerra começar, pretendo combater com toda a minha força. Pelo meu aliado. Do modo que eu puder para garantir-lhe o êxito. Precisamos de um regente único durante a menoridade de Yaemon. A guerra entre o senhor e Ishido é inevitável. É o único jeito.

Yabu estava tentando ler a mente de Toranaga. Desprezava a indecisão de Toranaga, sabendo que ele, Yabu, era o homem melhor, que Toranaga precisava do seu apoio, que finalmente ele o derrotaria. Mas, enquanto isso, o que fazer?, perguntou a si mesmo, e desejou que Yuriko estivesse ali para orientá-lo. Ela saberia o rumo mais prudente.

— Posso ser muito útil ao senhor. Posso ajudá-lo a tornar-se regente único — disse, decidindo jogar.

— Por que deveria eu querer me tornar regente único?

— Quando Ishido atacar, posso ajudar a vencê-lo. Quando ele quebrar a paz — disse Yabu.

— Como?

Ele lhes contou o plano com os canhões.

– Um regimento de quinhentos samurais-armas? – explodiu Hiromatsu.

– Sim. Pense no poder de artilharia. Todos homens de elite, treinados para agir como um homem só. Os vinte canhões igualmente juntos.

– É um mau plano. Péssimo – disse Hiromatsu. – Nunca se poderia mantê-lo em segredo. Se começarmos, o inimigo também começará. Nunca haveria um término para tal horror. Não há honra nisso e não há futuro.

– Essa guerra que se aproxima não é a única em que estamos interessados, senhor Hiromatsu? – replicou Yabu. – Não estamos preocupados apenas com a segurança do senhor Toranaga? Não é esse o dever de seus aliados e vassalos?

– Sim.

– Tudo que o senhor Toranaga tem que fazer é vencer a grande batalha. Isso lhe dará a cabeça de todos os seus inimigos, e o poder. Digo que essa estratégia lhe dará a vitória.

– Eu digo que não. É um plano nojento, sem honra.

Yabu voltou-se para Toranaga.

– Uma nova era requer que se tenha pensamento claro sobre o significado de honra.

Uma gaivota passou acima de suas cabeças, grasnando.

– O que disse Ishido sobre o seu plano? – perguntou Toranaga.

– Não o discuti com ele.

– Por quê? Se considera o seu plano valioso para mim, seria igualmente valioso para ele. Talvez até mais.

– O senhor me deu um amanhecer. Não é um camponês como Ishido. É o líder mais sábio e experimentado do império.

Qual será a verdadeira razão?, estava se perguntando Toranaga. Ou será que você também contou a Ishido?

– Se esse plano fosse adotado, os homens seriam metade seus e metade meus?

– Combinado. Eu os comandaria.

– O meu designado seria o segundo em comando?

– Combinado. Eu precisaria do Anjin-san para treinar os meus homens com as armas e os canhões.

– Mas ele seria minha propriedade permanente. Você o trataria como faria com o herdeiro? Seria totalmente responsável por ele e agiria com ele precisamente como eu dissesse?

– Combinado.

Toranaga observou as nuvens carmesim por um instante. Esse plano é um completo absurdo, pensou. Terei que declarar Céu Carmesim eu mesmo e arremeter sobre Kyōto à testa de todas as minhas legiões. Com mil homens contra dez vezes esse número.

– Quem será o intérprete? Não posso destacar Toda Mariko-san para sempre.

– Por algumas semanas, senhor? Providenciarei que o bárbaro aprenda a nossa língua.

– Isso levaria anos. Os únicos bárbaros que a dominaram foram os padres cristãos, *né*? Levaram anos. Tsukku-san está aqui há quase trinta anos, *né*? Ele não aprenderá rápido o bastante, pelo menos não mais depressa do que poderíamos aprender as abomináveis línguas deles.

– Sim. Mas, prometo-lhe, este Anjin-san aprenderá muito depressa. – Yabu contou-lhe o plano que Omi sugerira como se fosse ideia sua.

– Isso poderia ser perigoso demais.

– Faria com que ele aprendesse depressa, *né*? E então estaria domesticado.

Após uma pausa, Toranaga disse:

– Como manteria o sigilo durante o treinamento?

– Izu é uma península, a segurança é excelente lá. Vou me basear perto de Anjiro, bem ao sul e longe de Mishima.

– Bom. Vamos estabelecer ligação por pombos-correio entre Anjiro, Ōsaka e Edo imediatamente.

– Excelente. Preciso de apenas cinco ou seis meses e...

– Teremos sorte se dispusermos de seis dias! – bufou Hiromatsu. – Está dizendo que a sua famosa rede de espionagem foi destruída, Yabu-san? Certamente o senhor recebeu relatórios. Ishido não está se mobilizando? Onoshi não está se mobilizando? Não estamos trancados aqui?

Yabu não respondeu.

– Bem? – disse Toranaga.

– Os relatórios indicam que tudo isso está acontecendo, e mais – disse Yabu –, se são seis dias, são seis dias, e isso é karma. Mas eu o creio inteligente demais para ser emboscado aqui. Ou incitado à guerra prematura.

– Se eu concordasse com o seu plano, você me aceitaria como seu líder?

– Sim. E, quando o senhor vencesse, eu ficaria honrado em aceitar Suruga e Tōtōmi como parte do meu feudo para sempre.

– Tōtōmi dependeria do sucesso do seu plano.

– De acordo.

– Obedecerá a mim? Com toda a sua honra?

– Sim. Pelo *bushidō*, por Buda, pela vida de minha mãe, de minha esposa e pela minha prosperidade.

– Bom – disse Toranaga. – Vamos urinar sobre o trato.

Dirigiu-se para a beirada das ameias. Caminhou pela borda da seteira, depois pelo parapeito. Uns vinte metros abaixo estava o jardim interno. Hiromatsu susteve o fôlego, horrorizado com a bravata do amo. Viu-o voltar-se e chamar Yabu com um aceno, para que se pusesse ao seu lado. Yabu obedeceu. O mais leve toque os faria rolar para a morte.

Toranaga afrouxou o quimono e a tanga para o lado. O mesmo fez Yabu. Juntos, urinaram e misturaram a urina e observaram-na borrifar o jardim lá embaixo.

– O último acordo que selei deste modo foi com o próprio táicum – disse Toranaga, enormemente aliviado por ter podido esvaziar a bexiga. – Foi quando ele resolveu me dar Kantō, as Oito Províncias, como feudo. Claro, naquela altura o inimigo, Hojo, ainda era senhor delas, de modo que primeiro tive que conquistá-las. Eram tudo o que restava da oposição contra nós. Claro, também, que tive de renunciar aos meus feudos hereditários de Imagawa, Owari e Ise imediatamente, por honra. Ainda assim, concordei e urinamos sobre o trato. – Caminhou pelo parapeito com facilidade, ajeitando a tanga confortavelmente como se estivesse em pé no próprio jardim, e não pousado tão alto, como uma águia. – Foi um bom negócio para nós dois. Dominamos o inimigo e cortamos 5 mil cabeças naquele ano. Destruímos Hojo e todo o seu clã. Talvez você tenha razão, Kashigi Yabu-san. Talvez possa me ajudar, como ajudei ao táicum. Sem mim o táicum nunca teria se tornado táicum.

– Posso ajudá-lo a se tornar regente único, Toranaga-sama. Mas não shōgun.

– É claro. Essa é uma honra que eu não busco, por mais que os meus inimigos digam o contrário. – Toranaga pulou para a segurança das lajes de pedra. Olhou para Yabu, que ainda se erguia sobre o estreito parapeito, arrumando o *obi*. Sentiu-se extremamente tentado a dar-lhe um rápido empurrão, pela insolência. Em vez disso, sentou-se e soltou sonoros gases. – Assim está melhor. Como está a sua bexiga, Punho de Aço?

– Cansada, senhor, muito cansada. – O velho dirigiu-se para o lado e também a esvaziou sobre as ameias, mas não se postou onde Toranaga e Yabu haviam estado. Estava contente por não ter tido que selar o trato com Yabu. Esse acordo eu nunca honrarei. Nunca.

– Yabu-san, tudo isso deve ser mantido em segredo. Penso que você deve partir dentro dos próximos dois ou três dias – disse Toranaga.

– Sim. Com as armas e o bárbaro, Toranaga-sama?

– Sim. Irá de navio. – Toranaga olhou para Hiromatsu. – Prepare a galera.

– O navio está pronto. As armas e a pólvora continuam nos porões – retrucou Hiromatsu, seu rosto retratando a desaprovação.

– Ótimo.

Você conseguiu, Yabu queria gritar. Conseguiu as armas, o Anjin-san, tudo. Conseguiu os seus seis meses. Toranaga nunca irá à guerra rapidamente. Mesmo que Ishido o assassine nos próximos dias, ainda assim você conseguiu tudo. Ó Buda, proteja Toranaga até que eu esteja no mar!

– Obrigado – disse, com uma sinceridade sem limites. – O senhor nunca terá um aliado mais fiel.

Depois de Yabu se retirar, Hiromatsu caiu em cima de Toranaga.

– Isso foi uma péssima decisão. Estou envergonhado por esse acordo. Estou envergonhado de que o meu conselho conte tão pouco. Obviamente, vivi para além da minha utilidade para o senhor e estou muito cansado. Esse pequeno daimio ordinário sabe que o manipulou como a um fantoche. Ora, ele até teve o descaramento de usar a espada Murasama na sua presença.

– Notei – disse Toranaga.

– Acho que os deuses o enfeitiçaram, senhor. O senhor abertamente ignorou um insulto assim e permitiu que ele se regozijasse na sua frente. Abertamente permitiu que Ishido o envergonhasse diante de todos nós. Impediu a mim e a todos nós de protegê-lo. Recusa à minha neta, uma dama samurai, a honra e a paz da morte. Perdeu o controle do conselho, o seu inimigo está manobrando melhor e agora o senhor urina sobre um trato solene que é um plano repugnante como jamais ouvi, e faz isso com um homem que lida com imundície, veneno e traição, como o pai antes dele. – Hiromatsu tremia de raiva. Toranaga não respondeu, apenas o encarou calmamente, como se ele não tivesse dito nada. – Por todos os *kamis*, vivos e mortos, o senhor está enfeitiçado – Hiromatsu explodiu. – Eu o questiono, grito, insulto, e o senhor apenas me encara! O senhor enlouqueceu ou fui eu quem enlouqueceu. Peço permissão para cometer *seppuku*, ou, se o senhor não me conceder essa paz, rasparei a cabeça e me tornarei monge, qualquer coisa, qualquer coisa, mas deixe-me ir.

– Você não fará nem uma coisa nem outra. Vai, sim, mandar buscar o padre bárbaro, Tsukku-san.

E então Toranaga riu.

CAPÍTULO 19

A CAVALO, O PADRE ALVITO DESCEU A COLINA DO CASTELO À FRENTE DA SUA companhia habitual de batedores jesuítas. Estavam todos vestidos como sacerdotes budistas, exceto pelo rosário e o crucifixo que levavam à cintura. Eram quarenta, todos japoneses, filhos bem-nascidos de samurais cristãos, alunos do seminário de Nagasaki, e haviam acompanhado o padre a Ōsaka. Estavam bem montados e ajaezados e se mostravam tão disciplinados quanto o séquito de qualquer daimio.

Alvito apressava-se num trote ligeiro, sem se dar conta do sol quente, através dos bosques e das ruas da cidade, em direção à missão jesuítica, um casarão de pedra em estilo europeu que se erguia próximo aos desembarcadouros e que se elevava sobre sua aglomeração de anexos, salas de contabilidade e depósitos, onde toda a seda de Ōsaka era negociada e comprada.

O cortejo atravessou com estrépito os altos portões de ferro abertos nos muros de pedra, entrou no pátio central calçado e se deteve perto da porta principal. Já havia criados à espera para ajudar o padre Alvito a desmontar. Ele deslizou da sela e atirou-lhes as rédeas. As suas esporas cantaram nas pedras logo que ele avançou a passos largos por baixo da abóbada da construção principal, dobrou a esquina, ultrapassou a pequena capela e atravessou alguns arcos rumo ao pátio interno, que continha uma fonte no centro de um tranquilo jardim. A porta da antecâmara estava aberta. Conteve a própria ansiedade, recompôs-se e entrou.

— Ele está sozinho? — perguntou.

— Não, não está, Martim — disse o padre Soldi. Este era um homem baixo, benevolente, marcado pela varíola, proveniente de Nápoles, secretário do padre-inspetor havia quase trinta anos, vinte e cinco dos quais na Ásia. — O capitão-mor Ferreira está com Sua Eminência. Sim, o pavão está com ele. Mas Sua Eminência disse que você devia entrar imediatamente. O que houve de errado, Martim?

— Nada.

Soldi grunhiu e voltou à sua ocupação de apontar o cálamo.

— Nada — disse o padre sábio. — Bem, logo ficarei sabendo de tudo.

— É claro — disse Alvito, que gostava do seu companheiro mais velho. Entretanto, encaminhou-se para a porta mais afastada. Havia um fogo de lenha ardendo numa lareira, iluminando a bela mobília pesada, envelhecida pelo tempo e brilhando de polida e bem-cuidada. Um pequeno Tintoretto, uma Nossa Senhora com a Criança, que o padre-inspetor trouxera consigo de Roma e que sempre agradara a Alvito, pendia acima da lareira.

— Viu o inglês de novo? — perguntou o padre Soldi atrás dele.

Alvito não respondeu. Bateu na porta.

— Entre.

Carlo Dell'Aqua, padre-inspetor da Ásia, representante pessoal do Geral da Companhia de Jesus, o jesuíta mais graduado e, portanto, o mais poderoso na Ásia, também era o mais alto. Media quase 1,90m, com um físico bem-proporcionado. O seu manto era de cor alaranjada e a cruz, magnífica. Era tonsurado, tinha cabelo branco, 61 anos e era napolitano de nascimento.

— Ah, Martim, entre, entre. Vinho? — inquiriu ele, falando português com uma maravilhosa fluidez italiana. — Viu o inglês?

— Não, Eminência. Apenas Toranaga.

— Foi mal?

— Sim.

— Aceita um pouco de vinho?

— Obrigado.

— Quão mal? — perguntou Ferreira. O soldado estava sentado ao lado do fogo na cadeira de couro e encosto alto, tão orgulhoso quanto um falcão e tão colorido quanto um fidalgo. Era o capitão-mor da *Nao del Trato*, o Navio Negro daquele ano. Estava com seus trinta e poucos anos, era magro, baixo e temível.

— Acho que muito mal, capitão-mor. Por exemplo, Toranaga disse que a questão do comércio deste ano podia esperar.

— É óbvio que o comércio não pode esperar, nem eu — disse Ferreira. — Vou levantar ferros com a maré.

— Você ainda não tem a autorização de saída. Receio que vá ter que esperar.

— Pensei que estivesse tudo combinado há meses. — Mais uma vez Ferreira amaldiçoou os regulamentos japoneses, que exigiam que toda navegação, mesmo a deles, tivesse licenças de entrada e saída. — Não deveríamos ser obrigados a acatar esses estúpidos regulamentos nativos. O senhor disse que esse encontro era uma mera formalidade para apresentar os documentos.

— Deveria ter sido, mas me enganei. Talvez seja melhor que eu explique...

— Tenho que regressar a Macau imediatamente para preparar o Navio Negro. Já adquiri 1 milhão de ducados das melhores sedas na feira de Cantão em fevereiro e estaremos carregando no mínimo 100 mil onças de ouro chinês. Pensei ter deixado claro que cada centavo de Macau, Malaca e Goa e cada centavo que os comerciantes e edis de Macau podem emprestar estão investidos na especulação deste ano. E cada centavo dos senhores.

— Estamos tão conscientes dessa importância quanto o senhor — disse Dell'Aqua enfaticamente.

— Sinto muito, capitão-mor, mas Toranaga é o presidente do Conselho de Regentes e é costume dirigirmo-nos a ele — disse Alvito. — Ele não discutiu o comércio deste ano nem as suas autorizações. Inicialmente disse logo que não aprova assassinato.

— Quem aprova, padre? — indagou Ferreira.

— Do que é que Toranaga está falando, Martim? — perguntou Dell'Aqua. — Isso é algum estratagema? Assassinato? O que isso tem a ver conosco?

— O que ele disse foi: "Por que vocês, cristãos, quereriam assassinar o meu prisioneiro, o piloto?".

— O quê?

— Toranaga acredita que o atentado da noite passada foi contra o inglês, não contra ele. Também diz que houve outro atentado na prisão. — Alvito mantinha os olhos fixos no soldado.

— Do que me acusa, padre? — disse Ferreira. — De uma tentativa de assassinato? A mim? No Castelo de Ōsaka? Esta é a primeira vez que venho ao Japão!

— O senhor nega qualquer conhecimento do assunto?

— Não nego que quanto mais depressa o herege estiver morto, melhor — disse Ferreira, friamente. — Se os holandeses e os ingleses começarem a disseminar a sua imundície pela Ásia, estaremos enrascados. Todos nós.

— Já estamos enrascados — disse Alvito. — Toranaga começou dizendo que tomou conhecimento, pelo inglês, de que lucros incríveis estão sendo obtidos pelo monopólio português do comércio com a China, que os portugueses aumentam de modo exorbitante o preço das sedas que apenas eles, portugueses, podem comprar na China, pagando por elas a única mercadoria que os chineses aceitam em troca: a prata japonesa, cujo preço novamente os portugueses cotam de modo igualmente ridículo. Toranaga disse: "Como existe hostilidade entre a China e o Japão, e todo o comércio direto entre nós é proibido, e só os portugueses têm permissão para realizá-lo, a acusação de 'usura', feita pelo piloto, deve ser formalmente respondida, por escrito, pelos portugueses.". Ele o "convida", Eminência, a fornecer aos regentes um relatório sobre todo o intercâmbio: prata contra seda, seda contra prata, ouro contra prata. Acrescentou que não se opõe, naturalmente, a que tenhamos grandes lucros, desde que provenham dos chineses.

— O senhor certamente ignorará essa solicitação arrogante — disse Ferreira.

— É muito difícil.

— Então providencie um falso relatório.

— Isso colocaria em risco toda a nossa posição, que está baseada na confiança — disse Dell'Aqua.

— O senhor consegue confiar num japonês? Claro que não! Nossos lucros devem permanecer secretos. Aquele maldito herege!

— Lamento dizer que Blackthorne parece estar particularmente bem informado. — Alvito olhou involuntariamente para Dell'Aqua, relaxando a própria vigilância por um momento.

O padre-inspetor não disse nada.

— O que mais disse o japonês? — perguntou Ferreira, fingindo não ter notado o olhar trocado entre os dois e desejando estar a par de toda a extensão do conhecimento deles.

– Toranaga me pediu que lhe forneça amanhã, ao meio-dia, um mapa do mundo que mostre as linhas de demarcação entre Portugal e Espanha, o nome dos papas que aprovaram os tratados e as datas. Dentro de três dias, "solicita" uma explanação escrita sobre as nossas "conquistas" no Novo Mundo e, "puramente por interesse meu", foram as suas palavras, o montante de ouro e prata levado – ele, na realidade, usou o termo de Blackthorne, "pilhado" – do Novo Mundo para a Espanha e Portugal. Também solicita outro mapa, que mostre a extensão do império espanhol e do português há cem anos, há cinquenta anos e atualmente, assim como as posições exatas das nossas bases desde Malaca até Goa – aliás, ele as citou uma a uma com precisão: os nomes estavam escritos num pedaço de papel – e também o número de mercenários japoneses empregados por nós em cada uma das bases.

Dell'Aqua e Ferreira estavam atônitos.

– Isso deve ser categoricamente recusado – trovejou o soldado.

– Não se recusa nada a Toranaga – disse Dell'Aqua.

– Acho, Eminência, que o senhor dá crédito excessivo à importância dele – disse Ferreira. – Parece que esse Toranaga é apenas outro déspota entre muitos, apenas outro pagão homicida, que certamente não é para ser temido. Recuse. Sem o nosso Navio Negro, toda a economia deles entra em colapso. Estão implorando pelas nossas sedas chinesas. Sem seda não haveria mais quimonos. Precisam do nosso comércio. Que Toranaga se dane. Podemos negociar com os reis cristãos. Como se chamam mesmo? Onoshi e Kiyama. E os outros reis cristãos de Kyūshū. Afinal, Nagasaki fica lá, nós estamos maciçamente lá, e é lá que acontece o comércio.

– Não podemos, capitão – disse Dell'Aqua. – Esta é sua primeira visita ao Japão, por isso não tem ideia dos nossos problemas aqui. Sim, eles precisam de nós, mas nós precisamos deles mais ainda. Sem o favor de Toranaga, ou de Ishido, perderemos a influência sobre os reis cristãos. Perderemos Nagasaki e tudo o que construímos no decorrer de cinquenta anos. O senhor precipitou o atentado contra o piloto herege?

– Eu disse abertamente a Rodrigues, e a qualquer um que quisesse ouvir, logo de início, que o inglês era um pirata perigoso que contaminaria qualquer pessoa com quem entrasse em contato, e que, por isso, deveria ser eliminado de qualquer modo possível. O senhor disse o mesmo com palavras diferentes, Eminência. E o senhor também, padre Alvito. A questão não surgiu na nossa reunião com Onoshi e Kiyama há dois dias? O senhor não disse que esse pirata era perigoso?

– Sim, mas...

– Padre, o senhor me perdoará, mas às vezes é necessário que os soldados façam o trabalho de Deus da melhor maneira que podem. Devo dizer-lhes que fiquei furioso com Rodrigues por não haver criado um "acidente" durante a tempestade. Ele, dentre todos os outros, devia saber disso! Pelo corpo de Cristo, olhe o que esse inglês diabólico já fez ao próprio Rodrigues. O pobre imbecil está grato a ele por lhe ter salvado a vida, quando esse é o truque mais óbvio do mundo para ganhar-lhe a confiança. Rodrigues não foi logrado a ponto de permitir ao piloto herege usurpar-lhe o tombadilho, certamente quase lhe causando a morte? Quanto ao atentado no castelo, quem sabe o que aconteceu? Deve ter sido ordenado por um nativo, é um truque japonês. Não estou triste por terem tentado, só desgostoso por haverem falhado. Quando *eu* tratar da eliminação dele, o senhor pode ficar tranquilo de que ele será eliminado.

Alvito tomou um gole de vinho.

– Toranaga disse que estava mandando Blackthorne para Izu.

– A península a leste? – perguntou Ferreira.

– Sim.

– Por terra ou de navio?

– De navio.

– Ótimo. Então lamento dizer-lhes que todos os marinheiros podem se perder no mar, numa lamentável tempestade.

– E eu lamento dizer-lhe, capitão-mor – retrucou Alvito friamente –, que Toranaga disse: "Vou colocar uma guarda pessoal em torno do piloto, Tsukku-san, e, se algum acidente lhe ocorrer, será investigado até o limite do meu poder e do poder dos regentes, e, se por acaso o responsável for um cristão, ou qualquer pessoa remotamente associada aos cristãos, é absolutamente possível que os éditos de expulsão sejam reexaminados e muito provável que todas as igrejas, escolas e albergues cristãos sejam imediatamente fechados".

– Deus impeça que isso aconteça – disse Dell'Aqua.

– Blefe – zombou Ferreira.

– Não, está enganado, capitão-mor. Toranaga é tão esperto quanto um Maquiavel e tão inclemente quanto Átila, o Huno. – Alvito olhou para Dell'Aqua. – Seria fácil nos acusar se alguma coisa acontecesse ao inglês.

– Sim.

– Talvez o senhor devesse ir à fonte de seus problemas – disse Ferreira, bruscamente. – Elimine Toranaga.

– Isto não é hora para piadas – disse o padre-inspetor.

– O que funcionou brilhantemente na Índia e na Malásia, no Brasil, no Peru, no México, na África e em toda parte funcionará aqui. Fiz isso pessoalmente em Malaca e em Goa uma dúzia de vezes, com a ajuda de mercenários japoneses, e não tinha nem de longe a sua influência e conhecimento. Usaremos os reis cristãos. Ajudaremos um deles a eliminar Toranaga, se é ele o problema. Algumas centenas de conquistadores seriam suficientes. Divida e reine. Abordarei Kiyama. Padre Alvito, o senhor traduzirá...

– O senhor não pode comparar japoneses com índios ou com selvagens incultos como os incas. Não pode dividir e reinar aqui. O Japão é diferente de qualquer outra nação. Completamente – disse Dell'Aqua, fatigado. – Devo pedir-lhe formalmente, capitão-mor, que não interfira na política interna deste país.

— Concordo. Por favor, esqueça o que eu disse. Foi indelicado e ingênuo falar tão abertamente. Felizmente as tempestades são fato normal nesta época do ano.

— Se ocorrer uma tempestade, será pela mão de Deus. Mas o senhor *não* atacará o piloto.

— Oh?

— Não. Nem ordenará a ninguém que o faça.

— Sou orientado pelo *meu* rei para destruir os seus inimigos. O inglês é um inimigo nacional. Um parasita, um pirata, um herege. Se resolver eliminá-lo, será assunto meu. Sou capitão-mor do Navio Negro deste ano, portanto governador de Macau neste ano, com poderes vice-reais sobre estas águas neste ano, e, se quiser eliminá-lo ou a Toranaga, ou a quem quer que seja, eu o farei.

— Então fará isso indo contra as minhas ordens diretas e, portanto, correrá o risco de excomunhão imediata.

— Isto está além da sua jurisdição. Trata-se de assunto temporal, não espiritual.

— A posição da Igreja aqui está, lamentavelmente, tão interligada com a política e com o comércio de seda que tudo toca a segurança da Igreja. E enquanto eu viver, pela minha espera de salvação, ninguém colocará em risco o futuro da Madre Igreja aqui!

— Obrigado por ser tão explícito. Vou me empenhar por me informar melhor sobre assuntos japoneses.

— Sugiro que faça isso, por amor a todos nós. O cristianismo é tolerado aqui somente porque todos os daimios acreditam cabalmente que se nos expulsarem e arrasarem a fé, o Navio Negro nunca voltará. Nós, jesuítas, somos procurados e temos alguma influência apenas porque só nós falamos japonês e português e podemos traduzir e interceder por eles em questões de comércio. *Infelizmente*, para a fé, isso em que eles creem não é verdade. Estou certo de que o comércio continuaria, independentemente da nossa posição e da posição da Igreja, porque os comerciantes portugueses estão mais preocupados com seus próprios interesses egoístas do que com o serviço a Nosso Senhor.

— Talvez sejam igualmente evidentes os interesses egoístas de clérigos que desejam nos forçar, a ponto de pedirem a Sua Santidade os poderes legais para isso, a atracar no porto que escolherem e comerciar com o daimio que preferirem, independentemente dos riscos!

— Esquece de si mesmo, capitão-mor!

— Não me esqueço de que o Navio Negro do ano passado se perdeu entre o Japão e Malaca com todos os homens a bordo, com mais de duzentas toneladas de ouro e 500 mil cruzados em prata, depois de a viagem ter sido desnecessariamente adiada para a estação do mau tempo por causa das suas solicitações pessoais. Ou que essa catástrofe quase arruinou todo mundo daqui a Goa.

— Foi necessário por causa da morte do táicum e da política interna de sucessão.

— Não me esqueço de que o senhor pediu ao vice-rei de Goa que cancelasse o Navio Negro três anos atrás e só o enviasse quando o senhor dissesse, e ao porto que o senhor escolhesse, nem me esqueço também de que ele rejeitou o pedido, vendo-o como uma interferência arrogante.

— Isso foi para dobrar o táicum, para causar-lhe uma crise econômica em meio à sua estúpida guerra contra a Coreia e a China. Foi por causa dos martírios de Nagasaki que ele havia ordenado, por causa do seu ataque insano à Igreja e dos éditos que ele publicara, expulsando-nos do Japão. Se os senhores cooperassem conosco, se seguissem os nossos conselhos, o Japão inteiro seria cristão em uma única geração! O que é mais importante: o comércio ou a salvação das almas?

— A minha resposta é almas. Mas já que o senhor me esclareceu sobre assuntos japoneses, deixe-me colocá-los na perspectiva correta. Só a prata japonesa torna acessíveis a seda chinesa e o ouro chinês. Os imensos lucros que auferimos e exportamos para Malaca e Goa e depois para Lisboa sustentam todo o nosso império asiático, todos os fortes, todas as missões, todas as expedições, todos os missionários, todas as descobertas, e pagam a maioria, se não todos, dos nossos compromissos europeus, impedem os hereges de nos aniquilar e os mantêm longe da Ásia, que lhes proporcionaria toda a riqueza de que necessitam para nos destruir, e à fé. O que é mais importante, padre: a cristandade espanhola, portuguesa e italiana ou a cristandade japonesa?

Dell'Aqua cravou os olhos no soldado:

— De uma vez por todas, *o-senhor-não-se-envolverá-em-política-interna-aqui!*

Uma brasa caiu do fogo e rolou sobre o tapete. Ferreira, que estava mais perto, chutou-a de volta.

— E, se devo ser... ser dobrado, o que o senhor propõe que se faça com relação ao herege? Ou a Toranaga?

Dell'Aqua sentou-se, acreditando ter vencido.

— Não sei, no momento. Mas o simples fato de pensar em eliminar Toranaga é ridículo. Ele nos vê com muita simpatia, e à ideia de expandir o comércio — a sua voz tornou-se mais fraca — e, em consequência, aumentar os seus lucros.

— E os seus — disse Ferreira, tomando os freios novamente.

— Os nossos lucros estão comprometidos com a obra de Nosso Senhor. Como o senhor bem sabe. — Dell'Aqua, cansado, verteu um pouco de vinho e ofereceu-lhe, para apaziguá-lo. — Vamos, Ferreira, não discutamos assim. Esse negócio do herege... é terrível, sim. Mas discutir não serve para nada. Precisamos do seu conselho, dos seus miolos e da sua força. Pode acreditar em mim: Toranaga é vital para nós. Sem ele para refrear os outros regentes, este país inteiro recairá na anarquia.

— Sim, é verdade, capitão-mor — disse Alvito. — Mas não compreendo por que ele continua no castelo e concordou com um adiamento da reunião. É incrível, mas ele parece ter sido sobrepujado. Deve saber com certeza que Ōsaka é mais fechada do que o cinto de castidade de um cruzado ciumento. Ele devia ter partido há dias.

– Se ele é vital – disse Ferreira –, por que apoiar Onoshi e Kiyama? Esses dois não se alinharam com Ishido contra Toranaga? Por que o senhor não os aconselha em contrário? Discutiu-se o assunto há apenas dois dias.

– Eles nos comunicaram a sua decisão, capitão. Não a discutimos.

– Então talvez devesse ter discutido, Eminência. Se é tão importante, por que não demovê-los com uma ameaça de excomunhão?

Dell'Aqua suspirou.

– Gostaria que fosse assim tão simples. Não se fazem as coisas assim no Japão. Eles abominam interferência externa nos seus assuntos internos. Mesmo uma sugestão de nossa parte tem que ser oferecida com uma delicadeza extrema.

Ferreira esvaziou a taça de prata, serviu-se de mais um pouco de vinho e se acalmou, sabendo que precisava dos jesuítas a seu lado, que sem eles como intérpretes estaria desamparado. Você tem que tornar esta viagem um êxito, disse a si mesmo. Você pelejou e suou durante onze anos a serviço do rei para merecer, com justiça – vinte vezes mais –, o mais rico prêmio que ele tinha ao alcance para conceder-lhe: o comando supremo do Navio Negro por um ano e a décima parte do que acompanha essa honra, um décimo de toda a seda, de todo o ouro, de toda a prata e de todo o lucro decorrente de cada transação. Você está rico para o resto da vida agora, por trinta vidas, se as tivesse, tudo por causa desta única viagem. Se você a realizar.

A mão de Ferreira foi para o punho do florete, para a cruz que fazia parte da filigrana de prata.

– Pelo sangue de Cristo, o meu Navio Negro zarpará no prazo, de Macau para Nagasaki, e depois o navio do tesouro mais rico da história rumará para o sul com a monção, em novembro, para Goa e, em seguida, para casa! Como Cristo é meu juiz, é isso o que vai acontecer. – E acrescentou em silêncio: nem que eu tenha que queimar o Japão inteiro, toda Macau e toda a China para fazê-lo, por Nossa Senhora!

– As nossas preces estão com o senhor, claro que estão – retrucou Dell'Aqua, falando sinceramente. – Sabemos da importância da sua viagem.

– Então o que sugere? Sem autorizações e salvo-condutos para comerciar, estou de mãos atadas. Não podemos evitar os regentes? Talvez haja outro meio.

Dell'Aqua meneou a cabeça.

– Martim? Você é o nosso perito em comércio.

– Sinto muito, mas não é possível – disse Alvito. Ouvira a acalorada discussão com uma indignação crescente. Criatura grosseira, arrogante, bastardo cretino, pensara. Depois, imediatamente: ó Deus, dê-me paciência, pois sem este homem e os outros como ele a Igreja morrerá aqui. – Estou certo de que dentro de um ou dois dias, capitão-mor, estará tudo resolvido. Uma semana, no máximo. Toranaga tem problemas muito especiais no momento. Dará tudo certo, tenho certeza.

— Esperarei uma semana. E só. — A ameaça subjacente no tom de Ferreira era assustadora. — Gostaria de pôr as mãos naquele herege. Eu lhe arrancaria a verdade. Toranaga disse alguma coisa sobre a suposta esquadra? Uma esquadra inimiga?

— Não.

— Gostaria de saber a verdade sobre isso, porque o meu navio virá chafurdando como um porco cevado, os porões abarrotados com mais seda do que jamais se enviou de uma só vez. Somos um dos maiores navios do mundo, mas não tenho escolta, de modo que se uma única fragata inimiga se dispusesse a nos capturar no mar, ou aquela prostituta holandesa, o *Erasmus*, estaríamos à sua mercê. Ela me faria arriar a bandeira imperial de Portugal sem dificuldade alguma. O melhor é que esse inglês não se faça ao mar com seu navio, com atiradores, canhões e munição a bordo.

— *È vero, è solamente vero* — murmurou Dell'Aqua.

Ferreira terminou o vinho.

— Quando é que Blackthorne será enviado para Izu?

— Toranaga não disse — replicou Alvito. — Tenho a impressão de que será em breve.

— Hoje?

— Não sei. Os regentes devem se reunir dentro de quatro dias. Imagino que seja depois disso.

— Ninguém deve se intrometer com Blackthorne — disse Dell'Aqua, lentamente. — Nem com ele nem com Toranaga.

Ferreira levantou-se.

— Volto ao meu navio. Jantam conosco? Os dois? Ao pôr do sol? Teremos um frango excelente, um pernil, um Madeira e até pão fresco.

— Obrigado, o senhor é muito gentil. — Dell'Aqua animou-se um pouco. — Sim, será maravilhoso comer uma boa comida novamente. O senhor é muito gentil.

— Será informado assim que eu tiver notícias de Toranaga, capitão-mor — disse Alvito.

— Obrigado.

Quando Ferreira saiu e o padre-inspetor teve certeza de que ele e Alvito não podiam ser ouvidos, perguntou ansiosamente:

— Martim, o que mais Toranaga disse?

— Quer uma explicação por escrito do incidente do transporte de armas e da requisição de conquistadores.

— *Mamma mia...*

— Toranaga estava cordial, até gentil, mas... Bem, eu nunca o vi assim antes.

— O que foi que disse, exatamente?

— "Tomei conhecimento, Tsukku-san, de que o chefe anterior da sua ordem de cristãos, padre Cunha, escreveu aos governadores de Macau, Goa e ao vice-rei espanhol de Manila, Don Sisco y Vivera, em julho de 1588, pelo seu calendário, pedindo uma invasão de centenas de soldados espanhóis armados para apoiar alguns daimios cristãos numa rebelião que o chefe cristão estava tentando incitar contra o seu suserano legal, meu falecido amo, o táicum. Quais são os nomes desses daimios? É verdade que não foram enviados soldados, mas vasta quantidade de armas foi contrabandeada de Macau para Nagasaki, sob sigilo cristão? É verdade que o grande padre secretamente apreendeu essas armas quando voltou ao Japão pela segunda vez, na qualidade de embaixador de Goa, em março ou abril de 1590, e secretamente as contrabandeou de Nagasaki, no navio português *Santa Cruz*, de volta a Macau?" – Alvito enxugou o suor das mãos.

– Disse mais alguma coisa?

– Não de importância, Eminência. Não tive chance de explicar, ele me dispensou imediatamente. A dispensa foi cortês, mas foi uma dispensa.

– De onde é que esse maldito inglês está obtendo informações?

– Gostaria de saber.

– Essas datas e nomes. Você não está enganado? Ele as disse exatamente assim?

– Não, Eminência. Os nomes estavam escritos num pedaço de papel. Ele me mostrou.

– Letra de Blackthorne?

– Não. Os nomes estavam escritos foneticamente em japonês, em *hiragana*.

– Temos que descobrir quem está traduzindo para Toranaga. Essa pessoa deve ser surpreendentemente boa. Certamente nenhum dos nossos? Não pode ser o irmão Manuel, pode? – perguntou asperamente, usando o nome de batismo de Masamanu Jiro. Jiro era filho de um samurai cristão e fora educado pelos jesuítas desde a infância e, sendo inteligente e devoto, selecionado no seminário a fim de ser treinado para se tornar um padre completo, com os quatro votos, com os quais ainda não havia nenhum japonês. Jiro estivera com a Companhia durante vinte anos, depois, inacreditavelmente, partira antes de ser ordenado e agora era um violento antagonista da Igreja.

– Não. Manuel ainda está em Kyūshū, possa ele arder no inferno para sempre. Continua sendo um violento inimigo de Toranaga, nunca o ajudaria. Felizmente ele nunca compartilhou segredos políticos. A intérprete foi a senhora Maria – disse Alvito, usando o nome batismal de Toda Mariko.

– Toranaga lhe disse isso?

– Não, Eminência. Mas aconteceu de eu saber que ela está visitando o castelo e foi vista com o inglês.

– Tem certeza?

– A nossa informação é absolutamente exata.

– Bom – disse Dell'Aqua. – Talvez Deus esteja nos ajudando do seu modo inescrutável. Mande buscá-la imediatamente.

— Já estive com ela. Dei um jeito de encontrá-la por acaso. Foi encantadora como sempre, respeitosa, piedosa como sempre, mas disse enfaticamente antes que eu tivesse uma oportunidade de interrogá-la: "Naturalmente, o império é uma terra muito particular, padre, e algumas coisas, por costume, devem permanecer muito em particular. Acontece o mesmo em Portugal, e dentro da Companhia de Jesus?".

— Você é o confessor dela.

— Sim. Mas ela não dirá nada.

— Por quê?

— Ela foi claramente prevenida e proibida de discutir o que aconteceu e o que foi dito. Conheço-os bem demais. Nisso, a influência de Toranaga seria maior do que a nossa.

— A fé que ela tem é tão pequena? A educação que recebeu foi tão ineficaz? Certamente que não. É tão devota e tão boa cristã quanto qualquer mulher que eu já conheci. Um dia se tornará talvez até a primeira abadessa japonesa.

— Sim. Mas agora não dirá nada.

— A Igreja está em perigo. Isso é importante, talvez importante demais — disse Dell'Aqua. — Ela compreenderia. É inteligente demais para não entender.

— Imploro-lhe que não lhe ponha a fé à prova nessa questão. Nós perderíamos. Ela me preveniu. Foi o que me disse. Tão claramente quanto se estivesse escrito.

— Talvez fosse bom pô-la à prova. Pela sua própria salvação.

— Ordenar isso ou não depende do senhor. Mas receio que ela obedeça a Toranaga, Eminência, e não a nós.

— Pensarei sobre Maria. Sim — disse Dell'Aqua. Deixou o olhar vagar sobre o fogo, o peso do seu posto esmagando-o. Pobre Maria. Aquele maldito herege. Como evitarmos a armadilha? Como dissimular a verdade sobre as armas? Como pôde um padre mestre e vice-provincial como o Cunha, que era tão bem treinado, tão experimentado, com sete anos de conhecimento prático em Macau e no Japão, cometer um erro tão terrível? — Como? — perguntou às chamas.

Conheço a resposta, disse a si mesmo. É fácil demais. A pessoa entra em pânico e esquece a glória de Deus, ou torna-se orgulhosa ou arrogante ou estupidificada. Quem, sob as mesmas circunstâncias, talvez não cometeria o mesmo erro? Ser recebido pelo táicum ao crepúsculo com distinção, um encontro triunfal com pompa e cerimônia, quase como um ato de contrição do táicum, que estava aparentemente a ponto de converter-se. E depois ser despertado no meio da mesma noite com os éditos de expulsão, decretando que todas as ordens religiosas deviam deixar o Japão dentro de vinte dias, sob pena de morte, para nunca mais voltar e, pior ainda, que todos os convertidos japoneses, no país inteiro, eram obrigados a abjurar imediatamente ou seriam exilados ou condenados à morte.

Levado pelo desespero, o superior impensadamente aconselhara os daimios cristãos de Kyūshū — Onoshi, Misaki, Kiyama, e Harima, de Nagasaki — a se rebelarem para salvar a Igreja e escrevera freneticamente, pedindo conquistadores para dar reforço à revolta.

O fogo crepitou e dançou na grelha de ferro.

Sim, tudo verdade, pensou Dell'Aqua. Se ao menos eu tivesse sabido, se ao menos o Cunha me tivesse consultado antes... Mas como poderia ele? Leva seis meses para uma carta chegar a Goa e talvez outros seis meses para que outra carta chegue de volta, e o Cunha escreveu imediatamente. Mas era o superior, tinha poder de iniciativa e precisava enfrentar a calamidade de imediato.

Embora Dell'Aqua tivesse zarpado imediatamente ao receber a carta, com credenciais de embaixador fornecidas às pressas pelo vice-rei de Goa, levara meses para chegar a Macau, apenas para ser informado de que Cunha morrera, e que ele e todos os padres estavam proibidos de entrar no Japão sob pena de morte.

Mas as armas já haviam partido.

Então, dez semanas depois, chegaram as notícias de que a Igreja não fora arrasada no Japão, que o táicum não estava pondo em prática as suas novas leis. Apenas meia centena de igrejas tinham sido queimadas. Apenas Takayama fora esmagada. E correu o boato de que, embora os éditos oficialmente permanecessem em vigor, o táicum agora estava preparado para permitir que as coisas voltassem a ser como eram, desde que os padres fossem muito mais discretos nas suas conversões, os seus convertidos mais discretos e mais bem-comportados, e que não houvesse mais ruidosos cultos ou demonstrações públicas, nem queima de igrejas budistas por fanáticos.

Então, quando a provação pareceu prestes a terminar, Dell'Aqua lembrara-se de que as armas haviam partido semanas antes, com a autorização do superior, padre Cunha, e que ainda permaneciam nos depósitos jesuíticos de Nagasaki.

Seguiram-se mais semanas de agonia até que as armas fossem secretamente contrabandeadas de volta para Macau – sim, sob a minha responsabilidade dessa vez, lembrou-se Dell'Aqua, com a esperança de que o segredo permanecesse enterrado para sempre. Mas esses segredos nunca nos deixam em paz, apesar do muito que se queira ou que se reze.

Qual será a extensão do conhecimento do herege?

Por mais de uma hora, Sua Eminência, sentado imóvel na sua cadeira de couro e encosto alto, contemplou o fogo sem o ver. Alvito esperou pacientemente perto da estante de livros, com as mãos apoiadas no ventre. Raios de sol dançavam sobre o crucifixo de prata na parede atrás do padre-inspetor. Numa parede lateral estava um pequeno óleo do pintor veneziano Ticiano, que Dell'Aqua comprara na juventude em Pádua, para onde fora enviado pelo pai para estudar Direito. Na outra parede alinhavam-se as suas bíblias e os seus livros, em latim, português, italiano e espanhol. E, da impressora de tipos móveis da Companhia em Nagasaki, que ele mandara vir a um custo tão elevado de Goa dez anos antes, duas prateleiras com livros e panfletos japoneses: livros religiosos e catecismos de todo tipo, traduzidos com esmero para o japonês pelos jesuítas. Obras adaptadas do japonês para o latim, a fim de ajudar os acólitos japoneses a aprender a língua. E, por último, dois livrinhos que não tinham preço: a primeira gramática de português-japonês, o trabalho da vida do padre Sancho Alvarez, impressa seis anos antes, e seu companheiro, o inacreditável dicionário de português-latim-japonês, impresso no ano anterior em caracteres romanos e em *hiragana*. Fora iniciado por ordem de Dell'Aqua, vinte anos antes – o primeiro dicionário de palavras japonesas a ser compilado.

O padre Alvito pegou o livro e, afetuosamente, o acariciou. Sabia que se tratava de uma obra de arte única. Fazia oito anos que ele mesmo compilava um trabalho assim, ainda longe de estar terminado. Mas o dele seria um dicionário com explicações suplementares e muito mais pormenorizado – quase uma introdução ao Japão e aos japoneses –, e sabia, sem vaidade, que, se conseguisse terminá-lo, seria uma obra-prima em comparação com o trabalho do padre Alvarez, que, se seu nome devesse ser lembrado, o seria por causa do livro e do padre-inspetor, que era o único pai que ele conhecera.

– Quer sair de Portugal e juntar-se ao serviço de Deus, meu filho? – perguntara o gigante jesuíta no primeiro dia em que o vira.

– Oh, sim, por favor, padre – respondera Alvito, espichando o pescoço para ele com uma ânsia desesperada.

– Que idade tem, meu filho?

– Não sei, padre, talvez dez, talvez onze, mas sei ler e escrever, o padre me ensinou, e sou só. Não tenho ninguém, não pertenço a ninguém...

Dell'Aqua o levara para Goa e depois para Nagasaki, onde ingressara no seminário da Companhia de Jesus, o mais jovem europeu na Ásia. Depois ocorreu o milagre do dom das línguas e postos de confiança como intérprete e conselheiro comercial, primeiro para Harima Tadao, daimio do feudo de Hizen, em Kyūshū, onde ficava Nagasaki, e mais tarde, com o tempo, do próprio táicum. Fora ordenado e mais tarde atingira até o privilégio do quarto voto. Era o voto especial, além dos votos normais de pobreza, castidade e obediência, concedido apenas à elite dos jesuítas: o voto de obediência ao papa – para ser um instrumento pessoal seu, para a obra de Deus, para ir aonde o papa ordenasse e fazer o que ele desejasse; para tornar-se, como pretendia o fundador da Companhia – o soldado basco Loyola –, um dos *Regimini Militantis Eclesiæ*, um dos soldados particulares especiais de Deus a serviço do seu general eleito na Terra, o Vigário de Cristo.

Tive muita sorte, pensou Alvito. Ó Deus, ajude-me a ajudar.

Finalmente Dell'Aqua se levantou, espreguiçou-se e se dirigiu para a janela. O sol cintilava nas telhas douradas do imponente torreão central do castelo, a elegância da estrutura toda dissimulando a sua força maciça. Torre do Demônio, pensou ele. Quanto tempo ficará erguida aí para se fazer lembrar a cada um de nós? Faz só quinze... não, faz dezessete anos que o táicum pôs 400 mil homens a construir e escavar, e sangrou o país para pagá-lo, o seu monumento, e então, em dois rápidos anos, o Castelo de Ōsaka foi terminado. Homem inacreditável! Povo inacreditável! Sim. E lá se ergue ele, indestrutível! Exceto para o dedo de Deus. Ele pode pô-lo abaixo num instante, se quiser. Ó Deus, ajude-me a fazer a sua vontade.

– Bem, Martim, parece que temos trabalho a fazer. – Dell'Aqua começou a andar de um lado para outro, com a voz agora tão firme quanto o passo. – Quanto ao piloto inglês, se não o protegermos, será morto e correremos o risco do desfavor de Toranaga. Se dermos um jeito de protegê-lo, ele logo enforcará a si mesmo. Mas ousaremos esperar? A sua presença é uma ameaça para nós e não há como predizer quanto dano ele pode causar antes dessa data feliz. Ou podemos ajudar Toranaga a eliminá-lo. Ou, por último, podemos convertê-lo.

Alvito piscou.

– O quê?

– Ele é inteligente, muito bem informado sobre o catolicismo. Muitos ingleses, no íntimo, não são católicos autênticos? A resposta é sim se o rei ou a rainha deles for católico, e não se for protestante. Os ingleses são negligentes sobre religião. São nossos adversários fanáticos no momento, mas isso não é devido à Armada? Talvez Blackthorne possa ser convertido. Essa seria a solução perfeita, para a glória de Deus, e salvaria a alma desse herege da danação, para onde ele certamente irá. Depois, Toranaga: daremos a ele os mapas que deseja. As explicações sobre "esferas de influência". Não é para isso, na realidade, que as linhas de demarcação servem, para separar a influência dos portugueses e dos amigos espanhóis? *Si, è vero!* Diga-lhe que, quanto aos outros assuntos importantes, ficarei honrado em prepará-los pessoalmente para ele e os entregarei o mais breve possível. Como precisarei verificar os fatos em Macau, poderia ele, por favor, conceder um prazo razoável? E, no mesmo tom, diga-lhe que está encantado em lhe informar que o Navio Negro zarpará três semanas mais cedo, com a maior carga de seda e ouro que já houve, que a *nossa* parte da carga e... – ele pensou um momento – e, no mínimo, 30% de toda a carga serão vendidos por intermediário da pessoa indicada por Toranaga.

– Eminência, o capitão-mor não vai gostar de zarpar mais cedo e...

– Será responsabilidade sua conseguir de Toranaga a autorização para Ferreira. Vá vê-lo imediatamente com a minha resposta. Impressione-o com a nossa eficiência. Essa não é uma das coisas que ele admira? Com autorizações imediatas, Ferreira fará concessões quanto ao ponto secundário de chegar mais cedo na estação, e, quanto ao intermediário, que diferença há, para o capitão-mor, entre um nativo e outro? Ele receberá a sua porcentagem do mesmo jeito.

– Mas os senhores Onoshi, Kiyama e Harima geralmente dividem a corretagem da carga entre si. Não sei se concordarão.

– Então resolva o problema. Toranaga concordará com o adiamento em troca da concessão. As únicas concessões de que ele necessita são poder, influência e dinheiro. O que podemos lhe dar? Não podemos lhe entregar os daimios cristãos. Nós...

– Sim – disse Alvito.

– Ainda que pudéssemos, não sei se devemos ou se o faremos. Onoshi e Kiyama são inimigos ferrenhos, mas juntaram-se contra Toranaga porque têm certeza de que ele destruiria a Igreja, e a eles, se algum dia conseguisse o controle do conselho.

– Toranaga apoiará a Igreja. Ishido é o nosso verdadeiro inimigo.

– Não compartilho da sua confiança, Martim. Não devemos nos esquecer de que, pelo fato de Onoshi e Kiyama serem cristãos, todos os seus seguidores são cristãos, às dezenas de milhares. Não podemos ofendê-los. A única concessão que podemos fazer a Toranaga é alguma coisa relacionada a comércio. Ele é fanático por comércio, mas nunca tentou participar pessoalmente. Portanto, o que sugiro possivelmente o tente a conceder um adiantamento que talvez possamos estender para um adiantamento permanente. Você sabe como os japoneses gostam dessa forma de solução: o grande bastão equilibrado, cujos dois lados fingem não existir, hein?

– Na minha opinião, é politicamente imprudente para o senhor Onoshi e para o senhor Kiyama voltarem-se contra Toranaga nesta época. Deveriam seguir o velho provérbio de manter uma linha de retirada aberta, não? Eu poderia sugerir-lhes que um oferecimento a Toranaga de 25% – de modo que cada um tivesse uma parte igual, Onoshi, Kiyama, Harima e Toranaga – seria uma pequena consideração para abrandar o impacto da sua aliança "temporária" com Ishido contra ele.

– Então Ishido os destruirá e nos odiará mais quando descobrir.

– Ishido já nos detesta incomensuravelmente agora. Não confia neles mais do que eles confiam nele, e ainda não sabemos por que se puseram do seu lado. Com o acordo de Onoshi e Kiyama, nós colocaríamos formalmente a proposta, como se se tratasse meramente de uma ideia nossa destinada a manter imparcialidade entre Ishido e Toranaga. Em particular, podemos informar Toranaga da generosidade deles.

Dell'Aqua considerou as virtudes e os defeitos do plano.

– Excelente – disse afinal. – Ponha isso em prática. Agora, quanto ao herege. Entregue os portulanos dele a Toranaga hoje. Volte a Toranaga imediatamente. Diga-lhe que os portulanos nos foram enviados secretamente.

– Como explico a demora em entregar-lhe?

– Você não explica. Apenas diga a verdade: foram trazidos por Rodrigues, mas nenhum de nós percebeu que o pacote lacrado continha os portulanos desaparecidos. Realmente não o abrimos por dois dias. Foram mesmo esquecidos na excitação causada pelo herege. Os portulanos provam que Blackthorne é pirata, ladrão e traidor. As suas próprias palavras darão cabo dele de uma vez por todas, o que seguramente é justiça divina. Diga a verdade a Toranaga: que Mura os deu ao padre Sebastião, como de fato aconteceu, que os enviou a nós, certo de que saberíamos o que fazer com eles. Isso desobriga Mura, o padre Sebastião, todo mundo. Devemos comunicar a Mura, por pombo-correio, o que foi feito. Tenho certeza de que Toranaga entenderá que, no fundo, demos prioridade aos seus interesses sobre os de Yabu. Ele sabe que Yabu fez um acordo com Ishido?

– Eu diria que sabe com certeza, Eminência. Mas corre o boato de que Toranaga e Yabu são amigos agora.

– Eu não confiaria nesse filho de Satã.

– Tenho certeza de que Toranaga não confia. Assim como Yabu não deve ter assumido nenhum compromisso verdadeiro com ele.

De repente foram distraídos por uma altercação do lado de fora. A porta se abriu e um monge encapuzado entrou descalço na sala empurrando o padre Soldi.

– Que as bênçãos de Jesus Cristo recaiam sobre os senhores – disse ele, a voz rascante de hostilidade. – Possa ele perdoar os seus pecados.

– Frei Pérez... o que está fazendo aqui? – explodiu Dell'Aqua.

– Voltei a esta cloaca de país para divulgar a palavra de Deus para os pagãos novamente.

– Mas está sob o édito de nunca regressar, sob pena de morte imediata, por haver incitado tumultos. Escapou ao martírio de Nagasaki por milagre e recebeu ordem de...

– Foi a vontade de Deus, e um imundo édito pagão de um maníaco louco não tem nada a ver comigo – disse o monge. Era um espanhol baixo, magro, com uma longa barba desgrenhada. – Estou aqui para continuar a obra de Deus. Como vai o comércio, padre?

– Felizmente para a Espanha, muito bem – retrucou Alvito gelidamente.

– Não gasto o meu tempo com a contabilidade, padre. Gasto-o com o meu rebanho.

– Isso é louvável – disse Dell'Aqua, de modo cortante. – Mas gaste-o onde o papa ordenou: fora do Japão. Esta é nossa província exclusiva. E também é território português, não espanhol. Preciso lembrar-lhe que três papas determinaram que todas as ordens religiosas ficassem fora do Japão, com exceção de nós? O rei Filipe ordenou o mesmo.

– Poupe o fôlego, Eminência. A obra de Deus ultrapassa ordens terrenas. Estou de volta, vou escancarar as portas das igrejas e rogar às multidões que se ergam contra os ímpios.

– Quantas vezes tem que ser advertido? Não pode tratar o Japão como um protetorado inca, povoado de selvagens sem história nem cultura. Proíbo-o de pregar e insisto que obedeça às ordens de Sua Santidade.

– Converteremos os pagãos. Ouça, Eminência, há uma centena dos meus irmãos em Manila esperando para embarcar, todos bons espanhóis, e vários dos nossos gloriosos conquistadores para nos proteger, se isso for necessário.

Pregaremos abertamente e usaremos os nossos hábitos abertamente, não disfarçados por aí em idólatras de saias de seda como os jesuítas!

– Não agite as autoridades ou reduzirá a Madre Igreja a cinzas!

– Digo-lhe na cara que estamos retornando ao Japão e ficaremos no Japão. Pregaremos a Palavra, apesar do senhor, apesar de qualquer prelado, bispo, rei ou até papa, pela glória de Deus! – O monge bateu a porta atrás de si.

Vermelho de cólera, Dell'Aqua serviu-se de um copo de Madeira. Um pouco do vinho derramou-se sobre a superfície polida da sua escrivaninha.

– Esses espanhóis acabarão nos destruindo. – Dell'Aqua bebeu lentamente, tentando se acalmar. Por fim disse: – Martim, mande alguns dos nossos para vigiá-lo. E é melhor avisar Kiyama e Onoshi imediatamente. Não há como prever o que acontecerá se esse imbecil se pavonear em público.

– Sim, Eminência. – À porta, Alvito hesitou: – Primeiro Blackthorne, agora Pérez. É coincidência demais. Talvez os espanhóis em Manila soubessem sobre Blackthorne e o tenham deixado vir aqui só para nos atormentar.

– Talvez, mas provavelmente não. – Dell'Aqua terminou o copo e o pousou com cuidado. – Em todo caso, com a ajuda de Deus e o zelo devido, nenhum dos dois conseguirá prejudicar a Santa Madre Igreja, custe o que custar.

CAPÍTULO 20

– QUE EU SEJA UM MALDITO ESPANHOL, SE ISTO NÃO É O MELHOR DA VIDA!

Blackthorne estava seraficamente deitado de bruços sobre espessos *futons*, parcialmente envolto num quimono de algodão, a cabeça apoiada nos braços. A garota corria as mãos pelas costas dele, tateando seus músculos, ocasionalmente amaciando-lhe a pele e o espírito, fazendo-o quase querer ronronar de prazer. Outra garota servia saquê num minúsculo cálice de porcelana. Uma terceira esperava à parte, segurando uma bandeja de laca com um cesto de bambu cheio de peixe frito à moda portuguesa, outra garrafa de saquê e alguns pauzinhos, os *hashis*.

– *Nan desu ka*, Anjin-san? O que é isso, Honorável Piloto? O que disse?

– Não sei dizer isso em *nihongo*. – Sorriu para a garota que oferecia o saquê. Apontou para o cálice. – Como se chama isso? *Namae wa?*

– *Sakazuki*. – Ela disse a palavra três vezes, ele repetiu, depois a outra garota, Asa, ofereceu o peixe e ele balançou a cabeça.

– *Iie, dōmo*. – Ele não sabia como dizer "estou satisfeito agora", então tentou dizer "não fome agora".

– *Ah! Ima wa hara ga hette wa oranu* – explicou Asa, corrigindo-o. Ele disse a frase várias vezes e todas riram da sua pronúncia, mas ele acabou conseguindo fazê-la soar corretamente.

Nunca aprenderei essa língua, pensou ele. Não há nada com que relacionar os sons em inglês, em latim ou em português.

– Anjin-san? – Asa oferecia a bandeja de novo.

Ele balançou a cabeça e pousou gravemente a mão sobre o estômago. Mas aceitou o saquê, que bebeu. Sono, a garota que lhe massageava as costas, havia parado. Ele pegou a mão dela, colocou-a sobre o seu pescoço e fingiu suspirar de prazer. Ela compreendeu imediatamente e continuou a massageá-lo.

Cada vez que terminava o pequeno cálice, enchiam-no de novo imediatamente. É melhor ir devagar, pensou, esta é a terceira garrafa e já posso sentir o calor nas pontas dos pés.

As três garotas – Asa, Sono e Rako – haviam chegado com o amanhecer, trazendo chá, que frei Domingo lhe dissera que os chineses às vezes chamavam de *t'ee*, e que era a bebida nacional da China e do Japão. O seu sono fora intermitente após o embate com o assassino, mas a bebida quente e picante começara a restaurá-lo. Haviam trazido pequenas toalhas quentes e enroladas, levemente perfumadas. Como ele não soubesse para que serviam, Rako, a chefe das garotas, mostrou-lhe como usá-las no rosto e nas mãos.

Depois escoltaram-no com seus quatro guardas samurais até os banhos de vapor na extremidade daquela seção do castelo e o entregaram às criadas de banho. Os quatro guardas transpiraram estoicamente enquanto ele era lavado, a sua barba aparada, o cabelo ensaboado e o corpo massageado.

Após o banho, ele se sentiu miraculosamente revigorado. Deram-lhe outro quimono de algodão, fresco e até os joelhos, e *tabis* limpos. E as garotas esperaram por ele de novo. Levaram-no a outra sala, onde se encontravam Kiri e Mariko. Mariko disse-lhe que o senhor Toranaga decidira mandá-lo para uma de suas províncias, dentro de poucos dias, a fim de que se recuperasse por completo, que o senhor Toranaga estava muito contente com ele e que não havia necessidade de se preocupar com nada, pois agora estava sob os cuidados pessoais do senhor Toranaga. O Anjin-san, por favor, começaria a preparar os mapas com o material que ela providenciaria? Logo haveria outros encontros com o amo, que prometera que ela em breve estaria disponível para responder a qualquer pergunta que o Anjin-san quisesse fazer. O senhor Toranaga estava muito ansioso para que Blackthorne aprendesse japonês, assim como estava ansioso por aprender sobre o mundo exterior e sobre navegação. Em seguida Blackthorne fora conduzido até o médico. Ao contrário dos samurais, os médicos usavam cabelo cortado rente, sem rabo.

Blackthorne odiava os médicos e temia-os. Mas aquele era diferente. Era gentil e inacreditavelmente limpo. Os médicos europeus, na maioria, eram tacanhos barbeiros, cobertos de piolhos e imundos como todo mundo. Aquele médico tocou-o cuidadosamente, examinou-o com formalidade e segurou o pulso de Blackthorne para sentir a sua pulsação, olhou-o dentro dos olhos, da boca e dos ouvidos, e bateu suavemente nas suas costas, joelhos e solas dos pés. Tudo o que um médico europeu queria era olhar a sua língua, e dizer "Onde é que dói?", e fazer-lhe uma sangria para libertar a impureza do seu sangue e dar-lhe um vomitório violento para eliminar as impurezas das suas entranhas.

Blackthorne detestava ser sangrado e tomar purgantes, e cada vez era pior que a precedente. Mas aquele médico não tinha escalpelos nem a tigela de sangria, nem o repugnante cheiro de substância química que normalmente rodeava os médicos, por isso o seu coração começara a bater mais devagar e ele relaxou um pouco.

Os dedos do médico tocaram-lhe as cicatrizes na coxa de modo inquisitivo. Blackthorne fez o som de um tiro, porque uma bala de mosquete lhe havia atravessado a carne muitos anos antes. O doutor disse *"Ah naruhodo"* e assentiu com um gesto de cabeça. Mais apertos, profundos mas indolores, sobre os rins e o estômago. Finalmente o médico falou a Rako, que se curvou e agradeceu.

– *Ichiban?* – perguntara Blackthorne, querendo saber se estava bem.

– *Hai*, Anjin-san.

– *Hontō ka?*

Que palavra útil, *hontō*. "É verdade?", "Sim, é verdade", pensou Blackthorne.

– *Dōmo*, doutor-san.

– *Dō itashimashite* – disse o médico, curvando-se. Não há de quê.

Blackthorne retribuiu a vênia. As garotas o levaram embora e foi só quando se viu deitado sobre os *futons*, o quimono de algodão afrouxado, Sono relaxando suas costas, que ele se lembrou de que estivera nu diante do médico, na frente das garotas e dos samurais e que não notara isso nem se sentira envergonhado.

– *Nan desu ka*, Anjin-san? – perguntou Rako. O que é, Honorável Piloto? Por que ri? Os dentes brancos dela cintilavam. Tinha as sobrancelhas depiladas e pintadas num crescente. Usava o cabelo escuro preso no alto e um quimono rosa florido com um *obi* verde e cinza.

– Porque estou feliz, Rako-san. Mas como lhe dizer isso? Como lhe dizer que rio porque estou feliz e tirei o peso de cima da cabeça pela primeira vez desde que saí de casa? Porque as minhas costas estão ótimas, eu me sinto inteiro, ótimo. Porque tenho a consideração de Toranaga-sama e porque descarreguei três boas canhonadas contra os malditos jesuítas e mais seis contra os portugueses sifilíticos! – Ele se pôs de pé com um salto, amarrou o quimono e começou desleixadamente a dançar uma *hornpipe*, entoando uma cantiga do mar para marcar o compasso.

Rako e as outras ficaram curiosas. A *shōji* se abriu imediatamente e os guardas samurais apareceram, de olhos arregalados. Blackthorne dançou e cantou vigorosamente até não conseguir mais se conter, então explodiu numa gargalhada e caiu. As garotas bateram palmas. Rako tentou imitá-lo e caiu, porque a cauda do quimono inibia os seus movimentos. As outras se levantaram e convenceram-no a mostrar-lhes como fazê-lo, e ele tentou, as três garotas em pé e alinhadas a observá-lo, segurando os quimonos levantados. Mas não conseguiram, e logo estavam todas tagarelando, dando risadinhas e se abanando.

De repente, os guardas ficaram solenes e fizeram uma profunda reverência. Toranaga apareceu na soleira ladeado por Mariko, Kiri e os seus sempre presentes guardas samurais. As garotas se ajoelharam, estenderam as mãos no chão e se curvaram, mas o riso não lhes abandonou o rosto e tampouco sentiram qualquer receio. Blackthorne curvou-se polidamente também, não tão baixo quanto as mulheres.

– *Konnichi wa*, Toranaga-sama – disse ele.

– *Konnichi wa*, Anjin-san – respondeu Toranaga. E fez uma pergunta.

– O meu amo pergunta o que está fazendo, senhor – disse Mariko.

– Era apenas uma dança, Mariko-san – disse Blackthorne, sentindo-se imbecil. – Chama-se *hornpipe*. É uma dança de marinheiros, que executamos cantando cantigas simultaneamente. Eu só estava feliz... talvez tenha sido o saquê. Sinto muito, espero não ter perturbado Toranaga-sama.

Ela traduziu.

– Meu amo diz que gostaria de assistir à dança e ouvir a canção.

– Agora?

– Agora, naturalmente.

Imediatamente Toranaga sentou-se de pernas cruzadas e a sua pequena corte se espalhou pela sala, olhando todos para Blackthorne, na expectativa.

Aí está, seu imbecil, disse Blackthorne a si mesmo. É nisso que dá não se vigiar melhor. Agora tem que dançar e você sabe que a sua voz é desafinada e dança de modo desajeitado.

Ainda assim, ele amarrou o quimono bem apertado e se atirou à dança com prazer, rodopiando, chutando, girando, pulando, a sua voz rugindo vigorosamente.

Mais silêncio.

– Meu amo diz que nunca viu nada parecido em toda a sua vida.

– *Arigatō gozaimashita!* – disse Blackthorne, suando em parte pelo esforço, em parte pelo constrangimento. Então Toranaga pôs as espadas de lado, arregaçou o quimono até a cintura e se postou ao lado dele.

– O senhor Toranaga dançará a sua dança – disse Mariko.

– Hein?

– Por favor, ensine-lhe, diz ele.

Blackthorne começou. Mostrou o passo básico, depois repetiu-o várias vezes. Toranaga aprendeu depressa. Blackthorne ficou deveras impressionado com a agilidade do velho barrigudo e senhor de um amplo traseiro.

Blackthorne começou a cantar e a dançar, e Toranaga imitou-o, hesitante no começo, para alegria dos assistentes. Depois Toranaga atirou longe o quimono, cruzou os braços e começou a dançar com entusiasmo ao lado de Blackthorne, que também se livrou do quimono e cantou mais alto, marcando o tempo, quase dominado pelo grotesco do que estavam fazendo, mas contagiado agora pelo humor da situação. Finalmente Blackthorne deu uma espécie de salto, girou, pulou e estacou. Bateu palmas e curvou-se para Toranaga. Todos aplaudiram o amo, que estava muito contente.

Toranaga sentou-se no centro da sala, respirando com dificuldade. Imediatamente Rako avançou para abaná-lo e as outras correram a levar-lhe o quimono. Mas Toranaga empurrou o seu quimono na direção de Blackthorne e pegou o quimono simples do outro.

– O meu amo diz que teria muito prazer em que o senhor aceitasse isso como presente – disse Mariko. – Aqui se considera uma grande honra receber um quimono muito velho de um suserano.

– *Arigatō gozaimashita*, Toranaga-sama – disse Blackthorne, curvando-se profundamente. Depois virou-se para Mariko, dizendo: – Sim, compreendo a honra que ele me faz, Mariko-san. Por favor, agradeça ao senhor Toranaga com as palavras formais corretas, que eu infelizmente ainda não sei, e diga-lhe que vou guardá-lo como um tesouro, e mais ainda à honra que ele me fez dançando a minha dança comigo.

Toranaga demonstrou uma satisfação ainda maior.

Reverentemente, Kiri e as criadas ajudaram Blackthorne a vestir o quimono do amo e mostraram-lhe como amarrar o *obi*. O quimono era de seda marrom, com cinco elmos escarlates, e o *obi*, de seda branca.

– O senhor Toranaga diz que apreciou a dança. Um dia talvez lhe mostre algumas das nossas. Ele gostaria que o senhor aprendesse a falar japonês tão rápido quanto possível.

– Eu também gostaria. – Mas gostaria ainda mais, pensou Blackthorne, de estar dentro das minhas próprias roupas, comendo minha comida, na minha cabine, no meu navio, com meus canhões armados, pistolas na cintura e o tombadilho coberto por uma infinidade de velas. – Quer perguntar ao senhor Toranaga quando é que posso ter meu navio de volta?

– Senhor?

– O meu navio, senhora. Por favor, pergunte-lhe quando posso reaver o meu navio. Minha tripulação também. Toda a carga foi removida. Havia 20 mil moedas na caixa-forte. Estou certo de que ele compreenderá que somos mercadores, e, embora apreciemos a sua hospitalidade, gostaríamos de comerciar, com as mercadorias que trouxemos conosco, e partir para casa. Precisaremos de quase dezoito meses para voltar para casa.

– O meu amo diz que o senhor não precisa se preocupar. Tudo será feito tão logo seja possível. Primeiro, deve ficar forte e saudável. O senhor partirá ao crepúsculo.

– Senhora?

– O senhor Toranaga disse que o senhor partirá ao pôr do sol. Falei erradamente?

– Não, não, em absoluto, Mariko-san. Mas há uma hora e pouco a senhora me disse que eu partiria dentro de alguns dias.

– Sim, mas agora ele diz que o senhor partirá esta noite. – Ela traduziu tudo isso para Toranaga, que falou mais alguma coisa. – O meu amo diz que é melhor e mais conveniente para o senhor partir esta noite. Não há por que se preocupar, Anjin-san, o senhor está sob o cuidado pessoal dele. A senhora Kiritsubo vai para Edo, a fim de esperar o regresso dele. O senhor irá com ela.

– Por favor, agradeça a ele por mim. É possível... posso perguntar se seria possível libertar frei Domingo? O homem tem um vasto conhecimento.

Ela traduziu.

– O meu amo diz que sente muito, mas o homem morreu. Mandou buscá-lo assim que o senhor pediu, ontem, mas ele já estava morto.

Blackthorne ficou desolado.

– Como morreu?

– O meu amo diz que morreu quando seu nome foi chamado.

– Oh! Pobre homem!

– O meu amo diz que a morte e a vida são a mesma coisa. A alma do padre esperará até o décimo quarto dia e então renascerá. Por que se entristecer? É a lei imutável da natureza. – Ela começou a dizer alguma coisa, mas mudou de ideia, limitando-se a acrescentar: – Os budistas creem que temos muitos nascimentos ou renascimentos, Anjin-san. Até que finalmente nos tornemos perfeitos e atinjamos o nirvana, o paraíso.

Blackthorne afastou a própria tristeza e se concentrou em Toranaga e no presente.

— Posso, por favor, perguntar a ele se a minha tripulação... — Parou quando Toranaga desviou o olhar. Um jovem samurai entrou às pressas na sala, curvou-se para o daimio e esperou.

— *Nan ja?* — disse Toranaga.

Blackthorne não compreendeu nada do que foi dito. Só teve a impressão de apreender o apelido do padre Alvito, Tsukku. Viu os olhos de Toranaga esvoaçarem na sua direção e notou o vislumbre do sorriso. Perguntou a si mesmo se Toranaga mandara buscar o padre por causa do que ele lhe dissera. Espero que sim, pensou, e espero que Alvito esteja afundado no estrume até as narinas. Está ou não está? Blackthorne resolveu não perguntar, embora se sentisse enormemente tentado.

— *Kare ni matsu yō ni* — disse Toranaga bruscamente.

— *Gyoi.* — O samurai inclinou-se e saiu apressado. Toranaga voltou-se para Blackthorne:

— *Nan ja*, Anjin-san?

— O senhor estava dizendo, capitão? — disse Mariko. — Sobre a sua tripulação?

— Sim. Toranaga-sama poderia tomá-los sob a sua proteção, também? Providenciar para que sejam todos bem tratados? Eles também serão enviados para Edo?

Ela perguntou. Toranaga enfiou as espadas na cintura do quimono curto.

— O meu amo diz que, naturalmente, os arranjos já foram feitos. O senhor não precisa se inquietar quanto a eles. Ou quanto ao seu navio.

— O meu navio está em ordem?

— Sim. Ele diz que o navio já está em Edo.

Toranaga levantou-se. Começaram todos a se curvar, mas Blackthorne interrompeu inesperadamente:

— Uma última coisa... — Parou e se amaldiçoou, percebendo que estava sendo descortês. Era óbvio que Toranaga encerrara a entrevista e já haviam todos começado a se curvar, mas foram detidos pelas palavras de Blackthorne e agora estavam todos embaraçados, sem saber se completavam a reverência, se esperavam ou se começavam novamente.

— *Nan ja*, Anjin-san? — A voz de Toranaga soou irritada e inamistosa, pois também ele ficara momentaneamente perturbado.

— *Gomen nasai*, sinto muito, Toranaga-sama. Não pretendi ser descortês. Só queria perguntar se a senhora Mariko teria a permissão de conversar comigo por alguns momentos antes que eu parta. Isso me ajudaria.

Ela perguntou.

Toranaga simplesmente grunhiu uma afirmativa imperiosa e saiu da sala, seguido de Kiri e da sua guarda pessoal.

"Bastardos sensíveis, todos vocês", Blackthorne pensou.

Jesus, como se tem que ser cuidadoso aqui! Ele enxugou a testa com a manga e viu a aflição imediata no rosto de Mariko. Rako ofereceu-lhe às pressas um pequeno lenço que eles sempre pareciam ter pronto num sortimento aparentemente inexaurível, guardado secretamente em algum lugar nas costas do *obi*. Ele então percebeu que estava usando o quimono do "amo" e que não se enxuga, por distração, o suor da testa com a manga do "amo". Por Deus, havia cometido outro sacrilégio! Nunca aprenderei, nunca, Jesus do paraíso, nunca!

– Anjin-san? – Rako estava oferecendo mais saquê.

Ele aceitou, agradeceu e bebeu. Imediatamente ela tornou a encher o cálice. Ele notou um brilho de transpiração na testa de todos.

– *Gomen nasai* – disse ele a todos, desculpando-se. Pegou o cálice e o ofereceu a Mariko, bem-humorado. – Não sei se é costume polido ou não, mas a senhora aceitaria um pouco de saquê? Isso é permitido? Ou devo bater a cabeça no chão?

Ela riu.

– Oh, sim, é muito polido, e não, por favor, não machuque a cabeça. Não há necessidade de se desculpar comigo, capitão. Homens não pedem desculpas a mulheres. Tudo o que fazem é correto. Pelo menos é o que nós, senhoras, achamos. – Ela explicou às garotas o que dissera e elas assentiram de modo igualmente sério, mas tinham os olhos dançando nas órbitas. – O senhor não tinha como saber, Anjin-san – continuou Mariko, depois sorveu um minúsculo gole de saquê e devolveu-lhe o cálice. – Obrigada, mas não vou tomar mais saquê, obrigada. O saquê me vai direto para a cabeça e para os joelhos. Mas o senhor aprende rapidamente, deve lhe ser muito difícil. Não se preocupe, Anjin-san, o senhor Toranaga disse que acha sua aptidão excepcional. Nunca lhe teria dado o quimono se não estivesse muito satisfeito.

– Ele mandou buscar Tsukku-san?

– O padre Alvito?

– Sim.

– Deveria ter perguntado a ele, capitão. A mim não disse nada. E foi muito sábio nisso, pois as mulheres não têm sabedoria nem conhecimento em assuntos políticos.

– *Ah, sō desu ka?* Gostaria que todas as mulheres fossem igualmente... sábias.

Mariko abanou-se, confortavelmente ajoelhada, as pernas dobradas sob o corpo.

– A sua dança foi excelente. As senhoras no seu país dançam do mesmo modo?

– Não. Apenas os homens. Era uma dança de homens, de marinheiros.

– Já que o senhor quer me fazer perguntas, posso lhe fazer algumas primeiro?

– Certamente.

– Como é a senhora sua esposa?

– Tem 29 anos. É alta, comparada com a senhora. Pelas nossas medidas, tenho 1,85m de altura, e ela tem mais ou menos 1,60m. A senhora tem cerca de 1,50m, portanto ela é uma cabeça mais alta e igualmente maior... igualmente proporcionada. O cabelo dela é da cor de... – Apontou as vigas de cedro polido e sem manchas e todos os olhos se dirigiram para lá, depois voltaram a se fixar nele. – Mais ou menos daquela cor. Louro, com um toque de vermelho. Os olhos são azuis, muito mais do que os meus, azul-esverdeados. Tem o cabelo comprido e o usa solto na maioria das vezes.

Mariko traduziu para as outras, que olharam para as vigas de cedro e para ele mais uma vez. Os guardas samurais também ouviam atentamente. Uma pergunta de Rako.

– Rako-san perguntou se ela é como nós, de corpo?

– Sim. Mas os quadris são mais largos e mais curvos, o peito é mais proporcionado e... bem, geralmente, as nossas mulheres são mais arredondadas e têm seios muito mais cheios.

– Todas as mulheres e os homens são muito mais altos do que nós?

– Geralmente, sim. Mas alguns são tão baixos quanto os daqui. Acho a sua pequenez encantadora. Muito agradável.

Asa falou alguma coisa e o interesse de todos se avivou.

– Asa falou como o senhor compararia as suas mulheres com as nossas em matéria de "travesseiro".

– Desculpe, não compreendi.

– Oh, por favor, desculpe-me. O "travesseiro"... assuntos íntimos. É como nos referimos à união física de homem e mulher. É mais polido que "fornicação", *né?*

Blackthorne conteve o embaraço e disse:

– Eu só... hum... só tive um... hum... uma experiência de "travesseiro" aqui... foi, hum, na aldeia... e não me lembro com muita clareza porque, hum, estava tão exausto da viagem que estava meio dormindo, meio desperto. Mas, hum, pareceu-me satisfatória.

Mariko franziu a testa.

– O senhor "travesseirou" só uma vez desde que chegou?

– Sim.

– Deve estar se sentindo muito incomodado, *né?* Uma destas senhoras ficaria encantada em "travesseirar" com o senhor, Anjin-san. Ou todas elas, se o senhor quisesse.

– Hein?

– Certamente. Se não quiser nenhuma delas, não é preciso se preocupar, elas não se ofenderão. Simplesmente me diga o tipo de mulher de que gostaria e tomaremos todas as providências.

– Obrigado – disse Blackthorne –, mas não agora.

– Tem certeza? Por favor, desculpe-me, mas Kiritsubo-san tem instruções específicas para que a sua saúde seja protegida e melhorada. Como pode se sentir saudável sem "travesseiro"? É muito importante para um homem, *né?* Oh, sim, muito.

– Obrigado, mas eu... talvez mais tarde.

– O senhor teria muito tempo. Eu ficaria contente em voltar mais tarde. Haverá muito tempo para conversar, se o senhor quiser. O senhor teria no mínimo quatro bastões de tempo – disse ela, solícita. – Não vai partir antes do pôr do sol.

– Obrigado. Mas não agora – disse Blackthorne, contrariado pela rudeza e falta de delicadeza da sugestão.

– Elas realmente gostariam de obsequiá-lo, Anjin-san. Oh! Talvez... talvez o senhor preferisse um menino?

– Hein?

– Um menino. É igualmente simples, se é isso o que o senhor deseja. – O sorriso dela era honesto, a voz sincera.

– Hein?

– Qual é o problema?

– A senhora está me oferecendo um menino? A sério?

– Ora, sim, Anjin-san. Qual é o problema? Eu só disse que mandaríamos vir um menino se o *senhor* desejasse.

– Eu não quero! – Blackthorne sentiu o rosto em chamas. – Será que eu pareço um maldito sodomita?

As suas palavras açoitaram a sala ao seu redor. Todos arregalaram os olhos para ele, pasmados. Mariko curvou-se humildemente e manteve a cabeça encostada ao chão.

– Por favor, perdoe-me, cometi um engano terrível. Oh, ofendi quando só tentava agradar. Nunca conversei com um... um estrangeiro antes senão com os santos padres, por isso não tinha como saber os seus... seus costumes íntimos. Nunca me ensinaram sobre isso. Anjin-san... os padres não os discutiam. Aqui alguns homens às vezes querem meninos... os padres gostam de meninos de tempos em tempos, dos nossos e dos deles... Eu tolamente presumi que os seus hábitos fossem os mesmos que os nossos.

– Não sou um padre e isso não é um costume geral nosso.

O chefe dos samurais, Kazu Oan, observava irado. Estava encarregado da segurança e da saúde do bárbaro, e vira, com os próprios olhos, o inacreditável favor que o senhor Toranaga demonstrara ao Anjin-san, que agora estava furioso.

– O que há com ele? – perguntou, desafiador, pois era óbvio que a estúpida mulher dissera algo para ofender o seu importantíssimo prisioneiro.

Mariko explicou o que fora dito e o que o Anjin-san retrucara.

– Realmente, não compreendo com o que ele está irritado, Oan-san – disse ela.

Oan coçou a cabeça, incrédulo.

– Ele ficou como um touro enfurecido só porque a senhora lhe ofereceu um menino?

— Sim.

— Desculpe, mas a senhora foi polida? Não terá usado uma palavra errada, talvez?

— Oh, não, Oan-san, tenho certeza absoluta. Sinto-me péssima. Obviamente sou responsável.

— Deve ser alguma outra coisa. O quê?

— Não, Oan-san. Foi só isso.

— Nunca entenderei esses bárbaros — disse Oan, exasperado. — Por amor a todos nós, por favor, acalme-o, Mariko-san. Deve ser porque ele não "travesseira" há muito tempo. Você — ordenou a Sono —, traga mais saquê... saquê quente e toalhas quentes! Você, Rako, esfregue a nuca do demônio. — As criadas saíram voando para obedecer. Oan pensou alto: — Talvez seja porque ele é impotente. A história que ele contou sobre o "travesseiro" na aldeia foi bastante vaga, *né?* Talvez o coitado tenha ficado furioso porque não pode "travesseirar" em absoluto e a senhora trouxe o assunto à tona?

— Desculpe, mas não penso assim. O médico disse que ele é muito bem-dotado.

— Se ele fosse impotente... isso explicaria, *né?* Seria o suficiente para me fazer berrar também. Sim! Pergunte a ele.

Mariko imediatamente fez como lhe foi ordenado e Oan ficou horrorizado quando o sangue subiu novamente ao rosto do bárbaro e uma enxurrada de repugnantes sons encheu a sala.

— Ele... ele disse que não. — A voz de Mariko não era mais que um sussurro.

— Tudo isso significa "não"?

— Eles... eles usam muitas palavras descritivas quando ficam alterados.

Oan estava começando a transpirar de ansiedade, pois era ele o responsável.

— Acalme-o!

Um dos outros samurais, um soldado mais velho, disse solicitamente:

— Oan-san, talvez ele seja um daqueles que gostam de cães, *né?* Ouvimos algumas histórias estranhas em Kyūshū sobre os comedores de alho. Sim, gostam de cães e... Lembro agora, sim, cães e patos. Talvez os cabeças douradas sejam como os comedores de alho, já que fedem como eles, hein? Talvez ele queira um pato.

— Mariko-san, pergunte-lhe! — disse Oan. — Não, talvez seja melhor não. Simplesmente acalme... — Parou de repente. Hiromatsu vinha se aproximando da esquina oposta do corredor. — Salve! — disse o samurai resolutamente, tentando evitar que a voz tremesse porque o velho Punho de Aço, na melhor das circunstâncias um disciplinador, estivera como um tigre com espinhos no traseiro por toda a semana e naquele dia estava ainda pior. Dez homens tinham sido rebaixados por desmazelo, o turno da noite inteiro tivera que desfilar em ignomínia por todo o castelo, dois samurais haviam recebido ordem de cometer *seppuku* porque se atrasaram para o turno, e quatro dos coletores de fezes noturnas foram atirados dos parapeitos por haverem derramado parte de um recipiente no jardim do castelo.

– Ele está se comportando, Mariko-san? – Oan ouviu Punho de Aço perguntar irritado. Estava certo de que a estúpida mulher, que causara todo o problema, iria torcer a verdade, o que certamente lhes custaria a cabeça.

Para alívio seu, ouviu-a dizer:

– Sim, senhor. Tudo está ótimo, obrigada.

– Você partirá com Kiritsubo-san.

– Sim, senhor. – Hiromatsu continuou a sua patrulha e Mariko se inquietou por estar sendo mandada para longe. Seria somente para servir de intérprete entre Kiri e o bárbaro durante a viagem? Com certeza isso não era tão importante. As outras damas de Toranaga também iam? A sra. Sazuko? Não será perigoso para Sazuko ir por mar agora? Devo ir sozinha com Kiri, ou o meu marido também vai? Se ele ficar, e seria dever dela ficar com o seu senhor, quem cuidará da casa? Por que temos que ir de navio? A estrada Tōkaidō ainda é segura, ou não? E Ishido, ele não vai nos causar dano? Sim, ele faria isso, pense no nosso valor como reféns, a sra. Sazuko, Kiritsubo e as outras. Será que é por isso que temos que ir por mar?

Mariko sempre odiara o mar. Mesmo a vista dele quase a punha doente. Mas, se tenho que ir, tenho que ir, e ponto final. Karma. Ela desviou a atenção do inevitável para o problema imediato do desconcertante bárbaro estrangeiro, que só lhe estava causando pesar.

Quando Punho de Aço desapareceu no fim do corredor, Oan ergueu a cabeça e todos suspiraram. Asa surgiu apressada pelo corredor com o saquê, seguida logo atrás por Sono, com as toalhas quentes.

Todos observaram enquanto o bárbaro era servido. Viram a máscara de sarcasmo que era o seu rosto e o modo como aceitou o saquê sem prazer e as toalhas quentes com agradecimentos frios.

– Oan-san, por que não deixar uma das mulheres ir buscar o pato? – sussurrou o velho samurai, solícito. – Simplesmente o soltamos. Se ele o quiser, estará tudo bem, se não, fingirá não tê-lo visto.

Mariko balançou a cabeça.

– Talvez não devamos correr esse risco. Parece, Oan-san, que esse tipo de bárbaro tem alguma aversão a falar sobre "travesseiro", *né?* É o primeiro de sua espécie a vir aqui, portanto teremos que ir às apalpadelas.

– Concordo – disse Oan. – Ele estava completamente dócil até que isso fosse mencionado. – Olhou carrancudo para Asa.

– Sinto muito, Oan-san. O senhor está absolutamente certo, a culpa foi toda minha – disse Asa imediatamente, curvando-se, a cabeça quase tocando o solo.

– Sim. Relatarei o caso a Kiritsubo-san.

– Oh!

– Realmente, penso que a ama deve ser informada a fim de tomar cuidado quanto a discutir o assunto com este homem – disse Mariko, diplomaticamente.

– O senhor é muito sábio, Oan-san. Sim. Mas talvez, de certo modo, Asa tenha sido um feliz instrumento para poupar a sra. Kiritsubo e mesmo o senhor Toranaga de um terrível embaraço! Pense apenas no que teria acontecido se a própria Kiritsubo-san tivesse feito a pergunta diante do senhor Toranaga ontem! Se o bárbaro tivesse agido assim na frente dele...

Oan assustou-se.

– Teria corrido sangue! A senhora tem toda a razão, Mariko-san, devemos agradecer a Asa. Explicarei a Kiritsubo-san que ela foi feliz na pergunta que fez.

Mariko ofereceu mais saquê a Blackthorne.

– Não, obrigado.

– Peço desculpas novamente pela minha estupidez. O senhor queria me fazer algumas perguntas?

Blackthorne os observava enquanto conversavam entre si, aborrecido por não ser capaz de compreender, furioso por não poder xingá-los claramente por seus insultos ou socar a cabeça dos guardas uma contra a outra.

– Sim. A senhora disse que a sodomia é normal aqui?

– Oh, perdoe-me, não poderíamos discutir outras coisas, por favor?

– Certamente, senhora. Mas primeiro, para que eu possa compreendê-los, vamos completar esse assunto. A sodomia é normal aqui, a senhora disse?

– Tudo o que se relacione com "travesseiro" é normal – disse ela, desafiante, incitada pela falta de boas maneiras e a óbvia imbecilidade dele, lembrando-se de que Toranaga lhe dissera que informasse sobre coisas não políticas, mas que lhe relatasse mais tarde todas as perguntas feitas. Além disso, ela não devia aceitar qualquer absurdo da parte dele, pois o Anjin continuava sendo um bárbaro, um provável pirata e sob uma sentença formal de morte, temporariamente suspensa ao bel-prazer de Toranaga. – O "travesseiro" é absolutamente normal. E, se um homem vai com outro, ou com um menino, o que isso tem a ver com mais alguém senão com eles? Que dano causa a eles ou aos outros... a mim ou ao senhor? Nenhum! – "O que sou eu", pensou ela, "uma pária inculta, sem miolos? Uma negociante estúpida, para ser amedrontada por um mero bárbaro? Não. Sou uma samurai! Sim, você é, Mariko, mas também é muito tola! É uma mulher e deve tratá-lo como a qualquer homem para controlá-lo: lisonjeie-o, concorde com ele e adoce-o. Você se esqueceu das suas armas. Por que ele a faz agir como uma criança de doze anos de idade?" Deliberadamente, ela amaciou o tom da voz. – Mas se o senhor acha...

– A sodomia é um pecado repugnante, um mal, uma abominação amaldiçoada por Deus, e os bastardos que a praticam são a escória do mundo! – Blackthorne ainda estava furioso com o insulto de ela acreditar que ele pudesse ser um deles. Pelo sangue de Cristo, como é que ela pôde? Controle-se, disse a si mesmo. Está falando como um puritano fanático ou um calvinista! E por que tanto acirramento contra eles? Não será porque estão sempre presentes no mar, porque a maioria dos marinheiros já tentou isso? Pois de que outra maneira podem permanecer sadios tantos meses no mar? Não será porque você se sentiu tentado e odiou a si mesmo por ter se sentido tentado? Ou porque, quando jovem, teve que lutar para se proteger e uma vez foi agarrado e quase violentado, mas conseguiu se soltar e matou um dos bastardos a faca, rasgando a garganta dele, você com doze anos, a primeira morte na sua longa lista de mortes? – É um pecado amaldiçoado por Deus... e absolutamente contra as leis de Deus e do homem.

– Com certeza essas são palavras cristãs que se aplicam a outras coisas, *né?* – retrucou ela acidamente, provocada pela completa grosseria dele. – Pecado? Onde está o pecado disso?

– A senhora devia saber. É católica, não? Foi educada por jesuítas, não foi?

– Um padre me educou e me ensinou a falar latim e português e a escrever em latim e português. Não compreendo o sentido que o senhor dá à palavra "católica", mas sou cristã, e já faz quase dez anos que sou cristã. E, não, eles não conversaram conosco sobre "travesseiro". Nunca li os seus livros sobre o assunto, apenas livros religiosos. "Travesseiro", um pecado? Como poderia ser? Como é que qualquer coisa que dê prazer a um ser humano pode ser pecado?

– Pergunte ao padre Alvito!

Antes pudesse, pensou ela, perturbada. Mas tenho ordens de não discutir nada do que é dito aqui com ninguém além de Kiri e do meu senhor Toranaga. Pedi a Deus e à Nossa Senhora que me ajudassem, mas eles não falaram comigo. Só sei que desde que você chegou aqui não houve nada além de problemas. Eu só tive problemas...

– Se é um pecado, como o senhor diz, por que é que tantos dos nossos padres o fazem? Algumas seitas budistas até o recomendam como uma forma de veneração. O momento das nuvens e da chuva não é o mais próximo do paraíso que os mortais podem obter? Os padres não são maus homens, não todos. E é sabido que alguns dos santos padres também apreciam o "travesseiro" desse modo. Eles são maus? Claro que não! Por que deveriam se privar de um prazer comum se as mulheres lhes são proibidas? É absurdo dizer que qualquer coisa relacionada a "travesseiro" é pecado e amaldiçoada por Deus!

– Sodomia é uma abominação, é contra toda lei! Pergunte ao seu confessor!

Você é que é a abominação, você, capitão-piloto, Mariko tinha vontade de gritar. Como ousa ser tão rude e como pode ser tão imbecil! Contra Deus, você disse? Que absurdo! Contra o seu mau deus, talvez. Clama ser cristão, mas é óbvio que não é, vê-se que é um mentiroso, um trapaceiro. Talvez você realmente saiba coisas extraordinárias e tenha estado em lugares estranhos, mas não é cristão e é um sacrílego. Foi enviado por Satã? Pecado? Que grotesco!

Você arenga contra coisas normais e age como um louco. Aborrece os santos padres, aborrece o senhor Toranaga, causa discussão entre nós, põe em dúvida as nossas crenças e nos atormenta com insinuações sobre o que é verdade e o que não é, sabendo que podemos provar a verdade imediatamente.

Quero dizer-lhe que o desprezo e a todos os bárbaros. Sim, os bárbaros me atormentaram a vida toda. Não odiavam meu pai por ele desconfiar deles e, abertamente, ter rogado ao ditador Goroda que os expulsasse da nossa terra? Os bárbaros não envenenaram a mente do ditador a ponto de ele começar a odiar o meu pai, o seu general mais leal, o homem que o ajudara mais até do que o general Nakamura ou o senhor Toranaga? Os bárbaros não foram a causa de o ditador insultar meu pai, tornando-o insano, forçando-o a fazer o impensável e desse modo causar todas as minhas agonias?

Sim, fizeram tudo isso e mais. Mas também trouxeram a inigualável palavra de Deus, e nas minhas horas sombrias de necessidade, quando fui trazida de volta de um exílio hediondo para uma vida ainda mais hedionda, o padre-inspetor mostrou-me o Caminho, abriu os meus olhos e a minha alma e me batizou. E o Caminho me deu forças para suportar, encheu-me o coração com uma paz sem limites, libertou-me do meu tormento perpétuo e abençoou-me com a promessa de salvação eterna.

Aconteça o que acontecer, estou nas mãos de Deus. Ó, minha Nossa Senhora, dê-me a sua paz e ajude esta pobre pecadora a vencer os inimigos.

– Peço desculpas pela minha rudeza – disse ela. – O senhor tem razão em estar zangado. Sou apenas uma mulher tola. Por favor, seja paciente e perdoe-me a minha estupidez, Anjin-san.

Imediatamente a raiva de Blackthorne começou a desvanecer-se. Como é que um homem pode ficar zangado muito tempo com uma mulher, se ela abertamente admite estar errada e ele certo?

– Também peço desculpas, Mariko-san – disse ele, um pouco abrandado –, mas, conosco, sugerir que um homem é pederasta, sodomita, é o pior tipo de insulto.

Então vocês são todos infantis e imbecis, assim como infames, grosseiros e sem educação, mas o que se pode esperar de um bárbaro?, disse ela a si mesma. Depois, aparentemente arrependida, disse em voz alta:

– Claro que o senhor tem razão. Não tive más intenções, Anjin-san, por favor, aceite as minhas desculpas. Oh, sim – ela suspirou, a sua voz tão delicadamente adocicada que até mesmo o marido, num dos seus humores mais truculentos, teria ficado apaziguado –, oh, sim, o erro foi inteiramente meu. Sinto muito.

O sol já tocara o horizonte e o padre Alvito ainda esperava na sala de audiências, os portulanos pesando-lhe nas mãos.

Maldito Blackthorne, pensou ele.

Era a primeira vez que Toranaga o fazia esperar, a primeira vez em anos que ele esperava por qualquer daimio, inclusive o táicum. Durante os últimos oito anos do governo do táicum, fora-lhe concedido o privilégio inacreditável de acesso imediato, exatamente como com Toranaga. Mas com o táicum o privilégio fora merecido devido à sua fluência em japonês e à sua sagacidade nos negócios. O seu conhecimento das engrenagens do comércio internacional ajudara ativamente a aumentar a incrível fortuna do táicum. Embora quase inculto, o táicum tinha um vasto domínio da língua e o seu conhecimento político era imenso. De modo que Alvito se sentara prazerosamente aos pés do déspota para ensinar e aprender e, se fosse a vontade de Deus, para converter. Era essa a função específica para a qual fora meticulosamente treinado por Dell'Aqua, que providenciara os melhores professores práticos entre todos os jesuítas e entre os mercadores na Ásia. Alvito tornara-se o confidente do táicum, uma das quatro pessoas – e o único estrangeiro – que viram todas as salas do tesouro pessoal do táicum.

A poucas centenas de passos estava o torreão do castelo. Erguia-se sobranceiro com a altura de sete andares, protegido pela infinidade de muros e portas e fortificações. No quarto andar havia sete salas com portas de ferro. Cada uma estava abarrotada com lingotes de ouro e arcas cheias de moedas douradas. No andar de cima ficavam as salas de prata, explodindo de lingotes e arcas de moedas. E no superior a esse ficavam as sedas e porcelanas raras, espadas e armaduras – o tesouro do império.

Pela nossa avaliação atual, pensou Alvito, o valor deve ser de no mínimo 50 milhões de ducados, mais do que o valor da renda de um ano de todo o império espanhol, todo o império português e a Europa juntos! A maior fortuna particular em dinheiro do globo.

Não é esse o grande prêmio?, raciocinou ele. Quem quer que controle o Castelo de Ōsaka não controla também essa riqueza inacreditável? E essa riqueza, por conseguinte, não lhe dá poder sobre a terra? Ōsaka não foi feita inexpugnável apenas para proteger a riqueza? A terra não foi sangrada para construir o Castelo de Ōsaka, para torná-lo inviolável, para proteger o ouro, a fim de mantê-lo em segurança até que Yaemon atinja a maioridade?

Com um centésimo dessa riqueza poderíamos construir uma catedral em cada capital, uma igreja em cada cidade, uma missão em cada aldeia pelo país inteiro. Se ao menos isso fosse possível, para usar o dinheiro pela glória de Deus! O táicum amara o poder. E amara o ouro pelo poder que conferia sobre os homens. O tesouro era o fruto de dezesseis anos de poder incontestado, resultado dos presentes imensos, obrigatórios, que se esperava que todos os daimios, por costume, oferecessem anualmente, e proveniente dos seus próprios feudos. Por direito de conquista, o táicum pessoalmente possuía um quarto do país inteiro. A sua renda particular anual excedia 5 milhões de *kokus*. E, como era senhor de todo o Japão, com o mandato do imperador, em teoria possuía a renda de todos os feudos. Não cobrava impostos de nenhum. Mas todos os daimios, todos os samurais, todos os camponeses, todos os artesãos, todos os mercadores, todos os assaltantes, todos os párias, todos os bárbaros, até os *etas,* contribuíam voluntariamente e em larga medida. Pela própria segurança.

Enquanto a fortuna estiver intacta, Ōsaka estiver incólume e Yaemon for o curador *de facto*, disse Alvito a si mesmo, o herdeiro governará quando atingir a idade, apesar de Toranaga, de Ishido ou de qualquer outro.

Uma pena que o táicum tenha morrido. Com todas as suas falhas, conhecíamos o demônio com quem tínhamos que lidar. Pena, na realidade, que Goroda tenha sido assassinado, pois era um verdadeiro amigo nosso. Mas está morto, assim como o táicum, e agora temos novos idólatras para dobrar: Toranaga e Ishido.

Alvito lembrou-se da noite em que o táicum morrera. Fora convidado pelo próprio para a vigília: ele, junto com Yodoko-sama, a esposa do táicum, e a senhora Ochiba, a consorte e mãe do herdeiro. Haviam observado e esperado muito tempo naquela noite de verão, perfumada mas interminável.

Então a agonia começara e findara.

– Seu espírito partiu. Ele está nas mãos de Deus agora – dissera o padre suavemente ao ter certeza. Fizera o sinal da cruz e abençoara o corpo.

– Que Buda leve meu senhor consigo e o faça renascer rapidamente, para que possa mais uma vez retomar o império nas mãos – dissera Yodoko, chorando em silêncio. Era uma mulher agradável, uma samurai patrícia que fora esposa e conselheira fiel por 44 dos seus 59 anos de vida. Ela fechara os olhos e exaltara o cadáver, o que era privilégio seu. Tristemente fizera uma reverência três vezes e depois o deixara, e à senhora Ochiba. A agonia fora fácil. Durante meses o táicum estivera doente e esperava-se o pior para aquela noite. Poucas horas antes ele abrira os olhos, sorrira para Ochiba e para Yodoko e sussurrara, num fio de voz:

– Ouçam, este é o meu poema de morte:

> *"Como orvalho nasci,*
> *como orvalho desapareço.*
> *O Castelo de Ōsaka e tudo o que fiz*
> *não são mais que um sonho*
> *dentro de um sonho."*

Um último e terno sorriso do déspota para elas e para ele.

– Protejam o meu filho, vocês todos. – E os olhos se tornaram opacos para sempre.

O padre Alvito lembrou-se de como se emocionara com o último poema, tão típico do táicum. Como fora convidado, esperara que o senhor do Japão, no limiar da morte, se arrependesse e aceitasse a fé e o sacramento com que brincara tantas vezes. Mas isso não aconteceu.

– Você perdeu o reino de Deus para sempre, pobre homem – murmurara ele, tristemente, pois admirara o táicum como um gênio militar e político.

– E se o seu reino de Deus estiver numa passagem de volta? – disse a senhora Ochiba.

– O quê? – Ele não tinha certeza de ter ouvido corretamente, indignado com a inesperada malevolência sibilante dela. Conhecia a senhora Ochiba havia quase doze anos, desde os quinze anos dela, quando o táicum a tomara por consorte, e ela sempre fora dócil, subserviente, mal dizia uma palavra, sempre sorrindo docemente e feliz. Mas agora...

— Eu disse: "E se o seu reino de Deus estiver numa passagem de volta?".

— Que Deus a perdoe! O seu amo morreu apenas há alguns segundos...

— O senhor meu amo morreu, portanto a sua influência sobre ele também morreu. *Né?* Ele o quis aqui, muito bem, era um direito dele. Mas agora ele se encontra no Grande Vazio e não comanda mais. Agora comando eu. Padre, você cheira mal, sempre cheirou, e a sua sujeira polui o ar. Suma do meu castelo e deixe-nos com a nossa dor!

A luz das velas iluminou o seu rosto. Era uma das mais belas mulheres do país. Involuntariamente, ele fez o sinal da cruz.

A risada que ouviu era gelada.

— Vá embora, padre, e não volte nunca mais. Os seus dias estão contados!

— Não menos do que os seus. Estou nas mãos de Deus, senhora. É melhor que dê ouvidos a Ele: a salvação eterna pode ser sua, se acreditar.

— Hein? Você está nas mãos de Deus? O Deus cristão, *né?* Talvez esteja. Talvez não. O que vai fazer, padre, se, quando morrer, descobrir que não há Deus algum, que não há inferno e que a sua salvação eterna é apenas um sonho dentro de outro sonho?

— Eu acredito! Eu acredito em Deus, na ressurreição e no Espírito Santo! — dissera ele. — As promessas cristãs são verdadeiras. São verdadeiras... eu acredito!

— *Nan ja*, Tsukku-san?

Por um instante só ouviu o japonês, e não tinha significado algum para ele.

Toranaga estava em pé na soleira da porta, rodeado por seus guardas. O padre Alvito curvou-se, recobrando-se, com suor nas costas e no rosto.

— Sinto muito por ter vindo sem ser convidado. Eu... eu estava apenas sonhando acordado. Lembrava-me de que tive a boa fortuna de testemunhar tantas coisas aqui no Japão. Parece que vivi toda a minha vida aqui e em nenhum outro lugar.

— Quem lucrou com isso fomos nós, Tsukku-san. — Toranaga caminhou, cansadamente, para o estrado e sentou-se sobre a almofada simples. Em silêncio, os guardas se dispuseram numa teia protetora. — O senhor chegou aqui no terceiro ano do Tenshō, não foi?

— Não, senhor, foi no quarto. O ano do Rato — respondeu ele, usando o calendário deles, que levara meses para compreender. Todos os anos eram contados a partir de um ano em particular, escolhido pelo imperador reinante. Uma catástrofe ou uma dádiva divina podiam encerrar uma era ou dar início a outra, conforme o capricho do imperador. Os sábios recebiam a ordem de selecionar um nome de presságio particularmente bom nos antigos livros da China para a nova era, que podia durar um ou cinquenta anos. "Tenshō" significava "justiça celeste". O ano anterior fora o do Grande Maremoto, quando 200 mil pessoas morreram. E cada ano recebia um número, assim como um nome, seguindo a mesma sucessão de nomes das horas do dia: Lebre, Dragão, Cobra, Cavalo, Bode, Macaco, Galo, Cão, Javali, Rato, Touro e Tigre. O primeiro ano do Tenshō caíra no ano do Galo; portanto 1576 era o ano do Rato no quarto ano do Tenshō.

– Muita coisa aconteceu nestes 24 anos, *né*, velho amigo?

– Sim, senhor.

– Sim. A ascensão de Goroda e a sua morte. A ascensão do táicum e a sua morte. E agora? – As palavras ricocheteavam nas paredes.

– Isso está nas mãos do Infinito. – Alvito usou uma palavra que podia significar Deus, mas também podia significar Buda.

– Nem o senhor Goroda nem o senhor táicum acreditavam em quaisquer deuses ou em qualquer Infinito.

– O senhor Buda não disse que há muitos caminhos para o nirvana, senhor?

– Ah, Tsukku-san, você é um homem sábio. Como pode alguém tão jovem ser tão sábio?

– Sinceramente, gostaria de sê-lo, senhor. Então poderia ser de mais valia.

– O senhor queria me ver?

– Sim. Julguei importante o bastante para vir sem ser convidado.

Alvito pegou os portulanos de Blackthorne e colocou-os no chão, diante de Toranaga, dando a explicação que Dell'Aqua sugerira. Viu o rosto do outro se endurecer e ficou contente com isso.

– Prova da *pirataria* dele?

– Sim, senhor. Os portulanos contêm até as palavras exatas das ordens que receberam, que incluem: "Se necessário, desembarcar à força e reivindicar qualquer território atingido ou descoberto". Se o senhor quiser, posso fazer uma tradução exata de todas as passagens pertinentes.

– Faça uma tradução de tudo. Rapidamente – disse Toranaga.

– Há mais uma coisa que o padre-inspetor achou que o senhor devia saber. – Alvito contou a Toranaga tudo sobre os mapas e relatórios e o Navio Negro, conforme fora combinado, e ficou encantado ao ver a reação de satisfação.

– Excelente – disse Toranaga. – Tem certeza de que o Navio Negro chegará mais cedo? Absoluta certeza?

– Sim – respondeu Alvito com firmeza. Ó Deus, deixe que aconteça conforme esperamos!

– Bom. Diga ao seu suserano que estou ansioso para ler os relatórios dele. Imagino que ele levará alguns meses obtendo os fatos corretos.

– Ele disse que prepararia os relatórios o mais depressa possível. Vamos lhe enviar os mapas como o senhor deseja. Seria possível que o capitão-mor tivesse suas autorizações logo? Isso ajudaria enormemente, se é para o Navio Negro chegar mais cedo, senhor Toranaga.

– O senhor garante que o navio chegará antes?

– Nenhum homem pode garantir o vento, a tempestade e o mar. Mas o navio partirá de Macau mais cedo do que o previsto.

– O senhor as terá antes do pôr do sol. Há mais alguma coisa? Não estarei disponível por três dias, até depois da conclusão da reunião dos regentes.

– Não, senhor. Obrigado. Rezo para que o Infinito o conserve em segurança, como sempre. – Alvito curvou-se e esperou ser dispensado, mas em vez disso foram os guardas que Toranaga dispensou.

Era a primeira vez que Alvito via um daimio desacompanhado.

– Venha sentar-se aqui, Tsukku-san. – Toranaga apontou para o seu lado, sobre o estrado.

Alvito nunca fora convidado para o estrado antes. Isto é um voto de confiança ou uma sentença?

– A guerra se aproxima – disse Toranaga.

– Sim – respondeu Alvito, e pensou: esta guerra não vai terminar nunca.

– Os senhores cristãos, Onoshi e Kiyama, estranhamente se opõem aos meus desejos.

– Não posso responder por nenhum daimio, senhor.

– Há maus rumores, *né?* Sobre eles e sobre outros daimios cristãos.

– Homens sábios terão sempre os interesses do império no coração.

– Sim. Mas enquanto isso, contra a minha vontade, o império está se dividindo em dois campos. O meu e o de Ishido. Portanto, todos os interesses do império se encontram num lado ou no outro. Não há posição intermediária. Onde se situam os interesses dos cristãos?

– Do lado da paz. O cristianismo é uma religião, senhor, não uma ideologia política.

– O seu grande padre é o cabeça da sua Igreja aqui. Ouvi dizer que vocês... que vocês podem falar em nome do papa.

– Estamos proibidos de nos envolver na sua política, senhor.

– Acha que Ishido vai favorecê-los? – A voz de Toranaga tornou-se mais dura. – Ele é totalmente contra a sua religião. Eu sempre lhes demonstrei o meu favor. Ishido quer pôr em execução os éditos de expulsão do táicum imediatamente e fechar totalmente o país a todos os bárbaros. Eu quero um comércio em expansão.

– Nós não controlamos nenhum dos daimios cristãos.

– Como os influenciam, então?

– Não sei o suficiente para tentar aconselhá-lo.

– Sabe o bastante, velho amigo, para compreender que se Kiyama e Onoshi se erguem contra mim, ao lado de Ishido e o resto da canalha, todos os outros daimios cristãos logo os seguirão, e então serão vinte homens a se erguer contra cada um dos meus.

– Se a guerra vier, rezarei para que o senhor vença.

– Precisarei de mais do que de orações, se vinte homens se opuserem a cada um dos meus.

— Não há um meio de evitar a guerra? Uma vez começada, ela nunca terminará.

— Também acredito nisso. Então todos perderão: nós, os bárbaros e a Igreja cristã. Mas, se todos os daimios cristãos se pusessem do meu lado agora, abertamente, não haveria guerra. As ambições de Ishido estariam permanentemente refreadas. Ainda que erguesse a sua bandeira e se revoltasse, os regentes poderiam aniquilá-lo como a um verme de arroz.

Alvito sentiu o laço apertar-se em torno do pescoço.

— Estamos aqui apenas para difundir a palavra de Deus. Não para interferir na sua política, senhor.

— O seu líder anterior ofereceu os serviços dos daimios cristãos de Kyūshū ao táicum antes que tivéssemos dominado aquela parte do império.

— Ele errou fazendo isso. Não tinha autorização da Igreja nem dos próprios daimios.

— Ofereceu navios ao táicum, navios portugueses para transportar as nossas tropas para Kyūshū, ofereceu soldados portugueses com armas para nos ajudar. Mesmo contra a Coreia e contra a China.

— Novamente, senhor, ele o fez incorretamente, sem a autorização de ninguém.

— Logo todos terão que tomar posição, Tsukku-san. Sim. Muito em breve.

Alvito sentiu fisicamente a ameaça.

— Estou sempre pronto para servi-lo.

— Se eu perder, você morrerá comigo? Cometerá *junshi*... seguir-me-á, ou virá comigo para a morte, como um partidário leal?

— A minha vida está nas mãos de Deus. Assim como a minha morte.

— Ah, sim. O seu Deus cristão! — Toranaga moveu as espadas ligeiramente. Depois, inclinou-se para a frente. — Onoshi e Kiyama comprometidos comigo, dentro de quarenta dias, e o Conselho de Regentes revoga os éditos do táicum.

Até onde me atrevo a ir?, perguntou-se Alvito, desamparado. Até onde?

— Não podemos influenciá-los do modo como o senhor crê.

— Talvez o seu líder devesse ordenar-lhes. *Ordenar-lhes!* Ishido trairá a vocês e a eles. Conheço-o pelo que é. O mesmo fará a senhora Ochiba. Ela já não está influenciando o herdeiro contra vocês?

Sim, queria gritar Alvito. Mas Onoshi e Kiyama já obtiveram, secretamente, o juramento de Ishido, por escrito, de deixá-los designar os preceptores do herdeiro, um dos quais será cristão. E Onoshi e Kiyama fizeram um juramento sagrado de que estão convencidos de que você trairá a Igreja assim que tiver eliminado Ishido.

— O padre-inspetor não pode lhes dar ordens, senhor. Seria uma interferência imperdoável na sua política.

— Onoshi e Kiyama em quarenta dias, os éditos do táicum revogados e nada de padres imundos mais. Os regentes os proibirão de vir ao Japão.

— O quê?

— Vocês e os seus padres, apenas. Nenhum dos outros, os Roupas Pretas fedorentos, pedintes, os peludos descalços! Aqueles que berram ameaças estúpidas e não fazem senão criar problemas. Eles. Vocês podem ter a cabeça de todos, se quiserem... dos que estão aqui.

Todo o ser de Alvito gritava por cautela. Toranaga nunca fora tão aberto. Um escorregão e você o ofenderá e o fará inimigo da Igreja para sempre.

Pense no que Toranaga está oferecendo! Exclusividade no império todo!

A única coisa que garantiria a pureza da Igreja e a sua segurança enquanto crescesse forte. A única coisa de preço inestimável. A única coisa que ninguém pode oferecer — nem o papa! Ninguém... exceto Toranaga. Com Kiyama e Onoshi a apoiá-lo abertamente, Toranaga poderia esmagar Ishido e dominar o conselho.

O padre Alvito nunca teria acreditado que Toranaga seria tão direto. Ou oferecesse tanto. Onoshi e Kiyama poderiam ser convencidos a voltar atrás? Aqueles dois se odiavam mutuamente. Por razões que apenas eles conheciam, haviam se unido para se opor a Toranaga. Por quê? O que os faria trair Ishido?

— Não sou qualificado para responder-lhe, senhor, ou para falar sobre um assunto assim, *né*? Só posso dizer-lhe que nosso único objetivo é salvar almas.

— Ouvi dizer que o meu filho Naga está interessado na sua fé cristã.

Toranaga está ameaçando ou oferecendo?, perguntou-se Alvito. Está oferecendo a permissão para Naga aceitar a fé — que cartada gigantesca não seria! — Ou está dizendo: "A menos que vocês cooperem, eu lhe ordenarei que pare"?

— O senhor seu filho é um dos muitos nobres que têm a mente aberta sobre religião, senhor.

Subitamente Alvito entendeu a enormidade do dilema que Toranaga estava encarando. Ele está encurralado, tem que fazer um acordo conosco, pensou o padre, exultante. Tem que tentar! Tem que nos dar o que quisermos, se nós quisermos fazer um acordo com ele. Finalmente ele admite abertamente que os daimios cristãos detêm o equilíbrio do poder! O que quisermos! O que mais poderíamos ter? Nada, em absoluto. Exceto...

Deliberadamente ele baixou os olhos para os portulanos que abrira diante de Toranaga. Viu a mão do outro estender-se e pôr os portulanos em segurança na manga do quimono.

— Ah, sim, Tsukku-san — disse Toranaga, a sua voz melancólica e exausta. — Depois, há os novos bárbaros, os piratas. Os inimigos do seu país. Logo estarão chegando aqui aos magotes, não? Podem ser desencorajados... ou encorajados. Como esse pirata isolado, *né*?

O padre Alvito sabia que agora tinham tudo. Devo pedir a cabeça de Blackthorne numa bandeja de prata, como a cabeça de São João Batista, para selar o negócio? Devo pedir permissão para construir uma catedral em Edo ou uma dentro dos muros do Castelo de Ōsaka? Pela primeira vez na vida o padre se sentiu à deriva, desorientado, diante do limiar do poder.

Não queremos mais do que é oferecido! Gostaria de poder firmar o negócio agora! Se dependesse apenas de mim, eu arriscaria. Conheço Toranaga e arriscaria. Eu concordaria e faria um juramento sagrado. Sim, eu excomungaria Onoshi e Kiyama, se eles não concordassem, para ganhar essas concessões para a Madre Igreja. Duas almas por dezenas de milhares, por centenas de milhares, por milhões. É justo! Eu diria sim, sim, sim, pela glória de Deus. Mas não posso firmar nada, como você bem sabe. Sou apenas um mensageiro e parte da minha mensagem...

– Preciso de ajuda, Tsukku-san. Preciso dela e agora.

– Tudo o que puder fazer, eu farei, Toranaga-sama. O senhor tem a minha promessa.

Então Toranaga disse com determinação:

– Vou esperar quarenta dias. Sim, quarenta dias.

Alvito inclinou-se. Notou que Toranaga retribuiu a vênia de uma maneira mais profunda e mais formal do que jamais havia feito antes, quase como se estivesse se curvando diante do próprio táicum. O padre levantou-se, trêmulo. Saiu da sala, seguindo pelo corredor. Acelerou o passo. Começou a correr.

Toranaga observou o jesuíta pela seteira no momento em que ele cruzava o jardim lá em baixo. A *shōji* abriu-se, mas ele expulsou os guardas com rudeza e ordenou-lhes, sob pena de morte, que o deixassem sozinho. Os seus olhos seguiram com toda a atenção Alvito passando pelo portão fortificado, atravessando o adro, até o padre se perder no labirinto de muros e fortificações.

E então, no silêncio da sua solidão, Toranaga começou a sorrir. Arregaçou o quimono e começou a dançar. A dança era uma *hornpipe*.

CAPÍTULO 21

LOGO DEPOIS DO CREPÚSCULO, KIRI DESCEU NERVOSAMENTE AS ESCADAS, seguida de duas criadas. Dirigiu-se para a sua liteira com cortinas, parada ao lado da cabana no jardim. Um volumoso manto cobria-lhe o quimono de viagem e fazia-a parecer ainda mais corpulenta. Usava um vasto chapéu de abas largas, amarrado sob os maxilares.

A senhora Sazuko esperava por ela, pacientemente, na varanda, com a gravidez avançada e Mariko ao seu lado. Blackthorne estava encostado no muro, perto do portão fortificado. Usava um quimono acinturado dos marrons, *tabis* e tamancos militares. No adro, fora do portão, a escolta de sessenta samurais, fortemente armados, estava disposta em fileiras, cada terceiro homem portando um archote. À frente desses soldados, Yabu conversava com Buntaro – o marido de Mariko –, homem baixo, atarracado, quase sem pescoço. Ambos vestiam cotas de malhas, com arcos e aljavas aos ombros, e Buntaro usava um elmo de guerra, de aço, em forma de chifre. Carregadores e *cangos* acocoravam-se pacientes, num silêncio bem disciplinado, perto da volumosa bagagem.

A promessa do verão soprava na brisa leve, mas ninguém notou isso exceto Blackthorne, e até ele estava consciente da tensão que a todos rodeava. Também estava plenamente consciente de que apenas ele estava desarmado.

Kiri caminhou lenta e penosamente para a varanda.

– Não devia estar esperando ao frio, Sazuko-san. Vai apanhar um resfriado! Deve pensar agora na criança. Estas noites de primavera ainda estão cheias de umidade.

– Não estou com frio, Kiri-san. Está fazendo uma noite adorável que me dá muito prazer.

– Está tudo em ordem?

– Oh, sim, tudo perfeito.

– Gostaria que não estivéssemos partindo. Sim. Odeio partir.

– Não há por que se preocupar – disse Mariko, tranquilizadora, juntando-se a elas. Usava também um chapéu de abas largas, mas o seu era brilhante onde o de Kiri era escuro. – Você vai apreciar muito estar de volta a Edo. O nosso amo seguirá dentro de poucos dias.

– Quem sabe o que o amanhã nos trará, Mariko-san?

– O amanhã está nas mãos de Deus.

– Amanhã será um dia adorável, mas, se não for, não será! – disse Sazuko. – Quem se preocupa com o amanhã? O *agora* é bom. As senhoras estão lindas e vamos todos sentir a sua falta, Kiri-san, e a sua, Mariko-san! – Ela olhou para o portão, distraída pelo grito encolerizado de Buntaro com um dos samurais, que havia deixado cair um archote. Yabu, mais velho do que Buntaro, estava nominalmente no comando do destacamento. Vira Kiri chegar e, empertigado, cruzou o portão de volta. Buntaro o seguiu.

– Oh, senhor Yabu... senhor Buntaro – disse Kiri, com uma mesura nervosa. – Sinto muito tê-los feito esperar. O senhor Toranaga ia descer, mas acabou resolvendo o contrário. Devem partir agora, disse ele. Por favor, aceitem as minhas desculpas.

– Não há necessidade de desculpas. – Yabu queria se ver longe do castelo o mais depressa possível, longe de Ōsaka e de volta a Izu. Ainda mal podia acreditar que estava partindo com a cabeça no lugar, com as armas, com tudo. Enviara mensagens urgentes por pombo-correio à esposa em Edo, para se certificar de que estaria tudo preparado em Mishima, a sua capital, e a Omi, na aldeia de Anjiro. – Estão prontas?

As lágrimas brilharam nos olhos de Kiri:

– Deixe-me apenas recuperar o fôlego e entrarei na liteira. Oh, como gostaria de não ter que partir! – Olhou em torno, procurando por Blackthorne, e finalmente bateu com os olhos nele, na escuridão. – Quem é responsável pelo Anjin-san? Até que cheguemos ao navio?

Buntaro disse com impaciência:

– Ordenei-lhe que caminhasse ao lado da liteira de minha esposa. Se ela não conseguir controlá-lo, eu o farei.

– Talvez, senhor Yabu, o senhor devesse escoltar a senhora Sazuko...

– *Guardas!*

O grito de advertência viera do adro. Buntaro e Yabu acorreram para o portão fortificado, com todos os homens atrás deles e ainda outros chegando das fortificações internas.

Ishido se aproximava pelo caminho entre os muros do castelo, à frente de duzentos cinzentos. Parou no adro, do lado de fora do portão, e, embora ninguém parecesse hostil em nenhum dos lados e nenhum homem tivesse a mão sobre a espada ou uma seta no arco, todos se colocaram de prontidão.

Ishido fez uma elaborada reverência e comentou:

– Uma noite excelente, senhor Yabu.

– Sim, sim, espero.

Ishido fez um gesto mecânico com a cabeça na direção de Buntaro, que foi igualmente gélido, retribuindo com a mínima polidez permissível. Ambos tinham sido generais favoritos do táicum: Buntaro comandara um dos regimentos na Coreia enquanto Ishido estivera no comando supremo. Um acusara o outro de traição. Apenas a intervenção pessoal e uma ordem direta do táicum haviam impedido a carnificina e uma vendeta.

Ishido examinou os marrons. A seguir os seus olhos descobriram Blackthorne. Viu o homem fazer-lhe uma meia mesura. Através do portão, pôde ver as três mulheres e a outra liteira. Os seus olhos pousaram em Yabu novamente:

– Dá para pensar que estão todos indo para uma batalha, Yabu-san, e não que se trata apenas de uma escolta cerimonial para a senhora Kiritsubo.

– Hiromatsu-san expediu ordens especiais, por causa dos assassinos Amida...

Yabu parou quando Buntaro avançou belicosamente e plantou as suas pernas imensas no meio da soleira.

– Estamos sempre prontos para a batalha. Com ou sem armadura. Cada um dos nossos homens enfrenta 10, e 50 dos comedores de alho. Nunca damos as costas e corremos como covardes remelentos, abandonando nossos companheiros para serem esmagados!

O sorriso de Ishido veio cheio de desprezo, a voz uma ferroada.

– Oh? Talvez o senhor tenha uma oportunidade dentro em breve... de erguer-se entre homens autênticos, não entre comedores de alho! – "Dentro em breve" é quanto tempo? Por que não aqui e agora?

Yabu colocou-se cuidadosamente entre eles. Também estivera na Coreia e sabia que havia verdade em ambos os lados e que nenhum dos dois merecia confiança, Buntaro menos que Ishido.

– Não esta noite porque estamos entre amigos, Buntaro-san – disse, apaziguador, desejando desesperadamente evitar um conflito que os encerraria para sempre dentro do castelo. – Estamos entre amigos, Buntaro-san.

– Que amigos? Conheço os amigos... e conheço os inimigos! – Buntaro voltou-se para Ishido num repelão. – Onde está esse homem autêntico... esse homem autêntico de que o senhor falou, Ishido-san? Hein? Ou homens? Deixe-o... deixe-os todos rastejar para fora de suas tocas e erguer-se na minha frente, eu, Toda Buntaro, senhor de Sakura, se algum deles tem sangue!

Todos se prepararam.

Ishido encarava-o malevolamente.

– Não é o momento, Buntaro-san – disse Yabu. – Amigos ou inim...

– Amigos? Onde? Nesse monte de esterco? – Buntaro cuspiu no pó.

A mão de um dos cinzentos voou para o punho da espada, dez marrons o imitaram, cinquenta cinzentos uma fração de segundo depois, todos à espera de que Ishido desse voz de ataque.

Então Hiromatsu surgiu das sombras do jardim e atravessou o portão para o adro, a espada mortífera frouxa nas mãos e meio para fora da bainha.

– Às vezes podem-se encontrar amigos no esterco, meu filho – disse calmamente. As mãos se relaxaram sobre os punhos das espadas. Samurais nas ameias opostas, cinzentos e marrons, afrouxaram a tensão dos arcos armados de setas. – Temos amigos por todo o castelo. Por toda Ōsaka. Sim, nosso senhor Toranaga está sempre nos dizendo isso. – Erguia-se como uma rocha diante de seu único filho vivo, vendo o sangue luzir-lhe nos olhos. No momento em que Ishido fora visto se aproximando, Hiromatsu tomara posição de combate no desvão interno do portão. Depois, quando o primeiro perigo passara, movera-se com silêncio felino para as sombras. Cravou o olhar nos olhos de Buntaro. – Não é assim, meu filho?

Com um esforço enorme, Buntaro assentiu e recuou um passo. Mas continuou bloqueando o caminho para o jardim.

Hiromatsu voltou a atenção para Ishido.

– Não o esperávamos esta noite, Ishido-san.

– Vim prestar minhas homenagens à senhora Kiritsubo. Só fui informado há poucos momentos de que alguém ia partir.

– Será que meu filho tem razão? Deveríamos nos preocupar por não estarmos entre amigos? Somos reféns que devem implorar favores?

– Não. Mas o senhor Toranaga e eu combinamos quanto ao protocolo durante a sua visita. A notícia da chegada ou partida de altas personalidades devia ser dada com um dia de antecedência, para que eu pudesse apresentar os meus respeitos de modo adequado.

– Foi uma decisão repentina do senhor Toranaga. Não considerou a questão de mandar uma de suas damas de volta a Edo importante o bastante para perturbá-lo – disse Hiromatsu. – Sim, o senhor Toranaga está apenas se preparando para a sua própria partida.

– Isso já foi decidido?

– Sim. Partirá no dia em que se encerrar a reunião dos regentes. O senhor será informado no momento correto, conforme o protocolo.

– Ótimo. Claro que a reunião pode ser novamente adiada. O senhor Kiyama, aliás, piorou.

– Foi adiada? Ou não?

– Simplesmente mencionei que poderia ser. Esperamos ter o prazer da presença do senhor Toranaga por um longo tempo ainda, *né*? Ele caçará comigo amanhã?

– Solicitei-lhe que cancelasse todas as caçadas até a reunião. Não acho seguro. Já não considero nenhum setor desta área seguro. Se assassinos imundos podem passar pelas suas sentinelas com tanta facilidade, a traição fora dos muros não seria muito mais fácil?

Ishido deixou passar o insulto. Sabia que isso e as afrontas inflamariam os seus homens ainda mais, mas ainda não lhe convinha acender o estopim. Ficara contente por Hiromatsu ter intercedido, pois quase perdera o controle. O pensamento da cabeça de Buntaro no pó, com os dentes batendo, o invadira vorazmente.

– Todos os comandantes daquela noite já foram mandados para o Grande Vazio, como o senhor bem sabe. Os Amida serão destruídos muito em breve. Os regentes serão solicitados a tratar deles de uma vez por todas. Agora talvez eu possa prestar minhas homenagens a Kiritsubo-san.

Ishido avançou. A sua guarda pessoal de cinzentos o seguiu. Mas todos estacaram com um estremecimento. Buntaro tinha uma seta no arco e, embora a seta estivesse apontada para o chão, o arco já estava vergado ao máximo.

– Os cinzentos estão proibidos de atravessar este portão. Isso foi combinado pelo protocolo.

– Sou o governador do Castelo de Ōsaka e comandante da guarda do herdeiro! Tenho o direito de ir a qualquer lugar!

Mais uma vez Hiromatsu tomou o controle da situação.

– Realmente, o senhor é o comandante da guarda do herdeiro e tem o direito de ir a qualquer lugar. Mas apenas cinco homens podem acompanhá-lo através deste portão. Não foi isso o combinado entre o senhor e o meu amo enquanto ele estiver aqui?

– Cinco ou cinquenta, não faz diferença! Esse insulto é int...

– Insulto? Meu filho não teve a intenção de ofender. Está obedecendo a ordens combinadas pelo senhor e pelo suserano dele. Cinco homens. Cinco! – A palavra era uma ordem. Hiromatsu voltou as costas a Ishido e olhou para o filho. – O senhor Ishido nos honra querendo prestar suas homenagens à senhora Kiritsubo.

A espada do velho estava uns cinco centímetros fora da bainha e ninguém tinha certeza se era para saltar sobre Ishido, se a luta começasse, ou decepar a cabeça do filho dele, se este apontasse a seta. Todos sabiam que não havia afeição entre pai e filho, apenas um respeito mútuo pela violência do outro.

– Bem, meu filho, o que diz ao comandante da guarda do herdeiro?

O suor escorria pelo rosto de Buntaro. Após um momento, afastou-se para o lado e diminuiu a tensão do arco. Mas conservou a seta assestada.

Ishido vira muitas vezes Buntaro em listas de competição de tiro ao alvo a duzentos passos, seis setas disparadas antes que a primeira atingisse o alvo, todas igualmente precisas. Teria com toda a satisfação ordenado o ataque agora e esmagado aqueles dois, o pai e o filho, e todo o resto. Mas sabia que seria gesto de um tolo começar com eles e não com Toranaga, e, em todo caso, talvez quando começasse a verdadeira guerra Hiromatsu se sentisse tentado a abandonar Toranaga e a lutar com ele. A senhora Ochiba dissera que abordaria o velho Punho de Aço quando chegasse o momento. Ela jurara que ele nunca desertaria o herdeiro, que uniria Punho de Aço a ela, afastando-o de Toranaga, talvez até conseguindo que ele assassinasse o amo e assim evitasse qualquer conflito. Que poder, que segredo, que conhecimento tem ela sobre ele?, perguntou-se Ishido mais uma vez. Ele ordenara que a senhora Ochiba, se possível, saísse em segredo de Edo, antes da reunião dos regentes. A vida dela não valeria um grão de arroz após o impedimento de Toranaga – com o que todos os outros regentes haviam concordado. Impedimento e *seppuku* imediato, forçado, se necessário. Se ela escapar, ótimo. Se não escapar, pouco importa. O herdeiro reinará dentro de oito anos.

Atravessou o portão a passos largos, rumo ao jardim. Hiromatsu e Yabu acompanharam-no. Cinco guardas os seguiram. Curvou-se polidamente e desejou boa viagem a Kiritsubo. Depois, satisfeito por tudo estar como devia, voltou-se e partiu com todos os seus homens.

Hiromatsu respirou de alívio e coçou a barba.

– É melhor partir agora, Yabu-san. Aquele verme de arroz não lhe causará mais problemas.

– Sim. Imediatamente.

Kiri passou o lenço sobre o suor da testa.

– Ele é um mau *kami!* Tenho medo pelo nosso amo. – As lágrimas começaram a fluir. – Não quero partir!

– Não se fará nenhum dano ao senhor Toranaga, prometo-lhe, senhora – disse Hiromatsu. – A senhora deve partir. Agora!

Kiri tentou sufocar os soluços e desatou o espesso véu que pendia da aba do seu vasto chapéu.

– Oh, Yabu-sama, o senhor escoltaria a senhora Sazuko para dentro? Por favor?

– É claro.

A senhora Sazuko curvou-se e saiu às carreiras, seguida de Yabu. A garota subiu correndo os degraus. Ao se aproximar do topo da escada, escorregou e caiu.

– O bebê! – guinchou Kiri. – Ela se machucou?

Todos os olhos faiscaram na direção da garota prostrada. Mariko correu até ela, mas Yabu alcançou-a primeiro. Ergueu-a do chão. Sazuko estava mais assustada do que ferida.

– Estou bem – disse, um pouco ofegante. – Não se preocupem. Estou perfeitamente bem. Foi tolice minha.

Quando se certificou de que ela dizia a verdade, Yabu voltou ao adro, preparando a partida imediata.

Mariko retornou ao portão, enormemente aliviada. Blackthorne olhava boquiaberto para o jardim.

– O que é? – perguntou ela.

– Nada – disse ele após uma pausa. – O que foi que a senhora Kiritsubo gritou?

– "O bebê! Ela se machucou?" A senhora Sazuko está grávida – explicou Mariko. – Ficamos todos com medo de que a queda pudesse tê-la ferido.

– Grávida de Toranaga-sama?

– Sim – disse Mariko, olhando para a liteira atrás.

Kiri estava por trás das cortinas opacas agora, o véu solto sobre o rosto. Pobre mulher, pensou Mariko, sabendo que ela estava apenas tentando esconder as lágrimas. Eu, se fosse ela, estaria igualmente aterrorizada por deixar o meu senhor.

Os seus olhos dirigiram-se para Sazuko, que acenou mais uma vez do alto da escada, depois entrou. A porta de ferro fechou-se com estrondo atrás dela. Soou como um dobre de morte, pensou Mariko. Será que os veremos de novo algum dia?

– O que Ishido queria? – perguntou Blackthorne.

– Estava... não sei a palavra correta... estava investigando... fazendo uma ronda de inspeção sem prevenir.

317

– Por quê?

– Ele é o comandante do castelo – disse ela, não querendo dizer a verdadeira razão.

Yabu gritou algumas ordens à frente da coluna e se pôs em marcha. Mariko entrou na sua liteira deixando as cortinas parcialmente abertas. Buntaro fez sinal a Blackthorne que se colocasse ao lado dela. Ele obedeceu.

Esperaram que a liteira de Kiri passasse. Blackthorne olhou fixamente para a figura indistinta, toda velada, ouvindo soluços abafados. As duas atemorizadas criadas, Asa e Sono, caminhavam ao lado da liteira. Então, ele olhou para trás uma última vez. Hiromatsu estava em pé junto da pequena cabana, sozinho, apoiado na espada. Logo em seguida o jardim sumiu da sua vista quando os samurais fecharam a imensa porta fortificada. A grande trave de madeira foi colocada no lugar. Não havia guardas no adro agora. Estavam todos nas ameias.

– O que está acontecendo? – perguntou Blackthorne.

– Perdão, Anjin-san?

– É como se eles estivessem sob cerco. Os marrons contra os cinzentos. Estão esperando problemas? Mais problemas?

– Oh, sinto muito. É normal fechar as portas à noite – disse Mariko.

Ele começou a caminhar ao lado dela quando a liteira se pôs em movimento, com Buntaro e o remanescente da retaguarda tomando posição atrás dele. Blackthorne observava a liteira à frente, o passo oscilante dos carregadores e o vulto nebuloso por trás das cortinas. Estava muito inquieto, embora tentasse ocultá-lo. De repente, quando Kiritsubo gritou, ele olhou para ela de imediato. Todos os demais olharam para a garota caída na escada. O impulso dele foi olhar para lá igualmente, mas viu Kiritsubo, de repente, correr com surpreendente velocidade para dentro da pequena cabana. Por um instante pensou que os seus olhos lhe estivessem pregando uma peça, porque na noite o manto e o quimono escuros dela, o chapéu escuro e o véu escuro tornavam-na quase invisível. Viu quando a figura desapareceu por momentos e depois reapareceu e se arremessou para dentro da liteira, cerrando as cortinas com um puxão. Por um breve momento, os olhos dos dois se cruzaram. Era Toranaga.

CAPÍTULO 22

O PEQUENO CORTEJO QUE RODEAVA AS DUAS LITEIRAS SEGUIU LENTAMENTE pelo labirinto do castelo e através dos sucessivos pontos de controle. Em todos houve reverências formais, os documentos foram meticulosamente examinados, um novo grupo de escolta, formado por cinzentos, com o capitão à frente, rendeu o que os acompanhava e foi liberado. A cada parada, Blackthorne observava com apreensão sempre crescente o capitão da guarda se aproximar para inspecionar as cortinas cerradas da liteira de Kiritsubo. A cada vez, o homem se curvava polidamente para a figura indistinta, ouvindo os soluços abafados, e acenava-lhes que prosseguissem.

Quem mais sabe?, perguntava-se Blackthorne, desesperadamente. As criadas devem saber. Isso explicaria por que estão tão assustadas. Hiromatsu, com certeza, sabia do engodo. E, evidentemente, a senhora Sazuko. Mariko? Acho que não. Yabu? Toranaga confiaria nele? Esse maníaco sem pescoço do Buntaro? Provavelmente, não.

Obviamente, isto é uma tentativa de fuga altamente secreta. Mas por que Toranaga arriscaria a vida fora do castelo? Lá dentro não estava mais seguro? Por que o sigilo? De quem está fugindo? De Ishido? Dos assassinos? Ou de alguma outra pessoa no castelo? Provavelmente de todos eles, pensou Blackthorne, desejando que estivessem a salvo na galera e no mar. Se Toranaga for descoberto, vai chover bosta. A luta vai ser de morte. Estou desarmado e, mesmo que tivesse um par de pistolas ou um morteiro de vinte polegadas e cem rapazes bons de briga, os cinzentos nos arrasariam. Não tenho para onde fugir nem onde me esconder.

— Está se cansando, Anjin-san? — perguntou delicadamente Mariko. — Se quiser, eu caminho e o senhor sobe na liteira.

— Obrigado — replicou ele acidamente, sentindo falta das botas, ainda desajeitado com as sandálias de tiras. — As minhas pernas estão excelentes. Só queria que estivéssemos a salvo no mar.

— O mar é sempre seguro?

— Às vezes, senhora. Nem sempre. — Blackthorne mal a ouvia. Estava pensando. Por Jesus, espero não entregar Toranaga. Isso seria terrível! Seria tão mais simples se eu não o tivesse visto. Foi apenas má sorte, um daqueles acidentes que podem pôr a perder um esquema perfeitamente planejado e executado. A velha, Kiritsubo, é uma excelente atriz, e a jovem, também. Foi só porque não compreendi o que ela gritou que não caí no logro. Puro azar eu ter visto Toranaga claramente, de peruca, quimono, manto, maquiado, exatamente como Kiritsubo, mas sempre Toranaga.

Na parada seguinte, o novo capitão dos cinzentos aproximou-se da liteira mais do que todos os capitães anteriores. As criadas em pranto curvando-se e erguendo-se no caminho, querendo não dar a impressão de estarem se colocando no caminho. O capitão olhou para Blackthorne e se aproximou. Após um exame incrédulo, falou com Mariko, que meneou a cabeça e respondeu. O homem grunhiu e dirigiu-se de volta a Yabu. Devolveu os documentos e acenou ao cortejo que fosse em frente.

– Que foi que ele disse? – perguntou Blackthorne.

– Quis saber de onde o senhor era... Onde era a sua casa.

– Mas a senhora balançou a cabeça. Como é que isso serviu de resposta?

– Oh, desculpe, ele disse... ele perguntou se os ancestrais remotos do seu povo tinham relação com os *kamis*, os espíritos, que vivem ao norte, nos confins da China. Até bem pouco tempo atrás pensávamos que a China fosse o único outro lugar civilizado na Terra. Além do Japão, *né?* A China é tão vasta que é como o próprio mundo – disse ela e encerrou o assunto.

O capitão, na realidade, perguntara se ela pensava que aquele bárbaro descendia de Harimwakairi, o *kami* que velava pelos gatos, acrescentando que, certamente, ele fedia como um tourão no cio, conforme se supunha que o *kami* cheirasse. Ela retrucara que não pensava assim, intimamente envergonhada pela rudeza do capitão, pois o Anjin-san não cheirava mal como o Tsukku-san ou o padre-inspetor, ou os bárbaros habituais. O seu cheiro era agora quase imperceptível.

Blackthorne sabia que ela não estava dizendo a verdade. Como gostaria de saber falar a algaravia deles!, pensou. E gostaria ainda mais de poder sumir desta ilha maldita, estar de volta a bordo do *Erasmus*, com a tripulação em ordem, muita comida, grogue, pólvora e munição, as nossas mercadorias comerciadas e todos a caminho de casa. Quando será isso? Toranaga disse que seria logo. Será que se pode confiar nele? Como teria levado o navio para Edo? Rebocado? Os portugueses o pilotaram? Gostaria de saber como está Rodrigues. Será que sua perna apodreceu? Nesta altura ele já deve saber se vai viver com as duas pernas ou só com uma – se a amputação não o matar –, ou se vai morrer. Jesus, Deus do paraíso, proteja-me dos ferimentos e de todos os médicos. E dos padres.

Outro posto de controle. Blackthorne não conseguia entender como é que todos permaneciam tão polidos e pacientes, sempre se curvando, entregando os documentos e recebendo-os de volta, sempre sorrindo, sem nenhum sinal de irritação em ambas as partes. São tão diferentes de nós.

Olhou para o rosto de Mariko, parcialmente obscurecido pelo véu e pelo largo chapéu. Achou-a muito bonita e ficou contente por ter esclarecido o engano dela. Pelo menos não terei que aguentar mais aquele absurdo, disse a si mesmo. Bastardos esquisitos, são todos bastardos. Nojentos!

Depois que aceitara o pedido de desculpas dela naquela manhã, ele começara a perguntar sobre Edo, sobre costumes japoneses, sobre Ishido e sobre o castelo.

Evitara o tema "sexo". Ela respondera pormenorizadamente, mas evitara quaisquer explicações políticas, e as suas réplicas foram informativas porém inócuas. Em seguida, ela e as criadas deixaram a sala a fim de se preparar para a partida e ele ficara sozinho com os guardas samurais.

Viver rodeado de gente o tempo todo estava deixando-o irritado. *Há sempre alguém por perto*, pensou ele. *Há gente demais. São como formigas. Gostaria da tranquilidade de uma porta de carvalho trancada, para variar, com o ferrolho do meu lado, não do deles. Mal posso esperar para me ver a bordo de novo, ao ar livre, no mar. Nem que seja naquela gorda galera sacolejante.*

Agora, enquanto atravessava o Castelo de Ōsaka, *percebia que teria Toranaga dentro do seu próprio elemento, no mar, onde ele era rei. Teremos bastante tempo para conversar. Mariko traduzirá e eu arranjarei tudo. Acordos de comércio, o navio, a devolução da nossa prata e o pagamento, se ele quiser fazer negócio com os mosquetes e a pólvora. Combinarei para voltar no próximo ano com uma carga completa de seda. Terrível o que aconteceu com frei Domingo, mas farei bom uso das informações dele. Vou pegar o* Erasmus, *navegar rio Pérola acima até Cantão e romperei o bloqueio dos portugueses e dos chineses. Devolvam-me o meu navio e estarei rico. Mais rico do que Drake! Quando chegar em casa, convoco todos os marujos de Plymouth ao Zuider Zee e controlaremos o comércio da Ásia toda. Onde Drake chamuscou a barba de Filipe, eu vou lhe arrancar os testículos. Sem seda, Macau morre; sem Macau, Malaca morre, depois Goa! Podemos enrolar o império português como a um tapete.* "Deseja o comércio com a Índia, Majestade? África? Ásia? Japão? Eis como consegui-lo dentro de cinco anos!"

"Levante-se, *sir* John!"

Sim, estava ao seu alcance, fácil, tornar-se cavaleiro finalmente. E talvez mais. Capitães e navegadores tornam-se almirantes, cavaleiros, lordes, até condes. O único caminho de um inglês plebeu para a segurança, a verdadeira segurança de posição dentro do reino, era receber o favor da rainha. E o caminho para o seu favor era levar-lhe riqueza, ajudá-la a pagar a guerra contra a Espanha fedorenta e contra aquele papa bastardo.

Três anos me darão três viagens, regozijava-se. *Oh, sei dos ventos, monções e das grandes tempestades, mas o* Erasmus *estará tinindo e transportaremos cargas menores. Esperem um minuto! Por que não fazer o serviço adequadamente e esquecer as pequenas cargas? Por que não capturar o Navio Negro deste ano? Assim você terá tudo!*

Como?

Facilmente: se ele não tiver escolta e nós o apanharmos desprevenido. Mas não tenho homens suficientes. Espere, há homens em Nagasaki! Não é lá que estão todos os portugueses? Domingo não disse que é quase como um porto português? Rodrigues disse o mesmo! Nos navios não há marujos que foram levados à força para bordo, não há sempre alguns que estarão prontos a escapar para conseguir lucro rápido, seja quem for o capitão e qual for a bandeira? Com o *Erasmus* e a nossa prata, eu poderia contratar uma tripulação. Sei que poderia. Não preciso de três anos. Dois serão suficientes. Dois anos com o meu navio e uma tripulação, depois para casa. Serei rico e famoso. E finalmente nos separaremos, o mar e eu. Para sempre.

Toranaga é a chave. Como é que você vai lidar com ele?

Passaram por outro posto de controle e dobraram uma esquina. À frente estava o último trecho de caminho e o último portão do castelo. Além dele, a última ponte levadiça e o último fosso. Uma infinidade de archotes transformava a noite em dia carmesim.

Foi quando Ishido avançou das sombras.

Os marrons o viram quase simultaneamente. A hostilidade os invadiu. Buntaro quase saltou por cima de Blackthorne para chegar mais perto da vanguarda da coluna.

– Esse bastardo está louco por uma luta – disse Blackthorne.

– Senhor? Desculpe, senhor, mas o que disse?

– Apenas... disse que o seu marido parece... Ishido parece deixar seu marido muito enfurecido, e muito rapidamente.

Ela não respondeu.

Yabu deteve a coluna. Despreocupado, ele estendeu o salvo-conduto ao capitão do portão e dirigiu-se a Ishido.

– Não esperava vê-lo de novo. Os seus guardas são muito eficientes.

– Obrigado. – Ishido observava Buntaro e a liteira fechada atrás dele.

– Uma vez seria suficiente para examinar o nosso passe – disse Buntaro, as armas chocalhando agourentamente. – Duas vezes, no máximo. O que somos nós? Uma expedição de guerra? É insultante!

– Não há intenção de insulto, Buntaro-san. Por causa do assassino, ordenei que se reforçasse a segurança. – Ishido olhou Blackthorne rapidamente e se perguntou de novo se devia deixá-lo partir ou detê-lo, como queriam Onoshi e Kiyama. Depois olhou novamente para Buntaro. Lixo, pensou. Logo a sua cabeça estará na ponta de um chuço. Como é que um primor como Mariko pôde permanecer casada com um gorila como você?

O novo capitão verificou meticulosamente um por um, certificando-se de que batiam com a lista.

– Está tudo em ordem, Yabu-sama – disse ele ao voltar à vanguarda da coluna. – Não precisam mais do passe. Ele ficará aqui.

– Ótimo. – Yabu voltou-se para Ishido. – Logo nos encontraremos.

Ishido tirou um rolo de pergaminho da manga.

– Gostaria de perguntar à senhora Kiritsubo se ela levaria isto para Edo. Para a minha sobrinha. É pouco provável que eu vá a Edo por algum tempo.

– Certamente. – Yabu estendeu a mão.

– Não se incomode, Yabu-san. Eu mesmo perguntarei – Ishido dirigiu-se para a liteira.

As criadas obsequiosamente interceptaram-no. Asa estendeu a mão.

– Posso pegar a mensagem, senhor? Minha am...

– Não.

Para surpresa de Ishido e de todos os que estavam perto, as criadas não saíram do caminho.

– Mas a minha am...

– Afastem-se! – rosnou Buntaro.

As duas recuaram com humildade, assustadas. Ishido curvou-se para a cortina.

– Kiritsubo-san, gostaria de saber se a senhora teria a gentileza de levar esta mensagem minha para Edo. Para minha sobrinha.

Houve uma ligeira hesitação em meio aos soluços e a figura curvou-se em assentimento.

– Obrigado. – Ishido estendeu o delgado rolo de pergaminho a uma polegada da cortina.

Os soluços pararam. Blackthorne percebeu que Toranaga estava encurralado. A polidez exigia que pegasse o rolo, e a sua mão o trairia. Todos esperavam que a mão aparecesse.

– Kiritsubo-san?

Ainda nenhum movimento. Então Ishido rapidamente deu uma passo à frente, abriu as cortinas com um puxão e no mesmo instante Blackthorne soltou um berro e começou a dançar, pulando como um louco. Ishido e os outros voltaram-se rapidamente para ele, aturdidos.

Por um instante Toranaga ficou totalmente à vista atrás de Ishido.

Blackthorne pensou que Toranaga talvez pudesse passar por Kiritsubo a vinte passos, mas aqui, a cinco, era impossível, apesar do véu que lhe cobria o rosto. E no interminável segundo que antecedeu o gesto de Toranaga cerrando as cortinas com força Blackthorne percebeu que Yabu o reconhecera, Mariko com certeza, Buntaro provavelmente, e alguns samurais também provavelmente. Ele deu um bote e agarrou o rolo de pergaminho, atirou-o por uma fenda nas cortinas e voltou-se, falando de modo ininteligível:

– É *má* sorte, no meu país, um príncipe entregar uma mensagem pessoalmente, como um bastardo comum... má sorte...

Tudo acontecera tão inesperadamente e tão depressa que a espada de Ishido não deixou a bainha até Blackthorne estar ajoelhado e delirando diante dele como um insano boneco de mola, quando os reflexos do regente agiram e arremessaram a espada com ímpeto contra a garganta do inglês.

Os olhos desesperados de Blackthorne encontraram Mariko.

– Pelo amor de Cristo, ajude... má sorte... má sorte!

Ela gritou. A lâmina parou a um fio de cabelo do pescoço dele. Mariko, aflita, deu uma explicação do que Blackthorne dissera. Ishido baixou a espada, ouviu um instante, arrasou-a com um palavrório furioso, depois gritou com veemência crescente e esbofeteou Blackthorne com as costas da mão.

Blackthorne ficou fora de si. Cerrou as mãos e se atirou contra Ishido.

Se Yabu não tivesse sido rápido o bastante para agarrar o braço de Ishido que levantava a espada, a cabeça de Blackthorne teria rolado sobre o pó. Buntaro, uma fração de segundo depois, agarrou Blackthorne, que já estava com as mãos em torno do pescoço de Ishido. Foram necessários quatro marrons para arrancá-lo de cima de Ishido, depois Buntaro atingiu-o na nuca, deixando-o atordoado. Alguns cinzentos acorreram em defesa do amo, mas os marrons rodearam Blackthorne e as liteiras e por um momento a situação se equilibrou, com Mariko e as criadas deliberadamente gemendo e gritando, ajudando a criar mais caos e a desviar as atenções.

Yabu começou a aplacar a fúria de Ishido. Mariko, em lágrimas, repetia interminavelmente, numa forçada semi-histeria, que o bárbaro enlouquecido acreditava estar apenas salvando Ishido, o grande comandante, que ele pensou que fosse um príncipe, de um mau *kami*.

– E tocar-lhe o rosto é o pior dos insultos, exatamente como conosco, foi isso o que o deixou momentaneamente louco. Ele é um bárbaro insensato, mas é um daimio em sua terra, e só estava tentando ajudá-lo, senhor!

Ishido cobriu Blackthorne de imprecações e deu-lhe um pontapé. Blackthorne estava voltando a si e ouvia o tumulto com grande tranquilidade. Aos poucos os seus olhos se desanuviaram. Havia cinzentos à sua volta, vinte para um, espadas desembainhadas, mas, por enquanto, ninguém estava morto e todos esperavam disciplinadamente.

Blackthorne viu que todas as atenções se concentravam nele. Mas agora sabia que tinha aliados.

Ishido virou-se para ele de novo e chegou mais perto, gritando. Ele sentiu o aperto dos marrons se intensificar e soube que o golpe estava vindo, mas agora, em vez de tentar se libertar, coisa que os samurais estavam esperando, começou a se deixar cair, depois imediatamente a se endireitar e tombar outra vez, rindo insanamente, para em seguida se pôr a dançar uma *hornpipe* corcoveante. Frei Domingo lhe dissera que todo mundo no Japão acreditava que a única causa da loucura era um *kami*, por isso os loucos, assim como todas as crianças bem novas e os homens muito velhos, não eram responsáveis e tinham privilégios especiais, às vezes. Então saltou em delírio, cantando no ritmo para Mariko:

– Ajude... preciso de ajuda, pelo amor de Deus... não vou aguentar isto muito tempo mais... ajude... – desesperadamente se comportando como um lunático, sabendo que era a única coisa que poderia salvá-los.

– Ele está louco... está possesso – gritou Mariko, entendendo imediatamente o ardil de Blackthorne.

– Sim – disse Yabu, ainda tentando se recuperar do choque de ter visto Toranaga, sem saber ainda se o Anjin-san estava fingindo ou se realmente enlouquecera.

Mariko estava fora de si. Não sabia o que fazer. O Anjin-san salvara a vida do senhor Toranaga, mas como é que sabia?, não parava de repetir para si mesma.

O rosto de Blackthorne estava exangue, exceto no vergão escarlate deixado pela bofetada. Não parava de dançar, esperando freneticamente a ajuda que não vinha. Então, silenciosamente, amaldiçoou Yabu e Buntaro como covardes sem mãe e Mariko, pela cadela estúpida que era. Parou repentinamente de dançar, curvou-se para Ishido como um fantoche convulsivo e, meio caminhando, meio bailando, dirigiu-se para o portão.

– Sigam-me, sigam-me! – gritou, a voz quase estrangulada, tentando indicar o caminho como um *flautista de Hamelin*.

Os cinzentos barraram-lhe o caminho. Ele berrou com raiva fingida e imperiosamente ordenou-lhes que saíssem da frente, para logo em seguida cair numa gargalhada histérica.

Ishido agarrou um arco e uma flecha. Os cinzentos se afastaram. Blackthorne estava quase atravessando o portão. Voltou-se sabendo que não adiantava nada correr, que estava encurralado. Desamparado, recomeçou a dança furiosa.

– Ele é louco, um cachorro louco! Cachorros loucos têm que ser controlados! – A voz de Ishido soou áspera. Armou o arco e fez pontaria.

Imediatamente Mariko deu um pulo da sua posição protetora perto da liteira de Toranaga e começou a caminhar na direção de Blackthorne. – Não se preocupe, senhor Ishido – gritou. – Não há por que se preocupar... é uma loucura momentânea... peço permissão... – Aproximando-se, ela pôde ver a exaustão de Blackthorne, o sorriso rígido de louco, e teve medo. – Posso ajudar agora, Anjin-san – disse apressadamente. – Temos que tentar s... sair daqui. Eu o seguirei. Não se preocupe, ele não vai atirar. Por favor, pare de dançar agora.

Blackthorne parou imediatamente, voltou-se e caminhou tranquilamente para a ponte. Ela o seguiu, um passo atrás conforme o costume, esperando as setas, de ouvidos atentos.

Mil olhos observavam o gigante enlouquecido e a minúscula mulher sobre a ponte, afastando-se. Yabu recobrou-se.

– Se o quer morto, deixe-me fazê-lo, Ishido-sama. É inconveniente para o senhor tomar-lhe a vida. Um general não mata com as próprias mãos. Os outros devem fazer isso por ele. – Chegou bem perto e baixou a voz. – Deixe-o viver. A loucura foi consequência do seu tapa. Ele é um daimio em sua terra e o tapa... foi como Mariko-san disse, *né?* Confie em mim, ele é valioso para nós vivo.

– O quê?

– Ele é mais valioso vivo. Confie em mim. O senhor pode matá-lo a qualquer momento. Precisamos dele vivo.

Ishido leu desespero, e verdade, no rosto de Yabu. Baixou o arco.

– Muito bem. Mas um dia eu vou querê-lo vivo. Vou pendurá-lo pelos calcanhares sobre o abismo.

Yabu engoliu em seco e fez meia mesura. Nervosamente, fez um gesto para que o cortejo prosseguisse, receoso de que Ishido se lembrasse da liteira e de "Kiritsubo".

Buntaro, fingindo deferência, tomou a iniciativa e pôs os marrons em marcha. Não questionou o fato de Toranaga ter magicamente aparecido como um *kami* no meio deles, apenas sentiu que o amo estava em perigo e quase indefeso. Viu que Ishido não tirava os olhos de Mariko e do Anjin-san, mas ainda assim se curvou polidamente para ele e se postou atrás da liteira de Toranaga para proteger o amo das flechas, caso a luta começasse ali.

A coluna agora se aproximava do portão. Yabu tomou posição como solitária defesa de retaguarda. Esperava que o cortejo fosse detido a qualquer momento. Com certeza, alguns cinzentos deviam ter visto Toranaga, pensou ele. Quanto tempo vai levar até que contem a Ishido? Ele não vai pensar que eu fazia parte da tentativa de fuga? E isso não vai me arruinar para sempre?

A meio caminho sobre a ponte, Mariko olhou para trás um instante.

– Eles estão vindo, Anjin-san. As duas liteiras vão atravessar o portão, estão na ponte agora!

Blackthorne não respondeu nem se voltou. Permanecer ereto exigia-lhe toda a força de vontade remanescente. Perdera as sandálias, o rosto queimava do tapa recebido e a cabeça martelava de dor. Os últimos guardas deixaram-no passar o derradeiro trecho do caminho que levava ao porto. Também deixaram Mariko passar sem detê-la. E depois as liteiras.

Blackthorne liderou a marcha, descendo a suave colina, passando pelo pátio aberto, cruzando a última ponte. Foi só quando se viu na área coberta de mato, totalmente fora da vista do castelo, que desfaleceu.

CAPÍTULO 23

– ANJIN-SAN... ANJIN-SAN!

Semiconsciente, ele deixou que Mariko o ajudasse a tomar um pouco de saquê. A coluna parara, os marrons dispostos cerradamente em torno da liteira com cortinas, os cinzentos da escolta à frente e atrás. Buntaro gritou para uma das criadas, que logo providenciou uma garrafa num dos *cangos* de bagagem, e disse aos seus guardas pessoais que mantivessem todos longe da liteira de "Kiritsubo-san". Depois correu para Mariko:

– O Anjin-san está bem?

– Sim. Sim, acho que sim – respondeu Mariko. Yabu juntou-se a eles.

Tentando desviar a atenção do capitão dos cinzentos, Yabu disse, com negligência:

– Podemos prosseguir, capitão. Deixaremos alguns homens e Mariko-san. Quando o bárbaro se recuperar, ela e os homens seguirão.

– Com todo o respeito, Yabu-san, esperaremos. Estou encarregado de entregá-los todos a salvo, na galera. Como um grupo – disse o capitão.

Todos olharam quando Blackthorne se engasgou levemente com o vinho.

– Obrigado – murmurou ele. – Estamos seguros agora? Quem mais sabe que...

– O senhor está seguro agora! – ela o interrompeu deliberadamente. Estava de costas para o capitão e recomendou-lhe cautela com os olhos. – Anjin-san, o senhor está seguro e não há motivo de preocupação. Entende? O senhor teve algum tipo de ataque. Olhe ao seu redor... Está em segurança agora!

Blackthorne fez conforme ela lhe ordenou. Viu o capitão e os cinzentos e entendeu. As suas forças estavam voltando rapidamente agora, ajudadas pelo vinho.

– Desculpe, senhora. Foi apenas pânico, acho. Devo estar ficando velho. Fico fora de mim com frequência e depois nunca consigo me lembrar do que aconteceu. Falar português é exaustivo, não? – Passou para o latim. – Vós compreendeis?

– Certamente.

– Esta língua é "mais fácil"?

– Talvez – disse ela, aliviada por ele ter entendido a necessidade de cautela, mesmo usando o latim, que para os japoneses era uma língua quase incompreensível e impossível de ser aprendida, exceto para um punhado de homens do império, todos treinados pelos jesuítas e na maioria comprometidos com o sacerdócio. Ela era a única mulher em todo o seu mundo que sabia falar, ler e escrever latim e português. – Ambas as línguas são difíceis, cada uma tem perigos.

– Quem mais conhece os "perigos"?

– O meu marido e aquele que nos comanda.
– Tendes certeza?
– Foi o que ambos deram a entender.

O capitão dos cinzentos agitou-se, impaciente, e disse alguma coisa a Mariko.

– Ele perguntou se vós ainda estais perigoso, se vossas mãos e pés devem ser amarrados. Respondi que não. Pois estais curado do vosso acesso agora.

– Sim – disse ele, passando de novo para o português. – Tenho ataques com frequência. Se alguém me bate no rosto, fico louco. Sinto muito. Nunca consigo me lembrar do que acontece nessas ocasiões. É o dedo de Deus. – Viu que o capitão se concentrava nos seus lábios e pensou: apanhei-o, seu bastardo, aposto como você compreende português.

Sono, a criada, estava com a cabeça curvada ao lado das cortinas da liteira. Ouviu e voltou até Mariko.

– Desculpe, Mariko-san, mas a minha ama pergunta se o louco já está bem para continuarmos. Ela pergunta se a senhora lhe cederia sua liteira, porque a minha ama acha que devemos nos apressar por causa da maré. Todo o transtorno que o louco causou deixou-a ainda mais perturbada. Mas, sabendo que o louco é apenas afligido pelos deuses, ela fará preces para que ele recobre a saúde e lhe dará pessoalmente alguns remédios assim que estivermos a bordo.

Mariko traduziu.

– Sim. Estou bem agora. – Blackthorne levantou-se, mas oscilou sobre os pés.

Yabu vociferou uma ordem.

– Yabu-san diz que o senhor viaja na liteira, Anjin-san. – Mariko sorriu quando ele começou a protestar. – Sou realmente muito forte e o senhor não precisa se preocupar. Caminharei ao seu lado e o senhor poderá conversar comigo, se quiser.

Ele permitiu ser ajudado até a liteira. Imediatamente se puseram em movimento de novo. O passo bamboleante era calmante e ele se reclinou, exausto. Esperou até que o capitão dos cinzentos se afastasse em direção à vanguarda da coluna e sussurrou em latim, prevenindo Mariko:

– Aquele centurião compreende a outra língua.

– Sim. E acho que compreende um pouco de latim também – respondeu ela, igualmente num sussurro quase inaudível. Caminhou um momento. – Sinceramente, o senhor é um homem corajoso. Agradeço-lhe por tê-lo salvo.

– A senhora tem mais coragem do que eu.

– Não, o senhor Deus colocou os meus pés no caminho e tornou-me um pouco útil. Agradeço-lhe de novo.

A cidade à noite era um reino encantado. As casas ricas tinham muitas lanternas coloridas, a óleo e a vela, pendendo dos portões e nos jardins, as telas *shōji* difundindo uma deliciosa transparência. Até as casas pobres eram alegradas pelas *shōjis*.

Havia lanternas iluminando o caminho de pedestres e *kagas*, e dos samurais, que andavam a cavalo.

– A iluminação das casas é feita de lâmpadas de óleo, e também usamos velas, mas com a chegada da noite muita gente vai para a cama – explicou Mariko, enquanto continuavam pelas ruas da cidade, dando voltas e mais voltas, os pedestres curvando-se e os muito pobres permanecendo de joelhos até que eles passassem. O mar cintilava ao luar.

– Conosco acontece o mesmo. Como vocês cozinham? Num fogão de madeira? – As forças de Blackthorne voltaram rapidamente e as suas pernas já não pareciam de gelatina. Ela recusara a liteira de volta, de modo que ele continuava sentado apreciando o ar e a conversa.

– Usamos um braseiro de carvão. Não comemos alimentos como os seus, por isso a nossa cozinha é mais simples. Só arroz e um pouco de peixe, cru na maior parte das vezes ou cozido sobre brasas com um molho picante e vegetais em conserva. Um pouco de sopa às vezes. Nada de carne... nunca comemos carne. Somos um povo frugal, temos que ser, já que apenas parte da nossa terra, talvez um quinto do solo, pode ser cultivada... E somos muitos. Entre nós é uma virtude ser frugal, mesmo considerando a quantidade de comida que comemos.

– Vós sois corajosa. Agradeço-vos. As flechas não foram disparadas por graça do escudo que são as vossas costas – disse ele, em latim.

– Não, capitão dos navios. Eis que não há nada que não tenha sido pela vontade de Deus.

– Vós sois corajosa e linda.

Ela caminhou em silêncio por um instante. Ninguém me havia chamado de linda antes... ninguém, pensou ela.

– Não sou corajosa e não sou linda. As espadas são lindas. A honra é linda.

– A coragem é linda e vós a tendes em abundância.

Mariko não respondeu. Estava se lembrando daquela manhã, de todas as más palavras e maus pensamentos. Como pode um homem ser tão corajoso e tão estúpido, tão gentil e tão cruel, tão caloroso e tão detestável, tudo ao mesmo tempo? O Anjin-san foi de uma coragem sem limites ao desviar a atenção de Ishido da liteira e totalmente esperto ao fingir loucura e assim tirar Toranaga da armadilha. Como Toranaga foi sábio escapando desse modo! Mas seja prudente, Mariko. Pense em seu senhor e não nesse estrangeiro. Lembre-se do mal que ele representa e pare de sentir essa tepidez úmida nos quadris que você nunca teve antes, a tepidez de que as cortesãs falam e os livros de histórias de "travesseiro" descrevem.

– Sim – disse ela. – A coragem é linda e vós a tendes em abundância. – Depois voltou ao português. – Latim é uma língua tão fatigante!

– A senhora aprendeu na escola?

– Não, Anjin-san, foi mais tarde. Depois de me casar, vivi no extremo norte por muito, muito tempo. Estava sozinha, com exceção de criados e aldeãs, e os únicos livros que tinha eram em português e latim: algumas gramáticas, livros religiosos e uma Bíblia. Aprender as línguas ajudou muitíssimo a passar o tempo e ocupou-me a mente. Tive muita sorte.

— Onde estava seu marido?
— Na guerra.
— Quanto tempo a senhora esteve sozinha?
— Temos um ditado que diz que o tempo não tem uma medida única, que o tempo pode ser como a geada, a luz, uma lágrima, ou cerco, tempestade, crepúsculo, ou até como uma rocha.
— É um ditado sábio – disse Blackthorne. E acrescentou: – O seu português é muito bom, senhora. E o latim, melhor do que o meu.
— O senhor tem mel na língua, Anjin-san!
— É *hontō!*
— *Hontō* é uma boa palavra. A *hontō* é que um dia um padre cristão chegou à aldeia. Éramos como duas almas perdidas. Ficou quatro anos e ajudou-me imensamente. Fico contente por saber falar bem – disse ela, sem vaidade. – O meu pai queria que eu aprendesse línguas.
— Por quê?
— Achava que devemos conhecer o demônio com que temos que lidar.
— Era um homem sábio.
— Não. Não era sábio.
— Por quê?
— Um dia lhe contarei a história, é muito triste.
— Por que a senhora ficou sozinha por uma rocha de tempo?
— Por que não descansa? Ainda temos um longo caminho pela frente.
— A senhora quer sentar? – Novamente ele começou a se levantar, mas ela balançou a cabeça.
— Não, obrigada. Por favor, fique onde está. Gosto de caminhar.
— Muito bem. Mas a senhora não quer mais conversar?
— Se lhe agrada, podemos conversar. O que quer saber?
— Por que ficou sozinha uma rocha de tempo?
— O meu marido me mandou embora. A minha presença o ofendera. Foi perfeitamente correto ao fazer isso. Honrou-me não se divorciando de mim. Depois honrou-me ainda mais aceitando-me, e ao nosso filho, de volta. – Mariko olhou para ele. – O meu filho tem quinze anos agora. Na realidade, sou uma velha senhora.
— Não acredito, senhora.
— É *hontō.*
— Que idade tinha quando se casou?
— Muita, Anjin-san. Muita idade.
— Temos um ditado. A idade é como geada, ou cerco, ou crepúsculo e, às vezes, até como uma rocha. – Ela riu. Tudo nela é tão gracioso, pensou ele, hipnotizado. – Na senhora, venerável dama, a idade assenta lindamente.
— Para uma mulher, Anjin-san, a idade nunca é linda.
— Vós sois tão sábia quanto linda – disse ele, em latim, que veio facilmente e, embora soasse mais formal e imponente, era mais íntimo. Vigie-se, pensou ele.

Ninguém nunca me chamou de linda antes, repetiu ela para si mesma. Gostaria que fosse verdade.

– Aqui, não é prudente notar a mulher de outro homem – disse em voz alta. – Os nossos costumes são muito severos. Por exemplo, se uma mulher casada é encontrada sozinha com um homem numa sala com a porta fechada, simplesmente sozinhos e conversando em particular, por lei o marido dela, ou o irmão, ou o pai, tem o direito de matá-la instantaneamente. Se a garota não for casada, o pai pode, naturalmente, sempre fazer com ela o que lhe aprouver.

– Isso não é justo nem civilizado. – Ele lamentou o deslize imediatamente.

– Consideramo-nos muito civilizados, Anjin-san. – Mariko ficou contente por ser insultada de novo, pois isso quebrou o encanto e afastou a tepidez que estava sentindo. – As nossas leis são muito sábias. Há mulheres demais, livres e sem compromissos, para que um homem tome uma que já pertence a outro. Na verdade, é uma proteção para as mulheres. O dever de uma esposa é unicamente para com o marido. Seja paciente. Verá como somos civilizados, como somos avançados. As mulheres têm um lugar, os homens têm outro. Um homem pode ter apenas uma esposa oficial de cada vez, mas, naturalmente, muitas consortes, mas as mulheres aqui têm muito mais liberdade do que as senhoras espanholas e portuguesas, pelo que me disseram. Podemos ir livremente aonde quisermos, quando quisermos. Podemos abandonar os nossos maridos, se desejarmos, divorciando-nos deles. Podemos nos recusar a casar, se assim for nossa vontade. Somos donas da nossa própria fortuna e propriedade, do nosso corpo e espírito. Temos poderes tremendos, se desejarmos. Quem cuida de todos os seus bens, do seu dinheiro, da sua casa?

– Eu, naturalmente.

– Aqui, a esposa cuida de tudo. O dinheiro não é nada para um samurai. Está abaixo da crítica para um homem autêntico. Cuido de todos os negócios do meu marido. Ele toma todas as decisões. Eu executo os seus desejos e pago as contas. Isso o deixa totalmente livre para cumprir o dever para com o seu senhor, o qual é o seu único dever. Oh, sim, Anjin-san, deve ser paciente antes de criticar.

– Não havia a intenção de crítica, senhora. Simplesmente nós acreditamos na santidade da vida, ninguém pode levianamente ser condenado à morte a menos que um tribunal legal, um tribunal legal da rainha, concorde.

Ela se recusou a ser abrandada.

– O senhor diz muitas coisas que eu não compreendo, Anjin-san. Mas o senhor não disse "não justo e não civilizado"?

– Sim.

– Isso, então, é uma crítica, *né?* O senhor Toranaga pediu-me que lhe assinalasse que é inconveniente criticar sem conhecer. Deve lembrar-se de que a nossa civilização, a nossa cultura, tem milhares de anos de idade. Três mil estão documentados. Oh, sim, somos um povo antigo. Tão antigo quanto os chineses. A quantos anos remonta a sua cultura?

– Não muitos, senhora.

– O nosso imperador, Go-Nijō, é o centésimo sétimo de uma linhagem intacta, que remonta a Jimmu Tennō, o Imperador Jinmu, o primeiro elo terrestre, que descendia de cinco gerações de espíritos terrestres e, antes deles, de sete gerações de espíritos celestiais que vieram de Kuni-no-toko-tachi-no-Mikoto, o primeiro espírito, que apareceu quando a terra se separou dos céus. Nem a China pode alardear uma história assim. Há quantas gerações os seus reis governam o seu país?

– A nossa rainha é a terceira da dinastia Tudor, senhora. Mas está velha e não tem filhos, portanto será a última.

– Cento e sete gerações, Anjin-san, até a divindade – repetiu ela, orgulhosa.

– Se acredita nisso, senhora, como pode dizer também que é católica?

Ele a viu se empertigar, depois encolher os ombros.

– Sou cristã há apenas dez anos, portanto uma noviça. Embora acredite no Deus cristão, em Deus Pai, Filho e Espírito Santo, com todo o coração, o nosso imperador descende diretamente dos deuses ou de Deus. Ele é divino. Há muitas coisas que não consigo explicar nem compreender. Mas a divindade do meu imperador está fora de questão. Sim, sou cristã, mas primeiro sou japonesa.

Será que é essa a chave de todos vocês? Serem primeiro japoneses?, perguntou Blackthorne a si mesmo. Ele a observava, atônito com o que ela dizia. Os costumes deles são malucos! O dinheiro não significa nada para *um verdadeiro homem?* Isso explica por que Toranaga foi tão desdenhoso quando mencionei dinheiro no primeiro encontro. Cento e sete gerações? Impossível! Morte instantânea só por estar inocentemente numa sala fechada com uma mulher? Isso é barbarismo, um convite aberto ao crime. Eles defendem e admiram o assassinato! Não foi o que disse Rodrigues? Não foi o que fez Omi? Simplesmente não assassinou aquele camponês? Pelo sangue de Cristo, eu não pensava em Omi há dias. Ou na aldeia. Ou no buraco ou em mim de joelhos diante dele. Esqueça-o, ouça Mariko, seja paciente, conforme ela diz, faça-lhe perguntas, porque ela fornecerá os meios de dobrar Toranaga ao seu plano. Agora Toranaga está em dívida com você. Você o salvou. Ele sabe disso, todo mundo sabe. Ela não lhe agradeceu, não por salvá-la, mas por ter salvo a ele?

A coluna caminhava através da cidade rumando para o mar. Ele viu Yabu mantendo o passo e, por um momento, os berros de Pieterzoon lhe soaram com força nos ouvidos. "Uma coisa de cada vez", murmurou, quase que com seus botões.

– Sim – estava dizendo Mariko. – Deve ser muito difícil para o senhor. O nosso mundo é tão diferente do seu. Muito diferente, mas muito sábio. – Ela podia ver o vulto indistinto de Toranaga dentro da liteira à frente e, mais uma vez, agradeceu a Deus pela sua fuga. Como explicar ao bárbaro a nosso respeito, cumprimentá-lo pela sua coragem? Toranaga lhe ordenara que explicasse, mas como? – Deixe-me contar-lhe uma história, Anjin-san. Quando eu era jovem, o meu pai era um general a serviço de um daimio chamado Goroda. Naquela época, o senhor Goroda não era o grande ditador, mas um daimio ainda em luta pelo poder. O meu pai convidou Goroda e seus principais vassalos para um banquete. Nunca lhe ocorreu que não havia dinheiro para comprar toda a comida, o saquê, a louça de laca e os tatames que tal visita, por costume, exigia. Antes que o senhor pense que a minha mãe era má administradora, deixe-me dizer-lhe que não era. Cada centavo da renda do meu pai ia para os seus próprios samurais vassalos e, embora oficialmente ele só tivesse o suficiente para 4 mil guerreiros, economizando, poupando e manipulando, a minha mãe viu-o comandar em batalha 5300 homens, para glória do seu suserano. Nós, a família, minha mãe, as consortes de meu pai, meus irmãos e irmãs, mal tínhamos o que comer. Mas que importava isso? O meu pai e os seus homens tinham as melhores armas e os melhores cavalos e davam o melhor de si ao seu senhor.

Continuando, Mariko acrescentou:

— Sim, não havia dinheiro suficiente para aquele banquete, então a minha mãe foi aos peruqueiros de Kyōto e vendeu-lhes o cabelo. Lembro que foi como se as trevas se abatessem sobre ela. Mas ela o vendeu. Os peruqueiros o cortaram no mesmo dia, deram-lhe uma peruca barata, ela comprou tudo o que era necessário e poupou a honra de meu pai. Era dever dela pagar as contas, e ela pagou. Cumpriu o seu dever. Para nós, o dever é tudo o que importa.

— Que disse ele, o seu pai, quando descobriu?

— O que deveria dizer senão agradecer-lhe? Era dever dela encontrar o dinheiro. Poupar-lhe a honra.

— Ela devia amá-lo muito.

— "Amor" é uma palavra cristã, Anjin-san. Amor é um pensamento cristão, um ideal cristão. Não temos palavra para "amor" do modo como compreendo o significado dela. Dever, lealdade, honra, respeito, desejo, essas palavras e pensamentos são o que temos e tudo de que necessitamos. — Ela o olhou e, sem querer, começou a pensar no momento em que ele salvara Toranaga e, com Toranaga, o seu marido. Nunca se esqueça de que estavam ambos acuados lá. Estariam ambos mortos agora, não fosse esse homem.

Ela certificou-se de que não havia ninguém por perto.

— Por que o senhor fez o que fez?

— Não sei. Talvez porque... — Ele parou. Havia tantas coisas que poderia dizer: "Talvez porque Toranaga estivesse indefeso e eu não queria ser retalhado... Porque, se ele fosse descoberto, seríamos todos apanhados... Porque eu sabia que ninguém além de mim estava a par, e dependia de mim arriscar... Porque eu não queria morrer, pois há tanto o que fazer para desperdiçar minha vida, e Toranaga é o único que pode me devolver o meu navio e a minha liberdade". Em vez disso, respondeu em latim: — E Jesus lhes disse: "Pagai pois a César o que é de César".

— Ei-lo — disse ela, e acrescentou na mesma língua: — Ei-lo, que estava eu tentando dizer. A César seu quinhão e a Deus Seu quinhão. O mesmo acontece conosco. Deus é Deus e o nosso imperador vem de Deus. E César é César, e como César deve ser honrado. – Sensibilizada pela compreensão e pela ternura na voz dele, ela disse: – Vós sois sábio. Às vezes penso que compreendeis mais do que dizeis.

Você não está fazendo o que jurou nunca fazer?, perguntou-se Blackthorne. Não está se fazendo de hipócrita? Sim e não. Não devo nada a eles. Sou um prisioneiro. Roubaram-me o navio, as mercadorias e assassinaram um de meus homens. São pagãos, bem, alguns são pagãos e o resto é católico. Não devo nada a pagãos nem a católicos. Mas você gostaria de levá-la para a cama e a estava elogiando, não estava?

Deus amaldiçoe todas as consciências!

O mar estava mais perto agora, a menos de um quilômetro de distância. Ele podia ver muitos navios e a fragata portuguesa, com as suas luzes de âncora. Seria uma presa e tanto, pensou ele. Com vinte rapazes bons de briga, eu a capturaria. Voltou-se para Mariko. Mulher estranha, de uma estranha família. Como ela ofendeu Buntaro, aquele babuíno? Como pôde dormir com aquilo ou se casar com aquilo? O que é "muito triste"?

– Senhora – disse ele, mantendo a voz gentil –, a sua mãe deve ter sido uma mulher excepcional. Fazer aquilo!

– Sim. Mas, devido ao que fez, viverá para sempre. Agora é uma lenda. Era tão samurai quanto... quanto o meu pai.

– Pensei que apenas homens fossem samurais.

– Oh, não, Anjin-san. Homens e mulheres são igualmente samurais, guerreiros com responsabilidades para com os seus senhores. A minha mãe foi uma autêntica samurai, o seu dever para com o marido excedia a tudo.

– Ela está na sua casa agora?

– Não. Nem ela, nem o meu pai, nem nenhum dos meus irmãos, irmãs ou parentes. Sou a última da minha linhagem.

– Houve uma catástrofe?

Mariko, de repente, se sentiu cansada. Estou cansada de falar latim, de falar essa língua portuguesa de sons abomináveis, e cansada de ser professora, disse para si mesma. Não sou professora. Sou apenas uma mulher que conhece o seu dever e quer cumpri-lo em paz. Não quero sentir essa tepidez de novo, não quero nada desse homem que me perturba tanto. Não quero nada dele.

– De certo modo, Anjin-san, foi uma catástrofe. Um dia lhe falarei sobre isso. – Ela acelerou o passo ligeiramente e se afastou, aproximando-se da outra liteira. As duas criadas sorriram, nervosas.

– Ainda temos que andar muito, Mariko-san? – perguntou Sono.

– Espero que não – disse ela, tranquilizadora.

O capitão dos cinzentos assomou abruptamente da escuridão, do outro lado da liteira. Ela perguntou a si mesma quanto do que dissera ao Anjin-san fora ouvido às ocultas.

– Quer um *cango*, Mariko-san? Está ficando cansada? – perguntou o capitão.

– Não, obrigada. – Ela retardou a marcha deliberadamente, afastando-o da liteira de Toranaga. – Não estou cansada em absoluto.

– O bárbaro está se comportando? Não a está incomodando?

– Oh, não. Parece absolutamente calmo agora.

– Do que estavam falando?

– De todo tipo de coisa. Eu estava tentando explicar-lhe algumas das nossas leis e costumes. – Fez um gesto na direção do torreão do castelo, gravado contra o céu. – O senhor Toranaga me pediu que tentasse inculcar-lhe um pouco de bom senso.

– Ah, sim, o senhor Toranaga. – O capitão olhou brevemente para o castelo, depois novamente para Blackthorne. – Por que o senhor Toranaga está tão interessado nele, senhora?

– Não sei. Suponho que seja porque ele é uma anomalia.

Dobraram uma esquina, para outra rua, com casas por trás de jardins murados. Havia poucas pessoas à vista. Adiante havia ancoradouros e o mar. Mastros erguiam-se acima das construções e o ar estava denso com o cheiro de algas marinhas.

– De que mais falaram?

– Eles têm umas ideias muito estranhas. Pensam em dinheiro o tempo todo.

– Dizem que o país deles inteiro é feito de imundos mercadores piratas. Nem um samurai entre eles. O que o senhor Toranaga quer com ele?

– Sinto muito, mas não sei.

– Corre o boato de que ele é cristão, que clama ser cristão. É mesmo?

– Não do nosso tipo de cristão, capitão. O senhor é cristão, capitão?

– O meu amo é cristão, portanto sou cristão. O meu amo é o senhor Kiyama.

– Tenho a honra de conhecê-lo bem. Ele honrou o meu marido, tratando o casamento de uma das suas netas com o meu filho.

– Sim, eu sei, senhora Toda.

– O senhor Kiyama melhorou? Tomei conhecimento de que os médicos não deixaram ninguém vê-lo.

– Não o vejo há uma semana. Nenhum de nós. Talvez seja a sífilis chinesa. Deus o proteja disso e amaldiçoe todos os chineses! – Olhou de relance na direção de Blackthorne. – Os médicos dizem que esses bárbaros trouxeram a peste para a China, para Macau, e depois para as nossas praias.

– *Sumus omnes in manu Dei* – disse ela. Estamos todos nas mãos de Deus.

– *Ita, amen* – retrucou o capitão sem pensar, caindo na armadilha.

Blackthorne também percebera o deslize. Viu um relâmpago de raiva no rosto do capitão e ouviu-o dizer alguma coisa por entre os dentes a Mariko, que corou e também parou. Ele pulou para fora da liteira e voltou até eles.

– Se o senhor fala latim, centurião, seria muito gentil em conversar um pouco comigo. Estou ávido por aprender sobre este seu grande país.

– Sim, falo a sua língua, estrangeiro.

– Não é a minha língua, centurião, mas a da Igreja e de todas as pessoas cultas do meu mundo. O senhor a fala bem. Como e quando aprendeu?

O cortejo estava passando por eles, e todos os samurais, tanto os cinzentos quanto os marrons, os observavam. Buntaro, perto da liteira de Toranaga, parou e se voltou. O capitão hesitou, depois recomeçou a andar, e Mariko ficou contente por Blackthorne ter se juntado a eles. Caminharam em silêncio um instante.

– O centurião fala a língua fluentemente, esplendidamente, não é? – disse ele a Mariko.

– Sim, de fato. O senhor a aprendeu num seminário, centurião?

– O senhor também, estrangeiro – disse o capitão friamente, sem prestar atenção nela, detestando a lembrança do seminário de Macau, para onde fora mandado criança por Kiyama, para aprender as línguas. – Agora que falamos diretamente, diga-me com sinceridade por que o senhor perguntou a esta senhora: "Quem mais sabe?...". Quem mais sabe o quê?

– Não me recordo. A minha mente estava delirando.

– Ah, delirando, hein? Então, por que o senhor disse: "Dai a César o que é de César?".

– Foi apenas um gracejo. Eu estava discutindo com esta senhora, que me contou histórias esclarecedoras, mas, às vezes, difíceis de compreender.

– Sim, há muito que compreender. O que o fez enlouquecer no portão? E como se recuperou tão depressa do ataque?

– Foi a benevolência de Deus.

Estavam mais uma vez caminhando ao lado da liteira, o capitão furioso por ter caído na armadilha com tanta facilidade. Fora prevenido pelo senhor Kiyama, seu amo, de que a mulher era dona de uma esperteza sem limites.

– Não se esqueça de que ela traz a nódoa da traição dentro de todo o seu ser e o pirata foi gerado por Satanás. Observe, ouça e lembre-se. Talvez ela se inculpe e se torne uma futura testemunha contra Toranaga para os regentes. Mate o pirata no momento em que a emboscada tiver início.

As setas saíram da noite e a primeira cravou-se na garganta do capitão, que, ao sentir os pulmões encherem-se com fogo derretido e a morte a engoli-lo, teve um último pensamento de espanto, porque a emboscada não era para acontecer naquela rua, mas mais adiante, junto aos ancoradouros, e o ataque não era para ser contra eles, mas contra o pirata.

Outra seta se chocou contra a coluna da liteira, a uma polegada da cabeça de Blackthorne. Duas setas atravessaram as cortinas fechadas da liteira de Kiritsubo, à frente, e outra atingiu Asa na cintura. Quando ela começou a gritar, os carregadores largaram as liteiras e sumiram na escuridão. Blackthorne rolou no chão para se proteger, levando Mariko consigo para o abrigo da liteira tombada.

Cinzentos e marrons dispersaram-se. Uma chuva de setas derramou-se sobre as duas liteiras. Uma bateu surdamente no chão, no ponto onde Mariko estivera um instante antes. Buntaro estava cobrindo a liteira de Toranaga com o corpo, do melhor modo que podia, com uma seta cravada nas costas da sua armadura de couro, bambu e malhas de ferro. Quando a saraivada cessou, ele investiu e abriu as cortinas com um repelão. As duas setas encontravam-se enterradas no peito e no flanco de Toranaga, mas ele estava ileso e arrancou as farpas da armadura de proteção que usava sob o quimono. Depois lançou fora o chapéu de aba larga e a peruca. Buntaro, em guarda, perscrutou a escuridão, à procura do inimigo, uma seta pronta no arco, enquanto Toranaga se desvencilhava das cortinas e, puxando a espada de sob a manta, se punha de pé com um salto. Mariko começou a se arrastar na direção de Toranaga, a fim de ajudá-lo, mas Blackthorne a puxou de volta, com um grito de advertência, ao ver que novas setas eram disparadas contra as liteiras, matando dois marrons e um cinzento. Outra passou tão perto de Blackthorne que arrancou um pedaço de pele da sua bochecha. Uma outra prendeu a saia do seu quimono na terra. Sono, a criada, estava ao lado da garota desfigurada de dor, que corajosamente retinha os próprios gritos. Então Yabu gritou, apontou e atacou. Avistavam-se alguns vultos indefinidos sobre um dos telhados. Uma última saraivada sibilou na escuridão, sempre visando as liteiras.

Buntaro e outros marrons bloquearam o caminho até Toranaga. Um homem morreu. Uma flecha dilacerou uma junta no ombro da armadura de Buntaro e ele grunhiu de dor. Marrons e cinzentos encontravam-se agora perto do muro, em busca do inimigo, mas os atacantes desapareceram no negrume da noite e, embora uma dúzia de marrons e cinzentos corressem para a esquina a fim de interceptá-los, todos sabiam que não havia esperança de êxito. Blackthorne ergueu-se vacilante e ajudou Mariko a se levantar. Ela estava abalada, mas ilesa.

– Obrigada – disse ela, e correu na direção de Toranaga para ajudar a escondê-lo dos cinzentos. Buntaro gritava a alguns dos seus homens que apagassem as tochas perto das liteiras. Então um dos cinzentos disse: "Toranaga!", e, embora tivesse falado baixo, todos ouviram. À tremulante luz dos archotes, a maquiagem riscada pelo suor fazia Toranaga parecer grotesco.

Um dos oficiais cinzentos curvou-se, ansioso. Ali, inacreditavelmente, estava o inimigo de seu amo, livre, fora dos muros do castelo.

– O senhor esperará aqui, senhor Toranaga. Você – falou ele com rispidez a um de seus homens –, apresente-se ao senhor Ishido imediatamente e faça um relato do que se passa. – E o homem saiu em disparada.

– Detenha-o – disse Toranaga. Buntaro disparou duas setas. O homem tombou agonizante. Num átimo, o oficial sacou da espada maior e saltou para Toranaga com um grito de batalha, mas Buntaro estava preparado e aparou o golpe. Simultaneamente, os marrons e os cinzentos, todos misturados, sacaram as espadas e atacaram. A rua foi engolida em torvelinho pela escaramuça. Buntaro e o oficial golpeavam e se esquivavam. Repentinamente um cinzento separou-se do bando e investiu contra Toranaga, mas Mariko agarrou um archote, avançou e atirou-o no rosto do oficial. Buntaro cortou o atacante ao meio, depois girou sobre os calcanhares, atirou longe o segundo homem e derrubou um outro que tentava atingir Toranaga, enquanto Mariko retrocedia rapidamente, com uma espada nas mãos agora, os olhos sempre em Toranaga ou em Buntaro, o monstruoso guarda-costas.

Quatro cinzentos se agruparam e se lançaram contra Blackthorne, que ainda estava parado junto da sua liteira. Indefeso, viu-os se aproximar. Yabu e um marrom deram um pulo para interceptá-los, lutando demoniacamente. Blackthorne, por sua vez, agarrou uma tocha com um salto e, como uma maça rodopiante, deixou os atacantes momentaneamente desnorteados. Yabu matou um deles, desmembrou outro, depois quatro marrons retrocederam para liquidar os outros dois. Sem hesitação, Yabu e o marrom ferido se lançaram ao ataque mais uma vez, protegendo Toranaga. Blackthorne avançou, pegou uma arma comprida, meio espada, meio lança, e correu mais para perto de Toranaga. Este era a única pessoa que permanecia imóvel, de espada embainhada, em meio a tudo.

Os cinzentos lutavam corajosamente. Quatro se uniram para uma investida suicida contra Toranaga. Os marrons esfacelaram o ataque e ganharam mais terreno. Os cinzentos reagruparam-se e atacaram de novo. Então um superior ordenou que três deles se retirassem e fossem em busca de reforços e o resto guardasse a retirada deles. Os três cinzentos arrancaram e, embora fossem perseguidos e Buntaro acertasse um, dois escaparam.

O resto morreu.

CAPÍTULO 24

ESTAVAM SEGUINDO PELAS RUAS DESERTAS, FAZENDO UMA VOLTA PARA CHEgar ao ancoradouro e à galera. Eram dez: Toranaga liderando, Yabu, Mariko, Blackthorne e seis samurais.

O resto, comandado por Buntaro, fora enviado com as liteiras e a bagagem pelo caminho previsto, com instruções de rumar com calma para a galera. O corpo de Asa, a criada, encontrava-se numa das liteiras. Durante um momento de trégua na luta, Blackthorne lhe extraíra a flecha farpada. Toranaga vira o sangue escuro que esguichou e observara, desconcertado, quando o piloto a enfaixara, em vez de permitir que ela morresse calmamente com dignidade, e depois, quando a luta cessara inteiramente, a suavidade com que o piloto a colocara dentro da liteira. A garota era corajosa e não se lamuriara em absoluto, só olhara para ele até que a morte veio. Toranaga deixara-a na liteira acortinada como engodo, e um dos feridos fora colocado na segunda liteira também como engodo.

Dos cinquenta marrons que formavam a escolta, quinze tinham sido mortos e onze estavam mortalmente feridos. Os onze então foram rápida e honrosamente encaminhados ao Grande Vazio: três pelas próprias mãos; oito solicitaram ajuda a Buntaro. Depois Buntaro reuniu os remanescentes em torno das liteiras fechadas e partiu. Quarenta e oito cinzentos jaziam no pó.

Toranaga sabia que se encontrava perigosamente desprotegido, mas sentia-se contente. Tudo correra bem, pensou, considerando as vicissitudes da sorte. Como a vida é interessante! Primeiro pensei que fosse um mau presságio o piloto ter me visto trocando de lugar com Kiri. Depois o piloto me salvou comportando-se como um louco; graças a ele, escapamos de Ishido. Eu não havia imaginado que Ishido estivesse no portão principal, apenas no adro. Isso foi negligência. Por que Ishido estava lá? Não é próprio dele ser tão cuidadoso. Quem o aconselhou? Kiyama? Onoshi? Ou Yodoko? Uma mulher, sempre prática, poderia suspeitar de um subterfúgio assim.

Foi um bom plano – a escapada secreta –, estabelecido havia semanas, pois era óbvio que Ishido tentaria mantê-lo no castelo, voltaria os outros regentes contra ele, prometendo-lhes qualquer coisa, e, de bom grado, sacrificaria o seu refém em Edo, a senhora Ochiba, e usaria qualquer meio de mantê-lo sob guarda até a reunião final dos regentes, quando seria encurralado, impedido e morto.

– Mas eles ainda o impedirão! – comentou Hiromatsu quando Toranaga o mandou chamar, na véspera, logo após o crepúsculo, para explicar o que devia ser tentado e por que ele, Toranaga, estivera vacilando. – Mesmo que o senhor escape, os regentes o impedirão pelas costas, tão facilmente quanto o fariam na sua cara. Depois, quando eles ordenarem, o senhor será obrigado a cometer *seppuku*, e é evidente que ordenarão.

– Sim – disse Toranaga. – Na qualidade de presidente dos regentes, eu sou obrigado a fazer isso se os quatro votarem contra mim. Mas aqui – ele tirara da manga um pergaminho enrolado – está a minha renúncia formal ao Conselho de Regentes. Você a entregará a Ishido quando a minha fuga se tornar conhecida.

– O quê?

– Se renuncio, eu deixo de ser obrigado pelo meu juramento de regente, *né?* O táicum nunca me proibiu de renunciar, *né?* Dê isto a Ishido, também – dissera ele, estendendo a Hiromatsu o carimbo, o selo oficial do seu posto de presidente.

– Mas agora o senhor está totalmente isolado. Está condenado!

– Engana-se. Ouça, o testamento do táicum implantou um conselho de cinco regentes no reino. Agora há quatro. Para ser legal, antes que possam exercer o mandato do imperador, os quatro têm que eleger ou designar um novo membro, um quinto, *né?* Ishido, Kiyama, Onoshi e Sugiyama têm que *concordar*, *né?* O novo regente não tem que ser aceito por todos eles? Claro! Agora, companheiro, com quem, no mundo inteiro, esses inimigos concordarão em partilhar o poder supremo? Hein? E, enquanto estiverem decidindo isso, não haverá outras decisões e...

– Estaremos nos preparando para a guerra. O senhor não terá mais obrigações e poderá soltar um pouco de mel aqui, um pouco de fel ali e esses cagões peludos se devorarão entre si! – disse Hiromatsu com ímpeto. – Ah, Yoshi Toranaga-no--Minowara, o senhor é um homem entre os homens. Comerei o meu traseiro se o senhor não é o homem mais sábio do país!

Sim, era um bom plano, pensou Toranaga, e todos desempenharam o seu papel: Hiromatsu, Kiri e a minha adorável Sazuko. E agora estão trancados lá e permanecerão assim ou serão autorizados a partir.

Acho que nunca serão autorizados a partir.

Sentirei muito perdê-los.

Liderava o grupo com segurança, com passo rápido mas comedido, o passo com que caçava, o passo que podia manter continuamente por dois dias e uma noite, se necessário. Ainda usava o manto e o quimono de viagem de Kiri, mas as saias estavam arregaçadas e as suas perneiras militares destoavam.

Cruzaram outra rua deserta e rumaram por uma rua estreita. Ele sabia que logo o alarme chegaria a Ishido e então a caçada seria deflagrada com determinação. Há tempo suficiente, disse ele a si mesmo.

Sim, foi um bom plano. Mas não previ a emboscada. Custou-me três dias de segurança. Kiri tinha certeza de poder manter o logro em segredo pelo menos durante três dias. Mas agora o segredo foi descoberto e não poderei embarcar e zarpar despercebido. Para quem era a emboscada? Para mim ou para o piloto? Claro que para o piloto. Mas as setas não visavam as duas liteiras? Sim, mas os arqueiros estavam bem longe e devia ser difícil enxergar. Seria mais sábio e mais seguro matar os dois, só por precaução.

Quem ordenou o ataque, Kiyama ou Onoshi? Ou os portugueses? Ou os padres cristãos?

Toranaga voltou-se para examinar o piloto. Viu que ele não estava esmorecendo, nem a mulher, que caminhava ao seu lado, embora estivessem ambos cansados. No horizonte podia ver a massa atarracada e vasta do castelo e o falo do torreão. Esta noite foi a segunda vez que eu quase morri lá, pensou ele. Será que esse castelo realmente vai ser a minha nêmesis? O táicum me dizia com frequência: "Enquanto o Castelo de Ōsaka existir, a minha linhagem nunca morrerá, e você, Toranaga Minowara, terá seu epitáfio escrito em suas paredes. Ōsaka lhe causará a morte, meu fiel vassalo!". E sempre a risada sibilante, molesta, que o deixava muito nervoso.

Será que o táicum vive em Yaemon? Viva ou não, Yaemon é o herdeiro legal.

Com um esforço, Toranaga desviou os olhos do castelo, dobrou outra esquina e enveredou por um labirinto de alamedas. Finalmente parou diante de um portão gasto pelo tempo. Havia um peixe gravado em suas toras. Ele bateu em código. A porta logo se abriu. Instantaneamente um samurai desgrenhado curvou-se.

– Senhor?

– Traga os seus homens e siga-me – disse Toranaga, e pôs-se em movimento de novo.

– Com prazer. – Esse samurai não usava o uniforme marrom, apenas coloridos trapos de *rōnin*, mas fazia parte das tropas de elite secretas que Toranaga havia contrabandeado para Ōsaka, para o caso de uma emergência assim. Quinze homens, semelhantemente vestidos e igualmente bem armados, seguiram-no e logo tomaram posição na vanguarda e na retaguarda, enquanto um deles abalava para espalhar o alarme para outros destacamentos secretos. Logo, Toranaga tinha cinquenta homens consigo. Mais cem cobriam seus flancos. Mil estariam prontos ao amanhecer, se viesse a precisar deles. Ele se descontraiu e afrouxou o passo, sentindo que o piloto e a mulher estavam se cansando depressa demais. Precisava deles fortes.

✿

De pé, protegido pelas sombras do depósito, Toranaga estudou a galera, o embarcadouro e a praia. Yabu e um samurai estavam ao seu lado. Os outros, reunidos, tinham sido deixados cem passos atrás, na viela.

Um destacamento de cem cinzentos esperava perto da escada de costado da galera, a uns cem passos de distância, do outro lado de uma larga extensão de terra batida que impedia qualquer ataque de surpresa. A galera estava atracada a pilares fixados no embarcadouro de pedra que avançava cem metros para dentro do mar. Os remos estavam armados com cuidado e Toranaga podia ver, indistintamente, muitos marujos e guerreiros no convés.

– São nossos ou deles? – perguntou em voz baixa.

– A distância é muita para se ter certeza – respondeu Yabu.

A maré estava alta. Além da galera, barcos de pesca aproximavam-se e partiam, com lanternas servindo de luzes de âncora e de pesca. Ao norte, ao longo da praia, havia fileiras de barcos de pesca de muitos tamanhos, abicados na areia e cuidados por alguns pescadores. Quinhentos passos ao sul, ao longo de outro embarcadouro de pedra, estava a fragata portuguesa, a *Santa Teresa*. À luz dos archotes, enxames de carregadores azafamados carregavam barris e fardos. Outro grande grupo de cinzentos espalhava-se à toa por perto. Isso era habitual, porque todos os navios portugueses atracados e os estrangeiros em geral deviam, por lei, estar sob perpétua vigilância. Era só em Nagasaki que a navegação portuguesa ocorria livremente.

Se a segurança pudesse ser reforçada lá, todos nós dormiríamos mais seguros à noite, disse Toranaga a si mesmo. Sim, mas poderíamos mantê-los sob estreita vigilância e continuar tendo o comércio com a China em índices sempre crescentes? Isso é uma armadilha na qual os bárbaros meridionais nos têm e de onde não há escapatória, não enquanto os daimios cristãos dominarem Kyūshū e os padres forem necessários. O melhor que podemos fazer é o que o táicum fez. Dar um pouco aos bárbaros, fingir tomar de volta, tentar blefar, sabendo que, sem o comércio com a China, a vida seria impossível.

– Com a sua permissão, senhor, atacarei imediatamente – sussurrou o samurai.

– Aconselho o contrário – disse Yabu. – Não sabemos se os nossos homens estão a bordo. E poderia haver mil homens escondidos por toda parte aqui. Aqueles homens – apontou para os cinzentos perto do navio português – darão o alarme. Nunca conseguiríamos tomar o navio e zarpar antes que eles nos retivessem. Precisamos de dez vezes o número de homens que temos agora.

– O senhor Ishido logo estará informado – disse o samurai. – Então Ōsaka toda estará fervilhando com mais inimigos do que moscas num campo de batalha recente. Tenho 150 homens, contando com os que estão nos nossos flancos. Serão suficientes.

– Não para que tenhamos segurança. Não se os nossos marinheiros não estiverem prontos aos remos. É melhor criar uma situação que desvie a atenção dos cinzentos e de quaisquer outros que estejam escondidos. Aqueles também. – Yabu apontou novamente para os homens perto da fragata.

– Que tipo de situação? – perguntou Toranaga.

– Incendiar a rua.

– É impossível! – protestou o samurai, agastado. Incêndio doloso era crime punível com a queima em público de toda a família da pessoa culpada, de cada geração da família. A penalidade era, por lei, a mais severa, porque um incêndio era o maior perigo que podia haver para uma aldeia ou cidade do império.

Madeira e papel eram os únicos materiais de construção utilizados, com exceção de telhas de cerâmica em alguns telhados. Cada lar, cada depósito, cada choupana e cada palácio era altamente inflamável. – Não podemos incendiar a rua!

– O que é mais importante – perguntou Yabu –: a destruição de algumas ruas ou a morte do nosso amo?

– O fogo se alastraria, Yabu-san. Não podemos queimar Ōsaka. Há 1 milhão de pessoas aqui, mais que isso.

– É essa a sua resposta à minha pergunta?

Pálido, o samurai voltou-se para Toranaga:

– Senhor, farei qualquer coisa que o senhor peça. É isso o que quer que eu faça?

Toranaga limitou-se a olhar para Yabu.

O daimio sacudiu o polegar desdenhosamente na direção da cidade.

– Há dois anos, a metade dela se incendiou, e olhe agora. Há cinco anos houve o Grande Incêndio. Quantas centenas de milhares se perderam então? O que isso importa? São apenas lojistas, mercadores, artesãos, e *etas*. Não é como se Ōsaka fosse uma aldeia cheia de camponeses.

Toranaga já havia avaliado o vento. Era leve e não alastraria o fogo. Talvez. Mas uma labareda podia facilmente transformar-se num holocausto, que devoraria a cidade inteira. Exceto o castelo. Ah, se fosse apenas consumir o castelo, eu não hesitaria nem um momento.

Girou sobre os calcanhares e voltou-se para os outros.

– Mariko-san, leve o piloto e os nossos seis samurais e vá para a galera. Finja estar quase em pânico. Diga aos cinzentos que houve uma emboscada de bandidos ou *rōnins*, você não tem certeza. Diga-lhes onde aconteceu, que você foi mandada na frente com urgência pelo capitão da nossa escolta de cinzentos para levar mais cinzentos como ajuda, que a batalha ainda não terminou, que você acha que Kiritsubo foi morta ou ferida. Que eles se apressem, por favor. Se você for convincente, isso afastará daqui a maior parte deles.

– Compreendi perfeitamente, senhor.

– Depois, não importa o que os cinzentos façam, vá para bordo com o piloto. Se os nossos marinheiros estiverem lá e o navio seguro e protegido, volte à escada de embarque e finja desmaiar. Esse é o nosso sinal. Faça isso exatamente no topo da escada. – Toranaga pousou os olhos em Blackthorne. – Diga-lhe o que você vai fazer, mas não que você vai desmaiar. – Afastou-se para dar ordens ao resto de seus homens e instruções especiais aos seis samurais.

Quando Toranaga terminou, Yabu puxou-o de parte.

– Por que mandar o bárbaro? Não seria mais seguro deixá-lo aqui? Mais seguro para o senhor?

– Mais seguro para ele, Yabu-san, mas não para mim. Ele é um ardil útil.

– Incendiar a rua seria ainda mais seguro.

– Sim. – Toranaga pensou que era melhor ter Yabu ao seu lado do que ao lado de Ishido. Ainda bem que não o fiz pular da torre ontem.

– Senhor?

– Sim, Mariko-san?

– Desculpe, mas o Anjin-san perguntou o que vai acontecer se o navio estiver em poder do inimigo.

– Diga-lhe que não precisa ir com você se não for forte o suficiente.

Blackthorne conservou a calma quando ela lhe disse o que Toranaga mandara dizer.

– Diga ao senhor Toranaga que o plano dele não é bom para a senhora, que a senhora devia ficar aqui. Se tudo estiver bem, eu posso dar o sinal.

– Não posso fazer isso, Anjin-san, não é o que o nosso amo ordenou – disse Mariko com firmeza. – Qualquer plano idealizado por ele, com certeza, é muito sábio.

Blackthorne entendeu que não fazia sentido discutir. Deus amaldiçoe a arrogância sanguinária e teimosa deles, pensou. Mas, por Deus, que coragem eles têm! Os homens e esta mulher!

Ele a observara na emboscada, empunhando a longa espada que tinha quase o tamanho dela, pronta para lutar até à morte por Toranaga. Vira-a usar a espada uma vez, com perícia, e, embora fosse Buntaro quem tivesse matado o atacante, ela tornara isso mais fácil, forçando o homem a recuar. Ainda havia sangue em seu quimono, agora rasgado em alguns lugares. O seu rosto estava sujo.

– Onde aprendeu a usar a espada? – perguntara-lhe, enquanto se apressavam na direção do embarcadouro.

– O senhor devia saber que todas as senhoras samurais aprendem bem cedo a usar uma faca para defender a própria honra e a de seus senhores – dissera ela simplesmente e mostrara-lhe como o estilete era guardado no *obi*, pronto para uso imediato. – Mas algumas de nós, poucas, também aprendem a usar espada e lança, Anjin-san. Alguns pais acham que as filhas, assim como os filhos, devem ser preparadas para a batalha pelos seus senhores. Claro que algumas são mais belicosas do que outras e apreciam entrar nas batalhas com o marido ou o pai. A minha mãe era assim. O meu pai e ela resolveram que eu devia conhecer a espada e a lança.

– Não fosse o capitão dos cinzentos estar no caminho, a primeira seta teria ido bem na sua direção – dissera ele.

– Na sua direção, Anjin-san – corrigira ela, muito segura. – Mas o senhor realmente me salvou a vida, puxando-me para a segurança.

Agora, olhando para ela, soube que não gostaria que nada lhe acontecesse.

– Deixe-me ir com os samurais, Mariko-san. A senhora fica aqui. Por favor.

– Isso não é possível, Anjin-san.

– Então quero uma faca. Melhor ainda, dê-me duas.

Ela passou o pedido a Toranaga, que concordou. Blackthorne escondeu uma por baixo do *obi*, dentro do quimono. A outra, amarrou-a com o cabo para baixo na face interna do antebraço, com uma tira de seda que rasgou da bainha do quimono.

– O meu amo pergunta se todos os ingleses portam facas secretamente, assim, na manga.

– Não. Mas muitos marujos sim.

– Não é comum aqui, nem com os portugueses – disse ela.

– O melhor lugar para uma faca sobressalente é a bota. Então pode-se causar um dano bem sério muito depressa. Se necessário.

Ela traduziu isso e Blackthorne notou os olhos atentos de Toranaga e Yabu e sentiu que os dois não gostaram da ideia de vê-lo armado. "Bem", pensou ele, "talvez eu possa continuar armado."

Novamente sentiu curiosidade em relação a Toranaga. Depois que a emboscada fora repelida e os cinzentos mortos, Toranaga, através de Mariko, lhe agradecera diante de todos os marrons pela sua "lealdade". Mais nada. Nenhuma promessa, nenhum acordo, nenhuma recompensa. Mas Blackthorne sabia que isso viria mais tarde. O velho monge lhe dissera que a lealdade era a única coisa que eles recompensavam. "Lealdade e dever, *señor*", dissera, "é o culto deles, esse *bushidō*. Enquanto nós damos a vida a Deus e a seu abençoado filho Jesus, e a Maria, mãe de Deus, esses animais se dão a seus amos e morrem como cães. Lembre-se, *señor*, pela salvação da sua alma, de que são animais."

Não são animais, pensou Blackthorne. E muito do que o senhor disse, padre, é um erro e um exagero fanático.

– Precisamos de um sinal que diga se o navio é seguro ou não – disse a Mariko.

De novo, ela traduziu, inocentemente desta vez.

– O senhor Toranaga diz que um dos nossos soldados fará isso.

– Não vejo bravura em mandar uma mulher para fazer o serviço de um homem.

– Por favor, seja paciente conosco, Anjin-san. Não há diferença entre homens e mulheres. As mulheres são iguais enquanto samurais. Neste plano, uma mulher é muito melhor do que um homem.

Toranaga deu rápidas instruções a ela.

– Está pronto, Anjin-san? Devemos ir agora.

– O plano é péssimo e perigoso e estou cansado de ser um maldito pato depenado, indicado para o sacrifício, mas estou pronto.

Ela riu, curvou-se para Toranaga, e saiu correndo. Blackthorne e os seis samurais correram atrás dela.

Mariko saiu muito veloz e ele não a alcançou senão quando dobraram a esquina e rumaram para espaço aberto. Nunca se sentira tão vulnerável. No momento em que apareceram, os cinzentos os localizaram e arremeteram. Logo estavam cercados, Mariko palrando febrilmente com os samurais cinzentos.

Depois ele também se juntou à babel numa arquejante mistura de português, inglês e holandês, gesticulando para que se apressassem, e tateou na direção da escada de embarque, a fim de se encostar nela, fingindo estar sem fôlego. Tentou ver dentro do navio, mas não conseguiu distinguir nada, apenas muitas cabeças aparecendo na amurada. Viu o crânio raspado de muitos samurais e muitos marujos. Não conseguiu discernir a cor dos quimonos.

Atrás dele, um dos cinzentos lhe falava rapidamente e ele voltou-se dizendo que não compreendia, que ele fosse para lá, depressa, para onde estava acontecendo a maldita batalha.

– *Wakarimasu ka?* Ponha o seu traseiro rabudo para fora daqui! *Wakarimasu ka?* A luta é lá!

Mariko derramava freneticamente uma enxurrada de palavras sobre o superior dos cinzentos. O oficial encaminhou-se de volta ao navio e gritou ordens. Imediatamente mais de cem samurais, todos cinzentos, começaram a brotar do navio. O oficial mandou alguns para o norte, ao longo da praia, para interceptar os feridos e ajudá-los se necessário. Um foi enviado às pressas para buscar ajuda dos cinzentos da galera portuguesa. Deixando dez homens para trás, a fim de guardar a escada de embarque, comandou os demais numa investida à rua que subia coleando do embarcadouro, rumo à cidade propriamente dita.

Mariko aproximou-se de Blackthorne.

– O navio lhe parece em ordem? – perguntou.

– Está flutuando. – Com grande esforço, Blackthorne agarrou as cordas da escada e se içou para o convés. Mariko seguiu-o. Dois marrons foram atrás dela.

Os marujos que se amontoavam junto à amurada de bombordo abriram caminho. Quatro cinzentos guardavam o tombadilho e havia mais dois na popa. Estavam todos armados de arcos e flechas, assim como de espadas.

Mariko interrogou um dos marinheiros. O homem respondeu-lhe servilmente.

– São todos marinheiros contratados para levar Kiritsubo-san para Edo – disse a Blackthorne.

– Pergunte-lhe... – Blackthorne parou ao reconhecer o pequeno e atarracado imediato que fizera capitão da galera depois da tempestade. – *Konbanwa*, capitão-san! Boa noite.

– *Konbanwa*, Anjin-san. *Watashi wa ima* Kapitan-san *ja nai desu* – retrucou o imediato, com um sorriso e abanando a cabeça. Apontou para um marinheiro baixinho com o cabelo cinza-ferro preso numa cauda eriçada, que se erguia sozinho no tombadilho.

– *Kare ga* Kapitan-san *desu!*

– *Ah, so desu ka? Halloa*, capitão-san! – disse alto Blackthorne, curvando-se. Baixando a voz, disse a Mariko: – Descubra se há cinzentos lá embaixo.

Antes que ela pudesse dizer qualquer coisa, o capitão estava retribuindo a mesura e gritava ao imediato. Este assentiu e respondeu pormenorizadamente. Alguns dos marinheiros também expressaram sua concordância. O capitão e todos a bordo estavam muito impressionados.

– *Ah, so desu ka,* Anjin-san! – Então o capitão gritou: – *Keirei!* Saudação! – Todos a bordo, exceto os samurais, curvaram-se para Blackthorne em saudação.

– Este imediato disse ao capitão que o senhor salvou o navio durante a tempestade – disse Mariko. – O senhor não nos contou sobre a tempestade nem sobre a sua viagem.

– Há pouco que contar. Foi apenas mais uma tempestade. Por favor, agradeça ao capitão e diga-lhe que estou feliz por me encontrar a bordo de novo. Pergunte-lhe se estamos prontos para partir quando os outros chegarem. – E acrescentou em voz baixa: – Descubra se há mais cinzentos lá embaixo.

Ela fez conforme o ordenado.

O capitão aproximou-se e ela pediu mais informações e, depois, pegando a deixa do capitão sobre a importância de Blackthorne a bordo, curvou-se para Blackthorne.

– Anjin-san, ele lhe agradece pela vida de seu navio e diz que estão prontos. – E mais baixo: – Quanto ao resto, ele não sabe.

Blackthorne deu uma olhada na praia. Não havia sinal de Buntaro nem da coluna ao norte. Os samurais enviados ao sul, na direção do *Santa Teresa*, se encontravam a uns cem metros do seu destino, ainda despercebidos.

– E agora? – disse ele, quando já não conseguia aguentar a espera.

O navio está seguro? Resolva-se, dizia ela a si mesma.

– Aquele homem chegará lá a qualquer momento – disse ele olhando para a fragata.

– O quê?

Ele apontou.

– Aquele... o samurai!

– Que samurai? Desculpe, não consigo enxergar a essa distância, Anjin-san. Posso ver tudo no navio, embora os cinzentos na dianteira do navio estejam nebulosos. Que homem?

Ele lhe disse, acrescentando em latim:

– Eis que agora ele se acerca a uns cinquenta passos de distância. Mui visível. Imperativo é recebermos ajuda urgentemente. Quem dará o sinal? Pois deve ser dado incontinenti!

– Meu marido, há algum sinal dele? – perguntou ela em português.

Ele meneou a cabeça.

Dezesseis cinzentos erguem-se entre o meu amo e a segurança, pensou ela. Ó, minha Nossa Senhora, proteja-o!

Então, encomendando a alma a Deus, receosa de estar tomando a decisão errada, ela se dirigiu debilmente para o topo da escada de embarque e fingiu desmaiar.

Blackthorne foi pego de surpresa. Viu a cabeça dela bater desagradavelmente contra os sarrafos de madeira. Os marinheiros começaram a se aglomerar, cinzentos convergiram do ancoradouro e dos conveses, enquanto ele acorria. Levantou-a e carregou-a para o tombadilho por entre os homens.

– Tragam água... Água, *hai?*

Os marujos olhavam-no sem compreender. Desesperado, ele revirou a memória à procura da palavra japonesa. O velho monge lhe dissera cinquenta vezes. Cristo, como é? – Oh... *mizu, mizu, hai?*

– Ah, *mizu! Hai,* Anjin-san. – Um homem se afastou às carreiras. Houve um súbito grito de alarme.

Em terra, trinta dos samurais de Toranaga disfarçados de *rōnins* vinham disparados da viela. Os cinzentos que haviam começado a deixar o cais voltaram às pressas para junto da escada.

Os que estavam no tombadilho e na popa espicharam o pescoço para ver melhor. Abruptamente, um gritou ordens. Os arqueiros armaram os arcos. Todos os samurais marrons e cinzentos lá embaixo sacaram as espadas, e muitos acorreram de volta ao molhe.

– Bandidos! – gritou um dos marrons, seguindo o plano.

Imediatamente os dois marrons no convés se separaram, um indo para a frente, outro para a popa. Os quatro em terra se desdobraram em leque, misturando-se com os cinzentos à espera.

– Alto! – Os samurais *rōnins* de Toranaga investiram. Uma seta atingiu um homem no peito e ele caiu pesadamente. Logo o marrom na popa matou o arqueiro cinzento e se lançou sobre o outro, mas este foi mais rápido e eles travaram espadas, o cinzento gritando uma advertência de traição aos outros. O marrom no tombadilho de popa havia mutilado um dos cinzentos, mas os outros três o liquidaram rapidamente e correram para o topo da escada. Os marujos se dispersaram. Os samurais no embarcadouro lutavam encarniçadamente, com os cinzentos sobrepujando os quatro marrons, sabendo que tinham sido traídos e que, a qualquer momento, também eles seriam engolidos pelos atacantes. O líder dos cinzentos no convés, um homenzarrão violento, de barba grisalha, olhou para Blackthorne e Mariko.

– Matem os traidores! – vociferou ele, e, com um grito de batalha, arremeteu.

Blackthorne vira-os olhar para Mariko, ainda deitada no seu desmaio, todos com a morte nos olhos, e entendeu que, se não conseguisse auxílio depressa, logo estariam ambos mortos, e que o auxílio não viria dos marujos. Ele se lembrou de que apenas samurais podiam lutar com samurais. Deslizou a faca para a mão e arremessou-a num arco. Atingiu o samurai na garganta. Os outros dois cinzentos arremeteram contra Blackthorne, espadas em riste. Ele empunhou a segunda faca e fincou pé junto de Mariko, sabendo que não ousaria deixá-la desprotegida. Olhando de soslaio, viu que a batalha pela escada de costado estava quase vencida. Apenas três cinzentos ainda defendiam a ponte, apenas esses três impediam o auxílio de chegar a bordo. Se ele pudesse continuar vivo por menos de um minuto, estaria salvo, e ela também. Matem-nos, matem os bastardos!

Sentiu, mais do que viu, a espada descendo sobre a garganta e pulou para trás, para fora do caminho da arma. Um cinzento tentara trespassá-lo, enquanto o outro, hesitante, atacava Mariko, espada erguida. Nesse momento, Blackthorne viu Mariko recobrar os sentidos. Ela se atirou contra as pernas do desprevenido samurai, fazendo-o estatelar-se no convés. Depois, arrastando-se por sobre o cinzento morto, agarrou-lhe a espada da mão que ainda se contraía e investiu contra o guarda com um grito. O cinzento se pusera em pé de novo e, urrando de raiva, atacou-a. Ela recuou e o golpeou bravamente, mas Blackthorne sabia que ela estava perdida, já que o homem era forte demais. De algum modo, Blackthorne evitou outro golpe mortal do seu próprio antagonista, afastou-o com um pontapé e lançou a faca contra o atacante de Mariko. Acertou o homem nas costas, fazendo-o desviar-se do alvo. Logo em seguida, Blackthorne se viu no tombadilho, indefeso e encurralado, um cinzento saltando os degraus na sua direção; o outro, que acabara de vencer a luta na popa, correndo para cima dele ao longo do convés. Ele saltou para a amurada e a segurança do mar, mas escorregou no convés molhado de sangue.

Mariko, lívida, fitava de olhos arregalados o imenso samurai que ainda a tinha acuada, oscilando sobre os pés, a sua vida escoando-se depressa, mas não depressa o bastante. Ela o atacou com todas as forças, mas ele aparou o golpe, segurou a espada e arrancou-lhe a arma das mãos. Reuniu as suas últimas forças e ia dar o bote no momento em que os samurais *rōnins* irromperam pela escada acima, por sobre os cinzentos mortos. Um se atracou ao atacante de Mariko, outro disparou uma seta na direção do tombadilho.

A seta dilacerou as costas do cinzento, fazendo-o perder o equilíbrio com violência, e a sua espada desviou-se de Blackthorne, indo atingir a amurada. Com dificuldade, Blackthorne tentou se afastar, mas o homem o alcançou, arrastou-o para o convés e cravou-lhe os dedos nos olhos. Outra seta atingiu o segundo cinzento no ombro e ele largou a espada, gritando de dor e de raiva, tentando em vão arrancar a flecha. Uma terceira seta fez com que ele se contorcesse. O sangue jorrou da sua boca aos borbotões e, sufocado, os olhos vítreos, o samurai tateou rumo a Blackthorne e caiu sobre ele quando o último cinzento chegou para a matança, uma curta faca pontuda nas mãos. Desferiu o golpe. Blackthorne estava indefeso, mas uma mão amiga segurou o braço da faca, depois a cabeça do inimigo desapareceu de cima do pescoço, cedendo lugar a um jorro de sangue. Os dois cadáveres foram tirados de cima de Blackthorne e ele foi posto de pé. Enxugando o sangue do rosto, viu vagamente que Mariko estava estendida no convés e samurais *rōnins* agitavam-se em torno dela. Ele se soltou dos que o ajudavam e cambaleou na direção dela, mas os joelhos cederam e o seu corpo desabou.

CAPÍTULO 25

BLACKTHORNE DEMOROU UNS BONS DEZ MINUTOS PARA SE REVIGORAR O BASTANTE e para se levantar sem auxílio. Nesse meio-tempo os samurais *rōnins* liquidaram os feridos e lançaram todos os cadáveres ao mar. Seis marrons haviam morrido, e todos os cinzentos. Limparam o navio e deixaram-no pronto para a partida imediata. Puseram os marujos aos remos e postaram alguns junto dos pilares, esperando para soltar as cordas de atracação. Todos os archotes tinham sido apagados. Alguns samurais foram mandados patrulhar a praia ao norte, a fim de interceptar Buntaro. A maioria dos homens de Toranaga correu na direção sul, para um quebra-mar de pedra a uns duzentos passos de distância, onde tomaram posição de defesa contra os cem cinzentos da fragata que, tendo visto o ataque, se aproximavam a toda a velocidade.

Quando todos a bordo haviam sido contados e recontados, o líder colocou as mãos em concha em torno dos lábios e gritou na direção da praia. Logo, mais samurais disfarçados de *rōnins*, comandados por Yabu, saíram da noite e se desdobraram em escudos protetores, a norte e a sul. Em seguida Toranaga apareceu e se encaminhou lentamente para o passadiço de embarque, sozinho. Despira o quimono de mulher, abandonara a capa escura de viagem e removera a maquiagem. Agora já estava usando a sua armadura, um quimono marrom simples e espadas no *obi*. O espaço atrás dele era fechado pelos últimos dos seus guardas, e todo o grupo se movimentava em marcha lenta rumo ao cais.

Bastardo, pensou Blackthorne. Você é um filho da mãe cruel, frio, sem coração, mas, não há dúvida, tem majestade.

Momentos antes vira Mariko ser carregada para baixo, ajudada por uma jovem, e presumiu que estava ferida, mas sem gravidade, visto que todos os samurais com ferimentos graves eram imediatamente liquidados, caso não se matassem ou não pudessem se matar. E ela era samurai.

Tinha as mãos muito fracas, mas agarrou o leme, endireitou-se ajudado por um marinheiro e sentiu-se melhor. A leve brisa dissipava os vestígios de náusea. Ainda vacilante e atordoado, observou Toranaga.

Subitamente viu-se um clarão vindo da torre e ouviu-se o débil eco de sinos de alarme. Em seguida, dos muros do castelo, começaram a lançar fogos para o ar. Eram sinais combinados.

Meu Deus, eles já devem ter recebido a notícia a respeito da fuga de Toranaga.

No meio do grande silêncio que se seguiu, viu Toranaga olhar para trás e para cima. Por toda a cidade começaram a se acender luzes. Sem se apressar, Toranaga voltou-se e subiu a bordo.

Do norte, gritos distantes desciam com o vento. Buntaro! Deve ser ele, com o resto da coluna. Blackthorne perscrutou a escuridão à distância, mas não conseguiu ver nada. Ao sul, a brecha entre os cinzentos atacantes e os marrons defensores estava se fechando rapidamente. Blackthorne avaliou quantidades. Mais ou menos iguais no momento. Mas por quanto tempo?

– *Keirei!* – Todos a bordo se ajoelharam e se curvaram profundamente quando Toranaga apareceu no convés. Toranaga fez um sinal para Yabu, que o seguia. Logo Yabu assumiu o comando, dando ordens para zarpar. Cinquenta samurais da falange subiram correndo a escada de embarque para tomar posições de defesa, de frente para a praia, armando os seus arcos.

Blackthorne sentiu alguém puxar-lhe a manga.

– Anjin-san!

– *Hai?* – Olhou para o rosto do capitão. O homem falou uma torrente de palavras, apontando para o leme. Blackthorne chegou à conclusão de que o homem o considerava o comandante a bordo e estava pedindo permissão para zarpar.

– *Hai*, capitão-san – respondeu. – Levantar ferros! *Isoge!* – Sim, depressa, disse a si mesmo, perguntando-se como conseguira se lembrar da palavra com tanta facilidade.

A galera afastou-se lentamente do cais, ajudada pelo vento e impelida pelos hábeis remadores. Então Blackthorne viu os cinzentos chegarem ao quebra-mar, dando início a um violento assalto. Nesse instante, saindo da escuridão por trás de um alinhamento de botes encalhados na areia, surgiram três homens e uma mulher dando combate a nove cinzentos. Blackthorne reconheceu Buntaro e a jovem Sono.

Buntaro liderava a retirada para o molhe, a espada ensanguentada, setas fincadas na armadura sobre o peito e as costas. A garota estava armada com uma lança, mas cambaleava, sem fôlego. Um dos marrons parou corajosamente para cobrir a retirada. Os cinzentos o engoliram. Buntaro subiu correndo os degraus, a garota ao lado dele com o último marrom, depois se voltou e atacou os cinzentos como um touro enlouquecido. Os dois primeiros foram arremessados para fora do ancoradouro: um quebrou as costas contra as pedras embaixo e o outro caiu berrando, sem o braço direito. Os cinzentos hesitaram momentaneamente, dando à jovem tempo para assestar a lança, mas todos a bordo sabiam que era apenas um gesto. O último marrom se precipitou à frente do amo e se lançou de cabeça contra o inimigo. Os cinzentos o liquidaram, depois atacaram maciçamente.

Arqueiros do navio disparavam saraivada atrás de saraivada, matando ou mutilando todos os cinzentos, menos dois. Uma espada ricocheteou no elmo de Buntaro e bateu-lhe no ombro da armadura. Buntaro golpeou o cinzento sob o queixo com o antebraço protegido de armadura, quebrando-lhe o pescoço, e se atirou contra o último.

Esse homem também morreu.

A garota estava de joelhos agora, tentando recobrar o fôlego. Buntaro não perdeu tempo certificando-se de que os cinzentos estavam mortos. Simplesmente decepou-lhes a cabeça com golpes únicos, perfeitos, e depois, quando o molhe estava completamente seguro, voltou-se para o mar e acenou para Toranaga, exausto mas feliz. Toranaga retribuiu o aceno, igualmente satisfeito.

O navio estava a vinte metros do molhe e a brecha continuava se alargando.

– Capitão-san – chamou Blackthorne, gesticulando nervosamente –, volte ao ancoradouro! *Isoge!*

Obediente, o capitão gritou as ordens. Todos as remos pararam e começaram a se mover em sentido contrário. Imediatamente Yabu arremeteu do outro lado do tombadilho e falou energicamente ao capitão. A ordem foi clara. O navio não devia retornar.

– Há muito tempo, pelo amor de Cristo! Olhe! – Blackthorne apontou para o trecho de terra batida vazio e o quebra-mar, onde os *rōnins* estavam mantendo os cinzentos cercados.

Mas Yabu balançou a cabeça.

O afastamento era de trinta metros agora, e a mente de Blackthorne gritava: o que é que há com você? Aquele é Buntaro, o marido dela!

– Você não pode deixá-lo morrer, é um dos nossos! – gritou para Yabu e para o navio. – Ele! Buntaro! – Voltou-se para o capitão. – De volta para lá. *Isoge!* – Mas desta vez o marujo meneou a cabeça, sem ação, manteve a rota de fuga e o mestre remador continuou a bater no grande tambor.

Blackthorne correu para Toranaga, que estava de costas para ele, estudando a praia e o ancoradouro. Imediatamente quatro samurais guarda-costas se puseram no caminho do piloto, espadas levantadas. Ele chamou:

– Toranaga-sama! *Dōzo!* Ordene que o navio volte! Lá! *Dōzo!* Por favor! Volte!

– *Iie*, Anjin-san. – Toranaga apontou uma vez para os archotes de aviso no castelo e uma vez para o quebra-mar e deu-lhe as costas de novo com determinação.

– Por que você, seu covarde de merda... – começou Blackthorne, mas parou. Saiu correndo para a amurada e se debruçou. – Naaaaadem! – gritou ele, fazendo os gestos. – Nadem, pelo amor de Cristo!

Buntaro compreendeu. Pôs a jovem em pé, falou-lhe e empurrou-a ligeiramente na direção da beirada do ancoradouro, mas ela gritou e caiu de joelhos diante dele. Obviamente, não sabia nadar.

Desesperadamente, Blackthorne esquadrinhou o convés. Não havia tempo para descer um bote. A distância era muita para atirar uma corda. Ele não tinha forças suficientes para nadar até lá e voltar. Não havia salva-vidas. Como último recurso, correu para os remadores mais próximos, dois a cada grande remo, e interrompeu o movimento deles. Todos os remos a bombordo ficaram momentaneamente fora de tempo, remo batendo contra remo. A galera girou desajeitadamente, a batida parou e Blackthorne mostrou aos remadores o que queria.

Dois samurais avançaram para contê-lo, mas Toranaga ordenou que se afastassem.

Juntos, Blackthorne e quatro marujos atiraram um remo como um dardo. A madeira planou um instante, depois chocou-se com a água habilmente e o seu impulso carregou-a para o ancoradouro.

Nesse momento houve um grito de vitória no quebra-mar. Reforços de cinzentos afluíam rapidamente da cidade e, embora os samurais *rōnins* estivessem rechaçando os atacantes presentes, era apenas uma questão de tempo para que o muro fosse rompido.

– Vamos – gritou Blackthorne. – *Isogeee!*

Buntaro puxou a garota, fazendo-a levantar-se, apontou para o remo e depois para o navio. Ela se curvou debilmente. Ele a ignorou e voltou toda a atenção para a batalha, as suas pernas imensas firmes sobre o molhe.

A garota chamou alguém no navio. Uma voz de mulher respondeu e ela pulou. A sua cabeça feriu a superfície. Ela se debateu na direção do remo e agarrou-o. Ele aguentou o seu peso com facilidade e ela deu impulso com as pernas. Uma pequena onda apanhou-a, Sono flutuou sobre ela com segurança e se aproximou mais da galera. Então o medo fez com que afrouxasse o aperto e o remo escorregou para longe. Ela se debateu por um momento interminável, depois desapareceu abaixo da superfície.

Não voltou mais.

Buntaro agora estava sozinho sobre o ancoradouro e observava a evolução da batalha. Mais cinzentos de reforço, alguns a cavalo, vinham do sul para se unir aos outros e ele sabia que logo o quebra-mar seria tragado por um mar de homens. Cuidadosamente olhou para norte, oeste e sul. Depois deu as costas à batalha e se dirigiu para a ponta do molhe. A galera estava seguramente a setenta metros dessa extremidade, parada, esperando. Todos os barcos de pesca haviam sumido da área fazia muito tempo e esperavam tão longe quanto possível de ambos os lados da enseada, as suas luzes parecendo inúmeros olhos de gatos na escuridão.

Quando atingiu o fim do cais, Buntaro tirou o elmo, o arco, a aljava e a armadura e colocou tudo ao lado das bainhas. A espada mortífera e a espada curta, nuas, ele as colocou separadamente. Depois, despido até a cintura, apanhou seu equipamento e atirou-o ao mar. Examinou reverentemente a espada mortífera, depois jogou-a com toda a força, bem longe. Desapareceu quase sem ruído.

Ele se curvou formalmente para a galera, para Toranaga, que se dirigiu imediatamente ao tombadilho, onde podia ser visto. Retribuiu a reverência.

Buntaro ajoelhou-se e colocou a espada curta cuidadosamente sobre a pedra à sua frente, o luar rutilando sobre a lâmina, e ficou imóvel, quase que como em oração, encarando a galera.

– Que diabos ele está esperando? – resmungou Blackthorne, a galera lugubremente silenciosa sem a batida do tambor. – Por que não pula e nada?

– Está se preparando para cometer *seppuku.*

Mariko estava em pé ao seu lado, sustentada por uma jovem.

– Jesus, Mariko, a senhora está bem?

– Sim – disse ela, mal o ouvindo, o rosto abatido, mas nem por isso menos belo.

Ele viu a atadura grosseira no seu braço esquerdo, perto do ombro onde a manga fora cortada, o braço descansando numa tipoia de tecido, rasgado de um quimono. Havia sangue manchando a atadura e um filete correndo-lhe pelo braço.

– Estou muito contente... – Então apreendeu o que ela dissera. – *Seppuku?* Ele vai se matar? Por quê? Ele tem tempo de sobra para chegar até aqui! Se não souber nadar, olhe... há um remo que lhe servirá facilmente de apoio. Ali, perto do molhe, está vendo? A senhora não vê?

– Sim, mas o meu marido sabe nadar, Anjin-san – disse ela. – Todos os oficiais do senhor Toranaga devem... devem aprender, ele insiste. Mas resolveu não nadar.

– Pelo amor de Cristo, por quê?

Uma súbita agitação irrompeu na praia, mosquetes dispararam e a linha foi rompida. Alguns dos samurais *rōnins* recuaram e o feroz combate individual começou de novo. Desta vez a ponta de lança do inimigo foi contida e repelida.

– Diga-lhe que nade, por Deus.

– Ele não fará isso, Anjin-san. Está se preparando para morrer.

– Se quer morrer, pelo amor de Cristo, por que não vai para lá? – perguntou Blackthorne, de dedo em riste para a luta. – Por que não ajuda os seus homens? Se quer morrer, por que não morre lutando, como um *homem?*

Mariko, sempre apoiada à jovem, não desviou o olhar do ancoradouro.

– Porque poderia ser capturado, e se nadasse também poderia ser capturado, e depois o inimigo o exibiria diante do povo comum, o envergonharia, faria coisas terríveis. Um samurai não pode ser capturado e permanecer samurai. É a pior desonra ser capturado pelo inimigo. Por isso, o meu marido está fazendo o que um *homem*, um samurai, deve fazer. Um samurai morre com dignidade. Pois o que é a vida para um samurai? Nada, em absoluto. A vida é sofrimento, *né?* É direito e *dever* dele morrer com honra, diante de testemunhas.

– Que desperdício estúpido! – disse Blackthorne entre dentes.

– Seja paciente conosco, Anjin-san.

– Paciente para quê? Para mais mentiras? Por que a senhora não confia em mim? Não mereci isso? A senhora mentiu, não mentiu? Fingiu desmaiar e isso era um sinal, não era? Eu lhe perguntei e a senhora mentiu.

– Recebi ordens... foi uma ordem para protegê-lo. Claro que confio no senhor.

– A senhora mentiu – disse ele, sabendo que não estava sendo razoável, mas perdera o controle, abominando a insana desconsideração para com a vida e ansiando por sono e paz, ansiando pela sua própria comida, sua própria bebida, seu próprio barco e sua própria espécie. – Vocês são todos animais – disse ele em inglês, sabendo que não eram, e se afastou.

– O que ele estava dizendo, Mariko-san? – perguntou a jovem, a muito custo disfarçando a própria repugnância. Era meia cabeça mais alta do que Mariko, de ossatura maior, de rosto quadrado, com pequenos dentes pontiagudos. Era Usagi Fujiko, sobrinha de Mariko, e tinha dezenove anos.

Mariko contou-lhe.

– Que homem horrível! Que maneiras abomináveis! Repulsivo, *né?* Como a senhora tolera estar perto dele?

– Porque salvou a honra do nosso amo. Sem a sua bravura, estou certa de que o senhor Toranaga teria sido capturado... nós todos teríamos sido capturados. – As duas mulheres estremeceram.

– Os deuses nos protejam dessa vergonha! – Fujiko deu uma olhada em Blackthorne, que estava encostado à amurada do convés olhando a praia. Observou um momento. – Ele parece um gorila dourado com olhos azuis... uma criatura para assustar as crianças. Horrendo, *né?* – Fujiko teve um calafrio, desviou a atenção dele e olhou novamente para Buntaro. Após um momento, disse: – Invejo o seu marido, Mariko-san.

– Sim – respondeu Mariko tristemente. – Mas gostaria que ele tivesse um assistente. – Por costume, outro samurai sempre assistia a um *seppuku*, erguendo-se logo atrás do homem ajoelhado, para decapitá-lo com um único golpe antes que a agonia se tornasse insuportável e incontrolável e, portanto, o envergonhasse no momento supremo da sua vida. Sem um auxiliar, poucos homens conseguiam morrer sem desonra.

– Karma – disse Fujiko.

– Sim, tenho pena dele. Era a única coisa que temia: não ter um assistente.

– Temos mais sorte do que os homens, *né?* – As mulheres samurais cometiam *seppuku* enfiando a faca na garganta e, por isso, não precisavam de assistente.

– Sim – disse Mariko.

Berros e gritos de batalha vieram soprados pelo vento, distraindo-os. A defesa do quebra-mar foi novamente rompida. Uma pequena companhia de cinquenta samurais *rōnins* de Toranaga surgiu em disparada vinda do norte, com alguns cavaleiros entre eles. Novamente a ruptura foi ferozmente contida, os atacantes rechaçados e mais alguns momentos ganhos.

Tempo para quê?, estava se perguntando Blackthorne, com amargura. Toranaga está seguro agora. Está no mar. Traiu todos vocês.

O tambor começou de novo.

Os remos feriram a água, a proa afundou e começou a cortar as ondas, e logo surgiu um sulco à ré. Fogos de aviso ainda ardiam em cima dos muros do castelo. Quase toda a cidade estava desperta.

A massa principal de cinzentos atacou o quebra-mar. Os olhos de Blackthorne dirigiram-se para Buntaro.

– Seu pobre bastardo! – disse em inglês. – Pobre e estúpido bastardo!

Girou sobre os calcanhares e caminhou ao longo do convés principal, em direção à proa, à espreita de recifes à frente. Ninguém, exceto Fujiko e o capitão, notou-o afastando-se do tombadilho.

Os remadores puxavam com a mais perfeita disciplina e o navio avançava. O mar estava excelente, o vento favorável. Blackthorne provou o sal e sentiu-o com alegria. Então detectou os navios aglomerados à boca da enseada, meia légua à frente. Barcos de pesca, sim, mas apinhados de samurais.

– Estamos enrascados – disse em voz alta, sabendo de algum modo que se tratava de inimigos.

Blackthorne olhou para trás. Os cinzentos calmamente escalavam o quebra-mar, enquanto outros rumavam sem pressa para o molhe, na direção de Buntaro. Mas quatro cavaleiros – marrons – surgiram a galope pelo trecho de terra batida, vindos do norte, com um quinto cavalo, um cavalo sobressalente, puxado pelo comandante. Esse homem subiu com estrépito os largos degraus de pedra do embarcadouro com o cavalo sobressalente e percorreu toda a sua extensão, enquanto os outros três se atiravam contra os cinzentos invasores.

Buntaro também havia olhado em torno, mas permanecia ajoelhado, e, quando o homem susteve as rédeas atrás dele, afastou-o com um gesto e segurou a faca com ambas as mãos, a lâmina voltada para o corpo.

Imediatamente Toranaga pôs as mãos em concha e gritou:

– Buntaro-san! Vá com eles agora! Tente escapar!

O grito estendeu-se sobre as ondas, foi repetido, e Buntaro o ouviu claramente. Hesitou, atordoado, a faca suspensa no ar. Novamente o chamado, insistente e imperioso.

Com esforço, Buntaro se arrancou do mundo da morte e gelidamente contemplou a vida e a fuga que lhe era ordenada. O risco era grande. Melhor morrer aqui, disse a si mesmo. Toranaga não sabe disso? Aqui está uma morte honrosa. Lá, a captura é quase certa. Fugir para onde? Trezentas *ris* até Edo? A captura é certa!

Sentiu a força do braço, viu a adaga firme, decidida, a ponta aguçada pairando perto do seu abdome nu, e ansiou pela agonia libertadora da morte. Finalmente, uma morte para expiar toda a vergonha: a vergonha por seu pai se ajoelhando diante do estandarte de Toranaga, quando deviam ter se mantido fiéis a Yaemon, herdeiro do táicum, conforme haviam jurado; a vergonha por haver matado tantos homens que honradamente serviam à causa do táicum contra o usurpador Toranaga; a vergonha pela mulher, Mariko, e pelo único filho, ambos maculados para sempre, o filho por causa da mãe, e ela por causa do pai, o monstruoso assassino Akechi Jinsai. E a vergonha de saber que por causa deles o seu próprio nome estava conspurcado para sempre.

Quantos milhares de agonias não suportei por causa dela?

A sua alma clamava pelo esquecimento. Agora tão perto, fácil, honroso.

A próxima vida será melhor! Como poderia ser pior?

Ainda assim, pousou a faca e obedeceu, e se lançou de volta ao precipício da vida. O seu suserano ordenara o último sofrimento e decidira cancelar a sua tentativa de encontrar a paz. O que mais existe para um samurai além da obediência?

Levantou-se de repente, saltou para a sela, fincou os calcanhares nos flancos do cavalo e, junto com o outro homem, disparou. Outros *rōnins* a cavalo saíram a galope da noite, a fim de guardar a retirada e liquidar os cinzentos na liderança. Depois também desapareceram, com alguns cavaleiros cinzentos a persegui-los.

Uma gargalhada irrompeu por todo o navio.

Toranaga martelou a amurada com o punho, alegremente. Yabu e os samurais soltavam estrondosas gargalhadas. Até Mariko ria.

– Um homem escapou, mas... E os mortos todos? – Gritou Blackthorne, enraivecido. – Olhem para a praia, deve haver lá uns trezentos ou quatrocentos corpos. *Olhem para eles, pelo amor de Deus!*

Mas o seu grito não suplantou as gargalhadas.

Ouviu-se, então, o grito de alarme do vigia de proa. E o riso morreu.

CAPÍTULO 26

– PODEMOS PASSAR PELO MEIO DELES, CAPITÃO? – PERGUNTOU TORANAGA calmamente. Estava observando os barcos de pesca agrupados quinhentos metros à frente e a tentadora passagem que haviam deixado entre eles.

– Não, senhor.

– Não temos alternativa – disse Yabu. – Não há mais nada que possamos fazer. – Olhou para trás, para os cinzentos concentrados na praia e no cais, ouvindo ainda os seus insultos indistintos de troça cavalgando no vento.

Toranaga e Yabu encontravam-se agora na parte anterior do tombadilho de popa. O tambor parou de marcar o ritmo das remadas e a galera ficou à deriva no mar tranquilo. Todos a bordo esperavam para ver o que seria resolvido. Sabiam que estavam encurralados. Em terra, catástrofe; à frente, catástrofe; se esperassem, catástrofe. O cerco se fecharia cada vez mais e logo seriam capturados. Se fosse necessário, Ishido poderia esperar dias.

Yabu estava espumando. Se tivéssemos corrido para a boca da enseada assim que embarcamos, em vez de desperdiçar tempo com Buntaro, estaríamos agora em segurança em mar aberto, dizia para si mesmo. Toranaga está perdendo a sua presença de espírito. Ishido acreditará que o traí. Não há nada que eu possa fazer, a menos que consigamos abrir caminho, e ainda assim estou comprometido a lutar por Toranaga contra Ishido. Não posso fazer nada. A não ser que eu dê a Ishido a cabeça de Toranaga. *Né?* Isso faria de mim regente e me traria o Kantō, *né?* E então, dentro de seis meses e com os samurais armados com mosquetes, por que não até presidente do Conselho de Regentes? Ou por que não o grande prêmio? Eliminar Ishido e me tornar general-chefe do herdeiro, senhor protetor e governador do Castelo de Ōsaka? Serei o responsável por toda a lendária riqueza do torreão, com poderes sobre o império durante a menoridade de Yaemon e, em seguida, com poderes inferiores apenas ao de Yaemon. Por que não?

Ou até talvez o prêmio maior, o de chegar a ser shōgun. Eliminando Yaemon, você será o shōgun.

Tudo por uma única cabeça e alguns deuses benevolentes!

Os joelhos de Yabu iam ficando mais fracos à medida que sua cobiça aumentava. Seria tão fácil de fazer, pensou ele, mas o problema era pegar a cabeça e escapar – *ainda* não é o momento.

– Ordenar posições de ataque! – comandou Toranaga, finalmente.

Quando Yabu deu as ordens e os samurais começaram a se preparar, Toranaga voltou a atenção para o bárbaro, que ainda estava no tombadilho de popa, encostado ao curto mastro principal, onde parara quando o alarme fora dado.

Gostaria de poder compreendê-lo, pensou Toranaga. Num momento, tão corajoso; no momento seguinte, tão fraco. Num momento, tão valioso; no momento seguinte, tão inútil. Num momento, matador; no momento seguinte, covarde. Num momento, dócil; no momento seguinte, perigoso. Ele é homem e mulher, *yang* e *yin*. Ele reúne só forças opostas. E é imprevisível.

Toranaga estudara-o atentamente durante a escapada do castelo, durante a emboscada e depois da emboscada. Ouviu de Mariko, do capitão e dos outros tudo o que acontecera durante a luta a bordo. Momentos antes tinha testemunhado a sua raiva surpreendente e depois, quando Buntaro fora deixado para trás, ouvira o grito e vira com olhos furtivos a censura estampada no rosto do homem. E em seguida, nesse rosto, quando deveria ter havido riso, viu-se apenas raiva.

Por que não rir quando um inimigo é batido em esperteza? Por que não rir para afastar a tragédia para longe quando o karma interrompe a bela morte de um autêntico samurai, quando o karma causa a morte inútil de uma linda garota? Não é apenas por meio do riso que nos tornamos *unos* com os deuses e, assim, conseguimos suportar a vida e superar todo o horror, o desperdício e o sofrimento aqui na Terra? Como nesta noite, assistindo ao encontro daqueles homens com seu destino, ali, naquela praia, nessa noite amena, devido a um karma ordenado mil vidas antes ou, talvez, há apenas uma vida atrás.

Não é apenas por meio do riso que podemos permanecer humanos?

Por que o piloto não entende que também é governado por karma, assim como eu sou, como todos somos, como até esse Jesus Cristo foi, pois, caso fosse possível saber a verdade, se saberia que foi apenas o seu karma que o fez morrer desonrado como um criminoso comum, entre outros criminosos comuns, na colina de que os padres bárbaros falam.

Tudo é karma.

Que barbaridade pregar um homem a um pedaço de madeira e esperar que ele morra. São piores que os chineses, que se comprazem com a tortura.

– Pergunte-lhe, Yabu-san! – disse Toranaga.

– Senhor?

– Pergunte-lhe o que fazer. Ao piloto. Isto não é uma batalha marítima? O senhor não me disse que o piloto é um gênio no mar? Ótimo, vejamos se o senhor tem razão. Deixe-o provar isso.

A boca de Yabu era apenas uma linha fina e cruel. Toranaga podia sentir o medo do homem e se deliciou com isso.

– Mariko-san – vociferou Yabu. – Pergunte ao piloto como sair... Como passar por entre aqueles barcos.

Obediente, Mariko afastou-se da amurada, a garota ainda lhe servindo de apoio.

– Não, estou bem agora, Fujiko-san – disse ela. – Obrigada. – Fujiko deixou-a ir e olhou Blackthorne com desagrado.

A resposta de Blackthorne foi curta.

— Ele diz "com canhões", Yabu-san — disse Mariko.

— Diga-lhe que ele terá que fazer melhor do que isso, se quiser conservar a cabeça!

— Devemos ser pacientes com ele, Yabu-san — interrompeu Toranaga. — Mariko-san, diga-lhe polidamente o seguinte: "Lamentavelmente não temos canhões. Não há outro meio de passar? Por terra, é impossível.". Traduza exatamente o que ele responder. Exatamente.

Mariko fez isso.

— Sinto muito, senhor, mas ele disse não. Apenas isso: "Não.". Sem polidez.

Toranaga moveu o *obi* e coçou-se sob a armadura.

— Bem — disse cordialmente —, o Anjin-san fala em canhões e ele é perito nisso. Portanto, com canhões será feito. Capitão, vá até lá! — Seu dedo áspero, calejado, apontou malevolamente para a fragata portuguesa. — Prepare os homens, Yabu-san. Se os bárbaros meridionais não me emprestarem canhões, o senhor terá que tomá-los. *Né?*

— Com muito prazer — disse Yabu, sibilando.

— O senhor tinha razão, ele é um gênio.

— Mas o senhor encontrou a solução, Toranaga-san.

— É fácil encontrar soluções uma vez escutada a resposta. *Né?* Qual é a solução para o Castelo de Ōsaka, aliado?

— Não há solução. Nisso o táicum foi perfeito.

— Sim. Qual é a solução para a traição?

— Naturalmente, a morte ignominiosa. Não compreendo por que me pergunta isso.

— Um pensamento fugaz... aliado. — Toranaga olhou de relance para Blackthorne. — Sim, é um homem inteligente. Tenho grande necessidade de homens inteligentes. Mariko-san, os bárbaros me darão os canhões?

— Naturalmente. Por que não dariam? — Nunca ocorrera a ela que eles não dessem. Ainda estava cheia de apreensão por Buntaro. Teria sido muito melhor permitir que ele morresse ali. Por que colocar-lhe a honra em risco? Ela se perguntava por que Toranaga ordenara que Buntaro partisse por terra, bem no último momento. Toranaga poderia, com a mesma facilidade, ter ordenado que ele nadasse para o barco. Teria sido mais seguro e havia muito tempo para isso. Ele poderia até ter ordenado isso assim que Buntaro atingira a extremidade do cais. Por que esperar? Seu eu mais secreto respondia que o seu senhor devia ter tido uma boa razão para esperar e ordenar o que ordenara.

— E se não derem? Está preparada para matar cristãos, Mariko-san? — perguntou Toranaga. — Essa não é a lei mais severa deles? "Não matarás"?

— Sim, é. Mas, pelo senhor, iremos prazerosamente para o inferno, o meu marido, o meu filho e eu.

– Sim. Você é uma verdadeira samurai e não me esquecerei de que empunhou uma espada para me defender.

– Por favor, não me agradeça. Se ajudei, de algum modo de pouca importância, foi porque era o meu dever. Se alguém deve ser lembrado, por favor, que seja o meu marido ou o meu filho. Eles são de mais valia para o senhor.

– No momento você é mais valiosa para mim. E poderia ser mais ainda.

– Diga-me como, senhor, e assim será feito.

– Repudie o Deus estrangeiro.

– Senhor? – O rosto dela congelou.

– Repudie o seu Deus. Você deve lealdades demais.

– Quer dizer, tornar-me apóstata, senhor? Renunciar ao cristianismo?

– Sim, a menos que você ponha esse Deus no lugar que lhe cabe: no fundo do seu espírito, não à tona.

– Por favor, desculpe-me, senhor – disse ela, tremendo –, mas a minha religião nunca interferiu na minha lealdade ao senhor. Sempre a mantive como assunto particular, o tempo todo. Como foi que lhe falhei?

– Ainda não me falhou. Mas falhará.

– Diga-me o que devo fazer para agradar-lhe.

– Os cristãos podem se tornar meus inimigos, *né?*

– Os seus inimigos são os meus, senhor.

– Os padres se opõem a mim agora. Podem ordenar aos cristãos que se levantem contra mim.

– Não podem, senhor, são homens de paz.

– E se continuarem a se opor a mim? Se os cristãos fizerem guerra contra mim?

– O senhor nunca precisará temer pela minha lealdade. Nunca.

– Esse Anjin-san talvez diga a verdade e os seus padres talvez falem com língua falsa.

– Há padres bons e maus, senhor. Mas o senhor é o meu suserano.

– Muito bem, Mariko-san – disse Toranaga. – Aceitarei isso. Ordeno-lhe que se torne amiga desse bárbaro, descubra tudo o que ele sabe, relate tudo o que ele disser, aprenda a pensar como ele, não "confesse" nada sobre o que está fazendo, trate todos os padres com desconfiança, relate tudo o que os padres lhe perguntarem ou lhe disserem. O seu Deus deve se encaixar no meio disso, ou não se encaixar em parte alguma.

Mariko afastou uma madeixa de cabelo dos olhos.

– Posso fazer tudo isso, senhor, e continuar cristã. Juro.

– Ótimo. Jure pelo seu Deus cristão.

– Juro diante de Deus.

– Ótimo. – Toranaga voltou-se e chamou: – Fujiko-san!

– Sim, senhor?

– Trouxe criadas consigo?

– Sim, senhor. Duas.

– Ceda uma a Mariko-san. Mande a outra buscar chá.

– Há saquê, se o senhor quiser.

– Chá. Yabu-san, prefere chá ou saquê?

– Chá, por favor.

– Traga saquê para o Anjin-san.

A luz reluziu sobre o pequeno crucifixo de ouro que pendia do pescoço de Mariko. Ela viu Toranaga olhá-lo fixamente.

– O senhor... o senhor deseja que eu deixe de usá-lo? Que o lance fora?

– Não! – disse ele. – Use-o como lembrete do seu juramento.

Todos observaram a fragata. Toranaga sentiu que alguém o olhava e correu os olhos em torno. Viu o rosto duro, os frios olhos azuis e sentiu o ódio; não, ódio não, a desconfiança. Como se atreve o bárbaro a suspeitar de mim?

– Pergunte ao Anjin-san por que ele não disse que há muitos canhões no navio bárbaro. Que fôssemos buscá-los para nos escoltar para fora da armadilha.

Mariko traduziu. Blackthorne respondeu.

– Ele disse... – Mariko hesitou, depois continuou num fôlego só: – Por favor, desculpe-me, ele disse: "É bom que ele use a própria cabeça".

Toranaga riu.

– Agradeça-lhe pela dele. Foi muito útil. Espero que ele a conserve sobre os ombros. Diga-lhe que agora somos iguais.

– Ele disse: "Não, não somos iguais, Toranaga-sama. Mas dê-me o meu navio e uma tripulação e eu limparei os mares. De qualquer inimigo".

– Mariko-san, acha que ele me considera como aos outros, os espanhóis e os bárbaros meridionais? – A pergunta foi feita negligentemente.

A brisa soprou os fios de cabelo de Mariko por sobre os olhos. Ela os afastou de modo cansado.

– Não sei, sinto muito. Talvez sim, talvez não. Quer que eu lhe pergunte? Sinto muito, mas ele é... é muito estranho. Receio não compreendê-lo. Em absoluto.

– Temos tempo de sobra. Sim. Oportunamente ele se explicará conosco.

Blackthorne vira a fragata soltar-se silenciosamente das amarras no momento em que a escolta de cinzentos saíra correndo. Vira-a descer a chalupa, que rapidamente movera o navio para longe do atracadouro no molhe, em meio à correnteza. Em seguida a fragata deitara amarras em águas profundas a pouca distância da margem, ilesa, uma leve âncora de proa segurando-a suavemente, paralela à praia. Essa era a manobra habitual de todos os navios europeus em enseadas estrangeiras ou hostis quando havia a ameaça de perigo em terra. Ele também sabia que, embora não houvesse – nem tivesse havido – nenhum movimento suspeito no convés, a essa altura todos os canhões estariam preparados, os mosquetes distribuídos, as metralhas, balas de canhão e a munição preparadas em abundância, cutelos esperando nas prateleiras e homens armados nos ovéns. Haveria olhos esquadrinhando em todos os sentidos. A galera teria sido notada no momento em que mudara o curso. Os dois canhões de popa e oito peças de artilharia, que ficavam bem na sua direção, estariam apontados para eles. Os atiradores portugueses eram os melhores do mundo, depois dos ingleses.

E devem estar sabendo sobre Toranaga, pensou Blackthorne com grande amargor, porque são espertos e devem ter perguntado aos seus carregadores ou aos cinzentos sobre o que estava acontecendo. Ou, a esta altura, os malditos jesuítas, que sabem de tudo, já teriam enviado uma mensagem sobre a fuga de Toranaga e sobre mim.

Sentia os curtos cabelos em pé. Qualquer um daqueles canhões pode nos mandar para o inferno com uma única explosão. Sim, mas estamos em segurança porque Toranaga se encontra a bordo. Graças a Deus por Toranaga.

— O meu amo pergunta qual é o seu costume quando o senhor quer se aproximar de uma belonave — estava dizendo Mariko.

— Caso se tenha um canhão, dispara-se uma saudação. Ou então, emitindo sinais com bandeiras, pede-se permissão para se aproximar.

— E se não se têm bandeiras, pergunta o meu amo?

Embora ainda se encontrassem fora do alcance dos canhões, para Blackthorne era quase como se já estivessem sob a mira de um deles, ainda que as portinholas continuassem fechadas. O navio carregava dezesseis canhões no convés principal, dois na popa e dois na proa. O *Erasmus* poderia capturá-lo sem sombra de dúvida, disse ele a si mesmo, desde que a tripulação fosse adequada. Gostaria de capturá-lo. Acorde, pare de devanear, não estamos a bordo do *Erasmus* e sim desta galera pesadona, e aquele navio português é a única esperança que temos. Por trás dos canhões dele estaremos salvos.

— Diga ao capitão para hastear a bandeira de Toranaga no topo do mastro. Isso será suficiente, senhora. Tornará a coisa formal e informará a eles sobre quem está a bordo, embora eu aposte que eles já sabem.

Isso foi feito rapidamente. Todo mundo na galera parecia mais confiante agora. Blackthorne notou a mudança. Até ele se sentiu melhor sob a bandeira.

— O meu amo pergunta como lhes dizemos que queremos emparelhar.

— Sem bandeiras sinalizadoras, ele tem duas escolhas: esperar fora do alcance dos canhões e enviar uma delegação num pequeno bote ou ir diretamente até uma distância de onde se possa chamar a bordo.

— O meu amo pergunta qual é o seu conselho.

— Ir direto e emparelhar. Não há motivo para cautela. O senhor Toranaga está a bordo. É o daimio mais importante do império. Claro que o navio nos ajudará... Oh, Jesus Deus!

— Senhor?

Mas ele não respondeu. Então ela traduziu rapidamente o que fora dito e ouviu a pergunta seguinte de Toranaga.

— A fragata fará o quê? Por favor, explique o seu pensamento e o motivo por que parou.

— De repente entendi que ele está em guerra com Ishido agora. Não está? Portanto, a fragata pode não estar inclinada a ajudá-lo.

— Claro que o ajudará.

— Não. Que lado mais beneficia os portugueses, o do senhor Toranaga ou o de Ishido? Se eles acreditarem que é o de Ishido, nos mandarão pelos ares.

— É impensável que os portugueses disparem contra qualquer navio japonês — disse Mariko imediatamente.

— Acredite, eles o farão, senhora. E aposto como aquela fragata não nos deixará emparelhar. Eu não deixaria, se fosse o piloto dela. Jesus Cristo! — Blackthorne arregalou os olhos na direção da praia.

Os cinzentos haviam deixado o molhe e estavam se espalhando paralelamente à praia. Nenhuma chance ali, pensou ele. Os barcos de pesca continuavam a obstruir malevolamente a boca da enseada. Nenhuma chance lá, tampouco.

— Diga a Toranaga que há um outro meio de sair da enseada. Esperar por uma tempestade. Talvez pudéssemos enfrentá-la, enquanto os barcos de pesca não podem. Então poderíamos escorregar pela rede.

Toranaga interrogou o capitão, que respondeu longamente, depois Mariko disse a Blackthorne:

— Meu amo pergunta se o senhor acha que haverá uma tempestade.

— O meu nariz diz que sim. Mas não já. Dentro de dois ou três dias. Podemos esperar tudo isso?

— O seu nariz lhe diz! Há um cheiro para tempestades?

— Não, senhora. É apenas uma expressão.

Toranaga ponderou. Depois deu uma ordem:

— Vamos nos aproximar até ser possível chamar a bordo, Anjin-san.

— Diga-lhe então que vá diretamente em direção à popa. Assim, seremos um alvo menor. Diga-lhe que eles são traiçoeiros. Sei quão traiçoeiros eles são quando os seus interesses estão ameaçados. São piores do que os holandeses! Se aquele navio ajudar Toranaga a escapar, Ishido vai descontar em todos os portugueses, e eles não vão se arriscar a isso.

— O meu amo diz que logo teremos essa resposta.

— Estamos vulneráveis, senhora. Não temos chance alguma contra aqueles canhões. Se o navio for hostil, mesmo que seja simplesmente neutro, estamos afundados.

— O meu amo diz que sim, mas será seu dever persuadi-los a serem benevolentes.

— Como posso fazer isso? Sou inimigo deles.

— O meu amo diz que na guerra, como na paz, um bom inimigo pode ser mais valioso do que um bom aliado. Ele diz que o senhor conhece a mente deles... pensará num modo de convencê-los.

– O único meio seguro é pela força.

– "Ótimo. Concordo", diz o meu amo. "Por favor, diga-me de que modo o senhor atacaria aquele navio como pirata."

– O quê?

– Ele disse: "Ótimo. Concordo. De que modo o senhor atacaria o navio como pirata, como o conquistaria? Preciso usar os canhões deles". Desculpe, não ficou claro, Anjin-san?

– E eu digo novamente que vou mandá-lo pelos ares – declarou Ferreira, o capitão-mor.

– Não – retrucou Dell'Aqua, olhando a galera do tombadilho.

– Atirador, ele já está ao alcance?

– Não, dom Ferreira – respondeu o atirador-chefe. – Ainda não.

– Por que mais estaria se aproximando de nós senão por motivos hostis, Eminência? Por que simplesmente não escapou? O caminho está limpo. – A fragata estava longe demais da boca da enseada para que qualquer pessoa a bordo visse os barcos de pesca aglomerados em emboscada.

– Não arriscamos nada, Eminência, e ganhamos tudo – disse Ferreira. – Fingimos não saber que Toranaga está a bordo. Achamos que bandidos, bandidos comandados pelo pirata herege, iam nos atacar. Não se preocupe, será fácil provocá-los assim que estiverem ao alcance.

– Não – ordenou Dell'Aqua.

O padre Alvito voltou-se da amurada.

– A galera ostenta a bandeira de Toranaga, capitão-mor.

– Bandeira falsa! – disse Ferreira sardonicamente. – É o truque marítimo mais velho do mundo. Não vimos Toranaga. Talvez não esteja a bordo.

– Não.

– Pela morte de Deus, a guerra seria uma catástrofe! Vai prejudicar, se não arruinar, a viagem do Navio Negro deste ano! Não posso permitir isso! Não vou deixar que nada interfira nisso!

– As nossas finanças encontram-se em situação pior do que as suas, capitão-mor – vociferou Dell'Aqua. – Se não comerciarmos este ano, a Igreja irá à bancarrota, fui claro? Não recebemos fundos de Goa ou de Lisboa há três anos, e a perda do lucro do ano passado... Deus me dê paciência! Conheço melhor do que o senhor o que está em jogo. A resposta é não!

Rodrigues estava penosamente sentado na sua cadeira de convés, a perna entalada descansando sobre um banquinho estofado que estava amarrado perto da bitácula.

– O capitão-mor tem razão, Eminência. Por que a galera se aproximaria de nós, senão para tentar alguma coisa? Por que não escapou, hein? Eminência, temos uma oportunidade incrível aqui.

– Sim, e trata-se de uma decisão militar – disse Ferreira.

Alvito voltou-se bruscamente.

– Não, Sua Eminência é o árbitro nisto, capitão-mor. Não devemos ferir Toranaga. Devemos ajudá-lo.

– O senhor me disse dúzias de vezes que uma vez que a guerra começasse duraria para sempre – disse Rodrigues. – A guerra começou, não? Vimos que começou. Isso vai prejudicar o comércio. Com Toranaga morto, a guerra está acabada e todos os nossos interesses estão protegidos. Digo que devemos mandar esse navio para o inferno.

– Até nos livramos do herege – disse Ferreira, observando Rodrigues. – O senhor impede a guerra pela glória de Deus e outro herege vai para o tormento.

– Seria uma imperdoável interferência na política deles – disse Dell'Aqua, evitando a verdadeira razão.

– Interferimos o tempo todo. A Companhia de Jesus é famosa por isso. Não somos camponeses simplórios, cabeças-duras!

– Não estou sugerindo que sejam. Mas enquanto eu estiver a bordo o senhor não vai afundar aquele navio.

– Então tenha a gentileza de desembarcar.

– Quanto mais depressa o arquiassassino estiver morto, melhor, Eminência – sugeriu Rodrigues. – Ele ou Ishido, que diferença faz? São ambos pagãos. E o senhor não pode confiar em nenhum dos dois. O capitão-mor tem razão, nunca teremos uma oportunidade como esta de novo. E quanto ao nosso Navio Negro?

Rodrigues era o piloto, com direito a quinze avos do lucro todo. O verdadeiro piloto do Navio Negro morrera de sífilis em Macau havia três meses e Rodrigues fora tirado do seu navio, o *Santa Teresa*, e colocado no novo posto, para sua eterna alegria. A sífilis era a razão oficial, lembrou Rodrigues de cara fechada, embora muitos dissessem que o outro fora esfaqueado nas costas por um *rōnin*, numa briga num depósito. Por Deus, esta é a minha grande chance. Nada vai interferir nisso!

– Assumo toda a responsabilidade – estava dizendo Ferreira. – Trata-se de uma decisão militar. Estamos envolvidos numa guerra nativa. O meu navio se encontra em perigo. – Voltou-se para o atirador-chefe. – Já estão ao alcance?

– Bem, dom Ferreira, depende do que o senhor deseja. – O atirador-chefe soprou no pavio do círio de cera, o que o fez incandescer e faiscar. – Eu poderia lhe acertar a proa agora, ou a popa, ou atingi-lo a meia-nau, o que o senhor preferir. Mas, se o senhor quer um homem morto, um homem em particular, então mais um instante ou dois os colocaria ao alcance exato.

– Quero Toranaga morto. E o herege.

– Refere-se ao Inglês, o piloto?

– Sim.

– Alguém terá que apontar o japona. O piloto eu reconheço, sem dúvida.

– Se o piloto tem que morrer para que se mate Toranaga – disse Rodrigues – e para deter a guerra, então sou a favor, capitão-mor. De outro modo, ele devia ser poupado.

– Ele é um herege, um inimigo do nosso país, uma abominação, e já nos causou mais problemas do que um ninho de víboras.

– Já assinalei que, em primeiro lugar, o Inglês é um piloto e, em último lugar, é um piloto, um dos melhores do mundo.

– Pilotos devem ter privilégios especiais? Mesmo os hereges?

– Sim, por Deus. Poderíamos usá-lo, assim como eles nos usam. Seria um maldito desperdício matar tanta experiência. Sem pilotos não há um império incrível, não há comércio, não há nada. Sem mim, por Deus, não há Navio Negro, não há lucro, não há como voltar para casa, portanto a minha maldita opinião é importante!

Houve um grito vindo do topo do mastro:

– Ó do tombadilho, a galera está mudando o rumo! – A galera vinha rumando direto para eles, mas girara alguns pontos para bombordo.

Imediatamente Rodrigues gritou:

– Posições de ação! Atenção a estibordo! Todas as velas, *ho!* Âncora para cima! – No mesmo instante acorreram homens para obedecer.

– Qual é o problema, Rodrigues?

– Não sei, capitão-mor, mas estamos saindo para mar aberto. Aquela grande puta está indo a barlavento.

– O que importa isso? Podemos afundá-lo a qualquer momento – disse Ferreira. – Ainda temos que trazer suprimentos para bordo e os padres têm que regressar a Ōsaka.

– Sim. Mas nenhuma nave hostil vai se pôr a barlavento contra o meu barco. Aquela puta não depende do vento, pode ir contra ele. Poderia estar dando a volta para nos atacar pela proa, onde só temos dois canhões, e nos abordar!

Ferreira riu desdenhosamente.

– Temos vinte canhões a bordo! Eles não têm nenhum! Acha que aquele imundo barco pagão se atreveria a tentar nos atacar? Ora, você é muito simples de cabeça!

– Sim, capitão-mor, é por isso que ainda tenho uma. O *Santa Teresa* vai levantar ferros!

As velas estalaram soltando-se das cordas e o vento enfunou-as, os mastros rangendo. Os dois turnos estavam no convés, em posições de combate. A fragata começou a avançar, mas lentamente.

– Vamos, sua cadela – instou Rodrigues.

– Estamos prontos, dom Ferreira – disse o atirador-chefe. – Estou com ela na mira. Não posso aguentar muito tempo. Quem é esse Toranaga? Aponte-o!

Não havia tochas a bordo da galera. A única iluminação vinha do luar. A galera ainda estava à popa, a uns cem metros, mas virou para bombordo e rumou para a margem oposta, os remos mergulhando e caindo num ritmo constante.

– Aquele é o piloto? O homem alto no tombadilho?

– Sim – disse Rodrigues.

– Manuel e Pedrito! Acertem-no e ao tombadilho! – O canhão mais próximo sofreu alguns ajustes leves. – Qual é o Toranaga? Depressa! Timoneiros, dois pontos a estibordo!

– Dois pontos a estibordo, atirador!

Consciente do leito arenoso e dos recifes nas proximidades, Rodrigues estava observando os ovéns, pronto para a qualquer momento tomar o lugar do atirador-chefe, que por costume tinha o comando numa canhonada de popa.

– *Ho*, canhões no convés principal de bombordo! – gritou o atirador. – Assim que tivermos disparado, vamos deixá-la virar a sotavento. Abram todas as portinholas, preparem-se para a carga! – Os marujos obedeceram, de olhos nos oficiais sobre o tombadilho. E nos padres. – Pelo amor de Deus, dom Ferreira, quem é esse Toranaga?

– Quem é, padre? – Ferreira nunca o vira.

Rodrigues reconhecera Toranaga claramente na coberta de proa, rodeado de samurais, mas não queria ser ele a apontá-lo. Deixemos os padres fazerem isso, pensou. Vamos, padre, faça-se de Judas. Por que devemos nós fazer sempre o trabalho nojento? Não que eu me importe um dobrão furado por aquele pagão, filho de uma prostituta.

Os dois padres permaneciam em silêncio.

– Depressa, quem é Toranaga? – perguntou de novo o atirador.

Impaciente, Rodrigues apontou-o.

– Ali, na popa. O bastardo baixinho, atarracado, no meio daqueles outros bastardos pagãos.

– Estou vendo, senhor piloto.

Os marujos fizeram os últimos ajustes de mira.

Ferreira tomou o círio da mão do ajudante do atirador.

– Está apontada para o herege?

– Sim, capitão-mor. O senhor está pronto? Vou baixar a mão. Será o sinal!

– Ótimo.

– Não matarás! – exclamou Dell'Aqua.

Ferreira virou-se rapidamente para ele.

– São pagãos e hereges!

– Há cristãos entre eles, e mesmo que não houvesse...

– Não preste atenção a ele, atirador! – rosnou o capitão-mor. – Disparamos quando vocês estiverem prontos!

Dell'Aqua avançou para a boca do canhão e se postou no caminho. O seu corpanzil dominou o tombadilho e os marinheiros armados que se mantinham emboscados. A sua mão estava sobre o crucifixo.

– Eu digo: "Não matarás!".

– Matamos o tempo todo, padre – disse Ferreira.

– Eu sei. E estou envergonhado e imploro o perdão de Deus por isso. – Dell'Aqua nunca estivera antes no tombadilho de um navio de combate com canhões preparados, mosquetes, dedos em gatilhos, aprontando-se para a morte. – Enquanto eu estiver aqui, não haverá mortes e não desculparei morte por emboscada!

– E se nos atacarem? Tentarem tomar o navio?

– Rogarei a Deus que nos ajude contra eles!

– Que diferença faz, agora ou mais tarde?

Dell'Aqua não respondeu. Não matarás, pensou ele, e Toranaga prometera tudo, Ishido nada.

– O que vai ser, capitão-mor? O momento é agora! – gritou o mestre-atirador. – Agora!

Ferreira deu as costas aos padres bruscamente, jogou o círio no chão e foi até o parapeito.

– Preparem-se para repelir um ataque – gritou. – Se ela se aproximar a menos de cinquenta metros sem ser convidada, mandem-na pelos ares, digam os padres o que disserem!

Rodrigues estava igualmente furioso, mas sabia que era tão impotente quanto o capitão-mor contra o padre. Não matarás? Pelo abençoado senhor Jesus, e vocês?, queria ele gritar. E os seus autos de fé? E a Inquisição? E os seus padres que pronunciam a sentença de "culpado", "feiticeira", "satanista" ou "herege"? Lembram-se das 2 mil feiticeiras queimadas só em Portugal no ano em que parti para a Ásia? E quase cada aldeia e cidade em Portugal e na Espanha, e os domínios visitados e investigados pelos flagelos de Deus, como os inquisidores encapuzados orgulhosamente chamam a si mesmos, o cheiro de carne queimada no rastro deles? Oh, senhor Jesus Cristo, proteja-nos!

Afastou o próprio medo e aversão e se concentrou na galera. Podia ver apenas Blackthorne, e pensou: ah, Inglês, é bom ver você, em pé aí, no comando, tão alto e insolente. Tive medo que você tivesse ido para o pátio de execução. Fico contente por ter escapado, mas ainda assim é muita sorte que você não tenha um único canhão a bordo, pois então eu o mandaria pelos ares e para o inferno, com tudo o que os padres pudessem dizer.

Oh, minha Nossa Senhora, proteja-me de um mau padre!

– Olá, *Santa Teresa!*

– Olá, Inglês!

– É você, Rodrigues?

– Sim!

– E a perna?

– A tua mãe!

Rodrigues ficou enormemente satisfeito com a risada zombeteira que veio por sobre o mar que os separava.

Por meia hora os navios manobraram procurando posição, perseguindo, mudando o curso e recuando, a galera tentando se pôr a barlavento e obstruir a fragata a sotavento, a fragata ganhando espaço para navegar para fora da enseada se desejasse. Mas nenhum dos dois conseguira obter uma vantagem e fora durante essa perseguição que os que estavam a bordo da fragata viram os barcos de pesca aglomerados à boca da enseada pela primeira vez e entenderam o seu significado.

– É por isso que estão vindo até nós! Por proteção! Mais uma razão para que a afundemos agora que está encurralada. Ishido nos agradecerá para sempre – dissera Ferreira.

Dell'Aqua permaneceu irredutível.

– Toranaga é importante demais. Insisto em que primeiro devemos conversar com Toranaga. O senhor sempre pode pô-lo a pique. Ele não tem canhões. Até eu sei que só canhões podem lutar com canhões.

Assim, Rodrigues permitira um empate, uma pausa para tomar fôlego. Ambos os navios estavam no centro da enseada, a salvo dos barcos de pesca e a salvo um do outro, a fragata oscilava a barlavento, pronta para desviar instantaneamente, e a galera, de remos travados, vindo à deriva, de lado, até a distância de onde se pudesse chamar a bordo. Foi só quando Rodrigues viu a galera travar todos os remos e colocar-se lado a lado com os seus canhões que ele se voltou para barlavento para permitir ao outro que se aproximasse até o raio de tiro e se preparou para a próxima série de movimentos. Graças a Deus, ao abençoado Jesus, a Maria e a José, por termos canhões e aquele bastardo não ter nenhum, pensou Rodrigues de novo. O Inglês é esperto demais.

Mas é bom ser enfrentado por um profissional, disse a si mesmo. Muito mais seguro. Porque ninguém comete nenhum engano temerário e ninguém se machuca desnecessariamente.

– Permissão para ir a bordo?

– Quem, Inglês?

– O senhor Toranaga, sua intérprete e guardas.

– Guardas, não – disse Ferreira, baixo.

– Ele tem que trazer alguns – disse Alvito. – É uma questão de dignidade.

– Que se dane a dignidade dele. Nada de guardas.

– Não quero samurais a bordo – concordou Rodrigues.

– Não concordaria com cinco? – perguntou Alvito. – Apenas a guarda pessoal dele? Você compreende o problema, Rodrigues.

Rodrigues pensou um instante, depois assentiu.

– Cinco está bem, capitão-mor. Destacaremos cinco homens como "guarda pessoal" sua, cada um com um par de pistolas. Padre, o senhor estabelece os detalhes agora. É melhor que o padre arranje os detalhes, capitão-mor, ele sabe como. Vamos, padre, mas conte-nos o que estiver sendo dito.

Alvito dirigiu-se para a amurada e gritou:

— Você não ganha nada com as suas mentiras! Preparem a alma para o inferno, você e os seus bandidos! Vocês têm dez minutos, depois o capitão-mor vai mandá-lo para o tormento eterno!

— Estamos hasteando a bandeira do senhor Toranaga, por Deus!

— Bandeira falsa, pirata!

Ferreira avançou um passo.

— O que é que o senhor está representando, padre?

— Por favor, tenha paciência, capitão-mor — disse Alvito. — Isto é apenas uma questão formal. De outro modo, Toranaga ficará permanentemente ofendido por termos insultado a bandeira dele, coisa que fizemos. Aquele é Toranaga, não é um daimio qualquer! Talvez fosse melhor o senhor se lembrar que ele, pessoalmente, tem mais soldados em armas do que o rei da Espanha!

O vento suspirava no cordame, os mastros estalavam nervosamente. Então se acenderam tochas no tombadilho e todos puderam ver Toranaga claramente. A voz dele veio por sobre as ondas.

— Tsukku-san! Como ousa evitar a minha galera? Não há pirata algum aqui, apenas naqueles barcos de pesca à boca da enseada. Gostaria de emparelhar imediatamente!

Alvito gritou de volta em japonês, fingindo estar atônito:

— Mas senhor Toranaga, desculpe, não podíamos imaginar! Pensamos que se tratasse de um truque. Os cinzentos disseram que bandidos *rōnins* haviam tomado a galera à força! Pensamos que os bandidos, sob o comando do pirata inglês, estivessem navegando sob bandeira falsa. Irei imediatamente.

— Não. Eu emparelharei imediatamente.

— Rogo-lhe, senhor Toranaga, permitir-me ir até aí para escoltá-lo. Meu amo, o padre-inspetor, está aqui, e também o capitão-mor. Eles insistem em que façamos alguns ajustes. Por favor, aceite nossas desculpas! — Alvito passou para o português e gritou bem alto para o contramestre: — Desça uma chalupa. — Depois em japonês para Toranaga: — O bote está sendo descido, meu senhor.

Rodrigues ouviu a humildade nauseante na voz de Alvito e pensou em como era muito mais difícil lidar com japoneses do que com chineses. Os chineses compreendiam a arte da negociação, do compromisso, da concessão e da recompensa. Mas os japoneses eram cheios de orgulho, e quando o orgulho de um homem era injuriado — de qualquer japonês, não necessariamente apenas de um samurai — a morte era um preço pequeno para reparar o insulto. Vamos, acabe com isso, ele queria gritar.

— Capitão-mor, irei imediatamente — disse o padre Alvito. — Eminência, se também viesse seria um cumprimento que faria muito para apaziguá-lo.

— Concordo.

— Não é perigoso? — perguntou Ferreira. — Os senhores poderiam ser usados como reféns.

— Assim que houver um sinal de traição — disse Dell'Aqua —, ordeno-lhe, em nome de Deus, que destrua o navio e todos os que navegam nele, estejamos nós a bordo ou não. — Avançou a passos largos pelo tombadilho, desceu para o convés principal, passou ao lado dos canhões, as saias do seu hábito oscilando majestosamente. No topo da escada de embarque virou-se e fez o sinal da cruz. Em seguida desceu ruidosamente para o bote.

O contramestre zarpou. Todos os marinheiros estavam armados de pistolas e sob o assento do contramestre havia um barrilete de pólvora com estopim.

Ferreira debruçou-se sobre a murada e falou baixo:

— Eminência, traga o herege com o senhor.

— O quê? O que disse? — Divertia Dell'Aqua brincar com o capitão-mor, cuja contínua insolência o ofendera mortalmente, pois é claro que ele resolvera havia muito tempo reter Blackthorne e tinha ouvido perfeitamente bem. *Che stupido*, estava pensando.

— Traga o herege consigo, hein? — repetiu Ferreira.

No tombadilho, Rodrigues ouviu o abafado "Sim, capitão-mor" e pensou: em que traição está pensando, Ferreira?

Mudou de posição na cadeira com dificuldade, o rosto exangue. A perna doía muito, e exigia muita força reprimi-la. Os ossos estavam se unindo bem e, Nossa Senhora seja louvada, o ferimento estava limpo. Mas a fratura continuava sendo uma fratura e mesmo a leve oscilação do navio parado o incomodava. Ele tomou um trago de grogue do velho cantil que pendia de uma cavilha na bitácula.

Ferreira o observava.

— A perna vai mal?

— Está muito bem. — O grogue amorteceu a dor do ferimento.

— Vai estar bem o bastante para viajar daqui até Macau?

— Sim. E para enfrentar uma batalha marítima por todo o trajeto. E para voltar no verão, se é isso que o senhor quer dizer.

— Sim, é isso que quero dizer, piloto. — Os lábios se estreitaram de novo, apertados naquele sorriso zombeteiro. — Preciso de um piloto em perfeitas condições.

— Estou em perfeitas condições. A minha perna está cicatrizando bem. — Rodrigues repeliu a dor. — O Inglês não virá a bordo de boa vontade. Eu não viria.

— Cem guinéus dizem que você está errado.

— Isso é mais do que ganho num ano.

— Pagáveis depois de chegarmos a Lisboa, com os lucros do Navio Negro.

— Feito. Nada o fará vir a bordo, não de boa vontade. Estou cem guinéus mais rico, por Deus!

— Mais pobre! Você se esquece que os jesuítas o querem mais do que eu.

— E por que quereriam?

Ferreira encarou-o e não respondeu. Exibia o mesmo sorriso evasivo. Depois, molestando-o, disse:

— Eu escoltaria Toranaga para fora da enseada em troca do herege.

– Fico contente por ser seu amigo e necessário ao senhor e ao Navio Negro – disse Rodrigues. – Não gostaria de ser seu inimigo.

– Ótimo que nos compreendamos um ao outro, piloto. Finalmente.

<hr>

– Solicito escolta para sair da enseada. Preciso dela rapidamente – disse Toranaga a Dell'Aqua por intermédio do intérprete Alvito. Mariko estava ao lado, também ouvindo, com Yabu. Toranaga erguia-se no convés de popa da galera, Dell'Aqua abaixo, no convés principal, com Alvito ao lado, mas ainda assim os olhos estavam quase ao mesmo nível. – Ou, se o senhor preferir, a sua belonave pode remover os barcos de pesca do meu caminho.

– Perdoe-me, mas isso seria um ato hostil indesculpável que o senhor não recomendaria... não poderia recomendar à fragata, senhor Toranaga – disse Dell'Aqua, falando diretamente a ele e achando a tradução simultânea de Alvito misteriosa como sempre. – Isso seria impossível... uma declaração de guerra.

– Então, o que sugere?

– Por favor, venha à fragata. Deixe-nos perguntar ao capitão-mor. Ele terá uma solução, agora que sabemos qual é o seu problema. É ele o militar, não nós.

– Traga-o aqui.

– Seria mais rápido ir até lá, senhor. Além, é claro, da honra que o senhor nos concederia.

Havia pouco tinham visto mais barcos de pesca carregados de arqueiros, lançados da praia ao sul, e, embora estivessem seguros no momento, era claro que dentro de uma hora a boca da enseada inteira estaria entupida de inimigos.

E ele sabia que não tinha escolha.

– Sinto muito, senhor – explicara-lhe o Anjin-san antes, durante a malograda perseguição. – Não consigo me aproximar da fragata. Rodrigues é esperto demais. Posso impedi-lo de escapar se o vento permanecer assim, mas não conseguirei pegá-lo, a menos que ele cometa um erro. Teremos que parlamentar.

– Ele cometerá um erro e o vento permanecerá assim? – perguntara Toranaga por intermédio de Mariko.

– O Anjin-san diz – respondera ela – que um homem prudente nunca aposta no vento, a menos que se trate de um vento alísio e se esteja em alto-mar. Aqui estamos numa enseada, onde as montanhas fazem o vento soprar em círculos. O piloto, Rodrigues, não cometerá nenhum erro.

Toranaga presenciara os dois pilotos opondo um ao outro as respectivas habilidades, e entendeu, para além de qualquer dúvida, que ambos eram mestres. E viera a entender também que nem ele, nem suas terras, nem o império jamais estariam seguros sem possuir navios bárbaros modernos e, com esses navios, controlar os próprios mares. O pensamento o deixara abalado.

– Mas como posso negociar com eles? Que desculpa aceitável poderiam dar para tal hostilidade declarada contra mim? Agora o meu dever é afundá-los pelos insultos à minha honra.

Então o Anjin-san explicara o estratagema da bandeira falsa: como todos os navios usavam o ardil para se aproximar do inimigo, ou para tentar evitar o inimigo, e Toranaga ficara enormemente aliviado por haver uma solução aceitável para o problema, uma solução que lhe poupava a dignidade.

– Penso que deveríamos ir imediatamente – estava dizendo Alvito.

– Muito bem – concordou Toranaga. – Yabu-san, assuma o comando do navio. Mariko-san, diga ao Anjin-san que ele deve permanecer no tombadilho e que fica responsável pelo leme. Você venha comigo.

– Sim, senhor.

Pelo tamanho da chalupa, Toranaga entendeu perfeitamente que só poderia levar cinco guardas consigo. Mas isso fora igualmente previsto, e o plano final era simples: se não conseguisse persuadir a fragata a ajudar, ele e seus guardas matariam o capitão-mor, o piloto e os padres e se entrincheirariam numa das cabines. Simultaneamente, a galera se lançaria contra a fragata pela proa, conforme sugerira o Anjin-san, e juntos tentariam tomar a fragata de assalto. Tomariam a fragata ou não, mas, em qualquer caso, haveria uma solução rápida.

– É um bom plano, Yabu-san – dissera ele.

– Por favor, permita-me ir no seu lugar para negociar.

– Eles não concordariam com isso.

– Muito bem, mas, assim que estivermos fora da armadilha, expulse todos os bárbaros do nosso reino. Se o fizer, ganhará mais daimios do que perderá.

– Considerarei o assunto – disse Toranaga, sabendo que aquilo era absurdo, que precisava dos daimios cristãos Onoshi e Kiyama ao seu lado e, consequentemente, dos outros daimios cristãos; caso contrário, ele seria engolido. Por que Yabu quereria ir à fragata? Que traição planejava se não houvesse ajuda?

– Senhor – dizia Alvito por Dell'Aqua –, posso convidar o Anjin-san a nos acompanhar?

– Por quê?

– Ocorreu-me que ele talvez gostasse de saudar seu colega, o piloto Rodrigues. O homem está com uma perna quebrada e não pode vir aqui. Rodrigues gostaria de revê-lo, agradecer por lhe haver salvo a vida, se o senhor não se importasse.

Toranaga não conseguia pensar em nenhuma razão por que o Anjin-san não devesse ir. O homem se encontrava sob a sua proteção, portanto inviolável.

– Se ele quiser, muito bem. Mariko-san, acompanhe Tsukku-san.

Mariko curvou-se. Sabia que a sua tarefa era ouvir, relatar e assegurar que tudo o que fosse dito seria relatado corretamente, sem omissão.

Sentia-se melhor agora, o penteado e o rosto novamente perfeitos, um quimono limpo emprestado pela senhora Fujiko, o braço esquerdo numa tipoia. Um dos imediatos, aprendiz de médico, pensara-lhe o ferimento. O corte não atingira nenhum tendão e a ferida estava limpa. Um banho a teria revigorado completamente, mas não havia instalações para isso.

Ela e Alvito caminharam até o tombadilho. Alvito viu a faca no *obi* de Blackthorne e o modo como o quimono, embora sujo, parecia assentar-lhe. Até onde ele terá ido no caminho para a confiança de Toranaga?, perguntou-se.

– Salve, capitão-piloto Blackthorne.

– Apodreça no inferno, padre! – respondeu Blackthorne afavelmente.

– Talvez nos encontremos lá, Anjin-san. Talvez. Toranaga disse que o senhor pode vir a bordo da fragata.

– Ordens dele?

– Se o senhor quiser, ele disse.

– Não quero.

– Rodrigues gostaria de agradecer-lhe de novo e de revê-lo.

– Transmita-lhe os meus respeitos e diga que o verei no inferno. Ou aqui.

– A perna o impede de fazer isso.

– Como está a perna dele?

– Sarando. Com a sua ajuda e a graça de Deus, dentro de poucas semanas ele estará andando, se Deus quiser, embora fique coxo para sempre.

– Diga-lhe que estimo suas melhoras. É melhor ir agora, padre, está perdendo o seu tempo.

– Rodrigues gostaria de vê-lo. Há grogue à mesa, um excelente frango assado, molho, pão fresco e manteiga. Seria triste, piloto, desperdiçar tanta comida.

– O quê?

– Há um dourado pão fresco, biscoitos frescos, manteiga e um bom peso de carne. Laranjas frescas de Goa e até um galão de vinho da Madeira, ou conhaque, se o senhor preferir. Há cerveja também. Depois, há o frango de Macau, quente e suculento. O capitão-mor é um epicurista.

– Deus o mande para o inferno!

– Mandará, quando Lhe aprouver. Só lhe digo o que há.

– O que quer dizer "epicurista"? – perguntou Mariko.

– É uma pessoa que aprecia a comida e uma mesa refinada, senhora Maria – disse Alvito, usando o nome de batismo dela. Notara a mudança repentina no rosto de Blackthorne. Quase podia ver as glândulas salivares funcionando e sentir a agonia do estômago roncando. Naquela noite, ao ver a refeição servida na grande cabine, a prata cintilante, a toalha branca e cadeiras, autênticas cadeiras estofadas de couro, e ao cheirar os pães frescos, a manteiga, as carnes suculentas, também ele fora dominado pela fome, e não estava ansioso por comida, nem desacostumado à cozinha japonesa.

É tão simples agarrar um homem, disse Alvito a si mesmo. Tudo o que se precisa é conhecer a isca certa.

– Até logo, capitão-piloto! – Alvito deu-lhe as costas e dirigiu-se para a escada de embarque. Blackthorne seguiu-o.

– Qual é o problema, Inglês? – perguntou Rodrigues.

– Onde está a comida? Depois podemos conversar. Primeiro, a comida que você prometeu. – Blackthorne encontrava-se no convés principal, desconfiado.

– Por favor, acompanhe-me – disse Alvito.

– Aonde o está levando, padre?

– Naturalmente para a grande cabine. Blackthorne pode comer enquanto o senhor Toranaga e o capitão-mor conversam.

– Não. Ele pode comer na minha cabine.

– É mais fácil, certamente, ir até onde está a comida.

– Contramestre! Veja que o piloto seja alimentado imediatamente. Leve para a minha cabine tudo de que ele necessita. Inglês, quer grogue, vinho ou cerveja?

– Primeiro cerveja, depois grogue.

– Contramestre, providencie e leve-o para baixo. E ouça, Pesaro, dê-lhe algumas roupas do meu baú, botas, tudo. E fique com ele até que eu o chame.

Sem dar uma palavra, Blackthorne seguiu Pesaro, o contramestre, um homenzarrão corpulento, gaiuta abaixo.

Alvito ia voltando para junto de Dell'Aqua e Toranaga, que conversavam com a ajuda de Mariko, mas Rodrigues o deteve.

– Padre! Espere um instante. O que foi que disse a ele?

– Apenas que você gostaria de vê-lo e que tínhamos comida a bordo.

– Mas era eu quem queria oferecer a comida?

– Não, Rodrigues, eu não disse isso. Mas você não ofereceria comida a um piloto amigo que estivesse com fome?

– Aquele pobre bastardo não está com fome, está faminto. Se comer neste estado, vai se empanturrar como um lobo voraz, depois vomitará tudo tão depressa quanto uma prostituta bêbada e comilona. Agora, nós não gostaríamos que um de nós, mesmo um herege, comesse como um animal e vomitasse na frente de Toranaga, não é, padre? Não diante do um maldito filho da puta, particularmente um que tem a mente tão limpa quanto a racha de uma prostituta sifilítica!

– Você precisa aprender a conter a imundície de sua linguagem, meu filho – disse Alvito. – Isso vai mandá-lo para o inferno. Faria melhor em rezar mil ave-marias e jejuar durante dois dias. Apenas pão e água. Uma penitência pela graça de Deus, para lembrá-lo da sua mercê.

– Obrigado, padre, farei isso. De bom grado. E se eu pudesse me ajoelhar, me ajoelharia e beijaria o seu crucifixo. Sim, padre, este pobre pecador lhe agradece pela paciência dada por Deus. Preciso vigiar a minha língua.

Ferreira chamou da gaiuta:

– Rodrigues, você vai descer?

– Permanecerei no convés enquanto aquela galera estiver ali, capitão-mor. Se precisar de mim, estarei aqui. – Alvito começou a se afastar. Rodrigues notou Mariko. – Um instante, padre. Quem é a mulher?

– Dona Maria Toda. Um dos intérpretes de Toranaga.

Rodrigues sussurrou:

– É boa intérprete?

– Muito boa.

– É estupidez permitir que venha a bordo. Por que o senhor disse "Toda"? Ela é uma das consortes do velho Toda Hiromatsu?

– Não. É a esposa do filho dele.

– É estupidez trazê-la a bordo. – Rodrigues chamou um dos marujos. – Espalhe o aviso de que a mulher fala português.

– Sim, senhor. – O homem afastou-se correndo e Rodrigues voltou-se para o padre Alvito.

O padre não ficou nem um pouco intimidado com a cólera evidente.

– A senhora Maria fala latim também, e com a mesma perfeição. Mais alguma coisa, piloto?

– Não, obrigado. Talvez o melhor seja eu começar com as minhas ave-marias.

– Sim, deveria fazer isso. – O padre fez o sinal da cruz e afastou-se.

Rodrigues cuspiu nos embornais e um dos timoneiros estremeceu e se persignou.

– Vá se pendurar no mastro pelo seu prepúcio verde de padre! – sibilou Rodrigues.

– Sim, capitão-piloto. Desculpe, senhor, mas fico nervoso perto do bom padre. Não tive má intenção. – O jovem viu os últimos grãos de areia passarem pela garganta da ampulheta e virou-a.

– Daqui a meia hora, desça, leve um maldito balde, água e um esfregão com você e limpe a sujeira na minha cabine. Diga ao contramestre que traga o Inglês para cima e deixe a minha cabine limpa. E é melhor que fique bem limpa, ou usarei as suas tripas como suspensórios. E, enquanto estiver fazendo isso, reze ave-marias pela sua alma amaldiçoada.

– Sim, senhor piloto – disse o jovem, com voz fraca. Rodrigues era fanático, um louco por limpeza, e sua cabine era como o Santo Graal. Tudo tinha que estar impecável, fizesse o tempo que fizesse.

CAPÍTULO 27

– DEVE HAVER UMA SOLUÇÃO, CAPITÃO-MOR – DISSE DELL'AQUA, PACIENTE.

– O senhor deseja praticar um ato declarado de guerra contra uma nação amiga?

– Claro que não.

Todos na grande cabine sabiam que haviam caído na mesma armadilha. Qualquer ato declarado os colocaria em definitivo do lado de Toranaga contra Ishido, coisa que deviam evitar de todas as formas para o caso de Ishido ser o vencedor eventual. No momento, Ishido controlava Ōsaka e a capital, Kyōto, assim como a maioria dos regentes. E agora, com os daimios Onoshi e Kiyama, controlava a maior parte da ilha meridional de Kyūshū e, com Kyūshū, o porto de Nagasaki, o centro principal de todo o comércio da região. Por isso, controlava também o comércio com os portugueses e o Navio Negro daquele ano.

– Por que tanta dificuldade? – disse Toranaga por intermédio do padre Alvito. – Só quero expulsar os piratas da boca da enseada.

Toranaga estava desconfortavelmente sentado no lugar de honra, na cadeira de encosto alto, junto à grande mesa; Alvito estava ao seu lado, o capitão-mor à sua frente, Dell'Aqua ao lado do capitão-mor. Mariko permanecia de pé atrás de Toranaga e os guardas samurais esperavam perto da porta, encarando os marujos armados. E todos os europeus tinham consciência de que, embora Alvito traduzisse para Toranaga tudo o que era dito na sala, Mariko estava lá para se certificar de que nada fosse dito abertamente entre eles contra os interesses do seu amo e que a tradução fosse completa e acurada.

– Talvez, senhor, pudesse enviar mensageiros ao senhor Ishido – disse Dell'Aqua, inclinando-se para a frente. – Talvez a solução se encontre na negociação. Poderíamos oferecer este navio como um lugar neutro para a negociação. Talvez desse modo os senhores pudessem encerrar a guerra.

– Que guerra? Não estamos em guerra, Ishido e eu – declarou Toranaga, rindo com ar de desprezo.

– Mas, senhor, vimos a batalha na praia.

– Não seja ingênuo! Quem foi morto? Alguns *rōnins* sem valor. Quem atacou a quem? Apenas *rōnins*, bandidos ou fanáticos enganados.

– E a emboscada? Tomamos conhecimento de que os marrons lutaram contra os cinzentos.

– Os bandidos estavam atacando a todos nós, marrons e cinzentos. Os meus homens lutaram unicamente para me proteger. Em escaramuças noturnas, os enganos ocorrem com frequência. Se os marrons mataram cinzentos ou os cinzentos mataram marrons, foi apenas um erro lamentável. O que representam uns poucos homens para qualquer um de nós? Nada. Não estamos em guerra.

Toranaga leu a incredulidade no rosto deles e então acrescentou:

– Diga-lhes, Tsukku-san, que no Japão as guerras são travadas por exércitos. Essas ridículas escaramuças e tentativas de assassinato são meras sondagens, que devem ser ignoradas quando falham. A guerra não começou esta noite. Começou quando o táicum morreu. Antes disso, até. Quando ele morreu sem deixar um filho adulto para sucedê-lo. Talvez até antes disso, quando Goroda, o senhor protetor, foi assassinado. Esta noite não tem nenhum significado duradouro. Nenhum de vocês compreende o nosso reino ou a nossa política. Como poderiam? Naturalmente, Ishido está tentando me matar. Assim como muitos outros daimios. Fizeram isso no passado e vão fazê-lo no futuro. Kiyama e Onoshi já foram tanto amigos quanto inimigos. Ouçam! Se me matassem, isso simplificaria as coisas para Ishido, o verdadeiro inimigo, mas só por um momento. Caí na armadilha dele agora e, se a emboscada dele for bem-sucedida, ele terá somente uma vantagem momentânea. Se eu escapar, nunca terá havido qualquer armadilha. Mas compreendam claramente, todos vocês, que a minha morte não eliminará a causa da guerra, nem impedirá conflitos posteriores. Só se Ishido morrer é que deixará de haver conflito. Portanto, não há guerra declarada agora. Nenhuma guerra.

Toranaga mudou de posição na cadeira, detestando o odor na cabine, proveniente das comidas gordurosas e dos corpos mal-lavados. E continuou:

– Mas temos, de fato, um problema imediato. Quero os seus canhões. Quero-os agora. Os piratas me cercam na boca da enseada. Eu disse antes, Tsukku-san, que logo todos terão que tomar posição. Agora, de que lado está você, o seu chefe e toda a Igreja cristã? E os meus amigos portugueses estão comigo ou contra mim?

– Pode ter certeza, senhor Toranaga – disse Dell'Aqua –, de que todos nós apoiamos os seus interesses.

– Ótimo. Então elimine os piratas de imediato.

– Isso seria um ato de guerra e não traria proveito algum. Talvez possamos fazer um trato, hein? – disse Ferreira.

Alvito não traduziu o comentário, mas, ao contrário, disse:

– O capitão-mor diz que estamos apenas tentando evitar interferência na sua política, senhor Toranaga. Somos comerciantes.

Mariko interveio, dizendo em japonês para Toranaga:

– Desculpe, senhor, isso não está correto. Não foi isso o que foi dito.

Alvito suspirou:

– Simplesmente transpus algumas das palavras dele, senhor. O capitão-mor, sendo estranho aqui, não tem consciência de certas questões delicadas. Não entende nada sobre o Japão.

– E você entende, Tsukku-san? – perguntou Toranaga.
– Tento, senhor.
– Que foi que ele disse realmente?
Alvito contou-lhe. E, após uma pausa, Toranaga acrescentou:
– O Anjin-san me disse que os portugueses estão muito interessados no comércio e, como comerciantes, não têm boas maneiras nem bom humor. Compreendo e aceitarei a explicação, Tsukku-san. Mas, daqui em diante, por favor, traduza tudo exatamente como for dito.
– Sim, senhor.
– Diga isto ao capitão-mor: quando o conflito estiver concluído, expandirei o comércio. Sou a favor do comércio, Ishido não.
Dell'Aqua acompanhara a troca de ideias e esperava que Alvito tivesse conseguido disfarçar a estupidez de Ferreira. Por isso, salientou:
– Não somos políticos, senhor, somos religiosos e representamos a fé e os fiéis. Realmente apoiamos os seus interesses. Sim.
– Concordo. Estava pensando... – Nessa altura, Alvito parou de interpretar, o seu rosto se iluminou e, por um momento, o japonês de Toranaga fluiu sem interpretação. Só depois Alvito voltou: – Desculpe, Eminência, mas o senhor Toranaga disse: "Estava considerando a possibilidade de lhe pedir que construísse um grande templo em Edo, como medida da minha confiança nos seus interesses".
Fazia anos, desde que Toranaga se tornara senhor das Oito Províncias, que Dell'Aqua vinha manobrando para obter essa concessão. E obtê-la agora, na terceira maior cidade do império, era uma conquista inestimável. Dell'Aqua entendeu que chegara o momento de resolver o problema dos canhões.
– Agradeça-lhe, Martim Tsukku-san – disse, usando a senha que combinara previamente com Alvito. – E diga-lhe que tentaremos sempre estar ao seu serviço. Oh, sim, pergunte-lhe também o que ele tem em mente sobre a catedral.
– Talvez eu possa falar um instante diretamente, senhor – começou Alvito, dirigindo-se a Toranaga. – O meu amo lhe agradece e diz que aquilo que o senhor pediu anteriormente talvez seja possível. Ele se empenhará sempre por dar-lhe assistência.
– "Empenhará" é uma palavra abstrata e insatisfatória.
– Sim, senhor. – Alvito relanceou os olhos para os guardas, que, naturalmente, ouviam tudo sem dar a entender que estavam ouvindo. – Mas lembro-me de o senhor ter dito que às vezes é sábio ser abstrato.
Toranaga logo compreendeu. Fez um gesto aos seus homens, dispensando-os.
– Esperem lá fora, todos vocês.
Apreensivos, os samurais obedeceram. Alvito voltou-se para Ferreira:
– Não precisamos dos seus guardas agora, capitão-mor.
Depois de os homens de Toranaga terem saído, Ferreira dispensou os seus e deu uma olhada em Mariko. Ele portava pistolas na cintura e tinha outra na bota.

— O senhor não gostaria, talvez — disse Alvito a Toranaga —, que a senhora Mariko se sentasse?

Toranaga entendeu de novo. Pensou um instante, depois concordou e disse, sem se voltar:

— Mariko-san, leve um dos meus guardas e vá encontrar o Anjin-san. Fique com ele até que eu mande chamá-la.

— Sim, senhor.

A porta fechou-se atrás dela.

Agora estavam a sós. Os quatro.

— Qual é a oferta? — perguntou Ferreira. — O que ele está oferecendo?

— Tenha paciência, capitão-mor — respondeu Dell'Aqua, os dedos tamborilando sobre o crucifixo, rezando pelo sucesso.

— Senhor — começou Alvito —, o meu amo diz que tudo o que o senhor pediu será tentado. Dentro de quarenta dias. Ele enviará a sua mensagem em particular. Serei eu o mensageiro, com a sua permissão.

— E se ele não for bem-sucedido?

— Não será por falta de tentativa, de persuasão ou de pensamento. Ele lhe dá a sua palavra.

— Diante do Deus cristão?

— Sim. Diante de Deus.

— Ótimo. Quero isso por escrito. Com o selo dele.

— Às vezes os acordos satisfatórios, os acordos delicados, não devem ser transpostos para a escrita, senhor.

— Está dizendo que, a menos que eu ponha o meu acordo por escrito, você também não colocará?

— Simplesmente me lembrei de um dos seus próprios ditos: que a honra de um samurai é certamente muito mais importante do que um pedaço de papel. O padre-inspetor lhe dá a sua palavra diante de Deus, a sua palavra de honra, como um samurai o faria. A sua honra é totalmente suficiente para o padre-inspetor. Só pensei que ele se entristeceria por não merecer confiança. O senhor quer que eu peça uma assinatura?

Depois de um tempo, Toranaga disse:

— Muito bem. A palavra dele diante do Deus Jesus, *né?* A palavra dele diante do Deus dele?

— Dou-a em seu nome. Ele jurou tentar pela cruz abençoada.

— Você também, Tsukku-san?

— O senhor tem igualmente a minha palavra, diante de Deus, pela cruz abençoada, de que farei tudo o que puder para ajudá-lo a persuadir os senhores Onoshi e Kiyama a se tornarem seus aliados.

— Em troca farei o que prometi anteriormente. No quadragésimo primeiro dia vocês podem lançar a pedra fundamental do maior templo cristão do império.

– As escavações poderiam ser iniciadas imediatamente, senhor?

– Tão logo eu chegue a Edo. Bem, bem. E quanto aos piratas? Os piratas nos barcos de pesca? Vocês os liquidarão imediatamente?

– Se tivesse canhões, o senhor mesmo faria isso?

– É claro, Tsukku-san.

– Peço desculpas por ser tão tortuoso, senhor, mas tivemos que elaborar um plano. Os canhões não nos pertencem. Por favor, conceda-me um momento. – Alvito voltou-se para Dell'Aqua: – Está tudo arranjado quanto à catedral, Eminência. – Depois, para Ferreira, dando início ao plano combinado: – O senhor ficará contente por não tê-lo afundado, capitão-mor. O senhor Toranaga perguntou se o senhor levaria 10 mil ducados de ouro para ele quando partir com o Navio Negro para Goa, a fim de investir o dinheiro no mercado de ouro da Índia. Nós teríamos muito prazer em colaborar na transação por intermédio das nossas fontes habituais lá, colocando o dinheiro para o senhor. O senhor Toranaga diz que metade do lucro será seu. – Alvito e Dell'Aqua haviam resolvido que, pela época em que o Navio Negro voltasse, dentro de seis meses, Toranaga ou estaria novamente empossado como presidente dos regentes, e consequentemente mais que satisfeito em permitir essa transação muito lucrativa, ou estaria morto. – O senhor facilmente receberia um lucro líquido de 4 mil ducados. Sem risco algum.

– Em troca de que concessão? Isso é mais do que o subsídio anual que o rei da Espanha concede a toda a sua Companhia de Jesus. Em troca de quê?

– O senhor Toranaga diz que os piratas o impedem de deixar a enseada. Ele deve saber melhor do que o senhor se se trata ou não de piratas.

Ferreira retrucou no mesmo tom sincero que ambos sabiam ser de proveito apenas para Toranaga.

– É desavisado depositar confiança nesse homem. O inimigo dele detém todos os trunfos. Todos os daimios cristãos estão contra ele. Com certeza, os dois principais: ouvi-os com os meus próprios ouvidos. Disseram que esse japona é o verdadeiro inimigo. Acredito neles e não neste idiota sem mãe.

– Estou certo de que o senhor Toranaga sabe melhor do que nós quem é pirata e quem não é – disse Dell'Aqua impassível, conhecendo a solução, assim como Alvito. – Suponho que o senhor não faça objeção a que o senhor Toranaga lide com os piratas sozinho.

– Claro que não.

– O senhor tem muitos canhões de reserva a bordo – disse o padre-inspetor. – Por que não lhe ceder alguns em particular? Na realidade, venda-lhe alguns. O senhor vende armas o tempo todo. Ele está comprando armas. Quatro canhões seriam mais que suficientes. Seria fácil baldeá-los na chalupa, com pólvora e munição suficientes, sempre em particular. E o assunto fica resolvido.

Ferreira suspirou.

– Os canhões, Eminência, são inúteis a bordo da galera. Não há portinholas, não há cordas de canhão, não há espeques de canhões. Eles não podem usar canhões, mesmo que tivessem os atiradores, que não têm.

Os dois padres ficaram pasmos.

– Inúteis?

– Totalmente.

– Mas, com certeza, dom Ferreira, eles podem adap...

– Aquela galera é incapaz de usar canhões sem uma reforma. Levaria no mínimo uma semana.

– *Nan ja?* – disse Toranaga desconfiado, percebendo que alguma coisa estava errada, apesar do muito que tentavam esconder-lhe.

– Toranaga perguntou-lhe o que há – disse Alvito.

Dell'Aqua sabia que a areia corria contra eles.

– Capitão-mor, por favor, ajude-nos. Por favor. Peço-lhe francamente. Obtivemos enormes concessões para a fé. O senhor deve acreditar em mim e, sim, deve confiar em nós. De algum modo, deve ajudar o senhor Toranaga a sair da enseada. Rogo-lhe em nome da Igreja. Só a catedral já é uma enorme concessão. Por favor.

Ferreira não se permitiu demonstrar nada do êxtase da vitória. Até acrescentou uma gravidade simulada à voz.

– Já que o senhor pede ajuda em nome da Igreja, Eminência, claro que farei o que pede. Vou tirá-lo da armadilha. Mas em troca quero o posto de capitão-mor do Navio Negro do próximo ano, seja o deste ano bem-sucedido ou não.

– Isso é uma concessão pessoal do rei da Espanha, dele apenas. Não cabe a mim conferi-la.

– Depois, aceito o oferecimento do ouro dele, mas quero a sua garantia de que não terei problemas com o vice-rei de Goa, nem aqui, nem por causa do ouro, nem com os Navios Negros.

– Atreve-se a reter a mim e à Igreja em troca de resgate?

– Trata-se meramente de um acordo de negócios entre mim, o senhor e esse macaco.

– Ele não é macaco algum, capitão-mor. É melhor que se lembre disso.

– Depois, 15% da carga deste ano, em vez de 10%.

– Impossível.

– Depois, para manter tudo em ordem, Eminência, a sua palavra diante de Deus, agora, de que nem o senhor nem nenhum dos padres sob a sua jurisdição jamais me ameaçará de excomunhão, a menos que eu cometa um futuro ato de sacrilégio, coisa que nenhum destes é. E a sua palavra de que o senhor e os santos padres me apoiarão ativamente e ajudarão esses dois Navios Negros, também diante de Deus.

– E depois, capitão-mor? Ainda não acabou? Com certeza há mais alguma coisa.

— Por último, quero o herege.

Da porta da cabine, Mariko olhava fixamente para Blackthorne, deitado em semicoma no chão, vomitando. O contramestre estava encostado ao beliche, olhando-a furtivamente, os cotos dos seus dentes amarelos à mostra.

— Está envenenado? Ou está bêbado? — perguntou ela a Tōtōmi Kana, o samurai ao seu lado, tentando inutilmente cerrar as narinas ao mau cheiro da comida e do vômito, ao mau cheiro do horrendo marujo à sua frente e ao sempre presente mau cheiro dos porões que impregnava o navio inteiro. — Parece quase como se ele tivesse sido envenenado, *né?*

— Talvez tenha sido, Mariko-san. Olhe para aquela imundície! — O samurai apontou com desagrado para a mesa. Estava coberta de travessas de madeira contendo os restos de um quarto mutilado de rosbife, mal-passado, metade da carcaça de uma galinha assada, pão partido, queijo, cerveja derramada, manteiga, um prato de molho frio e gordo de toucinho, uma garrafa de conhaque pela metade.

Nenhum dos dois jamais vira carne à mesa antes.

— O que querem? — perguntou o contramestre. — Nada de macacos aqui, *wakari-masu ka?* Nada de macacos-sans *nessute lugaru!* — Olhou para o samurai e fez-lhe sinal que se fosse. — Fora! Deem o fora! — Seus olhos se fixaram em Mariko de novo. — Qual é o seu nome? *Namae,* hein?

— O que ele está dizendo, Mariko-san? — perguntou o samurai.

O contramestre olhou de relance para o samurai um instante, depois fitou Mariko.

— O que o bárbaro está dizendo, Mariko-san?

Mariko desviou os olhos hipnotizados da mesa e concentrou-se no contramestre.

— Desculpe, senhor, não o compreendi. O que foi que disse?

— Hein? — A boca do contramestre se escancarou. Era um homem gordo de olhos muito juntos e orelhas grandes, o cabelo num rabicho ensebado. Um crucifixo pendia-lhe das dobras do pescoço e as pistolas dançavam-lhe no cinto. — Hein? Você sabe falar português? Uma japona que sabe falar bom português? Onde aprendeu a falar civilizado?

— O... o padre cristão me ensinou.

— Serei um maldito filho de uma prostituta! Minha Nossa Senhora, uma flor-san que fala civilizado!

Blackthorne vomitou de novo e tentou debilmente levantar-se.

— O senhor pode... por favor, o senhor pode pôr o piloto ali? — Ela apontou para o beliche.

— Sim. Se o macaco ajudar.

— Quem? Desculpe, o que disse? Quem?

— Ele! O japona. Ele.

As palavras a atingiram como uma pedrada e ela precisou de toda a força de vontade para permanecer calma. Fez um gesto para o samurai.

— Kana-san, ajude o bárbaro, por favor. O Anjin-san deve ser posto ali.

— Com prazer, senhora.

Os dois homens ergueram Blackthorne e ele caiu com um baque no beliche, a cabeça pesada demais, mexendo a boca estupidamente.

— Ele deve ser lavado — disse Mariko em japonês, ainda meio atordoada pelo modo como o contramestre tratara Kana.

— Sim, Mariko-san. Ordene que o bárbaro mande chamar alguns criados.

— Sim. — Os seus olhos incrédulos voltaram-se inexoravelmente para a mesa. — Eles realmente comem isso?

O contramestre seguiu-lhe o olhar. Imediatamente se inclinou, arrancou uma perna de galinha e a ofereceu a ela. — Está com fome? Aqui está, pequena flor-san, é bom. É carne fresca, um autêntico capão de Macau.

Ela meneou a cabeça.

O rosto cinzento do contramestre fendeu-se num sorriso. Solicitamente, mergulhou a perna da galinha no pesado molho e segurou-a sob o nariz dela.

— O molho a torna melhor ainda. É, é bom poder conversar adequadamente, hein? Nunca fiz isso antes. Vamos, isto lhe dará forças, no lugar onde a força é importante! É um capão de Macau, estou lhe dizendo!

— Não... não, obrigada. Comer carne... comer carne é proibido. É contra a lei, contra o budismo e o xintoísmo.

— Em Nagasaki não é! — O contramestre riu. — Muitos japonas comem carne o tempo todo. Todos comem quando podem consegui-la e também se encharcam com o nosso grogue. A senhora é cristã, hein? Vamos, experimente, pequena dona. Como vai saber sem experimentar?

— Não, não, obrigada.

— Um homem não pode viver sem carne. Isso é comida de verdade. Faz a gente forte, faz a gente se saracotear como um arminho. Aqui está... — Ele ofereceu a perna de galinha a Kana. — Você quer?

Kana abanou a cabeça, igualmente nauseado.

— *Iie!*

O contramestre deu de ombros e jogou descuidadamente a perna de frango em cima da mesa.

— *Iie* será. O que fez no braço? Feriu-se em combate?

— Sim. Mas não é grave. — Mariko moveu-se um pouco para mostrar-lhe o ferimento e engoliu a dor.

— Pobre coisinha! O que quer aqui, senhorita, hein?

— Ver o An... ver o piloto. O senhor Toranaga me mandou. O piloto está bêbado?

— Sim, e cheio de comida também. O pobre bastardo comeu e bebeu depressa demais. Tomou meia garrafa de um trago. Os ingleses são todos iguais. Não aguentam o grogue e não têm *cojones*. — Mediu Mariko com os olhos. — Nunca vi uma florzinha tão pequena quanto você. E nunca conversei antes com uma japona que soubesse falar civilizado.

– O senhor chama todas as senhoras e samurais japoneses de japonas e macacos?

O marujo esboçou um sorriso.

– Ora, senhorita, isso foi um escorregão da língua. Isso é para comuns, a senhora sabe, os alcoviteiros e as prostitutas em Nagasaki. Sem intenção de ofender. Nunca conversei realmente com uma senhorita civilizada, nunca soube que havia alguma, por Deus.

– Nem eu, senhor. Nunca conversei com um português civilizado antes, além do santo padre. Somos japoneses, não japonas, *né?* E macacos são animais, não?

– Claro. – O contramestre mostrou os dentes quebrados. – Fala como uma dona. Sim. Não tive a intenção de ofender, dona senhorita.

Blackthorne começou a balbuciar. Ela se aproximou do beliche e sacudiu-o suavemente.

– Anjin-san! Anjin-san!

– Sim... sim? – Blackthorne abriu os olhos. – Oh... olá... descul... eu... – Mas o peso da dor que sentia e os giros que a sala dava forçaram-no a continuar deitado.

– Por favor, mande chamar um criado, senhor. Ele deve ser lavado.

– Há escravos... mas não para isso, dona senhorita. Deixe o Inglês. Que mal faz um pouco de vômito para um herege?

– Não há criados? – perguntou ela, admirada.

– Temos escravos, bastardos pretos, mas são preguiçosos. Eu não confiaria neles para lavá-lo – acrescentou com um sorriso enviesado.

Mariko sabia que não tinha alternativa. O senhor Toranaga poderia ter necessidade do Anjin-san imediatamente, e era dever dela.

– Então preciso de água – disse. – Para lavá-lo.

– Há um barril ao pé da escada. No convés inferior.

– Por favor, vá buscar um pouco, senhor.

– Mande ele. – O contramestre sacudiu o dedo na direção de Kana.

– Não. Vá o senhor, por favor. Agora.

O contramestre olhou para Blackthorne.

– Você é a zinha dele?

– O quê?

– A zinha do Inglês?

– O que é "zinha", senhor?

– A mulher dele. A companheira dele, você sabe, senhorita, a namorada desse piloto. Zinha.

– Não. Não, senhor, não sou a zinha dele.

– Dele, então? Deste mac... deste samurai? Ou do rei, talvez, desse que veio a bordo? Tora-alguma-coisa? Você é uma das mulheres dele?

– Não.

– Nem de ninguém a bordo?

Ela balançou a cabeça.

– Por favor, quer ir buscar um pouco de água?

O contramestre anuiu e saiu.

– É o homem mais feio e de cheiro mais repugnante de que jamais me aproximei – disse o samurai. – O que ele estava dizendo?

– Ele... o homem perguntou se... se eu sou uma das consortes do piloto.

O samurai dirigiu-se para a porta.

– Kana-san!

– Exijo o direito, em nome do seu marido, de reparar esse insulto. Imediatamente! Como se a senhora pudesse coabitar com algum bárbaro!

– Kana-san! Por favor, feche a porta.

– A senhora é Toda Mariko-san! Como se atreveu ele a insultá-la? O insulto deve ser reparado!

– Será, Kana-san, e lhe agradeço. Sim. Dou-lhe o direito. Mas estamos aqui por ordem do senhor Toranaga. Antes que ele dê a sua aprovação, não seria correto que o senhor fizesse isso.

Kana fechou a porta, relutante.

– Concordo. Mas, formalmente, peço-lhe que solicite isso ao senhor Toranaga antes de partirmos.

– Sim. Obrigada por seu interesse pela minha honra. – O que Kana faria se soubesse de tudo o que foi dito?, perguntou-se ela, aterrorizada. O que faria o senhor Toranaga? Ou Hiromatsu? Ou meu marido? Macacos? Ó, minha Nossa Senhora, ajude-me a me manter calma e a conservar a mente funcionando. Para abrandar a fúria de Kana, ela rapidamente mudou de assunto. – O Anjin-san parece tão indefeso. Como um bebê. Parece que os bárbaros não aguentam o vinho. Exatamente como alguns dos nossos homens.

– Sim. Mas não é o vinho. Não pode ser. É o que ele comeu.

Blackthorne moveu-se desajeitado, arrastando-se de volta à consciência.

– Eles não têm criados no navio, Kana-san, portanto terei que substituir uma das damas do Anjin-san. – Ela começou a despir Blackthorne, desajeitadamente por causa do braço ferido.

– Deixe-me ajudá-la. – Kana foi muito hábil. – Eu costumava fazer isso para o meu pai quando o saquê o tirava de si.

– É bom que um homem se embebede de vez em quando. Liberta todos os maus espíritos.

– Sim. Mas meu pai costumava passar muito mal no dia seguinte.

– Meu marido passa muito mal. Durante dias.

Após um instante, Kana disse:

– Permita Buda que o seu senhor Buntaro escape.

– Sim. – Mariko olhou em torno da cabine. – Não compreendo como podem viver num lugar sórdido assim. É pior do que o mais pobre do nosso povo. Eu estava quase desmaiando na outra cabine, por causa do mau cheiro.

– É revoltante. Eu nunca tinha estado a bordo de um navio bárbaro.

– Eu nunca estive no mar antes.

A porta se abriu e o contramestre entrou e pousou o balde. Ficou chocado com a nudez de Blackthorne. Puxou uma coberta de baixo do beliche e cobriu-o.

– Ele vai se resfriar. Além disso, é uma vergonha fazer isso com qualquer homem, mesmo com ele.

– O quê?

– Nada. Qual é o seu nome, dona senhorita? – Os olhos dele cintilavam.

Ela não respondeu. Empurrou a coberta para o lado e lavou Blackthorne, contente por ter alguma coisa para fazer, odiando a cabine e a repugnante presença do contramestre, perguntando-se sobre o que estariam conversando na outra cabine. O nosso amo estará seguro?

Quando acabou, enrolou o quimono e a tanga suja.

– Isto pode ser lavado, senhor?

– Hein?

– Isto deve ser limpo imediatamente. Poderia mandar chamar um escravo, por favor?

– São um bando de pretos preguiçosos, já lhe disse. Levaria uma semana ou mais. Jogue fora, dona senhorita, isso não vale o seu fôlego. O nosso capitão-piloto Rodrigues disse que eu lhe desse roupas adequadas. Aqui estão. – Ele abriu um baú. – Disse para dar-lhe algumas daqui.

– Não sei como vestir um homem com isso.

– Ele precisa de uma camisa, uma calça, braguilha, meias, botas e uma jaqueta. – O contramestre tirou-as e mostrou a Mariko. Depois, ela e o samurai começaram a vestir Blackthorne, ainda no seu estupor semiconsciente.

– Como é que ele usa isso? – Ela segurou o *codpiece* triangular, parecido com um saco, com os cordões pendurados.

– Nossa Senhora, ele usa na frente, assim – disse o contramestre, embaraçado, apontando o seu. – Amarra-se no lugar sobre as calças, como eu disse. Sobre o saco.

Ela olhou para o do contramestre, estudando-o. Ele sentiu-lhe o olhar e ficou agitado.

Ela pôs a braguilha em Blackthorne. Colocou-o cuidadosamente no lugar e, junto com o samurai, passou os cordões por entre as pernas dele e amarrou-os em torno da cintura. Em voz baixa, ela disse ao samurai:

– Este é o modo de se vestir mais ridículo que já vi.

– Deve ser muito desconfortável – retrucou Kana. – Os padres também usam, Mariko-san? Sob o hábito?

– Não sei.

Ela afastou um fio de cabelo da frente dos olhos.

– Senhor, o Anjin-san está vestido corretamente agora?

– Sim. Exceto pelas botas. Estão ali. Elas podem esperar. – O contramestre se aproximou e as narinas dela se taparam. Ele baixou a voz, mantendo-se de costas para o samurai. – Você quer dar uma rapidinha?

– O quê?

– Eu lhe agrado, senhorita, hein? O que diz? Há um beliche na cabine ao lado. Mande o seu amigo lá para cima. O Inglês ficará inconsciente por uma hora ainda. Pago o habitual.

– O quê?

– Você merecerá uma moeda de cobre, até três, se for boa, e será montada pelo melhor galo daqui até Lisboa, hein? O que diz?

O samurai viu o horror dela.

– O que foi, Mariko-san?

Mariko empurrou o contramestre para longe do beliche. As suas palavras soaram trôpegas.

– Ele... ele disse...

Kana sacou a espada imediatamente, mas viu-se diante dos canos de duas pistolas engatilhadas. Ainda assim começou a avançar.

– Pare, Kana-san! – gritou Mariko, ofegante. – O senhor Toranaga proibiu qualquer ataque até que ele ordenasse!

– Vamos, macaco, venha, seu cabeça de bosta fedorento! Você! Diga a esse macaco que largue a espada ou será um filho da puta sem cabeça antes de poder peidar!

Mariko erguia-se a um pé do contramestre. Tinha a mão direita no *obi*, o cabo do estilete na palma da mão. Mas lembrou-se do seu dever e tirou a mão.

– Kana-san, embainhe a espada. Por favor. Devemos obedecer ao senhor Toranaga. Devemos obedecer-lhe.

Com um esforço supremo, Kana fez o que ela disse.

– Estou disposto a mandá-lo para o inferno, japona!

– Por favor, desculpe-o, senhor, e a mim – disse Mariko, tentando soar polida. – Houve um engano, um enga...

– Esse bastardo com cara de macaco puxou uma espada. Isso não foi engano algum, por Jesus!

– Por favor, desculpe, senhor, sinto muito.

O contramestre lambeu os lábios.

– Esquecerei isso se você for boazinha, florzinha. Vamos para a cabine ao lado e diga a esse maca... diga a ele que fique aqui e esquecerei tudo isto.

– Qual... qual é o seu nome, senhor?

– Pesaro. Manuel Pesaro. Por quê?

– Nada. Por favor, desculpe o mal-entendido, sr. Pesaro.

– Vá para a cabine ao lado. Agora.

– O que está acontecendo? O que... – Blackthorne não sabia se estava acordado ou ainda no pesadelo, mas sentiu o perigo. – O que está acontecendo, por Deus?

– O japona fedorento sacou a arma contra mim!

– Foi um... um engano, Anjin-san – disse Mariko. – Eu... eu pedi desculpas ao sr. Pesaro.

– Mariko? É a senhora, Mariko-san?

– *Hai*, Anjin-san. *Hontō. Hontō.*

Ela chegou mais perto. As pistolas do contramestre não vacilavam. Ela teve que esbarrar nele e isso exigiu-lhe um esforço ainda maior para não puxar a sua faca e estripá-lo. Naquele momento a porta se abriu. O jovem timoneiro entrou na cabine com um balde de água. Olhou aturdido para as pistolas e saiu em disparada.

– Onde está Rodrigues? – disse Blackthorne, tentando pôr a cabeça a funcionar.

– Lá em cima, onde um bom piloto deve estar – disse o contramestre, a voz rascante. – Este japona sacou a espada, por Deus!

– Ajude-me a subir ao convés. – Blackthorne agarrou os lados do beliche. Mariko segurou-o, mas não conseguiu levantá-lo.

O contramestre acenou com uma pistola para Kana.

– Diga a ele que ajude. E diga também que, se há um Deus no paraíso, ele estará pendendo do lais antes da troca de turno.

O primeiro-imediato Santiago afastou a orelha do nó da madeira, secreto, na parede da grande cabine, com o "Bem, está tudo resolvido, então" de Dell'Aqua ressoando-lhe no cérebro. Silenciosamente, deslizou pela cabine escura, saiu para o corredor e fechou a porta sem ruído. Era um homem alto, magro, de rosto marcado, e usava o cabelo preso num rabicho. As suas roupas estavam em ordem e, como muitos marujos, não usava calçados. Às pressas, subiu à gaiuta, atravessou o convés principal e rumou para o tombadilho, onde Rodrigues conversava com Mariko. Desculpou-se, inclinou-se para colocar a boca bem junto da orelha de Rodrigues e começou a relatar tudo o que ouvira, e fora enviado para ouvir, de modo que ninguém mais no tombadilho pudesse ouvir.

Blackthorne estava sentado atrás, no convés, encostado à amurada, a cabeça apoiada sobre os joelhos dobrados. Mariko estava sentada, de costas eretas, de frente para Rodrigues, à moda japonesa, e Kana, o samurai, gelidamente ao lado dela. Marinheiros armados aglomeravam-se nos conveses, e havia dois outros no leme. O navio ainda apontava a barlavento, o ar e a noite limpos, os nimbos mais fortes e a chuva não muito longe. A cem metros de distância encontrava-se a galera, à mercê dos canhões da fragata, remos travados, com exceção de dois de cada lado que a mantinham em posição, ao embalo da leve correnteza. Os barcos de pesca emboscados com arqueiros samurais hostis estavam mais próximos, mas ainda não haviam ultrapassado os limites de segurança.

Mariko observava Rodrigues e o imediato. Não podia ouvir o que estava sendo dito e, ainda que pudesse, seu treinamento a teria feito preferir não ouvir. A privacidade em casas de papel era impossível sem a polidez e a consideração. Sem privacidade não podia existir vida civilizada, por isso todos os japoneses eram treinados para ouvir e para não ouvir. Para o bem de todos.

Quando ela subira ao convés com Blackthorne, Rodrigues ouvira a explanação do contramestre e a explicação vacilante dela de que a culpa era sua, que ela interpretara mal o que o contramestre dissera, e que isso levara Kana a sacar da espada a fim de proteger sua honra. O contramestre ouvira, com um sorriso malicioso, as pistolas ainda apontadas para as costas do samurai.

– Só perguntei se ela era a zinha do Inglês, por Deus, já que estava tão à vontade lavando-o e arrumando as intimidades dele no *cod*.

– Baixe as pistolas, contramestre.

– Ele é perigoso, eu lhe digo. Amarre-o!

– Eu o vigiarei. Vá para a proa!

– Esse macaco me teria matado se eu não fosse mais rápido. Ponha-o no lais. É isso o que faríamos em Nagasaki!

– Não estamos em Nagasaki. Vá para a proa! Já!

E, quando o contramestre se afastou, Rodrigues perguntou:

– O que ele disse, senhora? O que realmente disse?

– Dis... nada, senhor. Por favor.

– Peço desculpas pela insolência daquele homem, à senhora e ao samurai. Por favor, transmita-lhe isso, peça-lhe perdão. E peço formalmente aos dois que esqueçam os insultos do contramestre. Não ajudará nem ao seu suserano nem ao meu termos problemas a bordo. Prometo-lhe que cuidarei dele ao meu modo e no momento oportuno.

Ela falou a Kana, que, ante a persuasão dela, finalmente concordou.

– Kana-san diz que está bem, mas, se voltar a ver o contramestre Pesaro em terra, cortará a cabeça dele.

– É justo, por Deus. Sim. *Dōmo arigatō*, Kana-san – disse Rodrigues com um sorriso –, e *dōmo arigatō gozaimashita*, Mariko-san.

– Fala japonês?

– Oh, não, só uma ou duas palavras. Tenho uma esposa em Nagasaki.

– Oh! Está há muito tempo no Japão?

– Esta é a minha segunda viagem de Lisboa. Passei sete anos nestas águas, aqui e entre Macau e Goa. – Rodrigues acrescentou: – Não prestem atenção nele, é *eta*. Mas Buda disse que até os *etas* têm direito à vida. *Né?* A minha esposa fala um pouco de português, embora nem de longe tão perfeito quanto o da senhora. É cristã, naturalmente?

– Sim.

– A minha esposa converteu-se. O pai dela é samurai, embora não seja importante. O suserano dele é o senhor Kiyama.

– Ela tem sorte por ter um marido como o senhor – disse Mariko, polidamente, mas perguntou a si mesma, confusa, como é que alguém podia se casar e viver com um bárbaro. Apesar da sua educação inerente, perguntou: – A senhora sua esposa come carne como... como aquela da cabine?

– Não – replicou Rodrigues com uma risada, mostrando dentes brancos, ótimos e fortes. – E na minha casa em Nagasaki eu também não como. Ao mar sim, e na Europa. É um costume nosso. Mil anos atrás, antes que Buda viesse, era um costume seu, também, *né?* Antes que Buda vivesse para indicar o *Tao*, o Caminho, todas as pessoas comiam carne. Mesmo aqui, senhora. Mesmo aqui. Agora, claro, estamos mais bem informados, alguns de nós, *né?*

Mariko pensou sobre isso. Depois disse:

– Todos os portugueses nos chamam de macacos? E de japonas? Pelas nossas costas?

Rodrigues puxou o brinco que estava usando.

– Vocês não nos chamam de bárbaros? Mesmo na nossa cara? Somos civilizados, pelo menos pensamos que somos, senhora. Na Índia, a terra de Buda, chamam os japoneses de "demônios orientais" e, dispondo de armas, não dariam permissão de desembarque na terra deles a nenhum japonês. Vocês chamam os hindus de "pretos" e "não humanos". Como é que os chineses chamam os japoneses? Como é que vocês chamam os chineses? Como chamam os coreanos? Comedores de alho, *né?*

– Não creio que o senhor Toranaga ficasse satisfeito ao saber disso. Ou o senhor Hiromatsu, ou mesmo o pai da sua esposa.

– O abençoado Jesus disse: "E porque atentas tu para o argueiro que está no olho de teu irmão, e a trave não enxergas que em teu olho está?".

Ela pensou sobre isso novamente, enquanto observava o primeiro-imediato cochichar ao piloto português. É verdade: zombamos dos outros povos. Mas somos cidadãos da Terra dos Deuses e, portanto, especialmente escolhidos pelos deuses. Apenas nós, de todos os povos, somos protegidos por um imperador divino. Não somos, então, absolutamente únicos e superiores a todos os outros? E quando se é japonês e cristão? Não sei. Ó, Nossa Senhora, dê-me a sua compreensão. Este piloto Rodrigues é tão estranho quanto o piloto inglês. Por que são tão especiais? Por causa do treinamento deles? É inacreditável o que fazem, *né?* Como podem navegar ao redor do mundo e caminhar sobre o mar tão facilmente quanto nós fazemos por terra? A esposa de Rodrigues saberia a resposta? Gostaria de conhecê-la e conversar com ela.

O imediato baixou a voz ainda mais.

– Ele disse o quê? – exclamou com uma praga involuntária, e Mariko, embora a contragosto, tentou ouvir. Mas não conseguiu entender o que o imediato repetiu. Depois viu os dois olharem para Blackthorne e seguiu o olhar deles, inquieta com aquele interesse.

– O que mais aconteceu, Santiago? – perguntou Rodrigues cautelosamente, consciente da presença de Mariko.

O imediato contou-lhe num sussurro, por trás de uma mão em concha.

– Quanto tempo vão ficar lá embaixo?

– Estão brindando um ao outro. E ao acordo que fizeram.

– Bastardos! – Rodrigues agarrou a camisa do imediato. – Nem uma palavra sobre isso, por Deus. Pela minha vida!

– Não era preciso dizer isso, piloto.

– Sempre é necessário dizer. – Rodrigues olhou para Blackthorne, do outro lado. – Acorde-o!

O imediato aproximou-se e sacudiu-o asperamente.

– Que é que há, hein?

– Bata-lhe!

Santiago o esbofeteou.

– Jesus Cristo, eu... – Blackthorne estava de pé, o rosto em chamas, mas oscilou e caiu.

– Deus o amaldiçoe, acorde, Inglês! – Furiosamente Rodrigues estirou um dedo na direção dos dois timoneiros. – Atirem-no ao mar!

– Hein?

– Já, por Deus!

Quando os dois homens o agarraram, Mariko disse:

– Piloto Rodrigues, o senhor não deve... – Mas, antes que ela ou Kana pudessem interferir, os dois homens já haviam atirado Blackthorne por sobre o costado. Ele caiu, de barriga na água, erguendo uma nuvem de borrifos, e desapareceu. Num instante voltou à tona, engasgando e falando incompreensivelmente, debatendo-se na água, o frio de gelo clareando-lhe a mente.

Rodrigues estava tentando levantar-se da cadeira.

– Nossa Senhora, deem-me uma mão!

Um dos timoneiros correu para ajudá-lo quando o primeiro-imediato passou-lhe uma mão sob a axila.

– Jesus Cristo, tenha cuidado, olhe o meu pé, seu cabeça de bosta desajeitado!

Ajudaram-no a se aproximar da amurada. Blackthorne ainda tossia e resmungava, mas agora, enquanto nadava para o navio, gritava imprecações contra quem o havia atirado na água.

– Dois pontos a estibordo! – ordenou Rodrigues. O navio pôs-se levemente a sotavento e se afastou de Blackthorne. Rodrigues gritou para baixo: – Fique longe do meu navio! – Depois, com urgência, ao primeiro-imediato: – Pegue a chalupa, recolha o Inglês e coloque-o a bordo da galera. Depressa. Diga-lhe... – Ele baixou a voz.

Mariko estava grata por Blackthorne não ter se afogado.

– Piloto! O Anjin-san está sob a proteção do senhor Toranaga. Exija que ele seja recolhido imediatamente!

– Só um momento, Mariko-san! – Rodrigues continuou a cochichar com Santiago, que moveu a cabeça concordando, depois saiu correndo. – Desculpe, Mariko-san, *gomen kudasai*, mas era urgente. O Inglês tinha que ser despertado. Eu sabia que ele sabia nadar. Ele tem que estar alerta, e logo!

– Por quê?

– Sou amigo dele. Ele lhe disse isso?

– Sim. Mas a Inglaterra e Portugal estão em guerra. Assim como a Espanha.

– Sim. Mas os pilotos devem estar acima da guerra.

– Então, para com quem o senhor cumpre o seu dever?

– Para com a bandeira.

– Isso não quer dizer para com seu rei?

– Sim e não, senhora. Devo minha vida ao Inglês. – Rodrigues observava a chalupa. – Cuidado, devagar... agora coloque-o a barlavento – ordenou ao timoneiro.

– Sim, senhor.

Ele esperou, examinando e reexaminando o vento, os bancos de areia e a praia à distância.

– Desculpe, senhora, estava dizendo? – Rodrigues olhou-a momentaneamente, depois se afastou mais uma vez para examinar a posição do seu navio e a chalupa. Ela também olhou a chalupa. Os homens haviam içado Blackthorne do mar e remavam rapidamente em direção à galera, sentados, ao invés de em pé, e puxando os remos ao invés de empurrá-los. Ele já não conseguia ver o rosto deles com clareza. O Anjin-san tornou-se indistinto com o outro homem bem atrás dele, o homem com quem Rodrigues cochichara.

– O que foi que disse a ele, senhor?

– A quem?

– A ele. Ao senhor que mandou apanhar o Anjin-san.

– Só que desejo boa viagem ao Inglês e adeus. – A resposta foi insípida e não comprometedora.

Ela traduziu para Kana o que fora dito.

Quando Rodrigues viu a chalupa ao lado da galera, começou a respirar de novo.

– Ave Maria, mãe de Deus...

O capitão-mor e os jesuítas subiram ao convés. Toranaga e os guardas seguiam-nos.

– Rodrigues! Desça a chalupa! Os padres vão a terra – disse Ferreira.

– E depois?

– Depois zarpamos. Para Edo.

– Por que para lá? Estávamos navegando para Macau – respondeu Rodrigues, a imagem da inocência.

– Vamos levar Toranaga para Edo, primeiro.

– Vamos o quê? Mas e a galera?

— Fica ou abre caminho à força.

Rodrigues pareceu ficar ainda mais surpreso e olhou para a galera, depois para Mariko. Viu a acusação escrita nos olhos dela.

— *Matsu* — disse o piloto em voz baixa.

— O quê? — perguntou o padre Alvito. — Paciência? Por que paciência, Rodrigues?

— Rezar ave-marias, padre. Eu estava dizendo à senhora que isso ensina paciência.

Ferreira fitava a galera.

— O que a nossa chalupa está fazendo lá?

— Mandei o herege de volta.

— Você o quê?

— Mandei o Inglês de volta. Qual é o problema, capitão-mor? O Inglês me ofendeu, por isso atirei o sodomita ao mar. Deveria tê-lo deixado se afogar, mas ele sabia nadar, então mandei o imediato recolhê-lo e colocá-lo de volta no navio dele, já que ele parece contar com o favor do senhor Toranaga. O que há de errado nisso?

— Traga-o de volta a bordo.

— Terei que enviar um destacamento armado para abordagem, capitão-mor. É isso o que deseja? Ele estava blasfemando e cuspindo o fogo do inferno sobre nós. Não voltará de boa vontade desta vez.

— Quero-o de volta.

— Qual é o problema? O senhor não disse que a galera deve ficar e lutar? E então? O Inglês está afundado na merda. Ótimo. Quem precisa daquele sodomita, afinal? Certamente os padres o preferem longe de suas vistas. Hein, padre?

Dell'Aqua não respondeu. Nem Alvito. Aquilo alterava o plano que Ferreira formulara e que fora aceito por eles e por Toranaga: que os padres desembarcariam imediatamente para apaziguar Ishido, Kiyama e Onoshi, alegando que tinham acreditado na história de Toranaga sobre os piratas e não sabiam que ele "fugira" do castelo. Enquanto isso a fragata rumaria para a boca da enseada, deixando a galera para desviar a atenção dos barcos de pesca. Se houvesse um ataque aberto contra a fragata, seria rechaçado com canhões, e os dados estariam lançados.

— Mas os botes não devem nos atacar — raciocinara Ferreira. — Têm a galera para pegar. Será sua responsabilidade, Eminência, convencer Ishido de que não tivemos outra escolha. Afinal de contas, Toranaga é o presidente dos regentes. Por último, o herege fica a bordo.

Nenhum dos padres perguntara por quê. Nem Ferreira expusera voluntariamente a razão disso.

O padre-inspetor deu um tapinha afetuoso no capitão-mor e voltou as costas para a galera.

– Talvez esteja igualmente bem que o herege fique lá – disse, e pensou: Como são estranhos os caminhos de Deus!

Não, Ferreira queria gritar. Eu queria vê-lo afogado. Um homem caído ao mar bem cedo ao amanhecer, nenhum vestígio, nenhuma testemunha, tão fácil. Toranaga nunca seria o mais esperto. Um acidente trágico, seria tudo. E era esse o destino que Blackthorne merecia. O capitão-mor também conhecia o horror à morte no mar que todo piloto tinha.

– *Nan ja?* – perguntou Toranaga.

O padre Alvito explicou que o piloto se encontrava na galera e por quê. Toranaga voltou-se para Mariko, que assentiu e acrescentou o que Rodrigues dissera anteriormente.

Toranaga aproximou-se da amurada e perscrutou a escuridão. Mais barcos de pesca estavam largando da praia ao norte e os outros logo estariam em posição. Ele sabia que o Anjin-san era um estorvo político, e aquele era um meio simples que os deuses lhe ofereciam caso desejasse se livrar dele. Quero isso? Com certeza os padres cristãos ficarão imensamente mais felizes se o Anjin-san desaparecer, pensou ele. Assim como Onoshi e Kiyama, que temiam tanto o homem que um deles, ou os dois, organizou as tentativas de assassinato. Por que esse medo?

É karma que o Anjin-san esteja na galera agora e não em segurança aqui. *Né?* Portanto, o Anjin-san irá ao fundo com o navio, junto com Yabu, os outros, as armas, e isso também é karma. As armas, posso perdê-las, Yabu, eu posso perder. Mas e o Anjin-san?

Sim.

Porque ainda tenho mais oito desses bárbaros estranhos de reserva. Talvez o conhecimento coletivo deles seja igual ou exceda o desse homem isolado. O importante é estar de volta a Edo tão rapidamente quanto possível, a fim de me preparar para a guerra, que não pode ser evitada. Kiyama e Onoshi? Quem sabe se me apoiarão. Talvez sim, talvez não. Mas um pedaço de terra e algumas promessas não pesam nada na balança, se o peso cristão estiver do meu lado dentro de quarenta dias.

– É karma, Tsukku-san. *Né?*

– Sim, senhor. – Alvito olhou para o capitão-mor, muito satisfeito. – O senhor Toranaga sugere que não se faça nada. É a vontade de Deus.

– É?

O tambor da galera começou a soar de repente. Os remos tocaram a água com grande força.

– Em nome de Cristo, o que ele está fazendo? – urrou Ferreira. Então, enquanto olhavam a galera se afastando deles, a bandeira de Toranaga desceu esvoaçando do topo do mastro.

– É como se estivessem dizendo a todos os malditos barcos de pesca da enseada que o senhor Toranaga não está mais a bordo – disse Rodrigues.

– O que ele vai fazer?

– Não sei.

– Não sabe mesmo? – perguntou Ferreira.

– Não. Mas, se fosse ele, rumaria para o alto-mar e nos deixaria no fundo do poço, ou tentaria fazer isso. O Inglês nos deixou expostos agora. O que se faz?

– A sua ordem é seguir para Edo. – O capitão-mor queria acrescentar: se você abalroar a galera, tanto melhor. Mas não fez isso. Porque Mariko o estava ouvindo.

Os padres rumaram para a praia na chalupa.

– Todas as velas, *ho!* – gritou Rodrigues, a perna doendo e latejando.

– Sul-sudoeste! Todos os homens a postos!

– Senhora, por favor, diga ao senhor Toranaga que seria melhor ele ir lá para baixo. Será mais seguro – disse Ferreira.

– Ele agradece e diz que ficará aqui.

Ferreira deu de ombros, aproximou-se da beirada do tombadilho e comandou:

– Preparem todos os canhões. Carreguem as armas! Em posição de ação!

CAPÍTULO 28

– *ISOGE!* – GRITOU BLACKTHORNE, INCITANDO O MESTRE COORDENADOR DAS remadas a acelerar as batidas no tambor. Olhou pela popa para a fragata que se aproximava deles, na mesma rota, a todo o pano agora. Depois olhou novamente para a frente, avaliando a próxima manobra que deviam usar. Perguntou a si mesmo se julgara corretamente a situação, pois havia muito pouco espaço ali, perto dos penhascos, uns poucos metros entre a catástrofe e o sucesso. Por causa do vento, a fragata teria que cambar para acertar o rumo a fim de atingir a boca da enseada, enquanto a galera a remos podia manobrar à vontade. Mas a fragata tinha a vantagem da velocidade. E, na última manobra, Rodrigues deixara claro que a galera faria melhor em permanecer fora do caminho quando o *Santa Teresa* precisasse de espaço.

Yabu estava novamente palrando ao seu lado, mas ele não lhe deu atenção.

– Não entendo, *wakarimasen*, Yabu-san! Ouça, Toranaga-sama disse a mim, Anjin-san, *ichiban ima!* Sou o chefe, o capitão-san agora! *Wakarimasu ka*, Yabu-san? – Apontou a rota na bússola para o capitão japonês, que gesticulou para a fragata, a uns escassos cinquenta metros atrás agora, alcançando-os rapidamente em outra linha de colisão.

– Mantenham o rumo, por Deus! – disse Blackthorne, a brisa resfriando as suas roupas ensopadas, que o enregelavam, mas ajudavam a clarear-lhe a cabeça. Ele examinou o céu. Não havia nuvem alguma perto da lua brilhante e o vento estava excelente. Nenhum perigo por esse lado, pensou ele. Deus conserve a lua brilhando até que tenhamos atravessado.

– Ei, capitão! – chamou em inglês, sabendo que não fazia diferença se falasse em inglês, português, holandês ou latim, porque estava sozinho. – Mande alguém buscar saquê! Saquê! *Wakarimasu ka?*

– *Hai*, Anjin-san.

A ordem foi passada a um marujo, que partiu correndo. Enquanto o homem corria, olhava por cima do ombro, amedrontado com o tamanho da fragata que se aproximava e com a velocidade dela. Blackthorne manteve o curso, tentando forçar a fragata a virar antes de obter todo o espaço a barlavento. Mas a fragata não alterou a rota e veio diretamente na sua direção. No último segundo, ele girou o leme e saiu do caminho dela e depois, quando o gurupés da fragata estava quase sobre o seu tombadilho de popa, ouviu a ordem de Rodrigues:

– Virar para bombordo! Velas de estai, manter o rumo! – Depois um grito para ele, em espanhol: – Tua boca no traseiro do demônio, Inglês!

– Tua mãe chegou lá primeiro, Rodrigues!

Então a fragata mudou de direção, apontando agora para a praia, onde teria que virar de novo para se pôr a barlavento e novamente manobrar antes de poder virar uma última vez e rumar para a boca da enseada.

Por um instante os navios estiveram tão próximos que Blackthorne quase podia tocar o outro. Rodrigues, Toranaga, Mariko e o capitão-mor estavam balançando no tombadilho. Depois a fragata se afastou, passou à frente, balançando a galera na sua esteira.

— *Isoge, isoge,* por Deus!

Os remadores redobraram esforços e, por meio de sinais, Blackthorne ordenou mais homens aos remos, até se esgotarem todos os reservas. Tinha que atingir a boca da enseada antes da fragata ou estariam perdidos.

A galera devorava a distância. Mas o mesmo fazia a fragata. No lado oposto da enseada, ela girou como uma dançarina. E Blackthorne viu que Rodrigues acrescentara joanetes e mastaréus.

— Ele é um bastardo astuto e capaz, como todo bom português!

O saquê chegou, mas foi tomado das mãos do marujo pela jovem que ajudara Mariko e que agora, insegura, o oferecia a ele. Ela permanecera resolutamente no convés, embora estivesse claro que se encontrava fora do seu ambiente. As suas mãos eram fortes, o cabelo bem-arrumado e o quimono rico, de bom gosto e asseado. A galera jogou. A garota cambaleou e deixou cair o cálice. O seu rosto não se alterou, mas ele viu o rubor da vergonha.

— Não tem importância — disse Blackthorne quando ela tateou à procura do cálice. — *Namae wa?*

— Usagi Fujiko, Anjin-san.

— Fujiko-san. Pronto, dê-me. *Dōmo.* — Estendeu a mão, pegou a garrafa e bebeu direto, ávido por sentir o calor do vinho dentro do corpo. Concentrou-se no novo curso, contornando os bancos de areia de que Santiago, por ordem de Rodrigues, lhe falara. Reexaminou a posição em relação ao promontório, o qual lhe oferecia um percurso limpo e sem obstáculos até a boca, enquanto acabava o vinho aquecido, perguntando-se de passagem como a bebida teria sido aquecida e por que sempre a serviam quente e em pequenas quantidades.

Estava com a cabeça desanuviada agora e sentiu-se forte o bastante, se fosse cuidadoso. Mas sabia que não tinha reservas para entrar em combate, exatamente como o navio.

— Saquê *dōmo,* Fujiko-san. — Estendeu-lhe o frasco e esqueceu-se dela.

Na manobra a barlavento, a fragata comportou-se muito bem e passou cem metros à frente deles, rumando para a praia. Ouviu obscenidades trazidas pelo vento e não se deu ao trabalho de retrucar, conservando a própria energia.

— *Isoge,* por Deus! Estamos perdendo!

A excitação da corrida e de estar novamente sozinho no comando, mais pela sua força de vontade do que por posição, juntava-se ao raro privilégio de ter Yabu em seu poder, e isso o enchia de uma alegria profana.

– Não fosse porque o navio iria a pique, e eu com ele, eu o lançaria contra os rochedos só para vê-lo se afogar. Yabu, cara de merda! Pelo velho Pieterzoon!

Mas Yabu não salvou Rodrigues quando você não pôde fazer isso? Não atacou os bandidos quando você caiu na emboscada? E foi corajoso esta noite. Sim, é um cara de merda, mas, ainda assim, corajoso, e isso é verdade.

O frasco de saquê foi oferecido de novo.

– *Dōmo* – disse ele.

A fragata estava querenada, cochada e satisfazendo-o enormemente.

– Eu poderia fazer melhor com o meu navio – disse ele em voz alta ao vento. – Mas, se eu o tivesse, passaria por entre os botes, rumo ao alto-mar, e nunca voltaria. De algum modo, retornaria a casa e deixaria o Japão aos japoneses e aos pestilentos portugueses. – Viu que Yabu e o capitão o olhavam fixamente. – Não, não faria isso realmente, ainda não. Há um Navio Negro para capturar... e saquê. E vingança, hein, Yabu-san?

– *Nan desu ka*, Anjin-san? *Nan ja?*

– *Ichiban!* Número um! – respondeu ele, acenando para a fragata. Esvaziou o frasco de bebida. Fujiko pegou-o.

– Saquê, Anjin-san?

– *Dōmo, iie!*

Os dois navios estavam agora bem perto dos botes de pesca, a galera remando direto para a passagem que fora deliberadamente deixada entre eles, a fragata indo de vento em popa e virando para a boca da enseada. Ali o vento refrescou quando os promontórios protetores desapareceram, o mar aberto meia milha à frente. Lufadas enfunavam as velas da fragata, as cobertas estalavam como tiros de pistola, a espuma na proa e na esteira do barco.

Os remadores estavam banhados de suor e extenuados. Um homem caiu. E outro. Os cinquenta e tantos samurais *rōnins* já estavam em posição. À frente, arqueiros nos botes de cada lado do estreito canal armavam os arcos. Blackthorne viu pequenos braseiros em muitos botes e entendeu que as setas seriam incendiárias.

Preparara-se para a batalha do melhor modo que pudera. Yabu compreendeu que eles teriam que lutar e concluiu imediatamente que as setas seriam incendiárias. Blackthorne erguera anteparos de madeira, como proteção, em torno do timão. Quebrara alguns engradados de mosquetes e destacara os homens que sabiam fazer isso para armá-los com pólvora e balas. Trouxera vários barriletes de pólvora para o tombadilho e os provera de estopim. Quando Santiago, o primeiro-imediato, o ajudara a subir a bordo da chalupa, dissera-lhe que Rodrigues ia ajudar, com a boa graça de Deus.

– Por quê? – perguntara ele.

– O meu piloto disse para lhe dizer que ele mandou atirá-lo ao mar para fazê-lo ficar sóbrio, senhor.

– Por quê?

– Porque, senhor piloto, ele disse para lhe dizer, porque havia perigo a bordo do *Santa Teresa*, perigo para o senhor.

– Que perigo?

– O senhor tem que abrir o seu caminho à força, se puder. Mas ele ajudará.

– Por quê?

– Pelo amor da doce Nossa Senhora, cale essa boca herética e ouça, tenho pouco tempo.

Então o imediato lhe falara sobre os recifes e as posições, o caminho do canal e o plano. E dera-lhe duas pistolas.

– Meu piloto perguntou se o senhor é bom atirador.

– Péssimo – ele mentira.

– Vá com Deus, disse-me o piloto que lhe dissesse por último.

– Ele também. E você.

– Por mim, mando-te para o inferno!

– A tua irmã!

Blackthorne havia adaptado estopins aos barriletes para o caso de o canhoneio começar ou não haver plano algum, ou para o caso de o plano se comprovar falso, e também contra inimigos que ultrapassassem os limites. Sendo tão pequeno, com o estopim aceso e flutuando contra o costado da fragata, o barrilete a afundaria tão certamente quanto uma canhonada de setenta canhões. Não importa o tamanho do barrilete, pensou ele, desde que estripe a fragata.

– *Isoge*, pela vida de vocês! – gritou, e pegou o leme, agradecendo a Deus por Rodrigues e pelo brilho da lua.

Ali, na boca, a enseada estreitava-se para quatrocentos metros.

A água era profunda quase que de praia a praia, os promontórios rochosos erguiam-se cortantes do mar.

O espaço entre os barcos de pesca era de cem metros.

O *Santa Teresa* tinha o freio entre os dentes agora, o vento de popa vindo de estibordo, uma forte esteira atrás, e estava ganhando deles de longe. Blackthorne ocupou o centro do canal e fez sinal a Yabu para que estivesse pronto. Todos os samurais *rōnins* receberam ordem de se abaixar ao lado das amuradas até que Blackthorne desse o sinal, e cada homem – com mosquete ou espada – tomou posição a bombordo ou estibordo, onde quer que fosse necessário, Yabu comandando. O capitão japonês sabia que os remadores deviam acompanhar o tambor, e o mestre tamborileiro sabia que devia obedecer ao Anjin-san. E o Anjin-san sozinho devia conduzir o navio.

A fragata estava a cinquenta metros à popa, no meio do canal, rumando diretamente para eles, e deixando óbvio que solicitava passagem pelo centro do canal.

A bordo da fragata, Ferreira sussurrou para Rodrigues:

– Abalroe-o. – Estava com os olhos em Mariko, que se encontrava a dez passos deles, perto dos balaústres, com Toranaga.

– Não ousaríamos, não com Toranaga aí, e a garota.

– Senhora! – chamou Ferreira. – Senhora, é melhor descer, a senhora e seu amo. Seria mais seguro para ele no convés de armas.

Mariko traduziu para Toranaga, que pensou um instante, depois desceu para o convés de armas.

– Deus amaldiçoe os meus olhos – disse o atirador-chefe a ninguém em particular. – Gostaria de disparar uma carga e afundar alguma coisa. Já faz um maldito ano que não pomos a pique nem um pirata sifilítico.

– Sim. Os macacos merecem um banho.

No tombadilho Ferreira repetiu:

– Abalroe a galera, Rodrigues!

– Por que matar o seu inimigo quando outros farão isso pelo senhor?

– Minha Nossa Senhora! Você é tão ruim quanto o padre! Não tem sangue! – exclamou Ferreira em espanhol.

– Sim, não tenho sangue de matança – replicou Rodrigues, também em espanhol. – Mas o senhor? O senhor tem. Hein? E sangue espanhol talvez?

– Vai abalroá-lo ou não? – perguntou Ferreira em português, sendo possuído pela iminência da matança.

– Se continuar onde está, sim.

– Então deixe-o ficar onde está.

– O que o senhor tinha em mente para o Inglês? Por que ficou tão furioso por ele não estar a bordo?

– Não gosto de você nem confio em você agora, Rodrigues. Por duas vezes você se pôs do lado do herege, ou pareceu se pôr, contra mim, ou contra nós. Se houvesse outro piloto aceitável na Ásia, eu o encalharia, Rodrigues, e partiria com o meu Navio Negro.

– Então o senhor naufragaria. Há um odor de morte à sua volta e apenas eu posso protegê-lo.

Ferreira persignou-se, supersticiosamente.

– Nossa Senhora, você e sua língua imunda! Que direito tem você de dizer isso?

– A minha mãe era cigana e era a sétima filha de um sétimo filho, como eu.

– Mentiroso!

Rodrigues sorriu.

– Ah, meu senhor capitão-mor, talvez eu seja. – Colocou as mãos em concha em torno da boca e gritou: – Posições de ação! – e depois ao timoneiro: – Manter o rumo, e se aquela prostituta de galera não se mover, afunde-a!

Blackthorne agarrava o leme firmemente, braços doendo, pernas doendo. O mestre dos remos martelava o tambor, os remadores faziam um esforço final.

A fragata estava a vinte metros da popa, agora a quinze, a dez. Então Blackthorne girou para bombordo. A fragata quase esbarrou, vindo-lhes no rastro, até que os alcançou. Blackthorne girou o leme para estibordo para se pôr paralelo à fragata, a dez metros. Então, juntos, lado a lado, ficaram prontos para correr o varetão entre os inimigos.

– Puuuuuxem, puxem, seus bastardos! – berrou Blackthorne, querendo permanecer exatamente emparelhado, porque só ali eles estavam protegidos pela massa da fragata e pelas suas velas. Alguns tiros de mosquete, depois uma saraivada de flechas incendiárias, foram disparados contra eles, sem causar nenhum dano real, mas várias setas atingiram por engano as velas inferiores da fragata, e o fogo irrompeu.

Todos os samurais em comando nos botes detiveram seus arqueiros horrorizados. Nenhum deles jamais atacara um navio bárbaro meridional antes. Não eram só eles que traziam as sedas que tornavam suportável o úmido calor de cada verão e o frio de cada inverno? E transformavam toda primavera e todo outono numa alegria? Os bárbaros meridionais não eram protegidos por decretos imperiais? Incendiar um dos seus navios não os enfureceria tanto que eles, com razão, jamais voltariam?

Então os comandantes mantiveram seus homens em xeque enquanto a galera de Toranaga estava sob as asas da fragata, não ousando arriscar a menor chance de um deles ser a causa de os Navios Negros cessarem as viagens, sem a aprovação direta do general Ishido. E só quando os marujos na fragata extinguiram as chamas eles conseguiram respirar com mais facilidade.

Quando as flechas cessaram, Blackthorne também começou a descontrair-se. E Rodrigues. O plano estava funcionando. Rodrigues havia suposto que sob a sua proteção a galera teria uma chance, a única chance. "Mas o meu piloto diz que o senhor deve se preparar para o inesperado, Inglês", relatara Santiago.

– Empurre esse bastardo para o lado – disse Ferreira. – Maldição, eu ordeno que você o empurre contra os macacos! – Cinco pontos a bombordo! – ordenou Rodrigues servilmente.

– Cinco pontos a bombordo! – ecoou o timoneiro.

Blackthorne ouviu a ordem. Instantaneamente, desviou cinco graus a bombordo e rezou. Se Rodrigues mantivesse a rota muito tempo, eles se chocariam contra os barcos de pesca e estariam perdidos. Se retardasse a batida e ficasse para trás, sabia que os barcos inimigos o destruiriam, acreditassem ou não que Toranaga se encontrava a bordo. Teria que ficar emparelhado.

– Cinco pontos a estibordo! – ordenou Rodrigues, bem a tempo. Ele também não queria mais flechas incendiárias: havia pólvora demais no convés. – Vamos, seu alcoviteiro – resmungou para o vento –, ponha os seus *cojones* nas minhas velas e tire-nos daqui.

Novamente Blackthorne girou cinco pontos a estibordo, para manter a posição com a fragata, e os dois navios correram lado a lado, os remos de estibordo da galera quase tocando a fragata, os remos de bombordo quase tocando os barcos de pesca. Nesse momento o capitão compreendeu, assim como o mestre dos remos e os remadores. Puseram nos remos tudo o que restava de suas forças. Yabu gritou uma ordem; os samurais *rōnins* depuseram os arcos e correram para ajudar. Yabu arremessou-se também. Emparelhados. Apenas mais algumas centenas de metros.

Então cinzentos de alguns dos barcos de pesca, mais intrépidos do que os outros, remaram para interceptá-los e atiraram ganchos. A proa da galera afundou os botes. Os ganchos foram lançados ao mar antes de se prenderem ao costado. Os samurais que os seguravam foram ao fundo. E a voga não vacilou.

– Vá mais para bombordo.

– Não me atrevo, capitão-mor. Toranaga não é nenhum imbecil e, olhe, há um recife à frente.

Ferreira viu as saliências perto do último barco de pesca.

– Por Nossa Senhora, conduza-o contra o recife!

– Dois pontos a bombordo!

Novamente a fragata se moveu em curva e o mesmo fez Blackthorne. Ambos os navios visavam os barcos de pesca aglomerados. Blackthorne também vira os rochedos. Outro bote foi afundado e nova saraivada de flechas caiu a bordo. Ele manteve o curso tanto tempo quanto ousou, depois gritou:

– Cinco pontos a estibordo! – para prevenir Rodrigues, e girou o leme.

Rodrigues esquivou-se e se afastou bastante. Mas desta vez manteve um ligeiro curso de abalroamento, que não fazia parte do plano.

– Vamos, seu bastardo – disse Rodrigues, estimulado pela caçada e pelo temor. – Vamos avaliar os seus *cojones*.

Blackthorne tinha que escolher, imediatamente, entre as pontas dos recifes e a fragata. Abençoou os remadores, que ainda permaneciam aos remos, a tripulação e todos a bordo que, pela disciplina que demonstravam, davam-lhe o privilégio da escolha. E escolheu.

Girou mais para estibordo, sacou a pistola e fez pontaria.

– Ceda o caminho, por Deus! – gritou, e puxou o gatilho. A bala zuniu através do tombadilho da fragata exatamente entre o capitão-mor e Rodrigues.

O capitão-mor abaixou-se e Rodrigues estremeceu. Inglês, filho de uma puta sem leite! Isso foi sorte, boa pontaria ou você mirou para matar?

Viu a segunda pistola na mão de Blackthorne e Toranaga a fitá-lo. Ignorou Toranaga.

Bendita mãe de Deus, o que devo fazer? Continuar com o plano ou mudá-lo? Não é melhor matar esse inglês? Pelo bem de todos nós? Diga-me: sim ou não?

Responda a si mesmo, Rodrigues, pela sua alma eterna! Você não é um homem? Ouça então: outros hereges seguirão esse inglês como piolhos, seja ele morto ou não. Devo-lhe uma vida e juro que não tenho sangue de assassino, não para matar um piloto.

— Leme a estibordo — ordenou, e cedeu caminho.

— O meu amo perguntou por que o senhor quase se chocou com a galera.

— Foi apenas um jogo, senhora, um jogo de pilotos. Para testar os nervos um do outro.

— E o tiro de pistola?

— Igualmente um jogo — para testar os meus nervos. Os rochedos estavam muito perto e talvez eu estivesse empurrando demais o Inglês. Somos amigos, não?

— O meu amo diz que é tolice jogar jogos assim.

— Por favor, transmita-lhe as minhas desculpas. O importante é que ele está seguro, agora a galera também está, e por isso eu estou contente. *Hontō*.

— O senhor combinou essa fuga, essa astúcia, com o Anjin-san?

— Aconteceu que ele é muito esperto e foi perfeito em sincronia. A lua iluminou-lhe o caminho, o mar o favoreceu, e ninguém cometeu erro algum. Mas por que os inimigos não o afundaram, eu não sei. Foi a vontade de Deus.

— Foi? — disse Ferreira. Olhava fixamente para a galera à popa da fragata e não se voltou.

Estavam bem além da boca da enseada agora, a galera poucas amarras atrás, nenhum dos navios correndo. A maior parte dos remos da galera fora travada temporariamente, deixando só o suficiente para avançar com calma, enquanto a maioria dos remadores se recuperava.

Rodrigues não prestou atenção ao capitão-mor Ferreira. Estava, pelo contrário, absorto em Toranaga. Fico contente por estarmos do lado de Toranaga, disse a si mesmo. Durante a corrida ele o estudara cuidadosamente, contente pela oportunidade rara. Os olhos do homem estiveram por toda parte, observando atiradores, armas, as velas, com uma curiosidade insaciável, fazendo perguntas aos marujos e ao imediato através de Mariko: Para que é isto? Como se carrega um canhão? Quanta pólvora? Como se dispara um canhão? Para que servem estas cordas?

— O meu amo diz que talvez tenha sido apenas karma. O senhor compreendeu karma, capitão-piloto?

— Sim.

— Ele lhe agradece pelo uso do seu navio. Agora voltará ao dele.

— O quê? — Ferreira voltou-se imediatamente. — Estaremos em Edo muito antes da galera. O senhor Toranaga é bem-vindo a bordo.

— O meu amo diz que não há razão para incomodá-lo mais tempo. Ele voltará para o seu navio.

— Por favor, peça-lhe que fique. Eu apreciaria a companhia dele.

— O senhor Toranaga lhe agradece, mas quer voltar imediatamente ao seu próprio navio.

— Muito bem. Faça o que ele diz, Rodrigues. Envie sinais à galera e desça a chalupa. — Ferreira estava desapontado. Tinha vontade de ver Edo e queria conhecer Toranaga melhor, agora que tanto do seu futuro estava ligado a ele. Não acreditara no que Toranaga dissera sobre os meios de evitar a guerra. Estamos em guerra. Estamos em guerra contra Ishido, do lado deste macaco, gostemos disso ou não. E eu não gosto. — Sentirei muito não ter a companhia do senhor Toranaga. — Curvou-se polidamente.

Toranaga retribuiu e falou brevemente.

— O meu amo lhe agradece. — A Rodrigues, ela acrescentou: — O meu amo diz que o recompensará pela galera quando o senhor regressar com o Navio Negro.

— Não fiz nada. Foi apenas um dever. Por favor, desculpe-me por não me levantar da cadeira: minha perna, *né?* — respondeu Rodrigues, curvando-se. — Vá com Deus, senhora.

— Obrigada, capitão-piloto. O senhor também.

Avançando às apalpadelas pela escada de escotilha, atrás de Toranaga, ela notou que o contramestre Pesaro estava comandando a chalupa. A sua pele arrepiou-se e ela quase vomitou. Controlou-se com muita força de vontade, grata por Toranaga ter ordenado que todos eles deixassem aquele vaso malcheiroso.

— Um ótimo vento e uma viagem segura — desejou-lhes Ferreira. Fez um aceno, a saudação foi retribuída e a chalupa zarpou.

— Fique embaixo quando a chalupa voltar e aquela puta de galera estiver fora de vista — ordenou ele ao atirador-chefe.

No tombadilho, parou diante de Rodrigues. Apontou para a galera.

— Você viverá para se arrepender de tê-lo deixado vivo.

— Isso está nas mãos de Deus. O Inglês é um piloto "aceitável", caso se possa passar por cima da religião dele, meu capitão-mor.

— Considerei isso.

— E?

— Quanto mais rápido chegarmos a Macau, melhor. Bata o recorde, Rodrigues. — Ferreira desceu.

A perna de Rodrigues latejava muito. Tomou um trago do saco de grogue. Que Ferreira vá para o inferno, disse para si mesmo. Mas, por favor, Deus, não antes de chegarmos a Lisboa.

O vento mudou ligeiramente de direção e uma nuvem avançou para a auréola da lua. A chuva não estava longe e o amanhecer já riscava o céu. Ele concentrou toda a atenção no seu navio, nas velas e no rumo. Quando se sentiu completamente satisfeito, olhou para a chalupa. E, finalmente, para a galera.

Sorveu mais rum, contente por seu plano ter funcionado tão bem. Até pelo tiro de pistola que encerrara a questão. E contente com a sua decisão.

Dependia de mim fazer, e eu fiz.

– Ainda assim, Inglês – disse com grande tristeza –, o capitão-mor tem razão. Com você, a heresia chegou ao Éden.

CAPÍTULO 29

– ANJIN-SAN?
– *Hai?* – Blackthorne foi arrancado de um sono profundo.
– Aqui está um pouco de comida. E chá.

Por um instante ele não conseguiu lembrar quem era ou onde estava. Depois reconheceu a sua cabine a bordo da galera. Um raio de sol atravessava a escuridão. Sentia-se descansado. Não havia mais batida de tambor e, mesmo no mais profundo do seu sono, os seus sentidos lhe disseram que a âncora estava baixada e que o navio estava seguro, perto da praia, em mar calmo.

Viu uma criada carregando uma bandeja, acompanhada de Mariko, já sem o braço na tipoia, e ele deitado no beliche do piloto, o mesmo que usara durante a viagem de Anjiro para Ōsaka, que agora era quase, de certo modo, tão familiar quanto o seu próprio beliche na cabine do *Erasmus*. *Erasmus!* Vai ser formidável estar de volta a bordo e rever os rapazes.

Ele se espreguiçou voluptuosamente, depois pegou a xícara de chá que Mariko lhe oferecia.

– Obrigado. Está delicioso. Como vai o seu braço?
– Muito melhor, obrigada. – Mariko flexionou-o para ele ver. – Foi apenas um ferimento superficial.
– Está com melhor aparência, Mariko-san.
– Sim, sinto-me melhor agora.

Ao amanhecer, voltando a bordo com Toranaga, esteve prestes a perder os sentidos.

– É melhor ficar em cima – disse ele. – O enjoo passará mais depressa.
– O meu amo pergunta... Pergunta o porquê do tiro de pistola.
– Foi só uma brincadeira de pilotos – respondeu ele.
– O meu amo o cumprimenta pela sua habilidade náutica.
– Tivemos sorte. A lua ajudou. E a tripulação foi maravilhosa. Mariko-san, quer perguntar ao capitão-san se ele conhece estas águas? Desculpe, mas diga a Toranaga-sama que não vou conseguir ficar acordado por muito mais tempo. Ou podemos lançar âncora por mais ou menos uma hora em alto-mar? Preciso dormir.

Ele se lembrava vagamente de ouvi-la falando que Toranaga dissera que ele podia descer, que o capitão-san era absolutamente capaz, já que permaneceriam em águas costeiras e não iriam para alto-mar. Blackthorne espreguiçou-se de novo e abriu uma vigia da cabine. Havia uma praia rochosa a uns duzentos metros de distância.

— Onde estamos?
— Ao largo da costa da província de Tōtōmi, Anjin-san. O senhor Toranaga quis nadar e deixar os remadores descansar algumas horas. Estaremos em Anjiro amanhã.
— A aldeia de pescadores? Isso é impossível! É quase meio-dia e ao amanhecer estávamos em Ōsaka. É impossível!
— Ah, isso foi ontem, Anjin-san. O senhor dormiu um dia, uma noite e metade de mais um dia — respondeu ela. — O senhor Toranaga disse para deixá-lo dormir. Agora ele acha que nadar um pouco seria bom para despertá-lo. Depois de comer.

A comida eram duas tigelas de arroz e peixe assado na brasa com o molho escuro, agridoce, de vinagre doce, que ela lhe dissera que era feito de feijões fermentados.
— Obrigado. Sim, gostaria de nadar. Quase 36 horas? Não admira que me sinta ótimo. — Pegou a bandeja da empregada, ávido. Mas não comeu imediatamente. — Por que ela está com medo? — perguntou.
— Não está com medo, Anjin-san. Só um pouco nervosa. Por favor, desculpe-a. Nunca tinha visto um estrangeiro de perto antes.
— Diga-lhe que, quando é lua cheia, crescem chifres nos bárbaros e eles põem fogo pela boca, como dragões.

Mariko riu.
— Claro que não lhe direi isso. — Apontou para a mesa marítima. — Há pó dental, uma escova, água e toalhas limpas. — Depois, em latim: — Agrada-me ver que o senhor está bem. É exatamente como se comentou na marcha: o senhor tem grande coragem.

Os olhares dos dois se encontraram e se fixaram, mas o momento passou logo. Ela se curvou polidamente. A criada curvou-se. A porta fechou-se atrás delas.

Não pense nela, ordenou a si próprio. Pense em Toranaga ou em Anjiro. Por que pararemos em Anjiro amanhã? Para desembarcar Yabu? Que bom nos livrarmos dele!

Omi estará em Anjiro. O que vou fazer com Omi?

Por que não pedir a Toranaga a cabeça de Omi? Ele lhe deve um favor ou dois. Ou por que não pedir para lutar com Omi-san? Como? Com pistolas ou espadas? Você não teria chance com uma espada e seria assassinato se empunhasse uma arma de fogo. O melhor é não fazer nada e esperar. Logo você terá uma chance e então se vingará dos dois. Você goza do favor de Toranaga agora. Seja paciente. Pergunte a si mesmo o que você precisa dele. Logo estaremos em Edo, portanto você não tem muito tempo.

Blackthorne usou os pauzinhos do modo como vira os homens na prisão fazer, erguendo a tigela de arroz até junto à boca e empurrando o arroz grudento da borda da tigela para a boca com os pauzinhos. Os pedaços de peixe eram mais difíceis. Ele ainda não tinha destreza suficiente, então usou os dedos, contente por estar comendo a sós, sabendo que comer com os dedos na frente de Mariko, Toranaga ou qualquer japonês seria muito descortês.

Logo que todos os pedacinhos desapareceram, ele sentiu que continuava faminto.

– Preciso conseguir mais comida – disse ele em voz alta. – Meu Deus, senhor do paraíso, gostaria de comer pão fresco, ovos fritos, manteiga, queijo...

Subiu ao convés. Quase todos estavam despidos. Alguns homens estavam se enxugando, outros tomando sol e uns poucos pulavam do costado. No mar, perto do navio, samurais e marujos nadavam ou chapinhavam como crianças.

– *Konnichi wa*, Anjin-san.

– *Konnichi wa*, Toranaga-sama.

Toranaga, completamente nu, vinha subindo a escada de embarque, que fora descida até a água.

– *Sochi mo oyogitamō ka?* – disse ele, gesticulando na direção do mar, escorrendo a água da cintura e dos ombros com as palmas das mãos.

– *Hai*, Toranaga-sama, *dōmo* – disse Blackthorne, presumindo que o outro lhe perguntava se não queria nadar.

Toranaga apontou de novo para o mar e falou curto, depois chamou Mariko para interpretar. Mariko avançou do convés de popa, protegendo a cabeça com uma sombrinha carmesim, o quimono branco informal amarrado com negligência.

– Toranaga-sama diz que o senhor parece muito descansado, Anjin-san. A água é revigoração.

– Revigorante – disse ele, corrigindo-a polidamente. – Sim.

– Ah, obrigada... Revigorante. Foi o que ele disse. Agora, por favor, nade.

Toranaga estava negligentemente encostado à amurada, enxugando as orelhas com uma pequena toalha. Quando sentiu o ouvido esquerdo entupido, inclinou a cabeça para o lado e saltou sobre o pé esquerdo até destapá-lo. Blackthorne viu que Toranaga era muito musculoso e muito rijo, com exceção da barriga. E, embaraçado, muito consciente da presença de Mariko, despiu a camisa, tirou a cueca, as calças, até ficar igualmente nu.

– O senhor Toranaga perguntou se todos os ingleses são tão peludos quanto o senhor, com cabelo tão claro.

– Alguns, sim – respondeu ele.

– Nós... Os nossos homens não têm cabelo no peito nem nos braços como o senhor. Não muito. Ele disse que o senhor tem uma excelente compleição física.

– Ele também tem. Agradeça-lhe, por favor. – Blackthorne afastou-se, dirigindo-se para o topo da prancha de embarque, cônscio da presença dela e da jovem Fujiko, ajoelhada na popa sob um guarda-sol amarelo. Havia ainda uma criada ao seu lado também a observá-lo. Então, incapaz de manter a dignidade o suficiente para caminhar despido até o mar, ele pulou da amurada da embarcação e mergulhou na água azul-pálida do mar. Foi um mergulho perfeito e o frio da água atingiu-o de modo estimulante. O fundo arenoso estava três braças abaixo, as algas flutuando, multidões de peixes indiferentes aos nadadores. Perto do fundo, interrompeu a descida, girou e brincou com os peixes, depois voltou à tona e começou a nadar para o navio com braçadas aparentemente preguiçosas e fáceis, mas muito rápidas, que Alban Caradoc lhe ensinara.

A pequena baía estava deserta: muitos rochedos, uma minúscula praia de seixos e nenhum sinal de vida. As montanhas erguiam-se a quase quatrocentos metros contra um céu azul, infinito.

Deitou-se sobre uma rocha, tomando sol. Quatro samurais haviam nadado com ele e não estavam muito longe. Sorriram e acenaram. Mais tarde, ele nadou de volta, e eles o seguiram. Toranaga continuava a observá-lo.

Subiu ao convés. A sua roupa tinha sumido. Fujiko, Mariko e as duas criadas ainda estavam lá. Uma das criadas inclinou-se e ofereceu-lhe uma toalha ridiculamente pequena, que ele pegou e com que começou a se enxugar, voltando-se, constrangido, para a amurada. Ordeno-lhe que se sinta à vontade, disse a si mesmo. Você fica à vontade, nu, num quarto fechado com Felicity, não fica? É só em público, com mulheres por perto – com ela por perto –, que você fica embaraçado. Por quê? Eles não reparam na nudez e isso é totalmente sensato. Você está no Japão. Deve agir como eles. Você vai ser como eles e agir como um rei.

– O senhor Toranaga diz que o senhor nada muito bem; o senhor lhe ensinaria aquela braçada? – estava dizendo Mariko.

– Ficaria contente em fazer isso – disse ele, e forçou-se a se voltar e se encostar como Toranaga fizera. Mariko lhe sorria. Está tão bonita, pensou ele.

– O modo como o senhor mergulhou no mar. Nunca... nunca vimos isso antes. Sempre pulamos. Ele quer aprender a fazer isso.

– Agora?

– Sim, por favor.

– Posso ensinar-lhe... pelo menos, posso tentar.

Uma criada segurava um quimono de algodão para Blackthorne, que, agradecido, se enfiou nele, amarrando-o com o cinto. Agora, completamente descontraído, explicou como mergulhar, como erguer os braços em torno da cabeça e saltar, mas tomando cuidado para evitar cair de barriga.

– É melhor começar do pé da escada de embarque, com queda de cabeça, sem pular nem correr. É assim que ensinamos as crianças.

Toranaga ouviu, fez perguntas e depois, quando se sentiu satisfeito, disse, por intermédio de Mariko:

– Ótimo. Creio que compreendi. – Caminhou para o topo da escada. Antes que Blackthorne pudesse detê-lo, Toranaga se atirou na água, quase quatro metros abaixo.

A barrigada foi péssima. Ninguém riu. Toranaga voltou ruidosamente para o convés e tentou de novo. Mais uma vez aterrissou na horizontal. Outros samurais foram igualmente malsucedidos.

— Não é fácil — disse Blackthorne. — Levei um bom tempo para aprender. Deixe estar e amanhã tentamos de novo.

— O senhor Toranaga disse: "Amanhã é amanhã. Hoje vou aprender a mergulhar".

Blackthorne tirou o quimono e demonstrou de novo. Alguns samurais o imitaram. Todos falharam. Assim como Toranaga. Seis vezes.

Após outra demonstração, Blackthorne subiu para o pé da prancha e viu Mariko entre eles, nua, preparando-se para se lançar no espaço. O seu corpo era perfeito. No antebraço, o curativo.

— Espere, Mariko-san! É melhor tentar daqui. A primeira vez.

— Muito bem, Anjin-san.

Ela desceu até ele, o minúsculo crucifixo realçando-lhe a nudez. Ele lhe mostrou como se curvar e cair para a frente no mar, segurando-a pela cintura para que mudasse de posição, de modo que a cabeça atingisse a água primeiro.

Toranaga tentou perto da linha-d'água e foi razoavelmente bem-sucedido. Mariko tentou de novo e o toque da sua pele aqueceu Blackthorne, que de repente começou a fazer brincadeira e caiu na água, orientando-os lá debaixo até se esfriar. A seguir, subiu correndo ao convés, ficou de pé sobre a amurada e mostrou-lhes um mergulho de morto, que achou que poderia ser mais fácil, sabendo que ter êxito era vital para Toranaga.

— Mas é preciso se manter rígido, *hai?* Como uma espada. Aí não há como errar. — Atirou-se. O mergulho foi perfeito. Ele voltou à tona e esperou.

Vários samurais avançaram, mas Toranaga fez-lhes sinal que se afastassem. Levantou os braços rigidamente, a coluna ereta. O peito e os quadris estavam escarlates devido às barrigadas. Depois se deixou cair para a frente, do modo como Blackthorne mostrara. A sua cabeça atingiu a água primeiro e as pernas lhe desabaram em cima, mas foi um mergulho e o primeiro mergulho bem-sucedido de qualquer um deles. Um troar de aprovação saudou-o quando surgiu à superfície. Ele repetiu, melhor desta vez. Outros homens o seguiram, alguns com êxito, outros não. Depois, foi Mariko quem tentou.

Blackthorne viu os pequenos seios firmes e a minúscula cintura, o estômago chato e as pernas curvilíneas. Um lampejo de dor passou pelo rosto dela quando ergueu os braços acima da cabeça. Mas retesou-se como uma seta e se atirou bravamente. Varou a água como uma lança, habilmente. Quase ninguém notou... além dele.

— Foi um excelente mergulho. Realmente excelente — disse ele, dando-lhe a mão para puxá-la da água até a escada de embarque. — A senhora devia parar agora. Poderia abrir de novo o corte do braço.

— Sim, obrigada, Anjin-san. — Ela se erguia ao lado dele, mal lhe atingindo o ombro, muito contente consigo mesma. — Foi uma sensação rara, a queda para a frente e o fato de ter que permanecer rígida e, mais que tudo, ter que dominar o medo. Sim, foi realmente uma sensação muito rara. – Ela caminhou pelo passadiço e vestiu o quimono que a criada segurava. Depois, secando o rosto delicadamente, desceu para o convés inferior.

Jesus Cristo, isso é mulher demais, pensou ele.

Ao pôr do sol, Toranaga mandou chamar Blackthorne. Estava sentado no convés da popa sobre *futons* limpos, perto de um pequeno braseiro de carvão, em cima do qual fumegavam alguns pedaços de madeira aromática. Eram usados para perfumar o ar e manter à distância os insetos e mosquitos do crepúsculo. O seu quimono estava passado e asseado, e os imensos ombros em forma de asa do manto engomado davam-lhe uma presença formidável. Yabu também estava vestido formalmente, e Mariko. Fujiko também se encontrava lá. Vinte samurais, sentados, mantinham-se silenciosamente em guarda. Havia archotes colocados em suportes e a galera oscilava calmamente, ancorada na baía.

– Saquê, Anjin-san?
– *Dōmo*, Toranaga-sama. – Blackthorne curvou-se e aceitou o pequeno cálice estendido por Fujiko, ergueu-o em brinde a Toranaga e esvaziou-o. O cálice foi imediatamente enchido de novo. Blackthorne estava usando um quimono marrom da guarda e sentia-se mais à vontade e livre do que nas suas próprias roupas.

– O senhor Toranaga diz que vamos ficar aqui esta noite. Amanhã chegaremos a Anjiro. Ele gostaria de ouvir mais a respeito do seu país e do mundo exterior.

– Claro. O que ele gostaria de saber? Está uma noite adorável, não? – Blackthorne instalou-se confortavelmente, impressionado com a feminilidade de Mariko. Impressionado demais. Estranho, estou mais consciente dela agora que está vestida do que quando não estava usando nada.

– Sim, muito. Logo estará úmido, Anjin-san. O verão não é uma boa época. – Transmitiu a Toranaga o que dissera. – O meu amo falou que eu lhe dissesse que Edo é pantanosa. Os mosquitos são péssimos no verão, mas a primavera e o outono são lindos... sim, realmente, as estações de nascimento e morte do ano são lindas.

– A Inglaterra tem clima temperado. O inverno é rígido mais ou menos a cada sete anos. E o verão também. A fome ocorre uma vez a cada seis anos, embora às vezes tenhamos dois anos ruins seguidos.

– Também temos anos de fome. Toda fome é ruim. Como é no seu país agora?

– Tivemos más colheitas três vezes nos últimos dez anos e não tivemos sol para amadurecer o trigo. Mas isso foi a mão do Todo-Poderoso. Agora a Inglaterra está muito forte. Somos prósperos. O nosso povo trabalha arduamente. Fazemos o nosso próprio tecido, todas as armas, a maior parte dos tecidos de lã da Europa. Vem alguma seda da França, mas a qualidade não é boa e se destina apenas aos muito ricos.

Blackthorne resolveu não contar sobre pragas, motins ou insurreições causadas pela tomada das terras comunais, nem sobre o êxodo dos camponeses para as cidades. Em vez disso, contou-lhes sobre os bons reis e rainhas, líderes idôneos e sábios parlamentares e guerras vitoriosas.

— O senhor Toranaga quer que tudo fique bem claro. O senhor afirma que apenas o poder marítimo os protege da Espanha e de Portugal?

— Sim. Apenas isso. O controle dos nossos mares é que nos mantém livres. Vocês são uma nação insular também. Exatamente como nós. Sem o controle dos seus mares, também não ficam indefesos contra um inimigo externo?

— O meu amo concorda com o senhor.

— Ah, também foram invadidos? — Blackthorne viu um leve franzir de sobrolho quando ela se virou para Toranaga e lembrou-se de que devia se limitar a responder e não fazer perguntas.

Quando ela lhe falou de novo, foi mais séria.

— O senhor Toranaga diz que devo responder à sua pergunta, Anjin-san. Sim, fomos invadidos duas vezes. Há mais de trezentos anos — seria 1274, pelas suas contas — os mongóis de Kublai-Khan, que acabava de conquistar a China e a Coreia, vieram contra nós quando nos recusamos a nos submeter à autoridade dele. Alguns milhares de homens desembarcaram em Kyūshū, mas os nossos samurais conseguiram contê-los, e pouco depois o inimigo se retirou. Mas sete anos mais tarde eles voltaram. Dessa vez a invasão consistiu de quase mil navios chineses e coreanos, com 200 mil homens — mongóis, chineses e coreanos —, na maior parte, de cavalaria. Em toda a história chinesa, essa foi a maior força de invasão jamais reunida. Ficamos indefesos ante uma força tão vasta, Anjin-san. Novamente começaram a desembarcar na baía de Hakata, em Kyūshū, mas, antes que pudessem desdobrar todos os seus exércitos, um grande vento, um *taifū*, veio do sul e destruiu a esquadra e tudo que continha. Os que ficaram em terra foram rapidamente mortos. Foi um *kamikaze*, um vento divino, Anjin-san — disse ela, com fé absoluta —, um *kamikaze* enviado pelos deuses para proteger esta Terra dos Deuses do invasor estrangeiro. Os mongóis nunca mais voltaram e, após oitenta anos mais ou menos, a dinastia deles, a Chin, foi extirpada da China. — Mariko acrescentou com grande satisfação: — Os deuses protegeram-nos contra eles. Os deuses sempre nos protegerão contra invasões. Afinal, esta é a terra *deles*, *né?*

Blackthorne pensou na imensa quantidade de navios e homens da invasão. Fazia a Armada espanhola contra a Inglaterra parecer insignificante.

— Também fomos ajudados por uma tempestade, senhora — disse ele, com igual seriedade. — Muitos acreditam que também foi enviada por Deus. Certamente foi um milagre, e, quem sabe, talvez tenha sido mesmo. — Ele olhou para o braseiro quando uma brasa crepitou e as chamas dançaram. Depois disse:

— Os mongóis quase nos engoliram na Europa também. — Contou a ela como as hordas de Gengis-Khan, avô de Kublai-Khan, chegaram quase aos portões de Viena antes que o seu ataque desenfreado fosse detido, e depois deram meia-volta, deixando montanhas de cadáveres no seu rastro. As pessoas daqueles tempos acreditaram que Gengis-Khan e os seus soldados tivessem sido enviados por Deus para punir o mundo por seus pecados.

— O senhor Toranaga diz que ele foi apenas um bárbaro, imensamente bom na guerra.

— Sim. Ainda assim, na Inglaterra bendizemos a nossa sorte por estarmos numa ilha. Agradecemos a Deus por isso e pelo canal. E pela nossa marinha. Com a China tão perto e tão poderosa, e com vocês e a China em guerra, surpreende-me que não tenham uma grande marinha. Não têm medo de outro ataque?

Mariko não respondeu, mas traduziu para Toranaga o que fora dito. Quando terminou, Toranaga falou com Yabu, que concordou e respondeu igualmente sério. Os dois homens trocaram ideias algum tempo. Mariko respondeu a outra pergunta de Toranaga, depois falou mais uma vez a Blackthorne:

— Para controlar os seus mares, Anjin-san, de quantos navios precisam?

— Não sei exatamente, mas agora a rainha deve ter uns 150 navios de linha. São navios construídos apenas para combate.

— O meu amo pergunta quantos navios a sua rainha constrói por ano.

— De vinte a trinta belonaves, as melhores e as mais velozes do mundo. Mas os navios geralmente são construídos por grupos particulares de mercadores e depois vendidos à coroa.

— Por lucro?

Blackthorne lembrou-se da opinião samurai sobre lucro e dinheiro.

— A rainha generosamente dá mais do que o custo real, a fim de estimular a pesquisa e os novos estilos de construção. Sem o favor real, isso dificilmente seria possível. Por exemplo, o *Erasmus*, o meu navio, é de um novo tipo, um projeto inglês construído sob licença na Holanda.

— O senhor poderia construir um navio assim aqui?

— Sim. Se eu tivesse carpinteiros, intérpretes e todo o material e tempo. Primeiro, eu teria que construir um pequeno navio. Nunca construí um inteiramente sozinho, portanto teria que experimentar... Naturalmente — acrescentou, tentando conter a própria excitação à medida que a ideia se desenvolvia —, se o senhor Toranaga desejasse um navio, ou navios, talvez se pudesse combinar um comércio. Talvez pudéssemos encomendar um número de belonaves, a serem construídas na Inglaterra. Poderíamos trazê-las até aqui para ele, mastreadas como ele quisesse e armadas como ele quisesse.

Mariko traduziu. O interesse de Toranaga se intensificou. Assim como o de Yabu.

– Ele pergunta se os nossos marinheiros podem ser treinados para tripular navios assim.

– Certamente, dando-se tempo a eles. Poderíamos nos encarregar de que um mestre de navegação, ou mais, ficasse em suas águas por um ano. Então ele poderia criar um programa de treinamento para vocês. Uma marinha moderna. Sem igual.

Mariko falou durante algum tempo. Toranaga interrogou-a de novo, incisivo, e o mesmo fez Yabu.

– Yabu-san pergunta: "Sem igual?".

– Sim. Melhor do que qualquer coisa que os espanhóis pudessem ter. Ou os portugueses.

Fez-se silêncio. Toranaga estava evidentemente dominado pela ideia, embora tentasse dissimular.

– O meu amo pergunta se o senhor tem certeza de que isso poderia ser acertado.

– Sim.

– Quanto tempo levaria?

– Dois anos até que eu chegasse em casa. Dois anos para construir o navio ou os navios. Mais dois para voltar para cá. Metade do custo teria que ser pago antecipadamente, o restante na entrega.

Toranaga pensativamente se inclinou para a frente e pôs mais lenha aromática no braseiro. Todos o observaram e esperaram. Depois ele falou longamente com Yabu. Mariko não traduziu o que estava sendo dito e Blackthorne sabia que não devia perguntar, embora gostasse muito de tomar parte na conversa. Estudou todos eles, até a garota Fujiko, que também ouvia atentamente, mas não conseguiu captar nada de nenhum deles. Sabia que a ideia fora brilhante, que poderia gerar um lucro imenso e garantir a sua passagem de volta em segurança para a Inglaterra.

– Anjin-san, quantos navios o senhor poderia conduzir?

– Uma pequena frota de cinco navios de cada vez seria o melhor. É possível que se perdesse algum devido a tempestades, temporais ou interferência luso--espanhola. Tenho certeza de que eles tentariam impedi-los a qualquer preço de ter navios de guerra. Em dez anos, o senhor Toranaga poderia ter uma marinha de quinze a vinte navios. – Deixou-a traduzir, depois continuou lentamente: – A primeira frota poderia trazer os mestres-carpinteiros, construtores navais, atiradores, marujos e mestres. No prazo de dez a quinze anos, a Inglaterra poderia fornecer ao senhor Toranaga trinta modernos vasos de guerra, mais do que o suficiente para dominar as suas águas domésticas. E, nessa altura, se ele quisesse, possivelmente poderia estar construindo os seus próprios navios aqui. Nós... – Ele ia dizer "venderemos", mas mudou a palavra. – A minha rainha ficaria honrada em ajudá-lo a formar a sua própria marinha, e, se ele desejar, nós treinaremos o pessoal e forneceremos os navios.

Oh, sim, pensou ele, exultante, quando o embelezamento final do plano se encaixou no lugar. Nós comandaremos e providenciaremos para que o almirante e a rainha lhe ofereçam uma aliança de compromisso, boa para você e boa para nós, que será parte do negócio, e então, juntos, amigo Toranaga, escorraçaremos o cão espanhol e português para fora destes mares e seremos senhores deles para sempre. Esse poderia ser o maior acordo isolado de comércio jamais realizado por qualquer nação, pensou ele alegremente. E com uma frota anglo-japonesa limpando estes mares, nós, ingleses, dominaremos o comércio de seda entre o Japão e a China. Então serão milhões todos os anos!

Se eu conseguir isso, mudarei o rumo da história. Terei riquezas e honrarias para além dos meus sonhos. Tornar-me-ei muito rico – é praticamente a melhor coisa que um homem pode tentar fazer, ainda que falhe na tentativa.

– O meu amo diz que é uma pena que o senhor não fale a nossa língua.

– Sim, mas tenho certeza de que a senhora está traduzindo perfeitamente.

– Ele não disse isso como crítica a mim, Anjin-san, mas como observação. É verdade. Seria muito melhor para o meu senhor conversar diretamente, assim como eu converso.

– Há dicionários aqui, Mariko-san. E gramáticas, gramáticas de português-
-japonês ou latim-japonês. Se o senhor Toranaga pudesse me ajudar com livros e professores, eu tentaria aprender a sua língua.

– Não temos livros assim.

– Mas os jesuítas têm. A senhora mesma disse isso.

– Ah! – Ela falou com Toranaga e Blackthorne viu os olhos dos dois, de Toranaga e de Yabu, se iluminarem, e sorrisos alargaram seus rostos.

– O meu amo diz que o senhor será ajudado, Anjin-san.

Por ordem de Toranaga, Fujiko serviu mais saquê a Blackthorne e a Yabu. Toranaga bebia apenas chá, assim como Mariko. Incapaz de se conter, Blackthorne disse:

– O que ele diz da minha sugestão? Qual é a resposta?

– Anjin-san, seria melhor ter paciência. Ele responderá no momento devido.

– Por favor, pergunte-lhe agora.

Relutantemente, Mariko voltou-se para Toranaga.

– Por favor, desculpe-me, senhor, mas o Anjin-san pergunta com grande deferência o que o senhor pensa do plano dele. Com toda a humildade e polidez, ele solicita uma resposta.

– Ele terá a minha resposta oportunamente.

Mariko disse a Blackthorne:

– Meu amo diz que vai considerar o seu plano e pensar cuidadosamente no que o senhor disse. Pede-lhe que seja paciente.

– *Dōmo*, Toranaga-sama.

– Vou me deitar agora. Partiremos ao amanhecer. – Toranaga levantou-se. Todos o seguiram lá para baixo, menos Blackthorne. Blackthorne foi deixado com a noite.

À primeira promessa de amanhecer, Toranaga soltou quatro dos pombos-correio que tinham sido mandados para a galera com a bagagem principal quando esta fora preparada. Os pássaros descreveram dois círculos no ar, depois partiram, dois retornando ao lar em Ōsaka, dois para Edo. A mensagem cifrada para Kiritsubo era uma ordem a ser passada para Hiromatsu: deviam todos tentar partir pacificamente de imediato. Se fossem impedidos, deviam se trancar. No momento em que a porta fosse forçada, deveriam atear fogo àquela parte do castelo e cometer *seppuku*.

A mensagem a seu filho Sudara, em Edo, dizia que ele escapara, estava em segurança e ordenava-lhe que desse seguimento aos preparativos secretos para a guerra.

– Ponha-se ao mar, capitão.

– Sim, senhor.

Por volta do meio-dia haviam cruzado a angra entre Tōtōmi e Izu e estavam ao largo do cabo Ito, o ponto extremo meridional da península de Izu. O vento estava excelente, e a vela mestra, sozinha, ajudava o impulso dos remos.

Então, bem junto à praia, num profundo canal entre a terra firme e algumas ilhotas rochosas, quando haviam virado para norte, houve um ronco agourento.

Todos os remos pararam.

– O que, em nome de Cristo... – Os olhos de Blackthorne estavam arregalados na direção da praia.

Repentinamente, uma fenda imensa serpeou penhascos acima e um milhão de toneladas de rochas despencaram no mar, em avalanche. As águas pareceram ferver por um momento. Uma pequena onda veio em direção à galera e passou de lado. A avalanche cessou. O ronco se repetiu, mais profundo agora, mas distante. Rochas rolaram. Todos escutaram atentamente e esperaram, olhando a face dos penhascos. Sons de gaivotas, de arrebentação e de vento. Então Toranaga fez sinal ao mestre do tambor, que reiniciou a batida.

Os remos recomeçaram. A vida no navio voltou à normalidade.

– O que foi isso? – perguntou Blackthorne.

– Apenas um terremoto. – Mariko estava perplexa. – O senhor não tem terremotos no seu país?

– Não. Nunca. Eu nunca tinha visto um.

– Oh, nós os temos com frequência, Anjin-san. Esse não foi nada, só um terremoto pequeno. O principal centro de choque deve ter sido em algum outro lugar, talvez até em alto-mar. Ou talvez tenha sido apenas um pequeno tremor, só aqui. O senhor tem muita sorte de testemunhar apenas um terremoto pequeno.

– Foi como se a terra toda estivesse tremendo. Eu teria jurado que vi... Ouvi falar de tremores. Na Terra Santa e na terra dos otomanos acontecem às vezes.

Jesus! – ele desabafou, o coração ainda batendo violentamente. – Eu poderia jurar que vi aqueles penhascos inteiros sacudirem.

– Oh, mas sacudiram, Anjin-san. Quando se está em terra, é a sensação mais terrível do mundo. Não há aviso, Anjin-san. Os tremores vêm em ondas, às vezes de lado, às vezes de cima para baixo, às vezes três ou quatro abalos rápidos, às vezes um pequeno, seguido de um maior no dia seguinte. Não há padrão. O pior que já vivi foi há seis anos, perto de Ōsaka, no terceiro dia do mês das Folhas Secas. A nossa casa desabou em cima de nós, Anjin-san. Não ficamos feridos, o meu filho e eu. Arrastamo-nos para fora por entre os escombros. Os abalos continuaram por uma semana ou mais, alguns intensos, outros muito intensos. O grande castelo novo do táicum em Fujimi foi totalmente destruído. Centenas de milhares de pessoas se perderam naquele terremoto e nos incêndios que se seguiram. Esse é o maior perigo, Anjin-san, os incêndios que sempre se seguem aos tremores. As nossas cidades e aldeias morrem com muita facilidade. Algumas vezes ocorre um terremoto violento em alto-mar, e a lenda diz que é isso que causa o nascimento das Grandes Ondas. Têm três ou sete metros de altura. Não há nunca como prevê-las e elas não têm época. Uma Grande Onda simplesmente avança do mar sobre as nossas praias e varre o interior. Cidades podem desaparecer. Edo foi parcialmente destruída há alguns anos por uma onda assim.

– É normal para vocês? Todos os anos?

– Oh, sim. Todos os anos, nesta Terra dos Deuses, temos abalos de terra. E incêndios, inundações, ondas gigantes e tempestades monstruosas, os tufões. A natureza é muito severa conosco. – Lágrimas surgiram nos cantos dos olhos de Mariko. – Talvez seja por isso que amemos tanto a vida, Anjin-san. O senhor vê, temos que amá-la. A morte faz parte do nosso ar, do nosso mar e da nossa terra. É bom que saiba, Anjin-san, que, nesta Terra dos Deuses, a morte é a nossa herança.

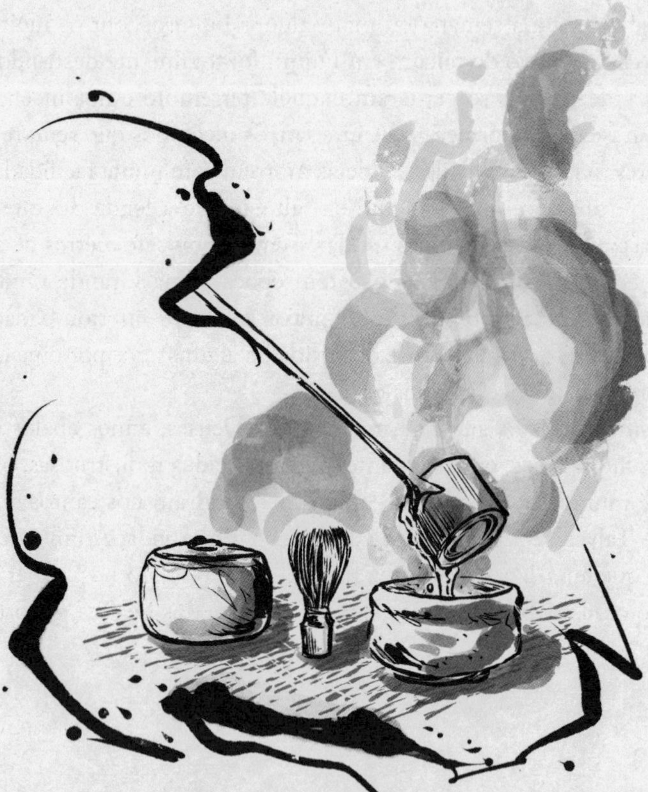

LIVRO TRÊS

CAPÍTULO 30

– TEM CERTEZA DE QUE ESTÁ TUDO PRONTO, MURA?

– Sim, Omi-san, sim, acho que sim. Seguimos exatamente as suas ordens e as de Igurashi-san.

– É melhor que nada saia errado ou haverá outro chefe de aldeia ao pôr do sol – disse-lhe Igurashi, primeiro lugar-tenente de Yabu, com grande cerimônia, o seu único olho congestionado pela falta de sono. Chegara de Edo na véspera com o primeiro contingente de samurais e instruções específicas.

Mura não respondeu, apenas concordou com deferência e manteve os olhos no chão.

Encontravam-se na praia, perto do cais, diante das fileiras de aldeões ajoelhados, intimidados e igualmente exaustos – cada homem, mulher e criança da aldeia, com exceção dos adoentados –, à espera da chegada da galera. Todos usavam as melhores roupas. Os rostos estavam lavados, a aldeia inteira varrida e reluzente como se fosse véspera do Ano-Novo, quando, por um antigo costume, todo o império era limpo. Os barcos de pesca estavam meticulosamente dispostos em linha, cobertos, cordames enrolados. Até a praia ao longo da baía fora revolvida com ancinho.

– Nada sairá errado, Igurashi-san – disse Omi. Tinha dormido muito pouco naquela semana, assim que as ordens de Yabu chegaram de Ōsaka por um dos pombos-correio de Toranaga. De imediato mobilizou a aldeia e cada homem válido num raio de vinte *ris*, a fim de preparar Anjiro para a chegada dos samurais e de Yabu. E agora que Igurashi já tinha sussurrado um segredo muito confidencial apenas aos seus ouvidos, o de que o grande daimio Toranaga estava acompanhando seu tio e que tivera êxito na sua tentativa de fuga da armadilha de Ishido, ele se sentia mais do que satisfeito de haver gasto tanto dinheiro. – Não há por que se preocupar, Igurashi-san. Este é o meu feudo e a responsabilidade é minha.

– Concordo. Sim, é. – Igurashi dispensou Mura com um gesto desdenhoso. E acrescentou em voz baixa: – O senhor é responsável. Mas, sem a intenção de ofendê-lo, digo-lhe que o senhor nunca viu o nosso amo quando alguma coisa sai errada. Se tivermos esquecido alguma coisa, ou esses comedores de excremento não tiverem feito tudo o que deviam, o nosso amo transformará o seu feudo inteiro e os que ficam ao norte e ao sul em montes de esterco antes que o sol se ponha amanhã. – Dirigiu-se a passos largos para a frente dos seus homens.

Naquela manhã, as últimas companhias de samurais haviam chegado de Mishima, a capital de Yabu, que ficava ao norte. Agora também se encontravam, com todos os outros, alinhados em formação militar na praia, na praça e no flanco da colina, as bandeiras tremulando à leve brisa, lanças eretas, cintilando ao sol. Três mil samurais, a elite do exército de Yabu. Quinhentos cavaleiros.

Omi não estava com medo. Fizera tudo o que fora possível e examinara pessoalmente tudo o que pudera ser examinado. Se alguma coisa saísse errado, seria apenas karma. Mas nada vai sair errado, pensou ele, animado. Quinhentos *kokus* tinham sido gastos com os preparativos – mais do que toda a sua renda anual antes de Yabu ter-lhe aumentado o feudo. Tinha ficado atordoado com a soma, mas Midori, sua esposa, dissera que deviam ser pródigos, que o custo era minúsculo comparado à honra que o senhor Yabu lhe concedia.

– E com o senhor Toranaga aqui, quem sabe quais as grandes oportunidades que você não terá? – sussurrara ela.

Ela tem toda a razão, pensou Omi orgulhosamente.

Examinou novamente a aldeia e a praça. Tudo parecia perfeito. Midori e a mãe dele esperavam sob o toldo que fora preparado para receber Yabu e o seu hóspede Toranaga. Omi notou que a língua da mãe estava em movimento e desejou que Midori pudesse ser poupada dos seus ataques viperinos. Alisou uma dobra no quimono já impecável, ajustou as espadas e olhou na direção do mar.

– Ouça, Mura-san – sibilou cautelosamente Uo, o pescador. Era um dos cinco anciãos da aldeia, todos ajoelhados com Mura. – Sabe, estou com tanto medo. Se eu urinasse, urinaria pó.

– Então não urine, velho amigo – disse Mura, contendo o sorriso.

Uo era um homem de ombros largos, uma rocha de mãos enormes e nariz quebrado, e exibia uma expressão atormentada.

– Não vou urinar. Mas acho que vou peidar. – Uo era famoso pelo seu humor e coragem e pela quantidade dos seus gases. No ano anterior, quando houve a competição de flatulência com a aldeia do norte, ele fora campeão dos campeões e trouxera a grande honra para Anjiro.

– Iiiih, talvez fosse melhor não fazer isso – casquinou Haru, um pescador baixinho e mirrado. – Um dos cabeças de merda poderia ficar com ciúmes.

– Vocês receberam ordens de não tratar os samurais assim enquanto houver ao menos um perto da aldeia – sibilou Mura. "*Umu*", estava ele pensando, exausto, "espero que não tenhamos esquecido de nada." Deu uma olhada no flanco da montanha, na paliçada de bambu que circundava a fortaleza provisória que haviam construído com muita pressa e suor. Trezentos homens escavando, construindo e carregando. A outra casa nova fora mais fácil. Ficava no outeiro, logo abaixo da casa de Omi, e ele podia vê-la, menor do que a de Omi, mas com uma cobertura de telhas, um jardim provisório e uma pequena casa de banho. "Suponho que Omi se mude para lá e ceda a sua ao senhor Yabu", pensou Mura.

Olhou para trás, para o promontório onde a galera surgiria a qualquer momento. Logo Yabu desceria em terra firme e, então, estariam todos nas mãos dos deuses, dos *kamis*, de Deus Pai, seu Filho abençoado e a Virgem abençoada!

Virgem abençoada, proteja-nos! Seria demais pedir-lhe que olhasse por esta aldeia notável de Anjiro? Só nos próximos dias? Precisamos de um favor especial para nos proteger do nosso amo e senhor, oh, sim! Acenderei cinquenta velas e os meus filhos serão definitivamente trazidos para a verdadeira fé, prometeu Mura.

Nesse dia, Mura se sentia muito contente por ser cristão: podia interceder junto ao Deus único e isso era uma proteção a mais para a sua aldeia. Tornara-se cristão na juventude porque o seu suserano se convertera e ordenara imediatamente que todos os seus seguidores o imitassem. E quando, vinte anos atrás, esse senhor fora morto, lutando por Toranaga contra o táicum, Mura continuara cristão para honrar-lhe a memória. "Um bom soldado não tem mais que um amo", pensou. "Um amo verdadeiro."

Ninjin, um homem de rosto redondo e dentes muito salientes, estava especialmente agitado com a presença de tantos samurais.

– Mura-san, desculpe, mas o que o senhor fez foi perigoso, terrível, *né?* O pequeno terremoto desta manhã foi um sinal dos deuses, um presságio. O senhor cometeu um terrível engano, Mura-san.

– O que está feito está feito, Ninjin. Esqueça isso.

– Como posso? Está no meu celeiro e...

– Parte está no seu celeiro. Eu próprio tenho grande quantidade no meu – disse Uo, já sem sorrir.

– Nada está em parte alguma. Nada, velhos amigos – disse Mura, com cuidado. – Não existe nada.

Por sua ordem, trinta *kokus* de arroz tinham sido roubados nos últimos dias do depósito dos samurais e estavam agora escondidos pela aldeia, junto com outras provisões e equipamentos... E armas.

– Armas, não – protestara Uo. – Arroz, sim. Armas, não!

– A guerra está próxima.

– É contra a lei ter armas – lamuriara-se Ninjin.

– É uma lei nova, não tem nem doze anos de vida – bufara Mura. – Antes podíamos ter as armas que quiséssemos e não estávamos confinados na aldeia. Podíamos ir aonde quiséssemos e ser o que quiséssemos. Podíamos ser camponeses-soldados, pescadores, mercadores, até samurais. Alguns podiam, vocês sabem que isso é verdade.

– Mas agora é diferente, Mura-san, diferente. O táicum ordenou que fosse diferente!

– Em breve será como sempre foi. Estaremos combatendo de novo.

– Então vamos esperar – suplicara Ninjin. – Por favor. Agora é contra a lei. Se a lei mudar, será karma. O táicum fez a lei: nada de armas. Nenhuma. Sob pena de morte instantânea.

– Abram os olhos, todos vocês! O táicum morreu! E eu lhes digo que logo Omi-san necessitará de homens treinados, e a maioria de nós já guerreou, *né?* Pescamos e combatemos, tudo em sua época. Não é verdade?

— Sim, Mura-san — concordara Uo, ainda com os seus medos. — Antes do táicum não estávamos confinados.

— Eles nos pegarão, terão que nos pegar — choramingara Ninjin. — Não terão piedade. Vão nos cozinhar como fizeram com o bárbaro.

— Não fale sobre o bárbaro!

— Ouçam, amigos — dissera Mura. — Jamais teremos uma chance como esta de novo. Foi enviada por Deus. Ou pelos deuses. Precisamos pegar cada faca, seta, lança, espada, mosquete, escudo, arco, o que pudermos. Os samurais pensarão que outros samurais os roubaram; os cabeças de merda não vieram de toda Izu? E qual o samurai que, realmente, confia no outro? Precisamos reaver o nosso direito de guerrear, *né*? O meu pai foi morto em combate, assim como o pai dele e o pai do pai dele! Ninjin, em quantas batalhas você esteve? Dúzias delas, *né*? Uo, e você? Vinte? Trinta?

— Mais. Eu não servi com o táicum, maldita seja sua memória! Ah, antes de se tornar táicum, ele era um homem. Essa é a verdade! Depois, alguma coisa o transformou, *né*? Ninjin, não se esqueça de que Mura-san é o chefe da aldeia! E não devemos nos esquecer de que o pai dele também foi chefe! Se o chefe fala em armas, então teremos armas.

Agora, ajoelhado ao sol, Mura estava convencido de ter agido corretamente, de que essa nova guerra duraria para sempre e que o mundo deles seria novamente como sempre fora. A aldeia continuaria ali, e os barcos, e alguns aldeões. Porque todos os homens — camponeses, daimios, samurais, até os *etas* — tinham que comer e o peixe estava esperando no mar. Então os soldados-aldeões deixariam a guerra de vez em quando, como sempre, e largariam para o mar com seus botes...

— Olhem! — disse Uo, e apontou involuntariamente, em meio ao silêncio repentino.

A galera estava contornando o promontório.

***

Fujiko estava ajoelhada diante de Toranaga na cabine principal que ele usara durante a viagem. Estavam os dois a sós.

— Imploro-lhe, senhor — suplicou ela. — Tire essa sentença de sobre a minha cabeça.

— Não é uma sentença, é uma ordem.

— Obedecerei, naturalmente, mas não posso fazer...

— Não pode? — enfureceu-se Toranaga. — Como se atreve a discutir? Digo-lhe que vai ser a consorte do piloto e você tem a impertinência de discutir?

— Peço desculpas, senhor, de todo o coração — disse rapidamente Fujiko, as palavras se derramando. — Não tive a intenção de contradizê-lo. Só quis dizer que não posso fazer isso do modo como o senhor gostaria. Imploro que compreenda.

Perdoe-me, senhor, mas não é possível ser feliz, ou fingir ser feliz. – Ela inclinou a cabeça até o *futon*. – Humildemente lhe suplico que me permita cometer *jigai*.

– Eu já disse que não aprovo mortes sem sentido. Tenho uma finalidade para você.

– Por favor, senhor, quero morrer. Humildemente lhe rogo. Quero me unir ao meu marido e ao meu filho.

A voz de Toranaga açoitou-a, abafando os sons da galera:

– Já lhe recusei essa honra. Você não a merece ainda. E é só por causa do seu avô, porque o senhor Hiromatsu é o meu mais velho amigo, que ouvi pacientemente os seus resmungos mal-educados até agora. Basta desse absurdo, mulher. Pare de se comportar como uma camponesa imbecil!

– Humildemente lhe peço permissão para cortar o cabelo e me tornar monja. Buda...

– Não. Dei-lhe uma ordem. Obedeça!

– Obedecer? – disse ela, sem levantar os olhos, o rosto rígido. Depois, meio para si mesma: – Pensei que tivesse recebido ordem de ir para Edo.

– Você recebeu ordem de vir para este navio! Você esqueceu a sua posição, a sua herança, esqueceu o seu dever. Você esqueceu o seu dever! Estou enojado com você. Vá e prepare-se!

– Quero morrer, por favor, deixe-me juntar-me a eles, senhor.

– O seu marido nasceu samurai por engano. Era de conformação defeituosa, portanto a sua prole seria igualmente malformada. Aquele imbecil quase me arruinou! Juntar-se a eles? Que absurdo! Você está proibida de cometer *jigai*. Agora saia daqui!

Mas ela não se moveu.

– Talvez fosse melhor que eu a mandasse para os *etas*. Para uma das casas deles. Talvez isso a fizesse se lembrar da sua educação e do seu dever.

Um estremecimento fustigou-a, mas ela sibilou, desafiadora:

– Pelo menos seriam japoneses!

– Sou o seu suserano. Você fará o que eu mandar!

Fujiko hesitou. Depois deu de ombros.

– Sim, senhor. Peço desculpas pelos meus modos. – Estendeu as mãos no chão e curvou profundamente a cabeça, a voz arrependida. Mas no íntimo não estava convencida, e tanto ele quanto ela sabiam o que ela planejava fazer. – Senhor, sinceramente peço desculpa por perturbá-lo, por destruir a sua *wa*, a sua harmonia e pelos meus maus modos. O senhor tem razão. Eu estava errada. – Levantou-se e dirigiu-se calmamente para a porta da cabine.

– Se eu lhe conceder o que deseja – disse Toranaga –, você em troca fará o que eu quero, com toda a dedicação?

Lentamente, ela se voltou.

– Por quanto tempo, senhor? Peço licença para lhe perguntar por quanto tempo devo ser consorte do bárbaro.

– Um ano.

Ela lhe deu as costas e estendeu a mão para a maçaneta da porta.

– Meio ano – disse Toranaga.

A mão de Fujiko parou. Tremendo, ela apoiou a cabeça contra a porta.

– Sim. Obrigada, senhor. Obrigada.

Toranaga se pôs de pé e foi até à porta. Ela a abriu para ele, curvou-se enquanto ele a cruzava e fechou-a atrás dele. Depois as lágrimas vieram, silenciosamente.

Ela era samurai.

Toranaga subiu ao convés, sentindo-se muito contente consigo mesmo. Alcançara o que queria com um mínimo de dificuldade. Se a garota tivesse sido pressionada demais, teria desobedecido e tirado a própria vida sem permissão. Mas agora se esforçaria por agradar e era importante que se tornasse consorte do piloto alegremente, pelo menos na aparência, e seis meses seria tempo mais que suficiente. As mulheres são muito mais fáceis de lidar do que os homens, pensou ele, satisfeito. Muito mais fáceis, em certas coisas.

Então viu os samurais de Yabu concentrados em torno da baía, e a sua sensação de bem-estar desvaneceu-se.

– Bem-vindo a Izu, senhor Toranaga – disse Yabu. – Ordenei que alguns homens viessem lhe servir de escolta.

– Ótimo.

A galera ainda estava a duzentos metros do atracadouro, aproximando-se habilmente, e eles podiam ver Omi, Igurashi, os *futons* e o toldo.

– Foi tudo feito conforme discutimos em Ōsaka – disse Yabu. – Mas por que não permanecer comigo alguns dias? Eu ficaria honrado e isso se comprovaria muito útil. O senhor poderia aprovar a escolha dos 250 homens para o Regimento de Mosquetes e conhecer o comandante.

– Nada me agradaria mais do que isso, mas preciso estar em Edo tão rápido quanto possível, Yabu-san.

– Dois ou três dias? Por favor. Alguns dias sem preocupações fariam bem ao senhor, *né?* Sua saúde é importante para mim... para todos os seus aliados. Um pouco de descanso, boa comida e caça.

Toranaga procurava desesperadamente uma solução. Ficar ali com apenas cinquenta guardas era impensável. Estaria totalmente em poder de Yabu, e isso seria pior do que a sua situação em Ōsaka. Pelo menos Ishido era previsível e sofreado por certas regras. Mas Yabu? Yabu é tão traiçoeiro quanto um tubarão, e você não tenta tubarões, disse ele a si mesmo. E jamais nas águas em que eles moram. E jamais com a sua própria vida. Ele sabia que o acordo que fizera com Yabu em Ōsaka tinha tanta substância quanto o peso da urina deles ao atingir o solo, já que Yabu acreditava poder conseguir melhores concessões de Ishido. E, se Yabu apresentasse a cabeça de Toranaga a Ishido numa salva de madeira, conseguiria imediatamente muito mais do que Toranaga estava preparado para oferecer.

Matá-lo ou desembarcar? Eram essas as opções.

– O senhor é muito gentil – disse ele. – Mas preciso chegar a Edo. – Nunca pensei que Yabu teria tempo para reunir tantos homens aqui. Será que decifrou o nosso código?

– Por favor, permita-me insistir, Toranaga-sama. A caça é excelente na redondeza. Tenho falcões com meus homens. Uma pequena caçada depois de ter estado confinado em Ōsaka seria bom, *né?*

– Sim, seria bom caçar hoje. Lamento ter perdido meus falcões lá.

– Mas não estão perdidos. Certamente Hiromatsu os trará consigo para Edo.

– Ordenei-lhe que os soltasse assim que tivéssemos partido. Na altura em que alcançarem Edo, estarão destreinados e corrompidos. É uma das minhas poucas regras: fazer voar apenas os falcões que eu tenha treinado e não cedê-los a nenhum outro amo. Desse modo, eles cometem apenas os meus erros.

– É uma boa regra. Gostaria de ouvir as outras. Talvez durante a refeição esta noite?

Preciso desse tubarão, pensou Toranaga amargamente. Matá-lo agora é prematuro.

Duas cordas foram atiradas para serem amarradas em terra. As cordas se retesaram e estalaram sob a tensão; a galera girou para o lado habilmente. Os remos foram travados. A escada de embarque foi baixada e Yabu se postou no topo dela.

Imediatamente os samurais reunidos entoaram o seu grito de batalha em uníssono: "*Kashigi! Kashigi!*", e o estrondo que causaram fez as gaivotas ganharem altura, grasnando e crocitando. Como se fossem um único homem, os samurais se curvaram.

Yabu retribuiu a reverência, depois se voltou para Toranaga e acenou-lhe, expansivo.

– Vamos desembarcar.

Toranaga olhou por sobre os samurais concentrados, os aldeões prostrados no pó, e perguntou a si mesmo: será que é aqui que morrerei pela espada, conforme predisse o astrólogo? Certamente a primeira parte aconteceu: o meu nome agora está escrito nos muros de Ōsaka.

Afastou o pensamento. No topo da escada, chamou alto e imperioso os seus cinquenta samurais, que agora usavam o uniforme marrom como ele.

– Vocês todos! Fiquem aqui! Você, capitão, prepare-se para a partida imediatamente! Mariko-san, você ficará em Anjiro por três dias. Leve o piloto e Fujiko-san para terra imediatamente e espere por mim na praça. – Depois encarou a praia e, para espanto de Yabu, aumentou a força da voz: – Agora, Yabu-san, inspecionarei os seus regimentos! – Imediatamente passou ao lado dele e iniciou a descida pela prancha com toda a arrogância confiante do general combativo que era.

Nenhum general jamais vencera mais batalhas do que ele e nenhum era mais ardiloso, com exceção do táicum, e este estava morto. Nenhum general combatera em mais batalhas ou era sequer mais paciente ou perdera tão poucos homens. E ele nunca fora derrotado.

Um zunzum de assombro percorreu velozmente a praia toda quando ele foi reconhecido. Aquela inspeção era completamente inesperada. O seu nome foi passado de boca em boca e a força do sussurro, a admiração que gerava, era-lhe gratificante. Sentiu que Yabu o seguia, mas não olhou para trás.

– Ah, Igurashi-san – disse ele com uma cordialidade que não sentia –, é bom vê-lo de novo. Venha, vamos inspecionar juntos os seus homens.

– Sim, senhor.

– E você deve ser Kashigi Omi-san. O seu pai é um velho companheiro de armas meu. Acompanhe-nos também.

– Sim, senhor – retrucou Omi, sentindo-se crescer com a honra que lhe era feita. – Obrigado.

Toranaga estabeleceu um passo célere. Levara-os consigo para impedi-los de conversar em particular com Yabu por enquanto, sabendo que a sua vida dependia de manter a iniciativa.

– Você não lutou conosco em Odawara, Igurashi-san? – perguntou ele, já sabendo que fora lá que o samurai perdera o olho.

– Sim, senhor. Tive a honra. Eu estava com o senhor Yabu e servimos na ala direita do táicum.

– Então ocupou o lugar de honra, onde a luta foi mais árdua. Tenho muito que lhe agradecer e ao seu amo.

– Esmagamos o inimigo, senhor. Estávamos apenas cumprindo o nosso dever. – Embora detestasse Toranaga, Igurashi estava orgulhoso de a ação ser lembrada e de estar recebendo agradecimentos.

Haviam chegado à frente do primeiro regimento. A voz de Toranaga alteou-se.

– Sim, você e os homens de Izu nos ajudaram grandemente. Talvez, se não fossem vocês, eu não tivesse obtido o Kantō! Hein, Yabu-sama? – acrescentou ele, parando de repente, dando publicamente a Yabu o título superior e, em consequência, a honra superior.

Novamente, Yabu ficou perturbado com a lisonja. Sabia que não era mais do que lhe era devido, mas não a esperara de Toranaga e nunca fora sua intenção permitir uma inspeção formal.

– Talvez, mas duvido. O táicum ordenou que o clã Beppu fosse arrasado. Portanto, foi arrasado.

Isso acontecera dez anos antes, quando apenas o enormemente poderoso e antigo clã Beppu, liderado por Beppu Genzaemon, se opunha às forças combinadas do general Nakamura, o futuro táicum, e de Toranaga – o último grande obstáculo ao domínio completo do império por Nakamura. Durante séculos os Beppu tinham sido senhores das Oito Províncias, o Kantō. 150 mil homens cercaram o seu castelo-cidade de Odawara, que guardava a passagem que cortava as montanhas, levando às planícies de arroz inacreditavelmente ricas. O cerco durou onze meses. A nova consorte de Nakamura, a patrícia senhora Ochiba, radiante, com menos de dezoito anos, viera para a casa do seu senhor do lado de fora das ameias, o filho recém-nascido nos braços, Nakamura perdido de amores pelo primeiro filho. E com a senhora Ochiba viera a irmã mais nova, Genjiko, que Nakamura propusera dar em casamento a Toranaga.

– Senhor – dissera Toranaga –, eu certamente ficaria honrado em unir as nossas casas, mas em vez de me casar com a senhora Genjiko, como sugere, deixe-a casar-se com o meu filho e herdeiro Sudara.

Toranaga levara muitos dias para persuadir Nakamura, que acabara concordando. Então, quando a decisão fora anunciada à senhora Ochiba, ela respondera imediatamente:

– Com toda a humildade, senhor, oponho-me ao casamento.

Nakamura rira.

– Eu também! Sudara tem apenas dez anos, e Genjiko, treze. Ainda assim, agora estão prometidos um ao outro e no décimo quinto aniversário dele os dois se casarão.

– Mas, senhor, o senhor Toranaga já é seu cunhado, *né?* Com certeza, isso é suficiente como ligação. O senhor precisa de elos mais íntimos com os Fujimoto e os Takashima e mesmo com a corte imperial.

– Eles são uns cabeças de bosta lá na corte e todos fantoches – dissera Nakamura com sua áspera voz de camponês. – Ouça, O-chan: Toranaga tem 70 mil samurais. Quando tivermos esmagado os Beppu, ele terá o Kantō e mais homens. O meu filho precisará de líderes como Yoshi Toranaga, assim como eu preciso deles. Sim, e um dia o meu filho precisará de Yoshi Sudara. É melhor que Sudara seja tio do meu filho. A sua irmã está prometida a Sudara, mas ele viverá conosco alguns anos, *né?*

– Naturalmente, senhor – concordara Toranaga de imediato, entregando o seu filho e herdeiro como refém.

– Ótimo. Mas ouça, primeiro você e Sudara jurarão lealdade eterna ao meu filho.

E assim acontecera. Então, durante o décimo mês de cerco, o primeiro filho de Nakamura morrera de febre, mau sangue ou *kami* malévolo.

– Que todos os deuses amaldiçoem Odawara e Toranaga – enfurecera-se Ochiba. – É por culpa de Toranaga que estamos aqui. Ele quer o Kantō. Foi por culpa dele que o nosso filho morreu. É ele o seu verdadeiro inimigo. Quer que o senhor morra e eu também! Condene-o à morte ou ponha-o ao trabalho. Deixe-o comandar o ataque, deixe-o pagar com a vida pela vida do nosso filho! Exijo vingança...

Então Toranaga comandara o ataque. Tomara o Castelo de Odawara, minando os muros e por ataque frontal. Depois o pesaroso Nakamura reduzira a cidade a pó. Com a sua queda e a caça a todos os Beppu, o império foi dominado e Nakamura se tornou primeiro *kanpaku*, depois táicum. Mas muitos morreram em Odawara.

Gente demais, pensou Toranaga, ali na praia de Anjiro. Olhou Yabu.

– É uma pena que o táicum tenha morrido, *né?*

– Sim.

– O meu cunhado era um grande comandante. E um grande professor também. Como ele, nunca me esqueço de um amigo. Ou de um inimigo.

– Logo o senhor Yaemon atingirá a maioridade. O espírito dele é o espírito do táicum. Senhor Toran... – Mas, antes que Yabu pudesse deter a inspeção, Toranaga já a havia reiniciado e pouca coisa Yabu poderia fazer além de acompanhá-lo.

Toranaga caminhou ao longo das fileiras esvaindo-se em amabilidades, escolhendo um homem aqui, outro ali, reconhecendo alguns, os olhos sempre em movimento enquanto rebuscava na memória à procura de rostos e nomes. Ele tinha aquela qualidade muito rara dos generais especiais que inspecionam de um modo tal que cada homem tem a impressão, pelo menos durante um instante, que o general olhou apenas para ele, talvez até tenha conversado só com ele, dentre todos os seus camaradas. Toranaga estava fazendo aquilo para o qual nascera e que fizera milhares de vezes: controlando homens com a força da vontade.

Quando a revista chegou ao último samurai, Yabu, Igurashi e Omi estavam exaustos. Mas Toranaga, não. E novamente, antes que Yabu pudesse detê-lo, dirigiu-se rapidamente para um ponto mais elevado e parou lá, no alto e sozinho.

– Samurais de Izu, vassalos do meu amigo e aliado Kashigi Yabu-sama! – começou ele naquela voz sonora e potente. – Estou honrado por me encontrar aqui. Estou honrado em ver parte da força de Izu, parte das forças do meu grande aliado. Ouçam, samurais, nuvens escuras estão se reunindo sobre o império e ameaçam a paz do táicum. Devemos preservar as dádivas do táicum contra a traição em altos postos! Que cada samurai esteja preparado! Que cada arma esteja afiada! Juntos defenderemos a vontade dele! E levaremos a melhor! Que os deuses do Japão, grandes e pequenos, prestem atenção! Que eles destruam sem piedade todos aqueles que se opuserem às ordens do táicum! – Levantou os braços, proferiu o grito de batalha deles, "*Kashigi*", e, inacreditavelmente, curvou-se para as legiões e manteve-se curvado.

Todos o fitavam de olhos arregalados. Então "*Toranaga!*" veio ribombando até ele dos regimentos, sempre e sempre. E os samurais retribuíram a reverência.

Até Yabu se curvou, dominado pela força do momento.

Antes que Yabu pudesse se endireitar, Toranaga já descera a colina, mais uma vez a passo acelerado.

– Vá com ele, Omi-san – ordenou Yabu. Teria sido inadequado que ele próprio corresse atrás de Toranaga.

– Sim, senhor.

Quando Omi se afastou, Yabu perguntou a Igurashi:

– Quais são as notícias de Edo?

– A senhora Yuriko, sua esposa, mandou lhe dizer primeiro que está acontecendo uma tremenda mobilização pelo Kantō inteiro. Nada na superfície, mas por baixo está tudo fervendo. Ela acredita que Toranaga está se preparando para a guerra, um ataque repentino, talvez até contra Ōsaka.

– E Ishido?

– Nada até o momento em que partimos. Isso foi há cinco dias. Nada, também, sobre a fuga de Toranaga. Só fiquei a par disso ontem, quando a sua senhora mandou um pombo-correio de Edo.

– Ah, Zukimoto já criou aquele serviço de pombos-correio?

– Sim, senhor.

– Ótimo.

– A mensagem dela foi esta: "Toranaga escapou com êxito de Ōsaka, com o nosso amo, numa galera. Façam os preparativos para recebê-los em Anjiro". Pensei que seria melhor manter isso em segredo exceto de Omi-san, mas estamos todos preparados.

– Como?

– Ordenei um "exercício" de guerra, senhor, por toda Izu. Dentro de três dias cada estrada e passagem para Izu estará bloqueada, se for isso o que o senhor quiser. Há uma frota pirata simulada ao norte, que poderia arrasar qualquer navio sem escolta, de dia ou de noite, se for isso o que o senhor quiser. E há acomodações aqui para o senhor e um hóspede, por mais importante que seja, se for isso o que o senhor quiser.

– Ótimo. Mais alguma coisa? Outras noticias?

Igurashi relutava em transmitir notícias cujas implicações ele não compreendia.

– Estamos preparados para qualquer coisa aqui. Mas esta manhã chegou uma mensagem de Ōsaka: "Toranaga renunciou ao Conselho de Regentes".

– Impossível! Por que ele faria isso?

– Não sei. Não consigo formar uma opinião. Mas deve ser verdade. Nunca recebemos informação errada dessa fonte antes.

– A senhora Sazuko? – perguntou Yabu cautelosamente, citando o nome da consorte mais jovem de Toranaga, cuja criada era uma espiã a seu serviço.

Igurashi assentiu.

– Sim. Mas não compreendi em absoluto. Agora os regentes o impedirão, não? Ordenarão a morte dele. Foi loucura renunciar, *né?*

– Ishido deve tê-lo forçado a fazer isso. Mas como? Não houve nem um sopro de rumor, Toranaga nunca renunciaria espontaneamente! Você tem razão, seria o ato de um louco. Ele está perdido se tiver renunciado. Deve ser falso.

Transtornado, Yabu desceu a colina e viu Toranaga cruzar a praça na direção de Mariko e do bárbaro, com Fujiko ao lado. Depois, Mariko andando ao lado de Toranaga, os outros esperando na praça. Toranaga falava rápida e urgentemente. Então Yabu viu-o dar a ela um pequeno rolo de pergaminho e perguntou a si mesmo o que conteria e o que estava sendo dito. Que nova traição estará Toranaga planejando?, perguntou-se, desejando ter a esposa Yuriko ali para ajudá-lo com os seus sábios conselhos.

Ao atingir o embarcadouro, Toranaga parou. Não se dirigiu para o navio e a proteção dos seus homens. Sabia que seria na praia que se tomaria a última decisão. Ele não podia escapar. Nada estava resolvido ainda. Observou Yabu e Igurashi se aproximando. A aparente impassibilidade de Yabu disse-lhe muito.

– Então, Yabu-san?

– O senhor ficará alguns dias, senhor Toranaga?

– Seria melhor que eu partisse imediatamente.

Yabu ordenou que todos se afastassem. Os dois homens ficaram sozinhos na praia.

– Recebi notícias inquietantes de Ōsaka. O senhor renunciou ao Conselho de Regentes?

– Sim. Renunciei.

– Então o senhor matou a si mesmo, destruiu a sua causa, todos os seus vassalos, todos os seus aliados, todos os seus amigos! Enterrou Izu e me assassinou!

– Certamente o Conselho de Regentes pode tirar-lhe o feudo e a vida se quiser. Sim.

– Por todos os deuses, viver e morrer e ainda ter nascido... – Yabu lutou para se dominar. – Peço desculpas pelos meus maus modos, mas a sua... a sua incrível atitude... sim, peço desculpas. – Não havia nenhum propósito real a ser atingido com uma demonstração de emoção que todos sabiam inconveniente e indigna.
– Sim, é melhor que fique aqui então, senhor Toranaga.

– Creio que prefiro partir imediatamente.

– Aqui ou Edo, qual é a diferença? A ordem dos regentes virá em seguida. Imagino que o senhor quererá cometer *seppuku* imediatamente. Com dignidade. Em paz. Eu ficaria honrado em atuar como seu assistente.

– Obrigado. Mas ainda não chegou nenhuma ordem legal, portanto a minha cabeça continuará onde está.

– Que importância tem um dia ou dois? É inevitável que a ordem chegue. Farei todos os preparativos, sim, e eles serão perfeitos. O senhor pode contar comigo.

– Obrigado. Sim, posso compreender por que você quereria a minha cabeça.

– A minha própria cabeça também está perdida. Se eu mandasse a sua para Ishido, ou a tirasse e lhe pedisse perdão, isso talvez o convencesse, mas duvido, *né?*

– Se eu estivesse na sua posição, talvez pedisse a sua cabeça. Infelizmente a minha não o ajudará em absoluto.

– Estou inclinado a concordar. Mas vale a pena tentar. – Yabu cuspiu no chão. – Mereço morrer por ser tão estúpido e por me colocar em poder de um cabeça de bosta.

– Ishido nunca hesitará em lhe tomar a cabeça. Mas primeiro tomará Izu. Oh, sim. Izu está perdida com ele no poder.

– Não tente me iludir! Eu sei que isso vai acontecer!

– Não o estou iludindo, meu amigo – disse Toranaga, saboreando a perda de dignidade de Yabu. – Simplesmente disse que, com Ishido no poder, você estará perdido e Izu estará perdida, porque o parente dele, Ikawa Jikkyu, cobiça Izu, *né*? Mas, Yabu-san, Ishido não tem o poder. Ainda. – E, de amigo para amigo, contou a Yabu por que renunciara.

– O conselho está paralisado! – Yabu não podia acreditar.

– *Não existe conselho algum!* Não existirá até que haja cinco membros de novo. – Toranaga sorriu. – Pense nisso, Yabu-san. Agora estou mais forte do que nunca, *né*? Ishido está neutralizado, assim como Jikkyu. Agora você tem todo o tempo de que precisa para treinar os seus atiradores. Agora é dono de Suruga e Tōtōmi. Agora tem a cabeça de Jikkyu. Dentro de poucos meses você lhe verá a cabeça num chuço, a cabeça de todos os parentes dele, e entrará com toda a pompa em seus novos domínios. – Abruptamente, deu meia-volta e gritou: – Igurashi-san! – e quinhentos homens ouviram a voz de comando.

Igurashi veio correndo, mas, antes que o samurai tivesse dado três passos, Toranaga berrou:

– Traga uma guarda de honra. Cinquenta homens! Imediatamente! – Ele não ousou dar a Yabu um intervalo de um momento sequer para detectar a enorme falha no seu argumento: que, se Ishido estava paralisado agora e não tinha poder, então a cabeça de Toranaga numa salva de madeira seria de enorme valor para Ishido e também para Yabu. Ou, melhor ainda, Toranaga amarrado como um marginal comum e entregue vivo nos portões do Castelo de Ōsaka daria a Yabu a imortalidade e as chaves do Kantō.

Enquanto a guarda de honra se formava à sua frente, Toranaga disse em voz alta:

– Em honra desta ocasião, Yabu-sama, talvez o senhor aceitasse isto como símbolo de amizade. – E puxou a longa espada, segurou-a deitada sobre as duas mãos e ofereceu-a.

Yabu pegou a espada como se estivesse sonhando. Era inestimável. Era uma herança Minowara, famosa em todo o reino. Toranaga possuía aquela espada havia quinze anos. Fora-lhe presenteada por Nakamura diante da majestosa assembleia reunida de todos os daimios importantes do império, exceto Beppu Genzaemon, como pagamento parcial de um acordo secreto.

Isso acontecera pouco depois da batalha de Nagakude, muito antes da senhora Ochiba. Toranaga acabara de derrotar o general Nakamura, o futuro táicum, quando Nakamura ainda era apenas um arrivista, sem mandato nem poder ou título formal, e a sua ânsia pelo poder absoluto ainda encontrava obstáculos. Ao invés de reunir um exército esmagador e arrasar Toranaga, o que era a sua política habitual, Nakamura resolveu ser conciliador. Ofereceu a Toranaga um tratado de amizade e uma aliança de compromisso e, para cimentá-los, a sua meia-irmã como esposa. O fato de a mulher já ser casada e de meia-idade não incomodou nem a Nakamura nem a Toranaga em absoluto. Toranaga concordou com o pacto. Imediatamente o marido da mulher, um dos vassalos de Nakamura, agradecendo aos deuses que o convite ao divórcio não tivesse vindo acompanhado de um convite a cometer *seppuku*, mandou-a, agradecido, de volta ao meio-irmão. Imediatamente Toranaga se casou com ela com toda a pompa e cerimônia ao seu alcance e no mesmo dia concluiu um pacto secreto de amizade com o imensamente poderoso clã Beppu, os inimigos declarados de Nakamura, que, naquela época, ainda se encastelavam desdenhosamente no Kantō, na porta dos fundos, muito desprotegida, de Toranaga.

Então Toranaga ficou caçando com seus falcões e à espera do inevitável ataque de Nakamura. Mas nada aconteceu. Em vez de atacar, Nakamura, surpreendentemente, mandou a sua venerada e amada mãe para o acampamento de Toranaga como refém, ostensivamente para visitar a enteada, a nova esposa de Toranaga, mas sempre uma refém, e em troca convidou Toranaga para a reunião de todos os daimios que ele organizara em Ōsaka. Toranaga pensou muito e longamente. Depois aceitou o convite, sugerindo ao seu aliado Beppu Genzaemon que seria imprudência irem ambos. Depois, secretamente, pôs 60 mil samurais em movimento para Ōsaka contra a esperada traição de Nakamura e deixou o seu filho mais velho, Noboru, encarregado da sua nova esposa e da sogra. Noboru logo empilhou gravetos secos e facilmente inflamáveis nos beirais do telhado da residência delas e disse-lhes asperamente que atearia fogo se qualquer coisa acontecesse ao pai.

Toranaga sorriu, lembrando-se. Na noite que precedera a sua chegada a Ōsaka, Nakamura, sem cerimônia como sempre, fizera-lhe uma visita secreta, sozinho e desarmado:

– Salve, Tora-san.

– Salve, senhor Nakamura.

– Ouça: combatemos juntos em muitas batalhas, conhecemos muitos segredos, cagamos muitas vezes demais no mesmo pote por querer mijar em nossos próprios pés ou nos pés do outro.

– Concordo – dissera Toranaga, precavidamente.

– Ouça então. Estou a um passo de dominar o reino. Para conseguir o poder total, necessito do respeito dos clãs antigos, os senhores dos feudos hereditários, os herdeiros atuais dos Fujimoto, Takashima e Minowara. Assim que eu tiver o poder, qualquer daimio, ou três juntos, pode mijar sangue que não me faz a mínima diferença.

– O senhor tem o meu respeito... sempre teve.

O homenzinho com cara de macaco rira fartamente.

– Você venceu justamente em Nagakude. É o melhor general que conheci, o maior daimio do reino. Mas agora vamos parar de jogar, você e eu. Ouça. Amanhã quero que você se curve para mim, diante de todos os daimios, como meu vassalo. Quero você, Yoshi Toranaga-no-Minowara, como um vassalo aquiescente. Publicamente. Não para me lamber o rabo, mas polido, humilde e respeitoso. Com você como meu vassalo, o resto vai até peidar de tanta urgência em pôr a cabeça no pó e o rabo ao ar. E os poucos que não fizerem isso... bem, que se cuidem.

– Isso o fará senhor de todo o Japão. *Né?*

– Sim. O primeiro da história. E você me terá dado isso. Admito que não posso fazê-lo sem você. Mas, ouça, se fizer isso por mim, terá o primeiro lugar depois de mim. Todas as honras que desejar. Qualquer coisa. Há bastante para nós dois.

– Há?

– Sim. Primeiro, tomo o Japão. Depois, a Coreia. Em seguida, a China. Eu disse a Goroda que queria isso e é o que terei. Então você poderá ficar com o Japão, uma província da minha China!

– Mas agora, senhor Nakamura? Agora tenho que me submeter, *né?* Estou em seu poder, *né?* O senhor está com uma força esmagadora à minha frente e os Beppu me ameaçam por trás.

– Cuidarei deles muito em breve – disse o guerreiro camponês. – Aqueles cadáveres zombadores recusaram o meu convite para vir aqui amanhã. Mandaram o meu pergaminho de volta coberto de merda de passarinho. Você quer a terra deles? O Kantō todo?

– Não quero nada deles, nem de ninguém.

– Mentiroso – disse Nakamura cordialmente. – Ouça-me, Tora-san, tenho quase cinquenta anos. Nenhuma das minhas mulheres jamais concebeu. Tenho sumo em abundância, sempre tive, e em toda a minha vida devo ter me deitado com uma centena de mulheres, duas centenas, de todos os tipos, de todas as idades, de todos os jeitos, mas nenhuma jamais concebeu uma criança, sequer natimorta. Tenho tudo, mas não tenho filhos e nunca terei. É o meu karma. Você tem quatro filhos vivos e sabe-se lá quantas filhas. Tem 43 anos, portanto pode fazer mais uma dúzia, e isso com tanta facilidade como os cavalos cagam, esse é o seu karma. Além disso, é Minowara e isso é karma. Que diz de eu adotar um dos seus filhos e torná-lo meu herdeiro?

– Agora?

– Em breve. Digamos dentro de três anos. Nunca foi importante ter um herdeiro antes, mas agora as coisas são diferentes. O nosso falecido amo Goroda fez a estupidez de se deixar assassinar. Agora a terra é minha... poderia ser minha. Bem?

– O senhor tornará os acordos formais, publicamente formais, dentro de dois anos?

– Sim. Dentro de dois anos. Pode confiar em mim. Os nossos interesses são os mesmos. Ouça: dentro de dois anos, em público; e combinamos, você e eu, que filho será. Desse modo, partilhamos tudo, hein? A nossa dinastia conjunta fica assentada para o futuro, portanto não há problemas nisso e é bom para mim. Os lucros serão imensos. Primeiro, o Kantō. Hein?

– Talvez Beppu Genzaemon se submeta... se eu me submeter.

– Não posso permitir que eles façam isso, Tora-san. Você cobiça a terra deles.

– Não cobiço nada.

A risada de Nakamura fora jovial.

– Sim. Mas devia. O Kantō é digno de você. É seguro por trás de paredes de montanhas, fácil de defender. Com o delta, você controlará os campos de arroz mais ricos do império. Terá as costas para o mar e uma renda de 2 milhões de *kokus*. Mas não faça de Kamakura a sua capital. Nem de Odawara.

– Kamakura sempre foi a capital do Kantō.

– Por que você não cobiçaria Kamakura, Tora-san? Não faz seiscentos anos que ela encerra o santuário sagrado do *kami* guardião da sua família? Hachiman, o *kami* da guerra, não é a divindade Minowara? Seu ancestral foi sábio em escolher o *kami* da guerra para venerar.

– Não cobiço nada, não venero nada. Um santuário é apenas um santuário e nunca constou que o *kami* da guerra ficasse em qualquer santuário.

– Fico contente por você não cobiçar nada, Tora-san, pois assim nada o desapontará. Nisso você é como eu. Mas Kamakura não é capital para você. Há sete passagens levando até ela, coisa demais para defender. E não dá para o mar. Não, eu não aconselharia Kamakura. Ouça, seria melhor e mais seguro que você avançasse para além das montanhas. Você precisa de um porto marítimo. Há um que vi uma vez, Edo, atualmente uma aldeia de pescadores, mas você a transformará numa grande cidade. Fácil de defender, perfeita para o comércio. Você é a favor do comércio. Eu também. Ótimo. Portanto você precisa ter um porto marítimo. Quanto a Odawara, vamos arrasá-la, como lição para todos os outros.

– Isso será muito difícil.

– Sim. Mas seria uma boa lição para todos os outros daimios, *né*?

– Tomar essa cidade de assalto seria dispendioso.

Novamente a risada sarcástica.

– Poderia ser, para você, se não se juntasse a mim. Tenho que atravessar as suas terras atuais para chegar lá. Você sabia que é a linha de frente dos Beppu? A garantia dos Beppu? Juntos, você e eles poderiam me manter à distância um ano ou dois, até três. Mas eu chegaria lá, afinal. Oh, sim. Ih, por que desperdiçar mais tempo com eles? Estão todos mortos, com exceção do seu genro, se você quiser. Ah, eu sei que você tem uma aliança com eles, mas isso não vale uma tigela de bosta de cavalo. Então, qual é a sua resposta? Os lucros vão ser imensos. Primeiro, o Kantō, isso é seu, depois terei o Japão todo. Depois, a Coreia, fácil. Em seguida, a China, difícil mas não impossível. Sei que um camponês não pode se tornar shōgun, mas o "nosso" filho será shōgun e também poderia se aboletar no Trono do Dragão da China, ou o filho dele. Agora chega de conversa. Qual é a sua resposta, Yoshi Toranaga-no-Minowara, vassalo ou não? Nada mais tem valor para mim.

– Vamos urinar sobre o acordo – dissera Toranaga, tendo ganho tudo o que desejara e pelo qual planejara. E no dia seguinte, ante a desnorteada majestade dos daimios truculentos, ele, humildemente, oferecera a sua espada e as suas terras, a sua honra e a sua herança, ao camponês arrivista, senhor da guerra. Implorara pela permissão de servir a Nakamura e à sua casa para sempre. E ele, Yoshi Toranaga-no-Minowara, abjetamente, encostara a cabeça no pó. O futuro táicum, então, fora magnânimo: tomara-lhe as terras e, imediatamente, lhe presenteara o Kantō como feudo assim que fosse conquistado, ordenando guerra total contra os Beppu pelos seus insultos ao imperador. E também dera a Toranaga a espada que adquirira recentemente de uma das tesourarias imperiais. A espada fora feita pelo mestre espadeiro Miyoshi-Go, séculos atrás, e pertencera um dia ao guerreiro mais famoso da história, Minowara Yoshitomo, o primeiro shōgun Minowara.

Toranaga lembrou-se daquele dia. E de outros quando, poucos anos depois, a senhora Ochiba dera à luz um menino. E de outro quando, inacreditavelmente, depois de o primeiro filho do táicum ter convenientemente morrido, nascera Yaemon, o segundo filho. O que arruinara o plano todo. Karma.

Ele viu Yabu segurando a espada do seu ancestral com reverência.

– É tão afiada quanto dizem? – perguntou Yabu.

– Sim.

– O senhor me concede uma grande honra. Guardarei o seu presente como um tesouro. – Yabu curvou-se, cônscio de que, devido ao presente, seria o primeiro na terra depois de Toranaga.

Toranaga retribuiu a mesura e depois, desarmado, encaminhou-se para a escada de embarque. Precisou de toda a sua força de vontade para disfarçar a raiva e não deixar os pés vacilarem e rezou para que a avidez de Yabu o mantivesse hipnotizado só por mais uns momentos.

– Zarpar! – ordenou, subindo ao convés. Voltou-se para a praia e acenou alegremente.

Alguém rompeu o silêncio e gritou o seu nome, depois outros se uniram ao grito. Houve um troar geral de aprovação pela honra feita ao senhor deles. Mãos prestimosas empurraram o navio para o largo. Os remadores puxaram com rapidez. A galera avançou.

– Capitão, para Edo, rapidamente!

– Sim, senhor.

Toranaga olhou para trás, os seus olhos explorando a praia, esperando o perigo a qualquer momento. Yabu erguia-se junto ao molhe, ainda inebriado pela espada. Mariko e Fujiko esperavam ao lado do toldo com as outras mulheres. O Anjin-san estava na extremidade da praça – onde lhe disseram que esperasse –, rígido, sobranceiro e inconfundivelmente furioso. Os seus olhos se encontraram. Toranaga sorriu e acenou.

O aceno foi correspondido, mas friamente, e isso divertiu muitíssimo Toranaga.

Blackthorne subiu desconsolado até o molhe.

– Quando é que ele volta, Mariko-san?
– Não sei, Anjin-san.
– Como é que iremos para Edo?
– Vamos ficar aqui. Eu, pelo menos, fico três dias. Depois devo seguir para lá.
– Por mar?
– Por terra.
– E eu?
– O senhor deve ficar aqui.
– Por quê?
– O senhor manifestou interesse por aprender a nossa língua. E há trabalho para o senhor aqui.
– Que trabalho?
– Não sei, sinto muito. O senhor Yabu lhe dirá. O meu amo deixou-me aqui para traduzir, por três dias.

Blackthorne estava cheio de pressentimentos. Tinha as pistolas na cintura, mas não tinha facas, nem pólvora, nem munição. Ficara tudo na cabine, a bordo da galera.

– Por que a senhora não me disse que íamos ficar aqui? – perguntou. – Só disse que vínhamos a terra.

– Eu não sabia que o senhor também ficaria aqui – retrucou ela. – O senhor Toranaga me disse há apenas um momento, na praça.

– Por que não disse a mim, então? A mim mesmo?
– Não sei.
– Eu deveria estar indo para Edo. É lá que se encontra a minha tripulação. É lá que está o meu navio. Como é que fica?
– Ele só disse que o senhor devia permanecer aqui.
– Por quanto tempo?
– Ele não me disse, Anjin-san. Talvez o senhor Yabu saiba. Por favor, tenha paciência.

Blackthorne podia ver Toranaga, em pé no tombadilho, olhando para a praia.

– Acho que ele sabia o tempo todo que eu iria ficar aqui, não sabia?

Ela não respondeu. Como é infantil falar em voz alta o que se pensa, disse ela a si mesma. E como Toranaga foi extraordinariamente inteligente para escapar desta armadilha.

Fujiko e as duas criadas encontravam-se ao lado dela, esperando pacientemente, à sombra, com a mãe e a esposa de Omi, a qual Mariko conhecera rapidamente. Mariko olhou para longe, além delas, para a galera. Estava ganhando velocidade agora. Mas ainda se encontrava ao alcance de uma seta. A qualquer momento agora ela sabia que devia começar. Ó, minha Nossa Senhora, faça-me forte, orou, toda a sua atenção centrada em Yabu.

– É verdade? É verdade? – dizia Blackthorne.

– O quê? Oh, desculpe, eu não sei, Anjin-san. Só posso lhe dizer que o senhor Toranaga é muito sábio. O mais sábio dos homens. Quaisquer que tenham sido os seus motivos, foram bons. – Ela estudou os olhos azuis e o rosto duro, sabendo que Blackthorne não tinha compreendido nada do que ocorrera ali. – Por favor, seja paciente, Anjin-san. Não há nada a temer. O senhor é o vassalo favorito dele e está sob...

– Não estou com medo, Mariko-san. Só estou cansado de ser atirado de um lado para outro como um fantoche. E não sou vassalo de ninguém.

– "Contratado" é melhor? Ou como o senhor descreveria um homem que trabalha para outro ou é contratado por outro para uma missão específ... – Nisso, ela viu o sangue subir ao rosto de Yabu.

– As armas... as armas ainda estão na galera! – gritou ele.

Mariko sabia que chegara o momento. Apressou-se na direção dele assim que ele se voltou para gritar ordens para Igurashi.

– Com o seu perdão, senhor Yabu – disse ela, dominando-o. – Não há por que se preocupar em relação às armas. O senhor Toranaga disse que lhe pedisse perdão pela pressa, mas tem coisas urgentes a fazer pelos seus interesses conjuntos em Edo. Disse que mandará a galera de volta imediatamente. Com as armas. E com pólvora extra. E também com os 250 homens que o senhor lhe solicitou. Estarão aqui dentro de cinco ou seis dias.

– O quê?

Paciente e polidamente, Mariko explicou de novo, conforme Toranaga lhe dissera que fizesse. Depois, quando Yabu compreendeu, ela tirou o rolo de pergaminho da manga.

– O meu amo pede-lhe que leia isto. Refere-se ao Anjin-san. – Formalmente, ela lhe estendeu o rolo.

Mas Yabu não pegou. Os seus olhos se dirigiram para a galera. Estava bem longe agora, indo muito depressa. Fora do alcance. Mas o que importa?, pensou, satisfeito, dominando agora a ansiedade. Logo terei as armas de volta. Agora estou fora da armadilha de Ishido e tenho a mais famosa espada de Toranaga, e logo todos os daimios da terra estarão informados da minha nova posição nos exércitos do leste: o primeiro, depois de Toranaga! Yabu ainda podia ver Toranaga. Acenou e foi correspondido. A seguir, Toranaga desapareceu do tombadilho.

Yabu pegou o rolo de pergaminho e voltou a atenção para o presente. E para o Anjin-san.

Blackthorne observava, a trinta passos de distância, e sentiu os pelos do corpo se arrepiarem sob o olhar perscrutador de Yabu. Ouviu Mariko falando na sua voz musical, mas isso não o tranquilizou. A sua mão apertou dissimuladamente a coronha da pistola.

– Anjin-san! – chamou Mariko. – Venha até aqui, por favor!

Quando Blackthorne se aproximou, Yabu levantou os olhos do pergaminho e fez um gesto de cabeça amistoso. Ao terminar a leitura, Yabu devolveu o papel a Mariko e falou brevemente, parte com ela, parte com ele.

Respeitosamente, Mariko estendeu o papel para Blackthorne. Ele o pegou e examinou os caracteres incompreensíveis.

– O senhor Yabu diz que o senhor é bem-vindo a esta aldeia. Este documento tem o selo do senhor Toranaga, Anjin-san. Deve guardá-lo. Ele lhe concedeu uma rara honra. Fez do senhor um *hatamoto*. Essa é a posição de um assistente especial do estado-maior pessoal dele. O senhor está sob a sua proteção absoluta. Mais tarde lhe explicarei os privilégios, mas o senhor Toranaga também lhe deu um salário de vinte *kokus* por mês. Isso equivale a...

Yabu interrompeu-a, gesticulando expansivamente para Blackthorne, depois para a aldeia, e falou longamente. Mariko traduziu:

– O senhor Yabu repete que o senhor é bem-vindo aqui. Espera que fique satisfeito. Tudo será feito para tornar a sua estada confortável. Será providenciada uma casa para o senhor. E professores. O senhor, por favor, aprenderá japonês o mais rápido possível, diz ele. Esta noite ele lhe fará algumas perguntas e lhe falará sobre um trabalho especial.

– Por favor, pergunte a ele que trabalho.

– Permita-me aconselhar-lhe só um pouco mais de paciência, Anjin-san. Este não é o momento, sinceramente.

– Está bem.

– *Wakarimasu ka*, Anjin-san – disse Yabu. Compreendeu?

– *Hai*, Yabu-san. *Dōmo*.

Yabu deu ordens a Igurashi para dispensar os regimentos, depois avançou na direção dos aldeões, que continuavam prostrados na areia.

Deteve-se diante deles, na excelente tarde quente de primavera, com a espada de Toranaga ainda na mão. As suas palavras atingiram a todos como um açoite. Yabu apontou a espada para Blackthorne, perorou alguns momentos e terminou abruptamente. Um tremor percorreu os aldeões. Mura curvou-se e disse "*hai*" várias vezes. Voltou-se, fez uma pergunta aos aldeões e todos os olhares se fixaram em Blackthorne.

– *Wakarimasu ka?* – perguntou Mura, e todos responderam: "*Hai*", as suas vozes misturando-se ao suspirar das ondas quebrando na praia.

– O que está acontecendo? – perguntou Blackthorne a Mariko, mas Mura gritou: "*Keirei!*", e os aldeões se curvaram profundamente de novo, uma vez para Yabu, uma vez para Blackthorne. Yabu se afastou a passos largos, sem olhar para trás.

– O que está acontecendo, Mariko-san?

– Ele... O senhor Yabu lhes disse que o senhor é hóspede de honra aqui. Que o senhor também é um vass... um colaborador muito honrado do senhor Toranaga. Que está aqui, principalmente, para aprender a nossa língua. O senhor Yabu deu à aldeia a honra e a responsabilidade de ensiná-lo. A aldeia é responsável, Anjin-san. Cada um aqui deve ajudá-lo. Disse que, se o senhor não tiver aprendido satisfatoriamente o japonês dentro de seis meses, a aldeia será queimada, mas antes disso todos os homens, mulheres e crianças serão crucificados.

CAPÍTULO 31

O DIA ESTAVA MORRENDO AGORA, AS SOMBRAS SE ALONGAVAM, O MAR FICARA vermelho dos raios do sol e soprava um vento suave.

Blackthorne vinha subindo o caminho da aldeia em direção à casa que Mariko lhe indicara e dissera que seria sua. Ela esperava escoltá-lo até lá, mas ele agradeceu, recusou e caminhou por entre os aldeões ajoelhados em direção ao promontório, para ficar sozinho e pensar.

No promontório, achou o esforço de pensar grande demais. Nada parecia se encaixar. Molhou a cabeça com água salgada do mar para tentar aclarar as ideias, mas nem isso ajudou. Finalmente, desistiu e retornou à praia, andando à toa. Passou ao lado do cais, cruzou a praça e atravessou a aldeia, até a casa onde deveria viver agora e onde, lembrou-se ele, não havia antes nenhuma residência. Lá em cima, dominando a ladeira oposta, havia outra moradia, maior, parte coberta de sapé, parte de telhas, por trás de uma alta paliçada, com muitos guardas junto ao portão fortificado.

Os samurais pavoneavam-se pela aldeia ou paravam em grupos, conversando. A maior parte já marchara atrás dos respectivos oficiais, seguindo disciplinadamente pelas veredas ou subindo a colina, rumo ao acampamento. Os samurais que Blackthorne encontrou, saudou-os distraidamente e foi correspondido. Não viu nenhum aldeão.

Blackthorne parou do lado de fora do portão encaixado na cerca. Havia mais daqueles caracteres peculiares pintados no batente superior do portão de madeira, todo esculpido com desenhos habilidosos, planejados para esconder e ao mesmo tempo revelar o jardim por trás dele.

Antes que pudesse abrir a porta, ela girou para dentro e um velho amedrontado curvou-se para ele, numa grande reverência.

– *Konbanwa*, Anjin-san. – A voz dele tremia de modo deplorável. – Boa noite!

– *Konbanwa* – respondeu ele. – Ouça, meu velho er... *onamae wa?*

– *Watashi no namae desu ka*, Anjin-sama? *Ah, watashi wa* Ueki-ya... Ueki-ya. – O velho estava quase babando de alívio.

Blackthorne disse o nome várias vezes para não se esquecer e acrescentou "san". O velho sacudiu a cabeça violentamente.

– *Iie, gomen nasai!* "San" *wa nashi de*, Anjin-sama. *Ueki-ya! Ueki-ya!*

– Está bem, Ueki-ya. – Mas, pensou Blackthorne, por que não "san", como todos os demais?

Blackthorne dispensou-o com um gesto. O velho afastou-se coxeando, rápido.

– Tenho que ser mais cuidadoso. Tenho que ajudá-los – disse em voz alta.

Uma criada apreensiva apareceu na varanda, atravessando um *shōji*, e, assim que o viu, fez uma reverência profunda.

– *Konbanwa*, Anjin-san.

– *Konbanwa* – respondeu ele, reconhecendo-a vagamente do navio. Também a afastou com um gesto.

Um roçar de seda. Fujiko surgiu de dentro da casa. Mariko veio com ela.

– O seu passeio foi agradável, Anjin-san?

– Sim, agradável, Mariko-san. – Mal a notou, assim como também não notou a presença de Fujiko nem a casa ou o jardim.

– Gostaria de tomar um pouco de chá? Ou saquê, talvez? Ou talvez um banho? A água está quente – disse Mariko, rindo nervosa, perturbada pela expressão dos olhos dele. – A casa de banho não está completamente acabada, mas esperamos que já possa servir.

– Saquê, por favor. Sim, saquê primeiro, Mariko-san.

Mariko falou com Fujiko, que desapareceu mais uma vez dentro da casa. Uma criada trouxe, silenciosamente, três almofadas e se afastou. Mariko sentou-se graciosamente sobre uma delas.

– Sente-se, Anjin-san, deve estar cansado.

– Obrigado.

Sentou-se nos degraus da varanda e não tirou as sandálias. Fujiko trouxe garrafas pequenas de louça com saquê e uma xícara de chá, conforme Mariko lhe dissera, e não os minúsculos cálices de porcelana que deviam ser usados.

– É melhor lhe dar muito saquê, rapidamente – dissera Mariko. – O melhor seria deixá-lo logo bêbado, mas o senhor Yabu precisa dele esta noite. Um banho e saquê talvez o reanimem.

Blackthorne bebeu a xícara de vinho aquecido que lhe foi oferecida sem saboreá-lo. Depois, uma segunda. E uma terceira.

As duas haviam observado o Anjin-san subir a colina, através das *shōjis* ligeiramente entreabertas.

– O que há com ele? – perguntou Fujiko, alarmada.

– Está angustiado com o que o senhor Yabu disse, o compromisso da aldeia.

– Por que isso deveria incomodá-lo? A ameaça não é contra ele. Não é a vida dele que está em jogo.

– Os bárbaros são diferentes de nós, Fujiko-san. Por exemplo, o Anjin-san acredita que os aldeões são pessoas como quaisquer outras, como samurais, alguns até melhores do que samurais.

– Que absurdo, *né*? Como é que camponeses podem ser iguais a samurais? – questionou Fujiko, rindo nervosamente.

Mariko não respondeu. Apenas continuou a observar o Anjin-san.

– Coitado.

– Coitada da aldeia! – O curto lábio superior de Fujiko se contraiu desdenhosamente. – Um estúpido desperdício de camponeses e pescadores! Kashigi Yabu é um imbecil! Como é que um bárbaro pode aprender a nossa língua em meio ano? Quanto tempo levou o bárbaro Tsukku-san? Mais de vinte anos, *né?* E não é ele o único bárbaro que foi capaz de falar aceitavelmente o japonês?

– Não, não o único, embora seja o melhor que eu já conheci. Sim, é difícil para eles. Mas o Anjin-san é um homem inteligente e o senhor Toranaga disse que em meio ano, isolado dos bárbaros, comendo a nossa comida, vivendo como nós, tomando chá, tomando banho todos os dias, o Anjin-san logo será como um de nós.

O rosto de Fujiko enrijeceu.

– Olhe para ele, Mariko-san... tão feio. Tão monstruoso e estranho. Curioso pensar que, apesar do muito que detesto os bárbaros, assim que ele atravessar o portão, estou comprometida. E ele se tornará o meu senhor e amo.

– Ele é corajoso, muito corajoso, Fujiko. Salvou a vida do senhor Toranaga e é muito valioso para ele.

– Sim, eu sei, e isso deveria fazer com que eu desgostasse menos dele, mas sinto muito, não faz. Ainda assim tentarei, com todas as minhas forças, transformá-lo num de nós. Rezo para que Buda me ajude.

Mariko tinha vontade de perguntar à sobrinha o motivo de sua súbita mudança. Por que estava tão preparada para servir o Anjin-san e obedecer ao senhor Toranaga tão absolutamente quando, naquela manhã mesmo, se recusou a obedecer-lhe, jurou matar-se sem permissão ou matar o bárbaro no momento em que ele adormecesse? O que foi que o senhor Toranaga disse para mudá-la, Fujiko?

Mas Mariko sabia que não devia perguntar. Toranaga não lhe confidenciara o motivo e Fujiko não lhe contaria. A garota fora bem educada pela mãe, irmã de Buntaro, que fora educada pelo pai, Hiromatsu.

Pergunto a mim mesma se o senhor Hiromatsu escapará do Castelo de Ōsaka, pensou Mariko, que gostava muito do velho general, seu sogro. E Kiri-san e a senhora Sazuko? Onde estará Buntaro, o meu marido? Onde terá sido capturado? Ou será que teve tempo para morrer?

Mariko observou Fujiko servir a última dose de saquê. Essa xícara também foi consumida, como as outras, sem expressão.

– *Dōzo.* Saquê – disse Blackthorne.

Mais saquê foi trazido. E terminado.

– *Dōzo,* saquê.

– Mariko-san – disse Fujiko –, o amo não devia beber mais, *né?* Vai ficar bêbado. Por favor, pergunte-lhe se gostaria de tomar banho agora. Mandarei buscar Suwo.

Mariko perguntou.

– Desculpe, ele disse que tomará banho mais tarde.

Pacientemente, Fujiko mandou servir mais saquê e Mariko acrescentou, dirigindo-se à criada:

– Traga um pouco de peixe grelhado.

O novo frasco foi esvaziado com a mesma determinação silenciosa. A comida não o tentou, mas ele pegou um pedaço, ante a graciosa persuasão de Mariko. Não comeu.

Trouxeram mais vinho e mais dois frascos foram consumidos.

– Por favor, peça desculpas ao Anjin-san – disse Fujiko. – Sinto muito, mas não há mais saquê na casa dele. Diga-lhe que peço desculpas por essa falta. Mandei a criada buscar mais na aldeia.

– Ótimo. Ele já bebeu mais que o suficiente, embora não pareça ter sido afetado em absoluto. Por que não nos deixa agora, Fujiko? Seria um bom momento para fazer o oferecimento formal em seu nome.

Fujiko curvou-se para Blackthorne e saiu, contente com o costume que decretava que os assuntos importantes deviam sempre ser tratados por uma terceira pessoa em particular. Assim a dignidade podia ser preservada por ambas as partes.

Mariko explicou a Blackthorne sobre o vinho.

– Quanto tempo vai levar para trazerem mais?

– Não muito. Talvez o senhor gostasse de tomar um banho agora. Providenciarei para que o saquê lhe seja enviado assim que chegar.

– Toranaga disse alguma coisa sobre o meu plano antes de partir? Sobre a marinha?

– Não. Sinto muito, ele não disse nada sobre isso. – Mariko estivera atenta aos sinais reveladores de embriaguez, mas, para sua surpresa, nenhum aparecera, nem um leve rubor ou palavras se enrolando. Com aquela quantidade de vinho, consumida tão depressa, qualquer japonês estaria bêbado. – O vinho não é do seu agrado, Anjin-san?

– Não, de fato. É fraco demais. Não me dá nada.

– Procura esquecimento?

– Não... uma solução.

– Qualquer coisa que possa ser feita para ajudá-lo será feita.

– Preciso de livros, papel e penas.

– Amanhã começarei a reuni-los para o senhor.

– Não. Esta noite, Mariko-san. Preciso começar agora.

– O senhor Toranaga disse que lhe mandaria um livro... como foi que o senhor chamou?... livros de gramática e livros de palavras dos santos padres.

– Quanto tempo isso vai levar?

– Não sei. Mas estou aqui por três dias. Talvez isso possa servir de auxílio. E Fujiko-san também está aqui para ajudar. – Ela sorriu, feliz por ele. – Estou honrada em lhe dizer que ela foi dada ao senhor como consorte e...

– O quê?

– O senhor Toranaga perguntou a ela se seria sua consorte. Ela disse que ficaria honrada e concordou. Ela...

– Mas eu não concordei.

— Por favor? Desculpe, não compreendo.
— Não a quero. Nem como consorte nem à minha volta. Acho-a feia.
Mariko olhou-o, embasbacada.
— Mas o que isso teria a ver com consorte?
— Diga-lhe que vá embora.
— Mas, Anjin-san, não pode recusá-la! Isso seria um terrível insulto ao senhor Toranaga, a ela, a todo mundo! Que mal ela lhe fez? Nenhum, absolutamente! Usagi Fujiko é...
— Escute aqui! — As palavras de Blackthorne ricochetearam em torno da varanda e da casa. — Diga a ela que vá embora!
Mariko disse logo:
— Sinto muito, Anjin-san, sim, o senhor tem razão de estar zangado. Mas...
— Não estou zangado — disse Blackthorne friamente. — Será que vocês... será que vocês não conseguem enfiar na cabeça que estou cansado de ser um fantoche? Não quero essa mulher por perto, quero o meu navio de volta, a minha tripulação, e isso é tudo! Não vou ficar aqui seis meses e detesto os seus costumes. É absolutamente terrível que um homem possa ameaçar arrasar uma aldeia inteira, só para que me ensinem japonês, e, quanto a consortes, isso é pior do que escravidão e é um maldito insulto arranjar isso sem me consultar antes!

Qual é o problema agora?, estava se perguntando Mariko, desesperada. O que a feiura tem a ver com consorte? E, de qualquer modo, Fujiko não é feia. Como é que ele pode ser tão incompreensivo? Então se lembrou da advertência de Toranaga:

— Mariko-san, você é pessoalmente responsável, primeiro, para que Yabu-san não interfira na minha partida depois de eu lhe dar a minha espada, e, segundo, é totalmente responsável para que o Anjin-san se instale docilmente em Anjiro.
— Farei o melhor possível, senhor. Mas receio que o Anjin-san me desconcerte.
— Trate-o como a um gavião. É essa a chave. Eu amanso um gavião em dois dias. Você tem três.

Ela desviou os olhos de Blackthorne e pôs o cérebro a funcionar. Ele realmente parece um gavião quando está furioso, pensou ela. Tem o mesmo guincho, a mesma ferocidade irracional e, quando não está furioso, o mesmo olhar fixo, altivo, o mesmo egoísmo total, com uma malignidade explosiva nunca muito distante.

— Concordo. O senhor tem toda a razão. Agiram de modo terrível com o senhor, fazendo-lhe uma imposição, e tem toda a razão de estar zangado — disse ela, apaziguadora. — Sim, e certamente o senhor Toranaga deveria ter-lhe perguntado, ainda que não compreenda os seus costumes. Mas nunca ocorreu a ele que o senhor faria objeções. Só tentou honrá-lo como faria com o seu samurai favorito. Ele o fez *hatamoto*, o que é quase como um parente, Anjin-san. Há apenas cerca de mil *hatamotos* em todo o Kantō. E quanto à senhora Fujiko, ele só estava tentando ajudá-lo. A senhora Usagi Fujiko seria considerada... entre nós, Anjin-san, isso seria considerado uma grande honra.

— Por quê?

— Porque a linhagem dela é antiga e ela é muito educada. O seu pai e o seu avô são daimios. Claro que é uma samurai e, claro — acrescentou Mariko, delicadamente —, o senhor a honraria aceitando-a. E ela precisa de fato de um lar e de uma nova vida.

— Por quê?

— Enviuvou recentemente. Tem apenas dezenove anos, Anjin-san, pobre garota, mas perdeu o marido e o filho e está cheia de remorso. Ser a sua consorte formal daria a ela uma nova vida.

— O que aconteceu ao marido e ao filho?

Mariko hesitou, importunada pela descortês objetividade de Blackthorne. Mas já conhecia o bastante sobre ele para compreender que isso era costume dele e não significava falta de educação.

— Foram condenados à morte, Anjin-san. Enquanto o senhor estiver aqui, necessitará de alguém que cuide da sua casa. A senhora Fujiko será...

— Por que os condenaram à morte?

— O marido dela quase causou a morte do senhor Toranaga. Por favor...

— Toranaga ordenou a morte deles?

— Sim. Mas agiu corretamente. Pergunte a ela e ela concordará, Anjin-san.

— Que idade tinha a criança?

— Alguns meses, Anjin-san.

— Toranaga condenou um recém-nascido à morte por alguma coisa que o pai fez?

— Sim. É o nosso costume. Por favor, tenha paciência conosco. Em algumas coisas não somos livres. Os nossos costumes são diferentes dos seus. Veja, por lei pertencemos ao nosso suserano. Por lei, um pai é senhor da vida dos filhos, da esposa, das consortes e dos criados. Por lei, a vida dele pertence ao seu suserano. É o nosso costume.

— Então um pai pode matar qualquer um na sua casa?

— Sim.

— Então vocês são uma nação de assassinos.

— Não.

— Mas o seu costume desculpa o assassínio. Pensei que a senhora fosse cristã.

— Eu sou, Anjin-san.

— E os Dez Mandamentos?

— Não consigo explicar, realmente. Mas sou cristã, samurai e japonesa e não são coisas contrárias umas às outras. Para mim, não são. Por favor, seja paciente comigo e conosco. Por favor.

— A senhora mataria seus filhos se Toranaga ordenasse?

— Sim. Tenho apenas um filho, mas, sim, creio que o faria. Certamente seria meu dever fazer isso. Essa é a lei... se o meu marido concordasse.

— Espero que Deus possa perdoar-lhe. A todos vocês.

– Deus compreende, Anjin-san. Oh, Ele compreenderá. Talvez Ele lhe abra a mente, de modo que o senhor possa compreender. Sinto muito, não sei explicar muito bem, *né?* Peço desculpas pela minha falha. – Ela o observou em meio ao silêncio, confusa. – Também não o compreendo, Anjin-san. O senhor me desconcerta. Os seus costumes me desconcertam. Talvez se fôssemos ambos pacientes pudéssemos ambos aprender. A senhora Fujiko, por exemplo. Como consorte, cuidará da sua casa e dos seus criados. E das suas necessidades: qualquer uma das suas necessidades. O senhor precisa ter alguém que faça isso. Ela providenciará o andamento da casa, tudo. O senhor não precisa "travesseirar" com ela, se isso o preocupa... se não a considerar atraente. Não precisa nem ser polido com ela, embora ela mereça polidez. Ela o servirá como o senhor quiser, do modo que quiser.

– Posso tratá-la do modo que quiser?

– Sim.

– Posso "travesseirar" com ela ou não?

– Naturalmente. Ela encontrará alguém que lhe agrade para satisfazer as suas necessidades físicas, se o senhor quiser. Ou não interferirá.

– Posso tratá-la como a uma criada? Uma escrava?

– Sim. Mas ela merece coisa melhor do que isso.

– Posso mandá-la embora? Ordenar-lhe que se vá?

– Se ela o ofender, sim.

– O que aconteceria a ela?

– Normalmente, retornaria em desgraça à casa dos pais, que poderiam ou não aceitá-la de volta. Alguém como a senhora Fujiko preferiria matar-se a suportar essa vergonha. Mas ela... o senhor deve saber que os verdadeiros samurais não têm autorização para se matar sem a permissão do seu senhor. Alguns o fazem, claro, mas falham no seu dever e não são dignos de serem considerados samurais. Eu não me mataria, fosse qual fosse a vergonha, não sem a permissão do senhor Toranaga ou do meu marido. O senhor Toranaga proibiu-a de pôr fim à vida. Se o senhor a mandar embora, ela se tornará uma pária.

– Por quê? Por que a família não a aceitaria de volta?

Mariko suspirou.

– Desculpe, Anjin-san, mas, se o senhor a mandar embora, a sua desgraça será tamanha que ninguém a aceitará.

– Por estar contaminada? Por ter estado perto de um bárbaro?

– Oh, não, Anjin-san, só porque ela terá falhado no seu dever para com o senhor – disse Mariko imediatamente. – Ela é sua consorte agora... o senhor Toranaga ordenou e ela concordou. O senhor é o amo da casa agora.

– Sou?

– Oh, sim, acredite, Anjin-san, o senhor tem privilégios. E, na condição de *hatamoto*, está abençoado. E bem de vida. O senhor Toranaga concedeu-lhe um salário de vinte *kokus* por mês. Por essa quantia, um samurai normalmente teria que se pôr à disposição do seu senhor e fornecer-lhe mais dois samurais armados, alimentados e montados o ano todo e, naturalmente, pagar pela família deles também. Mas o senhor não tem que fazer isso. Rogo-lhe, considere Fujiko como uma pessoa, Anjin-san. Imploro-lhe que tenha caridade cristã. Ela é uma boa mulher. Perdoe-lhe a feiura. Ela será uma consorte digna.

– Ela não tem lar?

– Sim. Este é o seu lar. – Mariko se conteve. – Imploro-lhe que a aceite formalmente. Ela pode ajudá-lo enormemente, ensinar-lhe, se o senhor precisar aprender. Se preferir, pense nela como nada, como esta coluna de madeira, ou a tela *shōji*, ou como uma pedra do seu jardim, o que quiser, mas permita-lhe que fique. Se não a quiser como consorte, seja piedoso. Aceite-a e depois, como cabeça da casa, de acordo com a nossa lei, mate-a.

– É a única resposta que a senhora tem, não? Matar!

– Não, Anjin-san. Mas a vida e a morte são a mesma coisa. Quem sabe talvez o senhor preste à senhora Fujiko um serviço muito maior tirando-lhe a vida. É um direito seu, agora, diante de todas as leis. Um direito seu. Se preferir torná-la uma pária, isso também é direito seu.

– Pelo que vejo, estou novamente em uma armadilha – disse Blackthorne. – De um modo ou de outro, ela morre. Se eu não aprender a sua língua, uma aldeia inteira será massacrada. Para qualquer coisa que vocês desejem que eu faça, um inocente é sempre morto. Não há como escapar disso.

– Há uma solução muito fácil, Anjin-san. Morra. O senhor não tem que suportar o insuportável.

– Suicídio é loucura... E pecado mortal. Pensei que a senhora fosse cristã.

– Eu disse que sou. Mas para o senhor, Anjin-san, há muitos meios de morrer honrosamente sem se suicidar. Zombou do meu marido por não querer morrer lutando, *né*? Não é um costume nosso, mas, aparentemente, é um costume seu. Então, por que não faz isso? O senhor tem uma pistola. Mate o senhor Yabu. O senhor o considera um monstro, *né*? Tente pelo menos matá-lo e ainda hoje estará no paraíso ou no inferno.

Ele a olhou, detestando os seus modos serenos, vendo-lhe a amabilidade através do seu ódio.

– É sinal de fraqueza morrer assim, por nenhuma razão. Estupidez é uma palavra melhor.

– O senhor diz que é cristão. Portanto, acredita no Jesus menino, em Deus e no paraíso. A morte não deveria assustá-lo. E, quanto a "nenhuma razão", depende do senhor julgar o valor ou o não valor. O senhor pode ter motivos suficientes para morrer.

– Estou em seu poder. A senhora sabe disso. E eu também.

Mariko inclinou-se e tocou-o, compadecida.

– Anjin-san, esqueça a aldeia. Um milhão de coisas podem acontecer antes que os seis meses se passem. Um maremoto, um terremoto, ou o senhor recuperar o seu navio e partir, ou a morte de Yabu, ou a morte de todos nós, ou quem sabe? Deixe os problemas de Deus a Deus e karma ao karma. Hoje o senhor está aqui e nada que faça mudará isso. Hoje está vivo, aqui, honrado e abençoado pela boa fortuna. Olhe esse pôr do sol, é lindo, *né?* Esse pôr do sol existe. O amanhã não existe. Só existe o agora. Por favor, olhe. É tão lindo e nunca mais vai acontecer de novo, nunca, não este pôr do sol, nunca em toda a eternidade. Perca-se nele, faça-se uno com a natureza e não se preocupe com karma, o seu, o meu ou o da aldeia.

Ele se percebeu seduzido pela serenidade dela e pelas suas palavras. Olhou para oeste. Grandes manchas de vermelho-púrpura e preto se espalhavam pelo céu.

Apreciou o sol até que desaparecesse.

– Gostaria que a senhora pudesse ser consorte – disse ele.

– Pertenço ao senhor Buntaro e até que ele morra não posso pensar nem dizer o que poderia ser pensado ou dito.

"Karma", pensou Blackthorne.

Você aceita o karma? O seu? O dela? O deles?

A noite está linda.

Ela também, e pertence a outro.

Sim, ela é linda. E muito sábia. Deixe os problemas de Deus a Deus e karma ao karma. Você veio até aqui sem ser convidado. Está aqui. Está em poder deles.

Mas qual é a resposta?

A resposta virá, disse ele para si mesmo. Porque existe um Deus no paraíso, existe um Deus em algum lugar.

Ouviu o ruído de passos. Alguns archotes aproximavam-se, subindo a colina. Vinte samurais, Omi à frente deles.

– Desculpe, Anjin-san, mas Omi-san ordena que o senhor lhe entregue as pistolas.

– Diga-lhe que vá para o inferno!

– Não posso, Anjin-san. Não me atrevo.

Blackthorne mantinha uma mão frouxamente sobre a coronha da pistola, de olhos em Omi. Deliberadamente, permanecera nos degraus da varanda. Havia dez samurais no jardim, atrás de Omi, e os demais, perto do palanquim, à espera. Logo que Omi entrou sem ser convidado, Fujiko veio do interior da casa e agora se postava ali na varanda, pálida, atrás de Blackthorne.

– O senhor Toranaga nunca se opôs, e estive armado durante dias, perto dele e de Yabu-san.

– Sim, Anjin-san – disse Mariko, nervosa –, mas, por favor, compreenda, o que Omi-san diz é verdade. É costume nosso não se ir à presença de um daimio com armas. Não há nada que te... nada com que se preocupar. Yabu-san é seu amigo. O senhor é hóspede dele aqui.

– Diga a Omi-san que não lhe darei as minhas armas. – Depois, permanecendo ela em silêncio, Blackthorne perdeu a calma e balançou a cabeça. – *Iie*, Omi-san! *Wakarimasu ka? Iie!*

O rosto de Omi se contraiu. Rispidamente, deu uma ordem. Dois samurais avançaram. Blackthorne sacou as armas. Os samurais pararam. As duas pistolas apontavam diretamente para o rosto de Omi.

– *Iie!* – disse Blackthorne. Depois, a Mariko: – Diga-lhe que os mande recuar ou eu aperto os gatilhos.

Ela fez isso. Ninguém se moveu. Lentamente, Blackthorne se levantou, as pistolas sempre apontadas para o alvo. Omi estava absolutamente calmo, sem medo, os olhos seguindo os movimentos felinos de Blackthorne.

– Por favor, Anjin-san. Isso é muito perigoso. O senhor tem que ver o senhor Yabu. Não pode ir com as pistolas. É um *hatamoto*, está protegido e também é um hóspede do senhor Yabu.

– Diga a Omi-san que, se ele ou qualquer um dos seus homens vier até dez passos de mim, estouro-lhe a cabeça.

– Omi-san disse polidamente: "Pela última vez, ordeno-lhe que entregue as armas. Agora".

– *Iie*.

– Por que não deixá-las aqui, Anjin-san? Não há nada que temer. Ninguém tocará...

– Acha que eu sou algum imbecil?

– Então entregue-as a Fujiko-san!

– O que ela pode fazer? Ele as tirará dela, qualquer um as tirará, depois estou indefeso.

A voz de Mariko se aguçou.

– Por que não ouve, Anjin-san? Fujiko-san é sua consorte. Se o senhor lhe ordenar, ela protegerá as armas com a própria vida. É dever dela. Não vou lhe repetir isto nunca mais, mas Toda-no-Usagi Fujiko é samurai.

Mariko traduziu isso. Omi ouviu sem expressão, depois respondeu brevemente, olhando para o cano das armas firmemente apontadas.

– Ele disse: "Eu, Kashigi Omi, lhe pediria que entregasse as pistolas e que viesse comigo porque Kashigi Yabu-sama ordena que o senhor se apresente a ele. Mas Kashigi Yabu-sama ordena-me que lhe ordene que entregue as armas. Sinto muito, Anjin-san, pela última vez ordeno-lhe que as entregue".

Blackthorne sentia o peito oprimido. Sabia que seria atacado e estava furioso com a própria estupidez. Mas chega um momento em que não se aguenta mais, daí se saca uma pistola ou uma faca e então corre sangue devido a um orgulho estúpido. Na maioria das vezes estúpido. Se tenho que morrer, Omi morrerá primeiro, por Deus!

Sentia-se muito forte, embora um tanto tolo. Então, o que Mariko dissera começou a ressoar-lhe nos ouvidos: "Fujiko é samurai, é sua consorte!". E o cérebro começou a funcionar.

– Um instante! Mariko-san, por favor, diga a Fujiko-san exatamente isto: "Vou lhe entregar as minhas pistolas. Você deve guardá-las. Ninguém além de mim deve tocá-las".

Mariko fez o que ele lhe pediu e, pelas costas, ele ouviu Fujiko dizer:
– *Hai*.
– *Wakarimasu ka*, Fujiko-san? – perguntou ele.
– *Wakarimasu*, Anjin-san – respondeu ela, numa voz fina e nervosa.
– Mariko-san, por favor, diga a Omi-san que irei com ele agora. Sinto muito que tenha havido um mal-entendido. Sim, sinto muito que tenha havido um mal-entendido.

Blackthorne recuou e voltou-se. Fujiko aceitou as armas, a testa úmida de suor. Ele encarou Omi e rezou para estar certo.
– Vamos agora?

Omi falou a Fujiko e estendeu a mão. Ela meneou a cabeça. Ele deu uma ordem curta. Dois samurais começaram a avançar. Imediatamente, ela empurrou uma pistola para dentro do *obi*, segurou a outra com as duas mãos, esticou o braço e mirou Omi. O gatilho recuou ligeiramente e a alavanca da agulha moveu-se.
– *Ugoku na!* – disse ela. – *Tomare!*

Os samurais obedeceram. Pararam.

Omi falou rápida e furiosamente, ela ouviu e quando respondeu sua voz soou suave e polida, mas a pistola continuou mirando o rosto de Omi, parcialmente engatilhada agora, e concluiu:
– *Iie, gomen nasai*, Omi-san! Não, sinto muito, Omi-san.

Blackthorne esperava.

Um samurai moveu-se uma fração. O gatilho recuou perigosamente, quase até a extremidade do arco. O braço permanecia firme.
– *Ugoku na!* – ordenou ela.

Ninguém duvidava de que ela puxaria o gatilho. Nem Blackthorne. Omi disse bruscamente alguma coisa a ela e aos seus homens. Eles recuaram. Ela baixou a pistola, mas conservou-a preparada.
– O que ele disse? – perguntou Blackthorne.
– Apenas que relataria o incidente a Yabu-san.
– Ótimo. Diga-lhe que farei o mesmo. – Blackthorne voltou-se para ela. – *Dōmo*, Fujiko-san. – Depois, lembrando-se do modo como Toranaga e Yabu conversavam com mulheres, grunhiu imperiosamente para Mariko. – Vamos, Mariko-san... *ikimashō!* – Começou a se dirigir para o portão.
– Anjin-san! – chamou Fujiko.
– *Hai?* – Blackthorne parou. Fujiko curvou-se e falou rapidamente com Mariko.

Os olhos de Mariko se arregalaram, depois ela concordou, respondeu e falou com Omi, que concordou também, visivelmente furioso, mas contendo-se.

– O que está acontecendo?

– Por favor, tenha paciência, Anjin-san.

Fujiko chamou e alguém respondeu do interior da casa. Uma criada surgiu na varanda. Nas mãos trazia duas espadas. Espadas de samurai.

Fujiko pegou-as reverentemente e ofereceu-as a Blackthorne com uma mesura, falando suavemente.

– Sua consorte assinala – disse Mariko – que um *hatamoto*, naturalmente, é obrigado a usar as duas espadas dos samurais. Mais que isso, é seu dever fazer isso. Ela acredita que não seria correto que o senhor comparecesse à presença do senhor Yabu sem espadas, que isso seria deselegante. Pela nossa lei, é um dever portar as espadas. Ela pergunta se o senhor levaria em conta a possibilidade de usar estas, embora sejam indignas, até comprar as suas.

Blackthorne olhou para ela, depois para Fujiko e novamente para Mariko.

– Isso significa que sou samurai? Que o senhor Toranaga me fez samurai?

– Não sei, Anjin-san. Mas nunca houve um *hatamoto* que não fosse samurai. Nunca. – Mariko voltou-se e interrogou Omi. Impaciente, este meneou a cabeça e respondeu. – Omi-san também não sabe. Mas com certeza é privilégio especial de um *hatamoto* usar espadas o tempo todo, mesmo na presença do senhor Toranaga. É dever dele porque é um guarda-costas absolutamente digno de confiança. Além disso, um *hatamoto* também tem o direito de audiência imediata com um senhor.

Blackthorne pegou a espada curta e enfiou-a no cinto, depois a outra, a comprida, a espada mortífera, exatamente conforme Omi a estava usando. Armado, sentiu-se melhor.

– *Arigatō gozaimashita*, Fujiko-san – disse ele calmamente.

Ela baixou os olhos e respondeu com suavidade. Mariko traduziu.

– Fujiko-san diz, com a sua permissão, já que o senhor deve aprender a nossa língua correta e rapidamente, ela humildemente chama a sua atenção para o fato de que, para um homem, "*Dōmo*" é mais que suficiente. "*Arigatō*", com ou sem "*gozaimashita*", é uma polidez desnecessária, uma expressão que apenas as mulheres usam.

– *Hai. Dōmo. Wakarimasu*, Fujiko-san. – Blackthorne olhou para ela diretamente pela primeira vez. Viu-lhe a transpiração na testa e o brilho nas mãos. Os olhos estreitos, o rosto quadrado e os dentes pontudos. – Por favor, diga à minha consorte que neste caso não considero "*arigatō gozaimashita*" uma polidez desnecessária.

Yabu relanceou novamente os olhos para as espadas. Blackthorne estava sentado de pernas cruzadas sobre uma almofada na frente dele, no lugar de honra, com Mariko ao lado dele e Igurashi ao seu. Encontravam-se na sala principal da fortaleza.

Omi acabou de falar.

Yabu deu de ombros.

– Você lidou pessimamente com a situação, sobrinho. Claro que é dever da consorte proteger o Anjin-san e a propriedade dele. Claro que ele tem o direito de usar espadas agora. Sim, você agiu muito mal. Deixei claro que o Anjin-san é meu hóspede honrado aqui. Peça-lhe desculpas.

Imediatamente Omi se levantou, ajoelhou-se diante de Blackthorne e curvou-se.

– Peço desculpas pelo meu erro, Anjin-san. – Ouviu Mariko dizer que o bárbaro aceitava as desculpas. Curvou-se de novo, calmamente dirigiu-se para o seu lugar e sentou-se. Mas por dentro não estava calmo. Sentia-se agora totalmente consumido por uma ideia: matar Yabu.

Resolvera fazer o impensável: matar o seu suserano e cabeça do seu clã.

Mas não porque fora obrigado a pedir desculpas publicamente ao bárbaro. Nisso Yabu tivera razão. Omi sabia que fora desnecessariamente inepto, pois, embora Yabu tivesse estupidamente lhe ordenado que tomasse as pistolas naquela noite, sabia que devia ter dado um jeito de deixá-las na casa, para serem roubadas ou quebradas mais tarde.

E o Anjin-san agira com toda a correção ao dar as pistolas à consorte, disse ele a si mesmo, assim como ela fora correta ao fazer o que fizera. E ela com certeza teria puxado o gatilho. Não era segredo para ninguém que Usagi Fujiko buscava a morte, tampouco era segredo a razão por que a buscava. Omi sabia também que, se não fosse pela decisão que tomara naquela manhã, de matar Yabu, teria avançado para a morte e depois os seus homens teriam arrancado as pistolas das mãos dela. Ele teria morrido nobremente, assim como ela, e homens e mulheres relatariam o trágico episódio durante gerações. Canções, poemas e até uma peça de Teatro Nô, todas muito inspiradas, trágicas, magníficas, sobre eles três: a fiel consorte e o fiel samurai que morreram pelo dever, por causa do inacreditável bárbaro que viera do mar oriental.

Não, a decisão de Omi não tinha nada a ver com aquele pedido de desculpas em público, embora a injustiça se juntasse ao ódio que agora o obcecava. A razão principal era que naquele dia Yabu insultara publicamente a mãe e a esposa de Omi diante de camponeses mantendo-as à espera durante horas ao sol, como camponesas, e depois as dispensara sem lhes agradecer, como camponesas.

– Não tem importância, meu filho – dissera a mãe. – É privilégio dele.

– Ele é o nosso suserano – dissera Midori, a esposa, as lágrimas de vergonha escorrendo-lhe pelas faces. – Por favor, desculpe-o.

– E ele não convidou nenhuma de vocês duas para saudá-lo, e aos oficiais, na fortaleza – continuara Omi. – Depois de toda a comida que vocês prepararam! Só a comida e o saquê custaram um *koku!*

— É nosso dever, meu filho. É nosso dever fazer qualquer coisa que o senhor Yabu deseje.

— E a ordem relativa ao pai?

— Ainda não é uma ordem. É um rumor.

— A mensagem que o pai enviou diz que ele ouviu dizer que Yabu vai mandá-lo raspar a cabeça e tornar-se sacerdote ou rasgar o ventre. A esposa de Yabu está se vangloriando disso!

— Isso foi sussurrado a seu pai por um espião. Não se pode confiar sempre nos espiões. Sinto muito, meu filho, mas seu pai nem sempre é sábio.

— O que acontece à senhora, mãe, se isso não for um rumor?

— Qualquer coisa que aconteça é karma. Você deve aceitar o karma.

— Não, esses insultos são insuportáveis.

— Por favor, meu filho, aceite-os.

— Dei a Yabu a chave para o navio, a chave para o Anjin-san e os novos bárbaros e o modo de escapar à armadilha de Toranaga. O meu auxílio trouxe-lhe imenso prestígio. Com o presente simbólico da espada, ele agora é o primeiro depois de Toranaga nos exércitos do leste. E o que recebemos em troca? Insultos imundos.

— Aceite o seu karma.

— Você deve, marido. Imploro-lhe, escute o que diz a senhora sua mãe.

— Não posso viver com essa vergonha. Procurarei vingança e depois me matarei e essas humilhações serão apagadas.

— Pela última vez, meu filho, aceite o seu karma, rogo-lhe.

— O meu karma é destruir Yabu.

A velha dama suspirara.

— Muito bem. Você é um homem. Tem o direito de decidir. O que tiver que ser será. Mas a morte de Yabu em si mesma não é nada. Devemos planejar. O filho dele também deve ser eliminado, assim como Igurashi. Particularmente Igurashi. Depois o seu pai comandará o clã, como é seu direito.

— Como fazemos isso, mãe?

— Vamos planejar, você e eu. E seja paciente, *né?* Depois devemos consultar o seu pai. Midori, até você pode dar conselhos, mas tente não ser inepta.

— E o senhor Toranaga? Deu a espada a Yabu.

— Acho que o senhor Toranaga só quer Izu forte e um Estado vassalo. Não como aliado. Ele não deseja aliados mais do que o táicum desejava. Yabu pensa que é aliado. Eu penso que Toranaga detesta aliados. O nosso clã prosperará se formos vassalos de Toranaga. Ou vassalos de Ishido! A quem escolheremos, hein? E como matá-lo?

Omi lembrava-se da onda de alegria que o invadira no momento em que tomara a decisão final.

Sentiu-a de novo agora. Mas o seu rosto não demonstrou absolutamente nada enquanto chá e vinho eram servidos por criadas cuidadosamente selecionadas, trazidas de Mishima para Yabu. Ele observou Yabu, o Anjin-san, Mariko e Igurashi. Estavam todos à espera de que Yabu começasse.

A sala era ampla e arejada, grande o suficiente para que trinta oficiais jantassem, tomassem vinho e conversassem. Havia muitas outras salas e cozinhas para os guarda-costas e criados e um jardim ladeando toda a construção, embora fosse tudo provisório. Fora construído do melhor modo possível, considerando o tempo de que dispunham, e era tudo facilmente defensável. O fato de o custo ser coberto pelo feudo aumentado de Omi não o incomodava em absoluto. Era dever dele.

Olhou para a *shōji* aberta. Muitas sentinelas no adro. Um estábulo. A fortaleza era protegida por um fosso. A paliçada era construída de bambus gigantes, amarrados compactamente. Grandes pilares centrais suportavam o telhado. As paredes eram leves telas *shōjis* corrediças, algumas vazadas como janelas, a maioria coberta de papel oleado, conforme o hábito. O soalho, de pranchas de madeira, estava fixado em estacaria erguida sobre terra batida, coberto com tatames.

Por ordem de Yabu, Omi pesquisara em quatro aldeias à procura de material para construir aquela e a outra casa, e Igurashi trouxera tatames de qualidade, *futons* e coisas impossíveis de obter na aldeia.

Omi estava orgulhoso do seu trabalho e do acampamento para 3 mil samurais que fora aprontado no platô sobre a colina que guardava as estradas que levavam à aldeia e à praia. Agora a aldeia estava fechada e segura por terra. Por mar haveria sempre alarme em profusão para que um suserano pudesse escapar.

Mas não tenho suserano. A quem servirei agora?, perguntava-se Omi. A Ikawa Jikkyu? Ou a Toranaga diretamente? Toranaga me daria o que quero em troca? Ou a Ishido? Ishido é tão difícil de atingir, *né*? Mas tenho muito para contar a ele agora...

Naquela tarde, Yabu convocara Igurashi, Omi e os quatro capitães e pusera em andamento seu plano clandestino de treinamento para os quinhentos samurais atiradores. Igurashi devia ser o comandante. Omi lideraria uma das centenas. Combinaram como introduzir os homens de Toranaga nas unidades quando eles chegassem e como esses forasteiros deveriam ser neutralizados se se comprovassem traiçoeiros.

Omi sugerira que outro quadro altamente secreto de mais três unidades, de cem samurais cada uma, fosse treinado no outro lado da península, como substitutos, como uma reserva e como uma precaução contra uma manobra traiçoeira de Toranaga.

– Quem comandará os homens de Toranaga? Quem ele enviará como segundo em comando? – perguntara Igurashi.

– Não faz diferença – respondera Yabu. – Designarei os cinco oficiais assistentes dele, a quem será dada a responsabilidade de lhe rasgar a garganta, caso seja necessário. O código para matá-lo e a todos os forasteiros será "Ameixeira". Amanhã, Igurashi-san, você escolherá os homens. Aprovarei pessoalmente cada um deles e nenhum deve saber, ainda, toda a minha estratégia para o Regimento de Mosquetes.

No momento, enquanto olhava Yabu, Omi saboreava o recém-descoberto êxtase da vingança. Matar Yabu seria fácil, mas a sua morte devia ser coordenada. Só então seu pai, ou seu irmão mais velho, seria capaz de assumir o controle do clã e de Izu.

Yabu chegou ao ponto.

– Mariko-san, por favor, diga ao Anjin-san que quero que amanhã ele comece a ensinar os meus homens a atirar como bárbaros e quero aprender tudo que há para saber sobre o modo como os bárbaros guerreiam.

– Mas, desculpe, as armas não chegarão antes de seis dias, Yabu-san – lembrou-lhe Mariko.

– Tenho quantidade suficiente entre os meus homens para começar – replicou Yabu. – E tem que ser amanhã.

Mariko falou a Blackthorne.

– O que ele quer saber sobre a guerra? – perguntou este.

– Disse que tudo.

– O quê, em particular?

Mariko perguntou a Yabu.

– Yabu-san perguntou se o senhor já tomou parte em combates terrestres.

– Sim. Na Holanda. Um na França.

– Yabu-san disse que isso é excelente. Ele quer conhecer a estratégia europeia. Quer saber como as batalhas são travadas nas suas terras. Em detalhes.

Blackthorne pensou um instante. Depois, disse:

– Diga a Yabu-san que posso treinar qualquer quantidade de homens para ele e sei exatamente o que ele quer saber. – Ele aprendera muito com frei Domingo sobre o modo como os japoneses guerreavam. O frade era um perito e tinha um interesse vital por eles. "Afinal, *señor*", dissera o velho, "esse conhecimento é essencial, não é? Saber como os pagãos guerreiam? Todo padre tem que proteger o seu rebanho. E os nossos gloriosos conquistadores não são a abençoada ponta de lança da Madre Igreja? E não estive com eles na frente de combate no Novo Mundo e nas Filipinas e não os estudo há mais de vinte anos? Conheço a guerra, *señor*, conheço a guerra. Foi o meu dever, a vontade de Deus, conhecer a guerra. Talvez Deus o tenha enviado a mim para que eu o ensine, no caso de eu morrer. Ouça, o meu rebanho aqui nesta cela foram os meus professores sobre a arte bélica japonesa, *señor*. Portanto, agora sei como os exércitos deles lutam e como vencê-los. Como poderiam vencer-nos. Lembre-se, *señor*, de que lhe revelo um segredo pela sua alma: nunca junte a ferocidade japonesa às armas modernas e aos métodos modernos. Ou em terra eles nos destruirão."

Blackthorne encomendou-se a Deus. E começou:

– Diga ao senhor Yabu que posso auxiliá-lo muitíssimo. E ao senhor Toranaga. Posso tornar os seus exércitos imbatíveis.

– O senhor Yabu diz que, se a sua informação se comprovar útil, Anjin-san, ele aumentará o salário que o senhor Toranaga lhe concedeu de 240 *kokus* para quinhentos *kokus* após um mês.

– Agradeça-lhe. Mas diga que, se faço tudo isso por ele, solicito um favor em troca: quero que ele revogue a sentença que pesa sobre a aldeia e quero o meu navio e minha tripulação de volta em cinco meses.

– Anjin-san – disse Mariko –, não pode negociar com ele como um mercador.

– Por favor, peça-lhe. Como um humilde favor. De um hóspede de honra e agradecido futuro vassalo.

Yabu franziu o cenho e respondeu longamente.

– Yabu-san diz que a aldeia não tem importância. Os aldeões precisam de um fogo sob o traseiro para que façam qualquer coisa. O senhor não deve se preocupar com eles. Quanto ao navio, trata-se de um assunto do senhor Toranaga. Ele tem certeza de que o senhor o recuperará muito em breve. Pediu-me que fizesse a sua solicitação ao senhor Toranaga, assim que eu chegar a Edo. Farei isso, Anjin-san.

– Por favor, peça desculpas ao senhor Yabu, mas preciso pedir a ele que revogue a sentença. Esta noite.

– Ele já disse que não, Anjin-san. Não seria educado.

– Sim, compreendo. Mas, por favor, peça-lhe de novo. É muito importante para mim... uma súplica.

– Ele diz que o senhor deve ter paciência. Não se preocupe com os aldeões.

Blackthorne assentiu. Depois, decidiu-se.

– Obrigado. Compreendo. Sim. Por favor, agradeça ao senhor Yabu, mas diga-lhe que não posso viver com essa vergonha.

Mariko empalideceu.

– O quê?

– Não posso viver com a vergonha de ter a aldeia na minha consciência. Estou desonrado. Não posso suportar isso. É contra a minha crença cristã. Terei que cometer suicídio imediatamente.

– Suicídio?

– Sim. Foi isso o que resolvi fazer.

Yabu interrompeu.

– *Nan ja*, Mariko-san?

Hesitante, ela traduziu o que Blackthorne dissera. Yabu interrogou-a e ela respondeu. Depois, Yabu disse:

– Não fosse pela sua reação, isto seria uma piada, Mariko-san. Por que está tão preocupada? Por que acha que ele fala a sério?

– Não sei, senhor. Ele parece... Não sei... – A voz dela foi sumindo aos poucos.

– Omi-san?

– O suicídio é contra todas as crenças cristãs, senhor. Eles nunca se suicidam como nós. Como um samurai faria.

— Mariko-san, você é cristã. Isso é verdade?
— Sim, senhor. Suicídio é pecado mortal, contra a palavra de Deus.
— Igurashi-san? O que pensa?
— É um blefe. Ele não é cristão. Lembra-se do primeiro dia? Lembra-se do que ele fez ao padre? E o que permitiu que Omi-san lhe fizesse para salvar o rapaz?

Yabu sorriu, recordando aquele dia e a noite que o seguira.
— Sim. Concordo. Ele não é cristão, Mariko-san.
— Desculpe, mas não entendo, senhor. O que houve com o padre?

Yabu contou-lhe o que acontecera no primeiro dia entre Blackthorne e o padre.
— Ele profanou uma cruz? — disse ela, visivelmente chocada.
— E atirou os pedaços ao pó — acrescentou Igurashi. — É um blefe, senhor. Se essa história com a aldeia o desonra, como é que pode ficar aqui quando Omi o desonrou tanto, urinando-lhe em cima?
— O quê? Desculpe, senhor — disse Mariko —, mas não compreendo de novo.

Yabu disse a Omi:
— Explique a ela.

Omi obedeceu. Ela ficou enojada com o que ouviu, mas não demonstrou.
— Depois o Anjin-san ficou completamente amedrontado, Mariko-san — concluiu Omi. — Sem armas, ele ficará sempre amedrontado.

Yabu tomou um gole de saquê.
— Diga isso a ele, Mariko-san: suicídio não é um costume bárbaro. É contra o Deus cristão dele. Portanto, como é que ele pode se suicidar?

Mariko traduziu. Yabu observou atentamente quando Blackthorne respondeu.
— O Anjin-san pede desculpas com grande humildade, mas diz que, seja costume ou não, Deus ou não, essa vergonha da aldeia é grande demais para suportar. Diz que... que está no Japão, é *hatamoto* e tem o direito de viver de acordo com as nossas leis. — As mãos dela tremiam. — Foi isso o que ele disse, Yabu-san. O direito de viver conforme os nossos costumes... a nossa lei.
— Bárbaros não têm direitos.
— O senhor Toranaga o fez *hatamoto* — disse ela. — Isso lhe dá o direito, *né?*

Uma brisa tocou as *shōjis*, chocalhando-as.
— Como poderia ele cometer suicídio? Hein? Pergunte-lhe.

Blackthorne sacou a espada afiada, a ponta aguda como agulha, e pousou-a suavemente sobre o tatame, a ponta voltada para ele.
— É um blefe! — disse Igurashi. — Quem já ouviu falar de um bárbaro que agisse como pessoa civilizada?

Yabu franziu o cenho, o coração diminuindo a velocidade.
— Ele é um bravo homem, Igurashi-san. Não há dúvida sobre isso. E estranho. Mas isto? — Yabu queria assistir ao ato, testemunhar a fibra do bárbaro, ver como ele se encaminharia para a morte, experimentar com ele o êxtase da ida. Com um

esforço deteve a maré ascendente do seu próprio prazer. – O que aconselha, Omi-san? – perguntou guturalmente.

– O senhor disse à aldeia: "Se o Anjin-san não aprender satisfatoriamente". Aconselho-o a fazer uma leve concessão. Diga-lhe que tudo o que tiver aprendido dentro de cinco meses será "satisfatório", mas em troca ele deve jurar pelo seu Deus não revelar isso à aldeia.

– Mas ele não é cristão. Como esse juramento o comprometerá?

– Acredito que ele seja um tipo de cristão, senhor. É contra os Hábitos Negros e é isso o que importa. Acredito que um juramento pelo seu próprio Deus será um compromisso. E também deve jurar, em nome desse Deus, que se empenhará em aprender e se colocará totalmente ao seu serviço. Como é inteligente, aprenderá muitíssimo em cinco meses. Assim a sua honra ficará poupada e a dele, exista ou não, também. O senhor não perde nada, ganha tudo. É muito importante que o senhor lhe ganhe a dedicação por livre vontade dele.

– Acredita que ele se matará?

– Sim.

– Mariko-san?

– Não sei, Yabu-san. Desculpe, não posso aconselhá-lo. Algumas horas atrás eu teria dito que ele não se suicidaria. Agora não sei. Ele... desde que Omi-san foi buscá-lo, ele ficou... diferente.

– Igurashi-san?

– Se o senhor ceder agora e isso for um blefe, ele usará o mesmo truque o tempo todo. Ele é astucioso como um *kami* raposa, todos vimos quão astucioso, *né?* O senhor terá que dizer não um dia. Aconselho-o a dizer agora. É um blefe.

Omi inclinou-se para a frente e meneou a cabeça.

– Senhor, por favor, desculpe-me, mas devo repetir que se disser "não" arrisca-se a uma grande perda. Se for um blefe, e pode muito bem ser, então, como homem orgulhoso que é, ele ficará cheio de ódio com a humilhação posterior e não o ajudará até o limite de suas forças, coisa de que o senhor necessita. Ele pediu uma coisa na qualidade de *hatamoto*, o que tem o direito de fazer, diz que quer viver de acordo com os nossos hábitos, de livre vontade. Isso não é um enorme passo à frente, senhor? É maravilhoso para o senhor e para ele. Aconselho cautela. Use-o para proveito seu.

– É o que pretendo – disse Yabu, com a voz abafada.

– Sim, ele é valioso – disse Igurashi –, e sim, quero o conhecimento dele. Mas ele tem que ser controlado. Você disse isso muitas vezes, Omi-san. Ele é bárbaro. É tudo o que é. Oh, sei que é *hatamoto* agora, e que pode usar as duas espadas a partir de hoje. Mas isso não o torna samurai. Ele não é samurai e nunca será.

Mariko sabia que, de todos eles, era ela quem deveria ser capaz de ler com mais clareza o Anjin-san. Mas não conseguia. Num momento o compreendia, no momento seguinte ele se tornava incompreensível de novo. Num momento gostava dele, no momento seguinte odiava-o. Por quê?

Os olhos de Blackthorne fitavam o vazio. Mas agora havia gotas de suor na sua testa. "Será que isso é medo?", pensou Yabu. "Medo de que eu pague para ver o blefe? Estará blefando?"

– Mariko-san?

– Sim, senhor?

– Diga-lhe... – Repentinamente a boca de Yabu ficou seca, o peito doía. – Diga ao Anjin-san que a sentença permanece.

– Senhor, por favor, desculpe-me, mas recomendo-lhe aceitar o conselho de Omi-san.

Yabu não olhou para ela, apenas para Blackthorne. A veia na sua testa latejava.

– O Anjin-san diz que está decidido. Que seja. Vejamos se ele é bárbaro ou *hatamoto*.

A voz de Mariko soou quase imperceptível.

– Anjin-san, Yabu-san diz que a sentença permanece. Sinto muito.

Blackthorne ouviu as palavras, mas elas não o perturbaram. Sentia-se mais forte e mais em paz do que jamais se sentira, com uma consciência da vida maior do que jamais tivera.

Enquanto esperara, não os ouvira nem os olhara. O compromisso fora feito. O resto ele deixara a Deus. Estivera fechado na própria cabeça, ouvindo as mesmas palavras vezes sem conta, as mesmas que lhe haviam dado a pista para a vida ali, as palavras que, com certeza, tinham sido enviadas por Deus, por intermédio de Mariko: "Há uma solução fácil. Morra. Para sobreviver aqui o senhor deve viver de acordo com os nossos costumes...".

– ... a sentença permanece.

Então agora devo morrer.

Eu devia estar com medo. Mas não estou.

Por quê?

Não sei. Só sei que uma vez tendo realmente decidido que o único modo de viver aqui como homem é fazendo isso de acordo com os costumes deles, arriscando-me a morrer, talvez morrendo, o medo da morte se foi. "A vida e a morte são a mesma coisa... Deixe o karma ao karma."

Não estou com medo de morrer.

Lá fora, além da *shōji*, uma chuva suave começara a cair. Ele baixou os olhos para a faca.

Tive uma boa vida, pensou ele.

Os seus olhos voltaram-se para Yabu.

– *Wakarimasu* – disse claramente e, embora soubesse que seus lábios tinham formado a palavra, foi como se outra pessoa tivesse falado.

Ninguém se moveu.

Ele viu a sua mão direita pegar a faca. Depois a mão esquerda também agarrou o cabo, a lâmina pronta e apontando para o coração. Agora havia apenas o som da sua vida, crescendo e crescendo, elevando-se cada vez mais forte até que ele não conseguia mais ouvir. A sua alma ansiava pelo silêncio eterno.

O grito desencadeou-lhe os reflexos. As suas mãos impeliram a faca inexoravelmente rumo ao alvo.

Omi estivera pronto para detê-lo, mas não estava preparado para a rapidez e a ferocidade do ímpeto de Blackthorne. E quando a mão esquerda de Omi agarrou a lâmina, e a direita, o cabo, a dor o atingiu forte e o sangue esguichou da sua mão esquerda. Lutou com todas as forças contra o ímpeto de Blackthorne. Estava perdendo. Igurashi veio ajudar. Juntos detiveram o golpe. A faca foi tomada. Um delgado gotejar de sangue escorria da pele sobre o coração de Blackthorne, onde a ponta da faca entrara.

Mariko e Yabu não tinham se movido.

– Diga-lhe, diga-lhe que qualquer coisa que aprenda será suficiente – disse Yabu. – Ordene-lhe, Mariko-san, não, peça-lhe, peça ao Anjin-san que jure, conforme disse Omi. Tudo como Omi-san disse.

Blackthorne voltou da morte lentamente. Fitou-os e fitou também a faca de uma imensa distância, sem compreender. Depois, a torrente de vida voltou aos borbotões, mas ele não conseguiu apreender, acreditando-se morto e não vivo.

– Anjin-san? Anjin-san?

Viu os lábios dela movendo-se e ouviu as suas palavras, mas todos os seus sentidos estavam concentrados na chuva e na brisa.

– Sim? – A sua própria voz estava ainda muito distante, mas ele sentia o cheiro da chuva, ouvia os pingos e sentia o gosto de sal no ar.

Estou vivo, disse ele para si próprio, maravilhado. Estou vivo e isso é chuva de verdade lá fora, o vento é de verdade e vem do norte. Há um braseiro real com brasas reais e se eu pegar o cálice encontrarei líquido real nele e o líquido terá sabor. Não estou morto. Estou vivo!

Os outros permaneciam sentados em silêncio, esperando pacientemente, amáveis com ele para honrar-lhe a bravura. Nenhum homem no Japão tinha jamais visto o que eles viram. Cada um se perguntava em silêncio: O que o Anjin-san vai fazer agora? Será capaz de se erguer por si mesmo e caminhar, ou seu próprio espírito o deixará? Como agiria eu, se fosse ele? Silenciosamente, uma criada trouxe uma atadura e enfaixou a mão de Omi onde a lâmina cortara profundamente, estancando o fluxo de sangue. Estava tudo muito silencioso. De vez em quando Mariko dizia o seu nome baixinho, enquanto eles sorviam chá ou vinho, mas muito frugalmente, saboreando a espera, o que tinham presenciado e a lembrança.

Para Blackthorne, aquela não vida parecia durar para sempre. Então os seus olhos viram. Os seus ouvidos escutaram.

– Anjin-san?

– *Hai*? – respondeu ele, sentindo o maior cansaço que jamais conhecera.

Mariko repetiu o que Omi dissera, como se viesse de Yabu. Teve que dizê-lo várias vezes antes de ter certeza de que ele compreendera claramente.

Blackthorne reuniu o remanescente das suas forças, sentindo a vitória doce.

– A minha palavra é suficiente, assim como a dele o é. Ainda assim, jurarei por Deus, como ele quer. Sim. Como Yabu-san jurará pelo deus dele, para cumprir a parte dele no acordo.

– O senhor Yabu diz que sim, que jura pelo senhor Buda.

Então Blackthorne jurou, conforme Yabu desejava que ele jurasse. Aceitou um pouco de chá. Nunca tivera um gosto tão bom. A xícara pareceu-lhe muito pesada e ele não conseguiu segurá-la muito tempo.

– A chuva é agradável, não é? – disse ele, observando os pingos de chuva que surgiam e sumiam, atônito com a inusitada limpidez da sua visão.

– Sim – disse ela, brandamente, sabendo que os sentidos dele se encontravam num plano nunca alcançado por ninguém que não tivesse livremente ido ao encontro da morte e, por obra de um karma desconhecido, miraculosamente regressado à vida. – Por que não descansar agora, Anjin-san? O senhor Yabu lhe agradece e diz que conversará mais com o senhor amanhã. Deve descansar agora.

– Sim. Obrigado. Isso seria ótimo.

– Acha que pode se levantar?

– Sim. Acho que sim.

– Yabu-san pergunta se o senhor gostaria de um palanquim.

Blackthorne pensou sobre isso. Finalmente, decidiu que um samurai caminharia, tentaria caminhar.

– Não, obrigado – disse ele, apesar do muito que teria gostado de se reclinar, de ser carregado, de fechar os olhos e dormir imediatamente. Ao mesmo tempo sabia que teria medo de dormir agora, caso aquele fosse o sonho de pós-morte e a faca não estivesse lá, sobre o *futon*, mas ainda enterrada no seu verdadeiro eu, e aquilo fosse o inferno, ou o começo do inferno.

Lentamente, pegou a faca e a estudou, comprazendo-se com a percepção real. Depois colocou-a na bainha, tudo levando muito tempo.

– Desculpe por ser tão lento – murmurou ele.

– Não precisa se desculpar, Anjin-san. Esta noite o senhor renasceu. Esta é outra vida, uma nova vida – disse Mariko orgulhosamente, sentindo muita honra por ele. – O regresso é concedido a poucos. Não se desculpe. Sabemos que requer grande coragem. Muitos homens depois não têm força suficiente sequer para se levantar. Posso ajudá-lo?

– Não. Não, obrigado.

– Não é desonra ser ajudado. Eu ficaria honrada em ser autorizada a ajudá-lo.

– Obrigado. Mas eu... eu quero tentar primeiro.

Mas ele não conseguiu se levantar imediatamente. Teve que usar as mãos para se pôr de joelhos e fazer uma pausa para reunir mais força. Tomou impulso, pôs-se de pé e quase caiu. Cambaleou, mas não caiu.

Yabu curvou-se. E Mariko, Omi e Igurashi.

Blackthorne caminhou como um bêbado os primeiros dez passos. Agarrou-se a um pilar e apoiou-se um instante. Depois recomeçou. Vacilava, mas estava andando sozinho. Como um homem. Mantinha uma mão sobre a espada comprida à cintura e a cabeça erguida.

Yabu respirou e bebeu avidamente do saquê. Quando conseguiu falar, disse a Mariko:

— Por favor, siga-o. Providencie que ele chegue em casa em segurança.

— Sim, senhor.

Quando ela saiu, Yabu voltou-se para Igurashi:

— Seu imbecil, monte de esterco!

Imediatamente Igurashi baixou a cabeça até tocar a esteira em penitência.

— Blefe, você disse, *né?* Sua estupidez quase me custou um tesouro inestimável.

— Sim, senhor, tem razão. Rogo-lhe que me permita pôr fim à vida imediatamente.

— Isso seria bom demais para você! Vá viver nos estábulos até que eu mande chamá-lo! Durma com os estúpidos cavalos. Você é um imbecil com cabeça de cavalo!

— Sim, senhor. Peço desculpas, senhor.

— Saia! Omi-san comandará os atiradores agora. Saia!

As velas tremeluziam e crepitavam. Uma das criadas derramou uma minúscula gota de saquê sobre a pequena mesa laqueada diante de Yabu e ele a cobriu de imprecações. Os outros pediram desculpas imediatamente. Ele se permitiu ser aplacado e aceitou mais vinho.

— Blefe? Blefe – disse Yabu. – Imbecil! Por que só tenho imbecis à minha volta?

Omi não disse nada, quase rebentando de riso por dentro.

— Mas você não é imbecil, Omi-san. O seu conselho é valioso. O seu feudo será duplicado a partir de hoje. Seis mil *kokus.* Já no próximo ano. Além disso, tome trinta *ris* em torno de Anjiro como feudo seu.

Omi curvou-se até o chão. Yabu merece morrer, pensou com desprezo, é tão fácil de manipular.

— Não mereço nada, senhor. Só estava cumprindo o meu dever.

— Sim, mas qualquer suserano recompensa a lealdade e o dever. – Yabu estava usando a espada Yoshitomo aquela noite. Dava-lhe grande prazer tocá-la. – Suzu – pediu a uma das criadas –, chame Zukimoto aqui!

— Dentro de quanto tempo a guerra começará? – perguntou Omi.

— Começará este ano. Você talvez tenha seis meses, talvez não. Por quê?

— Talvez a senhora Mariko devesse ficar mais que três dias. A fim de proteger o senhor.

— Hein? Por quê?

— Ela é a boca do Anjin-san. Em meio mês, com ela aqui, ele pode treinar vinte homens, os quais podem treinar uma centena, que podem treinar o resto. Depois, se ele viver ou morrer, não terá importância.

— Por que ele morreria?

— O senhor vai duvidar do Anjin-san novamente, no próximo desafio ou no seguinte. O resultado pode ser diferente da próxima vez, quem é que sabe? O senhor pode desejar que ele morra. — Ambos sabiam, assim como Mariko e Igurashi, que, para Yabu, o fato de jurar por qualquer deus não tinha significado algum e, naturalmente, que ele não tinha intenção alguma de manter qualquer promessa. — O senhor pode querer pressioná-lo. Uma vez que disponha da informação, para que servirá a carcaça?

— Para nada.

— O senhor precisa aprender a estratégia de guerra bárbara, mas deve fazê-lo rapidamente. O senhor Toranaga pode mandar buscá-lo, portanto o senhor precisa ter a mulher o mais que puder. Meio mês seria suficiente para espremer da cabeça dele tudo o que sabe, agora que o senhor tem a sua completa dedicação. O senhor terá que experimentar, que adaptar os métodos dele aos nossos meios. Sim, levaria no mínimo meio mês. *Né?*

— E Toranaga-san?

— Ele concordará se a coisa lhe for apresentada corretamente, senhor. Tem que concordar. As armas são dele assim como suas. E a presença dela aqui é útil de outros modos.

— Sim — disse Yabu, com satisfação, pois o pensamento de tê-la como refém também lhe entrara na cabeça no navio, quando planejara oferecer Toranaga como sacrifício a Ishido. — Toda Mariko deve ser protegida, certamente. Seria muito ruim que ela tombasse em mãos malignas.

— Sim. E talvez ela pudesse ser o meio de controlar Hiromatsu, Buntaro e todo o clã, até Toranaga.

— Redija você a mensagem sobre ela.

De supetão, Omi disse:

— A minha mãe recebeu notícias de Edo hoje, senhor. Pediu que lhe dissesse que a senhora Genjiko presenteou Toranaga com o primeiro neto.

Imediatamente Yabu se pôs atento. O neto de Toranaga! Toranaga poderia ser controlado por meio da criança? O neto assegura a dinastia de Toranaga, *né?* Como posso ficar com o recém-nascido como refém? — E Ochiba, a senhora Ochiba? — perguntou ele.

— Partiu de Edo com todo o seu séquito. Há três dias. Nesta altura, encontra-se a salvo em território de Ishido.

Yabu pensou em Ochiba e na irmã, Genjiko. Tão diferentes! Ochiba, vital, bela, astuciosa, incansável, a mulher mais desejável do império e mãe do herdeiro. Genjiko, a irmã mais nova, calma, meditativa, branda e franca, com uma crueldade que se tornara lendária, herdada da mãe, uma das irmãs de Goroda. As duas irmãs se amavam, mas Ochiba odiava Toranaga e a sua estirpe, assim como Genjiko detestava o táicum e Yaemon, filho dele. Será que foi realmente o táicum quem gerou o filho de Ochiba?, perguntou-se Yabu novamente, como todos os daimios faziam secretamente havia anos. O que eu não daria para conhecer a resposta a isso! O que eu não daria para possuir aquela mulher!

– Agora que a senhora Ochiba não é mais refém em Edo... isso poderia ser bom e mau – disse Yabu, apalpando terreno. – *Né?*

– Bom, apenas bom. Agora Ishido e Toranaga têm que começar muito em breve. – Omi deliberadamente omitiu o "*sama*" dos dois nomes. – A senhora Mariko devia ficar, para sua proteção.

– Providencie. Redija a mensagem a enviar a Toranaga.

Suzu, a criada, bateu discretamente e abriu a porta. Zukimoto entrou na sala.

– Senhor?

– Onde estão todos os presentes que mandei vir de Mishima para Omi-san?

– Estão todos no depósito, senhor. Aqui está a lista. Os dois cavalos podem ser escolhidos nos estábulos. Deseja que eu faça isso agora?

– Não. Omi-san escolherá amanhã. – Yabu deu uma olhada na lista cuidadosamente escrita: "Vinte quimonos (segunda qualidade); duas espadas; uma armadura (consertada, mas em bom estado); dois cavalos; armas para cem samurais; uma espada, elmo, peitoral, arco, vinte setas e uma lança para cada homem (da melhor qualidade). Valor total: 426 *kokus*. Também a pedra chamada A Pedra da Espera – valor: inestimável". – Ah, sim – disse ele, em melhor estado de humor, lembrando-se daquela noite. – A pedra que encontrei em Kyūshū. Você ia mudar o nome para O Bárbaro à Espera, não ia?

– Sim, senhor, se lhe agradar – disse Omi. – Mas o senhor me honraria amanhã, decidindo onde colocá-la no jardim? Não creio que haja um lugar suficientemente bom.

– Amanhã decidirei. Sim. – Yabu deixou a mente devanear sobre a pedra e sobre aqueles dias distantes com o seu venerado amo, o táicum, e depois sobre a Noite dos Gritos. A melancolia infiltrou-se nele. A vida é tão curta, triste e cruel, pensou. Olhou para Suzu. A criada sorriu, hesitante, o seu rosto oval, delgada e muito delicada como as outras duas. As três tinham sido trazidas de palanquim da casa dele em Mishima. Naquela noite estavam todas descalças, usando quimonos da melhor seda, a pele muito branca. É curioso que os meninos possam ser tão graciosos, pensou ele, em muitos sentidos mais sensuais e femininos do que as garotas. Depois notou a presença de Zukimoto. – O que está esperando? Hein? Saia!

– Sim, senhor. O senhor me pediu que o lembrasse dos impostos, senhor. – Zukimoto ergueu a sua massa transpirante e saiu às pressas da sala.

– Omi-san, você dobrará todos os impostos imediatamente – disse Yabu.

– Sim, senhor.

– Camponeses imundos! Não trabalham o suficiente. São preguiçosos, todos eles! Mantenho as estradas a salvo dos bandidos, os mares seguros, dou-lhes bom governo e o que eles fazem? Passam os dias tomando chá e saquê e comendo arroz. Já é tempo de os meus camponeses assumirem as suas responsabilidades!

– Sim, senhor – disse Omi.

Depois Yabu se voltou para o outro assunto que lhe dominava a mente.

– O Anjin-san surpreendeu-me esta noite. A você, não?

– Oh, sim, senhor. Mais do que ao senhor, mas o senhor foi sábio em fazê-lo se comprometer.

– Está dizendo que Igurashi tinha razão?

– Simplesmente admirei a sua sabedoria, senhor. O senhor teria que lhe dizer não em algum momento. Acho que foi muito sábio em dizê-lo agora, esta noite.

– Pensei que ele ia se matar. Sim. Fico contente por você ter estado preparado. Contei com que você estivesse preparado. O Anjin-san é um homem extraordinário para um bárbaro, *né?* Pena que seja bárbaro e tão ingênuo.

– Sim.

Yabu bocejou. Aceitou saquê de Suzu.

– Meio mês, você diz? Mariko-san deve ficar no mínimo esse prazo, Omi-san. Depois decidirei a respeito dela e a respeito dele. Ele terá que aprender outra lição muito em breve. – Ele riu, mostrando os dentes estragados. – Se o Anjin-san nos ensinar, devemos ensiná-lo, *né?* Devemos ensinar-lhe como cometer *seppuku* corretamente. Seria uma coisa e tanto de se presenciar, *né?* Providencie! Sim, concordo que os dias do bárbaro estão contados.

CAPÍTULO 32

DOZE DIAS DEPOIS, À TARDE, O MENSAGEIRO DE ŌSAKA CHEGOU. UMA ESCOLTA de dez samurais vinha com ele. Os cavalos estavam cobertos de suor e quase mortos. As bandeiras na ponta das lanças exibiam o símbolo do todo-poderoso Conselho de Regentes. O dia estava quente, nublado e úmido.

O mensageiro era um samurai magro, rijo, de grau superior, um dos lugar-tenentes de Ishido. Chamava-se Nebara Jozen e era conhecido pela sua inclemência. O seu quimono cinzento estava rasgado e salpicado de lama, os olhos vermelhos de fadiga. Recusou comida e bebida e, grosseiramente, solicitou uma audiência imediata com Yabu.

– Perdoe a minha aparência, Yabu-san, mas o meu assunto é urgente – disse. – Sim, estou lhe pedindo perdão. O meu amo pergunta: primeiro, por que o senhor treina os soldados de Toranaga junto com os seus e, segundo, por que eles se exercitam com tantas armas?

Yabu corou diante da grosseria do outro, mas conservou a calma, sabendo que Jozen devia ter recebido instruções específicas e aquela falta de educação prenunciava uma perigosa posição de poder. Além disso, sentia-se enormemente inquieto de que tivesse havido outra brecha na sua segurança.

– É muito bem-vindo, Jozen-san. Pode garantir ao seu amo que tenho sempre os interesses dele no coração – disse ele, com uma cortesia que não enganou nenhum dos presentes.

Encontravam-se na varanda da fortaleza. Omi estava sentado logo atrás de Yabu. Igurashi, que fora perdoado poucos dias antes, estava mais perto de Jozen e, em torno deles, os guardas mais íntimos.

– O que mais o seu amo manda dizer?

– O meu amo ficará contente em saber que os interesses dele são os seus também – respondeu Jozen. – Agora, em relação às armas e ao treinamento, o meu amo gostaria de saber por que o filho de Toranaga, Naga, é o subcomandante. Subcomandante de quê? O que é tão importante para que o filho de Toranaga esteja aqui também? Isso é o que o senhor general Ishido pergunta, com toda a delicadeza. Isso é do interesse dele. Sim. Tudo o que os seus aliados fazem é do interesse dele. Por que razão, por exemplo, o bárbaro parece estar encarregado do treinamento? Treinamento do quê? Sim, Yabu-sama, isso também é muito interessante. – Jozen mudou as espadas para uma posição mais confortável, contente por ter as costas protegidas pelos seus próprios homens. – O Conselho de Regentes reúne-se novamente no primeiro dia da lua nova. Dentro de vinte dias.

O senhor está formalmente convidado a comparecer em Ōsaka, a fim de renovar seu juramento de fidelidade.

O estômago de Yabu contorceu-se, mas ele conseguiu comentar:

– Tomei conhecimento de que o senhor Toranaga renunciou.

– Sim, Yabu-san, realmente renunciou. Mas o senhor Ito Teruzumi vai tomar-lhe o lugar. O meu amo será o novo presidente dos regentes.

Yabu ficou dominado pelo pânico. Toranaga havia dito que os outros quatro regentes nunca conseguiriam chegar a um acordo quanto a um novo quinto membro. Ito Teruzumi era um daimio menor, da província de Negato, na Honshū ocidental, mas a sua família era antiga, descendia da linhagem Fujimoto, portanto ele seria aceitável como regente, embora fosse um homem ineficaz, afeminado e um fantoche.

– Eu ficaria honrado em receber um convite deles – reagiu Yabu defensivamente, tentando ganhar tempo para pensar.

– O meu amo pensou que o senhor talvez quisesse partir de imediato. Então estaria em Ōsaka para a reunião formal. Ordenou-me que lhe dissesse também que todos os daimios estão recebendo o mesmo convite. Agora. Assim, *todos* terão oportunidade de estar lá a tempo, no vigésimo primeiro dia. Sua Alteza, o imperador Go-Nijō, autorizou uma cerimônia da contemplação da flor, a fim de honrar a ocasião. – Jozen estendeu a Yabu um pergaminho oficial.

– Isto não tem o selo do Conselho de Regentes.

– O meu amo emitiu o convite agora, sabendo que, na qualidade de leal vassalo do falecido táicum, na qualidade de fiel vassalo de Yaemon, seu filho e herdeiro e governante legítimo do império quando atingir a idade, o senhor compreenderá que o novo conselho naturalmente aprovará o ato dele. *Né?*

– Certamente seria um privilégio testemunhar o encontro formal – afirmou Yabu, que lutava para controlar o próprio rosto.

– Ótimo – disse Jozen. Puxou outro pergaminho, abriu-o e estendeu-o a Yabu. – Isto é uma cópia da carta de nomeação do senhor Ito, aceita, assinada e autorizada pelos outros regentes, os senhores Ishido, Kiyama, Onoshi e Sugiyama. – Jozen não se deu ao trabalho de dissimular um olhar de triunfo, sabendo que aquilo fechava totalmente a armadilha sobre Toranaga e qualquer um dos seus aliados, e que, além disso, o pergaminho tornava invulneráveis Ishido e os seus homens.

Yabu pegou o pergaminho. Os seus dedos tremiam. Não havia dúvida quanto à sua autenticidade. Fora rubricado pela senhora Yodoko, a esposa do táicum, que afirmava que o documento era verdadeiro, assinado em sua presença, uma das seis cópias que estavam sendo enviadas por todo o império, e que aquela cópia em particular se destinava aos senhores de Iwari, Mikawa, Tōtōmi, Suruga, Izu e do Kantō. Estava datado de onze dias antes.

– Os senhores de Iwari, Mikawa, Suruga e Tōtōmi já aceitaram. Aqui estão os selos deles. O senhor é o penúltimo na minha lista. O último é o senhor Toranaga.

– Por favor, agradeça ao seu amo e diga-lhe que espero com ansiedade pelo momento de saudá-lo e congratular-me com ele – disse Yabu.

– Ótimo. Solicitaria que o senhor respondesse por escrito. Seria satisfatório se pudesse ser já.

– Esta noite, Jozen-san. Depois da refeição vespertina.

– Muito bem. E agora podemos ir ver o treinamento.

– Não há treinamento hoje. Todos os meus homens estão realizando marchas forçadas – disse Yabu, que recebera um aviso urgente assim que Jozen e seus homens entraram em Izu. Yabu ordenou aos seus homens que cessassem imediatamente o tiroteio e continuassem apenas o treinamento com armas silenciosas, bem longe de Anjiro. – Amanhã o senhor poderá vir comigo... Ao meio-dia, se desejar.

Jozen olhou para o céu. A tarde estava findando agora.

– Ótimo. Eu poderia dormir um pouco. Mas voltarei ao crepúsculo, com a sua permissão. Então o senhor, o seu comandante Omi-san e o segundo em comando, Naga-san, me falarão, no interesse do meu amo, sobre o treinamento, as armas e tudo. E sobre o bárbaro.

– Ele está... sim. Naturalmente. – Yabu fez um gesto a Igurashi. – Providencie alojamento para o nosso honrado hóspede e seus homens.

– Obrigado, mas isso não é necessário – disse Jozen imediatamente. – O chão é *futon* suficiente para um samurai, e a minha sela basta como travesseiro. Apenas um banho, por favor... esta umidade, *né?* Acamparei no cume da montanha... naturalmente, com a sua permissão.

– Como quiser.

Jozen curvou-se rigidamente e se afastou, rodeado pelos seus homens. Estavam todos pesadamente armados. Dois arqueiros tinham sido deixados segurando os cavalos.

Assim que todos se afastaram, o rosto de Yabu contorceu-se de cólera.

– Quem me traiu? Quem? Onde está o espião?

Igualmente pálido, Igurashi fez sinal aos guardas para que se afastassem até onde não pudessem ouvir.

– Edo, senhor – disse ele. – Tem que ser. A segurança é perfeita aqui.

– *Onore!* – disse Yabu, quase rasgando a roupa. – Fui traído. Estamos isolados. Izu e o Kantō estão isolados. Ishido venceu. Ele venceu.

Omi disse calmamente:

– Não antes de vinte dias, senhor. Mande imediatamente uma mensagem ao senhor Toranaga. Informe-o de que...

– Imbecil! – sibilou Yabu. – É claro que Toranaga já sabe! Onde eu tenho um espião, ele tem cinquenta. Ele me deixou sozinho na armadilha.

– Não penso assim, senhor – disse Omi, sem medo. – Iwari, Tōtōmi e Suruga são hostis a ele, *né?* E a qualquer um que seja aliado dele. Eles nunca o preveniriam, portanto ele talvez ainda não saiba. Informe-o e sugira...

– Você não ouviu? – gritou Yabu. – Os quatro regentes concordaram com a designação de Ito, portanto o conselho é legal novamente e vai se reunir dentro de vinte dias?

– A resposta a isso é simples, senhor. Sugira a Toranaga que mande assassinar, imediatamente, Ito Teruzumi ou um dos outros regentes.

A boca de Yabu se escancarou.

– O quê?

– Se o senhor não quiser fazer isso, envie-me, deixe-me tentar. Ou Igurashi-san. Com o senhor Ito morto, Ishido está indefeso de novo.

– Não sei se você ficou louco ou o quê – disse Yabu. – Você entende o que acabou de dizer?

– Senhor, rogo-lhe, por favor, seja paciente comigo. O Anjin-san deu-lhe o seu inestimável conhecimento, *né?* Mais do que jamais sonhamos possível. Agora Toranaga também sabe disso, pelos seus relatórios e provavelmente por intermédio dos relatórios particulares de Naga-san. Se pudermos conseguir tempo suficiente, os nossos quinhentos atiradores e os outros trezentos lhe darão um poder de combate absoluto, mas apenas uma vez. Quando o inimigo, seja quem for, vir o modo como o senhor usa os homens e a potência de tiro, aprenderá rapidamente. Mas terá perdido a primeira batalha. Uma batalha, se for a batalha certa, dará a Toranaga a vitória total.

– Ishido não precisa de batalha alguma. Dentro de vinte dias terá o mandato do imperador.

– Ishido é um camponês. É filho de um camponês, um mentiroso que abandona os companheiros em batalha.

Yabu encarou Omi, o rosto rubro.

– Você... você sabe o que está dizendo?

– Foi o que ele fez na Coreia. Eu estava lá. Eu vi, o meu pai viu. Ishido, realmente, abandonou Buntaro-san e a nós e deixou que nos virássemos sozinhos. Ele é apenas um camponês traiçoeiro, o cão do táicum, certamente. Não se pode confiar em camponeses. Mas Toranaga é Minowara. O senhor pode confiar nele. Aconselho-o a considerar apenas os interesses de Toranaga.

Yabu sacudiu a cabeça, incrédulo.

– Você é surdo? Não ouviu Nebara Jozen? Ishido venceu. O conselho estará em vigor dentro de vinte dias.

– *Pode estar* em vigor.

– Mesmo se Ito... Como é que você poderia? Não é possível.

– Certamente eu poderia tentar, mas nunca conseguiria fazê-lo a tempo. Nenhum de nós, não em vinte dias. Mas Toranaga poderia. – Omi sabia que se colocara entre as mandíbulas do dragão. – Imploro-lhe que considere a ideia.

Yabu enxugou o rosto com as mãos, o seu corpo já suado.

– Depois desta convocação, se o conselho se reunir e eu não me encontrar presente, eu e todo o meu clã estaremos mortos, você inclusive. Preciso de dois meses, no mínimo, para treinar o regimento. Mesmo que o tivéssemos treinado agora, Toranaga e eu nunca conseguiríamos vencer contra todos os outros. Não, você está errado, tenho que apoiar Ishido.

– O senhor não precisa partir para Ōsaka antes de dez dias... catorze, se for em marcha forçada – disse Omi. – Fale a Toranaga sobre Nebara Jozen imediatamente. O senhor salvará Izu e a casa de Kashigi. Imploro-lhe, Ishido vai traí-lo e devorá-lo. Ikawa Jikkyu é parente dele, *né?*

– Mas... e Jozen? – exclamou Igurashi. – Hein? E os atiradores? A estratégia maravilhosa? Ele quer saber sobre tudo esta noite.

– Conte-lhe. Em detalhes. Ele não é mais que um lacaio – disse Omi, começando a manobrá-los. Sabia que estava arriscando tudo, mas tinha que tentar proteger Yabu de se alinhar com Ishido, e assim arruinar a chance que tinham. – Abra os seus planos a ele.

Igurashi discordou exaltadamente:

– Assim que Jozen souber o que estamos fazendo, mandará uma mensagem ao senhor Ishido. É importante demais para que ele não faça isso. Ishido roubará os planos, depois estaremos liquidados.

– Nós seguimos o mensageiro e o matamos, para nossa conveniência.

Yabu se inflamou.

– Aquele pergaminho foi assinado pela mais alta autoridade do país! Todos eles viajam sob a proteção dos regentes! Você deve estar louco para sugerir uma coisa assim! Isso me tornaria um marginal!

Omi balançou a cabeça, mantendo um ar confiante.

– Acredito que Yodoko-sama e os outros foram ludibriados, assim como Sua Alteza Imperial, pelo traidor Ishido. Devemos proteger os atiradores, senhor. Devemos deter qualquer mensageiro...

– Silêncio! Seu conselho é loucura!

Omi curvou-se ante a chicotada verbal. Mas levantou os olhos e disse calmamente:

– Então, por favor, permita-me cometer *seppuku*, senhor. Mas primeiro, por favor, deixe-me concluir. Eu faltaria ao meu dever se não tentasse protegê-lo. Imploro esse último favor como vassalo fiel.

– Conclua!

– Não há Conselho de Regentes agora, portanto não há proteção legal para esse Jozen e seus homens insultantes e de modos abomináveis, a menos que o senhor honre um documento ilegal por... – Omi ia dizer "fraqueza", mas mudou a palavra e manteve a voz tranquilamente autoritária – ... por ser ludibriado como os outros, senhor. Não há conselho. Eles não podem lhe "ordenar" fazer coisa alguma, nem a ninguém. Uma vez que estejam reunidos, sim, podem, e então o senhor terá que obedecer. Mas, agora, quantos daimios obedecerão antes que as ordens legais possam ser emitidas? Apenas os aliados de Ishido, *né?* Iwari,

Mikawa, Tōtōmi e Suruga não são governadas por parentes dele, todos abertamente aliados a ele? Aquele documento significa a guerra, sim, mas rogo-lhe que a empreenda nos seus termos, não nos de Ishido. Trate essa ameaça com o desprezo que merece! Toranaga nunca foi vencido em combate. Ishido, sim. Toranaga evitou tomar parte no catastrófico ataque do táicum à Coreia. Ishido, não. Toranaga é a favor dos navios e do comércio. Ishido não é. Toranaga desejará a marinha do bárbaro; o senhor não advogou essa ideia junto a ele? Ishido, não. Ishido fechará o império. Toranaga o manterá aberto. Ishido dará a Ikawa Jikkyu o seu feudo hereditário de Izu, se vencer. Toranaga lhe dará toda a província de Jikkyu. O senhor é o principal aliado de Toranaga. Ele não lhe deu a sua espada? Não lhe deu o controle dos atiradores? Os atiradores não garantem uma vitória, usados de surpresa? O que o camponês Ishido dá em troca? Manda um samurai *rōnin* sem educação, com ordens deliberadas de envergonhá-lo em sua própria província! Digo que Toranaga Minowara é a nossa única chance. O senhor deve ir com ele. – Curvou-se e esperou em silêncio.

Yabu deu uma olhada em Igurashi.

– Bem?

– Concordo com Omi-san, senhor. – O rosto de Igurashi refletia a sua preocupação. – Quanto a matar o mensageiro, isso seria perigoso, não haveria caminho de volta, senhor. Jozen certamente enviará um ou dois amanhã. Talvez eles pudessem desaparecer, mortos por bandidos... – Ele se deteve no meio da frase. – Pombos-correio! Havia dois cestos nos cavalos de carga de Jozen!

– Teremos que envenená-los esta noite – disse Omi.

– Como? Eles serão vigiados.

– Não sei. Mas têm que ser eliminados antes do amanhecer.

– Igurashi – disse Yabu –, mande homens para vigiar Jozen, imediatamente. Veja se ele envia um dos pombos hoje, agora.

– Sugiro que o senhor mande todos os seus falcões e falcoeiros para o leste também, de imediato – acrescentou rapidamente Omi.

– Ele suspeitará de traição se vir os seus pássaros abatidos ou se perceber que mexeram neles – disse Igurashi.

Omi deu de ombros.

– Os pássaros têm que ser detidos.

Igurashi olhou para Yabu.

Yabu assentiu, resignado.

– Faça isso.

Quando Igurashi voltou, disse:

– Omi-san, ocorreu-me uma coisa. Muito do que disse estava certo sobre Jikkyu e o senhor Ishido. Mas, se aconselha fazer os mensageiros "desaparecerem", por que brincar com Jozen? Por que dizer alguma coisa a ele? Por que não matá-lo logo?

– Por que não, realmente? A menos que isso pudesse divertir a Yabu-sama. Concordo que o seu plano é melhor, Igurashi-san – disse Omi.

Os dois olharam para Yabu.

– Como posso conservar as armas em segredo? – perguntou-lhes este.

– Mate Jozen e os seus homens – retrucou Omi.

– Não há outro meio?

Omi balançou a cabeça. Igurashi balançou a cabeça.

– Talvez eu pudesse negociar com Ishido – disse Yabu, abalado, tentando pensar num modo de sair da armadilha. – Você tem razão sobre o tempo. Tenho dez dias, catorze no máximo. Como lidar com Jozen e ainda deixar tempo para manobrar?

– Seria prudente fingir que o senhor vai a Ōsaka – disse Omi. – Mas não há mal em informar Toranaga imediatamente, *né*? Um dos nossos pombos poderia chegar a Edo antes do pôr do sol. Talvez. Não há mal algum nisso.

– O senhor poderia falar ao senhor Toranaga sobre a chegada de Jozen – disse Igurashi – e sobre a reunião do conselho dentro de vinte dias, sim. Mas, quanto ao assassinato do senhor Ito, isso é perigoso demais para pôr por escrito, mesmo se... Perigoso demais, *né*?

– Concordo. Nada sobre Ito. Toranaga deve pensar nisso por si mesmo. É óbvio, *né*?

– Sim, senhor. Impensável, mas óbvio.

Omi esperou em silêncio, a mente procurando freneticamente uma solução. Yabu estava de olho nele, mas Omi não sentiu medo. O seu conselho fora razoável e oferecido apenas para a proteção do clã, da família e de Yabu, o atual líder do clã. O fato de Omi haver decidido eliminar Yabu e mudar a liderança não o impediu de aconselhá-lo sagazmente. E estava preparado para morrer agora. Se Yabu fosse tão estúpido a ponto de não aceitar a verdade evidente das suas ideias, então logo não haveria clã algum para liderar. Karma.

Yabu inclinou-se para a frente, ainda irresoluto.

– Existe algum modo de eliminar Jozen e os seus homens sem perigo para mim e permanecer descomprometido por dez dias?

– Naga. Tente de algum modo aprontar uma armadilha com Naga – disse Omi simplesmente.

Ao crepúsculo, Blackthorne e Mariko chegaram ao portão da casa dele, seguidos de batedores. Estavam ambos cansados. Ela cavalgava como um homem, usando calças folgadas e, sobre elas, um manto afivelado. Usava também um chapéu de aba larga e luvas para se proteger do sol. Até as camponesas tentavam proteger o rosto e as mãos dos raios de sol. Desde tempos imemoriais, quanto mais escura fosse a pele, mais comum era a pessoa. Quanto mais branca, mais apreciada.

Criados pegaram as rédeas e levaram os cavalos. Blackthorne dispensou os batedores num japonês tolerável e saudou Fujiko, que esperava orgulhosamente na varanda, como sempre.

– Posso servir-lhes o chá, Anjin-san? – disse ela cerimoniosamente, como sempre.

– Não – disse ele, como sempre. – Primeiro, vou tomar banho. Depois, saquê e um pouco de comida.

E, como sempre, retribuiu-lhe a reverência e seguiu pelo corredor até os fundos da casa, saiu para o jardim e tomou o caminho circundante que levava à casa de banho, de taipa. Uma criada tirou-lhe a roupa, ele entrou e se sentou, nu. Outra criada o esfregou, ensaboou-o e jogou-lhe água em cima, para lavar a espuma e a sujeira. Depois, completamente limpo, lentamente, porque a água estava muito quente, entrou na imensa banheira de ferro e deitou-se.

– Jesus Cristo, isto é formidável – exultou, e deixou que o calor se infiltrasse nos músculos, os olhos fechados, o suor escorrendo pela testa.

Ouviu a porta se abrir, a voz de Suwo e "Boa noite, amo", seguido de muitas palavras em japonês que não compreendeu. Mas naquela noite estava cansado demais para tentar conversar com Suwo. E o banho, conforme Mariko explicara muitas vezes, "não é meramente para limpar a pele. O banho é um presente que Deus ou os deuses nos deram, um prazer conferido por Deus, para ser apreciado e tratado como tal".

– Sem conversa, Suwo – disse ele. – Esta noite quero penso.

– Sim, amo. Perdão, mas o senhor devia dizer: "Esta noite quero pensar.".

– Esta noite quero pensar – repetiu Blackthorne, tentando pôr os sons quase incompreensíveis na cabeça, contente por ser corrigido, mas cansado disso.

– Onde está o dicionário-gramática? – fora a primeira coisa que perguntara a Mariko naquela manhã. – Yabu-sama mandou outra solicitação?

– Sim. Por favor, seja paciente, Anjin-san. Chegará logo.

– Foi prometido com a galera e as tropas. Não chegou. As tropas e as armas, sim, mas os livros, não. Tenho sorte de a senhora estar aqui. Seria impossível sem a senhora.

– Difícil, mas não impossível, Anjin-san.

– Como direi: "Não, vocês estão fazendo errado! Devem correr todos como um grupo, parar como um grupo, apontar e atirar como um grupo"?

– Com quem está falando, Anjin-san? – perguntara ela.

E, então, novamente, ele sentira a frustração se avolumar.

– É tudo muito difícil, Mariko-san.

– Oh, não. O japonês é muito fácil de falar, comparado com outras línguas. Não há artigos, não há "o", "a", "um", "uma". Não há conjugações de verbos nem infinitivo. Todos os verbos são regulares, terminando em *masu*, e pode-se dizer quase tudo usando-se apenas o presente, se se quiser. Se é uma pergunta, acrescenta-se *ka* depois do verbo. Se é uma negativa, troca-se *masu* por *masen*. O que poderia ser mais fácil? *Yukimasu* quer dizer "eu vou", mas quer dizer igualmente "você vai"; "ele", "ela", singular, são iguais. *Tsuma* significa "esposa" ou "esposas". Muito simples.

— Bem, como se faz a diferença entre "eu vou", *yukimasu*, e "eles foram", *yukimasu*?

— Pela inflexão, Anjin-san, e o tom. Ouça: *yukimasu... yukimasu*.

— Mas o som é exatamente o mesmo!

— Ah, Anjin-san, isso é porque o senhor está pensando na sua língua. Para compreender japonês, o senhor tem que pensar em japonês. Não se esqueça de que a nossa língua é a língua do infinito. É tudo muito simples, Anjin-san. Apenas mude o seu conceito do mundo. Aprender japonês é apenas aprender uma nova arte, separada do mundo... É tudo muito simples.

— É tudo uma bosta, isso sim — resmungou ele em inglês e sentiu-se melhor.

— O quê? Que foi que disse?

— Nada. Mas o que a senhora diz não faz sentido.

— Aprenda os caracteres escritos — dissera Mariko.

— Não posso. Vai levar tempo demais. Eles não têm sentido algum.

— Olhe, na realidade, são simples quadros, Anjin-san. Os chineses são muito inteligentes. Mil anos atrás, pegamos emprestada a escrita deles. Olhe, pegue este caractere, ou símbolo, que representa um porco.

— Não se parece com um porco.

— Mas já pareceu, Anjin-san. Deixe que eu lhe mostre. Olhe. Junte o símbolo de telhado sobre o símbolo do porco e o que é que tem?

— Um porco e um telhado.

— Mas o que isso significa? O novo caractere?

— Não sei.

— Casa. Antigamente os chineses achavam que um porco sob um telhado era o lar. Eles não são budistas, são comedores de carne, portanto um porco, para eles, para camponeses, representa a riqueza, portanto uma boa casa. Daí o caractere.

— Mas como se diz?

— Depende de ser chinês ou japonês.

— Quê?!

— Quê?! De fato. — Ela rira. — Eis outro caractere. Um símbolo de telhado com dois porcos embaixo significa contentamento. Um telhado com duas mulheres embaixo é igual a discórdia. *Né?*

— Absolutamente!

— Claro, os chineses são muito estúpidos em muitas coisas e as mulheres deles não são educadas como as daqui. Não há discórdia na sua casa, há?

Blackthorne pensou nisso agora, no décimo segundo dia do seu renascimento. Não. Não havia discórdia. Mas tampouco era um lar. Fujiko era apenas como uma governanta digna de confiança, e naquela noite, quando ele fosse para a cama, para dormir, os *futons* estariam desdobrados e ela estaria ajoelhada ao lado, pacientemente, inexpressivamente. Estaria vestida com o quimono de dormir, semelhante ao quimono do dia, mais macio e com apenas um *obi* frouxo em vez do *obi* rígido à cintura.

– Obrigado, senhora – ele diria. – Boa noite.

Ela se curvaria e iria silenciosamente para o quarto do outro lado do corredor, ao lado do quarto onde Mariko dormia. Depois ele se poria embaixo do mosquiteiro de seda de excelente qualidade. Ele nunca vira mosquiteiros assim antes. Depois se deitaria prazerosamente e no meio da noite, ouvindo os poucos insetos zumbindo lá fora, se ateria ao Navio Negro, à importância do Navio Negro para o Japão.

Sem os portugueses, nada de comércio com a China. E nada de sedas para roupas ou mosquiteiros. Mesmo agora, com a umidade do clima apenas começando, ele já podia perceber o valor da seda.

Se ele se mexesse durante a noite, uma criada abriria a porta quase que imediatamente, para lhe perguntar se desejava alguma coisa. Uma vez ele não compreendera. Fez sinal à criada para que se fosse e dirigiu-se ao jardim, sentando-se nos degraus e olhando a lua. Dentro de poucos minutos Fujiko, desalinhada e sonolenta, veio e se sentou em silêncio atrás dele.

– Posso servir-lhe alguma coisa, senhor?

– Não, obrigado. Por favor, vá para a cama.

Ela dissera alguma coisa que ele não entendera. Novamente ele lhe fez sinal que fosse embora. Então ela falara asperamente com a criada, que esperava como uma sombra. Logo apareceu Mariko.

– Está bem, Anjin-san?

– Sim. Não sei por que vocês ficaram perturbadas. Jesus Cristo... só estou olhando a lua. Não conseguia dormir. Só queria tomar um pouco de ar.

Fujiko falou com ela, hesitante, constrangida, magoada com a irritação na voz dele.

– Ela diz que o senhor a mandou ir dormir de novo. Ela só queria que o senhor soubesse que não é nosso costume que uma esposa ou consorte durma enquanto o amo está acordado. Era só isso, Anjin-san.

– Diga a ela que terá que mudar o costume. Levanto-me com frequência à noite. É um hábito que adquiri no mar. Tenho o sono muito leve em terra.

– Sim, Anjin-san.

Mariko explicara e as duas mulheres se afastaram. Mas Blackthorne sabia que Fujiko não tinha ido dormir e não o faria até que ele mesmo dormisse. Ela estava sempre em pé e à espera, fosse qual fosse a hora em que ele voltasse para casa. Algumas noites caminhava pela praia sozinho. Embora insistisse em ficar só, sabia que era seguido e observado. Não porque tivessem medo de que ele tentasse escapar. Apenas porque era o costume deles que as pessoas importantes fossem sempre escoltadas. Em Anjiro, ele era importante.

Com o tempo, acabara aceitando a presença dela. Fora como Mariko dissera: "Pense nela como uma rocha, uma *shōji* ou uma parede. É dever dela servi-lo".

Com Mariko era diferente.

Sentia-se contente de que ela tivesse ficado. Sem a sua presença, nunca teria começado o treinamento, sem mencionar a tradução dos meandros da estratégia. Abençoava ela, frei Domingo, Alban Caradoc e os seus outros professores.

Nunca imaginei que as batalhas serviriam a algum bom uso, pensou ele novamente. Uma vez, quando o seu navio transportava uma carga de lãs inglesas para a Antuérpia, uma frota espanhola caíra em cima da cidade e todos os homens foram para as barricadas e os diques. O ataque de surpresa fora rechaçado e a infantaria espanhola, batida. Essa foi a primeira vez em que ele viu Guilherme, duque de Orange, usando regimentos como peças de xadrez. Avançando, retirando em pânico simulado para se reagruparem, investindo de novo, as armas espocando em salvas combinadas, rasgando as entranhas, martelando os ouvidos, irrompendo por entre os Invencíveis para deixá-los moribundos ou gritando, o mau cheiro de sangue e pólvora, urina e cavalos e excremento invadindo a gente e uma alegria selvagem e frenética com a matança dominando-o e a força de vinte homens nos seus braços.

— Jesus Cristo, é formidável ser vitorioso — disse ele em voz alta, na banheira.

— Amo? — disse Suwo.

— Nada — retrucou ele em japonês. — Eu falando... estava só pensar... estava só pensando alto.

— Compreendo, amo. Sim. Seu perdão.

Blackthorne deixou-se devanear novamente.

Mariko. Sim, ela tem sido inestimável.

Após aquela primeira noite do seu quase suicídio, nada mais fora dito. O que havia para dizer?

Fico contente por haver tanta coisa para fazer, pensou ele. Nenhum tempo para pensar, exceto aqui no banho, nestes poucos minutos. Nunca há tempo suficiente para fazer tudo. Ordenaram-me que me concentrasse em treinamento e ensino e não em aprender, mas quero aprender, tento aprender, preciso aprender para cumprir a promessa a Yabu. Não há horas suficientes. Sempre exausto, esgotado, na hora de dormir, dormindo imediatamente, para estar em pé ao amanhecer e sair a galope para o planalto. Treinando a manhã toda, depois uma refeição frugal, nunca satisfatória e sempre sem carne. Depois, toda a tarde, até o pôr do sol, às vezes até mais tarde, com Yabu e Omi e Igurashi e Naga e Zukimoto e alguns outros oficiais, falando sobre guerra, respondendo a perguntas sobre guerra. Como travar combates. Como os bárbaros guerreiam e como os japoneses guerreiam. Em terra e no mar. Escribas sempre tomando notas. Muitas, muitas notas.

Às vezes apenas com Yabu.

Mas sempre com Mariko, uma parte dele, falando por ele. E por Yabu. Mariko, agora diferente em relação a ele, não mais um estranho.

Em outros dias, os escribas relendo as notas, sempre verificando, sendo meticulosos, revisando e verificando de novo, até doze dias e cem horas mais ou menos de explanações detalhadas e exaustivas. Depois, estava formado um manual de guerra. Exato. E letal.

Letal para quem? Não para nós, ingleses ou holandeses, que viremos aqui pacificamente e apenas como comerciantes. Letal para os inimigos de Yabu e os inimigos de Toranaga e para os nossos inimigos portugueses e espanhóis, quando tentarem conquistar o Japão. Como fizeram por toda parte. Em cada território recentemente descoberto. Primeiro chegam os padres. Depois, os conquistadores.

Mas aqui não, pensou ele, com grande satisfação. Aqui nunca, agora. O manual é letal e à prova disso. Com alguns anos para que o conhecimento se difunda, não vai haver conquista alguma aqui.

– Anjin-san?

– *Hai*, Mariko-san?

Ela estava se curvando para ele.

– Yabu-*kō wa kiden no goshusseki wa kon-ya hitsuyō to senu to ōserareta*, Anjin-san.

Lentamente as palavras se formaram na cabeça dele: "O senhor Yabu não solicita a sua presença esta noite.".

– *Ichiban* – disse ele, feliz. – *Dōmo*.

– *Gomen nasai*, Anjin-san. *Anata wa*...

– Sim, Mariko-san – interrompeu ele, o calor da água consumindo sua energia. – Sei que deveria ter dito de modo diferente, mas não quero mais falar japonês agora. Não esta noite. Agora me sinto como um menino de escola que pode faltar à aula por causa do feriado de Natal. A senhora percebe que estas serão as primeiras horas livres que terei, desde a minha chegada?

– Sim, sim, percebo. – Ela sorriu obliquamente. – E o senhor percebe, senhor capitão-piloto Burakkuson, que estas serão as primeiras horas livres que terei desde a minha chegada?

Ele riu. Ela estava usando um pesado roupão de banho de algodão amarrado frouxamente e uma toalha em torno da cabeça para proteger o cabelo. Toda noite, assim que a massagem dele começava, ela vinha tomar banho, às vezes sozinha, às vezes com Fujiko.

– Pronto, a sua vez agora – disse ele, começando a se levantar.

– Oh, por favor, não. Não desejo perturbá-lo.

– Então vamos compartilhar o banho. Está magnífico.

– Obrigada. Mal posso esperar para lavar o suor e o pó. – Ela tirou o roupão e sentou-se no minúsculo assento. Uma criada começou a ensaboá-la, enquanto Suwo esperava pacientemente junto da mesa de massagem.

— É exatamente como um feriado de escola — disse ela, igualmente feliz.

A primeira vez que Blackthorne a vira nua, no dia em que nadaram, ele se sentira enormemente perturbado. Agora a sua nudez em si mesma não o afetava fisicamente. Vivendo juntos em estilo japonês, numa casa japonesa, onde as paredes eram de papel e as salas serviam a múltiplas finalidades, ele a vira despida e parcialmente vestida muitas vezes. Chegara até a vê-la satisfazendo necessidades fisiológicas.

— O que é mais normal, Anjin-san? Os corpos são normais e as diferenças entre homens e mulheres são normais, *né?*

— Sim, mas é, hum, é que fomos educados de modo diferente.

— Mas agora o senhor está aqui e os nossos costumes são os seus costumes, e o que é normal é normal. *Né?*

Normal era urinar ou defecar ao ar livre se não houvesse latrinas ou baldes, simplesmente erguendo o quimono ou abrindo-o, agachando-se ou ficando em pé, todos os demais polidamente esperando sem olhar, raramente havendo divisórias para a privacidade. Por que se deveria exigir privacidade? E logo um dos camponeses vinha coletar as fezes e as misturava com água para fertilizar as plantações. O excremento humano e a urina eram a única fonte substancial de fertilizante do império. Havia poucos cavalos e bovinos e nenhum outro recurso animal em absoluto. Portanto, cada partícula humana era guardada e vendida aos fazendeiros de todo o país.

E, depois de se ter visto os bem-nascidos e os humildes abrindo ou levantando o quimono e ficando em pé ou agachando-se, não há muito com que se sentir embaraçado.

— Há, Anjin-san?

— Não.

— Ótimo — disse ela muita satisfeita. — Logo o senhor gostará de peixe cru, algas frescas e então será realmente um *hatamoto*.

A criada derramou água em cima dela. Depois, limpa, Mariko avançou para a banheira e deitou-se em frente a ele, com um profundo suspiro de êxtase, o pequeno crucifixo oscilando entre os seios.

— Como é que a senhora faz isso? — disse ele.

— Isso o quê?

— Entrar na água tão depressa. Está tão quente.

— Não sei, Anjin-san, mas pedi que pusessem mais lenha no fogo e aquecessem a água. Para o senhor, Fujiko sempre se certifica de que a água fique... podemos chamar de tépida.

— Se isso é tépido, então sou o tio de um holandês!

— O quê?

— Nada.

O calor da água tornou-os sonolentos e eles se refrescaram um instante, sem dizer palavra.

Mais tarde ela disse:

— O que gostaria de fazer esta noite, Anjin-san?

— Se estivéssemos em Londres, nós... — Blackthorne parou. Não vou pensar neles, disse ele a si mesmo. Ou em Londres. Isso se foi. Isso não existe. Só aqui existe.

— Se? — Ela o observava, cônscia da mudança.

— Iríamos a um teatro e assistiríamos a uma peça — disse ele, dominando-se. — Vocês têm peças de teatro aqui?

— Oh, sim, Anjin-san. As peças são muito populares entre nós. O táicum gostava de representar para divertir os convidados. O senhor Toranaga também gosta. E, naturalmente, há muitas companhias ambulantes para o povo comum. Mas as nossas peças não são como as suas, creio eu. Aqui os atores e atrizes usam máscaras. É parte do teatro que chamamos de "Nô". São parte música, parte dança e na maioria muito tristes, muito trágicas, peças históricas. Algumas são comédias. Nós veríamos uma comédia ou talvez uma peça religiosa?

— Não, iríamos ao Teatro Globe e veríamos alguma coisa de um escritor chamado Shakespeare. Gosto mais dele do que de Ben Jonson ou Marlowe. Talvez víssemos *A megera domada* ou *Sonho de uma noite de verão* ou *Romeu e Julieta*. Levei minha esposa para ver *Romeu e Julieta* e ela gostou muito. — Explicou os enredos para ela.

Na maior parte, Mariko os considerou incompreensíveis.

— Seria impensável, aqui, que uma garota desobedecesse ao pai assim. Mas é muito triste, *né?* Triste para a jovem e triste para o rapaz. Ela tinha apenas treze anos? Todas as suas senhoras se casam tão novas assim?

— Não. O comum é casarem com quinze ou dezesseis anos. A minha esposa tinha dezessete anos quando nos casamos. Que idade tinha a senhora?

— Apenas quinze, Anjin-san. — Uma sombra cruzou-lhe o cenho, mas ele não notou. — E após a peça, o que faríamos?

— Eu a levaria para comer. Iríamos à Stone's Chop House, em Fetter Lane, ou à Cheshire Cheese, na Fleet Street. São estalagens onde a comida é especial.

— O que comeríamos?

— Prefiro não lembrar — disse ele, com um sorriso preguiçoso, trazendo a mente ao presente. — Não posso me lembrar. É aqui que estamos e é aqui que comeremos e eu gosto de peixe cru e karma é karma. — Afundou mais na banheira. — Uma grande palavra, karma. E uma grande ideia. O seu auxílio tem sido enorme para mim, Mariko-san.

— Ser de algum valor para o senhor é um prazer meu. — Mariko descontraiu-se no calor. — Fujiko tem um prato especial para o senhor esta noite.

— Oh?

— Comprou um... acho que o senhor chama de faisão. É um pássaro grande. Um dos falcoeiros apanhou-o para ela.

– Um faisão? É mesmo? *Hontō?*

– *Hontō* – retrucou ela. – Fujiko pediu-lhes que o caçassem para o senhor. Pediu-me que lhe dissesse.

– Como está sendo cozido?

– Um dos soldados viu os portugueses preparando faisões e contou a Fujiko-san. Ela lhe pede que seja paciente, caso não esteja cozido adequadamente.

– Mas como é que ela... como é que as cozinheiras estão fazendo? – Ele se corrigiu, pois apenas os criados cozinhavam e limpavam.

– Ela me disse que primeiro alguém arranca todas as penas, depois... depois tira as entranhas. – Mariko controlou o próprio enjoo. – Depois o pássaro é cortado em pedacinhos e frito em óleo ou cozido com sal e temperos. – O nariz dela franziu-se. – Às vezes eles o cobrem com lama e o colocam no meio de brasas e o assam. Não temos fornos, Anjin-san. Portanto, será frito. Espero que esteja bom.

– Tenho certeza de que estará perfeito – disse ele, certo de que estaria intragável.

Ela riu.

– O senhor é transparente às vezes, Anjin-san.

– A senhora não compreende como a comida é importante! – Apesar de tudo, ele sorriu. – Tem razão. Eu não devia ter tanto interesse por comida. Mas não consigo controlar a fome.

– Logo conseguirá. Aprenderá até a tomar chá numa xícara vazia.

– O quê?

– Este não é o lugar para explicar isso, Anjin-san, nem o momento. Pois é preciso que se esteja desperto e muito alerta. É necessário um pôr do sol tranquilo ou um amanhecer. Um dia lhe mostrarei como se faz, por causa do que o senhor fez. Oh, é tão bom estar aqui, não? Um banho é realmente um dom de Deus.

Ele ouviu os criados lá fora alimentando o fogo. Aguentou o calor que se intensificava o mais que pôde, depois saiu da água, meio auxiliado por Suwo, e deitou-se ofegante sobre a espessa toalha. O velho afundou os dedos. Blackthorne poderia ter gritado de prazer. "Isto é muito bom."

– O senhor mudou muito nos últimos dias, Anjin-san.

– Mudei?

– Oh, sim, desde o seu renascimento... sim, muito.

Ele tentou se recordar da primeira noite, mas lembrava-se de pouca coisa. De algum modo conseguira voltar para casa sobre as próprias pernas. Fujiko e as criadas o ajudaram a se deitar. Após um sono sem sonhos, despertou ao amanhecer e foi nadar. Depois, secando ao sol, agradecera a Deus a força e a pista que Mariko lhe dera. Mais tarde, caminhando para casa, saudou os aldeões, sabendo secretamente que eles estavam livres da maldição de Yabu, assim como ele estava.

Depois, quando Mariko chegou, ele mandou buscar Mura.

– Mariko-san, por favor, diga isto a Mura: temos um problema, você e eu. Vamos resolvê-lo juntos. Quero frequentar a escola da aldeia. Aprender a falar com as crianças.

– Elas não têm escola, Anjin-san.

– Nenhuma?

– Não. Mura diz que há um mosteiro a algumas *ris* a oeste e os monges poderiam ensiná-lo a ler e escrever, se o senhor quisesse. Mas isto é uma aldeia, Anjin-san. As crianças aqui precisam aprender a pescar, a conhecer o mar, a fazer redes, a plantar e cultivar o arroz e as plantações. Há pouco tempo para qualquer outra coisa, quanto mais para ler e escrever. Além disso, os pais e os avós ensinam as suas crianças, como sempre.

– Então como poderei aprender quando a senhora tiver partido?

– O senhor Toranaga enviará livros.

– Precisarei de mais do que livros.

– Será tudo satisfatório, Anjin-san.

– Sim. Talvez. Mas diga ao chefe da aldeia que sempre que eu cometer um erro, qualquer um, até uma criança, deve me corrigir. Imediatamente. Eu lhe ordeno.

– Ele lhe agradece, Anjin-san.

– Alguém aqui fala português?

– Ele diz que não.

– Alguém nos arredores?

– *Iie*, Anjin-san.

– Mariko-san, preciso ter alguém quando a senhora partir.

– Direi isso a Yabu-san.

– Mura-san, você...

– Ele diz que o senhor não deve usar "san" com ele nem com nenhum aldeão. Eles estão abaixo do senhor. Não é correto que o senhor diga "san" a eles ou a qualquer um inferior ao senhor.

Fujiko também havia se curvado até o chão naquele primeiro dia.

– Fujiko-san lhe dá as boas-vindas a casa, Anjin-san. Ela diz que o senhor lhe concedeu uma grande honra e roga o seu perdão pela rudeza no navio. Sente-se honrada em ser a sua consorte e cabeça da sua casa. Pergunta se o senhor conservará as espadas, coisa que lhe agradará imensamente. Pertenceram ao pai dela, que já morreu. Ela não as deu ao marido porque ele tinha as próprias espadas.

– Agradeça-lhe e diga que fico honrado com ela ser consorte – dissera ele.

Mariko curvara-se, também. Formalmente.

– O senhor está vivendo uma nova vida agora, Anjin-san. Olhamos o senhor com novos olhos. É costume nosso sermos formais às vezes, agindo com grande seriedade. O senhor abriu-me os olhos. Muitíssimo. Antes o senhor era apenas um bárbaro para mim. Por favor, desculpe a minha estupidez. O que fez prova que é samurai. Agora é samurai. Por favor, perdoe a minha falta de educação de antes.

Ele se sentira muito alto naquele dia. Mas a sua quase morte autoinfligida o alterara mais do que ele mesmo percebia e o marcara para sempre, mais do que a soma de todas as suas outras quase mortes.

Na realidade, você não estava contando com Omi?, perguntava-se ele. Omi apararia o golpe? Você não lhe deu sinais de alarme em profusão?

Não sei. Só sei que estou contente porque ele *estava* preparado, respondeu Blackthorne a si mesmo. Lá se foi mais uma vida!

– Esta é a minha nona vida. A última! – disse alto. Os dedos de Suwo pararam no mesmo instante.

– O quê? – perguntou Mariko. – O que disse, Anjin-san?

– Nada. Não foi nada – retrucou ele, constrangido.

– Machuquei-o, amo? – disse Suwo.

– Não.

Suwo disse mais alguma coisa que ele não compreendeu.

– *Dōzo?*

– Ele quer lhe massagear as costas agora – disse Mariko, distante.

Blackthorne pôs-se de bruços, repetiu as palavras em japonês e esqueceu imediatamente. Podia vê-la através do vapor. Ela respirava profundamente, a cabeça ligeiramente inclinada para trás, a pele rosada.

Como é que aguenta o calor?, perguntou-se ele. Treinamento, acho eu, desde a infância.

Os dedos de Suwo lhe causavam grande prazer, e ele cochilou momentaneamente.

No que é que eu estava pensando?

Estava pensando na sua nona vida, a sua última vida, e estava com medo, lembrando-se da superstição. Mas é tolice, aqui na Terra dos Deuses, ser supersticioso. As coisas aqui são diferentes e isso vale para sempre. Hoje é para sempre.

Amanhã muitas coisas podem acontecer.

Hoje vou me adaptar às regras deles.

Vou, sim.

A criada trouxe o prato coberto. Segurava-o alto, acima da cabeça, conforme o costume, a fim de que sua respiração não maculasse o alimento. Ansiosamente, ela se ajoelhou e colocou-o com cuidado sobre a mesa-bandeja, diante de Blackthorne. Sobre cada mesinha havia tigelas e pauzinhos, cálices de saquê e guardanapos e um minúsculo arranjo de flores. Fujiko e Mariko estavam sentadas na frente dele. Usavam flores e pentes de prata no cabelo. O quimono de

Fujiko era estampado com peixes verde-claros sobre um fundo branco, o *obi* dourado. O de Mariko era preto e vermelho, com uma fina capa prateada e com crisântemos e um *obi* vermelho e prata. Estavam ambas perfumadas como sempre. O incenso ardia a fim de manter à distância os insetos noturnos.

Blackthorne se preparara havia muito tempo. Sabia que qualquer desagrado seu destruiria a noite delas. Se havia como apanhar faisões, então haveria mais caça, pensou ele. Tinha um cavalo e armas e podia caçar por si mesmo, desde que arrumasse tempo para isso.

Fujiko inclinou-se para a frente e tirou a tampa de cima do prato. Os pedacinhos de carne frita estavam dourados e pareciam perfeitos. Ele começou a salivar com o aroma.

Lentamente, pegou um pedaço com os pauzinhos, desejando que não caísse, e mastigou. Estava duro e seco, mas ele não comia carne havia tanto tempo que achou delicioso. Outro pedaço. Ele suspirou de prazer.

– *Ichiban, ichiban*, por Deus!

Fujiko corou e serviu-lhe o saquê para ocultar o rosto. Mariko abanou-se, leque carmesim, uma libélula. Blackthorne bebeu o vinho em grandes goles, outro pedaço, tomou mais vinho e ritualisticamente ofereceu a Fujiko o cálice cheio até à borda. Ela recusou, conforme o costume, mas naquela noite ele insistiu e ela esvaziou o cálice, engasgando-se ligeiramente. Mariko também recusou e também foi instada a beber. Depois ele atacou o faisão, tentando não demonstrar muito o prazer que sentia. As mulheres mal tocaram nas pequenas porções de verduras e peixe. Isso não o incomodou, porque era um costume feminino comer antes ou depois, de modo que todas as atenções delas pudessem se devotar ao amo.

Ele comeu o faisão todo, três tigelas de arroz e sorveu ruidosamente o saquê, o que era sinal de boas maneiras. Sentiu-se saciado pela primeira vez em meses. No decorrer da refeição esvaziou seis frascos de vinho quente; Mariko e Fujiko, dois entre si. Agora estavam coradas, dando risadinhas e no estágio da tolice.

Mariko, após algumas risadas, pôs a mão diante da boca.

– Gostaria de poder tomar saquê como o senhor, Anjin-san. Bebe melhor do que qualquer homem que eu tenha conhecido. Aposto como o senhor seria o melhor em Izu! Eu poderia ganhar muito dinheiro com o senhor!

– Pensei que os samurais desaprovassem o jogo.

– Oh, desaprovam, desaprovam totalmente. Eles não são mercadores ou camponeses. Mas nem todos os samurais são tão fortes quanto os outros e muitos... como se diz... muitos apostam como os bárbaros... como os portugueses.

– As mulheres jogam?

– Oh, sim. Muito. Mas apenas com outras damas e em quantias moderadas e sempre de modo a que os maridos não descubram! – Alegremente, traduziu para Fujiko, que estava mais corada do que ela. – A sua consorte pergunta se os ingleses jogam. O senhor gosta de apostas?

— É o nosso passatempo nacional. — E contou-lhe sobre as corridas de cavalos, boliche, touradas, corridas de cães, falcoaria, ações de companhias novas, cartas de corso, tiro, dardos, loterias, boxe, cartas, luta romana, dados, xadrez, dominó e sobre a época das feiras, quando se colocavam ceitis sobre números e se apostava na roleta.

— Fujiko pergunta como encontram tempo para viver, para guerrear e para "travesseirar" — disse Mariko.

— Para isso há sempre tempo. — Os seus olhos se encontraram um instante, mas ele não conseguiu ler nada nos dela, apenas felicidade e talvez excesso de vinho.

Mariko pediu-lhe que cantasse a canção *hornpipe* para Fujiko, e ele o fez. Elas o cumprimentaram e disseram que era a melhor que já tinham ouvido.

— Tomem mais saquê!

— Oh, o senhor não deve servir, Anjin-san, isso é dever de mulher. Eu não lhe disse?

— Sim. Tome mais um pouco, *dōzo!*

— É melhor não. Acho que vou desabar. — Mariko abanou o leque furiosamente e o ar agitou os fios de cabelo que haviam escapado do seu penteado impecável.

— A senhora tem belas orelhas — disse ele.

— O senhor também. Nós, Fujiko-san e eu, achamos que o seu nariz é perfeito também, digno de um daimio.

Ele sorriu e curvou-se elaboradamente para elas. Elas retribuíram a reverência. As dobras do quimono de Mariko afastaram-se ligeiramente do pescoço, revelando a extremidade do seu quimono interior escarlate e a protuberância dos seios, e isso o excitou consideravelmente.

— Saquê, Anjin-san?

Ele estendeu o cálice, os dedos firmes. Ela o serviu olhando o cálice, a ponta da língua tocando os lábios enquanto se concentrava.

Relutantemente, Fujiko também aceitou um pouco, embora dissesse que já não podia sentir as pernas. A sua serena melancolia parecia ter desaparecido naquela noite e ela parecia jovem de novo. Blackthorne notou que ela não era tão feia quanto ele pensara.

○

Jozen estava com a cabeça zunindo. Não por causa de saquê, mas devido à incrível estratégia de guerra que Yabu, Omi e Igurashi lhe descreveram tão abertamente. Apenas Naga, o segundo em comando, filho do arqui-inimigo, não dissera nada e permanecera a noite toda frio, arrogante, de costas rijas, com o narigão característico de Toranaga num rosto tenso.

— Surpreendente, Yabu-sama — disse Jozen. — Agora posso compreender a razão do sigilo. O meu amo também compreenderá. Sábio, muito sábio. E o senhor, Naga-san, esteve em silêncio a noite toda. Gostaria de ouvir a sua opinião. O que acha desta nova mobilidade, desta nova estratégia?

— O meu pai acredita que todas as possibilidades bélicas devem ser consideradas, Jozen-san — replicou o jovem.

— Mas e o senhor, a sua opinião?

— Fui mandado para cá apenas para obedecer, observar, ouvir, aprender e testar. Não para dar opiniões.

— Naturalmente. Mas, como segundo em comando, devo dizer, como um ilustre segundo em comando, considera a experiência um sucesso?

— Yabu-sama ou Omi-san devem responder a isso. Ou meu pai.

— Mas Yabu-sama disse que todos esta noite conversaríamos livremente. O que há para ocultar? Somos todos amigos, *né?* O filho tão famoso de um pai tão famoso deve ter uma opinião. *Né?*

Os olhos de Naga estreitaram-se ante o sarcasmo, mas ele não respondeu.

— Todos podem falar livremente, Naga-san — disse Yabu. — O que pensa?

— Penso que, tendo a surpresa como aliada, esta ideia venceria uma escaramuça ou possivelmente uma batalha. De surpresa, sim. Mas e depois? — A voz de Naga fluiu gelidamente. — Depois todos os lados usariam o mesmo plano e uma vasta quantidade de homens morreria desnecessariamente, assassinados sem honra por um atacante que não vai saber nem a quem matou. Duvido que meu pai realmente autorize o uso disso numa autêntica batalha.

— Ele disse isso? — Yabu fez a pergunta incisivamente, sem se preocupar com Jozen.

— Não, Yabu-sama. Estou dando a minha opinião. Naturalmente.

— Mas o Regimento de Mosquetes, não o aprova? Ele lhe causa repugnância? — perguntou Yabu sobriamente.

Naga olhou-o com olhos inexpressivos, de réptil.

— Com grande respeito, já que o senhor pede a minha opinião, sim, considero-o repugnante. Os nossos antepassados sempre souberam a quem mataram ou quem os derrotava. Isso é *bushidō*, o nosso caminho, o Caminho do Guerreiro, o caminho de um verdadeiro samurai. O melhor homem é o vencedor, *né?* Mas, agora, isso? Como um homem prova ao seu senhor o próprio valor? Como pode recompensar a coragem? Atirar balas é corajoso, mas também é estúpido. Onde está o valor disso? As armas são contra o nosso código samurai. Os bárbaros lutam desse modo, os camponeses lutam desse modo. O senhor percebe que mercadores e camponeses imundos, até *etas*, poderiam lutar desse modo? — Jozen riu e Naga continuou, mais ameaçador até. — Alguns camponeses fanáticos poderiam matar qualquer quantidade de samurais se dispusessem de armas suficientes! Sim, os camponeses poderiam matar qualquer um de nós, até o senhor Ishido, que quer se sentar no lugar do meu pai.

Jozen empertigou-se.

– O senhor Ishido não cobiça as terras de seu pai. Visa apenas a proteger o império para o seu herdeiro legítimo.

– O meu pai não é ameaça ao senhor Yaemon, nem ao reino.

– Naturalmente, mas o senhor estava falando de camponeses. O táicum foi camponês um dia. O meu senhor Ishido foi camponês. Eu fui camponês. E *rōnin!*

Naga não queria discutir. Sabia que não era páreo para Jozen, cuja destreza com a espada e o machado era renomada.

– Não estava tentando insultar o seu amo, o senhor ou quem quer que seja, Jozen-san. Estava meramente dizendo que nós, samurais, devemos todos nos certificar bem de que os camponeses nunca terão armas, ou nenhum de nós estará seguro.

– Mercadores e camponeses nunca nos preocuparão – disse Jozen.

– Concordo – acrescentou Yabu –, e, Naga-san, concordo com parte do que você disse. Sim. Mas as armas são modernas. Logo todas as batalhas serão travadas com armas de fogo. Concordo que é desagradável. Mas é o rumo da guerra moderna. E, depois, as coisas serão como sempre foram: os samurais mais bravos sempre conquistarão.

– Não, desculpe, mas está enganado, Yabu-sama! O que foi que esse bárbaro nos contou, a essência da estratégia de guerra deles? Ele voluntariamente admite que todos os exércitos são recrutados e mercenários. *Né?* Mercenários! Nenhum senso de dever para com o senhor. Os soldados apenas lutam por paga e saquê, para violar e fartar-se. Ele não disse que os exércitos deles são exércitos de camponeses? Foi isso o que as armas levaram ao mundo dele e é isso o que trarão ao nosso. Se eu tivesse poder, tomaria a cabeça desse bárbaro esta noite e tornaria ilegais, permanentemente, todas as armas.

– É isso o que pensa o seu pai? – perguntou Jozen, rápido demais.

– O meu pai não diz a mim nem a ninguém o que pensa, conforme o senhor certamente sabe. Não falo por meu pai, ninguém fala por ele – replicou Naga, furioso por ter se permitido cair na armadilha e acabar falando. – Fui mandado para cá a fim de obedecer, ouvir e não falar. Não teria falado se não tivesse sido solicitado. Se o ofendi, ou ao senhor, Yabu-sama, ou ao senhor, Omi-san, peço desculpas.

– Não há necessidade de se desculpar. Eu pedi sua opinião – disse Yabu. – Por que alguém ficaria ofendido? Isto é uma discussão, *né?* Entre líderes. Você tornaria ilegais as armas?

– Sim. Acho que o senhor seria prudente mantendo um controle muito rígido de cada arma de fogo no seu domínio.

– Todos os camponeses estão proibidos de usar armas de qualquer espécie. Os meus camponeses e o meu povo são muito bem controlados.

Jozen sorriu malicioso para o jovem delgado, sentindo aversão por ele.

– Tem ideias interessantes, Naga-san. Mas está enganado quanto aos camponeses. Para os samurais eles não são nada além de provedores. Não representam mais ameaça do que um monte de esterco!

– No momento! – disse Naga, deixando-se dominar pelo orgulho. – É por isso que eu baniria as armas agora. Tem razão, Yabu-sama, ao afirmar que uma nova era exige novos métodos. Mas, por causa do que disse esse Anjin-san, esse único bárbaro, eu iria muito além das nossas leis atuais. Eu divulgaria éditos no sentido de que toda pessoa, que não os samurais, encontrada com uma arma de fogo ou apanhada comerciando com armas imediatamente perderia a vida, assim como cada membro da sua família de todas as gerações. Mais. Eu proibiria a fabricação e a importação de armas de fogo. Proibiria os bárbaros de usá-las e de trazê-las às nossas praias. Sim, se eu tivesse poder, a que não viso e jamais visarei, manteria os bárbaros totalmente fora do nosso país, exceto por alguns padres e um porto para o comércio, que eu fecharia com uma cerca alta e com guerreiros merecedores de confiança. Por último, eu mandaria matar imediatamente esse bárbaro de mente repugnante, o Anjin-san, a fim de que o seu imundo conhecimento não se difundisse. Ele é uma doença.

– Ah, Naga-san – disse Jozen –, deve ser bom ser tão jovem. O senhor sabe, o meu amo concorda com muita coisa do que disse sobre os bárbaros. Ouvi-o dizer muitas vezes: "Mantenha-os fora daqui... chute-os para fora... dê-lhes um pontapé no traseiro de volta a Nagasaki e mantenha-os lá!". O senhor mataria o Anjin-san, hein? Interessante. O meu amo também não gosta dele. Mas, para ele... – Ele parou. – Ah, sim, o senhor tem um bom pensamento sobre as armas de fogo. Posso ver isso claramente. Posso dizer isso ao meu amo? A sua ideia sobre as novas leis?

– Naturalmente. – Naga estava abrandado e mais calmo agora que tinha falado o que trazia atravessado desde o primeiro dia.

– Você deu a sua opinião ao senhor Toranaga? – perguntou Yabu.

– O senhor Toranaga não me perguntou a minha opinião. Espero que um dia ele me honre perguntando, como o senhor fez – respondeu Naga de imediato, com sinceridade, e ficou surpreso de que ninguém detectasse a mentira.

– Como isto é uma discussão livre, senhor – disse Omi –, digo que esse bárbaro é um tesouro. Acredito que devemos aprender com ele. Temos que saber sobre armas e navios de combate, porque eles sabem sobre isso. Tudo o que sabem. Assim que ficarem sabendo, e mesmo agora, alguns de nós devem começar a aprender a pensar como eles, de modo que logo possamos ultrapassá-los.

Naga disse confiantemente:

– O que eles poderiam saber, Omi-san? Sim, armas e navios. Mas o que mais? Como poderiam nos destruir? Não há um samurai entre eles. Esse Anjin não admite abertamente que até os reis deles são assassinos e fanáticos religiosos?

Somos milhões, eles são um punhado. Poderíamos esmagá-los apenas com as mãos.

– Esse Anjin-san abriu-me os olhos, Naga-san. Descobri que a nossa terra e a China não são o mundo todo, são apenas uma parte muito pequena. Primeiro, pensei que o bárbaro fosse só uma curiosidade. Agora não. Agradeço aos deuses por ele. Acho que nos salvou e sei que podemos aprender com ele. Já nos deu poder sobre os bárbaros meridionais... e sobre a China.

– O quê?

– O táicum falhou porque os efetivos deles são grandes demais para nós, homem a homem, seta a seta, *né?* Com armas e a habilidade bárbara poderíamos tomar Pequim.

– Com traição bárbara, Omi-san!

– Com conhecimento bárbaro, Naga-san, poderíamos tomar Pequim. Quem tomar Pequim acaba controlando a China. E quem controlar a China pode controlar o mundo. Devemos aprender a não nos envergonhar de adquirir conhecimentos, venham de onde vierem.

– Digo que não precisamos de nada lá de fora.

– Sem ofensa, Naga-san, digo que devemos proteger esta Terra dos Deuses de qualquer jeito. É nosso dever primordial proteger a única e divina posição que temos na Terra. Apenas esta é a Terra dos Deuses, *né?* Apenas o nosso imperador é divino. Concordo que esse bárbaro deva ser silenciado. Mas não pela morte. Por isolamento permanente aqui em Anjiro, até que tenhamos aprendido tudo o que ele sabe.

Jozen coçou-se, pensativamente.

– O meu amo será informado das suas ideias. Concordo que o bárbaro deve ser isolado. E também que o treinamento deve cessar imediatamente.

Yabu puxou um pergaminho da manga.

– Aqui está um relatório completo sobre a experiência para o senhor Ishido. Quando ele desejar que o treinamento cesse, naturalmente o treinamento cessará.

Jozen aceitou o pergaminho.

– E o senhor Toranaga? E quanto a ele? – Os seus olhos pousaram em Naga. Este não disse nada, apenas fitou o rolo de pergaminho.

– O senhor terá condição de pedir-lhe a opinião diretamente – disse Yabu. – Ele tem um relatório semelhante. Presumo que o senhor partirá para Edo amanhã, não? Ou gostaria de presenciar o treinamento? Não preciso lhe dizer que os homens ainda não estão perfeitos.

– Gostaria de assistir a um "ataque".

– Omi-san, providencie. Você comanda.

– Sim, senhor.

Jozen voltou-se para o seu segundo em comando e deu-lhe o pergaminho.

– Masumoto, leve isto ao senhor Ishido. Parta imediatamente.

— Sim, Jozen-san.

— Providencie-lhe guias até a fronteira — disse Yabu a Igurashi — e cavalos descansados.

Igurashi partiu com o samurai no mesmo instante.

Jozen espreguiçou-se e bocejou.

— Por favor, desculpe-me — disse —, mas é toda a cavalgada dos últimos dias. Devo agradecer-lhe por uma noite extraordinária, Yabu-sama. As suas ideias têm longo alcance. E as suas, Omi-san. E as suas, Naga-san. Elogiá-los-ei ao senhor Toranaga e ao meu amo. Agora, se me desculparem, estou muito cansado e Ōsaka fica a um longo caminho.

— Naturalmente — disse Yabu. — Como estava Ōsaka?

— Muito bem. Lembra-se daqueles bandidos, os que os atacaram por terra e por mar?

— Naturalmente.

— Tomamos 450 cabeças naquela noite. Muitos usavam uniformes de Toranaga.

— Os *rōnins* não têm honra. Nenhum deles.

— Alguns *rōnins* têm — disse Jozen, aguilhoado com o insulto. Ele vivia sempre com a vergonha de um dia ter sido *rōnin*. — Alguns usavam até seus novos uniformes cinzentos. Nenhum escapou. Morreram todos.

— E Buntaro-san?

— Não. Ele... — Jozen parou. O "não" escapara, mas agora que o tinha dito não se importou. — Não. Não sabemos com certeza. Ninguém encontrou a cabeça dele. O senhor não ouviu nada sobre ele?

— Não — disse Naga.

— Talvez tenha sido capturado. Talvez, simplesmente, o tenham esquartejado e dispersado os pedaços. O meu amo gostaria de saber, quando o senhor tiver notícias. Agora está tudo muito bem em Ōsaka. Os preparativos para o encontro estão em andamento. Haverá pródigos entretenimentos para celebrar a nova era e, naturalmente, para honrar todos os daimios.

— E o senhor Toda Hiromatsu? — perguntou Naga, polidamente.

— O velho Punho de Aço está mais forte e grosseiro do que nunca.

— Ainda está lá?

— Não. Partiu com todos os homens de seu pai alguns dias antes de mim.

— E a família do meu pai?

— Ouvi dizer que a senhora Kiritsubo e a senhora Sazuko pediram para ficar com o meu amo. Um médico aconselhou a senhora a descansar por um mês, questão de saúde, o senhor sabe. Ele achou que a jornada não seria boa para a criança. — Para Yabu, acrescentou: — Ela levou um tombo na noite em que o senhor partiu, não foi?

— Sim.

— Não foi nada sério, espero — disse Naga, muito preocupado.

– Não, Naga-san, nada sério – disse Jozen. Depois, novamente para Yabu: – O senhor informou o senhor Toranaga da minha chegada?

– Naturalmente.

– Ótimo.

– As notícias que o senhor nos trouxe vão interessá-lo enormemente.

– Sim. Vi um pombo-correio fazer um círculo e voar para o norte.

– Disponho desse serviço agora. – Yabu não acrescentou que um pombo de Jozen também fora observado, nem que os falcões o haviam interceptado perto das montanhas, nem que a mensagem fora decifrada: "Em Anjiro. Tudo verdade conforme relatado. Yabu, Naga, Omi e bárbaro aqui".

– Partirei amanhã, com a sua permissão, depois do "ataque". O senhor me dará cavalos descansados? Não devo fazer o senhor Toranaga esperar. Estou ansioso por vê-lo. O meu amo também. Em Ōsaka. Espero que me acompanhe, Naga-san.

– Recebi ordens de vir para cá, ficarei aqui. – Naga manteve os olhos baixos, mas estava ardendo de cólera contida.

Jozen partiu e caminhou com os guardas colina acima em direção ao seu acampamento. Substituiu as sentinelas, ordenou aos homens que dormissem e entrou na sua pequena tenda de arbustos que haviam construído por causa da chuva que se aproximava. À luz de vela, sob o mosquiteiro, reescreveu a mensagem anterior num delgado pedaço de papel de arroz e acrescentou: "Os 500 mosquetes são letais. Planejados ataques de surpresa em massa, relatório completo já enviado com Masumoto". Depois datou e apagou a vela. Na escuridão, deslizou para fora do mosquiteiro, retirou um dos pombos do cesto e colocou a mensagem no minúsculo recipiente no pé da ave. Depois, furtivamente, dirigiu-se a um dos homens e estendeu-lhe o pombo.

– Leve-o para fora do mato – sussurrou ele. – Esconda-o em algum lugar onde possa pernoitar em segurança até o amanhecer. Tão longe quanto possível. Mas seja cuidadoso, há olhos por toda parte. Se for interceptado, diga que eu o mandei patrulhar, mas esconda o pombo primeiro.

O homem se afastou tão silenciosamente quanto uma barata.

Satisfeito consigo mesmo, Jozen olhou na direção da aldeia, lá embaixo. Havia luzes na fortaleza e na vertente oposta, na casa que ele sabia ser de Omi. Havia também algumas na casa logo abaixo, a casa ocupada pelo bárbaro.

"Aquele rapazola, Naga, tem razão", pensou Jozen, afastando um mosquito com a mão. "O bárbaro é uma praga imunda."

– Boa noite, Fujiko-san.

– Boa noite, Anjin-san.

A *shōji* fechou-se atrás dela. Blackthorne tirou o quimono, a tanga e vestiu o quimono de dormir, mais leve. Enfiou-se sob o mosquiteiro e deitou-se.

Soprou a vela. Uma profunda escuridão o envolveu. A casa estava silenciosa agora. As pequenas janelas estavam fechadas e ele podia ouvir o mar quebrando na praia. Nuvens obscureciam a lua.

O vinho e o riso o haviam deixado sonolento e eufórico. Ouvia a arrebentação e se sentia à deriva com ela, a mente enevoada. Ocasionalmente, um cão latia na aldeia lá embaixo. Eu devia arrumar um cachorro, pensou ele, lembrando-se do bull terrier em casa. Será que ainda está vivo? O nome era Grog, mas Tudor, o seu filho, sempre chamava o animal de "Og-Og".

Ah, Tudor, rapazinho. Faz tanto tempo.

Gostaria de poder vê-los todos, ou até escrever uma carta e mandar para casa. Vejamos, pensou, como começaria?

"Meus queridos: esta é a primeira carta que pude mandar para casa desde que desembarcamos no Japão. As coisas vão bem, agora que sei como viver de acordo com o modo deles. A comida é terrível, mas esta noite comi um faisão e logo terei o meu navio de volta. Por onde começar a minha história? Hoje sou como um senhor feudal nesta terra estranha. Tenho uma casa, um cavalo, oito criados, uma governanta. O meu próprio banheiro e minha própria intérprete. Estou limpo e barbeado agora e me barbeio todos os dias. As lâminas de aço que eles têm aqui certamente são as melhores do mundo. O meu salário é altíssimo – o suficiente para alimentar 250 famílias do Japão por um ano. Na Inglaterra isso seria o equivalente a quase mil guinéus de ouro por ano! Dez vezes o meu salário na companhia holandesa..."

A *shōji* começou a se abrir. A mão dele procurou a pistola sob o travesseiro e ele se preparou, soerguendo-se. Depois captou o farfalhar de seda quase imperceptível e um bafejo de perfume.

– Anjin-san? – Um fio de sussurro cheio de promessa.

– *Hai?* – perguntou ele, de modo igualmente suave, perscrutando a escuridão, incapaz de enxergar com clareza.

Os passos se aproximaram. Houve o som dela ajoelhando-se, o mosquiteiro sendo puxado para o lado e ela se juntou a ele sob a rede. Ela lhe tomou a mão e levou-a ao peito, depois aos lábios.

– Mariko-san?

Imediatamente os dedos dela se estenderam na escuridão e tocaram os lábios dele, pedindo silêncio. Ele concordou, entendendo o risco terrível que corriam. Ele segurou-lhe o pulso minúsculo e roçou os lábios nele. Em meio à escuridão total, a outra mão dele procurou e acariciou o rosto dela. Ela beijou-lhe os dedos um por um. O seu cabelo estava solto e comprido, chegando até a cintura. As mãos dele percorreram o corpo dela. A adorável sensação da seda, nada por baixo.

O sabor dela era doce. A língua dele tocou-lhe os dentes, em seguida contornou as orelhas, descobrindo-a. Ela afrouxou o quimono dele e deixou o seu cair para o lado. A respiração dela era agora mais lânguida. Ela se aconchegou ainda mais, aninhando-se no corpo dele e puxando a coberta por cima da cabeça dos dois. Depois começou a amá-lo, com as mãos e os lábios. Com mais ternura, empenho e conhecimento do que ele jamais experimentara.

CAPÍTULO 33

BLACKTHORNE ACORDOU AO AMANHECER. SOZINHO. NO PRIMEIRO MOMENTO, achou que tinha sonhado, mas o perfume dela ainda pairava no ar e ele teve a certeza, então, de que não tinha sido um sonho.

Uma batida discreta.

– *Hai?*

– *Ohayō*, Anjin-sama, *shitsurei itashimasu*. Bom dia, Anjin-san, com licença – disse a criada, que abriu a porta para Fujiko e depois trouxe uma bandeja com chá, uma tigela de papa de arroz e bolos doces de arroz.

– *Ohayō*, Fujiko-san, *dōmo* – disse ele, agradecendo. Ela sempre vinha pessoalmente com a primeira refeição, abria o mosquiteiro e esperava enquanto ele comia e a criada estendia um quimono limpo, *tabis* e uma tanga.

Ele sorveu o chá, perguntando-se se Fujiko sabia sobre o ocorrido à noite. O rosto dela não traía nada.

– *Ikaga desu ka?* Como está? – perguntou Blackthorne.

– *Okagesama de genki desu*, Anjin-san. *Anata wa?* Muito bem, obrigada. E o senhor?

A criada tirou a roupa limpa dele do armário fechado que se fundia com perfeição ao resto do aposento de gelosia de papel. Depois deixou-os a sós.

– *Anata wa yoku nemutta ka?* Dormiu bem?

– *Hai*, Anjin-san, *arigatō gozaimashita!* – Ela sorriu, pôs a mão na cabeça simulando dor, fingiu estar bêbada e dormindo como uma pedra. – *Anata wa?*

– *Watashi wa yoku nemuru*. Eu durmo muito bem.

Ela o corrigiu:

– *Watashi wa yoku nemutta*. Eu dormi muito bem.

– *Dōmo. Watashi wa yoku nemutta*.

– *Yoi! Taihen yoi!* Bom! Muito bom.

Então, do corredor, ele ouviu Mariko chamar:

– Fujiko-san?

– *Hai*, Mariko-san? – Fujiko foi à *shōji* e abriu uma fresta. Ele não pôde ver Mariko. E não entendeu o que elas disseram. Espero que ninguém saiba, pensou. Rezo para que seja secreto, apenas entre nós. Talvez fosse melhor se tivesse sido um sonho.

Começou a se vestir. Fujiko voltou e se ajoelhou para lhe calçar os *tabis*.

– Mariko-san? *Nan ja?* O quê?

– *Nani mo*. Não, não tem nada, Anjin-san – replicou ela. Não era nada de importante. Foi até o *tokonoma*, a alcova, com os pergaminhos pendurados e o arranjo de flores, onde as espadas eram sempre deixadas. Entregou-as a ele. Ele as prendeu no cinto. As espadas já não lhe pareciam ridículas, embora tivesse vontade de conseguir usá-las com menos consciência.

Ela lhe contou que as espadas tinham sido dadas ao seu pai por bravura após uma batalha particularmente sangrenta no extremo norte da Coreia, sete anos antes, durante a primeira invasão. Os exércitos japoneses haviam avançado através do reino, vitoriosos, retalhando a região norte. Depois, quando estavam perto do rio Yalu, as hordas chinesas inesperadamente brotaram do outro lado da fronteira para enfrentar os exércitos japoneses e, devido ao número inacreditável das suas tropas, os desbarataram. O pai de Fujiko fazia parte da retaguarda que cobria a retirada para as montanhas ao norte de Seul, onde se voltaram e travaram nova batalha, com equilíbrio de forças. Essa campanha e a segunda tinham sido as expedições militares mais dispendiosas jamais empreendidas pelo Japão. Com a morte do táicum, no ano anterior, Toranaga, em nome do Conselho de Regentes, imediatamente ordenara aos remanescentes dos exércitos que regressassem, para grande alívio da maioria dos daimios, que detestavam a campanha coreana.

Blackthorne saiu para a varanda. Calçou as sandálias e fez um aceno de cabeça para os criados, que tinham sido reunidos em linha para saudá-lo, como de costume.

Fazia um dia cinzento. O céu estava nublado e vinha do mar um vento quente e úmido. As alpondras, fixadas no cascalho do caminho, estavam molhadas da chuva que caíra durante a noite.

Do lado externo do portão estavam os cavalos e os seus dez samurais batedores. E Mariko.

Ela já estava montada e usava um manto amarelo-claro sobre as calças de seda verde-clara, um chapéu de abas largas, um véu, preso por fitas amarelas, e luvas. Preso à sela, um guarda-chuva.

– *Ohayō* – disse ele formalmente. – *Ohayō*, Mariko-san.

– *Ohayō*, Anjin-san. *Ikaga desu ka?*

– *Okagesama de genki desu. Anata wa?*

– *Yoi, arigatō gozaimashita* – respondeu ela, sorrindo.

E não deu a menor indicação de haver qualquer mudança na atitude entre eles. Mas ele já esperava por isso em público, sabendo como a situação era perigosa. O seu perfume chegou até ele. Blackthorne gostaria de poder beijá-la ali, diante de todos.

– *Ikimashō!* – disse ele, saltando para a sela e acenando para os samurais se porem em marcha. Conduziu o cavalo vagarosamente e Mariko se colocou ao seu lado. Quando ficaram sozinhos, ele se descontraiu.

– Mariko.

– *Hai?*

Então ele disse em latim:

— Sois linda e eu a amo.

— Agradeço-vos, mas todo aquele vinho da noite passada faz a minha cabeça não se sentir nem um pouco bela hoje, não de verdade, e "amor" é uma palavra cristã.

— Vós sois linda e cristã e o vinho não poderia afetar a vossa beleza.

— Obrigada pela mentira, Anjin-san, sim, agradeço-vos.

— Não. Eu é que devo agradecer.

— Oh? Por quê?

— Nunca "por quê?", nada de "por quê?". Agradeço-vos sinceramente.

— Se o vinho e a carne vos deixam tão cordial, agradável e galante — disse ela —, faz-se mister que eu diga à vossa consorte que mova o céu e a terra para obtê-los para o senhor todas as noites.

— Sim. Eu repetiria tudo, sempre.

— O senhor está feliz hoje — disse ela. — Ótimo, muito bom. Mas por quê? Por quê, realmente?

— Por vossa causa. E sabeis por quê.

— Não sei nada, Anjin-san.

— Nada? — repetiu ele, um pouco irritado.

— Nada.

Ele ficou perplexo. Estavam os dois sozinhos e em segurança.

— Por que "nada" tira a calma do vosso sorriso? — perguntou ela.

— Estupidez! Absoluta estupidez! Esqueci que é mais prudente ser cauteloso. Foi só porque estamos sozinhos e eu queria falar a respeito. E, na verdade, dizer mais.

— Vós falais por enigmas. Não vos compreendo.

— Não quer falar a respeito? Em absoluto? — inquiriu ele, confuso de novo.

— A respeito de quê, Anjin-san?

— Do que aconteceu a noite passada.

— Passei pela sua porta esta noite quando a minha criada, Koi, estava convosco.

— O quê!?

— Nós, sua consorte e eu, achamos que ela seria um presente agradável para o senhor. Ela vos agradou, não?

Blackthorne estava tentando se recuperar da situação. A criada de Mariko era do tamanho dela, mas mais jovem e nunca tão encantadora e nunca tão linda. Mas, sim, estava escuro como piche e, sim, ele tinha a cabeça enevoada por causa do vinho, mas não, não era a criada.

— Não é possível — disse ele, em português.

— O que não é possível, senhor? — perguntou ela na mesma língua.

Ele voltou ao latim, já que os batedores não se encontravam muito afastados, o vento soprando na sua direção:

— Por favor, não brinqueis comigo. Ninguém pode ouvir. Sei reconhecer uma presença e um perfume.

– Pensastes que fosse eu? Oh, não, não era, Anjin-san. Eu ficaria honrada, mas nunca poderia... Por muito que pudesse desejar! Oh, não, Anjin-san. Não era eu, mas Koi, a minha criada. Eu ficaria honrada, mas pertenço a outro, ainda que ele esteja morto.

– Sim, mas não era a vossa criada. – Ele engoliu a raiva. – Mas deixemos estar como a senhora prefere.

– Era a minha criada, Anjin-san – disse ela, apaziguadora. – Nós a friccionamos com o meu perfume e lhe demos instruções: nada de palavras, apenas toques. Não pensamos um momento sequer que o senhor acharia que era eu! Isso não foi para ludibriar-vos, mas para que ficásseis à vontade, sabendo que a discussão de coisas relativas a "travesseiro" ainda vos constrange. – Ela o fitava com olhos bem abertos e inocentes. – Ela lhe agradou, Anjin-san? Ela gostou muito do senhor.

– Uma brincadeira envolvendo coisas de grande importância às vezes não tem graça.

– Coisas de grande importância serão sempre tratadas com grande importância. Mas uma criada, na noite, com um homem, não tem importância.

– Não vos considero sem importância.

– Agradeço-vos. Digo o mesmo. Mas uma criada, à noite, com um homem, é assunto privado e sem importância. É um presente dela a ele e, algumas vezes, dele a ela. Nada mais.

– Nunca?

– Às vezes. Mas este assunto de "travesseiro" em particular não tem a vasta seriedade que o senhor lhe atribui.

– Nunca?

– Apenas quando a mulher e o homem se unem contra a lei. *Neste* país.

Ele se conteve, finalmente compreendendo a razão por que ela negava.

– Peço desculpas. Sim, vós tendes razão e eu estou muito enganado. Nunca deveria ter falado. Desculpai-me.

– Por que se desculpar? Por quê? Dizei-me, Anjin-san, essa garota usava um crucifixo?

– Não.

– Eu sempre uso. Sempre.

– Um crucifixo pode ser retirado – disse ele automaticamente, em português. – Isso não prova nada. Podia ser emprestado, como um perfume.

– Diga-me uma última verdade: o senhor realmente viu a garota? Realmente a viu?

– Naturalmente. Por favor, vamos esquecer que...

– A noite estava muito escura, a lua nublada. Por favor, a verdade, Anjin-san. Pense! O senhor realmente viu a garota?

Claro que a vi, pensou ele, indignado.

Maldição, pense direito. Você *não* a viu. A sua cabeça estava enevoada. Podia ter sido a criada, mas você achou que era Mariko porque desejava Mariko e na sua cabeça viu apenas Mariko, acreditando que Mariko o desejaria igualmente. Você é um imbecil. Um maldito imbecil.

– Na verdade, não. Na verdade, eu devo realmente pedir desculpas – disse ele. – Como me desculpar?

– Não há necessidade de se desculpar, Anjin-san – retrucou ela calmamente. – Já lhe disse muitas vezes que um homem nunca se desculpa, mesmo quando está errado. – Os olhos dela o fitavam de uma forma divertidamente provocante. – A minha criada não necessita de desculpas.

– Obrigado – disse ele, rindo. – A senhora me faz sentir menos tolo.

– Os anos desaparecem do senhor quando ri. O muito sério Anjin-san passa a ser de novo um menino.

– O meu pai dizia que eu nasci velho.

– É mesmo?

– Ele achava que sim.

– Como era ele?

– Era um excelente homem. Um armador, um capitão. Os espanhóis o mataram num lugar chamado Antuérpia, quando passaram essa cidade pela espada. Queimaram o seu navio. Eu tinha seis anos, mas lembro-me dele como um homem grande, alto, de boa índole, com cabelo dourado. O meu irmão mais velho, Arthur, tinha só oito anos... Tivemos maus momentos, Mariko-san.

– Por quê? Por favor, conte-me. Por favor!

– É tudo muito banal. Cada centavo estava investido no navio, que se perdeu... e, bem, não muito tempo depois disso a minha irmã morreu. Morreu de fome realmente. Houve escassez em 1571 e praga novamente.

– Temos praga às vezes. Varíola. Vocês eram muitos na sua família?

– Três – disse ele, contente por conversar, afastando a outra mágoa. – Willia, minha irmã, tinha nove anos quando morreu. Arthur foi o próximo. Queria ser artista escultor, mas teve que se tornar aprendiz de pedreiro para ajudar a nos sustentar. Foi morto na armada. Tinha 25 anos, o coitado; acabara de se engajar num navio, sem treinamento... que desperdício. Sou o último dos Blackthorne. A mulher e a filha de Arthur vivem com a minha mulher e filhos agora. A minha mãe ainda vive, assim como a minha avó Jacoba, que tem 75 anos e é resistente como um pedaço de carvalho inglês, embora seja irlandesa. Pelo menos estavam vivas quando eu parti há mais de dois anos.

A dor estava voltando. Pensarei neles quando partir para casa, prometeu a si mesmo, mas não antes disso.

– Vai cair uma tempestade amanhã – ele disse, olhando o mar. – E forte, Mariko-san. Depois, em três dias, teremos tempo bom.

– Esta é a estação dos temporais. O céu fica nublado a maior parte do tempo e carregado de chuva. Quando as chuvas cessam, fica muito úmido. Aí começam os tufões.

Gostaria de estar no mar agora, pensava ele. Será que estive no mar alguma vez? O navio era real? O que é a realidade? Mariko ou a criada?

– O senhor não ri muito, não é, Anjin-san?

– Estive navegando muito tempo. Os marujos são sempre sérios. Aprendemos a observar o mar. Estamos sempre observando e esperando alguma catástrofe. Tire os olhos do mar um segundo e ele agarra o seu navio e o transforma em palitos de fósforo.

– Tenho medo do mar – disse ela.

– Eu também. Um velho pescador me disse um dia: "O homem que não tem medo do mar logo se afogará, porque se porá ao largo num dia em que não deveria. Mas nós temos medo do mar, portanto só naufragamos de vez em quando". – Ele olhou para ela. – Mariko-san...

– Sim?

– Poucos minutos atrás a senhora me convenceu de que... bem, digamos que fui convencido. Agora não estou. Qual é a verdade? A *hontō*. Eu tenho que saber.

– Os ouvidos servem para ouvir. Claro que foi a criada.

– Essa criada. Posso tê-la sempre que quiser?

– Naturalmente. Mas um homem sábio não o faria.

– Porque eu poderia ficar desapontado? Da próxima vez?

– Possivelmente.

– Acho difícil possuir uma criada e perder uma criada, difícil não dizer nada...

– "Travesseiro" é um prazer. Do corpo. Não há nada a ser dito.

– Mas como dizer a uma criada que ela é linda? Que eu a amo? Que ela me encheu de êxtase?

– Não é apropriado "amar" uma criada desse modo. Não aqui, Anjin-san. Essa paixão não é nem para uma esposa ou uma consorte. – Os olhos dela se franziram repentinamente. – Mas apenas para alguém como Kiku-san, cortesã, que é muito bela e merece isso.

– Onde posso encontrar essa garota?

– Na aldeia. Eu ficaria honrada em servir de intermediária.

– Por Cristo, acho que fala a sério.

– Naturalmente. Um homem precisa de paixões de todos os tipos. Essa dama é digna de romance... se o senhor puder pagar por ela.

– O que quer dizer com isso?

– Ela seria muito dispendiosa.

– Não se compra amor. Esse tipo não vale nada. "Amor" não tem preço.

Ela sorriu.

– "Travesseirar" sempre tem preço. Sempre. Não necessariamente dinheiro, Anjin-san. Mas um homem paga, sempre, para "travesseirar", de um modo ou de outro. Ao verdadeiro amor nós chamamos dever, é de alma para alma e não necessita dessa expressão, da expressão física, exceto talvez a dádiva da morte.

– Está enganada. Gostaria de poder mostrar-lhe o mundo como ele é.

– Conheço o mundo como é e como sempre será. Deseja aquela criada desprezível de novo?

– Sim. A senhora sabe que sim...

Mariko riu alegremente.

– Então, ela lhe será enviada. Ao pôr do sol. Nós a escoltaremos, Fujiko e eu!

– Maldição! Acho que a senhora faria isso mesmo! – Ele riu com ela.

– Ah, Anjin-san, é bom vê-lo rir. Desde que voltou para Anjiro, o senhor passou por uma grande mudança. Uma mudança muito grande.

– Não. Não tanto. Mas a noite passada tive um sonho. Esse sonho foi a perfeição.

– Deus é a perfeição. E, às vezes, o pôr do sol, ou o nascer da lua, ou a primeira flor de íris do ano.

– Não a compreendo em absoluto.

Ela passou o véu por sobre o chapéu e olhou diretamente, para ele.

– Uma vez outro homem me disse: "Não a compreendo em absoluto", e o meu marido disse: "Perdão, senhor, mas nenhum homem consegue compreendê-la. O pai não a compreende, nem os deuses, nem o Deus bárbaro dela, nem a mãe a compreende.".

– Foi Toranaga? O senhor Toranaga?

– Oh, não, Anjin-san. Foi o táicum. O senhor Toranaga me compreende. Ele compreende tudo.

– Até a mim?

– Muitíssimo ao senhor.

– Tem certeza disso, não?

– Sim, muita.

– Ele vencerá a guerra?

– Sim.

– Sou o vassalo favorito dele?

– Sim.

– Ele vai aceitar a minha marinha?

– Sim.

– Quando vou reaver o meu navio?

– Não vai.

– Por quê?

A gravidade dela desvaneceu-se.

– Porque o senhor terá a sua "criada" em Anjiro e estará "travesseirando" tanto que não terá energia para partir, nem de quatro, quando ela lhe implorar que suba a bordo do seu navio e quando o senhor Toranaga lhe pedir que suba a bordo e nos deixe a todos!

– Lá vai a senhora de novo! Num momento tão séria, no outro não!

– Isso foi só para responder-lhe, Anjin-san, e para pôr certas coisas nos devidos lugares. Ah, mas, antes que o senhor nos deixe, devia ver a senhora Kiku. Ela é digna de uma grande paixão. É tão linda e talentosa! Para ela, o senhor teria que ser extraordinário!

– Estou tentado a aceitar esse desafio.

– Não desafio ninguém. Mas, se o senhor estivesse preparado para ser samurai e não... não fosse estrangeiro... se estivesse preparado para tratar o "travesseiro" pelo que é, então eu ficaria honrada em agir como sua intermediária.

– O que significa isso?

– Quando o senhor estiver de bom humor, quando estiver pronto para diversão muito especial, peça à sua consorte que fale comigo.

– Por quê Fujiko-san?

– Porque é dever da sua consorte providenciar para que o senhor seja satisfeito. É costume nosso tornar a vida simples. Admiramos a simplicidade, por isso homens e mulheres podem ver o "travesseiro" pelo que é: uma parte importante da vida, certamente, mas, entre um homem e uma mulher, há coisas mais essenciais. Humildade, por exemplo. Respeito. Dever. Até esse seu "amor". Fujiko o "ama".

– Não, não ama!

– Ela dará a vida pelo senhor. O que mais importante há para dar?

Finalmente ele desviou os olhos dela e fitou o mar. As ondas encapelavam-se na praia à medida que o vento ganhava força. Voltou-se para ela.

– Então não há nada a dizer? – perguntou. – Entre nós?

– Nada. Pois assim dita a sabedoria.

– E se eu não concordar?

– O senhor tem que concordar. Está aqui. Este é o seu lar.

Os quinhentos atacantes galoparam pelo flanco da colina num grupo desorganizado, desceram para o vale salpicado de pedras, onde os 2 mil "defensores" estavam alinhados em formação de batalha. Cada cavaleiro trazia um mosquete passado às costas e um cinto com cartucheiras para balas, pederneiras e um chifre de pólvora. Como as da maioria dos samurais, as suas roupas eram uma heterogênea reunião de quimonos e trapos, mas as armas sempre as melhores que podiam obter. Apenas Toranaga e Ishido, que copiava o primeiro, insistiam em que seus homens se uniformizassem e fossem meticulosos no trajar. Todos os outros consideravam essa extravagância material como um tolo esbanjamento de dinheiro, uma inovação desnecessária. Até Blackthorne concordava com isso. Os exércitos na Europa nunca usavam uniformes: que rei podia se permitir isso, exceto para uma guarda pessoal?

Blackthorne estava em pé numa elevação com Yabu e seus ajudantes, Jozen e todos os seus homens e Mariko. Aquele era o primeiro ensaio de ataque em larga escala. Ele aguardava, inquieto. Yabu estava excepcionalmente tenso e Omi e Naga estavam suscetíveis quase ao ponto de beligerância. Particularmente Naga.

– O que está acontecendo com todo mundo? – perguntara Blackthorne a Mariko.

– Talvez desejem fazer bonito na frente do seu senhor e do hóspede.

– Ele também é um daimio?

– Não. Mas é importante, é um dos generais do senhor Ishido. Seria bom se tudo saísse perfeito hoje.

– Gostaria de que me tivessem prevenido de que haveria um ensaio.

– De que teria servido isso? Tudo o que podia fazer, o senhor fez.

Sim, pensou Blackthorne, enquanto olhava os quinhentos. Mas eles ainda estão longe de ficar prontos. Certamente Yabu sabe disso, todo mundo sabe. Portanto, se houver um desastre, bem, será karma, disse ele a si mesmo com mais confiança, e encontrou consolo nesse pensamento.

Os atacantes ganhavam velocidade e os defensores se mantinham à espera sob as bandeiras de seus capitães, escarnecendo do "inimigo" como fariam normalmente, enfileirados numa formação ampla, com uma profundidade de três ou quatro homens. Logo os atacantes desmontariam fora do alcance de uma seta. Depois os guerreiros mais valentes de ambos os lados, truculenta e arrogantemente, avançariam para lançar o desafio, proclamando a própria linhagem e sua superioridade, com os insultos óbvios. Teriam início conflitos armados isolados, o número de participantes gradualmente iria aumentando, até que um comandante ordenasse um ataque geral, e aí era cada um por si. Normalmente, o grupo maior derrotava o menor, depois as reservas eram trazidas e a confusão se repetia até que o moral de um lado arrefecia e aos poucos covardes que se retiravam logo se unia a maioria, sucedendo-se uma debandada. A traição não era habitual. Algumas vezes regimentos inteiros, seguindo as ordens do amo, trocavam de lado, para serem bem-vindos como aliados, sempre bem-vindos, mas nunca merecedores de confiança. Algumas vezes os comandantes derrotados corriam para se reagruparem, a fim de lutar de novo. Outras vezes ficavam e lutavam até à morte; às vezes cometiam *seppuku* com cerimônia. Raramente eram capturados. Alguns ofereciam os seus serviços aos vitoriosos. Algumas vezes isso era aceito, mas na maioria dos casos era recusado. A morte era o quinhão dos derrotados, rápida para os bravos e vergonhosa para os covardes. E esse era o padrão histórico de todas as escaramuças no país, mesmo nas grandes batalhas. Os soldados ali eram o mesmo que em qualquer outro lugar, com a diferença de que eram ferozes e havia muitos, muito mais preparados para morrer pelos respectivos amos do que em qualquer outro lugar na Terra.

O tropel dos cascos ecoou no vale.

– Onde está o comandante do ataque? Onde está Omi-san? – perguntou Jozen.

– No meio dos homens, tenha paciência – respondeu Yabu.

– Mas onde está o estandarte dele? E por que não está usando armadura e plumas de combate? Onde está o estandarte do comandante? São exatamente como um bando de bandidos imundos!

– Seja paciente! Todos os oficiais têm ordens de permanecer incógnitos. Eu lhe disse. E, por favor, não se esqueça de que estamos simulando uma batalha no auge, que isso é parte de uma grande batalha, com reservas e arma...

Jozen explodiu:

– Onde estão as espadas deles? Nenhum está usando espadas! Samurais sem espadas? Seriam massacrados!

– Seja paciente!

Agora os atacantes estavam desmontando. Os primeiros guerreiros avançaram das posições de defesa para mostrar o seu valor. E um número igual de defensores começou a imitá-los. Então, de repente, a canhestra massa de atacantes precipitou-se em cinco falanges cerradas e disciplinadas, cada uma com quatro fileiras de 25 homens, três falanges à frente e duas na reserva, quarenta passos atrás. Como um todo, investiram contra o inimigo. Atingido o alcance de tiro, detiveram-se com um estremecimento e as fileiras da frente dispararam, em uníssono, uma salva de rebentar os ouvidos. Gritos, homens morrendo. Jozen e seus homens abaixaram-se por puro reflexo, depois olharam atônitos quando as fileiras da frente se ajoelharam e começaram a recarregar, enquanto as segundas fileiras faziam fogo por cima delas, com as terceiras e quartas seguindo o mesmo esquema. A cada salva mais defensores caíam, e o vale se encheu de tiros, gritos e confusão.

– O senhor está matando seus próprios homens! – gritou Jozen por sobre o tumulto.

– É munição de salva, não é real. Estão todos representando. Mas imagine que se trata de um ataque real, com balas de verdade! Olhe! Os defensores "recuperaram-se" do choque inicial. Reagruparam-se e fizeram meia-volta para um ataque frontal. – A essa altura os homens da frente já haviam recarregado e, a uma ordem, dispararam outra salva de uma posição ajoelhada, depois a segunda fila atirou de pé, imediatamente se ajoelhando para recarregar, depois a terceira e a quarta, como antes, e, embora muitos mosqueteiros fossem lentos e as fileiras se desordenassem, foi fácil imaginar a terrível dizimação que homens treinados causariam. O contra-ataque falhou, depois se dissolveu e os defensores se retiraram numa confusão simulada até a elevação, parando logo abaixo dos observadores. Muitos "mortos" jaziam pelo chão.

Jozen e seus homens estavam abalados.

– Essas armas romperiam qualquer linha!

– Espere. A batalha não terminou!

Novamente os defensores se formaram e agora seus comandantes os exortaram à vitória, convocaram as reservas e ordenaram o ataque geral final.

Os samurais correram colina abaixo emitindo seus terríveis gritos de batalha para cair em cima do inimigo.

– Agora serão esmagados – disse Jozen, envolvido como todos os outros pelo realismo da batalha simulada.

E estava certo. As falanges não resistiram. Romperam-se e dispararam na corrida, sob os gritos de batalha dos samurais autênticos, com espadas e lanças, e Jozen e seus homens uniram os seus gritos de escárnio ao alarido quando os regimentos se arremessaram para a matança. Os mosqueteiros corriam como os comedores de alho, cem, duzentos, trezentos passos; então, de repente, a uma ordem, as falanges se reagruparam, desta vez numa formação em V. Novamente as salvas ensurdecedoras começaram. O ataque vacilou. Depois parou. Mas os tiros continuaram. Logo, também pararam. O jogo terminara. Mas todos na elevação sabiam que, em condições reais, os 2 mil teriam sido massacrados.

Agora em silêncio, defensores e atacantes começaram a se separar. Os "corpos" se levantaram, armas foram coletadas. Houve risos e gemidos. Muitos homens mancavam e alguns estavam com ferimentos mais graves.

– Cumprimento-o, Yabu-sama! – disse Jozen com grande sinceridade. – Agora compreendo tudo o que o senhor queria dizer!

– O tiroteio estava disperso – disse Yabu inteiramente encantado. – Vai levar meses para treiná-los.

Jozen balançou a cabeça.

– Eu não gostaria de atacá-los agora. Não se tivessem munição verdadeira. Nenhum exército poderia resistir àquele muro, nenhum alinhamento. As fileiras nunca conseguiriam permanecer fechadas. E então se lançariam tropas comuns e cavalaria pela brecha e se enrolariam os lados como se fosse um velho pergaminho. – Ele agradecia a todos os *kamis* por ter tido o bom senso de assistir a um ataque. – Foi terrível de assistir. Por um instante pensei que a batalha fosse real.

– Eles receberam ordens de fazer parecer real. E agora o senhor pode passar em revista os meus mosqueteiros, se desejar.

– Obrigado. Isso seria uma honra.

Os defensores estavam afluindo para os seus acampamentos, que se erguiam no flanco da colina oposta. Os quinhentos mosqueteiros esperavam embaixo, perto do caminho que subia pela elevação e descia para a aldeia. Estavam entrando em formação nas suas companhias, Omi e Naga à frente deles, ambos usando espadas de novo.

– Yabu-sama?

– Sim, Anjin-san?

– Bom, não?

– Sim, bom.

– Obrigado, Yabu-sama. Eu satisfaço.

Mariko corrigiu-o automaticamente:

– "Fico satisfeito."

– Ah, desculpe. Fico satisfeito.

Jozen chamou Yabu de lado.

– Isso saiu tudo da cabeça do Anjin-san?

– Não – mentiu Yabu. – Mas é o modo como os bárbaros lutam. Ele está só treinando os homens a carregar e atirar.

– Por que não fazer o que Naga-san aconselhou? O senhor tem o conhecimento do bárbaro agora. Por que correr o risco de que isso se espalhe? Ele é uma praga. Muito perigoso, Yabu-sama. Naga-san tem razão. É verdade, os camponeses poderiam combater deste modo. Facilmente. Livre-se do bárbaro já.

– Se o senhor Ishido quiser a cabeça dele, só terá que pedir.

– Eu peço. Agora. – Novamente a truculência. – Falo com a voz dele.

– Considerarei isso, Jozen-san.

– E também, em nome dele, peço que se retirem todas as armas daqueles homens imediatamente.

Yabu franziu o cenho, depois voltou a atenção para as companhias. Estavam se aproximando do topo da colina, as fileiras em ordem, disciplinadas, levemente ridículas como sempre, só porque aquela formação não era habitual. A cinquenta passos de distância, pararam. Omi e Naga avançaram sozinhos e saudaram.

– Estava bem para um primeiro exercício – disse Yabu.

– Obrigado, senhor – respondeu Omi. Coxeava levemente e tinha o rosto sujo, escoriado, marcado de pólvora.

– As suas tropas teriam que portar espadas numa batalha real, Yabu-sama, *né?* – disse Jozen. – Um samurai tem que portar espadas. Eventualmente, poderiam ficar sem munição, *né?*

– As espadas terão o seu papel, no ataque e na retirada. Oh, eles as usarão como sempre para manter a surpresa, mas, logo depois da primeira carga, livram-se delas.

– Os samurais sempre precisarão de espadas. Numa batalha real. Ainda assim estou contente porque não teremos nunca que usar esta força de ataque, ou... – Jozen ia acrescentar "ou esse imundo e traiçoeiro método de guerra". Mas disse: – ... ou teremos todos que abandonar as nossas espadas.

– Talvez tenhamos, Jozen-san, quando formos à guerra.

– O senhor renunciaria à sua lâmina Murasama? Ou mesmo ao presente de Toranaga?

– Para vencer uma batalha, sim. De outro modo, não.

– Então o senhor talvez tivesse que correr bem depressa para salvar as frutas quando o seu mosquete emperrasse ou a pólvora molhasse. – Jozen riu do seu próprio gracejo. Yabu, não.

– Omi-san! Mostre-lhe! – ordenou.

Imediatamente Omi deu uma ordem. Os seus homens puxaram a pequena baioneta embainhada que pendia quase despercebida nas costas do cinto de cada um e a enfiaram na cavidade da boca dos mosquetes.

– Atacar!

De pronto os samurais investiram com o seu grito de batalha: "*Kashigiiiii!*".

A floresta de aço nu parou a um passo deles. Jozen e os seus homens riram nervosamente com a repentina e insuspeita ferocidade.

– Bom, muito bom – disse Jozen. Estendeu a mão e tocou numa baioneta. Era extremamente afiada. – Talvez tenha razão, Yabu-sama. Esperemos que isso não tenha que ser testado.

– Omi-san! – chamou Yabu. – Ponha-os em formação. Jozen-san vai passá-los em revista. Depois voltem para o acampamento. Mariko-san, Anjin-san, sigam-me! – Desceu a passos largos a elevação, por entre as fileiras, seguido dos auxiliares, de Blackthorne e Mariko.

– Formar no caminho. Substituir baionetas!

Metade dos homens obedeceu no mesmo instante, deu meia-volta e desceu a vertente de novo. Naga e seus 250 samurais continuaram onde estavam, as baionetas ainda ameaçando.

Jozen indignou-se.

– O que está havendo?

– Considero seus insultos intoleráveis – disse Naga malignamente.

– Isso é absurdo. Não o insultei, nem a ninguém! As suas baionetas é que insultam a minha posição! Yabu-sama!

Yabu voltou-se. Estava agora do outro lado do contingente de Toranaga.

– Naga-san – chamou friamente –, o que significa isso?

– Não posso perdoar a esse homem os insultos a meu pai... ou a mim.

– Ele está protegido. Você não pode tocá-lo! Está sob o emblema dos regentes!

– O seu perdão, Yabu-sama, mas isto é entre mim e Jozen-san.

– Não. Você está sob as minhas ordens. Ordeno-lhe que diga aos seus homens que regressem ao acampamento.

Nem um homem se moveu. A chuva começou.

– O seu perdão, Yabu-san, por favor, perdoe-me, mas isto é entre mim e ele e, aconteça o que acontecer, isento-o de toda responsabilidade pelo meu ato e o dos meus homens.

Um pouco atrás, um dos homens de Jozen sacou a espada e avançou para as costas desprotegidas de Naga. Uma saraivada de vinte mosquetes estourou-lhe a cabeça imediatamente. Esses vinte homens se ajoelharam e começaram a recarregar. A segunda fileira preparou-se.

– Quem ordenou munição real? – perguntou Yabu.

– Eu. Eu, Yoshi Naga-no-Toranaga!

– Naga-san! Ordeno-lhe que deixe Nebara Jozen e seus homens ir livremente. Ordeno-lhe que se retire para o seu alojamento até que eu possa consultar o senhor Toranaga sobre a sua insubordinação!

– Naturalmente, o senhor informará o senhor Toranaga e karma é karma. Mas lamento, senhor Yabu, que antes este homem precise morrer. E que todos devam morrer. Hoje!

Jozen estremeceu.

– Estou protegido pelos regentes! Você não ganhará nada me matando.

– Recupero minha honra, *né?* – disse Naga. – Retribuo-lhe as zombarias a meu pai e os seus insultos a mim. Mas o senhor teria que morrer de qualquer maneira, *né?* Eu não poderia ter sido mais claro a noite passada. Agora o senhor assistiu a um ataque. Não posso correr o risco de que Ishido tome conhecimento de todo este... – a sua mão apontou para o campo de batalha – ... este horror!

– Ele já sabe! – deixou escapar Jozen, abençoando a própria antevisão da noite precedente. – Ele já sabe! Mandei uma mensagem por pombo, secretamente, ao amanhecer! Não ganha nada me matando, Naga-san!

Naga fez sinal a um dos seus homens, um velho samurai, que avançou e atirou o pombo estrangulado aos pés de Jozen. Depois a cabeça decepada de um homem também foi atirada ao chão – a cabeça do samurai Masumoto, enviado na véspera por Jozen com o pergaminho. Os olhos ainda estavam abertos, os lábios repuxados numa careta de ódio. A cabeça começou a rolar. Foi aos trambolhões por entre as fileiras até pousar contra uma rocha.

Um gemido irrompeu dos lábios de Jozen. Naga e todos os seus homens riram. Até Yabu sorriu. Outro dos samurais de Jozen saltou para Naga. Vinte mosquetes espocaram e o homem atrás dele, que não tinha se movido, também caiu em agonia, mortalmente ferido.

O riso cessou.

– Devo ordenar aos meus homens que ataquem, senhor? – perguntou Omi. Fora tão fácil manobrar Naga.

Yabu enxugou a chuva do rosto.

– Não, isso não serviria para nada. Jozen-san e seus homens já estão mortos, não importa o que eu faça. É o karma dele, assim como Naga tem o seu. – Naga-san! – bradou ele. – Pela última vez, ordeno-lhe que os deixe partir!

– Por favor, desculpe-me, mas tenho que recusar.

– Muito bem. Quando tiver acabado, apresente-se a mim.

– Sim. Deve haver uma testemunha oficial, Yabu-sama. Para o senhor Toranaga e para o senhor Ishido.

– Omi-san, você fica. Assinará o certificado de morte e fará o relatório. Naga-san e eu o rubricaremos.

Naga apontou para Blackthorne.

– Deixe-o ficar também. Igualmente como testemunha. Ele é responsável pela morte deles. Devia testemunhar.

– Anjin-san, suba até aqui! Junto de Naga-san! Compreendeu?

– Sim, Yabu-san. Compreendi, mas por quê, por favor?

– Para ser uma testemunha.

– Desculpe, não compreendi.

– Mariko-san, explique "testemunha" a ele, que ele deve testemunhar o que vai acontecer, depois acompanhe-me. – Ocultando a sua imensa satisfação, Yabu voltou-se e se afastou.

Jozen estremeceu.

– Yabu-san! Por favor! Yabuuuuuu-samaaaa!

Blackthorne concordou. Quando terminou, voltou para casa. Havia silêncio na casa e uma mortalha sobre a aldeia. Um banho não o fez sentir-se limpo. O saquê não lhe tirou o gosto da boca. O incenso não lhe desobstruiu o mau cheiro das narinas.

Mais tarde Yabu mandou buscá-lo. O ataque foi dissecado, momento a momento. Omi e Naga estavam lá, com Mariko. Naga, como sempre, frio, ouvindo, raramente comentando, ainda segundo em comando. Nenhum deles parecia tocado pelo que ocorrera.

Trabalharam até depois do pôr do sol. Yabu ordenou que o ritmo do treinamento fosse acelerado. Um segundo grupo de quinhentos devia ser formado imediatamente. Dentro de uma semana, outro.

Blackthorne caminhou para casa sozinho, comeu sozinho, acossado pela sua assombrosa descoberta: que eles não tinham sentido de pecado, ninguém tinha consciência, nem Mariko.

Naquela noite não conseguiu dormir. Saiu de casa, o vento lutando contra ele. As rajadas faziam espumar as ondas. Uma lufada mais forte lançou entulho com estrépito contra uma cabana da aldeia. Havia cães uivando para o céu, andando à cata de alimento. Os telhados de palha de arroz moviam-se como coisas vivas. Venezianas batiam com violência e homens e mulheres, espectros silenciosos, esforçavam-se por fechá-las e fixá-las com traves. A maré subia lentamente. Todos os botes de pesca tinham sido puxados para a segurança da praia, muito mais longe do que o habitual. Todos foram fixados com sarrafos.

Ele caminhou pela praia, depois voltou para casa, vergado pela pressão do vento. Não encontrara ninguém. A chuva começou a cair em rajadas e ele logo ficou encharcado.

Fujiko o esperava na varanda, o vento açoitando-a, fazendo pingar a lâmpada de óleo protegida por um anteparo. Estavam todos acordados. Criados carregavam objetos de valor para o depósito de pedra no fundo do jardim.

A ventania ainda não era ameaçadora.

Uma telha virou, solta, quando o vento penetrou sob uma aba do telhado, que estremeceu todo. A telha caiu e se espatifou sonoramente. Criados se alvoroçaram ao redor, alguns preparando baldes de água, outros tentando consertar o telhado. O velho jardineiro, Ueki-ya, ajudado por crianças, amarrava os arbustos e as árvores tenras a estacas de bambu.

Outra rajada balançou a casa.

– Vai desabar, Mariko-san.

Ela não disse nada, o vento fustigando-a e a Fujiko, provocando-lhes lágrimas nos cantos dos olhos. Ele olhou para a aldeia. Os detritos estavam sendo atirados por toda parte. Então o vento se introduziu por um rasgão na *shōji* de papel de uma construção e a parede inteira sumiu, deixando apenas um esqueleto entrelaçado. A parede oposta esfacelou-se e o telhado ruiu.

Blackthorne voltou-se, indefeso, quando uma *shōji* do seu quarto veio abaixo. Aquela parede desapareceu e o mesmo aconteceu com a oposta. Logo todas as paredes estavam em tiras. Ele podia ver através da casa toda. Mas os suportes do telhado aguentaram e o telhado não se deslocou. Leitos, lanternas e esteiras estavam sendo arrastados, criados atrás deles.

A tempestade demoliu as paredes de todas as casas da aldeia. E algumas foram completamente arrasadas. Ninguém se feriu gravemente. Ao amanhecer, o vento acalmou e homens e mulheres começaram a reconstruir seus lares.

Por volta do meio-dia, as paredes da casa de Blackthorne tinham sido refeitas e metade da aldeia estava de volta ao normal. As paredes de treliça leve requeriam pouco trabalho para serem erguidas mais uma vez, apenas cavilhas de madeira e amarras para conexões que eram sempre encaixadas e carpintejadas com grande habilidade. Os telhados, de telhas ou sapé, eram mais difíceis, mas ele viu que as pessoas se ajudavam mutuamente, sorridentes, rápidas e com muita prática. Mura corria pela aldeia aconselhando, orientando e supervisionando. Subiu a colina para inspecionar os progressos.

– Mura, você fez... – Blackthorne procurou as palavras – ... você faz a coisa parecer fácil.

– Ah, obrigado, Anjin-san. Sim, obrigado, mas fomos felizes de não ter havido incêndios.

– Vocês incêndios com frequências?

– Desculpe: "Vocês têm incêndios com frequência?".

– Vocês têm incêndios com frequência? – repetiu Blackthorne.

– Sim. Mas eu havia dado ordens para que a aldeia se preparasse. "Preparasse", o senhor compreende?

– Sim.

– Quando essas tempestades começam... – Mura se retesou e olhou por sobre o ombro de Blackthorne. Sua mesura foi profunda.

Omi estava se aproximando no seu passo gingado, os olhos amistosos apenas em Blackthorne, como se Mura não existisse.

– Bom dia, Anjin-san.

– Bom dia, Omi-san. Sua casa está bem?

– Sim. Obrigado. – Omi olhou para Mura e disse bruscamente: – Os homens deviam estar pescando ou trabalhando os campos. As mulheres também.

Yabu-san quer seus impostos. Estão tentando me envergonhar na frente dele com a sua preguiça?

– Não, Omi-san. Por favor, desculpe-me. Providenciarei imediatamente.

– Não devia ser necessário dizer-lhe. Não lhe direi na próxima vez.

– Peço desculpas pela minha estupidez. – Mura afastou-se às pressas.

– O senhor está bem hoje – disse Omi a Blackthorne. – Nenhum problema à noite?

– Bem hoje, obrigado. E o senhor?

Omi falou longamente. Blackthorne não assimilou tudo, assim como não compreendera tudo o que Omi dissera a Mura, só algumas palavras aqui, outras ali.

– Desculpe. Não compreendo.

– Gostou? Gostou de ontem? Do ataque? Da batalha simulada?

– Ah, compreendo. Sim, acho bom.

– E o testemunho?

– Por favor?

– Testemunho! O *rōnin* Nebara Jozen e seus homens? – Omi imitou a estocada de baioneta com uma risada. – O senhor testemunhou a morte deles. Morte! Compreende?

– Ah, sim. A verdade, Omi-san, não gostar matanças.

– Karma, Anjin-san.

– Karma. Hoje treinamento?

– Sim. Mas Yabu-sama quer conversar apenas. Mais tarde. Compreendeu, Anjin-san? Apenas conversar, mais tarde – Omi repetia pacientemente.

– Conversar apenas. Compreender.

– Está começando a falar a nossa língua muito bem. Sim. Muito bem.

– Obrigado. Difícil. Pequeno tempo.

– Sim. Mas o senhor é um bom homem e tenta arduamente. Isso é importante. Nós lhe daremos tempo, Anjin-san, não se preocupe. Eu o ajudarei. – Omi podia ver que a maior parte do que dizia se perdia, mas não importava, desde que Anjin-san captasse o essencial. – Quero ser seu amigo – disse e repetiu com toda a clareza. – Compreende?

– Amigo? Eu compreendo "amigo".

Omi apontou para si mesmo, depois para Blackthorne.

– Quero ser seu amigo.

– Ah! Obrigado. Honrado.

Omi sorriu de novo e curvou-se, de igual para igual, e se afastou.

– Amigo dele? – resmungou Blackthorne. – Será que ele esqueceu? Eu não.

– Ah, Anjin-san – disse Fujiko, correndo na sua direção. – Gostaria de comer? Yabu-sama vai mandar buscá-lo dentro em breve.

– Sim, obrigado. Muitos quebras? – perguntou ele, apontando para a casa.

– Desculpe-me, sinto muito, mas o senhor deve dizer: "Houve muitos danos?".

– Houve muitos danos?
– Nenhum dano real, Anjin-san.
– Ótimo. Não ferimentos?
– Desculpe-me, sinto muito, o senhor deve dizer: "Ninguém se feriu?".
– Obrigado. Ninguém se feriu?
– Não, Anjin-san. Ninguém se feriu.

De repente, Blackthorne se cansou de ser continuamente corrigido e encerrou a conversa com uma ordem:

– Estou fome! Comida!
– Sim, imediatamente. Desculpe, mas o senhor deve dizer: "Estou com fome". Uma pessoa tem fome, mas está com fome ou faminta. – Esperou até que ele dissesse corretamente, depois se afastou.

Ele se sentou na varanda e observou Ueki-ya, o velho jardineiro, limpando o estrago e as folhas dispersas. Podia ver mulheres e crianças consertando a aldeia e barcos saindo para o mar encapelado. Gostaria de saber que impostos eles têm que pagar, disse a si mesmo. Eu odiaria ser um camponês aqui. Não só aqui, em qualquer lugar.

À primeira luz, ele ficara desolado com a aparente devastação da aldeia.

– Essa tempestade mal tocaria uma casa inglesa – dissera a Mariko. – Oh, foi uma ventania, está certo, mas não foi séria. Por que vocês não constroem com pedra ou tijolos?

– Por causa dos terremotos, Anjin-san. Qualquer construção de pedra naturalmente racharia e desabaria e provavelmente feriria ou mataria os moradores. Com o nosso estilo de construção, o dano é pequeno. O senhor verá como tudo será rapidamente reconstruído.

– Sim, mas vocês têm riscos de incêndio. E o que acontece quando chegam os Grandes Ventos? Os tufões?

– Aí é muito mau.

Ela explicara sobre os tufões e a estação deles: de junho a setembro, às vezes mais cedo, às vezes mais tarde. E sobre as outras catástrofes naturais.

Poucos dias antes tinha havido outro tremor. Fora leve. Uma chaleira caíra do braseiro e o derrubara. Felizmente as brasas tinham sido apagadas. Uma casa na aldeia pegara fogo, mas o incêndio não se alastrara. Blackthorne nunca vira um combate ao fogo tão eficiente. Além disso, ninguém na aldeia prestara muita atenção. Simplesmente riram e continuaram com a vida de todo dia.

– Por que as pessoas riem?

– Consideramos muito vergonhoso e descortês demonstrar sentimentos fortes, particularmente o medo, então ocultamos tudo com uma risada ou um sorriso. Claro que ficamos todos com medo, embora não devamos demonstrá-lo.

Alguns de vocês demonstram, pensou Blackthorne.

Nebara Jozen demonstrara. Morrera pessimamente, soluçando de medo, implorando clemência. Uma morte lenta e cruel. Deram-lhe permissão para correr, depois, entre risadas, fora cuidadosamente ferido a baioneta, depois forçado a correr de novo e novamente interceptado. Em seguida deixaram-no rastejar, depois estriparam-no lentamente enquanto urrava, o sangue gotejando, e abandonaram-no para morrer.

Em seguida, Naga voltara a atenção para os outros samurais. Imediatamente três dos homens de Jozen se ajoelharam, desnudaram o ventre e sacaram as adagas para cometer o *seppuku* ritual. Três dos seus companheiros postaram-se atrás deles como assistentes, as espadas compridas desembainhadas e levantadas, nenhum deles molestado por Naga ou seus homens. Quando os samurais ajoelhados estenderam a mão para a faca, os assistentes esticaram o pescoço deles e as três espadas faiscaram e os decapitaram com um único golpe. As cabeças rolaram, com os dentes chocalhando, e depois ficaram imóveis. Moscas enxamearam.

A seguir, dois samurais se ajoelharam, o último homem em pé, pronto para agir como auxiliar. O primeiro ajoelhado foi decapitado à maneira dos companheiros quando se lançou e procurou a faca. O outro disse:

– Não, eu, Hirasaki Kenko, sei como morrer... como um samurai deve morrer.

Kenko era um jovem suave, perfumado e quase bonito, de pele pálida, o cabelo bem oleado e muito arrumado. Pegou a faca reverentemente e envolveu parcialmente a lâmina com o *obi* para segurá-la melhor.

– Protesto contra a morte de Nebara Jozen-san e destes homens – disse com firmeza, curvando-se para Naga. Deu uma última olhada para o céu e para o auxiliar, um último sorriso tranquilizador. – *Sayōnara*, Tadeo. – Depois enterrou a faca no lado esquerdo do estômago. Com as duas mãos, rasgou de lado a lado, tirou a lâmina e mergulhou-a mais fundo ainda, bem acima da virilha, e arrancou-a em silêncio. Os seus intestinos dilacerados derramaram-se sobre o colo e, enquanto seu rosto horrivelmente contorcido, torturado, se lançava para a frente, o seu auxiliar desceu a espada num único arco fustigante.

Naga, pessoalmente, pegou a cabeça dele pelo cabelo, limpou a sujeira e fechou seus olhos. Depois disse a seus homens que providenciassem para que a cabeça fosse lavada, embrulhada e enviada a Ishido com honras totais, com um relato completo da bravura de Hirasaki Kenko.

O último samurai se ajoelhou. Não sobrara ninguém para assisti-lo. Também ele era jovem. Os seus dedos tremiam e o medo o consumia. Por duas vezes cumprira o seu dever para com os companheiros, por duas vezes usara imaculadamente sua espada, honrosamente, poupando-os da aflição da dor e da vergonha do medo. E esperara que o seu amigo mais caro morresse como um samurai devia morrer, autoimolado num silêncio orgulhoso. Depois usara sua lâmina imaculadamente de novo, com perfeita habilidade. Ele nunca matara antes.

Os seus olhos focalizaram a sua própria faca. Despiu o estômago e rezou para ter a coragem do amante. Lágrimas afloraram, mas ele por força de vontade transformou o rosto numa máscara gelada, sorridente. Desatou o *obi* e envolveu parcialmente a lâmina. Depois, porque o jovem cumprira bem o seu dever, Naga fez um gesto ao seu lugar-tenente.

Esse samurai avançou e se curvou, apresentando-se formalmente.

– Osaragi Nampo, capitão da Nona Legião do senhor Toranaga. Eu ficaria honrado em agir como seu auxiliar.

– Ikomo Tadeo, primeiro oficial, vassalo do senhor Ishido – retrucou o jovem. – Obrigado. Eu ficaria honrado em aceitá-lo como meu auxiliar.

A sua morte foi rápida, indolor e honrosa. As cabeças foram reunidas.

Mais tarde Jozen voltou à vida com um estremecimento. As suas mãos frenéticas tentaram em vão fechar o ventre.

Abandonaram-no aos cães que tinham vindo da aldeia.

CAPÍTULO 34

À HORA DO CAVALO, ONZE HORAS DA MANHÃ, DEZ DIAS APÓS A MORTE DE Jozen e de todos os seus homens, um comboio de três galeras contornou o promontório de Anjiro. Estavam apinhadas de soldados. Toranaga desembarcou. A seu lado vinha Buntaro.

– Primeiro, quero assistir a um exercício de ataque, Yabu-san, com os quinhentos originais – disse Toranaga. – Imediatamente.

– Poderia ser amanhã? Isso me daria tempo para preparar – disse Yabu afavelmente, mas por dentro furioso com o imprevisto da chegada de Toranaga e enraivecido com os seus espiões por não o terem prevenido. Mal tivera tempo de acorrer à praia com uma guarda de honra. – O senhor deve estar cansado...

– Não estou cansado, obrigado – disse Toranaga, intencionalmente brusco. – Não preciso de "defensores" nem de um ambiente elaborado, nem de gritos ou mortes simuladas. Esquece-se, velho amigo, de que encenei peças Nô suficientes e representei o bastante para ser capaz de usar a minha imaginação. Não sou um camponês *rōnin!* Por favor, ordene que seja organizado o exercício imediatamente.

Encontravam-se na praia, ao lado do desembarcadouro. Toranaga estava rodeado pelos guardas de elite e havia outros desembarcando da galera atracada. Mais mil samurais, pesadamente armados, amontoavam-se nas duas galeras que aguardavam a pouca distância da praia. Fazia um dia quente, o céu estava sem nuvens, havia uma leve arrebentação e uma neblina de calor no horizonte.

– Igurashi, providencie! – Yabu dominou a própria raiva. Desde a primeira mensagem que enviara, referente à chegada de Jozen, onze dias antes, houvera simplesmente um escoar de relatórios inexpressivos de Edo, enviados pela sua própria rede de espionagem, e nada além de esporádicas e enfurecedoramente inconclusivas respostas de Toranaga aos seus sinais cada vez mais urgentes: "Sua mensagem recebida e sendo seriamente estudada". "Chocado com as notícias sobre o meu filho. Por favor, espere instruções posteriores." Depois, havia quatro dias: "Os responsáveis pela morte de Jozen serão punidos. Devem permanecer em seus postos, mas continuar sob prisão até que eu possa me consultar com o senhor Ishido.". E, na véspera, a surpresa de estarrecer: "Hoje recebi o convite formal do novo Conselho de Regentes para ir a Ōsaka, à cerimônia de contemplação da flor. Quando o senhor pretende partir? Comunique imediatamente.".

– Com certeza, isto não significa que Toranaga realmente vai – duvidara Yabu, aturdido.

– Ele está forçando o senhor a se comprometer – respondera Igurashi. – Qualquer coisa que o senhor disser vai colocá-lo numa armadilha.

– Concordo – dissera Omi.

– Por que não estamos recebendo notícias de Edo? O que aconteceu aos nossos espiões?

– É quase como se Toranaga tivesse posto uma capa sobre o Kantō inteiro – dissera Omi. – Talvez ele saiba quem são os seus espiões!

– Este é o décimo dia, senhor – lembrara Igurashi. – Tudo está pronto para a sua partida para Ōsaka. Deseja partir ou não?

Agora, ali na praia, Yabu abençoava seu *kami* da guarda que o persuadira a aceitar o conselho de Omi para ficar até o último dia possível, três dias a contar daquele.

– Em relação à sua mensagem final, Toranaga-sama, a que chegou ontem – disse ele –, o senhor certamente não vai a Ōsaka.

– O senhor vai?

– Reconheço-o como líder. Naturalmente, estou esperando a sua decisão.

– A minha decisão é fácil, Yabu-sama. Mas a sua é difícil. Se for, os regentes certamente o retalharão por ter destruído Jozen e seus homens. E Ishido está muito furioso mesmo, e com razão. *Né?*

– Eu não fiz isso, senhor Toranaga. A destruição de Jozen, embora merecida, foi contra as minhas ordens.

– Foi muito bom que Naga-san o tenha feito, *né?* De outro modo, o senhor certamente teria tido que fazê-lo por si mesmo. Discutirei sobre Naga-san mais tarde, mas venha, conversaremos enquanto caminhamos para o local de treinamento. Não há necessidade de desperdiçar tempo. – Toranaga pôs-se em marcha no seu passo célere, seguido de perto pelos seus guardas. – Sim, o senhor está realmente num dilema, velho amigo. Se for, perde a cabeça, perde Izu e, naturalmente, toda a sua família Kashigi vai para o pátio de execução. Se ficar, o conselho ordenará a mesma coisa. – Olhou-o de soslaio. – Talvez o senhor devesse fazer o que sugeriu que eu fizesse na última vez em que estive em Anjiro. Ficarei feliz em ser o seu auxiliar. Talvez a sua cabeça abrande o mau humor de Ishido quando eu o encontrar.

– A minha cabeça não tem valor para Ishido.

– Não concordo.

Buntaro interceptou-os.

– Desculpe-me, senhor. Onde quer que os homens sejam aquartelados?

– No planalto. Faça o seu acampamento permanente lá. Duzentos guardas ficarão comigo na fortaleza. Quando tiver completado os arranjos, junte-se a mim. Quero que você assista ao exercício de treinamento. – Buntaro saiu apressado.

– Acampamento permanente? O senhor vai ficar aqui? – perguntou Yabu.

– Não, apenas os meus homens. Se o ataque é tão bom quanto ouvi dizer, formaremos nove batalhões de assalto de quinhentos samurais cada um.

– O quê?

– Sim. Trouxe mais mil samurais selecionados para o senhor agora. O senhor providenciará os outros mil.

– Mas não há armas suficientes e o treina...

– Sinto muito, o senhor está enganado. Trouxe mil mosquetes comigo, muita pólvora e munição. O resto chegará dentro de uma semana, com mais mil homens.

– Teremos nove batalhões de assalto?

– Sim. Formarão um regimento. Buntaro comandará.

– Talvez fosse melhor que eu fizesse isso. Ele...

– Oh, mas o senhor se esquece de que o conselho se reúne dentro de poucos dias. Como pode comandar um regimento se está indo para Ōsaka? O senhor não se preparou para partir?

Yabu parou.

– Somos aliados. Combinamos que o senhor seria o líder e urinamos sobre o trato. Mantive o trato e estou mantendo. Agora pergunto: qual é o seu plano? Guerrearemos ou não?

– Ninguém declarou guerra contra mim. Ainda.

Yabu estava ansioso por desembainhar a lâmina Yoshimoto e fazer esguichar o sangue de Toranaga no pó de uma vez por todas, custasse o que custasse. Podia sentir a respiração dos guardas de Toranaga à sua volta, mas não estava se preocupando agora.

– O conselho também não é o seu dobre de morte? O senhor mesmo disse isso. Uma vez que se reúnam, o senhor terá que obedecer. *Né?*

– Naturalmente. – Toranaga fez sinal aos guardas que se afastassem e se apoiou calmamente na espada, as sólidas pernas separadas e firmes.

– Então, qual é a sua decisão? O que propõe?

– Primeiro, assistir a um ataque.

– Depois?

– Depois ir caçar.

– Vai a Ōsaka?

– Naturalmente.

– Quando?

– Quando me aprouver.

– Quer dizer, não quando aprouver a Ishido.

– Quero dizer quando me aprouver.

– Ficaremos isolados – disse Yabu. – Não podemos lutar contra todo o Japão, mesmo com um regimento de assalto, e possivelmente não poderemos treinar um em dez dias.

– Sim.

– Então, qual é o plano?

– O que aconteceu exatamente com Jozen e Naga-san?

Yabu contou-lhe tudo, omitindo apenas o fato de que Naga fora manipulado por Omi.

– E o meu bárbaro? Como está se comportando o Anjin-san?

– Bem. Muito bem. – Yabu contou-lhe sobre a tentativa de *seppuku* na primeira noite e como habilmente dobrara o Anjin-san para proveito deles dois.

– Isso foi inteligente – disse Toranaga lentamente. – Nunca imaginei que ele tentaria *seppuku*. Interessante.

– Foi muito oportuno que eu dissesse a Omi que estivesse preparado.

– Sim.

Impaciente, Yabu esperava mais, mas Toranaga permaneceu em silêncio.

– A notícia que mandei sobre o senhor Ito tornar-se regente – disse Yabu, afinal. – O senhor já sabia disso antes de receber a minha mensagem?

Toranaga não respondeu de imediato.

– Tinha ouvido alguns rumores. O senhor Ito é uma escolha perfeita para Ishido. O pobre imbecil sempre gostou de uma boa vara enquanto tem o nariz metido no ânus de outro homem. Serão bons amigos, os dois.

– O voto dele destruirá o senhor, ainda assim.

– Desde que haja um conselho.

– Ah, então o senhor tem um plano?

– Sempre tenho um plano, ou planos, o senhor não sabia? Mas o senhor, qual é o seu aliado? Se desejar partir, parta. Se quiser ficar, fique. Escolha!

E colocou-se em movimento.

Mariko estendeu a Toranaga um pergaminho de caracteres escritos muito juntos.

– Isso é tudo? – perguntou ele.

– Sim, senhor – respondeu ela, não gostando do abafamento da cabine, nem de estar a bordo da galera de novo, ainda que atracada ao cais. – Muito do que está no Manual de Guerra será repetido, mas tomei notas todas as noites e escrevi tudo conforme aconteceu, ou tentei fazer isso. É quase como um diário do que foi dito e aconteceu desde que o senhor partiu.

– Ótimo. Alguém mais o leu?

– Não que eu saiba. – Ela usou o leque para se refrescar. – A consorte e os criados do Anjin-san me viram escrevendo, mas mantive o pergaminho fechado à chave.

– Quais são as suas conclusões?

Mariko hesitou. Deu uma olhada na cabine e na vigia fechada.

– Apenas os meus homens estão a bordo – disse Toranaga –, e nenhum nos conveses inferiores. Apenas nós.

– Sim, senhor. Só me lembrei de que o Anjin-san disse que não há segredos a bordo de um navio. Desculpe. – Pensou um instante, depois disse confiante:

– O Regimento de Mosquetes vencerá uma batalha. Os bárbaros poderiam nos destruir se desembarcassem com armas e canhões. O senhor precisa ter uma marinha bárbara. Nessa medida, o conhecimento do Anjin-san foi de enorme valia para o senhor, razão pela qual devia ser mantido secreto, apenas para os seus ouvidos. Nas mãos erradas, esse conhecimento seria mortífero para o senhor.

– Quem compartilha esse conhecimento agora?

– Yabu-san sabe muita coisa, mas Omi-san sabe mais, é ele o mais intuitivo. Igurashi-san, Naga-san e as tropas. As tropas, naturalmente, compreendem a estratégia, não os detalhes mais sutis e nada sobre o conhecimento político e genérico do Anjin-san. Eu, mais do que todos. Escrevi tudo o que ele disse, perguntou ou comentou. Da melhor maneira que pude. Claro que ele só nos falou a respeito de certas coisas, mas o alcance dessas coisas é vasto e a memória, quase perfeita. Com paciência ele pode fornecer-lhe um quadro acurado do mundo, seus costumes e perigos. Se estiver dizendo a verdade.

– Está?

– Acredito que sim.

– Qual é a sua opinião sobre Yabu?

– Yabu-san é um homem violento, totalmente sem escrúpulos. Não honra nada além dos próprios interesses. Dever, lealdade, tradição não significam nada para ele. A sua mente tem repentes de grande astúcia, até brilho. É igualmente perigoso como aliado ou inimigo.

– Tudo isso são virtudes louváveis. O que há para ser dito contra ele?

– É um mau administrador. Os seus camponeses se revoltariam se dispusessem de armas.

– Por quê?

– Impostos extorsivos. Impostos ilegais. Ele fica com 75 de cada cem partes de arroz, peixe e toda a produção. Introduziu um imposto por cabeça, imposto pela terra, imposto pelo barco. Cada venda, cada barril de saquê, tudo é taxado em Izu.

– Talvez eu devesse empregá-lo, ou ao seu mestre quarteleiro, para o Kantō. O que ele faz aqui é problema dele. Os seus camponeses nunca obterão armas, portanto não temos com que nos preocupar. Eu ainda poderia usar isso como base se fosse necessário.

– Mas, senhor, sessenta partes é o limite legal.

– Era o limite legal. O táicum tornou legal, mas está morto. O que mais sobre Yabu?

– Come pouco, parece ter boa saúde, mas Suwo, o massagista, acha que ele tem problemas de rim. Tem alguns hábitos curiosos.

– Quais?

Ela lhe contou sobre a Noite dos Gritos.

– Quem lhe falou sobre isso?

– Suwo. E a esposa e a mãe de Omi-san.

– O pai de Yabu também costumava cozinhar os inimigos. Perda de tempo. Mas posso compreender essa sua necessidade de fazer isso ocasionalmente. O sobrinho, Omi?

– Muito sagaz. Muito sábio. Totalmente leal ao tio. Um vassalo muito capaz, impressiona.

– A família de Omi?

– A mãe dele é... é adequadamente firme com Midori, a esposa. A esposa é samurai, gentil, forte e muito boa. São todos vassalos leais de Yabu-san. Atualmente Omi-san não tem consortes, embora Kiku, a mais famosa cortesã de Izu, seja quase como uma consorte. Se ele pudesse comprar o contrato dela, acho que a levaria para a sua casa.

– Ele me ajudaria contra Yabu, se eu quisesse que fizesse isso?

Ela ponderou a respeito. Depois meneou a cabeça.

– Não, senhor. Acho que não. Acho que ele é vassalo de seu tio.

– Naga?

– Um samurai tão bom quanto um homem pode ser. Viu imediatamente o perigo de Jozen-san e seus homens contra o senhor e enfrentou a situação até que o senhor pudesse ser consultado. Embora deteste o Regimento de Mosquetes, treina arduamente as companhias a fim de torná-las perfeitas.

– Acho que ele foi muito estúpido sendo fantoche de Yabu.

Ela arrumou uma dobra do quimono sem dizer nada.

Toranaga abanou-se.

– Agora, o Anjin-san?

Ela estivera esperando por essa pergunta e, agora que fora feita, todas as observações inteligentes que ia fazer desapareceram da sua cabeça.

– Bem?

– Deve julgar pelo pergaminho, senhor. Em certos aspectos, ele é impossível de explicar. Claro, a sua educação e herança não têm nada em comum com as nossas. É muito complexo e está além da nossa... além da minha compreensão. Costumava ser muito aberto. Mas, desde que tentou *seppuku*, mudou. Está mais fechado. – Ela lhe contou o que Omi dissera e fizera naquela primeira noite. E a promessa de Yabu.

– Ah, foi Omi que o deteve, não Yabu-san?

– Sim.

– E Yabu seguiu o conselho de Omi?

– Exatamente, senhor.

– Então Omi é o conselheiro. Interessante. Mas com certeza o Anjin-san não espera que Yabu cumpra a promessa, espera?

– Sim, totalmente.

Toranaga riu.

– Que infantilidade.

— A "consciência" cristã é muito profunda nele, sinto muito. Ele não pode evitar o seu karma, parte do qual é ser totalmente governado por esse ódio da morte, ou das mortes, do que ele chama de "inocentes". Até a morte de Jozen afetou-o profundamente. Durante muitas noites o seu sono foi perturbado e durante dias mal conversou com qualquer pessoa.

— Essa "consciência" se aplicaria a todos os bárbaros?

— Não, embora devesse, a todos os bárbaros cristãos.

— Ele perderá essa "consciência"?

— Penso que não. Mas é tão indefeso quanto uma boneca até que a perca.

— A consorte dele?

Ela lhe contou tudo.

— Ótimo. — Ele ficou satisfeito pela escolha de Fujiko e pelo fato de o seu plano ter funcionado tão bem. — Muito bom. Ela agiu muito bem no caso das armas. Que tal os hábitos dele?

— Na maior parte, normais, exceto por um surpreendente constrangimento em relação a assuntos de "travesseiro" e uma curiosa relutância em discutir as funções mais normais. — Ela também descreveu a sua inusitada necessidade de solidão e o seu gosto abominável em se tratando de comida. — Na maioria das outras coisas, ele é cortês, razoável, arguto, um aluno competente e muito curioso a respeito de nós e dos nossos costumes. Consta tudo do meu relatório, mas, numa palavra, expliquei alguma coisa sobre o nosso modo de vida, um pouco sobre nós e a nossa história, sobre o táicum e os problemas que afligem o nosso reino agora.

— Ah, sobre o herdeiro?

— Sim, senhor. Fiz mal?

— Não. Eu lhe disse que o educasse. Como está o japonês dele?

— Muito bom, considerando as circunstâncias. Com o tempo ele falará a nossa língua razoavelmente bem. É muito bom aluno, senhor.

— "Travesseiro"?

— Uma das criadas — disse ela imediatamente.

— Ele a escolheu?

— A sua consorte a mandou a ele.

— E?

— Foi mutuamente satisfatório, informaram-me.

— Ah! Então ela não teve dificuldade.

— Não, senhor.

— Mas ele é proporcional?

— A garota disse: "Oh, sim, muito...". "Pródigo" foi a palavra que ela usou.

— Excelente. Pelo menos nisso o karma dele é bom. Esse é o problema com muitos homens. Yabu, por exemplo, e Kiyama. Lanças pequenas. Uma infelicidade nascer com uma lança pequena. Muita. Sim. — Deu uma olhada no pergaminho, depois fechou o leque com um estalido. — E você, Mariko-san? Como está?

— Bem, obrigada, senhor. Estou muito contente de vê-lo com tão boa aparência. Posso oferecer-lhe meus cumprimentos pelo nascimento de seu neto?

— Sim, obrigado. Sim, estou muito satisfeito. O menino é bem-ornado e parece saudável.

— E a senhora Genjiko?

Toranaga grunhiu.

— Forte como sempre. Sim. — Franziu os lábios, meditando um instante. — Talvez você pudesse recomendar uma mãe adotiva para a criança. — Era costume que os filhos de samurais importantes tivessem mães adotivas, a fim de que a mãe natural pudesse atender ao marido e ao funcionamento da casa dele, deixando à mãe adotiva a preocupação com a criação da criança, tornando-a forte e uma honra para os pais. — Receio que não seja fácil encontrar a pessoa certa. A senhora Genjiko não é uma ama fácil de lidar com criados, *né*?

— Estou certa de que o senhor encontrará a pessoa perfeita, senhor. Mas, certamente, pensarei no assunto — replicou Mariko, sabendo que oferecer tal conselho seria tolice, pois ainda estava para nascer a mulher que pudesse satisfazer Toranaga e a nora.

— Obrigado. Mas e você, Mariko-san, como está?

— Bem, senhor, obrigada.

— E a sua consciência cristã?

— Não há conflito, senhor. Nenhum. Fiz tudo o que a senhor desejou. Realmente.

— Algum padre esteve aqui?

— Não, senhor.

— Tem necessidade de um?

— Seria bom me confessar, receber o sacramento e ser abençoada. Sim, sinceramente eu gostaria disso... confessar as coisas permitidas e ser abençoada.

Toranaga estudou-a atentamente. Os olhos dela eram honestos.

— Agiu bem, Mariko-san. Por favor, continue assim.

— Sim, senhor, obrigada. Uma coisa... o Anjin-san precisa muito de uma gramática e de um dicionário.

— Mandei pedir ao Tsukku-san. — Notou o franzir de cenho dela. — Acha que ele não os enviará?

— Ele obedeceria, claro. Talvez não com a velocidade que o senhor gostaria.

— Logo saberei disso — acrescentou Toranaga agourentamente. — Só lhe restam treze dias.

Mariko se espantou.

— Senhor? — perguntou, sem compreender.

— Treze? Ah! — disse Toranaga, com indiferença, dissimulando o seu lapso momentâneo. — Quando estávamos a bordo do navio português, ele pediu permissão para visitar Edo. Concordei, desde que fosse dentro de quarenta dias. Restam treze. Não foi de quarenta dias o tempo que aquele bonzo, aquele profeta, Moisés, passou na montanha reunindo os mandamentos de Deus, que foram gravados em pedra?

– Sim, senhor.

– Você acredita que isso aconteceu?

– Sim. Mas não compreendo como nem por quê.

– É uma perda de tempo discutir coisas de Deus. *Né?*

– No que diz respeito a fatos, sim, senhor.

– Enquanto esperava por esse dicionário, você tentou fazer um?

– Sim, Toranaga-sama. Receio que não seja muito bom. Infelizmente parece haver muito pouco tempo e muitos problemas. Aqui... por toda parte – acrescentou ela intencionalmente.

Ele fez um gesto, concordando, sabendo que ela gostaria ardentemente de perguntar muitas coisas: sobre o novo conselho, a designação do senhor Ito, a sentença de Naga e se a guerra seria imediata.

– Somos afortunados em ter o seu marido de volta, *né?*

O leque dela parou.

– Nunca pensei que ele escaparia vivo. Disse uma prece e queimei incenso em memória dele todos os dias. – Buntaro lhe contara naquela manhã como outro contingente de samurais de Toranaga cobrira a sua retirada da praia e como ele atingira os arredores de Ōsaka sem dificuldade. Depois, com cinquenta homens escolhidos disfarçados de bandidos, e cavalos de reserva, ele rumara às pressas para as colinas e caminhos secundários numa arremetida impetuosa para Edo. Por duas vezes os seus perseguidores o alcançaram, mas o inimigo não estava em número suficiente para contê-lo e ele conseguiu escapar. Adiante, sofreu uma emboscada e perdeu todos os homens, menos quatro, e escapou novamente, aprofundando-se mais na floresta, viajando à noite, dormindo durante o dia. Frutas e água de nascentes, um pouco de arroz apanhado em casas de fazendas solitárias, depois a galope de novo, sempre com caçadores nos calcanhares. Levara vinte dias para chegar a Edo. Dois homens sobreviveram com ele.

– Foi quase um milagre – disse ela. – Pensei estar possuída por um *kami* quando o vi ao seu lado na praia.

– Ele é inteligente. Muito forte e muito inteligente.

– Posso pedir-lhe notícias do senhor Hiromatsu, senhor? E de Ōsaka? A senhora Kiritsubo e a senhora Sazuko?

Sem emitir opinião, Toranaga informou que Hiromatsu chegara a Edo um dia antes de ele partir para Anjiro, embora as duas damas tivessem decidido ficar em Ōsaka, sendo a saúde da senhora Sazuko a razão para esse adiamento. Não havia necessidade de grandes explicações. Tanto ele quanto Mariko sabiam que isso era meramente uma fórmula para poupar a dignidade e que o general Ishido nunca permitiria que duas reféns tão valiosas partissem depois que Toranaga ficou fora do seu alcance.

– *Shikata ga nai* – disse ele. – Karma, *né?* Não há nada que se possa fazer. É karma, não é?

– Sim.

Ele pegou o pergaminho.

– Agora devo ler isto. Obrigado, Mariko-san. Agiu muito bem. Por favor, traga o Anjin-san à fortaleza ao amanhecer.

– Senhor, agora que o meu amo está aqui, terei...

– O seu marido já concordou que, enquanto eu estiver aqui, você permanece onde está e atua como intérprete. O seu dever primordial é para com o Anjin-san pelos próximos dias.

– Mas, senhor, preciso instalar casa para o meu senhor. Ele necessitará de criados e de uma casa.

– Isso seria um desperdício de dinheiro, tempo e esforço, no momento. Ele ficará com os soldados, ou na casa do Anjin-san, onde lhe aprouver. – Revelou um lampejo de irritação. – *Nan ja?*

– O meu lugar deve ser com o meu amo. Para servi-lo.

– O seu lugar é onde eu quero que seja. *Né?*

– Sim, por favor, desculpe-me. Naturalmente.

– Naturalmente.

Ela se foi.

Ele leu o pergaminho com atenção. E o Manual de Guerra. Depois releu partes do pergaminho. Guardou-os ambos em segurança, postou guardas à porta da cabine e subiu ao convés.

Estava amanhecendo. O dia prometia calor e nebulosidade. Ele cancelou o encontro com o Anjin-san conforme pretendia e cavalgou para o planalto com cem guardas. Ali reuniu seus falcoeiros e três falcões e caçou na extensão de vinte *ris*. Por volta do meio-dia havia ensacado três faisões, duas grandes galinholas, uma lebre e um par de codornizes. Mandou um faisão e a lebre para o Anjin-san, o resto para a fortaleza. Alguns dos seus samurais não eram budistas e ele tolerava os hábitos alimentares deles. Quanto a si mesmo, comeu um pouco de arroz frio com uma pasta de peixe, um pouco de alga marinha em conserva com fatias de gengibre. Depois se enrodilhou no chão e dormiu.

A tarde findava e Blackthorne encontrava-se na cozinha, assobiando alegremente. Em torno dele estavam o cozinheiro-chefe, o cozinheiro-assistente, o preparador de verduras, o preparador de peixe e seus assistentes, todos sorridentes, mas interiormente mortificados pelo fato de o amo estar ali na cozinha deles com a ama e também porque ela lhes dissera que ele ia honrá-los, mostrando--lhes como preparar e cozer ao seu estilo. E, por último, por causa da lebre.

Ele já havia pendurado o faisão às vigas de um telheiro externo com a cuidadosa instrução de que ninguém, *ninguém* devia tocá-lo senão ele.

– Eles compreendem, Fujiko-san? Não tocar senão eu? – perguntou ele com uma seriedade zombeteira.

– Oh, sim, Anjin-san. Todos compreenderam. Desculpe-me, mas o senhor deve dizer: "Ninguém deve tocá-lo senão eu".

– Agora – estava ele dizendo, a ninguém em particular –, a delicada arte de cozinhar. Lição número um.

– *Nan de shō ka?* – perguntou Fujiko.

– *Miro!* Observe.

Sentindo-se jovem de novo – pois um dos seus primeiros biscates fora limpar caça, ele e o irmão, roubada com um risco enorme nas propriedades nos arredores de Chatham –, escolheu uma faca comprida e curva. O *sushi*-chef empalideceu. Aquela era a sua faca favorita, com uma ponta especialmente afiada para garantir que as fatias de peixe cru fossem sempre cortadas com perfeição. A equipe toda sabia disso e todos contiveram o fôlego, sorrindo mais ainda para dissimular o embaraço dele, enquanto ele aumentava o tamanho do sorriso para ocultar a própria vergonha.

Blackthorne abriu a barriga da lebre e com destreza tirou a bolsa do estômago e as entranhas. Uma das criadas mais jovens teve náuseas e escapou silenciosamente. Fujiko resolveu multá-la com o salário de um mês, desejando ao mesmo tempo também poder ser uma camponesa e sumir com honra.

Eles olharam petrificados quando ele cortou as patas, depois empurrou as pernas dianteiras para dentro, a fim de soltar a pele. Fez o mesmo com as pernas traseiras e cortou a pele em círculo para puxá-las pela abertura do ventre. Depois, com um puxão hábil, abriu o couro acima da cabeça como se fosse um casaco de inverno sendo tirado. Estendeu o animal quase pelado sobre o cepo e decapitou-o, deixando a cabeça com os olhos fixos, patéticos, ainda ligada ao couro. Virou a pele do lado certo de novo e colocou-a de lado. Um suspiro percorreu a cozinha. Ele não o ouviu, concentrado em cortar as pernas nas juntas e retalhar a carcaça. Outra criada sumiu despercebida.

– Agora quero uma panela – disse Blackthorne, com um sorriso amável.

Ninguém lhe respondeu. Simplesmente olhavam com os mesmos sorrisos fixos. Ele viu um grande caldeirão de ferro, imaculado. Pegou-o com as mãos ensanguentadas e encheu-o com água de um recipiente de madeira, depois pendurou-o sobre o braseiro, armado no chão de terra, num buraco cercado de pedras. Acrescentou os pedaços de carne.

– Agora alguns vegetais e especiarias – disse ele.

– *Eh?* – perguntou Fujiko, guturalmente.

Ele não sabia as palavras japonesas, por isso olhou em torno. Havia algumas cenouras e raízes que pareciam nabos num cesto de madeira. Limpou-as, cortou-as em fatias e juntou-as à sopa, com sal e um pouco do molho escuro de soja.

– Devíamos ter algumas cebolas, alho e vinho do Porto.
– *Eh?* – perguntou Fujiko de novo, infeliz.
– *Kotoba shirimasen.* Não sei palavras.

Ela não o corrigiu, simplesmente pegou uma colher e ofereceu-lhe. Ele balançou a cabeça.

– Saquê – ordenou. O cozinheiro-assistente voltou à vida num sobressalto e deu-lhe o pequeno barril de madeira.

– *Dōmo.* – Blackthorne verteu um cálice no caldeirão, depois mais um, para uma boa medida. Ele teria bebido um pouco do barril, mas sabia que seria falta de educação bebê-lo frio e sem cerimônia e, certamente, ali na cozinha.

– Jesus Cristo, eu adoraria uma cerveja – disse ele.
– *Nan de shō ka,* Anjin-san?
– *Kotoba shirimasen,* mas este cozido vai ficar excelente. *Ichiban, né?* – Apontou para o caldeirão que chiava.
– *Hai* – disse ela, sem convicção.
– *Okuru tsukai arigatō* Toranaga-sama – disse Blackthorne. – Mande um mensageiro para agradecer ao senhor Toranaga. – Ninguém lhe corrigiu o mau japonês.
– *Hai.*

Uma vez fora da cozinha, Fujiko correu para a latrina, a pequena cabana que se erguia em esplendor solitário perto da porta principal, no jardim. Estava muito enjoada.

– Está se sentindo bem, ama? – perguntou a criada Nigatsu. Era de meia-idade, rechonchuda e cuidara de Fujiko a vida toda.

– Vá embora! Mas antes traga um pouco de chá. Não... você teria que entrar na cozinha... oh, oh, oh!

– Tenho chá aqui, ama. Pensamos que a senhora precisaria de um pouco de chá, então fervemos a água em outro braseiro. Aqui está!

– Oh, você é tão inteligente! – Fujiko beliscou afetuosamente a bochecha redonda de Nigatsu enquanto outra criada vinha abaná-la. Enxugou a nuca na toalha de papel e sentou-se, agradecida, sobre almofadas na varanda. – Oh, assim é melhor! – E era melhor ao ar livre, à sombra, o bom sol da tarde lançando sombras escuras, borboletas alimentando-se, o mar lá embaixo, calmo e iridescente.

– O que está acontecendo, ama? Não ousamos nem espiar.
– Não tem importância. O amo... o amo... não importa. Os costumes dele são esquisitos, mas esse é o nosso karma.

Desviou o olhar quando viu o seu cozinheiro-chefe, que vinha pelo jardim, e sentiu o coração afundar mais um pouco.

Ele se curvou formalmente, um homenzinho teso, magro, de pés grandes e dentes muito salientes. Antes que pudesse proferir uma palavra, Fujiko disse com um sorriso insípido:

— Encomende facas novas na aldeia. Um novo caldeirão de cozinhar arroz. Um cepo novo, novos recipientes de água — todos os utensílios que achar necessários. Esses que o amo usou devem ser conservados para sua finalidade particular. Você reservará uma área especial, construirá outra cozinha se quiser, onde o amo possa cozinhar, se desejar, até que você seja eficiente.

— Obrigado, Fujiko-sama — disse o cozinheiro. — Desculpe-me por interrompê-la, mas, sinto muito, por favor, desculpe-me, conheço um excelente cozinheiro na aldeia vizinha. Não é budista e até esteve na Coreia com o exército, por isso aprendeu tudo sobre o... como... cozinhar para o amo muito melhor do que eu.

— Quando eu quiser outro cozinheiro, eu lhe direi. Quando o considerar inapto ou que está se fingindo de doente, eu lhe direi. Até lá você será o cozinheiro-chefe aqui. Aceitou o posto por seis meses — disse ela.

— Sim, ama — disse o cozinheiro com dignidade exterior, mas tremendo por dentro, pois Fujiko-no-Anjin não era ama para brincadeiras. — Por favor, desculpe-me, mas fui contratado para cozinhar. Tenho orgulho em cozinhar. Mas nunca aceitei ser... ser açougueiro. Os *etas* são açougueiros. Claro que não podemos ter um *eta* aqui, mas esse outro cozinheiro não é budista como eu, como meu pai, o pai dele e o pai do pai dele, minha ama e senhora. E eles nunca, nunca... Por favor, esse novo cozinheiro...

— Você cozinhará aqui como sempre fez. Acho a sua comida excelente, digna de um mestre de Edo. Até mandei uma das suas receitas para a senhora Kiritsubo em Ōsaka.

— Oh? Obrigado. Faz-me muita honra. Qual, ama?

— A das enguias frescas, minúsculas, e medusa e ostras em fatias, com apenas o toque exato de soja que você faz tão bem. Excelente! A melhor que já comi.

— Oh, obrigado, ama — rebaixou-se ele.

— Claro que as suas sopas deixam muito a desejar.

— Oh, sinto muito!

— Discutirei isso com você mais tarde. Obrigada, cozinheiro — disse ela, ensaiando uma dispensa.

O homenzinho permaneceu no lugar resolutamente.

— Por favor, desculpe-me, ama, mas, com completa humildade, se o amo... quando o amo...

— Quando o amo lhe disser que cozinhe ou abata animais, ou seja o que for, você fará isso correndo. Imediatamente. Como qualquer criado leal faria. Mas, como pode levar muito tempo para você se tornar eficiente, então talvez seja melhor que você faça acertos provisórios com esse outro cozinheiro, para que o visite nos raros dias em que o amo possa querer comer à sua própria maneira.

A honra satisfeita, o cozinheiro sorriu e curvou-se.

— Obrigado. Por favor, desculpe-me por pedir esclarecimento.

— Naturalmente você pagará ao cozinheiro substituto do seu próprio salário.

Quando ficaram sozinhas de novo, Nigatsu deu risadas por trás da mão.

– Oh, Ama-chan, posso cumprimentá-la pela sua vitória total e pela sua sabedoria? O cozinheiro-chefe quase soltou gases quando a senhora disse que ele também teria que pagar!

– Obrigada, ama-san. – Fujiko podia sentir o aroma da lebre começando a cozinhar. E se ele me pedir que coma com ele?, pensou, e quase perdeu as forças. Mesmo que não peça, terei que servir. Como posso evitar ficar nauseada? Você não vai ficar com náuseas, ordenou a si mesma. É o seu karma. Você deve ter sido absolutamente terrível na sua vida anterior. Sim. Mas lembre-se de que tudo está excelente agora. Só mais cinco meses e seis dias. Não pense nisso, pense apenas no seu amo, que é um homem bravo e forte, embora tenha horríveis hábitos alimentares...

Cavalos subiram com estrépito até o portão. Buntaro desmontou e afastou o resto dos seus homens com um gesto. Depois, acompanhado apenas do seu guarda pessoal, avançou a passos largos pelo jardim, empoeirado e sujo de suor. Carregava o seu arco imenso e, às costas, a aljava. Fujiko e a criada curvaram-se cordialmente, detestando-o. O tio era famoso pelas fúrias selvagens, incontroláveis, que o faziam investir violentamente sem prevenir, ou provocar disputas com praticamente qualquer pessoa. A maior parte do tempo apenas os seus criados sofriam, ou as suas mulheres.

– Por favor, entre, tio. Que gentileza de sua parte visitar-nos tão cedo – disse Fujiko.

– Ah, Fujiko-san. Você... Que fedor é esse?

– O meu amo está cozinhando a caça que o senhor Toranaga lhe enviou... está mostrando aos meus miseráveis criados como cozinhar.

– Se ele quer cozinhar, suponho que possa, embora... – Buntaro franziu o nariz com desagrado. – Sim, um amo pode fazer qualquer coisa na sua própria casa, dentro da lei, desde que não perturbe os vizinhos.

Legalmente, um cheiro como aquele poderia ser causa de reclamação e seria péssimo incomodar os vizinhos. Os inferiores nunca faziam nada que pudesse perturbar os superiores. Senão cabeças rolavam. Era por isso que em todo o país os samurais cautelosa e cortesmente viviam perto de samurais, do mesmo nível se possível, camponeses ao lado de camponeses, mercadores nas suas ruas e *etas* isolados fora. Omi era o vizinho imediato deles. Ele é superior, pensou ela.

– Espero sinceramente que ninguém seja perturbado – disse ela a Buntaro, inquieta, perguntando-se que nova maldade estaria ele tramando. – O senhor queria ver o meu amo? – Começou a se levantar, mas ele a deteve.

– Não, por favor, não se incomode, esperarei – disse ele formalmente, e o coração dela quase parou. Buntaro não era conhecido pela boa educação, e a polidez, vinda dele, era coisa muito perigosa. – Peço desculpas por chegar assim, sem enviar antes um mensageiro para solicitar uma entrevista – ele estava dizendo –, mas o senhor Toranaga me disse que eu poderia, talvez, ser autorizado a usar o banho e me alojar aqui. De vez em quando. Você perguntaria ao Anjin-san, mais tarde, se ele daria permissão?

– Naturalmente – disse ela, dando continuidade ao padrão usual de etiqueta, embora a ideia de ter Buntaro na sua casa lhe repugnasse. – Estou certa de que ele ficará honrado, tio. Posso oferecer-lhe chá ou saquê enquanto espera?

– Saquê, obrigado.

Nigatsu rapidamente colocou uma almofada na varanda e disparou em busca do saquê, por mais vontade de ficar que tivesse.

Buntaro estendeu o arco e a aljava ao guarda, descalçou as sandálias empoeiradas e subiu à varanda, pisando duro. Tirou a espada mortífera do *obi*, sentou-se de pernas cruzadas e pousou a espada sobre os joelhos.

– Onde está minha esposa? Com o Anjin-san?

– Não, Buntaro-sama, sinto muito, ela recebeu ordem de ir à fortaleza, onde...

– Ordem? De quem? De Kashigi Yabu?

– Oh, não, do senhor Toranaga, senhor, quando ele voltou da caçada esta tarde.

– Oh, o senhor Toranaga? – Buntaro acalmou-se e contemplou carrancudo a fortaleza do outro lado da baía. O estandarte de Toranaga tremulava ao lado do de Yabu.

– Gostaria que eu mandasse alguém buscá-la?

Ele balançou a cabeça.

– Há bastante tempo para ela. – Suspirou, olhou de viés para a sobrinha, filha da sua irmã mais nova. – Sou feliz por ter uma esposa tão completa, *né?*

– Sim, senhor. É sim. Ela foi de grande valia para interpretar o conhecimento do Anjin-san.

Buntaro olhou fixamente para a fortaleza, depois farejou o vento quando o cheiro do cozido chegou numa nova lufada.

– É como estar em Nagasaki ou de volta à Coreia. Preparam carne o tempo todo, cozida ou assada. Fede... você nunca cheirou nada parecido. Os coreanos são animais, como canibais. O fedor do alho entra até na roupa e no cabelo da gente.

– Deve ter sido terrível.

– A guerra foi boa. Poderíamos ter vencido facilmente. E assolado a China. E civilizado ambos os países. – Buntaro ruborizou-se e sua voz soou estridente. – Mas não vencemos. Fracassamos e tivemos que regressar com a nossa vergonha porque fomos traídos. Traídos por traidores imundos, altamente colocados.

– Sim, isso é muito triste, mas o senhor tem razão. Toda a razão, Buntaro-sama – disse ela apaziguadora, repetindo facilmente a mentira, pois sabia que nenhuma nação do mundo poderia conquistar a China e ninguém poderia civilizá-la, já que estava civilizada desde tempos imemoriais.

A veia da testa de Buntaro latejava e ele falava quase que para si mesmo.

– Eles pagarão. Todos eles. Os traidores. É apenas uma questão de esperar junto a um rio o tempo suficiente para que os corpos dos seus inimigos passem boiando, *né?* Esperarei e cuspirei na cabeça deles em breve, muito em breve.

Prometi isso a mim mesmo. – Olhou para ela. – Odeio traidores e adúlteros. E todos os mentirosos!

– Sim, concordo. O senhor tem toda a razão, Buntaro-sama – disse ela com um calafrio, sabendo que não havia limite para a ferocidade dele. Quando Buntaro tinha dezesseis anos, executara a própria mãe, uma das consortes inferiores de Hiromatsu, pela sua suposta infidelidade enquanto o pai, Hiromatsu, estava na guerra lutando pelo ditador, o senhor Goroda. Depois, anos mais tarde, matara o filho mais velho, nascido da primeira esposa, por supostos insultos, e mandara a esposa de volta para a família, onde ela morrera pelas próprias mãos, incapaz de suportar a vergonha. Ele fizera coisas terríveis às consortes e a Mariko. E discutira violentamente com o pai de Fujiko e o acusara de covardia na Coreia, desacreditando-o junto ao táicum, que imediatamente lhe ordenara que raspasse a cabeça e se tornasse monge, para morrer em solidão logo depois, consumido pela própria vergonha.

Fujiko precisou de toda a força de vontade para aparentar tranquilidade.

– Ficamos muito orgulhosos de ouvir que o senhor havia escapado ao inimigo.

O saquê chegou. Buntaro começou a beber compulsivamente.

Depois de passado o tempo correto de espera, Fujiko levantou-se.

– Por favor, desculpe-me um instante. – Dirigiu-se à cozinha para prevenir Blackthorne, pedir-lhe permissão para que Buntaro se alojasse na casa e dizer a ele e aos criados o que devia ser feito.

– Por que aqui? – perguntou Blackthorne irritado. – Por que ficar aqui? É necessário?

Fujiko desculpou-se e tentou explicar que, naturalmente, Buntaro não podia ser recusado. Blackthorne voltou taciturno ao seu cozido e ela retornou à varanda, a Buntaro, com o peito doendo.

– O meu amo diz que fica honrado em tê-lo aqui. A casa dele é a sua casa.

– Como é ser consorte de um bárbaro?

– Eu imaginei que seria horrível. Mas do Anjin-san, que é *hatamoto* e portanto samurai? Suponho que seja como com outros homens. Esta é a primeira vez que sou consorte. Prefiro ser esposa. O Anjin-san é como os outros homens, embora, sim, alguns dos seus modos sejam muito estranhos.

– Quem teria pensado que uma mulher da nossa casa seria consorte de um bárbaro, mesmo *hatamoto*?

– Não tive escolha. Simplesmente obedeci ao senhor Toranaga e ao avô, o líder do nosso clã. É a posição da mulher, obedecer.

– Sim. – Buntaro esvaziou o cálice de saquê e ela tornou a enchê-lo. – Obediência é importante numa mulher. Mariko-san é obediente, *né*?

– Sim, senhor. – Ela olhou-lhe o rosto feio, de gorila. – Ela só lhe trouxe honra, senhor. Sem a senhora sua esposa, o senhor Toranaga nunca poderia ter obtido os conhecimentos do Anjin-san.

– Ouvi dizer que você apontou as pistolas na cara de Omi-san – disse ele, sorrindo falsamente.

– Eu estava apenas cumprindo o meu dever, senhor.

– Onde aprendeu a usar armas?

– Eu nunca havia empunhado uma arma até então. Não sabia se as pistolas estavam carregadas. Mas teria puxado os gatilhos.

– Omi-san também achou isso – comentou Buntaro rindo.

Ela tornou a encher o cálice dele.

– Nunca compreendi por que Omi-san não tentou tomá-las de mim. O seu senhor ordenara que as tirasse, mas ele não o fez.

– Eu teria feito.

– Sim, tio, eu sei. Por favor, desculpe-me, mas ainda assim eu teria puxado os gatilhos.

– Sim. Mas teria errado!

– Sim, provavelmente. Depois desse acontecido, aprendi a atirar.

– Ele a ensinou?

– Não. Foi um dos oficiais do senhor Naga.

– Por quê?

– O meu pai nunca permitiu que as suas filhas aprendessem a manejar espada e lança. Achava, sabiamente, acredito, que devíamos dedicar o nosso tempo a aprender coisas mais delicadas. Mas às vezes uma mulher precisa proteger o seu amo e a sua casa. A pistola é uma boa arma para uma mulher, muito boa. Não requer força nem muita prática. Então agora eu talvez possa ter um pouco mais de utilidade para o meu amo, pois certamente estourarei a cabeça de qualquer homem para protegê-lo e pela honra da nossa casa.

– Fiquei orgulhoso quando ouvi falar que você enfrentou Omi-san. Agiu corretamente. O senhor Hiromatsu ficará igualmente orgulhoso, quando souber – declarou Buntaro, esvaziando o cálice.

– Obrigada, tio. Mas eu apenas cumpri um dever normal – disse ela, fazendo uma reverência formal. – O meu amo pergunta se o senhor lhe concederia a honra de conversar agora, se lhe aprouver.

Ele continuou com o ritual:

– Por favor, agradeça-lhe, mas primeiro posso tomar um banho? Se aprouver a ele, eu o verei quando a minha esposa voltar.

CAPÍTULO 35

BLACKTHORNE ESPERAVA NO JARDIM. NO MOMENTO USAVA O QUIMONO MARrom que Toranaga lhe dera, com espadas no *obi* e uma pistola carregada, escondida também sob o *obi*. Pelas apressadas explicações de Fujiko e, subsequentemente, pelos criados, aprendera que tinha que receber Buntaro formalmente, porque, além de ser um importante general e *hatamoto*, o samurai era o primeiro hóspede na sua casa. De modo que tomou um banho, trocou de roupa rapidamente e se dirigiu para o local que fora preparado.

Vira brevemente Buntaro na véspera, quando ele chegou. Buntaro esteve ocupado com Toranaga e Yabu o resto do dia, junto com Mariko. E Blackthorne foi deixado sozinho para organizar às pressas a demonstração de ataque com Omi e Naga. O ataque foi satisfatório.

Mariko voltou para casa muito tarde. Contou-lhe rapidamente sobre como Buntaro escapara, os dias que passou sendo caçado pelos homens de Ishido, esquivando-se e por fim atravessando as províncias hostis para atingir o Kantō.

— Foi muito difícil, mas talvez nem tanto, Anjin-san. O meu marido é muito forte e muito corajoso.

— O que vai acontecer agora? A senhora vai partir?

— O senhor Toranaga ordenou que tudo permaneça como estava. Nada deve ser mudado.

— A senhora mudou, Mariko. Uma centelha se apagou em você.

— Não. Isso é imaginação sua, Anjin-san. É apenas o alívio por ver que ele está vivo, quando pensava que morrera.

— Sim. Mas fez uma diferença, não fez?

— Claro. Agradeço a Deus por meu amo não ter sido capturado, por ter vivido para obedecer ao senhor Toranaga. O senhor me desculpará, Anjin-san, estou cansada agora. Sinto muito, estou muito, muito cansada.

— Há alguma coisa que eu possa fazer?

— O que deveria fazer, Anjin-san? Nada, além de estar feliz por mim e por ele. Nada mudou realmente. Nada terminou porque nada começou. Tudo está como estava. O meu marido está vivo.

Será que você não gostaria que ele estivesse morto?, perguntou Blackthorne a si mesmo, ali no jardim. Não.

Então, por que a pistola escondida? Você está cheio de culpa?

Não. Nada começou.

Não mesmo?

Não.

Você pensou que estava com ela. Não é o mesmo que ter estado de fato com ela?

Viu Mariko sair da casa e dirigir-se para o jardim. Parecia uma miniatura de porcelana seguindo meio passo atrás de Buntaro, cuja corpulência parecia comparativamente ainda maior. Fujiko estava com ela, assim como as criadas.

— *Yōkoso oide kudasareta*, Buntaro-san. Bem-vindo à minha casa — disse, curvando-se.

Todos se curvaram. Buntaro e Mariko se sentaram sobre as almofadas à sua frente, Fujiko atrás. Nigatsu e a criada, Koi, começaram a servir chá e saquê. Buntaro tomou saquê. Blackthorne fez o mesmo.

— *Dōmo*, Anjin-san. *Ikaga desu ka?*

— *Ii. Ikaga desu ka?*

— *Ii. Kō wa jōzu ni hanaseru yō ni natta na*. Ótimo. O senhor está começando a falar japonês muito bem.

Logo Blackthorne se perdeu na conversa, pois Buntaro engolia as palavras, falando rápida e descuidadamente.

— Desculpe, Mariko-san, não compreendi isso.

— O meu marido deseja agradecer-lhe por ter tentado salvá-lo. Com o remo. Lembra-se? Quando estávamos escapando de Ōsaka.

— *Ah, sō desu ka! Dōmo.* Por favor, diga-lhe que ainda acho que devíamos ter voltado à praia. Havia tempo suficiente. A criada afogou-se desnecessariamente.

— Ele diz que foi karma.

— Foi uma morte desperdiçada — replicou Blackthorne e lamentou a rudeza. Notou que ela não traduziu.

— O meu marido diz que a estratégia de ataque é muito boa, muito boa mesmo.

— *Dōmo*. Diga-lhe que estou contente por ele ter escapado ileso. E que seja ele quem vai comandar o regimento. E, naturalmente, que ele é bem-vindo se quiser ficar aqui.

— *Dōmo*, Anjin-san. Buntaro diz que o plano de assalto é muito bom. Mas, quanto a ele, sempre carregará o seu arco e suas espadas. Pode matar a uma distância muito maior, com grande precisão e mais rápido do que um mosquete.

— Amanhã atiraremos juntos e veremos, se ele quiser.

— O senhor perderá, Anjin-san, sinto muito. Posso preveni-lo para não fazer isso? — disse ela.

Blackthorne viu os olhos de Buntaro esvoaçarem de Mariko para ele e voltar para ela.

— Obrigado, Mariko-san. Diga-lhe que eu gostaria de vê-lo atirar.

— Ele pergunta se o senhor sabe usar um arco.

— Sim, mas não como um arqueiro treinado. Os arcos estão completamente fora de uso entre nós. Exceto a besta. Fui treinado para o mar. Lá usamos apenas canhões, mosquetes ou alfanjes. Algumas vezes usamos setas incendiárias, mas apenas contra as velas do inimigo e bem de perto.

— Ele pergunta como são usadas, como são feitas essas setas incendiárias. São diferentes das nossas, como as que foram usadas contra a galera em Ōsaka?

Blackthorne começou a explicar e houve as fatigantes interrupções habituais e novas perguntas mais minuciosas. A essa altura estava acostumado à mente incrivelmente inquisitiva deles com relação a qualquer aspecto da guerra, mas achava exaustivo conversar por meio de um intérprete. Ainda que Mariko fosse excelente, o que ela dizia raramente era exato. Uma longa réplica era sempre encurtada, alguma coisa do que era dito era às vezes ligeiramente alterada e ocorriam mal-entendidos. Então as explicações tinham quase sempre que ser repetidas.

Mas, sem Mariko, ele sabia que jamais poderia ter se tornado tão valioso. É apenas o conhecimento que me mantém longe do abismo, lembrou-se ele. Mas isso não é problema, pois ainda há muito a contar e uma batalha a vencer. Uma autêntica batalha a vencer. Você estará seguro até lá. Você tem uma marinha para planejar. E, depois, para casa. Ileso.

Viu as espadas de Buntaro, as espadas do guarda, sentiu as suas e o calor da pistola e soube verdadeiramente que nunca estaria seguro naquela terra. Nem ele, nem qualquer outra pessoa, nem mesmo Toranaga.

— Anjin-san, Buntaro-sama pergunta se, mandando-lhe alguns homens amanhã, o senhor poderia mostrar-lhes como fazer essas setas.

— Onde podemos conseguir piche?

— Não sei. — Mariko interrogou-o sobre onde era geralmente encontrado, qual era a aparência, o cheiro e possíveis alternativas. Depois falou a Buntaro longamente. Fujiko estivera silenciosa o tempo todo, os olhos e os ouvidos treinados não perdendo nada. As criadas, bem comandadas por um leve movimento do seu leque em direção a um cálice vazio, enchiam sem parar os frascos de saquê.

— O meu marido diz que discutirá isso com o senhor Toranaga. Talvez exista piche em algum lugar no Kantō. Nunca ouvimos falar nisso antes. Se não for piche, temos óleo de baleia, que talvez substitua. Ele pergunta se no seu país usam rojões de combate, como os chineses.

— Sim. Mas não são considerados de muito valor, exceto em cercos. Os turcos os usaram quando atacaram os Cavaleiros de São João, em Malta. Os rojões são usados, na maior parte, para causar incêndios e pânico.

— Ele pede, por favor, que o senhor dê detalhes sobre essa batalha.

— Foi há quarenta anos, na maior... — Blackthorne parou, a mente disparando. Fora o assédio mais vital da Europa. Sessenta mil turcos islâmicos, a nata do Império Otomano, atacaram seiscentos cavaleiros apoiados por uns poucos milhares de auxiliares malteses, encurralados no seu vasto castelo em Santo Elmo, na minúscula ilha de Malta, no Mediterrâneo. Os cavaleiros haviam resistido com êxito aos seis meses de cerco e, inacreditavelmente, forçaram o inimigo a se retirar humilhado. Essa vitória salvara toda a costa mediterrânea, e assim a cristandade, de ser devastada pelas hordas infiéis.

Blackthorne repentinamente percebera que essa batalha lhe dava uma das chaves para o Castelo de Ōsaka: como atacá-lo, como acossá-lo, como atravessar os portões e como conquistá-lo.

— Estava dizendo, senhor?

— Foi há quarenta anos, no maior mar intercontinental que temos na Europa, Mariko-san. O Mediterrâneo. Foi apenas um cerco, como qualquer outro, que não merece que se fale a respeito — mentiu ele. Esse conhecimento era inestimável, certamente não para ser cedido de maneira leviana, e não agora, em absoluto. Mariko explicara muitas vezes que o Castelo de Ōsaka se erguia inexoravelmente entre Toranaga e a vitória. Blackthorne estava certo de que a solução para Ōsaka poderia muito bem ser o seu passaporte para fora do império, com todas as riquezas de que ele poderia precisar na vida.

Notou que Mariko parecia perturbada.

— Senhora?

— Nada, senhor. — Começou a traduzir o que ele dissera. Mas ele sabia que ela sabia que ele estava ocultando alguma coisa. O cheiro do guisado distraiu-o.

— Fujiko-san!

— *Hai*, Anjin-san?

— *Shokuji wa mada ka? Kyaku wa... sazo kūfuku de orō, né?* Quando é o jantar? Os convidados podem estar com fome.

— *Ah, gomen nasai, hi ga kurete kara ni itashimasu.*

Blackthorne viu-a apontar para o sol e entendeu o que dissera: "Depois do pôr do sol.". Assentiu e grunhiu, o que passava no Japão por um polido "Obrigado, compreendi".

Mariko voltou-se de novo para Blackthorne.

— O meu marido gostaria que o senhor lhe contasse sobre uma batalha em que tenha estado.

— Estão todas no Manual de Guerra, Mariko-san.

— Ele diz que o leu com grande interesse, mas contém apenas breves detalhes. Nos próximos dias ele deseja aprender tudo sobre as suas batalhas. Uma agora, se lhe agradar.

— Estão todas no Manual de Guerra. Talvez amanhã, Mariko-san. — Ele queria tempo para examinar o seu deslumbrante novo pensamento sobre o Castelo de Ōsaka e aquela batalha e estava cansado de conversar, cansado de ser interrogado, mas acima de tudo queria comer.

— Por favor, Anjin-san, o senhor contaria novamente, só uma vez, ao meu marido?

Ele ouviu a súplica cuidadosa sob o tom dela e cedeu.

— Claro. De qual a senhora acha que ele gostaria?

— A batalha da Neerlândia. Perto de "Zeelândia", é assim que se pronuncia?

— Sim — disse ele.

Então começou a contar a história dessa batalha, que era como quase todas as outras batalhas em que morriam homens, na maior parte das vezes por causa dos erros e da estupidez dos oficiais no comando.

– O meu marido diz que aqui não é assim, Anjin-san. Aqui os oficiais no comando têm que ser muito bons, ou morrem logo.

– Naturalmente a minha crítica se aplicava apenas aos líderes ingleses.

– Buntaro-sama diz que lhe falará sobre as nossas guerras e os nossos líderes, particularmente do táicum, nos próximos dias. Uma troca justa pelas suas informações – disse ela, impassível.

– *Dōmo*. – Blackthorne curvou-se de leve, sentindo os olhos de Buntaro cravados nele.

O que é que você realmente quer de mim, seu filho da puta?

O jantar foi uma calamidade. Para todos.

Mesmo antes de deixarem o jardim para ir comer na varanda, o dia já se tornara de mau agouro.

– Desculpe-me, Anjin-san, mas o que é aquilo? – apontou Mariko. – Ali. O meu marido pergunta o que é aquilo.

– Onde? Oh, lá! É um faisão – disse Blackthorne. – O senhor Toranaga enviou-o para mim junto com uma lebre. É o que teremos no jantar em estilo inglês... Pelo menos é o que eu terei, embora haja o suficiente para todos.

– Obrigada, mas... nós, o meu marido e eu, não comemos carne. Mas por que o faisão está pendurado lá? Com este calor, não deveria ser descido e preparado?

– É assim que se prepara um faisão. A gente o pendura para amadurecer a carne.

– O quê? Assim? Desculpe-me, Anjin-san – disse ela, desconcertada –, sinto muito, mas vai apodrecer rapidamente. Ainda está com as penas e não foi... limpo.

– A carne do faisão é seca, Mariko-san, por isso ele deve ser pendurado durante alguns dias, talvez umas duas semanas, dependendo do tempo. Depois é depenado, limpo e cozido.

– O senhor... o senhor o deixa ao ar? Para apodrecer? Como...

– *Nan ja?* – perguntou Buntaro, impaciente.

Ela falou com ele, desculpando-se. Ele ouviu incrédulo, depois se levantou, aproximou-se, examinou a ave e cutucou-a. Algumas moscas zumbiram, depois pousaram de novo. Hesitante, Fujiko falou a Buntaro, que corou.

– A sua consorte disse que o senhor ordenou que ninguém além do senhor deveria tocá-lo – disse Mariko.

– Sim. Não se pendura caça aqui? Nem todos são budistas.

– Não, Anjin-san. Acho que não.

— Algumas pessoas acreditam que se deve pendurar um faisão pelas penas da cauda até que caia, mas isso é história de velhas – disse Blackthorne. – O jeito certo é pelo pescoço, assim os sumos ficam onde devem ficar. Algumas pessoas deixam-no pendurado até que se separe do pescoço, mas eu, pessoalmente, não gosto de carne decomposta assim. Costumávamos... – Parou, pois ela adquirira uma leve tonalidade esverdeada.

— *Nan desu ka*, Mariko-san? – perguntou Fujiko rapidamente.

Mariko explicou. Todos riram de nervoso e Mariko levantou-se debilmente, dando tapinhas no brilho da testa.

— Desculpe, Anjin-san, quer me dar licença um instante...

A comida de vocês também é estranha, ele queria dizer. Que tal a de ontem, lula crua: mascar a carne branca, viscosa, quase sem gosto, com nada além de um pouco de molho de soja para ajudar a descer? Ou os tentáculos picados de polvo, novamente crus, com arroz frio e alga marinha? E a água-viva fresca com tofu – feijões fermentados – ensopado, amarelo-amarronzado, que parecia uma tigela de vômito de cão? Oh, sim, servido lindamente numa frágil e atraente tigela, mas sempre se parecendo com vômito! Sim, por Deus, é o bastante para deixar um homem doente!

Acabaram indo todos para a varanda e depois das mesuras habituais e intermináveis, da conversa amena, do chá e do saquê, a comida começou a chegar. Pequenas bandejas de uma transparente sopa de peixe, arroz, peixe cru, como sempre. E depois o cozido dele.

Ele ergueu a tampa do caldeirão. O vapor subiu e os dourados glóbulos de gordura dançaram na superfície fumegante. A sopa-molho rica, de dar água na boca, estava densa com os sumos da carne e os tenros nacos. Orgulhosamente, ele ofereceu, mas todos menearam a cabeça e pediram-lhe que comesse.

— *Dōmo* – disse ele.

Era sinal de boas maneiras tomar a sopa diretamente das tigelinhas laqueadas e comer qualquer coisa sólida contida na sopa com os pauzinhos. Havia uma concha na bandeja. Quase incapaz de conter a fome, ele encheu a tigela e começou a comer. Então viu o olhar deles.

Observavam-no com uma fascinação nauseada que em vão tentavam ocultar. O seu apetite começou a se desvanecer. Tentou ignorá-los, mas não conseguiu, o estômago roncava. Dissimulando a própria irritação, pousou a tigela, recolocou a tampa e disse-lhes asperamente que não estava ao seu gosto. Ordenou a Nigatsu que levasse embora.

— Fujiko-san pergunta se deve ser jogado fora – disse Mariko, esperançosa.

— Sim.

Fujiko e Buntaro descontraíram-se.

— Gostaria de um pouco mais de arroz? – perguntou Fujiko.

— Não, obrigado.

Mariko abanou o leque, sorriu encorajadoramente e tornou a encher-lhe o cálice de saquê. Mas Blackthorne não se sentia mais calmo e resolveu que no futuro cozinharia nas colinas, isolado, comeria isolado e caçaria abertamente.

Ao inferno com eles, pensou. Se Toranaga pode caçar, eu também posso. Quando é que vou vê-lo? Quanto tempo tenho que esperar?

– Sífilis na espera e sífilis em Toranaga! – disse alto em inglês e sentiu-se melhor.

– O quê, Anjin-san? – perguntou Mariko em português.

– Nada – retrucou ele. – Só estava me perguntando quando verei o senhor Toranaga.

– Ele não me disse. Muito em breve, imagino.

Buntaro sorvia o saquê e a sopa sonoramente, conforme o costume. Isso começou a aborrecer Blackthorne. Mariko falava animada com o marido, que grunhia, mal lhe prestando atenção. Ela não estava comendo e Blackthorne ficou ainda mais aborrecido de que tanto ela quanto Fujiko estivessem quase bajulando Buntaro e também que ele próprio tivesse que acolher aquele hóspede indesejado.

– Diga a Buntaro-sama que no meu país o anfitrião brinda ao convidado de honra. – Ergueu o cálice com um sorriso rígido. – Longa vida e felicidade! – Bebeu.

Buntaro ouviu a explicação de Mariko. Concordou, ergueu o cálice, sorriu por entre os dentes e esvaziou-o.

– Saúde! – brindou Blackthorne de novo.

E de novo.

E de novo.

– Saúde!

Desta vez, Buntaro não bebeu. Puxou o cálice cheio e fitou Blackthorne com seus olhos pequenos. Então chamou alguém lá fora. A *shōji* deslizou imediatamente. O seu guarda, sempre presente, curvou-se e estendeu-lhe o imenso arco e a aljava. Buntaro pegou-o e falou rápida e veementemente a Blackthorne.

– O meu marido... O meu marido diz que o senhor queria vê-lo atirar, Anjin-san. Ele acha que amanhã está longe demais. Agora é um bom momento. O portão da sua casa, Anjin-san. Ele pergunta que batente o senhor escolhe.

– Não compreendo – disse Blackthorne. O portão principal estava a uns quarenta passos de distância, em algum ponto do outro lado do jardim, mas agora completamente oculto pela *shōji* fechada à sua direita.

– O batente da esquerda ou o da direita? Por favor, escolha. – A polidez dela traía urgência.

Prevenido, ele olhou para Buntaro. O homem parecia à parte, esquecido deles, um boneco atarracado e feio, sentado e olhando à distância.

– Esquerda – disse ele, fascinado.

– *Hidari!* – disse ela.

Imediatamente Buntaro puxou uma seta da aljava e, ainda sentado, assestou o arco, levantou-o, retesou a corda ao nível dos olhos e soltou a flecha com uma fluidez selvagem, quase poética. A seta disparou na direção do rosto de Mariko, tocou-lhe um fio de cabelo de passagem e desapareceu através da parede *shōji*. Outra seta foi atirada quase antes de a primeira ter sumido, depois outra, cada uma passando a uma polegada de Mariko. Ela permanecia calma e imóvel, ajoelhada como estivera o tempo todo.

Uma quarta flecha e depois a última. O silêncio encheu-se com o eco da corda do arco vibrando. Buntaro suspirou e voltou-se lentamente. Pôs o arco atravessado sobre os joelhos. Mariko e Fujiko sorriram, curvaram-se e cumprimentaram Buntaro, que também se curvou, ligeiramente. Olharam para Blackthorne. Ele sabia que o que testemunhara fora quase mágico. Todas as setas haviam passado pelo mesmo furo na *shōji*.

Buntaro estendeu o arco de volta ao guarda e pegou o minúsculo cálice. Contemplou-o um momento, depois ergueu-o para Blackthorne, esvaziou-o e falou rudemente, expondo seu ego bestial de novo.

– Ele... O meu marido pede polidamente, por favor, que vá e olhe.

Blackthorne pensou um momento, tentando acalmar o coração.

– Não há necessidade. Claro que ele atingiu o alvo.

– Ele diz que gostaria que o senhor tivesse certeza.

– Eu tenho certeza.

– Por favor, Anjin-san. O senhor o honraria.

– Não preciso honrá-lo.

– Sim. Mas posso, por favor, juntar ao dele o meu pedido?

Novamente a súplica nos olhos dela.

– Como se diz "Foi maravilhoso assistir a isso"?

Ela lhe disse. Ele repetiu as palavras e se curvou. Buntaro curvou-se ligeiramente em retribuição.

– Peça-lhe, por favor, que venha comigo ver as setas.

– Ele diz que gostaria que o senhor fosse sozinho. Ele não deseja ir, Anjin-san.

– Por quê?

– Se ele foi exato, Anjin-san, o senhor deve ver isso sozinho. Se não foi, deve ver isso sozinho também. Assim nem o senhor nem ele ficam embaraçados.

– E se ele tiver errado?

– Não errou. Mas, pelo nosso costume, a precisão, nestas circunstâncias impossíveis, não tem importância comparada à graça demonstrada pelo arqueiro, à nobreza do movimento, à força de atirar sentado ou ao desprendimento quanto a ter vencido ou perdido.

As setas estavam a uns três centímetros uma da outra, no meio do batente esquerdo. Blackthorne olhou para trás, para a casa, e viu, a quarenta e poucos passos, na parede de papel, o furinho nítido que era uma centelha de luz na escuridão.

É quase impossível ter tanta pontaria, pensou. Do lugar onde estava sentado, Buntaro não podia ver nem o jardim nem o portão, e a noite estava escura aqui fora. Blackthorne voltou-se para o batente e ergueu um pouco mais a lanterna. Com a mão tentou arrancar uma seta. A cabeça de aço estava enterrada fundo demais. Ele poderia ter quebrado o cabo de madeira, mas não quis fazer isso.

O guarda observava.

Blackthorne hesitou. O guarda aproximou-se para ajudar, mas ele meneou a cabeça.

– *Iie, dōmo*. – E voltou para dentro.

– Mariko-san, por favor, diga à minha consorte que eu gostaria que as setas ficassem no batente para sempre. Todas elas. Para me lembrar de um arqueiro magistral. Eu nunca tinha visto pontaria assim. – Curvou-se para Buntaro.

– Obrigada, Anjin-san. – Traduziu e Buntaro também se curvou e agradeceu o elogio.

– Saquê! – ordenou Blackthorne.

Beberam mais. Muito mais. Buntaro bebia em grandes goles agora, descuidado, o vinho tomando conta dele. Blackthorne observou-o dissimuladamente, depois deixou a atenção vagar, perguntando-se como o homem conseguira alinhar e atirar as setas com uma precisão tão incrível. É impossível, pensou, ainda que eu tenha visto. Gostaria de saber o que Vinck, Baccus e os demais estão fazendo agora. Toranaga lhe dissera que a tripulação estava instalada em Edo, perto do *Erasmus*. Jesus Cristo, gostaria de vê-los e voltar a bordo.

Olhou de soslaio para Mariko, que dizia alguma coisa ao marido. Buntaro ouviu; depois, para surpresa de Blackthorne, o rosto do samurai contorceu-se de repugnância. Antes que Blackthorne pudesse desviar os olhos, Buntaro o olhou.

– *Nan desu ka?* – As palavras do samurai soaram quase como uma acusação.

– *Nani mo*, Buntaro-san. Nada. – Blackthorne ofereceu saquê a todos, tentando disfarçar o seu lapso. Novamente as mulheres aceitaram, mas tomaram apenas um pequeno gole de vinho. Buntaro acabou o seu imediatamente. Seu humor estava péssimo. Depois falou com Mariko.

Blackthorne falou:

– O que há com ele? O que está dizendo?

– Oh, desculpe, Anjin-san. O meu marido estava perguntando sobre o senhor, sobre a sua esposa e consortes. E sobre seus filhos. E sobre o que aconteceu desde que partimos de Ōsaka. Ele... – Parou, mudando de ideia, e acrescentou numa voz indiferente: – Ele está muito interessado no senhor e nas suas ideias.

– Estou interessado nele e nas ideias dele, Mariko-san. Como se conheceram, a senhora e ele? Quando se casaram? Ele... – Buntaro irrompeu com um jorro de japonês impaciente.

Imediatamente, Mariko traduziu o que fora dito. Buntaro estendeu a mão e encheu duas xícaras de chá com saquê, ofereceu uma a Blackthorne e acenou às mulheres que levassem os cálices.

— Ele... O meu marido diz que, às vezes, os cálices de saquê são pequenos demais. — Mariko encheu os cálices. Sorveu um, Fujiko o outro. Houve outra arenga, mais belicosa, e o sorriso de Mariko congelou no seu rosto. O de Fujiko também.

— *Iie, gomen nasai,* Buntaro-sama — começou Mariko.

— *Ima!* — ordenou Buntaro.

Nervosamente, Fujiko começou a falar, mas Buntaro calou-a com um olhar.

— *Gomen nasai* — sussurrou Fujiko, desculpando-se. — *Nanitozo oyurushi wo.*

— O que ele disse, Mariko-san?

Ela não pareceu ter ouvido Blackthorne.

— *Nanitozo oyurushi wo,* Buntaro-sama, *watashi...*

O rosto do marido avermelhou-se.

— *IMA!*

— Desculpe, Anjin-san, mas meu marido me ordena que lhe conte... que responda às suas perguntas... que lhe conte a meu respeito. Eu lhe disse que não achava que esses assuntos de família devessem ser discutidos tão tarde da noite, mas ele ordena. Por favor, seja paciente. — Ela tomou um grande gole de saquê. Depois outro. Os fios de cabelo que estavam soltos sobre as suas orelhas oscilaram à leve corrente produzida pelo leque de Fujiko. Ela esvaziou o cálice e pousou-o. — O meu nome de solteira é Akechi. Sou a filha do senhor general Akechi Jinsai, o assassino. O meu pai traiçoeiramente assassinou o seu suserano, o senhor ditador Goroda.

— Deus! Por que fez isso?

— Seja qual for a razão, Anjin-san, é insuficiente. O meu pai cometeu o pior crime do nosso mundo. O meu sangue está maculado, assim como o sangue do meu filho.

— Então por que... — Ele parou.

— Sim, Anjin-san?

— Eu só ia dizer que compreendo o que isso quer dizer... matar um suserano. Estou surpreso de que a tenham deixado viva.

— O meu marido honrou-me...

De novo, Buntaro a interrompeu maliciosamente. Ela se desculpou e explicou o que Blackthorne perguntara. Desdenhoso, Buntaro fez-lhe um gesto para continuar.

— O meu marido honrou-me, mandando-me embora — continuou ela, do mesmo modo meigo. — Implorei que me autorizasse a cometer *jigai*, mas ele me negou esse privilégio. Era... Devo explicar que *jigai* é um privilégio concedido por ele ou pelo senhor Toranaga. Eu ainda lhe peço humildemente, uma vez por ano, no aniversário do dia da traição. Mas, na sua sabedoria, o meu marido sempre recusou. — O sorriso dela era adorável. — O meu marido me honra todos os dias, todos os momentos, Anjin-san. Se eu fosse ele, não seria capaz sequer de conversar com uma pessoa tão... conspurcada.

– É por isso que... é por isso que a senhora é a última da sua linhagem? – perguntou ele, lembrando-se do que ela dissera sobre uma catástrofe durante a marcha do Castelo de Ōsaka.

Mariko traduziu a pergunta para Buntaro e depois voltou-se novamente.

– *Hai*, Anjin-san. Mas não foi uma catástrofe, não para eles. Foram apanhados nas colinas, o meu pai e sua família, por Nakamura, o general que se tornou táicum. Foi Nakamura quem comandou os exércitos de vingança e dizimou todas as forças do meu pai, 20 mil homens, um por um. O meu pai e sua família foram acuados, mas meu pai teve tempo de ajudar a todos, os meus quatro irmãos e três irmãs, minha... minha mãe e as duas consortes. Depois cometeu *seppuku*. Nisso, ele foi samurai e eles foram samurais. Ajoelharam-se com valentia diante dele, um por um, e ele os matou um por um. Morreram honrosamente. E ele morreu honrosamente. Os dois irmãos do meu pai e um tio haviam se aliado a ele na traição contra o suserano. Também foram perseguidos. E morreram com honra igual. Nenhum Akechi foi deixado com vida para enfrentar o ódio e o escárnio do inimigo, exceto eu... não, desculpe-me, por favor, Anjin-san, estou errada... O meu pai e seus irmãos e o tio eram o verdadeiro inimigo. Do inimigo, apenas eu permaneci viva, uma testemunha viva da imunda traição. Eu, Akechi Mariko, fui deixada viva porque era casada e, portanto, pertencia à família do meu marido. Morávamos em Kyōto, então. Eu estava em Kyōto quando o meu pai morreu. A sua traição e rebelião duraram apenas treze dias, Anjin-san. Mas, enquanto viver um homem nestas ilhas, o nome Akechi será vergonhoso.

– Há quanto tempo estava casada quando isso aconteceu?

– Há dois meses e três dias, Anjin-san.

– E tinha quinze anos?

– Sim. O meu marido honrou-me não se divorciando de mim, nem me expulsando como deveria ter feito. Fui mandada embora. Para uma aldeia ao norte. Fazia frio lá, Anjin-san, na província de Shōnai. Muito frio.

– Quanto tempo ficou lá?

– Oito anos. O senhor Goroda tinha 45 anos quando cometeu *seppuku* para impedir a própria captura. Isso foi há quase dezesseis anos, Anjin-san, e a maioria dos seus descend...

Buntaro interrompeu de novo, a sua língua um açoite.

– Por favor, desculpe-me, Anjin-san – disse Mariko. – O meu marido corretamente assinala que teria sido suficiente que eu dissesse que sou filha de um traidor, que longas explicações são desnecessárias. Claro que algumas explicações eram necessárias – acrescentou ela com cuidado. – Por favor, desculpe os maus modos do meu marido e rogo-lhe que se lembre do que eu disse sobre ouvidos para ouvir e sobre a Cerca Óctupla. Perdoe-me, Anjin-san, recebi ordem de ir embora. O senhor não deve sair antes que ele saia, nem beber mais do que ele. Não interfira. – Ela se curvou para Fujiko. – *Shitsurei itashimasu*.

– *Dōzo*.

Mariko inclinou a cabeça para Buntaro e partiu. O seu perfume demorou-se no ar.

– Saquê! – disse Buntaro, e sorriu com maldade.

Fujiko encheu a xícara de chá.

– Saúde – disse Blackthorne, confuso.

Por mais de uma hora ele brindou a Buntaro, até sentir a própria cabeça girando. Então Buntaro tomou a última xícara e caiu deitado por entre xícaras despedaçadas. A *shōji* abriu-se instantaneamente. O guarda entrou com Mariko. Levantaram Buntaro, ajudados por criados que pareciam ter surgido do nada, e carregaram-no para o aposento oposto. O quarto de Mariko. Ajudada por Koi, a criada, ela começou a despi-lo. O guarda cerrou a *shōji* e sentou-se do lado de fora, a mão no punho da espada solta.

Fujiko esperava, olhando para Blackthorne. Vieram criadas e arrumaram a desordem. Exausto, Blackthorne correu as mãos pelo longo cabelo e amarrou de novo a fita que prendia a juba. Depois levantou-se oscilante e saiu para a varanda, seguido da consorte.

O ar cheirava bem e ele sentiu-se melhor. Mas não o suficiente. Sentou-se pesadamente na varanda e sorveu a noite.

Fujiko ajoelhou-se atrás dele e inclinou-se para a frente.

– *Gomen nasai*, Anjin-san – sussurrou, movendo a cabeça na direção da casa. – *Wakarimasu ka?*

– *Wakarimasu, shikata ga nai.* – Depois, vendo-lhe o medo aparente, afagou-lhe o cabelo.

– *Arigatō, arigatō*, Anjin-sama.

– *Anata wa suimin ima*, Fujiko-san – disse ele, encontrando as palavras com dificuldade. Você dormir agora.

– *Sumimasen*, Anjin-san, *anata mo suimin, né?* – disse ela, gesticulando na direção do quarto dele, os olhos suplicando.

– *Iie. Watashi oyogu ima.* Não, eu nadar agora.

– *Hai*, Anjin-sama. – Obedientemente, ela se voltou e chamou. Dois criados vieram correndo. Eram ambos jovens da aldeia, fortes e conhecidos como bons nadadores.

Blackthorne não fez objeção. Naquela noite, sabia que as suas objeções seriam sem sentido.

– Bem, de qualquer jeito – disse alto enquanto seguia oscilante colina abaixo, os homens atrás, o cérebro entorpecido pela bebida –, consegui pô-lo para dormir. Agora ele não pode machucá-la mais.

Blackthorne nadou durante uma hora e sentiu-se bem melhor. Quando voltou, Fujiko o esperava na varanda com um bule de chá. Ele aceitou um pouco, depois foi para a cama e pegou no sono imediatamente.

O som da voz de Buntaro, transbordante de maldade, despertou-o. A sua mão direita, automaticamente, agarrou a coronha da pistola que mantinha sempre embaixo do *futon*, o coração ribombando no peito devido ao inesperado despertar.

A voz de Buntaro cessou. Mariko começou a falar. Blackthorne só conseguia apreender algumas palavras, mas podia sentir os argumentos razoáveis e a súplica, não abjeta, lamentosa ou mesmo perto das lágrimas, apenas a firme serenidade habitual dela. Novamente Buntaro explodiu.

Blackthorne tentou não ouvir.

— Não interfira — dissera-lhe ela, e ela era prudente. Ele não tinha direitos, mas Buntaro tinha muitos. — Rogo-lhe que seja cuidadoso, Anjin-san. Lembre-se do que eu lhe disse de ouvidos para ouvir e a Cerca Óctupla.

Obedientemente, deitou-se, a pele gelada de suor, e forçou-se a pensar no que ela dissera.

— Veja, Anjin-san — dissera-lhe naquela noite muito especial, quando terminavam a última de muitas últimas garrafas de saquê e ele brincara sobre a falta de privacidade por toda parte: gente sempre por perto, paredes de papel, ouvidos e olhos sempre espreitando –, aqui o senhor tem que aprender a criar a sua própria privacidade. Somos ensinados desde a infância a desaparecer dentro de nós mesmos, a erguer paredes impenetráveis, por trás das quais vivemos. Se não pudéssemos fazer isso, com certeza ficaríamos todos loucos e nos mataríamos, uns aos outros e a nós mesmos.

— Que paredes?

— Oh, temos um labirinto ilimitado onde nos esconder, Anjin-san. Rituais e costumes, tabus de toda espécie, oh, sim. Até a nossa língua tem nuanças que a sua não tem, as quais nos permitem evitar polidamente uma pergunta, se não a queremos responder.

— Mas como cerrar os ouvidos, Mariko-san? Isso é impossível.

— Oh, muito fácil, com treinamento. Claro, o treinamento começa assim que a criança aprende a falar, portanto isso bem cedo se torna uma segunda natureza para nós. De que outro modo poderíamos sobreviver? Primeiro, se começa purificando a própria mente, colocando-se num plano diferente. A observação do pôr do sol é uma grande ajuda, ou a escuta da chuva. Anjin-san, já notou os diferentes sons da chuva? Se o senhor realmente *ouvir*, então o presente desaparece, *né? Ouvir* flores caindo e rochas crescendo são exercícios excepcionalmente bons. Claro que não se espera que o senhor veja as coisas, elas são apenas sinais, mensagens ao seu *hara*, o seu centro, para lembrá-lo da transitoriedade da vida, para ajudá-lo a atingir a *wa*, a harmonia, Anjin-san, a harmonia perfeita, que é a qualidade mais visada em toda a vida do Japão, toda a arte, toda... – Ela rira. – Pronto, veja o que o excesso de saquê faz comigo. – A ponta da língua tocara-lhe os lábios sedutoramente. – Vou lhe cochichar um segredo: não se deixe enganar pelos nossos sorrisos e gentilezas, o nosso cerimonial, as nossas mesuras, delicadezas e atenções. Por trás disso tudo, podemos estar a um milhão de *ris* de distância, seguros e sozinhos. Pois é isso o que procuramos: esquecimento. Um dos nossos primeiros poemas escritos, que está no Kojiki, o nosso primeiro livro de história, que foi escrito há cerca de mil anos, talvez explique o que estou dizendo:

> *"Oito cúmulos se erguem*
> *para os amantes se esconderem.*
> *A Cerca Óctupla da província de Izumo*
> *encerra aquelas nuvens óctuplas –*
> *oh, que maravilhosa, essa Cerca Óctupla!"*

– Nós certamente enlouqueceríamos se não tivéssemos uma Cerca Óctupla, oh, sim!

Lembre-se da Cerca Óctupla, disse ele a si mesmo enquanto a fúria sibilante de Buntaro continuava. Não sei nada sobre ela. Nem sobre ele, na realidade. Pense no Regimento de Mosquetes ou na sua casa, em Felicity, ou em como recuperar o navio ou em Baccus, em Toranaga ou em Omi-san. Que tal Omi? Preciso de vingança? Ele quer ser meu amigo e tem sido bom e gentil desde o caso das pistolas e...

O som da pancada feriu-o dentro da cabeça. Depois a voz de Mariko começou de novo, houve uma segunda pancada e Blackthorne se pôs de pé num instante e escancarou a *shōji*. O guarda erguia-se no corredor, junto à porta de Mariko, encarando-o desafiadoramente, a espada pronta.

Blackthorne estava se preparando para se atirar contra o samurai quando a porta na extremidade do corredor se abriu. Fujiko, o cabelo solto e flutuando sobre o quimono de dormir, aproximou-se, o som do pano rasgando e outro golpe aparentemente não a afetando em absoluto. Ela se curvou com polidez para o guarda e se postou entre eles, depois se inclinou meigamente para Blackthorne e pegou-lhe o braço, guiando-o de volta ao quarto. Ele viu a tensa prontidão do samurai. Tinha apenas uma pistola e uma bala no momento, por isso recuou. Fujiko seguiu-o e fechou a *shōji* atrás de si. Depois, muito assustada, balançou a cabeça advertindo-o, pôs um dedo sobre os lábios e balançou a cabeça de novo, os olhos suplicando.

– *Gomen nasai, wakarimasu ka?* – sussurrou ela.

Mas ele estava concentrado na parede do quarto contíguo, que poderia ser despedaçada com muita facilidade.

Fujiko também olhou para a parede, depois se colocou entre ele e a parede e sentou-se, fazendo-lhe sinal que a imitasse.

Mas ele não podia. Continuou de pé, preparando-se para o ataque que destruiria a todos, aguilhoado por um soluço que se seguiu a outra pancada.

– *Iie!* – Fujiko estremeceu aterrorizada.

Ele fez-lhe sinal para sair do caminho.

– *Iie, iie* – implorou ela novamente.

– *IMA!*

Imediatamente Fujiko se levantou e fez-lhe sinal que esperasse, enquanto corria sem ruído algum para as espadas que estavam diante do *tokonoma*, a pequena alcova de honra. Pegou a espada comprida, com as mãos trêmulas, tirou-a da bainha e preparou-se para segui-lo através da parede. Nesse instante houve um tapa final e uma exaltada torrente de fúria. A outra *shōji* abriu-se com estrondo e Buntaro se afastou com passos pesados, seguido pelo guarda. Houve silêncio na casa por um momento, depois o som do portão do jardim batendo.

Blackthorne dirigiu-se para a porta. Fujiko arremessou-se à sua frente, mas ele a empurrou para o lado e a escancarou.

Mariko ainda estava ajoelhada no canto do quarto ao lado, um vergão lívido no rosto, o cabelo desgrenhado, o quimono em farrapos, contusões graves nas coxas e na base das costas.

Ele se precipitou para levantá-la, mas ela gritou:

– Vá embora, por favor, vá embora, Anjin-san!

Ele viu o fio de sangue no canto da boca.

– Jesus, como a senhora está mal...

– Eu lhe disse que não interferisse. Por favor, vá embora – disse ela, na mesma voz calma que a violência em seus olhos desmentia. Depois viu Fujiko, que ficara na soleira da porta. Falou com ela. Fujiko, obedientemente, pegou o braço de Blackthorne para levá-lo embora, mas ele se soltou com um repelão.

– Não! *Iie!*

– A sua presença aqui me tira a dignidade, não me dá paz nem conforto e me envergonha – disse Mariko. – Vá embora!

– Quero ajudar. Não compreende?

– O senhor não compreende? Não tem direitos nisto. Foi uma discussão particular entre marido e mulher.

– Isso não é desculpa para bater...

– Por que não ouve, Anjin-san? Ele pode me espancar até à morte se quiser. Tem o direito e eu gostaria de que... até isso! Então eu não teria que suportar a vergonha. Acha que é fácil viver com a minha vergonha? Não ouviu o que eu disse? Sou filha de Akechi Jinsai!

– Não é culpa sua. A senhora não fez nada!

– É minha culpa e sou filha de meu pai. – Mariko teria parado aí. Mas, vendo a compaixão dele, o interesse e o amor e sabendo como ele prezava a verdade, permitiu que alguns dos seus véus tombassem. – Esta noite a culpa foi minha, Anjin-san – disse. – Se eu tivesse chorado como ele quer, implorado perdão como ele quer,

bajulado e ficado petrificada e o lisonjeado como ele quer, aberto os olhos em terror fingido como ele quer, fizesse todas as coisas próprias de mulher que o meu dever exige, ele seria como uma criança nas minhas mãos. Mas eu não farei.
– Por quê?
– Porque essa é a minha vingança. Para retribuir por me deixar viva depois da traição. Para retribuir por ter me mandado embora por oito anos e ter me deixado viva todo esse tempo. E para retribuir por me ordenar que voltasse à vida e continuasse vivendo. – Ela se sentou penosamente e arrumou o quimono esfarrapado mais junto ao corpo. – Nunca me darei a ele de novo. Uma vez eu fiz isso voluntariamente, embora o tenha detestado desde o primeiro momento em que o vi.
– Então por que se casou? A senhora disse que as mulheres aqui têm o direito até de recusar, que não têm que se casar contra a vontade.
– Casei-me com ele para agradar ao senhor Goroda e para agradar a meu pai. Eu era muito jovem e não sabia sobre Goroda então, mas, se quer a verdade, Goroda era o homem mais cruel e repugnante que jamais nasceu. Ele levou o meu pai à traição. É a verdade! Goroda! – Ela cuspiu o nome. – Não fosse ele, estaríamos todos vivos e honrados. Rezo a Deus para que Goroda esteja condenado ao inferno por toda a eternidade! – Moveu-se cuidadosamente, tentando abrandar o sofrimento no flanco. – Só existe ódio entre mim e o meu marido, esse é o nosso karma. Seria tão fácil para ele permitir-me ascender à morte.
– Por que ele não a deixa ir embora? Não se divorcia da senhora? Ou lhe concede o que a senhora deseja?
– Porque ele é um homem. – Um retesar de dor percorreu-a e ela fez uma careta. Blackthorne estava de joelhos ao seu lado, amparando-a. Ela o empurrou, lutou por recobrar o domínio de si. Fujiko, na soleira, observava estoicamente. – Estou bem, Anjin-san. Por favor, deixe-me sozinha. O senhor deve ser cuidadoso.
– Não tenho medo dele.

Debilmente, Mariko afastou o cabelo dos olhos e o encarou inquisitiva. Por que não deixar o Anjin-san ir ao encontro do seu karma?, perguntou a si mesma. Ele não é do nosso mundo. Buntaro o matará com toda a facilidade. Apenas a proteção pessoal de Toranaga o protegeu até agora. Yabu, Omi, Naga, Buntaro – qualquer um deles poderia ser facilmente provocado para matá-lo.

Ele só causou problemas desde que chegou, *né*? Assim como o seu conhecimento. Naga tem razão: o Anjin-san pode destruir o nosso mundo, a menos que seja contido.

E se Buntaro soubesse a verdade? Ou Toranaga? Sobre o "travesseiro"...
– Ficou louca? – dissera Fujiko naquela noite.
– Não.
– Então, por que vai tomar o lugar da criada?
– Por causa do saquê e por diversão, Fujiko-san, e por curiosidade – mentira ela, ocultando a verdadeira razão: ele a excitava, ela o desejava, nunca tivera um

amante. Se não fosse naquela noite, não seria nunca, e tinha que ser o Anjin-san e apenas o Anjin-san.

Então fora até ele, sentira-se enlevada, e depois, quando a galera chegara, Fujiko lhe perguntara em particular:

– A senhora teria ido se soubesse que o seu marido estava vivo?

– Não. Claro que não – mentira ela.

– Mas agora vai contar a Buntaro-sama, *né*? Que "travesseirou" com o Anjin-san?

– Por que deveria fazer isso?

– Pensei que talvez fosse o seu plano. Se contar a Buntaro-sama no momento certo, a fúria dele explodirá e a senhora estará agradecidamente morta antes que ele saiba o que fez.

– Não, Fujiko-san, ele nunca me matará. Ele me mandaria para os *etas* se tivesse desculpa suficiente, se conseguisse obter a aprovação do senhor Toranaga, mas nunca me matará.

– Adultério com o Anjin-san... isso não seria suficiente?

– Oh, sim.

– O que aconteceria ao seu filho?

– Herdaria a minha desgraça, se eu ficasse desgraçada, *né*?

– Por favor, se achar que Buntaro-sama desconfia do que aconteceu, diga-me. Enquanto consorte, é meu dever proteger o Anjin-san.

Sim, é, Fujiko, pensara Mariko então. E isso lhe daria a desculpa para se vingar abertamente do acusador de seu pai, coisa pela qual você anseia. Mas o seu pai era um covarde, sinto muito, pobre Fujiko. Hiromatsu estava lá, do contrário seu pai estaria vivo agora e Buntaro morto, pois Buntaro é muito mais odiado do que o seu pai era desprezado. Mesmo as espadas que você tanto preza nunca lhe foram dadas como uma honra de batalha, foram compradas de um samurai ferido. Sinto muito, mas nunca serei eu quem vai lhe dizer, mesmo que a verdade seja essa.

– Não tenho medo dele – estava dizendo Blackthorne de novo.

– Eu sei – disse ela, a dor dominando-a. – Mas, por favor, imploro-lhe, tenha medo dele por mim.

Blackthorne dirigiu-se para a porta.

Buntaro o esperava a cem passos, no meio do caminho que levava para a aldeia lá embaixo – pesado, imenso e mortífero. O guarda estava ao seu lado. O amanhecer estava nublado. Os barcos de pesca já estavam contornando os bancos de areia; o mar, calmo.

Blackthorne viu o arco frouxo nas mãos de Buntaro e as suas espadas, além das espadas do guarda. Buntaro oscilava ligeiramente e isso lhe deu esperança de que a pontaria do homem falhasse, o que lhe daria tempo para se aproximar o suficiente. Não havia cobertura dos lados do caminho. Ele engatilhou as duas pistolas e avançou na direção dos dois homens.

Ao inferno com cobertura, pensou por entre o nevoeiro da sua ânsia por sangue, sabendo ao mesmo tempo que o que estava fazendo era loucura, que não tinha chance contra os dois samurais ou o arco de longo alcance, que não tinha qualquer direito de interferir. E então, enquanto ainda se encontrava fora do alcance da pistola, Buntaro curvou-se profundamente e o mesmo fez o guarda. Blackthorne parou, pressentindo uma armadilha. Olhou em torno, mas não havia ninguém por perto. Como num sonho, viu Buntaro desabar pesadamente sobre os joelhos, pôr o arco de lado, as mãos estendidas no chão e curvar-se para ele como um camponês se curvaria diante do seu senhor. O guarda o imitou.

Blackthorne contemplou-os, pasmado. Quando teve certeza de que os seus olhos não o estavam enganando, avançou lentamente, a pistola pronta, mas não apontada, esperando traição. Atingindo um fácil raio de tiro, parou. Buntaro não se movera. O costume ditava que ele devia se ajoelhar e retribuir a saudação, porque eles eram iguais, ou quase iguais. Mas ele não conseguia compreender por que devesse haver aquela inacreditável cerimônia de deferência numa situação em que ia jorrar sangue.

– Levante-se, seu filho da puta! – Blackthorne preparou os dois gatilhos.

Buntaro não disse nada, não fez nada. Manteve a cabeça baixa, as mãos estendidas. As costas do seu quimono estavam ensopadas de suor.

– *Nan ja?* – Deliberadamente Blackthorne usou o modo mais insultante de perguntar "O que é?", esperando induzir Buntaro a se levantar, a começar, sabendo que não podia alvejá-lo daquele jeito, com a cabeça baixa e quase no pó.

Então, consciente de que era rude permanecer em pé, enquanto eles estavam ajoelhados, e que o "*nan ja*" era um insulto intolerável e certamente desnecessário, Blackthorne se ajoelhou e, agarrado às pistolas, pousou as duas mãos no chão e retribuiu a reverência.

Sentou-se sobre os calcanhares.

– *Hai?* – perguntou, com uma polidez forçada.

Logo Buntaro começou a resmungar. Abjetamente. Desculpando-se. De quê e exatamente por quê, Blackthorne não sabia. Só conseguia compreender uma palavra aqui outra ali e "saquê" muitas vezes, mas tratava-se de um pedido de desculpas e uma humilde súplica por perdão. Buntaro continuava interminavelmente. Depois parou e encostou a cabeça no chão de novo.

Nessa altura, a cólera ofuscante de Blackthorne já desaparecera.

– *Shikata ga nai* – disse ele, rouco, o que significava "Não se pode evitar" ou "Não há nada a ser feito" ou "O que o senhor podia fazer?", sem saber ainda se o pedido de desculpas era meramente ritual, precedendo o ataque.

– *Shikata ga nai. Hakkiri wakaranu ga shinpai suru koto wa nai.* Não pode ser evitado. Não compreendo exatamente, mas não se preocupe.

Buntaro levantou os olhos e sentou-se.

– *Arigatō... arigatō*, Anjin-sama. *Gomen nasai.*

– *Shikata ga nai* – repetiu Blackthorne e, agora que ficara claro que o pedido de desculpas era genuíno, agradeceu a Deus por lhe dar aquela miraculosa oportunidade de cancelar o duelo. Ele sabia que não tinha direitos, que agira como um louco, e que o único meio de resolver a crise com Buntaro era de acordo com as regras. E isso queria dizer Toranaga.

Mas por que as desculpas?, perguntava-se, freneticamente. Pense! Você tem que aprender a pensar como eles.

Então a solução se precipitou no seu cérebro. Deve ser porque sou *hatamoto* e Buntaro, o meu hóspede, perturbou a *wa*, a harmonia da minha casa. Tendo uma violenta discussão com a esposa na minha casa, insultou-me, portanto ele está totalmente errado e tem que se desculpar, com sinceridade ou não. Desculpas obrigatórias de um samurai a outro, de um hóspede ao anfit...

Espere! Não se esqueça de que, pelo costume deles, todos os homens podem se embebedar, espera-se que se embebedem às vezes e, quando bêbados, não são legitimamente responsáveis pelos próprios atos. Não se esqueça de que não há perda de dignidade se se fica fedendo de bêbado. Lembre-se de como Mariko e Toranaga nem se preocuparam no navio quando você ficou totalmente entorpecido. Acharam engraçado e não repugnante, como nós acharíamos.

E você tem mesmo alguma coisa a censurar? Não foi você quem começou a rodada de bebida? O desafio não foi seu?

– Sim – disse alto.

– *Nan desu ka*, Anjin-san? – perguntou Buntaro, os olhos injetados.

– *Nani mo. Watashi no kashitsu desu.* Nada. A culpa foi minha.

Buntaro levantou a cabeça e disse que não, que a culpa era só dele e curvou-se e desculpou-se de novo.

– Saquê – disse Blackthorne com determinação e encolheu os ombros. – *Shikata ga nai.* Saquê!

Buntaro curvou-se e agradeceu-lhe de novo. Blackthorne retribuiu e levantou-se. Buntaro e o guarda o imitaram. Ambos se curvaram mais uma vez. E mais uma vez foram correspondidos.

Finalmente Buntaro deu-lhe as costas e se afastou cambaleante. Blackthorne esperou até estar fora do alcance da seta, perguntando-se se o homem estava tão bêbado quanto aparentava. Depois voltou para dentro da casa.

Fujiko encontrava-se na varanda, de novo dentro do seu escudo polido e sorridente. O que é que você está realmente pensando?, perguntou-se Blackthorne ao saudá-la e ser correspondido.

A porta de Mariko estava fechada. A sua criada encontrava-se em pé, do lado de fora.

– Mariko-san?

– Sim, Anjin-san?

Ele esperou, mas a porta continuou fechada.

— Está bem?

— Sim, obrigada. — Ele a ouviu pigarrear, depois a voz débil continuou: — Fujiko mandou avisar a Yabu-san e ao senhor Toranaga que estou indisposta hoje e não poderei interpretar.

— Seria melhor que a senhora visse um médico.

— Oh, obrigada, mas Suwo será excelente. Mandei chamá-lo. Eu... só torci o lado. Estou bem, realmente. Não há necessidade de o senhor se preocupar.

— Olhe, conheço alguma coisa sobre cuidados médicos. Não está tossindo sangue, está?

— Oh, não. Quando escorreguei só bati com o rosto. Verdade. Estou absolutamente bem.

Após uma pausa, ele disse:

— Buntaro desculpou-se.

— Sim. Fujiko observou do portão. Agradeço-lhe humildemente por ter aceitado o pedido de desculpas. Obrigada, Anjin-san, sinto muito que tenha sido perturbado... é imperdoável que a sua harmonia... por favor, aceite minhas desculpas também. Eu nunca deveria ter perdido o controle sobre a minha boca. Foi muito descortês. Por favor, perdoe-me também. A culpa da discussão foi minha. Por favor, aceite minhas desculpas.

— Por ter sido espancada?

— Por ter falhado em obedecer ao meu marido, por ter falhado em ajudá-lo a dormir satisfeito, por ter falhado com ele e com o meu anfitrião. E também pelo que eu disse.

— Tem certeza de que não há nada que eu possa fazer?

— Não... Não, obrigada, Anjin-san. É só por hoje.

Mas Blackthorne não a viu durante oito dias.

CAPÍTULO 36

– CONVIDEI-O PARA CAÇAR, NAGA-SAN, NÃO PARA REPETIR OPINIÕES QUE JÁ ouvi – disse Toranaga.

– Imploro-lhe, pai, pela última vez: pare o treinamento, proscreva as armas, destrua o bárbaro, declare a experiência um fracasso e ponha fim a essa obscenidade.

– Não. Pela última vez. – O falcão encapuzado sobre a mão enluvada de Toranaga agitou-se, perturbado pelo tom ameaçador, estranho, na voz do amo e sibilou, irritado. Estavam no bosque, com batedores e guardas, bem longe do raio de audição. O dia era de mormaço, úmido e nublado.

– Muito bem. Mas ainda é meu dever lembrá-lo de que está em perigo aqui e solicitar-lhe novamente, com a devida polidez, agora pela última vez, que deixe Anjiro hoje.

– Não. Também pela última vez.

– Então tome a minha cabeça!

– Já tenho a sua cabeça!

– Então tome-a hoje, agora, ou deixe-me pôr fim à vida, já que o senhor não aceitará bons conselhos.

– Aprenda a ser paciente, jovenzinho enfatuado!

– Como posso ser paciente quando o vejo se destruindo? É meu dever chamar sua atenção para isso. O senhor fica aqui caçando e desperdiçando tempo enquanto os seus inimigos fazem o mundo inteiro desabar em cima do senhor. Os regentes reúnem-se amanhã. Quatro quintos de todos os daimios do Japão já se encontram em Ōsaka ou estão a caminho de lá. O senhor foi o único daimio importante a recusar. Agora será destituído. Depois nada poderá salvá-lo. Pelo menos devia estar em casa, em Edo, rodeado pelas suas legiões. Aqui está desprotegido. Não podemos protegê-lo. Mal temos aqui mil homens. Em contrapartida, Yabu mobilizou Izu inteira. Tem mais de 8 mil homens no raio de vinte *ris*, mais 6 mil fechando as fronteiras. O senhor sabe que os espiões dizem que ele tem uma esquadra esperando ao norte para pô-lo a pique se o senhor tentar escapar de galera? É prisioneiro dele novamente, não vê? Um pombo-correio de Ishido a Yabu pode destruí-lo no momento que quiser. Como sabe que ele não está combinando uma traição com Ishido?

– Tenho certeza de que ele está considerando isso. Eu estaria se fosse ele. Você não?

– Não, não estaria.

– Então você logo estaria morto, o que seria absolutamente merecido, mas o mesmo aconteceria com toda a sua família, todo o seu clã e todos os seus vassalos, o que seria absolutamente imperdoável. Você é um imbecil, estúpido e truculento! Nunca vai usar a mente, ouvir, aprender, nunca vai frear a língua ou o temperamento! Deixou-se manipular do modo mais infantil e acredita que tudo pode ser resolvido com a ponta da sua espada. A única razão por que não lhe tiro essa cabeça estúpida nem o deixo pôr fim à sua vida atual sem valor é que você é jovem e eu costumava pensar que você tinha algumas possibilidades, os seus erros não são maliciosos, não há astúcia em você e a sua lealdade é inquestionável. Mas, se não aprender rapidamente a ter paciência e autodisciplina, suprimo-lhe o status de samurai e o rebaixo, junto com todas as suas gerações, para a classe camponesa! – O punho direito de Toranaga chocou-se contra a sela e o falcão soltou um guincho penetrante, nervoso. – *Entendeu?*

Naga estava em choque. Em toda a vida nunca vira o pai gritar de raiva nem perder a calma, ou sequer ouvira falar que ele tivesse feito isso. Muitas vezes sentira a ferroada da língua dele, mas com justificação. Naga sabia que cometia muitos erros, mas o pai sempre dava um jeito de que o que ele fizera deixasse de parecer tão estúpido quanto parecera de imediato. Por exemplo, quando Toranaga mostrara como ele caíra na armadilha de Omi, ou de Yabu, com relação a Jozen, ele tivera que ser fisicamente impedido de atacar e assassinar os dois. Toranaga ordenara aos seus guardas pessoais que jogassem água fria em Naga até que este voltasse à razão e calmamente explicara que ele, Naga, o ajudara incomensuravelmente, eliminando a ameaça de Jozen. "Mas teria sido melhor se você soubesse que estava sendo manipulado para agir. Seja paciente, meu filho, tudo vem com a paciência", aconselhara Toranaga. "Logo você será capaz de manipulá-los. O que você fez foi muito bom. Mas deve aprender a raciocinar sobre o que está na mente de um homem, se pretende ser de valia para si mesmo ou para o seu senhor. Preciso de líderes. Já tenho fanáticos suficientes."

O pai sempre fora razoável e pronto a perdoar, mas hoje... Naga pulou do cavalo e ajoelhou-se abjetamente:

– Por favor, perdoe-me, pai. Nunca pretendi deixá-lo zangado... é só porque estou desesperado de preocupação pela sua segurança. Por favor, desculpe-me por perturbar-lhe a harmonia...

– Cale a boca! – vociferou Toranaga, assustando o cavalo.

Furiosamente, Toranaga firmou-se com os joelhos e puxou os freios com a mão direita, o cavalo escorregando. Desequilibrado, o falcão começou a se debater, saltando do punho, as asas adejando descontroladas, guinchando o seu hic-ic-ic-i-c-ic de rebentar os tímpanos, enfurecido pela agitação inabitual e inconveniente ao seu redor. "Pronto, minha belezinha, pronto..." Desesperadamente, Toranaga tentava fazê-lo pousar e recuperar o controle sobre a montaria quando Naga saltou para a cabeça do cavalo. Agarrou a rédea e conseguiu impedir o animal de disparar. O falcão guinchava furiosamente. Afinal, relutante, pousou de novo sobre a luva de Toranaga, preso com firmeza pelos pioses. Mas as asas pulsavam nervosamente, os sinos nos seus pés soando estridentes.

– Hic-ic-ic-ic-ic-iiiiicc! – guinchou a ave uma última vez.

– Pronto, pronto, minha belezinha. Pronto, está tudo bem – disse Toranaga, apaziguador, o rosto ainda avermelhado de cólera. Depois voltou-se para Naga, tentando não deixar a animosidade transparecer na voz por causa do falcão. – Se você tiver arruinado o estado dele hoje, eu... eu...

Nesse instante, um dos batedores chamou. Imediatamente Toranaga tirou o capuz do falcão com a mão direita, deu-lhe um momento para se adaptar aos arredores e soltou-o.

Era um falcão de asas longas, um *peregrinus*. O seu nome era Tetsu-ko – Senhora de Ferro. A ave disparou para o céu, circulando cerca de mil metros acima de Toranaga, esperando que a presa fosse afugentada, esquecida do nervosismo. Então viu os cães atiçados contra o bando de faisões, que se dispersaram numa confusão frenética de batidas de asas. Marcou a presa, girou sobre si mesma e se atirou – fechou as asas e mergulhou implacável –, as garras prontas para dilacerar.

Desceu zunindo, mas o velho faisão, com duas vezes o tamanho do falcão, derrapou e, em pânico, arremeteu como uma flecha para a segurança de um conjunto de árvores, a duzentos passos de distância. Tetsu-ko retomou a posição inicial, abriu as asas e investiu de cabeça atrás da caça. Ganhou altitude, colocou-se mais uma vez verticalmente acima do faisão, investiu de novo, e de novo falhou. Toranaga, excitado, gritava encorajamentos, prevenindo do perigo à frente, esquecido de Naga.

Com um frenético bater de asas, o faisão movia-se velozmente para a proteção das árvores. O *peregrinus*, mais uma vez girando bem acima, mergulhou e veio cortando o ar. Mas era tarde demais. O manhoso faisão desaparecera. Sem se preocupar com a própria segurança, o falcão colidiu com folhas e galhos, procurando ferozmente a vítima, depois retomou posição e disparou para o vazio mais uma vez, guinchando de raiva, impelindo-se para bem acima do matagal.

Nesse momento, um bando de perdizes foi localizado e espantado, pondo-se alvoroçadas à procura de segurança, lançando-se de um lado para o outro, astuciosamente seguindo os contornos do terreno. Tetsu-ko marcou uma, dobrou as asas e caiu como uma pedra. Desta vez não errou. Um golpe de suas garras quebrou o pescoço da perdiz. O pássaro estatelou-se no chão numa nuvem de penas. Mas, em vez de seguir a presa até o solo e pousar com ela, o falcão ganhou altura guinchando, subindo mais e mais.

Ansiosamente, Toranaga sacou a isca, um pequeno pássaro morto amarrado a uma cordinha, e fê-la zunir em torno da cabeça. Mas Tetsu-ko não ficou tentado a voltar. Agora era uma minúscula mancha no firmamento. Toranaga teve certeza de que o perdera, de que a ave resolvera deixá-lo, voltar às matas, matar conforme o próprio capricho e não conforme o capricho dele, comer quando quisesse e não quando ele decidisse, e voar para onde os ventos ou a fantasia a levassem, sem amo e livre para sempre.

Toranaga observou-o, não triste, mas só um pouco solitário. Tratava-se de uma criatura selvagem, e Toranaga, como todos os falcoeiros, sabia que era um dono terrestre apenas temporário. Sozinho, subira às montanhas Hakone, tirara-o do ninho filhote, treinara-o, criara-o e dera-lhe a primeira matança. Agora mal conseguia vê-lo circulando lá em cima, cavalgando as nuvens gloriosamente, e desejou, ansioso, também poder flutuar no empíreo, longe das iniquidades da Terra.

Então o velho faisão surgiu casualmente sob as árvores para se alimentar mais uma vez. No mesmo momento Tetsu-ko mergulhou, atirando-se dos céus, uma minúscula arma mortífera, as garras prontas para o golpe de misericórdia.

O faisão morreu de pronto, o impacto causando uma explosão de penas, mas o falcão continuou, as asas cortando o ar, para frear violentamente no último segundo. Então fechou as asas e pousou sobre a presa.

Segurou-a com as garras e começou a depená-la com o bico. Mas, antes que a pudesse comer, Toranaga se aproximou a cavalo. A ave parou, distraída. Os seus inclementes olhos castanhos, contornados de amarelo, observaram quando ele desmontou, os seus ouvidos escutando o elogio pela sua habilidade e bravura murmurado suavemente e, depois, porque estava com fome e era ele quem lhe dava comida e também porque foi paciente e não fez movimento súbito, mas ajoelhou-se suavemente, o falcão permitiu-lhe chegar mais perto.

Toranaga elogiou-o docemente. Puxou a faca de caça e cortou a cabeça do faisão, para permitir a Tetsu-ko alimentar-se com o cérebro da presa. Depois que a ave regalou-se com o petisco, veio com facilidade para o seu punho, onde estava acostumada a se alimentar.

O tempo todo Toranaga a elogiou e, quando ela terminou o bocado, acariciou-a gentilmente e cumprimentou-a prodigamente. A ave balançou o corpo e sibilou o seu contentamento, alegre por estar de volta em segurança mais uma vez ao punho do seu dono, onde podia comer, pois desde que fora tirada do ninho era ali o único lugar onde sempre fora autorizada a comer e a comida fora sempre dada por Toranaga em pessoa. Começou a se alisar com o bico, pronta para outra morte.

Como Tetsu-ko voara tão bem, Toranaga resolveu não a deixar empanturrar-se nem voar mais naquele dia. Deu-lhe um pequeno pássaro que já havia depenado e aberto para ela. Quando sua refeição ia a meio caminho, ele lhe enfiou o capuz. A ave continuou a se alimentar satisfeita, através do capuz. Quando terminou de comer e começou a se alisar de novo, ele pegou o faisão, enfiou-o na sacola e chamou seu falcoeiro, que esperara com os batedores. Joviais, comentaram a glória da matança e contaram o conteúdo da sacola. Havia uma lebre, um par de codornizes e o faisão. Toranaga dispensou o falcoeiro e os batedores e mandou-os de volta ao acampamento com todos os falcões. Seus guardas esperavam.

Depois, voltou a atenção para Naga.

– E então?

Naga ajoelhou-se ao lado do cavalo dele, curvando-se.

– O senhor está completamente correto... no que disse a meu respeito. Peço desculpas por tê-lo ofendido.

– Mas não por me dar mau conselho?

– Eu... eu lhe imploro que me ponha com alguém que possa me ensinar, de modo que eu nunca faça isso. Não quero nunca dar-lhe maus conselhos, nunca.

– Ótimo. Você passará uma parte do dia, todos os dias, com o Anjin-san, aprendendo o que ele sabe. Ele pode ser um dos seus professores.

– Ele?

– Sim. Isso pode ensinar-lhe um pouco de disciplina. E, se conseguir enfiá-la nessa rocha que tem entre as orelhas para ouvir, certamente aprenderá coisas de valor para si mesmo. Poderia até aprender alguma coisa de valor para mim.

Naga fitava o chão sombriamente.

– Quero que você saiba tudo o que ele sabe sobre armas, canhões e a arte da guerra. Você se tornará o meu especialista. Sim. E quero que seja um bom especialista. – Naga não disse nada. – E quero que se torne amigo dele.

– Como posso fazer isso, senhor?

– Por que você não pensa num modo? Por que não usa a sua cabeça?

– Tentarei. Juro que tentarei.

– Quero que faça melhor do que isso. Ordeno-lhe que seja bem-sucedido. Use um pouco de "caridade cristã". Deve ter aprendido o suficiente para fazer isso. *Né?*

Naga carregou o sobrolho.

– Isso é impossível de aprender, por mais que eu tenha tentado. É verdade! Tudo o que Tsukku-san falou foram dogmas e absurdos que fariam qualquer homem vomitar. Cristianismo é para camponeses, não para samurais. Não mate, não tome mais de uma mulher e cinquenta outras tolices! Obedeci ao senhor então e obedecerei agora. Eu sempre obedeço! Por que não me deixar fazer as coisas que eu posso, senhor? Torno-me cristão, se é isso o que o senhor deseja, mas não posso acreditar nisso... é tudo um monte de... peço desculpas. Vou me tornar amigo do Anjin-san.

– Ótimo. E lembre-se de que ele vale 20 mil vezes o próprio peso em seda crua e tem mais conhecimento do que você jamais terá em vinte vidas.

Naga se mantinha sob controle e, respeitoso, aquiesceu.

– Ótimo. Você comandará dois batalhões, Omi-san mais dois e um ficará de reserva, com Buntaro.

– E os outros quatro, senhor?

– Não temos armas suficientes para eles. Foi um estratagema para confundir o faro de Yabu – disse Toranaga, atirando ao filho a isca.

– Senhor?

– Foi só uma desculpa para trazer mais mil homens para cá. Não vão chegar amanhã? Com 2 mil homens posso defender Anjiro e escapar, se for necessário. *Né?*

– Mas Yabu-san ainda pode... – Naga engoliu o comentário, sabendo que mais uma vez ia fazer um julgamento errado. – Por que é que sou tão estúpido? – perguntou amargurado. – Por que não consigo ver as coisas como o senhor? Ou como Sudara-san. Quero ajudar, ser de valor. Não quero provocá-lo o tempo todo.

– Então aprenda a ter paciência, meu filho, e refreie o seu temperamento. O seu tempo virá logo.

– Senhor?

Toranaga ficou subitamente cansado de ser paciente. Olhou para o céu.

– Acho que vou dormir um pouco.

Imediatamente Naga tirou a sela e a manta do cavalo e estendeu-as no chão como cama de samurai. Toranaga agradeceu-lhe e observou as suas sentinelas. Quando se certificou de que estava tudo correto e seguro, deitou-se e fechou os olhos.

Mas não queria dormir, apenas pensar. Sabia que era um sinal extremamente mau ele ter perdido a calma. Você tem sorte de ter sido apenas diante de Naga, que não entende nada de nada, disse a si mesmo. Se isso tivesse acontecido perto de Omi, ou de Yabu, eles logo teriam percebido que você está quase louco de preocupação. E tal percepção poderia facilmente induzi-los à traição. Você teve sorte desta vez. Tetsu-ko ajudou a colocar tudo nas devidas proporções. Não fosse a ave, você poderia ter deixado outros presenciarem a sua cólera e isso teria sido insanidade.

Que belo voo! Aprenda com ela. Naga tem que ser tratado como um falcão. Ele não guincha e se debate como o melhor dos falcões? O único problema de Naga é que está sendo lançado contra a caça errada. A sua caça é o combate e a morte repentina, e ele terá isso muito em breve.

A ansiedade de Toranaga começou a voltar. O que estará acontecendo em Ōsaka? Calculei pessimamente o comportamento dos daimios – quem aceitaria e quem rejeitaria a convocação. Por que não fui informado? Estou sendo traído? Tantos perigos ao meu redor...

E o Anjin-san? É um falcão também. Mas ainda não está domado, como alegam Yabu e Mariko. Qual é a presa dele? É o Navio Negro, o anjin Rodrigues, o feio e arrogante capitãozinho-mor que não vai durar muito tempo, todos os padres de hábito preto, todos os padres peludos e fedorentos, todos os portugueses, espanhóis e turcos, sejam estes quem forem, e islamitas, sejam quem forem, não esquecendo Omi, Yabu, Buntaro, Ishido e eu.

Toranaga virou-se para se pôr mais confortável e sorriu consigo mesmo. Mas o Anjin-san não é um falcão de asas longas, um gavião de engodo, que você faz voar acima de você para mergulhar sobre uma presa particular. É mais como um gavião de asas curtas, um gavião de punho, que você faz voar diretamente de sua mão para matar qualquer coisa que se mova, digamos um milhafre que pegará uma perdiz ou uma lebre com três vezes o próprio peso, ratos, gatos, cães, galinholas, estorninhos, gralhas-calvas, alcançando-os com pequenas arremetidas de uma velocidade fantástica para matar com uma única compressão das garras. O gavião que detesta o capuz e não o aceita; apenas se senta sobre o pulso, arrogante, perigoso, autossuficiente, impiedoso, de olhos amarelos, excelente amigo ou de um traiçoeiro mau humor, dependendo do momento.

Sim, o Anjin-san é um asas-curtas. Contra quem eu o lanço?

Omi? Ainda não.

Yabu? Ainda não.

Buntaro?

Por que será, na realidade, que o Anjin-san foi atrás de Buntaro com pistolas? Por causa de Mariko, claro. Mas será que "travesseiraram"? Tiveram muitas oportunidades. Acho que sim. "Pródigo", disse ela naquele dia. Nada de errado no "travesseiro" deles – Buntaro era tido como morto –, desde que seja um segredo perpétuo. Mas o Anjin-san foi estúpido de se arriscar tanto pela mulher de outro homem. Não há sempre mil outras, livres e intocadas, igualmente bonitas, igualmente pequenas ou grandes, excelentes ou raras, ou bem-nascidas, ou seja o que for, sem o risco de pertencerem a mais alguém? Agiu como um bárbaro estúpido e ciumento. Lembra-se do anjin Rodrigues? Não duelou e matou outro bárbaro, de acordo com o costume deles, só para tomar a filha de um mercador de classe baixa, com quem depois se casou em Nagasaki? O táicum não deixou esse assassinato impune, contra o meu conselho, porque era apenas a morte de um bárbaro e não de um dos nossos? Estupidez ter duas leis, uma para nós, outra para eles. Devia haver apenas uma. Tem que haver apenas uma lei.

Não, não vou lançar o Anjin-san contra Buntaro. Preciso desse imbecil. Mas, tenham aqueles dois "travesseirado" ou não, espero que o pensamento nunca ocorra a Buntaro. Caso ocorresse, eu teria que eliminá-lo rapidamente, pois força alguma na Terra o impediria de matar o Anjin-san e Mariko-san, e eu preciso deles mais do que de Buntaro. Devo eliminar Buntaro agora?

Naquele dia, quando Buntaro ficara sóbrio, Toranaga mandara chamá-lo.

– Como se atreve a colocar o seu interesse diante do meu? Quanto tempo Mariko-san permanecerá incapaz de servir de intérprete?

– O médico disse alguns dias, senhor. Peço desculpas por todo o incômodo!

– Deixei bem claro que precisava dos serviços dela por mais vinte dias. Não se lembra?

– Sim. Sinto muito.

– Se ela lhe desagradou, alguns tapas nas nádegas seriam mais que suficientes. Toda mulher precisa disso de vez em quando, porém mais do que isso é grosseria. Egoisticamente, você pôs em perigo o treinamento e comportou-se como um camponês bovino. Sem ela, não posso conversar com o Anjin-san.

– Sim. Eu sei, senhor. Desculpe. Foi a primeira vez que bati nela. É só que... às vezes ela me põe louco, tanto que... que parece que não consigo enxergar.

– Por que não se divorcia, então? Ou a manda embora? Ou a mata, ou lhe ordena que corte a garganta quando eu não tiver mais uso para ela?

– Não posso. Não posso, senhor – dissera Buntaro. – Ela é... eu a desejei desde o primeiro instante em que a vi. Quando nos casamos, na primeira vez ela foi tudo o que um homem poderia desejar. Pensei ter sido abençoado... o senhor se lembra de como cada daimio do reino a queria! Depois... depois mandei-a embora para protegê-la, após o vil assassinato, fingindo estar desgostoso com ela, pela sua segurança, e depois, quando o táicum me disse que a trouxesse de volta, anos mais tarde, ela me excitava ainda mais. A verdade é que eu esperava que ela fosse grata e tomei-a como todo homem o faz, sem me importar com essas coisinhas que uma mulher quer, como poemas e flores. Mas ela havia mudado. Estava tão fiel como sempre, mas apenas gelo, sempre pedindo a morte, que eu a matasse. – Buntaro estava fora de si. – Não posso matá-la nem permitir que se mate. Ela maculou o meu filho e me fez detestar outras mulheres, mas não consigo me livrar dela. Eu... eu tentei ser gentil, mas o gelo está sempre lá e isso me enlouquece. Quando voltei da Coreia e fui informado de que ela se convertera a essa absurda religião cristã, achei graça, pois o que importa qualquer religião estúpida? Eu ia questioná-la sobre isso, mas antes que soubesse o que estava acontecendo eu já encostara a faca na garganta dela, jurando que a cortaria se ela não renunciasse à religião. Claro que ela não renunciaria. Que samurai o faria sob tal ameaça, *né*? Simplesmente olhou-me com aqueles seus olhos e me disse que prosseguisse. "Por favor, corte-me, senhor", disse ela. "Pronto, deixe-me inclinar a cabeça para trás para o senhor. Rezo a Deus para sangrar até a morte." Não a degolei, senhor. Tomei-a. Mas cortei o cabelo e as orelhas de algumas das damas que a haviam encorajado a tornar-se cristã e expulsei-as do castelo. E fiz o mesmo com a mãe adotiva dela e também cortei o nariz daquela velha bruxa repulsiva! E depois Mariko disse que, como... como eu havia punido as suas damas, na próxima vez em que eu fosse à sua cama sem ser convidado, ela cometeria *jigai*, do modo que pudesse, imediatamente... apesar do dever para com o senhor, apesar do dever para com a família, mesmo apesar do... dos mandamentos do Deus cristão dela! – Lágrimas de cólera escorriam-lhe despercebidas pelas faces. – Não posso matá-la, por mais que deseje. Não posso matar a filha de Akechi Jinsai por mais que ela o mereça...

Toranaga deixara Buntaro falar até ficar esgotado, depois dispensara-o, ordenando-lhe que ficasse totalmente longe de Mariko até que ele resolvesse o que devia ser feito. Enviou o seu médico pessoal para examiná-la. O relatório foi favorável: escoriações, mas nenhum dano interno.

Para sua própria segurança, porque esperava traição e a areia do tempo estava correndo, Toranaga resolveu aumentar a pressão sobre todos eles. Ordenou que Mariko fosse para a casa de Omi, que ficasse dentro dos limites da casa e completamente fora do caminho do Anjin-san. Depois convocara o Anjin-san e fingira irritação, quando era claro que os dois mal podiam conversar, dispensando-o peremptoriamente. O treinamento todo foi intensificado. Pelotões foram enviados em marchas forçadas. Naga recebeu ordem de levar junto o Anjin-san e fazê-lo andar até cair. Mas Naga não conseguiu derrubá-lo.

Então ele mesmo tentou. Comandou um batalhão durante onze horas pelas colinas. O Anjin-san aguentou, não com a fileira da frente, mas aguentou. De volta a Anjiro, o Anjin-san dissera no seu linguajar confuso, quase incapaz de se manter em pé:

– Toranaga-sama, eu andar posso. Eu armas treinamento posso. Sinto muito, não possível dois ao mesmo tempo, *né*?

Toranaga sorria agora, deitado sob o céu nublado, esperando pela chuva, animado pelo jogo de domar Blackthorne. Ele é um asas-curtas. Mariko é igualmente vigorosa, igualmente inteligente, porém mais brilhante, e tem uma falta de piedade que ele nunca terá. Ela é como um *peregrinus*, como Tetsu-ko. O melhor. Por que será que a fêmea do falcão é sempre maior, mais veloz e mais forte do que o macho, sempre melhor do que o macho?

São todos gaviões – ela, Buntaro, Yabu, Omi, Ochiba, Naga e todos os meus filhos, filhas, mulheres e vassalos e todos os meus inimigos –, todos gaviões, ou presa para gaviões.

Preciso pôr Naga em posição bem acima da sua presa e deixá-lo se arremessar. Quem deveria ser? Omi ou Yabu?

O que Naga dissera sobre Yabu era verdade.

– Então, Yabu-san, o que decidiu? – perguntara ele, no segundo dia.

– Não vou a Ōsaka até que o senhor vá. Ordenei que Izu inteira se mobilizasse.

– Ishido o impedirá.

– Ele o impedirá primeiro, senhor, e, se o Kantō cair, Izu cai. Fiz um acordo solene com o senhor. Estou do seu lado. Os Kashigi honram os seus acordos.

– Fico igualmente honrado em tê-lo como aliado – mentira ele, satisfeito de que Yabu tivesse feito, mais uma vez, o que ele planejara que fizesse.

No dia seguinte Yabu reunira uma tropa e pedira-lhe que a passasse em revista, e então, diante de todos os seus homens, ajoelhara-se formalmente e se oferecera como vassalo.

– Reconhece-me como seu senhor feudal? – perguntara Toranaga.

– Sim. E todos os homens de Izu. E, senhor, por favor, aceite este presente como um símbolo de dever filial. – Ainda de joelhos, Yabu lhe estendera a espada Murasama. – Esta é a espada que assassinou o seu avô.

– Não é possível!

Yabu contara-lhe a história da espada, como viera até ele através dos anos e como apenas recentemente ele soubera da sua verdadeira identidade. Toranaga mandara chamar Suwo. O velho contara-lhe o que testemunhara quando não era mais que um menino.

– É verdade, senhor – dissera com orgulho. – Nenhum homem viu o pai de Obata quebrar a espada ou atirá-la no mar. E juro, pela minha esperança de renascer samurai, que servi a seu avô, o senhor Chikitada. Servi a ele fielmente até o dia em que morreu. Eu estava lá, juro.

Toranaga aceitara a espada. Ela pareceu estremecer com malignidade na sua mão. Ele sempre zombara da lenda de que certas espadas possuíam uma urgência própria de matar, que algumas espadas precisavam saltar da bainha para beber sangue, mas agora Toranaga acreditava nisso.

Estremeceu ao lembrar-se daquele dia. Por que as lâminas Murasama nos odeiam? Uma matou o meu avô. Outra quase me cortou o braço quando eu tinha seis anos, um acidente inexplicado, ninguém por perto, mas ainda assim o meu braço direito foi atingido e quase sangrei até à morte. Uma terceira decapitou o meu primeiro filho.

– Senhor – dissera Yabu –, esta lâmina infame não devia poder viver, *né?* Deixe-me atirá-la ao mar, a fim de que pelo menos esta não possa nunca ameaçar o senhor ou os seus descendentes.

– Sim... sim – resmungara ele, grato por Yabu ter feito a sugestão. – Faça isso, agora! – E foi só quando a espada afundou, bem profundamente, testemunhada pelos seus próprios homens, que o seu coração recomeçara a bater normalmente. Agradecera a Yabu, ordenara que os impostos fossem estabilizados em sessenta partes para os camponeses, quarenta para os seus senhores e dera-lhe Izu como feudo. Portanto, continuava tudo como antes, exceto que agora o poder todo em Izu pertencia a Toranaga, se ele desejasse tomá-lo de volta.

Toranaga virou-se para abrandar a dor no braço da espada e se acomodou mais confortavelmente, saboreando o contato com a terra, ganhando forças dela, como sempre.

Aquela lâmina se foi para nunca mais voltar. Ótimo, mas lembre-se do que o velho adivinho chinês predisse, pensou ele: que você morreria pela espada. Mas espada de quem? E seria pela minha própria mão ou pela de outro?

Saberei quando souber, disse ele a si mesmo, sem medo.

Agora durma. Karma é karma. Seja zen. Lembre-se, em tranquilidade, de que o Absoluto, o *Tao*, está dentro de você, que nenhum padre, culto, dogma, livro, frase, ensinamento ou professor se interpõe entre você e ele. Saiba que o Bem e o Mal são irrelevantes, assim como Eu e Você, Dentro e Fora, a Vida e a Morte. Entre na Esfera onde não há medo da morte, nem esperança de pós-vida, onde você é livre dos obstáculos da vida ou de necessidades de salvação. Você é, em si mesmo, o *Tao*. Seja você, *agora*, uma rocha contra a qual as ondas da vida se lançam em vão...

O grito débil trouxe Toranaga de volta da sua meditação e ele se pôs de pé com um salto. Naga apontava excitadamente para oeste. Todos os olhos seguiram sua indicação.

O pombo-correio voava em linha reta para Anjiro, vindo do oeste. Pousou esvoaçando numa árvore distante para descansar um momento, depois levantou voo de novo quando a chuva começou a cair.

Longe, a oeste, no rastro do pombo, ficava Ōsaka.

CAPÍTULO 37

O TRATADOR DO POMBAL SEGUROU O PÁSSARO GENTILMENTE, MAS COM MÃO firme, enquanto Toranaga despia as roupas encharcadas. Galopara de volta debaixo de chuva. Naga e outros samurais ansiosamente se aglomeravam junto à pequena porta, sem se preocupar com a chuva quente que ainda caía torrencialmente, tamborilando sobre o telhado.

Com todo o cuidado, Toranaga enxugou as mãos. O homem estendeu-lhe o pombo. Dois cilindros minúsculos, de prata, estavam presos a cada uma de suas pernas. O normal teria sido um. Toranaga, nervoso, teve que se esforçar muito para que seus dedos não tremessem. Desamarrou os cilindros e levou-os à luz da janela, abrindo-os para examinar os lacres diminutos. Reconheceu o código secreto de Kiri. Naga e os outros observavam, tensos. Seu rosto nada revelou.

Toranaga não rompeu os lacres de imediato, embora tivesse muita vontade. Pacientemente, esperou até que lhe trouxessem um quimono seco. Depois ele se dirigiu para os seus aposentos na fortaleza sob um grande guarda-chuva de papel oleado, que um criado segurava. Havia sopa e chá à sua espera. Tomou-os e ouviu a chuva. Quando se sentiu calmo, postou guardas e se dirigiu para um aposento interno. Sozinho, quebrou os lacres. O papel dos quatro rolos era muito fino, os caracteres minúsculos, a mensagem longa e em código. A decodificação foi laboriosa. Quando ficou completa, ele leu a mensagem e releu-a duas vezes. Depois deixou a mente vagar.

A noite chegou. A chuva parou. Oh, Buda, deixe a colheita ser boa, orou ele. Aquela era a estação em que os campos férteis estavam sendo inundados e, por todo o país, as mudas verde-pálidas de arroz estavam sendo plantadas nos campos livres de ervas daninhas, quase todos submersos, para o arroz ser colhido dentro de quatro ou cinco meses, dependendo do tempo. E, por todo o país, o pobre e o rico, o *eta* e o Imperador, o criado e o samurai, todos oravam para que houvesse apenas a quantidade certa de chuva, de sol e de umidade, tudo correto, durante a estação. E todos, homens, mulheres e crianças, contavam os dias que faltavam para a colheita.

Este ano, precisaremos de uma grande colheita, pensou Toranaga.

– Naga! Naga-san!

O filho veio correndo:

– Sim, pai?

– À primeira hora, após o amanhecer, leve Yabu-san e os seus conselheiros ao planalto. Buntaro também e os nossos três capitães mais velhos. E Mariko-san. Leve-os todos ao amanhecer. Mariko-san pode servir chá. Sim. E quero o Anjin-san de prontidão no acampamento. Os guardas devem nos cercar a duzentos passos de distância.

– Sim, pai. – Naga virou as costas para obedecer. Incapaz de se conter, falou sem pensar: – É a guerra? É?

Como Toranaga precisava de um arauto de otimismo pela fortaleza, não repreendeu o filho pela impertinência e indisciplina.

– Sim – disse ele. – Sim... Mas nos meus termos.

Naga fechou a *shōji* e saiu em disparada. Toranaga sabia que, embora o rosto e os modos de Naga agora estivessem externamente compostos, nada dissimularia a animação no seu caminhar nem o fogo por trás dos seus olhos. Então o boato atravessaria Anjiro, para se espalhar rapidamente por toda a província de Izu e além dela, caso o fogo fosse adequadamente alimentado.

– Estou comprometido agora – disse alto, para as flores que se erguiam serenas no *tokonoma*, as sombras esvoaçando à agradável luz de velas.

Kiri tinha escrito:

"Senhor, rezo a Buda para que esteja bem e seguro. Este é o nosso último pombo-correio, por isso também rezo a Buda para que o guie até o senhor, pois traidores mataram todos os outros na noite passada, incendiando o viveiro, e este escapou apenas porque esteve doente e eu vinha cuidando dele separadamente.

"Ontem de manhã, de repente, o senhor Sugiyama renunciou, exatamente conforme o planejado. Mas, antes que pudesse completar a sua fuga, foi emboscado nos arredores de Ōsaka pelos *rōnins* de Ishido. Infelizmente, alguns membros da família de Sugiyama também foram apanhados com ele; ouvi dizer que ele foi traído por um dos seus homens. Corre o boato de que Ishido ofereceu-lhe um compromisso: se o senhor Sugiyama retardasse a renúncia até depois de o Conselho de Regentes se reunir (amanhã), de modo que o senhor pudesse ser legalmente destituído, em troca Ishido garantia que o conselho daria formalmente a Sugiyama o Kantō inteiro e, como demonstração de boa fé, Ishido o soltaria, assim como a família, de imediato. Sugiyama recusou-se a traí-lo. Logo, Ishido ordenou aos *etas* que o convencessem. Torturaram os seus filhos, depois a consorte, na sua frente, mas ele resistiu. Tiveram todos mortes ruins. A dele, a última, foi péssima.

"Evidentemente não houve testemunhas dessa traição. São só rumores, mas eu acredito neles. Claro que Ishido nega qualquer conhecimento dos assassinatos ou participação nos crimes, jurando que vai dar caça aos 'assassinos'. Primeiro, Ishido alegou que Sugiyama nunca chegara a renunciar de verdade. Portanto, na sua opinião, o conselho ainda podia se reunir. Mandei cópias da renúncia de Sugiyama aos outros regentes, Kiyama, Ito e Onoshi, mandei outra, abertamente, a Ishido e fiz circular mais quatro cópias entre os daimios. (Que inteligente de sua parte, Tora-chan, saber que as cópias extras seriam necessárias). Assim, desde ontem, exatamente como o senhor planejou com Sugiyama, o conselho legalmente não existe mais – nisso o senhor teve êxito completo.

"Boas notícias: o senhor Mogami deixou a cidade em segurança, com toda a família e seus samurais. Agora é abertamente aliado seu, portanto o seu flanco no extremo nordeste está seguro. Os senhores Maeda, Kukushima, Asano, Ikeda e Okudaira escaparam todos de Ōsaka, tranquilamente, na noite passada, para a segurança; o senhor cristão Oda também.

"Má notícia é que as famílias de Maeda, Ikeda e Oda e de uma dúzia de outros daimios importantes não escaparam e agora estão aqui como reféns, assim como cinquenta ou sessenta senhores menores não comprometidos.

"Outra má notícia é que ontem o seu meio-irmão Zataki, senhor de Shinano, publicamente se declarou pelo herdeiro Yaemon, contra o senhor, acusando-o de conspirar com Sugiyama para derrubar o Conselho de Regentes, criando o caos. Portanto, agora a sua fronteira nordeste tem uma brecha e Zataki e seus 50 mil fanáticos se oporão ao senhor.

"Outra má notícia é que quase todos os daimios aceitaram o 'convite' do Imperador.

"Outra má notícia é que não poucos dos seus amigos e aliados aqui estão enraivecidos pelo fato de o senhor não lhes ter dado conhecimento da sua estratégia de modo que eles pudessem preparar uma linha de retirada. O seu velho amigo, o grande senhor Shimazu, é um desses. Ouvi esta tarde que ele solicitou abertamente que todos os senhores recebessem ordens do Imperador para se ajoelhar diante do menino Yaemon, agora.

"Outra má notícia é que a senhora Ochiba vem tecendo brilhantemente a sua trama, prometendo feudos e títulos e dignidade de corte aos não comprometidos. Tora-chan, é uma grande lástima que ela não esteja do seu lado, ela é um inimigo de valor. Apenas a senhora Yodoko advoga prece e calma, mas ninguém a ouve, e a senhora Ochiba quer precipitar a guerra agora, enquanto sente que o senhor está fraco e isolado. Sinto muito, meu senhor, mas está isolado e, penso eu, foi traído.

"O pior é que agora os regentes cristãos, Kiyama e Onoshi, estão aberta e violentamente juntos contra o senhor. Divulgaram uma declaração conjunta esta manhã lamentando a 'deserção' de Sugiyama, dizendo que o seu ato colocou o reino em confusão, que 'devemos todos ser fortes pela salvação do império. Os regentes têm a responsabilidade suprema. Devemos estar preparados para esmagar juntos qualquer senhor ou grupo de senhores que deseje anular o testamento do táicum ou a sucessão legal'. (Isso significa que eles pretendem se reunir como um conselho de quatro regentes?) Um dos nossos espiões cristãos, na sede dos hábitos negros, sussurrou que o padre Tsukku-san deixou Ōsaka secretamente há cinco dias, mas não sabemos se foi para Edo ou para Nagasaki, onde o Navio Negro é esperado. O senhor sabia que o Navio Negro chegará bem antes este ano? Talvez dentro de vinte ou trinta dias?

"Senhor, sempre hesitei em dar opiniões precipitadas, baseadas em rumores ou em intuição de mulher (nisso, veja, Tora-chan, aprendi com o senhor!), mas o tempo é curto e posso não ser capaz de lhe falar novamente. Primeiro, há famílias demais retidas aqui. Ishido nunca as deixará partir (assim como nunca nos deixará partir). Esses reféns são um imenso perigo para o senhor. Poucos senhores têm o senso de dever ou a firmeza de Sugiyama. Muitos, penso eu, se passarão agora para Ishido, embora com relutância, por causa desses reféns. Depois, acho que Maeda o trairá e provavelmente Asano também. Dos 264 daimios do nosso país, apenas 24 o seguirão com certeza, e outros cinquenta, possivelmente. Isso não é nem de longe suficiente. Kiyama e Onoshi arrastarão todos os daimios cristãos ou a maioria deles, e creio que eles não se aliarão ao senhor agora. O senhor Mori, o mais rico e o maior de todos, está pessoalmente contra o senhor, como sempre, e trará Asano, Kobayakawa e talvez Oda para a própria rede. Com o seu meio-irmão, senhor Zataki, contra o senhor, a sua posição é terrivelmente precária. Aconselho-o a declarar Céu Carmesim imediatamente e lançar-se contra Kyōto. É a sua única esperança.

"Quanto à senhora Sazuko e a mim, estamos bem e contentes. A criança desenvolve-se lindamente e, se o karma dela for nascer, assim acontecerá. Estamos seguras na nossa ala do castelo, a porta bem trancada, os rastrilhos baixados. Os nossos samurais estão cheios de devoção ao senhor e à sua causa e se for nosso karma partir desta vida, então partiremos com serenidade. A sua senhora sente muitíssimo a sua falta. Quanto a mim, Tora-chan, anseio por vê-lo, rir com o senhor e ver o seu sorriso. A minha única queixa quanto à morte é que eu não poderia mais fazer essas coisas e cuidar do senhor. Se existe uma outra vida e Deus ou Buda ou algum *kami*, prometo que de algum modo influenciarei todos a se colocarem do seu lado... Embora primeiro eu possa rogar-lhes que me façam esbelta, jovem e fértil para o senhor, deixando-me apenas com o prazer pela comida. Ah, isso seria o paraíso de fato: poder comer e comer e ainda assim ser perpetuamente jovem e esbelta!

"Mando-lhe o meu riso. Possa Buda abençoá-lo e aos seus."

Toranaga leu a mensagem para eles, exceto o trecho particular sobre Kiri e a senhora Sazuko. Quando terminou, olharam-no e uns aos outros incredulamente, não só por causa do que a mensagem dizia, mas também porque ele estava claramente confiando neles todos.

Estavam sentados sobre esteiras num semicírculo em torno dele, no centro do planalto, sem guardas, a salvo de intrometidos. Buntaro, Yabu, Igurashi, Omi, Naga, os capitães e Mariko. Os guardas estavam postados a duzentos passos de distância.

— Quero alguns conselhos — disse Toranaga. — Os meus conselheiros estão em Edo. Este assunto é urgente e quero que todos vocês ajam no lugar deles. O que vai acontecer e o que devo fazer? Yabu-san?

Yabu estava num turbilhão. Todos os caminhos pareciam levar à catástrofe.

— Primeiro, senhor, o que é exatamente "Céu Carmesim"?

— É o codinome para o meu plano de batalha final, uma única investida violenta sobre Kyōto com todas as minhas legiões, contando com mobilidade e surpresa, a fim de tomar posse da capital, tirando-a das forças do mal que agora a rodeiam, para arrancar a pessoa do Imperador do poder infame daqueles que o enganaram, liderados por Ishido. Uma vez que o Filho do Céu seja libertado das garras deles e esteja em segurança, então lhe solicitarei que revogue o mandato concedido ao conselho atual, que é claramente traidor, ou dominado por traidores, e conceda a mim o seu mandato para formar um novo conselho, que colocaria os interesses do reino e do herdeiro à frente da ambição pessoal. Eu comandaria 80 mil dos meus 100 mil homens, deixando as minhas terras desprotegidas, os meus flancos desguarnecidos e uma retirada não garantida.

— Toranaga viu que todos o fitavam atônitos. Não mencionou os quadros de samurais de elite que tinham sido furtivamente introduzidos em muitos dos castelos e províncias importantes ao longo dos anos e que deviam explodir ao mesmo tempo em revolta, a fim de criar o caos essencial ao plano.

— Mas o senhor teria que combater a cada passo do caminho — irrompeu Yabu. — Ikawa Jikkyu estrangula a Tōkaidō ao longo de cem *ris*. Depois, há mais baluartes de Ishido escarranchados pelo resto da estrada!

— Sim. Mas planejo arremeter para noroeste pela Kōshū-kaidō, depois penetrar até Kyōto e permanecer longe das terras costeiras.

Imediatamente muitos menearam a cabeça e começaram a falar, mas Yabu sobrepujou-os:

— Mas, senhor, a mensagem disse que o seu parente Zataki já se passou para o inimigo! Agora o seu caminho ao norte também está bloqueado. A província dele corta a Kōshū-kaidō. O senhor terá que lutar por toda Shinano: a região é montanhosa e muito difícil e os homens dele são leais fanáticos. O senhor será feito em pedaços naquelas montanhas.

— Esse é o único jeito, o único jeito de eu ter uma chance. Concordo em que há inimigos demais na estrada costeira.

Yabu deu uma olhada em Omi, desejando poder consultar-se com ele, abominando a mensagem e toda a confusão em Ōsaka, detestando ter sido o primeiro a falar e odiando totalmente o status de vassalo que aceitara por súplica de Omi.

— É a sua única chance, Yabu-sama — instara Omi. — O único meio de evitar a armadilha de Toranaga e conseguir espaço para manobrar...

Igurashi interrompera furiosamente.

— É melhor cair em cima de Toranaga hoje, enquanto ele tem poucos homens aqui! É melhor matá-lo e levar sua cabeça a Ishido enquanto há tempo.

— É melhor esperar, é melhor ser paciente...

— O que acontece se Toranaga ordenar ao nosso amo que entregue Izu? — gritara Igurashi. — De suserano a vassalo, Toranaga tem esse direito!

– Ele nunca fará isso. Precisa do nosso amo mais do que nunca agora. Izu protege-lhe a porta sudeste. Ele não pode ter Izu hostil! Tem que ter o nosso amo do la...

– E se ele ordenar ao senhor Yabu que saia?

– Revoltamo-nos! Matamos Toranaga, se estiver aqui, ou combatemos com qualquer exército que ele envie contra nós. Mas ele nunca fará isso, não vê? Sendo ele seu vassalo, Toranaga deve proteger...

Yabu deixara-os discutir e depois, por fim, vira a sabedoria de Omi.

– Muito bem. Concordo! E ofereço-lhe a minha lâmina Murasama para firmar a cordialidade do acordo, Omi-san – regozijara-se ele, tomado sinceramente pela astúcia do plano. – Sim. Cordialidade. A lâmina Yoshimoto a substitui mais do que bem. E, naturalmente, sou mais valioso para Toranaga agora do que nunca. Omi tem razão, Igurashi! Não tenho escolha. Estou comprometido com Toranaga daqui em diante. Um vassalo!

– Até que a guerra chegue – dissera Omi, deliberadamente.

– Claro. Claro, só até que a guerra chegue! Aí posso mudar de lado, ou fazer uma dúzia de coisas. Tem razão, Omi-san, novamente!

Omi é o melhor conselheiro que já tive, disse ele para si mesmo. Mas o mais perigoso. E inteligente o bastante para tomar Izu se eu morrer. Mas o que importa isso? Estamos todos mortos.

– O senhor está completamente bloqueado – disse ele a Toranaga. – Está isolado.

– Há alguma alternativa? – perguntou Toranaga.

– Desculpe-me, senhor – disse Omi –, mas quanto tempo levaria para preparar esse ataque?

– Está pronto agora.

– Izu também está pronta, senhor – disse Yabu. – Os seus 100 mil e os meus 16 mil e o Regimento de Mosquetes. Isso basta?

– Não. Céu Carmesim é um plano de desespero... tudo arriscado num único ataque.

– O senhor tem que arriscar, assim que a chuva cesse e possamos guerrear – insistiu Yabu. – Que escolha o senhor tem? Ishido formará um novo conselho imediatamente. Eles ainda detêm o mandato. Então o senhor será impedido, hoje ou amanhã ou no dia seguinte. Por que esperar para ser devorado? Ouça, talvez o regimento pudesse abrir um caminho pelas montanhas! Que seja Céu Carmesim! Todos os homens lançados num grande ataque. É o Caminho do Guerreiro, digno de samurai, Toranaga-sama. Os atiradores, os nossos atiradores vão mandar Zataki pelos ares, para fora do nosso caminho, e, tenha o senhor êxito ou não, que importa? A tentativa viverá para sempre!

– Sim – disse Naga. – Mas nós venceremos... Venceremos! – Alguns capitães aquiesceram, aliviados de que a guerra tivesse chegado. Omi não disse nada.

Toranaga estava olhando para Buntaro.

– Bem?

– Senhor, rogo-lhe que me dispense de lhe dar uma opinião. Os meus homens e eu faremos qualquer coisa que o senhor decida. Esse é o meu único dever. A minha opinião não tem valor para o senhor, porque faço o que o senhor decidir sozinho.

– Normalmente eu aceitaria isso, mas hoje não!

– Guerra, então. O que Yabu-san diz está certo. Vamos para Kyōto. Hoje, amanhã ou quando a chuva parar. Céu Carmesim! Estou cansado de esperar.

– Omi-san? – perguntou Toranaga.

– Yabu-sama está certo, senhor. Ishido contornará a vontade do táicum para designar um novo conselho muito em breve. O novo conselho terá o mandato do Imperador. Os seus inimigos aplaudirão e muitos dos seus amigos hesitarão, e por isso o trairão. O novo conselho o impedirá imediatamente. Então...

– Então, é Céu Carmesim? – interrompeu Yabu.

– Se o senhor Toranaga ordenar, será. Mas não acho que a ordem de destituição tenha qualquer valor em absoluto. O senhor pode esquecê-la.

– Por quê? – perguntou Toranaga, enquanto todas as atenções se voltavam para Omi.

– Concordo com o senhor. Ishido é mau, *né?* Todos os daimios que concordam em servir a ele são igualmente maus. Homens de verdade conhecem Ishido pelo que ele é e também sabem que o Imperador foi mais uma vez logrado. – Prudentemente, Omi estava avançando sobre areias movediças que ele sabia que podiam engoli-lo. – Acho que ele cometeu um engano duradouro, assassinando o senhor Sugiyama. Por causa desses assassinatos abomináveis, acho que agora todos os daimios suspeitarão de traição por parte de Ishido e muito poucos, fora da influência imediata de Ishido, se curvarão às ordens do "conselho" dele. O senhor está a salvo. Por um tempo.

– Por quanto tempo?

– As chuvas estão conosco por dois meses, mais ou menos. Quando as chuvas cessarem, Ishido planejará lançar Ikawa Jikkyu e o senhor Zataki, simultaneamente, contra o senhor, para pegá-lo num movimento de pinça, e o exército principal de Ishido os apoiará pela estrada Tōkaidō. Enquanto isso, até que as chuvas cessem, cada daimio que tenha algum rancor contra outro daimio só prestará serviços a Ishido, aparentemente, até que ele faça o primeiro movimento. Então, acho que eles o esquecerão e todos tomarão vingança ou se apoderarão de território, conforme o capricho de cada um. O império será dilacerado, como foi antes do táicum. Mas o senhor, juntamente com Yabu-sama, com sorte, terá força suficiente para defender as passagens para o Kantō e para Izu contra a primeira onda e rechaçá-la. Não creio que Ishido possa organizar outro ataque, não um grande ataque. Quando Ishido e os outros tiverem gasto as energias, o senhor e o senhor Yabu podem cautelosamente surgir por detrás das nossas montanhas e aos poucos tomar o império nas próprias mãos.

– Quando será isso?

– Quando o seu filho nascer, senhor.

– Você está dizendo para empreender uma batalha defensiva? – perguntou Yabu, desdenhosamente.

– Penso que, juntos, os senhores estão seguros atrás das montanhas. O senhor espera, Toranaga-sama. Espera até ter mais aliados. Defende as passagens. Isso pode ser feito! O general Ishido é mau, mas não estúpido para empenhar toda a força numa única batalha. Ficará escondido dentro de Ōsaka. Portanto, por ora não devemos usar o nosso regimento. Devemos reforçar a segurança e mantê-lo como uma arma secreta, apontada e sempre preparada, até que o senhor surja por detrás das suas montanhas. Mas agora acho que eu não chegaria sequer a vê-los utilizados. – Omi estava consciente dos olhos que o observavam. Curvou-se para Toranaga. – Por favor, desculpe-me por ter me estendido tanto, senhor.

Toranaga estudou-o, depois deu uma olhada no filho. Viu a excitação contida do jovem e soube que era tempo de lançá-lo contra a presa.

– Naga-san?

– O que Omi-san disse é verdade – afirmou Naga imediatamente, exultante. – Na maior parte. Mas digo que usemos os dois meses para reunir aliados, para isolar Ishido mais ainda e, quando as chuvas cessarem, atacar sem aviso: Céu Carmesim.

– Discorda da opinião de Omi-san sobre uma guerra prolongada? – perguntou Toranaga.

– Não. Mas isso não é... – Naga parou.

– Continue, Naga-san. Fale abertamente!

Naga calou a boca, o rosto branco.

– Ordeno-lhe que continue!

– Bem, senhor, ocorreu-me que... – Parou de novo, depois disse num jato só: – Essa não é a sua grande oportunidade de se tornar shōgun? Se fosse bem-sucedido tomando Kyōto e obtivesse o mandato, por que formar um conselho? Por que não requerer ao Imperador que o fizesse shōgun? Seria melhor para o senhor e melhor para o reino. – Naga tentou não deixar o medo transparecer na voz, pois estava falando em traição contra Yaemon e muitos samurais ali, como Yabu, Omi, Igurashi e, particularmente, Buntaro, eram legalistas confessos. – Digo que o senhor devia ser shōgun! – Voltou-se defensivamente para os outros: – Se esta oportunidade for perdida... Omi-san, tem razão quanto a uma guerra longa, mas digo que o senhor Toranaga deve tomar o poder, dar poder! Uma longa guerra arruinará o império, vai quebrá-lo em mil fragmentos de novo! Quem deseja isso? O senhor Toranaga deve ser shōgun. Para se entregar o império a Yaemon, ao senhor Yaemon, o reino precisa ser garantido antes! Nunca haverá outra oportunidade... – As suas palavras se arrastaram. Endireitou as costas, assustado pelo que dissera, mas contente por ter dito em público o que pensara sempre.

Toranaga suspirou.

– Nunca visei a tornar-me shōgun. Quantas vezes tenho que dizer? Apoio o meu sobrinho Yaemon e a vontade do táicum. – Olhou para todos, um por um. Por último para Naga. O jovem estremeceu. Mas Toranaga disse gentilmente, chamando-o de volta à isca: – Apenas o seu zelo e a sua juventude desculpam isso. Infelizmente, muitas pessoas, mais velhas e mais sábias do que você, pensam que essa é a minha ambição. Não é. Há apenas um meio de solucionar esse absurdo, que é colocar o senhor Yaemon no poder. E isso eu pretendo fazer.

– Sim, pai. Obrigado. Obrigado – retrucou Naga, em desespero.

Toranaga desviou os olhos para Igurashi.

– Qual é o seu conselho?

O samurai de um olho só se coçou.

– Sou apenas um soldado, não um conselheiro, mas não aconselharia Céu Carmesim, não se podemos lutar nos nossos termos, como diz Omi-san. Combati em Shinano anos atrás. É uma região ruim e naquela época o senhor Zataki estava conosco. Eu não gostaria de combater em Shinano de novo, e nunca se Zataki fosse hostil. E, se o senhor Maeda é suspeito, bem, como o senhor pode planejar uma batalha se o seu maior aliado pode traí-lo? O senhor Ishido colocará 200, 300 mil homens contra o senhor e ainda manterá 100 mil defendendo Ōsaka. Mesmo com os atiradores, não temos homens suficientes para atacar. Mas, atrás das montanhas, usando as armas, o senhor poderia aguentar para sempre, se acontecesse conforme Omi-san diz. Poderíamos defender os desfiladeiros. O senhor tem arroz suficiente. O Kantō não abastece metade do império? Bem, um terço, no mínimo. E poderíamos enviar-lhe todo o peixe de que necessitasse. O senhor estaria a salvo. Deixe o senhor Ishido e o demônio Jikkyu virem a nós, se é para acontecer como Omi-san disse, que logo o inimigo estará se devorando entre si. Caso contrário, mantenha Céu Carmesim preparado. Um homem pode morrer pelo seu senhor apenas uma vez na vida.

– Alguém tem alguma coisa a acrescentar? – perguntou Toranaga. Ninguém respondeu. – Mariko-san?

– Não cabe a mim falar aqui, senhor – replicou ela. – Estou certa de que tudo o que devia ter sido dito foi dito. Mas posso ser autorizada a perguntar, por todos os conselheiros aqui, o que o senhor pensa que acontecerá?

Toranaga escolheu as palavras deliberadamente.

– Acho que o que Omi-san prognosticou acontecerá. Com uma exceção: o conselho não será impotente. O conselho exercerá influência suficiente para reunir uma invencível força aliada. Quando as chuvas cessarem, essa força será atirada contra o Kantō, flanqueando Izu. O Kantō será engolido, depois Izu. Só depois de eu estar morto é que os daimios lutarão entre si.

– Mas por quê, senhor? – arriscou Omi.

– Porque tenho inimigos em excesso, sou dono do Kantō, combati por mais de quarenta anos e nunca perdi uma batalha. Todos têm medo de mim. Eu sei que primeiro os abutres se reunirão para me destruir. Depois se destruirão mutuamente, mas antes se juntarão para me destruir, se puderem. Saibam todos vocês claramente que eu sou a única ameaça a Yaemon, embora não seja ameaça em absoluto. Essa é a ironia da história. Todos acreditam que quero ser shōgun. Não quero. Esta é outra guerra completamente desnecessária!

Naga rompeu o silêncio.

– Então, o que vai fazer, senhor?

– Hein?

– O que vai fazer?

– Obviamente, Céu Carmesim – disse Toranaga.

– Mas o senhor disse que eles nos devorariam.

– Eles fariam isso... se eu lhes desse tempo. Mas não vou lhes dar tempo algum. Vamos à guerra imediatamente!

– Mas as chuvas... e as chuvas?

– Chegaremos a Kyōto molhados. Acalorados, fedendo e molhados. Surpresa, mobilidade, audácia e tempo vencem guerras, *né?* Yabu-san estava certo. Os atiradores abrirão um caminho através das montanhas.

Durante uma hora eles discutiram planos e a exequibilidade da guerra em larga escala na estação chuvosa – uma estratégia inaudita. Depois Toranaga mandou-os embora, exceto Mariko, dizendo a Naga que mandasse vir o Anjin-san. Observou-os se afastando. Tinham ficado aparentemente entusiasmados depois de anunciada a decisão, em especial Naga e Buntaro. Apenas Omi ficara reservado, pensativo e não convencido. Toranaga descontou Igurashi, pois sabia que o soldado faria apenas o que Yabu ordenasse, e dispensou Yabu como um fantoche, traiçoeiro certamente, mas ainda um fantoche. Omi é o único que vale alguma coisa, pensou. Pergunto a mim mesmo se ele já não adivinhou o que vou de fato fazer.

– Mariko-san. Descubra, com tato, quanto custaria o contrato da cortesã.

Ela piscou.

– Kiku-san, senhor?

– Sim.

– Agora, senhor? Imediatamente?

– Esta noite seria excelente. – Olhou-a, meigo. – O contrato dela não é necessariamente para mim, talvez para um dos meus oficiais.

– Imagino que o preço dependeria de quem, senhor.

– Imagino que sim, também. Mas estabeleça um preço. A garota, naturalmente, tem o direito de recusar, se quiser, quando o samurai for identificado, mas diga à sua proprietária que não espero que a garota tenha a má educação de desconfiar de minha escolha para ela. Diga também que Kiku é uma dama de primeira classe de Mishima e não de Edo ou Ōsaka ou Kyōto – acrescentou Toranaga cordialmente –, portanto espero pagar um preço de Mishima e não preços de Edo, Ōsaka ou Kyōto.

– Sim, senhor, naturalmente.

Toranaga moveu o ombro para abrandar a dor, mudando as espadas de posição.

– Posso fazer-lhe uma massagem, senhor? Ou mandar buscar Suwo?

– Não, obrigado. Verei Suwo mais tarde. – Toranaga levantou-se e aliviou-se com grande prazer, depois se sentou de novo. Estava usando um quimono de seda leve, azul estampado, e sandálias simples, de palha. O leque era azul e decorado com o seu emblema.

O sol estava baixo, nuvens de chuva formavam-se pesadamente.

– É ótimo estar vivo – disse ele, feliz. – Quase posso ouvir a chuva esperando para nascer.

– Sim – disse ela.

Toranaga pensou um instante, depois disse um poema:

> *"O céu*
> *chamuscado pelo sol*
> *chora*
> *lágrimas fecundas."*

Mariko, obedientemente, pôs a cabeça a funcionar para jogar com ele o jogo dos poemas, muito popular entre a maioria dos samurais, torcendo espontaneamente as palavras do poema que ele fizera, fazendo outro a partir do dele. Depois de um momento disse:

> *"Mas a floresta*
> *ferida pelo vento*
> *chora*
> *folhas mortas."*

– Bem dito! Sim, muito bem dito! – Toranaga olhou para ela contente, apreciando o que via. Ela usava um quimono verde-claro, com estampas de bambu, um *obi* verde-escuro e uma sombrinha laranja. Havia um reflexo maravilhoso no cabelo preto-azulado, que estava puxado para cima, sob o chapéu de aba larga. Ele se lembrou nostalgicamente de como todos eles, até o próprio ditador Goroda, a haviam desejado quando ela tinha treze anos e o pai, Akechi Jinsai, apresentara pela primeira vez a filha mais velha na corte de Goroda. E como Nakamura, o futuro táicum, implorara ao ditador que a desse a ele, e depois como Goroda rira e publicamente o chamara de "general macaquinho safado" e lhe dissera: "Aferre-se à luta nas batalhas, camponês, não lute para ferrar buracos patrícios!". Akechi Jinsai zombara abertamente de Nakamura, seu rival no favor de Goroda, a principal razão de Nakamura ter se deliciado em destruí-lo. E a razão também de Nakamura ter se deliciado em ver Buntaro sofrer durante anos, Buntaro, a quem a garota fora dada para cimentar uma aliança entre Goroda e Toda Hiromatsu. Será, perguntou-se Toranaga por travessura, olhando-a, que se Buntaro estivesse morto ela consentiria em ser uma das minhas consortes? Toranaga sempre preferira mulheres experientes, viúvas ou divorciadas, mas nunca bonitas demais, ou sábias, jovens ou muito bem-nascidas, de modo a nunca causarem problemas demais e serem sempre gratas.

Riu consigo mesmo. Eu nunca a pediria porque ela é tudo o que eu não quero numa consorte, com exceção da idade, que é perfeita.

– Senhor? – perguntou ela.

– Estava pensando no seu poema, Mariko-san – disse ele, ainda mais brando. E acrescentou:

> *"Por que tão hibernal?*
> *O verão ainda*
> *está por vir, e a queda do*
> *glorioso outono."*

E ela respondeu:

> *"Se eu pudesse usar palavras*
> *como folhas caindo,*
> *que fogueira*
> *os meus poemas fariam!"*

Ele riu e se curvou com humildade zombeteira.

– Concedo-lhe a vitória, Mariko-san. Qual será o favor? Um leque? Ou uma faixa para o cabelo?

– Obrigada, senhor – respondeu ela. – Sim, qualquer coisa que lhe agrade.

– Dez mil *kokus* por ano para o seu filho.

– Oh, senhor, não merecemos um favor assim!

– Você conquistou uma vitória. A vitória e o dever devem ser recompensados. Que idade tem Saruji agora?

– Quinze... quase quinze.

– Ah, sim... ele foi prometido a uma das netas do senhor Kiyama recentemente, não foi?

– Sim, senhor. No décimo primeiro mês do ano passado, o mês da Geada Branca. Atualmente ele está em Ōsaka com o senhor Kiyama.

— Bom. Dez mil *kokus*, a começar imediatamente. Mandarei a autorização com o correio de amanhã. Agora basta de poemas. Por favor, dê-me a sua opinião.

— A minha opinião, senhor, é que estamos todos seguros nas suas mãos, assim como a terra está segura nas suas mãos.

— Quero que você fale a sério.

— Oh, mas estou falando sério, senhor. Agradeço-lhe pelo favor ao meu filho. Isso torna tudo perfeito. Acredito que tudo o que ó senhor faça será certo. Por Nossa Senhora... sim, por Nossa Senhora, juro que acredito nisso.

— Ótimo. Mas ainda quero a sua opinião.

Imediatamente ela respondeu, sem qualquer receio, falando de igual para igual:

— Primeiro, o senhor devia trazer o senhor Zataki secretamente de volta para o seu lado. Suponho, aliás, que ou o senhor já sabe como fazer isso, ou, mais provavelmente, tem um acordo secreto com o seu meio-irmão e sugeriu a misteriosa "deserção" dele para embalar Ishido numa posição falsa. Depois: o senhor nunca atacará primeiro. Nunca fez isso, sempre aconselhou paciência e só ataca quando tem certeza de vencer. Portanto, o fato de estar ordenando Céu Carmesim publicamente é só mais uma manobra diversionista. Depois, tempo! A minha opinião é que o senhor deve fazer o que fará, fingir ordenar Céu Carmesim, mas nunca desencadear. Isso lançará Ishido em confusão, porque, obviamente, os espiões aqui e em Edo relatarão o seu plano e ele terá que dispersar suas forças como um bando de perdizes, com um tempo péssimo, a fim de se preparar para uma ameaça que nunca se materializará. Enquanto isso, o senhor passará os próximos dois meses reunindo aliados para minar as alianças de Ishido e romper a coalizão dele, coisa que o senhor deve fazer por quaisquer meios. E, naturalmente, deve atrair Ishido para fora do Castelo de Ōsaka. Se não o fizer, senhor, ele vencerá ou, no mínimo, o senhor perderá o shogunato. O senhor...

— Já deixei minha posição sobre isso bem clara — vociferou Toranaga, já não achando graça. — E você perdeu a cabeça.

Despreocupada e feliz, Mariko continuou:

— Tenho que falar sobre segredos hoje, senhor, por causa dos reféns. O senhor está com uma faca no coração.

— O que pensa sobre eles?

— Seja paciente comigo, por favor, senhor. Pode ser que eu nunca mais tenha condições de falar-lhe no que o Anjin-san chamaria de "em particular à moda inglesa", mas o senhor nunca esteve sozinho como estamos agora. Rogo-lhe que perdoe os meus maus modos. — Mariko reuniu toda a sua astúcia e, surpreendentemente, continuou a falar de igual para igual. — A minha opinião em absoluto é que Naga-san tem razão. O senhor deve se tornar shōgun, ou falhará no seu dever para com o império e para com os Minowara.

— Como se atreve a dizer uma coisa dessas?

Mariko permaneceu absolutamente serena, a cólera declarada dele não a afetando em nada.

– Aconselho-o a se casar com a senhora Ochiba. Faltam oito anos até que Yaemon tenha idade suficiente, legalmente, para herdar. Isso é uma eternidade! Quem sabe o que poderia acontecer em oito meses, quanto mais em oito anos?

– Toda a sua família pode ser aniquilada em oito dias!

– Sim, senhor. Mas isso não tem nada a ver com o senhor e o seu dever, nem com o reino. Naga-san tem razão. O senhor deve tomar o poder para conceder poder. – Com uma gravidade zombeteira, acrescentou de modo esbaforido: – E agora a sua fiel conselheira pode cometer *jigai* ou devo esperar para fazê-lo mais tarde? – E fingiu desmaiar.

Toranaga olhou apalermado a sua inacreditável insolência, depois explodiu numa gargalhada e martelou com o punho no chão. Quando conseguiu falar, disse sufocado:

– Nunca a entenderei, Mariko-san.

– Ah, mas o senhor entende – disse ela, enxugando com tapinhas a transpiração da testa. – O senhor é gentil em deixar esta vassala devotada fazê-lo rir, em ouvir-lhe as solicitações, em dizer o que deve ser dito, tinha que ser dito. Perdoe-me a impertinência, por favor.

– Por que deveria, hein? Por quê? – Toranaga sorriu, cordial de novo.

– Por causa dos reféns, senhor – disse ela simplesmente.

– Ah, eles! – Ele também ficou sério.

– Sim. Preciso ir a Ōsaka.

– Sim – disse ele. – Eu sei.

CAPÍTULO 38

ACOMPANHADO DE NAGA, BLACKTHORNE ARRASTAVA-SE DESCONSOLADA-mente, colina abaixo, na direção das duas figuras sentadas sobre *futons* no centro do anel de guardas. Atrás dos guardas, ao longe, estavam os contrafortes das montanhas que se elevavam para um céu coberto de nuvens. O dia estava sufocante. A sua cabeça doía pela tristeza dos últimos dias, pela preocupação com Mariko e pelo fato de há muito tempo só poder conversar em japonês. Agora a reconhecia e parte da sua infelicidade desapareceu.

Fora muitas vezes à casa de Omi ver Mariko ou se informar sobre ela. Os samurais o faziam sempre dar meia-volta, polida mas firmemente. Omi lhe dissera como *tomodachi*, amigo, que ela estava bem. Não se preocupe, Anjin-san. Entende? Sim, disse ele, compreendendo apenas que não podia vê-la.

Então foi chamado por Toranaga e quis lhe dizer muita coisa, mas, por causa da sua falta de palavras, falhou ao fazer outra coisa senão irritá-lo. Fujiko fora ver Mariko várias vezes. Quando voltava, sempre dizia que Mariko estava bem, acrescentando o inevitável "*Shinpai suru na,* Anjin-san. *Wakarimasu ka?* Não se preocupe, entende?".

Com Buntaro, era como se nada houvesse jamais acontecido. Esboçavam saudações corteses quando se encontravam durante o dia. Além de usar, ocasionalmente, a casa de banho, Buntaro era como qualquer outro samurai em Anjiro, nem amistoso nem inamistoso.

Do amanhecer ao pôr do sol, Blackthorne ficava acossado pelo treinamento acelerado. Teve que eliminar a própria frustração enquanto tentava ensinar e se esforçava por aprender a língua. Ao entardecer, estava sempre exausto. Acalorado, transpirando e encharcado de chuva. E sozinho. Nunca se sentira tão só, tão consciente de não pertencer àquele mundo estranho.

Então aconteceu o horror que se iniciara três dias antes. Foi um longo dia úmido. Ao pôr do sol, exausto, chegou a casa cavalgando e logo sentiu que havia algum problema. Fujiko saudou-o nervosamente.

– *Nan desu ka?*

Ela respondera em voz baixa, longamente, de olhos baixos.

– *Wakarimasen.* Não entendo. *Nan desu ka?* – Perguntou ele de novo, impaciente, a fadiga deixando-o irritado.

Ela o chamou com um gesto para o jardim. Apontou para os beirais do telhado, mas a armação lhe pareceu sólida o bastante. Mais palavras e sinais e finalmente ficou claro que ela estava apontando para o local onde ele havia pendurado o faisão.

— Oh, esqueci disso! *Watashi...* — Mas não conseguiu se lembrar de como dizer. Então limitou-se a encolher os ombros, cansado. — *Wakarimasu. Nan desu kiji ka?* Entendo. E onde está o faisão?

Os criados espiavam, atrás das portas e das janelas, visivelmente petrificados. Ela falou de novo. Ele se concentrou, mas não conseguia entender o que ela dizia.

— *Wakarimasen*, Fujiko-san. Não entendo.

Então ela respirou fundo e depois, trêmula, imitou alguém removendo o faisão, levando-o embora e o enterrando.

— Ahhhh! *Wakarimasu*, Fujiko-san. *Wakarimasu!* Estava ficando estragado? — perguntou. Como não conhecia as palavras em japonês, apertou o nariz e fez como se estivesse sentindo mau cheiro.

— *Hai, Hai*, Anjin-san. *Gomen nasai, gomen nasai.* — Ela emitiu o som de moscas e, com as mãos, pintou o quadro de uma nuvem zumbindo.

— *Ah, so desu ka! Wakarimasu.* — Em outra ocasião, ele teria se desculpado e, se conhecesse as palavras, teria dito: sinto muito pelo inconveniente. Em vez disso, sacudiu os ombros, aliviou a dor nas costas e resmungou: — *Shikata ga nai* — querendo apenas mergulhar no êxtase do banho e da massagem, a única alegria que tornava a vida suportável. — Que vá para o inferno — disse em inglês, voltando-se. — Se eu tivesse estado aqui durante o dia, teria notado isso. Que vá para o inferno!

— *Dō saremashita ka*, Anjin-san?

— *Shikata ga nai* — repetiu mais alto.

— *Ah, so desu ka, arigatō gozaimashita.*

— *Dare toru desu ka?* Quem o pegou?

— Ueki-ya.

— Oh, aquele velho sodomita! — Ueki-ya, o jardineiro, o velho gentil e sem dentes que cuidava das plantas com mãos amorosas e embelezava o jardim. — *Yoi. Motte kuru Ueki-ya.* Ótimo, vá buscá-lo.

Fujiko meneou a cabeça. Seu rosto se tornara branco como giz.

— Ueki-ya *wa shinimashita, shinimashita!* — sussurrou ela.

— Ueki-ya *ga shinda da to? Dono yō ni? Dōshite? Dono yō ni shinda no da?* Como? Por quê? Como ele morreu?

A mão dela apontou para o lugar onde o faisão estivera e falou muitas palavras gentis e incompreensíveis. Depois, imitou o corte de uma espada.

— Jesus Cristo! Deus! Você condenou aquele velho à morte por causa de um maldito faisão fedorento?

Imediatamente todos os criados se precipitaram para o jardim e caíram de joelhos. Colocaram a cabeça na lama e se imobilizaram. Até os filhos do cozinheiro.

— Que diabos está acontecendo? — Blackthorne estava quase encolerizado.

Fujiko esperou estoicamente até que estivessem todos lá. Então também se ajoelhou e se curvou, como samurai, não como camponesa.

– *Gomen nasai, hontō ni gomen na...*

– Sífilis nos seus *gomen nasai!* Que direito tinha você de fazer isso? Hein? – E começou a cobri-la de impropérios odiosamente. – Por que, em nome de Cristo, não me perguntou antes? Hein?

Ele lutou para recobrar o controle, cônscio de que todos os seus criados sabiam que legalmente ele podia retalhar Fujiko e todos eles em pedaços ali no jardim por terem lhe causado tanto dissabor, ou por nenhuma razão em absoluto, e que nem o próprio Toranaga poderia interferir no modo como ele conduzia a sua casa.

Viu que uma das crianças tremia de terror e pânico.

– Jesus Cristo do paraíso, dê-me forças... – Agarrou-se a um dos pilares para se firmar. – A culpa não é sua – exclamou, a voz estrangulada, sem perceber que não estava falando japonês. – É dela! É você! Sua cadela assassina!

Fujiko levantou os olhos lentamente. Viu o dedo acusador e o ódio no rosto dele. Sussurrou uma ordem à criada Nigatsu.

Nigatsu balançou a cabeça e começou a suplicar.

– *Ima!*

A criada saiu correndo. Voltou com a espada mortífera, lágrimas escorrendo-lhe pela face. Fujiko pegou a espada e estendeu-a a Blackthorne com as duas mãos. Falou e, embora não conhecesse todas as palavras, ele sabia o que ela estava dizendo.

– Sou responsável, por favor, tire-me a vida porque eu lhe desagradei.

– *IIE!* – Ele agarrou a espada e atirou-a longe. – Acha que isso vai trazer Ueki-ya de volta à vida?

Então, de repente, percebeu o que tinha feito e o que estava fazendo agora.

– Oh, Jesus...

Foi embora. Em desespero, dirigiu-se para o penhasco acima da aldeia, perto do santuário que ficava ao lado do velho cipreste, e chorou.

Chorou porque um homem morrera desnecessariamente e porque sabia agora que fora ele quem o assassinara.

– Senhor Deus, perdoe-me. Sou o responsável, não Fujiko. Eu o matei. Ordenei que ninguém tocasse no faisão além de mim. Perguntei-lhe se todos haviam entendido e ela disse que sim. Dei a ordem com seriedade irônica, mas isso não importa agora. Eu dei as ordens, conhecendo a lei deles e sabendo qual era o costume. O velho desrespeitou a minha ordem estúpida. Então, o que mais Fujiko-san podia fazer? Sou eu quem deve ser acusado.

Com o tempo as lágrimas foram se esgotando. Era noite alta quando retornou a casa.

Fujiko o esperava como sempre, mas sozinha. A espada estava atravessada no colo dela. Ofereceu-a a ele.

– *Dōzo... dōzo*, Anjin-san.

— *Iie* — disse ele, pegando a espada do modo como se devia pegar uma espada. — *Iie*, Fujiko-san. *Shikata ga nai, né?* Karma, *né?* — Tocou-a com a mão como desculpa. Sabia que ela tivera que suportar o pior pela estupidez dele.

As lágrimas dela jorraram.

— Anjin-san, *arigatō gozaimashita*, Anjin-san — disse ela, de modo entrecortado. — *Gomen nasai...*

O coração dele enterneceu-se.

Sim, pensou Blackthorne com grande tristeza, sim, mas isso não o desculpa nem elimina a humilhação dela ou traz Ueki-ya de volta à vida. Você deve ser acusado. Devia ter pensado melhor...

— Anjin-san! — disse Naga.

— Sim? Sim, Naga-san! — Ele se arrancou da lembrança e do seu remorso e olhou para o jovem que caminhava ao seu lado. — Desculpe, o que disse?

— Eu disse que esperava ser seu amigo.

— Ah, obrigado.

— Sim, e talvez o senhor... — Houve uma confusão de palavras que Blackthorne não compreendeu.

— Por favor?

— Ensinar, *né?* Compreende "ensinar"? Ensinar sobre o mundo?

— Ah, sim, desculpe. Ensinar o quê, por favor?

— Sobre terras estrangeiras... terras lá de fora. O mundo, *né?*

— Ah, compreendo agora. Sim, tentar.

Estavam perto dos guardas agora.

— Começar amanhã, Anjin-san. Amigos, *né?*

— Sim, Naga-san. Tentar.

— Ótimo. — Muito satisfeito, Naga assentiu. Quando chegaram junto aos samurais, Naga acenou-lhes que saíssem do caminho, fazendo sinal a Blackthorne que prosseguisse sozinho. Ele obedeceu, sentindo-se muito só no círculo de homens.

— *Ohayō*, Toranaga-sama. *Ohayō*, Mariko-san — disse, juntando-se a eles.

— *Ohayō*, Anjin-san. *Dōzo suwatte kudasai*. Bom dia, Anjin-san, por favor, sente-se.

Mariko sorriu-lhe.

— *Ohayō*, Anjin-san. *Ikaga desu ka?*

— *Yoi, dōmo*. — Blackthorne retribuiu-lhe o olhar, muito contente de que ela estivesse ali. — A vossa presença enche-me de alegria, de grande alegria — disse em latim.

— E a sua a mim... é muito bom ver-vos. Mas há uma sombra em vós. Por quê?

— *Nan ja?* — perguntou Toranaga.

Ela lhe contou o que fora dito. Toranaga grunhiu, depois falou.

— O meu amo diz que o senhor parece preocupado, Anjin-san. Devo concordar com ele. Ele pergunta o que o está perturbando.

— Não é nada. *Dōmo*, Toranaga-sama. *Nani mo*. Não é nada.

– *Nan ja?* – perguntou Toranaga diretamente. – *Nan ja?*
Obedientemente, Blackthorne respondeu de imediato:
– Ueki-ya – disse. – *Hai*, Ueki-ya.
– *Ah, so desu ka!* – Toranaga falou longamente a Mariko.
– O meu amo diz que não há necessidade de se preocupar com o Velho Jardineiro. Ele me pede que lhe diga que, oficialmente, está tudo resolvido. Ueki-ya compreendeu perfeitamente o que estava fazendo.
– Eu não compreendo.
– Sim, seria muito difícil para o senhor, mas, veja, Anjin-san, o faisão estava apodrecendo ao sol. As moscas estavam enxameando terrivelmente. A sua saúde, a saúde da sua consorte e a de toda a sua casa estavam sendo ameaçadas. Além disso, sinto muito, tinha havido algumas queixas muito cautelosas e particulares do criado-chefe de Omi-san e de outros. Uma das nossas regras mais importantes é que o indivíduo não pode nunca perturbar a *wa*, a harmonia, do grupo, lembra-se? Por isso alguma coisa tinha que ser feita. Veja, a decomposição, o mau cheiro da decomposição, é revoltante para nós. É o pior odor do mundo para nós, sinto muito. Tentei lhe dizer, mas... bem, é uma das coisas que nos deixam a todos um pouco malucos. O seu criado-chefe...
– Por que alguém não me procurou imediatamente? Por que alguém simplesmente não me disse? – perguntou Blackthorne. – O faisão não tinha importância alguma para mim.
– O que havia a dizer? O senhor tinha dado ordens. É o cabeça da sua casa. Eles não conheciam os seus costumes nem o que fazer, senão isso. Procure entender o dilema de acordo com os nossos costumes. – Ela falou um instante a Toranaga, explicando o que Blackthorne dissera, depois voltou-se para ele de novo. – Isso o está afligindo? Quer que eu continue?
– Sim, por favor, Mariko-san.
– Tem certeza?
– Sim.
– Bem, então o seu criado-chefe, o Pequeno Cozinheiro Dentuço, convocou uma reunião dos seus criados, Anjin-san. Mura, o chefe da aldeia, foi convidado a participar oficialmente. Decidiu-se que os *etas* da aldeia não podiam ser solicitados a levá-lo embora. Tratava-se apenas de um problema doméstico. Um dos criados tinha que pegá-lo e enterrá-lo, apesar de o senhor ter dado ordens expressas de não mexerem no faisão. Obviamente, a sua consorte era forçada pelo dever a providenciar que as suas ordens fossem obedecidas. O Velho Jardineiro pediu para ter permissão de levá-lo embora. Ultimamente ele vinha vivendo e dormindo com grande sofrimento por causa do abdome e achava muito fatigante ajoelhar-se, capinar e plantar e não conseguia fazer esse trabalho de modo satisfatório para si mesmo. O terceiro cozinheiro-assistente também se ofereceu, dizendo que era muito jovem e estúpido e que tinha certeza de que a vida não contava nada diante de um assunto tão grave. Por fim o Velho Jardineiro recebeu

a honra. Realmente, foi uma grande honra, Anjin-san. Com grande solenidade, todos se curvaram para ele, que retribuiu a reverência e alegremente levou a coisa embora e enterrou-a, para grande alívio de todos. Quando voltou, procurou logo Fujiko-san e disse-lhe o que fizera, que desobedecera à sua lei, *né*? Ela lhe agradeceu por remover o perigo, depois lhe disse que esperasse. Procurou-me para pedir conselho e perguntou-me o que devia fazer. O assunto fora resolvido formalmente, portanto teria que ser tratado formalmente. Eu lhe disse que não sabia, Anjin-san. Perguntei a Buntaro-san, mas ele também não sabia. Era complicado, por sua causa. Então ele perguntou ao senhor Toranaga. O senhor Toranaga viu a sua consorte pessoalmente. – Mariko voltou-se para Toranaga e contou-lhe em que ponto da história se encontrava, conforme ele solicitara.

Toranaga falou rapidamente. Blackthorne observava-os, a mulher tão pequena, amável e atenta, o homem compacto, pétreo, o *obi* apertado em torno da grande cintura. Toranaga não falava com as mãos como muitos faziam, mas mantinha-as imóveis, a esquerda apoiada na coxa, a outra sempre no punho da espada.

– *Hai*, Toranaga-sama. *Hai*. – Mariko olhou para Blackthorne e continuou. – O nosso amo pede-me que lhe explique, sinto muito, que se o senhor fosse japonês não teria havido dificuldade, Anjin-san. O Velho Jardineiro simplesmente teria se dirigido ao cemitério para receber sua libertação. Mas, por favor, perdoe-me, o senhor é um estrangeiro, embora o senhor Toranaga o tenha feito *hatamoto*, um dos seus assistentes pessoais, e era uma questão de decidir se o senhor era legalmente samurai ou não. Fico honrada em lhe dizer que ele estabeleceu que o senhor é samurai e tem direitos de samurai. Portanto, foi tudo resolvido imediatamente e de modo simplificado. Um crime tinha sido cometido. As suas ordens tinham sido deliberadamente desobedecidas. A lei é clara. Não há opção. – Ela estava séria agora. – Mas o senhor Toranaga conhece a sua suscetibilidade a matanças. Então, para poupar-lhe o sofrimento, ordenou pessoalmente a um de seus samurais que enviasse o Velho Jardineiro para o Vazio.

– Por que alguém não me perguntou antes? Aquele faisão não significava nada para mim.

– O faisão não tem nada a ver, Anjin-san – explicou ela. – O senhor é o cabeça da casa. A lei diz que nenhum membro da sua casa pode desobedecer-lhe. O Velho Jardineiro deliberadamente infringiu a lei. O mundo todo cairia em pedaços se as pessoas fossem autorizadas a desconsiderar a lei. O seu...

Toranaga interrompeu e falou com ela. Ela ouviu, respondeu a algumas perguntas, depois ele lhe fez sinal que continuasse.

– *Hai*. O senhor Toranaga quer que eu lhe assegure que providenciou pessoalmente para que o Velho Jardineiro tivesse a morte rápida, indolor e honrada que merecia. Até emprestou ao samurai a sua própria espada, que é muito afiada. E devo dizer-lhe que o Velho Jardineiro ficou muito orgulhoso de, em seus dias de outono, ser capaz de ajudar a sua casa, Anjin-san, orgulhoso por ter ajudado a estabelecer o seu status de samurai diante de todos. Acima de tudo, ficou orgulhoso com a honra que lhe foi prestada. Os executores públicos não foram utilizados, Anjin-san. O senhor Toranaga quer que eu deixe isso bem claro para o senhor.

– Obrigado, Mariko-san. Obrigado por deixar claro. – Blackthorne voltou-se para Toranaga e curvou-se muito corretamente. – *Dōmo*, Toranaga-sama. *Dōmo arigatō. Wakarimasu. Dōmo.*

Toranaga retribuiu a mesura adequadamente.

– *Yoi*, Anjin-san. *Shinpai suru mono ja nai, né? Shikata ga nai, né?* Ótimo. Agora não se preocupe, hein? O que poderia fazer, hein?

– *Nani mo.* Nada.

Blackthorne respondeu às perguntas que Toranaga lhe fez sobre o treinamento dos mosquetes, mas nada do que disseram o atingiu. A sua mente vacilava sob o impacto do que lhe haviam informado. Ele insultara Fujiko diante de todos os criados e ofendera a confiança da criadagem quando Fujiko fizera apenas o que era certo e o mesmo fizeram os criados.

Fujiko era irrepreensível. São todos irrepreensíveis. Menos eu.

Não posso desfazer o que foi feito. Nem a Ueki-ya nem a ela. Ou a eles.

Como posso viver com essa vergonha?

Sentou-se de pernas cruzadas diante de Toranaga, a leve brisa do mar batendo-lhe no quimono, as espadas no *obi*. Entorpecido, ouvia e respondia e nada tinha importância. A guerra se aproxima, dizia ela. Quando?, perguntava ele. Muito em breve, dizia ela, portanto o senhor deve partir comigo imediatamente, deve acompanhar-me parte do trajeto, Anjin-san, porque vou para Ōsaka, mas o senhor vai seguir para Edo, por terra, a fim de preparar o seu navio para a guerra...

De repente, o silêncio foi colossal.

Então, a terra começou a tremer.

Blackthorne sentiu os pulmões prestes a explodir e cada fibra do seu ser gritando em pânico. Tentou se levantar, mas não conseguiu, e viu que todos os guardas estavam igualmente indefesos. Toranaga e Mariko desesperadamente se agarravam ao chão com mãos e pés. O estrondo retumbante, catastrófico, vinha da terra e do céu. Rodeou-os, crescendo sempre mais, até os seus tímpanos estarem prestes a se fender. Eles se tornaram parte do delírio. Por um instante o troar cessou, o abalo continuando. Ele sentiu o vômito elevando-se, a sua mente incrédula guinchando que aquilo era terra, onde era firme e seguro, não o mar, onde o mundo balançava a cada momento. Cuspiu para limpar o gosto repugnante na boca, agarrando-se à terra trêmula, com ânsias de vômito cada vez mais fortes.

Uma avalanche de rochas começou a despencar da montanha ao norte, inundando o vale com o estrondo e aumentando o tumulto. Parte do acampamento dos samurais desapareceu. Blackthorne tateou o chão com as mãos e os joelhos. Toranaga e Mariko fizeram o mesmo. Ouviu a si mesmo gritando, mas nenhum som pareceu sair dos seus lábios ou dos deles.

O tremor parou.

A terra estava firme de novo, firme como sempre estivera, firme como sempre deveria estar. As mãos, os joelhos e o corpo dele tremiam descontroladamente. Ele tentou imobilizá-los e recuperar o fôlego.

Então de novo a terra se pôs a rugir. O segundo abalo começou. Foi mais violento. A terra rasgou-se na extremidade do altiplano. A fenda escancarou-se na direção deles a uma velocidade inacreditável, passou a cinco passos de distância e seguiu em frente. Os olhos incrédulos de Blackthorne viram Toranaga e Mariko cambaleando à beira da fissura onde deveria haver chão sólido. Como que num pesadelo, ele viu Toranaga, mais próximo da goela, começar a perder o equilíbrio. Saiu do seu estupor, deu um pulo para a frente. A sua mão direita agarrou o *obi* de Toranaga, a terra tremendo como uma folha ao vento.

A fenda tinha vinte passos de profundidade e dez de largura e tinha cheiro de morte. Lama e rochas se precipitaram para o fundo, arrastando Toranaga e ele consigo. Blackthorne lutou para se agarrar com pés e mãos, aflito por ajudar Toranaga, quase puxado para baixo, para o abismo. Ainda parcialmente atordoado, Toranaga cravou os artelhos na face da parede e, meio arrastado, meio carregado por Blackthorne, arrancou-se para fora. Ambos caíram deitados, ofegantes, em segurança.

Nesse momento houve outro abalo.

A terra fendeu-se de novo. Mariko gritou. Tentou se arrastar para fora do caminho, mas essa nova fenda engoliu-a. Desesperado, Blackthorne rastejou até a borda, os abalos subsequentes fazendo-o perder o equilíbrio. Na beirada, olhou para baixo. Ela tremia de pavor sobre uma saliência um pouco abaixo, enquanto o chão balançava e o céu parecia desabar. O abismo tinha uns dez metros de profundidade, três de largura. A borda desintegrou-se sob os pés dele. Ele se deixou deslizar, lama e pedras quase o cegando, e agarrou Mariko, puxando-a para a segurança de outra saliência. Juntos lutaram para se equilibrar. Um novo choque. A saliência cedeu quase totalmente e eles se viram perdidos. Então a mão de ferro de Toranaga agarrou-o pelo *obi*, evitando que escorregassem para o inferno.

– Pelo amor de Cristo... – gritou Blackthorne, os braços quase arrancados das articulações, enquanto segurava Mariko e lutava com os pés e a mão livre à procura de pontos de apoio. Toranaga o manteve firme até encontrarem uma estreita saliência de novo, depois o *obi* se rompeu. A pausa de um momento no tremor deu tempo a Blackthorne de trazer Mariko para a saliência, detritos chovendo sobre eles. Toranaga saltou para a segurança, gritando que se apressassem. O abismo soltou um lamento e começou a se fechar, Blackthorne e Mariko ainda no fundo de sua goela. Toranaga já não podia ajudar. O terror de Blackthorne fez com que adquirisse uma força inumana e de algum modo ele conseguiu arrancar Mariko do túmulo e empurrá-la para cima. Toranaga agarrou-a pelo pulso e içou-a para a borda. Blackthorne arrastou-se atrás dela, mas cambaleou para trás quando parte de sua parede desabou. A parede oposta rangia, aproximando-se.

Lama e pedras despencavam dela. Por um instante ele pensou estar liquidado, mas conseguiu rastejar às apalpadelas para fora da sua sepultura. Deitou-se na borda que estremecia, os pulmões tragando ar, incapaz de rastejar para fora, as pernas dentro da fenda. A brecha estava se fechando. E parou... com uma boca de seis passos e oito de profundidade.

O ribombar cessou totalmente. A terra firmou-se. Fez-se silêncio.

De quatro, indefesos, eles esperaram que o horror recomeçasse. Blackthorne começou a se levantar, o suor pingando.

– *Iie!* – Toranaga fez-lhe sinal que ficasse no chão, o seu rosto uma sujeira só, um corte cruel na têmpora, no ponto onde a sua cabeça batera em uma rocha.

Estavam todos resfolegando, o peito arfando, bile na boca. Os guardas iam se recobrando. Alguns começaram a correr na direção de Toranaga.

– *Iie!* – gritou ele. – *Matte.* Esperem!

Obedeceram e se puseram de quatro novamente. A espera pareceu se prolongar para sempre. Então um pássaro piou numa árvore e lançou-se ao ar, guinchando. Outro pássaro o seguiu. Blackthorne sacudiu a cabeça para limpar o suor dos olhos. Viu suas unhas quebradas, as pontas dos dedos sangrando, agarrando os tufos de grama. Então, na grama, uma formiga se moveu. E outra e outra. Recomeçaram a cata de alimento.

Ainda assustado, ele se sentou sobre os calcanhares.

– Quando estará seguro?

Mariko não respondeu. Estava hipnotizada pela fenda no chão.

Ele se arrastou para junto dela.

– Está se sentindo bem?

– Sim... sim – disse ela, sem fôlego. Tinha o rosto borrado de lama. O quimono estava rasgado e imundo. Perdera as duas sandálias e um *tabi*. E a sombrinha. Ele a ajudou a se afastar da borda, ainda aturdida.

Depois olhou para Toranaga.

– *Ikaga desu ka?*

Toranaga não tinha condições de falar, o peito opresso, os braços e as pernas cobertos de escoriações. Apontou. A fenda que quase o engolira agora não era mais que uma vala no solo. Ao norte, a vala abria-se numa ribanceira novamente, mas não tão larga quanto fora, nem tão profunda.

Blackthorne sacudiu os ombros.

– Karma.

Toranaga arrotou sonoramente, depois pigarreou, cuspiu e arrotou de novo. Isso ajudou a voz a sair e uma torrente de insultos derramou-se por sobre a vala, os seus dedos ásperos apontando para ela. Embora Blackthorne não conseguisse compreender todas as palavras, Toranaga estava claramente dizendo conforme um japonês o faria:

– A sífilis no karma, a sífilis no terremoto, a sífilis na vala! Perdi as minhas espadas e a sífilis nisso!

Blackthorne explodiu numa gargalhada, consumido pelo alívio de estar vivo e pela estupidez de tudo aquilo. Um instante e Toranaga riu também, e a sua hilaridade contagiou Mariko.

Toranaga pôs-se de pé. Cautelosamente. Depois, aquecido pela alegria de viver, começou a fazer caretas para a vala, ridicularizando a si mesmo e ao abalo. Parou, fez sinal a Blackthorne que se juntasse a ele e se pôs de pernas abertas sobre a vala; abriu a tanga e, ainda dominado pelo riso, disse a Blackthorne que fizesse o mesmo. Blackthorne obedeceu e os dois homens tentaram urinar na vala. Mas não saiu nada, nem uma gota. Tentaram intensamente, o que lhes aumentou o riso e os bloqueou ainda mais. Enfim tiveram êxito e Blackthorne sentou-se para recobrar forças, reclinando-se e apoiando-se nas mãos. Quando se recuperou um pouco, voltou-se para Mariko.

– O terremoto terminou definitivamente, Mariko-san?

– Até o próximo abalo, sim. – Ela continuou a limpar a lama das mãos e do quimono.

– É sempre assim?

– Não. Às vezes é bem leve. Às vezes há uma série de abalos após um bastão de tempo ou um dia, ou meio bastão ou meio dia. Às vezes há apenas um abalo, nunca se sabe, Anjin-san. Terminou até que comece de novo. Karma, *né?*

Os guardas os observavam sem se mover, esperando pela ordem de Toranaga. Ao norte, um incêndio assolava a rústica coberta do acampamento. Os samurais combatiam o fogo e escavavam as rochas da avalanche para encontrar os soterrados. A leste, Yabu, Omi, Buntaro e outros guardas estavam ao lado da extremidade oposta da fenda, intactos, com exceção de algumas contusões, também à espera de serem chamados. Igurashi desaparecera. A terra o tragara.

Blackthorne deixou-se devanear. O seu autodesdém desaparecera e ele se sentiu totalmente sereno e inteiro. No momento a sua mente demorava-se orgulhosamente no fato de ele ser samurai e ir para Edo, para o seu navio, e para a guerra. Pensava ainda no Navio Negro e de novo na sua condição de samurai. Deu uma olhada em Toranaga e teria gostado de lhe fazer muitas perguntas, mas notou que o daimio estava perdido em seus próprios pensamentos e sabia que seria descortês perturbá-lo. Há muito tempo, pensou ele contente, e olhou para Mariko. Ela arrumava o cabelo e o rosto, por isso ele desviou o olhar. Deitou-se ao comprido e olhou para o céu, sentindo a terra cálida nas costas, esperando pacientemente.

Toranaga falou, agora sério:

– *Dōmo*, Anjin-san. *Né? Dōmo.*

– *Dōzo*, Toranaga-sama. *Nani mo. Honbun, né?* Por favor, Toranaga-sama. Não foi nada. Dever.

Então, sem saber muitas palavras e querendo ser preciso, disse:

– Mariko-san, quer explicar por mim? Acho que compreendo agora o que a senhora e o senhor Toranaga querem dizer com karma e a estupidez de se preocupar com o que é. Muita coisa parece mais clara. Não sei por quê, talvez seja porque nunca me senti tão aterrorizado, talvez isso me tenha limpado a cabeça, mas parece que estou pensando mais claro. É... bem, como o Velho Jardineiro. Sim, a culpa foi toda minha e sinto muitíssimo, realmente, mas aquilo foi um engano, não foi uma escolha deliberada de minha parte. É. Portanto, nada pode ser feito a respeito. Há um momento atrás estávamos todos quase perdidos. Portanto, toda aquela preocupação e mágoa foi um desperdício, não foi? Karma. Sim, sei o que é karma agora. Compreende?

– Sim. – E traduziu para Toranaga. – Ele disse: "Ótimo, Anjin-san. Karma é o começo do conhecimento. Depois é a paciência. A paciência é muito importante. Os fortes são os pacientes, Anjin-san. Paciência quer dizer conter a própria inclinação para as sete emoções: ódio, adoração, alegria, ansiedade, cólera, pesar, medo. Se você não dá passagem aos sete, você é paciente, depois você logo compreenderá todo tipo de coisas e estará em harmonia com a Eternidade".

– Acredita nisso, Mariko-san?

– Sim. Muitíssimo. Tento também ser paciente, mas é difícil.

– Concordo. Isso também é *wa*, harmonia, a sua "tranquilidade", *né?*

– Sim.

– Diga a ele que lhe agradeço realmente pelo que fez ao Velho Jardineiro. Antes eu não agradeci, não de coração. Diga-lhe isso.

– Não é preciso, Anjin-san. Ele já sabia que o senhor ia apenas ser polido.

– Como sabia?

– Eu lhe disse que ele é o homem mais sábio do mundo.

Ele sorriu.

– Aí está – disse ela –, a sua idade desapareceu de novo. – E acrescentou em latim: – Vós voltastes a ser vós novamente e melhor do que antes!

– Mas vós sois linda como sempre.

Os olhos dela animaram-se e ela os desviou de Toranaga. Blackthorne viu isso e notou-lhe a cautela. Pôs-se de pé e olhou dentro da fenda recortada. Cuidadosamente saltou dentro dela e desapareceu.

Mariko levantou-se com dificuldade, momentaneamente temerosa, mas Blackthorne logo voltou à superfície. Nas mãos trazia a espada de Fujiko. Estava embainhada, embora coberta de lama e arranhada. A espada curta desaparecera.

Ajoelhou-se diante de Toranaga e ofereceu a espada do modo como uma espada devia ser oferecida.

– *Dōzo*, Toranaga-sama – disse, simplesmente. – Samurai *kara* samurai *ni, né?* Por favor, senhor Toranaga, de um samurai para o outro, hein?

– *Dōmo*, Anjin-san. – O senhor do Kantō aceitou a espada e enfiou-a no *obi*. Depois sorriu, inclinou-se para a frente e deu um tapinha no ombro de Blackthorne. – *Tomo, né?* Amigo, hein?

– *Dōmo*. – Blackthorne olhou à distância. O seu sorriso extinguiu-se. Uma nuvem de fumaça erguia-se sobre a elevação, acima de onde a aldeia devia estar.

Imediatamente perguntou a Toranaga se podia partir, para se certificar de que Fujiko estava bem.

– Ele diz que sim, Anjin-san. E devemos vê-lo ao pôr do sol, na fortaleza, para a refeição vespertina. Há algumas coisas que ele deseja discutir com o senhor.

Blackthorne voltou à aldeia. Estava devastada, o curso da estrada irreconhecível, a superfície despedaçada. Mas os botes estavam ilesos. Muitos incêndios ainda continuavam. Os aldeões carregavam baldes de areia e de água. Ele dobrou a esquina. A casa de Omi oscilava como se estivesse bêbada no seu lado da colina. A sua era uma ruína fumegante.

CAPÍTULO 39

FUJIKO SE FERIRA. NIGATSU, A CRIADA, ESTAVA MORTA. O PRIMEIRO ABALO FEZ desabar os pilares centrais da casa, espalhando as brasas do fogo da cozinha. Fujiko e Nigatsu foram atingidas por uma das vigas que caíram, e as chamas transformaram Nigatsu numa tocha. Fujiko foi arrancada de baixo de uma trave. Uma filha do cozinheiro também morreu, mas o resto dos criados sofreu apenas escoriações e alguns tiveram membros torcidos. Ficaram todos exultantes ao descobrir que Blackthorne estava vivo e incólume. Fujiko estava deitada sobre um *futon* poupado às chamas, perto da cerca do jardim, intacta, semiconsciente. Quando também ela viu que Blackthorne estava incólume, quase chorou.

– Agradeço a Buda que o senhor não esteja ferido, Anjin-san – disse debilmente.

Ainda parcialmente em estado de choque, tentou se levantar, mas ele ordenou que não se mexesse. Suas pernas e a base das costas estavam com sérias queimaduras. Um médico já cuidava dela, enrolando ataduras embebidas em chá e outras ervas em torno dos membros, para aliviar as dores. Blackthorne dissimulou a preocupação e esperou até que o médico tivesse acabado. Então, em particular, perguntou:

– Fujiko-san *yoi ka?* A senhora Fujiko ficará bem?

O doutor encolheu os ombros.

– *Hai.* – Os seus lábios repuxaram-se em cima dos dentes protuberantes de novo. – Karma, *né?*

– *Hai.* – Blackthorne vira morrer marujos queimados em quantidade suficiente para saber que qualquer queimadura séria era perigosa. A ferida aberta quase sempre se inflamava em poucos dias, nada podendo impedir que a infecção se alastrasse.

– Não quero que ela morra.

– *Hai?*

Repetiu em japonês e o médico meneou a cabeça e disse que a senhora certamente ficaria bem. Era jovem e forte.

– *Shikata ga nai* – disse o médico, ordenando às criadas que mantivessem as ataduras úmidas. Deu a Blackthorne ervas para as suas próprias queimaduras, disse que voltaria logo e subiu às pressas a colina em direção à casa danificada de Omi, lá em cima.

Blackthorne permaneceu no portão principal da sua casa, que permaneceu intacto. As setas de Buntaro ainda estavam cravadas no batente esquerdo. Distraidamente tocou numa delas. Karma que ela tenha se queimado, pensou com tristeza.

Voltou para junto de Fujiko e ordenou a uma criada que trouxesse chá. Ajudou-a a beber e segurou-lhe a mão até que adormecesse ou parecesse dormir. Os criados estavam salvando tudo o que podiam, trabalhando rapidamente, ajudados por alguns aldeões. Sabiam que as chuvas logo chegariam. Quatro homens tentavam erguer um abrigo provisório.

– *Dōzo*, Anjin-san. – O cozinheiro lhe oferecia chá fresco, tentando não demonstrar o sofrimento. A garotinha era a sua filha favorita.

– *Dōmo* – retrucou Blackthorne. – *Sumimasen*. Sinto muito.

– *Arigatō*, Anjin-san. Karma, *né?*

Blackthorne concordou, aceitou o chá e fingiu não notar o pesar do cozinheiro, para não envergonhá-lo. Mais tarde um samurai subiu a colina trazendo um recado de Toranaga de que Blackthorne e Fujiko deviam dormir na fortaleza até a casa ser reconstruída. Chegaram dois palanquins. Blackthorne ergueu-a suavemente, colocou-a num deles e enviou-a com algumas criadas. Dispensou o seu palanquim, dizendo que a seguiria logo.

A chuva começou, mas ele não prestou atenção. Sentou-se numa pedra do jardim que lhe dera tanto prazer. Agora era um campo devastado. A pequena ponte estava quebrada, o lago, destruído, e o riacho desaparecera.

– Não tem importância – disse ele, falando para ninguém. – As rochas não estão mortas.

Ueki-ya lhe dissera que um jardim deve ser formado em torno das suas rochas, que sem elas um jardim está vazio. É meramente um lugar de crescimento.

Uma das pedras era denteada e comum, mas Ueki-ya a plantara de modo tal que se se olhasse longa e intensamente para ela, ao crepúsculo, o brilho avermelhado, o reflexo dos veios do cristal enterrado nela, podia-se ver toda uma cadeia de montanhas com vales indolentes, lagos profundos e, à distância, um horizonte verdejante, a noite formando-se lá.

Blackthorne tocou a rocha.

– Dou-lhe o nome de Ueki-ya-sama – disse ele. Isso o deixou satisfeito e ele sabia que se o velho estivesse vivo também teria ficado muito contente. Embora esteja morto, talvez ele saiba, disse a si próprio Blackthorne, talvez o seu karma se encontre aqui agora. Os xintoístas acreditam que quando morrem tornam-se um *kami*...

– O que é um *kami*, Mariko-san?

– *Kami* é inexplicável, Anjin-san. É como um espírito, mas não é, é como uma alma, mas não é. Talvez seja a parte insubstancial de uma coisa ou de uma pessoa... O senhor deve saber que um ser humano se torna um *kami* após a morte, mas uma árvore, uma rocha ou uma planta, ou uma pintura, são igualmente *kamis*. Os *kamis* são venerados, nunca idolatrados. Existem entre o céu e a terra e visitam esta Terra dos Deuses ou a deixam, tudo ao mesmo tempo.

– E o xintoísmo? O que é o xintoísmo?

– Ah, isso também é inexplicável, sinto muito. É como uma religião, mas não é. No começo não tinha nem nome. Simplesmente chamávamos de Shintō, o Caminho do *Kami*, mil anos atrás, para distingui-lo do Butsudō, o Caminho de Buda. Mas, embora indefinível, o xintoísmo é a essência do Japão e dos japoneses e, apesar de não possuir nem teologia nem divindade, fé ou sistema ético, é a nossa justificação para a existência. O xintoísmo é um culto natural de mitos e lendas nas quais ninguém acredita sinceramente, embora todo mundo venere totalmente. Uma pessoa é xintoísta do mesmo modo que nasceu japonesa.

– A senhora também é xintoísta... assim como cristã?

– Oh, sim, muito, naturalmente...

Blackthorne tocou a pedra de novo.

– Por favor, *kami* de Ueki-ya, por favor, fique no meu jardim.

Depois, sem se importar com a chuva, deixou que os olhos o levassem pela pedra, passando pelos vales viçosos, o lago sereno e o horizonte verdejante, a escuridão formando-se lá.

Os seus ouvidos lhe disseram que voltasse. Levantou os olhos. Omi o observava, pacientemente acocorado. Ainda chovia e Omi estava usando uma capa de palha de arroz e um largo chapéu cônico de bambu. O cabelo fora lavado recentemente.

– Karma, Anjin-san – disse ele, apontando para as ruínas fumegantes.

– *Hai. Ikaga desu ka?* – Blackthorne enxugou a chuva do rosto.

– *Yoi.* – Omi apontou para a sua casa. – *Watakushi no yuya wa hakaisarete imasen. Otsukai ni narimasen ka?* A minha casa de banho não foi danificada. Importa-se em usá-la?

– *Ah, so desu ka! Dōmo*, Omi-san. *Hai, dōmo.* – Agradecido, Blackthorne acompanhou Omi pelo caminho sinuoso, dirigindo-se para o pátio da casa dele. Os criados e alguns artesãos da aldeia, sob a supervisão de Mura, já estavam martelando, serrando e consertando. Os pilares centrais já tinham sido recolocados no lugar e o telhado estava quase reparado.

Por meio de sinais, palavras simples e muita paciência, Omi explicou que os seus criados haviam conseguido extinguir as chamas em tempo. Dentro de um ou dois dias, disse ele a Blackthorne, a casa estaria em pé novamente, tão boa como antes, portanto não havia nada com que se preocupar. A sua levará mais tempo, uma semana, Anjin-san. Não se preocupe. Fujiko-san é uma excelente administradora. Combinará todos os custos com Mura e a sua casa ficará melhor do que nunca. Ela se queimou, ouvi dizer. Bem, isso acontece às vezes, mas não se preocupe, os nossos médicos são bons especialistas em queimaduras, têm que ser, *né?* Sim, Anjin-san, foi um terremoto sério, mas não muito. Os campos de arroz quase não foram tocados e o sistema de irrigação, tão essencial, permaneceu incólume. E os barcos não se danificaram, e isso é muito importante também. Apenas 154 samurais foram mortos pela avalanche, o que não é muito, *né?* Quanto à aldeia, uma semana e o senhor mal saberá que houve um abalo. Cinco camponeses foram mortos, e algumas crianças – nada! Anjiro teve muita sorte, *né?* Ouvi dizer que o senhor arrancou Toranaga-sama da morte. Somos todos gratos ao senhor, Anjin-san. Muito. Se o perdêssemos... o senhor Toranaga disse que aceitava a sua espada, o senhor tem sorte. Isso é uma grande honra. Sim. O seu karma é forte, muito rico. Sim, agradeço-lhe muitíssimo. Ouça, conversaremos mais depois que o senhor tiver tomado banho. Estou contente por ser seu amigo.

Omi chamou as criadas de banho.

– *Isogi!* Rápido!

As criadas escoltaram Blackthorne até a casa de banho, que ficava dentro de um minúsculo bosque de bordos e se unia à casa principal por um caminho sinuoso, coberto, em condições normais, por um telhado. Era muito mais suntuosa do que a sua. Uma parede estava seriamente rachada, mas já havia aldeões a rebocá-la. O telhado estava firme, embora faltassem algumas telhas e a chuva vazasse aqui e ali, mas isso não tinha importância.

Blackthorne despiu-se e se sentou no minúsculo assento. As criadas o esfregaram e o ensaboaram na chuva. Quando estava limpo, entrou na casa e mergulhou no banho fumegante. Todos os seus problemas se dissiparam.

Fujiko vai ficar boa. Sou um homem de sorte. Foi sorte eu estar lá para puxar Toranaga, sorte ter salvado Mariko e sorte que ele estivesse lá para nos puxar para fora.

A mágica de Suwo revigorou-o como de hábito. Mais tarde ele deixou-o cuidar das suas escoriações e cortes e vestiu a tanga limpa e o quimono e os *tabis* que tinham sido trazidos para ele e saiu. A chuva parara.

Um abrigo provisório fora construído num canto do jardim. Tinha um caprichoso soalho elevado e estava mobiliado com *futons* limpos e um pequeno vaso com um arranjo de flores. Omi o esperava com uma velha sem dentes, de rosto duro.

– Por favor, sente-se, Anjin-san – disse Omi.

– Obrigado e obrigado pela roupa – respondeu ele em japonês vacilante.

– Por favor, esqueça isso. Aceitaria chá? Ou saquê?

– Chá – decidiu Blackthorne, pensando que era melhor conservar as ideias claras para a entrevista com Toranaga. – Obrigado.

– Esta é minha mãe – disse Omi com formalidade, claramente a idolatrando. Blackthorne curvou-se. A velha sorriu com afetação.

– A honra é minha, Anjin-san – disse ela.

– Obrigado, mas sou eu quem fica honrado. – Blackthorne repetiu, automaticamente, a sucessão de cortesias formais que Mariko lhe ensinara.

– Anjin-san, sentimos muito ver sua casa em chamas.

– O que se poderia fazer? Foi karma, *né?*

– Sim, karma. – A velha desviou o olhar e carregou o sobrolho. – Depressa! O Anjin-san deseja o seu chá quente! – A garota em pé ao lado da criada que carregava a bandeja deixou Blackthorne sem fôlego. Então se lembrou dela. Não fora aquela garota que vira com Omi na primeira vez, quando atravessava a praça da aldeia a caminho da galera?

– Esta é minha esposa – disse Omi sucintamente.

– Estou honrado – disse Blackthorne, enquanto ela tomava seu lugar, ajoelhava-se e se curvava.

– O senhor deve perdoar-lhe a lentidão – disse a mãe de Omi. – O chá está quente o suficiente para o senhor?

– Obrigado, está muito bom. – Blackthorne notara que a velha não usara o nome da esposa conforme devia. Mas não se surpreendeu, porque Mariko já lhe falara sobre a posição dominante das sogras sobre as esposas dos filhos na sociedade japonesa.

– Graças a Deus que o mesmo não acontece na Europa – dissera-lhe ele.

– A sogra de uma esposa não erra. Afinal de contas, Anjin-san, os pais escolhem a esposa em primeiro lugar, e que pai escolheria sem antes consultar a própria esposa? Claro, a nora tem que obedecer, e o filho sempre faz o que a mãe e o pai desejam.

– Sempre?

– Sempre.

– Que acontece se o filho se recusa?

– Isso não é possível. Todo mundo tem que obedecer ao cabeça da casa. O primeiro dever de um filho é para com os pais. Naturalmente. Os filhos recebem tudo das mães: vida, alimento, ternura, proteção. Elas os socorrem a vida toda. Portanto, é claro que um filho deva atender aos desejos da sua mãe. A nora... tem que obedecer. É dever dela.

– Conosco não acontece o mesmo.

– É difícil ser uma boa nora, muito difícil. Tem-se apenas que esperar viver o bastante para se ter filhos e se tornar uma sogra, a gente mesma.

– E a sua sogra?

– Ah, morreu, Anjin-san. Morreu há muitos anos. Nunca a conheci. O senhor Hiromatsu, na sua sabedoria, nunca tomou outra esposa.

– Buntaro-san é o único filho?

– Sim. O meu marido tem cinco irmãs vivas, mas não tem irmãos. – Ela brincara: – De certo modo, somos aparentados agora, Anjin-san. Fujiko é sobrinha do meu marido. O que há?

– Estou surpreso. A senhora nunca me contou nada. É só isso.

– Bem, é complicado, Anjin-san. – Então Mariko explicara que Fujiko, na realidade, era uma filha adotiva de Numara Akinori, que se casara com a irmã mais nova de Buntaro, e que o verdadeiro pai de Fujiko era um neto do ditador Goroda pela sua oitava consorte; que Fujiko fora adotada por Numara ainda recém-nascida, a uma ordem do táicum, porque o táicum desejava laços mais estreitos entre os descendentes de Hiromatsu e Goroda...

– O quê?

Mariko rira, dizendo-lhe que sim, os relacionamentos de família no Japão eram muito complicados porque a adoção era normal, os casais trocavam filhos e filhas com frequência e se divorciavam, casavam-se de novo, casavam-se entre si o tempo todo. Com tantas consortes legais e a facilidade do divórcio, particularmente se por ordem de um suserano, todas as famílias logo se tornavam inacreditavelmente entrelaçadas.

– Deslindar com precisão os elos de família do senhor Toranaga levaria dias, Anjin-san. Pense só na complicação: atualmente ele tem sete consortes *oficiais* vivas, que lhe deram cinco filhos e três filhas. Algumas consortes eram viúvas ou já tinham sido casadas, com outros filhos e filhas. Alguns desses Toranaga adotou, outros não. No Japão não se pergunta se uma pessoa é adotada ou natural. Na verdade, o que importa? A herança depende sempre do cabeça da casa, portanto adotar ou não dá na mesma, *né?* Até a mãe de Toranaga era divorciada. Mais tarde tornou a se casar e teve três filhos e duas filhas do segundo marido, todos agora casados! O filho mais velho do segundo casamento é Zataki, senhor de Shinano.

Blackthorne ponderara sobre isso. Depois dissera:

– O divórcio não é possível para nós. Não é possível.

– Assim nos dizem os santos padres. Sinto muito, mas isso não é muito sensato, Anjin-san. Os enganos acontecem, as pessoas mudam, isso é karma, *né?* Por que um homem deveria suportar uma esposa abominável; ou uma esposa, um homem abominável? É tolice ficar amarrado para sempre, homem ou mulher, *né?*

– Sim.

– Nisso somos muito sábios e os santos padres, não. Isso foi uma das duas grandes razões pelas quais o táicum não abraçou o cristianismo. Essa tolice sobre o divórcio. E o sexto mandamento. "Não matarás." O padre-inspetor foi até Roma solicitar dispensa para o Japão com relação ao divórcio. Mas Sua Santidade, o papa, na sua sabedoria, negou. Se Sua Santidade tivesse consentido, acredito que o táicum teria se convertido, os daimios estariam seguindo a verdadeira fé agora e o país seria cristão. O aspecto de "matar" não teria tido importância, porque, na realidade, ninguém presta atenção alguma a isso, os cristãos menos que todos. Portanto, teria sido uma concessão muito pequena por muito a ganhar, *né?*

– Sim – concordara Blackthorne. Como o divórcio parecia razoável! Por que era um pecado mortal lá em casa, atacado por todos os padres da cristandade, católicos ou protestantes, em nome de Deus?

– Como é a esposa de Toranaga? – ele perguntara, querendo fazê-la continuar falando. A maior parte do tempo ela evitara o tema de Toranaga e a história de sua família, mas era importante para Blackthorne saber tudo.

Uma sombra atravessara o rosto de Mariko.

– Morreu. Era a segunda esposa dele e morreu há uns dez ou onze anos. Era filha do padrasto do táicum. O senhor Toranaga nunca teve sorte com as esposas, Anjin-san.

– Por quê?

– Oh, a segunda era velha, cansada, avarenta, idolatrava o ouro, embora fingisse o contrário, como o irmão, o próprio táicum. Estúpida e de mau temperamento. Foi um casamento político, naturalmente. Tive que ser uma das suas damas de companhia durante um tempo. Nada lhe agradava, e nenhum dos jovens ou homens conseguia desatar o nó no seu Pavilhão Dourado.

– O quê?

– O seu Portão de Jade, Anjin-san. Com a Cabeça de Tartaruga, a Seta Aquecida. Não compreende? A... coisa dela.

– Oh! Compreendo. Sim.

– Ninguém conseguia desatar-lhe o nó... satisfazê-la.

– Nem Toranaga?

– Ele nunca "travesseirou" com ela, Anjin-san – dissera ela, completamente chocada. – Claro. Depois do casamento ele não tinha mais nada a ver com ela, além de dar-lhe um castelo, assistentes e as chaves da sua casa do tesouro. Por que deveria ter? Ela era muito velha, fora casada duas vezes antes, mas o irmão, o táicum, dissolvera os casamentos. Uma mulher muito desagradável. Todos ficaram muito aliviados quando ela foi para o Grande Vazio, até o táicum e todas as suas noras e todas as consortes de Toranaga secretamente queimaram incenso com grande alegria.

– E a primeira esposa de Toranaga?

– Ah, a senhora Tachibana. Esse foi outro casamento político. O senhor Toranaga tinha dezoito anos. Ela, quinze. Cresceu para ser uma mulher terrível. Há vinte anos Toranaga condenou-a à morte porque descobriu que ela estava secretamente tramando o assassinato do suserano deles, o ditador Goroda, a quem ela odiava. O meu pai sempre me dizia que achava que todos eles tiveram sorte em conservar a cabeça, ele, Toranaga, Nakamura e todos os generais, porque Goroda era inclemente, implacável e particularmente desconfiado dos que lhe eram mais chegados. Aquela mulher poderia ter arruinado todos eles, por mais inocentes que fossem. Por sua conspiração contra o senhor Goroda, o seu único filho, Nobunaga, também foi condenado à morte, Anjin-san. Ela matou o próprio filho. Pense nisso, tão triste, tão terrível. Pobre Nobunaga, era o filho favorito de Toranaga e o seu herdeiro oficial, era um bravo, um general totalmente leal. Era inocente, mas ela o envolveu na trama. Tinha só dezenove anos quando Toranaga lhe ordenou que cometesse *seppuku*.

– Toranaga matou o próprio filho? E a esposa?

– Sim, ordenou-lhes que fizessem isso, não teve escolha, Anjin-san. Se não tivesse feito isso, o senhor Goroda certamente teria presumido que Toranaga fazia parte da conspiração e lhe teria ordenado, instantaneamente, que cortasse o ventre. Oh, sim,

Toranaga teve sorte de escapar à cólera de Goroda e foi sábio em mandá-la matar-se rapidamente. Quando ela morreu, a sua nora e todas as consortes de Toranaga ficaram em êxtase. O filho dela tivera que mandar a primeira esposa de volta para casa em desgraça, por ordem dela, por algum descuido imaginário, depois de lhe gerar dois filhos. A garota cometeu *jigai*. Eu lhe disse, Anjin-san, que as senhoras cometem *jigai* cortando a garganta e não o estômago, como os homens fazem ao cometer *seppuku*? Mas morreu agradecida, contente por se libertar de uma vida de lágrimas, exatamente como a próxima esposa orava pela morte, já que sua vida foi tornada igualmente miserável pela sogra...

Agora, olhando para a sogra de Midori, o chá escorrendo-lhe pelo queixo, Blackthorne sabia que aquela velha bruxa tinha poder de vida ou morte, divórcio ou degradação sobre a nora, desde que o marido, o cabeça da casa, concordasse. E, decidissem eles o que decidissem, Omi obedeceria. Que terrível, pensou ele.

Midori tinha toda a graça e juventude que a velha não tinha, o rosto oval, o cabelo abundante. Era mais bonita do que Mariko, mas sem o ardor e a força da outra, flexível como uma samambaia e frágil como uma teia de aranha.

— Onde está a comida? Naturalmente o Anjin-san deve estar com fome — disse a velha.

— Oh, sinto muito — replicou Midori, imediatamente. — Vá buscar — disse ela à criada. — Depressa! Sinto muito. Anjin-san!

— Sinto muito, Anjin-san... — disse a velha.

— Por favor, não se desculpe — disse Blackthorne a Midori, e imediatamente percebeu que isso fora um erro. As boas maneiras decretavam que ele devia dirigir-se apenas à sogra, particularmente se ela tivesse má reputação. — Sinto muito — disse ele. — Eu não fome. Esta noite eu comer devo com o senhor Toranaga.

— *Ah, sō desu ka!* Ouvimos dizer que o senhor salvou-lhe a vida. O senhor deve saber como lhe estamos gratos, nós, todos os seus vassalos! — disse a velha.

— Foi dever. Não foi nada.

— O senhor fez tudo, Anjin-san. Omi-san e o senhor Yabu apreciam o seu ato, tanto quanto todos nós.

Blackthorne viu a velha olhar de relance para o filho. Gostaria de poder sondá-la, sua cadela velha, pensou ele. Será que você é tão má quanto a outra, Tachibana?

— Mãe — disse Omi —, sou feliz por ter o Anjin-san como amigo.

— Todos nós somos felizes — disse ela.

— Não, sou eu quem se sente feliz — replicou Blackthorne. — Eu afortunado ter amigos como família de Kashigi Omi-san. — Estamos todos mentindo, pensou Blackthorne, mas não sei por que vocês mentem. Eu minto por autoproteção e porque é hábito. Mas nunca me esqueci... Espere um instante. Com toda a honestidade, isso não foi karma? Você não teria feito o que Omi fez? Isso foi há muito tempo, numa vida anterior, *né?* Não tem mais sentido agora.

Um grupo de cavaleiros subiu a colina com estrépito. Naga à frente. Desmontou e avançou pelo jardim. Todos os aldeões pararam de trabalhar e puseram-se de joelhos. Ele lhes fez sinal que continuassem.

— Sinto muito perturbá-lo, Omi-san, mas o senhor Toranaga me mandou.

— Por favor, não está me incomodando. Por favor, junte-se a nós – disse Omi. Imediatamente Midori cedeu a sua almofada, curvando-se profundamente.

— Aceita chá ou saquê, Naga-san?

Naga sentou-se.

— Nada, obrigado. Não estou com sede.

Omi insistiu polidamente, passando pelo interminável e necessário ritual, embora fosse óbvio que Naga estava com pressa.

— Como está o senhor Toranaga?

— Muito bem, Anjin-san, o senhor nos prestou um grande serviço. Sim. Agradeço-lhe pessoalmente.

— Foi dever, Naga-san. Mas fiz pouco. O senhor Toranaga puxou-me da... puxou-me da terra também.

— Sim. Mas isso foi depois. Agradeço-lhe muitíssimo.

— Naga-san, há algo que eu possa fazer pelo senhor Toranaga? – perguntou Omi, já que a etiqueta finalmente lhe autorizava ir ao ponto.

— Ele gostaria de vê-lo após a refeição noturna. Haverá uma reunião de todos os oficiais.

— Ficarei honrado.

— Anjin-san, deve vir comigo agora, se lhe aprouver.

— Naturalmente. A honra é minha.

Mais mesuras e saudações e logo Blackthorne estava sobre um cavalo, descendo a colina a trote. Quando a falange de samurais atingiu a praça, Naga puxou as rédeas.

— Anjin-san!

— *Hai?*

— Agradeço-lhe de todo o coração por haver salvo o senhor Toranaga. Permita-me ser seu amigo... – e algumas palavras que Blackthorne não assimilou.

— Desculpe, não compreendo. "*Kari ga aru*"?

— Ah, desculpe, "*Kari ga aru*": um homem *kari ga aru* a outro, como "dívida de gratidão". O senhor entende "dívida"?

"Dever" surgiu na cabeça de Blackthorne.

— *Ah, sō desu ka! Wakarimasu.*

— Ótimo. Disse apenas que lhe devo uma vida.

— Era o meu dever, *né?*

— Sim. Ainda assim, devo-lhe uma vida.

– Toranaga-sama diz que toda a pólvora de canhão e a munição foram postos de volta no seu navio, Anjin-san, aqui em Anjiro, antes de partir para Edo. Ele pergunta quanto tempo o senhor levaria para se preparar para zarpar.

– Isso depende do estado do navio, se os homens o querenaram e cuidaram dele, se o mastro foi substituído e assim por diante. O senhor Toranaga sabe como se encontra o navio?

– O navio parece em ordem, diz ele, mas não é um marujo, por isso não poderia ter certeza. Não subiu a bordo desde que o navio foi rebocado para a enseada de Edo, quando deu instruções para que cuidassem dele. Presumindo-se que o navio esteja em condições, *né*, ele pergunta quanto tempo o senhor levaria para se preparar para a guerra.

O coração de Blackthorne saltou.

– Contra quem combateremos, Mariko-san?

– Ele pergunta contra quem o senhor gostaria de combater.

– Contra o Navio Negro deste ano – respondeu Blackthorne de pronto, tomando uma decisão repentina, esperando desesperadamente que aquele fosse o momento correto para expor diante de Toranaga o plano que elaborara em segredo ao longo dos dias. Estava especulando com o fato de que ter salvado a vida de Toranaga naquela manhã talvez lhe desse um privilégio especial que o ajudaria a superar os obstáculos.

Mariko foi dominada pela surpresa.

– O quê?

– O Navio Negro. Diga ao senhor Toranaga que tudo o que ele tem a fazer é dar-me as suas cartas de corso. Farei o resto. Com o meu navio e uma ajudazinha... dividimos a carga, toda a seda e o dinheiro.

Ela riu. Toranaga, não.

– O meu amo... diz que isso seria um imperdoável ato de guerra contra uma nação amiga. Os portugueses são essenciais para o Japão.

– Sim, são... no momento. Mas acredito que sejam inimigos dele tanto quanto meus e, seja qual for o serviço que ofereçam, podemos fazer melhor. A um custo menor.

– Ele diz que talvez. Mas não acredita que a China faça comércio com o senhor. Nem os ingleses nem os neerlandeses estão maciçamente na Ásia ainda e necessitamos das sedas agora e de um fornecimento contínuo.

– Ele tem razão, claro. Mas num ou dois anos isso mudará e ele terá a prova. Por isso, eis outra sugestão. Já estou em guerra com os portugueses. Além do limite de três milhas as águas são internacionais. Legalmente, com as minhas atuais cartas de corso, posso tomar o navio e, na qualidade de presa, posso levá-lo para qualquer porto e vendê-lo, assim como a carga. Com o meu navio e uma tripulação será fácil. Em poucas semanas ou meses eu poderia entregar o Navio Negro e tudo o que contém em Edo. Eu poderia vendê-lo em Edo. Metade do valor será o seu... a sua taxa de porto.

– Ele diz que o que acontece no mar entre o senhor e os seus inimigos é de pouco interesse para ele. O mar pertence a todos. Mas esta terra é nossa, e aqui as nossas leis governam e não podem ser infringidas.

– Sim. – Blackthorne sabia que o seu curso era perigoso, mas a sua intuição lhe dizia que o momento era perfeito e que Toranaga morderia a isca. E Mariko. – Foi só uma sugestão. Ele me perguntou contra quem eu gostaria de combater. Por favor, desculpe-me, mas, às vezes, é bom planejar para qualquer eventualidade. Nisso acredito que os interesses de senhor Toranaga são os meus.

Mariko traduziu. Toranaga grunhiu e falou brevemente.

– O senhor Toranaga dá valor a sugestões sensatas, Anjin-san, como a sua idéia sobre a marinha, mas isto é ridículo. Ainda que os interesses de ambos fossem os mesmos, coisa que não são, como o senhor poderia, com nove homens, atacar um vaso tão imenso com quase mil pessoas a bordo?

– Eu não faria isso. Preciso de uma nova tripulação, Mariko-san. Oitenta ou noventa homens, marujos e atiradores treinados. Encontro-os em Nagasaki em navios portugueses. – Blackthorne fingiu não notar que ela tomou fôlego, nem o modo como o leque parou. – Deve haver alguns franceses, um inglês ou dois, se eu tiver sorte, alguns alemães e holandeses, serão renegados na maioria, ou gente que foi levada à força para bordo. Eu necessitaria de um salvo-conduto para Nagasaki, alguma proteção e um pouco de prata ou ouro. Há sempre marinheiros em frotas inimigas que se engajarão por dinheiro vivo e uma parte do dinheiro da presa.

– O meu amo diz que qualquer comandante que confie em tal imundície num ataque seria louco.

– Concordo – disse Blackthorne –, mas preciso de uma tripulação para zarpar.

– Ele pergunta se seria possível treinar samurais e os nossos marujos para serem atiradores e marinheiros.

– Facilmente. Com tempo. Mas isso poderia levar meses. Com certeza estariam prontos no próximo ano. Não haveria chance de ir contra o Navio Negro deste ano.

– O senhor Toranaga diz: "Não planejo atacar o Navio Negro dos portugueses, neste ano ou no próximo. Não são meus inimigos e não estou em guerra com eles".

– Eu sei. Mas eu estou em guerra com eles. Por favor, desculpe-me. Naturalmente isto é apenas uma discussão, mas precisarei ter alguns homens para zarpar, para estar ao serviço do senhor Toranaga, se ele desejar.

Estavam sentados nos aposentos privados de Toranaga que davam para o jardim. A fortaleza mal fora tocada pelo terremoto. A noite estava úmida e sem ar, e a fumaça que vinha das espirais de incenso subia preguiçosamente para expulsar os mosquitos.

– O meu amo quer saber – estava dizendo Mariko – se o senhor, caso tivesse o seu navio agora e os poucos membros da tripulação que chegaram com o senhor, iria a Nagasaki para encontrar esses homens suplementares que solicita.

– Não. Isso seria perigoso demais. Eu estaria tão insuficientemente tripulado que os portugueses me capturariam. Seria muito melhor conseguir os homens primeiro, trazê-los para águas domésticas, para Edo, *né?* Uma vez que eu esteja com a tripulação completa, o inimigo não tem nada nestes mares com que consiga me tocar.

– Ele não acha que o senhor e noventa homens poderiam tomar o Navio Negro.

– Posso velejar melhor que ele e afundá-lo com o *Erasmus.* Naturalmente, Mariko-san, sei que tudo isso são conjeturas, mas, se eu fosse autorizado a atacar o meu inimigo, no momento em que tivesse uma tripulação, navegaria imediatamente para Nagasaki. Se o Navio Negro já estivesse atracado, eu mostraria as minhas bandeiras de guerra e o bloquearia no mar. Eu o deixaria terminar o comércio e aí, quando o vento estivesse propício para a viagem para casa, fingiria precisar de suprimentos e o deixaria sair do porto. Depois o capturaria a algumas léguas, porque temos mais velocidade, e os meus canhões fariam o resto. Uma vez que ele tenha arriado as suas bandeiras, eu ponho uma tripulação a bordo e trago-o para Edo. Ele deve ter mais de trezentas, quase quatrocentas toneladas de ouro a bordo.

– Mas por que o capitão do Navio Negro não afundaria o navio uma vez que o senhor o tivesse derrotado, se o derrotar, antes que o senhor possa ir a bordo?

– Geralmente... – Blackthorne ia dizer: "Geralmente a tripulação se amotina se o capitão é um fanático, mas nunca conheci nenhum tão louco. Na maioria das vezes faz-se um acordo com o capitão: poupa-se a vida dele, dá-se-lhe uma pequena parte da carga e transporte até o porto mais próximo. Mas desta vez terei que falar com Rodrigues, e eu o conheço e sei o que ele fará". Mas pensou melhor nisso e decidiu não revelar todo o plano. É melhor deixar os métodos bárbaros aos bárbaros, disse a si mesmo. – Geralmente o navio derrotado capitula, Mariko-san. É um costume, um dos nossos costumes de guerra no mar, poupar a perda desnecessária de vidas.

– O senhor Toranaga diz, sinto muito, Anjin-san, que isso é um costume repulsivo. Se ele tivesse navios não haveria rendição. – Mariko tomou um gole de chá, depois continuou: – E se o navio não estiver no porto?

– Aí eu corro as rotas marítimas para capturá-lo a algumas léguas em águas internacionais. Será mais fácil pegá-lo pesado de carga e chafurdando, mas mais difícil de trazer para Edo. Quando se espera que atraque?

– O meu amo não sabe. Talvez dentro de trinta dias, diz ele. O navio virá mais cedo este ano.

Blackthorne sabia que estava muito perto da presa, muito perto.

– Então é bloqueá-lo e tomá-lo no fim da estação. – Ela traduziu e Blackthorne pensou ver um desapontamento momentâneo perpassar o rosto de Toranaga. Fez uma pausa, como se estivesse considerando alternativas, e disse: – Se estivéssemos na Europa, haveria outro modo. Poderíamos navegar à noite e tomá-lo à força. Um ataque de surpresa.

Toranaga apertou com força o punho da espada.

– Ele pergunta se o senhor ousaria atacar os seus inimigos na nossa terra.

Os lábios de Blackthorne estavam secos.

– Não. Claro que isso ainda é uma suposição, mas, se existisse um estado de guerra entre ele e os portugueses e o senhor Toranaga os quisesse prejudicar, seria esse o modo de fazê-lo. Se eu tivesse duzentos ou trezentos combatentes bem disciplinados, uma boa tripulação e o *Erasmus*, seria fácil emparelhar com o Navio Negro e abordá-lo, arrastá-lo para o largo. Ele poderia escolher a época do ataque de surpresa... se estivéssemos na Europa.

Houve um longo silêncio.

– O senhor Toranaga diz que isto não é a Europa e que não existe, nem jamais existirá, um estado de guerra entre ele e os portugueses.

– Claro. Um último ponto, Mariko-san: Nagasaki não está sob controle do senhor Toranaga, está?

– Não, Anjin-san. O senhor Harima é dono do porto e de toda a região.

– Mas na prática não são os jesuítas que controlam o porto e todo o comércio? – Blackthorne reparou na relutância dela em traduzir, mas pressionou-a mais ainda. – Não é essa a *hontō*, Mariko-san? E o senhor Harima não é católico? A maior parte de Kyūshū não é católica? E, por conseguinte, os jesuítas em certa medida não controlam a ilha toda?

– O cristianismo é uma religião. Os daimios controlam suas terras, Anjin-san – disse Mariko por si mesma.

– Mas fui informado de que Nagasaki, na realidade, é solo português. Fui informado de que eles agem como se o fosse. O pai do senhor Harima não vendeu a terra aos jesuítas?

A voz de Mariko excitou-se.

– Sim. Mas o táicum tomou-a de volta. Nenhum estrangeiro tem autorização para possuir terra aqui, agora.

– Mas o táicum não permitiu que os seus éditos caducassem, de modo que hoje nada acontece lá sem a aprovação dos jesuítas? Os jesuítas não controlam toda a navegação em Nagasaki e todo o comércio? Não negociam todo o comércio para vocês e não agem como intermediários?

– O senhor está muito bem informado sobre Nagasaki, Anjin-san – disse ela enfaticamente.

– Talvez o senhor Toranaga devesse tomar ao inimigo o controle do porto. Talvez...

– Eles são seus inimigos, Anjin-san, não nossos – disse ela, mordendo a isca finalmente. – Os jesuítas são...

– *Nan ja?*

Ela se voltou para Toranaga desculpando-se e explicou o que fora dito entre eles. Quando terminou, ele falou severamente, uma reprimenda evidente. "*Hai*", disse ela várias vezes, e curvou-se, disciplinada.

– O senhor Toranaga me lembra – disse ela – que as minhas opiniões não têm valor e que um intérprete deve apenas interpretar, *né?* Por favor, desculpe-me.

Em outra oportunidade Blackthorne teria se desculpado por ter-lhe armado uma cilada. Agora isso não lhe ocorreu. Mas, como atingira o alvo, riu e disse:

– *Hai, kawaii* Tsukku-sama! Sim, linda Senhora Intérprete!

Mariko sorriu atravessado, furiosa consigo mesma por ter caído na armadilha, a mente em conflito com suas lealdades divididas.

– *Yoi*, Anjin-san – disse Toranaga, mais uma vez cordial.

– Mariko-san *Tsukku-san yori kawaii desu! Yori kaori masu, né?* E Mariko-san é muito mais bonita do que o velho sr. Tsukku, não é? E também muito mais perfumada.

Toranaga riu.

– *Hai.*

Mariko corou e serviu chá, um pouco abrandada. Depois Toranaga falou. Seriamente.

– O nosso amo pergunta por que o senhor está fazendo tantas perguntas – ou tantas afirmações – sobre o senhor Harima e Nagasaki.

– Só para mostrar que o porto de Nagasaki de fato é controlado por estrangeiros. Pelos portugueses. E, pela minha lei, tenho o direito legal de atacar o inimigo em qualquer lugar.

– Mas isto não é "qualquer lugar", diz ele. Esta é a Terra dos Deuses e tal ataque é impensável.

– Concordo inteiramente. Mas, se o senhor Harima se tornar hostil ou os jesuítas que comandam os portugueses se tornassem hostis, seria esse o modo de atingi-los.

– O senhor Toranaga diz que nem ele nem qualquer daimio jamais permitiria um ataque de qualquer nação estrangeira contra outra em solo japonês, ou que elas matassem qualquer um dos nossos. Contra inimigos do Imperador o caso é diferente. Quanto a conseguir combatentes e uma tripulação, seria fácil um homem conseguir qualquer quantidade desde que falasse japonês. Há muitos *wakōs* em Kyūshū.

– *Wakōs*, Mariko-san?

– Oh, desculpe. Chamamos os corsários de "*wakōs*", Anjin-san. Costumavam ter muitos covis em torno de Kyūshū, mas foram destruídos, na maioria, pelo táicum. Infelizmente ainda se podem encontrar sobreviventes. Os *wakōs* aterrorizaram as costas da China durante séculos. Foi por causa deles que a China fechou seus portos para nós. – Explicou a Toranaga o que fora dito. Ele falou de novo, mais enfaticamente. – Ele diz que nunca permitirá, planejará ou lhe permitirá realizar um ataque por terra, embora seja correto o senhor pilhar o inimigo da sua rainha em alto-mar. Ele repete que isto não é qualquer lugar. Esta é a Terra dos Deuses. O senhor deve ser paciente, conforme ele lhe disse.

— Sim. Pretendo tentar ser paciente à maneira dele. Só quero atingir o inimigo porque eles são o inimigo. Acredito de todo o coração que são inimigos dele também.

— O senhor Toranaga diz que os portugueses lhe dizem que *o senhor* é inimigo dele e que Tsukku-san e o padre-inspetor têm certeza absoluta disso.

— Se eu fosse capaz de capturar o Navio Negro no mar e trazê-lo como presa legal para Edo, sob a bandeira da Inglaterra, teria autorização para vendê-lo, e tudo o que contém, em Edo, de acordo com o nosso costume?

— O senhor Toranaga diz que isso depende.

— Se a guerra vier, posso ser autorizado a atacar o inimigo, o inimigo do senhor Toranaga, da melhor maneira que eu puder?

— Ele diz que esse é o dever de um *hatamoto*. Um *hatamoto* naturalmente está sob as ordens pessoais dele o tempo todo. O meu amo deseja que eu deixe claro que as coisas no Japão nunca serão resolvidas por outro método que não seja o japonês.

— Sim. Compreendo perfeitamente. Com a devida humildade, eu gostaria de assinalar que quanto mais eu souber sobre os problemas dele, mais eu poderei ajudar.

— Ele diz que o dever de um *hatamoto* é sempre ajudar seu senhor, Anjin-san. Diz que devo responder a quaisquer perguntas razoáveis que o senhor queira me fazer mais tarde.

— Obrigado. Posso perguntar-lhe se ele gostaria de ter uma marinha, conforme sugeri na galera?

— Ele já disse que gostaria de ter uma marinha, uma marinha moderna, Anjin-san, manejada pelos seus próprios homens. Qual o daimio que não gostaria?

— Então consideremos isto: se eu tivesse sorte o bastante para tomar o navio inimigo, eu o levaria a Edo para ser reparado e para avaliar a presa. Depois baldearia a minha metade do butim para o *Erasmus* e venderia o Navio Negro aos portugueses ou o ofereceria a Toranaga-sama como presente, ou o queimaria, o que ele desejasse. Aí eu voltaria para casa. Dentro de um ano retornaria e traria quatro belonaves, como um presente da rainha da Inglaterra ao senhor Toranaga.

— Ele pergunta onde estaria o seu lucro nisso.

— A *hontō* é que sobraria muito para mim, Mariko-san, depois que os navios fossem pagos e doados por Sua Majestade. Depois eu gostaria de levar um dos conselheiros dele mais dignos de confiança como embaixador junto à minha rainha. Um tratado de amizade entre os nossos países poderia ser do interesse dele.

— O senhor Toranaga diz que isso seria muita generosidade da sua rainha. Ele pergunta, porém, no caso de tal coisa miraculosamente acontecer e o senhor voltar com os novos navios, quem treinaria os marinheiros, os samurais e os capitães para equipá-los.

— Inicialmente eu mesmo, se isso lhe aprouvesse. Eu ficaria honrado. Depois outros poderiam se seguir.

– Ele pergunta o que é "inicialmente".
– Dois anos.
Toranaga sorriu fugazmente.
– O nosso amo diz que dois anos não seria "inicialmente" suficiente. Entretanto, acrescenta, é tudo uma ilusão. Ele não está em guerra com os portugueses nem com o senhor Harima de Nagasaki. Repete que o que o senhor fizer fora de águas japonesas, no seu próprio navio, com a sua própria tripulação, é o seu karma. – Mariko parecia perturbada. – Fora das nossas águas o senhor é estrangeiro, diz ele. Mas aqui é samurai.
– Sim. Sei da honra que ele me concedeu. Posso perguntar como um samurai consegue dinheiro emprestado, Mariko-san?
– De um prestamista, Anjin-san. Onde mais? De um imundo mercador prestamista. – Traduziu para Toranaga. – Por que o senhor precisaria de dinheiro?
– Existem prestamistas em Edo?
– Oh, sim. Os prestamistas estão por toda parte, *né?* Não ocorre o mesmo no seu país? Pergunte à sua consorte, Anjin-san, talvez ela possa ajudá-lo. Isso faz parte do dever dela.
– A senhora disse que partimos para Edo amanhã?
– Sim, amanhã.
– Infelizmente Fujiko-san não será capaz de viajar amanhã.
Mariko conversou com Toranaga.
– O senhor Toranaga diz que a mandará de galera quando o navio partir. Ele pergunta por que o senhor precisa de dinheiro emprestado.
– Terei que arrumar uma nova tripulação, Mariko-san, para zarpar a qualquer parte, a fim de servir o senhor Toranaga, caso ele o deseje. Isso é permitido?
– Uma tripulação de Nagasaki?
– Sim.
– Ele lhe dará uma resposta quando o senhor chegar a Edo.
– *Dōmo*, Toranaga-sama. Mariko-san, quando eu chegar a Edo, para onde vou? Haverá alguém para me orientar?
– Oh, o senhor não deve jamais se preocupar com coisas assim, Anjin-san. É um *hatamoto* do senhor Toranaga.
Houve uma batida na porta interna.
– Entre.
Naga abriu o *shōji* e curvou-se.
– Desculpe-me, pai, mas o senhor queria ser avisado do momento em que todos os oficiais estivessem presentes.
– Obrigado, estarei lá dentro em pouco. – Toranaga pensou um instante, depois fez sinal a Blackthorne amistosamente. – Anjin-san, vá com Naga-san. Ele lhe mostrará o seu lugar. Obrigado pelas suas opiniões.
– Sim, senhor. Obrigado por ter escutado. Obrigado pelas suas palavras. Sim. Tento arduamente ser paciente e perfeito.

– Obrigado, Anjin-san. – Toranaga observou-o se curvar e se afastar. Quando ficaram a sós, voltou-se para Mariko: – Bem, o que pensa?

– Duas coisas, senhor. Primeiro, o ódio dele pelos jesuítas é incomensurável, superando até a aversão que tem pelos portugueses, portanto ele é um flagelo que o senhor pode usar contra qualquer um deles ou contra ambos, se o desejar. Sabemos que ele é corajoso e por isso rechaçaria arrojadamente qualquer ataque vindo do mar. Segundo, o objetivo dele ainda é dinheiro. Em sua defesa, pelo que aprendi, devo dizer que o dinheiro é o único meio real de que os bárbaros dispõem para tornar duradouro o poder. Compram terras e posição. Até a rainha é uma mercadora que "vende" terras aos seus lordes e compra navios e terras, provavelmente. Eles não são muito diferentes de nós, senhor, exceto nisso. E também no fato de não compreenderem o poder, nem que a guerra é a vida e a vida é a morte.

– Os jesuítas são meus inimigos?

– Não acredito nisso.

– E os portugueses?

– Acredito que estejam interessados apenas em lucros, terra e na difusão da palavra de Deus.

– Os cristãos são meus inimigos?

– Não, senhor. Embora alguns dos seus inimigos possam ser cristãos, católicos ou protestantes.

– Ah, acha que o Anjin-san é meu inimigo?

– Não, senhor. Não. Acredito que ele o honra e, com o tempo, se tornará um vassalo autêntico.

– Quanto aos nossos cristãos? Quem é inimigo?

– Os senhores Harima, Kiyama, Onoshi e qualquer outro samurai que se volte contra o senhor.

Toranaga riu.

– Sim, mas os padres os controlam conforme o Anjin-san insinua?

– Não creio.

– Esses três vão se lançar contra mim?

– Não sei, senhor. No passado foram tanto hostis quanto amistosos em relação ao senhor. Mas, se se puserem do lado de Ishido, será muito mau.

– Concordo. Sim. Você é uma conselheira de valor. É difícil para você, sendo cristã católica, ser amiga de um inimigo, ouvir ideias inimigas.

– Sim, senhor.

– Ele a pegou numa armadilha, *né?*

– Sim. Mas, na verdade, ele tinha o direito. Ele não estava fazendo o que o senhor ordenara. Estava me colocando entre os pensamentos dele e o senhor. Por favor, aceite as minhas desculpas.

– Continuará a ser difícil. Talvez até mais.

– Sim, senhor. Mas é melhor conhecer os dois lados da moeda. Muito do que ele disse comprovou-se verdadeiro. Por exemplo, sobre o mundo sendo dividido por espanhóis e portugueses, sobre os padres estarem contrabandeando armas, por mais impossível de crer que seja. Não deve nunca recear pela minha lealdade, senhor. Por mais grave que se torne a situação, sempre cumprirei o meu dever para com o senhor.

– Obrigado. Bem, foi muito interessante o que o Anjin-san disse, *né?* Interessante, mas absurdo. Sim, obrigado, Mariko-san, você é uma conselheira valiosa. Devo ordenar que você se divorcie de Buntaro?

– Senhor?

– Bem?

Oh, ser livre, seu espírito cantou. Oh, minha Nossa Senhora, ser livre!

Lembre-se de quem você é, Mariko, lembre-se do que é. E lembre-se de que "amor" é uma palavra bárbara.

Toranaga a observava em meio ao grande silêncio. Os mosquitos vindos de fora vagavam até as espirais de incenso para disparar imediatamente para a segurança. Sim, ponderou ele, ela é um falcão. Mas contra que presa eu a lanço?

– Não, senhor – disse Mariko, finalmente. – Obrigada, senhor, mas não.

– O Anjin-san é um homem estranho, *né?* Tem a cabeça cheia de sonhos. Ridículo considerar a ideia de atacar os nossos amigos portugueses ou o Navio Negro deles. Absurdo acreditar no que ele fala sobre quatro navios, ou vinte.

Mariko hesitou.

– Se ele diz que uma marinha é possível, senhor, então, acredito que seja.

– Não concordo – disse Toranaga enfaticamente. – Mas você tem razão em que ele serve de equilíbrio contra os outros, ele e o seu navio de combate. Que curioso, mas que esclarecedor! É como disse Omi: no momento necessitamos dos bárbaros, para aprender com eles. E ainda há muito o que aprender, particularmente com ele, *né?*

– Sim.

– É tempo de abrir o império, Mariko-san. Ishido o fechará tão apertado quanto uma ostra. Se eu fosse presidente dos regentes novamente, faria tratados com qualquer nação, desde que amistosa. Enviaria homens para aprender com as outras nações, sim, e enviaria embaixadores. A rainha deste homem seria um bom começo. Para uma rainha talvez eu devesse enviar uma embaixadora, se ela fosse inteligente o bastante.

– Ela teria que ser muito inteligente e muito forte, senhor.

– Sim. Seria uma viagem perigosa.

– Todas as viagens são perigosas, senhor – disse Mariko.

– Sim. – Novamente Toranaga se desviou sem avisar: – Se o Anjin-san partisse com o seu navio carregado de ouro, será que retornaria? Ele mesmo?

Após um longo tempo, ela disse:

– Não sei.

Toranaga resolveu não pressioná-la no momento.

— Obrigado, Mariko-san — disse ele, numa dispensa cordial. — Quero que esteja presente à reunião, para traduzir ao Anjin-san o que eu disser.

— Tudo, senhor?

— Sim. E esta noite, quando for à casa de chá para comprar o contrato de Kiku, leve o Anjin-san com você. Diga à consorte dele que tome as providências. Ele necessita de uma recompensa, *né*?

— *Hai*.

Quando ela se encontrava junto ao *shōji*, Toranaga disse:

— Uma vez que a questão entre mim e Ishido esteja resolvida, ordenarei que você se divorcie.

A mão dela se crispou sobre a tela. Assentiu ligeiramente em agradecimento. Mas não olhou para trás. A porta fechou-se. Toranaga observou a fumaça um instante, depois se levantou, encaminhou-se para o jardim, até à latrina, e se acocorou. Quando terminou e usou o papel, ouviu um criado puxar o recipiente sob o buraco para substituí-lo por outro limpo. Os mosquitos zumbiam e ele os afastou distraidamente. Estava pensando em falcões e gaviões, sabendo que até os maiores falcões cometiam erros, como Ishido e Kiri e Mariko e Omi e até o Anjin-san.

Os 150 oficiais estavam alinhados em fileiras, Yabu, Omi e Buntaro à frente. Mariko estava ajoelhada perto de Blackthorne, ao lado. Toranaga marchou pela sala adentro com a sua guarda pessoal e sentou-se sobre a almofada solitária, encarando-os. Agradeceu-lhes a mesura, depois informou-os resumidamente sobre a essência do despacho e expôs diante deles, pela primeira vez publicamente, o seu plano de batalha definitivo. De novo omitiu a parte que se relacionava com as secretas e cuidadosamente planejadas insurreições e também o fato de que o ataque tomaria a estrada nordeste e não a estrada costeira de sudeste. E, para aclamação geral — pois todos os seus guerreiros ficaram contentes de que finalmente a incerteza terminara —, disse-lhes que quando as chuvas cessassem ele pronunciaria as palavras em código "Céu Carmesim", o que os lançaria ao ataque.

— Nesse meio-tempo, espero que Ishido ilegalmente reúna um novo Conselho de Regentes. Espero ser falsamente destituído. Espero que a guerra seja declarada contra mim, contra a lei. — Inclinou-se para a frente, o punho esquerdo caracteristicamente apoiado na coxa, o outro apertado à espada. E continuou: — Ouçam. Eu apoio o testamento do táicum e reconheço o meu sobrinho Yaemon como *kanpaku* e herdeiro do táicum. Não desejo outras honras. Mas, se for atacado por traidores, devo me defender. Se houver traidores iludindo Sua Alteza Imperial e tentando assumir o poder, é meu dever defender o Imperador e banir o mal. *Né?*

Um troar de aprovação saudou o comentário. Gritos de batalha de "*Kashigi*" e "*Toranaga*" se derramaram pela sala, para ecoarem por toda a fortaleza.

– O regimento de ataque será preparado para embarcar dentro de cinco dias em galeras com destino a Edo, Toda Buntaro-san comandando, Kashigi Omi-san como segundo em comando. O senhor Kashigi Yabu, por favor, mobilizará Izu e ordenará que 6 mil homens se postem nas passagens da fronteira, para o caso de o traidor Ikawa Jikkyu atacar o sul para cortar as nossas linhas de comunicação. Quando as chuvas cessarem, Ishido atacará o Kantō.

Omi, Yabu e Buntaro silenciosamente concordaram com a sabedoria de Toranaga em omitir a informação sobre a decisão daquela tarde de deslanchar o ataque na estação chuvosa, de imediato.

Isso causará um impacto, refletiu Omi, os intestinos contorcendo-se ante o pensamento de combater sob a chuva através das montanhas de Shinano.

– Os nossos atiradores romperão caminho à força – comentara Yabu entusiasticamente naquela tarde.

– Sim – concordara Omi, sem confiar no plano, mas não tendo alternativa para oferecer. É loucura, disse a si mesmo, embora estivesse encantado com a promoção a segundo em comando. Não compreendo como Toranaga pode conceber que haja qualquer chance de êxito na estrada nordeste.

Não há chance alguma, disse a si próprio novamente. E semicerrou os ouvidos à estimulante exortação de Toranaga, a fim de permitir concentrar-se mais uma vez no problema da sua vingança. Certamente, o ataque em Shinano dará a você dezenas de oportunidades para manipular Yabu na linha de frente, sem risco para você mesmo. Guerra, qualquer guerra lhe será vantajosa, desde que não seja perdida...

Então, ouviu Toranaga dizer:

– Hoje quase morri. Hoje o Anjin-san arrancou-me da terra. Esta é a segunda vez, talvez até a terceira, que ele me salva a vida. A minha vida não é nada em relação ao futuro do meu clã, e quem pode dizer se eu teria vivido ou morrido sem a ajuda dele? Mas, embora seja *bushidō* que vassalos nunca devem esperar recompensa por qualquer serviço, é dever de um suserano conceder favores de tempos em tempos. – Então, sob aclamação geral, Toranaga disse: – Anjin-san, sente-se aqui! Mariko-san, você também.

Cheio de ciúmes, Omi observou o homem altaneiro se levantar e se ajoelhar no ponto que Toranaga indicara, ao seu lado, e não houve um homem na sala que não desejasse ter tido ele próprio a boa fortuna de fazer o que o bárbaro fizera.

– Ao Anjin-san é concedido um feudo próximo à aldeia pesqueira de Yokohama, ao sul de Edo, no valor de 2 mil *kokus* anuais, e direito de recrutar duzentos assistentes samurais, direitos absolutos de samurai e *hatamoto* da casa de Yoshi Toranaga-no-Chikitada-Minowara. Além disso, receberá dez cavalos e vinte quimonos, junto com equipamento de batalha completo para os seus vassalos. E o posto de almirante-chefe e piloto do Kantō. – Toranaga esperou até que Mariko tivesse traduzido, depois chamou: – Naga-san!

Obedientemente Naga trouxe a Toranaga o pacote embrulhado em seda. Toranaga atirou longe o envoltório. Havia duas espadas: uma curta, a outra, a espada mortífera.

— Notando que a terra engolira as minhas espadas e que eu estava desarmado, o Anjin-san desceu novamente ao abismo para buscar as suas e as deu para mim. Anjin-san, dou-lhe estas em troca. Foram feitas pelo mestre artesão Yori-ya. Lembre-se, a espada é a alma do samurai. Se ele a esquece, ou a perde, nunca será perdoado.

Perante uma aclamação ainda maior e uma inveja particular muito superior, Blackthorne pegou as espadas, fez a devida vênia e colocou-as no *obi*, curvando-se novamente em seguida.

— Obrigado, Toranaga-sama. Concede-me muita honra. Obrigado.

Começou a se afastar, mas Toranaga mandou-o ficar.

— Não, sente-se aqui, ao meu lado, Anjin-san. — Toranaga olhou de novo para o rosto militante e fanático dos seus oficiais.

Imbecis!, ele tinha vontade de gritar. Não compreendem que a guerra, tanto agora como depois das chuvas, só seria desastrosa? Que qualquer guerra com Ishido-Ochiba-Yaemon e seus atuais aliados terminaria em massacre de todos os meus aliados, todos vocês, e na minha aniquilação e de toda a minha linhagem? Não compreendem que não tenho chance senão aguardando e esperando que Ishido se estrangule?

Mas, em vez disso, incitou-os ainda mais, pois era essencial desconcertar o inimigo.

— Ouçam, samurais: logo serão capazes de provar o seu valor, homem a homem, como os nossos antepassados fizeram. Destruirei Ishido e todos os seus traidores e o primeiro será Ikawa Jikkyu. Por isso, doo todas as terras dele, as duas províncias de Suruga e Tōtōmi, no valor de 300 mil *kokus*, ao meu fiel vassalo Kashigi Yabu e, em Izu, confirmo-o e à sua descendência como governantes.

Uma estrondosa aclamação. Yabu ficou rubro de júbilo.

Omi martelava o chão, gritando de modo igualmente exultante. Agora a sua presa era ilimitada, pois por costume o herdeiro de Yabu herdaria todas as suas terras.

Como matar Yabu sem esperar pela guerra?

Então os seus olhos se fixaram no Anjin-san, que aplaudia vigorosamente. Por que não deixar o Anjin-san fazê-lo por você?, perguntou-se ele, e riu alto diante do pensamento imbecil. Buntaro inclinou-se para ele e deu-lhe um tapinha no ombro, amavelmente, interpretando mal a risada como felicidade por Yabu.

— Logo você terá o feudo que merece, *né?* — gritou acima do tumulto. — Você também merece reconhecimento. As suas ideias e conselhos são valiosos.

— Obrigado, Buntaro-san.

— Não se preocupe. Podemos atravessar quaisquer montanhas.

– Sim. – Buntaro era um feroz general de batalha e Omi sabia que estavam bem combinados: Omi, o audacioso estrategista, Buntaro, o destemido líder de ataque. Se há alguém que pode nos fazer atravessar as montanhas, é ele.

Houve uma outra explosão de alegria quando Toranaga ordenou que trouxessem saquê, encerrando a reunião formal.

Omi tomou o seu saquê e observou Blackthorne esvaziar outro cálice, seu quimono em ordem, as espadas corretas, Mariko ainda falando. Você mudou muitíssimo, Anjin-san, desde aquele primeiro dia, pensou ele satisfeito. Ainda tem muitas das suas ideias estranhas, mas está quase se tornando civilizado...

– O que há, Omi-san?

– Nada... Nada, Buntaro-san...

– Você está com o ar que teria se um *eta* lhe tivesse esfregado as nádegas no rosto!

– Não é nada disso... Em absoluto! Iiiiiih, é exatamente o oposto. Tive o começo de uma ideia. Beba! Ei, Flor de Pêssego, traga mais saquê, o meu senhor Buntaro está com o cálice vazio!

CAPÍTULO 40

– TENHO INSTRUÇÕES PARA INDAGAR SE KIKU-SAN ESTARIA LIVRE ESTA NOITE – disse Mariko.

– Oh, sinto muito, senhora Toda, mas não estou certa – respondeu Gyoko, a Mama-san, querendo ficar nas boas graças de Mariko. – Posso perguntar se o honrado cliente solicitaria a senhora Kiku para a noite toda ou parte dela, ou talvez até amanhã, se ela já não estiver comprometida?

A Mama-san era uma mulher alta, elegante, no começo dos cinquenta anos de idade, com um sorriso adorável. Mas bebia saquê demais, o seu coração era um ábaco e o nariz podia sentir o cheiro de uma única moeda de prata a cinquenta *ris* de distância.

As duas mulheres encontravam-se numa sala de oito esteiras, contígua aos aposentos privados de Toranaga. A sala foi destinada a Mariko e dava para um pequeno jardim, fechado pelo primeiro dos muros internos de defesa. Chovia novamente e os pingos faziam os archotes faiscar.

– Isso seria um assunto que caberia ao cliente decidir – replicou Mariko delicadamente. – Talvez se pudesse fazer um acordo agora que abrangesse qualquer eventualidade.

– Sinto muito, por favor, desculpe-me por eu não saber da disponibilidade dela de imediato. Ela é muito procurada, senhora Toda. Estou certa de que compreende.

– Oh, sim, claro. Somos mesmo muito afortunados de ter uma dama da sua qualidade aqui em Anjiro. – Mariko frisara o "Anjiro". Mandara chamar Gyoko ao invés de ir visitá-la, como poderia ter feito. E quando a mulher chegou, tarde o suficiente para ser distinta, mas não o suficiente para ser rude, Mariko ficou contente com a oportunidade de terçar armas com uma adversária à sua altura.

– A casa de chá ficou muito danificada? – perguntou.

– Não, felizmente, com exceção de alguma louça de valor e roupas, embora vá custar uma pequena fortuna para reparar o telhado e pôr ordem no jardim. É sempre tão dispendioso conseguir que as coisas sejam feitas rapidamente, não acha?

– Sim. É muito cansativo. Em Edo, em Mishima, ou mesmo nesta aldeia.

– É tão importante ter arredores tranquilos, *né?* O cliente nos honraria, talvez, na casa de chá? Ou desejaria que Kiku-san o visitasse aqui, se ela estiver disponível?

Mariko franziu os lábios, pensando.

– Na casa de chá.

– *Ah, sō desu ka.* – O verdadeiro nome de Mama-san era Heiko-ichi, Primeira Filha do Construtor de Muros. O seu pai e o seu avô tinham sido especialistas na construção de muros de jardim. Durante muitos anos ela fora cortesã em Mishima, a capital de Izu, atingindo a categoria de segunda classe. Mas os deuses lhe sorriram e, com presentes do seu protetor, associados a um astuto senso de negócios, juntara dinheiro suficiente para comprar o próprio contrato a bom tempo e assim tornar-se uma empresária de damas, com uma casa de chá própria, quando deixara de ser procurada pelo corpo excelente e pelo espírito atrevido com que os deuses a haviam dotado. No momento se chamava Gyoko-san, Senhora Sorte. Aos catorze anos, ainda cortesã iniciante, recebera o nome de Tsukaiko – senhora Encantadora de Cobras. A sua proprietária lhe explicara que aquela parte especial do homem podia ser comparada a uma cobra, que cobras davam sorte e que se ela conseguisse se tornar uma encantadora de cobras, nesse sentido, teria grande sucesso. Além disso, o nome faria os clientes rirem, e o riso era essencial naquele negócio. Gyoko nunca se esquecera da advertência sobre o riso.

– Saquê, Gyoko-san?
– Sim, obrigada, senhora Toda, obrigada.
A criada serviu. Depois Mariko dispensou-a.
Beberam silenciosamente por momentos. Mariko tornou a encher os cálices.
– Que louça adorável. Tão elegante – disse Gyoko.
– É muito pobre. Sinto muito que tenhamos que usá-la.
– Se eu conseguisse deixá-la disponível, cinco *kobans* seriam uma soma aceitável? – Um *koban* era uma moeda de ouro que pesava dezoito gramas. Equivalia a três *kokus* de arroz.
– Desculpe, talvez eu não me tenha feito entender claramente. Não desejava comprar toda a casa de chá de Mishima, apenas os serviços da dama por uma noite.
Gyoko riu.
– Ah, senhora Toda, sua reputação é bem merecida. Mas posso assinalar que Kiku-san é de primeira categoria! A corporação concedeu-lhe essa honra no ano passado.
– Estou certa de que a classificação é merecida. Mas isso foi em Mishima. Mesmo em Kyōto... mas é claro que a senhora estava fazendo pilhéria, desculpe.
Gyoko engoliu a vulgaridade que tinha na ponta da língua e sorriu benevolamente.
– Infelizmente eu teria que reembolsar os clientes que, se bem me lembro, já reservaram. Pobre criança, quatro dos seus quimonos ficaram arruinados quando a água extinguiu as chamas. Tempos difíceis se aproximam, senhora. Tenho certeza de que compreende. Cinco não seria irrazoável.
– Claro que não. Cinco seria justo em Kyōto, para uma semana de orgia, com duas damas de primeira classe. Mas os tempos não são normais e é preciso fazer economia. Meio *koban*. Saquê, Gyoko-san?

– Obrigada, obrigada. O saquê é muito bom, a qualidade é excelente, maravilhosa. Só mais um, por favor, depois tenho que ir. Se Kiku-san não estiver livre esta noite, ficaria encantada em combinar com uma das outras damas. Akeko, talvez. Ou outro dia seria satisfatório? Depois de amanhã, talvez?

Mariko não respondeu por um instante. Cinco *kobans* era um ultraje, tanto quanto se pagaria por uma famosa cortesã de primeira classe em Edo. Meio *koban* seria mais que razoável para Kiku. Ela conhecia os preços das cortesãs porque Buntaro as usava de tempos em tempos. Chegara até a comprar o contrato de uma e Mariko tivera que pagar as contas, as quais, como era natural e correto, tinham-lhe sido encaminhadas. Os seus olhos avaliaram Gyoko. A mulher sorvia o seu saquê calmamente, a mão firme.

– Talvez – disse Mariko. – Mas não creio, nem outra dama nem outra noite... Não, se não puder combinar para esta noite, receio que depois de amanhã seria tarde demais, sinto muito. E quanto a uma outra dama... – Mariko sorriu e deu de ombros.

Gyoko pousou o cálice tristemente.

– Ouvi dizer que os nossos gloriosos samurais estão mesmo de partida. Que pena! As noites são tão agradáveis aqui. Em Mishima não se tem a brisa do mar como aqui. Também sentirei muito partir daqui.

– Talvez um *koban*. Se este acordo for satisfatório, depois eu gostaria de discutir quanto custaria o contrato dela.

– O contrato dela!

– Sim. Saquê?

– Sim, obrigada. Contrato... o contrato dela? Bem, isso é outra coisa. Cinco mil *kokus*.

– Impossível!

– Sim – concordou Gyoko –, mas Kiku-san é como se fosse minha filha. É minha filha, mais do que a minha própria filha. Eduquei-a desde os seis anos de idade. É a dama do Mundo do Salgueiro mais completa de toda Izu. Oh, eu sei, em Edo a senhora encontraria damas formidáveis, mais espirituosas, mais mundanas, mas isso só porque Kiku-san não teve a boa fortuna de cruzar com a mesma qualidade de pessoas. Mas, mesmo agora, nenhuma se equipara em canto e no *shamisen*. Juro por todos os deuses. Dê-lhe um ano em Edo, com o protetor certo e as fontes de conhecimento, e ela competirá satisfatoriamente com qualquer cortesã do império. Cinco mil *kokus* é uma soma pequena por uma flor como ela. – A transpiração porejava na testa da mulher. – A senhora deve me desculpar, mas nunca considerei antes a venda do contrato dela. Mal tem dezoito anos, é imaculada. Na realidade, penso que jamais poderei vender-lhe o contrato, mesmo pelo preço mencionado. Não, acho que terei que reconsiderar, sinto muito. Talvez pudéssemos discutir isso amanhã. Perder Kiku-san? A minha pequena Kiku-san? – Lágrimas juntaram-se nos cantos dos olhos da mulher e Mariko pensou: essas lágrimas são tão autênticas, Gyoko, quanto o fato de você nunca ter se entregado a um Pilão Magnífico.

— Sinto muito. *Shikata ga nai, né?* — falou cortesmente, e deixou a mulher lamentar-se e chorar, enchendo-lhe continuamente o cálice. Quanto será que o contrato vale realmente?, perguntava a si mesma. Quinhentos *kokus* seria fantasticamente mais do que justo. Depende da ansiedade do homem, que, neste caso, não está ansioso. Certamente, o senhor Toranaga não está. Para quem estará comprando? Omi? É provável. Mas por que Toranaga ordenou que o Anjin-san viesse aqui?

— Concorda, Anjin-san? — perguntara-lhe, com um riso nervoso, sobrepondo-se à turbulência dos oficiais embriagados.

— Está dizendo que o senhor Toranaga arranjou uma dama para mim? Como parte da minha recompensa?

— Sim. Kiku-san. Dificilmente o senhor poderia recusar. Eu... recebi ordem de interpretar.

— Ordem?

— Oh, ficarei feliz em interpretar para o senhor. Mas, Anjin-san, o senhor de fato não pode recusar. Seria terrivelmente descortês depois de tantas honras, *né?* — Ela lhe sorrira, desafiando-o, orgulhosa e encantada com a inacreditável generosidade de Toranaga. — Por favor. Nunca estive numa casa de chá... adoraria ver a mim mesma conversando com uma autêntica dama do Mundo do Salgueiro.

— O quê?

— Oh, elas são chamadas assim porque se supõe que sejam tão graciosas quanto salgueiros. Às vezes é Mundo Flutuante, porque são comparadas a lírios flutuando num lago. Vamos, Anjin-san, concorde, por favor.

— E Buntaro-sama?

— Oh, ele sabe que devo fazer os arranjos para o senhor. O senhor Toranaga lhe contou. É tudo muito formal, naturalmente. Recebi uma ordem. O senhor, também! — Depois falara em latim, muito contente de que mais ninguém em Anjiro falasse a língua: — Há uma outra razão que vos direi mais tarde.

— Ah... dizei agora.

— Mais tarde. Mas concordai com prazer. Porque eu vos estou rogando.

— À senhora... Como posso vos recusar?

— Mas com prazer. Tem que ser com prazer. Prometei-me!

— Com riso. Prometo que tentarei. Não vos prometo nada além de que tentarei fazer o melhor.

Depois ela o deixara para preparar o contrato.

— Oh, fico perturbada com o simples pensamento de vender o contrato da minha beldade — estava gemendo Gyoko. — Sim, obrigada, só mais um pouco de saquê. Depois realmente tenho que ir embora. — Esvaziou o cálice e estendeu-o debilmente para ser enchido de novo. — Digamos dois *kobans* por esta noite... uma prova do meu desejo de agradar a uma senhora de tanto mérito.

— Um. Se isso for combinado, talvez possamos falar mais sobre o contrato, esta noite, na casa de chá. Sinto muito por ser precipitada, mas o tempo, a senhora compreende... — Mariko acenou vagamente na direção da sala de conferência. — Negócios de Estado... o senhor Toranaga... o futuro do reino... a senhora compreende, Gyoko-san.

— Oh, sim, senhora Toda, naturalmente. — Gyoko começou a se levantar. — Estamos de acordo em um *koban* e meio para a noite. Ótimo, então isso está comb...

— Um.

— Ah, senhora, o meio *koban* é um mero símbolo, nem merece discussão — lamuriou-se Gyoko, agradecendo aos deuses pela sua sagacidade e mantendo a angústia fingida no rosto. Um *koban* e meio seria paga tripla. Porém, mais do que o dinheiro, aquilo era, finalmente, o primeiro convite vindo da aristocracia autêntica de todo o Japão, coisa de que vinha atrás havia muito tempo, pela qual ela de bom grado aconselharia Kiku-san a fazer tudo por nada, duas vezes. — Por todos os deuses, senhora Toda, coloco-me à sua mercê por um *koban* e meio. Por favor, pense nas minhas outras crianças que têm que ser vestidas e treinadas e alimentadas durante anos, que não se tornam tão inestimáveis como Kiku-san, mas que têm que ser nutridas como ela.

— Um *koban*, de ouro, amanhã. *Né?*

Gyoko ergueu o frasco de porcelana e encheu dois cálices. Ofereceu um a Mariko, bebeu o outro e tornou a encher o seu imediatamente.

— Um — disse ela, a voz abafada.

— Obrigada, é muito gentil e atenciosa. Sim. Os tempos estão difíceis. — Mariko sorveu o seu vinho, afetadamente. — O Anjin-san e eu estaremos na casa de chá dentro em breve.

— Hein? O que foi que disse?

— Que o Anjin-san e eu logo estaremos na casa de chá. Vou interpretar para ele.

— O bárbaro? — exclamou Kiku, boquiaberta.

— O bárbaro. E estará aqui a qualquer momento, a menos que o detenhamos... com ele, a harpia mais cruel e avarenta que já conheci, que renasça como prostituta de décima quinta categoria!

Apesar do seu temor, Kiku riu francamente.

– Oh, Mama-san, por favor, não se aflija! Ela parece uma senhora tão adorável, e um *koban* inteiro... A senhora realmente fez um negócio maravilhoso! Ora, ora, temos muito tempo. Primeiro, um pouco de saquê para dissipar o seu azedume. Ako, rápida como um beija-flor!

Ako desapareceu.

– Sim, o cliente é o Anjin-san. – Gyoko quase sufocou de novo.

Kiku abanou-a e Hana, a pequena aprendiz, também abanou-a e segurou ervas aromáticas junto ao seu nariz. – Pensei que ela estivesse negociando para o senhor Buntaro... ou o próprio senhor Toranaga. Claro que quando ela disse que era o Anjin-san eu perguntei por que a consorte dele mesma, a senhora Fujiko, não negociou, conforme a educação correta determina. Mas tudo o que ela disse foi que a senhora está seriamente doente, com queimaduras, e ela recebeu ordem do próprio senhor Toranaga de conversar comigo.

– Oh! Oh, como eu seria afortunada de servir ao senhor!

– Você o fará, criança, fará se nós planejarmos. Mas o bárbaro! O que pensarão todos os seus outros clientes? O que dirão? Claro que deixei a coisa em suspenso, dizendo à senhora Toda que não sabia se você estava livre. Portanto, você ainda pode recusá-lo se quiser, sem ofensa.

– O que os outros clientes podem dizer? O senhor Toranaga ordenou isso. Não há nada a fazer, *né*? – Kiku dissimulou a própria apreensão.

– Oh, você pode recusar facilmente. Mas tem que ser rápida, Kiku-san. *Oh ko*, eu devia ter sido mais esperta... devia...

– Não se preocupe, Gyoko-sama. Tudo dará certo. Mas temos que pensar com clareza. É um grande risco, *né*?

– Sim. Enorme.

– Nunca poderemos voltar atrás se aceitarmos.

– Sim. Eu sei.

– Aconselhe-me.

– Não posso, Kiku-san. Sinto que fui pega numa armadilha por *kamis*. A decisão deve ser sua.

Kiku avaliou todos os horrores. Depois avaliou as vantagens.

– Vamos arriscar. Vamos aceitá-lo. Afinal de contas, é samurai e *hatamoto*, e o vassalo favorito do senhor Toranaga. Não se esqueça do que disse o adivinho: que eu a ajudaria a ficar rica e famosa para sempre. Rezo para poder fazer isso, para poder retribuir-lhe todas as gentilezas.

Gyoko acariciou o adorável cabelo de Kiku.

– Oh, criança, você é tão boa, obrigada, obrigada. Sim, acho que é sábia. Concordo. Deixemos que ele nos visite. – Beliscou-lhe a maçã do rosto afetuosamente. – Você sempre foi a minha favorita! Mas eu teria pedido o dobro pelo almirante bárbaro, se soubesse.

– Mas conseguimos o dobro, Mama-san.

– Deveríamos receber o triplo!

Kiku deu um tapinha na mão do Gyoko.

– Não se preocupe... este é o começo da sua boa fortuna.

– Sim, e é verdade que o Anjin-san não é nenhum bárbaro comum, mas um samurai e *hatamoto*. A senhora Toda contou-me que ele recebeu um feudo de 2 mil *kokus*, foi feito almirante de todos os navios de Toranaga, toma banho como uma pessoa civilizada e não fede mais...

Ako chegou sem fôlego e serviu o vinho sem derramar uma gota. Quatro cálices desapareceram em rápida sucessão. Gyoko começou a se sentir melhor.

– Esta noite tem que ser perfeita. Sim. Se o senhor Toranaga ordenou, claro que tem que ser. Ele não ordenaria pessoalmente se não fosse importante para ele, *né*? E o Anjin-san é realmente como um daimio. Dois mil *kokus* a mais... por todos os *kamis*, devíamos mesmo ter uma sorte tão boa! Kiku-san, ouça! – Chegou mais perto e o mesmo fez Ako, toda olhos. – Perguntei à senhora Toda, vendo que ela falava a infame linguagem deles, se conhecia alguns dos estranhos costumes ou modos deles, histórias, danças, posições, canções, instrumentos ou estimulantes que o Anjin-san preferiria.

– Ah, isso seria muito útil, muito – disse Kiku, assustada e desejando ter tido a prudência de recusar.

– Ela não me disse nada! Fala a língua deles, mas não conhece nada sobre os hábitos do "travesseiro". Perguntei-lhe se já lhe havia perguntado alguma vez e ela disse que sim, mas com resultados desastrosos. – Gyoko relatou o ocorrido no Castelo de Ōsaka. – Você pode imaginar como isso deve ter sido embaraçoso!

– Pelo menos sabemos que não devemos sugerir meninos... já é alguma coisa.

– Além disso, há apenas a criada da casa!

– Temos tempo para mandar buscar a criada?

– Fui lá eu mesma. Direto à fortaleza. Nem um mês de salário abriu a boca da garota, carunchinho estúpido!

– Ela é apresentável?

– Oh, sim, para uma criada amadora e destreinada. Tudo o que disse foi que o amo era viril e não era pesado, que "travesseirava" abundantemente, na posição mais comum. E que era generosamente dotado.

– Isso não ajuda muito, Mama-san.

– Eu sei. Talvez o melhor a fazer seja ter tudo preparado, só para o caso de ser necessário. Tudo.

– Sim. Simplesmente terei que ser mais cautelosa. É muito importante que saia tudo perfeito. Será muito difícil, se não impossível, entretê-lo corretamente se eu não conversar com ele.

– A senhora Toda disse que interpretaria para você e para ele.

– Ah, que gentileza da parte dela. Isso ajudará enormemente, embora não seja a mesma coisa, claro.

— É verdade, é verdade. Mais saquê, Ako... Graciosamente, criança, sirva graciosamente. Mas Kiku-san, você é uma cortesã de primeira classe. Improvise. O almirante bárbaro salvou a vida do senhor Toranaga hoje e senta-se à sombra dele. O nosso futuro depende de você! Sei que conseguirá lindamente. Ako!

— Sim, ama!

— Certifique-se de que os *futons* estejam perfeitos, que tudo esteja perfeito. Cuide para que as flores... não. Eu mesma cuidarei das flores! E o cozinheiro, onde está o cozinheiro? — Deu um tapinha no joelho de Kiku. — Use o quimono dourado, com o verde por baixo. Temos que impressionar muito a senhora Toda esta noite. — Saiu correndo para começar a pôr a casa em ordem, todas as damas, criadas, aprendizes e empregados apressados limpando e ajudando, muito orgulhosos da boa fortuna que tocara a sua casa.

Quando tudo ficou arrumado, e o horário das outras garotas reajustado, Gyoko foi para o seu quarto e deitou-se um instante para recuperar as forças. Ainda não havia falado a Kiku sobre a oferta do contrato.

Vou esperar e ver, pensou. Se conseguir fazer o acordo que pretendo, então talvez eu deixe a minha adorável Kiku partir. Mas nunca antes de saber com quem. Fico contente por ter tido a antevisão de deixar isso claro à senhora Toda antes de vir embora. Por que está chorando, sua velha tola? Está bêbada de novo? Ponha os miolos a funcionar! De que lhe serve a infelicidade?

— Hana-chan!

— Sim, Mãe-sama? — A criança veio correndo. Seis anos recém-completados, grandes olhos castanhos e um cabelo longo encantador. Usava um quimono novo, de seda escarlate. Gyoko a comprara havia dois dias por intermédio de Mura e do vendedor de crianças local.

— O que acha do seu novo nome, criança?

— Oh, gosto muitíssimo, muitíssimo. Estou honrada, Mãe-sama!

O nome significava "Pequena Flor", assim como Kiku significava "Crisântemo", e Gyoko o dera a ela no primeiro dia.

— Sou sua mãe agora — dissera-lhe gentilmente, mas com firmeza, ao pagar o preço e tomar posse da menina, maravilhada de que tanta beleza potencial pudesse ter vindo de uma pescadora tão grosseira como a rotunda mulher Tamasaki. Após quatro dias de barganha intensa, pagara um *koban* pelos serviços da criança até a idade de vinte anos, o suficiente para alimentar a família Tamasaki durante dois anos. — Vá buscar um pouco de chá, depois o meu pente e algumas folhas de chá aromático para me tirar o saquê do cérebro.

— Sim, Mãe-sama. — Saiu em disparada, cegamente, sem fôlego, ávida por agradar. E colidiu com as saias de Kiku, leves como teia, na soleira da porta.

— Oh, oh, oh, descuuuuulpe...

— Deve tomar cuidado, Hana-chan.

— Desculpe, desculpe, Irmã Mais Velha... — Hana-chan estava quase em lágrimas.

– Por que está triste, Pequena Flor? Pronto, pronto – disse Kiku, secando-lhe as lágrimas ternamente. – Nesta casa eliminamos a tristeza. Lembre-se, nós do Mundo do Salgueiro nunca precisamos de tristeza, criança, pois que bem faria isso? A tristeza nunca agrada. O nosso dever é agradar e ser alegres. Corra, criança, mas gentilmente, gentilmente, seja graciosa. – Kiku voltou-se e se mostrou à mulher mais velha, com um sorriso radiante. – Isto lhe agrada, Mama-san?

Blackthorne olhou para ela e murmurou:
– Aleluia!
– Esta é Kiku-san – disse Mariko formalmente, exultante com a reação dele.
A garota entrou no aposento com um roçar de seda, ajoelhou-se, curvou-se e disse alguma coisa que Blackthorne não entendeu.
– Ela diz que o senhor é bem-vindo, que honra esta casa.
– *Dōmo* – disse ele.
– *Dō itashimashite*. Saquê, Anjin-san? – disse Kiku.
– *Hai. Dōmo.*

Blackthorne observou as mãos perfeitas pegarem o frasco com precisão, ela certificar-se de que a temperatura estava correta, depois encher o cálice que ele ergueu, conforme Mariko lhe mostrara, com mais graça do que ele imaginara possível.

– Promete que se comportará como um japonês de verdade? – perguntara Mariko quando saíram da fortaleza, ela no palanquim, ele andando ao lado, descendo o caminho que coleava até a aldeia e a praça que ficava de frente para o mar. Carregadores de archotes avançavam à frente e atrás deles. Dez samurais os acompanhavam, como guarda de honra.

– Tentarei, sim – disse Blackthorne. – O que devo fazer?
– A primeira coisa que deve fazer é esquecer o que o senhor tem que fazer e simplesmente se lembrar de que esta noite é dedicada apenas ao seu prazer.

Este foi o melhor dia da minha vida, pensava ele. E esta noite... que tal esta noite? Estava excitado com o desafio e determinado a tentar ser japonês, apreciar tudo e não ficar embaraçado.

– Quanto... quanto é que a noite... bem... vai custar? – perguntara.
– Isso é muito não japonês, Anjin-san – censurou-o ela. – O que é que tem a ver? Fujiko-san concordou que o trato era satisfatório.

Ele vira Fujiko antes de sair. O médico a visitara e trocara as ataduras e lhe dera remédios de ervas. Estava orgulhosa das honras e do feudo e havia tagarelado muito, não demonstrando dor, contente por ele estar indo à casa de chá. Claro, Mariko-san a consultara e tudo fora arranjado. Como Mariko-san era boa! Que pena que ela tivesse aquelas queimaduras e não tivesse podido fazer os arranjos pessoalmente. Ele tocara a mão de Fujiko antes de sair, gostando dela. Ela lhe agradecera, desculpara-se de novo e se despedira, esperando que ele tivesse uma noite maravilhosa.

Gyoko e as criadas esperavam cerimoniosamente ao portão da casa de chá para saudá-lo.

— Esta é Gyoko-san, a Mama-san, aqui.

— Muito honrada, Anjin-san, muito honrada.

— Mama-san? Quer dizer "mamãe"? "Mãe"? É o mesmo que em inglês, Mariko-san. "*Mama*"... "*mommy*"... "*mother*".

— Oh! É quase a mesma coisa, mas desculpe, "mama-san" só quer dizer "madrasta" ou "parente adotiva", Anjin-san. "Mãe" é "*haha-gimi*" ou "*okā-san*".

Num instante Gyoko se desculpou e se afastou às pressas. Blackthorne sorriu para Mariko. Ela estivera como uma criança, olhando tudo de olhos arregalados.

— Oh, Anjin-san, sempre desejei ver o lado de dentro de um destes lugares. Os homens têm tanta sorte! Não é lindo? Não é maravilhoso, mesmo numa aldeia minúscula? Gyoko-san deve ter mandado mestres artesãos reformar tudo completamente! Olhe a qualidade das madeiras e... oh, é tão gentil de me permitir estar com o senhor. Nunca terei outra oportunidade... olhe as flores... que arranjo extraordinário... e, oh, olhe o jardim...

Blackthorne estava muito contente e muito pesaroso de haver uma criada na sala e a porta *shōji* aberta, pois mesmo ali, numa casa de chá, seria impensável e letal para Mariko ficar sozinha com ele numa sala.

— Vós sois linda — disse em latim.

— Vós também. — O rosto dela dançava. — Estou muito orgulhosa de vós, Almirante de Navios. E Fujiko também... Oh, estava tão orgulhosa que mal conseguia permanecer imóvel!

— As queimaduras parecem graves.

— Não tende receio. Os médicos têm muita prática e ela é jovem, forte e confiante. Esta noite, nada de preocupações... apenas coisas mágicas.

— Vós sois mágica para mim.

Ela agitou o leque, serviu o vinho e não disse nada. Ele a observou, depois sorriram juntos.

— Como há outros aqui e as línguas se movem, devemos continuar sendo cautelosos. Mas, oh, estou tão feliz por vós.

— Qual era a outra razão? Vós me dissestes que havia outra razão para querer que eu viesse aqui esta noite.

— Ah, sim, a outra razão. — O mesmo perfume pairava densamente em torno dele. — É um antigo costume nosso, Anjin-san. Quando uma senhora que pertence a outra pessoa se interessa por outro homem e deseja dar-lhe alguma coisa significativa que é proibido dar, então providencia para que outra pessoa lhe tome o lugar, um presente, a cortesã mais perfeita que ela puder pagar.

– A senhora disse "quando uma senhora se interessa por alguém". Quer dizer, "ama"?

– Sim. Mas só esta noite.

– Por que esta noite, Mariko-san, por que não antes?

– Esta é uma noite mágica e os *kamis* caminham conosco. Eu vos desejo.

Então Kiku apareceu à soleira da porta.

– Aleluia! – E ele recebeu boas-vindas e foi servido de saquê.

– Como digo que a dama é particularmente bonita?

Mariko lhe disse e ele repetiu as palavras. A garota riu alegremente, aceitou o cumprimento e retribuiu.

– Kiku-san pergunta se o senhor gostaria de que ela cantasse ou dançasse para o senhor.

– Qual é a vossa preferência? – perguntou ele em latim.

– Esta dama está aqui apenas para o vosso prazer, samurai, não para o meu.

– E vós? Também estais aqui para o meu prazer?

– Sim, de certo modo... num sentido muito particular.

– Então, por favor, pedi-lhe que cante.

Kiku bateu palmas gentilmente e Ako trouxe o *shamisen*. Era comprido, de formato semelhante ao de um violão, e de três cordas. Ako colocou-o em posição no chão e deu o plectro de marfim a Kiku.

– Senhora Toda – disse Kiku –, por favor, diga ao nosso honrado hóspede que primeiro cantarei a *"Canção da libélula"*.

– Kiku-san, eu ficaria honrada se esta noite, aqui, você me chamasse de Mariko-san.

– É muito gentil comigo, senhora. Por favor, desculpe-me. Possivelmente eu não conseguiria ser tão descortês.

– Por favor.

– Farei isso, se lhe apraz, contudo... – O seu sorriso foi adorável. – Obrigada, Mariko-sama.

Feriu o acorde. Desde o momento em que os hóspedes atravessaram o portão, entrando no mundo dela, todos os seus sentidos tinham se aguçado. Observara discretamente enquanto estavam com Gyoko-san e enquanto estiveram sozinhos, procurando qualquer indício de como agradá-lo ou como impressionar a senhora Toda.

Não estava preparada para o que logo se tornou óbvio: o Anjin-san desejava a senhora Toda, embora o dissimulasse tão bem quanto qualquer pessoa civilizada. Isso, em si, não era de surpreender, pois a senhora Toda era muito bonita, completa e, o mais importante, era a única que podia conversar com ele. O que a assombrou foi que teve a certeza de que a senhora Toda o desejava igualmente, se não mais.

O samurai bárbaro e a senhora samurai, filha patrícia do assassino Akechi Jinsai, esposa do senhor Buntaro! Iiiih! Pobre homem, pobre mulher. Muito triste. Com certeza isso vai terminar em tragédia.

Kiku sentiu-se prestes a irromper em lágrimas ao pensar na tristeza da vida, na injustiça. Oh, como desejaria ser samurai e não camponesa, de modo a poder até me tornar consorte de Omi-sama, não apenas um brinquedo temporário. De bom grado daria a minha esperança de renascer em troca disso.

Afaste a tristeza, dê prazer, é esse o seu dever.

Os seus dedos feriram um segundo acorde, um acorde cheio de melancolia. Então notou que, embora Mariko estivesse encantada com a sua música, o Anjin-san não estava.

Por quê? Kiku sabia que não era por causa do seu modo de tocar, pois tinha a certeza de que tocava quase perfeitamente. Talento como o seu era concedido a poucas.

Um terceiro acorde, mais bonito, experimentalmente. Não há dúvida, disse ela para si própria, impaciente, isto não lhe agrada. Deixou que o acorde se extinguisse e começou a cantar sem acompanhamento, a sua voz elevando-se com as repentinas mudanças de ritmo que levara anos para aprender. Novamente Mariko ficou fascinada, ele não. Então imediatamente Kiku parou.

– Esta noite não é para música nem canto – anunciou. – Esta noite é para felicidade. Mariko-san, como digo "por favor" na língua dele?

– "Por favor".

– Por favor, Anjin-san, esta noite devemos apenas rir, *né?*

– *Dōmo*, Kiku-san. *Hai*.

– É difícil entreter sem palavras, mas não impossível, *né?* Ah, já sei! – Pôs-se em pé e começou a fazer pantomimas cômicas: daimio, *cango*, pescador, falcoeiro, um samurai pomposo, até um velho fazendeiro coletando um balde cheio. E as fez tão bem e com tanto humor que logo Mariko e Blackthorne estavam rindo e aplaudindo. Então ela ergueu a mão. Brejeiramente, começou a mostrar, por meio de mímica, um homem urinando, segurando-se ou achando falta de alguma coisa, agarrando, procurando o insignificante ou maravilhado com o inacreditável em todos os estágios de sua vida, começando primeiro como uma criança molhando a cama e berrando, depois um rapaz apressado, outro tendo que se deter, outro com tamanho, outro com pequenez ao ponto de "onde foi parar" e, finalmente, um homem muito velho, gemendo de êxtase simplesmente por ser capaz de urinar.

Kiku fez uma vênia, agradecendo o aplauso, e tomou um gole de chá, secando com tapinhas o leve suor da testa. Notou que ele estava contraindo os ombros e as costas.

– Oh, por favor, senhor – disse em português, e se ajoelhou atrás dele e começou a massagear-lhe a nuca.

Os seus dedos experientes imediatamente encontraram os pontos de prazer.

– Oh, Deus, isso é... *Hai*... bem aí!

Ela fez conforme ele pedia.

– O seu pescoço logo estará melhor. Está sentado há muito tempo, Anjin-san!

– Isso é muito bom, Kiku-san. Faz Suwo parecer quase incompetente!

– Ah, obrigada, Mariko-san, os ombros do Anjin-san são tão largos. A senhora me ajudaria? Cuide do ombro esquerdo enquanto eu me ocupo do direito, sim? Desculpe, mas as minhas mãos não são suficientemente fortes.

Mariko permitiu-se ser persuadida e fez o que ela pedira. Kiku ocultou o sorriso ao senti-lo retesar-se sob os dedos de Mariko e ficou muito satisfeita com as suas improvisações. No momento o cliente estava sendo satisfeito pelo seu talento e conhecimento e manobrado como devia ser.

– Está melhor, Anjin-san?

– Bem, muito bem, obrigado.

– Ah, não há de quê. O prazer é meu. Mas a senhora Toda é muito mais hábil do que eu. – Kiku podia sentir a atração entre eles, embora tentassem escondê-la. – Agora um pouco de comida, talvez.

– Para o senhor, Anjin-san – falou orgulhosamente. O prato continha um pequeno faisão, cortado em pedaços minúsculos, assados sobre brasas, com um molho doce de soja. Ela serviu.

– Está delicioso, delicioso – disse ele. E estava.

– Mariko-san?

– Obrigada. – Mariko pegou um pedaço simbólico, que não comeu.

Kiku segurou um pedacinho nos pauzinhos e mastigou-o com prazer.

– Está bom, *né?*

– Não, Kiku-san, está ótimo! Ótimo!

– Por favor, Anjin-san, coma mais. – Ela pegou um segundo bocado. – Há muito.

– Obrigado. Por favor. Como foi... como isto? – Apontou para o espesso molho marrom.

Mariko traduziu:

– Kiku diz que é açúcar com soja e um pouco de gengibre. Perguntou se o senhor tem açúcar e soja no seu país.

– Açúcar de beterraba, sim, soja, não, Kiku-san.

– Oh! Como pode alguém viver sem soja? – Kiku tornou-se solene. – Por favor, diga ao Anjin-san que temos açúcar aqui há mil anos. O monge budista Ganjin trouxe-o da China. Todas as nossas melhores coisas vieram da China, Anjin-san. O chá chegou a nós há cerca de quinhentos anos. O monge budista Eisai trouxe sementes e plantou-as na província de Chikuzen, onde nasci. Também trouxe o zen-budismo.

Mariko traduziu com igual formalidade; então Kiku soltou uma gargalhada.

– Oh, desculpe, Mariko-sama, mas os dois pareciam tão graves. Eu só estava fingindo solenidade em relação ao chá... Como se tivesse importância! Era só para os divertir.

Observaram Blackthorne terminar o faisão.

– Bom – disse ele. – Muito bom. Por favor, agradeça a Gyoko-san.

– Ela ficará honrada. – Kiku serviu mais saquê para os dois. Depois, sabendo que era tempo, disse inocentemente: – Posso perguntar o que aconteceu hoje durante o terremoto? Ouvi dizer que o Anjin-san salvou a vida do senhor Toranaga. Consideraria uma honra saber em primeira mão.

Acomodou-se pacientemente, deixando Blackthorne e Mariko apresentarem o relato, juntando um "oh" ou "que aconteceu depois?" ou servindo saquê, nunca interrompendo, sendo a ouvinte perfeita. Quando terminaram, Kiku maravilhou-se com a bravura deles e com a boa fortuna do senhor Toranaga. Conversaram algum tempo, depois Blackthorne levantou-se e a criada recebeu ordem de mostrar-lhe o caminho.

Mariko rompeu o silêncio.

– Você nunca tinha comido carne antes, tinha, Kiku-san?

– É meu dever fazer tudo o que posso para agradá-lo, só por algum tempo, *né?*

– Eu não sabia como uma dama podia ser perfeita. Compreendo agora por que tem sempre que haver um Mundo Flutuante, um Mundo do Salgueiro, como os homens têm sorte, e como sou inadequada.

– Oh, não tive a intenção, Mariko-sama, nunca. E não é a nossa intenção. Estamos aqui apenas para agradar, por um momento fugaz.

– Sim. Eu só quis dizer que a admirava muito. Gostaria que fosse minha irmã.

Kiku fez outra vênia.

– Eu não seria digna dessa honra. – Havia cordialidade entre elas. – Este é um lugar muito secreto e todo mundo merece confiança, não há olhos à espreita. A sala de prazer no jardim é muito escura. E a escuridão guarda todos os segredos.

– O único modo de guardar um segredo é estar sozinha e sussurrá-lo dentro de um poço vazio ao meio-dia, *né?* – disse Mariko despreocupadamente, precisando de tempo para se decidir.

– Entre irmãs não há necessidade de poços. Dispensarei a minha criança até o amanhecer. A nossa sala de prazer é um lugar muito privado.

– Lá você deve ficar sozinha com ele.

– Sempre posso ficar sozinha, sempre.

– É muito gentil comigo, Kiku-san, muito atenciosa.

– É uma noite mágica, *né?* E muito especial.

– As noites mágicas terminam cedo demais, irmãzinha. As noites mágicas são para as crianças, *né?* Não sou uma criança.

– Quem sabe o que acontece numa noite mágica? A escuridão encerra tudo.

Mariko meneou a cabeça, triste, e tocou-a ternamente.

– Sim. Mas para ele, se a noite contivesse você, seria tudo.

Kiku fez uma pausa. Depois disse:

– Sou um presente para o Anjin-san? Ele não pediu por mim pessoalmente?

– Se a tivesse visto, como poderia não pedir? Sinceramente, é uma honra para ele que você o tenha recebido. Compreendo isso agora.

– Mas ele me viu uma vez, Mariko-san. Eu estava com Omi-san quando ele passou a caminho do navio para ir para Ōsaka, na primeira vez.

– Oh, mas o Anjin-san disse que viu Midori-san com Omi-san. Era você? Ao lado do palanquim?

– Sim, na praça. Oh, sim, era eu, Mariko-san, não a esposa de Omi-san. Ele me disse: *"Konnichi wa"*. Mas, claro, ele não se lembraria. Como poderia? Foi durante a sua vida anterior, *né*?

– Ele se lembra dela, a bela garota com a sombrinha verde. Disse que era a garota mais bela que já vira. Falou-me dela muitas vezes. – Mariko estudou-a mais de perto. – Sim, Kiku-san, você poderia facilmente ser confundida com ela num dia como aquele, sob a sombrinha.

Kiku serviu saquê e Mariko ficou fascinada pela sua elegância inconsciente.

– A minha sombrinha era verde-mar – disse Kiku, muito satisfeita de que ele se lembrasse.

– Como era o Anjin-san então? Muito diferente? A Noite dos Gritos deve ter sido terrível.

– Sim, sim, foi. E ele era mais velho então, a pele do rosto repuxada... Mas ficamos sérias demais, Irmã Mais Velha. Ah, não sabe como me sinto honrada em ser autorizada a chamá-la assim. Esta é uma noite de prazer apenas. Nada de seriedade mais, *né*?

– Sim. Concordo. Por favor, perdoe-me.

– Agora, passando a assuntos mais práticos, a senhora me daria alguns conselhos?

– Pois não – disse Mariko, igualmente amistosa.

– Quanto a "travesseiro", as pessoas do país dele preferem algum instrumento ou posição de que a senhora esteja a par? Desculpe por perguntar, mas talvez a senhora pudesse me orientar.

Mariko precisou de todo o seu treinamento para permanecer impassível.

– Não, não que eu saiba. O Anjin-san é muito suscetível a qualquer coisa que tenha a ver com "travesseiro".

– Ele poderia ser interrogado de algum modo indireto?

– Não creio que você possa fazer perguntas a um estrangeiro assim. Com certeza, não ao Anjin-san. E, sinto muito, não sei quais são os instrumentos, exceto, claro, o *harigata*.

– Ah! – Novamente a intuição de Kiku a guiou e ela perguntou com naturalidade: – A senhora gostaria de vê-los? Eu poderia mostrá-los, talvez com ele lá não fosse preciso perguntar-lhe. Poderíamos ver pelas reações dele.

Mariko hesitou, a sua curiosidade turvando a sua capacidade de julgamento.

– Se pudesse ser feito com humor...

Ouviram Blackthorne se aproximando. Kiku deu-lhe boas-vindas e serviu vinho. Mariko tomou o seu, contente por não estar mais sozinha e embaraçadamente certa de que Kiku podia ler-lhe os pensamentos.

Tagarelaram, jogaram alguns jogos e, quando julgou que chegara o momento certo, Kiku perguntou-lhes se não gostariam de ver o jardim e as salas de prazer.

Saíram para a noite. O jardim faiscava à luz dos archotes onde as gotas de chuva ainda escorriam. O caminho coleava ao lado de um lago minúsculo e uma gorgolejante queda-d'água. Na extremidade do caminho ficava a pequena casa isolada no centro do bosque de bambu. Fora edificada sobre solo tratado e tinha quatro degraus até a varanda que a rodeava. Tudo na construção de dois cômodos era de bom gosto e caro. As melhores madeiras, a melhor carpintaria, os melhores tatames, as melhores almofadas de seda, os mais elegantes reposteiros no *tokonoma*.

– É encantador, Kiku-san – disse Mariko.

– A casa de chá em Mishima é muito mais bonita, Mariko-san. Por favor, fique à vontade, Anjin-san! Por favor, isto lhe agrada, Anjin-san?

– Sim, muitíssimo.

Kiku viu que ele ainda estava inebriado pela noite e pelo saquê, mas totalmente consciente de Mariko. Estava muito tentada a se levantar, entrar na sala onde os *futons* estavam desdobrados, sair para a varanda de novo e ir embora. Mas, se o fizesse, sabia que estaria violando a lei. Mais que isso, sentia que tal atitude seria irresponsável, pois sabia que, no íntimo, Mariko estava pronta e já quase ultrapassara qualquer preocupação.

Não, pensou, não devo empurrá-la para uma indiscrição trágica, por mais valiosa que pudesse ser para o meu futuro. Ofereci, mas Mariko-san se impôs recusar. Prudentemente. Serão amantes? Não sei. Isso é o karma deles.

Ela se inclinou para a frente e riu, com ar de cúmplice.

– Ouça, Irmã Mais Velha, por favor, diga ao Anjin-san que há alguns instrumentos de "travesseiro" aqui. Ele os tem no seu país?

– Diz que não, Kiku-san. Lamenta, mas nunca ouviu falar de nenhum.

– Oh! Ele não se divertiria em vê-los? Estão na sala ao lado, posso ir buscá-los. São realmente muito excitantes.

– Gostaria de vê-los, Anjin-san? Ela diz que são realmente muito engraçados. – Mariko mudou deliberadamente a palavra.

– Por que não? – disse Blackthorne, a garganta apertada, todo o seu ser carregado com a consciência do perfume e da feminilidade delas. – Vocês... vocês usam instrumentos para "travesseirar"? – perguntou.

– Kiku-san diz que às vezes sim. Diz, e isso é verdade, que é o nosso costume sempre tentar prolongar o momento das Nuvens e da Chuva, pois acreditamos que por esse breve instante nós, mortais, tornamo-nos unos com os deuses.

– Mariko observava-o. – Por isso é muito importante fazê-lo durar tanto quanto possível, *né?* Quase um dever, *né?*

– Sim.

– Sim. Ela diz que tornar-se uno com os deuses é essencial. É uma boa crença e bem possível, não acha? A sensação de Aguaceiro é tão extraterrena e divina. Não é? Portanto, qualquer meio de se igualar aos deuses tanto tempo quanto possível é nosso dever, *né?*

– Sim. Oh, sim.

– Aceitaria um pouco de saquê, Anjin-san?

– Obrigado.

Ela se abanou.

– Isso sobre Aguaceiro e Nuvens, Chuva ou Fogo e Torrente, como chamamos às vezes, é muito japonês, Anjin-san. É muito importante ser japonês em coisas de "travesseiro", *né?*

Para seu alívio, ele sorriu e se curvou para ela como um cortesão.

– Sim. Muito. Sou japonês, Mariko-san. *Hontō.*

Kiku voltou com a caixa revestida de seda. Abriu-a e tirou um substancial pênis em tamanho natural, feito de marfim, e outro de material mais suave, elástico, que Blackthorne nunca vira antes. Negligentemente, colocou-os de lado.

– Isso, naturalmente, são *harigatas* comuns, Anjin-san – disse Mariko desinteressada, de olhos grudados nos outros objetos.

– Isso é um falo? – disse Blackthorne, sem saber o que dizer. – Mãe de Deus!

– Mas é só um *harigata* comum, Anjin-san. Com certeza as suas mulheres os têm!

– Certamente que não! Não, não têm – exclamou ele, tentando se lembrar do humor.

Mariko não podia acreditar. Explicou a Kiku, que ficou igualmente surpresa. Kiku falou longamente, Mariko concordando.

– Kiku-san diz que isso é muito estranho. Devo concordar, Anjin-san. Aqui quase todas as garotas usam um *harigata* para se aliviar, sem pensar duas vezes. De que outro modo uma garota pode permanecer saudável quando tem restrições onde o homem não tem? Tem certeza, Anjin-san? Não está nos provocando?

– Não... eu, eu, tenho certeza de que as nossas mulheres não os têm. Isso seria... Jesus, isso... bem, não, nós... elas... não os têm.

– Sem eles, a vida deve ser muito difícil. Temos um ditado que diz que um *harigata* é como um homem, mas melhor, porque é exatamente como a melhor parte dele, sem as partes piores. *Né?* E também é melhor porque nem todos os homens são... têm uma suficiência como os *harigatas* têm. Além disso, são devotados, Anjin-san, e nunca se cansam da gente, como um homem se cansaria. E podem ser tão ásperos ou macios... Anjin-san, o senhor prometeu, lembra-se? Com humor!

– Tem razão! – Blackthorne sorriu. – Por Deus, a senhora tem razão. Por favor, desculpe-me. – Pegou o *harigata* e o estudou de perto, assobiando desafinado. Depois levantou-o. – Estava dizendo, Professora-san? Pode ser áspero?

– Sim – disse ela alegremente. – Pode ser tão áspero ou liso como se desejar, e os *harigatas* têm muito mais resistência do que qualquer homem e nunca se esgotam!

– Oh, esse é um detalhe e tanto!

– Sim. Não se esqueça de que nem toda mulher tem a sorte de pertencer a um homem viril. Sem um objeto destes para ajudar a libertar paixões habituais e necessidades normais, uma mulher comum logo se tornaria envenenada de corpo, e isso certamente muito em breve lhe destruiria a harmonia, ferindo-a e aos que a rodeassem. As mulheres não têm a liberdade que os homens têm em maior ou menor grau, e com razão, *né?* O mundo pertence aos homens, e com razão, *né?*

– Sim. – Ele sorriu. – E não.

– Lastimo pelas suas mulheres, sinto muito. Devem ser iguais a nós. Quando voltar, o senhor deve instruí-las, Anjin-san. Ah, sim, diga à sua rainha, ela compreenderá. Somos muito sensatas em assuntos de "travesseiro".

– Mencionarei isso a Sua Majestade. – Blackthorne pôs o *harigata* de lado com uma relutância fingida. – E depois?

Kiku retirou da caixa quatro contas redondas e grandes de jade branco, presas a intervalos num forte fio de seda. Mariko ouviu atentamente a explicação de Kiku, os olhos maiores do que nunca, o leque esvoaçando, e olhou para as contas maravilhada, quando Kiku concluiu: – *Ah, sō desu ka*. Bem, Anjin-san – começou com firmeza –, isto é chamado *konomi-shinju*, Pérolas de Prazer, e tanto o homem quanto a mulher podem usá-las. Saquê, Anjin-san?

– Obrigado.

– Sim. Tanto a dama quanto o homem podem usá-las. As contas são cuidadosamente colocadas na passagem de trás e depois, no momento das Nuvens e Chuva, puxadas lentamente, uma a uma.

– O quê?

– Sim. – Mariko pousou as contas na almofada à frente dele. – A senhora Kiku diz que a sintonia é muito importante e que sempre... não sei como o senhor diria, ah, sim, sempre se deve usar uma pomada oleosa... por conforto, Anjin-san. – Ela levantou os olhos para ele e acrescentou: – Ela também diz que as Pérolas de Prazer podem ser encontradas em muitos tamanhos e que, se usadas corretamente, podem causar um resultado realmente muito considerável.

Ele riu ruidosamente e exclamou em inglês:

– Aposto um barril de dobrões contra uma moeda de bosta de porco que se pode acreditar nisso!

– Desculpe, não compreendi, Anjin-san.

Quando conseguiu falar, ele disse em português:

— Aposto uma montanha de ouro contra uma folha de grama, Mariko-san, que o resultado deve ser realmente muito considerável! — Apanhou as contas e as examinou, assobiando sem notar. — Pérolas de Prazer, hein? — Pouco depois pousou-as no chão — O que mais?

Kiku estava satisfeita de a sua experiência estar tendo êxito. E mostrou-lhe um *himitsu-kawa*, a Pele Secreta.

— É um anel de prazer, Anjin-san, que o homem usa para se manter ereto quando está exaurido. Com isso, Kiku-san diz que o homem pode gratificar a mulher após ter passado o seu apogeu ou o seu desejo ter esmorecido. — Mariko observou-o. — *Né?*

— Absolutamente — Blackthorne sorriu. — O senhor me proteja tanto de uma coisa quanto da outra e de não ser gratificante. Por favor, peça a Kiku-san para me comprar três... só para o caso de serem necessários!

Depois mostraram-lhe os *hirō-gunbi*, o Equipamento do Cansado, talos secos e finos de uma planta que, quando encharcados e envoltos em torno da Parte Sem Par, faziam-na inchar e parecer forte. Depois havia todo tipo de estimulantes — para excitar ou aumentar a excitação — e todo tipo de pomada — para umedecer, para avolumar, para reforçar.

— Nunca para enfraquecer? — perguntou ele, para maior hilaridade.

— Oh, não, Anjin-san. Isso seria despropositado!

Depois Kiku lhes mostrou outros anéis para o homem, de marfim, elástico ou seda, com nódulos, cerdas, fitas, penduricalhos e apêndices de todo tipo, feitos de marfim, crina de cavalo, grãos ou até de sinos minúsculos.

— Kiku-san diz que quase todos estes objetos deixarão voluptuosa a mais acanhada das damas.

Oh, Deus, como eu gostaria de ver você voluptuosa, pensou ele.

— Mas isto é só para homens, *né?* — perguntou.

— Quanto mais excitada esteja a dama, maior é o gozo do homem, *né?* — disse Mariko. — Claro, dar prazer à mulher é igualmente um dever do homem, não é? E com um destes objetos, se ele infelizmente for pequeno, fraco, velho ou cansado, ainda poderá satisfazê-la com honra.

— A senhora os usou, Mariko-san?

— Não, Anjin-san, nunca os tinha visto antes. Essas coisas... as esposas não são escolhidas para o prazer, mas para engravidar e para tomar conta da casa e do lar.

— As esposas não esperam ser satisfeitas?

— Não. Isso não seria usual. Isso é para as damas do Mundo do Salgueiro. — Mariko abanou-se e explicou a Kiku o que fora dito. — Ela diz que com certeza acontece o mesmo no seu mundo, não? Que é dever do homem satisfazer a mulher, assim como é dever dela satisfazê-lo.

— Por favor, diga-lhe que sinto muito, mas não acontece o mesmo, apenas exatamente o contrário.

— Ela diz que isso é muito mau. Saquê?

— Por favor, diga-lhe que somos ensinados a nos envergonhar do nosso corpo, do "travesseiro", da nudez e... e todo tipo de estupidez. Foi só depois de ter chegado aqui que entendi isso. Agora, que estou um pouco civilizado, sei melhor.

Mariko traduziu. Ele esvaziou seu cálice. Foi enchido imediatamente por Kiku, que se inclinou para a frente e segurou a longa manga com a mão esquerda, de modo que não tocasse a mesinha laqueada enquanto ela servia com a direita.

— *Dōmo*.

— *Dō itashimashite*, Anjin-san.

— Kiku-san diz que devemos nos sentir honrados de que o senhor diga coisas assim. Eu concordo, Anjin-san. Fiquei muito orgulhosa do senhor hoje. Mas com certeza não é tão mau quanto o senhor diz.

— É pior. É difícil compreender, quanto mais explicar, se vocês nunca estiveram lá, nem foram criadas lá. Veja... na verdade... — Blackthorne viu que elas o observavam, esperando pacientemente, tão atraentes e limpas, o aposento tão austero, despojado, tranquilo. Logo a sua mente começou a contrastá-lo com o cálido e amistoso mau cheiro do seu lar inglês, palha sobre o chão de terra, fumaça da lareira aberta de tijolos, subindo para o buraco no telhado. Em toda a sua aldeia só havia três das novas lareiras com chaminés, apenas para os muito abastados. Dois pequenos dormitórios e depois a grande e desarrumada sala do chalé, para comer, viver, cozinhar e conversar. Entrava-se de botas no chalé, no verão ou no inverno, a lama despercebida, a bosta despercebida, e sentava-se numa cadeira ou banco, a mesa de carvalho atravancada como a sala, três ou quatro cães e as duas crianças, seu filho e a menina do falecido irmão, Arthur, subindo, caindo e brincando numa balbúrdia só, Felicity cozinhando, o seu vestido comprido arrastando pelas palhas e pela sujeira, a empregada fungando e atrapalhando o caminho, e Mary, a viúva de Arthur, tossindo no cômodo contíguo que ele construíra para ela, às portas da morte como sempre, porém não morrendo nunca.

Felicity. Querida Felicity. Um banho por mês, talvez, e no verão; muito em particular, na banheira de cobre, mas lavando o rosto, as mãos e os pés todos os dias, sempre escondida até o pescoço e os punhos, envolta o ano todo em camadas de lãs pesadas, que não eram lavadas durante meses ou anos, cheirando forte como todo mundo, infestada de piolhos como todo mundo, coçando-se como todo mundo.

E todas as outras crenças e superstições estúpidas: que a limpeza podia matar, janelas abertas podiam matar, água podia matar e estimular a gripe ou trazer a peste, que piolhos, pulgas, moscas, sujeira e doença eram punições de Deus para os pecados na Terra.

Pulgas, moscas e palha trocada a cada primavera; mas todo dia na igreja e duas vezes aos domingos, para ouvir a Palavra martelada nos ouvidos: nada tem importância, apenas Deus e a Salvação.

Nascida do pecado, vivendo na vergonha, preocupada com o demônio, condenada ao inferno, orando pela salvação e pelo perdão, Felicity, tão devota e cheia de temor pelo Senhor e de terror pelo diabo, desesperada pelo paraíso. Depois indo para casa para comer. Um pernil no espeto, e, caso um pedaço caísse no chão, era apanhado, espanado e comido, isso se os cães não o agarrassem primeiro. Mas os ossos eram atirados a eles de qualquer modo. Restos jogados ao chão para serem varridos, talvez, e talvez atirados na rua. Dormindo a maior parte das vezes com as roupas usadas de dia e coçando-se como um cão satisfeito, sempre se coçando. Velha tão jovem, e feia tão jovem, e morrendo tão jovem. Felicity. Agora com 29 anos, grisalha, com poucos dentes, velha, murcha.

— Antes do tempo, pobre mulher. Oh, meu Deus, que desnecessário! — gritou ele enraivecido. — Que maldito e fedorento desperdício!

— *Nan desu ka*, Anjin-san? — disseram ambas as mulheres no mesmo fôlego, seu contentamento esvanecido.

— Desculpem... foi só que... vocês são todos tão limpos e nós somos imundos e é um desperdício tão grande, milhões incontáveis, eu também, toda a minha vida... e só porque não somos mais bem informados! Jesus Cristo, que desperdício! São os padres... são os educados e os educadores, os padres são donos de todas as escolas, responsáveis por todo o ensino, sempre em nome de Deus, imundície em nome de Deus... Essa é a verdade!

— Oh, sim, naturalmente — disse Mariko, apaziguadora, tocada pelo sofrimento dele. — Por favor, não se preocupe com isso agora, Anjin-san. Deixe para amanhã...

Kiku ostentou um sorriso, mas estava furiosa consigo mesma. Você devia ter sido mais cuidadosa, disse a si mesma. Estúpida, estúpida, estúpida! Mariko-san preveniu-a! Agora você permitiu que a noite se arruinasse e a mágica se foi, foi, foi!

De fato, a pesada, quase tangível sexualidade que os tocara desaparecera. Talvez esteja bem assim, pensou ela. Pelo menos Mariko e o Anjin-san estão protegidos por mais uma noite.

Pobre homem, pobre senhora. Tão triste. Ela os observou conversando, depois sentiu uma mudança do tom entre eles.

— Agora devo deixar-vos — disse Mariko em latim.

— Vamos partir juntos.

— Rogo-vos que fique. Pela sua honra e a dela. E a minha, Anjin-san.

— Não quero esse vosso presente. Desejo a vossa pessoa.

— Eu sou vossa, acredite, Anjin-san. Por favor, ficai, imploro-vos, e saibei que esta noite eu sou vossa.

Ele não insistiu para que ela ficasse.

Depois que ela se foi, ele se deitou, passou o braço sob a cabeça e contemplou a noite pela janela. A chuva respingava nas telhas, o vento soprava, acariciante, do mar.

Kiku estava ajoelhada, imóvel, diante dele. Tinha as pernas rígidas. Também teria gostado de se deitar, mas não desejava alterar o ânimo dele com o menor movimento. Você não está cansada. As suas pernas não estão doendo, disse ela para si mesma. Ouça a chuva e pense em coisas agradáveis. Pense em Omi-san e na casa de chá em Mishima, e que você está viva, que o terremoto de ontem foi apenas mais um terremoto. Pense em Toranaga-sama e o preço inicial inacreditavelmente extravagante que Gyoko-san ousou pedir pelo seu contrato. O adivinho estava certo, é sua boa fortuna fazê-la rica para além dos sonhos. E, se essa parte é verdade, por que não o resto todo? Que um dia você se casará com um samurai, a quem honrará, e terá um filho dele, que você viverá e morrerá em idade avançada, fazendo parte da família dele, rica e honrada, e que, milagre dos milagres, o seu filho crescerá em condição igual – samurai – como os filhos dele.

Kiku começou a se animar com o seu futuro maravilhoso, inacreditável. Depois de algum tempo Blackthorne espreguiçou-se voluptuosamente, com um agradável cansaço. Viu-a e sorriu.

– *Nan desu ka*, Anjin-san?

Ele meneou a cabeça gentilmente, levantou-se e abriu o *shōji* para o aposento contíguo. Não havia nenhuma criada ajoelhada junto aos *futons* sob o mosquiteiro. Ele e Kiku estavam sozinhos na magnífica casinha. Dirigiu-se para o quarto de dormir e começou a tirar o quimono. Ela se apressou a ajudá-lo. Ele despiu-se por completo, depois vestiu o quimono de dormir, de seda leve, que ela segurou para ele. Kiku abriu o mosquiteiro e ele se deitou.

Depois Kiku também se trocou. Ele a viu tirar o *obi*, o primeiro quimono, o segundo, de um verde mais claro e barra escarlate, e, finalmente, a combinação. Vestiu o quimono de dormir, cor de pêssego, depois removeu a elaborada peruca formal e soltou o cabelo. Era preto-azulado, belíssimo e muito comprido.

Ajoelhou-se do lado de fora do mosquiteiro.

– *Dōzo*, Anjin-san?

– *Dōmo* – disse ele.

– *Dōmo arigatō gozaimashita* – sussurrou ela.

Ela deslizou por baixo do mosquiteiro e deitou-se ao lado dele. As velas e lâmpadas de óleo ardiam brilhantemente. Ele ficou contente por haver luz, porque ela era muita bonita.

A sua necessidade desesperadora desaparecera, embora a dor continuasse. Não a desejo, Kiku-san, pensou. Mesmo que você fosse Mariko, seria a mesma coisa. Ainda que você fosse a mulher mais bela que eu já tivesse visto, mais bela até do que Midori-san, que achei mais bela do que uma deusa. Não a desejo. Mais tarde, talvez, mas agora não, sinto muito.

A mão dela esticou-se e tocou-o.

– *Dōzo?*

—*Iie* – disse ele gentilmente, meneando a cabeça. Segurou-lhe a mão, depois deslizou um braço por cima dos ombros dela. Obediente, ela se aninhou contra ele, entendendo de imediato. O seu perfume combinado com a fragrância dos lençóis e *futons*... Tão limpa, pensou ele, tudo tão inacreditavelmente limpo.

O que foi que Rodrigues disse? "O Japão é o paraíso na Terra, Inglês, se você souber para onde olhar", ou "Isto é o paraíso, Inglês". Não me lembro. Só sei que não é lá, do outro lado do mar, onde pensei que fosse. Não é lá.

O céu na Terra é aqui.

CAPÍTULO 41

O MENSAGEIRO DESCEU A GALOPE A ESTRADA, NA ESCURIDÃO, DIRIGINDO-SE À aldeia adormecida. O céu estava matizado pelo amanhecer e os barcos de pesca noturna que estiveram lançando as redes perto dos bancos de areia vinham regressando. O mensageiro cavalgara sem descanso desde Mishima, através dos desfiladeiros e por estradas ruins, requisitando cavalos descansados em todos os lugares onde pôde.

O cavalo avançou, num trote pesado, pelas ruas da aldeia, observado agora por olhos escondidos, atravessou a praça e subiu o caminho para a fortaleza. O seu estandarte ostentava o emblema de Toranaga e ele conhecia a senha atual. Não obstante, foi detido e identificado quatro vezes antes de ser autorizado a entrar e ter uma audiência com o oficial do turno.

– Despachos urgentes de Mishima, Naga-san, mandados pelo senhor Hiromatsu!

Naga pegou o rolo e correu para dentro. Diante do *shōji* muitíssimo bem guardado, parou.

– Pai?

– Sim?

Naga correu a porta e esperou. A espada de Toranaga deslizou de volta para a bainha. Um dos guardas trouxe uma lâmpada de óleo.

Toranaga sentou-se sob o mosquiteiro e rompeu o lacre. Duas semanas antes ordenara que Hiromatsu, com um regimento de elite, se dirigisse secretamente para Mishima, a cidade-castelo na estrada Tokaido, que guardava a entrada para o caminho que levava através das montanhas até as cidades de Atami e Odawara, na costa leste de Izu. Atami era o portão de ingresso para Odawara, ao norte. Odawara era a chave da defesa do Kantō inteiro.

Hiromatsu escrevera:

"Senhor, seu meio-irmão Zataki, senhor de Shinano, chegou aqui hoje, vindo de Ōsaka, pedindo um salvo-conduto para vê-lo em Anjiro. Viaja formalmente com cem samurais e carregadores, sob o emblema do 'novo' Conselho de Regentes. Lamento informar-lhe que as notícias da senhora Kiritsubo são corretas. Zataki tornou-se traidor e está abertamente alardeando a sua aliança com Ishido. O que ela não sabia é que Zataki agora é regente no lugar do senhor Sugiyama. Ele me mostrou a sua designação oficial, corretamente assinada por Ishido, Kiyama, Onoshi e Ito. Pedir-lhe que a mostrasse era tudo o que eu podia fazer para conter os meus homens diante da arrogância dele e obedecer às suas ordens de deixar passar qualquer mensageiro de Ishido. Quis matar esse comedor de bosta pessoalmente. Viajando com ele vai o padre bárbaro, Tsukku-san, que chegou por mar ao porto de Numazu, proveniente de Nagasaki. Ele pediu permissão para visitá-lo, então despachei-o com o mesmo grupo. Mandei duzentos dos meus homens para escoltá-los. Chegarão a Anjiro dentro de dois dias. Quando o senhor retorna a Edo? Os espiões dizem que Jikkyu está se mobilizando secretamente e chegam notícias de Edo de que os clãs do nordeste estão prontos para atacar com Ishido, agora que a província de Shinano, de Zataki, está contra o senhor. Rogo-lhe que deixe Anjiro de imediato – retire-se por mar. Deixe Zataki segui-lo até Edo, onde podemos lidar com ele adequadamente."

Toranaga socou o punho contra o chão.

– Naga-san. Traga já aqui Buntaro-san, Yabu-san e Omi-san.

Chegaram todos rapidamente. Toranaga leu a mensagem.

– É melhor cancelarmos totalmente o treinamento. Mandem o Regimento de Mosquetes, todos os homens, para as montanhas. Não queremos nenhuma falha de segurança agora.

– Por favor, desculpe-me, senhor – disse Omi –, mas poderia considerar a interceptação do grupo sobre as montanhas. Digamos em Yokose. Convide o senhor Zataki – Omi escolheu o título cuidadosamente – para experimentar as águas de uma das nascentes das redondezas, mas faça a reunião em Yokose. Então, depois de ele ter entregado a mensagem, ele e todos os seus homens podem ser escoltados até a fronteira ou destruídos, como o senhor desejar.

– Não conheço Yokose.

– É linda – disse Yabu com ares de importância –, quase no centro de Izu, senhor, num vale entre as montanhas. Fica ao lado do rio Kano. O Kano corre do norte, consequentemente atravessa Mishima e Numato, até o mar, *né?* Yokose fica numa encruzilhada de estradas que se estendem de norte a sul e de leste a oeste. Sim. Yokose seria um bom lugar para encontrá-lo, senhor. A nascente Shuzenji fica perto, muito quente, muito boa, uma das nossas melhores. O senhor deve visitá-la, senhor. Acho que Omi-san fez uma boa sugestão.

– Poderíamos defendê-la com facilidade?

– Sim, senhor – disse Omi rapidamente. – Há uma ponte. O terreno cai abruptamente das montanhas. Quaisquer atacantes teriam que combater numa estrada sinuosa. As duas passagens podem ser defendidas com poucos homens. O senhor nunca sofreria uma emboscada. Temos homens mais que suficientes para defendê-lo e massacrar dez vezes o número deles, se necessário.

– Nós os massacraremos, aconteça o que acontecer, *né?* – disse Buntaro, com desprezo. – Mas melhor lá do que aqui. Senhor, por favor, deixe-me tornar o lugar seguro. Quinhentos arqueiros, nenhum mosqueteiro, todos a cavalo. Junto com os homens que o meu pai enviou teremos mais que o suficiente.

Toranaga conferiu a data no despacho.

– Atingirão a encruzilhada quando?

Yabu olhou para Omi, pedindo confirmação.

– Esta noite, o mais tardar?

– Sim. Talvez não antes do amanhecer de amanhã.

– Buntaro-san, parta imediatamente – disse Toranaga. – Detenha-os em Yokose, mas mantenha-os do outro lado do rio. Partirei amanhã, ao amanhecer, com outros cem homens. Devemos estar lá por volta do meio-dia. Yabu-san, encarregue-se do nosso Regimento de Mosquetes por enquanto e guarde a nossa retirada. Ponha-o em emboscada do outro lado da estrada Heikawa, de modo que, se necessário, possamos nos retirar com a sua ajuda.

Buntaro começou a se retirar, mas parou quando Yabu disse, apreensivo:

– Como pode haver traição, senhor? Eles só têm cem homens.

– Espero traição. O senhor Zataki não colocaria a própria cabeça nas minhas mãos sem um plano, pois, é claro, eu lhe tirarei a cabeça se puder – disse Toranaga. – Sem ele para liderar os seus fanáticos, teremos uma chance muito maior de atravessar as montanhas do seu feudo. Mas por que será que está arriscando tudo? Por quê?

Sem convicção, Omi disse:

– Ele não poderia estar pronto para trocar de aliado novamente?

Todos sabiam da antiga rivalidade que existia entre os meios-irmãos. Uma rivalidade amistosa até agora.

– Não, não ele. Nunca confiei nele antes. Algum de vocês o faria agora?

Eles menearam a cabeça.

– Certamente não há nada para perturbá-lo, senhor – disse Yabu. – O senhor Zataki é um regente, sim, mas é apenas um mensageiro, *né*?

Imbecil, queria gritar Toranaga, você não compreende nada?

– Logo saberemos. Buntaro, vá imediatamente.

– Sim, senhor. Escolherei cuidadosamente o lugar para a reunião, mas não o deixe se aproximar além de dez passos. Estive com ele na Coreia. É rápido demais com a espada.

– Sim.

Buntaro saiu às pressas. Yabu disse:

– Talvez Zataki possa ser tentado a trair Ishido. Uma recompensa, talvez? Qual será a isca para ele? Mesmo sem a sua liderança, as montanhas de Shinano são cruéis.

– A isca é óbvia – disse Toranaga. – O Kantō. Não é isso o que ele quer, o que sempre quis? Não é isso o que querem todos os meus inimigos? Não é isso o que o próprio Ishido quer?

Não lhe responderam. Não havia necessidade.

– Que Buda nos ajude – disse Toranaga gravemente. – A paz do táicum terminou. A guerra está começando.

Os ouvidos de Blackthorne, treinados no mar, tinham percebido a urgência nos cascos aproximando-se e sussurraram-lhe perigo. Acordara imediatamente, pronto para atacar ou recuar, todos os sentidos aguçados. Os cascos passaram, depois subiram a colina em direção à fortaleza, para morrerem de novo.

Ele esperou. Não ouviu som de escolta seguindo. Provavelmente um mensageiro sozinho, pensou. De onde? É a guerra, já?

O alvorecer estava iminente. Agora Blackthorne já podia ver uma pequena parte do céu, que estava nublado e carregado de chuva. O ar quente, com um travo de sal, elevava o mosquiteiro de tempos em tempos. Mosquitos zumbiam fracamente do lado de fora. Ele se sentiu muito satisfeito por estar do lado de dentro, seguro no momento. Aproveite a segurança e a tranquilidade enquanto duram, disse a si mesmo.

Kiku dormia ao seu lado, enrolada como um gatinho. Com o cabelo em desalinho, parecia ainda mais bela. Cuidadosamente, ele relaxou de novo na maciez dos acolchoados sobre o chão de tatame.

Isto é muito melhor do que uma cama. Melhor do que qualquer beliche, meu Deus, muito melhor! Mas logo estarei de novo a bordo, *né*? Logo cairemos em cima do Navio Negro e o tomaremos, *né*? Acho que Toranaga concordou, embora não tenha dito isso abertamente. Será que simplesmente não concordou à moda japonesa? "Nada poderá jamais ser resolvido no Japão senão por métodos japoneses." Sim, acredito que isso seja verdade.

Gostaria de estar mais bem informado. Ele não disse a Mariko que traduzisse tudo e explicasse sobre os seus problemas políticos?

Gostaria de ter dinheiro para comprar a minha nova tripulação. Ele não me deu 2 mil *kokus*?

Pedi duzentos ou trezentos corsários. Ele não me deu duzentos samurais com todo o poder e dignidade de que necessito? Eles me obedecerão? Claro. Ele me fez samurai e *hatamoto*. Portanto, obedecerão até à morte e eu os levarei para bordo do *Erasmus*, serão o meu destacamento de abordagem e eu comandarei o ataque.

Estou com uma sorte inacreditável! Tenho tudo o que quero. Exceto Mariko. Mas tenho até ela. Tenho o seu espírito secreto e o seu amor. E possuí o seu corpo na noite passada, a noite mágica que nunca existiu. Amamos sem amar. Faz muita diferença?

Não há amor entre mim e Kiku, apenas um desejo que floresceu. Foi formidável para mim. Espero que tenha sido igualmente para ela. Tentei ser japonês integralmente e cumprir o meu dever, satisfazê-la como ela me satisfez.

Ele se lembrou de como usara um anel de prazer. Sentira-se muito desajeitado e constrangido e se voltara de costas para colocá-lo, petrificado ante a ideia de que a sua força desapareceria. Mas não desapareceu. E depois, quando o anel estava no lugar, eles haviam "travesseirado" novamente. O corpo dela estremecia e se contorcia, e a vibração o elevara a um plano mais premente que ele jamais conhecera.

Depois, quando conseguiu respirar de novo, começou a rir e ela sussurrara: "Por que ri?", e ele respondera: "Não sei, só sei que você me fez feliz".

Nunca tinha rido nesse momento, nunca. Tornou tudo perfeito. Não amo Kiku-san, eu a estimo. Amo Mariko-san sem reservas e gosto inquestionavelmente de Fujiko-san.

Você dormiria com Fujiko-san? Não. Pelo menos, acho que não poderia.

O seu dever não é esse? Se você aceita os privilégios de samurai e exige que os outros o tratem totalmente como samurai, com tudo o que isso significa, deve aceitar as responsabilidades e os deveres, *né*? É apenas justo, *né*? E honroso, *né*? É seu dever dar um filho a Fujiko.

E Felicity? O que ela diria disso?

E, quando você partir, como fica Fujiko-san, e como fica Mariko-san? Você realmente voltará para cá, abandonando o título de cavaleiro e as honras até maiores que, certamente, lhe serão concedidas, desde que retorne carregado de riquezas? Você navegará para os abismos hostis mais uma vez, para se arrebentar na travessia do horror enregelante do estreito de Magalhães, suportar tempestade e mar e escorbuto e motim por outros 698 dias para fazer um segundo desembarque aqui? Para levar esta vida de novo?

Decida!

Então se lembrou do que Mariko lhe dissera sobre os compartimentos da mente: "Seja japonês, Anjin-san, o senhor tem que fazer isso para sobreviver. Faça o que fazemos, renda-se com franqueza ao ritmo do karma. Alegre-se com as forças que estão além do seu controle. Coloque todas as coisas nos seus compartimentos separados e entregue-se à *wa*, a harmonia da vida. Entregue-se, Anjin-san, karma é karma, *né*?".

Sim. Decidirei quando chegar o momento.

Primeiro tenho que arranjar uma tripulação. Depois capturo o Navio Negro. Em seguida navego meio caminho em torno do mundo até a Inglaterra. Então compro e equipo os navios de guerra. E depois decidirei. Karma é karma.

Kiku mexeu-se, depois se enterrou mais fundo nos acolchoados, aconchegando-se mais a ele. Blackthorne sentiu o calor dela através dos quimonos de seda. E inflamou-se.

– Anjin-san – murmurou ela, ainda adormecida.

– *Hai*?

Não a despertou. Contentou-se em embalá-la e descansar, arrebatado pela serenidade que a entrega ao karma lhe dera. Mas, antes de adormecer, abençoou Mariko por ter-lhe ensinado.

– Sim, Omi-san, certamente – disse Gyoko. – Vou buscar o Anjin-san imediatamente. Por favor, desculpe-me. Ako, venha comigo.

Gyoko mandou Ako buscar chá, depois apressou-se jardim adentro, perguntando-se que notícias vitais o mensageiro noturno a galope teria trazido, pois também ela ouvira o tropel. E por que Omi está tão estranho hoje?, perguntou-se ela. Por que tão frio, áspero e perigoso? E por que veio pessoalmente para uma tarefa tão baixa? Por que não enviou um samurai qualquer?

Ah, quem sabe? Omi é um homem. Como se pode compreendê-los, particularmente os samurais? Mas alguma coisa está errada, terrivelmente errada. Será que o mensageiro trouxe uma declaração de guerra? Suponho que sim. Se é a guerra, então é a guerra, e a guerra nunca prejudicou o nosso negócio. Daimios e samurais ainda precisarão de entretenimento, como sempre – mais até em guerra –, e na guerra o dinheiro tem menos valor do que nunca para eles. Bom, bom, bom. Ela sorriu consigo mesma. Lembra-se da guerra, quarenta e muitos anos atrás, quando você tinha dezessete anos e era a menina dos olhos de Mishima? Lembra-se de todo o riso, dos bons momentos de "travesseirar" e das noites de orgulho que se fundiam naqueles dias? Lembra-se de como serviu o Velho Careca em pessoa, o pai de Yabu, o velho e bondoso cavalheiro que cozinhava criminosos como o filho faz agora? Lembra-se de como você teve que dar duro para deixá-lo flexível, ao contrário do filho? Gyoko soltou uma risadinha. "Travesseiramos" três dias e três noites, depois ele se tornou o meu protetor por um ano inteiro. Bons tempos, um bom homem. Oh, como "travesseirávamos"!

Guerra ou paz, não importa! *Shikata ga nai?* Há o suficiente investido com os prestamistas e os comerciantes de arroz, um pouco aqui, um pouco ali. Depois, há a fábrica de saquê em Odawara, a casa de chá em Mishima está prosperando, e hoje o senhor Toranaga vai comprar o contrato de Kiku!

Sim, tempos interessantes à frente, e como a noite anterior fora fantasticamente interessante! Kiku estivera brilhante, a explosão do Anjin-san fora aflitiva. E depois, quando a senhora Toda os deixara, o talento de Kiku tornara tudo perfeito e a noite bem-aventurada. Ah, homens e mulheres. Tão previsíveis. Especialmente os homens. Bebês, sempre. Tolos, difíceis, terríveis, petulantes, flexíveis, horríveis – maravilhosos, mais raramente –, mas todos nascidos com aquela saliência única, incrivelmente compensadora, que nós no negócio chamamos de Raiz de Jade, Cabeça de Tartaruga, Bico de Yang, Seta Aquecida, Propulsor do Macho ou, simplesmente, Pedaço de Carne.

Que insultante! E, no entanto, tão adequado!

Gyoko riu por dentro e perguntou a si mesma pela décima milésima vez: por todos os deuses, vivos, mortos e ainda por nascer, o que faríamos neste mundo sem o Pedaço de Carne?

Ela correu de novo, os seus passos audíveis apenas o bastante para anunciar a sua presença. Subiu os degraus de cedro polido. A sua batida na porta foi a de uma pessoa que sabia a forma certa de agir.

– Anjin-san... Anjin-san, desculpe, mas o senhor Toranaga mandou buscá-lo. O senhor deve se dirigir à fortaleza imediatamente.

– O quê? O que foi que disse?

Ela repetiu em linguagem mais simples.

– Ah! Compreender! Está bem... eu lá depressa – ela ouviu-o dizer, com seu sotaque engraçado.

– Sinto muito, por favor, desculpe-me. Kiku-san?

– Sim, Mama-san? – Num instante o *shōji* se abriu. Kiku sorriu para ela, apertando o quimono junto ao corpo, o cabelo lindamente desarranjado. – Bom dia, Mama-san, teve bons sonhos?

– Sim, sim, obrigada. Sinto muito perturbá-la, Kiku-san, gostaria de um pouco de chá fresco?

– Oh! – O sorriso de Kiku desapareceu. Aquela era a frase em código que Gyoko podia usar livremente diante de qualquer cliente, para dizer a Kiku que o seu cliente mais especial, Omi-san, estava na casa de chá. Desse modo Kiku sempre podia terminar mais depressa a sua história, ou canção, ou dança, e ir ao encontro de Omi-san, se quisesse. Kiku "travesseirava" com muito poucos, embora entretivesse a muitos, se pagassem o preço. Muito, muito poucos podiam pagar todos os serviços dela.

– O que é? – perguntou Gyoko, atenta.

– Nada, Mama-san. Anjin-san – chamou Kiku alegremente –, desculpe, gostaria de tomar um chá?

– Sim, por favor.

– Estará aqui imediatamente – disse Gyoko. – Ako! Depressa, criança!

– Sim, ama. – Ako entrou com a bandeja de chá e duas xícaras, e serviu. Gyoko se afastou, novamente se desculpando por incomodá-los. Kiku deu a xícara a Blackthorne pessoalmente. Ele bebeu, sedento, depois ela o ajudou a se vestir. Ako estendeu um quimono limpo para ela. Kiku estava muito atenciosa, mas consumida pela ideia de que logo teria que acompanhar o Anjin-san até o lado de fora do portão e curvar-se para ele em despedida. Fazia parte das boas maneiras. Mais do que isso, era um privilégio seu, e dever. Apenas as cortesãs de primeira classe eram autorizadas a ultrapassar a soleira para conferir aquela honra rara. Todas as outras tinham que ficar dentro do pátio. Era impensável que ela não terminasse a noite como era esperado, isso seria um terrível insulto ao hóspede, e no entanto...

Pela primeira vez na vida Kiku não estava com vontade de se curvar para um convidado em despedida diante de outro convidado.

Não posso, não com o Anjin-san, diante de Omi-san.

Por quê?, perguntou a si mesma. É porque o Anjin-san é bárbaro e você está envergonhada de que todo mundo saiba que você foi possuída por um bárbaro? Não. Anjiro toda já sabe, e um homem é como qualquer outro a maior parte do tempo. Este homem é samurai, *hatamoto* e almirante dos navios do senhor Toranaga! Não, não é nada disso.

O que é então?

É porque descobri durante a noite que estava envergonhada pelo que Omi-san fez a ele. Assim como nós todos devíamos estar. Omi-san nunca lhe devia ter feito aquilo. O Anjin-san está marcado a ferro, e os meus dedos pareciam sentir a marca através da seda do quimono. Estou ardendo de vergonha por ele, um bom homem, a quem nunca devia ter sido feito aquilo.

Estou desonrada?

Não, claro que não, só estou envergonhada diante dele. E envergonhada diante de Omi-san por estar envergonhada.

Então, nos ermos da sua mente, ouviu Mama-san dizendo de novo:

– Criança, criança, deixe ao homem as coisas de homens. O riso é o nosso lenitivo contra eles, e contra o mundo, os deuses e até a velhice.

– Kiku-san?

– Sim, Anjin-san?

– Agora eu vou.

– Sim. Vamos juntos – disse ela.

Ele pegou suavemente o rosto dela nas mãos ásperas e beijou-a.

– Obrigado. Não palavras suficientes para agradecer.

– Sou eu quem deve agradecer. Por favor, permita-me agradecer-lhe, Anjin-san. Vamos agora.

Consentiu que Ako lhe desse os últimos retoques no cabelo, que ela deixou pendendo frouxamente, amarrou o *obi* do quimono limpo e saiu com ele.

Kiku caminhava ao seu lado, conforme era privilégio seu, e não alguns passos atrás, como uma esposa, consorte, filha ou criada era obrigada a fazer. Ele pôs a mão no ombro dela momentaneamente, e isso foi desagradável para ela, pois não se encontravam na privacidade de um quarto. Então teve um súbito e horrível pressentimento de que ele ia beijá-la em público – o que Mariko mencionara como costume bárbaro – ao portão. Oh, Buda, não deixe acontecer, pensou, quase desmaiando de susto.

As espadas dele estavam na sala de recepção. Por costume, todas as armas eram deixadas sob guarda, fora dos quartos de prazer, para evitar discussões letais entre clientes e também para impedir qualquer dama de pôr fim à vida. Nem todas as damas do Mundo do Salgueiro eram felizes ou afortunadas.

Blackthorne pôs as espadas no *obi*. Kiku curvou-se e o fez passar à varanda, onde ele calçou as sandálias. Gyoko e as outras estavam reunidas para se despedir dele, um hóspede honrado. Além do portão se via a praça da aldeia e o mar. Muitos samurais estavam lá, andando em círculos, a esmo, Buntaro entre eles. Kiku não podia ver Omi, embora tivesse certeza de que ele estava observando de algum lugar.

O Anjin-san parecia imensamente alto; ela, muito pequena ao seu lado. Agora estavam atravessando o pátio. Ambos viram Omi ao mesmo tempo. Estava em pé perto do portão.

Blackthorne parou.

– Bom dia, Omi-san – disse como um amigo, e curvou-se como um amigo, sem saber que Omi e Kiku eram mais que amigos. Como poderia saber?, pensou ela. Ninguém lhe disse, por que deveriam dizer-lhe? E o que importa isso, de qualquer modo?

– Bom dia, Anjin-san. – A voz de Omi estava amistosa também, mas ele o viu curvar-se apenas com a polidez suficiente. Depois os seus olhos de azeviche voltaram-se para ela de novo, que se curvou com um sorriso perfeito.

– Bom dia, Omi-san. Esta casa está honrada.

– Obrigado, Kiku-san. Obrigado.

Ela sentiu-lhe o olhar perscrutador, mas fingiu não notar, mantendo os olhos afetadamente baixos. Gyoko e as criadas e cortesãs observavam da varanda.

– Eu vou fortaleza, Omi-san – disse Blackthorne. – Está tudo bem?

– Sim. O senhor Toranaga mandou chamá-lo.

– Ir agora. Esperar vê-lo em breve.

– Sim.

Kiku levantou os olhos num relance. Omi ainda a fitava. Ela sorriu o seu melhor sorriso e olhou para o Anjin-san. Este observava Omi intensamente. Então, sentindo os olhos dela, voltou-se e correspondeu ao sorriso. A ela, o sorriso pareceu constrangido.

– Sinto muito, Kiku-san, Omi-san, devo ir agora. – Ele se curvou para Omi. Foi correspondido. Atravessou o portão. Ela o seguiu quase sem respirar. O movimento parou na praça. No silêncio, ela o viu se voltar e por um terrível momento sentiu que ele ia abraçá-la. Mas, para seu enorme alívio, ele não fez isso, e apenas permaneceu ali, esperando como uma pessoa civilizada esperaria.

Ela fez uma vênia com toda a ternura que pôde reunir, o olhar de Omi cravado nela.

– Obrigada, Anjin-san – disse, e sorriu para ele apenas. Um suspiro atravessou a praça. – Obrigada. – Depois acrescentou o tradicional: – Por favor, visite-nos de novo. Contarei os momentos até que nos vejamos de novo.

Ele se curvou com a medida exata de negligência e partiu a passos largos, arrogantemente, como qualquer samurai de nível o faria. Depois, porque ele a tratara muito corretamente e para pagar a Omi pela frieza desnecessária na mesura, em vez de voltar para dentro de casa imediatamente, permaneceu onde estava, olhando o Anjin-san, para honrá-lo ainda mais. Esperou até que ele estivesse na última esquina. Viu-o olhar para trás. Acenar. Ela se curvou bem profundamente, agora encantada com a atenção na praça, fingindo não notá-la. E, apenas quando ele realmente desapareceu, caminhou de volta. Com orgulho e grande elegância. E, até que o portão se fechasse, todos os homens a olharam, nutrindo-se daquela beleza, invejosos do Anjin-san, que devia ser muito homem para que ela esperasse daquele modo.

– Você está muito bonita – disse Omi.

– Gostaria que isso fosse verdade – disse ela com um sorriso contido. – Aceitaria um pouco de chá, Omi-sama? Ou comida?

– Com você, sim.

Gyoko juntou-se a eles.

– Por favor, desculpe-me os maus modos, Omi-sama. Coma conosco, por favor. Já tomou a sua primeira refeição?

– Não... Ainda não, mas não estou com fome. – Omi olhou Kiku de relance. – Você ainda não comeu?

Gyoko interrompeu expansivamente:

– Permita-nos trazer-lhe alguma coisa que não seja inadequada demais, Omi-sama. Kiku-san, quando tiver se trocado, junte-se a nós, *né?*

– Naturalmente. Por favor, desculpe-me, Omi-sama, por aparecer assim. Sinto muito. – A garota saiu correndo, fingindo uma felicidade que não sentia, Ako a reboque.

Omi disse abruptamente:

– Eu gostaria de estar com ela esta noite, para comer e me entreter.

– Naturalmente, Omi-sama – replicou Gyoko com uma profunda mesura, sabendo que ela não estaria livre. – O senhor honra a minha casa e nos concede muita honra. Kiku-san é muito afortunada de que o senhor a distinga com o seu favor.

– Três mil *kokus?* – Toranaga estava escandalizado.

– Sim, senhor – disse Mariko. Estavam na varanda particular da fortaleza. A chuva já começara de novo, mas não abrandara o calor do dia. Ela se sentia desatenta, muito cansada e ansiando pelo frescor do outono. – Sinto muito, mas não consegui negociar de modo que a mulher reduzisse mais o preço. Conversei quase até o amanhecer. Sinto muito, senhor, mas ordenou-me que concluísse um acordo na noite passada.

– Três mil, Mariko-san! Mas é usura! – Na realidade Toranaga estava contente por ter outro problema que desviasse a sua mente da preocupação que o atormentava. O padre cristão Tsukku-san viajando com Zataki, o regente pretensioso, não pressagiava nada além de complicação. Ele examinara cada via de escapada, cada estrada de retirada e ataque que cada homem poderia imaginar, e a resposta fora sempre a mesma: se Ishido se mover rapidamente, estou perdido.

Tenho que arranjar tempo. Mas como?

Se eu fosse Ishido, começaria agora, antes que as chuvas cessassem.

Colocaria os homens em posição, exatamente como o táicum e eu fizemos para destruir os Beppu. O mesmo plano vencerá sempre, é tão simples! Ishido não pode ser tão estúpido para não ver que o único meio real de defender o Kantō é possuir Ōsaka e todas as terras entre Edo e Ōsaka. Enquanto Ōsaka for inamistosa, o Kantō estará em perigo. O táicum sabia disso, por que outro motivo me deu o Kantō? Sem Kiyama, Onoshi e os padres bárbaros...

Com um esforço Toranaga colocou o amanhã dentro do seu compartimento e se concentrou totalmente naquela impossível quantia em dinheiro.

– Três mil *kokus* está fora de questão!

– Concordo, senhor. O senhor está certo. A culpa é inteiramente minha. Achei que até quinhentos seria excessivo, mas a mulher Gyoko não desceu mais o preço. Há uma concessão, porém.

– Qual?

– Gyoko implorou a honra de reduzir o preço para 2500 *kokus* se o senhor lhe conceder a honra de concordar em vê-la, em particular, por um bastão de tempo.

– A Mama-san desistiria de quinhentos *kokus* só para falar comigo?

– Sim, senhor.

– Por quê? – perguntou ele, desconfiado.

– Ela me contou a razão, senhor, mas humildemente suplicou pela autorização de poder explicar-lhe em pessoa. Acredito que a proposta dela lhe seria interessante, senhor. E quinhentos *kokus*... seria uma economia. Estou horrorizada por não ter conseguido fazer um acordo melhor, ainda que Kiku-san seja de primeira classe e mereça absolutamente esse status. Sei que lhe falhei.

– Concordo – disse Toranaga acidamente. – Mesmo mil seria demais. Isto é Izu, não Kyōto!

– Tem toda a razão, senhor. Eu disse à mulher que o preço era tão ridículo que possivelmente nem eu mesma conseguiria concordar com ele, embora o senhor me tivesse dado ordens diretas de concluir o negócio a noite passada. Espero que o senhor perdoe a minha desobediência, mas eu disse que primeiro consultaria a senhora Kashigi, a mãe de Omi-san, que é a dama mais velha aqui, antes que o acordo fosse confirmado.

Toranaga iluminou-se, as suas outras preocupações esquecidas.

– Ah, então está tudo arranjado, mas não está?

– Sim, senhor. Não foi nada decidido até que eu possa me consultar com a senhora Kashigi. Eu disse que daria uma resposta ao meio-dia de hoje. Por favor, perdoe a minha desobediência.

– Você devia ter concluído o negócio, conforme ordenei. – Toranaga estava encantado por Mariko ter inteligentemente dado a ele a oportunidade de concordar ou discordar, sem qualquer perda de dignidade. Teria sido impensável que ele pessoalmente relutasse por uma mera questão de dinheiro. Mas 3 mil *kokus*...

– Você diz que o contrato da garota vale o suficiente, em arroz, para alimentar mil famílias durante três anos?

– Vale cada grão de arroz, para o homem certo.

Toranaga olhou-a, perspicaz.

– Oh? Conte-me sobre ela e sobre o que aconteceu.

Ela lhe contou tudo, exceto seu sentimento pelo Anjin-san e a profundidade do dele por ela. Ou sobre a oferta que Kiku lhe fizera.

– Bom. Sim, muito bom. Isso foi inteligente. Sim – disse Toranaga. – Ele deve ter lhe agradado muitíssimo, para que ela ficasse ao portão como ficou, na primeira vez. – A maior parte de Anjiro estivera à espera daquele momento, para ver como os dois agiriam, o bárbaro e a Senhora Salgueiro de primeira classe.

– Sim.

– Os três *kokus* investidos valeram bem a pena para ele. A sua fama agora correrá à sua frente.

– Sim – concordou Mariko, muito orgulhosa com o sucesso de Blackthorne. – Ela é uma dama excepcional, senhor.

Toranaga estava intrigado com a confiança de Mariko no seu acordo. Mas quinhentos *kokus* pelo contrato teria sido mais justo. Quinhentos *kokus* era mais do que a maioria das Mama-sans conseguia ganhar a vida inteira. Portanto, para que uma delas sequer considerasse a possibilidade de desistir de quinhentos... – Vale cada grão, você diz? Mal posso acreditar nisso.

– Para o homem certo, senhor. Acredito que sim. Mas não saberia julgar quem seria o homem certo.

Houve uma batida no *shōji*.

– Sim?

– O Anjin-san está ao portão principal, senhor.

– Traga-o aqui.

– Sim, senhor.

Toranaga abanou-se. Estivera observando Mariko dissimuladamente e vira a luz momentânea no seu rosto. Deliberadamente não a prevenira de que mandara chamá-lo.

O que fazer? Tudo o que foi planejado ainda se aplica. Mas agora preciso de Buntaro, do Anjin-san e de Omi-san mais do que nunca. E de Mariko, muitíssimo.

– Bom dia, Toranaga-sama.

Ele retribuiu a mesura de Blackthorne e notou o súbito calor que tomou o homem quando viu Mariko. Depois das saudações e réplicas formais, ele disse:

– Mariko-san, diga-lhe que ele vai partir comigo ao amanhecer. Você também. Você continuará até Ōsaka.

Um calafrio percorreu-a.

– Sim, senhor.

– Eu vou Ōsaka, Toranaga-sama? – perguntou Blackthorne.

— Não, Anjin-san. Mariko-san, diga-lhe que vou para as Termas de Shuzenji por um dia ou dois. Vocês dois me acompanharão até lá. Você continuará para Ōsaka. Ele viajará com você até a fronteira, depois seguirá para Edo sozinho.

Observou-os atentamente enquanto Blackthorne falava com ela rápida e urgentemente.

— Desculpe-me, Toranaga-sama, mas o Anjin-san humildemente pergunta se poderia me tomar emprestada por mais alguns dias. Ele diz, por favor, desculpe-me, que a minha presença com ele aceleraria grandemente o assunto do seu navio. Depois, se lhe aprouvesse, ele tomaria de imediato um dos seus navios costeiros e me levaria a Ōsaka, seguindo sozinho para Nagasaki. Ele sugere que isso poderia poupar tempo.

— Ainda não decidi nada sobre o navio. Ou sobre uma tripulação. Ele pode não precisar ir a Nagasaki. Deixe isso bem claro. Não, nada está decidido. Mas considerarei a solicitação a seu respeito. Você terá a minha decisão amanhã. Pode ir agora... Oh, sim, por último, Mariko-san, diga-lhe que quero a genealogia dele. Ele pode escrever e você traduzirá, ratificando-lhe a correção.

— Sim, senhor. O senhor deseja isso imediatamente?

— Não. Quando ele chegar a Edo haverá tempo suficiente.

Mariko explicou a Blackthorne.

— Por que ele quer isso? — perguntou ele.

Mariko encarou-o.

— Naturalmente todos os samurais têm que ter os seus nascimentos e mortes registrados, Anjin-san, assim como seus feudos e concessões de terras. De que outro modo um suserano pode manter tudo avaliado? Não acontece o mesmo no seu país? Aqui, por lei, todos os nossos cidadãos constam de registros oficiais, até os *etas:* nascimentos, mortes, casamentos. Cada vila, aldeia ou rua de cidade tem o seu pergaminho oficial. De que outro modo se pode ter certeza de onde e a quem se pertence?

— Nós não escrevemos isso. Nem sempre. E não oficialmente. Todo mundo é registrado? Todo mundo?

— Oh, sim, até os *etas*, Anjin-san. É importante, *né?* Assim ninguém finge ser o que não é, malfeitores podem ser apanhados com mais facilidade e homens e mulheres ou parentes não podem trapacear em casamentos, *né?*

Blackthorne pôs isso de lado para consideração posterior e jogou outra carta no jogo que iniciara com Toranaga, o que, esperava ele, levaria à morte do Navio Negro.

Mariko ouviu atenta, interrogou-o um momento, depois voltou-se para Toranaga.

— Senhor, o Anjin-san lhe agradece pelo seu favor e pelos seus muitos presentes. Pergunta se o senhor o honraria escolhendo os duzentos vassalos para ele. Diz que a sua orientação nisso valeria qualquer coisa.

— Vale mil *kokus?* – perguntou Toranaga imediatamente. Viu a surpresa dela e a do Anjin-san. Estou contente de que você ainda seja transparente, Anjin-san, apesar de toda a sua aparência de civilização, pensou ele. Se eu fosse um jogador, apostaria que não era essa a sua ideia, pedir a minha orientação.

— *Hai* – ouviu Blackthorne dizer com firmeza.

— Bom – retrucou ele, incisivo. – Já que o Anjin-san é tão generoso, aceitarei o seu oferecimento. Mil *kokus*. Isso ajudará outros samurais necessitados. Diga-lhe que os seus homens o estarão esperando em Edo. Vejo-o ao amanhecer, amanhã, Anjin-san.

— Sim. Obrigado, Toranaga-sama.

— Mariko-san, consulte-se com a senhora Kashigi imediatamente. Já que você aprovou a quantia, imagino que ela concordará com o seu arranjo, por mais hediondo que pareça, embora eu suponha que ela precisará de tempo até o amanhecer para dar a uma soma tão ridícula a sua consideração plena. Mande algum criado ordenar à mulher Gyoko que esteja aqui ao crepúsculo. Ela pode trazer consigo a cortesã. Kiku-san pode cantar enquanto conversamos, *né?*

Dispensou-os, encantado com o fato de ter poupado 1500 *kokus*. As pessoas são tão extravagantes, pensou benevolamente.

— Isso me deixará o suficiente para conseguir uma tripulação? – perguntou Blackthorne.

— Oh, sim, Anjin-san. Mas ele ainda não concordou que o senhor vá a Nagasaki – disse Mariko. – Quinhentos *kokus* seria mais que suficiente para viver durante um ano, e os outros quinhentos lhe darão cerca de 180 *kobans* em ouro para contratar marujos. É uma grande quantia de dinheiro.

Fujiko ergueu-se penosamente e falou com Mariko.

— A sua consorte diz que o senhor não devia se preocupar, Anjin-san. Ela pode lhe dar cartas de crédito a certos prestamistas, que lhe adiantarão tudo de que o senhor necessitar. Ela arranjará tudo.

— Sim, mas não tenho que pagar a todos os meus assistentes? Como pago por uma casa, Fujiko-san, minha criadagem?

Mariko estava chocada.

— Por favor, desculpe, mas isso naturalmente não é preocupação sua. A sua consorte lhe disse que se encarregará de tudo. Ela...

Fujiko interrompeu o diálogo e as duas mulheres conversaram um instante.

— *Ah, sō desu*, Fujiko-san! – Mariko voltou-se para Blackthorne. – Ela diz que o senhor não deve perder tempo pensando nisso. Roga-lhe, por favor, que gaste o seu tempo preocupando-se apenas com os problemas do senhor Toranaga. Ela tem dinheiro dela, que pode sacar, caso seja necessário.

Blackthorne pestanejou.

– Ela me emprestará o seu próprio dinheiro?

– Oh, não, claro que o dará ao senhor, se necessitar, Anjin-san. Não se esqueça de que os seus problemas são só por este ano – explicou Mariko. – No próximo ano o senhor estará rico. Quanto aos seus assistentes, por um ano eles receberão dois *kokus* cada um. Não se esqueça de que Toranaga-sama está dando ao senhor todas as armas e cavalos deles, e que dois *kokus* são suficientes para alimentá--los, a seus cavalos e famílias. E não se esqueça também de que deu ao senhor Toranaga metade da sua renda de um ano para garantir que eles sejam escolhidos por ele pessoalmente. Isso é uma honra tremenda, Anjin-san.

– Acha?

– Com certeza. Fujiko-san concorda inteiramente. O senhor foi muito astuto ao pensar nisso.

– Obrigado – Blackthorne permitiu que um pouco do seu prazer se mostrasse. Você está recuperando os miolos e está começando a pensar como eles, disse a si mesmo alegremente. Sim, foi inteligente cooptar Toranaga. Agora você terá os melhores homens possíveis, e sozinho nunca teria conseguido isso. O que são mil *kokus* contra o Navio Negro? Portanto, mais uma das coisas que Mariko disse é verdade: que uma das fraquezas de Toranaga é ser sovina. Claro, não o disse tão diretamente, disse apenas que Toranaga fez toda a sua inacreditável riqueza aumentar mais do que a de qualquer daimio do reino. Esse indício, junto com as suas próprias observações – que a roupa de Toranaga era tão simples quanto a sua comida, e o seu estilo de vida pouco diferente do de um samurai comum –, dera-lhe outra chave para desvendar Toranaga.

Graças a Deus por Mariko e por frei Domingo!

A memória de Blackthorne levou-o de volta à cela e ele pensou em como estivera próximo da morte então, e em como estava próximo da morte agora, mesmo com todas as honrarias. O que Toranaga dá, ele pode tomar de volta. Você acha que ele é seu amigo, mas, se ele assassina uma esposa e mata um filho favorito, como você pode dar valor à amizade dele ou à sua vida? Não dou, disse Blackthorne a si mesmo, renovando o seu compromisso. Isso é karma. Não posso fazer nada em relação ao karma, e vivi próximo da morte a vida toda, portanto não há nada de novo. Rendo-me ao karma em toda a sua beleza. Aceito o karma em toda a sua majestade. Confio em que o karma me fará atravessar os próximos seis meses. Depois, a esta altura no próximo ano, estarei atravessando de vento em popa o estreito de Magalhães a caminho de Londres, fora do alcance dele...

Fujiko estava falando. Ele a observou. As ataduras ainda estavam manchadas. Ela estava penosamente deitada sobre os *futons*, uma criada a abanava.

– Ela arranjará tudo para o senhor até o amanhecer, Anjin-san – disse Mariko. – A sua consorte sugere que o senhor leve dois cavalos e mais um para bagagem. Um criado homem e uma criada...

– Um criado homem será suficiente.

– Sinto muito, mas a criada deve ir para servi-lo. E, naturalmente, um cozinheiro e um ajudante de cozinheiro.

– Não haverá cozinhas que nós... que eu possa usar?

– Oh, sim. Mas o senhor ainda tem que ter os seus próprios cozinheiros, Anjin-san. O senhor é um *hatamoto*.

Ele sabia que não havia sentido em argumentar.

– Deixarei tudo por sua conta.

– Oh, isso é sábio de sua parte, Anjin-san, muito sábio. Agora devo ir fazer as malas; por favor, desculpe-me. – Mariko partiu alegremente. Não haviam conversado muito, só o suficiente, em latim, para que ambos soubessem que, embora a noite mágica nunca tivesse ocorrido e, como a outra noite, não devesse nunca ser discutida, ambas viveriam na imaginação deles para sempre.

– Vós.

– Vós.

– Fiquei tão orgulhosa quando soube que ela permaneceu ao portão por tanto tempo! A vossa dignidade é imensa agora, Anjin-san.

– Por um instante quase esqueci o que havíeis me dito. Involuntariamente cheguei à distância de um fio de cabelo de beijá-la em público.

– *Oh*, Anjin-san, isso teria sido terrível!

– *Oh*, tendes razão! Não fosse por vós, eu estaria desonrado... um verme contorcendo-se no pó.

– Em vez disso, sois famoso e vossa proeza indubitável. Vós apreciastes algum daqueles objetos curiosos?

– Ah, linda senhora, na minha terra temos um antigo costume: um homem não discute os hábitos íntimos de uma dama com outra.

– Temos o mesmo costume. Mas perguntei se foi apreciado, não usado. Sim, temos o mesmo costume. Estou contente de que a noite tenha sido a vosso contento. – O sorriso dela era acolhedor. – Ser japonês no Japão é sábio, *né*?

– Não posso vos agradecer o suficiente por me haver ensinado, por me haver orientado, por me ter aberto os olhos – disse ele. – Por... – Ele ia dizer "me amar", mas acrescentou: – ... por ser.

– Não fiz nada. Vós sois o que sois.

– Agradeço-vos por tudo... e pelo vosso presente.

– Estou contente de que o vosso prazer tenha sido grande.

– Estou triste de que o vosso prazer tenha sido nenhum. Estou muito contente de que também recebestes ordem de ir às termas. Mas por que Ōsaka?

– Oh, não recebi ordem de ir para Ōsaka. O senhor Toranaga me autorizou a ir. Temos propriedades e assuntos de família que devem ser tratados. Além disso, o meu filho se encontra lá agora. Depois, também posso levar mensagens particulares para Kiritsubo-san e a senhora Sazuko.

– Não é perigoso? Lembrai-vos das vossas palavras: a guerra se aproxima e Ishido é o inimigo. O senhor Toranaga não disse o mesmo?

— Sim. Mas ainda não há guerra, Anjin-san. E os samurais não combatem contra mulheres, a menos que as mulheres os ataquem.

— Mas e vós? E a ponte em Ōsaka, do outro lado do fosso? Acaso não me seguistes para enganar Ishido? Ele teria me matado. E lembrai-vos da sua espada na luta no navio.

— Ah, aquilo foi só para proteger a vida do meu suserano, e a minha vida, quando esteve ameaçada. Era meu dever, Anjin-san, nada mais que isso. Não há risco para mim. Fui dama de companhia da senhora Yodoko, a viúva do táicum, até da senhora Ochiba, mãe do herdeiro. Tenho a honra de ser amiga delas. Estou absolutamente segura. É por isso que Toranaga-sama me autoriza a ir. Mas para vós em Ōsaka não há segurança, por causa da fuga do senhor Toranaga e do que foi feito ao senhor Ishido. Portanto, não deveis nunca aportar lá. Nagasaki vos será um porto seguro.

— Então ele concordou com a minha ida?

— Não. Ainda não. Mas, quando o fizer, será seguro. Ele tem poder em Nagasaki.

Ele queria perguntar "Maior que o dos jesuítas?", mas apenas disse:

— Rezo para que o senhor Toranaga ordene que a senhora vá de navio para Ōsaka. — Viu-a tremer ligeiramente. — O que vos perturba?

— Nada, exceto... exceto que o mar não me agrada.

— Ele ordenará assim mesmo?

— Não sei. Mas... — ela se transformou de novo na mulher travessa e disse em português: — ... mas, pela sua saúde, devíamos levar Kiku-san conosco, *né?* Esta noite o senhor vai de novo à Câmara Rubro-Escarlate dela?

Ele riu com ela.

— Seria ótimo, embora... — Parou, lembrando-se com súbita clareza do olhar de Omi. — Sabe, Mariko-san, quando eu estava ao portão, tenho certeza de que vi Omi-san olhando para ela de um modo muito especial, como um amante olharia. Um amante ciumento. Eu não sabia que eles eram amantes.

— Consta-me que ele é um dos clientes dela, um cliente favorecido, sim. Mas por que isso o preocuparia?

— Porque foi um olhar muito particular. Muito especial.

— Ele não tem direito especial sobre ela, Anjin-san. Ela é uma cortesã de primeira classe. É livre para aceitar ou rejeitar quem ela quiser.

— Se estivéssemos na Europa e eu "travesseirasse" com a garota dele... compreende, Mariko-san?

— Acho que sim, Anjin-san, mas por que isso o preocuparia? Não está na Europa, Anjin-san, ele não tem nenhum direito formal sobre ela. Se ela quer aceitar o senhor e a ele, ou mesmo rejeitá-los, o que isso tem a ver com qualquer coisa?

— Eu diria que ele é amante dela, no nosso sentido da palavra. Isso tem tudo a ver, *né?*

– Mas o que tem isso a ver com a profissão dela ou com "travesseiro"?

Ele acabou por agradecer-lhe de novo e deixou a questão parar nesse ponto. Mas a sua cabeça e o seu coração diziam-lhe que estivesse alerta. Não é tão simples quanto você pensa, Mariko-san, mesmo aqui. Omi acredita que Kiku é mais que especial, mesmo que ela não sinta o mesmo. Gostaria de ter sabido que ele era amante dela. Prefiro ter Omi como amigo a tê-lo como inimigo. Mariko poderia estar certa de novo? Que "travesseiro" não tem nada a ver com amor para eles?

Deus me ajude, estou muito confuso. Numa hora, oriental. Na maior parte do tempo, ocidental. Tenho que agir como eles e pensar como eles para continuar vivo. E muito daquilo em que eles acreditam é tão melhor do que o nosso modo de pensar que é tentador querer tornar-me um deles totalmente, mas ainda assim... o lar é lá, do outro lado do mar, onde nasceram meus ancestrais, onde vive a minha família, Felicity, Tudor e Elizabeth. *Né?*

– Anjin-san?

– Sim, Fujiko-san?

– Por favor, não se preocupe com dinheiro. Não posso suportar vê-lo preocupado. Sinto tanto não poder ir a Edo com o senhor.

– Logo ver em Edo, *né?*

– Sim. O médico diz que estou me curando depressa e a mãe de Omi concorda.

– Quando médico aqui?

– Ao pôr do sol. Sinto muito não poder ir com o senhor amanhã. Por favor, desculpe-me.

Ele se perguntou de novo sobre o seu dever para com a consorte. Depois devolveu esse pensamento ao seu compartimento quando um outro se precipitou para a frente. Examinou essa ideia e achou-a excelente. E urgente.

– Eu vou agora, volto logo. Você descansa... compreende?

– Sim. Por favor, desculpe-me por não me levantar, e por... sinto muito.

Ele a deixou e foi para o seu quarto. Pegou uma pistola do esconderijo, examinou a escorva e enfiou-a por baixo do quimono.

Depois caminhou sozinho até a casa de Omi. Omi não estava. Midori deu-lhe as boas-vindas e ofereceu-lhe chá, que ele polidamente recusou. Midori estava com seu bebê de dois anos nos braços. Disse que sentia muito, mas Omi voltaria logo. O Anjin-san gostaria de esperar? Ela parecia pouco à vontade, embora polida e atenciosa. Novamente ele recusou e agradeceu, dizendo que voltaria mais tarde, depois desceu para a sua casa.

Os aldeões já haviam limpado o chão, preparando-se para reconstruir tudo. Nada fora poupado do incêndio, exceto utensílios de cozinha. Fujiko não lhe contaria o custo da reconstrução. Era muito barato, dissera. Por favor, não se preocupe.

– Karma, Anjin-sama – disse um dos aldeões.

– Sim.

– O que se poderia fazer? Não se preocupe, sua casa logo estará pronta... melhor do que antes.

Blackthorne viu Omi subindo a colina, tenso e rígido. Foi ao seu encontro. Quando Omi o viu, pareceu perder parte da fúria.

– Ah, Anjin-san – disse cordialmente. – Ouvi dizer que vai partir com Toranaga-sama ao amanhecer. Muito bom, podemos cavalgar juntos.

Apesar do aparente tom amistoso de Omi, Blackthorne manteve-se em guarda.

– Ouça, Omi-san, agora eu vou lá. – Apontou na direção do altiplano. – Por favor, o senhor vai comigo, sim?

– Não há treinamento hoje.

– Compreender. Por favor, ir comigo, sim?

Omi viu que a mão de Blackthorne estava no punho da espada mortífera, do modo característico, preparando-a. Depois os seus olhos agudos notaram o volume sob o *obi* e ele entendeu imediatamente, pela forma parcialmente delineada, que era uma pistola escondida.

– Um homem que tem autorização de usar as duas espadas deveria ser capaz de utilizá-las, não apenas usá-las, *né?* – disse, a voz fraca.

– Por favor? Não compreendo.

Omi repetiu mais simplesmente.

– Ah, compreendo. Sim. Melhor.

– Sim. O senhor Yabu disse: "Agora, que o senhor é totalmente samurai, devia começar a aprender mais do que consideramos correto. Como agir como assistente num *seppuku*, por exemplo, e mesmo como se preparar para o seu próprio *seppuku*, conforme somos todos obrigados a aprender". Sim, Anjin-san, o senhor devia aprender a usar as espadas. É muito necessário para um samurai saber como usar e honrar sua espada, *né?*

Blackthorne não compreendeu metade das palavras. Mas sabia o que Omi estava dizendo. Pelo menos, corrigiu-se ele, apreensivo, sei o que ele está dizendo na superfície.

– Sim. Verdade. Importante – disse ele. – Por favor, um dia o senhor ensinar... desculpe, o senhor ensina, talvez? Por favor? Eu honrado.

– Sim, gostaria de ensinar-lhe, Anjin-san.

Os pelos de Blackthorne se eriçaram ante a ameaça implícita na voz de Omi. Atenção, censurou-se ele. Não comece a imaginar coisas.

– Obrigado. Agora caminhar lá, por favor? Pouco tempo. O senhor vai com? Sim?

– Muito bem, Anjin-san. Mas iremos a cavalo. Volto num instante. – Omi afastou-se colina acima, entrando no seu próprio pátio.

Blackthorne ordenou a um criado que selasse o seu cavalo e montou desajeitadamente pelo lado direito, conforme o costume no Japão e na China. Não penso que haveria muito futuro em deixá-lo me ensinar esgrima, disse a si mesmo, a mão direita apalpando a pistola escondida, o agradável calor da arma tranquilizando-o. A sua confiança desvaneceu-se quando Omi reapareceu. Com ele vinham quatro samurais montados.

Juntos tomaram a estrada destruída a meio-galope, em direção ao altiplano. Passaram por muitas companhias de samurais com equipamento de marcha completo, armados, comandados pelos seus oficiais, galhardetes de lança esvoaçando. Quando alcançaram o cume, viram que todo o Regimento de Mosquetes estava fora do acampamento, em ordem de marcha, cada homem em pé ao lado do seu cavalo e armado, um comboio de bagagem na retaguarda, Yabu, Naga e os oficiais na vanguarda. A chuva começou a cair pesadamente.

– Todas as tropas vão? – perguntou Blackthorne, perturbado, e puxou as rédeas do seu cavalo.

– Sim.

– Vão termas com Toranaga-sama, Omi-san?

– Não sei.

O sentido de sobrevivência de Blackthorne preveniu-o para não fazer mais perguntas. Mas uma tinha que ser feita.

– E Buntaro-sama? – perguntou com indiferença. – Ele conosco amanhã, Omi-san?

– Não. Ele já foi. Esta manhã ele estava na praça quando você saiu da casa de chá. Não o viu, perto da casa de chá?

Blackthorne não conseguiu ler nada de aparente no rosto de Omi.

– Não. Não ver, sinto muito. Ele ir termas também?

– Acho que sim. Não tenho certeza. – A chuva gotejava do chapéu cônico de Omi, amarrado sob o queixo. Os seus olhos estavam quase escondidos. – Agora, por que quis que eu viesse aqui com você?

– Mostrar lugar, como eu digo. – Antes que Omi pudesse dizer qualquer coisa mais, Blackthorne esporeou o cavalo. Com o seu acurado sentido marítimo, tomou posições precisas de memória e se dirigiu rapidamente para o ponto exato sobre a fenda. Desmontou e chamou Omi com um gesto. – Por favor.

– O que é, hein? – A voz de Omi estava afiada.

– Por favor, aqui, Omi-san. Sozinho.

Omi afastou os guardas com um aceno e avançou até estar acima de Blackthorne.

– *Nan desu ka?* – perguntou, sua mão aparentemente apertando a espada.

– Este lugar, Toranaga-sama... – Blackthorne não conseguia pensar nas palavras, então explicou parcialmente com as mãos. – Compreende?

– Aqui você o arrancou da terra, *né?* E daí?

Blackthorne olhou para ele, depois deliberadamente para a espada dele, depois encarou-o de novo, sem dizer mais nada. Enxugou a chuva do rosto.

– *Nan desu ka?* – repetiu Omi, mais irritado.

Blackthorne ainda não respondeu. Omi olhou para a fenda e de novo para o rosto de Blackthorne. Então os seus olhos se iluminaram.

– *Ah sō desu ka! Wakarimasu!* – Omi pensou um momento, depois chamou um dos guardas. – Traga Mura aqui imediatamente. Com vinte homens e pás! – O samurai se afastou a galope. Omi mandou os outros de volta à aldeia, depois desmontou e parou ao lado de Blackthorne. – Sim, Anjin-san, foi uma excelente ideia. Uma boa ideia.

– Ideia? Que ideia? – perguntou Blackthorne com inocência. – Só mostrar lugar... pensar o senhor querer conhecer lugar, *né?* Sinto muito... não compreendo.

– Toranaga-sama perdeu as espadas aqui – disse Omi. – As espadas são muito valiosas. Ele ficará feliz em recuperá-las. Muito feliz, *né?*

– *Ah, sō!* Não minha ideia, Omi-san – disse Blackthorne. – Omi-san ideia.

– Claro. Obrigado, Anjin-san. O senhor é um bom amigo e a sua mente é rápida. Eu devia ter pensado nisso sozinho. Sim, o senhor é um bom amigo e todos nós precisaremos de amigos nos próximos meses. A guerra está conosco agora, queiramos ou não.

– Por favor? Sinto muito. Não compreendo, falar depressa demais. Por favor, desculpe.

– Contente de sermos amigos... o senhor e eu. Compreende?

– *Hai*. O senhor diz guerra? Guerra agora?

– Logo. O que podemos fazer? Nada. Não se preocupe. Toranaga-sama dominará Ishido e os traidores. Essa é a verdade, compreende? Não se preocupe, *né?*

– Compreender. Eu vou agora minha casa. Está bem?

– Sim. Vejo-o ao amanhecer. Novamente obrigado.

Blackthorne assentiu. Mas não foi embora.

– Ela é bonita, *né?*

– O quê?

– Kiku-san. – As pernas de Blackthorne estavam ligeiramente separadas e ele estava pronto para saltar para trás e sacar a pistola, apontar e atirar. Lembrava-se com clareza absoluta da inacreditável rapidez com que Omi decapitara o primeiro aldeão, muito tempo atrás, e se preparou do melhor modo que pôde. Raciocinou que a sua única segurança estava em precipitar o assunto de Kiku. Omi nunca o faria. Omi consideraria impensável essa falta de educação. E, muito envergonhado com a própria fraqueza, Omi trancaria esse ciúme muito não japonês num compartimento secreto. Como era estranho e vergonhoso, esse ciúme apodreceria até que, quando menos se esperasse, Omi explodisse cega e ferozmente.

– Kiku-san? – disse Omi.

– *Hai.* – Blackthorne podia ver que Omi estava petrificado. Ainda assim, ficou contente de ter escolhido o momento e o lugar. – Ela é bonita, *né?*

– Bonita?

– *Hai.*

A chuva aumentou. As pesadas gotas respingavam na lama. Os cavalos arrepiavam-se desconfortavelmente. Os dois homens estavam encharcados, mas a chuva era quente.

– Sim – disse Omi. – Kiku-san é muito bonita. – E pronunciou uma torrente de palavras que Blackthorne não assimilou.

– Não palavras suficientes agora, Omi-san... não suficientes para falar claro agora – disse Blackthorne. – Mais tarde, sim. Não agora. Compreende?

Omi não pareceu ter ouvido. Depois disse:

– Há muito tempo, Anjin-san, muito tempo para falar sobre ela, e sobre o senhor, eu e karma. Mas, concordo, este não é o momento, *né?*

– Acho compreender. Sim. Ontem não saber Omi-san e Kiku-san bons amigos – disse ele, forçando o ataque.

– Ela não é minha propriedade.

– Não saber o senhor e ela muito amigos. Agora...

– Agora vá embora. O assunto está encerrado. A mulher não é nada. Nada.

Obstinado, Blackthorne continuou onde estava.

– Próxima vez eu...

– Esta conversa está encerrada! Não ouviu? Acabada!

– *Iie! Iie*, por Deus!

A mão de Omi foi para a sua espada. Blackthorne saltou dois passos para trás sem perceber. Mas Omi não sacou a espada e Blackthorne não puxou a arma. Os dois homens se prepararam, embora nenhum dos dois quisesse começar.

– O que quer dizer, Anjin-san?

– Próxima vez, primeiro eu pergunto... sobre Kiku-san. Se Omi-san dizer sim... sim. Se não... não. Compreende? Amigo para amigo, *né?*

Omi relaxou ligeiramente a mão sobre a espada.

– Repito: ela não é minha propriedade. Obrigado por ter me mostrado este lugar, Anjin-san. Adeus.

– Amigo?

– Claro. – Omi dirigiu-se para o cavalo de Blackthorne e segurou as rédeas. Blackthorne saltou para a sela.

Olhou para Omi. Se pudesse sair ileso, sabia que teria estourado a cabeça do samurai agora. Seria o rumo mais seguro.

– Adeus, Omi-san, e obrigado.

– Adeus, Anjin-san. – Omi observou Blackthorne se afastando e não voltou as costas até que ele estivesse sobre a elevação. Marcou o lugar exato na fenda com algumas pedras e depois, perturbado, acocorou-se para esperar, esquecido do dilúvio.

Logo chegaram Mura e os camponeses, salpicados de lama.

– Toranaga-sama caiu no abismo exatamente neste ponto, Mura. As suas espadas estão enterradas aqui. Traga-as a mim ao crepúsculo.

– Sim, Omi-sama.

– Se você tivesse miolos, se estivesse interessado em mim, seu suserano, já teria feito isso.

– Por favor, desculpe a minha estupidez.

Omi foi embora. Os homens o observaram brevemente, depois se espalharam num círculo em torno das pedras e começaram a cavar.

Mura baixou a voz.

– Uo, você irá com o comboio de bagagem.

– Sim, Mura-san. Mas como?

– Vou oferecê-lo ao Anjin-san. Ele não vai notar diferença alguma.

– Mas a consorte dele, vai – sussurrou Uo.

– Ela não vai com ele. Ouvi dizer que as queimaduras são graves. Ela irá de navio para Edo mais tarde. Você sabe o que fazer?

– Procurar o santo padre em particular, responder a todas as perguntas.

– Sim – Mura descontraiu-se e começou a conversar normalmente. – Você pode ir com o Anjin-san, Uo, ele pagará bem. Faça-se útil, mas não demais, ou ele o levará até Edo.

– Ei, ouvi dizer que Edo é tão rica que todo mundo mija em potes de prata, até os *etas*. E as mulheres têm a pele como espuma do mar, sem pelos púbicos – disse Uo rindo.

– É verdade, Mura-san? – perguntou outro aldeão. – Elas não têm pelinhos?

– Edo era só uma fedorenta aldeiazinha de pesca, nada de tão bom quanto Anjiro, quando estive lá a primeira vez – contou-lhes Mura, sem parar de cavar. – Isso foi com Toranaga-sama, quando estávamos todos dando caça aos Beppu. Cortamos mais de 3 mil cabeças. Quanto aos pelos, todas as garotas que conheci os tinham, menos uma da Coreia, mas ela disse que os arrancara, um a um.

– O que algumas mulheres não fariam para nos atrair, hein? – disse alguém.

– Sim. Mas eu gostaria de ver isso – disse Ninjin. – Sim, gostaria de ver um Portão de Jade sem um bosque.

– Eu apostaria um barco carregado de peixe contra um balde de merda como dói arrancar todos aqueles pelos. – Uo assobiou.

– Quando eu for um *kami*, vou morar no Pavilhão do Paraíso de Kiku-san! Dizem que ela nasceu perfumada e sem pelos!

Em meio à risada, Uo perguntou:

– Fez alguma diferença, Mura-san, atacar o Portão de Jade sem o bosque?

– Foi o mais próximo que eu já consegui chegar. Iiiiih! Cheguei mais perto e mais fundo do que nunca, e isso é importante, *né?* Por isso, sei que é sempre melhor que a garota tire o bosque, embora algumas sejam supersticiosas com relação a isso e outras se queixem da coceira. Fica mais perto para a gente, e muito mais para ela... e chegar perto faz toda a diferença, *né?* – Eles riram e se voltaram para a escavação. O buraco crescia sob a chuva.

– Aposto como o Anjin-san chegou mais perto a noite passada, para que ela ficasse ao portão daquele jeito! Iiiih, o que eu não daria para ter sido ele. –

Uo enxugou o suor da testa. Como todos os demais, usava apenas uma tanga e um chapéu cônico de bambu, e estava descalço.

– Iiiiih! Eu estava lá, Uo, na praça, e vi tudo. Vi o sorriso dela e o senti descer até a minha Fruta e os meus artelhos.

– Sim – disse outro. – Tenho que admitir que só o sorriso dela me deixou duro como um remo.

– Mas não tão grande quanto o do Anjin-san, hein, Mura-san? – debochou Uo.
– Vamos, conte-nos a história de novo.

Alegremente, Mura aquiesceu e contou sobre a primeira noite e a casa de banho. A história melhorava à medida que ia sendo repetida, mas nenhum deles se importava.

– Oh, poder ser tão imenso! – Uo fez de conta que carregava uma gigantesca ereção à sua frente, e riu tanto que escorregou na lama.

– Quem teria imaginado que o bárbaro estrangeiro sairia do buraco para o paraíso? – Mura curvou-se sobre a sua pá um instante, recobrando fôlego. – Eu nunca teria acreditado... como uma lenda antiga. Karma, *né*?

– Talvez ele tenha sido um de nós, numa vida anterior, e tenha voltado com a mesma mente, mas uma pele diferente.

– Isso é possível – assentiu Ninjin. – Deve ser... porque, pelo que disse o santo padre, eu pensei que ele estaria ardendo na fornalha do diabo há muito tempo. O padre não disse que rogaria uma praga especial nele? Eu o ouvi invocar a vingança do grande *kami* Jesus sobre o Anjin-san e, até eu fiquei muito assustado. – Persignou-se e os outros mal notaram isso. – Mas Jesus Cristo, Nossa Senhora, Deus punem seus inimigos muito estranhamente, se é que vocês querem saber a minha opinião.

– Bem – disse Uo –, eu não sou cristão, como vocês bem sabem, mas, sinto muito, parece-me que o Anjin-san é um bom homem, por favor, desculpem-me, e melhor do que o padre cristão, que fedia, praguejava e assustava todo mundo. E ele tem sido bom conosco, *né*? Trata bem a sua gente... alguns dizem que ele é amigo do senhor Toranaga, deve ser, com todas as honrarias, *né*? E não se esqueçam de que Kiku-san o honrou com o seu Rego de Ouro.

– É de ouro, sim. Ouvi dizer que a noite lhe custou cinco *kobans!*

– Quinze *kokus* por uma noite? – exclamou Ninjin. – Iiiiih, que sorte o Anjin-san tem! Tem um *kami* ótimo para um inimigo de Deus Pai, Filho e Nossa Senhora.

– Ele pagou um *koban*, três *kokus* – disse Mura. – Mas se vocês acham que isso é muito... – Parou e olhou em torno com ar de conspiração, para se certificar de que não havia ouvidos clandestinos, embora soubesse, é claro, que com aquela chuva não haveria nenhum, e, mesmo que houvesse, que importava?

Todos pararam e se aproximaram.

– Sim, Mura-san?

– Simplesmente ouvi dizer que ela vai ser consorte do senhor Toranaga. Ele comprou o contrato dela esta manhã. Três mil *kokus*.

Era uma cifra assustadora, mais do que a aldeia inteira ganhava com peixe e arroz em vinte anos. O respeito por Kiku aumentou, se é que isso era possível. E pelo Anjin-san, que fora portanto o último homem na Terra a desfrutar dela como cortesã de primeira classe.

– Iiiiih! – resmungou Uo, falando com dificuldade. – Tanto dinheiro... não sei se quero vomitar, mijar ou peidar.

– Não faça nenhuma das três coisas – disse Mura laconicamente. – Cave. Vamos encontrar as espadas.

Obedeceram, cada um perdido nos próprios pensamentos. Inexoravelmente, o buraco se aprofundava.

Mas Ninjin, ardendo de preocupação, não conseguiu mais se conter e parou de cavar.

– Mura-san, por favor, desculpe-me, mas o que decidiu sobre os novos impostos? – perguntou. Os outros pararam.

Mura continuou cavando no seu ritmo metódico, esfalfante.

– O que há para decidir? Yabu-sama diz paguem, nós pagamos, *né?*

– Mas Toranaga-sama reduziu os nossos impostos para quatro partes sobre dez e ele é o nosso suserano agora.

– Verdade. Mas o senhor Yabu recebeu Izu de volta, e Suruga e Tōtōmi junto, e se tornou governador de novo. Portanto, quem é o nosso suserano?

– Toranaga-sama. Certamente, Mura-san, Tora...

– Você vai se queixar para ele, Ninjin? Hein? Acorde, Yabu-sama é governador como sempre foi. Nada mudou. E, se ele sobe os impostos, pagamos mais impostos. Está acabado!

– Mas isso vai levar todos os nossos estoques de inverno. Tudo. – A voz de Ninjin era um lamento enraivecido, mas todos eles sabiam da verdade do que ele dissera. – Mesmo com o arroz que roubamos...

– O arroz que poupamos – sibilou Uo, corrigindo-o.

– Mesmo com isso, não haverá o suficiente para durar todo o inverno. Teremos que vender um bote ou dois.

– Não venderemos bote algum – disse Mura. Espetou a pá na lama e enxugou o suor que cobria os olhos e reamarrou o cordão do chapéu com mais firmeza. Depois começou a cavar de novo. – Trabalhe, Ninjin. Isso desviará a sua mente do amanhã.

– Como aguentamos o inverno, Mura-san?

– Ainda temos que atravessar o verão.

– Sim – concordou Ninjin amargamente. – Pagamos mais de dois anos de impostos adiantados e ainda não é suficiente.

– Karma, Ninjin – disse Uo.

– A guerra se aproxima. Talvez tenhamos um novo senhor que seja mais justo, *né?* – disse outro.

– Ele não pode ser pior... Ninguém poderia ser pior.

– Não apostem nisso – disse Mura a todos. – Vocês estão vivos... mas podem estar totalmente mortos rapidamente, e então não haverá mais Regos de Ouro, com ou sem bosque. – A sua pá atingiu a rocha e ele parou. – Dê-me uma mão, Uo, meu velho.

Juntos tiraram a rocha da lama com a força dos braços. Uo cochichou ansiosamente:

– Mura-san, e se o santo padre perguntar sobre as armas?

– Conte-lhe. E diga-lhe que estamos prontos... Que Anjiro está pronta.

CAPÍTULO 42

CHEGARAM A YOKOSE POR VOLTA DO MEIO-DIA. BUNTARO JÁ HAVIA INTERCEP-tado Zataki na noite anterior e, conforme ordenara Toranaga, dera-lhe as boas--vindas com grande formalidade.

— Pedi-lhe que acampasse fora da aldeia, ao norte, senhor, até que o local de encontro pudesse ser preparado — disse Buntaro. — A reunião formal ocorrerá aqui esta tarde, se lhe aprouver — acrescentou, inexpressivo. — Achei que a hora do Bode seria auspiciosa.

— Bom.

— Ele queria encontrá-lo esta noite, mas eu rejeitei a proposta. Disse-lhe que o senhor ficaria "honrado" em encontrá-lo hoje ou amanhã, como ele quisesse, mas não depois de escurecer.

Toranaga grunhiu uma aprovação, mas continuou montado no seu cavalo, coberto de suor. Usava um peitoral de armas, elmo e uma leve armadura de bambu, assim como a sua escolta, igualmente esgotada pela viagem. Novamente olhou em torno, com cuidado. A clareira fora muito bem escolhida, sem possibilidade alguma de emboscada. Não havia árvores ou casas nas proximidades que pudessem ocultar arqueiros ou mosqueteiros. A leste da aldeia o terreno era plano e um pouco mais alto. Norte, oeste e sul estavam guardados pela aldeia e pela ponte de madeira que se estendia sobre o rio de curso rápido. Ali na garganta a água redemoinhava, o leito infestado de rochas. A leste, atrás dele e dos cavaleiros exaustos e transpirando, o caminho subia abruptamente até o cume enevoado, a cinco *ris* de distância. As montanhas erguiam-se acima de tudo, ao redor, muitas vulcânicas, a maioria com os picos nas nuvens. No centro da clareira, um estrado de doze esteiras fora especialmente erguido sobre colunas baixas. Cobria-o um alto dossel de junco. Os artesãos não pareciam ter tido pressa. Duas almofadas de brocado estavam colocadas, uma diante da outra, sobre os tatames.

— Tenho homens ali, ali e ali — continuou Buntaro, apontando com o arco para todos os penhascos que davam para o vale. — O senhor pode vê-los a muitas *ris*, em todas as direções, senhor. Boas posições de defesa, a ponte e a aldeia inteira estão cobertas. A leste, a sua retirada está garantida por mais homens. É claro que a aldeia está bem vigiada por sentinelas e deixei uma "guarda de honra" de cem homens no acampamento dele.

— O senhor Zataki está lá agora?

— Não, senhor. Escolhi uma hospedaria para ele e seus escudeiros nos arredores da aldeia, a norte, digna da posição dele, e convidei-o a desfrutar dos banhos lá mesmo. A hospedaria é isolada e está protegida. Sugeri que o senhor iria às

Termas de Shuzenji amanhã e ele seria seu convidado. – Buntaro indicou uma hospedaria de um andar na extremidade da clareira, que dava para a melhor vista, perto de uma fonte pequena que efervescia da rocha num banho natural. – Aquela hospedaria é sua, senhor. – Em frente da estalagem estava um grupo de homens, todos ajoelhados, de cabeça bem baixa, curvados e imóveis na direção deles. – São o chefe e os anciãos da aldeia. Eu não sabia se o senhor iria querer vê-los de imediato.

– Mais tarde. – O cavalo de Toranaga relinchou, cansado, e sacudiu a cabeça, os freios retinindo. Ele o afagou e agora, totalmente satisfeito com a segurança, fez sinal aos seus homens e desmontou. Um dos samurais de Buntaro segurou-lhe as rédeas. O samurai, como Buntaro e todos eles, de armadura, armado para combate e de prontidão.

Toranaga espreguiçou-se e fez um pouco de aquecimento físico para relaxar os músculos com cãibras das costas e das pernas. Viera na dianteira desde Anjiro, em marcha forçada, parando apenas para trocar as montarias. O resto do comboio de bagagem, sob o comando de Omi – palanquins e carregadores –, ainda estava bem longe, enfileirado na estrada que descia do cume. A estrada de Anjiro serpeava ao longo da costa, depois se ramificava. Eles haviam tomado o caminho oeste, para o interior, e subido resolutamente, através de florestas luxuriantes, com caça abundante, o monte Omuro à direita, os picos da cordilheira vulcânica Amagi à esquerda, elevando-se quase a 2 mil metros. A cavalgada o havia alegrado – finalmente um pouco de ação! Parte da jornada foi feita por uma região tão boa para falcoar que ele prometeu a si mesmo que um dia caçaria por toda Izu.

– Bom. Sim, muito bom – disse ele por sobre o alarido dos seus homens, desmontando e tagarelando e se separando. – Você agiu bem.

– Se quiser me honrar, senhor, rogo-lhe que me permita destruir o senhor Zataki e seus homens imediatamente.

– Ele o insultou?

– Não... Pelo contrário, os seus modos foram dignos de um cortesão, mas a bandeira sob a qual ele viaja é uma traição ao senhor.

– Paciência. Quantas vezes tenho que lhe dizer? – disse Toranaga, sem grosseria.

– Tenho medo sempre, senhor – replicou Buntaro asperamente. – Por favor, desculpe-me.

– Você era amigo dele.

– Ele era seu aliado.

– Ele lhe salvou a vida em Odawara.

– Estávamos do mesmo lado em Odawara – disse Buntaro gelidamente, depois explodiu: – Como ele pode lhe fazer isso, senhor? Seu próprio irmão! O senhor não o favoreceu, não lutou do mesmo lado que ele a vida toda?

— As pessoas mudam. — Toranaga concentrou toda a atenção no estrado. Delicadas cortinas de seda tinham sido penduradas nas vigas sobre a plataforma como decoração. Borlas ornamentais de brocado, combinando com as almofadas, formavam um friso agradável, e dos quatro pilares dos cantos pendiam borlas maiores. — Está rico demais e dá ao encontro importância excessiva — disse ele. — Deixe-o mais simples. Remova as cortinas, todas as borlas e almofadas, devolva-as aos mercadores e, se eles não derem o dinheiro de volta ao mestre quarteleiro, diga-lhe que as venda. Providencie quatro almofadas, não duas, simples, de palha.

— Sim, senhor.

O olhar de Toranaga deu com a fonte termal e ele se aproximou de lá. A água, fumegante e sulfurosa, chiava quando ele se aproximou de uma fenda nas rochas. O seu corpo doía por um banho.

— E o cristão? — perguntou.

— Senhor?

— Tsukku-san, o padre cristão?

— Oh, ele! Está em algum lugar na aldeia, mas do outro lado da ponte. Está proibido de vir a este lado sem a sua permissão. Por quê? É importante? Ele disse alguma coisa sobre como ficaria honrado em vê-lo quando fosse conveniente. O senhor o quer aqui agora?

— Ele está sozinho?

— Não — disse Buntaro fazendo um muxoxo. — Tem uma escolta de vinte acólitos, todos tonsurados como ele. Todos homens de Kyūshū, senhor, todos bem-nascidos e todos samurais. Todos bem montados, mas sem armas. Mandei revistá-los completamente.

— E ele?

— Claro que a ele também, mais que a qualquer outro. Havia quatro pombos-correio na sua bagagem. Confisquei-os.

— Bom. Destrua-os... Algum imbecil fez isso por engano, sinto muito, *né?*

— Compreendo. Quer que eu mande buscá-lo agora?

— Mais tarde. Eu o verei mais tarde.

Buntaro franziu o cenho.

— Foi errado revistá-lo?

Toranaga meneou a cabeça e distraidamente olhou para trás, para o cume da montanha, perdido em pensamentos. Depois disse:

— Mande um par de homens em quem possamos confiar vigiar o Regimento de Mosquetes.

— Já fiz isso, senhor. — O rosto de Buntaro acendeu-se com uma satisfação austera. — E a guarda pessoal do senhor Yabu contém alguns dos nossos ouvidos e olhos. Ele não vai poder peidar sem que o senhor saiba, se for esse o seu desejo.

– Bom. – A cabeça do comboio de bagagem, ainda bem distante, contornou uma curva no caminho sinuoso. Toranaga podia ver os três palanquins, Omi cavalgando na liderança, conforme o ordenado, o Anjin-san ao seu lado, também montando com desembaraço. Toranaga deu-lhes as costas. – Trouxe a sua esposa comigo.

– Sim, senhor.

– Ela está me pedindo permissão para ir a Ōsaka.

Buntaro encarou-o, mas não disse nada. Depois olhou de soslaio para as figuras quase indiscerníveis.

– Dei-lhe a minha aprovação... Desde que, naturalmente, você também aprove.

– Tudo o que o senhor aprovar, eu aprovarei – disse Buntaro.

– Posso permitir-lhe que vá por terra, de Mishima, ou que acompanhe o Anjin-san até Edo, e vá de lá para Ōsaka, por mar. O Anjin-san concordou em ser responsável por ela... se você aprovar.

– Seria mais seguro por mar – Buntaro estava ardendo por dentro.

– Tudo depende da mensagem do senhor Zataki. Se Ishido declarou formalmente guerra contra mim, então é claro que devo proibi-lo. Se não, a sua esposa pode seguir amanhã ou depois de amanhã, se você aprovar.

– Concordo com qualquer coisa que o senhor decida.

– Esta tarde transfira os seus deveres a Naga-san. É um bom momento para você e sua esposa fazerem as pazes.

– Por favor, desculpe-me, senhor. Devo ficar com os meus homens. Imploro-lhe que me deixe com os meus homens. Até que o senhor esteja longe, em segurança.

– Esta noite você transferirá seus deveres ao meu filho. Você e sua esposa se reunirão a mim à refeição noturna. Ficarão na hospedaria. Farão as pazes.

Buntaro olhava fixamente para o chão. Depois disse, ainda mais rígido:

– Sim, senhor.

– Ordeno-lhe que tente fazer as pazes – disse Toranaga. Pretendia acrescentar "uma paz honrosa é melhor do que a guerra, *né?*". Mas isso não era verdade, poderia ter dado início a uma discussão filosófica e ele estava cansado e não queria discussão, apenas um banho e repouso. – Agora vá buscar o chefe da aldeia!

O cabeça e os anciãos da aldeia caíram uns sobre os outros na pressa de se curvarem diante dele, dando-lhe as boas-vindas do modo mais extravagante. Toranaga disse-lhes bruscamente que a conta que apresentariam ao seu mestre quarteleiro quando ele partisse naturalmente seria justa e razoável.

– *Né?*

– *Hai* – disseram em coro humildemente, abençoando os deuses pela inesperada boa fortuna e pelos gordos lucros que aquela visita inevitavelmente lhes traria. Com muitas mesuras e cumprimentos, dizendo como estavam orgulhosos e honrados de poderem servir ao maior daimio do império. O chefe da aldeia, um velho alegre, conduziu-o até a hospedaria.

Toranaga inspecionou-a completamente por entre multidões de mesuras, criadas sorridentes de todas as idades, a nata da aldeia. Havia dez aposentos em torno de um jardim indefinível, com uma pequena casa de chá no centro, cozinhas nos fundos e, a oeste, aninhada nas rochas, uma grande casa de banho alimentada pelas fontes naturais. A hospedaria inteira era rodeada por uma cerca caprichada – um caminho coberto levava ao banho – e fácil de defender.

– Não necessito da hospedaria inteira, Buntaro-san – disse ele, novamente em pé na varanda. – Três aposentos serão suficientes: um para mim, um para o Anjin-san e um para as mulheres. Fique você com um quarto. Não há necessidade de pagar pelo resto.

– O meu mestre quarteleiro diz que fez um negócio muito bom pela hospedaria inteira, senhor, dia a dia, melhor do que metade do preço, e ainda está fora de estação. Aprovei o custo por causa da sua segurança.

– Muito bem – concordou Toranaga relutante. – Mas quero ver a conta antes de partirmos. Não há necessidade de desperdiçar dinheiro. É melhor encher os quartos com guardas, quatro em cada aposento.

– Sim, senhor. – Buntaro já havia decidido fazer isso. Observou Toranaga afastar-se a passos largos com dois guarda-costas, rodeado pelas quatro criadas mais bonitas, indo para o seu quarto na ala leste. Que mulheres?, perguntou-se ele, sombriamente. Que mulheres precisavam do quarto? Fujiko? Não importa, pensou, cansado, logo saberei.

Uma criada passou alvoroçada. Sorriu-lhe, alegre, e ele retribuiu mecanicamente. Era jovem, bonita, tinha uma pele macia, e ele dormira com ela na noite anterior. Mas a união não lhe dera prazer. E, embora ela fosse hábil, animada e bem treinada, a luxúria dele desaparecera, ele nunca sentira desejo por ela. Finalmente, por causa das boas maneiras, fingira atingir o auge, assim como ela fingira, para deixá-lo logo depois.

Ainda meditando, saiu do pátio para apreciar a estrada.

Por que Ōsaka?

À hora do Bode, as sentinelas da ponte se afastaram para o lado. O cortejo começou a passar. Primeiro, vinham os batedores portando bandeiras decoradas com o todo-poderoso emblema dos regentes, depois o rico palanquim e finalmente mais guardas.

Os aldeões se curvaram, todos de joelhos. Tanta riqueza e pompa os deixava particularmente curiosos. Precavidamente, o chefe da aldeia perguntara se devia reunir toda a sua gente para honrar a ocasião. Toranaga mandara uma mensagem dizendo que todos os que não estivessem trabalhando poderiam assistir, desde que tivessem a permissão dos respectivos amos. Então o chefe, com cautela ainda maior, selecionara uma delegação que incluía velhos e jovens obedientes, o suficiente para fazer uma demonstração – embora todos os adultos tivessem vontade de estar presentes –, mas não o suficiente para ir contra as ordens do grande daimio. Todos os que podiam estavam assistindo às escondidas, por trás de janelas e portas.

Saigawa Zataki, senhor de Shinano, era mais alto do que Toranaga e cinco anos mais jovem, com a mesma largura de ombros e nariz proeminente. Mas tinha a barriga chata, a barba curta, preta e densa, os olhos como meras fendas no rosto. Embora parecesse haver uma fantástica semelhança entre os meios-irmãos quando estavam longe, no momento em que estavam juntos eram de todo diferentes. O quimono de Zataki era luxuoso, a armadura cintilante e cerimonial, as espadas bem usadas.

– Bem-vindo, irmão – Toranaga avançou do estrado e se curvou. Estava usando o mais simples dos quimonos e sandálias de palha de soldado. E as espadas. – Por favor, desculpe-me por recebê-lo assim informalmente, mas vim tão depressa quanto pude.

– Por favor, desculpe-me por incomodá-lo. Está com boa aparência, irmão. Muito boa. – Zataki desceu do palanquim e retribuiu a reverência, dando início às intermináveis e meticulosas formalidades do cerimonial que, no momento, competia a ambos.

– Por favor, tome esta almofada, senhor Zataki.

– Por favor, desculpe-me, eu ficaria honrado se o senhor se sentasse primeiro, senhor Toranaga.

– É muito gentil. Mas, por favor, honre-me, sentando-se primeiro.

Continuaram com o jogo que já haviam jogado tantas vezes, um com o outro e com os amigos e inimigos, ascendendo a escada do poder, apreciando as regras que governavam cada movimento e cada frase, que protegiam a honra individual de cada um, de modo que nenhum deles pudesse cometer um engano, se comprometer ou comprometer a missão.

Por fim sentaram-se um diante do outro sobre as almofadas, à distância de duas espadas um do outro. Buntaro postou-se atrás, à esquerda de Toranaga. O principal assistente de Zataki, um velho samurai grisalho, também se pôs atrás, à esquerda do amo. Em torno do estrado, a vinte passos, estavam samurais de Toranaga, sentados em fileiras, todos deliberadamente ainda vestidos com os trajes de viagem, mas com as armas em perfeitas condições. Omi estava sentado no chão na extremidade do estrado, Naga no lado oposto. Os homens de Zataki estavam vestidos formalmente, ricamente, as capas imensas e com ombros em forma de asas presas com fivelas de prata. Mas estavam igualmente bem armados. Acomodaram-se também a vinte passos de distância.

Mariko serviu o chá cerimonial e houve uma conversa formal e inócua entre os dois irmãos. No momento correto, Mariko curvou-se e saiu, Buntaro doloridamente consciente da presença dela e imensamente orgulhoso da sua graça e beleza. Depois, cedo demais, Zataki disse com rispidez:

— Trouxe ordens do Conselho de Regentes.

Um silêncio repentino caiu sobre a área. Todos, até os seus homens, ficaram agastados com a falta de modos de Zataki, com a maneira insolente como dissera "ordens" e não "mensagem", e com a sua falha, não esperando que Toranaga perguntasse "Como posso ser-lhe útil?", conforme exigia o cerimonial.

Naga disparou os olhos do braço da espada de Zataki para o pai. Viu o rubor no pescoço de Toranaga, o que era sinal infalível de uma explosão iminente. Mas o seu rosto continuou tranquilo, e Naga ficou atônito quando ouviu a resposta controlada:

— Desculpe, o senhor tem ordens? Para quem? Certamente tem uma mensagem?

Zataki sacou com violência dois pequenos rolos da manga. A mão de Buntaro quase disparou na direção da sua espada ante a rapidez inesperada do movimento, pois o ritual exigia que todos os movimentos fossem lentos e calculados. Toranaga não se movera.

Zataki rompeu o selo do primeiro rolo e leu em voz alta, insensível: "Por ordem do Conselho de Regentes, em nome do Imperador Go-Nijo, o Filho do Céu, saudamos o nosso ilustre vassalo Yoshi-Toranaga-no-Minowara e o convidamos a prestar obediência diante de nós em Ōsaka, incontinente, e o convidamos a informar ao nosso ilustre embaixador, o regente senhor Saigawa Zataki, se o nosso convite é aceito ou recusado – incontinente". Levantou os olhos e, em voz igualmente alta, continuou:

— Está assinado por todos os regentes e selado com o Grande Selo do reino.

Com arrogância, colocou o rolo diante dele. Toranaga fez sinal a Buntaro, que avançou, curvou-se profundamente para Zataki, pegou o rolo, voltou-se para Toranaga, curvou-se de novo. Toranaga aceitou o rolo e fez sinal a Buntaro que voltasse a seu lugar.

Toranaga estudou o rolo interminavelmente.

— Todas as assinaturas são autênticas – disse Zataki. – O senhor aceita ou recusa?

Numa voz controlada, de modo que apenas os que estavam no estrado e Omi e Naga pudessem ouvi-lo, Toranaga disse:

— Por que eu não lhe tiro a cabeça pelas maneiras abomináveis?

— Porque sou filho de minha mãe – replicou Zataki.

— Isso não o protegerá se continuar assim.

— Então ela morrerá antes do tempo.

— O quê?

— A senhora nossa mãe encontra-se em Takato. — Takato era a inexpugnável fortaleza e capital de Shinano, a província de Zataki. — Lamento que o corpo dela tenha que permanecer lá para sempre.

— Blefe! Você a honra tanto quanto eu.

— Pelo espírito imortal dela, irmão, por mais que a honre, detesto ainda mais o que você está fazendo ao reino.

— Não viso a mais território e...

— Você visa a destruir a sucessão.

— Está errado de novo, e sempre protegerei o meu sobrinho de traidores.

— Você visa à queda do herdeiro. É nisso que acredito e por isso resolvi continuar vivo e fechar Shinano e a estrada nordeste contra você, custe o que custar, e continuarei a fazer isso até que o Kantō esteja em mãos amistosas, custe o que custar.

— Nas suas mãos, irmão?

— Quaisquer mãos seguras, o que exclui as suas, irmão.

— Confia em Ishido?

— Não confio em ninguém, você me ensinou isso. Ishido é Ishido, mas a lealdade dele é inquestionável. Até você admitirá isso.

— Admitirei que Ishido está tentando me destruir e dividir o reino, que usurpou o poder e que está infringindo o testamento do táicum.

— Mas você tramou com o senhor Sugiyama para aniquilar o Conselho de Regentes. *Né?* — A veia da testa de Zataki latejava como um verme preto. — O que você pode dizer? Um dos conselheiros dele admitiu a traição: que você conspirou com Sugiyama para que ele aceitasse o senhor Ito no seu lugar, depois renunciasse na véspera da primeira reunião e fugisse à noite, e assim lançasse o reino em confusão. Ouvi a confissão... irmão.

— Você foi um dos assassinos?

Zataki corou.

— *Rōnins* fanáticos mataram Sugiyama, não eu, nem qualquer dos homens de Ishido!

— Curioso que você tenha tomado o lugar dele como regente tão depressa, *né?*

— Não. A minha linhagem é tão antiga quanto a sua. Mas não ordenei essa morte, nem Ishido. Ele jurou isso pela sua honra de samurai. Eu também. Os *rōnins* mataram Sugiyama, mas ele merecia morrer.

— Por tortura, desonrado numa cela imunda, seus filhos e consortes esquartejados diante dele?

— Isso é um boato espalhado por descontentes infames, talvez pelos seus espiões, para desacreditar o senhor Ishido e, através dele, a senhora Ochiba e o herdeiro. Não há prova disso.

— Olhe os corpos deles.

— Os *rōnins* incendiaram a casa. Não há corpos.

– Muito conveniente, *né?* Como é que você pode ser tão crédulo? Você não é um camponês estúpido!

– Recuso-me a sentar aqui e ouvir esse lixo. Dê-me a sua resposta agora. E então, ou me tire a cabeça, e ela morre, ou deixe-me ir. – Zataki inclinou-se para a frente. – Poucos momentos depois de a minha cabeça ter rolado dos ombros, dez pombos-correio estarão voando para o norte, em direção a Takato. Tenho homens de confiança ao norte, leste e oeste, a um dia de marcha daqui, fora do seu alcance, e, se eles falharem, há mais homens em segurança do outro lado das suas fronteiras. Se você me tirar a cabeça, mandar-me assassinar ou se eu morrer em Izu, *seja qual for a razão*, ela também morrerá. Agora, ou você me corta a cabeça ou vamos terminar a entrega dos rolos e parto imediatamente de Izu. Escolha!

– Ishido assassinou o senhor Sugiyama. Oportunamente lhe darei a prova. Isso é importante, *né?* Só preciso de um pouco...

– Você não tem mais tempo! "Incontinente", diz a mensagem. Claro que se você se recusar a obedecer, ótimo, assim será feito. Olhe – Zataki colocou o segundo rolo sobre os tatames –, aqui está a sua destituição formal e a ordem para cometer *seppuku*, que você tratará com desprezo igual, que Buda o perdoe! Agora está tudo feito. Partirei imediatamente e a próxima vez que nos virmos será num campo de batalha, e, por Buda, antes do pôr do sol desse dia, prometi a mim mesmo que verei a sua cabeça na ponta de um chuço.

Toranaga mantinha os olhos fixos no adversário.

– O senhor Sugiyama era seu amigo e meu. Companheiro nosso, um samurai tão honrado quanto jamais existiu. A verdade sobre a morte dele deveria ser de importância para você.

– A sua tem mais importância, irmão.

– Ishido o sugou como um bebê faminto na teta da mãe.

Zataki voltou-se para o seu conselheiro.

– Pela sua honra de samurai, eu postei homens, e qual é a mensagem?

O velho samurai, grisalho e digno, chefe dos confidentes de Zataki, e bem conhecido de Toranaga como homem honrado, sentia-se aborrecido e envergonhado pela ruidosa demonstração de ódio, assim como todos os que ouviam.

– Sinto muito, senhor – disse ele, num sussurro sufocado, curvando-se para Toranaga –, mas meu amo, naturalmente, está dizendo a verdade. Como se poderia questionar isso? E, por favor, desculpe-me, mas é meu dever, com toda a honra e humildade, assinalar-lhes que... essa falta de polidez tão surpreendente e vergonhosa entre os senhores não é digna da sua posição nem da solenidade desta ocasião. Se os seus vassalos... se pudessem ter ouvido... duvido que qualquer um dos senhores pudesse tê-los contido. Esqueceram-se do seu dever como samurais e do seu dever para com os seus homens. Por favor, desculpem-me – ele se curvou para os dois –, mas isto tinha que ser dito. – E acrescentou: – Todas as mensagens foram idênticas, senhor Toranaga, e sob o selo oficial do senhor Zataki: "Matem a senhora minha mãe imediatamente.".

– Como posso provar que não estou tentando destruir o herdeiro? – perguntou Toranaga ao irmão.

– Abdique imediatamente de todos os seus títulos e poder em favor do seu filho e herdeiro, o senhor Sudara, e cometa *seppuku* hoje. Então eu e os meus homens, até o último, apoiaremos Sudara como senhor do Kantō.

– Considerarei o que você disse.

– Hein?

– Considerarei o que você disse – repetiu Toranaga com mais firmeza. – Encontramo-nos amanhã à mesma hora, se lhe aprouver.

O rosto de Zataki contorceu-se.

– Isso é mais um dos seus truques? O que há para justificar outro encontro?

– O que você disse e isto – Toranaga levantou o rolo que tinha na mão. – Dar-lhe-ei a minha resposta amanhã.

– Buntaro-san! – Zataki apontou o segundo rolo. – Por favor, dê isto ao seu amo.

– Não! – A voz de Toranaga repercutiu em torno da clareira. Depois, com grande cerimônia, acrescentou alto: – Fico formalmente honrado em aceitar a mensagem do conselho e submeterei a minha resposta ao seu ilustre embaixador, meu irmão, o senhor de Shinano, amanhã a esta hora.

Zataki encarou-o desconfiado.

– Que possível resp...

– Por favor, desculpe-me, senhor – interrompeu o velho samurai baixinho, com uma dignidade grave, novamente mantendo a conversa em particular –, sinto muito, mas o senhor Toranaga está perfeitamente correto em sugerir isso. É uma escolha solene que o senhor lhe deu, uma escolha que não está contida nos pergaminhos. É justo e honrado que se dê a ele o tempo que solicita.

Zataki pegou o segundo pergaminho e o empurrou de volta à manga.

– Muito bem. Concordo. Senhor Toranaga, por favor, desculpe-me os maus modos. Por último, por favor, diga-me onde está Kashigi Yabu. Tenho um pergaminho para ele. Só um, no caso dele.

– Eu o mandarei ao senhor.

○

O falcão fechou as asas e caiu de trezentos metros no céu vespertino, chocando-se contra o pombo em fuga com uma explosão de penas; depois segurou-o nas garras e carregou-o para o solo, mais uma vez caindo como uma pedra. Então, a poucos metros do chão, soltou a presa agora morta, freou furiosamente e pousou perfeitamente. "Ic-ic-ic-ic-iiicc", guinchou a ave, arrepiando as penas do pescoço com orgulho, as garras dilacerando a cabeça do pombo no seu êxtase de conquista.

Toranaga, com Naga como escudeiro, saiu a galope. O daimio saltou da sela. Gentilmente, chamou a ave de volta ao punho. Obediente, ela subiu para a luva e logo foi recompensada com um pedaço de carne de uma presa anterior. Ele lhe colocou o capuz, apertando as correias com os dentes. Naga pegou o pombo e o colocou na sacola de caça que pendia da sela do cavalo de seu pai, depois se voltou e com gestos chamou os batedores e guardas afastados.

Toranaga montou de novo, o falcão confortavelmente na sua luva, seguro pelos delgados pioses de couro. Ele levantou os olhos para o céu, avaliando a claridade que ainda havia.

No fim da tarde o sol aparecera, e agora, no vale, o dia morrendo rapidamente, o sol de há muito oculto pelo pico ocidental, estava frio e agradável. As nuvens estavam tomando rumo norte, empurradas pelo vento dominante, flutuando sobre os picos das montanhas e ocultando muitos. Àquela altitude o ar era limpo e suave.

– Devemos ter um bom dia amanhã, Naga-san. Sem nuvens, imagino. Acho que caçarei assim que amanhecer.

– Sim, pai. – Naga o observava, perplexo, com medo de fazer perguntas como sempre, mas querendo saber tudo. Não conseguia entender como o pai podia estar tão despreocupado depois de uma reunião tão hedionda. Despedir-se de Zataki com a cerimônia devida, depois, imediatamente, convocar os seus gaviões, batedores e guardas e levá-los para as colinas ondulantes além da floresta parecia a Naga uma extraordinária demonstração de autocontrole. O simples fato de pensar em Zataki fazia a pele de Naga arrepiar-se, e ele sabia que o velho conselheiro tinha razão: se um décimo da conversa tivesse sido ouvido, os samurais teriam saltado para defender a honra dos respectivos senhores. Não fosse pela ameaça que pendia sobre a cabeça da sua venerada avó, Naga teria se atirado a Zataki pessoalmente. Acho que é por isso que meu pai é o que é e está onde está, pensou ele...

Os seus olhos perceberam cavaleiros que surgiram da floresta abaixo e galopavam na direção deles sobre os contrafortes ondulantes. Além do verde-escuro da floresta, o rio era uma faixa negra, enroscando-se. As luzes nas hospedarias piscavam como vagalumes.

– Pai!

– Hein? Ah, sim, estou vendo agora. Quem são?

– Yabu-san, Omi-san e... oito guardas.

– Os seus olhos são melhores do que os meus. Ah, sim, agora os reconheço.

Sem pensar, Naga disse:

– Eu não teria deixado Yabu-san ir sozinho ao encontro do senhor Zataki, sem... – Parou e gaguejou: – Por favor, desculpe-me.

– Por que não teria mandado Yabu-san sozinho?

Naga se amaldiçoou por abrir a boca e estremeceu sob o olhar fixo de Toranaga.

– Por favor, desculpe-me, mas porque eu nunca saberia que acordo secreto eles teriam feito. Ele poderia fazer isso, pai, facilmente. Eu os teria mantido separados... por favor, desculpe-me. Não confio nele.

– Se Yabu-san e Zataki-san planejam traição pelas minhas costas, eles o farão, mande eu uma testemunha ou não. Algumas vezes é mais prudente dar linha extra à vítima... é assim que se pega um peixe, *né*?

– Sim, por favor, desculpe-me.

Toranaga percebeu que o filho não havia compreendido, nunca compreenderia, seria sempre meramente um falcão para ser lançado contra um inimigo, veloz, voraz e mortalmente.

– Fico contente de que você compreenda, meu filho – disse, para encorajá-lo, reconhecendo as suas boas qualidades e valorizando-as. – Você é um bom filho – acrescentou, falando com sinceridade.

– Obrigado, pai – disse Naga, cheio de orgulho com o raro elogio. – Só espero que o senhor me perdoe minhas tolices e me ensine a servi-lo melhor.

– Você não é tolo – disse Toranaga, quase acrescentando "Yabu é que é". Quanto menos gente souber, melhor, e não é necessário forçar a sua mente. Você é tão jovem... meu filho mais novo, não fosse o seu meio-irmão Tadateru. Quantos anos ele tem? Ah, sete, sim, deve estar com sete.

Observou por um momento os cavaleiros que se aproximavam.

– Como está sua mãe, Naga?

– Como sempre, a mulher mais feliz do mundo. Só me deixa vê-la uma vez por ano. O senhor não pode convencê-la a mudar?

– Não – disse Toranaga. – Ela nunca mudará.

Toranaga sempre se animava quando pensava em Chano-Tsubone, a sua oitava consorte oficial e mãe de Naga. Riu consigo mesmo ao se lembrar do humor grosseiro dela, as suas faces com covinhas, o traseiro insolente, o modo como ondulava e o entusiasmo com que "travesseirava".

Fora a viúva de um fazendeiro das proximidades de Edo, que o atraíra vinte anos antes. Ficara com ele três anos, depois pedira permissão para retornar à terra. Ele lhe permitira ir-se. Agora vivia numa boa fazenda perto do lugar onde nascera – gorda e contente, uma monja budista, honrada por todos e sem obrigação para com ninguém. De vez em quando ia vê-la e então riam muito juntos, sem motivo, amigos.

– Ah, é uma boa mulher – disse Toranaga.

Yabu e Omi chegaram e desmontaram. A dez passos pararam e se curvaram.

– Ele me deu um pergaminho – disse Yabu, enraivecido, brandindo-o. – "... Convidamo-lo a deixar Izu imediatamente e rumar para Ōsaka hoje e apresentar-se no Castelo de Ōsaka para uma audiência, ou todas as suas terras ficam confiscadas e o senhor, consequentemente, declarado um fora da lei". – Amarrotou o rolo na mão e atirou-o ao chão. – Hoje!

– Então o senhor deve partir imediatamente – disse Toranaga de súbito, muito bem-humorado ante a truculência e estupidez de Yabu.

– Senhor, imploro-lhe – começou Omi apressadamente, caindo de joelhos –, o senhor Yabu é seu vassalo devotado e imploro-lhe humildemente que não escarneça dele. Perdoe-me por ser tão rude, mas o senhor Zataki... Perdoe-me por ser tão rude.

– Yabu-san, desculpe a observação, por favor, tinha a intenção de ser cordial – disse Toranaga, amaldiçoando o seu lapso. – Devemos todos ter senso de humor ante essas mensagens, *né?* – Chamou o falcoeiro, deu-lhe a ave do punho e mandou que ele e os batedores se retirassem. Depois afastou todos os samurais do raio de audição, exceto Naga, acocorou-se e os mandou fazer o mesmo. – Talvez fosse melhor me contar o que aconteceu.

– Quase não há nada a contar – disse Yabu. – Fui vê-lo. Recebeu-me com o mínimo absoluto de cortesia. Primeiro houve "saudações" do senhor Ishido e um convite brusco para me aliar secretamente a ele, planejar o assassinato imediato do senhor e matar cada um dos seus samurais em Izu. Claro que me recusei a ouvir e imediatamente, *imediatamente*, sem qualquer cortesia, ele me estendeu isto! – Os dedos dele apontaram beligerantemente na direção do pergaminho. – Se a sua ordem direta não o estivesse protegendo, eu o teria feito em pedaços na hora! Solicito-lhe que anule essa ordem. Não posso viver com essa vergonha. Tenho que me vingar!

– Isso foi tudo o que aconteceu?

– Não é o suficiente?

Toranaga passou por cima da rudeza de Yabu e olhou carrancudo para Omi.

– Você merece ser censurado, *né?* Por que não teve a inteligência de proteger melhor o seu senhor? Supõe-se que você seja um conselheiro. Deveria ter sido o escudo dele. Deveria ter levado o senhor Zataki a falar às claras, tentando descobrir o que Ishido tem em mente, qual era o suborno, que planos eles têm. Supõe-se que você seja um conselheiro de valor. Teve uma oportunidade perfeita e desperdiçou-a como um simplório inexperiente!

Omi baixou a cabeça.

– Por favor, desculpe-me, senhor.

– Eu poderia desculpá-lo, mas não vejo por que o senhor Yabu deva fazer isso. Agora tem que agir, de um modo ou de outro.

– O quê? – disse Yabu.

– Por que outro motivo acha que fiz o que fiz? Para adiar... Naturalmente para adiar – disse Toranaga.

– Mas um dia? Que valor tem um dia? – perguntou Yabu.

– Quem sabe? Um dia para nós é um dia a menos para o inimigo. – Os olhos de Toranaga relampejaram de volta a Omi. – A mensagem de Ishido foi verbal ou por escrito?

Foi Yabu quem respondeu.

– Verbal, é claro.

Toranaga mantinha o olhar penetrante fixo em Omi.

– Você falhou no seu dever para com o seu senhor e para comigo.

– Por favor, desculpe...

– O que foi que você disse exatamente?

Omi não respondeu.

– Esqueceu-se da sua educação também? O que foi que disse?

– Nada, senhor. Não disse nada.

– O quê?

– Ele não disse nada a Zataki porque não estava presente – rugiu Yabu. – Zataki pediu para falar comigo sozinho.

– Oh! – Toranaga ocultou o contentamento por Yabu ter tido que admitir o que ele já supunha, e que parte da verdade agora estava às claras. – Por favor, desculpe-me, Omi-san. Naturalmente presumi que você tivesse estado presente.

– O erro foi meu, senhor. Deveria ter insistido. O senhor tem razão, falhei em proteger o meu senhor – disse Omi. – Eu deveria ter sido mais enérgico. Por favor, desculpe-me. Yabu-sama, por favor, desculpe-me.

Antes que Yabu pudesse responder, Toranaga disse:

– É claro que você está perdoado, Omi-san. Se o seu senhor rejeitou a sua companhia, isso é privilégio dele. O senhor rejeitou, Yabu-sama?

– Sim... Sim, mas não achei que tivesse importância. O senhor acha que eu...

– Bem, o dano está feito agora. O que planeja fazer?

– Naturalmente, ignorar a mensagem, senhor. – Yabu estava inquieto. – O senhor acha que eu poderia ter evitado pegá-la?

– É claro. Poderia ter negociado com ele por um dia. Talvez mais. Semanas até – acrescentou Toranaga, revolvendo a faca mais fundo na ferida, maliciosamente deliciado com o fato de a própria estupidez de Yabu tê-lo atirado para o anzol e nem um pouco preocupado com a traição para a qual Yabu sem dúvida fora atraído, bajulado, lisonjeado ou ameaçado. – Sinto muito, mas está comprometido. Não tem importância, é como o senhor diz: "Quanto mais depressa todo mundo escolher posições, melhor". – Levantou-se. – Não há necessidade de voltar ao regimento esta noite. Vocês dois juntem-se a mim à refeição noturna. Providenciarei um entretenimento. – Para todo mundo, disse a si mesmo, com muita satisfação.

Os hábeis dedos de Kiku executaram um acorde, o plectro seguro com firmeza. Depois ela começou a cantar e a pureza da sua voz encheu a noite silenciosa. Estavam sentados no grande aposento que se abria para a varanda e o jardim, fascinados pelo extraordinário efeito que ela causava sob os archotes bruxuleantes, os fios de ouro do seu quimono captando a luz quando ela se curvava sobre o *shamisen*.

Toranaga correu os olhos em volta momentaneamente, tomando o pulso da situação. De um lado seu, Mariko estava sentada entre Blackthorne e Buntaro. Do outro, Omi e Yabu, lado a lado. O lugar de honra ainda estava vazio. Zataki fora convidado, mas, naturalmente, lamentara ter que declinar do convite por estar mal de saúde, embora tivesse sido visto galopando pelas colinas a nordeste e agora estivesse "travesseirando" com o seu lendário vigor. Naga e guardas escolhidos com muito cuidado estavam por toda parte. Gyoko vagava em algum lugar na obscuridade. Kiku-san estava ajoelhada na varanda de frente para eles, de costas para o jardim – minúscula, sozinha e esplêndida.

Mariko tinha razão, pensou Toranaga. A cortesã vale o dinheiro. O seu espírito estava fascinado por ela, a sua preocupação com Zataki abrandara. Mando chamá-la de novo esta noite ou durmo sozinho? A sua virilidade levantou-se ao se lembrar da noite anterior.

– Então, Gyoko-san, desejava ver-me? – perguntara em seus aposentos particulares da fortaleza.

– Sim, senhor.

Ele acendera o bastão de incenso.

– Por favor, prossiga. – Gyoko se curvara, mas ele mal tinha olhos para ela. Era a primeira vez que via Kiku de perto. A proximidade realçava seus traços magníficos, ainda não marcados pelos rigores da sua profissão. – Por favor, toque um pouco de música enquanto conversamos – dissera, surpreso de que Gyoko estivesse preparada para conversar na frente dela.

Kiku obedecera imediatamente, mas a música não fora nada como a desta noite. Fora calmante, um acompanhamento para o negócio que estava sendo tratado. Esta noite era para excitar, para admirar e para prometer.

– Senhor – começara Gyoko formalmente –, primeiro possa eu humildemente agradecer-lhe a honra que me faz, à minha pobre casa e a Kiku-san, a primeira das minhas damas do Mundo do Salgueiro. O preço que pedi pelo contrato é insolente, eu sei, impossível, tenho certeza, de decidir até o amanhecer de amanhã, quando a senhora Kashigi e a senhora Toda, na sua sabedoria, decidirão. Se se tratasse de um assunto seu, o senhor teria decidido há muito tempo, pois o que significa o desprezível dinheiro para qualquer samurai, ainda mais para o maior daimio do mundo?

Gyoko fizera uma pausa, aguardando o efeito. Ele não mordera a isca, mas movera o leque ligeiramente, o que podia ser interpretado como irritação com a expansividade dela, aceitação do cumprimento ou uma absoluta rejeição do preço solicitado, dependendo da sua disposição. Ambos sabiam com muita clareza quem é que realmente aprovava a quantia.

– O que é o dinheiro? Nada além de um meio de comunicação – continuara ela –, assim como a música de Kiku-san. O que de fato nós, do Mundo do Salgueiro, fazemos senão comunicar e entreter, iluminar a alma do homem, aliviar-lhe o fardo?... – Toranaga reprimira uma resposta cáustica, lembrando-se de que a mulher comprara um bastão de tempo por quinhentos *kokus*, e quinhentos *kokus* mereciam uma audição atenta. Por isso deixou-a continuar e ouviu com um ouvido, deixando o outro gozar da música perfeita que o atingia no âmago do ser, afagando-o e prolongando a sensação de euforia. Então fora rudemente arrastado de volta ao mundo da realidade por alguma coisa que Gyoko dissera.

– O quê?

– Eu estava meramente sugerindo que o senhor devia tomar o Mundo do Salgueiro sob a sua proteção e mudar o curso da história.

– Como?

– Fazendo o que sempre fez, senhor, interessando-se pelo futuro do império inteiro, antes de se interessar pelo seu.

Ele deixou o ridículo exagero passar e disse a si mesmo que fechasse os ouvidos à música, que ele caíra na primeira armadilha dizendo a Gyoko que trouxesse a garota; na segunda, deixando-se regalar com a beleza e o perfume dela; e na terceira, permitindo-lhe tocar sedutoramente enquanto a ama falava.

– O Mundo do Salgueiro? O que há com o Mundo do Salgueiro?

– Duas coisas, senhor. Primeiro, atualmente o Mundo do Salgueiro está misturado com o mundo real, para prejuízo de ambos. Segundo, as nossas damas não podem realmente atingir a perfeição que todo homem tem o direito de esperar.

– Oh! – O perfume de Kiku, um perfume que ele nunca conhecera antes, chegou a ele numa lufada. Fora uma escolha perfeita. Involuntariamente olhou para ela. Encontrou um meio sorriso, para ele apenas. Languidamente, ela baixou os olhos e os seus dedos tocaram as cordas, enquanto ele os sentia em si mesmo, no íntimo.

Tentou se concentrar.

– Desculpe, Gyoko-san. Estava dizendo?

– Por favor, desculpe-me por não ser clara, senhor. Primeiro, o Mundo do Salgueiro devia ser separado do mundo real. A minha casa de chá em Mishima fica numa rua ao sul da cidade, enquanto outras se espalham por toda a cidade. Acontece o mesmo em Kyōto e Nara e por todo o império. Até em Edo. Mas pensei que Edo poderia estabelecer o padrão do mundo.

– Como? – Seu coração saltou quando um acorde perfeito se encaixou.

– Todos os outros ofícios, sabiamente, têm ruas só para si, áreas para si. Nós deveríamos ser autorizados a ter o nosso próprio lugar, senhor. Edo é uma cidade nova. O senhor poderia considerar a possibilidade de reservar um setor especial para o seu Mundo do Salgueiro. Traga todas as casas de chá para dentro dos muros dessa área e proíba qualquer casa de chá, ainda que modesta, do lado de fora.

Agora, a mente dele se concentrou totalmente, pois ali estava uma ideia imensa. Era tão boa que ele se censurou por não tê-la pensado por si mesmo. Todas as casas de chá e todas as cortesãs dentro de uma cerca e, em consequência, extraordinariamente fáceis de policiar, de observar e de taxar, e todos os clientes igualmente fáceis de policiar, de observar e de espionar. A simplicidade estonteou-o. Ele também sabia da poderosa influência exercida pelas damas de primeira classe.

Mas o seu rosto não traiu nada do seu entusiasmo.

– Que vantagem há nisso, Gyoko-san?

– Teríamos a nossa própria corporação, senhor, com toda a proteção que uma corporação implica, uma corporação real num lugar, não algo espalhado, por assim dizer, uma corporação a que todos obedeceriam...

– *Deveriam* obedecer?

– Sim, senhor. Deveriam obedecer, pelo bem de todos. A corporação seria responsável por que os preços fossem justos e que os padrões fossem mantidos. Para que, em poucos anos, uma dama de segunda classe em Edo se igualasse a uma de Kyōto, e assim por diante. Se o esquema tivesse valor em Edo, por que não em cada cidade do seu domínio?

– Mas os proprietários que estivessem dentro da cerca dominariam tudo. São monopolistas, *né?* Podem estipular preços de entrada extorsivos, *né?* Podem trancar as portas a muitos que têm um direito igual de trabalhar no Mundo do Salgueiro, *né?*

– Sim, poderia ser assim, senhor. E acontecerá em alguns lugares e em algumas épocas. Mas leis estritas podem facilmente ser feitas para garantir a justiça e pareceria que o bem supera o mal, para nós e para os nossos honrados clientes e fregueses. Segundo: damas do...

– Vamos concluir o seu primeiro ponto, Gyoko-san – disse Toranaga secamente. – Então isso é um aspecto contra a sua sugestão, *né?*

– Sim, senhor. É possível. Mas qualquer daimio poderia facilmente dar ordens em contrário. E teria que lidar apenas com uma corporação num lugar. O senhor não teria problema. Cada casa, naturalmente, seria responsável pela paz da área. E pelos impostos.

– Ah, sim, os impostos! Certamente seria muito mais fácil coletar os impostos. Esse é um ponto muito bom a seu favor.

Os olhos de Gyoko estavam no bastão de incenso. Mais da metade já desaparecera.

– O senhor, na sua sabedoria, poderia decretar que o nosso Mundo do Salgueiro fosse o único, no mundo todo, a nunca ser taxado. Nunca, nunca,

nunca. – Ela levantou os olhos para ele, olhos sem malícia. – Afinal, senhor, o nosso mundo também não é chamado de "Mundo Flutuante", não é a beleza a nossa única oferenda, não é a juventude uma grande parte da beleza? Uma coisa tão fugaz e efêmera como a juventude não é uma dádiva dos deuses? E sagrada? Dentre todos os homens, o senhor deve saber como a juventude é rara e fugaz, como a mulher o é.

A música morreu. Os olhos dele foram atraídos para Kiku-san. Ela o observava atenta, uma pequena ruga no cenho.

– Sim – disse ele honestamente. – Sei quão fugaz pode ser. – Tomou um gole de chá. – Considerarei o que você disse. Segundo?

– Segundo – Gyoko reuniu todos os seus dotes. – Segundo e último. O senhor poderia colocar o seu carimbo no Mundo do Salgueiro para sempre. Considere algumas das nossas damas. Kiku-san, por exemplo. Estuda canto, dança e toca *shamisen* desde os seis anos de idade. Cada momento em que esteve acordada ela passou trabalhando muito arduamente para aperfeiçoar a sua arte. Reconhecidamente se tornou uma dama de primeira classe, conforme merece o seu talento ímpar. Mas sempre é uma cortesã e alguns clientes esperam desfrutar dela no "travesseiro", assim como por meio da sua arte. Creio que se deviam criar duas categorias de damas. Primeiro, cortesãs, como sempre, divertidas, felizes, físicas. Segundo, uma nova classe, talvez a palavra "gueixas" as descrevesse melhor, "pessoas de arte", pessoas dedicadas exclusivamente à arte. Não se esperaria que "travesseirar" fizesse parte do seu dever. Seriam apenas artistas, dançarinas, cantoras, musicistas... especialistas, e assim se dedicariam exclusivamente a essa profissão. As gueixas entretêm a mente e o espírito dos homens com sua beleza, graça e talento. As cortesãs satisfazem o corpo com a beleza, graça e igual talento.

Mais uma vez ele foi dominado pela simplicidade e pelas possibilidades de longo alcance da ideia.

– Como se selecionaria uma gueixa?

– Pela aptidão. Na puberdade, o seu proprietário decidiria o futuro dela. E a corporação poderia aprovar ou rejeitar a aprendiz, *né?*

– É uma ideia extraordinária, Gyoko-san.

A mulher curvou-se e estremeceu.

– Por favor, desculpe o meu fôlego, senhor, mas desse modo, quando a beleza se vai e o corpo engrossa, a garota ainda pode ter um futuro excelente e um valor real. Não terá que descer a estrada por onde, hoje, todas as cortesãs são obrigadas a viajar. Rogo pelas artistas que existem entre elas, como Kiku-san, por exemplo. Solicito-lhe que conceda às poucas favoritas um futuro e a posição que merecem na Terra. Aprender a cantar, a dançar e a tocar exige prática, e prática durante anos. O "travesseiro" necessita de juventude, e não há afrodisíaco como a juventude. *Né?*

– Não. – Toranaga observou. – As gueixas não poderiam "travesseirar"?

— Isso não faria parte do dever de uma gueixa, fosse qual fosse o dinheiro oferecido. As gueixas nunca seriam *obrigadas* a "travesseirar", senhor. Se uma desejasse "travesseirar" com um homem em particular, isso seria problema somente seu, ou talvez devesse ser combinado, com a permissão da sua ama, um preço tão elevado quanto o homem pudesse pagar. O dever de uma cortesã seria "travesseirar" com talento; as gueixas e as aprendizes de gueixas seriam intocáveis. Por favor, desculpe-me por falar tanto. – Gyoko curvou-se e Kiku curvou-se. Restava uma fração mínima de incenso.

Toranaga fez-lhe perguntas por duas vezes o tempo concedido, satisfeito com a oportunidade de aprender sobre o mundo delas, sondando ideias, esperanças e receios. O que aprendeu excitou-o. Reservou a informação para uso posterior, depois mandou Kiku-san para o jardim.

— Esta noite, Gyoko-san, eu gostaria que ela ficasse, se lhe aprouver, até o amanhecer... se estiver livre. Quer perguntar-lhe, por favor? Naturalmente, entendo que ela possa estar cansada agora. Afinal de contas, tocou de modo tão soberbo, por tanto tempo, que eu compreenderei perfeitamente. Mas talvez ela considerasse a ideia. Eu ficaria agradecido se pudesse perguntar-lhe.

— Naturalmente, senhor, mas sei que ela ficaria honrada com o seu convite. É nosso dever servir de todo modo que pudermos, *né?*

— Sim. Mas ela, conforme você acertadamente assinalou, é muito especial. Compreenderei perfeitamente se ela estiver cansada demais. Por favor, pergunte-lhe. – Deu a Gyoko um saquinho de couro contendo dez *kobans*, lamentando a ostentação, mas sabendo que a sua posição a exigia. – Talvez isto a compense por uma noite tão exaustiva e seja um pequeno símbolo do meu agradecimento pelas suas ideias.

— É nosso dever servir, senhor – disse Gyoko. Ele a viu tentando impedir os dedos de contar através do couro macio e falhar. – Obrigada, senhor. Por favor, desculpe-me, eu perguntarei a ela. – Então, estranha e inesperadamente, lágrimas encheram-lhe os olhos. – Por favor, aceite os agradecimentos de uma mulher velha e vulgar pela sua cortesia e por tê-la escutado. É só que, por todo o prazer que damos, a nossa única recompensa é um rio de lágrimas. Na verdade, senhor, é difícil explicar como uma mulher se sente... por favor, desculpe-me...

— Ouça, Gyoko-san, compreendo. Não se preocupe. Considerarei tudo o que você disse. Oh, sim, vocês duas partirão comigo pouco depois do amanhecer. Alguns dias nas montanhas trarão uma agradável mudança. Imagino que o preço do contrato será aprovado, *né?*

Gyoko curvou-se agradecida, depois enxugou as lágrimas e disse com firmeza:

— Posso então perguntar o nome da honrada pessoa para quem o contrato dela será comprado?

— Yoshi Toranaga-no-Minowara.

Agora, sob a noite de Yokose, o ar docemente frio, a música e a voz de Kiku-san possuindo a mente e o coração de todos, Toranaga deixou a própria mente devanear. Lembrou-se da cintilação de orgulho que inundara o rosto de Gyoko e admirou-se de novo com a desnorteante credulidade das pessoas. Que desconcertante. Até as pessoas mais inteligentes e astutas com frequência viam apenas o que queriam ver e raramente olhavam para além da mais delgada das fachadas. Ou ignoravam a realidade, rejeitando-a como uma fachada. E depois, quando o seu mundo inteiro caía em pedaços e essas pessoas chegavam ao ponto de ficar de joelhos, rasgando o ventre ou cortando o pescoço, ou ainda atiradas para o mundo da indiferença, arrancando os cabelos ou rasgando as roupas, ou ainda lamentando o karma, elas acusavam os deuses ou os *kamis* ou ainda a sorte, ou então o senhor, o marido, o vassalo, qualquer coisa ou qualquer pessoa, mas nunca a si mesmas, pelo fracasso.

Muito estranho.

Olhou para os seus convidados e viu que ainda estavam observando a garota, fechados em seus segredos, a mente expandida pelo talento dela, todos menos o Anjin-san, que estava impaciente e buliçoso. Não tem importância, Anjin-san, pensou Toranaga divertido, é apenas a sua falta de civilização. Sim, não importa, isso virá com o tempo, e ainda assim isso não tem importância, desde que você obedeça. No momento preciso da sua suscetibilidade, da sua cólera e da sua violência.

Sim, vocês estão todos aqui. Você, Omi e Yabu, Naga, Buntaro; e você, Mariko, e Kiku-san, e até Gyoko, todos os meus gaviões e falcões de Izu, todos treinados e muito preparados. Todos aqui, menos um: o padre cristão. E logo chegará a sua vez, Tsukku-san. Ou a minha.

O padre Martim Alvito, da Companhia de Jesus, estava furioso. Bem no momento em que sabia ter de se preparar para seu encontro com Toranaga, para o qual precisaria de todos os seus talentos, era defrontado com aquela nova abominação que não podia esperar.

— O que você tem a dizer em sua defesa? — vociferou contra o amedrontado acólito japonês, abjetamente ajoelhado à sua frente. Os outros irmãos erguiam-se em torno do pequeno aposento, em semicírculo.

— Por favor, perdoe-me, padre. Pequei — gaguejou o homem em completa aflição. — Por favor, perdoe...

— Repito: perdoar cabe a Deus todo-poderoso, na sua sabedoria, não a mim. Você cometeu um pecado mortal. Quebrou o seu voto sagrado. Certo?

A resposta veio quase inaudível.

— Sinto muito, padre. — O homem era magro e frágil. O seu nome de batismo era José e ele tinha trinta anos. Os acólitos, seus companheiros, todos irmãos da Companhia, iam dos dezoito aos quarenta anos. Eram todos tonsurados e de nobre origem samurai, de províncias de Kyūshū, todos rigorosamente educados para o sacerdócio, embora ainda nenhum fosse ordenado.

– Eu confessei, padre – disse o irmão José, mantendo a cabeça curvada.

– Acha que isso basta? – Impaciente, Alvito deu-lhe as costas e se dirigiu para a janela. A sala era comum, as esteiras razoáveis, as divisórias *shōji* pobremente consertadas. A hospedaria era velha e de terceira classe, mas a melhor que ele conseguira encontrar em Yokose, já que as demais tinham sido tomadas pelos samurais. Ele contemplou a noite, ouvindo parcialmente a distante voz de Kiku elevando-se acima do ruído do rio. Antes que a cortesã terminasse, Alvito soube que não seria chamado por Toranaga. "Prostituta imunda", disse ele, meio para si mesmo, a lamentosa dissonância da canção japonesa aborrecendo-o mais do que de costume, intensificando-lhe a raiva pela traição de José.

– Ouçam, irmãos – disse aos demais, voltando-se para eles. – Está em julgamento o irmão José, que saiu com uma prostituta ontem à noite, quebrando o seu voto sagrado de castidade, quebrando o seu voto sagrado de obediência, profanando a sua alma imortal, a sua posição como jesuíta, o seu lugar na Igreja e tudo aquilo que ela sustenta. Diante de Deus, pergunto a cada um de vocês: já fizeram o mesmo?

Todos menearam a cabeça.

– Você já fez isso antes?

– Não, padre.

– Você, pecador! Diante de Deus, admite o seu pecado?

– Sim, padre, já conf...

– Diante de Deus, essa foi a primeira vez?

– Não, não foi a primeira vez – disse José. – Eu... eu saí com outra há algumas noites... em Mishima.

– Mas... mas ontem dissemos missa! E a sua confissão de ontem e a de anteontem e a de trasantontem, você não... Ontem dissemos missa! Pelo amor de Deus, você recebeu a eucaristia sem se ter confessado, com conhecimento pleno do seu pecado mortal?

O irmão José estava cinza de vergonha. Estava com os jesuítas desde os oito anos de idade.

– Foi a... foi a primeira vez, padre. Faz só quatro dias. Vivi a vida toda sem pecado. Novamente fui tentado... e a abençoada Nossa Senhora me perdoe, desta vez falhei. Tenho sede. Sou um homem... somos todos homens. Por favor, o senhor Jesus Pai perdoou os pecadores... por que o senhor não pode me perdoar? Somos todos homens...

– Somos todos padres!

– Não somos padres de verdade! Não professamos... não somos sequer ordenados! Não somos jesuítas de verdade. Não podemos receber o quarto voto como o senhor, padre – disse José sombriamente. – Outras ordens ordenam os seus irmãos, mas não os jesuítas. Por que não...

– Cale a boca!

– Não calo! – dardejou José. – Por favor, desculpe-me, padre, mas por que alguns de nós não devem ser ordenados? – Apontou para um dos irmãos, um homem alto, de rosto redondo, que observava serenamente. – Por que o irmão Miguel não deve ser ordenado? Estuda desde os doze anos. Agora tem 36 e é um cristão perfeito, quase um santo. Converteu milhares, mas ainda não foi ordenado, embora...

– Em nome de Deus, você vai...

– Em nome de Deus, padre, por que um de nós não pode ser ordenado? Alguém tem que ousar lhe perguntar! – José estava de pé agora. – Venho estudando há dezesseis anos, o irmão Mateus há 23, Julião mais ainda, toda a nossa vida, anos incontáveis. Sabemos as preces, os catecismos e os hinos melhor do que o senhor, e Miguel e eu até falamos latim tão bem quanto port...

– Pare!

– ... português, e fazemos a maior parte da pregação e debate com os budistas e todos os outros idólatras, e fazemos a maior parte das conversões. Nós fazemos! Em nome de Deus e de Nossa Senhora, o que há de errado conosco? Por que não somos bons o bastante para sermos jesuítas? É só porque não somos portugueses ou espanhóis, ou porque não somos peludos nem temos olhos redondos? Em nome de Deus, padre, por que não existe um jesuíta japonês ordenado?

– Agora você vai calar a boca!

– Estivemos até em Roma, Miguel, Julião e eu! – explodiu José. – O senhor nunca esteve em Roma nem se encontrou com o Grande Padre ou Sua Santidade como nós...

– O que é mais uma razão para que você soubesse fazer melhor que discutir. Vocês juraram castidade, pobreza e obediência. Foram escolhidos entre muitos, favorecidos dentre muitos, e agora você deixou a sua alma se corromper tanto que...

– Sinto muito, padre, mas não penso que tenhamos sido favorecidos em gastar oito anos, indo até lá e voltando, se depois de todo o nosso aprendizado, as nossas orações, as nossas pregações e a nossa espera, nem um de nós foi ordenado, embora isso tenha sido prometido. Eu tinha doze anos quando parti. Julião tinha onz...

– Proíbo-o de continuar falando! Ordeno-lhe que pare. – Depois, em meio ao terrível silêncio, Alvito olhou para os outros, que se alinhavam ao longo das paredes, olhando e ouvindo atentamente. – Vocês todos serão ordenados em tempo. Mas você, José, diante de Deus, você será...

– Diante de Deus – irrompeu José –, no tempo de quem?

– No tempo de Deus! – bradou Alvito, pasmado com a rebelião aberta, o seu fervor exaltado. – *Ponha-se-de-joelhos!*

O Irmão José tentou fazê-lo baixar os olhos, mas não conseguiu. Depois, perdendo o ânimo, suspirou, caiu de joelhos e curvou a cabeça.

— Deus tenha piedade de você. Você se confessou culpado de hediondo pecado mortal, culpado de quebrar o seu voto sagrado de castidade, o seu voto sagrado de obediência aos seus superiores. E culpado de insolência inacreditável. Como ousa questionar as nossas ordens gerais ou a política da Igreja? Você colocou em risco a sua alma imortal. Você é uma desgraça para o seu Deus, a sua Companhia, a sua Igreja, a sua família e os seus amigos. Seu caso é tão sério que terá de ser tratado pelo padre-inspetor em pessoa. Até lá você não comungará, não se confessará, nem ouvirá confissão, nem tomará parte em qualquer serviço... — Os ombros de José começaram a tremer com a agonia do remorso que o possuía. — Como penitência inicial, você fica proibido de falar, receberá apenas arroz e água durante trinta dias, passará cada noite nos próximos trinta dias de joelhos, em oração à Nossa Senhora para perdão de seus terríveis pecados, e depois será chicoteado. Trinta chicotadas. Tire a sotaina.

Os ombros pararam de tremer. José levantou os olhos.

— Aceito tudo o que o senhor ordenou, padre — disse ele —, e peço desculpas de todo o coração, com toda a minha alma. Imploro-lhe o seu perdão, assim como implorarei o perdão Dele para sempre. Mas não serei açoitado como um criminoso comum.

— *Você será chicoteado!*

— Por favor, desculpe-me, padre — disse José. — Em nome da abençoada Nossa Senhora, não é a dor. A dor não é nada para mim, a morte não é nada para mim. Que eu esteja condenado e vá arder no fogo do inferno por toda a eternidade pode ser o meu karma, e eu suportarei. Mas sou samurai. Sou da família do senhor Harima.

— O seu orgulho me enoja. Não é pela dor que você deve ser punido, mas para eliminar esse seu orgulho repugnante. Criminoso comum? Onde está a humilhação? Nosso Senhor Jesus Cristo suportou mortificação. E morreu com criminosos comuns.

— Sim. Esse é o nosso principal problema aqui, padre.

— O quê?

— Por favor, desculpe-me a franqueza, padre, mas, se o rei dos reis não tivesse morrido como um criminoso comum na cruz, os samurais poderiam aceitar...

— Pare!

— ... o cristianismo com mais facilidade. A Companhia é sábia em evitar pregar o Cristo crucificado como as outras ordens...

Tal qual um anjo vingador, Alvito ergueu a cruz como um escudo à sua frente.

— Em nome de Deus, cale-se e obedeça ou será excomungado! Peguem ele e dispam-no!

Os outros voltaram à vida e avançaram, mas José pôs-se de pé num salto. Uma faca apareceu nas suas mãos, puxada de sob o hábito. Pôs-se de costas para a parede. Todos pararam. Menos o irmão Miguel. Este avançou lenta e calmamente, a mão estendida.

– Por favor, dê-me a faca, irmão – disse gentilmente.

– Não. Por favor, desculpe-me.

– Então reze por mim, irmão, assim como eu rezo por você. – Tranquilamente Miguel avançou para a arma.

José recuou alguns passos, depois se preparou para um golpe mortal.

– Perdoe-me, Miguel.

Miguel continuou a se aproximar.

– Miguel, pare! Deixe-o em paz – comandou Alvito.

Miguel obedeceu a algumas polegadas da lâmina suspensa no ar.

Então Alvito disse, pálido:

– Deus tenha piedade de você, José. Você está excomungado. Satã tomou posse da sua alma na Terra, assim como a possuirá depois da morte.

– Renuncio ao Deus cristão! Sou japonês... sou xintoísta. A minha alma é minha agora. Não tenho medo – gritou José. – Sim, nós temos orgulho, ao contrário dos bárbaros. Somos japoneses, não somos bárbaros. Nem os nossos camponeses são bárbaros.

Gravemente, Alvito fez o sinal da cruz como proteção para todos eles e destemidamente deu as costas à faca.

– Oremos juntos, irmãos. Satã está entre nós.

Os outros também se voltaram, muito tristes, alguns ainda chocados. Apenas Miguel permaneceu onde estava, olhando para José, que arrancou o seu rosário e a cruz. Estava prestes a atirá-los ao chão, mas Miguel estendeu-lhe a mão de novo.

– Por favor, irmão, por favor, dê isso a mim... é um presente tão simples – disse.

José olhou para ele por um longo momento, depois deu-lhe tudo.

– Por favor, desculpe-me.

– Rezarei por você – disse Miguel.

– Você não ouviu? Renunciei a Deus!

– Rezarei a Deus para que não renuncie a você, Uraga-no-Tadamasa-san.

– Perdoe-me, irmão – disse José. Enfiou a faca no *obi*, abriu a porta com um repelão e caminhou às cegas pelo corredor, rumo à varanda. As pessoas o olhavam curiosas, entre elas Uo, o pescador, que esperava pacientemente à sombra. José cruzou o pátio e se dirigiu para o portão. Um samurai surgiu em seu caminho.

– Alto!

José parou.

– Aonde vai, por favor?

– Desculpe, por favor, desculpe-me, eu... eu não sei.

– Sirvo ao senhor Toranaga. Sinto muito, não pude deixar de ouvir o que aconteceu lá. A hospedaria inteira deve ter ouvido. Uma chocante falta de educação... chocante para o seu líder, gritar assim e perturbar a paz. E para você também. Estou a serviço aqui, acho que é melhor que você veja o oficial do meu turno.

– Acho... obrigado, irei pelo outro caminho. Por favor, desculpe...

– Você não vai a parte alguma, sinto muito. Vai ver o meu oficial.

– O quê? Oh, sim. Sim, desculpe, naturalmente. – José tentou fazer o cérebro funcionar.

– Bom. Obrigado. – O samurai voltou-se quando outro samurai se aproximou, vindo da ponte, e o saudou.

– Devo levar o Tsukku-san ao senhor Toranaga.

– Bom. Você está sendo esperado.

CAPÍTULO 43

TORANAGA OBSERVOU O PADRE ALTO APROXIMANDO-SE ATRAVÉS DA CLAreira, a luz bruxuleante dos archotes fazendo o rosto enxuto mais severo do que o habitual, acima do negrume da barba. O hábito budista do padre era laranja e elegante, e ele trazia na cintura um rosário e uma cruz.

A dez passos de distância, Alvito parou, ajoelhou-se e fez uma vênia respeitosa, dando início às formalidades costumeiras.

Toranaga estava sentado sozinho sobre o estrado, guardas formavam um semicírculo à sua volta, mas à distância. Apenas Blackthorne estava perto, indolentemente recostado na plataforma, conforme lhe fora ordenado, os olhos cravados no padre. Alvito não pareceu notá-lo.

– É bom vê-lo, senhor – disse o padre, quando foi polido fazer isso.

– E vê-lo também, Tsukku-san. – Toranaga fez sinal ao padre que se sentasse na almofada que estava colocada sobre o tatame, no chão, diante da plataforma. – Faz muito tempo que o vi pela última vez.

– Sim, senhor, há muito do que falar. – Alvito estava profundamente consciente de que a almofada estava sobre a terra e não sobre o estrado. Além disso, estava bem consciente das espadas de samurai que Blackthorne agora usava tão perto de Toranaga e do modo negligente como se comportava. – Trago uma mensagem confidencial do meu superior, o padre-inspetor, que o saúda com deferência.

– Obrigado. Mas primeiro fale-me de você.

– Ah, senhor – disse Alvito, sabendo que Toranaga era perspicaz demais para não ter notado o remorso que o atormentava, por mais que ele tivesse tentado dissimular. – Esta noite estou consciente demais dos meus próprios fracassos. Esta noite eu gostaria de poder renunciar aos meus deveres terrenos e ir para um retiro orar, implorar pelo favor de Deus. – Ele se sentia envergonhado pela própria falta de humildade. Embora o pecado de José tivesse sido terrível, Alvito agira com ódio, raiva e estupidez. Era culpa sua que uma alma tivesse sido proscrita, perdida para sempre. – Nosso Senhor uma vez disse: "Por favor, Pai, afasta de mim esse cálice". Mas mesmo ele teve que reter o cálice. Nós, no mundo, temos que tentar seguir-lhe os passos do melhor modo que pudermos. Por favor, desculpe-me por permitir que o meu problema venha à tona.

– Qual foi o seu *cálice*, meu velho amigo?

Alvito contou-lhe. Sabia que não havia motivo para esconder os fatos, pois, naturalmente, Toranaga os ouviria muito em breve, se já não os conhecesse, e era muito melhor ouvir a verdade do que uma versão deturpada.

– É tristíssimo perder um irmão, é terrível fazer um proscrito, por mais horrível que tenha sido o crime. Eu deveria ter sido mais paciente. A culpa foi minha.

– Onde está ele agora?

– Não sei, senhor.

Toranaga chamou um guarda e disse:

– Encontre o cristão renegado e traga-o a mim ao meio-dia de amanhã. – O samurai saiu correndo.

– Rogo piedade para ele, senhor – disse Alvito rapidamente, falando com sinceridade. Mas sabia que qualquer coisa que dissesse seria pouco para dissuadir Toranaga de uma trilha já escolhida. Novamente teve vontade de que a Companhia tivesse o seu próprio braço secular, capacitado a deter e punir os apóstatas, como por toda parte no resto do mundo. Recomendara reiteradamente que isso fosse criado, mas a ideia fora sempre rejeitada, ali no Japão, e também em Roma, pelo geral da ordem. "Mas sem o braço secular", pensou ele, cansado, "nunca seremos capazes de exercer uma disciplina real sobre nossos irmãos e o nosso rebanho."

– Por que não há padres japoneses ordenados na sua Companhia, Tsukku-san?

– Porque, senhor, nenhum dos nossos acólitos está ainda suficientemente bem treinado. Por exemplo, o latim é uma necessidade absoluta, porque a nossa ordem exige que qualquer irmão viaje para qualquer lugar do mundo a qualquer momento, e, infelizmente, é uma língua muito difícil de aprender. Nenhum está treinado ainda, nem pronto.

Alvito acreditava nisso de todo o coração. Também era implacavelmente contra um clero jesuíta japonês ordenado, em oposição ao padre-inspetor. "Eminência", sempre dissera ele, "suplico-lhe, não se deixe enganar pela aparência modesta e decorosa deles. Por baixo, são características em que não se pode confiar, e o orgulho e a condição de japoneses sempre dominarão no final. Nunca serão servos autênticos da Companhia, ou soldados de confiança de Sua Santidade, o vigário de Cristo na Terra, obedientes a ele apenas. Nunca."

Alvito relanceou o olhar momentaneamente para Blackthorne, depois olhou de novo para Toranaga, que disse:

– Mas dois ou três desses padres aprendizes falam latim, *né*, e português? É verdade o que o homem disse, *né*? Por que eles não foram escolhidos?

– Sinto muito, mas o geral da nossa Companhia não os considera suficientemente preparados. Talvez a trágica queda de José seja um exemplo.

– É sério quebrar um juramento solene – disse Toranaga. Lembrou-se do ano em que os três meninos haviam zarpado de Nagasaki num Navio Negro, para serem festejados na corte do rei espanhol e na corte do sumo sacerdote dos cristãos, o mesmo ano em que Goroda fora assassinado. Nove anos depois regressaram, o tempo todo cuidadosamente controlados. Tinham partido como ingênuos e jovens cristãos fanáticos e regressado igualmente tacanhos e quase tão mal-informados como quando partiram. Desperdício estúpido, pensou

Toranaga, desperdício de uma oportunidade incrível, de que Goroda se recusou a tirar vantagem, por mais que tenha sido aconselhado a fazer isso.

— Não, Tora-san, precisamos dos cristãos contra os budistas — dissera Goroda. — Muitos sacerdotes e monges budistas são soldados, *né*? A maioria deles. Os cristãos não, *né*? Deixemos o Grande Padre ter os três jovens que ele quer, são apenas cabeças ocas de Kyūshū, *né*? Digo-lhe que estimule os cristãos. Não me perturbe com um plano de dez anos, mas queime cada mosteiro budista ao seu alcance. Os budistas são como moscas sobre carniça e os cristãos nada além de um saco de peidos.

Agora não são, pensou Toranaga com irritação crescente. Hoje são vespões.

— Sim — disse alto. — É muito sério quebrar um juramento, gritar e perturbar a harmonia de uma hospedaria.

— Por favor, desculpe-me, senhor, e perdoe-me por mencionar os meus problemas. Obrigado por ter ouvido. Como sempre, o seu interesse me faz sentir melhor. Posso ser autorizado a saudar o piloto?

Toranaga assentiu.

— Devo cumprimentá-lo, piloto — disse Alvito, em português. — As suas espadas lhe assentam bem.

— Obrigado, padre, estou aprendendo a usá-las — respondeu Blackthorne. — Mas, sinto dizer, não sou muito bom com elas ainda. Continuarei usando pistolas, alfanjes ou canhões quando tiver que combater.

— Rezo para que o senhor nunca mais precise combater, piloto, e que os seus olhos se abram para a infinita mercê de Deus.

— Os meus estão abertos. Os seus é que estão enevoados.

— Pela salvação da sua alma, piloto, conserve os olhos abertos, e a mente também. Talvez o senhor possa se enganar. Ainda assim, devo agradecer-lhe por haver salvo a vida do senhor Toranaga.

— Quem lhe contou isso?

Alvito não respondeu. Voltou-se para Toranaga.

— O que foi dito? — perguntou Toranaga, rompendo o silêncio.

Alvito contou-lhe, acrescentando:

— Embora ele seja o inimigo da minha fé e um pirata, estou contente de que o tenha salvo, senhor. Deus se move por caminhos misteriosos. O senhor o honrou grandemente fazendo-o samurai.

— Ele também é *hatamoto*. — Toranaga ficou satisfeito com a fugaz surpresa do padre. — Trouxe o dicionário?

— Sim, senhor, com vários dos mapas que o senhor queria, mostrando algumas das bases portuguesas desde Goa. O livro se encontra na minha bagagem. Posso mandar alguém buscá-lo ou posso dá-lo pessoalmente a ele mais tarde?

— Dê-o a ele mais tarde. Esta noite ou amanhã. Também trouxe o relatório?

— Sobre as supostas armas que se acredita tenhamos trazido de Macau? O padre-inspetor o está preparando, senhor.

– E as quantidades de mercenários japoneses utilizados em cada uma das suas novas bases?

– O padre-inspetor solicitou um relatório atualizado sobre todos eles, senhor, que lhe entregará assim que estejam completos.

– Bom. Agora conte-me como soube da minha salvação.

– Dificilmente acontece alguma coisa a Toranaga-no-Minowara que não se torne assunto de rumor e lenda. Vindo de Mishima, ouvimos dizer que o senhor quase tinha sido engolido por um terremoto, mas que o Bárbaro Dourado o havia puxado para fora. Além disso, que o senhor havia feito o mesmo por ele e por uma dama... Presumo que seja a senhora Mariko.

Toranaga confirmou brevemente.

– Sim. Ela está aqui em Yokose. – Pensou um momento, depois disse: – Amanhã ela gostaria de se confessar, de acordo com os seus costumes. Mas apenas as coisas que não sejam políticas. Eu imaginaria que isso exclui tudo o que se refira a mim e aos meus vários *hatamoto*s, *né*? Também expliquei isso a ela.

Alvito curvou-se, compreendendo.

– Com a sua permissão, eu poderia dizer missa para todos os cristãos aqui, senhor? Seria muito discreta, naturalmente. Amanhã?

– Considerarei isso. – Toranaga continuou a falar sobre assuntos inconsequentes por algum tempo. Depois afirmou: – Tem uma mensagem para mim? Do seu padre-chefe?

– Com toda a humildade, senhor, peço-lhe para considerar que se trata de uma mensagem particular.

Toranaga fingiu pensar nisso, embora tivesse determinado com exatidão como o encontro se processaria e já tivesse dado ao Anjin-san instruções específicas de como agir e o que dizer.

– Muito bem. – Voltou-se para Blackthorne: – Anjin-san, pode ir agora, conversaremos mais tarde.

– Sim, senhor – retrucou Blackthorne. – Desculpe, o Navio Negro. Chegar Nagasaki?

– Ah, sim, obrigado – replicou Toranaga, satisfeito que a pergunta de Anjin-san não tivesse soado ensaiada. – Bem, Tsukku-san, ele já atracou?

Alvito ficou desconcertado com o japonês de Blackthorne e grandemente perturbado com a questão.

– Sim, senhor. Atracou há catorze dias.

– Ah, catorze? – disse Toranaga. – Compreende, Anjin-san?

– Sim. Obrigado.

– Bom. Mais alguma coisa você pode perguntar ao Tsukku-san mais tarde, *né*?

– Sim, senhor. Por favor, com licença. – Blackthorne levantou-se, fez uma vênia e saiu calmamente.

Toranaga observou-o afastando-se.

— Um homem muito interessante... para um pirata. Agora me conte primeiro sobre o Navio Negro.

— Chegou em segurança, senhor, com a maior carga de seda que jamais existiu. — Alvito tentou soar entusiasmado. — O acordo feito entre os senhores Harima, Kiyama, Onoshi e o senhor está em vigor. Por esta época, no próximo ano, o seu tesouro estará mais rico com dezenas de milhares de *kobans*. A qualidade das sedas é a melhor, senhor. Trouxe uma cópia da declaração para o seu mestre quarteleiro. O capitão-mor Ferreira envia-lhe os seus respeitos, esperando vê-lo pessoalmente em breve. Foi essa a razão do meu atraso em vir vê-lo. O inspetor-geral me mandou às pressas de Ōsaka a Nagasaki, a fim de providenciar para que tudo fosse perfeito. Justo quando eu estava saindo de Nagasaki, ouvimos dizer que o senhor partira de Edo, rumando para Izu, por isso vim para cá tão rápido quanto possível, de navio até o porto de Numazu, com um dos nossos navios menores, mas mais velozes, depois por terra. Em Mishima encontrei o senhor Zataki e pedi permissão para me juntar a ele.

— Seu navio ainda está em Numazu?

— Sim, senhor. Vai esperar por mim lá.

— Bom. — Por um momento Toranaga se perguntou se mandaria ou não Mariko para Ōsaka naquele navio, depois resolveu tratar do assunto mais tarde. — Por favor, dê a declaração ao mestre quarteleiro esta noite.

— Sim, senhor.

— E o acordo sobre a carga deste ano está selado?

— Sim. Absolutamente.

— Bom. Agora a outra parte. A parte importante.

As mãos de Alvito ficaram secas.

— Nem o senhor Kiyama nem o senhor Onoshi concordarão em desertar o general Ishido. Sinto muito. Não concordarão em se colocar sob a sua bandeira agora, apesar da nossa sugestão mais intensa.

A voz de Toranaga tornou-se baixa e cruel.

— Já lhe assinalei que exijo mais que sugestões!

— Sinto muito trazer más notícias quanto a esta parte, senhor, mas nenhum deles concordaria em mudar de ideia publicamente a...

— Ah, publicamente, você diz? E em particular, secretamente?

— Em particular, eles ficaram tão inflexíveis quanto pub...

— Você conversou com eles separados ou juntos?

— Naturalmente juntos, e também em separado, muito confidencialmente, mas nada do que sugerimos...

— Você apenas "sugeriu" um rumo de ação? Por que não lhes deu ordens?

— É como o padre-inspetor disse, senhor, não podemos dar ordens a qualquer daimio ou a qualquer...

— Ah, mas você pode dar ordens a um dos seus irmãos, *né*?

— Sim, senhor.

- Você ameaçou torná-los proscritos também?
- Não, senhor.
- Por quê?
- Porque não cometeram pecado mortal – disse Alvito, com firmeza, conforme havia combinado com Dell'Aqua, mas o seu coração batia acelerado agora, porque o senhor Harima, que legalmente possuía Nagasaki, lhes contara em particular que toda a sua imensa riqueza e influência iriam para o lado de Ishido. – Por favor, desculpe-me, senhor, mas não faço regras divinas, assim como o senhor não fez o código do *bushidō*, o Caminho do Guerreiro. Nós, nós temos que nos sujeitar ao que...
- Você baniu um pobre imbecil por um ato natural como "travesseirar", mas quando dois dos seus convertidos se comportam de modo antinatural, sim, até traiçoeiramente, quando eu busco o seu auxílio, o seu auxílio urgente, e sou seu amigo, você faz apenas "sugestões". Você compreende a seriedade disso, *né*?
- Sinto muito, senhor. Por favor, desculpe-me, mas...
- Talvez eu não o desculpe, Tsukku-san. Como foi dito antes, agora todo mundo tem que escolher um lado – disse Toranaga.
- Claro que estamos do seu lado, senhor. Mas não podemos ordenar ao senhor Kiyama ou ao senhor Onoshi que façam qualquer coisa...
- Felizmente eu posso dar ordens ao meu cristão.
- Senhor?
- Posso ordenar e o Anjin-san estará livre. Com o navio dele. Com os canhões dele.
- Tenha cuidado com ele, senhor. O piloto é diabolicamente inteligente, mas é um herege, um pirata e não deve merecer conf...
- Aqui, o Anjin-san é samurai e *hatamoto*. No mar, talvez seja um pirata. Se é um pirata, imagino que atrairá muitos outros corsários e *wakōs* para si, muitos, muitos mesmo. O que um estrangeiro faz em mar aberto é problema dele, *né*? A nossa política foi sempre essa. *Né*?

Alvito conservou-se em silêncio e tentou fazer o cérebro funcionar. Ninguém planejara que o inglês se tornaria tão próximo de Toranaga.

- Esses dois daimios cristãos não farão compromisso algum, nem mesmo um compromisso secreto?
- Não, senhor. Tentamos at...
- Nenhuma concessão, nenhuma?
- Não, senhor...
- Nenhum trato, nenhum acordo, nenhum compromisso, nada?
- Não, senhor. Tentamos todas as formas de indução e persuasão. Por favor, acredite-me. – Alvito sabia que estava na armadilha e parte do seu desespero se mostrou. – Se fosse eu, sim, eu os ameaçaria com excomunhão, embora fosse uma falsa ameaça porque eu nunca a concretizaria, não a menos que eles cometessem um pecado mortal e não se confessassem ou se arrependessem e se submetessem.

Mas uma ameaça por causa de um ganho temporal seria um grande erro de minha parte, senhor, um pecado mortal. Eu arriscaria a danação eterna.

– Está dizendo que se eles pecassem contra o seu credo você os baniria?

– Sim. Mas não estou sugerindo que isso poderia ser usado para trazê-los para o seu lado, senhor. Por favor, desculpe-me, mas eles... eles estão totalmente contra o senhor no momento. Sinto muito, mas essa é a verdade. Ambos deixaram isso muito claro, juntos e em particular. Diante de Deus, rezo para que eles mudem de ideia. Nós, o padre-inspetor e eu, demos ao senhor a nossa palavra de que tentaríamos, diante de Deus. Cumprimos a nossa promessa. Diante de Deus, falhamos.

– Então perderei – disse Toranaga. – Você sabe disso, não sabe? Se eles continuarem aliados a Ishido, todos os daimios cristãos se colocarão do lado deles. Então tenho que perder. Vinte samurais contra cada um dos meus, *né?*

– Sim.

– Qual é o plano deles? Quando me atacarão?

– Não sei, senhor.

– Se soubesse me contaria?

– Sim... sim, contaria.

Duvido, pensou Toranaga, e desviou o olhar para a noite, o fardo da preocupação quase a esmagá-lo. Será que afinal de contas terá que ser Céu Carmesim?, perguntou a si mesmo, desamparado. O estúpido e fadado ao fracasso ataque a Kyōto?

Odiava a gaiola vergonhosa dentro da qual se encontrava. Como o táicum e Goroda antes dele, tinha que tolerar os padres cristãos, porque eram tão inseparáveis dos mercadores portugueses quanto as moscas dos cavalos, exercendo um absoluto poder temporal e espiritual sobre o seu obstinado rebanho. Sem os padres não havia comércio. A sua boa vontade como negociadores e intermediários na operação do Navio Negro era vital, porque falavam a língua e contavam com a confiança de ambos os lados, e, se alguma vez os padres viessem a ser completamente proibidos no império, todos os bárbaros obedientemente partiriam, para nunca mais voltar. Toranaga se lembrava da vez em que o táicum tentara se livrar dos padres e, ao mesmo tempo, encorajar o comércio. Durante dois anos não houve Navio Negro. Os espiões relataram como o chefe gigante dos padres, postado como uma aranha negra venenosa em Macau, ordenara que não houvesse mais comércio como represália aos éditos de expulsão do táicum, sabendo que o táicum acabaria se humilhando. No terceiro ano, ele se curvara ao inevitável e convidara os padres a voltar, fazendo vista grossa aos seus próprios éditos e à traição e rebelião que os padres haviam patrocinado. Não há escapatória dessa realidade, pensou Toranaga. Nenhuma. Não acredito no que diz o Anjin-san, que o comércio é tão essencial para os bárbaros quanto é para nós, que a sua cobiça os fará comerciar, não importa o que façamos aos padres. O risco é grande demais para fazer uma experiência, e não há tempo e eu não tenho o poder. Experimentamos uma vez e falhamos. Quem sabe? Talvez os padres pudessem esperar dez anos. São inclementes o suficiente. Se os padres ordenarem que não haja comércio, creio que não haverá. Não poderíamos esperar dez anos. Nem cinco. E, se expulsarmos todos os bárbaros, deve levar vinte anos para que o bárbaro inglês preencha a lacuna, se é que o Anjin-san está falando a verdade integral e se – e esse é um "se" imenso – os chineses concordassem em comerciar com eles, contra os bárbaros meridionais. Não acredito que os chineses mudassem o seu padrão. Nunca fizeram isso. Vinte anos é tempo demais. Dez anos é tempo demais.

Não há escapatória dessa realidade. Ou da pior realidade de todas, o espectro que secretamente petrificava Goroda e o táicum e agora está empinando a sua cabeça asquerosa de novo: que os fanáticos e destemidos padres cristãos, se pressionados demais, colocariam toda a sua influência, o poder de comércio, o poder marítimo por trás de um dos grandes daimios cristãos. Depois engendrariam uma força de invasão vestida de ferro, conquistadores igualmente fanáticos, armados com os mosquetes mais modernos para apoiar esse daimio cristão, como quase fizeram na última vez. Por si mesmos, qualquer número de bárbaros invasores e os seus padres não são ameaça contra as nossas esmagadoras forças conjuntas. Nós esmagamos as hordas de Kublai-Khan e podemos lidar com qualquer invasor. Mas, aliados a um dos nossos, um grande daimio cristão com exércitos de samurais, e havendo guerras civis por todo o reino, isso poderia finalmente dar a esse daimio o poder absoluto sobre todos nós.

Kiyama ou Onoshi? É óbvio, agora, que tem que ser o esquema do padre. O momento é perfeito. Mas que daimio?

Ambos, inicialmente, ajudados por Harima de Nagasaki. Mas quem portará a bandeira final? Kiyama, porque Onoshi, o leproso, não vai durar muito nesta Terra e porque a óbvia recompensa a Onoshi por apoiar seu odiado inimigo e rival Kiyama seria uma garantida, indolor e eterna vida no paraíso cristão, com um assento permanente à direita do Deus cristão.

Entre si, agora, eles têm 400 mil samurais. A sua base é Kyūshū e essa ilha está a salvo do meu alcance. Juntos, aqueles dois poderiam subjugar facilmente a ilha inteira e depois teriam tropas ilimitadas, provisões ilimitadas, todos os navios necessários a uma invasão, toda a seda, e Nagasaki. No país inteiro há, talvez, outros 500 ou 600 mil cristãos. Desses, mais da metade – os convertidos pelos jesuítas – são samurais, todos lindamente misturados às forças de todos os daimios, uma vasta rede de traidores em potencial, espiões ou assassinos – caso os padres assim ordenassem. E por que não o fariam? Conseguiriam aquilo que desejam acima da própria vida: poder absoluto sobre todas as nossas almas, consequentemente sobre toda esta Terra dos Deuses – herdar a nossa terra e tudo o que ela contém – exatamente conforme o Anjin-san explicou que já aconteceu cinquenta vezes nesse Novo Mundo deles... Convertem um rei, depois o usam contra a sua própria gente, até que o país inteiro seja engolido.

É tão fácil para eles, esse minúsculo bando de padres bárbaros, conquistar-nos. Quantos deles existem no Japão? Cinquenta ou sessenta? Mas têm o poder. E *acreditam*. Estão preparados para morrer de bom grado pelas próprias crenças, com orgulho e bravura, com o nome do seu Deus nos lábios. Vimos isso em Nagasaki quando a experiência do táicum provou ser um erro desastroso. Nenhum dos padres abjurou, dezenas de milhares testemunharam as mortes na fogueira, dezenas de milhares foram convertidos, e esse "martírio" deu à religião cristã um prestígio imenso, de que os padres cristãos, desde então, vêm se nutrindo.

Comigo, os padres falharam, mas isso não os dissuade do seu curso implacável. Isso é realidade também.

Portanto, é Kiyama.

O plano já estará estabelecido com Ishido, que é um simplório, e a senhora Ochiba e Yaemon também? Harima já aderiu a eles secretamente? Devo atirar o Anjin-san contra o Navio Negro e Nagasaki imediatamente?

O que devo fazer?

Nada além do habitual. Ser paciente, procurar a harmonia, pôr de lado todas as preocupações sobre Eu ou Você, Vida ou Morte, Alívio ou Pós-Vida, Agora ou Depois, e pôr em funcionamento um novo plano. Que plano?, queria ele gritar em desespero. Não há um sequer!

— Entristece-me que aqueles dois fiquem com o verdadeiro inimigo.

— Juro que tentamos, senhor. — Alvito o observava compadecido, vendo a opressão que lhe tomava o espírito.

— Sim. Acredito nisso. Acredito que você e o padre-inspetor mantiveram a sua promessa solene, por isso manterei a minha. Podem começar a construir o seu templo em Edo imediatamente. O terreno já foi designado. Não posso proibir os padres, os outros, cabeludos, de entrar no império, mas pelo menos posso torná-los indesejados nos meus domínios. Os novos bárbaros serão igualmente indesejados, se é que vão chegar. Quanto ao Anjin-san... — Toranaga encolheu os ombros. — Mas quanto tempo isto tudo... bem, é karma, *né*?

Alvito estava agradecendo a Deus com todo o fervor pela Sua mercê e favor, com a inesperada moratória.

— Obrigado, senhor — disse, quase incapaz de falar. — Sei que o senhor não se arrependerá. Rezo para que os seus inimigos se dispersem como cisco e que o senhor possa colher as recompensas do paraíso.

— Sinto muito pelas minhas palavras ásperas. Foram ditas pela cólera. Há tanto... — Toranaga levantou-se pesadamente. — Você tem a minha permissão para dizer o seu serviço amanhã, velho amigo.

— Obrigado, senhor — disse Alvito, curvando-se profundamente, com pena do homem de hábito majestoso. — Obrigado de todo o coração. Que a Divindade o abençoe e o acolha na sua guarda.

Toranaga arrastou-se para a hospedaria, os seus guardas seguindo-o.

— Naga-san!

— Sim, pai — disse o jovem, acorrendo.

— Onde está a senhora Mariko?

— Lá, senhor, com Buntaro-san. — Naga apontou para a pequena casa de chá, iluminada com lanternas, dentro do cercado no jardim, os vultos indistintos lá dentro. — Devo interromper o *cha-no-yu*? — A *cha-no-yu* era uma cerimônia do chá formal, extremamente ritualizada.

— Não. Nunca se deve interferir nisso. Onde estão Omi e Yabu-san?

— Na hospedaria deles, senhor. — Naga indicou a construção baixa que se esparramava do outro lado do rio, perto da ribanceira oposta.

— Quem escolheu aquela?

— Eu, senhor. Por favor, desculpe-me, o senhor me pediu que encontrasse uma hospedaria para eles do outro lado da ponte. Compreendi mal?

— O Anjin-san?

— Está no seu quarto, senhor. Está esperando para o caso de o senhor querer vê-lo.

Novamente Toranaga meneou a cabeça.

— Vê-lo-ei amanhã. — Após uma pausa, disse na mesma voz distraída: — Vou tomar um banho agora. Depois não quero ser incomodado até o amanhecer, exceto...

Naga esperava apreensivo, observando o pai fitar o vazio, grandemente desconcertado pela atitude dele.

— Sente-se bem, pai?

— O quê? Oh, sim... sim, estou bem. Por quê?

— Nada... Por favor, desculpe-me. Ainda quer caçar ao amanhecer?

— Caçar? Ah, sim, é uma boa ideia. Obrigado por sugeri-la, sim, isso seria muito bom. Providencie. Bem. Boa noite... Ah, sim, o Tsukku-san tem a minha permissão para celebrar uma missa particular amanhã. Todos os cristãos podem comparecer. Você também.

— Senhor?

— No primeiro dia do Ano-Novo você se tornará cristão.

— Eu!?

— Sim. De livre e espontânea vontade. Diga isso ao Tsukku-san em particular.

— Senhor?

Toranaga caiu em cima dele.

— Ficou surdo? Já não compreende mais nem a coisa mais simples?

— Por favor, desculpe-me. Sim, pai, compreendo.

— Bom. — Toranaga voltou à sua atitude distraída, depois se afastou, a guarda pessoal a reboque. Todos os samurais se curvaram rigidamente, mas ele não os notou.

Um oficial se aproximou de Naga, igualmente apreensivo.

— O que há com o nosso senhor?

– Não sei, Yoshinawa-san. – Naga olhou para a clareira. Alvito estava acabando de sair, rumando para a ponte, um único samurai a escoltá-lo. – Deve ter alguma coisa a ver com ele.

– Nunca vi o senhor Toranaga caminhar tão pesado. Nunca. Dizem... dizem que o padre bárbaro é mágico, um bruxo. Deve ser, para falar a nossa língua tão bem, *né*? Ele poderia ter posto um encantamento no nosso senhor?

– Não. Nunca. Não no meu pai.

– Os bárbaros também fazem a minha espinha tremer, Naga-san. Ouviu falar sobre a briga... Tsukku-san e o seu bando, berrando e discutindo como *etas*, sem educação?

– Sim. Repugnante. Tenho certeza de que aquele homem deve ter destruído a harmonia do meu pai.

– Se me pedir, uma seta na garganta daquele padre pouparia o nosso amo de muitos problemas.

– Sim.

– Talvez devêssemos falar a Buntaro-san sobre o senhor Toranaga? É o nosso oficial superior.

– Concordo... Mas mais tarde. O meu pai disse claramente que eu não devia interromper o *cha-no-yu*. Esperarei até que termine.

Na paz e silêncio da pequena casa, Buntaro abriu com toda a delicadeza a pequena caixa de chá de louça, da dinastia Tang, e, com cuidado igual, pegou a colher de bambu, iniciando a parte final da cerimônia. Habilmente tirou com a colher a quantidade exata de pó verde e colocou-o na xícara de porcelana sem asa. Um antigo caldeirão de ferro fundido cantava sobre o braseiro. Com a mesma graça tranquila, Buntaro verteu a água borbulhante na xícara, recolocou o caldeirão no tripé, depois, gentilmente, bateu o pó e a água com o batedor de bambu para misturar perfeitamente.

Juntou uma colherada de água fria, curvou-se para Mariko, ajoelhada à sua frente, e lhe ofereceu a xícara. Ela se curvou e a pegou com requinte igual, admirando o líquido verde, e tomou três goles, descansou, depois sorveu de novo, terminando-o. Devolveu a xícara. Ele repetiu a simetria do preparo formal do chá e novamente lhe ofereceu a xícara. Ela lhe pediu que provasse o chá, ele mesmo, conforme era esperado dela. Ele sorveu, depois mais uma vez, e terminou. Depois preparou uma terceira xícara e uma quarta. A quinta foi cortesmente recusada.

Com grande cuidado, ritualmente, ele lavou e enxugou a xícara, usando um pano de algodão exclusivo, e colocou os objetos em seus devidos lugares. Fez uma vênia para ela e ela para ele. O *cha-no-yu* estava terminado.

Buntaro sentia-se contente por ter feito o melhor possível e por haver agora, pelo menos no momento, paz entre eles. Naquela tarde não houvera paz alguma.

Ele fora ao encontro do palanquim dela. Imediatamente, como sempre, sentira-se vulgar e tosco em contraste com a frágil perfeição da mulher, como um dos ainus peludos, selvagens, desprezados e bárbaros que habitaram o país um dia, mas que agora tinham sido expulsos para o extremo norte, para o outro lado dos estreitos, para a ilha inexplorada de Hokkaidō. Todas as suas bem-pensadas palavras o abandonaram e ele, canhestramente, a convidara para a cerimônia do *cha-no-yu*, acrescentando:

– Faz anos que nós... Nunca lhe ofereci uma cerimônia dessas, mas esta noite será conveniente. – Depois deixara escapar, sem ter a intenção de dizê-lo, sabendo que era estúpido, deselegante e um erro imenso: – O senhor Toranaga disse que estava na hora de a gente voltar a conversar.

– Mas o senhor acha que não?

Apesar da sua determinação, ele corou e a sua voz soou rascante.

– Eu gostaria que houvesse harmonia entre nós, sim, e mais. Não mudei nunca, *né?*

– Naturalmente, senhor, por que deveria mudar? Se existe alguma falha, não cabe ao senhor mudar, mas a mim. E, se existe alguma falha, é por minha causa, por favor, desculpe-me.

– Eu a desculparei – dissera ele, lá, ao lado do palanquim, profundamente consciente de que estavam sendo observados, entre outros, pelo Anjin-san e por Omi. Ela era tão amável, minúscula e singular, o seu cabelo penteado para o alto, os seus olhos baixos, aparentemente tão modestos, e no entanto, para ele, agora, cheia do mesmo gelo negro que sempre o lançava numa fúria cega, impotente, fazendo-o querer matar e gritar e mutilar e esmagar e comportar-se do modo como um samurai nunca deveria se comportar...

– Reservei a casa de chá para esta noite – disse-lhe ele. – Para esta noite, após a refeição noturna. Recebemos ordem de fazer a refeição noturna com o senhor Toranaga. Eu ficaria honrado se você aceitasse o meu convite para depois.

– Sou eu quem fica honrada. – Ela se curvou e esperou com os mesmos olhos baixos. Ele teve vontade de socá-la no chão até à morte, depois mergulhar a faca em cruz no próprio ventre e deixar a dor eterna limpar-lhe o tormento da alma.

Ele a viu levantar os olhos na sua direção, perspicaz.

– Havia mais alguma coisa, senhor? – perguntou, muito suavemente.

O suor escorria pelas costas e pelas coxas dele, manchando o quimono, o peito doendo, assim como a cabeça.

– Você vai... você vai ficar na hospedaria esta noite. – Depois se afastou e tomou cuidadosas disposições para o comboio de bagagem inteiro. Assim que pôde, passou os seus deveres a Naga e se afastou com uma truculência simulada em direção à margem do rio. Quando ficou sozinho, mergulhou nu na torrente, sem se preocupar com a própria segurança, e lutou com o rio até a cabeça clarear e a dor martelante desaparecer.

Deitara-se na margem, recompondo-se. Agora que ela aceitara, ele tinha que começar. Havia pouco tempo. Reunira as forças e caminhara de volta ao tosco portão do jardim que ficava dentro do jardim principal e permanecera ali algum tempo, repensando o seu plano. Naquela noite, queria que tudo fosse perfeito. Obviamente a cabana era imperfeita, assim como o jardim – uma grosseira tentativa provinciana de uma verdadeira casa de chá. Não importa, pensou ele, agora completamente absorto na sua tarefa, terá que servir. A noite ocultará muitas falhas e as luzes terão que criar a forma que falta.

Os criados já haviam trazido as coisas que ele ordenara mais cedo – tatames, lâmpadas de cerâmica a óleo e utensílios de limpeza, os melhores de Yokose, tudo muito novo, mas modesto, discreto e despretensioso.

Ele tirou o quimono, pousou as espadas e começou a limpar. Primeiro, a minúscula sala de recepção, a cozinha e a varanda. Depois, o caminho sinuoso e as lajes assentadas no musgo e, finalmente, as rochas e o jardim em torno. Ele lavou, varreu, escovou até que tudo estivesse imaculado, rebaixando-se à humilhação do trabalho manual, que era o início do *cha-no-yu*, que exigia que o anfitrião sozinho deixasse tudo impecável. A primeira perfeição era a limpeza absoluta.

Pelo crepúsculo havia acabado a maior parte dos preparativos. Depois tomara um banho meticuloso, suportara a refeição noturna e o canto. Assim que pôde, trocara-se de novo, vestindo roupas mais escuras, e voltara correndo para o jardim. Trancara o portão. Primeiro colocara o pavio nas lâmpadas de óleo. Depois, com cuidado, borrifara água nas lajes e nas árvores – que agora estavam salpicadas aqui e ali com uma luz bruxuleante –, até que o minúsculo jardim se transformasse num mundo de fadas de gotas de orvalho dançando ao calor da brisa de verão. Reposicionara algumas lanternas. Por fim, satisfeito, destrancara o portão e se dirigira para o vestíbulo. Os pedaços de carvão cuidadosamente selecionados, que tinham sido dispostos com precisão numa pirâmide sobre areia branca, ardiam corretamente. As flores pareciam bem arrumadas no *tokonoma*. Mais uma vez, ele limpara os utensílios já impecáveis. O caldeirão começara a cantar e ele se sentira satisfeito com o som que era enriquecido pelos pedacinhos de ferro que colocara tão diligentemente na base.

Estava tudo pronto. A primeira perfeição a alcançar no *cha-no-yu* era a limpeza. A segunda, simplicidade completa. A última e maior, adequação apropriada ao convidado ou aos convidados em particular.

Ouviu os passos dela nas lajes, o som de suas mãos mergulhando ritualmente na cisterna de água fresca do rio e sendo enxugadas. Três passos suaves subindo a varanda. Mais dois até a soleira acortinada. Até ela tinha que se curvar para atravessar a minúscula porta, construída deliberadamente pequena para deixar humilde todo mundo. Num *cha-no-yu* todos eram iguais, anfitrião e convidado, o mais alto daimio e o mais simples samurai. Até um camponês, se fosse convidado.

Primeiro, ela estudou o arranjo de flores do marido. Ele escolhera um único botão de rosa branca selvagem, pingara uma única pérola de água sobre a folha verde e colocara-o sobre pedras vermelhas. O outono se aproxima, ele estava sugerindo com a flor, falando através da flor; não chore pelo outono, a época de morrer, quando a terra começa a dormir. Desfrute do tempo de começar de novo e experimente o frio glorioso do ar outonal nesta noite de verão... Logo a lágrima desaparecerá, e a rosa também. Apenas as pedras permanecerão. Logo você e eu desapareceremos, e apenas as pedras permanecerão.

Ele a observou, esquecido de si, agora mergulhado no transe próximo que um mestre de chá às vezes tinha a boa fortuna de experimentar, completamente em harmonia com o ambiente que o cercava. Ela se curvou para a flor, em homenagem, aproximou-se e ajoelhou-se diante dele. O seu quimono era marrom-escuro, um fio de ouro queimado nas costuras, realçando-lhe a coluna branca do colo e o rosto. O *obi* era do mais escuro dos verdes, combinando com o quimono que usava por baixo. O cabelo simples, natural, sem adornos.

— Seja bem-vinda — disse ele com uma mesura, começando o ritual.

— A honra é minha — replicou ela, aceitando o seu papel.

Ele serviu o minúsculo repasto numa imaculada bandeja de laca, os pauzinhos colocados num lado, as fatias de peixe sobre o arroz que ele preparara e, para completar o efeito, algumas flores campestres que encontrara perto da margem do rio, distribuídas num desarranjo perfeito. Quando ela terminou de comer, e Buntaro também, ele ergueu a bandeja, cada movimento formalizado — para ser observado, avaliado, recordado —, e levou-a através da porta baixa para a cozinha.

Então, sozinha, em repouso, Mariko olhou o fogo criticamente, as brasas numa montanha incandescente, sobre o mar de areia branca embaixo do tripé, os seus ouvidos escutando o som sibilante do fogo, fundindo-se ao suspirar do caldeirão que chiava levemente e, da cozinha que não podia ver, a sibilação de pano sobre a porcelana e a água limpando o que já estava limpo. Depois os seus olhos passearam pelas vigas entrelaçadas, pelos bambus e juncos que formavam o telhado. As sombras lançadas pelas poucas lâmpadas que ele colocara aparentemente ao acaso tornavam o pequeno grande, o insignificante raro, e o conjunto uma harmonia perfeita. Depois de ter visto tudo e avaliado a própria alma, Mariko voltou para o jardim, para a bacia rasa que, ao longo de eras, a natureza formara na rocha. Mais uma vez purificou as mãos e a boca com a água fria, fresca, enxugando-as numa nova toalha.

Quando ela se acomodou de novo em seu lugar, ele disse:

— Talvez agora pudéssemos tomar chá?

— A honra seria minha. Mas, por favor, não se dê a tanto incômodo por minha causa.

— A honra é minha. Você é minha convidada.

Então ele a serviu. E agora era o término.

Em meio ao silêncio, Mariko não se moveu um instante, mas permaneceu na sua tranquilidade, não querendo ainda reconhecer o fim nem perturbar a paz que a rodeava. Mas sentiu o vigor crescente nos olhos dele. O *cha-no-yu* estava encerrado. Agora a vida devia começar de novo.

– O senhor o fez perfeitamente – sussurrou ela, a tristeza dominando-a. Uma lágrima deslizou dos seus olhos e a sua queda arrancou o coração do peito de Buntaro.

– Não... Não, por favor, desculpe-me... Você é perfeita... Eu fiz o comum – disse ele, desconcertado com um aplauso tão inesperado.

– Foi a melhor cerimônia que jamais vi – disse ela, tocada pela total honestidade na voz dele.

– Não. Não, por favor, desculpe-me, se foi bela, foi por sua causa, Mariko-san. Foi apenas bela – você a tornou melhor.

– Para mim, foi impecável. Tudo. Que triste que outros, mais dignos do que eu, também não pudessem tê-la presenciado! – Os seus olhos reluziam à luz bruxuleante.

– Você a presenciou. Isso é tudo. Era apenas para você. Outros não teriam compreendido.

Ela agora sentiu as lágrimas quentes nas faces. Normalmente teria se envergonhado delas, mas agora não a incomodavam.

– Obrigada. Como posso agradecer-lhe?

Ele pegou um galho de timo selvagem e, com dedos trêmulos, inclinou-se para a frente e, gentilmente, apanhou uma de suas lágrimas. Silenciosamente baixou os olhos para a lágrima e o raminho sumiu em contraste com o seu punho imenso.

– O meu trabalho... qualquer trabalho... é inadequado diante da beleza disto. Obrigado.

Observou a lágrima na folha. Um pedaço de carvão tombou da montanha e, sem pensar, ele pegou as tenazes e recolocou-o. Algumas centelhas dançaram no ar, do topo da montanha, que se transformou num vulcão em erupção.

Ambos devanearam numa doce melancolia, reunidos pela simplicidade da lágrima única, contentes, juntos no silêncio, reunidos pela humildade, sabendo que o que fora dado fora retribuído em pureza.

Mais tarde ele disse:

– Se o nosso dever não o proibisse, eu lhe pediria que se juntasse a mim na morte. Agora.

– Eu iria com o senhor. Contente – respondeu ela de imediato. – Vamos para a morte. Agora.

– Não podemos. O nosso dever é para com o senhor Toranaga.

Ela tirou o estilete do *obi* e, reverentemente, colocou-o sobre o tatame.

– Então, por favor, permita-me preparar o caminho.

– Não. Isso seria falhar com o nosso dever.

– O que for será. O senhor e eu não podemos decidir.

– Sim. Mas não podemos ir antes do nosso amo. Nem você nem eu. Ele necessita de cada vassalo digno de confiança por um pouco mais de tempo. Por favor, desculpe-me, devo proibi-la.

– Eu ficaria satisfeita em ir esta noite. Estou preparada. Mais do que isso, desejo totalmente ir para o além. Sim. A minha alma está transbordando de alegria. – Um sorriso hesitante. – Por favor, desculpe-me por ser egoísta. O senhor está perfeitamente certo sobre o nosso dever.

A lâmina afiada cintilava à luz das lâmpadas. Eles a observaram, perdidos em contemplação. Então ele quebrou o encanto.

– Por que Ōsaka, Mariko-san?

– Há coisas a serem feitas lá que apenas eu posso fazer.

O cenho dele aprofundou-se enquanto observava a luz de um pavio gotejante bater na lágrima e se refratar num bilhão de cores.

– Que coisas?

– Coisas que dizem respeito ao futuro da nossa casa e que devem ser feitas por mim.

– Nesse caso você deve ir. – Olhou-a, inquisitivo. – Mas você sozinha?

– Sim. Desejo me certificar de que todos os arranjos de família estão perfeitos entre nós e o senhor Kiyama para o casamento de Saruji. Dinheiro, dote, terras, e assim por diante. Há o feudo aumentado dele a formalizar. O senhor Hiromatsu e o senhor Toranaga exigem que isso seja feito. Eu sou a responsável pela casa.

– Sim – disse ele lentamente –, é o seu dever. – Os seus olhos encontraram os dela. – Se o senhor Toranaga diz que você pode ir, então vá, mas não é provável que você tenha permissão para ficar lá. Ainda assim... deve voltar rapidamente. Muito rapidamente. Seria imprudente ficar em Ōsaka um momento além do necessário.

– Sim.

– Por mar seria mais rápido do que por terra. Mas você sempre detestou o mar.

– Ainda detesto.

– Você tem que estar lá logo?

– Não creio que meio mês ou um mês fizesse diferença. Talvez, não sei. Só sinto que devo ir imediatamente.

– Então deixaremos o momento e o assunto da ida ao senhor Toranaga, se ele permitir que você vá. Com o senhor Zataki aqui e os dois pergaminhos, isso só pode significar a guerra. Ir será perigoso demais.

– Sim. Obrigada.

Contente de que aquilo estivesse terminado, ele olhou em torno na pequena sala, satisfeito, sem se preocupar agora com o fato de que a sua feia corpulência dominava o espaço, cada uma das suas coxas mais vasta do que a cintura dela, os seus braços mais grossos do que o pescoço dela.

– Esta sala foi excelente, melhor do que me atrevi a esperar. Gostei de estar aqui. Fui lembrado de novo de que um corpo não é nada além de uma cabana na selva. Obrigado a você por ter estado aqui. Estou muito contente de que tenha vindo a Yokose, Mariko-san. Não fosse por sua causa, eu nunca teria dado um *cha-no-yu* aqui e nunca me teria sentido tão unificado com a eternidade.

Ela hesitou, depois cautelosamente pegou a caixa de chá Tang. Era um pote simples, com tampa, sem ornamentos. O esmalte laranja-amarronzado estava gasto, deixando uma borda desigual de porcelana nua na base, dramatizando a importância do oleiro e sua relutância em dissimular a simplicidade do seu material. Buntaro a comprara de Sen-Nakada, o mais famoso mestre de chá que jamais existira, por 20 mil *kokus*.

– É tão bonita – murmurou ela, apreciando-lhe o toque. – Tão perfeita para a cerimônia.

– Sim.

– O senhor foi realmente um mestre esta noite, Buntaro-san. Deu-me muita felicidade. – A sua voz era baixa e intensa. E ela se inclinou um pouco para a frente. – Tudo foi perfeito para mim, o jardim e como o senhor usou talento para superar as falhas com luz e sombra. E isto – tocou novamente a caixa de chá. – Tudo perfeito, até o símbolo que o senhor escreveu na toalha, *ai*, afeição. Para mim, esta noite, afeição foi a palavra perfeita. – Novamente as lágrimas lhe escorreram pelas faces. – Por favor, desculpe-me – disse, enxugando-as.

Ele se curvou, numa nova vênia, embaraçado com tal elogio. Para dissimular, começou a envolver a caixa nos abafadores de seda. Quando terminou, colocou-a noutra caixa e pousou-a cuidadosamente diante dela.

– Mariko-san, se a nossa casa tem problemas de dinheiro, pegue isto. Venda.

– Nunca! – Era a única posse, além das espadas e do arco, que ele prezava na vida. – Isso seria a última coisa que eu venderia.

– Por favor, desculpe-me, mas, se pagar os meus vassalos é um problema, pegue isto.

– Há o suficiente para todos eles. E as melhores armas e os melhores cavalos. Nisso a nossa casa é forte. Não, Buntaro-san, a Tang é sua.

– Não nos resta muito tempo. A quem eu deveria legá-la? Saruji?

Ela olhou para as brasas e o fogo consumindo o vulcão, humilhando-o.

– Não. Não, até que ele seja um mestre de chá digno, igual ao pai. Aconselho-o a deixar a Tang ao senhor Toranaga, que a merece, e pedir a ele que, antes de morrer, julgue se o nosso filho merecerá recebê-la.

– E se o senhor Toranaga perder e morrer antes do inverno, como estou certo de que perderá?

– O quê?

– Aqui, em particular, posso lhe dizer calmamente essa verdade, sem fingimento. Não é uma parte importante do *cha-no-yu* não fingir? Sim, ele vai perder, a menos que consiga Kiyama e Onoshi, e Zataki.

— Nesse caso, determine no seu testamento que a Tang deve ser enviada com um cortejo a Sua Alteza Imperial, solicitando-lhe que a aceite. Certamente a Tang merece a divindade.

— Sim. Essa seria a escolha perfeita. — Ele estudou a faca, depois acrescentou, tristemente: — Ah, Mariko-san, não há nada a se fazer pelo senhor Toranaga. Seu karma está escrito. Ele vence ou perde. E se vencer ou perder, haverá uma grande matança.

— Sim.

Meditativo, ele desviou os olhos da faca e contemplou o ramo de timo selvagem, a lágrima ainda pura. Mais tarde disse:

— Se ele perder, antes que eu morra, ou que seja morto, eu ou um dos meus homens matará o Anjin-san.

O rosto dela ficou etéreo contra a escuridão. A brisa suave moveu-lhe alguns fios de cabelo, fazendo-a parecer ainda mais como uma estátua.

— Por favor, desculpe-me, posso perguntar por quê?

— Ele é perigoso demais para continuar vivo. O seu conhecimento, as suas ideias, que ouvi até de quinta mão... Ele infectará o reino, até o senhor Yaemon. O senhor Toranaga já está sob o encantamento dele, *né?*

— O senhor Toranaga aprecia o conhecimento dele — disse ela.

— No momento em que o senhor Toranaga morrer, essa será também a ordem para a morte do Anjin-san. Mas espero que os olhos do nosso senhor se abram antes disso. — A lâmpada gotejante crepitou e extinguiu-se. Ele deu uma olhada nela. — Você está sob o encantamento.

— É um homem fascinante. Mas a sua mente é tão diferente da nossa... Os seus valores... Sim, tão diferente em tantos sentidos que às vezes é quase impossível compreendê-lo. Uma vez tentei explicar um *cha-no-yu* a ele, mas isso estava além da sua capacidade de compreensão.

— Deve ser terrível ter nascido bárbaro... Terrível — disse Buntaro.

— Sim.

Os olhos dele caíram sobre a lâmina do estilete.

— Algumas pessoas pensam que o Anjin-san foi japonês numa vida anterior. Não é como os outros bárbaros e... Tenta arduamente falar e agir como um de nós, embora falhe, *né?*

— Gostaria que o senhor o tivesse visto quase cometer *seppuku*, Buntaro-san... Foi extraordinário. Vi a morte visitá-lo, ser afastada pela mão de Omi. Se ele foi japonês anteriormente, isso explicaria muitas coisas. O senhor Toranaga o considera muito valioso para nós no momento.

— Está na hora de você parar de treiná-lo e se tornar japonesa de novo.

— Senhor?

— Acho que o senhor Toranaga está sob o encantamento dele. E você também.

— Por favor, desculpe-me, mas não acho que eu esteja.

— Aquela noite em Anjiro, aquela que acabou mal, naquela noite senti que você estava do lado dele contra mim. Claro que foi um mau pensamento, mas senti isso.

O olhar dela afastou-se da lâmina. Olhou para ele firmemente e não respondeu. Outra lâmpada crepitou rapidamente e extinguiu-se. Agora só restava uma na sala.

— Sim, eu o odiei naquela noite — continuou Buntaro, na mesma voz calma — e quis vê-lo morto, assim como a você e a Fujiko-san. O meu arco cochichava comigo, como faz algumas vezes, pedindo uma morte. E quando, na manhã seguinte, eu o vi descendo a colina com aquelas covardes pistolazinhas nas mãos, as minhas setas imploraram para beber-lhe o sangue. Mas eu pus de lado a ideia de matá-lo e me humilhei, odiando a minha falta de educação mais do que a ele, envergonhado pela minha falta de educação e pelo saquê. — O seu cansaço era visível agora. — Muitas vergonhas a suportar, você e eu. *Né?*

— Sim.

— Não quer que eu o mate?

— Deve fazer aquilo que sabe ser o seu dever — disse ela. — Assim como eu sempre farei o meu.

— Ficamos na hospedaria esta noite — disse ele.

— Sim.

Então, como ela fora uma convidada perfeita e o *cha-no-yu* o melhor que jamais realizara, ele mudou de ideia e deu-lhe tempo e paz em medida igual à que recebera dela.

— Vá para a hospedaria. Durma — disse. A sua mão pegou o estilete e estendeu-o a ela. — Quando os bordos estiverem despidos de folhas ou quando você regressar de Ōsaka, começaremos. Como marido e mulher.

— Sim. Obrigada.

— Concorda espontaneamente, Mariko-san?

— Sim. Obrigada.

— Diante do seu Deus?

— Sim. Diante de Deus.

Mariko curvou-se e aceitou a faca, recolocou-a no esconderijo, curvou-se de novo e partiu.

Os seus passos morreram à distância. Buntaro baixou os olhos para o raminho ainda no seu punho, a lágrima ainda presa a uma folha minúscula. Os seus dedos tremeram ao pousar gentilmente o galho sobre a última brasa. As folhas de um verde puro começaram a se contorcer e a se carbonizar. A lágrima desapareceu com um silvo.

Então, em silêncio, ele começou a chorar com raiva, subitamente certo, no mais íntimo do seu ser, de que ela o traíra com o Anjin-san.

Blackthorne viu-a sair do jardim e atravessar o pátio bem iluminado. Susteve o fôlego diante da brancura da sua beleza. O amanhecer estava se insinuando no céu oriental.

– Olá, Mariko-san.

– Oh... Olá, Anjin-san! O senhor... Desculpe, o senhor me assustou... Não o tinha visto. Levantou-se cedo.

– Não. *Gomen nasai*, estou na hora. – Ele sorriu e apontou para a manhã, que não estava muito distante. – É um hábito que adquiri no mar, acordar pouco antes do amanhecer, a tempo de subir ao convés e medir o sol. – O seu sorriso ampliou-se. – Foi a senhora que acordou cedo!

– Eu não havia percebido que era... que a noite já se fora. – Samurais postados nos portões e soleiras observavam curiosos, Naga entre eles. A voz dela tornou-se quase imperceptível ao passar para o latim. – Vigiai os vossos olhos, rogo-vos. Até a escuridão da noite contém arautos da destruição.

– Peço perdão.

Desviaram o olhar quando cavalos subiram em tropel até o portão principal. Falcoeiros, o grupo de caça e guardas. Desanimado, Toranaga surgiu de dentro da casa.

– Está tudo pronto, senhor – disse Naga. – Posso ir com o senhor?

– Não, não, obrigado. Descanse um pouco. Mariko-san, como foi o *cha-no-yu*?

– Muito bonito, senhor. Muitíssimo bonito.

– Buntaro-san é um mestre. Você tem sorte.

– Sim, senhor.

– Anjin-san! Gostaria de ir caçar? E de aprender como é que se faz voar um falcão?

– Senhor?

Mariko traduziu imediatamente.

– Sim, obrigado – disse Blackthorne.

– Bom. – Toranaga indicou-lhe um cavalo. – Venha comigo.

– Sim, senhor.

Mariko observou-os partir. Depois de vê-los subir a trote o caminho, dirigiu-se ao seu quarto. A criada ajudou-a a se despir, a remover a maquiagem e a soltar o cabelo. Depois disse à criada que ficasse no quarto, que ela não queria ser perturbada até o meio-dia.

– Sim, ama.

Mariko deitou-se, fechou os olhos e permitiu que seu corpo mergulhasse na maravilhosa maciez dos acolchoados. Estava exausta e jubilosa. O *cha-no-yu* a havia impelido a uma estranha altura de paz, limpando-a, e a partir dali a decisão sublime e plena de alegria de ir para a morte a colocara num pináculo ainda mais elevado, que nunca atingira antes. O retorno à vida deixara-a com uma misteriosa e inacreditável lucidez quanto à beleza de estar viva. Ela parecera estar fora de si mesma ao responder pacientemente a Buntaro, certa de que as suas respostas e o seu desempenho tinham sido igualmente perfeitos. Enrodilhou-se na cama, muito contente de que essa paz existisse... Até que as folhas caíssem.

Oh, Nossa Senhora, rezou fervorosamente, agradeço-lhe pela sua mercê em me conceder o meu glorioso alívio. Agradeço-lhe e adoro-a com todo o coração, com toda a minha alma e por toda a eternidade.

Repetiu uma ave-maria em estado de humildade e depois, pedindo perdão, de acordo com o seu costume e em obediência ao seu suserano, por mais outro dia, colocou o seu Deus num compartimento da mente.

O que eu teria feito, ruminou pouco antes de o sono se apossar dela, se Buntaro tivesse pedido para compartilhar o meu leito?

Eu teria recusado.

E se ele tivesse insistido, conforme o seu direito?

Eu teria cumprido a promessa que fiz a ele. Oh, sim. Nada mudou.

CAPÍTULO 44

NA HORA DO BODE, O CORTEJO CRUZOU A PONTE DE NOVO. FOI TUDO COMO antes, exceto que agora Zataki e os seus homens usavam trajes mais leves, para viajar, ou para enfrentar uma escaramuça. Estavam todos muito bem armados e, embora bem disciplinados, estavam dispostos para um combate de morte, caso viesse a acontecer. Sentaram-se ordenadamente em frente das forças de Toranaga, forças que os superavam largamente em quantidade. O padre Alvito estava a um lado, entre os assistentes. E Blackthorne.

Toranaga deu as boas-vindas a Zataki com a mesma formalidade calma, prolongando o ato cerimonioso de sentar-se. Desta vez os dois daimios ficaram sozinhos sobre o estrado, as almofadas mais afastadas uma da outra, sob um céu carregado. Yabu, Omi, Naga e Buntaro estavam no chão, em torno de Toranaga, e quatro dos conselheiros de combate de Zataki se espalharam atrás dele.

No momento correto, Zataki pegou o segundo pergaminho.

— Vim para receber a sua resposta formal.

— Concordo em ir a Ōsaka e em me submeter à vontade do conselho — disse Toranaga calmamente, com uma reverência.

— Vai se submeter? — Começou Zataki, o rosto desfigurado pela incredulidade. — O senhor, Toranaga-no-Minowara, vai...

— Ouça — interrompeu Toranaga, numa ressonante voz de comando que ricocheteou em torno da clareira, sem o tom parecer alto. — O Conselho de Regentes deve ser obedecido! Embora seja ilegal, está constituído, e nenhum daimio isolado tem o direito de dividir o reino, por mais razão que tenha. O reino tem precedência. Se um daimio se revolta, é dever de todos destruí-lo. Jurei ao táicum que nunca seria o primeiro a romper a paz, e não serei, ainda que o país esteja dominado pelo mal. *Aceito o convite. Partirei ainda hoje.*

Agastado, cada samurai estava tentando adivinhar o que aquela inacreditável meia-volta significaria. Estavam todos dolorosamente certos de que muitos, se não todos, seriam forçados a se tornar *rōnins*, com tudo o que isso significava — perda de honra, de renda, de família, de futuro.

Buntaro sabia que acompanharia Toranaga na sua última viagem e compartilharia o seu destino — morte com toda a família, de todas as gerações. Ishido era seu inimigo pessoal demais para lhe perdoar e, de qualquer modo, quem quereria continuar vivo quando o seu próprio senhor desistia da verdadeira luta, de um modo tão covarde? Karma, pensou Buntaro, cáustico. Buda me dê forças! Estou comprometido em tirar a vida de Mariko e a do nosso filho, antes de tirar a minha. Quando? Quando o meu dever estiver cumprido e o nosso senhor tiver segura e honradamente partido para o Vazio. Ele precisará de um assistente fiel, *né?* Foi-se tudo, como folhas de outono, todo o futuro e o presente, Céu Carmesim e o destino. Tanto faz, *né?* Certamente o senhor Yaemon herdará e será confirmado na posição. O senhor Toranaga, secretamente, deve estar tentado, no mais íntimo do seu coração, a tomar o poder, por mais que o negue. Talvez o táicum volte à vida por intermédio do filho e oportunamente combateremos com a China de novo, e desta vez venceremos, para nos erguer e chegar ao topo do mundo, como é nosso dever divino. Sim, a senhora Ochiba e Yaemon não nos venderão na próxima vez, como Ishido e os seus covardes seguidores fizeram na última...

Naga estava desconcertado. Nada de Céu Carmesim? Nada de guerra honrosa? Nada de luta até à morte nas montanhas de Shinano ou nas planícies de Kyōto? Nada de morte honrosa em batalha, heroicamente defendendo o estandarte do pai, nada de pilhas de inimigos mortos, sobre as quais montar, num último momento de glória ou concretizando uma vitória divina? Nada de ataque, mesmo com as vis armas de fogo? Nada disso. Apenas um *seppuku*, provavelmente às pressas, sem pompa, cerimônia ou honra, e a sua cabeça espetada num chuço, exposta ao escárnio do populacho. Apenas uma morte e o fim da linhagem Yoshi. Pois, naturalmente, todos morreriam, o pai, todos os irmãos, irmãs, primos, sobrinhos e sobrinhas, e tias e tios. Os seus olhos se fixaram em Zataki. O sangue começou a inundar-lhe o cérebro.

Omi observava Toranaga com olhos semicerrados, o ódio a devorá-lo. O nosso amo enlouqueceu, pensou. Como pode ser tão estúpido? Temos 100 mil homens e o Regimento de Mosquetes e mais 50 mil em torno de Ōsaka! Céu Carmesim é mil vezes melhor do que uma solitária sepultura fedorenta!

A sua mão pesava sobre o punho da espada e, num momento de enlevo, ele se imaginou pulando para a frente para decapitar Toranaga, estender a cabeça do suserano ao regente Zataki e assim pôr termo à charada desprezível. Depois morrer pela própria mão com honra, ali, diante de todos. Pois que sentido havia em continuar vivendo? Agora Kiku já estava fora do seu alcance, o seu contrato comprado e possuído por Toranaga, que os traíra a todos. Na noite passada o seu corpo ficara em chamas enquanto ela cantava, e ele sabia que a canção secretamente se destinava a ele, e só a ele. Ardor não reconhecido – ele e ela. Um momento: por que não um suicídio duplo? Morrer lindamente juntos, estar juntos por toda a eternidade. Oh, que maravilhoso seria isso! Fundir as nossas almas na morte como um testemunho sem fim da nossa adoração à vida. Mas, primeiro, o traidor Toranaga, *né?*

Com um esforço, Omi se arrastou de volta da beira do precipício.

Tudo deu errado, pensou. Não existe paz na minha casa, sempre raiva e discussão, e Midori sempre em lágrimas. A minha vingança contra Yabu está cada vez mais remota. Nada de acordo secreto com Zataki, com ou sem Yabu, negociado durante horas na noite passada. Nada de acordo de espécie alguma.

"Nada certo. Mesmo quando Mura encontrou as espadas, ambas estavam tão mutiladas pela força da terra que sei que Toranaga me odiou por tê-las mostrado a ele. E agora, finalmente, isto – esta covarde e traidora rendição!

"É quase como se eu estivesse enfeitiçado, num mau encantamento. Lançado pelo Anjin-san? Talvez. Mas está tudo perdido do mesmo jeito. Nada de espadas, vinganças, via secreta de fuga, Kiku, o futuro. Espere. Existe um futuro com ela. A morte é um futuro, e passado e presente, e será muito limpo e simples..."

– Está desistindo? O senhor não vai combater? – berrou Yabu, consciente de que a sua morte e a da sua linhagem estavam agora garantidas.

– Aceito o convite do conselho – replicou Toranaga. – Como o senhor aceitará o convite do conselho!

– Não farei...

Omi saiu do devaneio com presença de espírito suficiente para saber que tinha que interromper Yabu e protegê-lo da morte instantânea que qualquer confrontação com Toranaga causaria. Mas, deliberadamente, apertou os lábios, dando vivas de alegria consigo mesmo diante desse presente enviado pelo céu, esperando que o desastre de Yabu facilitasse de vez a sua situação.

– Não vai fazer o quê? – perguntou Toranaga.

A alma de Yabu guinchou diante do perigo. Tentou disfarçar:

– Eu... eu... Naturalmente, os seus vassalos obedecerão. Sim... Se o senhor decide... qualquer coisa que o senhor decida eu... eu farei.

Omi praguejou intimamente e permitiu que a expressão vítrea do rosto voltasse, a mente ainda paralisada pela total e inesperada capitulação de Toranaga.

Furioso, Toranaga deixou Yabu continuar gaguejando, aumentando a intensidade do pedido de desculpas. Depois, desdenhosamente, interrompeu-o:

– Bom.

Voltou-se para Zataki, mas não relaxou a vigilância.

– Então, irmão, o senhor pode ignorar o segundo pergaminho. Não há mais nada... – Com o canto do olho viu o rosto de Naga alterar-se e girou na sua direção: – Naga!

O jovem quase saltou fora da própria pele, mas a mão deixou a espada.

– Sim, pai? – gaguejou ele.

– Vá buscar os meus materiais de escrita! Já! – Quando Naga estava bem longe do alcance da espada, Toranaga respirou, aliviado por ter impedido o ataque a Zataki antes que tivesse começado. Os seus olhos estudaram Buntaro cuidadosamente. Depois, Omi. E, por último, Yabu. Achou que os três estavam agora controlados o suficiente para não fazer qualquer gesto imbecil que precipitaria um tumulto imediato e uma grande carnificina.

Mais uma vez dirigiu-se a Zataki.

– Dar-lhe-ei a minha aceitação formal e por escrito imediatamente. Isso preparará o conselho para a minha visita de cerimônia. – Baixou a voz e falou apenas aos ouvidos de Zataki: – Dentro de Izu o senhor está seguro, regente. Fora também está seguro. Até que a minha mãe esteja fora do seu alcance, o senhor estará seguro. Só até lá. Esta reunião está encerrada.

– Bom. "Visita de cerimônia"? – Zataki foi abertamente desdenhoso. – Que hipocrisia! Nunca pensei que veria o dia em que Yoshi Toranaga-no-Minowara se ajoelharia ao general Ishido. O senhor é...

– O que é mais importante, irmão? – disse Toranaga. – A continuidade da minha linhagem ou a do reino?

A escuridão pairava sobre o vale. Ela agora se espalhava, a base das nuvens mal chegando a novecentos metros do solo, obscurecendo completamente o caminho para o passo. A clareira e o pátio da hospedaria estavam cheios de samurais, acotovelando-se, mal-humorados. Os cavalos pisoteavam o chão, irritados. Os oficiais gritavam ordens com aspereza desnecessária. Os carregadores, atemorizados, corriam de um lado para outro, preparando a coluna que partia. Faltava por volta de uma hora para o escurecer.

Toranaga escrevera a floreada mensagem, assinara e a enviara por um mensageiro a Zataki, ignorando as súplicas de Buntaro, Omi e Yabu, em conferência privada. Ouvira os argumentos deles em silêncio.

Quando terminaram, ele disse:

– Não quero mais saber de conversa. Escolhi o meu caminho. Obedeçam!

Dissera-lhes que regressaria a Anjiro de imediato, para reunir o resto dos seus homens. No dia seguinte tomaria a estrada costeira de leste em direção a Atami e Odawara, dali para os desfiladeiros entre as montanhas, até Edo. Buntaro comandaria a sua escolta. Também no dia seguinte o Regimento de Mosquetes deveria embarcar em galeras, em Anjiro, e zarpar para esperá-lo em Edo, com Yabu no comando. Omi seguiria para a fronteira, pela estrada central, com todos os guerreiros disponíveis em Izu. Devia dar assistência a Hiromatsu, que estava no comando supremo, e garantir que o inimigo, Ikawa Jikkyu, não interferisse no tráfego normal. Omi deveria se basear em Mishima por enquanto, para guardar aquele setor da estrada Tōkaidō e preparar palanquins e cavalos em quantidade suficiente para Toranaga e o séquito considerável que era necessário para uma visita de cerimônia formal.

– Alerte todos os pontos de parada ao longo da estrada e prepare-os igualmente. Compreendeu?

– Sim, senhor.

– Certifique-se de que esteja tudo perfeito!

– Sim, senhor. Pode contar comigo. – Até Omi tinha estremecido sob o seu olhar penetrante e terrível.

Quando tudo ficou pronto para a partida, Toranaga saiu dos seus aposentos para a varanda. Todos se curvaram. Carrancudo, fez-lhes sinal para que continuassem e mandou buscar o estalajadeiro. O homem foi todo mesuras ao apresentar a conta, de joelhos. Toranaga verificou item por item. A conta era justa. Ele assentiu e atirou-a ao seu pagador, para que a saldasse, depois chamou Mariko e o Anjin-san. Mariko recebeu permissão para ir a Ōsaka.

– Mas antes você irá direto daqui até Mishima. Entregue este despacho particular a Hiromatsu, depois continue até Edo com o Anjin-san. É responsável por ele até chegarem. Você provavelmente irá por mar a Ōsaka, decidirei isso mais tarde. Anjin-san, recebeu o dicionário do padre-san?

– Por favor? Sinto muito, não compreendo.

Mariko traduziu.

– Sinto muito. Sim, eu livro recebi.

– Quando nos encontrarmos em Edo você estará falando japonês melhor do que agora. *Wakarimasu ka?*

– *Hai. Gomen nasai.*

Tristemente, Toranaga saiu para o pátio. Chovia, e um samurai segurava um amplo guarda-chuva para protegê-lo. Como um só, todos os samurais, carregadores e aldeões novamente se curvaram. Toranaga não prestou atenção neles, simplesmente subiu no seu palanquim coberto, à testa da coluna, e fechou as cortinas.

Imediatamente os seis carregadores semidespidos ergueram a liteira e se puseram em marcha, num trote cerrado, os calosos pés descalços chapinhando nas poças. Samurais da escolta cavalgavam à frente, e outra guarda montada cercava o palanquim. Carregadores de reserva e o comboio de bagagem seguiam atrás, todos correndo, todos tensos e apavorados. Omi chefiava a vanguarda. Buntaro estava no comando da retaguarda. Yabu e Naga já haviam partido ao encontro do Regimento de Mosquetes, que ainda estava atravessado na estrada em emboscada, à espera de Toranaga no cume. O regimento engataria atrás, para formar uma retaguarda.

– Retaguarda contra quem? – rosnara Yabu a Omi, nos poucos momentos sós que tiveram antes de Yabu partir a galope.

Buntaro avançou a passos largos para o alto e curvo portão da hospedaria, sem tomar conhecimento do aguaceiro.

– Mariko-san!

Obediente, ela se apressou na direção dele, o seu guarda-chuva laranja, de papel oleado, batido pelos pingos pesados.

– Sim, senhor?

Sob a aba do chapéu de bambu, os olhos de Buntaro foram dela para Blackthorne, que observava da varanda.

– Diga a ele... – Parou.

– Senhor?

Ele a encarou.

— Diga-lhe que o torno responsável por você.

— Sim, senhor — disse ela. — Mas, por favor, desculpe-me, eu sou responsável por mim.

Buntaro voltou-se e mediu a distância até a cabeça da coluna. Quando a olhou de novo, o seu rosto ainda mostrava vestígios do seu tormento.

— Não haverá mais folhas outonais para os nossos olhos, *né?*

— Isso está nas mãos de Deus, senhor.

— Não, está nas mãos do senhor Toranaga — disse ele, com desdém.

Ela levantou os olhos, enfrentando o olhar dele sem vacilar. A chuva batia forte. As gotas caíam da borda do guarda-chuva como uma cortina de lágrimas. A lama salpicava a barra do quimono dela. E então ele disse:

— *Sayōnara...* Até à vista, em Ōsaka.

Ela ficou surpresa.

— Oh, desculpe, mas eu não vou vê-lo em Edo? Com certeza o senhor estará lá com o senhor Toranaga, chegará quase ao mesmo tempo, *né?* Vê-lo-ei então.

— Sim. Mas em Ōsaka, quando nos encontrarmos lá ou quando você regressar de lá, será quando começaremos de novo. Será então que eu a verei realmente, *né?*

— Ah, compreendo. Sinto muito.

— *Sayōnara*, Mariko-san — disse ele.

— *Sayōnara*, meu senhor. — Mariko curvou-se. Ele lhe retribuiu a reverência incisivamente e se afastou pelo charco na direção do seu cavalo. Saltou para a sela e disparou, sem olhar para trás.

— Vá com Deus — disse ela de olhos fixos nele.

Blackthorne viu os olhos dela, acompanhando Buntaro. Esperava ao abrigo do telhado, a chuva diminuindo. Logo a cabeça da coluna desapareceu nas nuvens, depois o palanquim de Toranaga, e ele respirou com mais facilidade, ainda abalado por Toranaga e por todo o dia de mau agouro.

Naquela manhã a caça começara muito bem. Toranaga escolhera um falcão minúsculo, de longas asas, como um esmerilhão, e fizera-o voar com muito sucesso contra uma calhandra. Comandando o ataque, conforme era privilégio seu, ele galopara pela floresta ao longo de uma trilha bem batida, mascates e sitiantes itinerantes dispersos pelo caminho. Mas um vendedor de óleo, alquebrado pelo tempo, com um cavalo igualmente molambento, bloqueou o caminho e, contrariado, não se moveu do lugar. Na animação da caçada, Blackthorne gritara ao homem que se afastasse, mas o mascate não arredara pé; então ele o cobrira de imprecações. O vendedor de óleo retrucara com rudeza, gritando também, e então Toranaga se aproximara, apontara para o seu próprio guarda-costas e dissera para o Anjin-san: "Dê-lhe a sua espada um instante", e algumas palavras que ele não compreendeu. Blackthorne obedeceu imediatamente. Antes que percebesse o que estava acontecendo, o samurai investiu contra o mercador. O golpe foi tão selvagem e perfeito que o vendedor de óleo ainda deu um passo antes de cair, dividido em dois pela cintura.

Toranaga dera um murro na maçaneta da sela com um prazer momentâneo, depois caíra de novo na sua melancolia, enquanto os outros samurais davam vivas. O guarda-costas limpara a lâmina cuidadosamente, usando o seu *obi* de seda para proteger o aço. Embainhara a espada com satisfação e devolvera-a, dizendo alguma coisa que Mariko depois explicou:

– Ele só disse, Anjin-san, que ficou orgulhoso de poder testar essa lâmina. O senhor Toranaga está sugerindo que o senhor apelide a espada de "Vendedor de Óleo", porque tal golpe e agudeza deviam ser lembrados com honra. A sua espada agora tornou-se lendária, *né?*

Blackthorne lembrava-se de como assentira, ocultando a própria angústia. Estava usando a "Vendedor de Óleo" agora, – seria "Vendedor de Óleo" para sempre –, a mesma espada que Toranaga lhe presenteara. Gostaria que ele nunca a tivesse dado, pensou Blackthorne. Mas a culpa não foi toda dele, foi minha também. Gritei com o homem, ele foi rude, e os samurais não podem ser tratados com rudeza. Que outra linha de conduta havia? Blackthorne sabia que não havia nenhuma. Ainda assim, aquela morte suprimira-lhe a alegria da caçada, embora tivesse que esconder isso com cuidado porque Toranaga estivera taciturno e difícil o dia todo.

Pouco antes do meio-dia retornaram a Yokose, depois houve o encontro de Toranaga com Zataki e, mais tarde, após um banho de vapor e uma massagem, repentinamente o padre Alvito apareceu no seu caminho, como um espectro vingador, acompanhado de dois acólitos hostis.

– Jesus Cristo, afaste-se de mim!

– Não há necessidade de ter medo ou de blasfemar – dissera Alvito.

– Deus amaldiçoe o senhor e todos os padres! – dissera Blackthorne, tentando se controlar, sabendo que se encontrava mergulhado em território inimigo. Anteriormente, vira meia centena de samurais católicos escoando aos poucos pela ponte para a missa que Mariko lhe dissera que estava sendo realizada no pátio da hospedaria de Alvito. A sua mão procurou o punho da espada, mas não a estava usando com o roupão de banho ou carregando-a como era costumeiro, e amaldiçoou a própria estupidez, detestando estar desarmado.

– Que Deus lhe perdoe a blasfêmia, piloto. Sim. Que ele o perdoe e lhe abra os olhos. Não lhe desejo mal. Vim para lhe trazer um presente. Tome, um presente de Deus, piloto.

Blackthorne pegou o pacote, desconfiado. Quando o abriu e viu o dicionário-gramática de português, latim e japonês, um arrepio o percorreu. Folheou algumas páginas. A impressão era certamente a melhor que ele já vira, a qualidade e o pormenor da informação surpreendentes.

– Sim, isto é um presente de Deus, está bem, mas foi o senhor Toranaga que lhe ordenou que me desse.

– Obedecemos apenas às ordens de Deus.

– Toranaga lhe pediu que me desse, certo?

– Sim. Foi solicitação dele.

– E uma "solicitação" de Toranaga não é uma ordem?

– Depende, capitão-piloto, de quem se é, do que se é, e de quão grande é a fé que se tem. – Alvito apontou para o livro. – Três dos nossos irmãos gastaram 27 anos preparando-o.

– Por que o senhor está me dando?

– Pediram-nos que fizéssemos isso.

– Por que não evitou a solicitação do senhor Toranaga? O senhor é astuto mais que o suficiente para fazer isso.

Alvito deu de ombros. Rapidamente Blackthorne folheou o livro, examinando-o. Excelente papel, impressão muito clara. Os números das páginas estavam em sequência.

– Está completo – disse Alvito, divertido. – Não lidamos com meios livros.

– Isto é valioso demais para entregar assim. O que quer em troca?

– Ele nos pediu que lhe déssemos. O padre-inspetor concordou. Por isso o estamos dando. Foi impresso este ano, finalmente. É lindo, não? Só lhe pedimos que o estime, que trate bem o livro. É digno de ser bem tratado.

– É digno de ser protegido com a vida. Isto é um conhecimento inestimável, como um dos nossos portulanos. Mas é melhor ainda. O que quer por ele?

– Não pedimos nada em troca.

– Não acredito. – Blackthorne sopesou-o na mão, ainda mais desconfiado. – O senhor deve saber que isto me torna igual ao senhor. Dá-me todo o seu conhecimento e nos poupa dez, talvez vinte anos. Com isto logo estarei falando tão bem quanto o senhor. Uma vez que possa fazer isso, poderei ensinar a outros. Esta é a chave do Japão, *né*? A língua é a chave de qualquer lugar estrangeiro, *né*? Dentro de seis meses serei capaz de conversar diretamente com Toranaga-sama.

– Sim, talvez seja. Se tiver seis meses.

– O que significa isso?

– Nada mais além do que o senhor já sabe. O senhor Toranaga estará morto bem antes que se passem seis meses.

– Por quê? Que novidades o senhor lhe trouxe? Desde que conversou com o senhor, ele ficou como um touro com metade da garganta dilacerada. O que foi que lhe disse, hein?

– A minha mensagem era particular, de Sua Eminência ao senhor Toranaga. Sinto muito, sou meramente um mensageiro. Mas o general Ishido controla

Ōsaka, como o senhor certamente sabe, e quando Toranaga-sama chegar a Ōsaka estará tudo acabado para ele. E para você.

Blackthorne sentiu o gelo na medula.

— Por que eu?

— Você não pode escapar ao seu destino, piloto. Ajudou Toranaga contra Ishido. Esqueceu? Colocou as mãos violentamente em cima de Ishido. Comandou a arremetida para fora da enseada de Ōsaka. Sinto muito, mas ser capaz de falar japonês ou as suas espadas ou o status de samurai não o ajudarão em absoluto. Talvez seja pior agora, sendo o senhor samurai. Agora receberá ordem de cometer *seppuku*, e, se recusar... — Alvito acrescentou na mesma voz gentil: — Eu lhe disse antes que eles são um povo simples.

— Nós, ingleses, também somos um povo simples — disse ele, com uma boa dose de bravata. — Quando estamos mortos, estamos mortos, mas antes disso depositamos a nossa confiança em Deus e mantemos a nossa pólvora seca. Restam-me ainda alguns truques, não se espante, nem receie.

— Oh, não tenho receio, piloto. Não receio nada, nem o senhor, nem a sua heresia, nem as suas armas. Estão amarradas... assim como o senhor.

— Isso é karma, está nas mãos de Deus, chame como quiser — disse Blackthorne, aturdido. — Mas, por Deus, recuperarei o meu navio e então, em alguns anos, comandarei uma esquadra de navios ingleses até aqui e vou mandá-los todos para o inferno, para fora da Ásia.

Alvito falou novamente, com a sua calma imensa e enervante.

— Isso está nas mãos de Deus, piloto. Mas os dados estão lançados e nada do que o senhor diz acontecerá. Nada. — Alvito o olhara como se ele já estivesse morto. — Que Deus tenha piedade do senhor, pois, como Deus é o meu juiz, piloto, creio que o senhor nunca deixará estas ilhas.

Blackthorne estremeceu ao lembrar-se da forte convicção com que Alvito dissera isso.

— Está com frio, Anjin-san?

Mariko estava em pé à sua frente na varanda, agora, sacudindo o guarda-chuva.

— Oh, desculpe, não, não estou com frio... só estava devaneando. — Olhou para o passo. A coluna toda desaparecera nas nuvens. A chuva diminuíra um pouco e se tornara branda e suave. Alguns aldeões e criados vinham chapinhando nas poças, em direção à casa. O átrio estava vazio, o jardim alagado. Lanternas a óleo acesas estavam aparecendo por toda a aldeia. Já não havia sentinelas junto ao portão, nem dos dois lados da ponte. Um grande vazio parecia dominar o lusco-fusco.

— É muito mais bonito à noite, não é? — disse ela.

— Sim — replicou ele, totalmente consciente de que estavam sozinhos e a salvo, se fossem cuidadosos e se ela quisesse como ele queria.

Uma criada veio e pegou o guarda-chuva, trazendo *tabis* secos. Ajoelhou-se e começou a enxugar os pés de Mariko com uma toalha.

– Amanhã, ao amanhecer, começaremos a nossa jornada, Anjin-san.

– Quanto tempo levaremos?

– Alguns dias, Anjin-san. O senhor Toranaga disse... – Mariko desviou o olhar quando Gyoko surgiu obsequiosamente de dentro da hospedaria. – O senhor Toranaga me disse que havia muito tempo.

Gyoko curvou-se profundamente.

– Boa noite, senhora Toda, por favor, desculpe-me por interrompê-la.

– Como vai, Gyoko-san?

– Muito bem, obrigada, embora quisesse que essa chuva parasse. Não gosto dessa umidade. Mas depois, quando as chuvas cessarem, teremos o calor, e isso é muito pior, *né*? Mas o outono não está longe... Ah, temos sorte em ter um outono para esperar e uma primavera celestial, *né*?

Mariko não respondeu. A criada amarrou-lhe os *tabis* e se levantou.

– Obrigada – disse Mariko, dispensando-a. – Então, Gyoko-san? Há alguma coisa que eu possa fazer pela senhora?

– Kiku-san perguntou se a senhora gostaria que ela a servisse no jantar ou que dançasse ou cantasse esta noite. O senhor Toranaga deixou-lhe instruções para entretê-la, se a senhora quisesse.

– Sim, ele me disse, Gyoko-san. Seria muito bom, mas talvez não esta noite. Temos que partir ao amanhecer e estou muito cansada. Haverá outras noites, *né*? Por favor, peça-lhe minhas desculpas, e, oh, sim, diga-lhe que estou encantada em ter a companhia de vocês duas na estrada. – Toranaga ordenara a Mariko que levasse as duas mulheres consigo e ela lhe agradecera, satisfeita de tê-las como acompanhantes formais.

– A senhora é muito gentil – disse Gyoko, com mel na língua. – Mas a honra é nossa. Ainda vamos para Edo?

– Sim. Naturalmente. Por quê?

– Por nada, senhora Toda. Mas, nesse caso, talvez pudéssemos parar em Mishima por um ou dois dias? Kiku-san gostaria de reunir algumas roupas. Não se sente adequadamente vestida para o senhor Toranaga e ouvi dizer que o verão de Edo é muito mormacento e cheio de mosquitos. Temos que ir buscar o guarda-roupa dela, por pior que seja.

– Sim. Naturalmente. As duas terão tempo mais que suficiente.

Gyoko não olhou para Blackthorne, embora estivessem ambas muito conscientes da presença dele.

– É... é trágico o que aconteceu ao nosso amo, *né*?

– Karma – respondeu Mariko com tranquilidade. E acrescentou com uma suave maldade feminina: – Mas nada mudou, Gyoko-san. A senhora será paga no dia em que chegarmos, em prata, conforme diz o contrato.

— Oh, desculpe – disse a mulher mais velha, fingindo estar chocada. – Desculpe, senhora Toda, mas dinheiro? Isso estava muito distante da minha mente. Nunca! Só estava preocupada com o futuro do nosso amo.

— Ele é senhor do próprio futuro – disse Mariko afavelmente, já não acreditando nisso. – Mas o seu futuro é bom, não é, aconteça o que acontecer? Está rica agora. Todos os seus problemas materiais terminaram. Logo a senhora será uma potência em Edo, com a sua nova corporação de cortesãs, seja quem for que governe o Kantō. Logo será a maior de todas as Mama-sans e, apesar do que possa acontecer, bem, Kiku-san ainda é a sua protegida e a sua juventude não foi tocada, nem o seu karma, *né?*

— A minha única preocupação é com o senhor Toranaga – respondeu Gyoko, com uma gravidade experiente, o ânus contraindo-se com o pensamento de 2500 *kokus* tão perto da sua caixa-forte. – Se há algum meio por que eu possa ajudá-lo, eu...

— Que generoso de sua parte, Gyoko-san! Falarei a ele do seu oferecimento. Sim, um desconto de mil *kokus* do preço ajudaria muitíssimo. Aceito em nome dele.

Gyoko agitou o leque, pôs um sorriso gracioso no rosto e a custo conseguiu não se pôr a gemer alto pela sua imbecilidade de cair numa armadilha como uma novata embriagada de saquê.

— Oh, não, senhora Toda, como o dinheiro poderia ajudar um protetor tão generoso? Não, evidentemente o dinheiro não é ajuda para ele – balbuciou, tentando se recuperar. – Não, dinheiro não é ajuda. Melhor uma informação, ou um serviço, ou...

— Por favor, desculpe-me, mas que informação?

— Nenhuma, nenhuma no momento. Só usei isso como uma figura de linguagem, sinto muito. Mas dinheiro...

— Ah, desculpe, sim. Bem, falarei a ele sobre a sua oferta. E sobre a sua generosidade. Em nome dele, obrigada.

Gyoko curvou-se, sendo dispensada, e correu de volta para dentro da hospedaria.

Mariko soltou uma risadinha entrecortada.

— De que está rindo, Mariko-san?

Ela lhe contou o que fora dito.

— As Mama-sans devem ser a mesma coisa no mundo todo. Ela só está preocupada com o seu dinheiro.

— O senhor Toranaga pagará, apesar de... – Blackthorne parou. Mariko esperou, com ar inocente. Depois, sob o olhar dela, ele continuou: – O padre Alvito disse que quando o senhor Toranaga for a Ōsaka estará liquidado.

— Oh, sim. Sim, Anjin-san, isso é totalmente verdadeiro – disse Mariko, com uma vivacidade que não sentia. Depois colocou Toranaga e Ōsaka nos respectivos compartimentos e ficou tranquila de novo. – Mas Ōsaka está a muitas léguas de distância e a incontáveis bastões de tempo no futuro. E, até lá, quando o que tiver de ser será, Ishido não sabe, o bom padre não sabe realmente, nós não sabemos, ninguém sabe o que realmente vai acontecer. *Né?* Exceto o senhor Deus. Mas Ele não nos dirá, dirá? Até, talvez, que já tenha pensado. *Né?*

– *Hai*! – Ele riu com ela. – Ah, a senhora é tão sábia.

– Obrigada. Tenho uma sugestão, Anjin-san. Durante a viagem vamos esquecer todos os problemas externos. Todos eles.

– É bom ver-vos – disse ele em latim.

– Digo o mesmo. Um cuidado extraordinário diante das duas mulheres durante a viagem é muito necessário, *né?*

– Podeis contar com isso, senhora.

– Conto. Na verdade, conto muitíssimo.

– Agora estamos quase sozinhos, *né?* A senhora e eu.

– Sim. Mas o que foi não é, nem nunca aconteceu.

– É verdade. Sim. A senhora tendes razão de novo. E sois linda.

Um samurai avançou pelo portão e a saudou. Era um homem de meia-idade, de cabelo grisalho, rosto marcado de varíola, e caminhava coxeando levemente.

– Por favor, desculpe-me, senhora Toda, mas partiremos ao amanhecer, *né?*

– Sim, Yoshinaka-san. Mas não tem importância se nos atrasarmos até o meio-dia, se o senhor quiser. Temos muito tempo.

– Sim. Se a senhora prefere, partimos ao meio-dia. Boa noite, Anjin-san. Por favor, permita-me que me apresente. Sou Akira Yoshinaka, capitão da sua escolta.

– Boa noite, capitão.

Yoshinaka voltou-se para Mariko.

– Sou responsável pela senhora e por ele, por isso, por favor, diga-lhe que ordenei que dois homens durmam no quarto dele à noite, como guardas pessoais. Além disso, haverá dez sentinelas em serviço a noite toda. Estarão o tempo todo à sua volta. Tenho cem homens no total.

– Muito bem, capitão. Mas, desculpe, seria melhor não postar nenhum homem no quarto do Anjin-san. Eles têm o costume, muito sério, aliás, de dormir sozinhos, ou sozinhos com uma dama. A minha criada provavelmente ficará com ele, portanto estará protegido. Por favor, mantenha os guardas por perto, mas não demais, assim ele não ficará perturbado.

Yoshinaka coçou a cabeça e franziu o cenho.

– Muito bem, senhora. Sim, concordo com isso, embora o meu jeito seja mais sensato. Então desculpe, por favor, peça-lhe que nas próximas noites não dê as caminhadas dele. Até que cheguemos a Edo eu sou o responsável, e quando sou responsável por pessoas muito importantes fico muito nervoso. – Curvou-se rigidamente e se afastou.

– O capitão pediu que o senhor não caminhe por aí sozinho durante a nossa viagem. Se se levantar à noite, leve sempre um samurai consigo, Anjin-san. Ele disse que isso o ajudaria.

– Está bem. Sim, farei isso. – Blackthorne observou-o afastando-se. – O que mais ele disse? Ouvi alguma coisa sobre dormir? Não consegui compreendê-lo muito... – Ele parou. Kiku vinha saindo. Estava usando um roupão de banho com uma toalha envolta nos cabelos. Descalça, saracoteando na direção da casa de banho alimentada pela nascente quente, fez-lhes uma pequena mesura e acenou alegremente. Eles retribuíram a saudação.

Blackthorne admirou suas longas pernas e o modo ondulante do caminhar até que ela desaparecesse. Sentiu os olhos de Mariko a observá-lo atentamente e voltou-se para ela.

– Não – disse suavemente e meneou a cabeça.

Ela riu.

– Pensei que poderia ser difícil... poderia ser desconfortável para o senhor tê-la apenas como companheira de viagem depois de um "travesseiro" tão especial.

– Desconfortável, não. Pelo contrário, muito agradável. Tenho lembranças muito agradáveis. Estou contente de que ela pertença ao senhor Toranaga agora. Isso torna tudo fácil, para ela e para mim. E para todos. – Ia acrescentar "todo mundo, menos Omi", mas pensou melhor e disse: – Afinal de contas, para mim ela foi apenas um presente glorioso e muito especial. Nada mais. *Né?*

– Ela foi um presente, sim.

Ele teve vontade de tocar Mariko. Mas não o fez. Em vez disso, voltou-se e contemplou o desfiladeiro, sem ter certeza do que lera por trás dos olhos dela. A noite obscurecia o passo agora. E as nuvens. A água pingava delicadamente do telhado.

– O que mais o capitão disse?

– Nada de importância, Anjin-san.

CAPÍTULO 45

A VIAGEM ATÉ MISHIMA LEVOU NOVE DIAS E TODAS AS NOITES, DURANTE PARTE da noite, eles estiveram juntos. Secretamente. Yoshinaka os ajudava, sem ter consciência disso. A cada hospedaria, com toda a naturalidade, escolhia quartos contíguos para todos eles. "Espero que não faça objeção, senhora, mas isto facilitará muito a segurança", dizia sempre, e Mariko concordava e tomava o quarto central, com Kiku e Gyoko de um lado, Blackthorne do outro. Depois, no escuro da noite, ela deixava a sua criada, Chimmoko, e ia ao encontro dele. Com quartos contíguos, mais o vozerio habitual, os sons noturnos, a cantoria e a pândega de outros viajantes, com enxames de criadas sempre presentes e ansiosas por agradar, as sentinelas de guarda no lado externo não tinham como perceber nada. Apenas Chimmoko estava a par do segredo.

Mariko tinha consciência de que Gyoko, Kiku e todas as mulheres do grupo acabariam sabendo. Mas isso não a preocupava. Era samurai e elas não. A sua palavra pesava contra a delas, a menos que fosse surpreendida em flagrante. E nenhum samurai, nem mesmo Yoshinaka, normalmente abriria a sua porta à noite sem ser convidado. Pelo que constava, Blackthorne compartilhava o leito com Chimmoko ou uma das criadas da hospedaria. Não era assunto de ninguém, só dele. Então apenas uma mulher podia traí-la, e, se ela fosse traída, a delatora e todas as mulheres do grupo morreriam de uma morte ainda mais vulgar e prolongada do que a dela, por traição tão repugnante. Depois, além disso, se ela desejasse, antes que atingissem Mishima ou Edo todas sabiam que ela podia mandar matá-las, ao sabor de seu capricho, pela mais ligeira das indiscrições, real ou alegada. Mariko tinha certeza de que Toranaga não se oporia a essas mortes. Certamente não à de Gyoko, e, bem no íntimo, Mariko tinha certeza de que ele não objetaria nem à de Kiku. Dois mil e quinhentos *kokus* podiam comprar muitas cortesãs de primeira classe.

Por isso se sentia segura quanto às mulheres. Mas não quanto a Blackthorne, por mais que o amasse agora. Ele não era japonês. Não fora educado desde o nascimento para construir as cercas internas e impenetráveis atrás das quais se esconder. O seu rosto, o seu comportamento ou o seu orgulho o trairiam. Ela não tinha medo por si mesma. Apenas por ele.

— Finalmente sei o que significa amor — murmurou ela, na primeira noite. E como não lutava mais contra o furioso assalto do amor, mas se entregara à sua irresistibilidade, o seu terror pela segurança dele a consumia. — Eu vos amo, por isso temo por vós — sussurrou, abraçada a ele, usando o latim, a língua dos amantes.

- Eu vos amo. Oh, como vos amo.

- Eu vos destruí, meu amor, por ter começado. Estamos condenados agora. Eu vos destruí... Essa é a verdade.

- Não, Mariko, de algum modo acontecerá alguma coisa que fará tudo dar certo.

- Eu não deveria ter começado. A culpa é minha.

- Não vos preocupeis, peço-vos. Karma é karma.

Diante da sua insistência, ela fingia ser persuadida e fundia-se nos braços dele. Mas tinha a certeza de que ele seria a sua própria nêmesis. Por si mesma, porém, não tinha medo.

As noites foram jubilosas. Ternas. Cada uma melhor do que a anterior. Os dias foram fáceis para ela, difíceis para ele. Ele estava constantemente em guarda, determinado, por causa dela, a não cometer nenhum engano.

- Não haverá engano - disse ela enquanto cavalgavam juntos, seguramente afastados dos outros, agora mantendo uma simulação de absoluta confiança após o lapso da primeira noite. - Vós sois forte. Sois samurai e não haverá engano - disse em latim.

- E quando chegarmos a Edo?

- Deixe Edo se preocupar com Edo. Eu vos amo.

- Sim. Eu também vos amo.

- Então por que estais tão triste?

- Triste não, senhora. É só que o silêncio é doloroso. Eu gostaria de gritar o meu amor do topo das montanhas.

Deliciavam-se com a sua privacidade e com a certeza de que ainda estavam a salvo de olhos curiosos.

- O que acontecerá a eles, Gyoko-san? - perguntou Kiku suavemente, no palanquim, no primeiro dia de viagem.

- Desastre, Kiku-san. Não há esperança para o futuro deles. Ele dissimula bem, mas ela!... A adoração que sente é gritante. Olhe para ela! Parece uma jovenzinha! Oh, como é tola!

- Mas é tão bela, *né*? Que sorte ser tão completa, *né*?

- Sim, mas ainda assim eu não gostaria que a morte deles recaísse sobre mais ninguém.

- O que Yoshinaka fará quando os descobrir? - perguntou Kiku.

- Talvez não descubra. Rezo para isso. Os homens são muito tolos e estúpidos. Não conseguem ver as coisas mais simples sobre as mulheres, graças a Buda, abençoado o seu nome. Oremos para que eles não sejam descobertos até que tenhamos concluído o nosso negócio em Edo. Oremos para que não nos consi-derem responsáveis. Oh, sim! E esta tarde, quando pararmos, vamos procurar o santuário mais próximo e acender dez bastões de incenso. Por todos os deuses, vou até doar a um templo para todos os deuses três *kokus* anuais, durante dez anos, se escaparmos e se eu conseguir o meu dinheiro.

— Mas eles são tão lindos juntos, *né?* Nunca tinha visto uma mulher desabrochar tanto.

— Sim, mas ela vai murchar como uma camélia quebrada quando for acusada diante de Buntaro-san. O karma deles é o karma deles, e não há nada que possamos fazer por eles. Ou pelo senhor Toranaga, ou mesmo por Omi-san. Não chore, criança.

— Pobre Omi-san.

Omi os havia alcançado no terceiro dia. Ficara na hospedaria deles e, após a refeição noturna, falara em particular com Kiku, pedindo-lhe formalmente que se juntasse a ele por toda a eternidade.

— De boa vontade, Omi-san, de boa vontade — respondera ela imediatamente, permitindo-se chorar, pois gostava muitíssimo dele. — Mas o meu dever para com o senhor Toranaga, que me favoreceu, e para com Gyoko-san, que me formou, me proíbe isso.

— Mas o senhor Toranaga perdeu os seus direitos sobre você. Ele se rendeu. Está liquidado.

— Mas o contrato não, Omi-san, por mais que eu deseje isso. O contrato dele é legal, um compromisso. Por favor, desculpe-me, devo recusar...

— Não responda agora, Kiku-san. Pense. Por favor, eu lhe peço. Dê-me a sua resposta amanhã — dissera ele. E se fora.

Mas a lacrimosa resposta fora a mesma.

— Não posso ser tão egoísta, Omi-san. Por favor, perdoe-me. O meu dever para com o senhor Toranaga, para com Gyoko-san... Não posso, por mais que o deseje. Por favor, perdoe-me.

Ele argumentara. Houvera mais lágrimas. Juraram adoração perpétua e depois ela o mandara embora com uma promessa:

— Se o contrato se romper ou o senhor Toranaga morrer e eu ficar livre, farei qualquer coisa que o senhor queira, obedecerei a qualquer ordem sua.

E então ele deixara a hospedaria e seguira na frente para Mishima, cheio de pressentimentos, e ela secara as lágrimas e retocara a maquiagem. Gyoko a cumprimentara:

— Você é tão sábia, criança. Oh, como eu gostaria de que a senhora Toda tivesse metade da sua sabedoria.

Yoshinaka os levava vagarosamente de hospedaria em hospedaria ao longo do curso do rio Kano, que coleava para o norte, rumo ao mar, conformando-se com os atrasos que sempre pareciam acontecer, não se preocupando com o tempo. Toranaga lhe dissera reservadamente que não era preciso se apressar.

— Preferiria que eles chegassem mais tarde a mais cedo, Yoshinaka-san. Compreende?

— Sim, senhor — respondera ele. No momento abençoava o seu *kami* guardião por lhe dar mais uma pausa. Em Mishima, com o senhor Hiromatsu, ou em Edo, com o senhor Toranaga, ele teria que fazer o seu relatório obrigatório, oral e por escrito. Então teria que decidir se contaria o que pensava, não o que fora tão cuidadoso em não ver. Iiiiiih, dizia a si mesmo atônito, com certeza estou enganado. A senhora Toda? Ela e outro homem, e ainda por cima o bárbaro!

O seu dever não é ver?, perguntou a si mesmo. Obter provas. Surpreendê-los por trás de portas fechadas, deitados juntos. Você será condenado por cumplicidade se não fizer isso, *né?* Seria muito fácil, embora eles sejam muito cuidadosos.

Sim, mas apenas um imbecil levaria informações assim, pensou ele. Não é melhor fazer o papel de estúpido e rezar para que ninguém os traia e assim não traia a você? A vida dela terminou, estamos todos condenados, então o que importa? Desvie os olhos. Deixe-os ao karma deles. Que importância tem isso?

Com toda a alma, o samurai sabia que tinha muitíssima importância.

– Ah, bom dia, Mariko-san. Que lindo dia – disse o padre Alvito, caminhando até eles. Estavam fora da hospedaria, prontos para iniciar a jornada do dia. Ele fez o sinal da cruz sobre ela. – Que Deus a abençoe e a mantenha em suas mãos para sempre.

– Obrigada, padre.

– Bom dia, piloto. Como está hoje?

– Bem, obrigado. E o senhor?

O grupo deles e os jesuítas haviam se encontrado durante a marcha. Algumas vezes tinham ficado na mesma hospedaria. Em outras, chegaram a viajar juntos.

– Gostaria que eu cavalgasse com o senhor esta manhã, piloto? Eu ficaria feliz em continuar as aulas de japonês, se estiver disposto.

– Obrigado. Sim, eu gostaria.

No primeiro dia, Alvito se oferecera para tentar ensinar a língua a Blackthorne.

– Em troca de quê? – perguntara Blackthorne, cauteloso.

– De nada. Ajudar-me-ia a passar o tempo e, para lhe dizer a verdade, no momento estou entristecido com a vida e me sinto velho. Também, talvez, para me desculpar pelas minhas palavras ásperas.

– Não espero desculpas de sua parte. O senhor tem o seu jeito, eu o meu. Não podemos nunca nos encontrar do mesmo lado.

– Talvez... Mas, durante a nossa viagem, poderíamos compartilhar coisas, *né?* Somos viajantes da mesma estrada. Gostaria de ajudá-lo.

– Por quê?

– O conhecimento pertence a Deus. Não a um homem. Gostaria de ajudá-lo com um presente... Nada em troca.

– Obrigado, mas não confio no senhor.

– Então, se insiste, em troca fale-me sobre o seu mundo, sobre o que viu e onde esteve. Qualquer coisa que queira, mas apenas o que quiser. A verdade. Realmente, eu ficaria fascinado e seria uma troca justa. Vim para o Japão com treze ou catorze anos e não vi nada do mundo. Poderíamos até combinar uma trégua para a viagem, se o senhor desejar.

– Mas sem religiões, política ou doutrinas papais?

– Sou o que sou, piloto, mas tentarei.

Então começaram a trocar conhecimentos, cautelosamente. Para Blackthorne, parecia uma troca injusta. A erudição de Alvito era enorme, ele era um professor exemplar, enquanto Blackthorne achava que relatava apenas coisas que qualquer piloto saberia.

– Mas isso não é verdade – dissera Alvito. – O senhor é um piloto único, fez coisas inacreditáveis. Um entre meia dúzia na Terra, *né*?

Gradualmente uma trégua aconteceu de fato entre eles e isso agradou a Mariko.

– Isso é amizade, Anjin-san, ou o começo dela – disse ela.

– Não. Amizade, não. Desconfio dele tanto quanto sempre desconfiei, assim como ele de mim. Somos inimigos perpétuos. Não esqueci nada, nem ele. Isto é uma trégua temporária provavelmente para uma finalidade especial que ele nunca revelaria se eu perguntasse. Eu o compreendo e não há mal nisso, desde que eu não descuide a minha guarda.

Enquanto ele passava o tempo com Alvito, Mariko cavalgava indolentemente com Kiku e Gyoko e conversava sobre "travesseiro", sobre modos de agradar aos homens e sobre o Mundo do Salgueiro. Em troca, falava-lhes sobre o mundo, compartilhando o que presenciara, participara ou aprendera sobre o ditador Goroda, o táicum, e até o senhor Toranaga, contando-lhes histórias criteriosas sobre os grandes homens que nenhum plebeu jamais conheceria.

Poucas léguas ao sul de Mishima, o rio se insinuava para oeste, para tombar placidamente na costa e no grande porto de Numazu. E eles abandonaram a região barrancosa e seguiram pelas férteis e extensas planícies onde se cultivava arroz, ao longo da larga e movimentada estrada que rumava para o norte. Havia muitos riachos e afluentes a vadear. Alguns eram rasos. Outros, profundos e muito largos, e eles tinham que atravessá-los em batelões impelidos a varas. Mas o mais comum era serem transportados sobre os ombros de carregadores, dos muitos que estavam sempre posicionados por perto com essa finalidade específica, tagarelando e se oferecendo para esse privilégio.

Aquele era o sétimo dia desde Yokose. A estrada se bifurcava e ali o padre Alvito disse que tinha que deixá-los. Tomaria a direção oeste, para retornar ao seu navio por um dia ou pouco mais, mas os alcançaria e se juntaria a eles de novo na estrada de Mishima a Edo, se isso fosse permitido.

– Naturalmente, são ambos bem-vindos, se quiserem vir comigo.

– Obrigada, mas, sinto muito, há coisas que devo fazer em Mishima – disse Mariko.

– Anjin-san? Se a senhora Mariko vai estar ocupada, o senhor seria bem-vindo sozinho. O nosso cozinheiro é muito bom, o vinho é excelente. Como

Deus é o meu juiz, o senhor estaria seguro e livre para ir e vir como quisesse. Rodrigues está a bordo.

Mariko viu que Blackthorne queria deixá-la. Como pode?, perguntou a si mesma com uma grande tristeza. Como pode querer me deixar quando o tempo é tão curto?

– Por favor, vá, Anjin-san – disse ela. – Seria ótimo para o senhor... E seria bom ver o Rodrigues, *né*?

Mas Blackthorne não foi, apesar do muito que queria. Não confiava no padre. Nem por Rodrigues ele colocaria a cabeça naquela armadilha. Agradeceu a Alvito e os dois ficaram observando o padre enquanto ele se afastava.

– Vamos parar agora, Anjin-san – disse Mariko, embora mal fosse meio-dia. – Não há pressa, *né*?

– Excelente. Sim, eu gostaria.

– O padre é um bom homem, mas fiquei contente de que tenha ido embora.

– Eu também. Mas ele não é um bom homem. É um padre.

Ela ficou perplexa com a veemência dele.

– Oh, desculpe, Anjin-san, desculpe-me por dizer...

– Não é importante, Mariko-chan. Eu lhe disse... nada foi esquecido. Ele estará sempre atrás da minha pele. – Blackthorne foi ao encontro do capitão Yoshinaka.

Desconcertada, ela olhou para a estrada ocidental.

Os cavalos da comitiva do padre Alvito trotavam sem pressa em meio a outros viajantes. Alguns passantes curvavam-se para o pequeno cortejo, alguns se ajoelhavam, muitos ficavam curiosos, muitos carrancudos. Mas todos, educadamente, saíam do caminho. Exceto qualquer samurai. Quando encontrava um samurai, ainda que de importância ínfima, o padre Alvito desviava para a esquerda ou para a direita e seus acólitos o acompanhavam.

Ele estava contente por deixar Mariko e Blackthorne, contente com a pausa. Tinha despachos urgentes a enviar ao padre-inspetor, que não pudera mandar porque os seus pombos-correio tinham sido destruídos em Yokose. Havia tantos problemas a resolver: Toranaga, Uo, o pescador, Mariko e o pirata. E José, que continuava a segui-lo.

– O que ele está fazendo ali, capitão Yoshinaka? – exclamara ele no primeiro dia, ao notar José entre os guardas, usando um quimono militar e, desajeitadamente, espadas.

– O senhor Toranaga ordenou-me que o levasse para Mishima, Tsukku-san. Lá devo entregá-lo ao senhor Hiromatsu. Oh, sinto muito, a vista dele o ofende?

– Não... Não! – dissera ele, de um modo não convincente.

– Ah, está olhando para as espadas dele? Não há razão para se preocupar. São apenas empunhaduras, não têm lâminas. Foram ordens do senhor Toranaga. Parece que o homem foi mandado para a sua ordem ainda criança, tão jovem que não está claro se ele deve ou não usar espadas de verdade, por mais direito que tenha de usá-las e por mais que as queira, Tsukku-san. Ainda assim, naturalmente, não podemos ter um samurai sem espadas, *né?* Uraga-no-Tadamasa certamente é um samurai, embora tenha sido um padre bárbaro durante vinte anos. O nosso amo prudentemente fez essa acomodação.

– O que vai acontecer a ele?

– Devo entregá-lo ao senhor Hiromatsu. Talvez ele seja mandado de volta ao tio para ser julgado, talvez fique conosco. Só obedeço ordens, Tsukku-san.

O padre Alvito fora falar com José, mas Yoshinaka o detivera polidamente.

– Sinto muito, mas o meu amo também ordenou que ele fosse deixado sozinho. Longe de todo mundo. Particularmente de cristãos. Até que o senhor Harima faça um julgamento, disse o meu amo. Uraga-san é vassalo do senhor Harima, *né?* O senhor Harima também é cristão. *Né?* O senhor Toranaga diz que um daimio cristão deve lidar com um renegado cristão. Afinal de contas, o senhor Harima é tio dele e líder da casa, e foi ele quem o colocou sob a sua custódia.

Embora fosse proibido, Alvito tentara de novo, naquela noite, conversar em particular com José, para lhe pedir que se retratasse do seu sacrilégio e se ajoelhasse em penitência diante do padre-inspetor, mas o jovem, friamente, se afastara, sem ouvir, e depois daquilo José era sempre mandado bem à frente.

De algum modo, Santa Mãe de Deus, temos que trazê-lo de volta à mercê de Deus, pensou Alvito angustiado. O que posso fazer? Talvez o padre-inspetor saiba como lidar com José. Sim, e saberá o que fazer quanto à inacreditável decisão de Toranaga de se submeter ao conselho, o que, nas reuniões secretas, eles haviam descartado como uma impossibilidade.

– Não, isso é totalmente contra o caráter de Toranaga – dissera Dell'Aqua. – Ele irá à guerra. Quando as chuvas cessarem, talvez antes, se conseguir que Zataki se desdiga e traia Ishido. A minha previsão é que ele esperará tanto quanto puder e tentará forçar Ishido a fazer o primeiro movimento, o seu jogo de espera habitual. Aconteça o que acontecer, se Kiyama e Onoshi apoiarem Ishido e Ōsaka, o Kantō será arrasado e Toranaga destruído.

– E Kiyama e Onoshi? Manterão a inimizade enterrada, pelo bem comum?

– Sim. Estão totalmente convencidos de que uma vitória de Toranaga seria o dobre de morte para a Santa Igreja. Agora que Harima vai se pôr do lado de Ishido, receio que Toranaga seja uma ilusão perdida.

Guerra civil de novo, pensou Alvito. Irmão contra irmão, pai contra filho, aldeia contra aldeia. Anjiro pronta para se revoltar, armada com mosquetes roubados, assim cochichou Uo, o pescador. E as outras notícias assustadoras: um Regimento de Mosquetes secreto quase pronto! Uma unidade de cavalaria moderna, em estilo europeu, com mais de 2 mil mosquetes, adaptada à tática de guerra japonesa. Ó Nossa Senhora, proteja os fiéis e amaldiçoe aquele herege...

Que lástima que Blackthorne tenha a mente deformada. Poderia ser um valioso aliado. Eu nunca teria pensado nisso, mas é verdade. É inacreditavelmente bem informado sobre as peculiaridades do mar e do mundo. Bravo e astuto, honesto dentro da sua heresia, franco e sem malícias. Nunca precisa que lhe digam alguma coisa duas vezes, sua memória é surpreendente. Ensinou-me muito sobre o mundo. E sobre si mesmo. É errado isso?, perguntou-se Alvito tristemente, enquanto se voltava para acenar a Mariko uma última vez. É errado aprender sobre o seu inimigo e, em troca, ensinar? Não. Errado é fazer vista grossa a um pecado mortal.

Três dias após a partida de Yokose, a observação do irmão Miguel o abalara.

– Acredita que são amantes?

– O que é Deus senão amor? Não é essa a palavra do senhor Jesus? – retrucara Miguel. – Só mencionei que os vi se tocando com os olhos e isso foi muito bonito de ver. Quanto ao corpo deles, não sei, padre, e na verdade não me importa. As suas almas se tocam e eu pareço mais consciente de Deus por causa disso.

– Você deve estar enganado. Ela nunca faria isso! É contra toda a sua formação, contra a sua lei e a lei de Deus. Ela é uma cristã devota. Sabe que o adultério é um pecado hediondo.

– Sim, isso é o que ensinamos. Mas o casamento dela foi xintoísta, não foi consagrado diante do Senhor, nosso Deus. É adultério ainda assim?

– Você também questiona a Palavra? Está contaminado pela heresia de José?

– Não, padre, por favor, desculpe-me, a Palavra, nunca. Apenas o que o homem fez dela.

A partir dali ele os observara mais de perto. Evidentemente o homem e a mulher gostavam de fato um do outro. Por que não gostariam? Nada de errado nisso. Sempre juntos, cada um aprendendo com o outro, a mulher com ordem de pôr de lado a própria religião, o homem sem nenhuma, ou somente uma pátina da heresia luterana, como Dell'Aqua disse que era verdadeiro para todos os ingleses. Ambos pessoas fortes, vitais, embora díspares.

Na hora da confissão, ela não dissera nada. E ele não a pressionara. Os olhos dela não lhe disseram nada e disseram tudo, mas não havia nada de real para julgar. Ele podia ouvir a si mesmo explicando a Dell'Aqua: "Miguel deve ter se enganado, Eminência". "Mas ela realmente cometeu adultério ou não? Houve alguma prova?" "Felizmente, nenhuma."

Alvito freou e se voltou momentaneamente. Viu-a em pé sobre a leve elevação, o piloto conversando com Yoshinaka, a velha madame e a prostituta pintada reclinadas no palanquim. Estava atormentado pelo zelo fanático que sentia emanar de dentro de si. Pela primeira vez ousou perguntar, ainda que a si mesmo: você se prostituiu com o piloto, Mariko-san? O herege danou a sua alma por toda a eternidade? Você, que foi escolhida em vida para ser uma freira e provavelmente a nossa primeira abadessa nativa? Está vivendo em pecado hediondo, inconfesso, profanada, ocultando o seu sacrilégio do seu confessor, e assim conspurcada diante de Deus?

Viu-a acenar. Desta vez ele não retribuiu e deu as costas, cravou as esporas nos flancos do cavalo e disparou.

Naquela noite o sono deles foi perturbado.

– O que é, meu amor?

– Nada, Mariko-chan. Durma de novo.

Mas ela não dormiu. Nem ele. Muito antes de ter que fazer isso, ela saiu mansamente de volta ao seu quarto e ele se levantou e se sentou no pátio, estudando no dicionário à luz de velas até o amanhecer. Quando o sol surgiu e o dia esquentou, as suas preocupações noturnas se dissiparam e eles continuaram a jornada pacificamente. Logo atingiram a grande via principal, Tōkaidō, a leste de Mishima, e os viajantes se tornaram mais numerosos. A grande maioria estava, como sempre, a pé, os pertences às costas. Havia alguns cavalos de carga na estrada e nenhuma carruagem.

– Oh, carruagem... Uma coisa com rodas, *né?* Não são utilizadas no Japão, Anjin-san. As nossas estradas são íngremes demais e sempre entrecortadas por rios e riachos. As rodas também estragariam a superfície das estradas, por isso são proibidas para todo mundo, exceto o Imperador, e ele viaja apenas algumas *ris* cerimoniais em Kyōto, sobre uma estrada especial. Não necessitamos de rodas. Como se pode atravessar um rio ou um riacho com veículos? E há muitos, muitíssimos a vadear. Há, talvez, sessenta riachos para cruzar entre este ponto e Edo, Anjin-san. Quantos já tivemos que atravessar? Dúzias, *né?* Não, todos nós andamos ou cavalgamos. Claro que os cavalos e os palanquins, particularmente, são permitidos apenas para pessoas importantes, daimios e samurais, e ainda assim nem para todos os samurais.

– O quê? Mesmo tendo dinheiro, não se pode alugar um?

– Não, a menos que se seja da classe correta, Anjin-san. Isso é muito sábio, não acha? Os médicos e os muito velhos podem viajar a cavalo ou de palanquim, ou os muito doentes, se tiverem permissão escrita concedida pelo seu suserano. Palanquins ou cavalos não seriam certos para camponeses e plebeus, Anjin-san. Isso poderia ensinar-lhes hábitos preguiçosos, *né?* É muito mais saudável, para eles, caminhar.

– Além disso, conserva-os no seu lugar. *Né?*

– Oh, sim. Mas isso tudo contribui para a paz, a ordem e o *wa*. Apenas mercadores têm dinheiro para desperdiçar, e o que são eles senão parasitas que não criam nada, não cultivam nada, não fazem nada a não ser nutrir-se do trabalho alheio? Definitivamente, eles todos devem caminhar, *né?* Nisso somos muito sábios.

– Nunca vi tanta gente em movimento – disse Blackthorne.

– Oh, isso não é nada. Espere até que cheguemos perto de Edo. Adoramos viajar, Anjin-san, mas raramente sozinhos. Gostamos de viajar em grupos.

Mas as multidões não lhes impediam avançar. O emblema de Toranaga que os seus estandartes exibiam, a posição pessoal de Toda Mariko, a brusca eficiência de Akira Yoshinaka e os batedores que mandara à frente para anunciar quem os seguia garantiam os melhores aposentos particulares a cada noite, em cada hospedaria, e uma passagem ininterrupta. Todos os outros viajantes e samurais rapidamente se afastavam e se curvavam profundamente, esperando até que tivessem passado.

– Eles todos têm que parar e se ajoelhar assim para todo mundo?

– Oh, não, Anjin-san. Apenas para daimios e pessoas importantes. E para a maioria dos samurais... Sim, isso seria uma prática muito sábia para qualquer plebeu. É polido agir assim, Anjin-san, e necessário, *né?* A menos que as pessoas comuns respeitem os samurais e a si mesmas, como pode a lei ser preservada e o reino ser governado? Depois, vale o mesmo para todos. Nós paramos e nos curvamos e cedemos passagem ao mensageiro imperial, não? Todo mundo deve ser cortês, *né?* Daimios menos importantes têm que desmontar e se curvar para daimios mais importantes. O ritual governa a nossa vida, mas o reino é obediente.

– Digamos que dois daimios iguais se encontrem?

– Então ambos desmontariam e se curvariam igualmente e seguiriam os seus caminhos.

– Digamos que o senhor Toranaga e o general Ishido se encontrassem?

Mariko passou delicadamente para o latim.

– Quem são eles, Anjin-san? Esses nomes eu não conheço, não entre mim e vós.

– Tendes razão. Por favor, me desculpe.

– Ouça, meu amor, vamos fazer a promessa de que, se Nossa Senhora nos sorrir e escaparmos de Mishima, apenas em Edo, na Primeira Ponte, apenas quando formos completamente obrigados a isso, deixaremos o nosso mundo particular. Por favor?

– Que perigo especial existe em Mishima?

– Lá o nosso capitão deve apresentar um relatório ao senhor Hiromatsu. Lá eu devo vê-lo também. Ele é um homem sábio, muito vigilante. Seria fácil nós nos trairmos.

– Temos sido cautelosos. Vamos pedir a Deus que os vossos temores sejam infundados.

– Por mim mesma não me preocupo, apenas por vós.

– E eu por vós.

– Então prometemos, um ao outro, continuar dentro do nosso mundo particular?

– Sim. Vamos fingir que é o mundo real, o nosso próprio mundo.

– Lá está Mishima, Anjin-san. – Mariko apontou para o outro lado do último riacho.

A espraiada cidade-castelo que abrigava perto de 60 mil pessoas estava em grande parte encoberta pela neblina baixa da manhã. Apenas se distinguiam o topo de algumas casas e o castelo de pedra. Mais além havia montanhas que desciam para o mar ocidental. Longe, a noroeste, se erguia glorioso o monte Fuji. A norte e a leste a cordilheira invadia o céu.

– E agora?

– Agora Yoshinaka foi tentar encontrar a hospedaria mais habitável dentro de dez *ris*. Ficaremos lá dois dias. Levarei no mínimo isso para concluir o meu negócio. Gyoko e Kiku-san nos deixarão depois.

– E depois?

– Depois continuamos. O que o seu sentido de tempo lhe diz sobre Mishima?

– Que é amistosa e segura – replicou ele. – Depois de Mishima será o quê?

Ela apontou para nordeste, não convencida.

– Então iremos naquela direção. Há um caminho que vai sinuoso pelas montanhas até Hakone. É a parte mais exaustiva de toda a estrada Tōkaidō. Depois a estrada desce até à cidade de Odawara, que é muito maior do que Mishima, Anjin-san. Fica no litoral. De lá até Edo é só uma questão de tempo.

– Quanto tempo?

– Não o bastante.

– Está errada, meu amor, lamento – disse ele. – Há todo o tempo do mundo.

CAPÍTULO 46

O GENERAL TODA HIROMATSU RECEBEU O DESPACHO PARTICULAR QUE MARIKO lhe estendeu. Quebrou os selos de Toranaga. O pergaminho relatava brevemente o que acontecera em Yokose, confirmava a decisão de Toranaga de se submeter, ordenava a Hiromatsu que defendesse a fronteira e as passagens para o Kantō contra *qualquer* intruso até que ele chegasse (mas para despachar qualquer mensageiro de Ishido ou proveniente de leste) e continha instruções sobre o cristão renegado e sobre o Anjin-san. Com ar cansado, o velho soldado leu a mensagem uma segunda vez.

– Agora conte-me tudo o que viu em Yokose, ou ouviu, que se relacione com o senhor Toranaga.

Mariko obedeceu.

– Agora me conte o que você pensa que aconteceu.

Novamente ela obedeceu.

– O que ocorreu no *cha-no-yu* entre você e o meu filho?

Ela lhe contou tudo exatamente como acontecera.

– O meu filho disse que o nosso amo perderia? Antes do segundo encontro com o senhor Zataki?

– Sim, senhor.

– Tem certeza?

– Oh, sim, senhor.

Houve um longo silêncio na sala que ficava bem alta na torre de menagem do castelo que dominava a cidade. Hiromatsu pôs-se de pé e dirigiu-se para a seteira, na espessa parede de pedra, as costas e os joelhos doendo, a espada frouxa nas mãos.

– Não entendo.

– Senhor?

– Nem meu filho, nem nosso amo. Podemos esmagar quaisquer exércitos que Ishido lance em campo. E quanto à decisão de se submeter...

Ela brincou com o leque, observando o céu noturno, estrelado e agradável.

– Você está com ótima aparência, Mariko-san, mais jovem do que nunca. Qual é o seu segredo? – declarou Hiromatsu, depois de estudá-la.

– Não tenho segredo nenhum, senhor – respondeu ela, a sua garganta repentinamente seca. Pensou que a sua fala se fragmentaria, mas o momento passou e o velho desviou novamente os olhos astutos para a cidade lá embaixo.

– Agora me conte o que aconteceu desde que você saiu de Ōsaka. Tudo o que você viu, ouviu ou de que participou – disse ele.

A noite ia alta quando ela concluiu. Relatou tudo claramente, exceto a extensão da sua intimidade com o Anjin-san. Mesmo nisso foi cuidadosa em não ocultar a estima que sentia por ele, o respeito pela sua inteligência e bravura. Ou a admiração de Toranaga pelo seu valor.

Por algum tempo Hiromatsu continuou a andar de um lado para outro, o movimento abrandando-lhe a dor. Tudo se encaixava com o relatório de Yoshinaka e o de Omi – até a tirada de Zataki, antes de esse daimio desabalar para Shinano. Agora ele compreendia muitas coisas que não estavam claras e tinha informação suficiente para tomar uma decisão calculada. Parte do que ela relatou desgostou-o. Parte o fez odiar ainda mais o filho. Conseguia entender seus motivos, mas isso não fazia diferença. O resto do que ela disse levou-o a ressentir-se do bárbaro e, por vezes, a admirá-lo.

– Você o viu puxar o nosso senhor para a segurança?

– Sim. O senhor Toranaga estaria morto agora, senhor, não fosse ele. Tenho absoluta certeza. Ele salvou o nosso amo três vezes: escapando do Castelo de Ōsaka, a bordo da galera na enseada de Ōsaka e, absolutamente, no terremoto. Vi as espadas que Omi-san tirou da escavação. Estavam retorcidas como massa de macarrão e inutilizadas.

– Acha que o Anjin-san realmente pretendia cometer *seppuku*?

– Sim. Pelo senhor Deus dos cristãos, acredito que ele assumiu esse compromisso. Apenas Omi-san o impediu. E, senhor, acredito totalmente que ele seja digno de ser samurai, digno de ser *hatamoto*.

– Não pedi essa opinião.

– Por favor, desculpe-me, senhor, na verdade não pediu. Mas o senhor estava com a pergunta na ponta da língua.

– Tornou-se leitora de pensamentos, assim como treinadora de bárbaro?

– Oh, não, por favor, desculpe-me, senhor, claro que não – disse ela, na sua voz mais delicada. – Meramente respondi ao líder do meu clã com o melhor da minha paupérrima habilidade. Os interesses do nosso amo estão em primeiro lugar na minha cabeça. Os seus vêm em segundo apenas em relação aos dele.

– Vêm?

– Por favor, desculpe-me, mas não deveria ser necessário perguntar. Ordene-me, senhor. E eu obedecerei.

– Por que tão orgulhosa, Mariko-san? – perguntou ele, irritadiço. – E tão segura? Hein?

– Por favor, desculpe-me, senhor. Fui rude. Não mereço essa...

– Eu sei! Nenhuma mulher merece! – Hiromatsu riu. – Mas ainda assim há vezes em que necessitamos da sabedoria de uma mulher, a sabedoria fria, cruel, malévola, astuciosa e prática. Elas são muitíssimo mais espertas do que nós, *né*?

– Oh, não, senhor – disse ela, perguntando-se o que ele realmente tinha em mente.

– É ótimo que estejamos sozinhos. Se isso fosse repetido em público, diriam que o velho Punho de Aço está caduco, que é tempo de ele aposentar a espada, raspar a cabeça e começar a dizer preces a Buda pela alma dos homens que mandou para o Vazio. E teriam razão.

– Não, senhor. É como o senhor seu filho disse. Até que o destino do nosso amo esteja determinado, o senhor não pode se retirar. Nem o senhor, nem o senhor meu marido. Nem eu.

– Sim. Ainda assim eu ficaria muito satisfeito em pousar a minha espada e procurar a paz de Buda para mim e para aqueles que matei.

Contemplou a noite por algum tempo, sentindo a própria idade, depois olhou para ela. Mariko era agradável de se ver, mais do que qualquer outra mulher que ele tivesse conhecido antes.

– Senhor?

– Nada, Mariko-san. Só estava me lembrando da primeira vez em que a vi.

Isso fora quando Hiromatsu secretamente empenhara a própria alma a Goroda para obter aquela garota frágil para o filho, o mesmo filho que havia massacrado a própria mãe, a única mulher que Hiromatsu realmente adorara. Por que consegui Mariko para ele? Porque eu queria magoar o táicum, que também a desejava. Para magoar um rival, mais nada.

A minha consorte foi realmente infiel?, indagou o velho, em pensamento, reabrindo a chaga perpétua. Ó deuses, quando olho no rosto, sempre peço uma resposta para essa indagação. Quero sim ou não! Exijo essa verdade. Acho que é uma mentira, mas Buntaro disse que ela estava sozinha com aquele homem no quarto, o cabelo em desalinho, o quimono solto, e foi meses antes de eu voltar. Poderia ser uma mentira, *né?* Ou a verdade, *né?* Deve ser a verdade, com certeza. Filho algum decapitaria a própria mãe sem ter certeza, não?

Mariko estava observando os sulcos no rosto de Hiromatsu, a pele repuxada e esfoliada pela idade, e a vetusta força muscular dos seus braços e ombros. No que estará pensando?, perguntou a si mesma, gostando dele. Já terá visto através de mim? Será que já sabe sobre mim e o Anjin-san? Será que já sabe que tremo de amor por ele? Que, se eu tiver que escolher entre ele, o senhor e Toranaga, escolherei ele?

Hiromatsu estava de pé junto da seteira, olhando para a cidade, os dedos apertando a bainha e o punho da espada, esquecido de Mariko. Estava meditando sobre Toranaga e o que Zataki dissera há alguns dias em amargo desgosto, desgosto que ele compartilhara.

– Sim, é claro que quero conquistar o Kantō e plantar o meu estandarte nos muros do castelo de Edo agora e torná-lo meu. Nunca quis isso antes, mas agora quero. Mas assim? Não há honra nisso! Não há honra para o meu irmão, nem para você, nem para mim! Nem para qualquer outra pessoa! Exceto para Ishido! E aquele camponês não entende nada de nada.

– Então apoie o senhor Toranaga! Com a sua ajuda, Toran...

— Para quê? Para que o meu irmão possa se tornar shōgun e aniquilar o herdeiro?

— Ele disse uma centena de vezes que apoia o herdeiro. Acredito nele. E se tivéssemos um Minowara para nos comandar, não um camponês arrivista e a bruxa da Ochiba, *né*? Esses incompetentes terão oito anos de governo até que Yaemon atinja a idade, se o senhor Toranaga morrer. Por que não dar ao senhor Toranaga os oito anos? Ele é um Minowara. Disse mil vezes que entregará o poder a Yaemon. Está com o cérebro no traseiro? Toranaga não é inimigo de Yaemon, nem seu!

— Nenhum Minowara se ajoelharia diante daquele camponês! Ele mijou na própria honra e na de todos nós. Na sua e na minha!

Discutiram e se xingaram e, em particular, quase chegaram às vias de fato.

— Vamos — escarnecera ele, insultando Zataki —, saque a espada, traidor! Você é traidor do seu irmão, que é o cabeça do seu clã!

— Sou cabeça do meu próprio clã. Temos a mesma mãe, mas não o mesmo pai. O pai de Toranaga mandou minha mãe embora em desgraça. Não ajudarei Toranaga, mas se ele abdicar e rasgar o ventre apoiarei Sudara...

Não há necessidade de fazer isso, disse Hiromatsu, dirigindo-se à noite em pensamento, ainda enraivecido. Não há necessidade de fazer isso enquanto eu estiver vivo, nem de se submeter, humilhado. Sou general-chefe. É meu dever proteger a honra e a casa do meu amo, até ele mesmo. Portanto, agora quem decide sou *eu:*

Ouça, senhor, por favor, desculpe-me, mas desta vez desobedeço. Com orgulho. Desta vez, eu vou traí-lo. E neste momento vou cooptar o seu filho e herdeiro, o senhor Sudara, e a esposa dele, a senhora Genjiko, e juntos ordenaremos Céu Carmesim quando as chuvas cessarem. E então a guerra começará. E até que morra o último homem no Kantō, enfrentando o inimigo, vou mantê-lo em segurança no castelo de Edo, diga o senhor o que disser, custe o que custar.

○

Gyoko estava encantada de estar novamente em casa, em Mishima, entre as suas garotas e os livros de contabilidade e despesas de transporte, as suas contas a receber, hipotecas e notas promissórias.

— Agiu muito bem — disse ao seu contador-chefe.

O mirrado homenzinho balbuciou um agradecimento e se afastou coxeando. Então ela se voltou com arrogância para o cozinheiro-chefe:

— Treze *chōgins* de prata e duzentos *monmes* de cobre pela comida de uma semana?

— Oh, por favor, desculpe-me, ama, mas os rumores de guerra fizeram os preços ir voando para o céu — disse o homem gordo, lamentando-se. — Tudo. Peixe, arroz e verduras, até o molho de soja dobrou de preço do mês passado para cá, e o saquê é pior ainda. Trabalhar, trabalhar, trabalhar, naquela cozinha quente, sem ar, que, com certeza, precisa ser melhorada. Caro? Ah? Em uma semana servi 172 convidados, alimentei dez cortesãs, onze famintas aprendizes de cortesã, quatro cozinheiros, dezesseis criadas e catorze criados. Por favor, desculpe-me, ama, sinto muito, mas a minha avó está muito doente, por isso preciso pedir dez dias de folga para...

Gyoko arrancou os cabelos só o suficiente para ser enfática, mas não o bastante para prejudicar a própria aparência, e dispensou-o dizendo que estava arruinada, arruinada, que sem um cozinheiro-chefe tão perfeito teria que fechar a mais famosa casa de chá de Mishima e que seria tudo por culpa dele, culpa dele que ela tivesse que atirar na neve todas as suas devotadas garotas e fiéis mas infelizes auxiliares.

– Não se esqueça de que o inverno se aproxima – lamuriou-se ela a título de salva de despedida.

Depois, contente, sozinha, calculou ganhos e perdas, e os lucros foram o dobro do que ela esperava. O saquê que tomou teve um gosto melhor do que nunca, e, se o preço dos alimentos estava subindo, o mesmo aconteceria com o custo do saquê. Imediatamente escreveu ao filho em Odawara, onde se localizava a fábrica de saquê deles, dizendo-lhe que dobrasse a produção. Depois deu ouvidos às inevitáveis brigas de criadas, despediu três, contratou mais quatro, mandou chamar a agente de cortesãs e fez generosas ofertas pelos contratos de sete cortesãs que admirava.

– E quando gostaria que as honradas damas chegassem, Gyoko-san? – sorriu a velha, de modo afetado, a sua própria comissão considerável.

– Imediatamente. Imediatamente. Vamos, mexa-se.

Depois convocou o carpinteiro e fez planos para a ampliação da casa de chá, para os quartos extras para as damas extras.

– Finalmente o lugar na Sexta Rua está à venda, ama. Quer que eu feche negócio agora?

Durante meses ela desejara a locação daquela esquina em particular. Mas agora meneou a cabeça e o despachou com instruções para optar pela compra de uma área de quatro hectares de terreno em estado natural na colina, ao norte da cidade.

– Mas não faça tudo sozinho. Use intermediários. Não seja ganancioso. E não quero que corra por aí que estou comprando para mim.

– Mas quatro hectares? Isso é...

– No mínimo quatro, talvez cinco, nos próximos cinco meses. Mas apenas opções, compreendeu? Devem todas ser colocadas em nome destas pessoas.

Estendeu a lista de prepostos seguros e o tocou para fora, vendo mentalmente a cidade murada dentro de uma cidade já florescendo. Riu consigo mesma de alegria.

Em seguida todas as cortesãs foram chamadas e a cada uma Gyoko-san repreendeu, elogiou, tratou aos berros ou juntou-se no choro. Algumas foram promovidas, algumas rebaixadas, os preços de "travesseirar" foram aumentados ou diminuídos. Depois, no meio de tudo, Omi foi anunciado.

– Sinto muito, mas Kiku-san não está bem – disse-lhe ela. – Nada sério! Apenas a mudança de clima, pobre criança.

– Insisto em vê-la.

– Sinto muito, Omi-san, mas certamente o senhor não insiste. Kiku-san pertence ao nosso suserano, *né?*

– Sei a quem ela pertence – gritou Omi. – Quero vê-la, isso é tudo.

– Oh, sinto muito, claro, o senhor tem todo o direito de gritar e blasfemar, sinto muito, por favor, desculpe-me. Mas sinto muito, ela não está bem. Esta noite... ou talvez mais tarde... ou amanhã... O que posso fazer, Omi-san? Se ela ficar bem, talvez eu possa mandar-lhe um recado, se o senhor me disser onde está hospedado...

Ele passou a informação, sabendo que não havia o que pudesse fazer. E se retirou, furioso, querendo estraçalhar Mishima inteira.

Gyoko pensou em Omi. Depois mandou chamar Kiku e contou-lhe o programa que arranjara para as suas duas noites em Mishima.

– Talvez possamos persuadir a nossa senhora Toda a protelar quatro ou cinco noites, criança. Conheço meia dúzia de pessoas aqui que pagariam um resgate de pai para que você as entretivesse em festas particulares. Ah! Agora que o grande daimio a comprou, ninguém pode tocá-la, nunca mais, então você pode cantar, dançar e fazer mímica e será a nossa primeira gueixa!

– E o pobre Omi-san, ama? Nunca o ouvi tão mal-humorado antes, sinto muito que tenha gritado com a senhora.

– Ah! O que é um grito ou dois quando finalmente privamos com daimios e com os mais ricos do rico arroz e dos corretores de seda? Esta noite direi a Omi-san onde você estará na última vez em que cantar, mas direi cedo demais, assim ele terá que esperar. Arranjarei um aposento por perto. Enquanto isso ele terá muito saquê... e Akiko para servi-lo. Não vai fazer mal algum depois cantar uma ou duas canções tristes para ele; ainda não temos certeza sobre Toranaga-sama, *né?* Não recebemos o pagamento à vista e ainda há um saldo a receber.

– Por favor, desculpe-me, mas Choko não seria uma escolha melhor? É mais bonita, mais jovem e mais meiga. Tenho certeza de que ele a apreciaria mais.

– Sim, criança. Mas Akiko é forte e muito experiente. Quando esse tipo de loucura se apossa dos homens, eles tendem a ser rudes. Mais do que você imaginaria. Até Omi-san. Não quero Choko ferida. Akiko gosta do perigo e precisa de um pouco de violência para ter um bom desempenho. Ela saberá tirar o ferrão do Belo Mastro dele. Apresse-se agora, ponha o seu quimono mais bonito e os melhores perfumes...

Gyoko expulsou Kiku delicadamente e mais uma vez se atirou à administração de sua casa. Depois de tudo feito – até o convite formal para o chá, no dia seguinte, às oito Mama-sans mais influentes de Mishima, a fim de discutirem um assunto de grande importância –, ela mergulhou com prazer num banho perfeito. Ahhhhhhh! No momento perfeito, uma massagem perfeita. Perfume, pó, maquiagem e penteado. Agora um quimono folgado de seda leve. Logo a seguir, no momento perfeito, o seu favorito chegou. Tinha dezoito anos, um estudante, filho de um samurai empobrecido. Chamava-se Inari.

– Oh, como você é adorável... corri para cá assim que o seu poema chegou – disse ele, sem fôlego. – Fez uma viagem agradável? Estou tão feliz em dar-lhe as boas-vindas! Obrigado, obrigado pelos presentes... a espada é perfeita, e o quimono! Oh, como a senhora é boa para mim!

Sim, sou, disse ela a si mesma, embora o negasse resolutamente por causa da dignidade dele. Logo estava deitada ao lado dele, suada e langorosa. Ah, Inari, pensou ela inebriada, o seu Pilão Translúcido não tem a compleição do do Anjin-san, mas o que lhe falta em tamanho você certamente compensa com um vigor cataclísmico.

– Por que ri? – perguntou ele, sonolento.

– Porque você me faz feliz – suspirou ela, encantada por ter tido a grande fortuna de ter sido educada. Tagarelou com facilidade, elogiou-o com extravagância e afagou-o até que pegasse no sono, as suas mãos e a sua voz realizando tudo o que era necessário por vontade própria, advinda do longo hábito. Tinha a mente bem longe. Pensava em Mariko e no seu amante, repensando as alternativas. Até onde ousaria pressionar Mariko? Ou a quem deveria entregá-los, ou ameaçá-la com essa possível entrega, sutilmente, é claro: Toranaga, Buntaro ou quem? O padre cristão? Haveria algum lucro nisso? Ou o senhor Kiyama? Certamente qualquer escândalo envolvendo a grande senhora Toda com o bárbaro arruinaria a chance de o filho dela se casar com a neta de Kiyama. Essa ameaça a tornaria flexível à minha vontade? Ou não devo fazer nada, há mais lucro nisso, de algum modo?

Coitada de Mariko. Uma senhora tão adorável! Caramba, mas ela daria uma cortesã sensacional! Coitado do Anjin-san. Caramba, mas ele é esperto – eu poderia fazer uma fortuna com ele também.

Como posso usar esse segredo mais lucrativamente antes que deixe de ser segredo e os dois sejam destruídos?

Seja cuidadosa, Gyoko, repreendeu-se ela. Não resta muito tempo para resolver sobre isso, ou sobre os outros segredos: sobre os mosquetes e armas escondidos pelos camponeses em Anjiro, por exemplo, ou sobre o novo Regimento de Mosquetes: os seus efetivos, oficiais, organização e quantidade de armas. Ou sobre Toranaga, que na última noite, em Yokose, "travesseirou" com Kiku alegremente, usando um ritmo clássico de "seis rasos e cinco fundos" com o vigor de um homem de trinta anos e depois dormiu como um bebê até o amanhecer. Esse não é o padrão de um homem perturbado por preocupações, *né?*

E quanto à agonia do padre tonsurado, virgem, que, nu e de joelhos, primeiro rezou ao seu intolerante Deus cristão implorando perdão pelo pecado que estava prestes a cometer com a garota, e o outro pecado, um pecado de verdade que ele cometera em Ōsaka – estranhas coisas secretas do "confessionário" que lhe foram sussurradas por um leproso e depois traiçoeiramente passadas por ele ao senhor Harima. O que Toranaga faria com isso? Interminavelmente, pondo para fora o que fora sussurrado, passado adiante, e depois a oração com os olhos bem fechados – antes que o pobre imbecil se esparramasse em cima da garota sem habilidade alguma e depois saísse correndo como uma abominável criatura da noite. Tanto ódio, sofrimento e vergonha entrelaçados.

E quanto ao segundo cozinheiro de Omi, o qual cochichara a uma criada, a qual cochichara ao amante, o qual cochichara a Akiko, que tinha ouvido, às ocultas, Omi e a mãe tramando a morte de Kashigi Yabu, seu suserano? Ah! Se isso viesse a público, seria como lançar um gato entre todos os pombos de Kashigi! Assim como o oferecimento secreto de Omi e Yabu a Zataki, se soprado aos ouvidos de Toranaga, ou as palavras que Zataki resmungou no sono que a sua parceira de "travesseiro" memorizou e me vendeu no dia seguinte por um *chōgin* de prata inteiro, palavras que sugeriam que o general Ishido e a senhora Ochiba comem juntos, dormem juntos, e que o próprio Zataki ouvira-os grunhindo e gemendo e gritando, enquanto Yang atravessava Yin. Gyoko sorriu consigo mesma, satisfeita. Chocante, né, pessoas em posições tão elevadas?

E o outro fato estranho de que, na hora das Nuvens e Chuva e alguns momentos antes, o senhor Zataki inconscientemente chamara a parceira de "Ochiba". Curioso, *né?*

Será que Zataki, tão necessário a ambos os lados, mudaria a canção se Toranaga lhe oferecesse Ochiba como isca? Gyoko riu consigo mesma, animada com todos os adoráveis segredos, todos muito valiosos nos ouvidos certos, que homens haviam derramado junto com o Sumo do Prazer.

– Ele mudaria – murmurou, confiante. – Oh, sim.

– O quê?

– Nada, nada, Inari-chan. Dormiu bem?

– O quê?

Ela sorriu e deixou-o mergulhar no sono de novo. Depois, quando ele já estava dormindo, tocou-o com as mãos e os lábios para o prazer dele. E para o seu.

– Onde está o Inglês agora, padre?

– Não sei exatamente, Rodrigues. Ainda. Deve estar numa das hospedarias ao sul de Mishima. Deixei um criado para descobrir qual. – Alvito juntou o resto do molho com uma casca de pão fresco.

– Quando saberá?

– Amanhã, sem falta.

– *Que va*, eu gostaria de vê-lo de novo. Ele está bem? – perguntou Rodrigues.

– Sim. – O sino do navio soou seis vezes. Três da tarde.

– Ele contou ao senhor o que lhe aconteceu desde que partiu de Ōsaka?

– Sei de alguns trechos. Por ele e por outros. É uma longa história e há muito a contar. Primeiro lidarei com os meus despachos, depois conversaremos.

Rodrigues encostou-se na cadeira, na pequena cabine de popa.

– Bom. Isso seria muito bom. – Viu os traços angulares do jesuíta, os penetrantes olhos castanhos, salpicados de amarelo. Olhos de gato. – Escute, padre – disse ele –, o Inglês salvou o meu navio e a minha vida. Claro que é inimigo, claro que é herege, mas é um piloto, um dos melhores que já existiram. Não é errado respeitar um inimigo ou mesmo gostar dele.

– Jesus perdoou aos seus inimigos, mas eles, ainda assim, o crucificaram. – Calmamente Alvito retribuiu o olhar fixo do piloto. – Mas eu também gosto dele. Pelo menos compreendo-o melhor. Vamos deixá-lo por enquanto.

Rodrigues fez um gesto, concordando. Notou que o prato do padre estava vazio, então esticou-se por cima da mesa e colocou a travessa mais perto dele.

– Pronto, padre, coma mais um pouco de frango. Pão?

– Obrigado. Sim, comerei. Não tinha percebido como estava faminto. – O padre agradecidamente arrancou outra perna do frango, pegou mais sálvia, cebola e pão, depois cobriu tudo com o resto do espesso molho.

– Vinho?

– Sim, obrigado.

– Onde está o resto da sua gente, padre?

– Deixei-os numa hospedaria perto do ancoradouro.

Rodrigues olhou pelas vigias que davam para Numazu, os ancoradouros e o porto, bem a estibordo, a embocadura do Kano, onde a água era mais escura do que a água do mar. Muitos barcos de pesca iam e vinham.

– Esse criado que deixou lá, padre... pode confiar nele? Tem certeza de que os encontrará?

– Oh, sim. Eles certamente não vão sair de lá por dois dias no mínimo. – Alvito já decidira não mencionar o que ele, isto é, lembrou-se, o que o irmão Miguel suspeitava, por isso apenas acrescentou: – Não se esqueça de que eles estão viajando. Com a posição de Toda Mariko e as bandeiras de Toranaga, viajam com todas as formalidades. Todo mundo, num raio de quatro léguas, saberia sobre eles e onde estão hospedados.

Rodrigues riu.

– O Inglês viajando formalmente? Quem poderia ter acreditado nisso? Como um daimio sifilítico!

– Isso não é nem a metade, piloto. Toranaga tornou-o samurai e *hatamoto*.

– O quê?

– Agora o piloto-mor Blackthorne usa as duas espadas. Com as pistolas. E é, em certa medida, confidente de Toranaga e seu protegido.

– O Inglês?

– Sim. – Alvito deixou o silêncio pairar na cabine e voltou a comer.

– Sabe o porquê disso? – perguntou Rodrigues.

– Sim, em parte. Tudo a seu tempo, piloto.

– Conte-me apenas o porquê. Rapidamente. Os detalhes mais tarde, por favor.

– O Anjin-san salvou a vida de Toranaga pela terceira vez. Duas durante a fuga de Ōsaka, a última em Izu, durante um terremoto. – Alvito atacou vigorosamente a carne da coxa. Um filete de molho escorreu pela barba negra.

Rodrigues esperou, mas o padre não disse mais nada. Pensativamente, os seus olhos caíram no cálice que segurava entre as mãos. A superfície do vinho vermelho-escuro refletiu a luz. Após uma longa pausa, disse:

– Não é uma boa coisa para nós ter aquele danado do Inglês por perto de Toranaga. Não, em absoluto. Não ele. Hein?

– Concordo.

– Ainda assim, gostaria de vê-lo. – O padre não disse nada. Rodrigues deixou-o limpar o prato em silêncio, depois ofereceu mais, agora já não sentindo alegria alguma. O resto da carcaça e a última asa foram aceitos e mais outro copo de vinho. Depois, para terminar, um pouco de excelente conhaque francês, que o padre pegou num armário.

– Rodrigues, gostaria de tomar um copo?

– Obrigado. – O marujo observou Alvito verter o líquido acastanhado no cálice de cristal. Todo o vinho e o conhaque tinham vindo do estoque particular do padre-inspetor, como um presente de despedida ao seu amigo jesuíta.

– Naturalmente, Rodrigues, você ficará à vontade para compartilhá-lo com o padre – dissera Dell'Aqua. – Vá com Deus, que ele vele por você e o leve com segurança a bom porto e para casa de novo.

– Obrigado, Eminência.

Sim, obrigado, Eminência, mas nada de malditos agradecimentos, disse Rodrigues a si próprio, causticamente, nada de agradecimentos por conseguir que o meu capitão-mor me mandasse vir para bordo deste barco de porcos sob o comando deste jesuíta e longe dos braços da minha Gracia, pobre querida. Nossa Senhora, a vida é tão curta, curta demais e traiçoeira demais para desperdiçá-la como acompanhante de padres fedorentos, até de Alvito, que é mais homem do que qualquer outro, e, por causa disso, mais perigoso. Nossa Senhora, me ajude!

– Oh! Você já *bai*, Rod-san? *Bai* tão cedo? Oh, que pena...

– Volto logo, minha querida.

– Oh, que pena... sentimos falta, o pequenino e eu.

Por um momento, ele considerara a possibilidade de levá-la para bordo do *Santa Filipa*, mas imediatamente pusera de lado o pensamento, sabendo que seria perigoso para ela, para ele e para o navio.

– Sinto muito, volto logo.

– Nós esperamos, Rod-san. Por *fabor*, desculpe minha tristeza, sinto muito.

Sempre o português hesitante e com sotaque pesado que ela tentava tão arduamente falar, insistindo em ser chamada pelo nome de batismo, Gracia, e não por Nyan-nyan, de som tão agradável, que significava "Gatinha" e lhe assentava tão bem, e de que ele gostava mais ainda.

Rodrigues zarpara de Nagasaki detestando partir, amaldiçoando todos os padres e capitães-mores, querendo que o verão terminasse e o outono chegasse, de modo que ele pudesse levantar ferros com o Navio Negro, os porões carregados, e rumar para casa finalmente, rico e independente. Mas depois o quê? A perpétua pergunta o assoberbava. E ela? E a criança? Nossa Senhora, ajude-me a responder isso com paz.

– Uma excelente refeição, Rodrigues – disse Alvito, brincando com uma migalha de pão na toalha. – Obrigado.

– Bom. – Rodrigues estava sério agora. – Qual é o seu plano, padre? Devemos... – Ele parou no meio da frase e olhou para fora. Depois, descontente, levantou-se da mesa, coxeou doloridamente até uma vigia do lado da terra e perscrutou o exterior.

– O que é, Rodrigues?

– Pensei ter sentido a maré mudar. Só quis verificar o nosso espaço de manobras. – Abriu mais a vigia e se inclinou para fora, mas ainda não conseguiu ver a âncora de proa. – Com licença um instante, padre.

Subiu ao convés. A água lambia a corrente da âncora, que mergulhava angulosa na água lamacenta. Nenhum movimento. Então apareceu um fio de esteira e o navio começou a se mover em segurança, para tomar a sua nova posição com a maré vazante. Ele examinou a posição, depois as vigias. Estava tudo perfeito, nenhum outro navio por perto. A tarde estava excelente; a neblina, dissipada havia muito tempo. Estavam a mais ou menos uma amarra da praia, afastados o suficiente para impedir uma abordagem súbita, e bem longe das rotas que levavam aos atracadouros.

O navio era uma lorcha, um casco japonês adaptado às velas e ao cordame portugueses modernos: veloz, de dois mastros, e equipado como uma corveta. Tinha quatro canhões a meia-nau, dois pequenos morteiros de proa e dois de popa. Chamava-se *Santa Filipa* e carregava uma tripulação de trinta marujos.

Os seus olhos foram para a cidade e para as colinas além.

– Pesaro!

– Sim, senhor?

– Prepare a chalupa. Vamos a terra antes do crepúsculo.

– Bom. Estará pronto. Quando volta?

– Ao amanhecer.

– Melhor ainda! Comandarei o grupo de desembarque, dez homens.

– Nada de licença em terra, nada disso, Pesaro. É *kinjiru!* Minha Nossa Senhora, o seu cérebro está podre? – Rodrigues se escarranchou no tombadilho e se inclinou sobre a amurada.

– Não está certo que todos devam sofrer – disse o contramestre Pesaro. – Comandarei o grupo e prometo que não haverá problema. Estamos engaiolados há duas semanas já.

– As autoridades do porto daqui disseram *kinjiru*. Sinto muito, mas sempre é o maldito *kinjiru*! Lembra? Isto não é Nagasaki!

– Sim, pelo sangue de Jesus Cristo, e que ele tenha piedade! – O homem atarracado carregou o sobrolho. – Foi só um japona que acabou retalhado.

– Um morto retalhado, dois esfaqueados gravemente, muitos feridos e uma garota ferida antes que os samurais interrompessem a arruaça. Preveni vocês todos antes de descerem a terra: "Numazu não é Nagasaki, portanto comportem-se!". Minha Nossa Senhora! Tivemos sorte em dar o fora com apenas um marujo morto. Eles estariam dentro da lei se quisessem picar vocês cinco em pedaços.

– Lei deles, piloto, não nossa. Malditos macacos! Foi só uma rixa de bordel.

– Sim, mas os seus homens começaram, as autoridades puseram o meu navio de quarentena e vocês estão todos marcados. Você inclusive! – Rodrigues mudou a perna de posição para diminuir a dor. – Seja paciente, Pesaro. À hora que o padre voltar, zarparemos.

– Ao amanhecer? Isso é uma ordem?

– Não, ainda não. Só prepare a chalupa. Gomez virá comigo.

– Deixe-me ir também, hein? Por favor, piloto. Estou doente de morte de estar enfiado neste maldito balde.

– Não. E é melhor não ir a terra esta noite. Nem você nem qualquer outro.

– E se o senhor não voltar ao amanhecer?

– Você apodrece aqui, ancorado, até que eu volte. Está claro?

A carranca do contramestre aprofundou-se. Ele hesitou, depois recuou.

– Sim, sim, está claro, por Deus.

– Bom. – Rodrigues desceu.

Alvito estava adormecido, mas despertou no momento em que o piloto abriu a porta da cabine.

– Ah, está tudo bem? – perguntou, satisfeito agora, de mente e corpo.

– Sim. Foi só o turno. – Rodrigues tomou uns goles de vinho, para tirar o gosto horrível da boca. Era sempre assim depois de um quase motim. Se Pesaro não tivesse cedido imediatamente, mais uma vez Rodrigues teria tido que estourar a cara de um homem, ou colocá-lo a ferros, ou ordenar cinquenta chicotadas, ou mergulhar o homem abaixo da quilha, ou pôr em prática qualquer uma da centena de obscenidades essenciais, pela lei do mar, para manter a disciplina. Sem disciplina, qualquer navio estaria perdido. – Qual é o plano agora, padre? Zarpamos ao amanhecer?

– Como estão os pombos-correio?

– Em boa saúde. Ainda temos seis: quatro Nagasaki, dois Ōsaka.

O padre verificou o ângulo do sol. Quatro ou cinco horas até o crepúsculo. Muito tempo para soltar as aves com a primeira mensagem codificada que ele planejara havia muito tempo: "Toranaga rende-se às ordens dos regentes. Vou primeiro a Edo, depois a Ōsaka. Acompanharei Toranaga a Ōsaka. Ele diz que ainda podemos construir a catedral em Edo. Despachos pormenorizados com Rodrigues".

– Quer dizer ao tratador, por favor, para preparar dois Nagasaki e um Ōsaka imediatamente? – disse Alvito. – Depois conversaremos. Não vou voltar com você. Estou indo para Edo por terra. Vai me tomar a maior parte da noite e do dia de amanhã escrever um despacho detalhado, que você levará ao padre-inspetor, entregando às mãos dele apenas. Você zarpará assim que eu tiver terminado.

– Está bem. Se for muito perto do crepúsculo, esperarei até o amanhecer. Há bancos de areia e areias movediças por dez léguas.

Alvito assentiu. As doze horas extras não fariam diferença. Sabia que teria sido muitíssimo melhor se ele tivesse podido mandar as notícias de Yokose. Deus amaldiçoe o demônio pagão que destruiu os meus pombos lá! Tenha paciência, disse a si mesmo. Para que a pressa? Isso não é uma regra vital da nossa ordem? Paciência. Quem espera sempre alcança. Quem espera e quem trabalha. O que importam doze horas, ou mesmo oito dias? Não mudarão o curso da história. Os dados foram lançados em Yokose.

– Vai viajar com o Inglês? – perguntou Rodrigues. – Como antes?

– Sim. De Edo voltarei para Ōsaka. Acompanharei Toranaga. Gostaria que você parasse em Ōsaka com uma cópia do meu despacho, para o caso de o padre-inspetor estar lá ou ter partido de Nagasaki antes que você chegue. Você pode entregá-lo ao padre Soldi, secretário dele... Apenas a ele.

– Está bem. Ficarei contente em partir. Somos odiados aqui.

– Com a mercê de Deus podemos mudar tudo isso, Rodrigues. Com a boa graça de Deus converteremos todos os pagãos aqui.

– Amém a isso. Sim. – O homem alto moveu a perna, o latejamento momentaneamente abrandado. Olhou fixamente pela janela. Depois se levantou, impaciente. – Vou eu mesmo buscar os pombos. Escreva a sua mensagem, depois conversaremos. Sobre o Inglês. – Subiu ao convés e selecionou as aves nos cestos. Quando retornou, o padre já usara a pena especial, aguçada com uma agulha, e a tinta para inscrever a mesma mensagem em código nas diminutas tiras de papel. Alvito encheu os minúsculos cilindros, lacrou-os e soltou os pássaros. Os três fizeram um círculo no ar, depois rumaram para oeste, ao sol da tarde.

– Conversaremos aqui ou lá embaixo?

– Aqui. É mais fresco. – Rodrigues apontou o centro do tombadilho, fora do raio de audição.

Alvito sentou-se numa cadeira de mar.

— Primeiro sobre Toranaga.

Contou brevemente ao piloto o que acontecera em Yokose, omitindo o incidente com o irmão José e a sua suspeita sobre Mariko e Blackthorne. Rodrigues ficou tão assombrado com a rendição quanto ele ficara.

— Nada de guerra? É um milagre! Agora estamos realmente seguros, o nosso Navio Negro está seguro, a Igreja está rica, estamos ricos... graças a Deus, aos santos e a Nossa Senhora! Essa é a melhor notícia que o senhor poderia ter trazido, padre. Estamos seguros!

— Se Deus quiser. Uma coisa que Toranaga disse me perturbou. Colocou deste jeito: "Posso ordenar e o meu cristão estará livre, o Anjin-san. Com seu navio e seus canhões.".

O imenso bom humor de Rodrigues sumiu.

— O *Erasmus* ainda está em Edo? Ainda está sob o controle de Toranaga?

— Sim. Seria grave se o Inglês fosse solto?

— Grave? Aquele navio nos mandaria para o inferno se apanhasse o nosso Navio Negro entre este porto e Macau, com ele a bordo, armado, com metade de uma tripulação decente. Temos apenas a pequena fragata para intervir e ela não é páreo para o *Erasmus*! Nem nós. Ele poderia dançar em torno de nós e teríamos que arriar as nossas bandeiras.

— Tem certeza?

— Sim. Diante de Deus... o *Erasmus* seria um assassino. — Furioso, Rodrigues fechou um punho. — Mas espere um momento... O Inglês disse que chegou aqui com apenas doze homens, nem todos marujos, muitos deles mercadores e a maioria doente. Esses poucos não conseguiriam manejar o navio. O único lugar onde ele poderia conseguir uma tripulação seria Nagasaki, ou Macau. Poderia conseguir o suficiente em Nagasaki! Há os que... é melhor que seja mantido longe de lá, e de Macau!

— Digamos que ele tivesse uma tripulação nativa?

— Quer dizer, alguns dos degoladores de Toranaga? Ou *wakōs?* Quer dizer, se Toranaga se rendeu, todos os seus homens se tornam *rōnins, né?* Se o Inglês tivesse tempo suficiente, poderia treiná-los. Facilmente. Jesus Cristo... por favor, desculpe-me, padre, mas se o Inglês conseguisse samurais ou *wakōs*... Não podemos arriscar isso, ele é bom demais. Todos vimos isso em Ōsaka! Ele solto nesta maldita Ásia com uma tripulação de samurais...

Alvito observava-o, ainda mais preocupado agora.

— Acho que é melhor eu enviar outra mensagem ao padre-inspetor. Ele deve ser informado, se é urgente assim. Ele saberá o que fazer.

— Eu sei o que fazer! — O punho de Rodrigues socou a amurada. Pôs-se de pé e virou-se de costas. — Ouça, padre, escute a minha confissão: na primeira noite, ele se encontrava ao meu lado na galera, ao mar, quando estávamos indo de Anjiro, e o meu coração me disse que o matasse, e depois de novo durante a tempestade. Jesus me ajude, foi a hora em que o mandei para a frente e deliberadamente dei uma guinada sem preveni-lo. E ele, sem salva-vidas. Para assassiná-lo. Mas o Inglês não caiu no mar como qualquer outro teria caído. Achei que era a mão de Deus e tive certeza disso quando mais tarde ele me salvou o navio, e depois quando o navio estava salvo e a onda me pegou e eu estava me afogando. O meu último pensamento foi que aquilo também era punição de Deus pela minha tentativa de assassinato. Não se faz isso a um piloto, ele nunca faria isso a mim! Mereci daquela vez. Depois, quando me descobri vivo e o vi inclinado em cima de mim, ajudando-me a beber, fiquei tão envergonhado e novamente implorei o perdão de Deus. Fiz então um juramento sagrado de tentar retribuir-lhe isso. Minha Nossa Senhora! – exclamou ele atormentado. – Aquele homem me salvou, embora soubesse que eu tentei matá-lo. Vi isso nos olhos dele. Salvou-me e me ajudou a viver. E agora tenho que matá-lo.

– Por quê?

– O capitão-mor estava certo: Deus nos ajude se o Inglês zarpar no *Erasmus*, armado, com metade de uma tripulação decente.

Blackthorne e Mariko dormiam na paz noturna da sua casinha, no conjunto de pequenas casas que constituía a Hospedaria das Camélias, que ficava na Nona Rua Sul. Havia três aposentos em cada casa. Mariko tomara um para si e Chimmoko, Blackthorne, outro, e o terceiro, que dava para a porta da frente e a varanda, fora deixado vazio, para estar, comer e conversar.

– Acha que isso é seguro? – perguntara Blackthorne, ansioso. – Não ter Yoshinaka ou mais criadas ou guardas dormindo aqui?

– Não, Anjin-san. Na realidade, nada é seguro. Mas será agradável ficarmos sozinhos. Esta hospedaria é considerada a mais bonita e famosa de Izu. É bonita, *né?*

E era. Cada casa minúscula erguia-se sobre pilares elegantes, tinha varandas circundantes e quatro degraus, feitos das melhores madeiras, tudo polido e brilhando. Ficavam todas separadas, cinquenta passos uma da outra, e cercadas por jardins bem-tratados dentro do jardim maior por trás de altos muros de bambu. Havia riachos, tanques de lírios, quedas-d'água, árvores floridas em abundância, com perfumes diurnos e perfumes noturnos, um aroma doce e voluptuoso. Caminhos de pedra limpos, cobertos com delicados telhados, levavam aos banhos centrais – frio, quente e muito quente –, alimentados por fontes naturais. Lanternas multicoloridas, criados e criadas felizes, e nunca uma palavra áspera para perturbar os sinos das árvores, a água borbulhando e os pássaros cantando nos aviários.

– Naturalmente pedi duas casas, Anjin-san, uma para o senhor e uma para mim. Infelizmente apenas uma estava disponível, sinto muito. Mas Yoshinaka-san não ficou descontente. Pelo contrário, ficou aliviado, pois assim não terá que dividir os seus homens. Postou sentinelas em cada caminho, portanto estamos totalmente seguros e não podemos ser incomodados como em outros lugares. Por que deveríamos ser incomodados? O que poderia estar errado com um quarto aqui, outro ali, e Chimmoko para partilhar o seu leito?

— Nada. Nunca vi um lugar tão bonito. Como a senhora é inteligente e como é bela!

— Ah, como é gentil comigo, Anjin-san. Primeiro tome um banho, depois a refeição da noite e muito saquê.

— Bom. Muito bom.

— Ponha de lado seu dicionário, Anjin-san, por favor.

— Mas a senhora está sempre me encorajando.

— Se largar o livro um instante... eu lhe conto um segredo.

— Qual?

— Convidei Yoshinaka-san para comer conosco. E algumas senhoras para nos entreter.

— Ah!

— Sim. Depois que eu o deixar, o senhor escolherá uma, *né?*

— Mas isso poderia perturbar-lhe o sono, sinto muito.

— Prometo que dormirei pesadamente, meu amor. Falando sério, uma mudança poderia ser bom para você.

— Sim, mas no próximo ano, não agora.

— Fale sério.

— Estou falando.

— Ah, então, nesse caso, se por algum motivo você educamente mudar de ideia e mandá-la embora cedo, depois que Yoshinaka-san tiver partido, com a sua acompanhante, ah, quem sabe o que o *kami* da noite poderia encontrar para você então?

— O quê?

— Fui fazer compras hoje.

— Oh? E o que comprou?

— Ah!

Ela havia comprado um sortimento dos acessórios de "travesseiro" que Kiku lhes mostrara, e muito mais tarde, quando Yoshinaka partira e Chimmoko vigiava na varanda, ela os ofereceu a ele com uma profunda mesura. Meio jocosamente, ele aceitou com igual formalidade, e juntos escolheram um anel de prazer.

— Isso parece muito incômodo, Anjin-san? Tem certeza de que não se importa?

— Não, não se você não se importa, mas pare de rir ou vai estragar tudo. Apague as velas.

— Oh, não, por favor, quero olhar.

– Pelo amor de Deus, pare de rir, Mariko!
– Mas você também está rindo!
– Não interessa, apague a luz ou... Pronto, agora olhe o que você fez.
– Oh!
– Pare de rir! Não serve de nada pôr a cabeça sobre os *futons*...
Depois, mais tarde, problemas.
– Mariko...
– Sim, meu amor?
– Não consigo encontrá-lo.
– Oh! Deixe-me ajudá-lo.
– Ah, está tudo bem. Eu estava deitado em cima disso.
– Oh! Você tem... tem certeza de que não se importa?
– Não, mas é um pouco, bem, toda esta conversa e ter que esperar, não é uma coisa que levante exatamente, é?
– Oh, eu não me importo. A culpa foi minha, por rir. Oh, Anjin-san, amo-o muito, por favor, desculpe-me.
– Está desculpada.
– Adoro tocar em você.
– Nunca conheci nada que iguale o seu toque.
– O que está fazendo, Anjin-san?
– Colocando isto.
– Está difícil?
– Sim. Pare de rir!
– Oh, sinto muito, talvez você...
– Pare de rir!
– Por favor, perdoe-me...

Depois ela pegou no sono na hora, totalmente extenuada. Ele não. Para ele fora bom, mas não perfeito. Ficara preocupado demais com ela. Resolvera que aquela vez seria para o prazer *dela*, não o seu.

Sim, isto foi para ela, pensou, amando-a. Mas uma coisa foi perfeita: sei que realmente a satisfiz. Pela primeira vez estou absolutamente certo.

Dormiu. Algum tempo mais tarde o som de vozes, de discussão, e, misturado a isso, o som de português, começou a se infiltrar pelo seu sono leve. Por um momento pensou estar sonhando, depois reconheceu a voz:

– Rodrigues!

Mariko murmurou, ainda mergulhada no sono.

Ao som de passos no caminho, ele se pôs de joelhos em pânico controlado. Ergueu-a como se fosse uma boneca, dirigiu-se para o *shōji* e parou exatamente quando a porta foi aberta por fora. Era Chimmoko. A criada estava de cabeça baixa, os olhos discretamente fechados. Ele passou às pressas por ela, com Mariko nos braços, deitou-a gentilmente sobre os seus próprios acolchoados, ainda meio adormecida, e correu silenciosamente para o seu quarto de novo, sentindo um suor gelado, embora a noite estivesse quente. Enfiou um quimono às apalpadelas e rumou às pressas para a varanda. Yoshinaka atingira o segundo degrau.

– *Nan desu ka*, Yoshinaka-san?

– *Gomen nasai*, Anjin-san – disse Yoshinaka. Apontou para os archotes no portão da hospedaria, acrescentando muitas palavras que Blackthorne não entendeu. Mas a essência do que disse era que aquele homem lá, o bárbaro, queria vê-lo e eu lhe disse que esperasse e ele disse que não esperaria, agindo como um daimio, coisa que ele não é, e tentou entrar à força, o que eu impedi. Disse que era seu amigo. É?

– Ei, Inglês! Sou eu, Vasco Rodrigues!

– Ei, Rodrigues! – gritou Blackthorne, feliz. – Já vou. *Hai*, Yoshinaka-san. *Kare wa watashi no ichi yūjin desu.* Ele é meu amigo.

– *Ah, sō desu ka!*

– *Hai. Dōmo.*

Blackthorne desceu correndo os degraus para se dirigir ao portão. Atrás ouviu a voz de Mariko.

– *Nan ja*, Chimmoko? – e um sussurro, e depois ela chamou com autoridade: – Yoshinaka-san!

– *Hai*, Toda-sama!

Blackthorne correu os olhos em torno. O samurai subiu os degraus e tomou a direção do quarto de Mariko. A porta dela estava fechada. Chimmoko se postara do lado de fora. Os seus lençóis amarrotados estavam perto da porta, onde devia dormir sempre, corretamente, caso a ama não a desejasse no quarto consigo. Yoshinaka curvou-se para a porta e começou a relatar. Blackthorne seguiu pelo caminho com alegria crescente, descalço, os olhos no português, um largo sorriso de boas-vindas, a luz dos archotes dançando nos brincos e na fivela do vistoso chapéu dele.

– Ei, Rodrigues! É ótimo vê-lo. Como vai a perna? Como me achou?

– Nossa Senhora, você cresceu, Inglês, está mais cheio? Sim, bem, saudável e agindo como um maldito daimio! – Rodrigues deu-lhe um abraço de urso e ele retribuiu.

– Como vai a perna?

– Dói muito, mas funciona, e achei você perguntando onde estava o grande Anjin-san, o grande bárbaro bandido e bastardo de olhos azuis!

Riram juntos, trocando obscenidades, sem se preocupar com os samurais e criados que os rodeavam. Num instante Blackthorne mandou uma criada buscar saquê e levou Rodrigues para a varanda. Ambos andavam com a ginga de marinheiro, a mão direita de Rodrigues, por hábito, no punho do florete, o outro polegar enganchado no cinto largo, perto da pistola. Blackthorne era algumas polegadas mais alto, mas o português tinha ombros ainda mais largos e um peito que parecia um barril.

Yoshinaka esperava na varanda.

— *Dōmo arigatō*, Yoshinaka-san — disse Blackthorne, agradecendo de novo ao samurai, e apontou uma das almofadas a Rodrigues. — Vamos conversar aqui.

Rodrigues pôs um pé nos degraus, mas parou quando Yoshinaka se colocou à sua frente, apontando para o florete e a pistola, e estendeu a mão esquerda, a palma para cima.

— *Dōzo!*

O português franziu o cenho.

— *Iie*, samurai-sama, *Dōmo ari...*

— *Dōzo!*

— *Iie*, samurai-sama, *iie!* — repetiu Rodrigues mais ríspido. *Watashi yūjin* Anjin-san, *né?*

Blackthorne deu um passo à frente, surpreso com o inesperado da confrontação.

— Yoshinaka-san, *shikata ga nai, né?* — disse com um sorriso. — Rodrigues *yūjin wata...*

— *Gomen nasai*, Anjin-san. *Kinjiru!* — Yoshinaka vociferou uma ordem. Imediatamente os samurais avançaram, rodeando Rodrigues ameaçadoramente, e mais uma vez ele estendeu a mão. — *Dōzo!*

— Esses putos de merda são melindrosos, Inglês — disse Rodrigues, com um sorriso arreganhado. — Mande-os sossegar, hein? Nunca tive que entregar as minhas armas antes.

— Não, Rodrigues! — disse ele rapidamente, sentindo a iminente decisão do amigo. Depois, a Yoshinaka: — *Dōmo, gomen nasai*, Rodrigues *yūjin, watash...*

— *Gomen nasai*, Anjin-san. *Kinjiru.* — Depois, asperamente, para o português:
— *Ima!*

— *Iie! Wakarimasu ka!* — rosnou Rodrigues.

Blackthorne rapidamente postou-se entre eles.

— Ei, Rodrigues, o que importa isso, *né?* Deixe Yoshinaka-san ficar com elas. Não tem nada a ver com você ou comigo. É por causa da senhora, Toda Mariko-sama. Ela está lá dentro. Você sabe como eles são melindrosos sobre armas perto de daimios ou das esposas deles. Discutiremos a noite toda, você sabe como eles são, hein? Que diferença faz?

O português forçou um sorriso.

— Claro. Por que não? *Hai, shikata ga nai*, samurai-sama. *So desu?*

Curvou-se como um cortesão, sem sinceridade, soltou o florete e a bainha do gancho, tirou a pistola do cinto e estendeu a ele. Yoshinaka fez sinal a um samurai, que pegou as armas e correu para o portão, onde as colocou no chão e ficou de guarda. Rodrigues começou a subir os degraus, mas de novo Yoshinaka, polida e firmemente, pediu-lhe que parasse. Outros samurais se aproximaram para revistá-lo. Furioso, Rodrigues saltou para trás.

– *IIE! Kinjiru*, por Deus! Que...

Os samurais caíram-lhe em cima, seguraram-lhe os braços com força e revistaram-no completamente. Encontraram duas facas no alto das botas, outra amarrada no antebraço esquerdo, duas pequenas pistolas – uma escondida no forro do casaco, outra sob a camisa – e um pequeno frasco de estanho no quadril.

Blackthorne examinou as pistolas. Estavam ambas engatilhadas.

– A outra também estava engatilhada?

– Sim. Claro. Esta terra é hostil, não notou, Inglês? Diga-lhes que me larguem!

– Esse não é o modo habitual de visitar um amigo à noite. *Né?*

– Estou lhe dizendo que esta terra é hostil. Estou sempre armado assim. Você não, normalmente? Minha Nossa Senhora, diga a esses bastardos que me deixem em paz.

– Isso é tudo? Tudo?

– Claro. Diga-lhes que me deixem em paz, Inglês!

Blackthorne entregou as pistolas a um samurai e deu um passo à frente. Os seus dedos tatearam cuidadosamente a face interna do largo cinto de couro de Rodrigues. Um estilete escorregou de sua bainha secreta, muito fino, muito maleável, feito do melhor aço de Damasco. Yoshinaka praguejou contra os samurais que haviam feito a vistoria. Eles se desculparam, mas Blackthorne só olhava para Rodrigues.

– Mais alguma coisa? – perguntou, o estilete solto na mão.

Rodrigues sustentou o olhar dele, impassível.

– Eu digo a eles onde olhar... e como olhar, Rodrigues. Como um espanhol faria... alguns deles. Hein?

– *Me cago en la leche, que cabrón!*

– *Que va, leche!* Depressa! – Nenhuma resposta. Blackthorne avançou com a faca. – *Dōzo*, Yoshinaka-san. *Watash...*

Rodrigues disse, rouco:

– Na fita do meu chapéu. – E Blackthorne parou.

– Bom – disse ele, e estendeu a mão para o chapéu de aba larga.

– Você os ensinaria, não ensinaria?

– Você não?

– Tenha cuidado com a pluma, Inglês, ela é de estimação.

A fita era larga e rígida, a pluma vistosa como o chapéu. Dentro da fita estava um delgado estilete, menor, especialmente desenhado, o aço excelente, moldando-se com facilidade à curva. Yoshinaka vociferou outra violenta repriménda aos samurais.

– Diante de Deus, isso é tudo, Rodrigues?

– Nossa Senhora, eu lhe disse!

– Jure.

Rodrigues aquiesceu.

– Yoshinaka-san, *ima ichiban. Dōmo* – disse Blackthorne. Ele está em ordem agora. Obrigado.

Yoshinaka deu a ordem. Os seus homens soltaram o português. Rodrigues esfregou os membros para abrandar a dor.

– Posso me sentar, Inglês?

– Sim.

Rodrigues enxugou o suor com um lenço vermelho, depois pegou o frasco de estanho e se sentou de pernas cruzadas sobre uma das almofadas. Yoshinaka permaneceu por perto, na varanda. Todos os samurais, menos quatro, voltaram a seus postos.

– Por que eles são tão melindrosos? Por que você é tão melindroso, Inglês? Nunca tive que entregar as minhas armas antes. Sou um assassino?

– Eu lhe perguntei se aquilo eram todas as armas e você mentiu.

– Eu não estava ouvindo. Nossa Senhora! Você... me trataria como um criminoso comum? – disse Rodrigues, com azedume. – Ei, o que importa, Inglês, o que importa qualquer coisa? A noite está estraga... Ei, mas espere, Inglês! Por que se deveria permitir que alguma coisa estragasse uma grande noite? Eu perdoo a eles. E a você, Inglês. Você estava certo e eu errado. Peço desculpas. É bom revê-lo. – Desenroscou a tampa e ofereceu o frasco. – Tome... tome um pouco de um excelente conhaque.

– Você primeiro.

O rosto de Rodrigues ficou pálido.

– Nossa Senhora... você acha que eu trago veneno?

– Não. Você bebe primeiro. – Rodrigues bebeu. – Mais!

O português obedeceu, depois enxugou a boca com as costas da mão. Blackthorne aceitou o frasco.

– À saúde! – Entornou-o e fingiu engolir, disfarçadamente mantendo a língua sobre a abertura do frasco para impedir que a bebida lhe entrasse na boca, por mais que tivesse vontade de beber. – Ah! – disse. – Estava bom. Tome.

– Fique com ele, Inglês. É um presente.

– Do bom padre? Ou de você?

– Meu.

– Diante de Deus?

– De Deus e da Virgem... Você e o seu "diante de Deus"! – disse Rodrigues. – É um presente meu e do padre! Ele é dono de toda a bebida a bordo do *Santa Filipa*, mas a Eminência disse que eu podia compartilhá-la e o frasco é um de uma dúzia a bordo. É um presente. Onde está a sua educação?

Blackthorne fingiu beber de novo e ofereceu-o de volta.

– Tome, beba mais.

Rodrigues sentiu a bebida chegar-lhe aos artelhos e ficou contente, depois de aceitar o frasco cheio de Alvito, de tê-lo secretamente esvaziado, lavado cuidadosamente e enchido com conhaque da sua própria garrafa. Minha Nossa Senhora, perdoe-me, orou, perdoe-me por duvidar do santo padre. Ó, Nossa Senhora, Deus e Jesus, pelo amor de Deus, venham de novo à Terra e mudem este mundo onde às vezes não ousamos confiar nem nos padres.

– Qual é o problema?

– Nada, Inglês. Só estava pensando que este mundo é nojento quando não se pode mais confiar em ninguém. Vim como amigo e agora há um buraco no mundo.

– Veio mesmo?

– Sim.

– Armado desse jeito?

– Estou sempre armado desse jeito. É por isso que estou vivo. Saúde! – O homenzarrão ergueu o frasco tristemente e bebeu de novo. – Estou cagando e mijando no mundo. Estou cagando para tudo.

– Está dizendo que caga e mija em mim?

– Inglês, este sou eu, Vasco Rodrigues, piloto da Marinha portuguesa, não um samurai degenerado. Troquei muitos insultos com você, todos em amizade. Esta noite vim ver o meu amigo e agora não tenho amigo. É muito triste.

– Sim.

– Eu não deveria estar triste, mas estou. Ser seu amigo me complicou a vida extraordinariamente. – Rodrigues levantou-se, descontraiu as costas, depois se sentou de novo. – Detesto sentar nestas malditas almofadas! Meu lugar é numa cadeira. A bordo. Bem, saúde, Inglês!

– Quando você deu aquela guinada e eu fiquei a meia-nau, foi para me atirar ao mar. Não foi?

– Sim – respondeu Rodrigues imediatamente. Pôs-se de pé. – Sim. Fico contente de que você tenha perguntado, pois isso está pesando na minha consciência terrivelmente. Fico contente de me desculpar em vida, pois não poderia me forçar a confessar a você. Sim, Inglês. Não peço perdão, compreensão, nada. Mas fico contente em confessar essa vergonha na sua cara.

– Acha que eu faria isso a você?

– Não. Mas se o momento chegasse... Nunca se sabe até que a hora da provação chegue.

– Veio aqui para me matar?

– Não. Acho que não. Acho que não era isso o que estava em primeiro lugar na minha cabeça, embora para a minha gente e o meu país nós ambos saibamos que seria melhor que você estivesse morto. É muito triste, mas é verdade. Como a vida é tola, hein, Inglês?

– Não o quero morto, piloto. Só o seu Navio Negro.

– Ouça, Inglês – disse Rodrigues, sem raiva. – Se nos encontrarmos no mar, você no seu navio, armado, eu no meu, cuidado com a sua vida. Isso é tudo o que posso lhe prometer, apenas isso. Achei que seria possível lhe dizer isso como amigo, e ainda sou seu amigo. Exceto quanto a um encontro no mar, estou em dívida com você para sempre. À saúde!

— Espero capturar o seu Navio Negro no mar. À saúde, piloto!

Rodrigues partiu em silêncio. Yoshinaka e os samurais o seguiram. No portão, o português recebeu as suas armas. Logo foi engolido pela noite.

Yoshinaka esperou até que as sentinelas se dispersassem. Quando ficou satisfeito de que estava tudo seguro, dirigiu-se coxeando para os seus aposentos. Blackthorne sentou-se de novo numa das almofadas e pouco depois a criada que ele mandara buscar saquê surgiu com a bandeja. Serviu-lhe um cálice e teria ficado para servi-lo, mas ele a dispensou. Agora estava sozinho. Os sons da noite rodearam-no de novo, o murmurar da queda-d'água e os movimentos das aves noturnas. Estava tudo como antes, mas tudo mudara.

Tristemente, ele esticou o braço para reencher o cálice, mas ouviu um roçar de seda e a mão de Mariko segurou o frasco. Ela o serviu, e outro cálice para si mesma.

— *Dōmo*, Mariko-san.

— *Dō itashimashite*, Anjin-san. — Ela se acomodou sobre a outra almofada. Beberam o vinho quente.

— Ele ia matá-lo, *né?*

— Não sei, não tenho certeza.

— O que significava aquilo: procurar como um espanhol?

— Alguns deles despem os prisioneiros e depois investigam em lugares íntimos. E não com gentileza. Chamam a isso de procurar *con significa*, com significado. Algumas vezes usam facas.

— Oh. — Ela tomou um gole e escutou a água entre as pedras. — Acontece o mesmo aqui, Anjin-san. Às vezes. É por isso que nunca é prudente ser capturado. Se se é capturado, fica-se tão completamente desonrado que qualquer coisa que o captor faça... É melhor não ser capturado. *Né?*

Ele contemplou as lanternas movendo-se à brisa fresca e suave.

— Yoshinaka tinha razão, eu estava errado. A busca era necessária. A ideia foi sua, *né?* Você disse a Yoshinaka que o revistasse?

— Por favor, desculpe-me, Anjin-san, espero que isso não lhe tenha criado algum embaraço. Foi só porque eu estava com medo por sua causa.

— Agradeço-vos — disse ele em latim de novo, embora lamentasse que tivesse havido uma busca. Sem a vistoria, ele ainda teria um amigo. Talvez, recriminou-se.

— Não há de quê — disse ela. — Mas era apenas o meu dever.

Mariko estava usando um quimono de noite e um sobrequimono azul, o cabelo trançado frouxamente, caindo até a cintura. Olhou para o portão, que se podia ver por entre as árvores.

– Você foi muito esperto quanto à bebida, Anjin-san. Quase me belisquei de raiva por ter esquecido de prevenir Yoshinaka sobre isso. Você foi muito astuto em fazê-lo beber duas vezes. Usa-se muito o veneno nos seus países?

– Algumas vezes. Algumas pessoas usam. É um método infame.

– Sim, mas muito eficaz. Aqui também acontece.

– Terrível, não, não se poder confiar em ninguém?

– Oh, não, Anjin-san, sinto muito – respondeu ela. – Essa é apenas uma das regras mais importantes da vida, nada mais, nada menos.

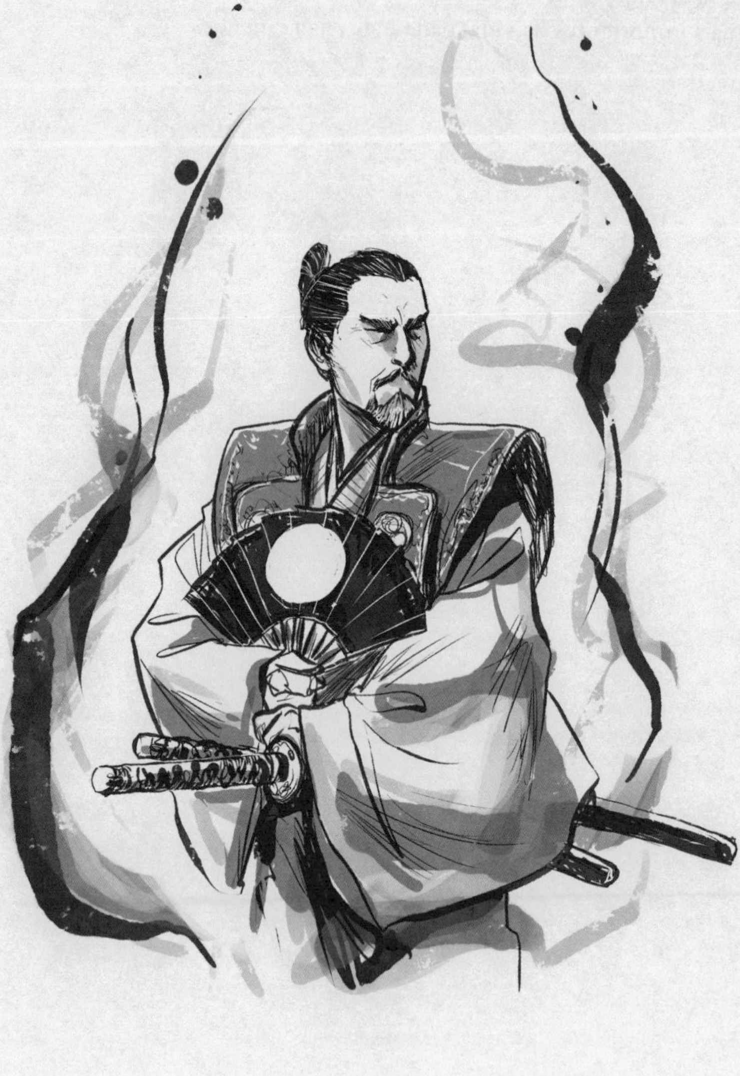

LIVRO QUATRO

CAPÍTULO 47

O *ERASMUS* REBRILHAVA AO SOL ALTO DO MEIO-DIA NO ANCORADOURO DE EDO.

— Meu Deus do céu! Mariko, olhe só! Já viu alguma coisa como essa belonave? Olhe que linhas!

O navio estava além das paliçadas fechadas circundantes, a uns cem passos de distância, atracado no cais com cordas novas. A área toda estava fortemente guardada. Havia mais samurais no convés e avisos por toda parte dizendo que a área era proibida para quem não tivesse permissão pessoal do senhor Toranaga.

O *Erasmus* fora todo repintado, o casco calafetado, os conveses estavam imaculadamente limpos e o cordame dos mastros reparado. Até o mastro de proa, arrebatado pela tempestade, fora substituído pelo último dos sobressalentes que o navio carregava no porão e colocado na posição perfeita. Todas as cordas estavam caprichosamente enroladas, todos os canhões brilhando sob uma camada protetora de óleo, por trás das portinholas. E a bandeira com o já puído Leão da Inglaterra tremulava orgulhosamente acima de tudo isso.

— Ó de bordo! — gritou ele alegre de fora das barreiras, mas não houve resposta. Uma das sentinelas lhe disse que não havia bárbaros a bordo naquele dia.

— *Shikata ga nai* — disse Blackthorne. — *Dōmo*. — Sofreou a impaciência crescente para ir a bordo de imediato e sorriu para Mariko. — É como se tivesse acabado de sair de uma reforma no estaleiro de Portsmouth, Mariko-san. Olhe os canhões. Os rapazes devem ter trabalhado como cães. É lindo, *né*? Mal posso esperar para ver Baccus e Vinck e os outros. Nunca pensei que encontraria o navio desse jeito. Meu bom Cristo, é tão bonito, *né*?

Mariko estava observando, a ele e não ao navio. Sabia que no momento fora esquecida. E substituída.

Não importa, disse para si mesma. Nossa viagem terminou.

Naquela manhã haviam chegado ao último dos postos de controle nos arredores de Edo. Mais uma vez os seus papéis de viagem foram examinados. De novo foram educadamente autorizados a passar, só que dessa vez havia uma nova guarda de honra esperando por eles.

— Vão nos levar até o castelo, Anjin-san. O senhor ficará lá e esta noite devemos nos encontrar com o senhor Toranaga.

— Ótimo, então. Temos muito tempo. Olhe, Mariko-san, o cais não está a mais de uma milha da praia, *né*? O meu navio está lá, em algum lugar. Quer perguntar ao capitão Yoshinaka se podemos ir lá, por favor?

— Ele diz que sente muito, mas não tem instruções para fazer isso, Anjin-san. Tem que nos levar ao castelo.

– Por favor, diga-lhe... Talvez seja melhor eu tentar. Taicho-san! *Okashira, sukoshi no aida watakushi wa ikitai no desu. Watakushi no fune ga asoko ni arimasu.* Capitão, quero ir até lá só por um instante. Meu navio está lá.

– *Iie*, Anjin-san, *gomen nasai. Ima...*

Mariko escutou, aprovadora e divertida, enquanto Blackthorne discutia cortesmente e insistia com firmeza junto ao capitão. Enfim, com relutância, Yoshinaka permitiu-lhes fazer um desvio, mas só por um momento, *né*? E só porque o Anjin-san alegou o status de *hatamoto*, o que lhe dava certos direitos inalienáveis, e assinalou que um exame rápido da sua parte era importante para o senhor Toranaga, que isso certamente pouparia ao senhor deles um tempo valioso e que era vital para o seu encontro à noite. Sim, o Anjin-san pode olhar um instante, mas, sinto muito, é proibido subir ao navio sem papéis assinados pessoalmente pelo senhor Toranaga, e deve ser apenas por um momento porque estamos sendo esperados, sinto muito.

– *Dōmo*, Taicho-san – disse Blackthorne expansivamente, muito satisfeito com a sua compreensão aumentada dos meios corretos de persuadir e com o seu domínio crescente da língua japonesa.

A noite e grande parte do dia anterior eles haviam passado numa hospedaria, a mais ou menos duas *ris* ao sul, com Yoshinaka permitindo-lhes perder tempo como antes.

Oh, foi uma noite tão adorável, pensou ela.

Houve tantos dias e noites adoráveis. Tudo perfeito, exceto o primeiro dia depois de partirem de Mishima, quando o padre Tsukku-san os alcançara de novo e a precária trégua entre os dois homens se rompera furiosamente. A discussão fora repentina, violenta, alimentada pelo incidente com Rodrigues e por excesso de conhaque. Ameaças, contra-ameaças e imprecações, e depois o padre Alvito disparara na frente para Edo, deixando desastre no seu rastro. E a alegria da viagem ficou arruinada.

– Não devemos deixar que isso aconteça, Anjin-san.

– Mas aquele homem não tinha o direito...

– Oh, sim, concordo. E naturalmente você tem razão. Mas, por favor, se deixar esse incidente destruir a sua harmonia, estará perdido, e eu também. Por favor, imploro-lhe que seja japonês. Afaste esse incidente, isso é tudo o que ele é, um incidente entre 10 mil. Não deve permitir que ele arruíne a sua harmonia. Afaste-o para longe, para um compartimento separado.

– Como? Como posso fazer isso? Olhe as minhas mãos. Estou tão furioso que não consigo nem impedi-las de tremer!

– Olhe para esta rocha, Anjin-san. Escute como ela cresce.

– O quê?

– Ouça a rocha crescer, Anjin-san. Concentre a mente nisso, na harmonia da rocha. Ouça o *kami* da rocha. Ouça o meu amor, pela salvação da sua vida. E da minha.

Ele tentou e conseguiu apenas um pouco, mas no dia seguinte, amigos de novo, amantes de novo, em paz novamente, ela continuou a ensiná-lo, tentando moldá-lo – sem que ele soubesse que estava sendo moldado – e ajudando-o a construir a Cerca Óctupla, com paredes e defesas que constituíam o único caminho para a harmonia interior. E para a sobrevivência.

– Estou tão contente por o padre ter ido embora e não voltar mais, Anjin-san.
– Eu também.
– Teria sido melhor se não tivesse havido essa discussão. Estou receosa por você.
– Não muda nada. Ele sempre foi meu inimigo. E sempre será. Karma é karma. Mas não se esqueça de que não existe nada além de nós. Ainda não. Nem ele, nem ninguém. Nada. Até chegarmos a Edo, *né?*
– Sim, você é muito sábio. E tem razão de novo. Estou tão feliz por estar com você...

No caminho de Mishima, eles logo deixaram as terras planas e passaram a subir as curvas da montanha até atingir o passo de Hakone. Descansaram lá, no topo da montanha, durante dois dias, alegres e contentes. O monte Fuji, deslumbrante na aurora e ao pôr do sol, estava escondido sob um manto de nuvens.

– A montanha está sempre assim?
– Sim, Anjin-san, está quase sempre encoberta. Mas isso faz a vista de Fuji-san, clara e limpa, tão mais admirável, *né?* Pode-se subir até o topo, se se quiser.
– Vamos fazer isso agora!
– Não agora, Anjin-san. Um dia. Temos que deixar alguma coisa para o futuro, *né?* Escalaremos o Fuji-san no outono...

Havia sempre hospedarias bonitas e particulares a caminho das planícies do Kantō. E rios, riachos e regatos para cruzar, com o mar lá longe à direita. A expedição serpenteara a descida em direção ao norte, ao longo da movimentada e alvoroçada Tōkaidō, atravessando a maior área de produção de arroz do império. As vastas planícies de aluvião eram ricas em água, sendo cada polegada aproveitada e cultivada. O ar era quente e úmido, denso, com cheiro do esterco humano que os fazendeiros misturavam com água e com o qual regavam as plantas com todo o amor e carinho.

– O arroz nos alimenta, Anjin-san, dá tatames para dormir, sandálias com que andar, roupas para nos proteger da chuva e do frio, sapé para manter as nossas casas aquecidas, papel para escrever. Sem arroz não podemos existir.
– Mas o mau cheiro, Mariko-san!
– Esse é um preço baixo a pagar por tanta generosidade, *né?* Faça apenas o que fazemos, abra os olhos, os ouvidos e a mente. Ouça o vento e a chuva, os insetos e as aves, escute as plantas crescendo e mentalmente veja as suas gerações seguintes vivendo até o fim dos tempos. Se fizer isso, Anjin-san, logo o seu olfato estará aspirando apenas o encanto da vida. Exige prática... Mas assim o senhor se tornará muito japonês, *né?*

— Ah, obrigado, senhora! Mas devo confessar que estou começando a gostar de arroz, sim. Sem dúvida, já prefiro o arroz às batatas. E quer saber de outra coisa? Não sinto falta de carne como sentia. Isso não é estranho? Não sinto tanta fome quanto antes.

— Eu sinto mais fome do que nunca.

— Mas eu estava falando de comida.

— Ah, eu também...

A três dias do passo de Hakone, o período mensal dela começou e ela pediu a ele que tomasse uma das criadas da hospedaria.

— Seria prudente, Anjin-san.

— Prefiro não fazer isso, sinto muito.

— Por favor, eu lhe peço. É uma salvaguarda. Uma discrição.

— Já que você me pede, então sim. Mas amanhã, não esta noite. Esta noite vamos dormir em paz.

Sim, pensou Mariko, naquela noite dormimos pacificamente e o amanhecer do dia seguinte foi de fato fascinante, tão fascinante que eu abandonei o aconchego dos braços dele e me sentei na varanda com Chimmoko e assisti ao nascimento de mais um dia.

— Ah, bom dia, senhora Toda. — Gyoko estava na entrada do jardim fazendo uma reverência. — Um amanhecer deslumbrante, *né*?

— Sim, lindo.

— Por favor, posso interrompê-la? Poderia lhe falar em particular, a sós? Sobre um assunto de negócios.

— Naturalmente. — Mariko deixara a varanda, não desejando perturbar o sono do Anjin-san. Mandou Chimmoko buscar chá e ordenou que se colocassem mantas sobre o gramado, perto de uma cascatinha.

Quando ficaram sozinhas e chegou o momento de começar, Gyoko disse:

— Estive pensando em como eu poderia ser de mais valia para Toranaga-sama.

— Os mil *kokus* seriam mais que generosos.

— Três segredos poderiam ser ainda mais generosos.

— Um, talvez, Gyoko-san, se fosse o segredo correto.

— O Anjin-san é um bom homem, *né*? Devemos ajudar também o futuro dele, *né*?

— O Anjin-san tem o seu próprio karma — replicou ela, sabendo que havia chegado o momento de negociar. A questão era saber o que devia conceder, se é que ousaria conceder alguma coisa. — Estávamos falando sobre o senhor Toranaga, *né*? Ou um dos segredos é sobre o Anjin-san?

— Oh, não, senhora. É como a senhora diz. O Anjin-san tem o seu próprio karma, assim como estou certa de que ele tem seus próprios segredos. Só me ocorreu que o Anjin-san é um dos vassalos favoritos do senhor Toranaga, portanto qualquer proteção que o nosso senhor receba, em certo sentido, isso ajuda seus vassalos, *né*?

– Concordo. Naturalmente também é dever dos vassalos transmitir qualquer informação que possa ajudar o seu senhor.

– É verdade, senhora, também acho. Ah, é uma honra muito grande, para mim, servi-la. *Hontō*. Posso dizer-lhe como fiquei honrada em ser autorizada a viajar com a senhora, conversar com a senhora, comer e rir com a senhora e, ocasionalmente, agir como uma modesta conselheira, por muito pouco que esteja à altura dessa função, pelo que peço desculpas. E por fim dizer que a sua sabedoria é tão grande quanto a sua beleza e a sua bravura, tão vasta quanto a sua posição.

– Ah, Gyoko-san, por favor, desculpe-me, a senhora é muito gentil, muito atenciosa. Sou apenas a esposa de um dos generais do meu senhor. Estava dizendo? Quatro segredos?

– Três, senhora. Eu estava me perguntando se a senhora intercederia junto ao senhor Toranaga por mim. Seria impensável que eu sussurrasse diretamente a ele o que sei ser verdadeiro. Seria muita falta de educação, porque eu não saberia escolher as palavras certas ou como colocar a informação diante dele, e, em todos os casos, em assuntos de alguma importância, o nosso costume de usar um intermediário é tão melhor, *né?*

– Kiku-san não seria escolha melhor? Não tenho como saber quando serei chamada ou dentro de quanto tempo terei uma audiência com ele ou mesmo se ele estaria interessado em ouvir qualquer coisa que eu pudesse ter para lhe dizer.

– Por favor, desculpe-me, mas a senhora é extraordinariamente melhor. Poderia julgar o valor da informação, ela não. A senhora possui o ouvido dele; ela, outras coisas.

– Não sou conselheira, Gyoko-san. Nem avaliadora.

– Eu diria que eles valem mil *kokus*.

– *Sō desu ka?*

Gyoko certificou-se cuidadosamente de que ninguém estava ouvindo. Depois transmitiu a Mariko aquilo que o renegado padre cristão murmurara em voz alta, a respeito daquilo que o senhor Onoshi lhe havia sussurrado no confessionário e que ele relatara ao tio, o senhor Harima. A seguir, o que o segundo cozinheiro de Omi ouvira da conspiração de Omi e da sua mãe contra Yabu. E, por último, tudo o que sabia sobre Zataki, a sua aparente luxúria pela senhora Ochiba e a história sobre Ishido e a senhora Ochiba.

Mariko ouviu tudo com atenção, sem fazer qualquer comentário – embora romper o sigilo do confessionário a chocasse muito –, a mente dançando ante o enxame de possibilidades que aquelas informações desvendavam. Depois interrogou mais uma vez Gyoko com cuidado, para ter certeza de que entendera claramente o que lhe estava sendo dito e poder gravá-lo por completo na própria memória.

Quando ficou satisfeita, achando que sabia tudo o que Gyoko estava preparada para divulgar no momento, pois obviamente uma negociante tão astuta sempre conservaria muito em segredo, mandou buscar chá.

Serviu pessoalmente a xícara de Gyoko e tomaram o chá com afetada gravidade. Ambas cautelosas, ambas confiantes.

— Não tenho meios de saber até que ponto essa informação é valiosa, Gyoko-san.

— Naturalmente, Mariko-sama.

— Imagino que essa informação e os mil *kokus* vão agradar enormemente ao senhor Toranaga.

Gyoko engoliu a obscenidade que relampejou por detrás dos lábios de Mariko. Esperava uma redução substancial no lance inicial. Entretanto declarou, num tom de voz ferino:

— Desculpe, mas o dinheiro não tem tanto significado para um daimio como o senhor Toranaga, embora seja uma boa herança para uma camponesa como eu. Mil *kokus* me tornam uma ancestral lembrada para sempre, *né?* Sempre se deve ter consciência daquilo que representamos, senhora Toda. *Né?*

— Sim. É bom saber o que somos e quem somos, Gyoko-san. Esse é um dos raros dons que a mulher tem sobre o homem. Uma mulher sempre sabe. Felizmente eu sei o que sou. Oh, sim, sei muito bem. Por favor, vá direto ao ponto.

Gyoko não vacilou com a ameaça, mas revidou o ataque com uma concisão descortês correspondente.

— O ponto é que nós conhecemos a vida e entendemos a morte, e ambas acreditamos que o tratamento no inferno e em qualquer outro lugar depende de dinheiro. Não é verdade?

— Sim. No entanto, sinto muito, acho que mil *kokus* é demais.

— Será a morte preferível? Por isso já escrevi o meu poema de morte, senhora:

"Quando eu morrer,
não me queimem,
não me enterrem,
simplesmente atirem meu corpo num campo
para nutrir algum cão de barriga vazia."

— Isso poderia ser providenciado. Facilmente.

— Sim. Mas tenho ouvidos aguçados e uma língua segura, o que poderia ser mais importante.

Mariko serviu mais chá. Para si mesma.

— Desculpe, tem mesmo?

— Oh, sim, muito. Por favor, desculpe-me, mas não é ostentação dizer que fui bem-treinada, senhora, nisso e em muitas outras coisas. Não tenho medo de morrer. Escrevi o meu testamento e detalhei instruções aos meus parentes para o caso de uma morte repentina. Fiz as pazes com os deuses há muito tempo e quarenta dias depois de morrer sei que renascerei. Se não renascer — a mulher deu de ombros —, então serei um *kami*. — O leque dela estava parado. — Portanto, posso me permitir aspirar à Lua, *né?* Por favor, desculpe-me por mencionar isso, mas sou como a senhora: não temo nada. Mas, nesta vida, ao contrário da senhora, não tenho nada a perder.

– Tanta conversa sobre coisas ruins, Gyoko-san, numa manhã tão esplendorosa. Está esplendorosa, *né?* – Mariko se apressou a conter o ranger dos seus dentes. – Mas eu daria preferência a vê-la viva, gozando de uma velhice honrada, um dos pilares da sua nova classe. Ah, essa foi uma ideia muito carinhosa, muito boa, Gyoko-san.

– Muito obrigada, senhora. Eu igualmente lhe desejo segurança e prosperidade do jeito que a senhora deseja. Com todos os brinquedos e honras exigidos.

– Brinquedos? – repetiu Mariko, num tom perigoso.

Gyoko era como um cão de faro bem-treinado. E reagiu:

– Sou apenas uma camponesa, senhora, por isso não saberia que honras a senhora poderá desejar, que brinquedos poderão lhe agradar. *Nem ao seu filho.*

Sem que nenhuma das duas notasse, o delgado cabo de madeira do leque de Mariko quebrou-se entre os seus dedos. A brisa morrera. Agora o ar quente e úmido pairava sobre o jardim que dava para um mar sem ondas. As moscas enxamearam o lugar e pousaram por todo lado. E logo em seguida voaram de novo.

– De que... que honras ou brinquedos a senhora gostaria? Para si mesma? – Mariko encarou-a com uma fascinação malévola, claramente consciente agora de que precisava destruí-la ou seu filho pereceria.

– Nada para mim mesma. O senhor Toranaga já me concedeu honras e riquezas muito além dos meus sonhos. Mas para o *meu* filho? Ah, sim, ele ainda poderá receber uma boa ajuda.

– Que ajuda?

– Duas espadas.

– Impossível.

– Eu sei, senhora. Sinto muito. Tão fácil de conceder e no entanto tão impossível. A guerra se aproxima. Serão necessários muitos para combater.

– Não haverá guerra agora. O senhor Toranaga irá a Ōsaka.

– Duas espadas. Não é pedir demais.

– Isso é impossível. Lamento, mas não cabe a mim dar isso.

– Sinto muito, mas não pedi que a *senhora* concedesse coisa alguma. Mas essa é a única coisa que me agradaria. Sim. Nada mais. – Um fio de suor escorreu do rosto ao colo de Gyoko. – Eu gostaria de oferecer ao senhor Toranaga quinhentos *kokus* do preço do contrato, como prova da minha estima nestes tempos difíceis. Os outros quinhentos irão para o meu filho. Um samurai necessita de um legado, *né?*

– Está condenando seu filho à morte. Todos os samurais de Toranaga morrerão ou se tornarão *rōnins* muito em breve.

– Karma. Meu filho já tem filhos, senhora. Eles contarão aos próprios filhos que um dia fomos samurais. Isso é tudo o que importa, *né?*

– Não cabe a mim dar isso.
– É verdade. Sinto muito. Mas isso é tudo o que me deixaria satisfeita.

Irritado, Toranaga meneou a cabeça.

– A informação dela talvez seja interessante, mas não vale que eu lhe faça o filho samurai.

– Ela parece ser uma vassala leal, senhor – replicou Mariko. – Disse que ficaria honrada se o senhor deduzisse mais quinhentos *kokus* do preço do contrato para alguns samurais necessitados.

– Isso não é generosidade. Não, em absoluto. É meramente culpa pelo preço extorsivo que pediu de início.

– Talvez valha a pena considerar, senhor. A ideia dela sobre a corporação, sobre as gueixas e as novas classes de cortesãs terá efeitos de longo alcance, *né?* Talvez não houvesse mal algum.

– Não concordo. Não. Por que ela deveria ser recompensada? Não há razão para conceder-lhe essa honra. Ridículo! Ela certamente não lhe pediu isso, pediu?

– Teria sido mais que um pouco impertinente da parte dela fazer isso, senhor. Fiz a sugestão porque acredito que ela poderia lhe ser muito valiosa.

– É melhor que ela seja mais valiosa. Os segredos provavelmente também são mentiras. Atualmente não escuto outra coisa além de mentiras. – Toranaga tocou um sininho e um escudeiro logo apareceu na porta oposta.

– Senhor?
– Onde está a cortesã Kiku?
– Nos seus aposentos, senhor.
– A mulher Gyoko está com ela?
– Sim, senhor.
– Ponha as duas para fora do castelo. Imediatamente! Mande-as de volta para... Não, aloje-as numa hospedaria, numa hospedaria de terceira classe, e diga-lhes que esperem lá até que eu mande chamá-las. – Quando o homem sumiu, Toranaga disse irritado: – Nojento! Alcoviteiros querendo ser samurais? Camponeses imundos, não conhecem mais o seu lugar?

Mariko observou-o sentado sobre a almofada, o leque agitando-se irregularmente. Estava chocada com a mudança nele. Abatimento, irritação e rabugice onde antes houvera sempre uma animada confiança. Ouvira os segredos com interesse, mas não com a animação que ela esperara. Pobre homem, pensou ela com pena, desistiu. De que lhe serve qualquer informação? Talvez ele seja sábio em pôr de lado as coisas do mundo e se preparar para o desconhecido. Seria melhor que você também fizesse isso, pensou ela, morrendo internamente um pouquinho mais. Sim, mas você não pode, ainda não. De algum modo você tem que proteger o seu filho.

Estavam no sexto andar do alto torreão fortificado e as janelas davam para a cidade inteira, abrangendo três pontos cardeais. O pôr do sol estava escuro naquela noite, um filete de lua baixo no horizonte, o ar úmido e sufocante, embora ali, cerca de trinta metros acima das muralhas do castelo, o aposento apanhasse qualquer sopro de vento. A sala era baixa e fortificada e tomava metade do andar inteiro, com outras salas adiante.

Toranaga pegou o despacho que Hiromatsu lhe enviara por Mariko e leu-o de novo. Ela notou que a mão dele tremia.

— Para que ele quer vir a Edo? — Com impaciência, Toranaga atirou o pergaminho para o lado.

— Não sei, senhor, sinto muito. Só me pediu que lhe entregasse esse despacho.

— Você conversou com o renegado cristão?

— Não, senhor. Yoshinaka-san disse que o senhor tinha dado ordens para que ninguém o fizesse.

— Como esteve Yoshinaka durante a viagem?

— Muito capaz, senhor — disse ela, pacientemente respondendo à pergunta pela segunda vez. — Muito eficiente. Protegeu-nos muito bem e trouxe-nos exatamente no prazo.

— Por que o padre Tsukku-san não voltou com vocês o caminho todo?

— Na estrada de Mishima, senhor, ele e o Anjin-san discutiram — disse Mariko, não sabendo o que o padre Alvito já poderia ter contado a Toranaga, se, de fato, Toranaga já tivesse mandado chamá-lo. — O padre resolveu continuar a viagem sozinho.

— Sobre o que foi a discussão?

— Parcialmente sobre mim, minha alma, senhor. Na maior parte por causa da inimizade religiosa deles e por causa da guerra entre os seus governantes.

— Quem começou?

— Os dois são igualmente responsáveis. Começou por causa de uma garrafa de bebida. — Mariko contou o que se passara com Rodrigues, depois continuou: — O Tsukku-san havia trazido uma segunda garrafa consigo, desejando, conforme disse, interceder por Rodrigu-san, mas o Anjin-san disse, chocante e abruptamente, que não queria nenhuma "bebida papista", preferia saquê, e que não confiava em padres. O... o santo padre enfureceu-se, foi indelicado de modo igualmente chocante, dizendo que nunca lidara com veneno, nunca o faria, e nunca poderia desculpar uma coisa dessas.

— Ah, veneno? Eles usam veneno como arma?

— O Anjin-san me disse que alguns deles sim, senhor. Isso levou a palavras mais violentas e depois se puseram a se agredir mutuamente sobre religião, a minha alma, católicos e protestantes... Saí para procurar Yoshinaka-san tão rápido quanto pude e ele interrompeu a discussão.

— Os bárbaros só causam problema. Os cristãos só causam problema. *Né?*

Ela não respondeu. A petulância dele a perturbava. Não era nada do seu feitio e parecia não haver razão para tal colapso do seu lendário autocontrole. Talvez o choque de ser derrotado seja demais para ele, pensou ela. Sem ele, estamos todos liquidados, meu filho está liquidado e o Kantō logo estará em outras mãos. A melancolia de Toranaga a estava contagiando. Ela notara nas ruas e no castelo a atmosfera depressiva que parecia pairar sobre a cidade inteira, uma cidade que era famosa pela sua alegria, impressionante bom humor e encanto com a vida.

– Nasci no ano em que os primeiros cristãos chegaram e desde então eles não pararam de atormentar o país – disse Toranaga. – Durante 58 anos, nada além de problemas. *Né?*

– Sinto muito se eles o ofenderam, senhor. Há mais alguma coisa? Com a sua perm...

– Sente-se. Ainda não terminei. – Toranaga tocou o sino de novo. A porta se abriu. – Mande Buntaro-san entrar.

Buntaro avançou. De cara fechada, ajoelhou-se e curvou-se. Ela se curvou para ele estarrecida, pois ele não fizera menção de tê-la notado.

Pouco antes Buntaro encontrara o seu cortejo no portão do castelo. Após uma breve saudação, ele lhe disse que devia se apresentar ao senhor Toranaga imediatamente. O Anjin-san seria chamado mais tarde.

– Buntaro-san, o senhor pediu para me ver na presença de sua esposa o mais cedo possível? – disse Toranaga.

– Sim, senhor.

– O que deseja?

– Humildemente peço-lhe permissão para cortar a cabeça do Anjin-san – disse Buntaro.

– Por quê?

– Por favor, desculpe-me, mas eu... eu não gosto do modo como ele olha para a minha mulher. Eu queria... queria dizer isso diante dela, pela primeira vez, e na sua frente. Além disso, ele me insultou em Anjiro e não posso mais viver com essa vergonha.

Toranaga virou o olhar para Mariko, que parecia ter congelado no tempo.

– Você a acusa de encorajá-lo?

– Eu... eu peço permissão para tirar-lhe a cabeça.

– Você a acusa de encorajá-lo? Responda à pergunta!

– Por favor, desculpe-me, senhor, mas se eu achasse isso, seria forçado pelo dever a tirar a cabeça dela de imediato – respondeu Buntaro de modo cruel, de olhos nos tatames. – O bárbaro é uma constante irritação à minha harmonia. Acredito que ele seja um aborrecimento para o senhor. Deixe-me tirar-lhe a cabeça, peço-lhe. – Levantou os olhos, as pesadas mandíbulas por barbear, os olhos profundamente ensombrecidos. – Ou deixe-me tomar minha esposa agora e esta noite iremos antes do senhor... A fim de preparar o caminho.

– O que diz a isso, Mariko-san?

– Ele é meu marido. Qualquer coisa que decida é o que eu farei, a menos que o senhor decida em contrário. Esse é o meu dever.

Toranaga olhou do homem para a mulher. Depois a sua voz endureceu e, por um instante, foi como o Toranaga de antigamente.

– Mariko-san, você partirá dentro de três dias para Ōsaka. Vai preparar *esse* caminho para mim e me esperará lá. Buntaro-san, você me acompanhará como comandante da minha escolta quando eu partir. Depois de ter agido como meu auxiliar, você ou um dos seus homens poderá fazer o mesmo com o Anjin-san, com ou sem a aprovação dele.

Buntaro pigarreou.

– Senhor, por favor, ordene Céu...

– Cale-se! Não sabe se comportar? Já lhe disse *não* três vezes! Na próxima vez em que tiver a impertinência de oferecer um conselho indesejável, você rasgará o ventre num monturo de Edo!

A cabeça de Buntaro tocou os tatames.

– Peço desculpas, senhor. Peço desculpas pela minha impertinência.

Mariko ficou igualmente estarrecida com a falta de educação de Toranaga, a vergonhosa explosão, e também se curvou profundamente para ocultar o próprio embaraço. Pouco depois Toranaga disse:

– Por favor, desculpem-me o mau humor. O seu pedido está concedido, Buntaro-san, mas só depois de ter agido como meu assistente.

– Obrigado, senhor. Por favor, desculpe-me por tê-lo ofendido.

– Ordenei que vocês fizessem as pazes. Fizeram?

Buntaro assentiu secamente. Mariko também.

– Bom. Mariko-san, você voltará com o Anjin-san esta noite, à hora do Cão. Pode ir agora.

Ela fez nova vênia e saiu. Toranaga encarou Buntaro:

– Bem? *Você* a acusa?

– É... é impensável que ela me tenha traído, senhor – respondeu Buntaro sombriamente.

– Concordo. – Toranaga afastou uma mosca com o leque, parecendo muito cansado. – Bem, você terá a cabeça do Anjin-san dentro em breve. Preciso que ela esteja sobre os ombros dele um pouco mais.

– Obrigado, senhor. Desculpe-me de novo por tê-lo irritado.

– Estes tempos são irritantes. Tempos abomináveis. – Toranaga inclinou-se para a frente. – Ouça, quero que você vá a Mishima imediatamente para render o seu pai por alguns dias. Ele pede permissão para vir aqui consultar-se comigo. Não sei o que... De qualquer modo, preciso ter alguém em Mishima em quem eu possa confiar. Parta, por favor, ao amanhecer, mas via Takato.

– Senhor? – Buntaro viu que Toranaga conservava a calma apenas com um enorme esforço e, apesar da própria vontade, a voz tremia.

– Tenho uma mensagem particular para minha mãe em Takato. Você não deve dizer a ninguém que irá lá. Mas, assim que estiver longe da cidade, rume para o norte.

– Entendo.

– O senhor Zataki pode impedi-lo de entregar a mensagem, pode tentar impedir. Você deve entregá-la apenas nas mãos dela. Entendeu? Apenas a ela. Pegue vinte homens e parta a galope. Mandarei um pombo-correio para pedir um salvo-conduto a ele.

– A sua mensagem será oral ou escrita, senhor?

– Escrita.

– E se eu não conseguir entregá-la?

– Tem que entregá-la, claro. É por isso que o estou escolhendo! Mas... se for traído como eu fui... se for traído, destrua-a antes de se suicidar. No momento em que eu receber essa má notícia, a cabeça do Anjin-san lhe rolará dos ombros. E se... E em relação a Mariko-san? E a sua esposa, se alguma coisa der errado?

– Por favor, mate-a, senhor, antes de morrer. Eu ficaria honrado se... Ela merece um assistente digno.

– Ela não morrerá desonrosamente, você tem a minha promessa. Providenciarei isso. Pessoalmente. Agora, por favor, volte ao amanhecer para levar a mensagem. Não me falhe. Apenas nas mãos de minha mãe.

Buntaro agradeceu-lhe de novo e saiu, envergonhado pela demonstração de medo de Toranaga.

Sozinho agora, Toranaga puxou um lenço e enxugou o suor do rosto. Os seus dedos tremiam. Tentou controlá-los, mas não conseguiu. Exigiu-lhe todas as forças continuar se comportando como o simplório estúpido, esconder a desmedida excitação com os segredos, os quais, fantasticamente, prometiam a ansiada prorrogação.

– Uma prorrogação possível, apenas possível... Se for verdade – disse ele alto, quase incapaz de pensar, com a surpreendentemente bem-vinda informação de Gyoko que Mariko lhe trouxe ainda a lhe dançar no cérebro.

Ochiba, exultava ele... Então essa harpia é a isca para trazer o meu irmão aos trambolhões do seu ninho na montanha. *O meu irmão quer Ochiba*. Mas agora é igualmente óbvio que ele quer mais do que ela, e mais do que apenas o Kantō. Quer o reino. Ele detesta Ishido, tem aversão aos cristãos e agora está doente de ciúmes devido à notória luxúria de Ishido por Ochiba. Por isso ele vai se indispor com Ishido, Kiyama e Onoshi. Isso porque o que o meu traiçoeiro irmão de fato deseja é tornar-se shōgun. É Minowara, com toda a linhagem necessária, toda a ambição, mas não o mandato. Nem o Kantō. Primeiro terá que conseguir o Kantō, para depois conseguir o resto.

Toranaga esfregou as mãos de alegria ante as maravilhosas possibilidades novas que esse conhecimento recente lhe dava contra o irmão.

E Onoshi, o leproso! Uma gota de mel no ouvido de Kiyama no momento exato, pensou ele, o teor da traição do renegado alterado um pouco, melhorado modestamente, e Kiyama poderia reunir suas legiões e imediatamente cair a ferro e fogo em cima de Onoshi. "Gyoko tem toda a certeza, senhor. O acólito irmão José disse que o senhor Onoshi sussurrou no confessionário que havia feito um acordo secreto com Ishido contra um daimio cristão amigo e queria absolvição. O acordo solenemente combinava que, em troca de apoio agora, Ishido prometia que, no dia em que o senhor estiver morto, esse cristão amigo seria impedido por traição e convidado a partir para o Vazio. No mesmo dia, se necessário à força, o filho e herdeiro de Onoshi herdaria todas as terras. O nome do cristão não foi pronunciado, senhor."

Kiyama ou Harima de Nagasaki?, perguntou-se Toranaga. Não tem importância. Para mim deve ser Kiyama.

Levantou-se trêmulo, apesar do seu júbilo, dirigiu-se a uma das janelas e apoiou-se pesadamente ao peitoril de madeira. Esquadrinhou a lua e o céu. As estrelas estavam baças. Havia nuvens de chuva se formando.

— Buda, todos os deuses, quaisquer deuses, deixem o meu irmão morder a isca. E façam os cochichos daquela mulher serem verdadeiros!

Nenhuma estrela cadente apareceu para mostrar que os deuses haviam tomado conhecimento da mensagem. Nenhum vento surgiu, nenhuma nuvem súbita obscureceu a lua crescente. Mesmo que tivesse havido um sinal celeste, ele o teria ignorado como coincidência.

Seja paciente. Considere apenas os fatos. Sente-se e pense, disse a si mesmo.

Sabia que o esforço estava começando a agir sobre ele, mas era vital que nenhum dos seus íntimos ou vassalos – portanto, nenhum da legião de imbecis de língua frouxa ou espiões em Edo – suspeitasse um instante que ele estava apenas fingindo capitulação e representando o papel de um homem derrotado. Em Yokose ele percebera de imediato que aceitar o segundo pergaminho do irmão era o seu dobre de morte. Resolvera que a sua única e diminuta chance de sobrevivência era convencer todo mundo, até a si mesmo, que aceitara totalmente a derrota, embora, na realidade, isso fosse uma dissimulação para ganhar tempo, continuando o esquema que usara a vida toda, de negociação, adiamento e aparente retirada, sempre esperando com paciência até que uma fenda na armadura aparecesse acima de uma jugular, depois cravando a faca violentamente, sem hesitação.

Desde Yokose ele esperava, ao longo de dias e noites de vigília solitária cada vez mais difícil de suportar. Nada de caça ou risos, nada de conspiração, planejamento, natação, gracejos, dança ou canto nas peças Nô que o encantaram a vida toda. Apenas o mesmo papel solitário, o mais difícil da sua vida: melancolia, rendição, indecisão, aparente desamparo, com semi-inanição autoimposta.

Para ajudar a passar o tempo, continuou a burilar o Legado. Tratava-se de uma série de instruções secretas e particulares aos seus sucessores, que ele vinha formulando ao longo dos anos, sobre o melhor modo de governar depois dele. Sudara já havia jurado agir conforme o Legado, assim como cada herdeiro seria solicitado a fazer. Desse modo, o futuro do clã estaria garantido – poderá ser garantido, lembrou-se Toranaga enquanto trocava uma palavra ou acrescentava uma frase ou eliminava um parágrafo –, desde que eu escape desta armadilha atual.

O Legado começava assim: "O dever do senhor de uma província é dar paz e segurança ao povo e não consiste em fazer resplandecer os seus ancestrais ou trabalhar para a prosperidade dos seus descendentes...".

Uma das máximas era: "Lembre-se de que a fortuna e o infortúnio devem ser deixados ao céu e à lei natural. Não devem ser comprados por oração ou qualquer ardil astucioso a ser pensado por qualquer homem ou santo por atribuição própria.".

Toranaga eliminou "... ou santo por atribuição própria" e mudou a frase de modo a terminar em "... por qualquer homem que seja".

Em geral, ele apreciaria esforçar a mente para escrever com clareza e objetividade, mas durante os longos dias e noites fora-lhe necessária toda a autodisciplina para continuar a desempenhar esse papel tão estranho.

O fato de ter sido muito bem-sucedido lhe agradava, mas ao mesmo tempo o desanimava. Como as pessoas podiam ser tão crédulas?

Agradeça aos deuses por elas o serem, respondeu a si mesmo pela milionésima vez. Aceitando a "derrota", você evitou a guerra duas vezes. Ainda está encurralado, mas agora finalmente a sua paciência trouxe a recompensa e você tem uma nova chance.

Talvez você tenha uma chance, corrigiu-se ele. A menos que os segredos sejam falsos e dados por um inimigo, a fim de confundi-lo ainda mais.

O peito começou a doer, ele se sentiu fraco e com vertigens. Então sentou-se e respirou fundo, conforme os seus professores zen lhe haviam ensinado anos antes. "Dez fundos, dez lentos, dez fundos, dez lentos, envie a mente para o Vazio. Não há passado nem futuro, nem calor nem frio, nem dor nem alegria, do nada, para o nada..."

Logo começou a pensar com clareza de novo. Então dirigiu-se para a sua mesa e começou a escrever. Pediu à mãe que agisse como intermediária entre ele e o meio-irmão e apresentasse uma oferta para o futuro do clã. Primeiramente solicitava ao irmão que considerasse um casamento com a senhora Ochiba: "... claro que seria impensável que eu fizesse isso, irmão. Muitos daimios ficariam enfurecidos com a minha 'ambição exagerada'. Mas tal ligação com você consolidaria a paz do reino e confirmaria a sucessão de Yaemon – ninguém duvida da sua lealdade, embora alguns, erroneamente, duvidem da minha. Você com certeza poderia encontrar uma esposa mais conveniente, mas ela dificilmente conseguiria encontrar um marido melhor. Uma vez que os traidores de Sua Alteza Imperial sejam eliminados e eu reassuma o meu legítimo lugar de presidente do Conselho de Regentes, convidarei o Filho do Céu a exigir o casamento, se você concordar em assumir tal encargo. Sinceramente penso que esse sacrifício é o único meio de podermos ambos assegurar a sucessão e cumprir o juramento que fizemos ao táicum. Em segundo lugar ficam-lhe oferecidos todos os domínios dos traidores cristãos Kiyama e Onoshi, que hoje conspiram com os padres bárbaros uma guerra traiçoeira contra todos os daimios não cristãos, apoiados por uma invasão de bárbaros armados com mosquetes, *como fizeram antes contra o nosso suserano, o táicum*. Depois ficam-lhe oferecidas todas as terras de quaisquer outros cristãos de Kyūshū que se alinhem ao lado do traidor Ishido contra mim na batalha final. (Você soube que esse camponês arrivista teve a impertinência de fazer saber que, assim que eu estiver morto e ele governar os regentes, planeja dissolver o conselho e se casar com a mãe do herdeiro?)

"Em troca do citado acima, apenas isto, irmão: um tratado de aliança secreto agora, passagem garantida para os meus exércitos através das montanhas de Shinano, um ataque conjunto sob o meu comando a Ishido no momento e do modo que eu escolher. Por último, como medida da minha confiança, mandarei imediatamente o meu filho Sudara, sua esposa, a senhora Genjiko, e os filhos deles, inclusive o meu único neto, para junto de você em Takato..."

Isto não é obra de um homem derrotado, disse Toranaga para si próprio ao lacrar o pergaminho. Zataki notará imediatamente. Sim, mas agora a armadilha está montada. Shinano está atravessada no meu único caminho e Zataki é a chave inicial para as planícies de Ōsaka.

Será verdade que Zataki deseja Ochiba? Arrisco tanto sobre os supostos sussurros de uma criada de pernas arreganhadas e de um homem rabugento! Gyoko poderia estar mentindo a fim de conseguir vantagens, aquela sanguessuga impertinente! Samurai? Então essa é a verdadeira chave para lhe destrancar todos os segredos.

Ela deve ter alguma prova no caso de Mariko com o Anjin-san. Por que outro motivo Mariko me faria uma solicitação dessas? Toda Mariko e o bárbaro! O bárbaro e Buntaro! Iiiiih, a vida é estranha.

Outra pontada no coração alquebrou-o. Após um momento, escreveu a mensagem para o pombo-correio e subiu com dificuldade os degraus até o pombal. Cuidadosamente selecionou um pombo Takato num dos muitos cestos e introduziu o minúsculo cilindro. Depois pôs o pombo sobre o poleiro na caixa aberta que permitiria à ave levantar voo à primeira luz.

A mensagem pedia à mãe que solicitasse passagem em segurança para Buntaro, que levava um importante despacho para ela e para Zataki. E assinou-a, como à oferta, "Yoshi Toranaga-no-Minowara", ostentando o título pela primeira vez na vida.

— Voe no rumo correto, avezinha — disse ele, acariciando-a com uma pena quebrada. — Você carrega uma herança de 10 mil anos.

Mais uma vez os seus olhos foram para a cidade lá embaixo. Uma ínfima faixa de luz aparecia no horizonte a oeste. Junto aos embarcadouros, viu os minúsculos archotes que rodeavam o navio bárbaro.

Lá está outra chave, pensou ele, começando a repensar os três segredos. Sabia que alguma coisa lhe escapara.

– Gostaria que Kiri estivesse aqui – disse ele para a noite.

Mariko estava ajoelhada diante do seu espelho de metal polido. Desviou o olhar do rosto. Em suas mãos estava a adaga, captando a luz bruxuleante da candeia de óleo.

– Eu deveria usá-la – disse, cheia de pesar. Os seus olhos buscaram Nossa Senhora com o Filho no nicho, ao lado de um belo ramo de flores, e se encheram de lágrimas. – Sei que o suicídio é pecado mortal, mas o que posso fazer? Como posso viver com esta vergonha? É melhor que eu o faça antes de ser traída.

O quarto estava silencioso, assim como a casa. Essa era a casa da família, construída dentro do anel mais interno dos muros de defesa, atrás do largo fosso em torno do castelo, onde apenas os *hatamotos* favoritos e dignos de confiança tinham autorização de morar. Rodeando a casa havia um jardim cercado de bambus e atravessado por um minúsculo riacho desviado da abundância de águas que circundavam o castelo.

Ela ouviu o portão da frente ranger e em seguida o burburinho de criados acorrendo para saudar o amo. Rapidamente enfiou a faca no *obi* e enxugou as lágrimas. Logo escutou passos se aproximando e abriu a porta, curvando-se polidamente.

Mal-humorado, Buntaro disse-lhe que Toranaga mudara de ideia mais uma vez, que agora lhe ordenara que fosse temporariamente para Mishima.

– Partirei ao amanhecer. Quis desejar-lhe uma viagem segura... – Parou e observou-a, atento. – Por que está chorando?

– Desculpe-me, senhor. É só porque sou uma mulher e a vida me parece muito difícil. E por causa de Toranaga-sama.

– Ele é um frouxo. Envergonho-me de dizer. Terrível, mas foi nisso que ele se tornou. Devíamos entrar em guerra. Muito melhor entrar em guerra do que saber que o único futuro que tenho é ver a cara imunda de Ishido, rindo do meu karma!

– Sim, sinto muito. Gostaria que houvesse alguma coisa que eu pudesse fazer para ajudar. O senhor tomaria saquê ou chá?

Buntaro voltou-se e berrou a um criado que esperava no corredor.

– Traga saquê! Depressa!

Entrou no quarto dela. Mariko fechou a porta. Ele parou junto da janela, olhando para os muros do castelo e o torreão ao longe.

— Por favor, não se preocupe, senhor – disse ela, apaziguadora. – O banho está pronto e mandei chamar a sua favorita.

Ele manteve os olhos no torreão, irritado. Depois disse:

— Ele deveria renunciar em favor do senhor Sudara, se não tem mais estômago para a liderança. O senhor Sudara é filho dele e herdeiro legal, *né*?

— Sim, senhor.

— Sim. Ou, melhor ainda, ele devia fazer conforme Zataki sugeriu. Cometer *seppuku*. Aí teríamos Zataki e seus exércitos lutando conosco. Com eles e os mosquetes poderíamos esmagar o inimigo até Kyōto, sei que poderíamos. Ainda que falhássemos, seria melhor que desistir como imundos e covardes comedores de alho! O nosso amo perdeu todos os seus direitos. *Né? NÉ?* – Voltou-se bruscamente para ela.

— Por favor, desculpe-me... Não cabe a mim dizer isso. Ele é nosso suserano.

Buntaro deu-lhe as costas de novo, meditando, fitando o torreão. Havia luzes tremulando em todos os níveis. Particularmente no sexto.

— A minha sugestão ao conselho dele é convidá-lo a partir, e se ele não fizer isso... ajudá-lo. Há precedentes suficientes! Há muitos que compartilham da minha opinião, mas não o senhor Sudara, ainda não. Talvez o faça secretamente, quem sabe, quem sabe o que ele realmente pensa? Quando você encontrar a esposa dele, quando encontrar a senhora Genjiko, converse com ela, convença-a. Depois ela o convencerá, ela o traz pelo cabresto, *né*? Vocês são amigas, ela a ouvirá. Convença-a.

— Penso que isso seria muito grave, senhor. É traição.

— Ordeno-lhe que converse com ela!

— Obedecerei.

— Sim, obedecerá a uma ordem, não? – vociferou ele. – Obedecer? Por que você é sempre tão fria e amarga? Hein? – Ele agarrou o espelho e o colocou com um repelão à frente dela. – Olhe para você mesma!

— Por favor, desculpe se lhe desagrado, senhor. – A voz dela foi firme e ela desviou o olhar do espelho e o encarou. – Não desejo enfurecê-lo.

Ele a observou um instante. Depois repentinamente arremessou o espelho de volta para cima da mesa laqueada.

— Eu não a acusei. Se eu achasse isso eu... Eu não hesitaria.

Mariko ouviu-se revidar de modo imperdoável.

— Não hesitaria em fazer o quê? Matar-me, senhor? Ou deixar-me viver para me envergonhar ainda mais?

— Não a acusei, apenas a ele! – berrou Buntaro.

— Mas eu o acuso! – gritou ela de volta. – E o senhor *me* acusou!

— Cale a boca!

— Envergonhou-me na frente do nosso senhor! Acusou-me e não cumprirá o seu dever! Tem medo! *O senhor* é um covarde! Um imundo covarde e comedor de alho!

A espada dele voou para fora da bainha e ela exultou com o fato de finalmente ter ousado levá-lo a chegar aos limites.

Mas a espada continuou suspensa no ar.

– Eu... eu tenho a sua... Tenho a sua promessa diante do seu... do seu Deus, em Ōsaka. Antes de... de irmos para a morte... Tenho a sua promessa e eu... eu exijo que você a cumpra!

A ardilosa risada dela foi estridente e malévola.

– Oh, sim, meu senhor todo-poderoso. Serei o seu "travesseiro" só mais uma vez, mas a sua acolhida será seca, amarga e rançosa!

Ele golpeou cegamente com a força das duas mãos uma coluna a um canto e a lâmina quase cortou em duas a trave de madeira com a espessura de uns trinta centímetros. Puxou com violência, mas a espada resistiu. Alucinado, torceu-a, lutando por soltá-la, até que a lâmina se partiu. Com uma última imprecação, jogou o cabo quebrado contra a frágil parede e dirigiu-se cambaleante para a porta. Havia um criado trêmulo esperando na porta com uma bandeja e o saquê. Buntaro mandou a bandeja pelos ares com um murro. Logo o criado se ajoelhou, encostou a cabeça ao chão e ficou imóvel.

Buntaro apoiou-se ao esqueleto da porta destroçada:

– Espere... Espere até Ōsaka. – E arrastou-se para fora da casa.

Durante algum tempo Mariko permaneceu imóvel, como que em transe. Depois a cor começou a voltar ao rosto. Os seus olhos tornaram a enxergar. Silenciosamente voltou a olhar no espelho. Estudou o próprio reflexo um instante. Depois, absolutamente calma, acabou de se maquiar.

Blackthorne subiu correndo, de dois em dois degraus, acompanhado pelo seu guarda. Encontravam-se na escada principal, dentro do torreão, e ele se sentia satisfeito por não estar com as espadas que o atrapalhavam. Entregou-as formalmente aos primeiros guardas, que também o haviam revistado educada mas completamente. Os archotes iluminavam a escada e os patamares. No quarto patamar parou, quase explodindo de animação contida, e observou:

– Mariko-san, a senhora está bem?

– Sim, sim. Estou ótima, obrigada, Anjin-san.

Ele começou a subir de novo, sentindo-se leve e muito forte, até atingir o último patamar, no sexto andar. Aquele andar estava pesadamente guardado como todos os outros. O seu samurai de escolta aproximou-se dos outros, agrupados junto à última porta fortificada com ferro, e curvou-se. Retribuíram a reverência e fizeram sinal a Blackthorne que esperasse.

Todo o trabalho em ferro e madeira no castelo inteiro era excelente. Ali no torreão, todas as janelas, embora delicadas e elevadas, também serviam de posições para arqueiros, e havia pesados postigos cobertos de ferro, prontos para se fecharem para maior proteção.

Mariko contornou o último ângulo da escada facilmente defensável e o alcançou.

– Está bem? – perguntou ele.

– Oh, sim, obrigada – respondeu ela, ligeiramente sem fôlego. Mas ainda possuía a mesma curiosa serenidade e desinteresse que ele notara imediatamente quando a encontrara no pátio, mas que nunca vira antes.

Não tem importância, pensou ele, confiante. É só o castelo e Toranaga e Buntaro e o fato de estar aqui em Edo. Sei o que fazer agora.

Desde que vira o *Erasmus*, fora dominado por uma imensa alegria. Na realidade, nunca esperara encontrar o seu navio tão perfeito, tão limpo, cuidado e pronto. Quase não há motivo para ficar em Edo agora, pensara ele. Vou só dar uma olhada rápida lá embaixo, para examinar os porões, um mergulho para examinar a quilha, depois as armas, a sala de pólvora, munição e velas. Durante a viagem para Edo, ele planejara como usar seda grossa ou tecido de algodão para fazer velas. Mariko lhe dissera que não existia lona no Japão. É tratar de utilizar as velas disponíveis, ele riu por dentro, e quaisquer outros sobressalentes de que possamos necessitar. Em seguida zarpar para Nagasaki, com a velocidade de um dardo.

– Anjin-san! – O samurai estava de volta.

– *Hai?*

– *Dōzo.*

A porta fortificada girou nos gonzos silenciosamente. Toranaga estava sentado na outra extremidade da sala quadrada, sobre um estrado forrado de tatames. Sozinho.

Blackthorne ajoelhou-se e fez uma reverência profunda, as mãos estendidas no chão.

– *Konbanwa*, Toranaga-sama. *Ikaga desu ka?*

– *Okagesama de genkidesu. Anata wa?* – Estou bem, graças aos deuses. E você?

Toranaga parecia mais velho, sem viço e muito mais magro do que antes. *Shikata ga nai*, disse Blackthorne a si mesmo. O karma de Toranaga não vai afetar o *Erasmus*, o navio será a sua salvação, por Deus.

Respondeu às perguntas-padrão de Toranaga num japonês simples de boa pronúncia, usando uma técnica simplificada que desenvolvera com a ajuda de Alvito. Toranaga cumprimentou-o pelo progresso e começou a falar mais depressa.

Blackthorne usou uma das frases de reserva que havia elaborado com Alvito e Mariko:

– Por favor, desculpe-me, senhor, como o meu japonês não é bom, poderia falar mais devagar e usar palavras simples, assim como eu tenho que usar palavras simples? Por favor, desculpe-me por lhe causar tanto incômodo.

– Está bem. Sim, certamente. Diga-me, o que achou de Yokose?

Blackthorne respondeu, acompanhando-o, as respostas vacilantes, o vocabulário ainda muito limitado, até que Toranaga fez uma pergunta cujas palavras-chave ele perdeu inteiramente.

– *Hai? Gomen nasai*, Toranaga-sama – disse desculpando-se. – *Wakarimasen*.

Toranaga repetiu numa linguagem mais simples. Blackthorne olhou para Mariko.

– Sinto muito, Mariko-san, o que é *"shukkō kanō"*?

– "Em condição de navegar", Anjin-san.

– Ah! *Dōmo*. – Blackthorne voltou-se. O daimio perguntara se ele poderia se certificar rapidamente de que o navio estava em total condição de navegar e quanto tempo isso levaria. Ele respondeu: – Sim, fácil. Meio dia, senhor.

Toranaga pensou um instante, depois disse-lhe que fizesse isso no dia seguinte e se apresentasse a ele à tarde, durante a hora do Bode.

– *Wakarimasu ka?*

– *Hai*.

– Então você poderá ver os seus homens – acrescentou Toranaga.

– Senhor?

– Os seus vassalos. Mandei chamá-lo para lhe dizer que amanhã você terá os seus vassalos.

– Ah, desculpe, compreendi. Vassalos samurais. Duzentos homens.

– Sim. Boa noite, Anjin-san. Vê-lo-ei amanhã.

– Por favor, desculpe-me, senhor, posso respeitosamente perguntar três coisas?

– O quê?

– Primeiro: possível ver minha tripulação agora, por favor? Poupar tempo, *né*? Por favor.

Toranaga concordou e deu uma ordem curta a um dos samurais para que guiasse Blackthorne.

– Leve uma guarda de dez homens. Leve o Anjin-san lá e traga-o de volta ao castelo.

– Sim, senhor.

– Depois, Anjin-san?

– Por favor, possível conversar sozinho? Pouco tempo. Por favor, desculpe minha rudeza. – Blackthorne tentou não demonstrar ansiedade quando Toranaga perguntou a Mariko do que se tratava. Ela respondeu sinceramente que só sabia que o Anjin-san tinha alguma coisa particular a dizer, mas que não perguntara o que era.

– Tem certeza de que estará correto que eu peça a ele, Mariko-san? – dissera Blackthorne quando começaram a subir os degraus.

– Oh, sim. Desde que o senhor espere até ele terminar. Mas esteja certo de saber exatamente o que vai dizer, Anjin-san. Ele está... ele não está tão paciente quanto de hábito. – Ela não perguntara o que ele queria perguntar, e ele não dissera nada.

– Muito bem, Anjin-san – disse Toranaga. – Por favor, espere lá fora, Mariko-san. – Ela se curvou e saiu. – Sim?

– Sinto muito ouvir senhor Harima de Nagasaki agora inimigo.

Toranaga se surpreendeu, pois ficara sabendo do compromisso público de Harima com Ishido apenas quando chegara a Edo.

– Onde obteve essa informação?

– Por favor?

Toranaga repetiu a pergunta mais devagar.

– Ah! Entendo. Ouvi sobre senhor Harima em Hakone. Gyoko-san nos diz. Gyoko-san ouvir em Mishima.

– Essa mulher é bem informada. Talvez bem informada demais.

– Senhor?

– Nada. Continue. O que há com o senhor Harima?

– Senhor, posso respeitosamente dizer: meu navio, grande arma contra Navio Negro, *né*? Se eu tomo Navio Negro bem rápido, padres muito zangados porque não dinheiro cristão aqui, não dinheiro também português outras terras. Ano passado não Navio Negro aqui, por isso não dinheiro, *né*? Se agora tomar Navio Negro rápido, muito rápido, e também próximo ano, todos padres grande medo. Essa é a verdade, senhor. Penso padres devem ceder se se ameaçar padres deste jeito para Toranaga-sama! – Blackthorne fechou a mão como quem agarra, para ser mais claro.

Toranaga ouvira atentamente, observando-lhe os lábios, assim como ele fazia o mesmo.

– Estou acompanhando, mas para quê, Anjin-san?

– Senhor?

Toranaga adotou o mesmo esquema de usar poucas palavras: – Para obter o quê? Pegar o quê? Conseguir o quê?

– Senhor Onoshi, senhor Kiyama e senhor Harima.

– Então você quer interferir na nossa política, como os padres? Também acha que sabe como nos governar, Anjin-san?

– Sinto muito, por favor, desculpe, não compreendo.

– Não tem importância. – Toranaga pensou um longo tempo, depois disse: – Os padres dizem que não têm poder para dar ordens aos daimios cristãos.

– Não verdade, senhor, por favor, desculpe. Dinheiro, grande poder sobre padres. É a verdade, senhor. Se não Navio Negro este ano, e no próximo ano também não Navio Negro, ruína. Muito, muito mau para padres. É a verdade, senhor. Dinheiro é poder. Por favor, considere: com Céu Carmesim ao mesmo tempo, ou antes, eu ataco Nagasaki. Nagasaki inimigo agora, *né*? Tomo Navio Negro e ataco rotas marítimas entre Kyūshū e Honshū. Talvez ameaça suficiente para transformar inimigo em amigo?

– Não. Os padres pararão o comércio. Não estou em guerra com os padres nem com Nagasaki. Ou com ninguém. Vou a Ōsaka. Não haverá Céu Carmesim. *Wakarimasu ka?*

– *Hai.* – Blackthorne não se perturbou. Sabia que agora Toranaga compreendia claramente que essa possível tática certamente esvaziaria grande proporção das forças de Kiyama-Onoshi-Harima, todas baseadas em Kyūshū. E o *Erasmus* sem dúvida poderia destroçar qualquer transferência marítima de tropas em larga escala daquela ilha para a ilha principal. Tenha paciência, advertiu a si mesmo. Deixe Toranaga pensar no assunto. Talvez seja como Mariko diz: há um longo tempo entre aqui e Ōsaka, e quem sabe o que pode acontecer? Prepare-se para o melhor, mas não tema o pior.

– Anjin-san, por que não dizer isso diante de Mariko-san? Ela diria aos padres? Você acha que sim?

– Não, senhor. Só querer tentar falar direto. Guerra não assunto de mulher. Um último pedido, Toranaga-sama. – Blackthorne se lançou no rumo que escolhera. – Costume *hatamoto* pedir favores, às vezes. Por favor, desculpe, senhor, posso respeitosamente dizer agora possível pedido?

O leque de Toranaga parou.

– Que favor?

– Sei divórcio fácil se senhor diz. Peço Toda Mariko-sama esposa. – Toranaga ficou perplexo e Blackthorne receou ter ido longe demais. – Por favor, desculpe a minha rudeza – acrescentou.

Toranaga recuperou-se rapidamente.

– Mariko-san concorda?

– Não, Toranaga-sama. Segredo *meu*. Nunca dizer a ela, a ninguém. Segredo meu apenas. Não dizer a Toda Mariko-san. Nunca. *Kinjiru, né?* Mas sei raiva entre marido e mulher. Divórcio fácil no Japão. Esse meu segredo apenas. Pedir senhor Toranaga apenas. Muito secreto. Nunca Mariko-san. Por favor, desculpe se ofendi.

– Isso é uma solicitação presunçosa para um estrangeiro. Inaudita! Como você é um *hatamoto*, o dever me obriga a considerá-la, embora você fique proibido de mencioná-la sob quaisquer circunstâncias, a ela ou ao marido. Está claro?

– Por favor? – perguntou Blackthorne sem entender nada, quase incapaz de pensar.

– Pedido e pensamento muito maus, Anjin-san. Entende?

– Sim, senhor, sinto mui...

– Como Anjin-san é *hatamoto*, não estou zangado. Considerarei, entende?

– Sim, acho que sim. Obrigado. Por favor, desculpe meu mau japonês, sinto muito.

– Não fale a ela, Anjin-san, sobre divórcio. Mariko-san nem Buntaro-san. *Kinjiru, wakarimasu ka?*

– Sim, senhor. Entendo. Apenas segredo senhor e eu. Segredo. Obrigado. Por favor, desculpe minha rudeza e obrigado pela sua paciência. – Blackthorne curvou-se perfeitamente e, quase como num sonho, saiu. A porta fechou-se atrás dele. No corredor, todos o olhavam de modo esquisito.

Quis compartilhar a sua vitória com Mariko. Mas ficou inibido pela serenidade distraída dela e a presença dos guardas.

– Desculpe tê-la feito esperar – foi tudo o que disse.

– Fique à vontade – respondeu ela, de modo igualmente inócuo.

Começaram a descer a escada. Depois, após um lance de degraus, ela disse:

– O seu modo simples de falar é estranho, mas absolutamente compreensível, Anjin-san.

– Fiquei perdido muitas vezes. Saber que a senhora estava lá me ajudou tremendamente.

– Eu não fiz nada.

Continuaram em silêncio, Mariko ligeiramente atrás dele, conforme o costume correto. A cada andar passavam por um cordão de samurais. Depois, contornando uma espiral na escada, a cauda do quimono dela prendeu-se nas grades e ela pisou em falso. Ele a segurou, ajudando-a a se firmar, e o súbito toque íntimo agradou aos dois.

– Obrigada – disse ela, aturdida, enquanto ele a soltava.

Seguiram em frente, muito mais próximos do que já tinham estado naquela noite.

Fora, no adro iluminado por archotes, havia samurais por toda parte. Mais uma vez os seus passes foram examinados e depois eles foram escoltados pelos carregadores de tochas, através do portão principal do torreão, ao longo de uma passagem que se enroscava em labirinto, por entre altos muros de pedra com ameias, até o portão seguinte, que levava ao fosso e à ponte de madeira. Ao todo havia sete anéis de fossos dentro do conjunto do castelo. Alguns artificiais, alguns adaptados aos riachos e rios que abundavam. Enquanto rumavam para o portão principal, o portão sul, Mariko disse a ele que quando a fortaleza estivesse concluída, dentro de dois anos, abrigaria 100 mil samurais e 20 mil cavalos, com todas as provisões necessárias para um ano.

– Então será o maior castelo do mundo – disse Blackthorne.

– Esse era o plano do senhor Toranaga. – A voz dela estava grave. – *Shikata ga nai, né?* – Finalmente atingiram a última ponte. – Daqui, Anjin-san, pode ver que o castelo é o centro de Edo, *né?* O centro de um emaranhado de ruas que se dispõem em ângulos para formar a cidade. Há dez anos havia apenas uma pequena aldeia de pescadores aqui. Agora, quem sabe? Trezentos mil? Duzentos? Quatrocentos? O senhor Toranaga ainda não contou a sua gente. Mas estão todos aqui apenas com uma finalidade: servir o castelo que protege o porto e as planícies que alimentam os exércitos.

– Nada mais? – Perguntou ele.

– Nada.

Não há necessidade de se preocupar, Mariko, nem de parecer tão solene, pensou ele alegremente. Resolvi tudo isso. Toranaga me concederá todas as minhas solicitações.

Do outro lado da Primeira Ponte – a Ichi-bashi –, iluminada por archotes, que levava à cidade propriamente dita, ela parou.

– Devo deixá-lo agora, Anjin-san.

– Quando posso vê-la?

– Amanhã. À hora do Bode. Esperarei no adro.

– Não posso vê-la esta noite? Se eu voltar cedo?

– Não, sinto muito, por favor, desculpe-me. Esta noite, não. – Depois, se curvou, formalmente: – *Konbanwa*, Anjin-san.

Ele fez uma reverência. Como um samurai. Observou-a voltando pela ponte, alguns dos carregadores de archotes indo com ela, insetos esvoaçando em torno dos archotes enfiados em recipientes presos a varas. Logo ela foi engolida pela multidão e pela noite.

Então, sentindo crescer a própria excitação, deu as costas ao castelo e se pôs em marcha atrás do guia.

CAPÍTULO 48

– OS BÁRBAROS MORAM ALI, ANJIN-SAN – DISSE O SAMURAI, APONTANDO MAIS à frente.

Pouco à vontade, Blackthorne semicerrou os olhos na escuridão, o ar irrespirável e sufocante.

– Onde? Aquela casa? Ali?
– Sim. Está certo, sinto muito. O senhor está vendo?

Havia outra série de cabanas e vielas cem passos à frente, além da faixa nua de terreno pantanoso, e, dominando-as, uma casa grande, vagamente delineada contra o céu de azeviche.

Blackthorne olhou em torno um momento para se orientar, usando o leque contra os insetos noturnos. Logo depois de terem passado a Primeira Ponte, ele se vira perdido no labirinto.

O caminho seguia por inúmeras ruas e ruelas, inicialmente em direção à praia, algum tempo na direção leste, sobre pontes maiores e menores, depois novamente para o norte, acompanhando a margem de outro regato que serpenteava pelos arredores da cidade. À medida que se distanciavam do castelo, mais sórdidas se tornavam as ruas, mais pobres as construções. As pessoas eram mais obsequiosas e menos reflexos de luz vinham de trás dos *shōjis*. Edo era uma massa que se espraiava horizontalmente e parecia a Blackthorne ter sido formada por aldeolas separadas apenas por ruas e riachos.

Ali, na extremidade sudeste da cidade, o terreno era bem pantanoso e o caminho ressumava podridão. Durante algum tempo o mau cheiro fora se adensando perceptivelmente, uma mistura de algas marinhas, fezes e lama estagnada, e pairando sobre isso um odor agridoce que ele não conseguia identificar, mas que lhe parecia familiar.

– Fede como Billingsgate na maré baixa – resmungou, matando outro inseto que lhe pousara no rosto. Sentia o corpo todo pegajoso de suor.

Então ouviu um débil trechinho de um alegre canto marítimo em holandês e todo o seu desconforto foi esquecido.

– Será que é Vinck?

Exultante, acelerou o passo na direção do som, com os carregadores a lhe iluminar cuidadosamente o caminho e os samurais seguindo-o.

Agora, mais próximo, viu que havia uma construção de um andar, parte japonesa, parte europeia. Construída sobre pilares, era rodeada por uma cerca de bambus meio raquítica, aparentemente prestes a ruir. Era uma edificação muito mais nova do que as cabanas que se amontoavam ao seu redor. Não tinha portão na cerca, apenas um buraco. O telhado era de sapé, a porta da frente sólida, as paredes de madeira rústica e as janelas cobertas com venezianas em estilo holandês. Aqui e ali havia salpicos de luz, que varavam as fendas. A cantoria e as piadas aumentavam de volume, mas ele ainda não conseguia reconhecer as vozes. Lajes de pedra por trás da cerca levavam direto aos degraus da varanda por um jardim maltratado. Amarrado com cordas ao portão, um curto mastro de bandeira. Ele parou e o contemplou. Do mastro pendia, meio esfarrapada, uma bandeira holandesa, nada majestosa, mas o seu pulso se acelerou ao vê-la.

A porta da frente estava escancarada. Um raio de luz jorrava para a varanda. Baccus van Nekk, bêbado, cambaleou até a borda do terraço, olhos semicerrados, puxou a sunga para o lado e urinou num jato alto e curvo.

– Ahhhhh – murmurou ele, num gemido de êxtase bem suspirado. – Nada como uma boa mijada.

– Não é mesmo? – disse Blackthorne, do portão. – Por que você não usa um balde?

– Hein? – Van Nekk piscou, míope, para a escuridão, na direção de Blackthorne, que se erguia com os samurais sob os archotes. – Meu Deus- samurai dos céus! – Ele segurou as partes com um grunhido e se curvou desajeitadamente, só da cintura para cima. – *Gomen nasai*, samurai-sama. *Ichiban gomen nasai* a todos os macacos-samas. – Ele se endireitou, forçou um sorriso e murmurou meio consigo mesmo: – Estou mais bêbado do que imaginei. Pensei que o bastardo filho de uma puta estivesse falando holandês! *Gomen nasai, né?* – disse de novo, voltando vacilante para dentro da casa, coçando-se e ajeitando a sunga às apalpadelas.

– Ei, Baccus, não sabe fazer coisa melhor do que emporcalhar o próprio ninho?

– O quê? – Van Nekk deu meia-volta abruptamente e olhou desesperado para os archotes, tentando enxergar com clareza. – Piloto? – disse, a voz estrangulada. – É o senhor, piloto? Deus amaldiçoe os meus olhos, não consigo enxergar. Piloto, pelo amor de Deus, é o senhor?

Blackthorne riu. O velho amigo parecia tão despido ali, tão imbecil, o pênis pendurado para fora.

– Sim, sou eu! – Depois, para os samurais que observavam, com desdém mal dissimulado: – *Matte kudasai*. Esperem por mim, por favor.

– *Hai*, Anjin-san.

Blackthorne avançou e agora, à luz, pôde ver o lixo espalhado por toda parte no jardim. Com repugnância, tirou os tamancos e subiu os degraus correndo.

– Olá, Baccus, está mais gordo do que quando partimos de Rotterdam, *né?* – Bateu-lhe cordialmente nos ombros.

– Nosso Senhor Jesus Cristo, é o senhor mesmo?

– Sim, claro que sou eu.

– Nós o tínhamos dado por morto há muito tempo. – Van Nekk estendeu a mão e tocou Blackthorne para se certificar de que não estava sonhando. – Nosso Senhor Jesus, minhas preces foram atendidas. Piloto, o que lhe aconteceu, de onde está vindo? É um milagre! É o senhor mesmo?

– Sim. Agora, por favor, ponha a sunga no lugar e vamos entrar – disse Blackthorne, consciente dos seus samurais.

– O quê? Oh! Desculpe, eu... – Van Nekk obedeceu às pressas e as lágrimas começaram a lhe correr pelas faces. – Oh, Jesus, piloto... Pensei que os demônios do gim estivessem me pregando uma peça de novo. Vamos entrar, mas deixe-me anunciá-lo, hein?

Tomou a dianteira, oscilando um pouco, muito da sua embriaguez já evaporada com a alegria. Blackthorne o seguiu. Van Nekk segurou a porta para que ele passasse, depois gritou, para abafar a cantoria roufenha:

– Rapazes! Olhem o que o Papai Noel nos trouxe! – Bateu a porta atrás de Blackthorne para aumentar o efeito.

O silêncio foi instantâneo.

Foi preciso algum tempo para que os olhos de Blackthorne se acomodassem à luz. O ar fétido quase o sufocou. Viu todos eles a olhá-lo embasbacados como se ele fosse um espectro maligno. Então o encanto se rompeu e houve gritos de boas-vindas e alegria e todo mundo passou a abraçá-lo e a esmurrá-lo nas costas, todos falando ao mesmo tempo.

– Piloto, de onde veio?... Vai uma bebida?... Cristo, será possível?... Mije no meu chapéu, estou feliz em vê-lo... Já o tínhamos dado por morto... Não, estamos bem, pelo menos razoavelmente bem... Levante-se da cadeira, sua prostituta, o piloto-sama deve se sentar na melhor cadeira... Ei, grogue, né, depressa, maldição, depressa!... Deus amaldiçoe os meus olhos, saia do meu caminho, quero apertar a mão dele...

Finalmente Vinck gritou:

– Um de cada vez, rapazes! Deem-lhe uma chance! Deem a cadeira ao piloto e um drinque, pelo amor de Deus! Sim, pensei que ele fosse samurai também...

Alguém empurrou um copo de madeira para a mão de Blackthorne. Ele se sentou na raquítica cadeira e todos ergueram os copos, e a enxurrada de perguntas começou de novo.

Blackthorne olhou em torno. A sala estava mobiliada com bancos, algumas cadeiras toscas e mesas, e iluminada por velas e lâmpadas a óleo. No chão imundo, um imenso barril de saquê. Uma das mesas estava coberta de pratos sujos, com um pernil parcialmente assado e cheio de moscas.

Seis mulheres em andrajos encolhiam-se de joelhos, curvando-se para ele, encostadas à parede.

Os seus homens, todos sorridentes, esperavam que ele começasse: Sonk, o cozinheiro; Johann Vinck, imediato de contramestre e atirador-chefe; Salamon, o mudo; Croocq, o menino; Ginsel, o veleiro; Baccus van Nekk, mercador-chefe e tesoureiro; e, finalmente, Jan Roper, o outro mercador, que estava sentado longe dos outros, com o mesmo sorriso sombrio no rosto magro e tenso.

– Onde está o capitão-mor? – perguntou Blackthorne.

– Morreu, piloto, morreu... – responderam seis vozes, uma sobrepondo-se à outra, confundindo o relato até que Blackthorne levantasse a mão.

– Baccus?

– Ele morreu, piloto. Não chegou a sair do buraco. Lembra-se de que ele estava doente, hein? Depois que levaram o senhor embora, bem, naquela noite nós o ouvimos sufocando na escuridão. Não foi, rapazes?

Um coro de "sins" e Van Nekk acrescentou:

– Eu estava sentado ao lado dele, piloto. Ele estava tentando chegar até à água, mas não havia água, e ele tinha falta de ar e gemia. Não tenho muita certeza sobre a hora, estávamos todos com medo da morte, mas ele acabou se asfixiando e depois, bem, ouvimos o estertor da morte. Foi péssimo, piloto.

– Foi terrível, sim – acrescentou Jan Roper. – Mas foi castigo de Deus.

Blackthorne olhou-os um a um.

– Alguém bateu nele? Para lhe dar o sossego final?

– Não... Não, oh, não – respondeu Van Nekk. – Ele simplesmente rebentou. Foi deixado no poço com o outro, o japona, lembra-se dele, o que tentou se afogar no balde de mijo? Depois o senhor Omi mandou tirar o corpo de Spillbergen de lá e eles o queimaram. Mas aquele outro pobre sodomita foi deixado lá embaixo. O senhor Omi simplesmente lhe deu uma faca, ele rasgou a barriga e taparam o poço. Lembra-se dele, piloto?

– Sim. E o Maetsukker?

– É melhor que você conte isso, Vinck.

– O pequeno "Cara de Rato" apodreceu, piloto – começou Vinck, e os outros passaram a gritar detalhes e contar a história até que Vinck berrou: – Baccus pediu a mim, por Cristo! Vocês todos terão a sua vez!

As vozes morreram e Sonk disse, solícito:

– Conte, Johann.

– Piloto, foi o braço dele que começou a apodrecer. Ele se cortou na luta, lembra-se da luta em que o senhor ficou sem sentidos? Jesus Cristo, parece que foi há tanto tempo! De qualquer modo, o braço dele supurou. Sangrei-o no dia seguinte, no outro, aí ele começou a ficar preto. Eu lhe disse que seria melhor que eu o lancetasse ou o braço todo teria que ser tirado, disse-lhe dúzias de vezes, todos nós dissemos, mas ele não concordou. No quinto dia o ferimento estava cheirando mal. Nós o seguramos e eu amputei a maior parte da gangrena, mas não adiantou nada. Eu sabia que não ia adiantar, mas alguns de nós achamos que valia a pena tentar. Esse médico amarelo bastardo veio algumas vezes, mas também não pôde fazer nada. "Cara de Rato" durou um dia ou dois, mas a gangrena estava profunda demais e ele delirou um bocado. Tivemos que amarrá-lo perto do fim.

– Foi isso mesmo, piloto – disse Sonk, coçando-se confortavelmente. – Tivemos que amarrá-lo.

– O que aconteceu ao corpo dele? – perguntou Blackthorne.

– Levaram-no para o alto da colina e queimaram-no também. Queríamos dar a ele e ao capitão-mor um funeral cristão apropriado, mas não nos deixaram. Simplesmente os queimaram.

Sobreveio um silêncio completo na sala.

– O senhor não tocou no seu drinque, piloto!

Blackthorne levou-o aos lábios e provou. O copo estava imundo e ele quase vomitou. A bebida pura queimou-lhe a garganta. O mau cheiro de corpos sem banho e rançosos e de roupa não lavada quase o derrubava.

– Que tal o grogue, piloto? – perguntou Van Nekk.

– Ótimo, ótimo.

– Conte-lhe, Baccus, vamos!

– Ei! Fiz um alambique, piloto. – Van Nekk estava muito orgulhoso e os outros também sorriam. – Fazemos bebidas aos barris. Arroz, frutas e água. Deixamos fermentar, esperamos uma semana mais ou menos, depois, com a ajuda de uma pequena mágica... – O homem gordo, inchado, riu e se coçou, feliz. – Claro que seria melhor conservá-lo um ano ou mais para amadurecer, mas nós o tomamos depressa demais... – As suas palavras se arrastaram. – Não está gostando?

– Oh, desculpe, está ótimo... Ótimo. – Blackthorne viu piolhos no ralo cabelo de Van Nekk.

– E o senhor, piloto? – disse Jan Roper, desafiador. – Está ótimo, não está? O que conta?

Outra enxurrada de perguntas, que morreu quando Vinck gritou:

– Deem-lhe uma chance! – Então o homem com rosto coriáceo exclamou: – Cristo, quando o vi em pé à porta, pensei que fosse um dos macacos, verdade... verdade!

Outro coro de anuência e Van Nekk interrompeu:

– Ele tem razão. Malditos quimonos imbecis... Está parecendo uma mulher, piloto, ou um desses meios-homens! Frescos malditos, hein? Muitos japonas são frescos, por Deus! Um andou dando em cima de Croocq... – Houve muita gritaria e troça obscena, depois Van Nekk continuou: – O senhor vai querer suas roupas adequadas, piloto. Ouça, trouxemos a sua roupa para cá. Viemos para Edo no *Erasmus*. Rebocaram-no para cá e pudemos trazer as nossas roupas para terra e mais ainda. Trouxemos a sua, deixaram-nos fazer isso, guardá-la para o senhor. Trouxemos uma mala, toda sua roupa de mar. Sonk, vá buscar, hein?

– Claro, mas mais tarde, hein, Baccus? Não quero perder nada.

– Está bem.

O fino sorriso de Jan Roper estava se repuxando.

— Espadas e quimonos... Como um autêntico pagão! Talvez o senhor agora prefira os modos pagãos, piloto?

— A roupa é fresca, melhor do que a nossa — respondeu Blackthorne, embaraçado. — Eu tinha esquecido que estava vestido de modo diferente. Aconteceram muitas coisas. Esta roupa era a única que eu tinha, de modo que me acostumei a usá-la. Nunca pensei muito sobre ela. Certamente é mais confortável.

— Essas espadas são de verdade?

— Sim, claro, por quê?

— Não temos permissão para usar armas. Quaisquer armas! — disse Jan Roper, carrancudo. — Por que o senhor tem? Exatamente como qualquer samurai pagão?

Blackthorne riu um pouco.

— Você não mudou, Jan Roper, não é? Mais santarrão do que nunca. Bem, tudo a seu tempo com relação às minhas espadas, mas primeiro a melhor notícia de todas. Ouçam, dentro de um mês, ou pouco mais, estaremos em alto-mar de novo.

— Jesus, está falando sério, piloto? — disse Vinck.

— Sim.

Houve uma grande explosão de alegria e outra enxurrada de perguntas e respostas.

— Eu disse que nós iríamos embora... Eu disse que Deus estava do nosso lado!... Deixem-no falar, deixem o piloto falar...

Finalmente Blackthorne levantou a mão. Apontou para as mulheres, que continuavam de joelhos, imóveis, mais humildes agora, sob a atenção dele.

— Quem são elas?

— São as nossas zinhas, piloto. As nossas prostitutas. E são baratas, meu Deus, mal custam um caracol por semana. Temos uma casa cheia delas aqui ao lado e há muitas mais na aldeia — disse Sonk, rindo.

— São agitadas como arminhos — intrometeu-se Croocq.

E Sonk acrescentou:

— Ele tem razão, piloto. Claro que são atarracadas e de pernas tortas, mas têm muito vigor e não têm sífilis. Quer uma, piloto? Temos os nossos próprios beliches, não somos como os macacos, temos todos os nossos beliches e quartos...

— Experimente a Mary Bunda Grande, piloto, é perfeita para o senhor — disse Croocq.

Mas a voz de Jan Roper sobrepôs-se:

— O piloto não quer nenhuma das nossas meretrizes. Ele tem as dele, hein, piloto?

Os rostos reluziram:

— É verdade, piloto? Conseguiu mulheres? Ei, conte-nos, hein? Essas macacas são as melhores que jamais existiram, hein?

— Fale-nos das suas zinhas, piloto! — Sonk coçou os piolhos de novo.

– Há muito o que contar – disse Blackthorne. – Mas só em particular. Quanto menos ouvidos, melhor, *né?* Mandem as mulheres embora, aí podemos conversar em particular.

– Deem o fora, *hai?* – disse Vinck, fazendo sinal com o polegar para elas.

As mulheres se curvaram, sussurraram agradecimentos e pedidos de desculpas e saíram apressadas, fechando a porta em silêncio.

– Primeiro, sobre o navio. É inacreditável. Quero lhes agradecer e cumprimentá-los pelo trabalho todo. Quando chegarmos em casa, vou insistir para que vocês recebam partes triplicadas do prêmio em dinheiro por todo esse trabalho e vai haver um prêmio para além de... – Viu os homens se entreolharem embaraçados. – O que é que há?

Constrangido, Van Nekk disse:

– Não fomos nós, piloto. Foram os homens do rei Toranaga. Eles é que fizeram. Vinck lhes mostrou como, mas nós não fizemos nada.

– O quê?

– Não nos deixaram voltar a bordo depois da primeira vez. Nenhum de nós esteve a bordo, com exceção de Vinck, que vai até lá uma vez a cada dez dias mais ou menos. Não fizemos nada.

– Ele é o único – disse Sonk. – Johann lhes mostrou.

– Mas como você conversa com eles, Johann?

– Um dos samurais fala português e conversamos nessa língua o suficiente para que um compreenda o outro. Esse samurai, que se chama Sato-sama, ficou encarregado quando chegamos aqui. Perguntou quais de nós eram oficiais ou marinheiros. Dissemos que era Ginsel, mas ele é principalmente atirador, eu e Sonk que...

– Que é o pior cozinheiro de bosta que...

– Cale essa maldita boca, Croocq!

– Merda, você não sabe cozinhar em terra, que dirá a bordo, por Deus!

– Por favor, façam silêncio, vocês dois! – disse Blackthorne. – Continue, Johann.

E Vinck continuou:

– Sato-sama me perguntou o que havia de errado no navio e eu lhe disse que ele precisava ser querenado, raspado e todo consertado. Bem, eu lhe contei tudo o que sabia e eles puseram mãos à obra. Eles o querenaram perfeitamente e limparam os porões, esfregando-os como se fossem a privada de um príncipe. Os chefes eram samurais e outros macacos trabalhavam como demônios, centenas de sodomitas. Merda, piloto, o senhor nunca viu trabalhadores como eles!

– Isso é verdade – disse Sonk. – Como demônios!

– Fiz tudo do melhor modo que pude e... Jesus, piloto, acha mesmo que podemos dar o fora?

– Sim, se formos pacientes e se nós...

– Se Deus quiser, piloto. Só então.

– Sim. Talvez você tenha razão – respondeu Blackthorne, pensando: qual é o problema de Roper ser um fanático? Preciso dele... de todos eles. E da ajuda de Deus. – Sim. Precisamos da ajuda de Deus – disse. E voltou-se para Vinck: – Como está a quilha?

– Limpa e firme, piloto. Eles a deixaram melhor do que eu achei possível. Esses bastardos são tão espertos quanto quaisquer carpinteiros, construtores navais e cordoeiros da Holanda toda. O cordame está perfeito... Tudo.

– Velas?

– Eles fizeram um conjunto de seda, dura como lona. Com um jogo sobressalente. Tiraram as nossas e as copiaram exatamente, piloto. Os canhões estão tão perfeitos quanto possível, todos de volta a bordo, e há pólvora e munição em quantidade. O navio está pronto para zarpar esta noite, se for necessário. Claro que ele não esteve no mar, por isso não sabemos sobre as velas até enfrentarmos um vendaval, mas eu apostaria a minha vida como as costuras estão tão apertadas como quando ele foi lançado no Zuider Zee pela primeira vez; melhor até, porque os costados já estão experimentados agora, graças a Deus! – Vinck fez uma pausa para tomar fôlego. – Quando zarpamos?

– Dentro de um mês. Mais ou menos.

Eles se cutucaram, sorrindo de júbilo, e brindaram sonoramente ao piloto e ao navio.

– E quanto à navegação inimiga? Há alguma por aqui? E presas, piloto? – perguntou Ginsel.

– Muitas... Para além dos seus sonhos. Estamos todos ricos.

Outro grito de alegria.

– Já era tempo.

– Ricos, hein? Vou comprar um castelo para mim.

– Senhor Deus todo-poderoso, quando eu chegar em casa...

– Ricos! Viva o piloto!

– Muitos papistas para matar? Bom – disse Jan Roper brandamente. – Muito bom.

– Qual é o plano, piloto? – perguntou Van Nekk, e todos pararam de falar.

– Falo disso num minuto. Vocês têm guardas? Podem circular livremente quando têm vontade? Com que frequência...

– Podemos ir a qualquer lugar na área da aldeia – disse Vinck calmamente –, talvez numa distância de meia légua ao redor. Mas não podemos ir a Edo e não...

– Não podemos atravessar a ponte – interrompeu Sonk. – Conte-lhe sobre a ponte, Johann!

– Oh, pelo amor de Deus, eu já estava chegando à ponte, Sonk. Pelo amor de Deus, pare de interromper. Piloto, há uma ponte a cerca de meia légua a sudoeste. Há muitos avisos nela. Só podemos ir até lá. Não podemos ir além. "*Kinjiru*", por Deus, dizem os samurais. Entende "*kinjiru*", piloto?

Blackthorne respondeu com a cabeça afirmativamente e não disse nada.

— À parte isso, podemos ir aonde quisermos. Mas só até as paliçadas. Há paliçadas em toda a volta a uma meia légua de distância. Senhor Deus... Vocês conseguem acreditar, voltar para casa em breve!

— Conte-lhe sobre o médico, hein, e sobre o...

— Os samurais mandam um médico de vez em quando, piloto, e temos que tirar a roupa e ele nos examina...

— Sim. Ter um bastardo macaco e pagão olhando para a gente nu assim é o suficiente para fazer um homem cagar.

— Com exceção disso, piloto, eles não nos incomodam, a não ser...

— Ei, não se esqueça de que o médico nos deu umas ervas imundas em pó, um "char", que devíamos pôr de infusão em água quente, mas jogamos tudo fora. Quando adoecemos, o bom Johann nos faz uma sangria e ficamos curados.

— Sim — disse Sonk. — Jogamos o "char" fora.

— A não ser isso, com exceção do...

— Afora isso, temos sorte aqui, piloto, não é como no começo.

— Ele tem razão. No começo...

— Conte-lhe sobre as inspeções, Baccus!

— Eu estava chegando a isso, pelo amor de Deus, tenham paciência, deem uma chance. Como posso contar alguma coisa com vocês todos tagarelando? Sirvam-me um drinque! — disse Van Nekk. E continuou: — A cada dez dias alguns samurais vêm aqui, nós nos alinhamos lá fora e eles nos contam. Depois nos dão sacos de arroz e dinheiro, dinheiro de cobre. É o suficiente para tudo, piloto. Trocamos arroz por carne e outras coisas, frutas ou seja o que for. Há de tudo, e as mulheres fazem o que queremos. Primeiro, nós...

— Mas não foi assim no começo. Conte-lhe sobre isso, Baccus!

Van Nekk sentou-se no chão:

— Deus me dê forças!

— Está se sentindo mal, pobre rapaz? — perguntou Sonk solicitamente. — É melhor não beber mais ou vai ficar com os demônios de novo, hein? Ele fica com os demônios, piloto, uma vez por semana. Nós todos também.

— Você vai ficar quieto enquanto eu falo com o piloto ou não?

— Quem, eu? Eu não disse nada. Não o estou interrompendo. Tome, tome o seu drinque!

— Obrigado, Sonk. Bem, piloto, primeiro eles nos colocaram numa casa a oeste da cidade...

— Ficava lá embaixo, perto dos campos.

— Maldição, então conte você a história, Johann!

— Está bem. Meu Deus, piloto, foi terrível. Nada de boia ou bebida, e essas malditas casas de papel, é como morar num campo. Um homem não pode dar uma mijada ou enfiar o dedo no nariz, nada, sem que alguém esteja olhando, hein? Sim, e o barulho mais leve faz os vizinhos caírem em cima da gente, e os samurais na varanda; e quem quer esses bastardos por perto, hein? Ficavam brandindo as malditas espadas contra a gente, gritando e chamando, dizendo-nos que ficássemos quietos. Bem, uma noite alguém derrubou uma vela e os macacos caíram todos em cima da gente! Meu Deus, o senhor devia tê-los ouvido. Vieram fervilhando com baldes de água, doidos, sibilando e curvando-se e praguejando... Foi só uma parede sifilítica que se queimou... Centenas deles se lançaram sobre a casa como baratas. Bastardos! O senhor...

– Acabe logo com isso!

– Você quer contar?

– Continue, Johann, não preste atenção nele. É só um cozinheiro de merda.

– O quê?

– Oh, cale a boca. Pelo amor de Deus! – Van Nekk retomou a narrativa mais uma vez. – No dia seguinte, piloto, tocaram-nos de lá e nos puseram em outra casa, na área do embarcadouro. Era igualmente ruim. Depois, algumas semanas mais tarde, Johann topou com este lugar. Era o único de nós, naquela época, que tinha autorização para sair, por causa do navio. Iam buscá-lo diariamente e levavam-no de volta ao pôr do sol. Ele estava pescando... estamos a apenas algumas centenas de metros do... É melhor que você conte, Johann.

Blackthorne sentiu uma coceira na perna nua e esfregou-a sem pensar. O local ficou irritado. Então viu a protuberância sarapintada de uma picada de pulga, enquanto Vinck continuava orgulhosamente:

– É como Baccus disse, piloto. Perguntei a Sato-sama se podíamos nos mudar e ele disse sim, por que não. Eles geralmente me deixavam pescar com um dos pequenos botes deles, para passar o tempo. Foi o meu nariz que me trouxe aqui, piloto. O velho nariz conduziu-me: sangue!

– Um matadouro! – disse Blackthorne. – Um matadouro e um curtume! Isto é... – Ele parou e empalideceu.

– O que foi? O que há?

– Isto é uma aldeia *eta*? Meu Deus, essa gente é *eta*?

– O que há de errado com os "eters"? – perguntou Van Nekk. – Claro que são "eters".

Blackthorne afastou os mosquitos que infestavam o ar, a pele arrepiando-se.

– Malditos insetos... São detestáveis, não são? Há um curtume aqui, não há?

– Sim. Algumas ruas acima, por quê?

– Nada. Não reconheci o cheiro, só isso.

– O que há com os "eters"?

– Eu... Eu não entendi, que estúpido fui. Se tivesse visto um dos homens, eu o teria reconhecido pelo cabelo curto. Com as mulheres nunca se sabe. Desculpem. Continue a história, Vinck.

– Bem, então eles disseram...

– Espere um minuto, Vinck! – Jan Roper interrompeu de novo. – O que há de errado, piloto? O que há com os "eters"?

– É só que os japoneses acham que eles são diferentes. São os executores, trabalham com peles e lidam com cadáveres. – Sentiu os olhos deles, de Jan Roper em particular. – Os *etas* trabalham as peles – disse ele, tentando conservar a voz indiferente – e matam todos os cavalos velhos e bois e lidam com corpos mortos.

– Mas o que há de errado nisso, piloto? O senhor pessoalmente enterrou uma dúzia, amortalhou-os, lavou-os, todos nós fizemos isso, hein? Nós abatemos os animais que comemos, sempre fizemos isso. Ginsel foi carrasco... O que há de errado nisso tudo?

– Nada – disse Blackthorne, sabendo que era verdade, embora se sentisse embaraçado ainda assim.

Vinck bufou:

– Os "eters" são os melhores pagãos que vimos aqui. Mais parecidos conosco do que os outros bastardos. Temos muita sorte de estar aqui, piloto, carne fresca não é problema, nem sebo; eles não nos causam problema.

– É isso mesmo. Se o senhor tivesse morado com "eters", piloto...

– Meu Deus, o piloto teve que morar com os outros bastardos o tempo todo! Ele não conhece nada melhor. Que tal irmos buscar a Mary Bunda Grande, Sonk?

– Ou a Rabo Rápido?

– Merda, ela não, não essa prostituta velha. O piloto vai querer uma especial. Vamos pedir à Mama-san...

– Aposto como ele está morto de fome, com vontade de comer uma boia de verdade! Ei, Sonk, corte um pedaço de carne para ele.

– Tome mais um pouco de grogue...

Em meio ao tumulto feliz, Van Nekk deu uns tapinhas nos ombros de Blackthorne.

– Está em casa, velho amigo. Agora que voltou, as nossas preces foram atendidas e está tudo bem no mundo. Está em casa, velho amigo. Ouça, fique com o meu beliche. Insisto...

⁂

Alegremente Blackthorne acenou uma última vez. Houve um grito de resposta vindo da escuridão do outro lado da pontezinha. Então virou as costas, a forçada amabilidade evaporada, e dobrou a esquina, a guarda samurai de dez homens a rodeá-lo.

No caminho de volta ao castelo a sua mente ficou um turbilhão. Não havia nada de errado com os *etas*, e havia tudo de errado com eles. Aqueles lá são a minha tripulação, a minha própria gente, e os *etas* são pagãos e estrangeiros e inimigos...

Ruas e vielas e pontes passaram como um borrão. Então ele notou que estava com a mão por dentro do quimono, coçando-se, e parou.

– Aqueles malditos imundos... – Desenrolou o *obi*, arrancou o quimono encharcado e, como se ele estivesse contaminado, atirou-o numa vala.

– *Nan desu ka*, Anjin-san? – perguntou um dos samurais.

– *Nani mo!* Nada, por Deus! – Blackthorne continuou a caminhar, carregando as espadas.

– *Ah! Eta! Wakarimasu! Gomen nasai!* – Os samurais tagarelaram entre si, mas ele não prestou atenção neles.

Assim é melhor, pensou ele com um alívio imenso, sem perceber que estava quase nu, sentindo apenas que a pele parara de coçar depois que tirara o quimono infestado de pulgas.

Meu Deus, eu adoraria um banho bem agora!

Contara as suas aventuras à tripulação, mas não que era samurai e *hatamoto*, ou que era um dos protegidos de Toranaga, ou sobre Fujiko. Ou Mariko. E não lhes contara que iam aportar à força em Nagasaki e tomar o Navio Negro de assalto ou que ele estaria à testa dos samurais. Isso pode vir mais tarde, pensou, cansado. E todo o resto.

Eu poderia falar a eles sobre Mariko-san?

Os seus tamancos de madeira soavam ruidosos contra os sarrafos de madeira da Primeira Ponte. Sentinelas samurais, também semidespidas e indolentemente recostadas até o verem, curvaram-se com educação enquanto ele passava, observando-o atentas, porque aquele era o bárbaro incrível que fora favorecido pelo senhor Toranaga, a quem Toranaga inacreditavelmente concedera a honra, jamais dada antes a um bárbaro, de *hatamoto* e samurai.

No portão principal sul do castelo outro guia esperava por ele. Escoltaram-no aos seus aposentos, dentro da fortificação interna. Destinaram-lhe um quarto numa das casas de hóspedes fortificadas, mas atraentes, porém delicadamente ele recusou dirigir-se logo para lá.

– Primeiro banho, por favor – disse aos samurais.

– Ah, entendo. Isso é muito atencioso de sua parte. A casa de banho fica nesta direção, Anjin-san. Sim, a noite está quente, *né?* E ouvi dizer que o senhor esteve lá embaixo com os imundos. Os outros hóspedes da casa apreciarão a sua consideração. Agradeço-lhe em nome deles.

Blackthorne não entendeu todas as palavras, mas captou o sentido. "Imundos." Isso descreve a minha gente e a mim; nós, não eles, pobres coitados.

– Boa noite, Anjin-san – disse o chefe dos criados de banho. Era um homem de meia-idade, imenso, com um vasto ventre e grandes bíceps. Uma criada acabara de despertá-lo para avisar que outro cliente retardatário estava chegando. Ele bateu palmas. Criadas de banho apareceram. Blackthorne seguiu-as para a sala onde elas o limparam, ensaboaram e esfregaram, e ele as fez repetir tudo uma segunda vez. Em seguida dirigiu-se para o banho de imersão, entrou na água escaldante e entregou-se ao abraço relaxante do calor.

Depois mãos fortes o ajudaram a sair e lhe untaram a pele com óleo perfumado, relaxando-lhe músculos e pescoço. Em seguida levaram-no para uma sala de repouso e lhe deram um quimono de algodão, lavado e fresco. E, com um longo e profundo suspiro de prazer, ele se deitou.

– *Gomen nasai*, chá, Anjin-san?

– *Hai. Dōmo*.

O chá chegou. Ele disse à criada que ficaria ali aquela noite, não iria para os seus aposentos. Depois, sozinho e em paz, tomou o chá, sentindo que a bebida o purificava... "... ervas 'char' de aparência imunda...", pensou, com desagrado.

– Tenha paciência, não deixe que isso lhe perturbe a harmonia – disse, em voz alta. – Eles são apenas pobres ignorantes imbecis que não conhecem coisa melhor. Você já foi a mesma coisa um dia. Não tem importância, agora você pode mostrar a eles, *né*?

Tirou-os da cabeça e estendeu a mão para pegar o dicionário. Mas naquela noite, pela primeira vez desde que se vira na posse do livro, pousou-o descuidadamente ao lado e soprou a vela. Estou cansado demais, disse a si mesmo.

Mas não cansado demais para responder a uma questão simples, disse a sua mente: eles são realmente imbecis ignorantes ou é você que está se fazendo de besta? Responderei a isso mais tarde, quando for o momento. Agora a resposta não tem importância. Agora só sei que não os quero perto de mim.

Virou-se, colocou o problema de lado e adormeceu.

Despertou revigorado. Um quimono limpo, uma tanga e *tabis* estavam já preparados para ele. As bainhas das suas espadas tinham sido polidas. Vestiu-se rapidamente. Fora da casa os samurais o esperavam acocorados. Levantaram-se e se curvaram.

– Somos a sua guarda hoje, Anjin-san.

– Obrigado. Ir navio agora?

– Sim. Aqui está o seu passe.

– Bom. Obrigado. Posso perguntar o seu nome, por favor?

– Musashi Mitsutoki.

– Obrigado, Musashi-san. Ir agora?

Desceram para os embarcadouros. O *Erasmus* estava firmemente atracado a três braças sobre um leito arenoso. Os porões tinham um cheiro agradável. Ele mergulhou e nadou sob a quilha. A alga grudada era mínima e havia muito pouca craca. O leme estava intacto. No paiol, que estava seco e impecável, encontrou uma pederneira e ateou uma fagulha a um minúsculo monte de pólvora. Ardeu instantaneamente, em perfeitas condições.

Subindo ao topo do mastro de proa, procurou vestígios de rachaduras. Não havia nenhuma, ali ou na subida ou ao redor de qualquer um dos mastros que examinou. Muitas das cordas, adriças e ovéns estavam atadas incorretamente, mas para mudar isso bastaria meio turno apenas.

Mais uma vez no tombadilho, permitiu-se um grande sorriso.

Você, meu barco, está tão perfeito quanto... Quanto o quê? Não conseguiu pensar num "quê" suficientemente grande. Por isso apenas riu e desceu novamente. Na sua cabine sentiu-se estranho. E muito só. As suas espadas estavam sobre o beliche. Tocou-as, depois tirou a "Vendedor de Óleo" da bainha. O acabamento era perfeito e a ponta perfeita. Olhar para a espada deu-lhe prazer, pois era realmente uma obra de arte. Mas uma obra de arte mortífera, pensou como sempre, virando-a na luz.

Quantas mortes você causou na sua vida de duzentos anos? Quantas mais causará, antes que você mesmo morra? Será que algumas espadas têm mesmo vida própria, conforme diz Mariko? Mariko. O que será feito dela?

Então viu no aço o reflexo do seu baú e isso tirou-o da sua súbita melancolia. Embainhou a "Vendedor de Óleo", evitando cuidadosamente tocar a lâmina, pois o costume dizia que até um simples toque podia empanar tal perfeição.

Encostando-se ao beliche, os seus olhos deram com o baú vazio.

— E os portulanos? E os instrumentos de navegação? — perguntou à sua imagem na lâmpada de cobre, que fora escrupulosamente polida, como tudo mais. Ele se viu responder: "Você compra tudo em Nagasaki, junto com a sua tripulação. E pega Rodrigues. Sim. Você o pega antes do ataque. *Né?*".

Observou o próprio sorriso alargar-se.

— Você tem mesmo certeza de que Toranaga o deixará ir, não tem?

— Sim — respondeu, com total confiança. — Vá ele ou não a Ōsaka, conseguirei o que quero. E conseguirei Mariko também.

Satisfeito, enfiou as espadas no *obi*, subiu de volta ao convés e esperou até que as portas fossem lacradas de novo.

Quando retornou ao castelo ainda não era meio-dia. E então dirigiu-se para os seus aposentos para almoçar. Comeu arroz e dois pratos de peixe que tinham sido grelhados na brasa com soja pelo seu próprio cozinheiro, conforme ele ensinara ao homem. Uma pequena garrafa de saquê, depois chá.

— Anjin-san?

— *Haî?*

O *shōji* se abriu. Fujiko sorriu timidamente e fez uma reverência.

CAPÍTULO 49

– EU TINHA ME ESQUECIDO DE VOCÊ – FALOU EM INGLÊS. – FIQUEI COM MEDO que tivesse morrido.

– *Sumimasen*, Anjin-san, *nan desu ka?*

– *Nani mo*, Fujiko-san – disse ele, envergonhado consigo mesmo. – *Gomen nasai. Hai. Gomen nasai. Maa, suware. Odoroita. Hontō ni mata aete ureshii.* Por favor, desculpe-me... Uma surpresa, *né?* Bom vê-la. Por favor, sente-se...

– *Dōmo arigatō gozaimashita* – disse ela, e falou-lhe, na sua voz fina e aguda, de como estava contente em vê-lo, de como o japonês dele melhorara, de como ele estava com boa aparência, e de como ela estava felicíssima de se encontrar ali.

Ele a observou ajoelhar-se desajeitadamente sobre a almofada na sua frente.
– Pernas... – Procurou a palavra "queimadura", mas não conseguiu se lembrar. Acabou dizendo: – Pernas fogo machucou. Mal?

– Não. Sinto muito. Mas ainda dói um pouco para sentar – disse Fujiko, concentrando-se e observando os lábios dele. – Pernas doem, sinto muito.

– Por favor, mostre-me.

– Sinto muito, por favor, Anjin-san. Não quero perturbá-lo. O senhor tem outros problemas. Eu...

– Não entendo. Depressa demais, desculpe.

– Ah, sinto muito. Pernas estão bem. Não há problema – suplicou ela.

– Problema. Você é consorte, *né?* Não vergonha. Mostre agora!

Obedientemente ela se levantou. Estava visivelmente desconfortável, mas assim que se levantou começou a desatar as faixas do *obi*.

– Por favor, chame a criada – ordenou ele.

Ela obedeceu. Logo o *shōji* foi afastado e uma mulher que ele não reconheceu se apressou em ajudá-la.

– Qual é o seu nome? – perguntou ele bruscamente, como devia fazer um samurai.

– Oh, por favor, desculpe-me, senhor, sinto muito. Meu nome é Hana-ichi.

Ele sussurrou um reconhecimento. Senhorita Primeiro Botão, finalmente um belo nome! Todas as criadas, por costume, chamavam-se Senhorita Escova ou Sifão ou Peixe ou Segunda Vassoura ou Quarta ou Estrela ou Árvore ou Ramo, e assim por diante.

Hana-ichi era de meia-idade e estava muito preocupada. Aposto como é uma agregada de família, disse ele a si mesmo. Talvez uma vassala do falecido marido de Fujiko. Marido! Tinha me esquecido dele e também da criança que foi assassinada, assim como o marido foi assassinado pelo demônio Toranaga, que não é um demônio, mas um daimio, e dos bons, talvez um grande líder. Sim. Provavelmente o marido mereceu a sorte que teve, se é verdade o que soubemos, *né?* Mas não a criança, pensou ele. Não há desculpa para isso.

Fujiko deixou que o seu quimono verde estampado caísse de lado frouxamente. Os seus dedos tremiam quando desatou o delgado *obi* de seda do quimono interno, amarelo, que também deixou cair. A sua pele era clara e a parte dos seios que ele conseguiu ver por entre as dobras de seda mostrava-os chatos e pequenos. Hana-ichi ajoelhou-se e desamarrou os cordões da combinação que ia da cintura ao chão, para que a ama pudesse tirá-la.

— *Iie* — ordenou ele. Aproximou-se e ergueu a barra. As queimaduras começavam na barriga das pernas. — *Gomen nasai* — disse ele.

Ela permaneceu imóvel. Uma gota de suor escorreu-lhe pelo rosto, manchando a maquiagem. Ele levantou mais a saia. A pele estava queimada por toda a área da barriga das pernas, mas parecia cicatrizar perfeitamente. O tecido já se formara e não havia infecção, nem supuração, apenas um pouco de sangue limpo onde o tecido novo se rompera na parte de trás, quando ela se ajoelhara.

Ele puxou o quimono para o lado e afrouxou a faixa de cintura da combinação. As queimaduras terminavam no alto da perna, contornavam-lhe as nádegas, onde a trave a imobilizara e protegera, depois começavam de novo na base das costas. Uma bandagem de queimadura, com meio palmo de largura, rodeava-lhe a cintura. A cicatriz já estava se acomodando em rugas permanentes. De aparência feia, mas sarando perfeitamente.

— Médico muito bom. O melhor que já vi! — Ele deixou o quimono dela cair. — O melhor, Fujiko-san! As cicatrizes, que importância têm, *né?* Nenhuma. Vi muitos ferimentos de fogo, entende? Querer ver depois, certeza estar boa ou não boa. Médico muito bom. Buda vela Fujiko-san. — Pousou-lhe as mãos sobre os ombros e olhou-a nos olhos. — Não se preocupe agora. *Shikata ga nai, né?* Entende?

As lágrimas dela escorreram.

— Por favor, desculpe-me, Anjin-san. Estou tão embaraçada. Por favor, desculpe a minha estupidez por estar lá, apanhada como uma *eta* estúpida. Eu deveria estar com o senhor, guardando-o, não enfiada com os criados na casa. Não havia nada para mim na casa, nada, nenhuma razão para estar na casa...

Ele a deixou falar, embora não entendesse quase nada do que dizia, abraçando-a compadecido. Tenho que descobrir o que foi que o médico usou, pensou excitado. É a melhor e mais rápida cura que já vi. Cada mestre de cada um dos navios de Sua Majestade devia conhecer esse segredo. Sim, na verdade, cada capitão de cada navio da Europa. Espere um instante, cada mestre não pagaria guinéus de ouro por esse segredo? Você poderia fazer uma fortuna! Sim. Mas não desse modo, disse para si próprio, nunca. Nunca à custa da agonia de um marinheiro.

Ela teve sorte de ser só na barriga das pernas e nas costas, e não na face. Olhou-lhe o rosto. Continuava tão quadrado e chato como sempre, os dentes exatamente tão pontudos, mas o calor que emanava dos olhos dela compensava toda a feiura. Deu-lhe outro abraço.

– Agora. Não chore. Ordem!

Mandou a criada ir buscar chá e saquê e muitas almofadas e ajudou-a a se reclinar sobre elas, por mais embaraçada que ela, no começo, se sentisse em obedecer.

– Como posso lhe agradecer? – disse ela.

– Não agradecimentos. Retribuo... – Blackthorne pensou um instante, mas não conseguiu se lembrar das palavras japonesas para "favor" ou "lembrar", então pegou o dicionário e procurou-as ali. – "Favor: *onegai*"... "Lembrar: *omoidasu*". *Hai*, bondoso *onegai*! *Omoidasu ka?* Retribuir favor. Lembra-se? – Levantou as mãos imitando pistolas e apontando-as. – Omi-san, lembra-se?

– Oh, claro – exclamou ela. Depois, maravilhada, pediu para olhar o livro. Nunca vira escrita romana antes, e a coluna de palavras japonesas passadas para o latim e o português e vice-versa não tinha significado para ela, mas logo captou a finalidade daquilo. – É um livro com todas as nossas... Desculpe. Livro de palavras, *né?*

– *Hai.*

– "*Honbun*"? – perguntou ela.

Ele lhe mostrou como encontrar a palavra em latim e em português.

– "*Honbun*: dever." – E acrescentou em japonês: – Entendo dever. Dever de samurai, *né?*

– *Hai.* – Ela bateu palmas como se lhe tivessem mostrado um brinquedo mágico. Mas é mágica, não é?, pensou ele, um presente de Deus. Isto desvenda a mente dela e a de Toranaga, e logo estarei falando perfeitamente.

Ela lhe deu outras palavras e ele as disse em inglês ou em latim ou em português, sempre entendendo as palavras que ela escolhia e sempre as encontrando. O dicionário não falhava nunca.

Ele olhou uma palavra:

– *Majutsu desu*, *né?* É mágica, não é?

– Sim, Anjin-san. O livro é mágica. – Ela tomou um gole de chá. – Agora posso conversar com o senhor. Realmente conversar.

– Um pouco. Só devagar, entende?

– Sim. Por favor, tenha paciência comigo. Por favor, desculpe-me.

O imenso sino do torreão tocou a hora do Bode e os templos em Edo ecoaram a mudança da hora.

– Eu vou agora. Vou senhor Toranaga. – Colocou o livro na manga.

– Esperarei aqui, por favor, se puder.

– Onde está alojada?

– Oh, ali, meu quarto fica ao lado – apontou ela. – Por favor, desculpe a minha indelicadeza.

– Devagar. Fale devagar. Fale com simplicidade!

Ela repetiu devagar, com mais desculpas.

– Bom – disse ele. – Bom. Vejo-a mais tarde.

Ela começou a se levantar, mas ele meneou a cabeça e saiu para o pátio. O dia estava nublado agora, o ar sufocante. Guardas o esperavam. Logo se encontrou no adro do torreão. Mariko estava lá, mais delgada do que nunca, mais etérea, o rosto de alabastro sob o guarda-sol amarelo-ouro. Usava um quimono marrom-escuro barrado de verde.

– *Ohayō*, Anjin-san. *Ikaga desu ka?* – perguntou ela, curvando-se formalmente.

Ele lhe disse que estava ótimo, mantendo alegremente o hábito de ambos em falar japonês o mais que pudessem, passando para o português só quando ele se cansava ou quando desejavam ser mais reservados.

– Vós... – disse ele cautelosamente em latim enquanto subiam as escadas do torreão.

– Vós – ecoou Mariko, e passou logo para o português com a mesma gravidade da noite anterior. – Sinto muito, por favor, nada de latim hoje, Anjin-san, hoje o latim não assenta bem. Não pode servir à finalidade para a qual foi feito, *né?*

– Quando posso lhe falar?

– Isso é muito difícil, sinto muito. Tenho deveres...

– Não há nada de errado, há?

– Oh, não – replicou ela. – Por favor, desculpe-me, o que poderia estar errado? Nada está errado.

Subiram outro lanço de escada em silêncio. No andar seguinte os passes foram examinados como sempre, guardas à frente e atrás deles. A chuva começou a cair pesadamente e isso melhorou a umidade.

– Vai chover durante horas – disse ele.

– Sim. Mas sem as chuvas não há arroz. Logo cessarão, dentro de duas ou três semanas, então ficará quente e úmido até o outono. – Ela olhou pelas janelas para o aguaceiro cerrado. – Vai gostar do outono, Anjin-san.

– Sim. – Ele observava o *Erasmus*, muito distante, lá embaixo ao lado do embarcadouro. Então a chuva encobriu o navio e ele subiu mais um trecho.

– Depois de falarmos com o senhor Toranaga, teremos que esperar até que essa chuva passe. Talvez houvesse um lugar onde pudéssemos conversar?

– Isso poderá ser difícil – disse ela vagamente, coisa que ele estranhou. Normalmente ela era decidida e executava as polidas "sugestões" dele como ordens que de hábito seriam consideradas. – Por favor, desculpe-me, Anjin-san, mas as coisas são difíceis para mim no momento e tenho muito que fazer. – Parou um instante e passou o guarda-sol para a outra mão, segurando a barra da saia. – Como foi a noite passada? Como estavam os seus amigos, a sua tripulação?

– Ótimos. Esteve tudo ótimo – disse ele.

– Mas não "ótimo"? – Perguntou ela.

— Ótimo... mas muito estranho. — Ele a encarou. — A senhora entende tudo, não?

— Não, Anjin-san. Mas o senhor não os mencionou e vem pensando neles com muita frequência nesta última semana. Não sou mágica. Sinto muito.

Após uma pausa, ele disse:

— Tem certeza de que está bem? Não há problema com Buntaro-san, há?

Ele nunca falara de Buntaro com ela ou sequer mencionara o nome dele desde Yokose. Por acordo, aquele espectro nunca era invocado por ambos desde o primeiro momento. "É o meu único pedido, Anjin-san", sussurrara ela na primeira noite.

— Aconteça o que acontecer durante a nossa viagem para Mishima ou, se Nossa Senhora quiser, para Edo, isto não tem nada a ver com mais ninguém além de nós, *né*? Entre nós, nada do que realmente *é* deve ser mencionado. *Né*? Nada. Por favor?

— Concordo. Juro.

— E eu faço o mesmo. Afinal, a nossa viagem termina na Primeira Ponte de Edo.

— Não.

— Tem que haver um término, meu amor. Na Primeira Ponte, a nossa viagem acaba. Por favor, ou morrerei de aflição com medo pelo senhor e o perigo em que o coloquei...

Na manhã anterior ele parara ao limiar da Primeira Ponte, um peso súbito no espírito, apesar da sua alegria com o *Erasmus*.

— Devemos atravessar a ponte agora, Anjin-san — dissera ela.

— Sim. Mas é só uma ponte. Uma dentre muitas. Venha, Mariko-san. Caminhe ao meu lado através *desta* ponte. Ao meu lado, por favor. Vamos caminhar juntos. — Depois, em latim, acrescentou: — E imagine que está sendo carregada e que vamos de mãos dadas para um novo começo.

Ela desceu do palanquim e andou ao lado dele até atingirem a outra extremidade. Então ela subiu de novo na liteira acortinada e os dois seguiram em frente pela leve elevação. Buntaro esperava ao portão do castelo.

Blackthorne lembrou-se de como orara para que um relâmpago caísse do céu.

— Não há problema com ele, há? — perguntou de novo quando atingiram o último patamar.

Ela negou, abanando a cabeça.

— Navio muito rápido, Anjin-san? — disse Toranaga. — Não engano?

— Não engano, senhor. Navio perfeito.

— Quantos homens extras... quantos homens mais quer para o navio... — Toranaga relanceou o olhar para Mariko. — Por favor, pergunte-lhe de quantos homens mais ele necessitará para navegar adequadamente. Quero ter certeza absoluta de que ele entende o que quero saber.

– O Anjin-san diz que precisaria de um mínimo de trinta marujos e vinte atiradores. A sua tripulação original era de 107 homens, incluindo cozinheiros e mercadores. Para navegar e combater nestas águas, o complemento de duzentos samurais seria suficiente.

– E ele acredita que os outros homens de que necessita poderiam ser contratados em Nagasaki?

– Sim, senhor.

– Eu certamente não confiaria em mercenários – disse Toranaga, com desagrado.

– Por favor, desculpe-me, senhor, quer que eu traduza isso?

– O quê? Oh, não, isso não tem importância.

Toranaga levantou-se, ainda fingindo rabugice, e olhou a chuva pelas janelas. A cidade inteira estava encoberta pelo aguaceiro. Que chova durante meses, pensou ele. Que todos os deuses façam a chuva durar até o Ano-Novo. Quando Buntaro encontrará meu irmão?

– Diga ao Anjin-san que lhe darei os seus vassalos amanhã. Hoje está terrível. Essa chuva vai continuar o dia todo. Não faz sentido se ensopar.

– Sim, senhor – ouviu-a dizer, e sorriu ironicamente consigo mesmo. Nunca, em toda a sua vida, o tempo o impedira de fazer coisa alguma. Isso com certeza deve convencê-la, e a quaisquer outros céticos, de que mudei definitivamente para pior, pensou ele, sabendo que ainda não podia se desviar do rumo escolhido.

– Amanhã ou depois de amanhã, que diferença faz? Diga-lhe que quando eu estiver pronto mandarei chamá-lo. Até lá, ele deve ficar dentro do castelo.

Ouviu-a passar as ordens para o Anjin-san.

– Sim, senhor Toranaga, entendo – respondeu Blackthorne por si mesmo. – Mas posso respeitosamente perguntar: é possível ir a Nagasaki depressa? Penso é importante. Sinto muito.

– Decidirei isso mais tarde – disse Toranaga bruscamente, sem simplificar para ele. Fez-lhe sinal que saísse. – Até logo, Anjin-san. Decidirei o seu futuro em breve. – Viu que o homem queria insistir, mas polidamente não o fez. Bom, pensou, pelo menos está aprendendo boas maneiras! – Diga ao Anjin-san que ele não precisa esperá-la, Mariko-san. Até logo, Anjin-san.

Mariko fez conforme o ordenado. Toranaga voltou-se para contemplar a cidade e o temporal. Ouviu o som da chuva. A porta fechou-se atrás do Anjin-san.

– Sobre o que foi a discussão? – perguntou Toranaga, sem olhar para ela.

– Senhor?

Os ouvidos dele, cuidadosamente aguçados, captaram o débil tremor na voz dela.

– Claro que entre Buntaro e você, ou você teve alguma outra discussão que me interesse? – acrescentou ele com um sarcasmo mordaz, precisando precipitar o assunto. – Com o Anjin-san, talvez, ou com os meus inimigos cristãos, ou com o Tsukku-san?

– Não, senhor. Por favor, desculpe-me. Começou como sempre, como a maioria das discussões, senhor, entre marido e mulher. Realmente por causa de nada. Então, de repente, como sempre, o passado todo vem à tona e infecta o homem e a mulher se... Se eles estiverem mal-humorados.

– E você estava mal-humorada?

– Sim. Por favor, desculpe-me. Provoquei o meu marido impiedosamente. A culpa foi toda minha. Lamento, senhor, que nestes tempos ruins, sinto muito, as pessoas digam coisas sem refletir.

– Vamos, depressa, que coisas?

Ela estava como uma corça encurralada. O seu rosto estava branco como giz. Sabia que os espiões já lhe deviam ter cochichado o que fora gritado no silêncio da casa deles.

Contou-lhe tudo o que fora dito da melhor maneira que conseguiu se lembrar. E acrescentou:

– Acredito que as palavras do meu marido tenham sido ditas devido à cólera desenfreada que provoquei. Ele é leal, sei que é. Se alguém deve ser punido sou eu, senhor. Realmente provoquei a loucura.

Toranaga sentou-se de novo sobre a almofada, as costas rijas, o rosto granítico.

– O que disse a senhora Genjiko?

– Não falei com ela, senhor.

– Mas pretende fazer isso, *né?* Ou pretendia?

– Não, senhor. Com a sua permissão, pretendo partir logo para Ōsaka.

– Você partirá quando eu disser e não antes. E traição é uma besta abominável onde quer que seja descoberta!

Ela se curvou ante o açoite da língua dele.

– Sim, senhor. Por favor, perdoe-me. A culpa é minha.

Ele tocou um sininho. A porta se abriu. Naga apareceu.

– Sim, senhor?

– Ordene que o senhor Sudara venha aqui imediatamente com a senhora Genjiko.

– Sim, senhor. – Naga virou-se para ir embora.

– Espere! Depois convoque o meu conselho, Yabu e todos... e todos os generais mais velhos. Devem estar aqui à meia-noite. E esvazie este andar. Todos os guardas! Você volta com Sudara!

– Sim, senhor. – Pálido, Naga fechou a porta atrás de si.

Toranaga ouviu homens descendo as escadas com estrépito. Dirigiu-se para a porta e abriu-a. O corredor estava vazio. Bateu a porta e trancou-a. Pegou outro sino e tocou-o. Uma porta interna na outra extremidade do aposento se abriu. Era uma porta que mal se notava, tão inteligentemente se fundia ao revestimento de madeira da sala. Uma mulher de meia-idade, atarracada, surgiu por ali. Usava um hábito encapuzado de monja budista.

– Sim, grande senhor?

– Chá, por favor, Chano-chan – disse ele. A porta se fechou. Os olhos de Toranaga voltaram-se para Mariko. – Então você acha que ele é leal?

– Eu sei disso, senhor. Por favor, perdoe-me, a culpa foi minha, não dele – disse ela, desesperada por agradar. – Eu o provoquei.

– Sim, provocou. Repugnante. Terrível. Imperdoável! – Toranaga pegou um lenço de papel e enxugou a fronte. – Mas oportuno.

– Senhor?

– Se você não o tivesse provocado, talvez eu nunca viesse a saber de qualquer traição. E, se ele tivesse dito tudo isso sem provocação, teria havido apenas uma linha de ação. Sendo como é – continuou ele –, você me dá uma alternativa.

– Senhor?

Ele não respondeu. Estava pensando: gostaria que Hiromatsu estivesse aqui agora, haveria pelo menos um homem em quem eu poderia confiar completamente.

– E quanto a você? Quanto à sua lealdade?

– Por favor, senhor, deve saber que a tem.

Ele não respondeu. A expressão de seus olhos era de crueldade.

A porta interna se abriu e Chano, a monja, entrou confiante na sala sem bater, uma bandeja nas mãos.

– Aqui está, grande senhor, já estava pronto. – Ajoelhou-se como uma camponesa, as suas mãos ásperas como as de uma camponesa, mas a sua autoconfiança era enorme e o seu contentamento interior óbvio. – Que Buda o abençoe com a sua paz. – Depois voltou-se para Mariko, curvou-se como uma camponesa se curvaria e sentou-se confortavelmente. – Talvez me honrasse servindo o chá, senhora. A senhora o fará lindamente, sem derramar, *né?* – Os seus olhos cintilavam com um deleite particular.

– Com prazer, Oku-san – disse Mariko, dando-lhe o título religioso de "madre", dissimulando a própria surpresa. Nunca vira antes a mãe de Naga. Conhecia a maioria das outras damas oficiais de Toranaga, vira-as em cerimônias oficiais, mas dava-se apenas com Kiritsubo e a senhora Sazuko.

– Chano-chan – disse Toranaga –, esta é a senhora Toda Mariko-no-Buntaro.

– Ah, *sō desu ka*, sinto muito, pensei que fosse uma das honradas damas do meu grande senhor. Por favor, desculpe-me, senhora Toda, que as bênçãos de Buda estejam com a senhora.

– Obrigada – disse Mariko. Ofereceu a xícara a Toranaga, que aceitou e bebeu um pouco.

– Sirva Chano-chan e a si mesma – disse ele.

– Sinto muito, para mim não, grande senhor, com a sua permissão. Os meus dentes de trás estão amolecidos de tanto chá e o balde fica longe demais destes velhos ossos.

– O exercício lhe faria bem – disse Toranaga, contente por tê-la mandado buscar quando retornara a Edo.

– Sim, grande senhor. Tem razão como sempre. – Chano voltou a sua atenção cordial para Mariko. – Então a senhora é a filha do senhor Akechi Jinsai?

A xícara de Mariko ficou parada no ar.

– Sim. Por favor, desculpe-me...

– Oh, não há nada de que se desculpar, criança. – Chano riu gentilmente e seu estômago balançou para cima e para baixo. – Eu não a reconheci, a não ser pelo nome. Por favor, desculpe-me, mas a última vez que a vi foi no seu casamento.

– Oh?

– Oh, sim, eu a vi no seu casamento, mas a senhora não me viu. Eu espiei por detrás de uma divisória. Sim, a senhora e todos os grandes, o ditador e Nakamura, o futuro táicum, e todos os nobres. Oh, eu era tímida demais para me misturar com aquelas pessoas. Mas aquela foi uma boa época para mim. A melhor da minha vida. Foi o segundo ano em que o meu grande senhor me favoreceu e eu estava com criança, embora continuasse sendo a camponesa que sempre fui. – Os seus olhos se enrugaram e ela acrescentou: – A senhora mudou muito pouco desde esses dias. Continua sendo uma das escolhidas de Buda.

– Ah, gostaria que isso fosse verdade, Oku-san.

– É verdade. Sabia que foi uma das escolhidas de Buda?

– Não fui, Oku-san, por mais que gostasse de ser.

– Ela é cristã – disse Toranaga.

– Ah, cristã... O que importa para uma mulher ser cristã ou budista, grande senhor? Não muito, às vezes, embora algum deus seja necessário para uma mulher. – Chano soltou uma risadinha alegre. – Nós, mulheres, precisamos de um deus, grande senhor, para nos ajudar a lidar com os homens, *né?*

– E nós, homens, precisamos de paciência, de uma paciência divina, para lidar com as mulheres, *né?*

A mulher riu, e isso aqueceu a sala inteira e por um instante abrandou parte dos pressentimentos de Mariko.

– Sim, grande senhor – continuou Chano –, e tudo por causa de um Pavilhão Celestial que não tem futuro, tem pouco calor e uma autossuficiência infernal.

Toranaga resmungou:

– O que diz a esse respeito, Mariko-san?

– A sabedoria da senhora Chano excede a sua juventude – disse Mariko.

– Ah, senhora, diz belas coisas a uma velha tola – disse a monja. – Lembro-me tão bem da senhora. O seu quimono era azul, com as garças estampadas mais adoráveis que já vi. Prateadas. – Os seus olhos voltaram-se para Toranaga. – Bem, grande senhor, só quis me sentar um instante. Por favor, com licença agora.

– Ainda há tempo. Fique onde está.

– Sim, grande senhor – disse Chano, pesadamente pondo-se em pé –, eu obedeceria como sempre, mas a natureza chama. Por isso, por favor, seja gentil com esta velha camponesa. Eu odiaria envergonhá-lo. É tempo de ir. Está tudo pronto, há comida e saquê para quando desejar, grande senhor.

– Obrigado.

A porta fechou-se sem ruído atrás dela. Mariko esperou até que a xícara de Toranaga se esvaziasse e encheu-a de novo.

– No que está pensando?

– Estava esperando, senhor.

– O quê, Mariko-san?

– Senhor, sou *hatamoto*. Nunca lhe pedi um favor antes. Gostaria de lhe pedir um favor como *hata*...

– Não quero que você peça favor algum como *hatamoto* – disse Toranaga.

– Então um desejo de vida.

– Não sou um marido para conceder isso.

– Às vezes um vassalo pode pedir ao susera...

– Sim, às vezes, mas não agora! Agora você vai calar a boca sobre qualquer desejo de vida ou favor ou solicitação, ou seja o que for. – Um desejo de vida era um favor que, por costume antigo, uma esposa podia pedir ao marido, um filho ao pai e, às vezes, um marido à esposa, sem perda de dignidade, sob a condição de que, se o desejo fosse concedido, a pessoa concordava em nunca mais pedir outro favor na vida. Por tradição, não se podiam fazer quaisquer perguntas sobre o favor, nem ele devia ser mencionado novamente.

Ouviu-se uma suave batida à porta.

– Destranque-a – disse Toranaga.

Ela obedeceu. Sudara entrou, seguido da esposa, a senhora Genjiko, e Naga.

– Naga-san, desça ao segundo pavimento abaixo deste e impeça qualquer pessoa de vir aqui sem a minha autorização.

Naga seguiu prontamente a ordem.

– Mariko-san, feche a porta e sente-se ali. – Toranaga apontou um lugar à sua frente e encarou os outros.

– Ordenei que viessem ambos aqui porque há assuntos de família particulares e urgentes a discutir.

Os olhos de Sudara involuntariamente se dirigiram para Mariko, depois voltaram a fitar o pai. Os da Senhora Genjiko nem piscaram.

Toranaga disse asperamente:

– Ela está aqui, meu filho, por duas razões: a primeira é porque quero que esteja aqui, e a segunda é porque quero que esteja aqui!

– Sim, pai – respondeu Sudara, envergonhado com a descortesia do pai para com todos eles. – Posso, por favor, perguntar-lhe em que o ofendi?

– Há alguma razão pela qual eu deveria estar ofendido?

– Não, senhor, a menos que o meu zelo pela sua segurança e a minha relutância em permitir que o senhor parta desta Terra sejam causa de ofensa.

— E quanto a traição? Ouvi dizer que você está ousando assumir o meu lugar como cabeça do nosso clã!

Sudara empalideceu. A senhora Genjiko igualmente.

— Nunca fiz isso, nem por palavras nem por atos. Nem qualquer membro da minha família ou alguém na minha presença.

— Isso é verdade, senhor – disse a senhora Genjiko, com a mesma intensidade.

Sudara era um homem orgulhoso, esbelto, com olhos frios e estreitos e lábios frios que nunca sorriam. Tinha 24 anos, era um excelente general e o segundo dos cinco filhos vivos de Toranaga. Adorava os próprios filhos, não tinha consortes e era devotado à esposa.

Genjiko era baixa, três anos mais velha que o marido e rechonchuda devido aos quatro filhos que já lhe dera. Mas tinha as mesmas costas retas e todo o orgulho da irmã, Ochiba, uma inclemente preocupação com a proteção da própria prole, junto com a mesma ferocidade latente herdada do avô, Goroda.

— Quem quer que tenha acusado o meu marido é mentiroso – disse ela.

— Mariko-san – disse Toranaga –, diga à senhora Genjiko o que o seu marido lhe ordenou que dissesse!

— Meu senhor Buntaro pediu-me, ordenou-me, que a convencesse de que chegou o momento de o senhor Sudara assumir o poder, de que outros no conselho compartilham da opinião de meu marido e que, se o nosso senhor Toranaga não quisesse ceder o poder, deveria... Esse poder deveria ser tomado à força.

— Nunca nenhum de nós nutriu esse pensamento, pai – disse Sudara. – Somos leais e nunca cons...

— Se eu lhe desse o poder, o que você faria? – perguntou Toranaga.

Genjiko respondeu logo:

— Como pode o senhor Sudara saber, quando jamais considerou essa pecaminosa possibilidade? Sinto muito, senhor, mas para ele é impossível responder, porque isso nunca lhe esteve na mente. Como poderia estar? E quanto a Buntaro-san, obviamente os *kamis* tomaram posse dele.

— Buntaro alegou que outros compartilham da sua opinião.

— Quem? – perguntou Sudara indignado. – Diga-me quem, e eles morrerão dentro de minutos.

— Diga-me você quem!

— Não conheço nenhum, senhor, ou lhe teria relatado.

— Não os teria matado antes?

— A sua primeira lei é ter paciência, a segunda é ter paciência. Sempre segui as suas ordens. Eu teria esperado e relatado. Se o ofendi, ordene que eu cometa *seppuku*. Não mereço a sua cólera, senhor. Não cometi traição alguma. Não posso suportar a sua cólera.

A senhora Genjiko acorreu.

— Sim, senhor. Por favor, com licença, mas humildemente concordo com meu marido. Ele é inocente, assim como toda a nossa gente. Somos fiéis... Tudo o que temos é seu, tudo o que somos foi o senhor que fez, tudo o que ordenar faremos.

— Ótimo! São vassalos leais, não são? Obedientes? Sempre obedecem a ordens?

— Sim, senhor.

— Bom. Então vá e mate os seus filhos. Já.

Sudara desviou os olhos do pai e fitou a esposa.

A cabeça dela moveu-se levemente, em aquiescência.

Sudara fez uma reverência para Toranaga. A sua mão apertou o punho da espada e ele se levantou. Fechou em silêncio a porta atrás de si. Houve uma grande quietude no seu rastro. Genjiko olhou uma vez para Mariko, depois cravou os olhos no chão.

Os sinos tocaram a metade da hora do Bode. O ar na sala parecia se adensar. A chuva parou brevemente, depois começou de novo, mais pesada do que antes.

Pouco depois de os sinos indicarem a hora seguinte, houve uma batida.

— Sim?

A porta se abriu. Naga disse:

— Por favor, com licença, senhor, meu irmão... o senhor Sudara quer subir de novo.

— Deixe-o... E volte ao seu posto.

Sudara entrou, ajoelhou-se e reverenciou o pai. Estava ensopado, o cabelo empapado de chuva. Os seus ombros tremiam ligeiramente.

— Meus... os meus filhos estão... o senhor já tomou meus filhos...

Genjiko oscilou e quase caiu para a frente. Mas dominou a fraqueza e encarou o marido.

— O senhor... o senhor não os matou?

Sudara meneou a cabeça e Toranaga disse com severidade:

— Os seus filhos estão nos meus aposentos, no andar abaixo. Ordenei a Chano-san que fosse buscá-los depois que vocês recebessem a ordem de vir aqui. Preciso ter certeza sobre vocês dois. Tempos infames exigem testes infames. — Tocou o sino.

— O senhor... o senhor retira a sua or... a sua ordem, senhor? — perguntou Genjiko desesperada, tentando manter uma fria dignidade.

— Sim. Minha ordem está retirada. Desta vez. Foi necessária para conhecer *você*. E o meu herdeiro.

— Obrigado, obrigado, senhor. — Sudara baixou a cabeça humildemente.

A porta interna se abriu.

— Chano-san, traga meus netos aqui um instante — disse Toranaga.

Logo três babás em trajes escuros e uma ama de leite trouxeram as crianças. As meninas tinham quatro, três e dois anos, e o filho era recém-nascido, com algumas semanas, e estava adormecido nos braços da ama. Todas as meninas usavam quimonos escarlate com fitas da mesma cor no cabelo. As babás ajoelharam-se e se curvaram diante de Toranaga. As suas pupilas imitaram-nas com ar de importância e encostaram a cabeça aos tatames, exceto a mais nova, cuja cabeça necessitou de uma ajuda gentil, embora firme.

Toranaga retribuiu a mesura gravemente. Depois, cumprida a praxe, as crianças correram ao seu abraço, menos o menorzinho, que foi para os braços da mãe.

À meia-noite Yabu atravessou empertigado o adro do torreão iluminado por archotes. O corpo de elite da guarda pessoal de Toranaga se encontrava por toda parte. A lua estava indistinta e nebulosa, e as estrelas, quase invisíveis.

— Ah, Naga-san, qual é a razão de tudo isto?

— Não sei, senhor, mas a ordem é que todos se dirijam à câmara de conferência. Por favor, com licença, mas deve deixar suas espadas comigo.

Yabu corou ante a inaudita quebra de etiqueta.

— Você está... — Mudou de ideia, sentindo a tensão petrificante do jovem e o nervosismo dos guardas próximos. — Por ordem de quem, por favor, Naga-san?

— De meu pai, senhor. Sinto muito, o senhor pode não comparecer à reunião se quiser, mas tenho que preveni-lo de que a ordem é para o senhor se apresentar sem espadas, e, sinto muito, é assim que vai ser. Por favor, desculpe-me, mas não tenho escolha.

Yabu viu a pilha de espadas já ao abrigo da guarita ao lado do imenso portão principal. Ponderou os riscos de uma recusa e achou-os descomunais. Relutante, entregou as suas armas. Naga curvou-se cortesmente, do mesmo modo embaraçado, ao aceitá-las. Yabu entrou. A sala imensa tinha seteiras, chão de pedras e traves de madeira.

Logo estavam reunidos os cinquenta generais mais velhos, 23 conselheiros e sete daimios amistosos, de províncias menores do norte. Estavam todos excitados e desconfortavelmente impacientes.

— Afinal, o que significa isto tudo? — perguntou Yabu, carrancudo, enquanto tomava o seu lugar.

Um general encolheu os ombros.

— Provavelmente é por causa da viagem para Ōsaka.

Outro olhou em torno com esperança:

— Talvez seja uma mudança de plano, *né?* Ele vai ordenar Céu...

— Sinto muito, mas o senhor está com a cabeça nas nuvens. Ele está decidido. O nosso senhor está decidido... É Ōsaka e nada mais! Ei, Yabu-sama, quando chegou aqui?

— Ontem. Fiquei enfiado durante mais de duas semanas numa imunda aldeiazinha de pesca chamada Yokohama, ao sul daqui, com as minhas tropas. O porto é ótimo, mas os percevejos! Mosquitos fedorentos e percevejos... Nunca foram tão ruins em Izu.

— Está a par de todas as novidades?

— Quer dizer, de todas as más novidades? O deslocamento ainda será dentro de seis dias, *né?*

— Sim, terrível. Vergonhoso!

— É verdade, mas esta noite é pior — disse outro general severamente. — Nunca estive sem espadas antes. Nunca.

— É um insulto — disse Yabu deliberadamente. Todos os que estavam próximos o olharam.

— Concordo — retrucou o general Kiyoshio, quebrando o silêncio. Serata Kiyoshio era o grisalho e rijo comandante do Sétimo Exército. — Nunca estive sem espadas em público antes. Faz-me sentir como um mercador fedorento! Acho... Iiiih, ordens são ordens, mas algumas não deviam ser dadas.

— Tem toda a razão — disse alguém. — O que o velho Punho de Aço teria feito se estivesse aqui?

— Teria rasgado o ventre antes de entregar as suas espadas! Teria feito isso esta noite no adro! — disse um jovem. Era Serata Tomo, o filho mais velho do general, segundo em comando do Quarto Exército. — Gostaria que Punho de Aço estivesse aqui! Poderia entender... Teria aberto o ventre antes.

— Considerei isso. — O general Kiyoshio limpou a garganta profundamente. — Alguém tem que ser responsável... e cumprir o seu dever! Alguém tem que assinalar que ser suserano significa responsabilidade e dever!

— Sinto muito, mas é melhor o senhor ter cuidado com a língua — advertiu Yabu.

— Para que serve uma língua na boca de um samurai, se ele é proibido de ser samurai?

— Para nada — resmungou Isamu, um velho conselheiro. — Concordo. Melhor estar morto.

— Sinto muito, Isamu-san, mas esse é o nosso futuro imediato de qualquer modo — disse o jovem Serata Tomo. — Somos pombos empalados para certo falcão desonrado!

— Por favor, calem-se! — disse Yabu, dissimulando a própria satisfação. E acrescentou com cautela:

— Ele é o nosso suserano e, até que o senhor Sudara ou o conselho assuma declaradamente a responsabilidade, continua sendo o suserano e deve ser obedecido. *Né?*

O general Kiyoshio estudou-o, a mão inconscientemente tateando à procura do punho da espada.

— O que foi que ouviu, Yabu-sama?

— Nada.

— Buntaro-san disse que... — começou o conselheiro.

O general Kiyoshio interrompeu-o:

— Por favor, com licença, Isamu-san, mas o que o general Buntaro disse ou o que não disse não tem importância. O que Yabu-sama disse é verdade. Um suserano é um suserano. Ainda assim, um samurai tem direitos, um vassalo tem direitos. Mesmo daimios. *Né?*

Yabu retribuiu o olhar, calculando a profundidade daquele convite.

— Izu é província do senhor Toranaga. Não sou mais daimio de Izu, apenas a governo por ele. — Correu os olhos pela sala enorme. — Estão todos aqui, *né?*

— Menos o senhor Noboru — disse um general, mencionando o filho mais velho de Toranaga, que contava com aversão generalizada.

— Sim. Mas dá na mesma e não tem importância, general: a doença chinesa logo dará cabo dele e estaremos livres para sempre de seu péssimo humor — disse alguém.

— E do mau cheiro.

— Quando vai voltar?

— Quem sabe? Nem sabemos por que Toranaga-sama o mandou para o norte. É melhor que fique lá, *né?*

— Se o senhor tivesse essa doença, seria tão mal-humorado quanto ele, *né?*

— Sim, Yabu-san. Sim, seria. É uma pena que ele seja sifilítico, é um bom general... Melhor do que o "Peixe Frio" — acrescentou o general Kiyoshio, usando o apelido particular de Sudara.

— Iiiiih — assobiou o conselheiro. — Há demônios no ar esta noite para fazê-lo tão descuidado com a língua. Ou será que é o saquê?

— Talvez seja a doença chinesa — respondeu o general Kiyoshio com uma risada amarga.

— Buda me proteja disso! — disse Yabu. — Se ao menos o senhor Toranaga mudasse de ideia sobre Ōsaka!

— Eu rasgaria o ventre se isso o convencesse — disse o jovem.

— Sem ofensa, meu filho, mas você está com a cabeça nas nuvens. Ele nunca mudará.

— Sim, pai. Mas simplesmente não o entendo...

— Vamos todos com ele? No mesmo contingente? — perguntou Yabu um instante depois.

Isamu, o velho conselheiro, disse:

— Sim. Devemos ir como escolta. Com 2 mil homens com equipamento cerimonial completo e toda a pompa. Vamos levar trinta dias para chegar lá. Só nos restam seis.

— Isso não é muito tempo. É, Yabu-sama? — disse o general Kiyoshio.

Yabu não respondeu. Não havia necessidade. O general não solicitava uma resposta. Mergulharam todos nos próprios pensamentos.

Uma porta lateral se abriu. Toranaga entrou. Sudara seguia-o. Todos se curvaram rigidamente. Toranaga retribuiu e se sentou à frente deles; Sudara, na qualidade de herdeiro presuntivo, um pouco à sua frente, também voltado para os demais. Naga entrou pela porta principal e fechou-a.

Apenas Toranaga usava espadas.

— Foi relatado que alguns dos senhores falam em traição, pensam em traição e planejam traição — disse com frieza. Ninguém respondeu ou se moveu. Lentamente, implacavelmente, Toranaga olhou rosto a rosto.

Ainda nenhum movimento. Então o general Kiyoshio falou:

— Posso respeitosamente perguntar, senhor, o que quer dizer com "traição"?

— Todo questionamento de uma ordem, de uma decisão, de uma posição de um suserano, em qualquer momento, é traição — revidou Toranaga, com violência.

As costas do general se enrijeceram:

— Então sou culpado de traição.

— Então saia e cometa *seppuku* de imediato.

— Farei isso, senhor — disse o soldado, orgulhoso —, mas antes reivindicarei o direito de livre expressão diante dos seus leais vassalos, oficiais e cons...

— O senhor perdeu todos os seus direitos!

— Muito bem. Então reivindico-o como desejo de morte, na qualidade de *hatamoto*, e em troca de 28 anos de serviço leal.

— Exponha-o sem rodeios.

— Farei isso, senhor — respondeu gelidamente o general Kiyoshio. — Peço para dizer: primeiro, ir a Ōsaka e curvar-se ao camponês Ishido é traição contra a sua honra, a honra do seu clã, a honra dos seus fiéis vassalos, a sua herança especial e totalmente contra o *bushidō*. Segundo: eu o acuso dessa traição e digo que em consequência o senhor perdeu o seu direito de ser nosso suserano. Terceiro: solicito que o senhor imediatamente abdique em favor do senhor Sudara e honrosamente parta desta vida... Ou raspe a cabeça e se retire para um mosteiro, faça o que preferir.

O general curvou-se rigidamente, depois sentou-se de cócoras. Todo mundo esperava, quase não respirando, agora que o inacreditável se tornara uma realidade.

De repente Toranaga sibilou:

— O que está esperando?

O general Kiyoshio sustentou o seu olhar:

— Nada, senhor. Por favor, com licença. — O filho dele começou a se levantar.

— Não. Ordeno-lhe que fique aqui! — disse ele.

O general curvou-se uma última vez para Toranaga, levantou-se e saiu com grande dignidade. Alguns se mexeram nervosamente e um burburinho percorreu a sala, mas a aspereza de Toranaga dominou de novo:

— Há mais alguém que admita traição? Mais alguém que ouse quebrar o *bushidō*, mais alguém que ouse acusar seu suserano de traição?

— Por favor, com licença, senhor — disse calmamente Isamu, o velho conselheiro. — Mas lamento dizer que, se o senhor for a Ōsaka, isso será traição contra a sua herança.

— No dia em que eu for a Ōsaka você partirá desta Terra.

O homem grisalho curvou-se, reverente:

— Sim, senhor.

Toranaga os examinou. Sem piedade. Alguém mudou de posição, apreensivo, e os seus olhos saltaram para cima dele. O samurai, um guerreiro que anos antes perdera a vontade de combater e raspara a cabeça para se tornar monge budista e agora era membro da administração civil de Toranaga, não disse nada, quase definhando com o medo evidente que tentava desesperadamente ocultar.

– Do que está com medo, Numata-san?

– De nada, senhor – disse o homem, de olhos baixos.

– Bom. Então vá e cometa *seppuku*, porque é um mentiroso e o seu medo é um mau cheiro infeccioso.

O homem choramingou e saiu aos tropeções. O pavor dominava a todos agora. Toranaga observava. E esperava.

O ar tornou-se opressivo, o leve crepitar das chamas dos archotes parecia estranhamente alto. Então, sabendo que era seu dever e responsabilidade, Sudara voltou-se e curvou-se.

– Por favor, senhor, posso respeitosamente fazer uma declaração?

– Que declaração?

– Senhor, acredito que não haja mais... mais traição aqui, e que não haverá mais trai...

– Não compartilho a sua opinião.

– Por favor, com licença, senhor, sabe que lhe obedecerei. Todos lhe obedeceremos. Visamos apenas ao melhor para o senhor...

– O melhor é a *minha* decisão. O que eu decido *é* melhor.

Desamparado, Sudara curvou-se em aquiescência e ficou em silêncio. Toranaga não desviou os olhos dele. O olhar era impiedoso.

– Você não é mais o meu herdeiro.

Sudara empalideceu. Então Toranaga esfacelou a tensão na sala:

– *Eu sou o suserano aqui.*

Esperou um momento, depois, em meio a um silêncio absoluto, levantou-se e arrogantemente marchou para fora da sala. A porta fechou-se atrás dele. Um grande suspiro percorreu a sala. Mãos buscaram punhos de espadas impotentemente. Mas ninguém deixou o seu lugar.

– Esta... esta manhã ouvi... ouvi do nosso comandante-chefe – começou Sudara por fim – que o senhor Hiromatsu estará aqui dentro de poucos dias. Eu... conversarei com ele. Fiquem em silêncio, tenham paciência, sejam leais ao nosso suserano. Vamos agora e prestemos nossos respeitos ao general Serata Kiyoshio...

Toranaga estava subindo as escadas, uma grande solidão sobre ele, os seus passos ecoando no vazio da torre. Perto do topo parou e se apoiou por um momento na parede, a respiração pesada. A dor estava agarrando seu peito de novo e ele tentou abrandá-la, esfregando-o.

– É só falta de exercício – murmurou. – É só isso, falta de exercício.

Continuou. Sabia que estava em grande perigo. Traição e medo eram coisas perigosas, e ambas tinham que ser cauterizadas sem piedade no momento em que aparecessem. Ainda assim, nunca se podia ter certeza de que estavam erradicadas. O combate em que estava empenhado não era brincadeira de crianças.

O fraco tinha que ser alimento do forte, o forte, títere do muito forte. Se Sudara publicamente reivindicasse o seu lugar, ele estaria impotente para impedir. Até que Zataki respondesse, tinha que esperar.

Toranaga fechou e trancou a sua porta e caminhou para uma janela. Embaixo, podia ver seus generais e conselheiros silenciosamente escoando para suas casas, fora dos muros do torreão. Além dos muros do castelo, a cidade numa escuridão quase total. Acima, a lua, pálida e enevoada. Fazia uma noite tristonha, sombria. E, parecia-lhe, a desgraça corria os céus.

CAPÍTULO 50

BLACKTHORNE ESTAVA SÓ, SENTADO AO SOL DA MANHÃ, NUM CANTO DO JARdim, fora da casa de hóspedes, sonhando acordado com o dicionário na mão. Fazia um dia ótimo, sem nuvens — o primeiro em muitas semanas —, e era o quinto dia desde a última vez que vira Toranaga. Durante todo esse tempo ficou confinado no castelo, incapaz de ver Mariko, sem licença para visitar o seu navio ou a sua tripulação, para explorar a cidade, caçar ou cavalgar. Uma vez por dia ia nadar num dos fossos com outros samurais e, para passar o tempo, ensinou alguns a nadar e a mergulhar. Mas isso não tornava a espera mais fácil.

— Sinto muito, Anjin-san, mas é a mesma coisa para todo mundo — dissera Mariko na véspera, quando a encontrara por acaso na sua seção do castelo. — Até o senhor Hiromatsu está sendo mantido à espera. Faz dois dias que chegou e ainda não viu o senhor Toranaga. Ninguém viu.

— Mas isso é importante, Mariko-san. Pensei que ele tivesse entendido que cada dia é vital. Existe algum modo de eu lhe enviar uma mensagem?

— Oh, sim, Anjin-san. Isso é simples. Basta escrever. Se me disser o que quer dizer, escreverei para o senhor. Todo mundo tem que escrever para pedir uma entrevista. Essas são as ordens atuais. Por favor, seja paciente, é tudo que podemos fazer.

— Então, por favor, peça uma entrevista. Eu agradeceria...

— Isso não é problema, o prazer é meu.

— Onde a senhora esteve? Faz quatro dias que não a vejo.

— Por favor, desculpe-me, mas tive que fazer muitas coisas. É... é um pouco difícil para mim, tantos preparativos...

— O que está acontecendo? Este castelo todo está como uma colmeia prestes a levantar voo há quase uma semana.

— Oh, sinto muito. Está tudo ótimo, Anjin-san.

— Está? Sinto muito, um general e um administrador cometem *seppuku* no adro do torreão. Isso é normal? O senhor Toranaga se tranca na torre de marfim, mantendo as pessoas à espera sem razão aparente... Isso também é normal? E o senhor Hiromatsu?

— O senhor Toranaga é o nosso senhor. Tudo o que ele faz é certo.

— E a senhora, Mariko-san? Por que não a tenho visto?

— Por favor, desculpe-me, sinto muito, mas o senhor Toranaga ordenou que eu o deixasse com os seus estudos. Estou visitando a sua consorte agora, Anjin-san. Não o senhor.

– Por que ele quer impedir isso?

– Meramente, suponho, para que o senhor seja obrigado a falar a nossa língua. Foram só alguns dias, *né?*

– Quando parte para Ōsaka?

– Não sei. Esperava partir há três dias, mas o senhor Toranaga ainda não assinou o meu passe. Arranjei tudo, carregadores e cavalos, e diariamente apresento os meus papéis de viagem ao secretário dele para que sejam assinados, mas são sempre devolvidos. "Apresente-os amanhã", é o que me dizem.

– Pensei que ia levá-la a Ōsaka por mar. Ele não disse que eu devia levá-la por mar?

– Sim. Sim, disse, mas... Bem, Anjin-san, nunca se sabe com o nosso suserano. Ele muda os planos.

– Ele sempre foi assim?

– Sim e não. Desde Yokose ele tem estado cheio de... como dizer... melancolia, *né?*... Sim, melancolia, e muito diferente. Ele... sim, está diferente agora.

– Desde a Primeira Ponte a senhora está cheia de melancolia e muito diferente. Sim, está diferente agora.

– A Primeira Ponte foi um fim e um começo, Anjin-san, e a nossa promessa. *Né?*

– Sim. Por favor, desculpe-me.

Ela se curvara tristemente e partira e depois, a uma distância segura, sem se voltar, sussurrara em latim: "Vós...". A palavra pairou no corredor com o seu perfume.

Durante a refeição noturna, tentou interrogar Fujiko. Mas ela também não sabia nada de importante, ou não podia explicar o que havia de errado no castelo.

– *Gomen nasai*, Anjin-san.

Foi para a cama agitado. Agitado pela frustração diante dos adiamentos e das noites sem Mariko. Era sempre ruim saber que ela estava tão perto, que Buntaro estava fora da cidade, e agora, por causa do "Vós...", que o desejo dela continuava tão intenso quanto o seu. Alguns dias antes ele fora à casa dela, sob o pretexto de que precisava de auxílio com o japonês. Os guardas samurais lhe disseram: "Sinto muito, ela não está". Ele lhes agradecera, depois caminhara à toa até o portão principal sul. Dali podia enxergar o oceano. Como a terra era muito plana, não conseguia ver nada além dos embarcadouros e dos cais, embora pensasse poder distinguir os altos mastros do seu navio à distância.

O oceano o chamava. Era o horizonte, mais que o mar, a necessidade de um vento calmo soprando contra ele, olhos semicerrados contra a sua força, a língua sentindo-lhe o sal, o convés adernando, e no topo dos mastros o cordame, as adriças estalando e gemendo sob a pressão das velas, que, de vez em quando, dariam estalidos de alegria quando a brisa forte mudasse um ponto ou dois.

E era a liberdade mais que o horizonte. A liberdade de ir em qualquer direção, com qualquer tempo, conforme o capricho. Erguer-se no seu tombadilho e ser *árbitro*, assim como ali Toranaga sozinho era *árbitro*.

Blackthorne levantou os olhos para a parte mais elevada do torreão. O sol cintilava nas suas curvas simetricamente cobertas de telhas. Ele nunca vira movimento ali, embora soubesse que cada janela abaixo do último andar tinha o seu guarda.

Os gongos soaram a mudança da hora. Pela primeira vez a sua mente lhe disse que aquilo era a metade da hora do Cavalo e não as oito badaladas do turno em pleno meio-dia.

Colocou o dicionário na manga, contente de ser a hora da primeira refeição de verdade.

Naquele dia foi arroz, camarões grandes grelhados, sopa de peixe e vegetais em conserva.

— Aceita mais um pouco, Anjin-san?

— Obrigado, Fujiko. Sim. Arroz, por favor. E um pouco de peixe. Bom, muito bom... — Procurou a palavra "delicioso" e disse-a várias vezes para memorizar. — Sim, delicioso, *né?*

Fujiko ficou satisfeita.

— Obrigada. Este peixe é do norte. Água mais fria ao norte, entende? O nome é *kuruma-ebi*.

Ele repetiu o nome e guardou-o na memória. Quando terminou e as bandejas foram levadas, ela lhe serviu mais chá e tirou um pacote da manga.

— Dinheiro, Anjin-san. — Mostrou-lhe as moedas de ouro. — Cinquenta *kobans*. Valem 150 *kokus*. O senhor quer, *né?* Para os marinheiros. Por favor, está entendendo?

— Sim, obrigado.

— Não há de quê. Suficiente?

— Sim. Acho que sim. Onde conseguiu?

— O... — Fujiko procurou um meio simples de dizer. — Eu fui até importante homem de Toranaga. Chefe. Como Mura, *né?* Não samurai... Só prestamista. Assinei meu nome pelo senhor.

— Ah, entendo. Obrigado. Meu dinheiro? Meus *kokus?*

— Oh, sim.

— Esta casa. Comida. Criados. Quem paga?

— Oh, eu pago. Do seu... dos *kokus* um ano.

— É suficiente, por favor? *Kokus* suficientes?

— Oh, sim. Sim, acredito que sim — disse ela.

— Por que preocupação? Preocupação no rosto?

— Oh, por favor, desculpe-me, Anjin-san. Não estou preocupada. Não preocupação...

— Dor? Queimadura dor?

— Não dor. Veja. — Cuidadosamente Fujiko se levantou das espessas almofadas que ele insistia que ela usasse. Ajoelhou-se diretamente sobre os tatames sem qualquer sinal de desconforto, depois se sentou sobre os calcanhares e se acomodou. — Pronto, tudo melhor.

— Iiiiiih, muito bom — disse ele, satisfeito por vê-la bem melhor. — Mostrar, hein?

Ela se ergueu com cuidado, levantou a barra dos quimonos e permitiu que ele olhasse as costas das pernas. O tecido da cicatriz não se fendera e não havia supuração. — Muito bom — disse ele. — Sim, logo como pele de bebê, *né?*

— Obrigada, sim. Macia. Obrigada, Anjin-san.

Ele notou a leve mudança na voz dela, mas não comentou. Nessa noite não a mandou embora.

O "travesseiro" foi satisfatório. Nada mais. Para ele não houve crepúsculo ou alegre lassidão. Foi apenas um acasalamento. Tão errado, pensou ele, e no entanto não errado, *né?*

Antes de deixá-lo, ela se ajoelhou, curvou-se novamente e pousou as mãos sobre a testa dele.

— Agradeço-lhe de todo o coração. Por favor, durma agora, Anjin-san.

— Obrigado, Fujiko-san. Durmo mais tarde.

— Por favor, durma agora. É meu dever e me daria grande prazer.

O toque da mão era quente e seco e não era agradável. Ainda assim ele fingiu adormecer. Ela o acariciou inabilmente, embora com grande paciência. Depois, em silêncio, voltou para o seu quarto. Agora, sozinho de novo e contente por estar sozinho, Blackthorne apoiou a cabeça nos braços e olhou na escuridão.

Tomara uma decisão em relação a Fujiko durante a viagem de Yokose a Edo.

— É o seu dever — dissera Mariko, deitada nos seus braços.

— Acho que seria um erro, *né?* Se ela engravidar, bem, vou levar quatro anos para navegar até casa e voltar. E Deus sabe o que pode acontecer até lá. — Ele se lembrava de como Mariko tremera então.

— Oh, Anjin-san, isso é muito tempo.

— Três, então. Mas você estará a bordo comigo. Vou levá-la de volta com...

— A sua promessa, meu querido! Nada do que *é, né?*

— Tem razão. Sim. Mas com Fujiko muitas coisas ruins poderiam acontecer. Não acho que ela desejaria um filho meu.

— Você não sabe disso. Não o entendo, Anjin-san. *É o seu dever*. Ela sempre poderia evitar um filho, *né?* Não esqueça, ela é a sua consorte. Na verdade, você lhe tira a dignidade se não a convidar para "travesseirar". Afinal de contas, o próprio Toranaga ordenou que ela fosse para a sua casa.

— Por que ele fez isso?

— Não sei. Não tem importância. Ordenou. Por conseguinte, é o melhor para você e o melhor para ela. Foi bom, *né?* Ela tem cumprido o dever dela da melhor maneira que lhe é possível, *né?* Por favor, me desculpe, mas não acha que você deve cumprir o seu?

— Chega de sermões! Ame-me e não fale mais.

— Como devo amá-lo? Ah, como Kiku-san me disse hoje?

— Como assim?

— Assim.

— Isso é muito bom, muito bom...

— Oh, esqueci, acenda a lâmpada, por favor, Anjin-san. Tenho uma coisa para lhe mostrar.

— Mais tarde, agora eu...

— Oh, por favor, desculpe-me, tem que ser agora. Comprei para você. É um livro de "travesseiro". As figuras são muito engraçadas.

— Não quero ver o livro de "travesseiro" agora.

— Mas desculpe, Anjin-san, talvez uma das gravuras o excitasse. Como se pode aprender sobre "travesseiro" sem um livro de "travesseiro"?

— Já estou excitado.

— Mas Kiku-san disse que é o melhor meio de escolher posições. São 48. Algumas parecem surpreendentes e muito difíceis, mas ela disse que é importante tentar todas... Por que está rindo?

— Você está rindo... Por que eu não deveria rir também?

— Mas eu estava rindo porque você também estava e eu senti a sua barriga balançando e você não vai deixar que eu me levante. Por favor, deixe-me levantar, Anjin-san!

— Ah, mas você não pode ser tão rabugenta, Mariko, querida. Não há mulher no mundo que possa realmente ser tão rabugenta assim...

— Mas, Anjin-san, por favor, deve deixar que eu me levante. Quero lhe mostrar.

— Está bem. Se isso...

— Oh, não, Anjin-san, eu não queria... Você não deve... Será que não pode só esticar a mão... Por favor, ainda não... Oh, por favor, não se afaste... Oh, como o amo assim...

Blackthorne lembrava-se dessa noite. Mariko excitou-o mais do que Kiku, e Fujiko não era nada comparada com as duas. E Felicity?

Ah, Felicity, pensou ele, concentrando-se no seu grande problema. Devo estar louco por amar Mariko e Kiku. E, no entanto, a verdade sobre Felicity é que agora ela não pode se comparar sequer com Fujiko. Fujiko é limpa. Pobre Felicity. Nunca serei capaz de lhe falar do assunto, mas a lembrança de nós dois no cio como um par de arminhos sobre o feno ou sob as cobertas rançosas faz a minha pele se arrepiar. Agora conheço coisa melhor. Agora poderia ensiná-la, mas será que ela gostaria de aprender? E como poderíamos nos limpar, permanecer limpos e viver limpos?

O meu lar é um lixo amontoado sobre lixo, mas é lá que se encontra a minha mulher, é lá que estão os meus filhos e é de lá que eu sou.

— Não pense *nesse* lar, Anjin-san — dissera Mariko uma vez, quando ele se deixara envolver pela névoa escura das lembranças. — O lar real é aqui, o outro está a 10 milhões de vezes 10 milhões de bastões de distância. Aqui é a realidade. O senhor vai enlouquecer se tentar atingir o *wa* a partir de tais impossibilidades. Ouça, se o senhor quer paz, deve aprender a tomar chá de uma xícara vazia.

Ela lhe mostrou como.

– Na realidade, o senhor pensa na xícara, pensa que o chá está lá, a bebida quente e verde-clara dos deuses. Se se concentrar intensamente... Oh, um professor zen poderia lhe mostrar, Anjin-san. É muito difícil, mas muito fácil. Como gostaria de ser inteligente o bastante para lhe mostrar, pois então todas as coisas do mundo podem ser suas, bastando pedi-las... Até o presente mais inconquistável: a tranquilidade perfeita.

Ele tentara muitas vezes, mas nunca conseguiu tomar a bebida quando ela não estava lá.

– Não tem importância, Anjin-san. Leva muito tempo para aprender, mas o senhor aprenderá algum dia.

– A senhora consegue?

– Raramente. Apenas nos momentos de grande tristeza ou solidão. Mas o sabor do chá irreal parece dar um sentido à vida. É difícil de explicar. Fiz uma ou duas vezes. Às vezes se atinge a *wa* com a simples tentativa.

Agora, deitado no escuro do castelo, o sono tão remoto, ele acendeu a vela com a pederneira e se concentrou na pequena xícara de porcelana que Mariko lhe dera e que ele agora mantinha sempre ao lado da cama. Tentou durante uma hora. Mas não conseguiu purificar a mente. Era inevitável, os mesmos pensamentos se atropelavam: quero partir, quero ficar. Tenho medo de voltar, tenho medo de permanecer aqui. Odeio as duas situações e amo ambas. E depois, há os "eters".

Se dependesse apenas de mim, eu não partiria, ainda não. Mas há outros envolvidos e eles não são "eters", e eu assinei contrato como piloto: "*Pelo senhor Deus, prometo partir com a frota e, com a graça de Deus, trazê-la para casa de novo*". Quero Mariko. Quero ver a terra que Toranaga me deu e preciso ficar aqui, para gozar o fruto da minha grande sorte só mais um pouquinho. Sim. Mas também há deveres envolvidos e isso transcende a tudo, *né?*

Com o amanhecer, Blackthorne soube que, embora fingisse ter adiado a decisão mais uma vez, na realidade já se decidira. Irrevogavelmente.

Que Deus me ajude, em primeiro lugar e do princípio ao fim eu sou piloto.

●

Toranaga desenrolou a minúscula tira de papel que chegou duas horas após o amanhecer. A mensagem de sua mãe dizia simplesmente: "Seu irmão concorda, meu filho. A carta de confirmação dele partirá hoje por mensageiro. A visita de cerimônia do senhor Sudara e família deve começar dentro de dez dias".

Toranaga sentou-se, fraco. Os pombos esvoaçaram nos poleiros, depois pousaram de novo. O sol da manhã filtrava-se no pombal de modo agradável, embora nuvens de chuva estivessem se formando. Reunindo forças, ele desceu às pressas os degraus para os aposentos abaixo, para começar.

– Naga-san!
– Sim, pai?
– Mande Hiromatsu aqui. Depois dele, o meu secretário!
– Sim, pai.

O velho general chegou calmamente. As suas juntas rangiam devido à subida e ele se curvou profundamente, a espada frouxa nas mãos como sempre, o rosto mais feroz do que nunca, mais velho do que nunca, e ainda mais resoluto.

– Seja bem-vindo, velho amigo.
– Obrigado, senhor. – Hiromatsu levantou os olhos. – Entristece-me ver as preocupações do mundo no seu rosto.
– E entristece a mim ver e ouvir tanta traição.
– Sim. Traição é uma coisa terrível.

Toranaga viu os firmes olhos velhos medindo-o.
– Pode falar à vontade.
– Alguma vez não fiz isso, senhor? – O velho general estava sério.
– Por favor, desculpe por tê-lo feito esperar.
– Por favor, desculpe-me por perturbá-lo. Qual é o seu desejo, senhor? Por favor, dê-me a sua decisão sobre o futuro da sua casa. É Ōsaka, afinal... Curvar-se diante daquele monte de esterco?
– Alguma vez você já me viu tomar alguma decisão final sobre qualquer coisa?

Hiromatsu franziu o cenho. Depois, pensativo, endireitou as costas para abrandar a dor nos ombros.
– É por isso que não consigo compreendê-lo agora. Não é próprio do senhor desistir.
– Será que o reino não é mais importante do que o *meu* futuro?
– Não.
– Ishido e os outros regentes ainda são governantes legais, de acordo com o testamento do táicum.
– Sou vassalo de Yoshi Toranaga-no-Minowara e não reconheço outro senhor.
– Bom. Depois de amanhã é o dia que escolhi para partir para Ōsaka.
– Sim. Ouvi sobre isso.
– Você estará no comando da escolta, Buntaro será o segundo em comando.

O velho general suspirou.
– Também sei disso, senhor. Mas desde que voltei, senhor, conversei com os seus conselheiros mais velhos e gene...
– Sim. Eu sei. E qual é a opinião deles?
– Que o senhor não devia deixar Edo. Que as suas ordens deviam ser temporariamente anuladas.

– Por quem?

– Por mim. Por ordens minhas.

– É isso o que eles desejam? Ou é o que você decidiu?

Hiromatsu pousou a espada no chão, mais perto de Toranaga, e agora, indefeso, olhou diretamente para ele.

– Por favor, desculpe-me, senhor, gostaria de lhe perguntar o que devo fazer. O meu dever parece dizer-me que eu deveria tomar o comando e impedi-lo de partir. Isso forçará Ishido a vir imediatamente contra nós. Sim, claro que perderemos, mas esse parece ser o único caminho honroso.

– Mas estúpido, *né?*

As sobrancelhas grisalhas do general se franziram.

– Não. Morremos em batalha, com honra. Recuperamos o *wa*. O Kantō torna-se um espólio de guerra, mas não veremos o novo amo nesta vida. *Shikata ga nai.*

– Jamais gostei de gastar homens desnecessariamente. Nunca perdi uma batalha e não vejo razão para começar agora.

– Perder uma batalha não é desonra, senhor. A rendição é honrosa?

– Estão todos de acordo quanto a essa traição?

– Senhor, por favor, desculpe-me, apenas pedi a alguns indivíduos uma opinião militar. Não há traição ou conspiração.

– Ainda assim você deu ouvidos à traição.

– Por favor, desculpe-me, mas se eu concordar, na qualidade de seu comandante-chefe, então não se tornará traição, mas política legal de Estado.

– Tomar decisões longe do suserano é traição.

– Senhor, há muitos precedentes de deposição de um suserano. O senhor fez isso, Goroda fez, o táicum, todos fizemos isso e pior. Um vencedor nunca comete traição.

– Você resolveu me depor?

– Peço a sua ajuda para essa decisão.

– Você é a única pessoa em quem eu pensei que pudesse confiar!

– Por todos os deuses, só desejo ser o seu vassalo mais devotado. Sou apenas um soldado. Quero cumprir o meu dever para com o senhor. Penso apenas no senhor. Mereço a sua confiança. Se isso ajuda, tire-me a cabeça. Se vai convencê-lo a lutar, de bom grado lhe entrego a minha vida, o sangue do meu clã, hoje, em público, em particular ou do modo como o senhor desejar. Não foi isso o que o nosso amigo general Kiyoshio fez? Sinto muito, mas não compreendo por que lhe devo permitir desperdiçar uma vida de esforço.

– Então você se recusa a obedecer às minhas ordens de comandar a escolta que partirá para Ōsaka depois de amanhã?

Uma nuvem passou sobre o sol e os dois homens olharam pelas janelas.

– Logo vai chover de novo – disse Toranaga.

– Sim. Houve chuva demais este ano, *né?* As chuvas devem cessar logo, ou a colheita estará perdida.

Entreolharam-se.

– Bem?

Punho de Aço disse simplesmente:

– Formalmente lhe pergunto, senhor: ordena-me que o escolte de Edo depois de amanhã para começar a viagem para Ōsaka?

– Já que o contrário parece ser o conselho de todos os meus conselheiros, aceitarei a opinião deles, e a sua, e adiarei a minha partida.

Hiromatsu estava totalmente despreparado para isso.

– Hein? Não vai partir?

Toranaga riu, a máscara caiu, e ele se tornou de novo o velho Toranaga.

– Nunca pretendi ir a Ōsaka. Por que eu seria tão estúpido?

– O quê?

– O meu acordo em Yokose não foi mais que um truque para ganhar tempo – disse Toranaga afavelmente. – Ishido mordeu a isca. O imbecil me espera em Ōsaka dentro de poucas semanas. Zataki também mordeu a isca. E você e todos os meus bravos vassalos indignos de confiança também morderam a isca. Sem concessão real de qualquer tipo, ganhei um mês e confundi Ishido e seus imundos aliados. Ouvi dizer que já estão se engalfinhando pelo Kantō. Foi prometido a Kiyama, assim como a Zataki.

– O senhor nunca pretendeu ir? – Hiromatsu balançou a cabeça. Então, quando a clareza da ideia repentinamente o atingiu, o seu rosto fendeu-se num sorriso deliciado. – Foi tudo uma manobra astuciosa?

– Claro. Ouça, todo mundo tinha que ser convencido, *né?* Zataki, todo mundo, até você. Ou os espiões teriam contado a Ishido e ele se teria movido contra nós imediatamente e nenhuma boa fortuna na Terra ou deuses no céu poderiam ter impedido a catástrofe.

– Isso é verdade... Ah, senhor, perdoe-me, sou tão estúpido. Mereço perder a cabeça! Então foi tudo um absurdo, sempre absurdo. Mas... mas e quanto ao general Kiyoshio?

– Ele disse que era culpado de traição. Não preciso de generais traidores, apenas de vassalos obedientes.

– Mas por que atacar o senhor Sudara? Por que retirar dele o seu favor?

– Porque me agrada fazer isso – disse Toranaga asperamente.

– Sim. Por favor, desculpe-me. Isso é privilégio exclusivo seu. Peço-lhe que me perdoe por ter duvidado do senhor.

– Por que eu deveria lhe perdoar por ser o que é, velho amigo? Eu precisava que você fizesse o que fez e dissesse o que disse. Agora preciso de você mais do que nunca. Preciso de alguém em quem possa confiar. É por isso que estou lhe fazendo a confidência. Isto tem que ficar em segredo entre nós.

– Oh, senhor, faz-me tão feliz...

– Sim – disse Toranaga. – É a única coisa de que tenho medo.

– Senhor?

— Você é comandante-chefe. Só você pode neutralizar esse motim estúpido que está sendo tramado enquanto aguardo. Confio em você e devo confiar. O meu filho não pode controlar os meus generais, embora nunca viesse a demonstrar alegria com o segredo se o soubesse, mas o seu rosto é o portão da sua alma, velho amigo.

— Então deixe-me tirar a vida depois de ter acomodado os generais.

— Isso não é ajuda. Você deve mantê-los unidos, à espera da minha pretensa partida, *né*? Simplesmente terá que vigiar o seu rosto e o seu sono como nunca antes. Você é o único no mundo que sabe, é o único em quem devo confiar, *né*?

— Perdoe-me minha estupidez. Não falharei. Explique-me o que devo fazer.

— Diga aos meus generais a verdade: que você me persuadiu a aceitar o seu conselho, que também é o deles, *né*? Formalmente ordeno que a minha partida seja adiada por sete dias. Depois adiarei de novo. Por doença, dessa vez. Você é o único que sabe.

— E depois? Depois será Céu Carmesim?

— Não conforme o planejado originalmente. Céu Carmesim foi sempre um último plano, *né*?

— Sim. E o Regimento de Mosquetes? Não poderia abrir caminho pelas montanhas?

— Parte do caminho. Mas não o caminho todo até Kyōto.

— Mande assassinar Zataki.

— Isso poderia ser possível. Mas Ishido e seus aliados ainda são invencíveis. — Toranaga revelou-lhe os argumentos de Omi, Yabu, Igurashi e Buntaro, no dia do terremoto. — Naquela época ordenei Céu Carmesim como outro ardil para confundir Ishido... e também tive as partes certas da discussão cochichadas em ouvidos errados. Mas o fato é que a força de Ishido ainda é invencível.

— Como podemos dividi-la? E quanto a Kiyama e Onoshi?

— Não, esses dois estão implacavelmente contra mim. Todos os cristãos estarão contra mim, exceto o meu cristão, e logo o colocarei, ele e o seu navio, em uso, um uso ótimo. Tempo é do que mais preciso. Tenho aliados e amigos secretos por todo o império, e se tivesse tempo... Cada dia que eu ganho enfraquece mais Ishido. Esse é o meu plano de batalha. Cada dia de atraso é importante. Ouça, depois das chuvas Ishido virá contra o Kantō, num movimento de pinça, Ikawa Jikkyu avançando contra o sul, Zataki ao norte. Nós vamos deter Jikkyu em Mishima, depois recuar até o passo Yokose e Odawara, onde faremos a nossa resistência final. Ao norte, reteremos Zataki nas montanhas ao longo da estrada Kōshū-kaidō, em algum lugar perto de Mikawa. O que Omi e Igurashi disseram é verdade: podemos rechaçar o primeiro ataque e *não deve* haver outra grande invasão. Lutamos e esperamos atrás das nossas montanhas. Lutamos e protelamos e esperamos, e depois, quando a fruta estiver madura... Céu Carmesim.

— Iiiiiih, que esse dia chegue logo!

— Ouça, velho amigo, só você pode controlar os meus generais. Com tempo e o Kantō seguro, completamente seguro, podemos vencer o primeiro ataque, e então as alianças de Ishido começarão a se romper. Uma vez que isso aconteça, o futuro de Yaemon está garantido e o testamento do táicum, inviolado.

— Não tomará o poder sozinho, senhor?

— Pela última vez: "A lei pode subverter a razão, mas a razão não pode subverter a lei, ou a nossa sociedade toda se rasgará como um tatame velho. A lei pode ser usada para confundir a razão, a razão certamente não pode ser usada para subverter a lei". O testamento do táicum é lei.

Hiromatsu curvou-se em aceitação.

— Muito bem, senhor. Nunca mencionarei isso de novo. Por favor, desculpe-me. Agora... — Deixou seu sorriso mostrar-se. — Agora, o que devo fazer?

— Finja que me convenceu a adiar. Simplesmente controle todos eles com o seu punho de aço.

— Quanto tempo devo manter o fingimento?

— Não sei.

— Não confio em mim mesmo, senhor. Posso cometer um engano sem a intenção disso. Acho que posso manter a alegria longe do rosto por alguns dias. Com a sua permissão, as minhas "dores" devem se tornar sérias, e ficarei confinado ao leito, sem visitas, *né?*

— Bom. Faça isso dentro de quatro dias. A partir de hoje demonstre que está sentindo dor. Não será difícil, *né?*

— Não, senhor. Sinto muito. Fico contente de que a batalha comece este ano. No próximo... posso não ser capaz de ajudar.

— Absurdo. Mas será este ano, não importa se eu disser sim ou não. Dentro de dezesseis dias partirei de Edo para Ōsaka. Até lá você terá dado a sua "aprovação relutante" e liderará a marcha. Só você e eu sabemos que haverá adiamentos posteriores e que bem antes de atingir as minhas fronteiras voltarei a Edo.

— Por favor, perdoe-me por ter duvidado do senhor. Não fosse eu ter que permanecer vivo para ajudar os seus planos, eu não poderia viver com a minha vergonha.

— Não há de que se envergonhar, velho amigo. Se você não tivesse sido convencido, Ishido e Zataki teriam percebido o truque. Oh, a propósito, como estava Buntaro-san quando você o viu?

— Perturbado, senhor. Será bom termos uma boa batalha para ele lutar.

— Ele sugeriu me substituir como suserano?

— Se ele me dissesse isso, eu lhe teria arrancado a cabeça. Imediatamente!

— Mandarei chamar você dentro de três dias. Peça para me ver diariamente, mas eu recusarei até lá.

— Sim, senhor. — O velho general curvou-se, humilde. — Por favor, perdoe este velho tolo. Restituiu-me o sentido para a vida. Obrigado. — E saiu.

Toranaga tirou a pequena tira de papel da manga e releu a mensagem da mãe com uma satisfação enorme. Com a estrada nordeste possivelmente aberta e Ishido possivelmente traído lá, as suas probabilidades melhoravam muito. Atirou a mensagem às chamas. O papel contorceu-se, reduzindo-se a cinzas. Contente, ele desmanchou a cinza, transformando-a em pó. Agora, quem deve ser o novo comandante-chefe?, perguntou a si mesmo.

Ao meio-dia Mariko atravessou o adro do torreão por entre as silenciosas fileiras de guardas e entrou. O secretário de Toranaga a esperava numa das antessalas do térreo.

– Sinto muito ter mandado chamá-la, senhora Toda – disse ele, sem prestar atenção nela.

– O prazer foi meu, Kawanabi-san.

Kawanabi era um samurai velho, de traços severos, com a cabeça raspada. Já fora sacerdote budista. Agora fazia anos que lidava com toda a correspondência de Toranaga. Normalmente era brilhante e entusiasmado. Naquele dia, como a maioria das pessoas no castelo, estava muitíssimo inquieto. Estendeu a ela um pequeno rolo de pergaminho.

– Aqui estão os documentos de viagem para Ōsaka devidamente assinados. Deve partir amanhã e chegar lá o mais rápido possível.

– Obrigada. – A voz dela soou fraca para ela mesma.

– O senhor Toranaga diz que talvez tenha alguns despachos particulares para a senhora levar à senhora Kiritsubo e à senhora Koto. Também para o senhor general Ishido e a senhora Ochiba. Ser-lhe-ão entregues amanhã ao amanhecer se... sinto muito, se estiverem prontos. Providenciarei para que lhe sejam entregues.

– Obrigada.

Dentre uma quantidade de rolos empilhados com um esmero pedante na escrivaninha baixa, Kawanabi selecionou um documento oficial.

– Fui instruído para lhe entregar isto. É o aumento do feudo do seu filho, conforme prometido pelo senhor Toranaga. Dez mil *kokus* anuais. Está datado do último dia do mês passado e... bem, aqui está.

Ela aceitou, leu e examinou os selos oficiais. Estava tudo perfeito. Mas não lhe deu felicidade alguma. Ambos acreditavam que era um papel vazio agora. Se a vida do seu filho fosse poupada, ele se tornaria *rōnin*.

– Obrigada. Por favor, agradeça ao senhor Toranaga pela honra que me confere. Posso ser autorizada a vê-lo antes de partir?

– Oh, sim. Quando sair daqui, a senhora é solicitada a se dirigir ao navio bárbaro. É solicitada a esperá-lo lá.

– Devo... devo traduzir?

— Ele não disse. Eu presumiria que sim, senhora Toda. — O secretário examinou uma lista na sua mão. — O capitão Yoshinaka recebeu ordem de comandar a sua escolta até Ōsaka, se lhe aprouver.

— Eu ficaria honrada em estar sob o comando dele novamente. Posso perguntar como vai o senhor Toranaga?

— Parece bastante bem, mas, para um homem ativo como ele, engaiolar-se por dias a fio... O que posso dizer? — Espalmou as mãos, desamparado. — Sinto muito. Pelo menos hoje ele viu o senhor Hiromatsu e concordou com um adiamento. Também concordou em tratar de outras coisas... Os preços do arroz devem ser estabilizados agora, para o caso de uma má colheita... Mas aqui há tanto a fazer... Simplesmente não parece ser ele, senhora Toda. Os tempos são terríveis, *né*? E terríveis os presságios: os adivinhos dizem que a colheita estará perdida este ano.

— Não acreditarei neles... até o tempo da colheita.

— Sábio, muito sábio. Mas não serão muitos de nós que verão o tempo da colheita. Devo ir com ele para Ōsaka. — Kawanabi estremeceu e se inclinou para a frente nervosamente. — Ouvi um boato de que a peste começou de novo entre Kyōto e Ōsaka... Varíola. Será que é outro sinal do céu de que os deuses estão desviando o rosto de nós?

— Não é próprio do senhor acreditar em boatos ou em sinais do céu, Kawanabi-san, ou passar boatos. Sabe o que o senhor Toranaga pensa disso...

— Sei. Sinto muito. Mas, bem... Ninguém parece estar normal hoje em dia, *né*?

— Talvez o boato não seja verdadeiro... Rezo para que não seja. — Ela afastou o pressentimento. — A nova data para a partida já foi marcada?

— Tomei conhecimento de que o senhor Hiromatsu disse que estava adiada por sete dias. Estou muito contente de que o nosso comandante-chefe tenha retornado e muito contente de que tenha convencido... Gostaria de que a partida fosse cancelada para sempre. É melhor combater do que ser desonrado lá, *né*?

— Sim — concordou ela, sabendo que não havia mais sentido em fingir que esse não era o pressentimento na mente de todo mundo. — Agora que o senhor Hiromatsu voltou, talvez o nosso senhor veja que a rendição não é a melhor linha de conduta.

— Senhora, apenas para os seus ouvidos. O senhor Hiromatsu... — Ele parou, levantou os olhos e pôs um sorriso no rosto. Yabu estava entrando na sala, as espadas retinindo. — Ah, senhor Kashigi Yabu, que prazer em vê-lo. — Curvou-se, Mariko curvou-se, houve algumas amenidades e depois ele disse: — O senhor Toranaga o aguarda, senhor. Por favor, suba imediatamente.

— Bom. Para que ele me quer ver?

— Sinto muito, senhor, ele não me disse... só que queria vê-lo.

— Como vai ele?

Kawanabi hesitou.

— Não houve mudança, senhor.

— A partida... foi marcada uma nova data?
— Tomei conhecimento de que será dentro de sete dias.
— Talvez o senhor Hiromatsu consiga adiá-la ainda mais, *né?*
— Isso dependeria do nosso amo, senhor.
— Claro. — Yabu saiu.
— O senhor estava dizendo sobre o senhor Hiromatsu?
— Apenas para os seus ouvidos, senhora, já que Buntaro-san não está aqui — sussurrou o secretário. — Quando o velho Punho de Aço voltou do encontro com o senhor Toranaga, teve que repousar quase uma hora. Estava sentindo fortes dores, senhora.
— Oh! Seria terrível se alguma coisa lhe acontecesse agora!
— Sim. Sem ele, haveria uma revolta, *né?* Esse adiamento não resolve nada, não é? É apenas uma trégua. O verdadeiro problema... tenho medo... tenho medo desde que o senhor Sudara agiu como assistente formal do general Kiyoshio, cada vez que o nome do senhor Sudara é mencionado o nosso senhor fica furioso... Foi apenas o senhor Hiromatsu quem o convenceu a adiar e isso é a única coisa que... — Lágrimas começaram a correr pelas faces do secretário. — O que está acontecendo, senhora? Ele perdeu o controle, *né?*
— Não — disse ela com firmeza, sem convicção. — Tenho certeza de que tudo dará certo. Obrigada por me dizer. Tentarei ver o senhor Hiromatsu antes de partir.
— Vá com Deus, senhora.
Ela ficou surpresa.
— Não sabia que o senhor era cristão, Kawanabi-san.
— Não sou, senhora. Mas sei que isso é um costume seu.
Ela saiu para o sol, muitíssimo preocupada com Hiromatsu, ao mesmo tempo agradecendo a Deus o fato de a espera ter terminado e no dia seguinte poder escapar. Dirigiu-se para o palanquim e a escolta, que a esperavam.
— Ah, senhora Toda — disse Gyoko, avançando das sombras e interceptando-a.
— Ah, bom dia, Gyoko-san, que prazer em vê-la. Espero que esteja passando bem — disse cordialmente, um calafrio repentino percorrendo-a.
— Nada bem, em absoluto, estou com medo, sinto muito. E muito triste. Parece que não gozamos do favor do nosso senhor, Kiku-san e eu. Desde que chegamos aqui fomos confinadas a um imundo hotel de terceira classe, onde eu não colocaria um prostituto de oitava classe.
— Oh, sinto muito. Tenho certeza de que deve ter havido algum engano.
— Ah, sim, um engano. Certamente, espero que sim, senhora. Por fim, hoje recebi permissão de vir ao castelo, por fim há uma resposta à minha solicitação de ver o grande senhor, por fim permitem-me curvar-me diante do grande senhor de novo, ainda hoje, mais tarde. — Gyoko sorriu-lhe, falsa. — Ouvi dizer que a senhora também vinha ver o secretário do senhor, então pensei esperar para saudá-la. Espero que não se importe.

— É um prazer vê-la, Gyoko-san. Eu a teria visitado, e a Kiku-san, ou pedido que ambas viessem me visitar, mas infelizmente isso não foi possível.

— Sim... muito triste. Estes tempos são tristes. Difíceis para os nobres. Difíceis para os camponeses. A pobre Kiku-san está doente de preocupação de não contar mais com o favor do nosso senhor.

— Estou certa de que ela está enganada, Gyoko-san. Ele... o senhor Toranaga tem muitos problemas urgentes, *né?*

— É verdade... É verdade. Talvez pudéssemos tomar um chá agora, senhora Toda. Eu ficaria honrada em poder conversar com a senhora um momento.

— Ah, sinto muito, mas recebi ordem de tratar de um assunto oficial. Senão ficaria muito honrada.

— Ah, sim, a senhora tem que ir ao navio do Anjin-san agora. Ah, esqueci, sinto muito. Como vai o Anjin-san?

— Acredito que esteja bem — disse Mariko, furiosa de que Gyoko soubesse dos seus assuntos particulares. — Vi-o apenas uma vez, e ainda assim só por alguns momentos, desde que chegamos.

— Um homem interessante. Sim, muito. É triste não ver os amigos, *né?*

As duas mulheres sorriam, falavam com voz polida e despreocupada, ambas conscientes dos impacientes samurais que observavam e ouviam.

— Ouvi dizer que o Anjin-san visitou os amigos, a tripulação. Como os encontrou?

— Ele não me disse nada, Gyoko-san. Como lhe falei, só o vi um momento. Sinto muito, mas tenho que ir...

— É triste não ver os amigos. Talvez eu lhe pudesse falar sobre eles. Por exemplo, que vivem numa aldeia *eta*.

— O quê?

— Sim. Parece que os amigos dele pediram permissão para morar lá, preferindo a aldeia a áreas civilizadas. Curioso, *né?* Não são como o Anjin-san, que é diferente. Corre o boato de que eles dizem que lá é mais como em casa para eles... a aldeia *eta*. Curioso, *né?*...

Mariko lembrou-se de como o Anjin-san estivera estranho na escada naquele dia. Isso explica, pensou ela. *Eta!* Minha Nossa Senhora, pobre homem. Como deve ter ficado envergonhado.

— Desculpe, Gyoko-san, o que foi que disse?

— Só que é curioso que o Anjin-san seja tão diferente dos outros.

— Como são eles? A senhora os viu? Os outros?

— Não, senhora. Eu não iria lá. O que eu teria a ver com eles? Ou com *etas?* Devo pensar nos meus clientes e na minha Kiku-san. E no meu filho.

— Ah, sim, o seu filho.

O rosto de Gyoko se entristeceu sob o guarda-sol, mas os olhos continuaram insensivelmente marrons como o quimono.

– Por favor, desculpe-me, mas suponho que a senhora nem tenha ideia do motivo por que estamos em desgraça com o senhor Toranaga?

– Não. Tenho certeza de que a senhora está enganada. O contrato foi firmado, *né?* Conforme o combinado?

– Oh, sim, obrigada. Tenho uma carta de crédito junto a um rico mercador de Mishima, pagável contra apresentação. Menos do que combinamos. Mas o dinheiro estava longe da minha mente. O que é o dinheiro quando se perdeu o favor do protetor, seja ele ou ela quem for? *Né?*

– Tenho certeza de que a senhora conserva o favor dele.

– Ah, favores! Estava preocupada com o seu também, senhora Toda.

– A senhora conta sempre com a minha boa vontade. E amizade, Gyoko-san. Talvez possamos conversar uma outra vez, realmente tenho que ir agora, sinto muito...

– Ah, sim, é muito gentil de sua parte. Eu gostaria muito. – Quando Mariko se voltou, Gyoko acrescentou no seu tom mais adocicado: – Mas a senhora terá tempo? Parte amanhã, *né?* Para Ōsaka?

Mariko sentiu uma súbita farpa de gelo no peito enquanto a armadilha se fechava.

– Alguma coisa errada, senhora?

– Não, não, Gyoko-san... Esta... durante a hora do Cão, esta noite, seria conveniente?

– É muito gentil, senhora. Oh, sim. Oh, sim, como vai ver o nosso amo agora, antes de mim, a senhora intercederia por nós? Precisamos de um favorzinho. *Né?*

– Eu ficaria contente em fazer isso. – Mariko pensou um instante. – Alguns favores podem ser pedidos, mas ainda assim não serão concedidos.

Gyoko retesou-se ligeiramente.

– Ah! A senhora já pediu a ele o... pediu-lhe que nos favorecesse?

– Naturalmente... por que não o faria? – disse Mariko, com cuidado. – Kiku-san não é uma favorita? A senhora não é uma vassala devotada? Não recebeu favores no passado?

– As minhas solicitações são sempre tão pequenas. Tudo o que eu disse antes ainda se aplica, senhora. Talvez ainda mais.

– Sobre cães de barriga vazia?

– Sobre ouvidos aguçados e línguas seguras.

– Ah, sim. E segredos.

– Seria tão fácil me satisfazer. O favor do meu senhor, e o da minha senhora, não é pedir demais, *né?*

– Não. Se ocorrer uma oportunidade... Não posso prometer nada.

– Até a noite, senhora.

Curvaram-se uma para a outra e nenhum samurai desconfiou de nada. Mariko subiu ao palanquim para mais mesuras, ocultando os tremores que a acometiam, e o cortejo pôs-se em marcha. Gyoko ficou olhando para ela.

– Você, mulher – disse asperamente um jovem samurai ao passar. – O que está esperando? Vá tratar dos seus negócios.

– Ah! – disse Gyoko desdenhosamente, para diversão dos outros. – Mulher, é, jovenzinho? Se eu fosse procurar o seu negócio, poderia ter muita dificuldade em encontrá-lo, hein, embora você ainda nem seja homem bastante para ter pelos!

Os outros riram. Com uma sacudidela de cabeça ela se afastou sem medo.

○

– Olá – disse Blackthorne.

– Boa tarde, Anjin-san. Parece feliz!

– Obrigado. É a vista de uma dama tão adorável, *né?*

– Ah, obrigada – respondeu Mariko. – Como está o seu navio?

– De primeira classe. Gostaria de subir a bordo? Eu gostaria de mostrá-lo à senhora.

– Isso é permitido? Recebi ordem de vir aqui para encontrar o senhor Toranaga.

– Sim. Estamos todos à espera dele agora. – Blackthorne voltou-se e falou ao samurai mais velho no ancoradouro. – Capitão, levo a senhora Toda lá. Mostrar navio. Quando o senhor Toranaga chega, o senhor chama, *né?*

– Como desejar, Anjin-san.

Blackthorne tomou a dianteira no molhe. Havia samurais guardando as barreiras e a segurança estava mais cerrada do que nunca na praia e no convés. Primeiro ele mostrou o tombadilho superior.

– Isto é meu, todo meu – disse com orgulho.

– Algum dos seus tripulantes está aqui?

– Não, nenhum. Hoje não, Mariko-san. – Mostrou tudo tão depressa quanto pôde, depois guiou-a para baixo. – Esta é a cabine principal. – As vigias da popa davam para a praia. Ele fechou a porta. Agora estavam totalmente sozinhos.

– É a sua cabine? – perguntou ela.

Ele confirmou, meneando a cabeça e observando-a. Ela correu para os braços dele. E ele abraçou-a com força.

– Oh, como senti saudades de você...

– E eu também...

– Tenho muito para lhe dizer. E para lhe perguntar – disse ele.

– Não tenho nada a dizer. Exceto que o amo de todo o coração. – Ela estremeceu nos braços dele, tentando afastar o terror de que Gyoko ou alguém os denunciasse. – Tenho muito medo por você.

– Não tenha medo, Mariko, minha querida. Vai dar tudo certo.

– Isso é o que digo a mim mesma. Mas hoje é impossível aceitar o karma e a vontade de Deus.

– Você estava tão distante a última vez.

– Isto é Edo, meu amor. E além da Primeira Ponte.

– *Foi* por causa de Buntaro-san. Não foi?

– Sim – disse ela simplesmente. – Isso e a decisão de Toranaga de se render. É uma inutilidade tão desonrosa... Nunca pensei que diria isso em voz alta, mas tenho que dizer. Sinto muito. – Ela se aninhou mais ainda à proteção dos ombros dele.

– Quando ele for para Ōsaka você estará liquidada também?

– Sim. O clã Toda é poderoso e importante demais. Em qualquer eventualidade, não me deixariam viva.

– Então deve vir comigo. Escaparemos. Nós...

– Sinto muito, mas não há escapatória.

– A menos que Toranaga autorize, *né?*

– Por que ele deveria autorizar?

Rapidamente, Blackthorne contou-lhe o que dissera a Toranaga, mas não que também a pedira.

– Sei que posso forçar os padres a trazer Kiyama ou Onoshi para o lado dele, se ele me autorizar a tomar *esse* Navio Negro – concluiu excitadamente –, e sei que posso fazer isso!

– Sim – disse ela, contente, pela salvação da Igreja, de que ele fosse impedido pela decisão de Toranaga. Examinou de novo a lógica do plano dele e considerou-o sem falhas. – Deve funcionar, Anjin-san. Agora que Harima é hostil, não haveria razão para Toranaga-sama não ordenar um ataque, se ele for combater e não render-se.

– Se o senhor Kiyama ou o senhor Onoshi, ou ambos, se juntassem a ele, isso faria a balança pender para o lado dele?

– Sim – disse ela. – Com Zataki e tempo. – Ela já havia explicado a importância estratégica do controle da estrada norte por Zataki. – Mas Zataki está contra Toranaga-sama.

– Ouça, posso estrangular os padres. Sinto muito, mas eles são meus inimigos, embora sejam os seus padres. Posso dominá-los em nome dele, e no meu também. Você me ajudará a ajudá-lo?

Ela o encarou.

– Como?

– Ajude-me a persuadi-lo a me dar a chance e convença-o a adiar a ida para Ōsaka.

Eles ouviram o ruído de cavalos e de vozes que se elevavam no embarcadouro. Distraídos, olharam pelas vigias. Os samurais estavam puxando para o lado uma das barreiras. O padre Alvito esporeou a montaria e avançou para a clareira.

– O que ele quer? – resmungou Blackthorne, carrancudo.

Observaram o padre desmontar, puxar um rolo da manga e entregá-lo ao samurai mais velho. O homem leu. Alvito olhou o navio.

– Seja o que for, é oficial – disse ela com voz débil.

— Ouça, Mariko-san, não sou contra a Igreja. A Igreja não é má, os padres é que são. E nem todos são maus. Alvito não é, embora seja um fanático. Juro por Deus que acredito que os jesuítas se curvarão ao senhor Toranaga se eu tomar o Navio Negro deles e ameaçar o do ano que vem, porque eles têm que ter dinheiro. Portugal e Espanha têm que ter dinheiro. Toranaga é mais importante. Você me ajudará?

— Sim. Sim, eu o ajudarei, Anjin-san. Mas, por favor, desculpe-me, não posso trair a Igreja.

— Tudo o que peço é que converse com Toranaga ou me ajude a conversar com ele, se achar melhor.

Soou uma trompa distante. Olharam pelas vigias de novo. Estavam todos de olhos fixos na direção oeste. A dianteira de um cortejo de samurais em torno de uma liteira acortinada aproximava-se vindo da direção do castelo.

A porta da cabine se abriu.

— Anjin-san, venha agora, por favor — disse o samurai.

Blackthorne tomou a dianteira rumando para o convés e para o embarcadouro. O seu aceno de cabeça foi friamente cortês. O padre foi igualmente glacial.

Com Mariko, Alvito foi gentil.

— Olá, Mariko-san. Que prazer em vê-la.

— Obrigada, padre — disse ela, fazendo uma profunda mesura.

— Que as bênçãos de Deus recaiam sobre a senhora. — Fez o sinal da cruz sobre ela. — *In nomine Patris et Filii et Spiritu Sancti*.

— Obrigada, padre.

Virando-se, Alvito olhou de novo para Blackthorne.

— Então, piloto? Como está o seu navio?

— Tenho certeza de que o senhor já sabe.

— Sim, sei. — Alvito correu os olhos pelo *Erasmus*, o rosto tenso. — Que Deus o maldiga e a todos os que viajarem nele, se for usado contra a fé e contra Portugal!

— Foi para isso que veio aqui? Para espalhar mais veneno?

— Não, piloto — disse Alvito. — Pediram-me que viesse aqui para encontrar o senhor Toranaga. Acho a sua presença tão desagradável quanto o senhor acha a minha.

— A sua presença não é desagradável, padre. Apenas o mal que o senhor representa.

Alvito corou e Mariko disse rapidamente:

— Por favor. É mau discutir assim em público. Peço a ambos que sejam mais circunspectos.

— Sim, por favor, desculpe-me, Mariko-san. Peço desculpas, Mariko-san. — O padre Alvito voltou-se e olhou para a liteira que vinha atravessando a barreira, a flâmula de Toranaga esvoaçando, samurais uniformizados à frente e atrás, encerrando com um outro grupo esparso e heterogêneo de samurais.

O palanquim parou. As cortinas se descerraram. Yabu desceu. Todos ficaram atônitos. No entanto curvaram-se. Yabu retribuiu a saudação arrogantemente.

— Ah, Anjin-san — disse Yabu. — Como vai?

— Bem, obrigado, senhor. E o senhor?

— Bem, obrigado. O senhor Toranaga está doente. Pediu-me que viesse em seu lugar. Entende?

— Sim. Compreendo — retrucou Blackthorne, tentando dissimular o desapontamento com a ausência de Toranaga. — Sinto muito senhor Toranaga doente.

Yabu deu de ombros, cumprimentou Mariko com deferência, fingiu não notar Alvito e estudou o navio um instante. Estava com um sorriso retorcido quando se voltou para Blackthorne.

— *Sō desu ka*, Anjin-san. O seu navio está diferente desde a última vez que o vi, *né?* Sim, o navio está diferente, o senhor está diferente, tudo está diferente, até o nosso mundo está diferente! *Né?*

— Sinto muito, não entendo, senhor. Por favor, desculpe-me, mas suas palavras são muito rápidas. Como o meu... — Blackthorne começou a frase de reserva, mas Yabu interrompeu guturalmente:

— Mariko-san, por favor, traduza para mim.

Ela fez isso.

Blackthorne assentiu e disse lentamente:

— Sim. Diferente, Yabu-sama.

— Sim, muito diferente. O senhor não é mais bárbaro e sim samurai, assim como o seu navio, *né?*

Blackthorne viu o sorriso nos lábios grossos, a postura belicosa e de repente foi projetado de volta a Anjiro, de volta à praia, de joelhos, Croocq no caldeirão, os gritos de Pieterzoon soando-lhe aos ouvidos, o mau cheiro do buraco nas narinas, e sua mente gritava: Tão desnecessário tudo aquilo, todo o sofrimento, o terror, Pieterzoon, Spillbergen, Maetsukker, a cela, os *etas*, e tudo por sua culpa!

— Está se sentindo bem, Anjin-san? — perguntou Mariko, apreensiva com a expressão nos olhos dele.

— O quê? Oh... oh, sim. Sim, estou bem.

— O que há com ele? — disse Yabu.

Blackthorne meneou a cabeça, tentando aclarar as ideias e apagar o ódio do rosto.

— Sinto muito. Por favor, desculpe-me. Eu... não é nada. Cabeça ruim... não dormir. Sinto muito. — Sustentou o olhar de Yabu, esperando ter dissimulado o seu perigoso lapso. — Pena Toranaga-sama doente... espero não problema, Yabu-sama.

— Não, problema algum — disse Yabu, mas pensando: problema, sim, você não passa de um problema, e só tive problemas desde que você e o seu navio imundo chegaram às minhas praias. Izu foi-se, minhas armas foram-se, a honra foi-se, e agora minha cabeça está perdida por causa de um covarde. — Problema algum, Anjin-san – disse muito cordialmente. – Toranaga-sama pediu-me que lhe entregasse os seus vassalos, conforme ele prometeu. – Os seus olhos deram com Alvito. – Ora, Tsukku-san! Por que o senhor é inimigo de Toranaga-sama?

– Não sou, Kashigi Yabu-sama!

– Os seus daimios cristãos são, *né?*

– Por favor, desculpe-me, senhor, mas somos apenas padres, não somos responsáveis pelas ideias políticas daqueles que adoram a verdadeira fé, nem exercemos controle sobre os daimios que...

– A *verdadeira* fé na Terra dos Deuses é a xintoísta, junto com o Tao, o caminho de Buda!

Alvito não respondeu. Yabu desdenhosamente lhe deu as costas e berrou uma ordem. O grupo de samurais dispersos começou a se alinhar diante do navio. Nenhum deles estava armado. Alguns tinham as mãos atadas.

Alvito avançou e curvou-se.

– Talvez o senhor me dê licença. Eu devia ver o senhor Toranaga. Como ele não virá...

– O senhor Toranaga queria o senhor aqui para servir de intérprete entre ele e o Anjin-san – interrompeu-o Yabu com maus modos deliberados, conforme Toranaga lhe dissera que fizesse. – Sim, para servir de intérprete como apenas o senhor pode fazer, falando direta e imediatamente, *né?* Naturalmente o senhor não tem objeções em fazer para mim o que o senhor Toranaga solicitou, antes de se ir?

– Não, claro que não, senhor.

– Bom. Mariko-san! O senhor Toranaga pede-lhe que veja que as respostas do Anjin-san também sejam corretamente traduzidas.

Alvito corou, mas se conteve.

– Sim, senhor – disse Mariko, odiando Yabu.

Yabu berrou outra ordem. Dois samurais foram até a liteira e voltaram com a caixa-forte do navio, bem pesada.

– Tsukku-san, comece: ouça, Anjin-san, em primeiro lugar, o senhor Toranaga me pediu que devolvesse isto. É propriedade sua, *né?* Abram-na – ordenou aos samurais. A caixa estava transbordando de moedas de prata. – Está conforme foi tirado do seu navio.

– Obrigado. – Blackthorne mal podia acreditar nos próprios olhos, pois aquilo lhe dava poder para contratar a melhor tripulação do mundo, sem promessas.

– Deve ser colocada na sala-forte do navio.

– Sim, naturalmente.

Yabu acenou para dois samurais a bordo. Então, para fúria crescente de Alvito, que continuava com a tradução quase simultânea, Yabu disse:

– Segundo: o senhor Toranaga diz que o senhor é livre para ir ou ficar. Quando estiver na nossa terra, será samurai, *hatamoto* e governado pela lei samurai. No mar, além das nossas costas, é como era antes de vir aqui e governado por leis bárbaras. É-lhe concedido o direito vitalício de atracar em qualquer porto sob controle do senhor Toranaga, sem vistoria por parte das autoridades portuárias. Finalmente: estes duzentos homens são vassalos seus. Ele me pediu que os entregasse formalmente, com armas, conforme o prometido.

– Posso partir quando e como quiser? – perguntou Blackthorne, incrédulo.

– Sim, Anjin-san, pode partir, conforme determinou o senhor Toranaga.

Blackthorne fitou Mariko, mas ela o evitou. Então ele olhou de novo para Yabu.

– Eu poderia partir amanhã?

– Sim, se quiser. Quanto a estes homens – acrescentou Yabu –, são todos *rōnins*. Todos das províncias do norte. Todos concordaram em jurar lealdade eterna ao senhor e aos seus descendentes. São todos bons guerreiros. Nenhum deles cometeu crime que pudesse ser provado. Todos se tornaram *rōnins* porque os respectivos suseranos foram assassinados, morreram ou foram depostos. Muitos combateram em navios contra *wakōs*. – Yabu sorriu ao seu modo malévolo. – Alguns podem ter sido *wakōs*, entende "*wakō*"?

– Sim, senhor.

– Os que estão amarrados são provavelmente bandidos ou *wakōs*. Apresentaram-se como um grupo e se ofereceram voluntariamente para servi-lo sem medo, em troca de perdão por quaisquer crimes passados. Juraram ao senhor Noboru, que selecionou todos estes homens por ordem do senhor Toranaga, que nunca cometeram crime algum contra o senhor Toranaga ou qualquer um dos samurais dele... O senhor pode aceitá-los individualmente ou como um grupo, ou recusá-los. Entende?

– Posso recusar qualquer um deles?

– Por que faria isso? – perguntou Yabu. – O senhor Noboru os escolheu com cuidado.

– Claro, sinto muito – disse Blackthorne a Yabu, consciente do crescente mau humor do daimio. – Compreendo totalmente. Mas os que estão amarrados... o que acontece se eu os recusar?

– A cabeça deles será cortada. Naturalmente. O que tem isso a ver?

– Nada. Sinto muito.

– Siga-me. – Yabu dirigiu-se, empertigado, para a liteira.

Blackthorne deu uma olhada em Mariko.

– Posso *partir*. Ouviu só?

– Sim.

– Isso significa... É quase como um sonho. Ele disse...

– Anjin-san!

Obedientemente Blackthorne se apressou na direção de Yabu. Agora a liteira servia de estrado. Um escrevente armara uma mesa baixa, sobre a qual havia rolos de pergaminho. A pouca distância, os samurais vigiavam uma pilha de adagas e espadas longas, lanças, escudos, machados, arcos e flechas, que alguns homens estavam descarregando de cavalos. Yabu fez sinal a Blackthorne que se sentasse ao seu lado, Alvito bem em frente e Mariko do outro lado. O escrevente chamou pelos nomes. Cada homem se aproximou, curvou-se com formalidade, deu seu nome e linhagem, jurou fidelidade, assinou o pergaminho que lhe correspondia e selou com uma gota de sangue que o escrevente ritualmente tirou picando o dedo. Cada um se ajoelhou para Blackthorne uma última vez, depois se levantou e correu ao armeiro. Primeiro recebeu a espada mortífera, depois a adaga. Cada um aceitou as duas lâminas com reverência, examinando, meticulosamente, expressando orgulho ante a sua qualidade, e enfiou-as no *obi* com uma alegria selvagem. Depois eles receberam outras armas e um escudo de guerra. Quando tomaram os seus novos lugares, completamente armados agora, samurais de novo e não mais *rōnins*, estavam mais fortes, mais eretos e pareciam ainda mais ferozes.

Os *rōnins* amarrados ficaram por último. Blackthorne insistiu em cortar pessoalmente as amarras de cada um. Um a um, juraram fidelidade, conforme tinham feito todos os outros – "Pela minha honra de samurai, juro que os seus inimigos são os meus inimigos" –, e total obediência.

Depois de ter jurado, cada homem foi apanhar as suas armas.

Yabu chamou:

– Uraga-no-Tadamasa!

O homem avançou. Alvito ficou desconcertado. Uraga – o irmão José – estivera despercebido entre os samurais agrupados por perto. Estava desarmado e usava um quimono simples e um chapéu de bambu. Yabu sorriu malicioso ante a agitação de Alvito e voltou-se para Blackthorne.

– Anjin-san. Este é Uraga-no-Tadamasa. Samurai, agora *rōnin*. Reconhece-o? Entende "reconhecer"?

– Sim, compreendo. Sim, reconheço.

– Bom. Antes padre cristão, *né?*

– Sim.

– Agora não. Entende? Agora *rōnin*.

– Compreendo, Yabu-sama.

Yabu observou Alvito. O padre olhava fixamente o apóstata, que o encarava com ódio.

– Ah, Tsukku-san, também o reconhece?

– Sim. Reconheço-o, senhor.

– Está pronto para traduzir de novo... ou perdeu a vontade para isso?

– Por favor, continue, senhor.

– Bom. – Yabu apontou para Uraga. – Ouça, Anjin-san, o senhor Toranaga lhe dá este homem se o quiser. Ele antes era padre cristão, um padre noviço. Agora não é. Agora abjurou o falso deus estrangeiro e reconverteu-se à verdadeira fé xintoísta e... – Fez uma pausa, porque o padre parara de falar. – Disse exatamente isso, Tsukku-san? *Verdadeira* fé xintoísta?

O padre não respondeu. Suspirou, depois traduziu exatamente, acrescentando:

– É o que *ele* diz, Anjin-san, que Deus o perdoe. – Mariko deixou passar sem comentário, odiando Yabu ainda mais, prometendo a si mesma vingar-se dele num dia muito breve.

Yabu observou-os, depois continuou:

– Então Uraga-san não é mais um cristão. Agora está preparado para servi-lo. Sabe falar bárbaro e a língua particular dos padres e foi um dos quatro jovens samurais enviados para as suas terras. Até conheceu o cristão chefe de todos os cristãos, como eles dizem. Mas agora ele os odeia, exatamente como o senhor, *né?* – Yabu observava Alvito, enganando-o, os olhos esvoaçando na direção de Mariko, que ouvia de modo igualmente atento. – O senhor odeia os cristãos, Anjin-san, *né?*

– Os católicos, na sua maioria, são meus inimigos, sim – respondeu ele, completamente consciente de Mariko, que olhava fixo para o vazio. – A Espanha e Portugal são inimigos do meu país, sim.

– Os cristãos são nossos inimigos também. Hein, Tsukku-san?

– Não, senhor. E o cristianismo dá a chave para a vida imortal.

– Dá mesmo, Uraga-san? – disse Yabu.

Uraga balançou a cabeça. A sua voz soou áspera.

– Não penso mais assim, senhor. Não.

– Diga ao Anjin-san.

– Senhor Anjin-san – disse Uraga, com uma pronúncia pesada, mas as palavras portuguesas corretas e facilmente compreensíveis –, não acredito que o catolicismo seja a trava, perdão, a chave da imortalidade.

– Sim – disse Blackthorne. – Concordo.

– Bom – continuou Yabu. – Portanto o senhor Toranaga oferece-lhe este *rōnin*, Anjin-san. É renegado, mas de boa família samurai. Uraga jura, se for aceito, que será o seu secretário, tradutor e fará qualquer coisa que o senhor queira. O senhor terá que lhe dar as espadas. O que mais, Uraga? Diga-lhe.

– Senhor, por favor, desculpe-me. Primeiro... – Uraga tirou o chapéu. O seu cabelo era muito curto, a cabeça raspada ao estilo samurai, mas ele ainda não tinha o rabo de cavalo. – Primeiro, estou envergonhado de que o meu cabelo não esteja correto e não tenha rabo de cavalo como um samurai deve ter. Mas o cabelo crescerá e não sou menos samurai por isso. – Recolocou o chapéu. Disse a Yabu o que havia dito, e os *rōnins* que estavam próximos e conseguiam escutar também ouviram, atentamente. – Segundo, por favor, desculpe-me, mas não sei usar espadas... ou qualquer arma. Eu... eu nunca fui treinado nelas. Mas aprenderei, acredite, aprenderei. Por favor, desculpe a minha vergonha. Juro-lhe absoluta fidelidade e peço que me aceite... – O suor lhe escorria pelo rosto e pelas costas.

Blackthorne disse compadecido:

– *Shikata ga nai, né? Anata wo ukeru*, Uraga-san. O que importa isso? Eu o aceito, Uraga-san.

Uraga curvou-se, depois explicou a Yabu o que dissera. Ninguém riu. Exceto Yabu. Mas a sua risada foi interrompida pelo começo de uma altercação entre os últimos dois *rōnins* sobre a escolha das espadas remanescentes.

– Vocês dois, calem-se! – gritou ele.

Os dois giraram sobre os calcanhares e um vociferou:

– Você não é meu amo! Onde estão as suas maneiras? Diga "por favor" ou cale a boca você!

Imediatamente Yabu se pôs de pé com um pulo e se precipitou sobre o *rōnin*, espada em riste. Homens se dispersaram e o *rōnin* saiu em disparada. Perto do ancoradouro, o homem sacou a espada com um puxão e abruptamente se voltou para o ataque com um diabólico grito de batalha. Então todos os seus amigos arremeteram em seu socorro, espadas preparadas, e Yabu foi encurralado. O homem atacou. Yabu evitou uma violenta estocada, revidou, mas errou, enquanto o grupo se lançava maciçamente à matança. Tarde demais os samurais de Toranaga se precipitaram, sabendo que Yabu era um homem morto.

– *Parem!* – gritou Blackthorne em japonês. Todos ficaram paralisados ante a potência da sua voz. – *Vão lá!* – Apontou para o local onde os homens estavam alinhados antes. – *Agora! Ordem!*

Por um instante todos os homens no ancoradouro permaneceram imóveis. Depois começaram a se mover. O encanto rompeu-se. Yabu lançou-se ao homem que o insultara. O *rōnin* saltou para trás, moveu-se para o lado, a espada levantada acima da cabeça, nas duas mãos, esperando sem medo pelo próximo ataque. Os seus amigos hesitaram.

– *Vão lá! Agora! Ordem!*

Relutante, mas obedientemente, o resto dos homens recuou para fora do caminho, embainhando as espadas. Yabu e o homem andavam lentamente em círculo.

– Você! – gritou Blackthorne. – Pare! Baixe a espada! *Ordeno!*

O homem mantinha os olhos furiosos em Yabu, mas ouviu a ordem e umedeceu os lábios. Simulou investir pela esquerda, depois pela direita. Yabu recuou. O homem, agora fora do seu alcance, correu para perto de Blackthorne e colocou a espada diante dele.

– Obedeço, Anjin-san. Eu não o ataquei. – Quando Yabu investiu, ele se desviou com um pulo e recuou sem medo, mais veloz do que Yabu, mais jovem do que Yabu, escarnecendo dele.

– Yabu-san – chamou Blackthorne. – Sinto muito... Acho foi engano, *né*? Talvez...

Mas Yabu esguichou um jorro de palavras japonesas e atacou o homem, que disparou de novo, sem medo.

Alvito agora estava friamente divertido.

– Yabu-san disse que não há engano, Anjin-san. Esse *cabrón* tem que morrer, diz ele. Nenhum samurai poderia aceitar tal insulto!

Blackthorne sentia todos os olhos sobre si, enquanto desesperadamente tentava decidir o que fazer. Observou Yabu se aproximar cauteloso do homem. Bem à esquerda, um samurai de Toranaga assestou o arco. O único ruído era o dos dois arquejando, correndo e gritando um para o outro. O *rōnin* recuou, depois se voltou e saiu correndo em torno da clareira, ziguezagueando, dando voltas e pulos, o tempo todo mantendo um fluxo gutural e sibilante de insultos.

– Ele está iludindo Yabu, Anjin-san – disse Alvito. – Ele diz "Sou samurai... não mato homens desarmados como você... você não é samurai, você é um camponês, esterco fedorento... Ah, então é isso, você não é samurai, é *eta*, né? Sua mãe era *eta*, seu pai era *eta* e..." – o jesuíta parou quando Yabu soltou um urro de cólera e apontou para um dos homens e gritou alguma coisa. – Yabu disse: "Você! Dê-lhe a espada!".

O *rōnin* hesitou e olhou para Blackthorne.

Blackthorne pegou a espada.

– Yabu-san, peço não lutar – disse ele, desejando o outro morto. – Por favor, peço não lutar...

– *Dê-lhe a espada!*

Um murmúrio encolerizado percorreu os homens de Blackthorne. Ele levantou a mão.

– Silêncio! – Olhou para o seu vassalo *rōnin*. – Venha cá. Por favor!

O homem observou Yabu, negaceou à direita, à esquerda, e a cada vez Yabu golpeou com uma cólera desvairada, mas o homem conseguiu se esquivar e correr para junto de Blackthorne. Desta vez Yabu não o seguiu. Apenas esperou e observou, como um touro enlouquecido preparando o ataque. O homem curvou-se para Blackthorne e pegou a espada. Depois voltou-se para Yabu e, com um uivante grito de batalha, se arremessou ao ataque. Espadas chocaram-se de novo e de novo. Agora os dois homens circulavam em silêncio. Houve outro embate frenético, as espadas cantando. Então Yabu tropeçou e o *rōnin* arremeteu para a matança fácil. Mas Yabu habilmente se desviou e investiu. As mãos do homem, ainda agarrando a espada, foram decepadas. Por um momento, o *rōnin* se manteve ali, uivando, os olhos fixos nos cotos. Depois Yabu cortou-lhe a cabeça.

Houve silêncio. Logo um troar de aplausos envolveu Yabu. O daimio golpeou mais uma vez o corpo que se contorcia. Então, com a honra vingada, pegou a cabeça pelo topete, cuspiu cuidadosamente no rosto e atirou-a ao chão. Caminhou com calma de volta para junto de Blackthorne e curvou-se.

– Por favor, desculpe-me os maus modos, Anjin-san. Obrigado por ter dado a espada a ele – disse calmamente, Alvito traduzindo. – Peço desculpas por haver gritado. Obrigado por me permitir banhar a minha espada em sangue com honra. – Baixou os olhos para o legado que Toranaga lhe oferecera. Cuidadosamente examinou-lhe a ponta. Ainda estava perfeita. Desatou o *obi* de seda para limpar o sangue. – Nunca toque uma lâmina com os dedos, Anjin-san, isso a arruinaria.

Uma lâmina deve sentir apenas seda ou o corpo de um inimigo. – Parou e levantou os olhos. – Posso sugerir que o senhor permita aos seus vassalos testarem as suas lâminas? Será um bom presságio para eles.

Blackthorne voltou-se para Uraga.

– Diga-lhes isso.

Quando Yabu retornou para casa, o dia estava quase findando. Os criados tiraram-lhe as roupas suadas, deram-lhe um quimono asseado e lhe calçaram *tabis* limpos. Yuriko, sua esposa, o esperava no frescor da varanda com chá e saquê escaldantes, do modo como ele gostava.

– Saquê, Yabu-san? – Yuriko era uma mulher alta e magra, com cabelo raiado de cinza. O seu quimono escuro de baixa qualidade realçava-lhe agradavelmente a pele bonita.

– Obrigado, Yuriko-san. – Yabu tomou o vinho apreciando a raspadela doce e áspera, enquanto a bebida lhe descia pela garganta ressecada.

– Foi tudo bem, ouvi dizer.

– Sim.

– Que impertinência daquele *rōnin!*

– Ele me serviu bem, senhora, muito bem. Sinto-me ótimo agora. Mergulhei em sangue a espada de Toranaga e a fiz realmente minha. – Yabu terminou o cálice e ela o encheu de novo. A sua mão acariciou o punho da espada. – Mas a senhora teria apreciado a luta. Ele era uma criança... caiu na primeira armadilha.

Ela o tocou ternamente.

– Estou contente de que tenha feito isso, marido.

– Obrigado, mas quase não me deu trabalho. – Yabu riu. – A senhora devia ter visto o padre! Teria ficado encantada de ver aquele bárbaro transpirando; eu nunca o tinha visto tão zangado. Estava tão furioso que quase sufocava para se conter. Canibal! São todos canibais. Pena que não haja meio de aniquilá-los antes de partirmos desta Terra.

– Acha que o Anjin-san poderia fazer isso?

– Ele vai tentar. Com dez daqueles navios e dez dele, eu poderia controlar os mares daqui até Kyūshū. Com apenas ele, eu poderia prejudicar Kiyama, Onoshi e Harima e esmagar Jikkyu e conservar Izu! Só precisamos de um pouco de tempo e logo cada daimio estará combatendo com o seu inimigo especial. Izu estaria segura e seria minha de novo! Não compreendo por que Toranaga vai deixar o Anjin-san partir. Outro desperdício estúpido! – Fechou o punho e socou-o no tatame. A criada sobressaltou-se, mas não disse nada. Yuriko não fez o menor movimento. Um sorriso esvoaçou-lhe pelo rosto.

– Como foi que o Anjin-san encarou a sua liberdade e os seus vassalos? – perguntou ela.

– Ficou tão feliz que parecia um velho sonhando que tinha um Yang com quatro pontas. Ele... ah, sim... – Yabu franziu o cenho, lembrando-se. – Mas houve uma coisa que ainda não compreendo. Quando aqueles *wakōs* me cercaram, eu era um homem morto. Não há dúvida quanto a isso. Mas o Anjin-san os deteve e me devolveu a vida. Não havia razão para que ele fizesse isso, *né?* Pouco antes eu tinha visto o ódio escrito nele inteiro. Tão ingênuo fingir outra coisa... Como se eu confiasse nele.

– Ele lhe deu a vida?

– Oh, sim. Estranho, *né?*

– Sim. Muitas coisas estranhas estão acontecendo, marido. – Ela dispensou a criada, depois perguntou baixinho: – O que Toranaga realmente queria?

Yabu inclinou-se para a frente e sussurrou:

– Acho que ele quer que eu me torne comandante-chefe.

– Por que ele faria isso? Punho de Aço está morrendo? – perguntou Yuriko. – E o senhor Sudara? Ou Buntaro? Ou o senhor Noboru?

– Quem sabe, senhora? Estão todos em desgraça, *né?* Toranaga muda de ideia com tanta frequência que ninguém pode predizer o que ele fará no momento. Primeiro me pediu que fosse em seu lugar ao ancoradouro e detalhou como queria que cada coisa fosse dita, depois falou sobre Hiromatsu, de como ele estava envelhecendo, e perguntou o que eu de fato pensava sobre o Regimento de Mosquetes.

– Ele poderia estar preparando Céu Carmesim de novo?

– Isso está sempre pronto. Mas ele perdeu a virilidade para isso. Isso necessitará de liderança e habilidade. Antes ele a tinha, agora não. Agora é uma sombra do Minowara que foi. Fiquei chocado com a aparência dele. Sinto muito, cometi um erro. Deveria ter ido com Ishido.

– Penso que o senhor escolheu corretamente.

– O quê?

– Primeiro tome o seu banho, depois acho que tenho um presente para o senhor.

– Que presente?

– O seu irmão Mizuno virá após a refeição noturna.

– Isso é um presente? – indignou-se Yabu. – O que eu poderia querer com esse imbecil?

– Informação ou prudência especial, mesmo vinda de um imbecil, pode ter valor igual à que vem de um conselheiro, *né?* Às vezes até mais.

– Que informação?

– Primeiro o seu banho. E comida. Precisará estar com a cabeça fresca esta noite, Yabu-chan.

Yabu a teria pressionado, mas o banho o tentava e, na verdade, estava dominado por uma agradável lassidão que não sentia havia muitos dias. Parte dela devia-se à deferência de Toranaga naquela manhã, parte à deferência geral dos últimos dias. Mas a maior parte vinha da matança, a ondulação de alegria que correra para o braço, para a cabeça. Ah, matar tão habilmente, de homem para homem, diante de *homens*, isso é uma alegria concedida a muito poucos, muito raramente. Rara o suficiente para ser apreciada e saboreada.

Então deixou a esposa e entregou-se mais ainda à sua alegria. Permitiu que mãos lhe cuidassem do corpo e depois, refrescado e revigorado, dirigiu-se para um aposento com varanda. Os últimos raios do crepúsculo adornavam o céu. A lua estava baixa, crescente e delgada. Ele comeu frugalmente, em silêncio. Um pouco de sopa e vegetais em conserva.

A garota sorriu, convidativa.

— Devo desdobrar os *futons* agora, senhor?

Yabu balançou a cabeça.

— Mais tarde. Antes diga à minha esposa que quero vê-la.

Yuriko chegou, usando um quimono asseado, mas velho.

— *Sō desu ka?*

— O seu irmão está esperando. Devemos vê-lo sozinho. Primeiro o senhor o vê, depois conversamos, o senhor e eu, também a sós. Por favor, seja paciente, *né?*

Kashigi Mizuno, o irmão mais novo de Yabu e pai de Omi, era um homem pequeno com olhos bulbosos, testa alta e cabelo ralo. As suas espadas não pareciam lhe cair bem e ele mal sabia manejá-las. Mesmo com arco e flecha não era muito melhor.

Mizuno curvou-se e cumprimentou Yabu pela habilidade daquela tarde, pois a notícia da façanha se espalhara rapidamente em torno do castelo, intensificando ainda mais a reputação dele como lutador. Depois, ansioso por agradar, foi ao ponto.

— Recebi uma carta em código hoje do meu filho, senhor. A senhora Yuriko achou que seria melhor entregá-la pessoalmente ao senhor. — Estendeu o pergaminho a Yabu, com a decodificação. A mensagem de Omi dizia: "Pai, por favor, diga ao senhor Yabu rapidamente e em particular, primeiro, que o senhor Buntaro veio a Mishima *secretamente via Takato*. Um dos homens dele deixou isso escapar durante uma noite de bebedeira que organizei em honra deles. Segundo: durante essa visita secreta a Takato, que durou três dias, Buntaro viu o senhor Zataki duas vezes e a senhora mãe dele três. Terceiro: antes de o senhor Hiromatsu partir de Mishima, disse à sua nova consorte, a senhora Oko, que não se preocupasse, porque 'enquanto eu viver, o senhor Toranaga nunca deixará o Kantō'. Quarto: que...".

Yabu levantou os olhos.

— Como Omi pode saber o que Punho de Aço disse privadamente à consorte? Não temos espiões na casa dele.

— Agora temos, senhor. Por favor, continue a ler.

"Quarto: que Hiromatsu está decidido a cometer traição, se necessário, e confinará Toranaga em Edo, se necessário, e ordenará Céu Carmesim contra a recusa de Toranaga, com ou sem o assentimento do senhor Sudara, *se necessário*. Quinto: que isto são verdades a que se pode dar crédito. A criada pessoal da senhora Oko é filha da mãe adotiva de minha esposa e foi introduzida no serviço da senhora Oko aqui em Mishima quando por azar a criada dela *curiosamente* contraiu uma indisposição devastadora. Sexto: Buntaro-san está como louco, meditabundo e furioso; hoje desafiou e massacrou um samurai de propósito, amaldiçoando o nome do Anjin-san. Por último: espiões relatam que Ikawa Jikkyu concentrou 10 mil homens em Suruga, prontos para se derramar pelas nossas fronteiras. Por favor, apresente ao senhor Yabu as minhas saudações..." O resto da mensagem não era importante.

– Jikkyu, hein? Será que vou para a morte sem tomar vingança desse demônio!?
– Por favor, seja paciente, senhor – disse Yuriko. – Diga-lhe, Mizuno-san.
– Senhor – começou o homenzinho –, durante meses tentamos pôr em prática o seu plano, aquele que o senhor sugeriu quando o bárbaro chegou. Lembra-se, com todas aquelas moedas de prata, o senhor mencionou que cem ou até quinhentos, nas mãos do cozinheiro certo, eliminariam Ikawa Jikkyu de uma vez por todas. – Os olhos de Mizuno pareceram tornar-se ainda mais anfíbios. – Parece que Mura, o cabeça de Anjiro, tem um primo, o qual tem um primo cujo irmão é o melhor cozinheiro de Suruga. Ouvi dizer hoje que ele foi aceito na casa de Jikkyu. Já recebeu duzentos por conta e o preço total é quinhen...

– Não temos esse dinheiro! Impossível! Como posso levantar quinhentos? Estou tão endividado agora que não posso levantar nem cem!
– Por favor, desculpe-me, senhor. Sinto muito, mas o dinheiro já está separado. Nem todas as moedas do bárbaro continuaram na caixa-forte. Mil moedas extraviaram-se antes de o dinheiro ser oficialmente contado. Sinto muito.

Yabu olhou-o incrédulo.
– Como?
– Parece que Omi-san recebeu ordem de fazer isso em seu nome. O dinheiro foi trazido para cá secretamente para a senhora Yuriko, cuja permissão foi solicitada e concedida antes de se correr o risco de contrariá-lo.

Yabu pensou sobre isso um longo tempo.
– Quem ordenou?
– Eu. Depois de obter permissão.
– Obrigado, Mizuno-san. E obrigado, Yuriko-san. – Yabu curvou-se para ambos. – Ora! Jikkyu, hein? Enfim! – Bateu calorosamente no ombro do irmão e o homenzinho foi quase patético no seu prazer servil. – Agiu muito bem, irmão. Mandar-lhe-ei alguns rolos de seda. Como vai a senhora sua esposa?
– Bem, senhor, muito bem. Pede-lhe que aceite os seus melhores votos.
– Vamos comer juntos. Bem... Bom. Agora, quanto ao resto do relatório... quais são os seus pontos de vista?
– Nada, senhor. Eu estaria mais interessado no que o senhor acha que significa.

– Primeiro... – Yabu parou ao captar o olhar da esposa advertindo-o e mudou o que ia dizer. – Primeiro e último, significa que Omi-san, seu filho, é leal e um excelente vassalo. Se eu tivesse controle sobre o futuro, eu o promoveria, sim, ele merece promoção, *né?*

Mizuno ficou encantado. Yabu foi paciente com ele: tagarelou, cumprimentou-o de novo, e, tão logo a polidez o permitiu, dispensou-o.

Yuriko mandou buscar chá. Quando ficaram absolutamente a sós de novo, ele disse:

– O que significa o resto?

O rosto dela refletia a sua excitação:

– Por favor, desculpe-me, senhor, mas quero lhe dar uma nova ideia: *Toranaga está nos fazendo de tolos e não tem intenção, nem nunca teve, de ir a Ōsaka render-se.*

– Absurdo!

– Deixe-me dar-lhe fatos... Oh, senhor, não sabe como é feliz em ter o seu vassalo Omi e esse estúpido irmão que roubou mil moedas. A prova da minha teoria poderia ser esta: Buntaro-san, um íntimo de confiança, é enviado secretamente a Zataki. Por quê? Claro que para levar uma nova oferta. O que tentaria Zataki? O Kantō, apenas isso. Por isso, a oferta é o Kantō, em troca de lealdade, desde que Toranaga seja novamente *presidente do Conselho de Regentes, um conselho novo com um novo mandato.* Ele poderia se permitir dar o Kantō então, *né?*
– Ela esperou, depois continuou meticulosamente: – Se ele convence Zataki a trair Ishido, está a um quarto do caminho até a capital, Kyōto. Como o pacto com o irmão pode ser consolidado? Reféns! Ouvi esta tarde que o senhor Sudara, a senhora Genjiko, suas filhas e filho vão visitar a veneranda avó em Takato, dentro de dez dias.

– Todos eles?

– Sim. Depois Toranaga devolve o navio ao Anjin-san, tão bom quanto se estivesse novo, com todos os canhões e pólvora, duzentos fanáticos e todo aquele dinheiro, sem dúvida o suficiente para contratar mais mercenários bárbaros, *wakōs* de Nagasaki. Por quê? Para permitir-lhe atacar e tomar o Navio Negro dos bárbaros. Se não houver Navio Negro, não haverá dinheiro e haverá um problema imenso para os padres cristãos que controlam Kiyama, Onoshi e todos os traidores daimios cristãos.

– Toranaga nunca ousaria fazer isso! O táicum tentou e falhou, e era todo-poderoso. Os bárbaros partirão furiosos. Nunca comerciaremos de novo.

– Sim. Se *nós* o fizermos. Mas desta vez é bárbaro contra bárbaro, *né?* Não tem nada a ver conosco. E digamos que o Anjin-san ataque Nagasaki e lhe ateie fogo. Harima não é hostil agora, e Kiyama e Onoshi, e, por causa deles, a maioria dos daimios de Kyūshū? Digamos que o Anjin-san queime alguns dos seus outros portos, pilhe a navegação deles e ao mesmo tempo...

– E ao mesmo tempo Toranaga desencadeie Céu Carmesim! – exclamou Yabu.

— Sim. Oh, sim — concordou Yuriko, exultante. — Isso não explica Toranaga? Essa intriga não se ajusta a ele como a própria pele? Não está fazendo o que sempre fez, apenas esperando como sempre, jogando para ganhar tempo como sempre, um dia aqui, um dia ali, e logo um mês se passa e novamente ele tem uma força esmagadora para arrasar toda oposição? Ele já ganhou quase um mês desde que Zataki trouxe a convocação a Yokose.

Yabu podia ouvir a pulsação explodindo nos seus ouvidos.

— Então estamos salvos?

— Não, mas não estamos perdidos. Acredito que não haverá rendição. — Ela hesitou. — Mas todo mundo ficou desapontado. Oh, ele é tão inteligente, *né?* Todo mundo logrado como nós. Até esta noite. Omi me deu as chaves. Todos nos esquecemos de que Toranaga é um grande ator Nô, que pode usar o próprio rosto como uma máscara, se necessário, *né?*

Yabu tentou ordenar os pensamentos, mas não conseguia.

— Mas Ishido ainda tem o Japão inteiro contra nós!

— Sim. Menos Zataki. E deve haver outras alianças secretas. Toranaga e o senhor podem defender as passagens até o momento certo.

— Ishido tem o Castelo de Ōsaka, o herdeiro e o tesouro do táicum.

— Sim. Mas ficará escondido lá dentro. Alguém o trairá.

— O que devo fazer?

— O contrário de Toranaga. Deixe-o esperar, o senhor deve apertar o passo.

— Como?

— O primeiro a fazer, senhor, é isto: Toranaga se esqueceu de uma coisa que o senhor notou esta tarde. A fúria do Tsukku-san! Por quê? Porque o Anjin-san ameaça o futuro dos cristãos, *né?* Por isso o senhor tem que colocar o Anjin-san sob a sua proteção imediatamente, porque aqueles padres ou os seus fantoches vão assassiná-lo dentro de horas. Depois, o Anjin-san necessita de que o senhor o proteja e guie, que o ajude a conseguir a nova tripulação em Nagasaki. Sem o senhor e seus homens, ele fracassará. Sem ele e o navio dele, os canhões e mais bárbaros, Nagasaki não arderá, e isso tem que acontecer, ou Kiyama, Onoshi e Harima, e os padres imundos, não serão distraídos para temporariamente retirar o seu apoio de Ishido. Nesse meio-tempo Toranaga, milagrosamente apoiado por Zataki e os seus fanáticos, com o senhor comandando o Regimento de Mosquetes, atravessa os desfiladeiros de Shinano, descendo para as planícies de Kyōto.

— Sim. Sim, tem razão, Yuriko-chan! Tem que ser assim. Oh, a senhora é tão inteligente, tão sábia!

— A sabedoria e a sorte não são boas sem os meios de pôr um plano em prática, senhor. Apenas o senhor pode fazer isso, o senhor é o líder, o lutador, o general de batalha que Toranaga deve ter. O senhor deve vê-lo esta noite.

— Não posso ir a Toranaga e dizer-lhe que percebi a astúcia dele, *né?*

— Não, mas o senhor lhe pedirá para ir com o Anjin-san, dirá que tem que partir imediatamente. Podemos pensar numa razão plausível.

– Mas, se o Anjin-san atacar Nagasaki e o Navio Negro, eles não vão parar de comerciar e partir?

– Sim. É possível. Mas isso será no ano que vem. Pelo ano que vem Toranaga será um regente, presidente dos regentes. E o senhor o comandante-chefe dele.

Yabu caiu das nuvens.

– Não – disse, com firmeza. – Assim que tiver o poder, ele me ordenará que cometa *seppuku*.

– Muito antes disso o senhor terá o Kantō.

Os olhos dele piscaram.

– Como?

– Toranaga, na realidade, nunca dará o Kantō ao meio-irmão. Zataki é uma ameaça perpétua. É um homem selvagem, cheio de orgulho, *né?* Será muito fácil para Toranaga manobrar Zataki no sentido de que ele lhe peça a posição avançada na batalha. Se Zataki não for morto, talvez surja uma bala ou seta extraviada. Provavelmente uma bala. O senhor deve comandar o Regimento de Mosquetes na batalha, senhor.

– Por que eu não seria igualmente atingido por uma bala extraviada?

– Talvez seja, senhor. Mas não é parente de Toranaga e portanto não é ameaça ao poder dele. O senhor se tornará o seu mais devoto vassalo. Ele precisa de generais de combate. O senhor merecerá o Kantō, e esse deve ser o seu único objetivo. Ele o dará ao senhor quando Ishido for traído, porque tomará Ōsaka para si.

– Vassalo? Mas a senhora disse para esperar e logo eu...

– No momento aconselho-o a apoiá-lo com todas as forças. Não seguir as ordens dele cegamente, como o velho Punho de Aço, mas com inteligência. Não se esqueça, Yabu-chan, balas extraviadas são coisas que acontecem. Enquanto comandar o regimento, o senhor poderá escolher também... A qualquer momento, *né?*

– Sim – disse ele, reverentemente admirado com ela.

– Lembre-se, Toranaga é digno de ser seguido. É um Minowara, Ishido é um camponês. Ishido é o idiota. Posso ver isso agora. Ishido deve estar forçando os portões de Odawara agora, com chuva ou sem chuva. Omi-san não disse isso também, meses atrás? Odawara não é insuficientemente equipada? Toranaga não está isolado?

Yabu martelou o punho no chão, encantado.

– Então é a guerra, afinal! Como a senhora é esperta de ver através dele! Ah, então, esteve fazendo o papel de raposa o tempo todo, *né?*

– Sim – disse ela, muitíssimo satisfeita.

Mariko chegara à mesma surpreendente conclusão, embora não a partir dos mesmos fatos. *Toranaga deve estar fingindo, jogando um jogo secreto*, raciocinou ela. É a única explicação possível para o seu comportamento inacreditável: dar ao Anjin-san o dinheiro, o navio, todos os canhões e a liberdade na frente do Tsukku-san. Agora o Anjin-san com certeza irá contra o Navio Negro. Ele o tomará e ameaçará o do próximo ano e, em consequência, prejudicará a Santa Igreja e forçará os santos padres a compelirem Kiyama e Onoshi a traírem Ishido...

Mas por quê? Se isso for verdade, pensou ela, perplexa, e Toranaga estiver considerando um plano de longo alcance assim, então é claro que ele não pode ir a Ōsaka e se curvar diante de Ishido, *né?* Ele deve... Ah! E o adiamento de hoje que Hiromatsu convenceu Toranaga a fazer? Oh, minha Nossa Senhora nas alturas, Toranaga nunca pretendeu se render! É *tudo* um truque.

Por quê? Para ganhar tempo.

Para conseguir o quê? Esperar e tramar mil truques mais e não importa o quê, só que Toranaga é mais uma vez o que sempre foi: o todo-poderoso titereiro.

Quanto tempo até que a paciência de Ishido se esgote e ele levante o estandarte de batalha e se mova contra nós? Um mês, no máximo dois. Não mais do que isso. Então, pelo nono mês deste quinto ano de Keichō, a batalha pelo Kantō começará.

Mas o que Toranaga ganhou em dois meses? Não sei, só sei que agora o meu filho tem uma chance de herdar os seus 10 mil *kokus* e de viver e ter filhos, e agora talvez a estirpe de meu pai não desapareça da face da Terra.

Ela saboreou o seu conhecimento recém-descoberto, brincando com ele, examinando-o, considerando a sua lógica impecável. Mas o que fazer até lá?, perguntou-se. Nada além do que você tem feito – e decidiu fazer. *Né?*

– Ama?

– Sim, Chimmoko?

– Gyoko-san está aqui. Ela diz que tem um encontro marcado.

– Ah, sim. Esqueci de lhe dizer. Primeiro aqueça o saquê, depois traga-o para cá, e depois ela.

Mariko refletiu sobre a tarde. Lembrou-se dos braços dele ao seu redor, tão seguros, quentes e fortes.

– Posso vê-la esta noite? – perguntara ele cautelosamente depois que Yabu e Tsukku-san se tinham ido.

– Sim – dissera ela impulsivamente. – Sim, meu querido. Oh, como sou feliz por você. Diga a Fujiko-san... peça-lhe que me mande chamar depois da hora do Javali.

No silêncio da casa a sua garganta se contraiu. Tanta tolice e risco.

Examinou a maquiagem e o penteado no espelho e tentou se compor. Passos se aproximaram. O *shōji* se abriu.

– Ah, senhora – disse Gyoko, curvando-se profundamente. – Que gentil da sua parte em me receber.

– Seja bem-vinda, Gyoko-san.

Tomaram saquê, Chimmoko servindo-as.

– Que louça adorável, senhora. Tão bonita.

Tiveram algum tempo de conversação cortês, depois Chimmoko foi mandada embora.

– Sinto muito, Gyoko-san, mas o nosso amo não foi esta tarde. Não o vi, embora eu espere vê-lo antes de partir.

– Sim, ouvi dizer que Yabu-san foi ao embarcadouro no lugar dele.

– Quando eu vir Toranaga-sama, pedirei a ele mais uma vez. Mas receio que a sua resposta seja a mesma. – Mariko serviu saquê para ambas. – Sinto muito, ele não concederá o meu pedido.

– Sim, acredito. A menos que haja uma grande pressão.

– Não há pressão que eu possa usar. Sinto muito.

– Sinto muito também, senhora.

Mariko pousou o cálice.

– Então a senhora resolveu que algumas línguas não são seguras.

– Se eu fosse cochichar segredos a seu respeito – disse Gyoko asperamente –, diria isso na sua cara? Considera-me tão ingênua?

– Talvez seja melhor que a senhora vá embora, sinto muito. Tenho muito o que fazer.

– Sim, senhora, eu também tenho! – replicou Gyoko, a voz ríspida. – O senhor Toranaga me perguntou, na minha cara, o que eu sabia sobre a senhora e o Anjin-san. Esta tarde. Eu lhe disse que não existia nada entre os dois. Eu disse: "Oh, sim, senhor, também ouvi os abomináveis rumores, mas não há verdade neles. Juro pela cabeça do meu filho, senhor, e pelos filhos dele. Se houvesse alguém para saber, com certeza seria eu. O senhor pode crer que é tudo uma mentira maliciosa, tagarelice, tagarelice invejosa, senhor...". Oh, sim, senhora, pode acreditar que fiquei convenientemente chocada, a minha atuação foi perfeita e ele ficou convencido. – Gyoko tragou o saquê e acrescentou, amarga: – Agora estamos todos arruinados se ele conseguir provas... O que não seria difícil de conseguir. *Né?*

– Como?

– Ponha o Anjin-san à prova... com métodos chineses. Chimmoko, com métodos chineses. Eu, Kiku-san, Yoshinaka... Sinto muito, até a senhora... com métodos chineses.

Mariko respirou profundamente.

– Posso... posso lhe perguntar... por que decidiu correr esse risco?

– Porque em certas situações as mulheres devem se proteger mutuamente contra os homens. Porque, na realidade, eu não vi nada. Porque a senhora não me fez mal. Porque eu gosto da senhora e do Anjin-san e acredito que ambos têm seus próprios karmas. E porque prefiro tê-la viva e amiga a tê-la morta, e é excitante vê-los fazer circular a chama da vida.

– Não acredito na senhora.

Gyoko riu suavemente.

– Obrigada, senhora. – Controlada agora, disse com completa sinceridade: – Muito bem, eu lhe direi a razão real. Preciso da sua ajuda. Sim. Toranaga-sama não me concederá o pedido, mas talvez a senhora possa pensar num jeito. A senhora é a única chance que jamais tive, que jamais terei nesta vida, e não posso perdê-la levianamente. Pronto, agora sabe. Por favor, é com humildade que lhe peço que me ajude com a minha solicitação. – Colocou as duas mãos sobre os *futons* e se curvou profundamente. – Por favor, desculpe a minha impertinência, senhora Toda, mas tudo o que tenho será posto ao seu dispor se me ajudar. – Depois acomodou-se sobre os calcanhares, arrumou as dobras do quimono e terminou o saquê.

Mariko tentou pensar direito. A sua intuição lhe dizia que confiasse na mulher, mas a sua mente ainda estava em parte aturdida com a compreensão recente sobre Toranaga e com o alívio por Gyoko não a ter denunciado, conforme esperara. Por isso resolveu pôr a decisão de lado, para consideração posterior.

– Sim, tentarei. A senhora tem que me dar tempo, por favor.

– Posso lhe dar coisa melhor. Eis um fato: conhece a Facção Amida? Os assassinos?

– O que há com eles?

– Lembra-se daquele no Castelo de Ōsaka, senhora? Ia atacar o Anjin-san mesmo, não Toranaga-sama. O copeiro-chefe do senhor Kiyama pagou 2 mil *kokus* por esse atentado.

– Kiyama? Mas por quê?

– Ele é cristão, *né?* O Anjin-san era o inimigo até então, *né?* Se o era naquela altura, o que não se dirá dele agora? Agora que o Anjin-san é samurai e está livre, com seu navio.

– Outro Amida? Aqui?

Gyoko sacudiu os ombros.

– Quem sabe? Mas eu não daria a tanga de um *eta* pela vida do Anjin-san se ele for descuidado fora do castelo.

– Onde está ele agora?

– Nos aposentos dele, senhora. Vai visitá-lo logo, *né?* Talvez fosse bom preveni-lo.

– A senhora parece saber de tudo o que acontece, Gyoko-san!

– Conservo os ouvidos abertos, senhora, e os olhos.

Mariko controlou a preocupação com Blackthorne.

– Falou isso a Toranaga-sama?

– Oh, sim, falei. – Os cantos dos olhos de Gyoko se enrugaram enquanto ela sorvia o saquê. – Na realidade, não acho que ele tenha ficado surpreso. Interessante, não acha?

– Talvez a senhora tenha se enganado.

– Talvez. Em Mishima ouvi um boato de que havia uma trama para envenenar o senhor Kiyama. Terrível, *né?*

– Que trama?

Gyoko contou os detalhes.

– Impossível! Um daimio cristão nunca faria isso a outro! – Mariko encheu os cálices. – Posso perguntar o que mais foi dito, pela senhora e por ele?

– Em parte, senhora, a minha súplica para recuperar o favor dele e sair daquela hospedaria infestada de pulgas, e com isso ele concordou. Agora devemos ter alojamentos adequados dentro do castelo, perto do Anjin-san, numa das casas de hóspedes, e posso ir e vir como quiser. Ele pediu que Kiku-san o distraísse esta noite, e isso é outra melhora, embora nada o vá tirar daquela melancolia. *Né?* – Gyoko observava Mariko especulativamente. Mariko mantinha o rosto inocente e apenas assentiu. A mulher suspirou e continuou: – Sim, ele está muito triste. É uma pena. Parte do tempo foi gasto com os três segredos. Ele me pediu que repetisse o que eu sabia.

Ah, pensou Mariko, outra peça que se encaixa perfeitamente. Ochiba? Então foi essa a isca para Zataki. E Toranaga também tem um porrete sobre a cabeça de Omi, se necessário, e uma arma a usar contra Onoshi com Harima, ou mesmo Kiyama.

– Está sorrindo, senhora?

Oh, sim, Mariko queria dizer, desejando compartilhar o seu júbilo com Gyoko. Como a sua informação deve ter sido valiosa para o nosso amo, queria dizer a Gyoko. Agora ele deve recompensá-la! A senhora mesma devia ser promovida a daimio! E como Toranaga-sama é fantástico, ouvindo tudo com tanto desinteresse aparente. Como ele é maravilhoso!

Mas Toda Mariko-no-Buntaro apenas meneou a cabeça e disse calmamente:

– Sinto muito que a sua informação não o tenha animado.

– Nada do que eu disse lhe melhorou o humor, que estava sombrio e derrotado. Triste, *né?*

– Sim, sinto muito.

– Sim. – Gyoko fungou. – Outra informação antes de partir, para interessá-la, senhora, para cimentar a nossa amizade. É muito possível que o Anjin-san seja muito fértil.

– O quê?

– Kiku-san está grávida.

– Do Anjin-san?

– Sim. Ou do senhor Toranaga. Possivelmente de Omi-san. Todos estiveram com ela dentro do período de tempo correto. Naturalmente ela tomou todas as precauções depois de Omi-san, como sempre, mas, como a senhora sabe, nenhum método é perfeito, nada é garantido sempre, os enganos acontecem, *né?* Ela acha que esqueceu depois do Anjin-san, mas não tem certeza. Foi no dia em que o mensageiro chegou a Anjiro e na animação de partir para Yokose e da compra do contrato dela pelo senhor Toranaga; é compreensível, *né?* – Gyoko ergueu as mãos, grandemente perturbada. – Depois do senhor Toranaga, por sugestão minha, ela fez o contrário. Também acendemos bastões de incenso, nós duas, e rezamos por um menino.

Mariko estudou a estampa do seu leque.

– Quem? Quem a senhora acha que foi?

– Esse é o problema, senhora. Não sei. Eu ficaria grata pelo seu conselho.

– Esse começo deve ser interrompido. Naturalmente. Não há risco para ela.

– Concordo. Infelizmente Kiku-san não concorda.

– O quê? Estou abismada, Gyoko-san! Claro que ela deve. Ou o senhor Toranaga deve ser informado. Afinal de contas, aconteceu depois de ele...

– *Talvez* tenha acontecido, senhora.

– O senhor Toranaga terá que ser informado. Por que Kiku-san é tão desobediente e tola?

– Karma, senhora. Ela quer um filho.

– Filho de quem?

– Ela não dirá. Tudo o que disse foi que qualquer um dos três tinha vantagens.

– Ela seria prudente em deixar esse se perder e ter certeza na próxima vez.

– Concordo. Pensei que a senhora devia saber, para o caso... Há muitos e muitos dias antes que qualquer coisa apareça ou antes que um aborto seja risco para ela. Talvez mude de ideia. Nisso não posso forçá-la. Não é mais propriedade minha, embora, por enquanto, eu esteja tentando tomar conta dela. Seria esplêndido se a criança fosse do senhor Toranaga. Mas digamos que tenha olhos azuis... Um último conselho, senhora: diga ao Anjin-san que confie nesse Uraga-no-Tadamasa apenas por enquanto, e nunca em Nagasaki. Nunca lá. A lealdade final desse homem será sempre para o tio, o senhor Harima.

– Como descobre essas coisas, Gyoko-san?

– Os homens precisam cochichar segredos, senhora. É isso o que os faz diferentes de nós, *precisam* compartilhar segredos, mas nós, mulheres, só os revelamos para obter alguma vantagem. Com um pouco de prata e um ouvido preparado, e eu tenho os dois, é tudo muito fácil. Sim. Os homens precisam *compartilhar* segredos. É por isso que somos superiores e eles estarão sempre em nosso poder.

CAPÍTULO 51

POUCO ANTES DO AMANHECER, AINDA ESCURO, A PONTE LEVADIÇA DE UM PORtão lateral desceu sem ruído e dez homens atravessaram rapidamente a estreita passagem por cima do fosso interno. A grade de ferro fechou-se atrás deles. Na extremidade oposta da ponte, as sentinelas, alertas, deliberadamente voltaram as costas e permitiram que os homens passassem ilesos. Todos usavam quimonos escuros e chapéus cônicos, e seguravam com firmeza as espadas: Naga, Yabu, Blackthorne, Uraga-no-Tadamasa e seis samurais. Naga ia na dianteira, Yabu atrás dele, conduzindo-os por um labirinto de desvios laterais, escadas acima e escadas abaixo, e por passagens pouco usadas. Quando topavam com patrulhas ou sentinelas – sempre alertas –, Naga levantava um símbolo de prata e o grupo era autorizado a passar, sem estorvo e sem perguntas.

Por tortuosos caminhos secundários, Naga levou-os ao portão principal sul, que era o único caminho sobre o primeiro grande fosso do castelo. Ali uma companhia de samurais os aguardava. Silenciosamente, esses homens rodearam o grupo de Naga, protegendo-o, e juntos atravessaram a ponte às pressas. Sempre sem serem interceptados, prosseguiram, descendo a leve elevação que levava à Primeira Ponte, andando tão junto quanto possível sob as sombras deixadas pelos archotes que abundavam perto do castelo. Uma vez do outro lado da ponte, tomaram a direção sul e desapareceram num labirinto de vielas, rumando para o mar.

Exatamente junto ao cordão que cercava o atracadouro do *Erasmus*, os samurais acompanhantes pararam e fizeram sinal aos dez que avançassem, depois fizeram uma saudação, deram meia-volta e se fundiram de novo com a escuridão.

Naga tomou a dianteira por entre as barreiras. Foram admitidos sobre o cais sem comentários. Havia mais archotes e guardas ali do que antes.

– Está tudo pronto? – perguntou Yabu, assumindo o comando.

– Sim, senhor – respondeu o samurai mais velho.

– Bom, Anjin-san, o senhor entendeu?

– Sim, obrigado, Yabu-san.

– Bom. É melhor se apressar.

Blackthorne viu os seus próprios samurais reunidos descuidadamente a um lado e com um gesto mandou Uraga juntar-se a eles, conforme fora combinado previamente. Os seus olhos percorreram o navio, examinando e reexaminando tudo enquanto corria para bordo e, exultante, se instalava no *seu* tombadilho. O céu ainda estava escuro, sem sinal de alvorecer. Tudo indicava que iam ter um ótimo dia, com mar calmo.

Olhou para trás, para o embarcadouro. Yabu e Naga tinham mergulhado numa conversa. Uraga estava explicando aos seus vassalos o que acontecia. Então as barreiras se abriram de novo e Baccus van Nekk e o resto da tripulação, todos obviamente apreensivos, entraram aos tropeções na clareira, rodeados de guardas sarcásticos.

Blackthorne dirigiu-se à amurada e gritou:

– Ei! Subam a bordo!

Quando o viram, os seus homens pareceram menos receosos e começaram a correr, mas os guardas os cobriram de imprecações e eles pararam.

– Uraga-san! – gritou Blackthorne. – Diga-lhes que deixem os meus homens subirem a bordo. *Imediatamente.* – Uraga obedeceu com vivacidade. Os samurais ouviram e fizeram uma reverência na direção do navio, soltando a tripulação.

Vinck foi o primeiro a chegar. Arrastando-se, Baccus chegou por último. Os homens ainda estavam meio assustados, mas nenhum subiu ao tombadilho superior, domínio exclusivo de Blackthorne.

– Deus todo-poderoso, piloto! – falou Baccus, ofegante, acima do tumulto de perguntas. – O que está acontecendo?

– O que há de errado, piloto? – ecoou Vinck, com os outros. – Meu Deus, numa hora estávamos dormindo e de repente ouviu-se uma explosão, a porta se escancarou e os macacos entraram, nos fazendo marchar para cá...

– Ouçam! – exclamou Blackthorne, levantando a mão. Quando se fez silêncio, ele falou calmamente: – Vamos levar o *Erasmus* para uma enseada segura do outro lado do...

– Não temos homens suficientes, piloto – exclamou Vinck de volta. – Nunca...

– Escute, Johann! Vamos ser rebocados. O outro navio estará aqui a qualquer momento. Ginsel, vá para a proa, você indicará o rumo. Vinck, tome o leme, Jan Roper e Baccus, cuidem da cabresteira de proa. Salamon e Croocq, à popa. Sonk, desça e verifique as nossas provisões. Providencie um pouco de grogue, se conseguir encontrar. Mãos à obra!

– Um minuto, piloto! – disse Jan Roper. – Para que toda a pressa? Aonde vamos e por quê?

Blackthorne sentiu uma onda de indignação por ser questionado, mas lembrou-se de que eles tinham o direito de saber, não eram vassalos nem *etas*, mas a sua tripulação, os seus companheiros de bordo e, em alguns aspectos, quase sócios.

– Este é o começo da estação das tempestades, dos tufões. Que eles chamam de *tai-funs*, grandes tempestades. Este atracadouro não é seguro. Do outro lado da enseada, algumas léguas ao sul, fica o melhor e mais seguro ancoradouro deles. É perto de uma aldeia chamada Yokohama. O *Erasmus* estará seguro lá e poderá enfrentar qualquer tempestade. Agora mãos à obra!

Ninguém se mexeu.

– Apenas algumas léguas, piloto? – disse Van Nekk.

– Sim.

– Para quê, então? E, bem, para que a pressa?

– O senhor Toranaga concordou em me deixar fazer isso agora – respondeu Blackthorne, dizendo meia verdade. – Quanto mais depressa, melhor, pensei eu. Ele pode mudar de ideia novamente, *né*? Em Yokohama... – Desviou o olhar quando Yabu subiu a bordo com seus seis guardas. Os homens saíram às pressas do seu caminho.

– Meu Deus – exclamou Vinck, a voz sufocada. – É ele! É o bastardo que liquidou o Pieterzoon!

Yabu aproximou-se do tombadilho superior, sorrindo largamente, sem notar o terror que contaminou a tripulação ao reconhecê-lo. Apontou para o mar.

– Anjin-san, olhe! Lá! Está tudo perfeito, *né*?

Uma galera parecida com uma monstruosa lagarta marinha vinha silenciosamente na direção deles, do lado oeste, saída da escuridão.

– Bom, Yabu-sama! Quer subir aqui?

– Mais tarde, Anjin-san. – Yabu dirigiu-se para o topo da escada de embarque. Blackthorne voltou-se para os seus homens.

– Tomem seus lugares. Depressa. E cuidado com a língua. Falem apenas holandês, há um samurai a bordo que entende português! Conversarei com vocês quando estivermos a caminho! Mexam-se!

Os homens se dispersaram, contentes por se afastarem da presença de Yabu. Uraga e vinte dos samurais de Blackthorne subiram a bordo. Os outros estavam entrando em formação no cais, para embarcar na galera.

– Estes são seus guardas pessoais, se lhe agradarem, senhor – disse Uraga.

– O meu nome é Anjin-san, não "senhor" – disse Blackthorne.

– Por favor, me desculpe, Anjin-san. – Uraga começou a subir os degraus.

– Pare! Fique embaixo! Ninguém jamais sobe ao tombadilho superior sem a minha permissão! Diga a eles.

– Sim, Anjin-san. Por favor, me desculpe.

Blackthorne foi até o costado para observar a galera atracando, exatamente a oeste deles.

– Ginsel! Vá a terra e observe como vão pegar os cabos de reboque e fixar as amarras! Cuide para que sejam presas adequadamente. Parecem meio frouxas agora!

Então, com o navio sob controle, Blackthorne examinou os vinte homens.

– Por que foram todos escolhidos do grupo amarrado, Uraga-san?

– Eles são um clã, sen... Anjin-san. Como irmãos, senhor. Rogam a honra de defendê-lo.

– *Anata wa, anata wa, anata wa*. Blackthorne apontou dez homens ao acaso e ordenou que desembarcassem, para serem substituídos por outros vassalos seus, também a serem selecionados por Uraga ao acaso. E disse a Uraga que deixasse claro que *todos* os seus vassalos deviam ser como irmãos ou podiam cometer *seppuku* de imediato. – *Wakarimasu ka?*

– *Hai*, Anjin-san. *Gomen nasai*.

Logo as amarras de proa estavam a bordo da outra embarcação. Blackthorne inspecionou tudo, examinou o vento novamente, usando todos os seus sentidos de homem do mar, sabendo que, mesmo dentro das águas benignas da vasta enseada de Edo, a jornada poderia ser perigosa se de repente um temporal começasse.

– Zarpar! – gritou. – *Ima*, capitão-san!

O outro capitão acenou e deixou a galera afastar-se do cais. Naga estava a bordo da outra embarcação, apinhada com samurais e o resto dos vassalos de Blackthorne. Yabu estava ao lado de Blackthorne no tombadilho do *Erasmus*. O navio adernou ligeiramente e um tremor percorreu-o ao ficar ao sabor da corrente. Blackthorne e todos da tripulação ficaram excitados, explodiram em expressões de júbilo. Mais uma vez estavam no mar, a alegria sobrepujando as preocupações. Ginsel encontrava-se debruçado sobre a minúscula plataforma de estibordo, atado a uma corda, indicando o rumo e avisando das braças. O atracadouro começou a ficar distante.

– Ó de bordo à frente! *Yukkuri sei!* Devagar!

– *Hai*, Anjin-san – foi o grito em resposta. Juntos, os dois navios dirigiram-se para fora da enseada, com luminárias de navegação no topo dos mastros.

– Bom, Anjin-san – disse Yabu. – Muito bom!

Yabu esperou até que estivessem bem ao largo. Então chamou Blackthorne à parte e disse:

– Anjin-san, o senhor me salvou a vida ontem. Entende? Detendo aqueles *rōnins*. Lembra-se?

– Sim. Apenas meu dever.

– Não, não dever. Em Anjiro, lembra-se daquele outro homem, o marinheiro, lembra-se?

– Sim, lembro-me.

– *Shikata ga nai, né?* Karma. *Né?* Aquilo foi antes de samurai ou *hatamoto*... – Os olhos de Yabu cintilavam à luz da lanterna. Ele tocou a espada de Blackthorne e falou suave e claramente: – Antes de "Vendedor de Óleo", *né?* De samurai para samurai, peço que esqueça tudo antes. Começar de novo. Esta noite. Por favor? Entende?

– Sim, compreendo.

– Precisa de mim, Anjin-san. Sem mim, nenhum *wakō* bárbaro. Não pode consegui-los sozinho. Não em Nagasaki. Nunca. Eu posso consegui-los, ajudá-lo a consegui-los. Agora lutamos do mesmo lado. O lado de Toranaga. O mesmo lado. Sem mim, não *wakō*, entende?

Blackthorne observou a galera à frente um instante, examinou o convés e os seus marujos. Depois olhou para Yabu.

– Sim, entendo.

– Entende "ódio", a palavra "ódio"?
– Sim.
– O ódio vem do medo. Eu não o temo. O senhor precisa não ter medo de mim. Nunca mais. Eu quero o que quero: os seus novos navios aqui, o senhor aqui, capitão dos novos navios. Posso ajudá-lo muitíssimo. Primeiro o Navio Negro... Ah, sim, Anjin-san – disse ele, vendo a alegria perpassar pelo rosto de Blackthorne –, convencerei o senhor Toranaga. O senhor sabe que sou um lutador, *né*? Comandarei o ataque. Tomarei o Navio Negro para o senhor por terra. Juntos, o senhor e eu, somos mais fortes do que um só. *Né?*
– Sim. Possível conseguir mais homens? Mais do que os meus duzentos?
– Se o senhor precisar de 2 mil, 5 mil! Não se preocupe, o senhor comanda o navio, eu comando o combate. Concorda?
– Sim. Acordo justo. Obrigado. Concordo.
– Bom, muito bom, Anjin-san – disse Yabu, satisfeito. Sabia que essa sociedade beneficiaria os dois, por mais que o bárbaro o odiasse. Novamente a lógica de Yuriko fora impecável.

Antes, naquela mesma noite, ele vira Toranaga e pedira permissão para ir logo a Ōsaka e preparar o caminho para ele.
– Por favor, me desculpe, mas considerei o assunto muito urgente – dissera Yabu, deferente, conforme ele e a esposa planejaram. – Afinal de contas, o senhor devia ter alguém de posição lá para se certificar de que todos os arranjos estão perfeitos. Ishido é um camponês e não entende de cerimônia, *né*? Os preparativos devem estar perfeitos ou o senhor não deve ir, *né*? Poderia levar semanas, *né*?

Ele ficara encantado com a facilidade com que Toranaga fora persuadido.
– Depois, também há o navio bárbaro, senhor. É melhor colocá-lo em Yokohama de imediato, para o caso de tufão. Supervisionarei isso pessoalmente, com a sua permissão, antes de ir. O Regimento de Mosquetes pode guardar o navio, isso lhe dá alguma coisa para fazer. Depois prosseguirei direto para Ōsaka com a galera. Por mar seria melhor e mais rápido, *né*?
– Muito bem, sim, se acha que isso é prudente, Yabu-san, faça. Mas leve Naga-san consigo. Deixe-o no comando em Yokohama.
– Sim, senhor. – Depois Yabu contara a Toranaga sobre a raiva do Tsukku-san e dissera que, se o senhor Toranaga quisesse que o Anjin-san vivesse tempo suficiente para conseguir homens em Nagasaki, para o caso de Toranaga desejar que o navio se fizesse ao mar, então talvez isso devesse ser feito imediatamente, sem hesitação.
– O padre ficou muito furioso. Acho que furioso o bastante para lançar os seus convertidos contra o Anjin-san!
– Tem certeza?
– Oh, sim, senhor. Talvez eu devesse colocar o Anjin-san sob a minha proteção.
– Depois, como se se tratasse de um pensamento súbito, acrescentou: – O mais simples seria levar o Anjin-san comigo. Posso dar início aos preparativos em

Ōsaka, continuar até Nagasaki, conseguir os novos bárbaros, depois completar os preparativos no meu regresso.

– Faça o que achar melhor – dissera Toranaga. – Deixo a seu critério, meu amigo. O que importa, *né*? O que importa qualquer coisa?

Yabu ficou feliz de, finalmente, poder agir. Apenas a presença de Naga não fora planejada, mas isso não tinha importância e, na verdade, seria prudente tê-lo em Yokohama.

Yabu estava observando o Anjin-san: a postura alta, arrogante, os pés ligeiramente afastados, oscilando tranquilamente com o jogo da embarcação e o jogo das ondas, era quase uma parte do navio, tão imenso, forte e diferente. Tão diferente de quando estava em terra. Conscientemente Yabu começou a assumir uma postura parecida, imitando-o com cuidado.

– Quero mais do que o Kantō, Yuriko-san – sussurrou para a esposa, pouco antes de sair de casa. – Só mais uma coisa. Quero o controle do mar. Quero ser o almirante supremo. Investiremos toda a renda do Kantō no plano de Omi de *escoltar* o bárbaro ao país dele, para comprar mais navios e trazê-los para cá. Omi irá com ele, *né*?

– Sim – disse ela igualmente feliz. – Podemos confiar nele.

O ancoradouro em Edo estava agora deserto. Os últimos guardas samurais desapareciam pelas vielas, retornando ao castelo. O padre Alvito surgiu das sombras, com o irmão Miguel ao lado. Alvito olhou na direção do mar.

– Que Deus amaldiçoe a belonave e todos os que navegam nela.

– Menos um, padre. Um dos nossos navega no navio. E Naga-san jurou que se tornará cristão no primeiro mês do próximo ano.

– Se houver um próximo ano para ele – disse Alvito, sombrio. – Não sei nada sobre Naga, talvez fale a sério, talvez não. Aquele navio vai nos destruir e não há nada que possamos fazer.

– Deus nos ajudará.

– Sim, mas enquanto isso somos soldados Dele e temos que ajudá-Lo. O padre-inspetor deve ser prevenido de imediato, assim como o capitão-mor. Já encontrou um pombo-correio para Ōsaka?

– Não, padre, por dinheiro algum. Nem para Nagasaki. Meses atrás Toranaga-sama ordenou que *todos* os pombos fossem colocados sob a sua guarda.

O abatimento de Alvito se acentuou.

– Deve haver alguém que tenha um! Pague o que for necessário. O herege vai nos prejudicar de forma terrível, Miguel.

– Talvez não, padre.

– Por que eles estão levando o navio? Claro que é por segurança, mas mais, talvez, para colocá-lo fora do nosso alcance. Por que Toranaga deu ao herege duzentos *wakōs* e as suas barras de ouro e prata de volta? Claro que para usá-lo como uma força de combate, e o ouro é para comprar mais piratas, atiradores e marujos. Por que dar a liberdade a Blackthorne? Para nos destruir, destruindo o Navio Negro. Deus nos ajude! Toranaga também nos abandonou!

– Nós o abandonamos, padre.

– Não há nada que possamos fazer para ajudá-lo! Tentamos tudo com os daimios. Estamos indefesos.

– Talvez, se orássemos mais intensamente, Deus nos mostrasse um caminho.

– Eu rezo e rezo, mas... Talvez Deus nos tenha abandonado, sim, Miguel, e com razão. Talvez não sejamos dignos da sua mercê. Eu sei que não sou.

– Talvez o Anjin-san não encontre atiradores ou marujos. Talvez nunca chegue a Nagasaki.

– A prata que ele tem comprará todos os homens de que necessita. Até católicos, até portugueses. Os homens tolamente pensam mais neste mundo do que no outro. Não vão abrir os olhos. Vendem a alma fácil demais, todos eles. Sim. Rezo para que Blackthorne não chegue nunca lá. *Ou os emissários dele.* Não se esqueça, não há necessidade alguma de que ele vá até lá. Os homens poderiam ser contratados e trazidos a ele. Venha, vamos para casa agora. – Desanimado, Alvito tomou a dianteira na direção da missão jesuíta, que ficava a pouco menos de dois quilômetros a oeste, perto dos cais, atrás de um dos grandes depósitos que normalmente abrigavam as sedas e o arroz da estação e formavam parte do complexo comercial que os jesuítas dirigiam em nome de comprador e vendedor.

Caminharam um pouco pela praia, mas então Alvito parou e olhou para o mar de novo. A manhã estava rompendo. Ele não conseguiu ver nada dos navios. "Que chance tem a nossa mensagem de ser entregue?" Na véspera, Miguel descobrira que um dos novos vassalos de Blackthorne era cristão. Quando na noite passada correra a notícia, através da rede clandestina de Edo, de que alguma coisa ia acontecer com o Anjin-san e o seu navio, Alvito rapidamente escreveu uma mensagem cifrada para Dell'Aqua, dando todas as últimas notícias, implorando ao homem que a entregasse em segredo se conseguisse atingir Ōsaka.

– A mensagem chegará – acrescentou o irmão Miguel calmamente. – O nosso homem sabe que navega com o inimigo.

– Que Deus olhe por ele, lhe dê forças e amaldiçoe Uraga. – Alvito olhou de soslaio para o homem mais jovem. – Por quê? Por que ele se tornou apóstata?

– Ele lhe disse, padre – respondeu o irmão Miguel. – Queria ser padre, ordenado na nossa Companhia. Isso não era pedir muito, para um orgulhoso servidor de Deus.

– Ele era orgulhoso demais, irmão. Deus, na sua sabedoria, tentou-o e encontrou-o desejando.

– Sim. Rezo para não ser encontrado desejando quando chegar a minha vez.

Alvito desviou-se da Missão, tomando a direção do grande terreno que fora destinado por Toranaga para a catedral que logo se ergueria do chão para a glória de Deus. O jesuíta já conseguia vê-la mentalmente, alta, majestosa, embora delicada, dominando a cidade, sinos incomparáveis trazidos de Macau ou Goa, ou até de Portugal, tocando as mudanças de hora, as imensas portas de bronze sempre escancaradas para a aristocracia fiel. Podia sentir o odor do incenso e ouvir o som dos cânticos em latim.

Mas a guerra destruirá esse sonho, disse a si mesmo. A guerra virá de novo para assolar este país e será como nunca foi antes.

– Padre! – sussurrou o irmão Miguel, chamando a atenção dele.

Uma mulher estava à frente deles olhando para as fundações iniciais que já tinham sido marcadas e parcialmente escavadas. Ao seu lado estavam duas criadas. Alvito esperou, impávido, observando na meia-luz. A mulher estava velada e ricamente vestida. Então o irmão Miguel se mexeu de leve. O seu pé tocou uma pedra e a fez chocar-se ruidosamente contra uma pá de ferro, invisível na escuridão. A mulher voltou-se, surpresa. Alvito reconheceu-a.

– Mariko-san? Sou eu, o padre Alvito.

– Padre? Oh, eu ia... Eu estava mesmo indo vê-lo. Vou partir em breve, mas queria conversar com o senhor antes.

Alvito aproximou-se.

– Estou contente em vê-la, Mariko-san. Sim. Ouvi dizer que vai partir. Tentei vê-la diversas vezes, mas, no momento, o castelo ainda me está proibido. – Sem dizer palavra, Mariko baixou os olhos para as bases da catedral. Alvito olhou para o irmão Miguel, que também estava espantado de que uma senhora de tanta importância estivesse tão insuficientemente acompanhada, vagando por ali tão cedo e sem ser anunciada. – Veio aqui apenas para me ver, Mariko-san?

– Sim. E para ver o navio partir.

– O que posso fazer pela senhora?

– Gostaria de me confessar.

– Então que seja aqui – disse ele. – Que a sua confissão seja a primeira neste lugar, embora o terreno mal esteja consagrado.

– Por favor, desculpe-me, mas o senhor poderia celebrar missa aqui, padre?

– Não há igreja ou altar ou paramentos ou eucaristia. Eu poderia fazer isso na nossa capela se a senhora...

– Não poderíamos tomar chá numa xícara vazia, padre? Por favor – pediu ela, numa voz fraca. – Sinto muito por pedir, padre. Há tão pouco tempo.

– Sim – concordou ele, entendendo imediatamente aonde ela queria chegar.

Então ele caminhou para o ponto onde um dia talvez ficasse o altar, dentro da nave magnífica, sob um teto em abóbada. Naquele dia o céu clareando era o teto. E os pássaros e o som da rebentação, o coro majestoso. Começou a entoar a beleza solene da missa com o irmão Miguel ajudando, e, juntos, trouxeram o infinito à Terra.

Mas, antes de oferecer o simulacro de sacramento, ele parou e disse:

– Agora devo ouvir a confissão, Maria. – Fez sinal ao irmão Miguel para que se afastasse, sentou-se numa pedra, dentro de um confessionário imaginário, e fechou os olhos. Ela se ajoelhou.

– Diante de Deus...

– Antes de começar, padre, quero pedir um favor.

– Meu ou de Deus, Maria?

– Peço um favor diante de Deus.

– Qual é o favor?

– A vida do Anjin-san em troca de informação.

– A vida dele não é minha para que eu a dê ou retire.

– Sim. Sinto muito, mas poderia ser divulgada uma ordem entre *todos* os cristãos de que a vida dele não deve ser tirada como sacrifício a Deus.

– O Anjin-san é o inimigo. Um terrível inimigo da nossa fé.

– Sim. Ainda assim, peço pela vida dele. Em troca... em troca talvez eu possa ser de grande auxílio.

– Como?

– O meu favor está concedido, padre? Diante de Deus?

– Não posso conceder tal favor. Não cabe a mim dar ou retirar. A senhora não pode negociar com Deus.

Mariko hesitou, ajoelhada sobre a terra dura diante dele. Depois se curvou e começou a se levantar.

– Muito bem. Então, por favor, descul...

– Apresentarei a solicitação ao padre-inspetor – disse Alvito.

– Isso não basta, padre, por favor, desculpe-me.

– Apresentarei o pedido a ele e lhe rogarei em nome de Deus que o considere.

– Se o que eu lhe disser for muito valioso, o senhor, diante de Deus, jurará que fará tudo o que estiver em seu poder, tudo para socorrê-*lo* e protegê-*lo*, desde que não seja diretamente contra a Igreja?

– Sim. Se não for contra a Igreja.

– E, sinto muito, concorda em apresentar a minha solicitação ao padre-inspetor?

– Diante de Deus, sim.

– Obrigada, padre. Ouça então... – Contou-lhe seu raciocínio sobre Toranaga e o embuste.

De repente tudo se encaixou no lugar para Alvito.

– A senhora tem razão, tem que ter razão! Deus me perdoe, como pude ser tão estúpido?

– Por favor, escute, padre, há mais fatos. – Cochichou-lhe os segredos sobre Zataki e Onoshi.

– Isso não é possível!

– Também há os rumores de que o senhor Onoshi planeja envenenar o senhor Kiyama.

– Impossível!

– Por favor, desculpe-me, é muito possível. Eles são inimigos de longa data.

– Quem lhe contou tudo isso, Maria?

– O boato é que Onoshi envenenará o senhor Kiyama durante a festa de São Bernardo, este ano – disse Mariko, cansada, deliberadamente não respondendo à pergunta. – O filho de Onoshi será o novo senhor de todas as terras de Kiyama. O general Ishido concordou com isso desde que meu amo já tenha partido para o Grande Vazio.

– Prova, Mariko-san? Onde está a prova?

– Sinto muito, não tenho nenhuma. Mas o senhor Harima está a par da informação.

– Como a senhora sabe disso? Como Harima sabe? Diz que ele faz parte da conspiração?

– Não, padre. Apenas parte do segredo.

– Impossível! Onoshi é muito fechado e esperto demais. Se ele planejou isso, ninguém jamais saberia. A senhora deve estar enganada. Quem lhe deu a informação? – Alvito deixou a mente correr sobre todas as possibilidades. E então: – Uraga! Uraga era o confessor de Onoshi! Oh, mãe de Deus, Uraga quebrou a santidade do confessionário e contou ao seu suserano...

– Talvez o segredo não seja verdadeiro, padre. Mas acredito que sim. Só Deus conhece a verdade, *né?*

Mariko não levantara os véus e Alvito não podia ver nada do rosto dela. Acima, no alto, o amanhecer estava se espalhando pelo céu. Ele olhou para o mar. Agora conseguia divisar os dois navios rumando para o sul, os remos da galera mergulhando em uníssono, o vento bom e o mar calmo. O seu peito doía e a cabeça ecoava com a enormidade do que lhe fora revelado. Rezou por ajuda e tentou separar os fatos da fantasia. No íntimo, sabia que os segredos eram autênticos e o raciocínio dela sem falhas.

– A senhora está dizendo que o senhor Toranaga vai superar Ishido... Que ele vencerá?

– Não, padre. Ninguém vencerá, mas sem a sua ajuda o senhor Toranaga perderá. O senhor Zataki não merece confiança. Será sempre uma grande ameaça ao meu senhor. Zataki saberá disso, de que todas as promessas de Toranaga são vazias. Eventualmente Toranaga deve tentar até eliminá-lo. Se eu fosse Zataki, destruiria Sudara, a senhora Genjiko e os filhos deles no momento em que se entregassem nas minhas mãos e imediatamente iria contra as defesas setentrionais de Toranaga. Lançaria as minhas legiões contra o norte, o que arrancaria Ishido, Ikawa Jikkyu e todos os outros da sua estúpida letargia. Toranaga pode ser arrasado com muita facilidade, padre.

Alvito esperou um momento e disse:

— Levante os véus, Maria. — Viu que o rosto dela estava tenso. — Por que me diz tudo isso?

— Para salvar a vida do Anjin-san.

— A senhora comete traição por ele, Maria? A senhora, Toda Mariko-no--Buntaro, filha do general Akechi Jinsai, comete traição por causa de um estrangeiro? Pede-me que acredite nisso?

— Não, desculpe, também... também para proteger a Igreja. Primeiro, para proteger a Igreja, padre... Não sei o que fazer. Pensei que o senhor poderia... O senhor Toranaga é a única esperança da Igreja. Talvez de algum modo o senhor possa ajudá-lo a proteger a Igreja. O senhor Toranaga precisa de ajuda agora, ele é um homem bom e sábio e a Igreja prosperará com ele. *Sei* que Ishido é o verdadeiro inimigo.

— Muitos daimios cristãos acreditam que Toranaga destruirá a Igreja e o herdeiro, se dominar Ishido e conseguir o poder.

— Talvez, mas duvido. Ele tratará a Igreja com justiça. Sempre fez isso. Ishido é violentamente anticristão. Assim como a senhora Ochiba.

— Todos os grandes cristãos estão contra Toranaga.

— Ishido é um camponês. Toranaga-sama é justo e sábio, e quer o comércio.

— Tem que haver comércio, governe quem governar.

— O senhor Toranaga sempre foi seu amigo e, se o senhor for honesto com ele, ele sempre o será com o senhor. — Ela apontou para as fundações. — Isto não é uma medida da justiça dele? Deu esta terra voluntariamente quando o senhor lhe falhou e ele perdeu tudo, até a sua amizade.

— Talvez.

— Finalmente, padre, apenas Toranaga-sama pode impedir uma guerra perpétua, o senhor deve saber disso. Como mulher, peço que não haja uma guerra sem fim.

— Sim, Maria. Ele é o único que poderia fazer isso, talvez.

Os olhos dele se desviaram dela. O irmão Miguel estava ajoelhado, perdido em oração, as duas criadas mais perto da praia, esperando pacientemente. O jesuíta sentia-se oprimido, embora exaltado; exausto, embora cheio de vigor.

— Estou contente de que a senhora tenha vindo aqui e me contado isso. Agradeço-lhe. Pela Igreja e por mim, um servo da Igreja. Farei tudo o que combinei. — Ela curvou a cabeça e não disse nada. — A senhora levará uma mensagem, Mariko-san? Para o padre-inspetor?

— Sim. Se ele estiver em Ōsaka.

— Uma mensagem particular?

— Sim.

— A mensagem é oral. A senhora lhe dirá tudo o que me disse e o que eu disse à senhora. Tudo.

— Muito bem.

— Tenho a sua promessa? Diante de Deus?

– O senhor não precisa dizer isso a mim, padre. Eu concordei.

Ele a olhou nos olhos, firme e forte.

– Por favor, desculpe-me, Maria. Agora vamos ouvir a sua confissão.

Ela desceu os véus de novo.

– Por favor, desculpe-me, padre, não sou digna sequer de me confessar.

– Todo mundo é digno à vista de Deus.

– Menos eu. Não sou digna, padre.

– Deve confessar-se, Maria. Não posso prosseguir com a sua missa. Deve apresentar-se purificada diante de Deus.

Ela se ajoelhou.

– Perdoe-me, padre, pois pequei, mas só posso confessar que não sou digna de me confessar – sussurrou ela, a voz entrecortada.

Compadecido, o padre Alvito pousou a mão levemente sobre a cabeça dela.

– Filha de Deus, deixe-me implorar o perdão de Deus para os seus pecados. Deixe-me, em Seu nome, absolvê-la e torná-la íntegra aos olhos Dele. – Abençoou-a e depois continuou a missa, na catedral imaginária, sob um céu que se abria... o serviço mais real e mais belo que jamais houvera, para ele e para ela.

O *Erasmus* estava ancorado na melhor enseada que Blackthorne já vira, longe o suficiente da praia para ter muito espaço para manobra e ao mesmo tempo próximo o bastante para ter segurança. Havia seis braças de água clara sobre um forte leito marítimo abaixo e, com exceção da estreita garganta de entrada, montanhas em volta, o que manteria qualquer frota protegida da cólera do oceano.

A viagem de um dia de Edo decorreu sem incidentes, embora cansativa. A galera estava atracada, a meia *ri*, num quebra-mar perto da aldeia de pesca de Yokohama e agora estavam sozinhos a bordo Blackthorne e todos os seus homens, tanto os holandeses quanto os japoneses. Yabu e Naga estavam em terra inspecionando o Regimento de Mosquetes e antes de desembarcar haviam dito a Blackthorne que se juntasse em breve a eles. A oeste, o sol estava baixo no horizonte e o céu vermelho prometia que o dia seguinte seria igualmente ótimo.

– Por que agora, Uraga-san? – estava Blackthorne perguntando do tombadilho, os olhos estriados de vermelho devido à falta de sono. Acabou de ordenar que a tripulação e todo mundo descesse para o convés inferior e Uraga pediu que adiasse isso um momento para descobrir se havia algum cristão entre os vassalos.

– Isso não pode esperar até amanhã?

– Não, senhor, sinto muito. – Uraga olhava-o, diante de todos os vassalos samurais reunidos, a tripulação holandesa amontoada num grupo nervoso perto do parapeito do tombadilho superior. – Por favor, desculpe-me, mas é muito importante que o senhor descubra de imediato. O senhor é o principal inimigo deles. Portanto deve saber, para sua proteção. Só desejo protegê-lo. Não vai levar muito tempo, *né?*

— Estão todos no convés?

— Sim, senhor.

Blackthorne chegou mais perto do parapeito e gritou em japonês:

— Alguém aqui é cristão? — Não houve resposta. — Ordeno que qualquer cristão dê um passo à frente. — Ninguém se mexeu. Então, voltou-se para Uraga: — Escolha dez guardas de convés, depois dispense-os.

— Com a sua permissão, Anjin-san — pediu Uraga, ao mesmo tempo que tirava de baixo do quimono uma pequena figura de santo, de porcelana pintada, que comprou em Edo e atirava-a de face para cima sobre o convés. Depois, deliberadamente, pisou sobre a imagem. Blackthorne e os homens da tripulação ficaram muito perturbados com a profanação. Menos Jan Roper.

— Por favor, mande cada vassalo fazer o mesmo — disse Uraga.

— Por quê?

— Conheço os cristãos. — Os olhos de Uraga estavam meio ocultos pela aba do chapéu. — Por favor, senhor. É importante que cada homem faça o mesmo. Agora.

— Está bem — concordou Blackthorne, relutante.

Uraga voltou-se para os vassalos reunidos.

— Por sugestão minha, o nosso amo solicita que cada um de nós faça isso.

Os samurais resmungaram entre si e um deles reclamou:

— Já dissemos que não somos cristãos, *né?* O que prova pisar na figura de um deus bárbaro? Nada!

— Os cristãos são inimigos do nosso amo. Os cristãos são traiçoeiros, mas cristãos são cristãos. Por favor, desculpem-me, mas conheço os cristãos; para minha vergonha, eu abandonei os nossos verdadeiros deuses. Sinto muito, mas acredito que isto é necessário para a segurança do nosso amo.

Imediatamente um samurai na frente declarou:

— Nesse caso, não há nada mais a ser dito. — Avançou e pisou na figura. — Não adoro religião bárbara alguma! Vamos, vocês todos, façam o que foi pedido!

Avançaram um a um. Blackthorne olhava, achando a cerimônia inútil. Preocupado, Van Nekk chegou a dizer:

— Não parece direito.

Vinck olhou para o tombadilho:

— Bastardos imbecis. Eles nos cortariam o pescoço sem um pensamento sequer. Tem certeza de que pode confiar neles, piloto?

— Sim.

— Nenhum católico jamais faria isso, hein, Johann? — disse Ginsel. — Esse Uraga-san é esperto.

– Que diferença faz que esses pederastas sejam papistas ou não, são todos samurais cheios de merda!

– Sim – disse Croocq.

– Ainda assim, não é direito fazer isso – repetiu Van Nekk.

Os samurais continuaram a pisar sobre o santo no convés, um a um, movimentando-se depois para grupos meio dispersos. Era uma atividade tediosa e Blackthorne se arrependeu de ter concordado, pois havia coisas mais importantes a fazer antes do crepúsculo. Os seus olhos fitaram a aldeia e os promontórios. Centenas de cabanas de sapé, do acampamento do Regimento de Mosquetes, pontilhavam os contrafortes das montanhas. Tanto que fazer, pensou ele, ansioso por desembarcar, querendo ver a terra, ufano com o feudo que Toranaga lhe dera, que continha Yokohama. Senhor Deus nas alturas, disse a si mesmo, sou dono de uma das maiores enseadas do mundo.

De repente, um homem desviou-se do santo, sacou a espada e saltou para cima de Blackthorne. Uma dúzia de samurais, surpresos, se lançou corajosamente no caminho dele, protegendo o tombadilho, enquanto Blackthorne girava rápido sobre os calcanhares, a pistola engatilhada e apontada. Outros se dispersaram, acotovelando-se, tropeçando, empurrando-se no alvoroço. O samurai vacilou, berrando de raiva, depois mudou de direção e atacou Uraga, que de algum modo conseguiu evitar o golpe. O homem rodopiou quando outros samurais arremeteram contra ele, combateu ferozmente um instante, depois disparou pelo convés e se atirou na água.

Quatro samurais que sabiam nadar atiraram de lado as espadas mortíferas, colocaram as facas curtas na boca e saltaram atrás dele, o resto e os holandeses se amontoando contra a amurada.

Blackthorne também lançou-se para a amurada. Não conseguiu ver nada lá embaixo. Então divisou algumas sombras rodopiando na água. Um homem veio à tona para respirar e mergulhou de novo. Logo quatro cabeças surgiram na superfície. Entre elas, um cadáver com uma faca no pescoço.

– Sinto muito, Anjin-san, foi a faca dele mesmo – gritou uma das cabeças, entre urros de aplauso dos outros.

– Uraga-san, diga-lhes que o revistem e depois o deixem para os peixes.

A revista não revelou nada. Quando estavam todos de volta ao convés, Blackthorne apontou para o santo mais uma vez, de pistola engatilhada na mão.

– Todos os samurais mais uma vez!

Foi obedecido instantaneamente e se certificou de que cada homem passava pelo teste. Depois, por causa de Uraga e como cumprimento a ele, ordenou à tripulação que fizesse o mesmo. Houve o início de um protesto.

– Vamos – falou Blackthorne, ríspido. – Depressa ou meto o pé nas costas de vocês!

– Não é preciso falar assim, piloto – disse Van Nekk. – Não somos bastardos, pagãos e fedorentos!

– Eles não são bastardos, pagãos e fedorentos! São samurais, por Deus!

Eles o olharam fixamente. Raiva, junto com medo, se pôs entre eles. Van Nekk começou a dizer alguma coisa, mas Ginsel intrometeu-se.

– Os samurais são bastardos, pagãos, e eles, ou homens como eles, assassinaram Pieterzoon, o nosso capitão-mor e Maetsukker!

– Sim, mas sem estes samurais nunca voltaremos para casa, entendeu?

Agora todos os samurais observavam. Agourentamente aproximaram-se mais de Blackthorne, a titulo de proteção.

– Vamos dar o caso por encerrado, hein? – disse Van Nekk. – Estamos todos um pouco melindrosos e exaustos. Foi uma longa noite. Não somos senhores de nós mesmos aqui, nenhum de nós. Nem o piloto. O piloto sabe o que está fazendo, ele é o comandante, é o capitão-mor agora.

– Sim, é. Mas não é direito que tome o lado deles contra nós. E, por Deus, ele não é um rei, somos iguais a ele – sibilou Jan Roper. – Estar armado como eles, vestido como eles e saber falar com os bastardos não o fazem nosso rei. Temos direitos, e essa é a nossa lei e a lei dele, por Deus, embora seja inglês. Fez juramentos sagrados de respeitar as regras, não jurou, piloto?

– Sim – disse Blackthorne. – É a nossa lei nos nossos mares, onde somos senhores e em maioria. Agora não somos. Por isso façam o que eu estou dizendo e depressa.

Resmungando, obedeceram.

– Sonk! Encontrou grogue?

– Não, senhor, nem uma maldita gota!

– Vou mandar trazer saquê para bordo. – Depois, em português, acrescentou: – Uraga-san, venha à praia comigo e traga alguém para remar. Vocês quatro – disse em japonês, apontando para os homens que haviam mergulhado –, vocês quatro agora capitães. Entendem? Tomem cinquenta homens cada um.

– *Hai*, Anjin-san.

– Qual é o seu nome? – perguntou a um deles, um homem alto e quieto com uma cicatriz no rosto.

– Nawa Chisato, senhor.

– Você é o capitão hoje. O navio todo. Até eu voltar.

– Sim, senhor.

Blackthorne dirigiu-se para a escada de embarque. Um bote estava amarrado lá embaixo.

– Aonde vai, piloto? – perguntou Van Nekk, ansioso.

– A terra. Volto mais tarde.

– Bom, vamos todos!

– Por Deus, voltarei com...

– E eu. Vou...

– Meu Deus, não me deixem aqui...

– Não! Vou sozinho!

— Mas, pelo amor de Deus, e nós? — exclamou Van Nekk. — O que vamos fazer, piloto? Não nos abandone, piloto. O que...

— Vocês simplesmente vão esperar aqui — disse Blackthorne. — Providenciarei para que mandem comida e bebida a bordo.

Ginsel postou-se diante de Blackthorne:

— Pensei que fôssemos voltar esta noite. Por que não vamos voltar esta noite?

— Quanto tempo vamos ficar aqui, piloto, e quanto tempo...

— Piloto, e Edo? — perguntou Ginsel mais alto. — Quanto tempo vamos ficar aqui com esses malditos macacos?

— Sim, macacos, por Deus! — disse Sonk, alegre. — E o nosso equipamento e a nossa gente?

— Sim, os nossos "eters", piloto? A nossa gente e as nossas garotas.

— Estarão lá amanhã. — Blackthorne controlou a aversão que sentia. — Tenham paciência, voltarei assim que puder. Baccus, você fica encarregado. — Voltou-se para descer.

— Vou junto — disse Jan Roper truculentamente, seguindo-o. — Estamos numa enseada, portanto temos precedência e quero algumas armas.

Blackthorne voltou-se para ele, encarando-o, e uma dúzia de espadas deixou as bainhas, prontas para matar Jan Roper.

— Mais uma palavra sua e você é um homem morto. — O mercador alto e magro corou e parou. — Dobre a língua perto destes samurais porque qualquer um deles lhe arrancará a cabeça antes que eu possa detê-los por causa da sua maldita grosseria, sem falar de outras coisas! Eles são suscetíveis e, perto de você, eu também estou ficando suscetível. Você terá armas quando precisar delas. Entendeu?

Jan Roper recuou, mal-humorado. Os samurais ainda mantinham uma atitude ameaçadora, mas Blackthorne os acalmou e lhes ordenou, sob pena de morte, que deixassem a tripulação em paz.

— Voltarei logo. — Desceu a escada e entrou no bote, seguido de Uraga e outro samurai. Chisato, o capitão, aproximou-se de Jan Roper, que estremeceu diante da ameaça, curvou-se e recuou.

Quando já estavam bem afastados do navio, Blackthorne agradeceu a Uraga por capturar o traidor.

— Por favor, não agradeça. Foi apenas o meu dever.

Blackthorne disse em japonês, de modo que o outro homem pudesse entender:

— Sim, dever. Mas os seus *kokus* mudam agora. Não são mais vinte, mas cem por ano.

— Oh, senhor, obrigado. Não mereço. Eu estava apenas cumprindo o meu dever e devo...

— Fale devagar. Não entendo muito bem.

Uraga pediu desculpas e disse mais lentamente.

Blackthorne elogiou-o de novo. Depois acomodou-se na popa do bote, a sua exaustão dominando-o. Forçou os olhos a continuarem abertos e olhou para o navio, lá atrás, para se certificar de que a embarcação estava bem posicionada. Van Nekk e os outros estavam na amurada e ele se arrependeu de tê-los trazido a bordo, embora soubesse que não tivera opção. Sem eles, a viagem não teria sido segura.

Escória rebelde, pensou. Que diabo faço com eles? Todos os meus vassalos sabem sobre a aldeia *eta* e todos eles sentem tanta repulsa quanto... Meu Deus, que confusão! Karma, *né?*

Adormeceu. Quando o bote embicou na praia perto do cais, despertou. De imediato não conseguiu se lembrar de onde estava. Sonhara que estava de volta ao castelo, nos braços de Mariko, exatamente como na noite anterior.

Na noite anterior, estavam deitados, meio adormecidos, depois de terem feito amor, Fujiko totalmente a par, Chimmoko de guarda, quando Yabu e os seus samurais esmurraram o batente da porta. A noite começara de modo muito agradável. Fujiko discretamente também convidara Kiku, e ele nunca a vira mais bela e exuberante. Quando os sinos soaram a hora do Javali, Mariko chegou pontualmente. Houve muita alegria e saquê, mas logo Mariko quebrara o encanto.

– Sinto muito, mas está correndo grande perigo, Anjin-san. – Ela explicou. E, quando acrescentou o que Gyoko dissera sobre não confiar em Uraga, tanto Kiku quanto Fujiko ficaram igualmente perturbadas.

– Por favor, não se preocupem. Eu o vigiarei, não temam – tranquilizara-as ele.

Mariko continuara:

– Talvez o senhor também devesse vigiar Yabu-sama, Anjin-san.

– O quê?

– Esta tarde vi o ódio no rosto dele. E ele também notou que eu vi.

– Não tem importância – dissera ele. – *Shikata ga nai, né?*

– Não. Sinto muito, foi um engano. Por que o senhor chamou os seus homens de volta quando Yabu-sama estava cercado? Com certeza isso também foi um engano grave. Eles o teriam liquidado rapidamente e o seu inimigo estaria morto sem risco para o senhor.

– Não teria sido direito, Mariko-san. Tantos homens contra um só. Não seria justo.

Mariko explicara a Fujiko e a Kiku o que ele dissera.

– Por favor, desculpe-me, Anjin-san, mas todas nós acreditamos que esse é um modo de pensar muito perigoso e pedimos que renuncie a ele. É totalmente errado e muito ingênuo. Por favor, desculpe-me por ser tão brusca. Yabu-san o destruirá.

– Não. Ainda não. Ainda sou importante demais para ele. E para Omi-san.

– Kiku-san disse: "Por favor, diga ao Anjin-san para tomar cuidado com Yabu e com esse Uraga. O Anjin-san pode achar difícil avaliar 'importância' aqui, *né?*".

– Sim, concordo com Kiku-san – dissera Fujiko.

Mais tarde Kiku partiu a fim de distrair Toranaga. Então, de novo, Mariko rompeu a paz na sala.

– Esta noite devo dizer *sayōnara*, Anjin-san. Parto ao amanhecer.

– Não, não há necessidade disso agora – disse ele. – Pode ser tudo mudado agora. Eu a levarei a Ōsaka. Arranjarei uma galera ou um navio costeiro. Em Nagasa...

– Não, Anjin-san. Sinto muito, devo partir conforme o ordenado. – O argumento mais persuasivo não conseguiria demovê-la.

Ele sentira Fujiko a observá-lo em silêncio, o coração doendo com a ideia da partida de Mariko. Olhara para Fujiko. Ela pedira licença por um momento. Fechara o *shōji* atrás de si e eles ficaram sozinhos, sabendo que Fujiko não voltaria, que estavam seguros por algum tempo. O amor foi urgente e violento. Depois houve vozes e passos, e tempo apenas suficiente para se recomporem antes que Fujiko se juntasse a eles pela porta interna e Yabu entrasse na sala, trazendo ordens de Toranaga para uma partida imediata, secreta.

– ... Yokohama, depois Ōsaka para uma breve parada, Anjin-san, em frente até Nagasaki, de volta a Ōsaka, e para casa! Mandei buscar a sua tripulação para que se apresentasse no navio.

Ele fora dominado pela excitação ante a vitória enviada pelo céu.

– Sim, Yabu-san. Mas Mariko-san... Mariko-san vai a Ōsaka também, *né*? Melhor conosco, mais rápido, mais seguro, *né*?

– Impossível, sinto muito. Deve se apressar. Vamos! A maré, entende "maré", Anjin-san?

– *Hai*, Yabu-san. Mas Mariko-san vai a Ōsaka...

– Sinto muito, ela tem ordens, assim como nós temos ordens. Mariko-san! Explique-lhe. Diga-lhe que se apresse.

Yabu foi inflexível e era muito tarde, seria impossível ir até Toranaga pedir-lhe que anulasse a ordem. Não houve tempo nem privacidade para conversar mais com Mariko ou com Fujiko, além das despedidas formais. Mas logo se encontrariam em Ōsaka.

– Muito em breve, Anjin-san... – disse Mariko.

– Deus, nosso Senhor, não me deixe perdê-la – disse Blackthorne, as gaivotas grasnando acima da praia, os gritos aumentando a sua solidão.

– Perder a quem, senhor?

Blackthorne voltou à realidade. Apontou para o navio à distância.

– Os ingleses tratam os navios por "ela", pensamos em navios no feminino, não no masculino. *Wakarimasu ka*?

– *Hai*.

Blackthorne ainda podia ver os vultos minúsculos da sua tripulação e o seu dilema insolúvel despontou mais uma vez. Você precisa tê-los a bordo, disse a si mesmo, e mais homens como eles. E os novos também não vão se dar com os samurais, e serão católicos igualmente, a maioria deles. Deus no paraíso, como controlá-los? Mariko tinha razão. Perto dos católicos, sou um homem morto.

– Até eu, Anjin-san – dissera ela na noite anterior.

– Não, Mariko-san. Você não.

– Você disse que éramos inimigos esta tarde.

– Eu disse que os católicos, na sua maioria, são meus inimigos.

– Eles o matarão se puderem.

– Sim. Mas você... Nós vamos nos encontrar mesmo em Ōsaka?

– Sim. Eu o amo, Anjin-san, lembre-se, tenha cuidado com Yabu-san...

Estavam todos certos sobre Yabu, pensou Blackthorne, diga ele o que disser, prometa o que prometer. Cometi um grave erro chamando os meus homens de volta quando ele estava encurralado. Esse bastardo me cortará o pescoço assim que eu tenha esgotado a minha utilidade, por mais que finja o contrário. E, no entanto, Yabu também tem razão: preciso dele. Nunca entrarei em Nagasaki, nem sairei, sem sua proteção. Ele com certeza poderia ajudar a convencer Toranaga. Com ele comandando 2 mil fanáticos mais, poderíamos arrasar Nagasaki toda e talvez até Macau...

Nossa Senhora! Sozinho, estou indefeso.

Então se lembrou do que Gyoko dissera a Mariko sobre Uraga, sobre não confiar nele. Gyoko errou sobre ele, pensou. No que mais terá errado?

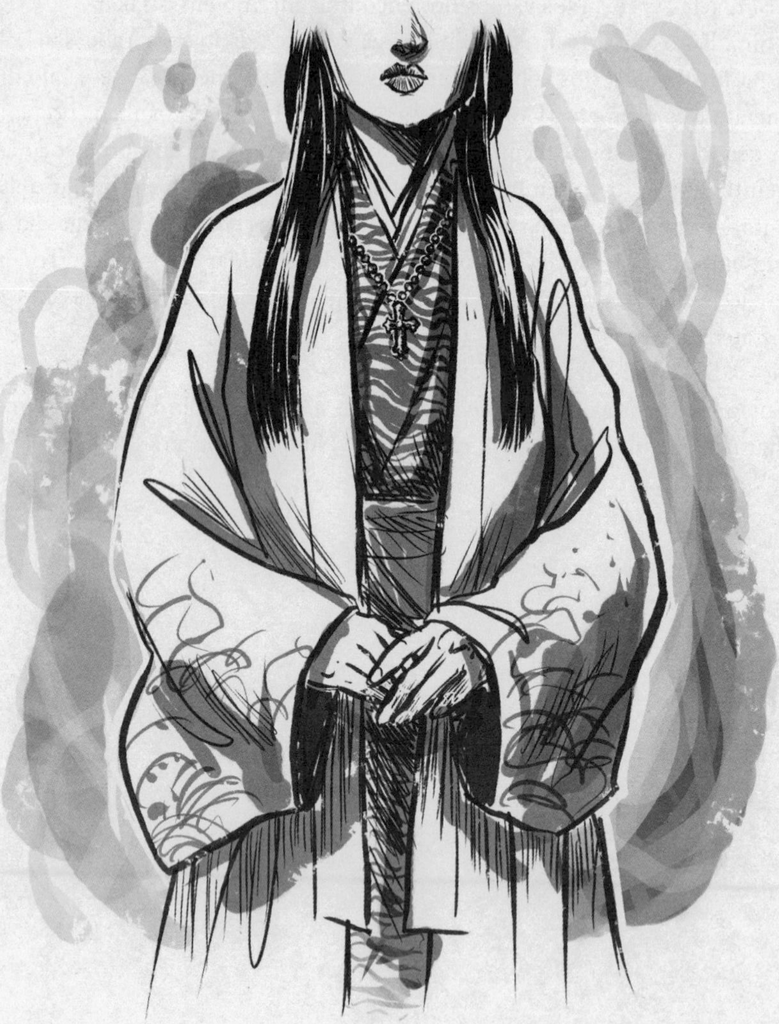

LIVRO CINCO

CAPÍTULO 52

APÓS A LONGA VIAGEM E PERCORRENDO DE NOVO AS ESTRADAS COSTEIRAS DE Ōsaka, todas lotadas, Blackthorne voltou a sentir o mesmo peso esmagador da cidade, tal qual sentira ao vê-la a primeira vez. Grandes setores tinham sido devastados pelo tufão e algumas áreas ainda estavam enegrecidas pelo fogo, mas a sua imensidade permanecia quase intacta e ainda dominada pelo castelo. Mesmo daquela distância, a mais de uma légua, ele podia ver o colossal cinturão da primeira muralha, as ameias sobranceiras, tudo diminuído diante do enorme e preponderante aspecto maligno do torreão.

— Meu Deus — disse Vinck nervosamente, em pé ao lado dele, na proa —, parece impossível ser tão grande. Amsterdam seria uma titica de mosca ao lado dela.

— Sim. A tempestade danificou a cidade, mas não seriamente. Nada poderia tocar o castelo.

O tufão açoitara violentamente de sudoeste duas semanas antes. Tinham recebido sinais em profusão, com céu baixo, rajadas e chuva, e haviam impelido a galera para uma enseada segura a fim de esperar passar a tempestade. Esperaram cinco dias. Para além da enseada, o oceano se encrespou e os ventos foram os mais violentos e fortes que Blackthorne experimentara.

— Meu Deus — repetiu Vinck. — Gostaria que estivéssemos em casa. Já devíamos estar em casa há um ano.

Blackthorne trouxera Vinck consigo de Yokohama e mandara os outros de volta a Edo, deixando o *Erasmus* ancorado em segurança e guardado sob o comando de Naga. A tripulação ficou feliz em partir, assim como ele ficou feliz em vê-la pelas costas. Houve mais contendas à noite e uma violenta discussão sobre o ouro e a prata do navio. Os valores eram da companhia, não dele. Van Nekk era o tesoureiro da expedição e mercador-chefe e, juntamente com o capitão-mor, tinha jurisdição legal sobre esses valores. Depois de terem contado e recontado, e de se descobrir que faltavam mil moedas, Van Nekk, apoiado por Jan Roper, discutiu sobre a quantia que Blackthorne poderia levar para contratar novos homens.

— Está querendo demais, piloto! Terá que oferecer-lhes menos!

— Meu Deus! Seja quanto for, temos que pagar. Preciso de marujos e atiradores. — Esmurrara a mesa da cabine. — De que outro modo vamos poder voltar para casa?

Finalmente acabou convencendo-os a deixá-lo levar o suficiente e ficou aborrecido que eles o tivessem feito perder a calma com toda aquela mesquinhez.

No dia seguinte embarcara-os de volta para Edo, um décimo do tesouro dividido entre eles, o resto sob guarda no navio.

– Como sabemos que estará seguro aqui? – perguntou Jan Roper, carrancudo.

– Fique e vigie-o você mesmo!

Mas nenhum deles quis ficar a bordo. Vinck concordou em ir com ele.

– Por que ele, piloto? – perguntara Van Nekk.

– Porque é um marinheiro e precisarei de ajuda.

Blackthorne ficou contente em ver pelas costas o último dos seus tripulantes. Uma vez ao largo, começou a modificar Vinck segundo os hábitos japoneses. Vinck enfrentou isso estoicamente, confiando em Blackthorne, tendo navegado anos demais com ele para não lhe reconhecer a fibra.

– Piloto, pelo senhor, eu tomarei banho e me lavarei todos os dias, mas serei amaldiçoado diante de Deus antes de usar uma dessas camisolas sifilíticas!

Dentro de dez dias Vinck estava alegremente indicando o rumo, semidespido, o largo cinturão de couro sobre a pança, uma adaga enfiada na bainha e outra presa nas costas e uma das pistolas de Blackthorne segura dentro da camisa esfarrapada, mas limpa.

– Não temos que ir ao castelo, temos, piloto?

– Não.

– Meu Deus, prefiro mesmo ficar longe de lá.

O dia estava ótimo, o sol alto fazia tremeluzir o mar calmo. Os remadores ainda estavam fortes e eram disciplinados.

– Vinck, ali é que foi a emboscada!

– Meu Deus, olhe aqueles bancos de areia!

Blackthorne lhe contara sobre a dificuldade da sua fuga, os sinais de fogo naqueles parapeitos, as pilhas de cadáveres na praia, a fragata inimiga surgindo a barlavento.

– Ah, Anjin-san – Yabu juntou-se a eles. – Bom, *né?* – Apontou para a devastação.

– Ruim, Yabu-sama.

– É inimigo, *né?*

– O povo não é inimigo. Apenas Ishido e os samurais são inimigos, *né?*

– O castelo é inimigo – disse Yabu, refletindo seu desassossego e o de todos a bordo. – Aqui todos são inimigos.

Blackthorne observou Yabu dirigir-se para a proa, o vento agitando-lhe o quimono sobre o torso rijo.

Vinck baixou a voz.

– Quero matar esse bastardo, piloto.

– Sim. Também não me esqueci do velho Pieterzoon, não se preocupe.

– Nem eu, Deus seja o meu juiz! É de espantar o modo como o senhor fala a língua deles. O que foi que ele disse?

– Só estava sendo delicado.

– Qual é o plano?
– Atracamos e esperamos. Ele vai desembarcar por um dia ou dois e nós baixamos a cabeça e esperamos. Toranaga disse que enviaria mensagens para os salvo-condutos de que necessitaríamos, mas ainda assim vamos ficar a bordo. – Blackthorne examinou as águas à procura de perigos, mas não descobriu nada. No entanto, disse a Vinck:
– É melhor calcular as braças agora, só como precaução!
– Sim!
Por um instante Yabu observou Vinck indicando o rumo, depois, meio a esmo, voltou para junto de Blackthorne.
– Anjin-san, talvez fosse melhor o senhor tomar a galera e seguir até Nagasaki. Não esperar, hein?
– Está bem – disse Blackthorne cordialmente, sem morder a isca.
Yabu riu.
– Gosto do senhor, Anjin-san! Mas, sinto muito, sozinho morrerá logo. Nagasaki é muito ruim para o senhor!
– Ōsaka ruim, todo lugar ruim!
– Karma. – Yabu sorriu de novo. Blackthorne fingiu compartilhar da piada.
Tinham tido variações da mesma conversa muitas vezes durante a viagem. Blackthorne aprendera muito sobre Yabu. Odiava-o ainda mais, desconfiava ainda mais, respeitava-o mais e sabia que seus karmas estavam interligados.
– Yabu-san tem razão, Anjin-san – dissera Uraga. – Ele pode protegê-lo em Nagasaki, eu não.
– Por causa do seu tio, o senhor Harima?
– Sim. Talvez eu já esteja declarado criminoso, *né*? O meu tio é cristão, embora eu o ache um "cristão de arroz". É disfarce.
– O que é isso?
– Nagasaki é feudo dele. Tem uma grande enseada sobre a costa de Kyūshū, mas não é a melhor. Então ele rapidamente vê a luz, *né*? Torna-se cristão e ordena que todos os seus vassalos façam o mesmo. Ordenou-me que me tornasse cristão e que fosse para a escola jesuíta. Depois me mandou como um dos enviados cristãos ao papa. Deu terra aos jesuítas e, como o senhor diria, adulou-os. Mas o coração dele é apenas japonês.
– Os jesuítas sabem o que você pensa?
– Sim, claro.
– Acreditam nessa história de cristãos de arroz?
– Eles não dizem a *nós*, convertidos deles, no que é que realmente acreditam, Anjin-san. Nem a si mesmos, na maioria das vezes. São treinados para terem segredos, usá-los, acolhê-los, mas nunca para revelá-los. Nisso são muito japoneses.
– É melhor que fique aqui em Ōsaka, Uraga-san.
– Por favor, desculpe-me, sou seu vassalo. Se o senhor for a Nagasaki, eu irei.

Blackthorne sabia que Uraga estava se tornando um auxiliar inestimável. O homem estava revelando muitos dos segredos dos jesuítas: o como, o porquê e o quando das suas negociações comerciais, o seu funcionamento interno e as inacreditáveis maquinações internacionais. E dava igualmente informações sobre Harima e Kiyama e sobre o pensamento dos daimios cristãos. E por que, provavelmente, permaneceriam ao lado de Ishido. Deus, sei coisas agora que não teriam preço em Londres, pensava ele, e ainda há muito a aprender. Como posso passar a informação? Por exemplo, que o comércio da China com o Japão, só de seda, vale 10 milhões em ouro por ano, e que, bem agora, os jesuítas têm um dos seus padres junto ao imperador da China em Pequim, honrado com dignidade de corte, um confidente dos governantes, falando chinês perfeitamente. Se ao menos eu pudesse mandar uma carta... Se ao menos tivesse um mensageiro.

Em troca de todo o conhecimento, Blackthorne começou a ensinar Uraga sobre navegação, sobre o grande cisma religioso e sobre o parlamento. Também ensinou a ele e a Yabu como disparar uma arma de fogo. Uraga é um bom homem, pensava ele. Não há problema. Exceto a vergonha que ele tem pela falta do rabo de cavalo de samurai. Isso crescerá logo.

Houve um grito de advertência do vigia de popa.

– Anjin-san! – O capitão japonês apontava para a frente, para um elegante cúter, remado por vinte homens, que se aproximava por estibordo. No topo do mastro estava o emblema de Ishido. Junto dele, o emblema do Conselho de Regentes, o mesmo sob o qual Nebara Jozen e seus homens tinham viajado para Anjiro e para a morte.

– Quem é? – perguntou Blackthorne, sentindo a tensão por todo o navio, todos os olhos perscrutando à distância.

– Ainda não consigo enxergar, sinto muito – disse o capitão.

– Yabu-san?

Yabu encolheu os ombros.

– Um oficial.

Quando o cúter chegou mais perto, Blackthorne viu um ancião sentado sob o dossel de popa, usando um traje cerimonial enfeitado e o manto com asas. Não usava espadas. Ao seu redor estavam os cinzentos de Ishido.

O mestre do tambor cessou a batida para permitir ao cúter emparelhar. Alguns homens acorreram para ajudar o oficial a subir a bordo. Um piloto japonês pulou atrás dele e após numerosas mesuras assumiu o comando formal da galera.

Yabu e o ancião também foram formais e meticulosos. Por fim se sentaram sobre almofadas de nível desigual, o oficial tomando a posição mais favorecida na popa. Samurais cinzentos e os homens de Yabu rodearam-nos, sentando-se de pernas cruzadas ou ajoelhando-se no convés principal, em lugares ainda mais inferiores.

– O conselho lhe dá as boas-vindas, Kashigi Yabu, em nome de Sua Alteza Imperial – disse o homem.

Era baixo e atarracado, um tanto desgastado, um conselheiro graduado de protocolo junto aos regentes, que também tinha posição na corte imperial. Chamava-se Ogaki Takamoto, era um príncipe de sétimo grau e a sua função era agir como um dos intermediários entre a corte de Sua Alteza Imperial, o Filho do Céu, e os regentes. Os seus dentes estavam tingidos de preto, à maneira que todos os cortesãos da corte imperial, por costume, haviam adotado fazia séculos.

– Obrigado, príncipe Ogaki. É um privilégio estar aqui em nome do senhor Toranaga – disse Yabu, muito impressionado com a honra que lhe estava sendo feita.

– Sim, estou certo de que é. Naturalmente o senhor também está aqui em seu próprio nome, *né?* – disse Ogaki secamente.

– Naturalmente – reagiu Yabu. – Quando chega o senhor Toranaga? Sinto muito, mas o tufão me atrasou cinco dias e não recebo notícias desde que parti.

– Ah, sim, o tufão. Sim, o conselho ficou muito feliz ao saber que a tempestade não o atingiu. – Ogaki tossiu. – Quanto ao seu amo, lamento dizer-lhe que ainda nem chegou a Odawara. Houve adiamentos intermináveis e algumas doenças. Lamentável, *né?*

– Oh, sim, muito... Nada sério, espero? – disse Yabu às pressas, muito contente por estar a par do segredo de Toranaga.

– Não, afortunadamente nada de sério. – Novamente a tosse seca. – O senhor Ishido tomou conhecimento de que o seu amo chegará a Odawara amanhã.

– Quando parti, há 21 dias, estava tudo pronto para a sua partida imediata – Yabu ficou convenientemente surpreso. – Então o senhor Hiromatsu adoeceu. Sei que o senhor Toranaga ficou muito preocupado, mas ansioso por dar início à sua viagem, assim como eu estou ansioso por começar os preparativos para a sua chegada.

– Está tudo preparado – disse o homenzinho.

– Naturalmente o conselho não fará objeções se eu verificar as providências, *né?* – Yabu foi expansivo. – É essencial que a cerimônia seja digna do conselho e da ocasião, *né?*

– Digna de Sua Alteza Imperial, o Filho do Céu. A convocação é *dele* agora.

– Naturalmente, mas... – A sensação de bem-estar de Yabu extinguiu-se. – O senhor quer dizer... quer dizer que Sua Alteza Imperial estará lá?

– O Exaltado concordou com a humilde solicitação dos regentes de aceitar *pessoalmente* a obediência do novo conselho, de todos os principais daimios, inclusive do senhor Toranaga, sua família e vassalos. Os conselheiros superiores de Sua Alteza Imperial foram solicitados a escolher um dia auspicioso para esse... esse ritual. O vigésimo segundo dia deste mês, neste quinto ano da era Keichō.

Yabu ficou estupidificado:

– Dentro de... de dezenove dias?

– Ao meio-dia. – Enfastiado, Ogaki tirou um lenço de papel da manga e, delicadamente, assoou o nariz. – Por favor, desculpe-me. Sim, ao meio-dia. Os presságios

foram perfeitos. O senhor Toranaga foi informado por um mensageiro imperial há catorze dias. A sua humilde e imediata aceitação chegou aos regentes faz três dias.
– Ogaki puxou um pequeno pergaminho. – Aqui está o *seu* convite, senhor Kashigi Yabu, para a cerimônia.

Yabu estremeceu ao ver o selo imperial com o crisântemo de dezesseis pétalas, sabendo que *ninguém*, nem mesmo Toranaga, poderia recusar tal convocação. Uma recusa seria insulto impensável à Divindade, uma rebelião declarada, e, como toda a terra pertencia ao Imperador reinante, resultaria em perda imediata de *toda* a terra, junto com o convite imperial para cometer *seppuku* no mesmo instante, emitido em *seu* nome pelos regentes, também selado com o Grande Selo. Tal convite seria taxativo e teria que ser obedecido.

Aflito, Yabu tentou recuperar a compostura.
– Desculpe, o senhor está indisposto? – perguntou Ogaki solicitamente.
– Sinto muito – balbuciou Yabu –, mas nunca, nem nos meus sonhos mais desvairados... ninguém poderia imaginar que o Exaltado nos honraria tanto, *né*?
– Concordo, oh, sim. Extraordinário!
– Surpreendente... que Sua Alteza Imperial considere a... a possibilidade de sair de Kyōto e... e vir a Ōsaka.
– Concordo. Ainda assim, no vigésimo segundo dia, o Exaltado e a Insígnia Imperial estarão aqui.

A Insígnia Imperial, sem a qual nenhuma sucessão era válida, eram os Três Tesouros Sagrados, considerados divinos, que todos acreditavam terem sido trazidos à Terra pelo deus Ninigi-no-Mikoto e passado por ele, pessoalmente, ao seu bisneto, Jinmu Tennō, o primeiro Imperador, e por este, também pessoalmente, ao seu sucessor, até o detentor atual, o Imperador Go-Nijō: a Espada Sagrada, a Joia e o Espelho. A Espada Sagrada e a Joia sempre viajavam formalmente com o imperador toda vez que ele tivesse que pernoitar fora do palácio. O Espelho era conservado dentro do santuário interno, no grande relicário xintoísta de Ise. A Espada, o Espelho e a Joia pertenciam ao Filho do Céu. Eram símbolos divinos da autoridade legítima, da sua divindade, de que quando *ele* estava em movimento o trono divino movia-se com *ele*. E, assim, de que com *ele* ia todo o poder.

Com a voz áspera e baixa, Yabu disse:
– É quase impossível acreditar que os preparativos para a chegada *dele* possam ser feitos em tempo.
– Oh, o senhor general Ishido, em nome dos regentes, solicitou ao Exaltado no momento em que foi informado pelo senhor Zataki em Yokose de que o senhor Toranaga concordara, de modo igualmente surpreendente, em vir a Ōsaka curvar-se ao inevitável. Apenas a grande honra que o seu amo concede aos regentes os prontificou a solicitar ao Filho do Céu que agraciasse a ocasião com a Presença. – Novamente a tosse seca. – Por favor, desculpe-me, o senhor me daria talvez a sua aceitação formal por escrito, tão logo seja conveniente?

— Posso fazê-lo agora? — perguntou Yabu, sentindo-se fraco.

— Estou certo de que os regentes apreciariam isso.

Debilmente, Yabu mandou buscar material para escrever. *Dezenove* martelava-lhe o cérebro. Dezenove dias! Toranaga pode adiar apenas dezenove dias e então tem que estar aqui também. Tempo suficiente para eu chegar a Nagasaki e voltar em segurança a Ōsaka, mas não o suficiente para desferir o ataque por mar contra o Navio Negro e tomá-lo; portanto tempo insuficiente para pressionar Harima, Kiyama ou Onoshi, ou os padres cristãos. Portanto, tempo insuficiente para desencadear Céu Carmesim. Por consequência, o esquema inteiro de Toranaga é apenas outra ilusão... oh, oh, oh!

Toranaga fracassou. Eu deveria ter sabido que ele fracassaria. A resposta ao meu dilema está clara: ou confio cegamente em Toranaga para forçar passagem para fora desta rede e ajudo o Anjin-san, conforme o planejado, a conseguir os homens e tomar o Navio Negro ainda mais depressa, ou tenho que me dirigir a Ishido e contar-lhe tudo o que sei e tentar negociar pela minha vida e por Izu.

Qual das duas escolheria?

Papel, pincel e tinta chegaram. Yabu pôs de lado a angústia um momento e se concentrou em escrever de modo tão perfeito e bonito quanto podia. Era impensável responder à Presença com uma mente desordenada. Quando concluiu a aceitação, havia tomado a decisão crítica: seguiria à risca o conselho de Yuriko. Logo o peso rolou de sobre a sua *wa* e ele se sentiu grandemente purificado. Assinou com um floreio arrogante.

Como ser o melhor vassalo de Toranaga? Muito simples: remova Ishido desta Terra.

Como fazer isso e contar com tempo suficiente para escapar?

Então ouviu Ogaki dizer:

— O senhor está convidado para uma recepção formal amanhã, oferecida pelo senhor general Ishido em honra do aniversário da senhora Ochiba.

Ainda em trajes de viagem, Mariko abraçou Kiri primeiro, depois a senhora Sazuko, admirou o bebê e abraçou Kiri de novo. Havia criadas particulares se apressando, alvoroçadas, ao redor delas, trazendo chá e saquê, levando embora as bandejas, correndo para dentro e para fora com almofadas e ervas aromáticas, abrindo e fechando os *shōjis* que davam para o jardim interno naquela seção do Castelo de Ōsaka, abanando leques, tagarelando e também chorando.

Por fim Kiri bateu palmas, dispensou as criadas e dirigiu-se pesadamente para a sua almofada especial, dominada pela excitação e pela felicidade. Estava muito corada. Rápidas, Mariko e a senhora Sazuko abanaram-na e serviram-na, e só depois de três xícaras grandes de saquê ela conseguiu recuperar o fôlego.

— Oh, assim está melhor — disse ela. — Sim, obrigada, criança, sim, tomarei mais um pouco! Oh, Mariko-chan, você está aqui de verdade?

— Sim, sim. De verdade, Kiri-san!

Sazuko, parecendo muito mais jovem do que os seus dezessete anos, disse:

— Oh, estivemos tão preocupadas apenas com rumores e...

— Sim, nada além de rumores, Mariko-chan — interrompeu Kiri. — Oh, há tanta coisa que quero saber, sinto-me fraca.

— Pobre Kiri-san, tome, beba um pouco de saquê — disse Sazuko, solicitamente. — Talvez devesse afrouxar o *obi* e...

— Estou perfeitamente bem agora! Por favor, não se incomode, criança. — Kiri respirou fundo e cruzou as mãos sobre a ampla barriga. — Oh! Mariko-san, é tão bom ver um rosto amigo de novo, vindo de fora do Castelo de Ōsaka.

— Sim — ecoou Sazuko, chegando mais perto de Mariko e dizendo, num turbilhão: — Sempre que saímos pelo nosso portão, cinzentos enxameiam à nossa volta como se fôssemos abelhas-rainhas. Não temos autorização de deixar o castelo, exceto com permissão do conselho, nenhuma das senhoras, nem as do senhor Kiyama. O conselho quase nunca se reúne e eles só falam por meias palavras, portanto nunca há permissão alguma e o médico ainda diz que não devo viajar por enquanto mas estou ótima e o bebê está ótimo e... Mas primeiro conte-nos...

Kiri interrompeu:

— Antes diga-nos como vai nosso amo.

A garota riu, com a mesma vivacidade.

— Eu ia perguntar isso, Kiri-san!

Mariko respondeu conforme Toranaga ordenara:

— Está comprometido com a sua linha de ação, está confiante e contente com a decisão que tomou. — Ela ensaiara muitas vezes durante a viagem. Ainda assim, a força da tristeza que criou quase a fez querer contar a verdade. — Sinto muito — disse.

— Oh! — Sazuko tentou não soar assustada.

Kiri se ajeitou, tomando uma posição mais confortável.

— Karma é karma, *né?*

— Então... então não houve mudança... esperança alguma? — perguntou a garota.

Kiri deu-lhe tapinhas na mão.

— Acredite que karma é karma, criança, e que o senhor Toranaga é o maior e o mais sábio homem vivo. Isso basta, o resto é ilusão. Mariko-chan, tem mensagens para nós?

— Oh, desculpe. Sim, tome. — Mariko tirou os três pergaminhos da manga. — Dois para a senhora, Kiri-chan, um do nosso amo e outro do senhor Hiromatsu. Este é para você, Sazuko, do nosso senhor, mas ele me pediu que lhe dissesse que está com saudades e quer ver o filho mais novo. Ele me fez memorizar três coisas para lhe dizer. Ele sente muita saudade de você e quer ver o filho mais novo. Ele sente muita saudade...

Lágrimas rolaram pelas faces da garota. Murmurou um pedido de desculpas e saiu correndo da sala, apertando o pergaminho nas mãos.

– Pobre criança. É muito duro para ela aqui. – Kiri não rompeu os lacres dos seus pergaminhos. – Você sabe que Sua Majestade Imperial estará presente?

– Sim. – Mariko foi igualmente grave. – Um mensageiro do senhor Toranaga me alcançou há uma semana. A mensagem não dava mais detalhes e citava o dia em que ele chegará aqui. Recebeu notícias dele?

– Diretamente, não... Nada de particular, já faz um mês. Como está ele de verdade?

– Confiante. – Ela tomou um gole de saquê. – Oh, posso servi-la?

– Obrigada.

– Dezenove dias não é muito tempo, é, Kiri-chan?

– É tempo suficiente para ir a Edo e voltar, se você se apressar; tempo suficiente para viver uma vida, se você quiser; mais do que suficiente para realizar uma batalha ou perder um império; tempo para um milhão de coisas, mas não o suficiente para comer todos os pratos raros e tomar todo o saquê... – Kiri sorriu de leve. – Eu certamente não vou fazer dieta nos próximos vinte dias. Estou... – Parou. – Oh, por favor, desculpe-me... Está me ouvindo tagarelar e ainda nem se trocou ou tomou banho.

– Oh, por favor, não se preocupe. Não estou cansada.

– Mas deve estar. Vai ficar na sua casa?

– Sim. É lá que o passe do senhor general Ishido me permite ir. – Mariko sorriu atravessado. – A acolhida dele foi brilhante.

Kiri fez uma carranca.

– Duvido de que *ele* fosse bem-vindo mesmo no inferno.

– Oh? Sinto muito, o que foi agora?

– Nada mais do que antes. Sei que ele ordenou que o senhor Sugiyama fosse torturado e assassinado, embora não tenha provas. Na semana passada, uma das consortes do senhor Oda tentou safar-se com os filhos, disfarçada de varredora de rua. As sentinelas atiraram neles "por engano".

– Que horror!

– Naturalmente, grandes "desculpas"! Ishido alega que a segurança é tudo o que há de importante. Houve um atentado forjado contra o herdeiro, é a desculpa dele.

– Por que as senhoras não partem abertamente?

– O conselho ordenou que esposas e famílias esperem pelos maridos, que *devem* retornar para a cerimônia. O grande senhor general sente "com grande gravidade a responsabilidade pela segurança delas para permitir-lhes vagar por aí". O castelo está mais fechado do que uma ostra velha.

— Lá fora também, Kiri-san. Há muito mais barreiras na Tōkaidō do que antes, e a segurança de Ishido está muito forte dentro de cinquenta *ris*. Patrulhas por toda parte.

— Todo mundo está com medo dele, menos nós e os nossos poucos samurais, e não somos mais problema para ele do que uma bolha no traseiro de um dragão.

— Até os nossos médicos?

— Eles também. Sim, ainda nos aconselham a não viajar, mesmo que fosse permitido, coisa que não será nunca.

— A senhora Sazuko está bem, o bebê está bem, Kiri-san?

— Sim, você pode ver por si mesma. E eu também estou. — Kiri suspirou, o esforço mostrando-se agora, e Mariko notou que havia mais cabelos brancos na cabeça dela agora do que antes. — Nada mudou desde que escrevi para o senhor Toranaga em Anjiro. Somos reféns e continuaremos como reféns, com todo o resto, até o Dia. Então haverá uma resolução.

— Agora que Sua Alteza Imperial vai chegar... Isso torna tudo conclusivo, *né*?

— Sim. Parece que sim. Vá descansar, Mariko-chan, mas coma conosco esta noite. Então poderemos conversar, *né*? Oh, a propósito, uma novidade para você. O seu famoso bárbaro *hatamoto* — abençoado seja por ter salvado o nosso amo, ouvimos falar sobre isso — atracou em segurança esta manhã com Kashigi Yabu-san.

— Oh! Eu estava tão preocupada com eles. Partiram um dia antes de mim, por mar. Fomos todos apanhados pelo tufão perto de Nagoya, mas para nós não foi muito sério. Eu estava com medo de que no mar... Oh, isso é um alívio...

— Aqui não foi muito grave, exceto pelos incêndios. Milhares de casas arderam, mas não morreram mais de 2 mil pessoas. Ouvimos dizer que a intensidade maior da tempestade atingiu Kyūshū, na costa leste, e parte de Shikoku. Dezenas de milhares morreram. Ninguém sabe ainda a extensão total dos danos.

— Mas a colheita? — perguntou Mariko rapidamente.

— Grande parte, aqui, foi destruída, campos e mais campos. Os fazendeiros esperam que tudo se recupere, mas quem sabe? Se o Kantō não for prejudicado durante a estação, o arroz de lá pode ter que sustentar o império inteiro neste ano e no próximo.

— Seria muito melhor se o senhor Toranaga controlasse essa colheita, e não Ishido. *Né*?

— Sim. Mas, sinto muito, dezenove dias não é tempo suficiente para tomar posse de uma colheita, nem com todas as preces do mundo.

— Sim — disse Mariko, terminando o seu saquê.

— Se o navio deles partiu um dia antes de você — disse Kiri —, você deve ter se apressado.

— Achei melhor não perder tempo, Kiri-chan. Para mim não é prazer viajar.

— E Buntaro-san? Está bem?

— Sim. Está encarregado de Mishima e da fronteira toda no momento. Vi-o brevemente no caminho para cá. A senhora sabe onde Kashigi Yabu-sama está alojado? Tenho uma mensagem para ele.

— Numa das casas de hóspedes. Descobrirei em qual e lhe mandarei um recado imediatamente. — Kiri aceitou mais vinho. — Obrigada, Mariko-chan. Ouvi dizer que o Anjin-san continua na galera.

— Ele é um homem muito interessante, Kiri-san. Tornou-se muito útil para o nosso amo.

— Ouvi dizer. Quero que você me conte tudo sobre ele, o terremoto e todas as novidades. Oh, sim, haverá uma recepção formal amanhã pelo aniversário da senhora Ochiba, oferecida pelo senhor Ishido. Naturalmente você será convidada. Fui informada de que o Anjin-san também vai ser convidado. A senhora Ochiba quer ver como ele é. Você se lembra de que o herdeiro o encontrou uma vez. Não foi a primeira vez que você o viu também?

— Sim. Pobre homem, então tem que ser exibido como uma baleia cativa?

— Sim — disse Kiri, e acrescentou, placidamente: — Como todas nós. Somos todas cativas, Mariko-chan, gostemos disso ou não.

Uraga desceu furtivamente a viela, às pressas, na direção da praia, a noite escura, o céu claro e estrelado, o ar agradável. Estava vestido com o hábito laranja de sacerdote budista, seu inestimável chapéu e sandálias baratas de palha. Atrás dele estavam os depósitos e a massa alta, quase europeia, da missão jesuítica. Dobrou uma esquina e apertou o passo. Havia poucas pessoas nas proximidades. Uma companhia de cinzentos carregando archotes patrulhava a praia. Ele diminuiu a marcha ao passar cortesmente por eles, embora com a arrogância de um sacerdote. Os samurais mal o notaram.

Seguiu, certeiro, pela praia, passou por botes de pesca embicados na areia, os odores do mar e da praia densos, na brisa ligeira. A maré estava baixa. Dispersos pela baía e pelos bancos de areia estavam pescadores noturnos, parecendo vagalumes, caçando com lanças à luz de archotes. Duzentos passos à frente ficavam os atracadouros e molhes, com muita craca incrustada. Atracada a um deles estava uma lorcha jesuítica, as bandeiras de Portugal e da Companhia de Jesus esvoaçando, archotes e mais cinzentos perto da enseada de embarque. Ele mudou de direção para se esquivar ao navio, voltando alguns quarteirões para dentro da cidade, depois tomou a Rua Dezenove, virou por ruelas sinuosas e saiu mais uma vez na rua que acompanhava os ancoradouros.

— Você! Alto!

A ordem veio da escuridão. Uraga parou, em pânico repentino. Cinzentos avançaram para a claridade e o cercaram.

— Aonde vai, sacerdote?

– Ao leste da cidade – disse Uraga vacilante, a boca seca. – Ao nosso santuário *Nichiren*.

– Ah, é *Nichiren*, né?

Outro samurai disse asperamente:

– Eu não sou desses. Sou zen-budista, como o senhor general.

– Zen... ah, sim, zen é o melhor – disse outro. – Gostaria de poder entender isso. É difícil demais para minha velha cabeça.

– Ele está suando um bom bocado para um sacerdote, não está? Por que está suando?

– Está querendo dizer que sacerdotes não transpiram?

Alguns riram e alguém aproximou mais um archote.

– Por que deveriam suar? – disse o homem, áspero. – Tudo o que fazem é dormir o dia todo e "travesseirar" a noite toda com monjas, meninos, cães, eles mesmos, qualquer coisa que arranjem, e o tempo todo se empanturrar com alimento pelo qual não trabalharam. Sacerdotes são parasitas, como pulgas.

– Ei, deixe-o em paz, é apenas...

– Tire o chapéu, sacerdote.

Uraga empertigou-se.

– Por quê? E por que insultar um homem que serve a Buda? Buda não lhe está fazendo...

O samurai avançou, ameaçador.

– Eu disse: tire o chapéu!

Uraga obedeceu. Sua cabeça fora recentemente raspada como a de um sacerdote, e ele bendisse o *kami*, ou espírito ou dom de Buda que fosse, que o induzira a tomar essa precaução a mais, no caso de ser apanhado infringindo o toque de recolher. Todos os samurais do Anjin-san tinham sido confinados na embarcação pelas autoridades do porto, à espera de instruções superiores.

– Não há motivo para ter essas péssimas maneiras – enfureceu-se ele, com uma inconsciente autoridade de jesuíta. – Servir a Buda é uma vida honrosa e tornar-se sacerdote é nobre e deveria ser a parte final da velhice de todo samurai. Ou você não sabe nada sobre o *bushidō?* Onde estão as suas boas maneiras?

– O quê? Você é samurai?

– Claro que sou samurai. De que outro modo ousaria falar a um samurai sobre más maneiras? – Uraga colocou o chapéu. – Seria melhor que você estivesse patrulhando do que abordando e insultando sacerdotes inocentes! – Afastou-se com arrogância, os joelhos moles.

Os samurais o observaram algum tempo, depois um cuspiu.

– Sacerdotes!

– Ele tinha razão – disse com acrimônia o samurai mais velho. – Onde estão as suas maneiras?

– Sinto muito. Por favor, desculpe-me.

Uraga seguiu pela estrada, muito orgulhoso de si mesmo. Mais perto da galera, acautelou-se de novo e esperou um instante ao abrigo de uma construção. Depois, tomando ânimo, encaminhou-se para a área iluminada por archotes.

— Boa noite — disse polidamente aos cinzentos à toa ao lado da prancha de embarque, e acrescentou a bênção religiosa: — *Namu Amida Butsu*. Em nome do Buda Amida.

— Obrigado. *Namu Amida Butsu*. — Os cinzentos o deixaram passar sem embaraços. As suas ordens eram que o bárbaro e todos os samurais estavam proibidos de desembarcar, exceto Yabu e sua guarda de honra. Ninguém dissera nada sobre o sacerdote budista que viajava no navio.

Muito cansado agora, Uraga subiu ao convés principal.

— Uraga-san — chamou baixinho Blackthorne, do tombadilho. — Aqui em cima.

Uraga semicerrou os olhos para se adaptar à escuridão. Viu Blackthorne e sentiu o antigo e forte cheiro do corpo. Teve certeza de que a segunda sombra ali era o outro bárbaro, de nome impronunciável, que também sabia falar português. Ele quase se esquecera de como era estar longe do odor bárbaro, que era parte da sua vida. O Anjin-san era o único que ele conhecera que não tresandava, o que era uma razão pela qual podia servi-lo.

— Ah, Anjin-san — sussurrou, aproximando-se e saudando rapidamente os dez guardas que estavam dispersos em torno do convés.

Esperou ao pé da escada até que Blackthorne lhe fizesse sinal para subir ao tombadilho.

— Foi muito...

— Espere — advertiu Blackthorne, igualmente baixo, e apontou. — Olhe na praia. Ali, perto do depósito. Está vendo? Não, um pouco ao norte... ali, vê agora? — Uma sombra moveu-se rapidamente, depois mergulhou na escuridão de novo.

— Quem era?

— Eu estive observando você desde que apareceu na estrada. Ele o vinha seguindo. Nunca o viu?

— Não, senhor — respondeu Uraga, sentindo de novo o pressentimento. — Não vi ninguém, não senti ninguém.

— Ele não tinha espadas, portanto não era samurai. Um jesuíta?

— Não sei. Acho que não. Fui muito cuidadoso lá. Por favor, desculpe-me por não tê-lo visto.

— Não tem importância. — Blackthorne olhou para Vinck.

— Desça agora, Johann. Terminarei este turno e o acordarei ao amanhecer. Obrigado por esperar.

Vinck acariciou o topete e desceu. O cheiro pegajoso partiu com ele.

— Eu estava ficando preocupado com você — disse Blackthorne. — O que aconteceu?

— O mensageiro de Yabu-sama foi lento, Anjin-san. Eis o meu relatório: fui com Yabu-sama e esperei do lado de fora do castelo do meio-dia até pouco depois de escurecer, quando...

– O que ficou fazendo esse tempo todo? Exatamente?

– Exatamente, senhor? Escolhi um lugar tranquilo perto do mercado, dando para a Primeira Ponte, e coloquei a mente em meditação, a prática jesuíta, Anjin-san, mas não sobre Deus, só sobre o senhor e Yabu-sama e o seu futuro, senhor. – Uraga sorriu. – Muitos passantes puseram moedas na minha tigela de pedinte. Deixei meu corpo descansar e a mente vagar, embora vigiasse a Primeira Ponte o tempo todo. O mensageiro de Yabu-sama veio após o escurecer e fingiu rezar comigo até ficarmos completamente sozinhos. Ele sussurrou isto: "Yabu-sama diz que ficará no castelo esta noite e que retornará amanhã de manhã. Haverá uma função oficial no castelo amanhã à noite, oferecida pelo general Ishido, para a qual o senhor será convidado. Finalmente, o senhor deve considerar 'setenta'". – Uraga o examinou, atento. – O samurai repetiu isso duas vezes, de modo que, presumo, isso deve ser um código particular, senhor.

Blackthorne assentiu, mas não esclareceu que aquele era um dos muitos sinais pré-combinados entre ele e Yabu. "Setenta" significava que ele devia providenciar que o navio estivesse preparado para uma retirada imediata. Mas com todos os seus samurais, marujos e remadores confinados a bordo, o navio estava pronto. E, como todos estavam muito conscientes de que se encontravam em águas inimigas, e todos muito perturbados, Blackthorne sabia que não exigiria esforço pôr o navio ao largo.

– Continue, Uraga-san.

– Isso foi tudo, exceto que eu devia lhe dizer que Toda Mariko-san chegou hoje.

– Ah! Ela... Não foi muito rápida essa viagem por terra de Edo até aqui?

– Sim, senhor. Na realidade, enquanto esperava, vi o destacamento dela cruzar a ponte. Foi durante a tarde, na metade da hora do Bode. Os cavalos estavam cobertos de suor e lama, e os carregadores muito cansados. Yoshinaka-san os comandava.

– Algum deles viu você?

– Não, senhor. Acho que não.

– Quantos eles eram?

– Cerca de duzentos samurais, com carregadores e cavalos de bagagem. A escolta de cinzentos tinha duas vezes esse número. Um dos cavalos de bagagem tinha cestos de pombos-correio.

– Bom. E depois?

– Assim que pude, parti. Há uma casa de macarrão perto da missão, que muitos mercadores frequentam, corretores de seda e arroz, missionários. Eu... eu estive lá, comi e ouvi. O padre-inspetor está de novo exercendo aqui. Muitos convertidos mais na área de Ōsaka. Foi concedida permissão para uma missa enorme dentro de vinte dias, em honra dos senhores Kiyama e Onoshi.

– Isso é importante?

– Sim. É surpreendente que um serviço assim seja permitido abertamente. É para celebrar a festa de São Bernardo. Vinte dias é o dia, após a cerimônia de obediência diante do Exaltado.

Yabu contara a Blackthorne sobre o Imperador por intermédio de Uraga. A notícia correra pelo navio inteiro, aumentando a premonição de catástrofe de todo mundo.

– O que mais?

– No mercado ouvi muitos rumores. Muitos de mau agouro. Yodoko-sama, a viúva do táicum, está muito doente. Isso é grave, Anjin-san, porque o conselho dela é sempre ouvido e sempre razoável. Alguns dizem que o senhor Toranaga já está perto de Nagoya, outros dizem que ainda não atingiu Odawara, por isso ninguém sabe no que acreditar. Todos concordam em que a colheita será terrível este ano aqui em Ōsaka, o que significa que o Kantō se torna muitíssimo mais importante. A maioria das pessoas acha que a guerra civil começará assim que o senhor Toranaga estiver morto, altura em que os grandes daimios começarão a combater entre si. O preço do ouro está muito alto e os índices de juros subiram a 70%...

– Isso é impossivelmente alto, você deve estar enganado. – Blackthorne se levantou, descontraiu as costas, depois se debruçou com cautela na amurada. Cortesmente, Uraga e todos os samurais também se levantaram. Teria sido falta de boas maneiras se eles continuassem sentados com o amo em pé.

– Por favor, desculpe-me, Anjin-san – disse Uraga –, nunca é menos do que 50% e geralmente de 65 a 70, até 80. Há quase vinte anos, o padre-inspetor solicitou a Sua Sant... solicitou ao papa que nos permitisse... que permitisse à Companhia emprestar a 10%. Ele tinha razão ao afirmar que a sugestão, que foi aprovada, Anjin-san, traria resplendor e muitos convertidos ao cristianismo, pois naturalmente apenas os cristãos podiam conseguir empréstimos, sempre modestos. Não se pagam taxas assim no seu país?

– Raramente. Isso é usura! Entende "usura"?

– Compreendo a palavra, sim. Mas usura não começaria para nós abaixo de 100%. Eu também ia lhe dizer que o arroz está muito caro e que é um mau presságio, está o dobro do que estava quando estive aqui há poucas semanas. A terra está barata. Agora seria uma boa ocasião para comprar terra aqui. Ou uma casa. Com o tufão e os incêndios, talvez 10 mil casas tenham se perdido e mais ou menos 3 mil pessoas morrido. Isso é tudo, Anjin-san.

– Isso é muito bom. Você agiu muito bem. Errou de vocação!

– Senhor?

– Nada – disse Blackthorne, ainda sem saber até que ponto podia provocar Uraga. – Você fez muito bem.

– Obrigado, senhor.

Blackthorne pensou um instante, depois perguntou sobre a comemoração do dia seguinte e Uraga aconselhou-o da melhor maneira que pôde. Por fim Uraga lhe contou como escapara da patrulha.

— O seu cabelo o teria traído? — perguntou Blackthorne.

— Oh, sim. Seria o suficiente para que eles me levassem consigo. — Uraga enxugou o suor da testa. — Sinto muito, está quente, *né*?

— Muito — concordou Blackthorne polidamente, deixando a mente classificar as informações. Olhou para as águas, inconscientemente examinando o céu, o mar e o vento. Estava tudo ótimo e em ordem, os barcos de pesca complacentemente à deriva com a maré, por perto e afastados, um lanceiro na proa de cada um, sob uma lanterna, espetando de tempos em tempos e quase sempre trazendo na volta uma bela brema-do-mar, um mugem ou um vermelho que se contorciam e se agitavam na lança.

— Uma última coisa, senhor. Fui à missão... perto da missão. Os guardas estavam muito alertas e eu nunca conseguiria entrar... pelo menos acho que não, a não ser que passasse ao lado de um deles. Espiei algum tempo, mas antes de vir embora vi entrar Chimmoko, a criada da senhora Toda.

— Tem certeza?

— Sim. Havia outra criada com ela. Acho...

— A senhora Mariko? Disfarçada?

— Não, senhor. Tenho certeza de que não era... essa segunda criada era alta demais.

Blackthorne olhou o mar novamente e murmurou, meio consigo mesmo:

— Qual é o significado disso?

— A senhora Mariko é crist... é católica, *né*? Conhece muito bem o padre-inspetor. Foi ele quem a converteu. A senhora Mariko é a dama mais importante, mais famosa do reino, depois das três mais altas: a senhora Ochiba, a senhora Genjiko e Yodoko-sama, a esposa do táicum.

— Mariko-san poderia querer se confessar? Ou uma missa? Ou uma consulta? Ela mandou Chimmoko para arranjar isso?

— Qualquer uma dessas coisas, Anjin-san, ou todas elas. Todas as damas dos daimios, tanto dos amigos do senhor general quanto as dos que poderiam se opor a ele, estão confinadas no castelo, *né*? Uma vez lá dentro, parecem peixes num aquário dourado, esperando para serem pescados.

— Basta! Chega de conversa agourenta.

— Sinto muito. Ainda assim, Anjin-san, acho que agora a senhora Toda não sairá mais. Até o décimo nono dia.

— Eu lhe disse que basta! Tomei conhecimento dos reféns e de que há um último dia. — Estava silencioso no convés, todas as vozes abafadas. A guarda descansava tranquila, esperando pelo turno. A água batia no casco e as cordas rangiam agradavelmente.

Após um momento, Uraga disse:

— Talvez Chimmoko tenha levado um convite... uma solicitação para que o padre-inspetor vá vê-la. Ela estava realmente sob guarda quando cruzou a Primeira Ponte. Com certeza Toda Mariko-no-Buntaro-no-Jinsai esteve sob guarda desde o primeiro momento em que atravessou as fronteiras do senhor Toranaga. *Né?*

– Podemos saber se o padre-inspetor vai ao castelo?

– Sim. Isso é fácil.

– Como saber o que será dito... ou feito?

– Isso é muito difícil. Sinto muito, mas eles falariam português ou latim, *né?* E quem fala essas duas línguas, além de mim e do senhor? Eu seria reconhecido por ambos. – Uraga apontou para o castelo e a cidade. – Há muitos cristãos lá. Qualquer um obteria grande favor eliminando o senhor ou a mim... *Né?*

Blackthorne não respondeu. Não era necessário resposta. Estava vendo o torreão delineado contra as estrelas e lembrou-se de Uraga falando-lhe do lendário e ilimitado tesouro que o torreão protegia, o saque-arrecadação do império, do táicum. Mas agora a sua mente estava no que Toranaga poderia estar fazendo, pensando ou planejando, e exatamente onde Mariko estava e qual era a finalidade de ir a Nagasaki.

– Então o senhor está dizendo que o décimo nono dia é o último, um dia de morte, Yabu-san? – repetira ele, quase nauseado com a informação de que a armadilha estava lançada sobre Toranaga. E, portanto, sobre ele e o *Erasmus*.

– *Shikata ga nai!* Vamos rapidamente a Nagasaki e voltamos. Depressa, entende? Apenas quatro dias para conseguir homens. Depois voltamos.

– Mas por quê? Toranaga aqui, todos morrem, *né?* – dissera ele. Mas Yabu desembarcara, dizendo-lhe que partiriam dois dias depois. Agitado, ele o observara afastando-se, desejando ter trazido o *Erasmus* e não a galera. Se tivesse o *Erasmus*, sabia que, de algum modo, teria desviado de Ōsaka e rumado direto para Nagasaki ou, ainda mais provavelmente, teria investido para o horizonte, a fim de encontrar alguma enseada de boa conformação e tirar tempo da eternidade para treinar seus vassalos a lidar com o navio.

Você é um imbecil, repreendeu-se. Com os poucos tripulantes que tem, você não teria conseguido atracá-lo aqui, quanto mais encontrar essa enseada para esperar passar a tempestade do demônio. Você já estaria morto.

– Não se preocupe, senhor. Karma – estava dizendo Uraga.

– Sim. Karma.

Então Blackthorne ouviu perigo vindo do mar, o seu corpo se moveu antes que a mente o ordenasse e ele estava girando quando a seta passou zunindo, não o atingindo por uma distância mínima, para ir se fincar no tabique. Saltou sobre Uraga para fazê-lo se abaixar quando outra seta da mesma saraivada sibilou na direção deste, acertando a sua garganta. Os dois se encolheram em segurança sobre o convés, Uraga guinchando e os samurais gritando e perscrutando o mar por sobre a amurada. Cinzentos de guarda na praia subiram a bordo. Outra saraivada veio da noite, do mar, e todos se dispersaram para se proteger. Blackthorne rastejou até a amurada, espreitou através de um embornal e viu um barco de pesca próximo apagando o seu archote para sumir na escuridão. Todos os botes estavam fazendo o mesmo e, numa fração de segundo, ele viu remadores puxando freneticamente, a luz cintilando nas suas espadas e arcos.

O uivo de dor de Uraga transformou-se numa agonia balbuciante, enquanto os cinzentos se precipitavam para o tombadilho, arcos preparados, o navio todo em tumulto agora. Vinck subiu depressa ao convés, pistola pronta, correndo em zigue-zague.

– Cristo, o que está acontecendo, o senhor está bem, piloto?

– Sim. Cuidado, eles estão em barcos de pesca! – Blackthorne escorregou para junto de Uraga, que estava segurando a flecha, o sangue vazando-lhe pelo nariz, boca e ouvidos.

– Jesus! – arquejou Vinck.

Blackthorne agarrou a farpa da seta com a mão, colocou a outra sobre a carne quente e pulsante e puxou com toda a força. A seta saiu habilmente, mas no seu rastro o sangue esguichou num jorro abundante. Uraga começou a sufocar.

Agora cinzentos e samurais de Blackthorne os rodeavam. Alguns haviam trazido escudos e protegiam Blackthorne, descuidados da própria segurança. Uns tremiam, embora o perigo tivesse passado. Outros soltavam imprecações contra a noite, disparando e ordenando que os desaparecidos barcos de pesca voltassem.

Blackthorne segurou Uraga nos braços, impotente, pensando que teria de fazer alguma coisa mas não sabia o quê, sabendo, entretanto, que nada podia ser feito. O nauseante cheiro adocicado da morte obstruía-lhe as narinas e o cérebro berrava como sempre: "Jesus Cristo, graças a Deus não é o meu sangue, não o meu, graças a Deus".

Viu os olhos de Uraga implorando, a boca mexendo-se sem emitir som algum, o peito arfando. Depois viu seus próprios dedos se moverem por si mesmos e fazerem o sinal da cruz diante dos olhos de Uraga, sentiu o corpo dele estremecendo, palpitando, a boca gritando sem emitir qualquer som, e lembrou-se de peixes fisgados.

Uraga levou um tempo atroz para morrer.

CAPÍTULO 53

AGORA BLACKTHORNE ESTAVA ENTRANDO NO CASTELO COM A SUA GUARDA DE honra de vinte vassalos, rodeada por uma escolta de cinzentos dez vezes maior. Usava orgulhosamente um uniforme novo, um quimono marrom com os cinco emblemas de Toranaga e, pela primeira vez, um manto formal, com asas imensas. O seu cabelo louro e ondulado estava amarrado num rabo esmerado. As espadas que Toranaga lhe dera sobressaíam corretamente do *obi*. Os pés calçavam *tabis* novos e sandálias com correias.

Havia cinzentos em abundância a cada interseção, protegendo cada muralha, numa vasta demonstração da força de Ishido, pois cada daimio, cada general e cada oficial samurai de importância em Ōsaka fora convidado naquela noite para o Grande Saguão que o táicum construíra dentro do anel interno de fortificações. O sol estava baixo e a noite se aproximava rapidamente.

É um azar terrível perder Uraga, estava pensando Blackthorne, ainda sem saber se o ataque fora contra Uraga ou contra ele. Perdi a melhor fonte de conhecimento que poderia ter.

— Ao meio-dia o senhor vai ao castelo, Anjin-san — disse Yabu naquela manhã, quando retornara à galera. — Os cinzentos vêm buscá-lo. Entende?

— Sim, Yabu-sama.

— Agora está completamente em segurança. Sinto muito pelo ataque. *Shikata ga nai!* Os cinzentos vão levá-lo a lugar seguro. Esta noite o senhor fica no castelo. Na parte do castelo que é de Toranaga. Também, no dia seguinte, vamos a Nagasaki.

— Temos permissão? — perguntara ele.

Yabu abanou a cabeça, exasperado.

— Fingimos ir a Mishima buscar o senhor Hiromatsu. Também o senhor Sudara e família. Entende?

— Sim.

— Bom. Durma agora, Anjin-san. Não se preocupe com o ataque. Todos os botes receberam ordem de se manter longe daqui. Aqui agora é *kinjiru*.

— Entendo. Por favor, desculpe-me, o que acontece esta noite? Por que eu vou ao castelo?

Yabu exibiu o seu sorriso retorcido e lhe disse que ele seria mostrado, que Ishido estava curioso por vê-lo de novo.

— Como hóspede o senhor estará seguro — acrescentou Yabu, deixando a galera de novo.

Blackthorne desceu, deixando Vinck de guarda, mas, quando adormeceu profundamente, sentiu Vinck a sacudi-lo e correu para o convés de novo.

Uma pequena fragata portuguesa, de vinte canhões, vinha entrando na enseada, o freio entre os dentes, adernando sob a pressão do velame todo desfraldado.

– O bastardo está com pressa – disse Vinck, estremecendo.

– Tem que ser Rodrigues. Mais ninguém poderia entrar na enseada assim, com todas as velas.

– Se eu fosse o senhor, piloto, daria o fora daqui com maré ou sem maré. Meu Deus, estamos como mariposas numa garrafa de grogue. Vamos embora...

– Vamos ficar! Não consegue enfiar isso na cabeça? Ficamos até sermos autorizados a partir. Ficamos até que Ishido diga que podemos ir, mesmo que o papa e o rei da Espanha desembarquem aqui junto com a maldita armada inteira!

Descera novamente, mas perdera o sono. Ao meio-dia os cinzentos chegaram. Muito bem escoltado, foi com eles para o castelo. Insinuaram-se através da cidade, passando pelo pátio de execuções, as cinco cruzes ainda lá, vultos ainda sendo amarrados e trazidos para baixo, cada cruz com os seus dois lanceiros, a multidão assistindo. Ele revivera aquela agonia e o terror da emboscada, e a sensação da mão sobre o punho da espada, o quimono sobre a pele; os seus próprios vassalos com ele não lhe diminuíam o temor.

Os cinzentos conduziram-no para a parte de Toranaga no castelo, que ele tinha visitado da primeira vez e onde Kiritsubo, a senhora Sazuko e o filho dela ainda estavam abrigados junto com o remanescente dos samurais de Toranaga. Ali ele tomou banho e encontrou roupas novas, preparadas para ele.

– A senhora Mariko está aqui?

– Não, senhor, sinto muito – dissera-lhe a criada.

– Então onde posso encontrá-la, por favor? Tenho uma mensagem urgente.

– Sinto muito, Anjin-san, não sei. Por favor, desculpe-me.

Nenhum dos criados o ajudou. Todos diziam: "Sinto muito, não sei".

Vestiu-se, depois recorreu ao seu dicionário para recordar palavras-chave de que precisaria e preparou-se da melhor maneira. Em seguida dirigiu-se ao jardim, para observar as rochas crescendo. Mas elas não cresciam nunca.

Logo estava atravessando o fosso interno. Havia archotes por toda parte.

Pôs de lado a ansiedade e avançou pela ponte de madeira. Havia outros convidados, acompanhados de cinzentos por todos os lados, encaminhando-se na mesma direção. Ele podia sentir que o observavam dissimuladamente.

Os seus pés levaram-no pela última ponte levadiça e os cinzentos o conduziram através do labirinto novamente até a grande porta. Ali o deixaram. Assim como os seus homens. Foram para um lado com outros samurais, para esperá-lo. Ele avançou para a entrada toda iluminada por archotes.

Era uma sala imensa, com vigas altas e um teto dourado, bem ornamentado. Colunas revestidas de ouro sustentavam as vigas, que eram feitas de madeira rara e polida, muito bem tratada, assim como os reposteiros nas paredes. Encontravam-se lá quinhentos samurais e as suas damas, usando todas as cores do arco-íris, os seus perfumes misturando-se com a fragrância de incenso que vinha das madeiras preciosas queimando em minúsculos braseiros de parede. Os olhos de Blackthorne percorreram a multidão para encontrar Mariko, ou Yabu, ou qualquer rosto conhecido e amigo. Mas não encontraram ninguém. A um dos lados havia uma fila de convidados esperando para se apresentar diante da plataforma elevada, numa das extremidades do salão, onde estava o cortesão, príncipe Ogaki Takamoto, recebendo os cumprimentos em pé. Blackthorne reconheceu Ishido – alto, magro e autocrático – também ao lado da plataforma e lembrou-se vividamente da força ofuscante do golpe do homem no seu rosto e depois dos seus próprios dedos agarrados ao pescoço dele.

Em cima da plataforma, sozinha, estava a senhora Ochiba, confortavelmente sentada sobre uma almofada. Mesmo à distância, podia ver a rara riqueza do seu quimono, fios de ouro sobre uma seda do azul-escuro mais raro. "A Mais Alta", chamava-a Uraga, com admiração, contando-lhe muita coisa sobre ela e a sua história durante a viagem. Era delgada, quase infantil de compleição, com um brilho luminoso na pele magnífica. Os seus olhos negros eram grandes, sob as sobrancelhas arqueadas, pintadas, o cabelo penteado como um elmo alado.

A procissão de convidados arrastou-se para a frente. Blackthorne colocara-se a um lado, num ponto inundado de luz, uma cabeça mais alto do que os que lhe estavam próximos. Educadamente deu um passo para o lado, para sair do caminho de alguns convidados que passavam, e viu os olhos de Ochiba se voltarem para ele. Ishido também o olhava. Disseram alguma coisa entre si e o leque dela moveu-se. Os olhos dos dois voltaram a pousar sobre ele. Constrangido, ele se dirigiu para um canto a fim de se tornar menos proeminente, mas um cinzento barrou-lhe o caminho.

– *Dōzo* – disse polidamente esse samurai, apontando para a fila.

– *Hai, dōmo* – disse Blackthorne. E lá se postou.

Os que estavam à frente se curvaram e outros que vinham atrás dele também. Ele retribuiu as mesuras. Logo toda conversa se extinguiu. Todos o olhavam.

Embaraçados, homens e mulheres à sua frente na fila deram-lhe passagem. Num instante não havia ninguém entre ele e a plataforma. Por momentos, não conseguiu se mexer. Depois, sob silêncio completo, avançou.

Diante da plataforma, ajoelhou-se e curvou-se formalmente, uma vez para ela, uma vez para Ishido, como vira os outros fazerem. Levantou-se depois, petrificado com a possibilidade de suas espadas caírem ou de escorregar e cair em desgraça, mas tudo correu de modo satisfatório e ele começou a recuar.

– Por favor, espere, Anjin-san – disse ela.

Ele esperou. A luminosidade dela parecia ter aumentado, assim como a sua feminilidade. Ele sentiu a extraordinária sensualidade que emanava da mulher, sem esforço consciente da parte dela.

– Diz-se que o senhor fala a nossa língua? – A voz dela era inexplicavelmente pessoal.

– Por favor, me desculpe, Alteza – começou Blackthorne, usando a sua já antiga frase de reserva, vacilando ligeiramente devido ao nervosismo. – Sinto muito, mas tenho que usar palavras curtas e respeitosamente peço-lhe que use palavras muito simples, de modo que eu possa ter a honra de compreendê-la. – Sabia que, sem dúvida alguma, a sua vida podia facilmente depender das suas respostas. Toda a atenção na sala estava voltada para eles agora. Então notou que Yabu se movimentava com cuidado por entre a massa, aproximando-se mais. – Possa eu respeitosamente cumprimentá-la pelo seu aniversário e orar para que a senhora viva para gozar de mais mil.

– Dificilmente se poderia dizer que essas palavras sejam simples, Anjin-san – disse a senhora Ochiba, muito bem impressionada.

– Por favor, me desculpe, Alteza. Aprendi a noite passada. O modo correto de dizer, *né*?

– Quem lhe ensinou isso?

– Uraga-no-Tadamasa, meu vassalo.

Ela franziu o cenho, depois olhou para Ishido, que se inclinou para a frente e falou rápido demais para que Blackthorne pudesse entender alguma coisa além da palavra "setas".

– Ah, o padre cristão renegado que foi morto a noite passada no seu navio?

– Alteza?

– O homem... O samurai que foi morto, *né*? A noite passada no navio. Entende?

– Ah, desculpe. Sim, ele. – Blackthorne olhou para Ishido, depois para ela de novo. – Por favor, me desculpe, Alteza, a sua permissão para saudar o senhor general?

– Sim, o senhor tem permissão.

– Boa noite, senhor general – disse Blackthorne com polidez estudada. – A última vez que encontramos, eu muito terrível louco. Sinto muito.

Ishido correspondeu à mesura, superficialmente.

– Sim, estava. E muito descortês. Espero que o senhor não enlouqueça esta noite ou em qualquer outra noite.

– Muito louco aquela noite, por favor, me desculpe.

– Essa loucura é habitual entre bárbaros, *né*?

Tal grosseria pública com um convidado era muito séria. Os olhos de Blackthorne relampejaram para a senhora Ochiba por um instante e notaram surpresa nela também. Então arriscou.

– Ah, senhor general, tem toda a razão. Bárbaros sempre a mesma loucura. Mas, sinto muito, agora sou samurai, *hatamoto*, isso grande, muita honra para mim. *Não sou mais bárbaro*. – Ele usou a sua voz de tombadilho, potente, mas não gritada, e encheu os quatro cantos da sala. – Agora, entendo maneiras de samurai e um pouco de *bushidō*. E *wa*. Não sou mais bárbaro, por favor, desculpe-me. *Né*? – Pronunciou a última palavra como um desafio, sem medo. Sabia que os japoneses compreendiam a masculinidade e o orgulho e respeitavam essas qualidades.

Ishido riu.

– Ora, samurai Anjin-san – disse, jovial agora. – Sim, aceito o seu pedido de desculpas. Os boatos sobre a sua coragem são verdadeiros. Bom, muito bom. Também devo me desculpar. Terrível que *rōnins* imundos pudessem fazer uma coisa assim, entende? Atacar de noite?

– Sim, entendo, senhor. Muito ruim. Quatro homens mortos. Um dos meus, três cinzentos.

– Escute, ruim, muito ruim. Não se preocupe, Anjin-san. Não mais. – Ishido correu os olhos pela sala, atentamente. Todo mundo o entendeu com muita clareza. – Agora ordenei guardas. Entende? Guardas muito cuidadosos. Não mais ataques assassinos. Nenhum. O senhor está muito cuidadosamente guardado agora. Completamente seguro no castelo.

– Obrigado. Desculpe o incômodo.

– Não há incômodo. O senhor importante, *né?* O senhor samurai. O senhor tem um lugar especial de samurai com o senhor Toranaga. Não esqueço. Não receie.

Blackthorne agradeceu a Ishido novamente e voltou-se para a senhora Ochiba. – Alteza, no meu país nós tem rainha... Nós temos uma rainha. Por favor, desculpe o meu japonês... Sim, meu país governado por uma rainha. Na minha terra temos o costume sempre dar a uma senhora um presente de aniversário. Mesmo uma rainha. – Do bolso da manga tirou um botão de camélia cor-de-rosa que cortara de uma árvore no jardim. Pousou-o diante dela receando estar exagerando. – Por favor, desculpe-me se não for boas maneiras dar.

Ela olhou a flor. Sustendo o fôlego, quinhentas pessoas esperavam para ver como ela responderia à ousadia e à galantaria do bárbaro, e à armadilha em que ele, talvez sem perceber, a colocara.

– Não sou uma rainha, Anjin-san – disse ela lentamente. – Apenas a mãe do herdeiro e viúva do senhor táicum. Não posso aceitar o seu presente como uma rainha, pois não sou rainha, nunca poderia ser rainha, não simulo ser rainha e não desejo ser rainha. – Depois sorriu para a sala e disse para que todos ouvissem: – Mas como uma senhora no seu aniversário talvez eu possa ter a permissão de todos para aceitar o presente do Anjin-san?

A sala explodiu em aplausos. Blackthorne curvou-se e agradeceu-lhe, tendo compreendido apenas que o presente fora aceito. Quando a multidão ficou em silêncio de novo, a senhora Ochiba exclamou:

– Mariko-san, o seu aluno é uma honra para a senhora, *né?*

Mariko estava vindo por entre os convidados, com um jovem ao lado. Junto deles, ele reconheceu Kiritsubo e a senhora Sazuko. Viu o jovem sorrir para uma garota e, depois, embaraçado, alcançar Mariko.

– Boa noite, senhora Toda – disse Blackthorne, acrescentando perigosamente em latim, inebriado pelo próprio sucesso: – A noite está mais bela por causa da vossa presença.

– Obrigada, Anjin-san – respondeu ela em japonês, as faces colorindo-se. Dirigiu-se para a plataforma, mas o jovem ficou dentro do círculo de assistentes. Mariko curvou-se para Ochiba.

– Fiz pouco, Ochiba-sama. Foi tudo trabalho do Anjin-san e do livro de palavras que os padres cristãos lhe deram.

– Ah, sim, o livro de palavras! – Ochiba fez Blackthorne mostrá-lo a ela e, com a ajuda de Mariko, explicá-lo elaboradamente. Ficou fascinada. Assim como Ishido. – Precisamos providenciar cópias, senhor general. Por favor, ordene-lhes que nos dêem cem livros. Com eles, os nossos jovens poderiam aprender bárbaro logo, *né?*

– Sim. É uma boa ideia, senhora. Quanto mais depressa tivermos os nossos próprios intérpretes, melhor. – Ishido riu. – Vamos deixar os cristãos quebrarem o seu próprio monopólio, *né?*

Um samurai grisalho com cerca de sessenta anos que se encontrava à frente dos convidados disse:

– Os cristãos não possuem monopólio, senhor general. Pedimos aos padres cristãos... Na realidade, insistimos em que eles sejam intérpretes e negociadores porque são os únicos que sabem conversar com os dois lados e merecem confiança dos dois lados. O senhor Goroda deu início ao costume, *né?* E depois o táicum continuou.

– Naturalmente, senhor Kiyama, não tive a intenção de desrespeitar os daimios ou samurais que se tornaram cristãos. Referi-me apenas ao monopólio dos padres cristãos – disse Ishido. – Seria melhor para nós se a nossa gente e não os padres estrangeiros, quaisquer padres, no que diz respeito ao assunto, controlasse o nosso comércio com a China.

– Nunca houve um caso de fraude, senhor general – disse Kiyama. – Os preços são justos, o comércio é fácil e eficiente e os padres controlam a sua gente. Sem os bárbaros meridionais, não há seda, não há comércio com a China. Sem os padres, poderíamos ter muitos problemas. Muitíssimos, sinto muito. Por favor, desculpe-me por mencionar isso.

– Ah, senhor Kiyama – disse a senhora Ochiba. – Estou certa de que o senhor Ishido ficou honrado por o senhor o ter corrigido, não é assim, senhor general? O que o conselho seria sem as sugestões do senhor Kiyama?

– Naturalmente – disse Ishido.

Kiyama curvou-se rígido, com visível satisfação. Ochiba olhou para o jovem e agitou o leque.

– E você, Saruji-san? Talvez gostasse de aprender bárbaro?

O menino corou com o exame deles. Era esbelto e bonito, e tentava arduamente aparentar mais idade que os seus quase quinze anos.

– Oh, espero não ter que fazer isso, Ochiba-sama, oh, não... mas, se for ordenado, tentarei. Sim, tentarei até o fim.

Eles riram com a sua ingenuidade. Mariko disse orgulhosamente em japonês:

– Anjin-san, este é o meu filho, Saruji. – Blackthorne estivera concentrado na conversa, a maior parte da qual era rápida e vernácula demais para que ele entendesse. Mas ouvira "Kiyama" e um alarme soou. Curvou-se para Saruji e a mesura foi formalmente retribuída. – Ele é um homem muito bonito, né? Sorte ter um filho tão bonito, Mariko-sama. – Os seus olhos espiavam a mão direita do jovem. Era permanentemente retorcida. Então se lembrou de que uma vez Mariko dissera que o nascimento do filho fora prolongado e difícil. Pobre rapaz, pensou ele. Como poderia usar uma espada? Desviou os olhos. Ninguém notara a direção do seu olhar, exceto Saruji. Viu embaraço e sofrimento no rosto do jovem.

– Sorte ter filho bonito – disse a Mariko. – Mas com certeza impossível, Mariko-sama, a senhora ter filho tão grande... Não idade suficiente, né?

– O senhor é sempre tão galante, Anjin-san? – disse Ochiba. – Sempre diz coisas tão inteligentes?

– Por favor?

– Ah, sempre tão inteligente? Elogios? Entende?

– Não, desculpe, por favor, sinto muito. – A cabeça de Blackthorne estava doendo devido à concentração. Ainda assim, quando Mariko lhe explicou o que fora dito, respondeu com uma gravidade zombeteira. – Ah, sinto muito, Mariko-sama. Se Saruji-san é realmente seu filho, por favor, diga à senhora Ochiba que eu não sabia que as senhoras aqui se casam com dez anos.

Ela traduziu. E acrescentou alguma coisa que os fez rir.

– O que foi que a senhora disse?

– Ah! – Mariko notou os malévolos olhos de Kiyama sobre Blackthorne. – Por favor, desculpe-me, senhor Kiyama, posso apresentar-lhe o Anjin-san?

Cortesmente, Kiyama retribuiu a mesura muito correta de Blackthorne.

– Dizem que o senhor alega ser cristão.

– Por favor?

Kiyama não se dignou repetir, então Mariko traduziu.

– Ah, desculpe, senhor Kiyama – disse Blackthorne em japonês. – Sim. Sou cristão... mas seita diferente.

– A sua seita não é bem-vinda nas minhas terras. Nem em Nagasaki, ou Kyūshū, eu imagino, ou nas terras de quaisquer daimios *cristãos*.

Mariko conservou o sorriso no lugar. Perguntava a si mesma se Kiyama não teria contratado pessoalmente o assassino Amida e também o ataque da noite anterior. Traduziu, suprimindo o gume da descortesia de Kiyama, todo mundo na sala ouvindo atentamente.

– Não sou padre, senhor – disse Blackthorne diretamente a Kiyama. – Se eu na sua terra... só comércio. Nada de conversa de padre ou ensino. Respeitosamente peço comércio apenas.

– Não quero o *seu* comércio. *Não o quero* nas minhas terras. O *senhor* está proibido de entrar nas minhas terras, sob pena de morte. Entende?

– Sim, compreendo – disse Blackthorne. – Sinto muito.

– Ótimo. – Arrogante, Kiyama voltou-se para Ishido. – Deveríamos excluir completamente do império esses bárbaros e essa seita. Proporei isso ao conselho na próxima reunião. Devo dizer abertamente que acho que o senhor Toranaga foi desavisado em tornar qualquer estrangeiro, particularmente este homem, samurai. É precedente muito perigoso.

– Isso com certeza não tem importância! Todos os erros do atual senhor do Kantō serão corrigidos muito em breve. *Né?*

– Todo mundo comete enganos, senhor general – disse Kiyama, enfaticamente. – Apenas Deus é onividente e perfeito. O único engano *real* que o senhor Toranaga até agora cometeu foi ter colocado os próprios interesses à frente dos do herdeiro.

– Sim – disse Ishido.

– Por favor, com licença – disse Mariko –, mas isso não é verdade. Sinto muito, mas estão ambos enganados sobre o meu amo.

Kiyama voltou-se para ela. Com suavidade.

– É perfeitamente correto que a senhora tome essa posição, Mariko-san. Mas, por favor, não vamos discutir isso esta noite. Então, senhor general, onde se encontra o senhor Toranaga agora? Quais são as suas notícias mais recentes?

– Pelo pombo-correio de ontem fui informado de que ele estava em Mishima. Agora estou recebendo relatórios diários sobre o seu progresso.

– Bom. Então dentro de dois dias ele deixará suas fronteiras? – perguntou Kiyama.

– Sim. O senhor Ikawa Jikkyu está pronto para lhe dar as boas-vindas, conforme merece a sua posição.

– Bom. – Kiyama sorriu para Ochiba. Gostava muito dela. – Neste dia, senhora, em honra da ocasião, talvez a senhora perguntasse ao herdeiro se ele permitiria que os regentes se curvassem diante dele?

– O herdeiro ficaria honrado, senhor – respondeu ela, para aplauso dos presentes. – E depois talvez o senhor e todos aqui fossem convidados dele para uma competição de poesia. Talvez os regentes fossem os juízes?

Houve mais aplausos.

– Obrigado, mas, por favor, talvez a senhora, o príncipe Ogaki e algumas das damas fossem os juízes.

– Muito bem, se o senhor assim deseja.

– Agora, senhora, qual será o tema? E a primeira linha do poema? – perguntou Kiyama, muito contente, pois era renomado pela sua poesia, assim como pela habilidade com a espada e ferocidade na guerra.

– Por favor, Mariko-san, a senhora responderia ao senhor Kiyama? – disse Ochiba, e novamente muitos ali admiraram a sua sagacidade. Ela era uma poetisa medíocre, enquanto Mariko era famosa.

Mariko ficou contente por lhe terem dado a honra de começar. Pensou um momento. Depois disse:

– Deveria ser sobre *hoje*, senhora Ochiba, e a primeira linha: "Num galho sem folhas...".

Ochiba e todos eles a cumprimentaram pela escolha. Kiyama estava cordial agora, e disse:

– Excelente, mas teremos que ser muito bons para competir com a senhora, Mariko-san.

– Espero que me desculpe, senhor, mas não vou competir.

– Claro que vai! – riu Kiyama. – A senhora é uma das melhores do império! Não seria a mesma coisa se a senhora não competisse.

– Sinto muito, senhor, por favor, desculpe-me, mas não estarei aqui.

– Não compreendo.

– O que quer dizer, Mariko-san? – disse Ochiba.

– Oh, por favor, desculpe-me, senhora – disse Mariko –, mas deixo Ōsaka amanhã... com a senhora Kiritsubo e a senhora Sazuko.

O sorriso de Ishido desapareceu.

– Parte para onde?

– Ao encontro do nosso suserano, senhor.

– Ele... o senhor Toranaga estará aqui dentro de poucos dias, *né*?

– Faz meses que a senhora Sazuko não vê o marido e o meu senhor Toranaga ainda não teve o prazer de conhecer o filho mais novo. Naturalmente a senhora Kiritsubo nos acompanhará. Também faz muito tempo que ele não vê a ama de suas damas, *né*?

– O senhor Toranaga estará aqui tão em breve que ir ao encontro dele é desnecessário.

– Mas *eu* considero necessário, senhor general.

– A senhora acabou de chegar – disse Ishido, incisivo – e estivemos esperando com ansiedade pela sua companhia, Mariko-san. A senhora Ochiba particularmente. Concordo com o senhor Kiyama, claro que a senhora deve competir.

– Sinto muito, mas não estarei aqui.

– Obviamente, está cansada, senhora. Acabou de chegar. Com certeza este não é o momento de discutir um assunto tão particular. – Ishido voltou-se para Ochiba. – Talvez, senhora Ochiba, a senhora devesse saudar os outros convidados?

– Sim... sim, naturalmente – disse Ochiba, desconcertada.

Imediatamente a fila começou a se formar, obediente, e uma conversação nervosa se iniciou. Mas o silêncio reinou de novo quando Mariko disse:

– Obrigada, senhor general. Concordo, mas isto não é um assunto particular e não há nada a discutir. Partirei amanhã para prestar os meus respeitos ao meu suserano *com* as damas dele.

Ishido disse friamente:

— A senhora está aqui por convite pessoal do Filho do Céu, junto com as boas-vindas dos regentes. Por favor, seja paciente. O seu senhor estará aqui muito em breve.

— Concordo, senhor. Mas o convite de Sua Majestade Imperial é para o vigésimo segundo dia. Não me ordena, nem a ninguém, que fique confinada em Ōsaka até lá. Ou ordena?

— Esquece-se da sua educação, senhora Toda.

— Por favor, desculpe-me, era a última coisa que eu pretendia. Sinto muito, peço desculpas. — Mariko voltou-se para Ogaki, o cortesão. — Senhor, o convite do Exaltado exige a minha presença aqui até que ele chegue?

O sorriso de Ogaki foi rijo.

— O convite é para o vigésimo segundo dia deste mês, senhora. Exige a sua presença nesse dia.

— Obrigada, senhor. — Mariko curvou-se e encarou a plataforma de novo. — Exige-se a minha presença nesse dia, senhor general. Não antes. Portanto, partirei amanhã.

— Por favor, seja paciente, senhora. Os regentes deram-lhe as boas-vindas e há muitos preparativos em que necessitarão da sua assistência para a chegada do Exaltado. Agora, senhora Ochi...

— Sinto muito, senhor, mas as ordens do meu suserano têm precedência. Devo partir amanhã.

— A senhora não partirá amanhã e pedimos-lhe, não, solicitamos-lhe, Mariko-san, que participe na competição da senhora Ochiba. Agora, senhora...

— Então estou confinada aqui contra a minha vontade?

— Mariko-san — disse Ochiba —, mudemos de assunto agora, por favor?

— Sinto muito, Ochiba-sama, mas sou uma pessoa simples. Disse abertamente que tenho ordens do meu suserano. Se não obedecer a elas, então devo saber por quê. Senhor general, estou *confinada* aqui até o vigésimo segundo dia? Em caso afirmativo, por ordem de quem?

— A senhora é uma hóspede de honra — disse Ishido cuidadosamente, desejando que ela se submetesse. — Repito, senhora, o seu senhor estará aqui muito em breve.

Mariko sentiu o poder dele e se esforçou para resistir.

— Sim, mas, sinto muito, de novo pergunto respeitosamente: estou confinada em Ōsaka pelos próximos dezoito dias e, em caso afirmativo, por ordem de quem?

Ishido mantinha os olhos cravados nela.

— Não, a senhora não está confinada.

— Obrigada, senhor. Por favor, desculpe-me por falar tão diretamente — disse Mariko. Muitas das damas na sala voltaram-se para as suas vizinhas e algumas cochicharam abertamente o que todos os retidos em Ōsaka contra a própria vontade pensavam: "Se ela pode ir, eu também posso, *né?* E você também, *né?* Vou amanhã... Oh, que maravilha!".

A voz de Ishido cortou a onda de sussurros:
— Mas, senhora Toda, já que resolveu falar de modo tão presunçoso, sinto que é meu dever pedir aos regentes uma rejeição formal, para o caso de outros compartilharem do seu equívoco. — Sorriu melancolicamente em meio ao silêncio de gelo. — Até lá a senhora se manterá preparada para responder às perguntas deles e receber a disposição regulamentar.
— Eu ficaria honrada, senhor — disse Mariko —, mas o meu dever é para com o meu suserano.
— Naturalmente. Mas isso será por apenas alguns dias.
— Sinto muito, senhor, mas meu dever é para com o meu suserano para os próximos dias.
— A senhora se imbuirá de paciência. Não levará mais que pouco tempo. O assunto está encerrado. Agora, senhor Ki...
— Sinto muito, mas não posso atrasar a minha partida nem por pouco tempo.
Ishido berrou:
— Recusa-se a obedecer ao Conselho de Regentes?
— Não, senhor — disse Mariko, com orgulho. — Não, a menos que eles violem o meu dever para com o meu suserano, que é dever primordial de um samurai!
— *A senhora se preparará para encontrar os regentes com paciência filial!*
— Sinto muito, tenho ordens do meu suserano de escoltar as suas damas ao encontro dele. Imediatamente. — Tirou um pergaminho da manga e estendeu-o a Ishido com formalidade.
Ele o abriu com violência e o examinou. Depois levantou os olhos e disse:
— Ainda assim, a senhora esperará uma determinação dos regentes.
Mariko olhou esperançosa para Ochiba, mas ali encontrou apenas gélida desaprovação. Voltou-se para Kiyama. Este ficou igualmente silencioso, igualmente inabalável.
— Por favor, desculpe, senhor general, mas não há guerra — começou ela. — O meu amo está obedecendo aos regentes, portanto, pelos próximos dezoito...
— O assunto está encerrado!
— Este assunto estará encerrado, senhor general, quando o senhor tiver a educação de me deixar concluir. Não sou uma camponesa para ser pisoteada. Sou Toda Mariko-no-Buntaro-no-Hiromatsu, filha do senhor Akechi Jinsai, minha linhagem é Takashima e somos samurais há mil anos. E digo que nunca serei cativa, refém ou confinada. Nos próximos dezoito dias e até *o dia*, por ordem do Exaltado, sou livre para ir aonde quiser, *assim como todo mundo*.
— Nosso... o nosso amo, o táicum, foi camponês uma vez. Muitos... muitos samurais são camponeses, foram camponeses. Cada daimio foi, no passado, camponês. Até o primeiro Takashima. Todo mundo foi camponês uma vez. Ouça atentamente: *a senhora esperará pela vontade dos regentes*.
— Não. Sinto muito, meu primeiro dever é a obediência ao meu suserano.
Enfurecido, Ishido começou a caminhar na direção dela.

Embora Blackthorne não tivesse compreendido quase nada do que fora dito, a sua mão direita deslizou despercebida para a manga esquerda para preparar a faca de arremesso escondida.

Ishido parou diante dela.

– A senhora...

Nesse momento houve um movimento na porta. Uma criada abriu caminho pela multidão e veio correndo para Ochiba.

– Por favor, desculpe-me, ama – choramingou ela –, mas é Yodoko-sama... Ela pede que a senhora, ela está... a senhora deve se apressar, o herdeiro já está lá...

Preocupada, Ochiba olhou para Mariko e Ishido, depois para os rostos que a fitavam. Fez meia mesura aos convidados e saiu às pressas. Ishido hesitou.

– Lidarei com a senhora mais tarde, Mariko-san – disse, e seguiu Ochiba, os seus passos pesados sobre os tatames.

Após sua saída, o sussurro começou a fluir e refluir de novo. Os sinos tocaram a mudança da hora.

Blackthorne aproximou-se de Mariko. E perguntou:

– Mariko-san, o que está acontecendo?

Ela continuou a fitar a plataforma sem vê-la. Kiyama tirou a mão apertada no punho da espada e flexionou-a:

– Mariko-san!

– Sim? Sim, senhor?

– Posso sugerir-lhe voltar para casa? Talvez eu tivesse permissão para conversar com a senhora mais tarde, digamos à hora do Javali?

– Sim, sim, naturalmente. Por favor... por favor, desculpe-me, mas eu tinha que... – Suas palavras esmoreceram.

– Este é um dia de mau agouro, Mariko-san. Que Deus a tome em sua guarda. – Kiyama deu-lhe as costas e dirigiu-se à sala com autoridade: – Sugiro que retornemos às nossas casas para esperar... esperar e orar para que o Infinito leve a senhora Yodoko rápida e tranquilamente, e com honra, para a sua paz, se o momento dela chegou. – Olhou para Saruji, que ainda estava aturdido. – Venha comigo. – Saiu. Saruji começou a segui-lo, não querendo deixar a mãe, mas impelido pela ordem e intimidado pela atenção sobre ele.

Mariko fez uma pequena mesura para a sala e começou a sair.

Kiri passou a língua pelos lábios secos. A senhora Sazuko estava ao lado dela, trêmula e apreensiva. Kiri tomou a mão da senhora Sazuko e as duas mulheres acompanharam Mariko. Yabu avançou com Blackthorne atrás delas, muito consciente de que eram os únicos samurais presentes usando o uniforme de Toranaga.

Do lado de fora, os cinzentos os esperavam.

○

– Mas o que, em nome de todos os deuses, possuiu a senhora para que tomasse tal posição? Estúpido, *né?* – enfureceu-se Yabu.

— Sinto muito — disse Mariko, ocultando a verdadeira razão, desejando que Yabu a deixasse em paz, furiosa com as maneiras odiosas dele. — Simplesmente aconteceu, senhor. Num momento era uma comemoração de aniversário e depois... Não sei. Por favor, desculpe-me, Yabu-sama. Por favor, desculpe-me, Anjin-san.

Novamente Blackthorne começou a dizer alguma coisa, porém mais uma vez Yabu o subjugou e ele se apoiou na janela, totalmente irritado, a cabeça latejando com o esforço de tentar entender.

— Sinto muito, Yabu-sama — disse Mariko. E pensou: como os homens são cansativos, precisam de que tudo seja explicado com tantos detalhes. Não conseguem nem ver os pelos nas próprias pálpebras.

— A senhora desencadeou uma tempestade que nos engolirá a todos! Estúpido, *né*?

— Sim, mas não é certo que sejamos trancados, e o senhor Toranaga realmente me deu ordem de...

— Essas ordens são loucas! A sua cabeça deve ter sido possuída por demônios! A senhora terá que pedir desculpas e recuar. Agora a segurança será mais cerrada do que o buraco do cu de um mosquito. Ishido certamente cancelará as nossas permissões para partir e a senhora arruinou tudo. — Olhou para Blackthorne. — O que fazemos agora?

— Por favor?

Os três haviam acabado de chegar à principal sala de recepção na casa de Mariko, que ficava dentro do anel externo de fortificações. Cinzentos os escoltaram até ali e muitos mais do que o habitual estavam agora de prontidão do lado de fora do portão dela. Kiri e a senhora Sazuko tinham ido para os seus próprios aposentos com outra guarda "de honra" de cinzentos e Mariko prometera juntar-se a elas após o seu encontro com Kiyama.

— Mas os guardas não a deixarão, Mariko-san — dissera Sazuko, perturbada.

— Não se preocupe — dissera ela. — Nada mudou. Dentro do castelo podemos nos mover livremente, embora com escoltas.

— Eles a impedirão! Oh, por que a senhora...

— Mariko-san tem razão, criança — disse Kiri, sem medo. — Nada mudou. Vemo-nos em breve, Mariko-chan. — Depois Kiri seguira para a sua ala no castelo, marrons fecharam o portão fortificado e Mariko respirara de novo, indo para sua casa com Yabu e Blackthorne.

Agora estava se lembrando de como, no momento em que estivera lá, carregando a bandeira sozinha, vira a mão direita de Blackthorne preparando a faca de arremesso e de como se sentira mais forte por causa disso. Sim, Anjin-san, pensou. Você era o único com quem eu sabia que podia contar. Estava lá quando precisei de você.

Os seus olhos dirigiram-se para Yabu, sentado de pernas cruzadas à sua frente, rilhando os dentes. Que Yabu tivesse, em público, tomado uma posição de apoio a ela, seguindo-a, isso a surpreendera. Por causa desse apoio, e porque perder a calma com ele não adiantaria nada, ela ignorou a sua truculenta insolência e começou a representar.

– Por favor, desculpe a minha estupidez, Yabu-sama – disse, numa voz penitente e embargada de lágrimas. – Claro que o senhor tem razão. Sinto muito, sou apenas uma mulher estúpida.

– Concordo. É estupidez enfrentar Ishido no seu próprio ninho, *né*?

– Sim, sinto muito, por favor, desculpe-me. Posso oferecer-lhe saquê ou chá? – Mariko bateu palmas. Imediatamente a porta interna se abriu e Chimmoko apareceu, o cabelo em desalinho, o rosto amedrontado e inchado de choro. – Traga chá e saquê para os meus convidados. E comida. E faça-se apresentável! Como se atreve a aparecer assim? O que está pensando que isto é, uma cabana de camponeses? Envergonha-me diante do senhor Kashigi!

Chimmoko saiu correndo, em lágrimas.

– Sinto muito, senhor. Por favor, desculpe a insolência dela.

– É, isso não tem importância, *né*? E quanto a Ishido? Iiiiih, senhora... a sua alfinetada sobre "camponês" atingiu o alvo, feriu o poderoso senhor general. A senhora tem um inimigo e tanto agora! Iiiiiih, isso abalou a hombridade dele na frente de todo mundo!

– Oh, o senhor acha? Oh, por favor, desculpe-me, não pretendi insultar o general.

– É, ele *é* um camponês, sempre foi, sempre será, e sempre odiou aqueles de nós que somos autênticos samurais.

– Oh, que inteligente de sua parte, senhor, saber isso. Oh, obrigada por me dizer. – Mariko curvou-se e fez que secou uma lágrima. – Posso, por favor, dizer que me sinto muito protegida agora... a sua força... Não fosse o senhor, senhor Kashigi, acho que eu teria desmaiado.

– Estupidez atacar Ishido na frente de todo mundo – disse Yabu, ligeiramente apaziguado.

– Sim. Tem razão. É uma lástima que todos os nossos líderes não sejam tão fortes e inteligentes quanto o senhor, porque então o senhor Toranaga não se encontraria numa enrascada tão grande.

– Concordo. Mas a senhora ainda nos enfiou numa latrina até o nariz.

– Por favor, desculpe-me. Sim, a culpa é toda minha. – Mariko fingiu conter as lágrimas bravamente. Baixou os olhos e sussurrou: – Obrigada, senhor, por aceitar as minhas desculpas. O senhor é muito generoso.

Yabu assentiu, considerando o elogio merecido, o servilismo dela necessário e a si próprio inigualável. Ela pediu desculpas de novo, acalmou-o e bajulou-o. Logo ele estava complacente.

– Posso, por favor, explicar a minha estupidez ao Anjin-san? Talvez ele possa sugerir um modo de... – Deixou as palavras esmorecerem, penitentemente.

– Sim. Muito bem.

Mariko curvou-se em agradecimentos reconhecidos, voltou-se para Blackthorne e falou em português:

— Por favor, escute, Anjin-san, escute e não faça perguntas em português. Sinto muito, mas primeiro tive que acalmar este bastardo mal-humorado, é assim que se diz? — Rapidamente contou-lhe o que fora dito e por que Ochiba saíra às pressas.

— Isso é grave — disse ele, perscrutando-a com o olhar. — *Né?*

— Sim. O senhor Yabu pede o seu conselho. O que deveria ser feito para superar a confusão em que a minha estupidez colocou os senhores?

— Que estupidez? — Blackthorne observava-a e a inquietação dela aumentou. Baixou os olhos para as esteiras. Ele falou diretamente a Yabu. — Não sei ainda, senhor. Agora compreendo, agora penso.

— O que há para pensar? — retrucou Yabu, azedo. — Estamos trancados.

Mariko traduziu, sem levantar os olhos.

— Isso é verdade, não é, Mariko-san? — disse Blackthorne. — Isso sempre foi verdade.

— Sim, sinto muito.

Ele deu-lhes as costas para contemplar a noite. Havia archotes colocados em suportes nos muros de pedra que cercavam o jardim da frente. A luz tremeluzia sobre as folhas e as plantas, que tinham sido aguadas apenas com essa finalidade. A oeste ficava o portão de ferro, guardado por alguns marrons.

— Vós — ela o ouviu dizer em latim, sem se voltar. — Preciso conversar convosco em particular.

— Vós. Sim, e eu convosco — respondeu ela, mantendo o rosto desviado de Yabu, não confiando em si mesma. — Esta noite vos encontrarei. — Olhou para Yabu. — O Anjin-san concorda com o senhor sobre a minha estupidez, sinto muito.

— Mas de que serve isso agora?

— Anjin-san — disse ela, a voz segura —, mais tarde, ainda esta noite, vou ver Kiritsubo-san. Sei onde ficam os seus aposentos. Eu o encontrarei.

— Sim. Obrigado. — Ele continuava de costas para ela.

— Yabu-sama — disse ela, humildemente —, esta noite vou ver Kiritsubo-san. Ela é sábia, talvez tenha uma solução.

— Há apenas uma solução — disse Yabu, com uma determinação que a envenenou, os olhos dele em fogo. — Amanhã a senhora pedirá desculpas. E ficará.

※

Kiyama chegou pontualmente. Saruji vinha com ele e o coração dela pesou no peito. Quando terminaram as saudações formais, Kiyama disse com gravidade:

— Agora, por favor, explique por quê, Mariko-chan.

— Não estamos em guerra, senhor. Não deveríamos estar confinados, nem ser tratados como reféns, portanto posso ir embora quando quiser.

– Não é preciso estar em guerra para que haja reféns. Você sabe disso. A senhora Ochiba foi refém em Edo contra a segurança do seu amo aqui e ninguém estava em guerra. O senhor Sudara e família são reféns com o irmão dele hoje e eles não estão em guerra. *Né?*

Ela mantinha os olhos baixos. Ele prosseguiu:

– Há muitos aqui que são reféns contra a respeitosa obediência dos seus senhores ao Conselho de Regentes, os dirigentes legais do reino. Isso é prudente. É um costume comum. *Né?*

– Sim, senhor.

– Bom. Agora, por favor, conte-me a verdadeira razão.

– Senhor?

Kiyama disse com impaciência:

– Não brinque com a minha inteligência! Também não sou camponês! Quero saber por que você fez o que fez esta noite.

Mariko ergueu os olhos.

– Sinto muito, mas o senhor general simplesmente me aborreceu com a sua arrogância, senhor. Realmente tenho ordens. Não há mal em levar Kiri e a senhora Sazuko embora por alguns dias, ao encontro do nosso amo.

– Você sabe muito bem que isso é impossível. O senhor Toranaga deve saber disso igualmente bem.

– Sinto muito, mas o meu amo deu-me ordens. Um samurai não contesta as ordens do seu senhor.

– Sim. Mas eu as contesto porque são um absurdo. O seu amo não lida com absurdos, nem comete erros. Insisto em que tenho igualmente o direito de questioná-la.

– Por favor, desculpe-me, senhor, não há nada a discutir.

– Mas há. Há Saruji a discutir. Além do fato de que a conheço a vida toda, honrei-a a vida toda. Hiromatsu é o meu amigo vivo mais velho, o seu pai foi um amigo querido e um honrado aliado meu, até os últimos catorze dias de sua vida.

– Um samurai não questiona as ordens de um suserano.

– Agora você pode fazer apenas uma de duas coisas, Mariko-chan: você pede desculpas e fica, ou tenta partir. Se tentar partir, será detida.

– Sim. Compreendo.

– Você pedirá desculpas amanhã. Convocarei uma reunião dos regentes e eles darão uma orientação sobre esse assunto todo. Então você será autorizada a partir com Kiritsubo e a senhora Sazuko.

– Por favor, desculpe-me, quanto tempo isso levará?

– Não sei. Uns poucos dias.

– Sinto muito, não tenho uns poucos dias, tenho ordem de partir imediatamente.

– Olhe para mim! – Ela obedeceu. – Eu, Kiyama Ukon-no-Odanaga, senhor de Higo, Satsuma e Ōsumi, regente do Japão, da linhagem Fujimoto, daimio cristão chefe do Japão, *peço-lhe* que fique.

– Sinto muito. Meu suserano me proíbe de ficar.
– Você não entende o que estou dizendo?
– Sim, senhor. Mas não tenho escolha; por favor, desculpe-me.
Ele apontou para o filho dela.
– O acordo de casamento entre a minha neta e Saruji... Mal posso permitir que isso vá em frente se você ficar em desgraça.
– Sim, sim, senhor – replicou Mariko, com sofrimento nos olhos. – Compreendo isso. – Viu o desespero no menino. – Sinto muito, meu filho. Mas devo cumprir o meu dever.
Saruji começou a dizer alguma coisa, mas mudou de ideia e depois, após um momento, disse:
– Por favor, desculpe-me, mãe, mas... o seu dever para com o herdeiro não é mais importante do que o seu dever para com o senhor Toranaga? O herdeiro é o nosso verdadeiro suserano, *né?*
Ela pensou nisso.
– Sim, meu filho. E não. O senhor Toranaga tem jurisdição sobre mim, o herdeiro não.
– Então isso não significa que o senhor Toranaga também tem jurisdição sobre o herdeiro?
– Não, sinto muito.
– Por favor, desculpe-me, mãe, não compreendo, mas me parece que, se o herdeiro dá uma ordem, ele deve prevalecer sobre o nosso senhor Toranaga.
Ela não respondeu.
– Responda a ele – vociferou Kiyama.
– O pensamento foi seu, meu filho? Ou alguém o colocou na sua cabeça?
Saruji franziu o cenho, tentando se lembrar.
– Nós... o senhor Kiyama e... e a senhora dele... nós discutimos. E o padre-inspetor. Não me lembro. Acho que pensei nisso sozinho. O padre-inspetor disse que eu estava certo, não disse, senhor?
– Ele disse que o herdeiro é mais importante do que o senhor Toranaga no reino. Legalmente. Por favor, responda a ele diretamente, Mariko-san.
Então Mariko disse:
– Se o herdeiro fosse um homem, maior de idade, *kanpaku*, dirigente legal do reino como o táicum, pai dele, era, então, neste caso, eu lhe obedeceria antes de ao senhor Toranaga. Mas Yaemon é uma criança, de fato e legalmente, portanto incapaz. Legalmente. Isso responde à sua pergunta?
– Mas... mas ele ainda é o herdeiro, *né?* Os regentes ouvem a ele... O senhor Toranaga o honra. O que... o que significa um ano, alguns anos, mãe? Se a senhora não se desc... Por favor, desculpe-me, tenho medo pela senhora. – A boca do menino tremia.
Mariko teve vontade de abraçá-lo e protegê-lo. Mas não o fez.

– Eu não estou com medo, meu filho. Não temo nada neste mundo. Temo apenas o julgamento de Deus – disse ela, voltando-se para Kiyama.

– Sim – disse Kiyama. – Sei disso. Que Nossa Senhora a abençoe por isso. – Fez uma pausa. – Mariko-san, você pedirá desculpas publicamente ao senhor general?

– Sim, de bom grado, desde que ele publicamente retire todas as tropas do meu caminho e dê a mim, à senhora Kiritsubo e à senhora Sazuko permissão por escrito para partir amanhã.

– Você obedecerá a uma ordem dos regentes?

– Por favor, desculpe-me, senhor, neste assunto, não.

– Você respeitará um pedido deles?

– Por favor, desculpe-me, neste assunto, não.

– Você atenderá a um pedido do herdeiro e da senhora Ochiba?

– Por favor, desculpe-me, que pedido?

– Para visitá-los, para ficar com eles por alguns dias enquanto resolvemos este assunto.

– Por favor, desculpe-me, senhor, mas o que há para se resolver?

A contenção de Kiyama se rompeu e ele gritou:

– O futuro e a boa ordem do reino de um lado, o futuro da Madre Igreja de outro e você de outro! Está claro que o seu contato íntimo com o bárbaro a contaminou e aturdiu o seu cérebro, como eu sabia que faria!

Mariko não disse nada, simplesmente sustentou o olhar dele.

Com um esforço Kiyama recuperou o controle.

– Por favor, desculpe a... a minha irritação. E a minha falta de educação – disse, rígido. – A minha única justificativa é que estou muito preocupado. – Curvou-se com dignidade. – Peço desculpas.

– A culpa foi minha, senhor. Por favor, desculpe-me por lhe destruir a harmonia e lhe causar um problema. Mas não tenho alternativa.

– O seu filho deu-lhe uma, eu lhe dei diversas.

Ela não respondeu.

O ar na sala se tornara sufocante para todos eles, embora a noite estivesse fria e uma brisa atiçasse os archotes.

– Está resolvida, então?

– Não tenho escolha, senhor.

– Muito bem, Mariko-san. Não há mais nada a dizer. Além de lhe repetir que lhe ordeno não forçar a questão, e pedir-lhe isso.

Ela inclinou a cabeça.

– Saruji-san, por favor, espere por mim lá fora – ordenou Kiyama.

O jovem estava perturbado, quase incapaz de falar.

– Sim, senhor. – Curvou-se para Mariko. – Por favor, com licença, mãe.

– Que Deus o conserve em suas mãos por toda a eternidade.

– E à senhora.

– Amém – disse Kiyama.
– Boa noite, meu filho.
– Boa noite, mãe.
Quando ficaram sozinhos, Kiyama disse:
– O padre-inspetor está muito preocupado.
– Comigo, senhor?
– Sim. E com a Santa Igreja... e o bárbaro. E com o navio bárbaro. Primeiro fale-me sobre ele.
– Ele é um homem singular, muito forte e muito inteligente. No mar é... ele pertence ao mar. Parece tornar-se parte de um navio e do mar e, ao largo, não existe homem que se aproxime dele em bravura e astúcia.
– Nem o Rodrigu-san?
– O Anjin-san superou-o duas vezes. Uma aqui e uma quando nos dirigíamos para Edo. – Contou-lhe sobre a chegada de Rodrigues à noite, durante a estada deles perto de Mishima, sobre as armas escondidas e tudo o que acontecera. – Se os navios deles fossem iguais, o Anjin-san venceria. Mesmo que não fossem, acho que ele venceria.
– Fale-me sobre o navio dele.
Ela obedeceu.
– Fale-me sobre os vassalos dele.
Ela lhe contou, conforme acontecera.
– Por que o senhor Toranaga lhe daria o navio, dinheiro, vassalos e liberdade?
– O meu amo nunca me revelou, senhor.
– Por favor, dê-me a sua opinião.
– A fim de lançar o Anjin-san contra seus inimigos – disse Mariko de imediato, e acrescentou sem se desculpar: – Já que me pergunta, neste caso os inimigos particulares do Anjin-san são os mesmos do meu senhor: os portugueses, os santos padres que instigam os portugueses e os senhores Harima, Onoshi e o senhor mesmo.
– Por que o Anjin-san nos consideraria seus inimigos especiais?
– Nagasaki, comércio e o seu controle costeiro de Kyūshū, senhor. E porque o senhor é o daimio cristão chefe.
– A Igreja não é inimiga do senhor Toranaga. Nem os santos padres.
– Sinto muito, mas penso que o senhor Toranaga acredita que os santos padres apoiam o senhor general Ishido, assim como o senhor.
– Eu apoio o herdeiro. Estou contra o seu amo porque ele não o apoia e porque arruinará a nossa Igreja.
– Desculpe, mas isso não é verdade, senhor, o meu amo é muito superior ao senhor general. O senhor combateu vinte vezes mais como aliado dele do que contra ele, sabe que ele pode merecer confiança. Por que se alinhar com esse inimigo confesso? O senhor Toranaga sempre desejou o comércio e simplesmente não é anticristão como o senhor general e a senhora Ochiba.

– Por favor, desculpe-me, Mariko-san, mas diante de Deus acredito que o senhor Toranaga secretamente detesta a nossa fé cristã, tem aversão à nossa Igreja e está empenhado em destruir a sucessão e aniquilar o herdeiro e a senhora Ochiba. O que o atrai é o shogunato, apenas isso! Secretamente ele deseja ser shōgun, trama para tornar-se shōgun, e tudo está apontado unicamente para esse fim.

– Diante de Deus, senhor, não acredito nisso.

– Eu sei... mas isso não lhe dá razão. – Observou-a um momento, depois disse: – Conforme você mesma admitiu, esse Anjin-san e o seu navio são perigosos para a Igreja, *né?* Rodrigues concorda com você que se o Anjin-san pegasse o Navio Negro no mar seria muito sério.

– Sim, também acredito nisso, senhor.

– Isso prejudicaria muitíssimo a nossa Madre Igreja, *né?*

– Sim.

– Mas ainda assim você não ajudará a Igreja contra esse homem?

– Ele não é contra a Igreja, senhor, nem realmente contra os padres, embora desconfie deles. Só é contra os inimigos da sua rainha. E o Navio Negro é o seu objetivo, por lucro.

– Mas opõe-se à verdadeira fé e portanto é um herege. *Né?*

– Sim. Mas não creio que tudo o que os padres nos contaram seja verdadeiro. E muita coisa nunca nos foi revelada. Tsukku-san admitiu muitas coisas. O meu suserano ordenou-me que me tornasse confidente e amiga do Anjin-san, que lhe ensinasse a nossa língua e costumes, que aprendesse com ele o que poderia ser de valor para nós. Descobri...

– Você quer dizer valioso para Toranaga. *Né?*

– Senhor, a obediência a um suserano é o pináculo da vida de um samurai. Não é obediência o que o senhor exige de todos os seus vassalos?

– Sim. Mas heresia é terrível, e parece que você se aliou ao bárbaro contra a sua Igreja e está contaminada por ele. Rezo para que Deus lhe abra os olhos, Mariko-san, antes que você perca a sua própria salvação. Agora, por último, o padre-inspetor disse que você tinha uma informação particular para mim.

– Senhor? – Aquilo era totalmente inesperado.

– Ele disse que havia uma mensagem de Tsukku-san alguns dias atrás. Um mensageiro especial de Edo. Você tem uma informação sobre... sobre os meus aliados.

– Pedi para ver o padre-inspetor amanhã de manhã.

– Sim. Ele me disse. Bem?

– Por favor, desculpe-me, depois que eu o tiver visto amanhã, eu...

– Não amanhã, agora! O padre-inspetor disse que tinha alguma coisa a ver com o senhor Onoshi e interessava à Igreja, e que você devia me contar imediatamente. Diante de Deus, foi isso o que ele disse. Terão as coisas chegado a um ponto tão vil que você não confiará nem em mim?

– Sinto muito. Fiz um acordo com Tsukku-san. Ele me pediu que falasse abertamente com o padre-inspetor, isso é tudo, senhor.

– O padre-inspetor disse que você falasse comigo agora.

Mariko percebeu que não tinha alternativa. Os dados estavam lançados. Contou-lhe sobre a conspiração contra a sua vida. Tudo o que sabia. Ele também escarneceu do boato até que ela lhe revelou de onde procedia a informação.

– *O confessor dele?* Ele?

– Sim. Sinto muito.

– Lamento que Uraga esteja morto – disse Kiyama, ainda mais mortificado pelo fato de o ataque noturno contra o Anjin-san ter sido um fiasco tão grande, como na emboscada anterior, e agora tivesse matado o homem que podia provar que seu inimigo Onoshi era um traidor. – Uraga arderá no inferno para sempre por esse sacrilégio. É terrível o que ele fez. Merece excomunhão e as chamas do inferno, mas ainda assim prestou-me um serviço revelando o segredo... se for verdade. – Kiyama olhou para ela, repentinamente envelhecido. – Não posso acreditar que Onoshi seja capaz de uma coisa dessas. Ou que o senhor Harima estivesse a par.

– Sim. O senhor poderia... poderia perguntar ao senhor Harima se é verdade?

– Sim, mas ele nunca revelaria uma coisa assim. Eu não o faria, você sim? Muito triste, *né?* Como são terríveis os caminhos do homem.

– Sim.

– Não vou acreditar, Mariko-san. Uraga está morto, portanto nunca poderemos obter provas. Tomarei precauções, mas... mas não posso acreditar.

– Sim. Um pensamento, senhor. Não é muito estranho que o senhor general coloque uma guarda em torno do Anjin-san?

– Por que estranho?

– Por que protegê-lo? Quando ele o detesta? Muito estranho, *né?* Poderia ser que agora o senhor general também veja o Anjin-san como uma possível arma contra os daimios cristãos?

– Não estou acompanhando o raciocínio.

– Se, Deus o livre, o senhor morrer, senhor, o senhor Onoshi torna-se supremo em Kyūshū, *né?* O que o senhor general poderia fazer para refrear Onoshi? Nada, exceto talvez usar o Anjin-san.

– É possível – disse Kiyama lentamente.

– Há apenas uma razão para proteger o Anjin-san: usá-lo. Onde? Apenas contra os portugueses, e, por conseguinte, contra os daimios cristãos de Kyūshū. *Né?*

– É possível.

– Creio que o Anjin-san é tão valioso para o senhor quanto para Onoshi, Ishido ou o meu amo. Vivo. O conhecimento dele é enorme. Apenas o conhecimento pode nos proteger dos bárbaros, mesmo dos portugueses.

– Podemos esmagá-los – disse Kiyama, com desdém –, expulsá-los no momento em que quisermos. São mosquitos num cavalo, mais nada.

– Se a Santa Madre Igreja vencer e o país todo se tornar cristão, como rezamos para que ocorra, o que acontecerá? A nossa lei sobreviverá? O *bushidō* sobreviverá? Contra os mandamentos? Suponho que não, como em todos os lugares do mundo católico, não quando os santos padres são supremos, não a menos que estejamos preparados.

Ele não respondeu.

Em seguida ela disse:

– Senhor, imploro-lhe, pergunte ao Anjin-san o que aconteceu por toda parte no mundo.

– Não farei isso. Acho que ele a enfeitiçou, Mariko-san. Acredito nos santos padres. Acho que o seu Anjin-san foi instruído por Satã e imploro-lhe que entenda uma coisa: que a heresia dele já a contaminou. Você usou "católico" três vezes referindo-se a cristão. Isso não sugere que você concorda com ele em que existam duas fés, duas versões igualmente verdadeiras da verdadeira fé? A sua ameaça desta noite não é uma faca no ventre do herdeiro? E contra os interesses da Igreja? – Ele se levantou. – Obrigado pela sua informação. Vá com Deus.

Mariko tirou da manga um pequeno e delgado rolo de papel lacrado.

– O senhor Toranaga pediu-me que lhe entregasse isto.

Kiyama olhou para o selo intacto.

– Você sabe o que contém, Mariko-san?

– Sim. Recebi ordem de destruí-lo e passar a mensagem verbalmente se fosse interceptada.

Kiyama rompeu o lacre. A mensagem reiterava o desejo de Toranaga de que houvesse paz entre eles, o seu apoio total ao herdeiro e à sucessão, e dava brevemente a informação sobre Onoshi. Terminava: "Não tenho provas sobre o senhor Onoshi, mas Uraga-no-Tadamasa terá e deliberadamente foi colocado à sua disposição em Ōsaka, para interrogá-lo caso o deseje. Contudo, tenho provas de que Ishido também traiu o acordo secreto entre o senhor e ele, de dar-lhe o Kantō, e aos seus descendentes, assim que eu estiver morto. O Kantō foi secretamente prometido ao meu irmão Zataki em troca de que este me traia, como já o fez. Por favor, desculpe-me, velho camarada, mas o senhor também foi traído. Assim que eu estiver morto, o senhor e a sua linhagem serão isolados e destruídos, assim como a Igreja cristã inteira. Imploro-lhe que reconsidere. Dentro em breve terá provas da minha sinceridade".

Kiyama releu a mensagem e ela o observou, conforme lhe fora ordenado.

– Observe-o muito cuidadosamente, Mariko-san – dissera-lhe Toranaga. – Não tenho certeza do acordo dele com Ishido sobre o Kantō. Espiões relataram isso, mas não tenho certeza. Você saberá pelo que ele fizer, ou não fizer, se lhe entregar a mensagem no momento correto.

Ela vira Kiyama reagir. Então isso também é verdade, pensou.

O velho daimio levantou os olhos e disse, inexpressivamente:

– E você é a prova da sinceridade dele, *né?* O holocausto, o cordeiro do sacrifício?
– Não, senhor.
– Não acredito em você. E não acredito nele. A traição de Onoshi, talvez. Mas o resto... O senhor Toranaga está apenas lidando com os seus velhos truques de misturar meias verdades com mel e veneno. Receio que você é que tenha sido traída, Mariko-san.

CAPÍTULO 54

– PARTIREMOS AO MEIO-DIA.
– Não, Mariko-san. – A senhora Sazuko estava quase em lágrimas.
– Sim – disse Kiri. – Sim, partiremos conforme você diz.
– Mas eles nos deterão – exclamou a garota. – É tudo tão inútil.
– Não – disse-lhe Mariko –, está enganada, Sazuko-chan, é muito necessário.
– Mariko-san tem razão – disse Kiri. – Temos ordens. – Sugeriu alguns detalhes para a partida. – Poderíamos facilmente estar prontas ao amanhecer, se você quisesse.
– Meio-dia é a hora em que devemos partir. Foi o que *ele* disse, Kiri-chan – retrucou Mariko.
– Precisaremos de muito poucas coisas, *né*?
– Sim.
– Pouquíssimas! – disse Sazuko. – Sinto muito, mas é tudo uma tolice. Eles nos deterão!
– Talvez não, criança – disse Kiri. – Mariko diz que eles nos deixarão partir. O senhor Toranaga também pensa isso. Portanto imagine que é isso que vai acontecer. Agora, vá descansar. Vamos, preciso conversar com Mariko-san.
A garota saiu, muito perturbada.
– Sim, Mariko-san? – disse Kiri, cruzando as mãos.
– Estou enviando uma mensagem cifrada por pombo-correio contando ao senhor Toranaga o que aconteceu esta noite. Partirá à primeira luz da manhã. Os homens de Ishido certamente tentarão destruir o restante dos meus pássaros amanhã se houver problema, e não posso trazê-los para cá. Há alguma mensagem que a senhora queira enviar imediatamente?
– Sim. Escreverei agora. O que acha que vai acontecer?
– O senhor Toranaga tem certeza de que nos deixarão ir, se eu for forte.
– Não concordo. E, por favor, desculpe-me, também não acho que você faça muita fé na tentativa.
– Está enganada. Oh, claro que podem nos deter amanhã e se fizerem isso haverá discussão e as ameaças mais terríveis, mas tudo isso não vai significar nada. – Mariko riu. – Oh, tantas ameaças, Kiri-san, e continuarão o dia todo e a noite toda. Mas ao meio-dia do dia seguinte teremos permissão de partir.
Kiri balançou a cabeça.
– Se fôssemos autorizadas a escapar, cada refém em Ōsaka também partiria. Ishido ficaria seriamente enfraquecido e perderia dignidade. Ele não pode se permitir isso.

— Sim. — Mariko estava muito satisfeita. — Ainda assim, está encurralado.

— Dentro de dezoito dias o nosso amo estará aqui, *né?* Tem que estar aqui — comentou Kiri, observando-a.

— Sim.

— Desculpe, mas então por que razão é tão importante que partamos de imediato?

— Ele considera bastante importante, Kiri-san. O suficiente para ter dado a ordem.

— Ah, então ele tem um plano?

— Ele não tem sempre muitos planos?

— Uma vez que o Exaltado concordou em estar presente, o nosso amo caiu em uma armadilha, *né?*

— Sim.

Kiri olhou para o *shōji*. Estava fechado. Inclinou-se para a frente e disse baixinho:

— Então por que ele me pediu que pusesse secretamente na cabeça da senhora Ochiba essa ideia de o Exaltado estar presente?

A confiança de Mariko começou a se dissipar:

— Ele lhe disse que fizesse isso?

— Sim. De Yokose, depois de se encontrar com o senhor Zataki a primeira vez. Por que ele mesmo armou a armadilha?

— Não sei.

Kiri mordeu os lábios.

— Gostaria de saber. Logo saberemos, mas acho que você não está me contando tudo o que sabe, Mariko-chan.

Mariko começou a se eriçar, mas Kiri tocou-a novamente, advertindo-lhe que fizesse silêncio, e sussurrou:

— A mensagem dele me disse que confiasse completamente em você, portanto não vamos dizer mais nada. Confio em você, Mariko-chan, mas isso não faz a minha mente parar de funcionar. *Né?*

— Por favor, me desculpe.

— Tenho muito orgulho de você — disse Kiri, com voz normal. — Sim, enfrentando daquele jeito Ishido e todos eles. Gostaria de ter a sua coragem.

— É fácil para mim. O nosso amo disse que devíamos partir.

— O que fazemos é muito perigoso, acho. Ainda assim, como posso ajudar?

— Dê-me o seu apoio.

— Você já tem isso. Sempre teve.

— Ficarei aqui com a senhora até amanhecer, Kiri. Mas primeiro tenho que conversar com o Anjin-san.

— Sim. É melhor que eu vá com você.

As duas mulheres saíram dos aposentos de Kiri, uma escolta de marrons com elas, passando por outros marrons, que se curvaram, visivelmente orgulhosos de

Mariko. Kiri conduziu-a corredores abaixo, atravessou a extensão da grande sala de audiências e do corredor adiante. No lugar havia marrons de guarda e também cinzentos. Quando viram Mariko, todos, marrons e cinzentos, se curvaram por igual, numa reverência profunda, honrando a sua figura. Tanto Kiri quanto Mariko ficaram perplexas de encontrar cinzentos no seu domínio. Dissimularam a própria confusão e não disseram nada.

Kiri dirigiu-se para uma porta.

– Anjin-san? – chamou Mariko.

– *Hai?* – A porta abriu-se. Blackthorne apareceu. Ao seu lado, dentro do aposento, mais dois cinzentos. – Olá, Mariko-san.

– Olá – Mariko olhou para os cinzentos. – Tenho que conversar com o Anjin-san em particular.

– Por favor, converse com ele, senhora – disse o capitão dos cinzentos, com grande deferência. – Infelizmente recebemos ordem do senhor Ishido, pessoalmente, sob pena de morte imediata, de não deixá-lo sozinho.

Yoshinaka, oficial do turno daquela noite, avançou:

– Desculpe-me, senhora Toda, tive que concordar com estes vinte guardas para o Anjin-san. Foi uma solicitação pessoal do senhor Ishido. Sinto muito.

– Como o senhor Ishido está apenas preocupado com a segurança do Anjin-san, eles são bem-vindos – disse ela, nem um pouco satisfeita.

– Ficarei responsável por ele enquanto a senhora Toda estiver com ele – disse Yoshinaka ao capitão dos cinzentos. – O senhor pode esperar lá fora.

– Sinto muito – disse o samurai com firmeza. – Eu e os meus homens não temos alternativa senão vigiá-lo com nossos próprios olhos.

– Ficarei contente em permanecer aqui – disse Kiri. – Naturalmente, é necessário que alguém fique.

– Sinto muito, Kiritsubo-san, devemos estar presentes. Por favor, desculpe-me, senhora Toda – continuou o capitão, desconfortável –, mas nenhum de nós fala bárbaro.

– Ninguém sugeriu que os senhores seriam descorteses a ponto de ouvir – disse Mariko, prestes a se enfurecer. – Mas os costumes bárbaros são diferentes dos nossos.

– Obviamente os cinzentos devem obedecer ao seu senhor – disse Yoshinaka. – A senhora foi totalmente correta esta noite ao dizer que o primeiro dever de um samurai é para com o seu suserano, senhora Toda. E correta em enfatizar isso em público.

– Perfeitamente correta, senhora – concordou o capitão dos cinzentos, com a mesma demonstração de orgulho. – Não há outra obrigação na vida de um samurai, *né?*

– Obrigada – disse ela, reconfortada pelo respeito deles.

– Também devemos honrar os costumes do Anjin-san, se pudermos, capitão – disse Yoshinaka. – Talvez eu tenha uma solução. Por favor, siga-me. – Conduziu-os de volta à sala de audiência. – Por favor, senhora, traga o Anjin-san e sentem-se ali. – Apontou para o estrado distante. – Os guardas do Anjin-san podem ficar junto às portas e cumprir o dever para com o seu suserano, nós cumprimos o nosso e a senhora conversa como deseja, de acordo com os costumes do Anjin-san. *Né?*

Mariko explicou a Blackthorne o que Yoshinaka dissera, depois continuou, prudentemente em latim:

– Eles não se afastarão de vós esta noite. Não temos alternativa, a menos que eu mande matá-los imediatamente, se for isso o que vós desejais.

– Minha vontade é conversar em particular convosco – retrucou Blackthorne. – Mas não ao custo de vidas. Agradeço-lhe por me perguntar.

Mariko voltou-se para Yoshinaka:

– Muito bem, obrigada, Yoshinaka-san. Quer, por favor, mandar alguém providenciar braseiros de incenso para afastar os mosquitos?

– Naturalmente. Por favor, desculpe-me, senhora, há alguma notícia sobre a senhora Yodoko?

– Não, Yoshinaka-san. Ouvimos dizer que ela ainda está repousando, sem sofrimento. – Mariko sorriu para Blackthorne. – Vamos sentar lá, Anjin-san?

Ele a seguiu. Kiri voltou aos seus aposentos e os cinzentos se postaram junto às portas da sala de audiências.

O capitão dos cinzentos ficou perto de Yoshinaka, a alguns passos dos outros.

– Não gosto disso – sussurrou ele asperamente.

– A senhora Toda vai puxar uma espada e matá-lo? Sem ofensa, onde estão os seus miolos?

Yoshinaka afastou-se coxeando para examinar os outros postos. O capitão olhou para o estrado. Mariko e o Anjin-san estavam sentados um diante do outro, bem iluminados por archotes. Ele não conseguia ouvir o que estavam dizendo. Concentrou-se nos lábios deles, mas nem assim conseguiu entender, embora os seus olhos fossem muito bons e ele soubesse falar português. Suponho que estejam falando a língua dos santos padres de novo, pensou. Língua hedionda, impossível de aprender.

E depois, que importância tem? Por que ela não deveria conversar com o herege em particular, se é isso o que quer? Nenhum dos dois vai durar muito tempo mais neste mundo. Muito triste. Oh, bendita Nossa Senhora, tome-a sob a sua guarda eterna, pela sua bravura.

○

– Latim é mais seguro, Anjin-san. – O leque dela fez um mosquito fugir zumbindo.

– Eles podem nos ouvir daqui?

– Não, não creio, se mantivermos a voz baixa e conversarmos conforme vós ensinastes, com muito pouco movimento da boca.

— Bom. O que ocorreu com Kiyama?
— Eu vos amo.
— E eu vos amo.
— Senti saudades.
— Eu também. Como podemos nos encontrar sozinhos?
— Esta noite não é possível. Amanhã à noite será, meu amor. Tenho um plano.
— Amanhã? Mas e a vossa partida?
— Amanhã eles podem me deter, Anjin-san; por favor, não vos preocupeis. Depois de amanhã estaremos todos livres para partir como desejarmos. Amanhã à noite, se eu for detida, estarei convosco.
— Como?
— Kiri me ajudará. Não me pergunte como, o quê ou por quê. Será fácil...

Parou de falar quando as criadas trouxeram os pequenos braseiros. Logo os fios espiralados de fumaça repeliram as criaturas da noite. Quando se viram seguros de novo, conversaram sobre a viagem, contentes apenas com o fato de estarem juntos, amando-se sem se tocarem, sempre evitando falar em Toranaga e na importância do dia seguinte. Então ele disse:

— Ishido é meu inimigo. Por que todos esses guardas estão à minha volta?
— Para proteger-vos. Mas também para vigiar-vos de perto. Penso que Ishido também poderia desejar usar-vos contra o Navio Negro e Nagasaki, o senhor Kiyama e o senhor Onoshi.
— Ah, sim, também pensei nisso.

Ela viu os olhos dele a esquadrinhá-la.

— O que é, Anjin-san?
— Ao contrário do que crê Yabu, acho que não sois estúpida, que tudo esta noite foi dito intencionalmente, deliberadamente planejado, por ordem de Toranaga.

Ela alisou uma ruga no seu quimono de brocado.

— Ele me deu ordens. Sim.

Blackthorne passou ao português.

— Ele a traiu. Você é um engodo. Sabe disso? É apenas uma isca para uma das armadilhas dele.
— Por que diz isso?
— Você é a isca. É óbvio, não é? Yabu é isca. Toranaga mandou-nos todos para cá como um sacrifício.
— Não, engana-se, Anjin-san. Sinto muito, mas está enganado.

Em latim ele disse:

— Digo-vos que é linda e vos amo, mas que sois mentirosa.
— Ninguém nunca me disse isso antes.
— Vós também dissestes que ninguém tinha dito "Eu a amo".

Ela baixou os olhos para o leque.

— Vamos conversar sobre outras coisas.

– O que Toranaga ganha sacrificando-nos?

Ela não respondeu.

– Mariko-san, tenho o direito de vos perguntar. Não estou com medo. Só quero saber o que ele ganha.

– Não sei.

– Vós! Jure pelo seu amor e pelo vosso Deus.

– Até vós? – replicou ela amargamente em latim. – Também vós com os vossos "jure por Deus" e perguntas, perguntas, perguntas?

– É a vossa vida e a minha vida, e eu prezo *ambas. O que ele ganha?*

A voz dela soou mais alta.

– Ouvi-me, sim, eu escolhi o momento, sim, não sou uma mulher estúpida e...

– Tende cuidado, Mariko-san, por favor, conservai a voz baixa ou isso seria muito estúpido.

– Desculpai-me. Sim, foi feito intencionalmente e em público como Toranaga desejava.

– Por quê?

– Porque Ishido é um camponês e tem que nos deixar partir. O desafio tinha que ser diante dos seus pares. A senhora Ochiba aprova a nossa ida ao encontro do senhor Toranaga. Conversei com ela e ela não se opõe. Não há nada com que se preocupar.

– Não gosto de vê-la inflamada. Ou envenenada. Ou mal-humorada. Onde está a vossa tranquilidade? E onde estão as vossas maneiras? Talvez vós devêsseis aprender a observar as pedras crescendo. *Né?*

A cólera de Mariko desapareceu e ela riu.

– Ah! Vós tendes razão. Por favor, desculpai-me. – Sentiu-se revigorada, ela mesma, de novo. – Oh, como vos amo e vos honro, e fiquei orgulhosa de vós esta noite. Quase vos beijei ali na frente deles, como é costume.

– Nossa Senhora, isso os teria feito explodir, *né?*

– Se eu estivesse sozinha convosco, eu vos beijaria até que os vossos gritos por piedade enchessem o universo.

– Agradeço-vos, senhora, mas estais aí e eu aqui, e o mundo se ergue entre nós.

– Ah, mas não existe mundo entre nós. Minha vida é plena por vossa causa.

Um momento depois, ele disse:

– E as ordens que Yabu lhe deu? De pedir desculpas e ficar?

– Não podem ser obedecidas, sinto muito.

– Devido às ordens de Toranaga?

– Sim. Mas não pelas ordens dele realmente. É a minha vontade também. Tudo isso foi sugestão minha a ele. Fui eu que implorei para ser autorizada a vir aqui, meu querido. Diante de Deus, é essa a verdade.

– O que acontecerá amanhã?

Ela lhe contou o que dissera a Kiri, acrescentando:

– Tudo vai sair melhor do que o planejado. Ishido *já* não é o vosso protetor? Juro que não sei como o senhor Toranaga pode ser tão inteligente. Antes de eu partir ele me contou o que aconteceria, o que poderia acontecer. Sabia que Yabu não tinha poder em Kyūshū. Apenas Ishido ou Kiyama podiam proteger-vos lá. Não somos engodos. Estamos sob a proteção dele. Totalmente seguros.
– E os dezenove dias, dezoito agora? Toranaga *tem* que estar aqui, *né?*
– Sim.
– Então isso não é, como diz Ishido, um desperdício de tempo?
– Realmente não sei. Só sei que dezenove, dezoito ou mesmo três dias podem ser uma eternidade.
– Ou amanhã?
– Amanhã também. Ou o dia seguinte.
– E se Ishido não a deixar partir amanhã?
– Esta é a única chance que temos. Todos nós. Ishido tem que ser humilhado.
– Tem certeza?
– Sim, diante de Deus, Anjin-san.

Blackthorne se arrancou de um pesadelo de novo, mas, no momento em que se viu realmente desperto, o sonho desapareceu. Cinzentos o fitavam de olhos arregalados através do mosquiteiro à luz do amanhecer que despontava.
– Bom-dia – disse-lhes ele, odiando ser vigiado durante o sono.
Saiu de baixo do mosquiteiro e dirigiu-se para o corredor, desceu as escadas, até atingir o toalete no jardim. Guardas, tanto marrons quanto cinzentos, acompanhavam-no. Ele mal os notava.
O amanhecer estava enevoado. A leste, o céu já estava limpo da cerração. O ar cheirava a sal, carregado de maresia. As moscas já enxameavam. Vai fazer calor hoje, pensou ele.
Passos aproximaram-se. Através da abertura da porta, Blackthorne viu Chimmoko. Ela esperou pacientemente, tagarelando com os guardas, e, quando ele saiu, curvou-se e saudou-o.
– Onde Mariko-san? – perguntou ele.
– Com Kiritsubo-san, Anjin-san.
– Obrigado. Quando parte?
– Logo, senhor.
– Diga Mariko-san eu gostaria dizer bom-dia antes partir – disse ele novamente, embora Mariko já tivesse prometido encontrá-lo antes de voltar para casa a fim de reunir os seus pertences.
– Sim, Anjin-san.
Ele assentiu do modo adequado a um samurai e se dirigiu para o banho. Não era costume tomar banho quente de manhã. Mas todas as manhãs ele ia lá e derramava água fria pelo corpo todo.

– Iiiiih, Anjin-san – sempre diziam os seus guardas ou observadores –, isso com certeza faz muito bem para a sua saúde.

Vestiu-se e rumou para as ameias que davam para o adro daquela ala do castelo. Estava usando um quimono marrom e espadas, a pistola escondida no *obi*. Marrons de sentinela saudaram-no como a um deles, embora muito apreensivos pela presença dos cinzentos que o seguiam. Outros cinzentos amontoavam-se nas ameias opostas, olhando-os de cima, e fora do portão deles.

– Muitos cinzentos, muito mais do que o habitual. Entende, Anjin-san? – disse Yoshinaka, saindo para o balcão.

– Sim.

O capitão dos cinzentos aproximou-se.

– Por favor, não chegue muito perto da beirada, Anjin-san. Sinto muito.

O sol estava no horizonte. O seu calor causou uma sensação agradável na pele de Blackthorne. Não havia nuvens no céu e a brisa estava se extinguindo.

O capitão dos cinzentos apontou para a espada de Blackthorne.

– Essa é a "Vendedor de Óleo", Anjin-san?

– Sim, capitão.

– Posso ter permissão de ver a lâmina?

Blackthorne puxou a espada parcialmente da bainha. O costume dizia que uma espada não devia ser totalmente sacada a menos que fosse para ser usada.

– Iiiiih, linda, *né?* – disse o capitão. Os outros, marrons e cinzentos, amontoaram-se ao redor igualmente impressionados.

Blackthorne empurrou a espada de volta, satisfeito.

– Honra usar "Vendedor de Óleo".

– Sabe usar uma espada, Anjin-san? – perguntou o capitão.

– Não, capitão. Não como samurai. Mas aprendo.

– Ah, sim. Isso é muito bom.

No adro, dois andares abaixo, marrons treinavam, ainda na sombra. Blackthorne observou-os.

– Quantos samurais aqui, Yoshinaka-san?

– Quatrocentos e três, Anjin-san, incluindo os duzentos que vieram comigo.

– E lá fora?

– Cinzentos? – Yoshinaka riu. – Muitos... muitíssimos.

O capitão dos cinzentos mostrou os dentes com o sorriso.

– Quase 100 mil. Entende, Anjin-san, "100 mil"?

– Sim. Obrigado.

Todos olharam à distância quando uma coluna de carregadores, cavalos de carga e três palanquins contornaram a esquina oposta, vindo sob guarda da extremidade do acesso. A aleia ainda estava profundamente obscurecida entre os altos muros vigiados. Archotes ainda ardiam nos suportes de parede. Mesmo àquela distância, eles podiam ver o nervosismo dos carregadores. Os cinzentos do outro lado pareceram mais silenciosos e atentos, o mesmo acontecendo com os marrons de guarda.

Os altos portões se abriram para dar passagem ao grupo, a escolta de cinzentos ficando de fora com os camaradas, depois se fecharam de novo. A grande barra de ferro retiniu de volta aos grandes apoios cravados bem fundo nos muros de granito. Não havia ponte levadiça guardando esse portão.

– Anjin-san – disse Yoshinaka –, por favor, desculpe-me. Preciso ver se tudo está bem. Tudo pronto, *né?*

– Espero aqui.

– Sim. – Yoshinaka afastou-se.

O capitão dos cinzentos foi até o parapeito e olhou para baixo. Meu Deus, estava pensando Blackthorne, espero que ela tenha razão. Toranaga também. Não falta muito agora, hein? Avaliou a altura do sol e murmurou vagamente consigo mesmo em português: "Não falta muito para partir.".

Inconscientemente o capitão grunhiu a sua aquiescência e Blackthorne percebeu que o homem o compreendia claramente *em português*. Era, portanto, católico e outro possível assassino. A sua mente precipitou-se de volta à noite anterior, e ele se lembrou de que tudo o que dissera a Mariko fora em latim.

Foi mesmo? Mãe de Deus, e ela dizendo "... posso mandar matá-los"? Foi em latim? Será que ele também fala latim, como aquele outro capitão, o que foi morto durante a primeira fuga de Ōsaka?

O sol reunia forças agora e Blackthorne desviou os olhos do capitão. Se não me assassinou durante a noite, talvez nunca o faça, pensou ele, colocando aquele católico num compartimento.

Viu Kiri sair para o adro abaixo. Supervisionava criadas que carregavam cestos e baús até os cavalos de carga. Parecia minúscula, em pé, nos degraus principais onde Sazuko fingira escorregar, colaborando para a fuga de Toranaga. Ao norte ficavam o agradável jardim e a minúscula casa rústica onde vira Mariko e Yaemon, o herdeiro, pela primeira vez. Mentalmente acompanhou o cortejo do meio-dia saindo do castelo, serpenteando pelo labirinto, depois através dos bosques e descendo até o mar. Rezou para que ela e todos os outros estivessem em segurança. Uma vez que elas tivessem partido, Yabu e ele poderiam voltar à galera e zarpar.

Dali das ameias o mar parecia muito perto. Chamava-o. E o horizonte.

– *Ohayō*, Anjin-san.

– Mariko-san! – Ela estava tão radiante como sempre. – *Ohayō* – disse ele, depois em latim, com indiferença: – Cuidado com este homem cinzento, ele entende – continuando instantaneamente em português para dar tempo a ela de se resguardar –, sim, não compreendo como pode estar tão bela tendo dormido tão pouco. – Pegou-lhe o braço e colocou-a de costas para o capitão, trazendo-a mais para perto do parapeito. – Olhe, lá está Kiritsubo-san!

– Obrigada. Sim, sim, eu... Obrigada.

– Por que não acena a Kiritsubo-san?

Ela fez o que lhe era pedido e chamou o nome da outra. Kiri os viu e retribuiu o aceno.

Após um momento, novamente descontraída e controlada, Mariko disse:
– Obrigada, Anjin-san. O senhor é inteligente e muito sábio. – Cumprimentou o capitão formalmente e caminhou até uma saliência onde se sentou, depois de se certificar de que o local estava limpo. – Vai fazer um dia excelente, *né?*
– Sim. Como dormiu?
– Não dormi, Anjin-san. Kiri e eu tagarelamos o resto da noite afora e eu vi o dia amanhecer. Adoro amanheceres. E o senhor?
– O meu descanso foi perturbado, mas...
– Oh, sinto muito.
– Estou bem, realmente. Vai partir agora?
– Sim, mas voltarei ao meio-dia para buscar Kiri-san e a senhora Sazuko. – Desviou o rosto do capitão e disse em latim: – Vós. Acaso lembrais da Hospedaria das Flores?
– Certamente. Como poderia esquecer?
– Se houver um adiamento... esta noite será tão perfeita quanto cheia de paz.
– Ah, gostaria que isso fosse possível. Mas prefiro ver-vos em segurança a caminho.

Mariko continuou em português:
– Agora tenho que ir, Anjin-san. O senhor me dá licença?
– Acompanho-a até o portão.
– Não, por favor, olhe daqui. O senhor e o *capitão* podem olhar daqui, *né?*
– Naturalmente – disse Blackthorne, no mesmo instante, entendendo. – Vá com Deus.
– E que Deus esteja convosco – replicou ela, em latim.

Ele ficou junto ao parapeito. Enquanto esperava, a luz do sol incidiu sobre o adro, expulsando as sombras. Mariko apareceu lá embaixo. Viu-a saudar Kiri e Yoshinaka e conversarem os três, sem cinzentos inimigos por perto. Depois se curvaram. Ela levantou os olhos para ele e acenou alegremente. Ele correspondeu. Os portões foram puxados para os lados e, com Chimmoko alguns discretos passos atrás, ela saiu, acompanhada pela sua escolta de dez marrons. Os portões giraram nos gonzos mais uma vez. Por um momento ele a perdeu de vista. Quando reapareceu, cinquenta cinzentos da multidão que se encontrava fora dos muros rodearam-na como outra guarda de honra. O cortejo marchou pela aleia sem sol. Ele a observou até que ela dobrasse a última esquina. Sem se voltar nem uma vez.

– Ir comer agora, capitão – disse ele.
– Sim, naturalmente, Anjin-san.

Blackthorne dirigiu-se para os seus aposentos e comeu arroz, vegetais em conserva e pedacinhos de peixe cozido, seguidos de frutas de Kyūshū, pequenas maças ácidas, abricós e ameixas de polpa dura. Saboreou as frutas amargas e o chá.

– Mais, Anjin-san? – perguntou a criada.

— Não, obrigado. — Ofereceu frutas aos guardas, que aceitaram agradecidos, e, quando terminaram, ele voltou às ensolaradas ameias. Teria gostado de examinar a escorva de sua pistola escondida, mas achou melhor não chamar a atenção para a arma. Examinara-a uma vez, durante a noite, da melhor maneira que pudera, sob o mosquiteiro, sob o lençol. Mas, sem ver realmente, não podia ter certeza quanto à bucha ou à pederneira.

Não há mais nada que você possa fazer, pensou. É um títere. Seja paciente, Anjin-san, o seu turno termina ao meio-dia.

Avaliou a altura do sol. Deve ser o começo do período de duas horas da Cobra. Depois da Cobra vem o Cavalo. No meio da hora do Cavalo é pleno meio-dia.

Sinos nos templos por todo o castelo e pela cidade badalaram o início da Cobra e ele ficou contente com a própria exatidão. Notou uma pedrinha no chão do parapeito. Foi até ela, pegou-a e colocou-a cuidadosamente numa saliência de uma seteira ao sol, depois se recostou, apoiou os pés confortavelmente e pôs-se a contemplá-la.

Os cinzentos observavam cada movimento seu. O capitão franziu o cenho. Depois de algum tempo, disse:

— Anjin-san, qual é o significado da pedra?

— Por favor?

— A pedra. Por que a pedra, Anjin-san?

— Ah! Observo a pedra crescer.

— Oh, desculpe. Compreendo. Por favor, perdoe-me por tê-lo perturbado.

Blackthorne riu consigo mesmo e voltou a fixar o olhar na pedra. "Cresça, sua puta", disse. Mas por mais que imprecasse, ordenasse ou bajulasse, ela não crescia.

Você realmente espera ver uma rocha crescer?, perguntou-se. Não, claro que não, mas isso faz o tempo passar e gera tranquilidade. Ter *wa* nunca é demais. *Né?*

Iiiiiih, de onde virá o próximo ataque? Não há defesa contra um assassino, se o assassino estiver preparado para morrer. Há?

Rodrigues examinou a escorva de uns mosquetes que pegara no cavalete, ao lado do canhão de popa. Achou que a pederneira estava usada, portanto perigosa. Sem uma palavra, jogou o mosquete em cima do atirador. O homem mal teve tempo de agarrá-lo antes que a coronha lhe atingisse o rosto.

— Nossa Senhora, senhor piloto — exclamou o homem —, não há necessidade...

— Escute aqui, seu bosta sem mãe, da próxima vez que eu encontrar alguma coisa errada num mosquete ou canhão durante o seu turno, você vai levar cinquenta chicotadas e perder a paga de três meses. Contramestre!

— Sim, piloto? — Pesaro, o contramestre, aproximou mais o seu corpanzil arfante e fez uma carranca para o jovem atirador.

– Pegue os dois turnos! Examine cada mosquete e canhão, tudo. Só Deus sabe quanto vamos precisar deles.

– Providenciarei, piloto. – O contramestre voltou-se para o atirador. – Vou mijar no seu grogue desta noite, Gomez, por todo o trabalho extra, e é melhor que você o lamba com um sorriso. Ao trabalho, seu filho da mãe!

Havia oito pequenos canhões a meia-nau no convés principal, quatro a bombordo, quatro a estibordo e um morteiro de proa. O suficiente para rechaçar quaisquer piratas sem canhões, mas não o suficiente para enfrentar um ataque. A pequena fragata tinha dois mastros e chamava-se *Santa Luz*.

Rodrigues esperou até que os tripulantes estivessem realizando suas tarefas, depois deu-lhes as costas e se debruçou na amurada. O castelo cintilava fracamente ao sol, a cor de estanho envelhecido, exceto pelo torreão com os seus muros brancos e azuis e telhados dourados. Ele cuspiu na água e observou a saliva para ver se chegava aos pilares do ancoradouro, como esperava, ou se caía no mar. Caiu no mar. "Merda", murmurou para ninguém, desejando estar com a sua própria fragata, a *Santa Maria*, sob o seu comando bem naquele momento. Maldito azar que ela esteja em Macau, bem quando precisamos dela.

– Qual é o problema, capitão-mor? – perguntara ele, alguns dias antes, em Nagasaki, quando fora arrancado da sua cama quente, na sua casa que tinha vista para a cidade e a enseada.

– Tenho que ir a Ōsaka imediatamente – dissera Ferreira, emplumado e arrogante como um galo de briga, mesmo àquela hora matinal. – Chegou uma mensagem urgente de Dell'Aqua.

– Qual é o problema agora?

– Ele não disse, só que era vital para o futuro do Navio Negro.

– Nossa Senhora, qual é a brincadeira de mau gosto que estão tramando agora? O que é vital? O nosso navio está tão sólido quanto qualquer navio no mar, o casco está limpo e o cordame perfeito. O comércio vai melhor do que jamais imaginamos e no prazo previsto, os macacos estão se comportando, o maldito Harima está confiante e... – Parou quando a ideia lhe explodiu na cabeça. – *O Inglês! Ele zarpou?*

– Não sei, mas se tiver zarpado...

Rodrigues olhara boquiaberto para a entrada da grande enseada, como que esperando ver o *Erasmus* já a bloqueá-los, ostentando a odiada bandeira da Inglaterra, esperando ali como um cão raivoso até o dia em que eles tivessem que se pôr ao largo, dirigindo-se para Macau e depois para casa.

– Jesus, mãe de Deus e todos os santos, não deixem isso acontecer!

– Qual é o nosso meio mais rápido? Uma lorcha?

– A *Santa Luz*, capitão-mor. Podemos zarpar em menos de uma hora. Ouça, o Inglês não pode fazer nada sem homens. Não se esqueça...

– Minha Nossa Senhora, ouça você! Ele sabe falar a algaravia deles, *né*? Por que não poderia usar macacos, *né*? Há japonas piratas suficientes para lhe dar vinte vezes uma tripulação.

– Sim, mas não atiradores e marinheiros, como ele precisaria. Ele não teve tempo suficiente para treinar japonas. No ano que vem talvez, mas não contra nós.

– Por que, em nome da Virgem e dos santos, os padres lhe deram um dicionário, eu nunca entenderei. Bastardos intrometidos! Deviam estar possuídos pelo diabo! É quase como se o Inglês fosse protegido pelo diabo!

– Digo-lhe que ele é apenas esperto!

– Há muitos que estão aqui há vinte anos e não sabem falar uma palavra da algaravia dos japonas, mas o Inglês sabe, *né?* Digo-lhe que ele entregou a alma a Satã e em troca é protegido por magia oculta. De que outro modo você explicaria? Há quantos anos você vem tentando falar a língua deles e até vive com uma japonesa? *Leche*, ele poderia facilmente usar piratas japonas.

– Não, capitão-mor, ele tem que conseguir homens aqui, estamos à sua espera e o senhor já colocou todos os suspeitos a ferros.

– Com 20 mil cruzados em prata e uma promessa sobre o Navio Negro, ele pode contratar todos os homens de que necessita, inclusive os carcereiros e a maldita cela em torno deles. *Cabrón!* Talvez consiga até comprar você também.

– Cuidado com a língua!

– Você é o sujeito mais sem mãe e sem leite que existe, Rodrigues! A culpa é sua que ele esteja vivo, você é responsável. Deixou-o escapar duas vezes! – O capitão-mor postou-se diante dele enfurecido. – Deveria tê-lo matado quando ele esteve em seu poder.

– Talvez, mas isso é espuma na esteira da minha vida, já ficou para trás – dissera Rodrigues asperamente. – Fui até lá para matá-lo quando pude.

– Matou?

– Eu lhe disse vinte vezes. O senhor não tem ouvidos! Ou é a bosta espanhola de sempre nas suas orelhas, assim como na sua boca! – A mão dele se estendera para a pistola e o capitão-mor sacara a espada; então a assustada garota japonesa se colocara entre eles.

– *Poru faboo*, Rod-san, *no raibas, no discusson, poru faboo! Criston, poru faboo!*

A cólera ofuscante se extinguira e Ferreira dissera:

– Digo-lhe diante de Deus que o Inglês foi gerado pelo demônio! Quase matei você, e você a mim, Rodrigues. Vejo claramente agora. Ele colocou um feitiço em todos nós, particularmente em você!

Agora ao sol de Ōsaka, Rodrigues estendeu a mão até o crucifixo que usava ao pescoço e rezou uma prece desesperada para ser protegido de todos os feiticeiros e para sua alma imortal ser conservada a salvo de Satã.

O capitão-mor não tem razão? Essa não é a única resposta?, raciocinou ele de novo, cheio de pressentimentos. A vida do Inglês é encantada. Agora é íntimo do arquidiabo Toranaga, conseguiu o seu navio de volta, o dinheiro de volta e *wakōs*, a despeito de tudo; e realmente fala como um deles, e isso é impossível, tão depressa, mesmo com o dicionário, mas ele conseguiu o dicionário e uma ajuda inestimável. Jesus Deus e Nossa Senhora, tirem o mau-olhado de cima de mim!

- Por que deu o dicionário ao Inglês, padre? – perguntara ele a Alvito, em Mishima. – Sem dúvida, deveria ter adiado isso.

– Sim, Rodrigues – confidenciara-lhe o padre Alvito –, e eu não precisava ter me desviado do meu caminho para ajudá-lo. Mas estou convencido de que existe uma chance de convertê-lo. Tenho certeza. Toranaga está liquidado agora... É apenas um homem e uma alma. Tenho que tentar salvá-lo.

Padres, pensou Rodrigues. *Leche* em todos os padres. Mas não em Dell'Aqua e Alvito. Oh, minha Nossa Senhora, peço desculpas por todos os meus maus pensamentos sobre ele e o padre Alvito. Perdoe-me e destrua o Inglês de algum modo, antes que eu o tenha sob as minhas vistas. Não desejo matá-lo por causa do meu voto sagrado, embora, diante da Senhora, eu saiba que ele deve morrer depressa.

O timoneiro em serviço virou a ampulheta e tocou oito badaladas. Era pleno meio-dia.

CAPÍTULO 55

MARIKO CAMINHAVA PELA ALEIA APINHADA DE GENTE E BANHADA DE SOL, RUMO aos portões da cidade, sem outra saída. Atrás dela vinha uma guarda pessoal de dez marrons. Usava um quimono verde-claro, luvas brancas e um chapéu de viagem verde-escuro, de aba larga, atado sob o queixo por uma fita dourada. Protegia-se do sol com uma sombrinha iridescente. Os portões abriram-se girando sobre os gonzos e ficaram abertos.

Estava tudo muito calmo na aleia. Cinzentos alinhavam-se de ambos os lados e em todas as ameias. Ela podia ver o Anjin-san no parapeito da sua ala do castelo, Yabu ao lado dele e no pátio a coluna à espera, com Kiri e a senhora Sazuko. Todos os marrons estavam cerimoniosamente no adro, sob o comando de Yoshinaka, exceto vinte deles, que estavam no parapeito com Blackthorne, e dois em cada janela que dava para o adro.

Ao contrário dos cinzentos, nenhum dos marrons usava armadura ou portava arcos. As suas únicas armas eram as espadas.

Muitas mulheres, mulheres samurais, também observavam, algumas das janelas de outras casas fortificadas que se alinhavam ao longo da aleia e outras de ameias. Outras, ainda, de pé, na aleia entre os cinzentos, algumas crianças, alegremente vestidas, com elas. Todas as mulheres carregavam sombrinhas, embora algumas portassem espadas, direito que tinham, caso desejassem.

Kiyama se encontrava próximo ao portão, com meia centena dos seus homens, não cinzentos.

– Bom dia, senhor – disse-lhe Mariko, fazendo a devida vênia. Ele retribuiu a reverência e ela atravessou a arcada.

– Olá, Kiri-chan, Sazuko-chan. Como estão bonitas! Está tudo pronto?

– Sim – replicaram elas, com falsa jovialidade.

– Bom. – Mariko subiu ao seu palanquim aberto e sentou-se, as costas eretas. – Yoshinaka-san! Por favor, em marcha.

De imediato o capitão deu um salto para a frente e gritou as ordens. Na vanguarda, vinte marrons entraram em formatura e se puseram em marcha. Os carregadores levantaram o palanquim, sem cortinas, de Mariko e seguiram os marrons através do portão, o palanquim de Kiri e o da senhora Sazuko logo atrás, a jovem segurando o bebê nos braços.

Quando o palanquim de Mariko surgiu à luz do sol do lado de fora dos muros, um capitão de cinzentos avançou entre a vanguarda e o palanquim e postou-se diretamente no caminho dela. A vanguarda parou abruptamente. O mesmo fizeram os carregadores.

— Por favor, com licença — disse ele a Yoshinaka —, posso ver os seus papéis?

— Sinto muito, capitão, mas não necessitamos de papéis — respondeu Yoshinaka, em meio a um grande silêncio.

— Lamento, mas o senhor general Ishido, governador do castelo, capitão da guarda pessoal do herdeiro, com a aprovação dos regentes, instituiu ordens para o castelo todo, que têm que ser executadas.

— Sou Toda Mariko-no-Buntaro — disse Mariko formalmente — e tenho ordem do meu suserano, senhor Toranaga, de escoltar as suas damas ao seu encontro. Gentilmente deixe-nos passar.

— Eu ficaria contente em fazer isso, senhora — disse o samurai, com orgulho, plantando os pés no chão —, mas, sem papéis, o *meu* suserano diz que ninguém pode deixar o Castelo de Ōsaka. Por favor, me desculpe.

— Capitão, qual é o seu nome, por favor? — disse Mariko.

— Sumiyori Danzenji, senhora, capitão da Quarta Legião, e a minha linhagem é tão antiga quanto a sua.

— Sinto muito, capitão Sumiyori, mas se não sair do caminho ordenarei que o matem.

— A senhora não passará sem papéis!

— Por favor, mate-o, Yoshinaka-san.

Yoshinaka avançou com um pulo, sem hesitação, e a sua espada, um arco rodopiante, atingiu o cinzento. A lâmina enterrou-se funda no flanco do homem e foi arrancada instantaneamente, e o segundo golpe, mais violento, decepou-lhe a cabeça, que rolou no pó.

Yoshinaka limpou a lâmina e embainhou-a.

— Avante! — ordenou à vanguarda. — Depressa! — A vanguarda formou-se de novo e, os seus passos ecoando, pôs-se em movimento. Então, vinda de nenhum lugar, uma flecha cravou-se no peito de Yoshinaka. O cortejo parou de supetão. Yoshinaka silenciosamente arrancou a haste, depois os seus olhos se vitrificaram e ele caiu de borco.

Um leve gemido escapou dos lábios de Kiri. Um sopro de ar tocou as extremidades da fita muito leve de Mariko. Em algum ponto na aleia os gritos de uma criança foram silenciados. Todo mundo esperava, a respiração suspensa.

— Miyai Kazuko-san — chamou Mariko. — Por favor, assuma o comando.

Kazuko era jovem, alto e muito orgulhoso, bem barbeado, com faces fundas, e avançou dos marrons agrupados perto de Kiyama, que se encontrava ao lado do portão. Passou a passos largos pelas liteiras de Kiri e Sazuko, deteve-se ao lado da de Mariko e curvou-se formalmente.

— Sim, senhora. Obrigado.

— Vocês! — gritou aos homens em frente. — Em marcha! — Tensos, alguns com medo, todos fora de si, eles obedeceram e mais uma vez a procissão começou, Kazuko caminhando junto da liteira de Mariko. Então, cem passos à frente deles, vinte cinzentos se movimentaram das fileiras cerradas de samurais e se colocaram silenciosamente de través na rua. Os vinte marrons fecharam a brecha. Então alguém vacilou e a vanguarda foi parando aos poucos.

– Tirem-nos do caminho! – gritou Kazuko.

De imediato um marrom saltou para a frente, os outros o seguiram, e a matança tornou-se rápida e cruel. Cada vez que um cinzento tombava, outro calmamente avançava do grupo à espera, para se unir aos companheiros no massacre. Foi sempre justo, sempre equilibradamente equiparado, homem a homem: agora dezenove contra quinze; agora oito contra oito; alguns cinzentos caíram debatendo-se no pó; agora três marrons contra dois cinzentos; outro cinzento que avançou, e logo estava um a um, o último marrom, sujo de sangue e ferido, já vitorioso em quatro duelos. O último cinzento liquidou-o facilmente e postou-se sozinho entre os corpos, olhando para Miyai Kazuko.

Todos os marrons estavam mortos. Quatro cinzentos jaziam feridos, dezoito mortos ao todo.

Kazuko avançou, desembainhando a espada em meio ao enorme silêncio.

– Espere – disse Mariko. – Por favor, espere, Kazuko-san.

Ele parou, mas ficou de olhos no cinzento, ansioso por lutar. Mariko desceu do palanquim e voltou até junto de Kiyama.

– Senhor Kiyama, formalmente lhe peço, por favor, que ordene àqueles homens que saiam do caminho.

– Sinto muito, Toda-sama, as ordens do castelo devem ser obedecidas. As ordens são legais. Mas, se a senhora desejar, convocarei uma reunião dos regentes e pedirei uma orientação.

– Sou samurai. As minhas ordens são claras, de acordo com o *bushidō* e santificadas pelo nosso código. Devem ser obedecidas e têm prioridade legal sobre qualquer direito feito pelo homem. A lei pode subverter a razão, mas a razão não pode subverter a lei. Se eu não tiver permissão para obedecer, não poderei viver com essa vergonha.

– Convocarei uma reunião imediata.

– Por favor, desculpe-me, senhor, o que o senhor faz é assunto seu. Eu estou preocupada apenas com as ordens do meu senhor e com a minha vergonha. – Deu-lhe as costas e voltou calmamente até a frente da coluna. – Kazuko-san! Ordeno-lhe que, por favor, nos leve para fora do castelo!

Ele avançou.

– O meu nome é Miyai Kazuko, capitão, da família Serata, do Terceiro Exército do senhor Toranaga. Por favor, saia do caminho.

– Eu sou Biwa Jiro, capitão da guarnição do senhor general Ishido. A minha vida não tem valor, ainda assim o senhor não passará – disse o cinzento.

Com o repentino grito de batalha "Toranagaaaaa!", Kazuko investiu contra o cinzento. As espadas retiniram à medida que os golpes e contragolpes foram aparados. Os dois homens faziam círculos. O cinzento era bom, muito bom, assim como Kazuko. As espadas ressoavam no choque. Ninguém mais se mexia do lugar.

Kazuko venceu, mas, gravemente ferido, ergueu-se sobre o inimigo, oscilando sobre os pés, e com o braço bom brandiu a espada no ar, soltando o seu grito de guerra, regozijando-se com a sua vitória: "Toranagaaaaa!". Não houve aplauso à sua vitória. Todos sabiam que isso seria inadequado no ritual que os envolvia agora.

Kazuko forçou um pé à frente, depois o outro e cambaleando ordenou: "Sigam-me!", com a voz fragmentada.

Ninguém viu de onde vieram as setas, mas elas o massacraram. E o ânimo dos marrons mudou de fatalismo para ferocidade ante o insulto ao valor de Kazuko. Ele já estava morrendo rapidamente, e teria caído logo, sozinho, ainda cumprindo o seu dever, ainda a liderá-los para fora do castelo. Outro oficial dos marrons se precipitou com vinte homens para formar uma nova vanguarda e o resto amontoou-se em torno de Mariko, Kiri e a Senhora Sazuko.

– Avante! – gritou, ríspido, o oficial.

Pôs-se em marcha e os vinte samurais o seguiram. Como sonâmbulos, os carregadores levantaram os seus fardos e, trôpegos, se puseram em movimento, desviando-se dos cadáveres. Então, cem passos à frente, mais vinte cinzentos com um oficial se moveram silenciosamente das centenas que esperavam. Os carregadores pararam. A vanguarda acelerou o passo.

– Alto! – Os oficiais se curvaram brevemente, um diante do outro, e anunciaram cada um a sua linhagem.

– Por favor, saia do caminho.

– Por favor, mostre-me os seus papéis.

Desta vez os marrons arremeteram imediatamente com gritos de "Toranagaaaaa!..." que foram respondidos com "Yaemoooooonn!...", e a carnificina teve início. E cada vez que um cinzento tombou, outro avançou friamente, até que todos os marrons estivessem mortos. O último cinzento limpou a sua lâmina e embainhou-a, barrando sozinho a passagem. Outro oficial avançou com vinte marrons da companhia atrás das liteiras.

– Esperem – ordenou Mariko. Pálida, desceu do palanquim, pôs a sombrinha de lado, pegou a espada de Yoshinaka no chão, desembainhou-a e começou a avançar sozinha.

– O senhor sabe quem eu sou. Por favor, saia do meu caminho.

– Sou Kojima Harutomo, Sexta Legião, capitão. Por favor, desculpe-me, a senhora não pode passar – disse o cinzento, com orgulho.

Ela arremeteu, mas o golpe foi aparado. O cinzento recuou e ficou na defensiva, embora pudesse tê-la matado sem esforço. Foi se retirando lentamente pela aleia abaixo, ela o seguindo, embora ele a obrigasse a batalhar por cada passo em frente. De modo hesitante, a coluna pôs-se em movimento atrás dela. Mais uma vez ela tentou trazer o cinzento à luta, cortando, golpeando, sempre atacando ferozmente, mas o samurai se esquivava, evitando os golpes dela, guardando-se, não atacando, deixando-a se exaurir. Mas fazia isso gravemente, com dignidade, com toda a cortesia, concedendo-lhe a honra que lhe era devida. Ela atacou de novo, mas ele aparou o assalto violento que teria dominado um espadachim inferior e recuou outro passo. A transpiração dela escorria. Um marrom começou a avançar para ajudá-la, mas o seu oficial calmamente ordenou-lhe que parasse, sabendo que ninguém podia interferir. Samurais de ambos os lados esperavam o sinal, ansiando pela ordem para matar.

Na multidão, uma criança escondeu os olhos nas saias da mãe. Gentilmente ela a forçou a olhar e se ajoelhou.

– Por favor, olhe, meu filho – murmurou. – Você é samurai.

Mariko sabia que não aguentaria por muito mais tempo. Estava arquejando agora devido ao esforço e podia sentir o perigo que pairava ao seu redor. À frente e em toda a volta, cinzentos começaram a se afastar dos muros e o laço em torno da coluna rapidamente se apertou; alguns deles caminharam para tentar cercar Mariko e ela parou de avançar, sabendo que podia, com toda a facilidade, ser encurralada, desarmada e capturada, o que destruiria tudo imediatamente. Agora os marrons se movimentaram para assisti-la e o resto tomou posição em torno das liteiras. O ânimo na aleia era agourento, cada homem comprometido, o odor adocicado de sangue nas narinas de cada um. A coluna foi espremida junto do portão e Mariko viu como seria fácil para os cinzentos separá-los se desejassem e deixá-los impotentes no meio da rua.

– Esperem! – gritou ela. Todos pararam. Fez uma meia mesura ao seu atacante, depois, cabeça erguida, deu-lhe as costas e se dirigiu para Kiri.

– Sinto... sinto muito, mas não é possível lutar com esses homens no momento – disse, o peito arfando. – Nós... nós devemos voltar um instante. – O suor escorria-lhe pelo rosto quando atravessou a formação de homens. Chegando junto de Kiyama, parou e curvou-se. – Esses homens me impediram de cumprir o meu dever, de obedecer ao meu suserano. Não posso viver com essa vergonha, senhor. Cometerei *jigai* ao pôr do sol. Formalmente lhe peço que seja meu assistente.

– Não. A senhora não fará isso.

Os olhos dela faiscaram e a sua voz ressoou destemida:

– A menos que sejamos autorizados a obedecer ao nosso suserano, *conforme o nosso direito*, cometerei *jigai* ao pôr do sol.

Curvou-se e caminhou na direção do portão. Kiyama curvou-se para ela e os seus homens fizeram o mesmo. Então todos os que estavam na aleia e nas ameias e nas janelas se curvaram em homenagem. Mariko atravessou a arcada, passou pelo adro, cruzou o jardim. Os seus passos a levaram à rústica casa de chá isolada. Entrou e, uma vez sozinha, chorou silenciosamente por todos os homens que haviam morrido.

CAPÍTULO 56

– LINDO, *NÉ?* – YABU APONTAVA PARA OS MORTOS LÁ EMBAIXO.
– Por favor? – perguntou Blackthorne.
– Foi um poema. Entende "poema"?
– Compreendo a palavra, sim.
– Foi um poema, Anjin-san. Não vê?
Se Blackthorne soubesse as palavras, teria dito: "Não, Yabu-san. Mas vi claramente pela primeira vez o que de fato estava na cabeça dela no momento em que deu a primeira ordem e Yoshinaka matou o primeiro homem. Poema? Foi um ritual extraordinário, sem sentido, corajoso e hediondo, onde a morte é tão formalizada e inevitável quanto na Inquisição espanhola. E todas as mortes foram meramente um prelúdio para a de Mariko. Estão todos comprometidos agora, Yabu-san – você, eu, o castelo, Kiri, Ochiba, Ishido, todo mundo –, tudo porque *ela* decidiu fazer o que decidiu que era necessário. E quando decidiu? Há muito tempo, *né?* Ou, mais corretamente, Toranaga tomou a decisão por ela".
– Sinto muito, Yabu-san, não palavras suficientes – disse ele.
Yabu mal o ouviu. Havia silêncio nas ameias e na aleia, todos tão imóveis quanto estátuas. Então a aleia começou a voltar à vida, vozes abafadas, movimentos contidos, o sol batendo, à medida que cada um ia saindo do seu transe.
Yabu suspirou, cheio de melancolia.
– Foi um poema, Anjin-san – disse novamente e se afastou do parapeito.
Quando Mariko pegara a espada e avançara sozinha, Blackthorne tivera vontade de pular para a arena e saltar em cima do seu atacante para protegê-la, arrancar a cabeça do cinzento, antes que ela fosse abatida. Mas, como todo mundo, não fizera nada. Não porque tivesse medo. Já não tinha medo de morrer. A coragem dela mostrara-lhe a inutilidade daquele medo e ele chegara a um acordo consigo mesmo havia muito tempo naquela noite na aldeia com a faca.
Eu pretendia enterrar a faca no coração naquela noite.
Desde então o meu medo da morte desapareceu, exatamente como ela disse que seria. "Só vivendo à beira da morte o senhor pode entender a indescritível alegria da vida." Não me lembro de Omi detendo o golpe, só de me sentir renascer quando acordei ao amanhecer do dia seguinte.
Os seus olhos observaram os mortos lá na aleia. Eu poderia ter matado aquele cinzento para ela, pensou, e talvez outro, e talvez vários, mas teria havido sempre outro e a minha morte não teria feito a balança pender nem um pouco. Não tenho medo de morrer, disse para si mesmo. Só estou estarrecido de que não haja nada que eu possa fazer para protegê-la.

Alguns cinzentos recolhiam os corpos agora, marrons e cinzentos tratados com igual dignidade. Outros cinzentos estavam se dispersando, Kiyama e seus homens, entre eles mulheres, crianças e criadas, partindo também, os seus pés levantando poeira na aleia. Ele sentiu o acre e levemente fétido odor da morte, misturado à brisa salgada, a mente eclipsada por ela, a coragem dela, o indefinível calor que a sua destemida coragem lhe transmitira. Levantou os olhos para o sol e mediu-o. Seis horas para o pôr do sol.

Dirigiu-se às escadas que levavam para baixo.

– Anjin-san? Aonde vai, por favor?

Ele se voltou, esquecido dos seus cinzentos. O capitão o fitava.

– Ah, desculpe. Vou lá! – Apontou para o adro.

O capitão dos cinzentos pensou um instante, depois, relutantemente, concordou.

– Está bem. Por favor, siga-me.

No adro, Blackthorne sentiu a hostilidade dos marrons para com os cinzentos. Yabu estava em pé junto aos portões, observando os homens voltarem. Kiri e a senhora Sazuko abanavam-se, uma ama de leite alimentava o bebê. Estavam sentadas sobre mantas e almofadas colocadas às pressas à sombra, numa varanda. Os carregadores amontoavam-se a um lado, acocorados num grupo cerrado e assustado em torno da bagagem e dos cavalos de carga. Ele se encaminhou para o jardim, mas os guardas menearam a cabeça.

– Sinto muito, mas este caminho está indisponível no momento, Anjin-san.

– Sim, claro – disse ele, voltando-se. A aleia estava se esvaziando agora, embora ainda restassem quinhentos e tantos cinzentos, acocorados ou sentados de pernas cruzadas num largo semicírculo, voltados para os portões. O remanescente dos marrons encaminhou-se com gravidade de volta à arcada.

– Fechem os portões e barrem-nos – ordenou Yabu.

– Por favor, desculpe-me, Yabu-san – disse o oficial –, mas a senhora Toda disse que deviam ser deixados abertos. Devemos guardá-los contra todos os homens, mas devem permanecer abertos.

– Tem certeza?

O oficial se retesou. Era um homem cuidadoso, ar resoluto, por volta dos trinta anos, com um queixo saliente, bigode e barba.

– Por favor, desculpe-me, mas é claro que tenho.

– Obrigado. Não tive a intenção de ofender, né? O senhor é o oficial superior aqui?

– A senhora Toda honrou-me com a sua confiança, sim. Naturalmente, o senhor é superior a mim.

– Estou no comando, mas o senhor é o encarregado.

– Obrigado, Yabu-san, mas é a senhora Toda quem comanda aqui. O senhor é um oficial superior. Eu ficaria honrado em ser o segundo em relação ao senhor. Se o senhor permitir.

Yabu respondeu, com malícia:

— Está permitido, capitão. Sei muito bem quem nos comanda aqui. Seu nome, por favor?

— Sumiyori Tabito.

— O primeiro cinzento também não era Sumiyori?

— Sim, Yabu-san. Era meu primo.

— Quando estiver pronto, capitão Sumiyori, por favor, convoque uma reunião de todos os oficiais.

— Certamente, senhor. Com a permissão *dela*.

Os dois homens desviaram o olhar quando uma senhora surgiu claudicando no adro. Era idosa, samurai e apoiava-se penosamente numa bengala. Tinha o cabelo branco, mas as costas eretas. Dirigiu-se a Kiritsubo, uma criada segurando a sombrinha protegendo-a do sol.

— Ah, Kiritsubo-san — disse formalmente. — Sou Maeda Etsu, mãe do senhor Maeda, e compartilho das opiniões da senhora Toda. Com a permissão dela, eu gostaria de ter a honra de esperar com ela.

— Por favor, sente-se, a senhora é bem-vinda — disse Kiri. Uma criada trouxe outra almofada e as duas criadas ajudaram a velha senhora a se sentar.

— Ah, assim está melhor... Muito melhor — disse a senhora Etsu, contendo um gemido de dor. — São as minhas juntas, pioram a cada dia. Ah, isso é um alívio. Obrigada.

— Aceitaria um pouco de chá?

— Primeiro chá, depois saquê, Kiritsubo-san. Muito saquê. Toda essa excitação dá sede, *né?*

Outras mulheres samurais estavam se separando da multidão que partia e voltando por entre as fileiras de cinzentos para a sombra agradável. Algumas hesitaram, três mudaram de ideia, mas logo havia catorze senhoras na varanda, duas das quais haviam trazido crianças consigo.

— Por favor, com licença, sou Achiko, esposa de Kiyama Nagamasa, e também quero ir para casa — disse timidamente uma jovem, segurando a mão do filhinho. — Quero voltar para casa, para o meu marido. Posso pedir permissão para esperar também, por favor?

— Mas o senhor Kiyama ficará furioso se a senhora se juntar a nós.

— Oh, desculpe, Kiritsubo-san, mas o avô mal me conhece. Sou apenas a esposa de um neto muito secundário. Tenho certeza de que ele não se importará. Não vejo o meu marido há meses e também não me importo com o que digam. A nossa senhora tem razão, *né?*

— Toda a razão, Achiko-san — disse a velha senhora Etsu firmemente, assumindo o controle. — Claro que você é bem-vinda, criança. Venha sentar-se ao meu lado. Qual é o nome do seu filho? Você tem um belo menino.

As senhoras concordaram em coro e outro menino, de quatro anos, balbuciou, queixosamente:

— Por favor, eu também sou um belo menino, *né?* — Alguém riu e logo todas também riram.

— Você é, sim — disse a senhora Etsu, e riu de novo.

Kiri secou uma lágrima.

— Pronto, assim é melhor, eu estava ficando séria demais, *né?* — Soltou uma risadinha. — Ah, senhoras, fico muito honrada em saudá-las em nome *dela*. Devem todas estar famintas e a senhora tem toda a razão, senhora Etsu, tudo isto dá muita sede! — Mandou criadas buscarem comida e bebida e apresentou as senhoras que não se conheciam, admirando um belo quimono aqui ou uma sombrinha especial ali. Logo estavam todas tagarelando e felizes, remexendo-se como um bando de periquitos.

— Como é que um homem pode entender as mulheres? — disse Sumiyori inexpressivamente.

— Impossível! — concordou Yabu.

— Num momento, estão assustadas e em lágrimas, no momento seguinte... Quando vi a senhora Mariko pegar a espada de Yoshinaka, pensei que eu morreria orgulhosamente.

— Sim. Uma pena que o último cinzento fosse tão bom. Eu gostaria de tê-la visto matando. Ela teria matado um homem menos capaz.

Sumiyori esfregou a barba no ponto onde o suor secando irritava a pele.

— O que o senhor teria feito, se fosse ele?

— Eu a teria matado, depois atacado os marrons. Houve sangue demais lá. Fiz o que pude para não massacrar todos os cinzentos perto de mim na ameia.

— É bom matar às vezes. Muito bom. Algumas vezes é muito especial, chega a ser melhor do que uma mulher libidinosa.

Houve uma gargalhada entre as senhoras quando os dois menininhos começaram a se exibir de um lado para outro, com ar de importância, os seus quimonos escarlate dançando.

— É bom ter crianças aqui de novo. Agradeço aos deuses que as minhas estejam em Edo.

— Sim. — Yabu olhava as mulheres especulativamente.

— Eu estava me perguntando a mesma coisa — disse Sumiyori, calmo.

— Qual é a sua resposta?

— Só há uma agora. Se Ishido nos deixar partir, ótimo. Se o *jigai* da senhora Mariko for desperdiçado, então... então ajudaremos essas senhoras a ir para o Vazio e começaremos o massacre. Elas não vão querer viver.

— Algumas talvez queiram — disse Yabu.

— O senhor pode decidir isso mais tarde, Yabu-san. Beneficiaria o nosso amo que todas cometessem *jigai* aqui. E as crianças.

— Sim.

— Depois guarnecemos os muros e, em seguida, abrimos os portões ao amanhecer. Combateremos até o meio-dia. Será o bastante. Depois aqueles que sobrarem voltarão para dentro e atearão fogo a esta parte do castelo. Se eu estiver vivo, ficaria honrado se o senhor fosse o meu assistente.

– Naturalmente.

– Isso vai dilacerar o reino, *né?* – disse Sumiyori sorrindo, malicioso. – Todas essas mortes e o *jigai* dela. A notícia vai se espalhar como fogo, vai devorar Ōsaka, *né?* Acha que isso atrasará o Exaltado? Seria esse o plano do nosso amo?

– Não sei. Ouça, Sumiyori, vou voltar à minha casa por um momento. Vá me buscar assim que a senhora voltar. – Aproximou-se do Anjin-san, sentado na escada principal. – Ouça, Anjin-san – disse Yabu furtivamente –, talvez eu tenha um plano. Secreto, *né?* "Secreto", entende?

– Sim. Entendo. – Os sinos tocaram a mudança de hora. O tempo soou na cabeça de todos, o começo da hora do Macaco, seis badaladas do turno da tarde, três da tarde. Muitos se voltaram para o sol e, sem pensar, mediram-no.

– Que plano? – perguntou Blackthorne.

– Conversamos mais tarde. Fique por perto. Não diga nada, entendeu?

– Sim.

Em silêncio, Yabu encaminhou-se para o portão com dez marrons. Juntaram-se à escolta vinte cinzentos e todos começaram a descer a aleia. A casa de hóspedes onde Yabu se alojava não ficava longe da primeira esquina. Os cinzentos ficaram do lado de fora do portão. Yabu fez sinal aos marrons que esperassem no jardim e entrou sozinho.

– É impossível, senhor general – disse Ochiba. – O senhor não pode deixar uma dama da posição dela cometer *jigai*. Sinto muito, mas o senhor foi encurralado.

– Concordo – disse o senhor Kiyama vigorosamente.

– Com toda a humildade, senhora – disse Ishido –, qualquer coisa que eu diga ou deixe de dizer não importa a bosta de um *eta* para ela. Ela já se decidiu, pelo menos Toranaga já.

– Claro que ele está por trás disso – disse Kiyama, enquanto Ochiba recuava ante a grosseria de Ishido. – Sinto muito, mas ele o superou em astúcia de novo. Ainda assim o senhor não pode deixá-la cometer *jigai!*

– Por quê?

– Por favor, desculpe, senhor general, devemos conservar as nossas vozes baixas – disse Ochiba. Estavam esperando na espaçosa antecâmara do quarto de doente da senhora Yodoko, nos aposentos internos do torreão, no segundo andar. – Tenho certeza de que a culpa não foi sua e de que deve haver uma solução.

Calmamente, Kiyama disse:

– O senhor não pode deixá-la continuar com o plano, senhor general, porque isso estimulará todas as damas do castelo.

Ishido cravou os olhos nele.

– O senhor parece se esquecer de que alguns foram abatidos por engano e isso não criou agitação alguma entre eles, mas deteve outras tentativas de escapada.

– Esse foi um engano terrível, senhor general – disse Ochiba.

– Concordo. Mas estamos em guerra. Toranaga ainda não está em nossas mãos e, até que ele esteja morto, a senhora e o herdeiro se encontram em perigo absoluto.

– Sinto muito, não estou preocupada comigo mesma, apenas com o meu filho – disse Ochiba. – Eles todos têm que estar de volta aqui dentro de dezoito dias. Aconselho-o a deixá-los partir.

– Isso é um risco desnecessário. Sinto muito. Não temos certeza se ela realmente fala a sério.

– Fala – disse-lhe Kiyama com desdém, desprezando a truculenta presença de Ishido nos opulentos e suntuosos aposentos que lhe faziam lembrar claramente o táicum, seu amigo e venerado protetor. – Ela é *samurai*.

– Sim – disse Ochiba. – Sinto muito, mas concordo com o senhor Kiyama. Mariko-san fará o que diz. Depois, há aquela megera Etsu! Esses Maeda são um bando orgulhoso, *né?*

Ishido aproximou-se da janela e olhou para fora.

– No que me concerne, podem todos pegar fogo. A mulher Toda é cristã, *né?* O suicídio não é contra a sua religião? Um pecado especial?

– Sim, mas ela terá um assistente, portanto não será suicídio.

– E se não tiver?

– O quê?

– Digamos que ela fosse desarmada e não tivesse assistente?

– Como o senhor poderia fazer isso?

– Capturando-a. Confinando-a com criadas cuidadosamente escolhidas até que Toranaga atravessasse as nossas fronteiras. – Ishido sorriu. – Então ela poderá fazer o que quiser. Eu ficaria encantado em ajudá-la.

– Como poderia capturá-la? – perguntou Kiyama. – Ela sempre teria tempo para cometer *jigai* ou para usar a própria faca.

– Talvez. Mas digamos que ela pudesse ser capturada, desarmada e confinada por alguns dias. Esses "alguns dias" não são vitais? Não é por isso que ela está insistindo em ir hoje, antes que Toranaga cruze as nossas fronteiras e se castre?

– Poderia ser feito? – perguntou a senhora Ochiba.

– Possivelmente – disse Ishido.

Kiyama ponderou sobre a ideia.

– Dentro de dezoito dias Toranaga deve estar aqui. Poderia protelar junto à fronteira por até mais quatro dias. Ela teria que ser detida por uma semana, no máximo.

– Ou para sempre – disse Ochiba. – Toranaga vem adiando tanto que às vezes penso que nunca chegará.

— Ele tem que vir até o vigésimo segundo dia — disse Ishido. — Ah, senhora, a ideia foi brilhante, brilhante.

— Com certeza a ideia foi sua, senhor general? — A voz de Ochiba era apaziguadora, embora estivesse muito cansada devido à noite insone. — E quanto ao senhor Sudara e minha irmã? Estão com Toranaga agora?

— Não, senhora. Ainda não. Serão trazidos para cá por mar.

— Ela não deve ser tocada — disse Ochiba. — Nem seu filho.

— O filho dela é herdeiro direto de Toranaga, que é herdeiro dos Minowara. O meu dever para com o herdeiro, senhora, me faz assinalar isso novamente.

— A minha irmã não deve ser tocada. Nem o seu filho.

— Como desejar, senhora.

— Senhor — disse ela a Kiyama —, quão boa cristã é Mariko-san?

— Pura — respondeu Kiyama na hora. — A senhora se refere a suicídio sendo pecado? Eu... eu acho que ela respeitaria isso ou a sua alma eterna estaria perdida, senhora. Mas não sei se...

— Então há uma solução mais simples — disse Ishido, sem pensar. — Mande o sumo sacerdote dos cristãos ordenar a ela que pare de incomodar os dirigentes legais do império!

— Ele não tem poder para isso — disse Kiyama. E acrescentou, com a voz ainda mais cheia de farpas: — Isso é interferência política, coisa a que o senhor foi sempre severamente contrário, e com razão.

— Parece que os cristãos interferem apenas quando lhes convém — disse Ishido. — Foi apenas uma sugestão.

A porta interna se abriu e um médico apareceu. Tinha o rosto grave, a exaustão o envelhecia.

— Sinto muito, senhora, ela a está chamando.

— Está morrendo? — perguntou Ishido.

— Está perto da morte, senhor general, sim, mas quando, não sei.

Ochiba correu apressada o comprido aposento, cruzou a porta interna, o seu quimono azul justo, as saias ondulando graciosamente. Os dois homens a observaram. A porta se fechou. Por um momento os dois evitaram os olhos um do outro, depois Kiyama disse:

— Acha mesmo que a senhora Toda poderia ser capturada?

— Sim — disse Ishido, olhando para a porta.

Ochiba atravessou o aposento ainda mais luxuoso e se ajoelhou ao lado dos *futons*. Criadas e médicos rodeavam-nos. A luz do sol filtrava-se pelas venezianas de bambu e incidia sobre os entalhes dourados e vermelhos das vigas, colunas e portas. A cama de Yodoko estava rodeada de biombos decorativos entalhados. Ela parecia adormecida, o rosto exangue, emoldurado pelo capuz de seu hábito budista, os pulsos magros, as veias nodosas, e Ochiba pensou em como era triste envelhecer. A idade é tão injusta para as mulheres. Não para os homens, apenas para as mulheres. Os deuses me protejam da velhice, orou. Buda cuide do meu filho e o ponha em segurança no poder e me permita viver apenas enquanto eu for capaz de protegê-lo e ajudá-lo.

Pegou a mão de Yodoko, respeitando-a.

– Senhora?

– O-chan? – sussurrou Yodoko, chamando-a pelo apelido.

– Sim, senhora?

– Ah, como você está bonita, tão bonita, você sempre foi. – A mão se ergueu e acariciou o belo cabelo e Ochiba não se ofendeu com o toque; pelo contrário, apreciou-o como sempre, gostando imensamente dela. – Tão jovem e bela e perfumada. Como o táicum teve sorte.

– Sente dor, senhora? Posso trazer-lhe alguma coisa?

– Nada... nada. Só queria conversar. – Os velhos olhos estavam encovados, mas não haviam perdido nada da sua astúcia. – Mande os outros embora.

Ochiba fez-lhes sinal que saíssem e, quando ficaram as duas sozinhas, disse:

– Sim, senhora?

– Ouça, minha querida, faça o senhor general deixá-la ir.

– Ele não pode, senhora, ou todos os outros reféns partirão e perderemos força. Todos os regentes concordam – disse Ochiba.

– Regentes! – disse Yodoko, com uma ponta de desprezo. – *Você* concorda?

– Sim, senhora, e a noite passada a senhora disse que ela não devia ir.

– Mas agora você deve deixá-la ir, ou outros a seguirão no *jigai* e você e o nosso filho serão maculados por causa do engano de Ishido.

– O senhor general é leal, senhora. Toranaga não, sinto muito.

– Você pode confiar no senhor Toranaga, não nele.

Ochiba meneou a cabeça.

– Sinto muito, mas estou convencida de que Toranaga se empenha em tornar-se shōgun e destruirá o nosso filho.

– Está enganada. Ele disse isso mil vezes. Outros daimios estão tentando usá-lo pelas suas próprias ambições. Sempre fizeram isso. Toranaga era o favorito do táicum, Toranaga sempre respeitou o herdeiro. Toranaga é Minowara. Não se deixe influenciar por Ishido ou pelos regentes. Eles têm os seus próprios karmas, os seus próprios segredos, O-chan. Por que não deixá-la partir? É tudo tão simples. Proíba-lhe o mar, então ela sempre poderá ser atrasada em algum lugar dentro das nossas fronteiras. Ela ainda está na rede do seu general, e Kiri e todas as outras, *né?* Estará rodeada de cinzentos. Pense como o táicum pensaria ou como Toranaga. Você e o nosso filho estão sendo levados... – As palavras se arrastaram e as suas pálpebras começaram a palpitar. A velha senhora reuniu as forças remanescentes e continuou: – Mariko-san nunca poderia objetar à guarda. Sei que ela pretende fazer o que diz. Deixe-a ir.

— Claro que isso foi considerado, senhora — disse Ochiba, a voz gentil e paciente —, mas, fora do castelo, Toranaga tem grupos secretos de samurais escondidos dentro e em torno de Ōsaka, não sabemos quantos, e tem aliados, não temos certeza de quem são. Ela poderia escapar. Uma vez que se vá, todas as outras a seguiriam imediatamente e perderíamos uma grande segurança. A senhora concordou, Yodoko-chan, não se lembra? Sinto muito, mas eu lhe perguntei ontem à noite, não se lembra?

— Sim, lembro, criança — disse Yodoko, a mente devaneando. — Oh, como gostaria que o senhor táicum estivesse aqui de novo para orientá-la. — A respiração da velha estava se tornando forçada.

— Posso dar-lhe um pouco de chá ou saquê?

— Chá, sim, por favor, um pouco de chá.

Ela ajudou-a a beber.

— Obrigada, criança. — A voz estava mais débil agora, o esforço da conversa apressando a agonia. — Escute, criança, deve confiar em Toranaga. Case-se com ele, negocie com ele pela sucessão.

— Não, não — disse Ochiba, chocada.

— Yaemon poderia governar depois dele, e então o fruto do seu novo casamento depois do nosso filho. Os filhos do nosso filho jurarão honrosamente fidelidade eterna a essa nova linhagem Toranaga.

— Toranaga sempre odiou o táicum. Sabe disso, senhora. Toranaga é a fonte de todo o problema. Há anos, *né?* Ele!

— E você? E o seu orgulho, criança?

— Ele é o inimigo, o nosso inimigo.

— Você tem dois inimigos, criança. O seu orgulho e a necessidade de ter um homem que se compare ao nosso marido. Por favor, seja paciente comigo, você é jovem, bela, fértil e merece um marido. Toranaga é digno de você, você dele. Toranaga é a única chance que Yaemon tem.

— Não, ele é o inimigo.

— Ele era o melhor amigo do nosso marido e o seu mais leal vassalo. Sim... sem Toranaga... você não vê... foi a ajuda de Toranaga... não percebe? Você poderia manobrar... manobrá-lo...

— Sinto muito, mas eu o odeio, ele me enoja, Yodoko-chan.

— Muitas mulheres... O que eu estava dizendo? Ah, sim, muitas mulheres se casam com homens que as enojam. Graças a Buda, eu nunca tive que sofrer isso... — A velha dama sorriu brevemente. Depois suspirou. Foi um longo e fundo suspiro, prolongou-se muito tempo, e Ochiba pensou que o fim tivesse chegado. Mas os olhos se abriram um pouco e uma voz minúscula soou de novo. — *Né?*

— Sim.

— Faça. Por favor?

— Pensarei nisso.

Os velhos dedos tentaram apertar.

– Imploro-lhe, prometa-me que se casará com Toranaga e eu irei para Buda sabendo que a linhagem do táicum viverá para sempre, como o nome dele... o nome dele viverá par...

As lágrimas correram livremente pela face de Ochiba enquanto acariciava a mão lânguida.

Pouco depois os olhos tremeram e a velha sussurrou:

– Você deve deixar Akechi Mariko partir. Não... não a deixe tomar vingança contra nós pelo que o táicum fez... fez ao... ao pai dela...

Ochiba foi pega desprevenida.

– O quê?

Não houve resposta. Alguns instantes depois Yodoko começou a murmurar:

– ... Querido Yaemon, olá, meu querido filho, como... você é um menino tão belo, mas tem muitos inimigos, tão tolos, tão... Você também não é apenas uma ilusão, não é...

Um espasmo sacudiu-a. Ochiba segurou-lhe a mão e acariciou-a.

– *Namu Amida Butsu* – sussurrou em homenagem.

Houve outro espasmo, então a velha dama disse claramente:

– Perdoe-me, O-chan.

– Não há nada a perdoar, senhora.

– Há muito a perdoar... – A voz se tornou mais tênue e a luz começou a se esvair do seu rosto. – Ouça... prom... prometa sobre... sobre Toranaga, Ochiba--sama... importante... por favor... pode confiar nele... – Os velhos olhos suplicavam, desejavam.

Ochiba não queria obedecer, embora soubesse que devia. A sua mente estava perturbada pelo que fora dito sobre Akechi Mariko e ainda ressoava com as palavras do táicum, repetidas dez mil vezes: "Pode confiar em Yodoko-sama, O-chan. Ela é a Sábia, nunca se esqueça disso. Ela tem razão a maior parte das vezes e você pode sempre confiar nela com a própria vida, a vida do meu filho e a minha...".

Ochiba cedeu.

– Eu prom... – Parou abruptamente.

A luz de Yodoko-sama bruxuleou uma última vez e extinguiu-se.

– *Namu Amida Butsu.* – Ochiba levou a mão dela aos lábios, curvou-se, estendeu a mão de novo sobre a coberta e fechou-lhe os olhos, pensando na morte do táicum, a única outra morte que presenciara tão de perto. Daquela vez fora a senhora Yodoko que fechara os olhos, como era privilégio de esposa. E fora naquela mesma sala, Toranaga esperando do lado de fora, assim como Ishido e Kiyama estavam agora, continuando a vigília que se iniciara na véspera.

– Mas por que mandar chamar Toranaga, senhor? – perguntara ela. – O senhor devia descansar.

– Descansarei quando estiver morto, O-chan – dissera o táicum. – Preciso determinar a sucessão. Finalmente. Enquanto tenho forças.

Então Toranaga chegara, forte, vital, transbordante de poder. Os quatro ficaram sozinhos: Ochiba, Yodoko, Toranaga e Nakamura, o táicum, senhor do Japão, em seu leito de morte, todos à espera das ordens que seriam obedecidas.

– Bem, Tora-san – dissera o táicum, recebendo-o com o apelido que Goroda dera a Toranaga fazia muito tempo, os olhos fundos perscrutando do minúsculo e mirrado rosto simiesco, cravado num corpo igualmente minúsculo, um corpo que tivera a força do aço até poucos meses antes, quando a devastação começara. – Estou morrendo. Do nada para o nada, mas você estará vivo e o meu filho, indefeso.

– Indefeso, não, senhor. Todos os daimios honrarão o seu filho como honram o senhor.

O táicum rira.

– Sim, respeitarão. Hoje. Enquanto estou vivo, ah, sim! Como posso garantir que Yaemon governará depois de mim?

– Designe um conselho de regentes, senhor.

– Regentes! – dissera o táicum, com desdém. – Talvez eu devesse tornar você meu herdeiro e deixá-lo julgar se Yaemon é digno de segui-lo.

– Eu não seria digno de fazer isso. O seu filho deve segui-lo.

– Sim, e os filhos de Goroda deveriam tê-lo seguido.

– Não. Eles romperam a paz.

– E você os destruiu por ordem minha.

– O senhor detinha o mandato do Imperador. Eles se rebelaram contra o seu mandato legal, senhor. Dê-me as suas ordens agora e obedecerei.

– Foi por isso que o chamei aqui.

Depois o táicum dissera:

– É uma coisa rara ter um filho aos 57 anos e uma coisa abominável morrer aos 63, se ele é o único filho e você não tem parentes e é senhor do Japão. *Né?*

– Sim – dissera Toranaga.

– Talvez fosse melhor eu nunca ter tido um filho, assim poderia passar o reino a você, conforme combinamos. Você tem mais filhos do que um português tem piolhos.

– Karma.

O táicum rira e um fio de saliva, salpicada de sangue, escorrera-lhe da boca. Com grande cuidado, Yodoko limpara a saliva e ele sorrira para a esposa. "Obrigado, Yo-chan, obrigado." Depois os olhos se voltaram para Ochiba e esta sorrira, mas os olhos não estavam sorridentes agora, apenas perscrutadores, inquisitivos, ponderando sobre a pergunta, a pergunta que nunca ousara fazer, que ela tinha certeza de que estivera sempre na mente dele: Yaemon é mesmo meu filho?

– Karma, O-chan. *Né?* – dissera gentilmente, mas o medo de Ochiba de que ele lhe perguntasse diretamente atormentara-a e as lágrimas cintilaram nos seus olhos.

— Não há necessidade de lágrimas, O-chan. A vida é apenas um sonho dentro de um sonho — dissera o velho. Ficara por um momento cismando, depois perscrutara Toranaga de novo e, com um repentino e inesperado calor, pelo qual era famoso, dissera: — Iiiih, velho amigo, que vida tivemos, *né?* Todas as batalhas? Lutando lado a lado, imbatíveis juntos. Fizemos o impossível, *né?* Juntos, humilhamos os poderosos e cuspimos no rabo levantado deles enquanto pediam mais. Nós... nós, um camponês e um Minowara, nós fizemos isso tudo! — O velho dera uma risada. — Escute, mais alguns anos e eu teria esmagado os comedores de alho adequadamente. Depois, com legiões coreanas e as nossas legiões japonesas, uma arremetida violenta até Pequim e eu no Trono do Dragão da China. Então eu lhe teria dado o Japão, que você deseja, e teria tido o que desejo. — A voz era forte, desmentindo a fragilidade interior. — Um camponês pode se aboletar no Trono do Dragão com dignidade e honra, não é como aqui. *Né?*

— A China e o Japão são diferentes, sim, senhor.

— Sim. Eles são sábios na China. Lá o primeiro de uma dinastia é sempre um camponês ou o filho de um camponês, e o trono é sempre tomado à força, com mãos ensanguentadas. Nada de castelo hereditário lá, não é essa a força da China? — Novamente a risada. — Força, mãos ensanguentadas e camponês, isso sou eu. *Né?*

— Sim. Mas o senhor também é samurai. O senhor mudou as regras aqui. É o primeiro de uma dinastia.

— Sempre gostei de você, Tora-chan. — O velho tomara um gole de chá, contente. — Sim, imagine só, eu no Trono do Dragão, imagine! Imperador da China, Yodoko imperatriz e depois dela Ochiba, a Bela, e depois de mim Yaemon, e a China e o Japão unidos para sempre, como deveriam estar. Ah, teria sido tão fácil! Depois, com as nossas legiões e as hordas chinesas, eu dispararia para noroeste e, como prostitutas de décima classe, os impérios do mundo inteiro se deitariam arquejantes no pó, as pernas arreganhadas para que nós pegássemos o que quiséssemos. Somos imbatíveis, você e eu éramos imbatíveis, os japoneses são imbatíveis. Claro que são: conhecemos todo o sentido da vida. *Né?*

— Sim.

Os olhos cintilavam estranhamente.

— O que será?

— Dever, disciplina e morte — respondera Toranaga.

De novo uma risadinha, o velho aparentemente mais minúsculo do que nunca, mais mirrado do que nunca, e depois, num repente igual, pelo que também era famoso, toda a cordialidade o abandonara.

— Os regentes? — perguntara, a voz malévola e firme. — A quem você escolheria?

— Os senhores Kiyama, Ishido, Onoshi, Toda Hiromatsu e Sugiyama.

O rosto do táicum se arreganhara num sorriso malicioso.

— Você é o homem mais esperto do império, depois de mim! Explique a estas senhoras por que você escolheria esses cinco.

– Porque todos se odeiam mutuamente, mas em conjunto podem governar de modo eficaz e aniquilar toda oposição.

– Até você?

– Não, não a mim, senhor. – Depois Toranaga olhara para Ochiba e falara diretamente a ela: – Para que Yaemon herde o poder, a senhora tem que resistir mais nove anos. Para isso, acima de tudo o mais, deve preservar a paz do táicum. Escolho Kiyama porque é o daimio cristão chefe, um grande general e um vassalo muito leal. Depois, Sugiyama, porque é o daimio mais rico do país, a sua família é antiga, detesta visceralmente os cristãos e tem tudo a ganhar se Yaemon assumir o poder. Onoshi, porque detesta Kiyama, contrabalança o poder dele, também é cristão, mas um leproso que se agarra à vida, viverá vinte anos e odeia todos os outros com uma violência monstruosa, em especial Ishido. Ishido, porque estará farejando conspirações, porque é camponês, detesta os samurais hereditários e é violentamente contra os cristãos. Toda Hiromatsu porque é honesto, obediente e leal, tão constante quanto o sol e tão abrupto quanto a melhor espada do melhor mestre espadeiro. Deveria ser o presidente do conselho.

– E você?

– Eu cometerei *seppuku* com meu filho mais velho, Noboru. O meu filho Sudara está casado com a irmã da senhora Ochiba, portanto não representa ameaça, nunca poderia ser uma ameaça. Poderia herdar o Kantō, se lhe aprouvesse, desde que jure lealdade perpétua à sua casa.

Ninguém se surpreendera de que Toranaga se tivesse oferecido para fazer o que obviamente estava na cabeça do táicum, pois Toranaga, dentre todos os daimios, era a única ameaça real. Então Ochiba ouvira o marido dizer:

– O-chan, qual é o seu conselho?

– Tudo o que o senhor Toranaga disse, senhor – respondera ela de imediato –, exceto que o senhor deve ordenar que a minha irmã se divorcie de Sudara, o qual deve cometer *seppuku*. O senhor Noboru deve ser o herdeiro do senhor Toranaga e deve herdar as duas províncias de Musashi e Shimosa, e o resto do Kantō deve ir para o seu herdeiro, Yaemon. Aconselho que isso seja ordenado hoje.

– Yodoko-sama?

Para surpresa de Ochiba, Yodoko dissera:

– Ah, Tokichi, você sabe que o adoro com todo o coração, e a O-chan, e a Yaemon como meu próprio filho. Digo que torne Toranaga o único regente.

– O quê?

– Se lhe ordenar que morra, penso que você matará o nosso filho. Apenas o senhor Toranaga tem habilidade suficiente, prestígio suficiente, astúcia suficiente para herdar *agora*. Coloque Yaemon sob a custódia dele até que tenha idade. Ordene ao senhor Toranaga que adote formalmente o nosso filho. Deixe Yaemon ser preparado pelo senhor Toranaga e herdar *depois* de Toranaga.

– Não, isso não deve ser feito – protestara Ochiba.

– O que diz a isso, Tora-san? – perguntara o táicum.

– Com humildade, devo recusar, senhor. Não posso aceitar isso e imploro-lhe que me autorize a cometer *seppuku* e parta antes do senhor.

– Você será o único regente.

– Nunca me recusei a obedecer-lhe desde que fizemos o nosso trato. Mas esta ordem eu recuso.

Ochiba lembrou-se de como tentara convencer o táicum a deixar Toranaga se destruir, conforme sabia que o táicum já decidira. Mas o táicum mudara de ideia e, por fim, aceitara parte do que Yodoko aconselhara e fizera o compromisso de que Toranaga seria um dos regentes e presidente do conselho. Toranaga jurara fidelidade eterna a Yaemon, mas agora ainda estava tecendo a trama que os enredava a todos, como a crise que Mariko precipitara. "Sei que foi por ordem dele", murmurou Ochiba, e agora a senhora Yodoko queria que ela se submetesse por completo a ele.

Casar com Toranaga? Buda me proteja dessa vergonha de ter que acolhê-lo e sentir o seu peso e a sua vida esguichando dentro de mim.

Vergonha?

Ochiba, qual é a verdade?, perguntou-se ela. A verdade é que você já o desejou uma vez, antes do táicum, *né?* Mesmo durante, *né?* Muitas vezes, no seu coração secreto, *né?* Yodoko, a Sábia, estava certa de novo quando disse que o orgulho é que é o seu inimigo e quando falou da necessidade de um homem, um marido. Por que não aceitar Ishido? Ele a respeita, deseja-a e vai vencer. Seria fácil de manobrar. *Né?* Não, não aquele porco grosseiro! Oh, eu sei dos rumores infames espalhados pelos inimigos, despropósito infame! Juro que preferiria me deitar com as minhas criadas e confiar num *harigata* por mais mil vidas a abusar da memória do meu senhor casando com Ishido. Seja honesta, Ochiba. Considere Toranaga. Na realidade, você não o odeia só porque talvez ele a tenha visto naquele dia de sonho?

Fora há mais de seis anos, em Kyūshū, quando ela e as suas damas estavam falcoando com o táicum e Toranaga. O grupo estava disperso sobre uma área muito vasta e ela galopava atrás de um dos seus falcões, separada dos outros. Encontrava-se nas colinas, num bosque, e de repente topara com aquele camponês colhendo amoras ao lado da trilha solitária. O seu primeiro e doentio filho morrera fazia dois anos e não houvera mais agitações no seu útero, embora tivesse tentado todas as posições, truques, dietas, todas as superstições, poções, preces, aflita por satisfazer a obsessão do seu senhor por um herdeiro.

O encontro com o camponês fora muito repentino. Ele a olhara apalermado como se ela fosse um *kami*, e ela a ele porque era a imagem do táicum, pequeno e simiesco, mas tinha juventude.

A sua mente gritara que ali estava o presente dos deuses pelo qual orara, e desmontara, tomara a mão dele, entraram juntos alguns passos no bosque, e ela fora como uma cadela no cio.

Tudo tivera uma qualidade de sonho, o desvario, a luxúria, a rudeza, deitados sobre a terra, e mesmo hoje ela ainda sentia o esguicho do seu líquido de fogo, a sua respiração doce, as suas mãos a apertá-la maravilhosamente. Então sentira todo o peso morto dele e de repente a sua respiração se tornara pútrida e tudo nele vil, exceto o líquido, por isso ela o empurrara. Ele quisera mais, mas ela lhe batera, amaldiçoara-o e lhe dissera que agradecesse aos deuses que ela não o transformasse numa árvore pela insolência, e o pobre imbecil supersticioso se encolhera de joelhos, implorando-lhe perdão. Claro que ela era um *kami*, por que outro motivo uma beleza como aquela se contorceria no pó por alguém como ele?

Enfraquecida, ela subira para a sela e se afastara, entorpecida, o homem e a clareira logo perdidos, meio se perguntando se tudo não fora um sonho e o camponês um verdadeiro *kami*, rezando para que fosse um *kami*, a sua essência dada pelos deuses para que fizesse outro filho para a glória do seu senhor e a paz que ele merecia. Então, bem do outro lado do bosque, Toranaga a esperava. Será que me viu?, perguntara-se ela, em pânico.

— Estava preocupado por sua causa, senhora — dissera ele.

— Eu... eu estou perfeitamente bem, obrigada.

— Mas o seu quimono está todo rasgado... está com folhas nas costas e no cabelo...

— O meu cavalo me derrubou... Não é nada. — Então o desafiara para uma corrida até em casa para provar que não havia nada de errado, e disparara como o vento selvagem, as costas ainda doendo por causa dos arbustos espinhosos, mas óleos perfumados logo as aliviariam. E, na mesma noite, ela dormira com seu senhor e amo, e nove meses mais tarde dera à luz Yaemon, para eterna alegria dele. E dela.

— Claro que o nosso marido é pai de Yaemon — disse Ochiba, com toda a certeza, ao cadáver de Yodoko. — Ele gerou os meus dois filhos, o outro foi um sonho.

Por que se iludir? Não foi um sonho, pensou ela. Aconteceu. Aquele homem não era um *kami*. Você se entregou a um camponês no chão para gerar um filho de que você precisava tão desesperadamente quanto o táicum, para atá-lo a você. Ele teria tomado outra consorte, *né?*

E o seu primogênito?

— Karma — disse Ochiba, ignorando esse sofrimento latente também.

— Beba isto, criança — dissera Yodoko, quando ela tinha dezesseis anos, um ano depois de ter se tornado consorte formal do táicum. E ela bebera o estranho e quente chá de ervas e se sentira muito sonolenta, e na noite seguinte, quando despertou, lembrava-se apenas de estranhos sonhos eróticos, cores bizarras e uma misteriosa ausência de tempo. Yodoko estava lá quando ela acordara, assim como quando adormecera, muito atenciosa e tão preocupada com a harmonia do seu senhor quanto ela mesma. Nove meses mais tarde ela dera à luz, a primeira de todas as mulheres do táicum a fazer isso. Mas a criança era doentia e morreu logo.

Karma, pensou.

Nunca se dissera nada entre ela e Yodoko. Sobre o que acontecera ou que poderia ter acontecido durante aquele vasto e profundo sono. Nada, exceto o "Perdoe-me..." alguns minutos antes e o "Não há nada a perdoar".

A senhora é irrepreensível, Yodoko-sama, e não ocorreu nada, nenhum ato secreto, nada. E, se ocorreu, descanse em paz, agora o segredo jaz enterrado com a senhora. Os seus olhos fitaram o rosto vazio, tão frágil e patético agora, exatamente como o táicum no fim, a pergunta *dele* também nunca formulada. Karma que ele tenha morrido, pensou ela sem emoção. Se tivesse vivido mais dez anos, eu seria imperatriz da China, mas agora... agora estou sozinha.

– Estranho que tenha morrido antes que eu pudesse prometer, senhora – disse, o odor de incenso e o almíscar da morte rodeando-a. – Eu teria prometido, mas a senhora morreu antes. Será meu karma também? Obedeço a um pedido e a uma promessa não pronunciada? O que devo fazer?

Meu filho, meu filho, sinto-me tão desamparada.

Então se lembrou de uma coisa que a Sábia dissera:

– Pense como o táicum pensaria. Ou como Toranaga pensaria.

Ochiba sentiu uma nova força percorrê-la. Sentou-se no silêncio e friamente começou a obedecer.

Em meio a um silêncio repentino, Chimmoko saiu dos pequenos portões para o jardim, dirigiu-se para Blackthorne e sorriu.

– Anjin-san, por favor, com licença, minha ama deseja vê-lo. Se esperar um momento, eu o acompanharei.

– Está bem. Obrigado. – Blackthorne levantou-se, ainda mergulhado no seu devaneio e na acabrunhante sensação de perdição. As sombras estavam longas agora. Parte do adro já estava sem sol. Os cinzentos prepararam-se para acompanhá-lo.

Chimmoko aproximou-se de Sumiyori.

– Por favor, com licença, capitão, mas a minha senhora pede que o senhor, por favor, prepare tudo.

– Onde ela quer que seja feito?

A criada apontou para o espaço diante do arco.

– Ali, senhor.

Sumiyori ficou surpreso.

– Vai ser em público? Não em particular, com apenas algumas testemunhas? Ela vai fazer para que todos vejam?

– Sim.

— Mas, bem... se deve ser aqui... o... o... e o assistente dela?

— Ela acredita que o senhor Kiyama a honrará.

— E se não o fizer?

— Não sei, capitão. Ela... ela não me disse. — Chimmoko curvou-se e se dirigiu para a varanda, curvando-se de novo. — Kiritsubo-san, a minha ama diz que retornará em breve.

— Ela está bem?

— Oh, sim — disse Chimmoko, com orgulho.

Kiri e as outras estavam quietas agora. Quando ouviram o que foi dito ao capitão, ficaram igualmente perturbadas.

— Ela sabe que há outras senhoras esperando para saudá-la?

— Oh, sim, Kiritsubo-san. Eu... eu estava olhando e disse a ela. Disse que fica honrada com a presença dessas senhoras e que lhes agradecerá pessoalmente em breve. Por favor, com licença.

Todos a viram voltar para os portões e chamar Blackthorne com um gesto. Os cinzentos começaram a segui-lo, mas Chimmoko meneou a cabeça e disse que sua ama não os havia convidado. O capitão permitiu que Blackthorne partisse.

Do outro lado dos portões do jardim era como um mundo diferente, verdejante e sereno, o sol batendo no topo das árvores, pássaros chilreando e insetos à cata de alimento, o córrego caindo suavemente no tanque de lírios. Mas ele não conseguiu dissipar a própria tristeza.

Chimmoko parou e apontou para a pequena casa de *cha-no-yu*. Ele avançou sozinho. Descalçou as sandálias e subiu os três degraus. Teve que se dobrar, pondo-se quase de joelhos, para passar pela minúscula porta.

— Vós — disse ela em latim.

— Vós — respondeu ele.

Ela estava ajoelhada, encarando a porta, recém-maquiada, lábios carmesins, um penteado imaculado, um quimono azul-claro com a barra verde, com um obi mais claro e uma fina fita verde no cabelo.

— Vós estais linda.

— E vós. — Um esboço de sorriso. — Sinto muito que tenha sido necessário que vós presenciásseis.

— Era meu dever.

— Dever, não — disse ela. — Eu não esperava, nem planejei tantas mortes.

— Karma. — Blackthorne arrancou-se do transe em que se encontrava e parou de falar em latim. — Você vinha planejando tudo isto há muito tempo, o seu suicídio. *Né?*

— A minha vida nunca foi minha, Anjin-san. Sempre pertenceu ao meu suserano e, depois dele, ao meu amo. Essa é a nossa lei.

— É uma péssima lei.

— Sim. E não. — Ela levantou os olhos das esteiras. — Você vai discutir sobre coisas que não podem ser alteradas?

— Não. Por favor, desculpe-me.

— Eu vos amo — disse ela, em latim.

— Sim. Sei disso agora. E eu vos amo. Mas a morte é o vosso objetivo, Mariko-san.

— Estais enganado, meu querido. A vida do meu amo é o meu objetivo. E a vossa vida. E, sinceramente, Nossa Senhora me perdoe ou me abençoe por isso, há momentos em que a vossa vida é mais importante.

— Não há escapatória agora. Para mais ninguém.

— Sede paciente. O sol ainda não se pôs.

— Não confio nesse sol, Mariko-san. — Ele estendeu a mão e tocou-a. — *Gomen nasai*.

— Prometi-lhe que esta noite seria como na Hospedaria das Flores. Sede paciente. Conheço Ishido, Ochiba e os outros.

— Que vá com os outros — disse ele em português, o seu ânimo se alterando. — Você quer dizer que está se arriscando porque Toranaga sabe o que está fazendo. *Né?*

— Que vá com o vosso mau humor — retrucou ela gentilmente. — Este dia é curto demais.

— Desculpe. Você tem razão novamente. Hoje não há tempo para maus humores. — Olhou-a. O rosto dela estava raiado com a sombra lançada pelo sol através das ripas de bambu. As sombras subiram e desapareceram quando o sol mergulhou atrás de uma ameia. — O que posso fazer para ajudar-vos?

— Crede que existe um amanhã.

Por um momento ele apreendeu um lampejo do terror dela. Os seus braços a rodearam e a espera deixou de ser terrível.

Passos se aproximaram.

— Sim, Chimmoko?

— É hora, ama.

— Está tudo pronto?

— Sim, ama.

— Espere-me junto do tanque de lírios. — Os passos se afastaram. Mariko voltou-se para Blackthorne e beijou-o suavemente.

— Eu vos amo — disse.

— Eu vos amo.

Curvou-se para ele e atravessou a porta. Ele a seguiu.

Mariko parou ao lado do tanque de lírios, desatou o *obi* e deixou-o cair. Chimmoko ajudou-a a tirar o quimono azul. Por baixo Mariko usava o quimono e o *obi* do branco mais brilhante que Blackthorne jamais vira. Era um quimono formal de morte. Ela desatou a fita verde do cabelo e colocou-a de lado. Depois, completamente de branco, pôs-se em movimento e não olhou para Blackthorne.

Do outro lado do jardim, todos os marrons estavam postados num quadro formal de três lados em torno dos oito tatames que tinham sido estendidos no centro da entrada principal. Yabu, Kiri e o restante das senhoras estavam sentados em linha no lugar de honra, voltados para o sul. Na aleia, os cinzentos também estavam postados cerimoniosamente, e, misturados a eles, outros samurais e mulheres samurais. A um sinal de Sumiyori, todos se curvaram. Ela retribuiu-lhes a mesura. Quatro samurais deram um passo à frente e estenderam uma manta carmesim sobre os tatames.

Mariko dirigiu-se a Kiritsubo e a saudou, assim como a Sazuko e a todas as senhoras. Elas retribuíram a reverência e pronunciaram as saudações mais formais. Blackthorne esperava junto aos portões. Viu-a se afastar das senhoras, ir para o quadro carmesim e se ajoelhar no centro, diante de uma minúscula almofada branca. A sua mão direita sacou o estilete do *obi* branco e colocou-o sobre a almofada à sua frente. Chimmoko avançou e, ajoelhando-se também, ofereceu-lhe uma manta pequena de um branco puro e um cordão. Mariko arrumou as saias do quimono com perfeição, a criada ajudando-a, depois amarrou a manta em torno da cintura com o cordão. Blackthorne sabia que aquilo era para impedir que suas saias ficassem manchadas de sangue e desarrumadas pelos espasmos da morte.

Depois, serena e preparada, Mariko levantou os olhos para o torreão do castelo. O sol ainda iluminava o último andar, reluzindo nas telhas douradas. Rapidamente a luz flamejante subia pelo cone. E desapareceu.

Ela parecia minúscula, sentada ali imóvel, um salpico de branco sobre o quadro carmesim.

A aleia já estava escura e criados acendiam archotes. Quando acabaram, desapareceram tão rápida e silenciosamente quanto haviam chegado.

Ela se inclinou para a frente, tocou a faca e endireitou-a. Depois olhou fixamente mais uma vez através do portão para a extremidade da aleia, que continuava tão imóvel e vazia quanto sempre estivera. Olhou de novo para a faca.

– Kashigi Yabu-sama!

– Sim, Toda-sama?

– Parece que o senhor Kiyama recusou-se a me assistir. Por favor, eu ficaria honrada se o senhor fosse o meu assistente.

– A honra é minha – disse Yabu. Curvou-se, pôs-se de pé e parou ao lado dela, à esquerda. A sua espada cantou ao deslizar para fora da bainha. Firmou os pés e levantou a espada com as duas mãos.

– Estou pronto, senhora – disse.

– Por favor, espere até que eu tenha feito o segundo corte.

Os olhos dela estavam na faca. Com a mão direita, fez o sinal da cruz sobre o peito, depois se inclinou para a frente, pegou a faca sem tremer e tocou-a com os lábios como que para testar o aço polido. Depois mudou a posição da faca na mão e segurou-a firmemente sob o lado esquerdo do pescoço. Nesse momento, archotes contornaram a extremidade da aleia. Um cortejo se aproximou. Ishido vinha à frente.

Ela não moveu a faca.

Yabu ainda estava como uma mola enrolada, concentrado no alvo.

– Senhora – disse –, espera ou continua? Quero ser perfeito para a senhora.

Mariko forçou-se a voltar da beira do abismo.

– Eu... nós esperamos... nós... eu... – A sua mão baixou a faca. Estava tremendo agora. De modo igualmente lento, Yabu descontraiu-se. A sua espada sibilou de volta para dentro da bainha e ele enxugou as mãos nos flancos.

Ishido surgiu ao portão.

– Ainda não é o crepúsculo, senhora. O sol ainda está no horizonte. Está tão ansiosa por morrer?

– Não, senhor general. Apenas para obedecer ao meu senhor... – Apertou uma mão contra a outra para fazê-las parar de tremer.

Um rolar surdo de cólera percorreu os marrons ante a arrogante rudeza de Ishido e Yabu preparou-se para pular em cima dele, mas parou quando Ishido disse sonoramente:

– A senhora Ochiba implorou aos regentes, em nome do herdeiro, que abrissem uma exceção no seu caso. Concedemos a sua solicitação. Aqui estão as licenças para a senhora partir ao amanhecer de amanhã – disse Ishido, empurrando-as para as mãos de Sumiyori, que estava próximo.

– Senhor? – disse Mariko, não entendendo, a sua voz um fio.

– Está livre para partir. Ao amanhecer.

– E... e Kiritsubo-san e a senhora Sazuko?

– Isso também não faz parte do seu "dever"? As licenças delas estão aí também.

Mariko tentou se concentrar.

– E... e o filho dela?

– Ele também, senhora. – A sarcástica risada de Ishido ecoou. – E todos os seus homens.

Yabu gaguejou:

– Todos têm salvo-condutos?

– Sim, Kashigi Yabu-san – disse Ishido. – O senhor é o oficial superior, *né*? Por favor, vá imediatamente ao meu secretário. Ele está preenchendo todos os passes, embora eu não entenda por que hóspedes de honra desejem partir. Mal vale a pena, por dezessete dias. *Né?*

– E eu, senhor general? – perguntou debilmente a velha senhora Etsu, ousando testar a totalidade da vitória de Mariko, o coração disparado e doendo. – Posso... posso, por favor, partir também?

— Naturalmente, senhora Maeda. Por que conservaríamos qualquer pessoa aqui contra a vontade? Somos carcereiros? Claro que não! Se a acolhida do herdeiro é tão ofensiva que a senhora deseje partir, então parta, embora eu não compreenda como a senhora pretende viajar quatrocentas *ris* até sua casa e outras quatrocentas de volta, dentro de dezessete dias.

— Por favor, desc... desculpe-me, a... a acolhida do herdeiro não é ofen...

Ishido interrompeu gelidamente.

— Se deseja partir, solicite uma licença pelas vias normais. Levará um dia ou pouco mais, mas nós a veremos em segurança a caminho. — Dirigiu-se aos outros: — Quaisquer senhoras podem solicitar, qualquer samurai. Eu disse antes: é estupidez partir por dezessete dias, é insultante desconsiderar a acolhida do herdeiro, a acolhida da senhora Ochiba e a acolhida dos regentes... — seu olhar implacável voltou a se fixar em Mariko — ... ou pressioná-los com ameaças de *jigai*, o que, para uma senhora, deveria ser feito em particular e não como um arrogante espetáculo público. *Né?* Não viso à morte de mulheres, apenas à dos inimigos do herdeiro, mas, se há mulheres abertamente inimigas dele, então eu logo cuspirei em seus cadáveres também.

Ishido girou sobre os calcanhares, gritou uma ordem aos cinzentos e se afastou. De pronto os capitães ecoaram a ordem e todos os cinzentos começaram a se formar e a retirar-se dali, exceto alguns, que permaneceram em honra aos marrons.

— Senhora — disse Yabu, rouco, enxugando as mãos úmidas de novo, um gosto amargo de vômito na boca devido à inconclusão —, senhora, terminou agora. A senhora... ganhou. A senhora venceu.

— Sim... sim — disse ela. As suas mãos sem forças procuraram o nó do cordão branco. Chimmoko avançou, desfez os nós e retirou a manta branca, depois se afastou do quadro carmesim. Todo mundo observava Mariko, esperando para ver se ela conseguiria caminhar.

Mariko estava tentando se pôr de pé às apalpadelas. Não conseguiu. Tentou uma segunda vez. Não conseguiu de novo. Impulsivamente Kiri se moveu para ajudá-la, mas Yabu meneou a cabeça e disse:

— Não, é privilégio dela. — E Kiri se sentou de novo, mal podendo respirar.

Blackthorne, ao lado dos portões, ainda num turbilhão que a alegria sem limites da suspensão da sentença lhe causava, lembrou-se de como a sua própria vontade esteve prostrada naquela noite do seu quase *seppuku*, quando teve que se levantar como homem e caminhar como homem, sem apoio, tornando-se samurai. E observou-a, desprezando a necessidade daquela coragem, embora a entendesse e até a honrasse.

Viu as mãos dela sobre o carmesim de novo, de novo ela fez força e desta vez Mariko se pôs em pé. Oscilou e quase caiu, depois os seus pés se moveram e lentamente ela cambaleou sobre o carmesim e vacilou sem ajuda em direção à porta principal. Blackthorne resolveu que ela já fizera o bastante, suportara o bastante, provara o bastante, por isso avançou, segurou-a nos braços e ergueu-a bem no momento em que os sentidos a abandonaram.

Por um instante, permaneceu ali na arena, orgulhoso por estar sozinho e por ter *ele* decidido. Ela jazia como uma boneca quebrada nos seus braços. Então carregou-a para dentro e ninguém se mexeu ou lhe barrou a passagem.

CAPÍTULO 57

O ATAQUE AO BALUARTE DOS MARRONS COMEÇOU NO MOMENTO MAIS ESCURO da noite, duas ou três horas antes do amanhecer. A primeira onda de dez ninjas – os infames furtivos – veio dos telhados das muralhas em frente, agora não guardadas por cinzentos. Atiraram ganchos enrolados em pano e presos à ponta de cordas para o outro telhado e se penduraram sobre o abismo, como aranhas. Usavam roupas pretas bem justas, *tabis* pretos e máscaras pretas. Também estavam levemente armados com facas presas a correntes e *shurikens* – farpas e discos de arremesso, pequenos, em forma de estrela, aguçados como agulhas e com as pontas envenenadas, do tamanho da palma da mão. Às costas traziam mochilas e pequenos bastões finos.

Os ninjas eram mercenários. Eram artistas na ação furtiva, especialistas no que era infame: espionagem, infiltração e morte repentina.

Os dez homens aterrissaram sem ruído. Enrolaram os arpéus e quatro os engancharam de novo numa saliência e de imediato se lançaram para uma varanda seis metros abaixo. Assim que a atingiram, de modo igualmente silencioso, os seus companheiros soltaram os arpéus, atiraram-nos para baixo e se movimentaram por cima das telhas para se infiltrar em outra área.

Uma telha estalou sob o pé de um deles e todos se imobilizaram. No adro, três andares e dezoito metros abaixo, Sumiyori interrompeu a ronda e olhou para cima. Os seus olhos perscrutaram a escuridão. Esperou sem se mexer, a boca mal entreaberta, para aguçar a audição, os olhos procurando lentamente. O telhado dos ninjas estava envolto em escuridão, a lua tênue, as estrelas nubladas no ar úmido e denso. Os homens continuaram imóveis, até a respiração controlada e imperceptível, aparentemente tão inanimados quanto as telhas sobre as quais pisavam.

Sumiyori fez outro circuito com os olhos e os ouvidos, depois outro, e, ainda incerto, saiu do adro para ver com mais clareza. Agora os quatro ninjas na varanda também se encontravam no seu campo de visão, mas estavam tão imóveis quanto os outros, e ele também não os notou.

– Ei – chamou os guardas da entrada, as portas fortemente trancadas agora –, estão vendo alguma coisa, ouvindo alguma coisa?

– Não, capitão – disseram as sentinelas, alertas. – As telhas estão sempre estalando, mudando um pouco de posição. Deve ser a umidade ou o calor.

– Vá até lá em cima e dê uma olhada – disse Sumiyori a um deles. – Ou melhor, diga aos guardas do último andar que deem uma busca, só como prevenção.

O soldado saiu às pressas. Sumiyori levantou os olhos de novo, depois meio que encolheu os ombros e, tranquilizado, continuou a patrulha. Os outros samurais voltaram aos seus postos, vigiando o lado exterior.

No alto do telhado e na varanda, os ninjas aguardavam nas suas posições congeladas. Nem os seus olhos se moviam. Eram treinados para permanecerem imóveis durante horas, se necessário, o que representava apenas uma parte do seu treinamento permanente. Então o líder lhes fez um sinal e eles se movimentaram, de novo ao ataque. Os seus arpéus e cordas levaram-nos silenciosamente a outra varanda onde podiam se insinuar pelas estreitas janelas nas paredes de granito. Abaixo desse último andar, todas as outras janelas – posições de defesa para arqueiros – eram tão estreitas que ninguém poderia entrar por fora. A outro sinal os dois grupos entraram ao mesmo tempo.

Os dois aposentos se encontravam mergulhados em escuridão, com dez marrons dormindo nitidamente em linha. Foram mortos com rapidez e quase sem ruído, uma única estocada na garganta de quase todos, os treinados sentidos dos atacantes levando-os direto aos alvos, e em poucos momentos o último dos marrons estava se debatendo em desespero, o seu grito de advertência garroteado antes de começar. Depois, os quartos garantidos, as portas garantidas, o líder sacou uma pederneira e uma isca, acendeu uma vela, protegeu-a cuidadosamente com a mão e levou-a até a janela, de onde fez três sinais para a noite. Atrás dele, os seus homens estavam se certificando pela segunda vez de que todos os marrons estavam mortos. O líder repetiu os sinais, depois se afastou da janela e gesticulou falando com eles numa linguagem de sinais com os dedos.

Imediatamente os atacantes desfizeram as mochilas e prepararam as armas de ataque – facas curtas, em forma de pequenas foices, de gume duplo, com uma corrente presa ao cabo, *shurikens* e facas de arremesso. Seguindo outra ordem, homens selecionados desembainharam os bastões curtos. Tratava-se de lanças e zarabatanas, extensíveis, que assumiam o comprimento total com uma velocidade surpreendente. Assim que completou os seus preparativos, cada homem se ajoelhou, acomodou-se diante da porta e, aparentemente sem esforço consciente, tornou-se imóvel. O último homem se aprontou. O líder soprou a vela.

Quando os sinos da cidade tocaram a metade da hora do Tigre – quatro da manhã, uma hora antes do amanhecer –, a segunda onda de ninjas se infiltrou. Vinte deles deslizaram silenciosamente de um grande aqueduto fora de uso que servira uma vez aos córregos do jardim. Todos esses homens usavam espadas. Como uma multidão de sombras, atropelaram-se tomando posição entre moitas e arbustos, puseram-se imóveis e quase invisíveis. Ao mesmo tempo, outro grupo de vinte subiu do solo com cordas e arpéus para atacar a ameia que dava para o adro e o jardim.

Havia dois marrons ali, cuidadosamente vigiando os telhados vazios do outro lado da aleia. Quando um deles correu os olhos em torno e viu os arpéus atrás deles, começou a apontar, pronto para dar o alarme. O seu companheiro abriu a boca para gritar um aviso quando o primeiro ninja atingiu a seteira e atirou um *shuriken* farpado rodopiando até o rosto e a boca desse samurai, estrangulando o grito de modo hediondo, e se lançou contra o outro samurai, a sua mão estendida, transformada em arma letal, o polegar e o indicador esticados, investindo contra a jugular. O impacto paralisou o samurai, outro golpe violento quebrou-lhe a nuca com um estalo seco e o ninja saltou sobre o primeiro samurai agonizante, que se agarrava às farpas, profundamente cravadas na sua boca e no seu rosto, o veneno já atuando.

Com um último esforço supremo, o samurai moribundo sacou a espada curta e atacou. O golpe feriu fundo e o ninja arquejou, mas isso não deteve a sua investida: com a mão atingiu a garganta do marrom, virando a cabeça do homem para trás e deslocando-lhe a coluna vertebral. O samurai morreu em pé.

O ninja sangrava seriamente, mas não emitiu ruído algum e ainda segurou o marrom morto, baixando-o com cuidado até as lajes de pedra e caindo de joelhos ao seu lado. Agora todos os ninjas haviam subido pelas cordas e se encontravam no parapeito. Desviaram-se do companheiro ferido até que o parapeito estivesse garantido. O homem ferido ainda estava de joelhos, ao lado dos marrons mortos, apertando o flanco. O líder examinou o ferimento. O sangue escorria num fluxo constante. Ele balançou a cabeça e falou com os dedos. O homem assentiu e se arrastou penosamente para um canto, o sangue deixando um rastro largo. Acomodou-se apoiado no muro e puxou um *shuriken*. Arranhou as costas de uma mão várias vezes com as farpas envenenadas, depois encontrou o estilete, pousou a ponta da arma na base do pescoço e, com as duas mãos, com toda a força, empurrou-a para cima.

O líder certificou-se de que o homem morrera, depois voltou para a porta fortificada que levava para o interior. Abriu-a com cautela. Nesse momento ouviram passos aproximando-se e imediatamente se fundiram com a parede em posição de emboscada.

No corredor daquela ala, a oeste, Sumiyori aproximava-se com os marrons. Deixou dois junto da porta do parapeito e, sem parar, prosseguiu. Os dois reforços saíram para o parapeito quando Sumiyori dobrou a esquina adiante e desceu um lanço circular de escada. Embaixo havia outro posto de controle, onde os dois samurais cansados se curvaram e foram substituídos.

– Juntem-se aos outros e voltem aos seus aposentos. Serão despertados ao amanhecer – disse Sumiyori.

– Sim, capitão.

Os dois samurais subiram as escadas de novo, contentes por não estarem mais de serviço. Sumiyori continuou, descendo para o outro corredor e substituindo sentinelas. Por fim parou junto a uma porta e bateu, os últimos dois guardas consigo.

– Yabu-san?

– Sim? – A voz estava sonolenta.

— Desculpe, é a mudança da guarda.
— Ah, obrigado. Por favor, entre.

Sumiyori abriu a porta, mas cautelosamente permaneceu à soleira. Yabu estava com o cabelo desgrenhado, apoiado sobre um cotovelo, este apoiado nas cobertas, a outra mão na espada. Quando teve certeza de que era mesmo Sumiyori, descontraiu-se e bocejou.

— Alguma novidade, capitão?

Sumiyori também se descontraiu e meneou a cabeça, entrou e fechou a porta. O quarto era grande, arrumado, e havia outra cama de *futons* convidativamente desdobrados. Janelas, que eram fendas, davam para a aleia e para a cidade, um declive abrupto nove metros abaixo.

— Está tudo tranquilo. *Ela* está dormindo agora... pelo menos a criada, Chimmoko, disse que estava. — Dirigiu-se para a escrivaninha baixa onde uma lâmpada a óleo bruxuleava e se serviu de chá frio. Ao lado do bule estava o passe deles, formalmente selado, que Yabu trouxera do escritório de Ishido.

Yabu bocejou de novo e se espreguiçou voluptuosamente.

— O Anjin-san?

— Estava acordado na última vez que verifiquei. Foi à meia-noite. Pediu-me que não verificasse de novo até pouco antes do amanhecer... alguma coisa sobre os seus hábitos. Não compreendi claramente tudo o que ele disse, mas não há perigo, há uma segurança muito cerrada por toda parte, *né*? Kiritsubo-san e as outras senhoras estão silenciosas, embora ela, Kiritsubo, tenha estado acordada a maior parte da noite.

Yabu levantou-se da cama. Estava usando apenas uma tanga.

— Fazendo o quê?

— Apenas sentada à janela, olhando para fora. Não havia nada para ver. Sugeri que seria melhor que ela dormisse um pouco. Agradeceu-me educadamente, concordou e continuou onde estava. Mulheres, *né*?

Yabu flexionou os ombros e cotovelos e coçou-se com vigor para fazer o sangue circular. Começou a se vestir.

— Ela devia descansar. Tem um longo caminho a fazer hoje.

Sumiyori pousou a xícara.

— Acho que é tudo um truque.

— O quê?

— Não acho que Ishido fale a sério.

— Temos autorizações assinadas. Aqui estão. Todos os homens estão relacionados. Você verificou os nomes. Como ele pode voltar atrás num compromisso público conosco ou com a senhora Toda? Impossível, *né*?

— Não sei. Perdão, Yabu-san, mas ainda acho que é um truque.

Yabu amarrou o *obi* lentamente.

— Que tipo de truque?

— Seremos emboscados.

– Fora do castelo?

Sumiyori assentiu.

– Sim, é nisso que estou pensando.

– Ele não ousaria.

– Ousará. Vai nos emboscar ou nos atrasar. Não consigo vê-lo deixando que *ela* se vá, ou a senhora Sazuko ou o bebê. Mesmo a velha senhora Etsu e os outros.

– Não, você está enganado.

Sumiyori meneou a cabeça tristemente.

– Acho que teria sido melhor se ela se tivesse cravado a faca e o senhor a tivesse degolado. Deste modo nada está resolvido.

Yabu pegou as espadas e enfiou-as no cinto. Sim, estava pensando, concordo com você. Nada está resolvido e ela falhou no seu dever. Você sabe disso, eu sei, e Ishido também. Vergonhoso! Se ela tivesse morrido, teríamos todos vivido para sempre.

Assim como é agora... ela voltou da beira da morte, desonrou a nós e a si mesma. *Shikata ga nai, né?* Mulher estúpida!

Mas em voz alta disse:

– Acho que você está enganado. Ela venceu Ishido. A senhora Toda venceu. Ishido não se atreverá a nos emboscar. Vá dormir, eu o acordarei ao amanhecer.

Novamente Sumiyori meneou a cabeça.

– Não, obrigado, Yabu-san, acho que vou fazer a ronda de novo. – Aproximou-se de uma janela e perscrutou o exterior. – Alguma coisa não está certa.

– Está tudo excelente. Tome um pouco... espere um instante! O que foi isso? Você ouviu alguma coisa?

Yabu aproximou-se de Sumiyori e fingiu procurar na escuridão, escutando atentamente, e então, sem qualquer sinal de advertência, sacou a espada curta e com o mesmo movimento espontâneo e fulminante cravou a lâmina nas costas de Sumiyori, tapando a boca do homem com a outra mão para impedi-lo de gritar. O capitão morreu na hora. Yabu segurou-o cuidadosamente com o braço esticado e com uma força imensa, de modo a não se manchar de sangue, e carregou o corpo até os *futons*, arranjando-o como se estivesse dormindo. Depois puxou a espada e começou a limpá-la, furioso de que a intuição de Sumiyori tivesse forçado a morte não planejada. Ainda assim, pensou Yabu, não posso tê-lo rondando por aí agora.

Naquele mesmo dia, quando Yabu voltava do escritório de Ishido com o salvo-conduto, fora abordado em particular por um samurai que nunca vira antes.

– A sua cooperação é solicitada, Yabu-san.

– Para que e por quem?

– Por alguém a quem o senhor fez um oferecimento ontem.

– Que oferecimento?

– Em troca de salvo-condutos para o senhor e o Anjin-san, o senhor providenciaria que ela estivesse desarmada durante a emboscada na sua viagem...

Por favor, não toque na espada. Yabu-san, há quatro arqueiros aguardando um sinal!

– Como ousa me desafiar? Que emboscada? – blefara ele, sentindo os joelhos fracos, pois não havia dúvida agora de que o homem era intermediário de Ishido. Na véspera, à tarde, ele fizera o oferecimento secreto por meio dos seus próprios intermediários, numa desesperada tentativa de poupar alguma coisa ao naufrágio que Mariko causara aos seus planos para o Navio Negro e o futuro. Na mesma hora soubera que era uma ideia extravagante. Teria sido difícil, se não impossível, desarmá-la e continuar vivo, consequentemente correndo perigo de ambos os lados, e quando Ishido, por meio de intermediários, rejeitara a ideia, ele não se surpreendera.

– Não sei de nada sobre emboscada alguma – vociferara ele, desejando que Yuriko estivesse ali para ajudá-lo a sair daquele pântano.

– Ainda assim, o senhor é convidado a participar de uma, embora não do modo como o senhor planejou.

– Quem é o senhor?

– Em troca o senhor fica com Izu, o bárbaro e o navio dele, assim que a cabeça do principal inimigo estiver no pó. Desde que, é claro, ela seja capturada viva e o senhor permaneça em Ōsaka até *o dia* e jure fidelidade.

– A cabeça de quem? – dissera Yabu, tentando pôr o cérebro a funcionar, entendendo apenas agora que Ishido usara a sua solicitação para liberar os salvo-condutos meramente como uma artimanha, de modo que o oferecimento secreto pudesse ser feito em segurança e negociado.

– É sim ou não? – perguntara o samurai.

– Quem é o senhor e de que está falando? – Ele estendera o pergaminho. – Aqui está o salvo-conduto do senhor Ishido. Nem mesmo o senhor general pode cancelar isto depois do que aconteceu.

– Isso é o que muitos dizem. Mas, sinto muito, os bois vão cagar ouro em pó antes que o senhor ou qualquer pessoa seja autorizada a insultar o senhor Yaemon... Por favor, tire a mão da espada!

– Então tome cuidado com a língua!

– Naturalmente, desculpe. Concorda?

– Sou governador de Izu agora e tenho Tōtōmi e Suruga prometidas – dissera Yabu, dando início ao trato. Sabia que embora estivesse encurralado, assim como Mariko, Ishido se encontrava igualmente encurralado, porque o dilema que Mariko precipitara ainda existia.

– Sim, é verdade – dissera o samurai. – Mas não tenho autorização para negociar. Os termos são esses. É sim ou não?

Yabu terminou de limpar a espada e arrumou o lençol sobre a figura aparentemente adormecida de Sumiyori. Depois enxugou o suor do rosto e das mãos, conteve a raiva, soprou a lâmpada e abriu a porta. Os dois marrons esperavam alguns passos adiante no corredor. Curvaram-se.

— Eu o acordarei ao amanhecer, Sumiyori-san — disse Yabu à escuridão. Depois, a um dos samurais: — Você, fique de guarda aqui. Ninguém deve entrar. Ninguém! Providencie para que o capitão não seja perturbado, ele precisa descansar.

— Sim, senhor.

O samurai tomou seu novo posto e Yabu seguiu a passos largos pelo corredor, acompanhado pelo outro guarda, subiu um lanço da escada até a seção central principal daquele andar e cruzou-a, rumando para a sala de audiências e os apartamentos que ficavam na ala leste. Logo chegou ao corredor sem saída da sala de audiências. Guardas curvaram-se e permitiram-lhe entrar. Outro samurai abriu a porta para o corredor e o conjunto de aposentos particulares. Yabu bateu à porta.

— Anjin-san? — disse baixinho.

Não houve resposta. Ele empurrou o *shōji*. O quarto estava vazio, o *shōji* interno entreaberto. Ele franziu o cenho, depois fez sinal ao acompanhante que esperasse e atravessou correndo o quarto até o corredor interno mal iluminado. Chimmoko interceptou-o, uma faca na mão. A sua cama em desordem estava no corredor, junto à porta de um dos quartos.

— Oh, sinto muito, senhor, eu estava cochilando — disse, baixando a faca. Mas não se moveu do caminho.

— Eu estava procurando o Anjin-san.

— Ele e a minha ama estão conversando, senhor, com Kiritsubo-san e a senhora Achiko.

— Por favor, diga-lhe que eu gostaria de vê-lo um momento.

— Sim, senhor. — Chimmoko apontou educadamente o outro quarto para Yabu, esperou até que ele estivesse lá e fechou o *shōji* interno. O guarda, no corredor principal, observava inquisitivo.

Num instante o *shōji* se abriu de novo e Blackthorne entrou. Estava vestido e portando a espada curta.

— Boa noite, Yabu-san — disse.

— Sinto muito incomodá-lo, Anjin-san. Só queria ver, ter certeza de que estava tudo bem, entende?

— Sim, obrigado. Não se preocupe.

— A senhora Toda está bem? Não está doente?

— Está ótima agora. Muito cansada, mas ótima. Logo amanhece, *né?*

Yabu assentiu.

— Sim. Só quis ter certeza de que ia tudo bem. Entende?

— Sim. Esta tarde o senhor disse "plano", Yabu-san. Lembra-se? Por favor, que plano secreto é esse?

— Não secreto, Anjin-san — disse Yabu, arrependendo-se de ter sido tão aberto. — O senhor entendeu mal. Digamos que apenas alguns devem saber do plano... muito difícil escapar de Ōsaka, *né?* Devemos escapar ou... — Yabu simulou passar uma faca no pescoço. — Entende?

- Sim. Mas agora temos passe, *né?* Agora seguro sair de Ōsaka. *Né?*
- Sim. Partimos logo. De barco, muito bom. Logo arranjaremos homens em Nagasaki. Entende?
- Sim.

Muito amistoso, Yabu foi embora. Blackthorne fechou a porta atrás dele e voltou ao corredor interno, deixando a sua porta interna entreaberta. Passou por Chimmoko e entrou no outro quarto. Mariko estava apoiada em *futons*, parecendo mais diminuta do que nunca, mais delicada e mais bela. Kiri estava ajoelhada sobre uma almofada. Achiko estava adormecida, enrodilhada a um lado.

- O que ele queria, Anjin-san? - disse Mariko.
- Só ver se estávamos bem.

Mariko traduziu para Kiri.

- Kiri disse se o senhor lhe perguntou sobre o "plano"?
- Sim. Mas ele se esquivou à pergunta. Talvez tenha mudado de ideia. Não sei. Talvez eu tenha me enganado, mas pensei que esta tarde ele tivesse alguma coisa planejada ou estivesse planejando algo.
- Trair-nos?
- Claro. Mas não sei como.

Mariko sorriu.

- Talvez o senhor tenha se enganado. Estamos a salvo agora.

A jovem Achiko murmurou no sono e eles a olharam. Ela pedira para ficar com Mariko, assim como a velha senhora Etsu, que estava dormindo sonoramente num quarto contíguo. As outras senhoras haviam partido ao pôr do sol, dirigindo-se cada uma à sua casa. Todas haviam enviado requisições formais de permissão para partida imediata. Já correra o rumor pelo castelo de que cerca de 105 pessoas também se apresentariam no dia seguinte. Kiyama mandara chamar Achiko, esposa do seu neto, mas ela se recusara a se afastar de Mariko. Imediatamente o daimio a repudiara e exigira a posse da criança. Ela entregara o filho. Agora estava em meio a um pesadelo, mas isso passou e ela dormiu pacificamente de novo.

Mariko olhou para Blackthorne.

- É tão maravilhoso estar em paz, *né?*
- Sim - disse ele. Desde que ela acordara e se descobrira viva e não morta, o seu espírito se unira ao dele. Durante a primeira hora, tinham estado sozinhos, ela nos braços dele.
- Estou muito contente que vós estais viva, Mariko - dissera ele, em latim. - Vi-vos morta.
- Pensei que estivesse. Ainda não consigo acreditar que Ishido capitulou. Nunca, em vinte vidas... Oh, como amo os vossos braços ao meu redor e a vossa força.
- Eu estava pensando que esta tarde, a partir do primeiro momento do desafio de Yoshinaka, não vi nada além da morte, a sua, a minha, a de todos. Compreendi o seu plano, elaborado há muito tempo, *né?*

– Sim. Desde o dia do terremoto, Anjin-san. Por favor, perdoe-me, mas não quis... não quis assustá-lo. Fiquei com medo de que você não entendesse. Sim, daquele dia em diante eu soube que era o meu karma tirar os reféns de Ōsaka. Só eu podia fazer isso para o senhor Toranaga. E agora está feito. Mas a que preço, *né*? Nossa Senhora me perdoe.

Então Kiri chegou e eles tiveram que se sentar separados, mas isso não fez diferença. Um sorriso, um olhar, uma palavra lhes bastava.

Kiri aproximou-se das janelas. No mar havia salpicos de luz dos barcos de pesca perto da costa.

– Vai amanhecer logo – disse ela.

– Sim – disse Mariko. – Vou me levantar agora.

– Daqui a pouco. Agora não, Mariko-sama – disse-lhe Kiri. – Por favor, descanse. Precisa recuperar as forças.

– Gostaria que o senhor Toranaga estivesse aqui.

– Sim.

– A senhora preparou outra mensagem sobre... sobre a nossa partida?

– Sim, Mariko-sama, outro pombo partirá ao amanhecer. O senhor Toranaga será informado da sua vitória hoje – disse Kiri. – Ficará muito orgulhoso da senhora.

– Estou muito contente que ele tenha tido razão.

– Sim – disse Kiri. – Por favor, perdoe-me por duvidar da senhora e dele.

– No íntimo também duvidei dele. Sinto muito.

Kiri voltou-se para a janela e olhou a cidade. Toranaga está errado, queria gritar. Nunca sairemos de Ōsaka, por mais que finjamos. É nosso karma ficar – o karma dele, perder.

Na ala oeste, Yabu parou na sala da guarda. As sentinelas de substituição estavam prontas.

– Vou fazer uma inspeção rápida.

– Sim, senhor.

– O resto de vocês espere por mim aqui. Você, venha comigo.

Desceu a escada principal seguido de um único guarda. Ao pé da escada, no vestíbulo principal, encontravam-se outros guardas, e do lado de fora havia o adro e o jardim. Uma olhada superficial mostrou que estava tudo em ordem. Então ele voltou para dentro da fortaleza e, após um momento, mudou de direção. Para surpresa do seu guarda, desceu a escada que levava aos aposentos dos criados. Os criados arrancaram-se do sono, fazendo descer às pressas a cabeça sobre as lajes. Yabu mal os notou. Continuou descendo para as entranhas da fortaleza, ao longo de corredores em arco, pouco usados, as paredes de pedra úmidas e bolorentas, embora estivesse tudo bem iluminado. Não havia guardas ali nos porões, pois não havia nada a proteger. Logo começaram a subir de novo, aproximando-se dos muros externos.

Yabu parou repentinamente.

– O que foi isso?

O samurai marrom parou, ouviu e morreu. Yabu limpou a espada e puxou o corpo caído para um canto escuro, depois correu para uma pequena porta de ferro, pesadamente trancada com barras, quase despercebida, cravada numa das paredes de que o intermediário de Ishido lhe falara. Precisou usar de força para levantar as barras enferrujadas. A última soltou-se retinindo. A porta girou sobre os gonzos. Uma corrente de ar frio veio de fora, depois uma lança tocou-lhe a garganta e parou bem a tempo. Yabu não se moveu, quase paralisado. Ninjas o fitavam da escuridão total, do outro lado da porta, armas assestadas.

Yabu ergueu uma mão trêmula e fez um sinal, conforme lhe disseram que fizesse.

– Sou Kashigi Yabu – disse.

O líder, quase invisível, encapuzado e vestido de preto, assentiu, mas manteve a lança pronta para o golpe. Fez sinal a Yabu. Obediente, o daimio recuou um passo. Então, muito cautelosamente, o líder caminhou para o meio do corredor. Era alto e forte, com grandes olhos chatos por trás da máscara. Viu o marrom morto e, com um movimento rápido do pulso, atirou a sua lança, como um relâmpago, no cadáver, depois puxou-a com a leve corrente presa à extremidade da arma. Silenciosamente enrolou de novo a corrente, esperando, ouvidos atentos a qualquer perigo.

Enfim satisfeito, fez um sinal para o escuro. Logo vinte homens surgiram e arremeteram para o lanço de escada, o caminho, havia muito esquecido, para os andares acima. Esses homens carregavam instrumentos de assalto, estavam armados com facas, espadas e *shurikens*. E tinham no centro dos seus capuzes negros uma marca vermelha.

O líder não os viu partir, mantendo os seus olhos em Yabu e começando uma contagem lenta com os dedos da mão esquerda. Um... dois... três... Yabu sentiu que havia muitos homens vigiando os seus movimentos a partir da passagem atrás da porta. E ele não conseguia ver ninguém.

Os atacantes de marcas vermelhas subiram as escadas, dois a dois, e, chegando ao topo, pararam. Uma porta impedia a passagem. Esperaram um momento, tentando abrir a porta com todo o cuidado. Estava emperrada. Um dos homens trouxe um instrumento, um pequeno pé de cabra, que enganchou num dos lados, conseguindo, assim, abrir a porta. Atrás, uma nova passagem que eles percorreram com rapidez e silenciosamente. Na curva seguinte pararam de novo. O homem da frente deu uma espiada e depois indicou aos outros um outro corredor. No final havia um fio de luz passando por um pequeno orifício feito no pesado madeirame da porta secreta. O homem encostou um olho ao visor. Viu a extensão da sala de audiências. Dois marrons e dois cinzentos, enfadonhamente de sentinela, guardavam a porta do conjunto de aposentos. Olhou em torno, fez um sinal de cabeça para os outros. Um dos homens ainda estava contando com os dedos, sincronizado com a contagem do líder, dois andares abaixo. Os olhos de todos acompanhavam a contagem.

Embaixo, no porão, os dedos do líder continuavam contando o tempo, assinalando os momentos, os olhos sempre cravados em Yabu. Este observava e esperava, o odor do seu próprio suor de medo pegando-lhe nas narinas. Os dedos pararam e o punho do líder se fechou pontualmente. Apontou para o corredor. Yabu assentiu, voltou-se e refez o caminho por onde viera, caminhando devagar. Atrás dele a contagem inexorável começou de novo. Um... dois... três...

Yabu sabia do risco terrível que estava correndo, mas não tivera alternativa, e amaldiçoou Mariko mais uma vez por forçá-lo a tomar o lado de Ishido. Parte do trato era que ele teria que abrir aquela porta secreta.

– O que há atrás da porta? – perguntara, desconfiado.

– Amigos. O sinal é este e a senha é dizer o seu nome.

– Aí eles me matam, *né*?

– Não. O senhor é valioso demais, Yabu-san. O senhor tem que providenciar para que haja proteção para a infiltração deles...

Ele concordou, mas nunca negociara com ninjas, os odiados e temidos mercenários semilendários que prestavam fidelidade apenas às suas unidades familiares intimamente unidas e secretas, que transmitiam os seus segredos apenas para parentes de sangue, como nadar vastas distâncias sob a água e escalar paredes quase lisas, como se tornar invisível e permanecer um dia e uma noite sem se mover, e como matar com as mãos, os pés ou quaisquer armas, incluindo veneno, fogo e explosivos. Para um ninja, a morte violenta por pagamento era a única finalidade da vida.

Yabu tentou manter o passo comedido conforme se afastava do líder ninja pelo corredor, o peito ainda doendo do choque de a força de ataque ser ninja e não *rōnin*. Ishido deve estar louco, disse para si mesmo, todos os sentidos vacilando, esperando uma lança, uma seta ou um garrote a qualquer momento. Agora encontrava-se quase na esquina. Dobrou-a, a salvo mais uma vez, correu e subiu as escadas aos saltos, três degraus de cada vez. No topo, disparou pelo corredor em arcos, depois dobrou a esquina que levava aos aposentos dos criados.

Os dedos do líder ainda assinalavam os momentos, depois a contagem parou. Fez um sinal mais rápido na direção do escuro e disparou atrás de Yabu. Vinte ninjas o seguiram, saindo da escuridão, e outros quinze tomaram posições de defesa nas duas extremidades do corredor, para guardar aquela via de fuga que levava por um labirinto de porões esquecidos e passagens que uniam o castelo a um dos esconderijos secretos de Ishido sob o fosso, e dali para a cidade.

Yabu corria velozmente agora, tropeçou no corredor, mal conseguiu manter o equilíbrio e irrompeu pelos aposentos dos criados, esparramando panelas, frigideiras, cabaças e pipas.

– *Ninjaaaaas!* – gritou, o que não fazia parte do acordo, mas que era o seu ardil para se proteger, caso fosse traído. Histericamente, homens e mulheres se

dispersaram, uniram-se na gritaria e tentaram se esconder sob os bancos e mesas enquanto ele continuava correndo, rumando para o outro lado, subindo outros degraus até um dos corredores principais para encontrar os primeiros dos guardas marrons, que já haviam sacado as espadas.
— Toquem o alarme! — gritou Yabu. — Ninjas... Há ninjas entre os criados!
Um samurai disparou para a escada principal, o segundo arremeteu bravamente para se postar sozinho no topo da escada em caracol que levava para baixo, a espada em riste. Vendo-o, os criados pararam, depois, gemendo de terror, amontoaram-se cegamente nas pedras, os braços sobre a cabeça. Yabu correu para a porta principal e atravessou-a, atingindo a escada.
— Toquem o alarme! Estamos sendo atacados! — gritou conforme combinara fazer, para provocar a manobra diversionista do lado de fora, que cobriria o ataque principal pela porta secreta da sala de audiências, para raptar Mariko e levá-la embora às pressas, antes que qualquer pessoa percebesse.
Os samurais junto dos portões e no adro giraram sobre os calcanhares, não sabendo onde proteger, e, nesse momento, os atacantes no jardim enxamearam para fora do esconderijo e subjugaram os marrons. Yabu recuou para o vestíbulo, enquanto outros marrons desciam rapidamente da sala da guarda, a fim de apoiar os homens lá fora.
Um capitão correu na sua direção.
— O que está acontecendo?
— Ninjas, lá fora e entre os criados. Onde está Sumiyori?
— Não sei... no quarto dele.
Yabu saltou para a escada quando outros homens se precipitaram para baixo. Nesse momento o primeiro ninja vindo dos porões investiu por entre os criados para o ataque. *Shurikens* farpados eliminaram o defensor solitário, lanças mataram os criados. Num instante, essa força de invasores se viu no corredor, gritando e berrando violentamente para criar confusão, os marrons, fora de si e movendo-se em círculos, sem saber de onde rebentaria o ataque seguinte.
No último andar, esperando, os ninjas haviam escancarado as suas portas ao soar o primeiro alarme e caído em cima dos últimos marrons, que desciam às pressas, matando-os. Com dardos envenenados e *shurikens*, os ninjas repeliram o assalto furioso. Os marrons foram rapidamente dominados e os atacantes pularam por sobre os cadáveres para atingir o corredor principal no andar de baixo. Uma furiosa investida de reforços marrons foi rechaçada pelos ninjas, que giravam as pesadas correntes e lançavam-nas contra os samurais, estrangulando-os ou embaraçando-lhes as espadas, para tornar mais fácil atingi-los com as facas de fio duplo. Os *shurikens* cortavam o ar e os marrons foram logo dizimados. Alguns ninjas foram atingidos, mas rastejavam como animais hidrófobos e paravam de atacar somente quando a morte os tomava por completo.
No jardim, a primeira arremetida dos reforços defensores foi enfrentada com facilidade enquanto os marrons se precipitavam pela porta principal. Mas outra

onda de marrons organizou corajosamente uma segunda investida e empurrou os invasores para trás com a sua absoluta superioridade numérica. A uma ordem dada aos gritos, os atacantes recuaram, as suas roupas negras fazendo deles alvos difíceis. Exultantes, os marrons correram no seu encalço, para uma emboscada, e foram aniquilados.

Os atacantes com a marca vermelha ainda se encontravam à espera do lado de fora da sala de audiências, o seu líder com o olho colado ao visor. Via os preocupados marrons e cinzentos de Blackthorne, que guardavam a porta fortificada do corredor, ouvindo com ansiedade o som do holocausto que sobrevinha lá de baixo. A porta se abriu e outros guardas, marrons e cinzentos, se aglomeraram na abertura, e então, incapazes de aguentar a espera, oficiais de ambos os grupos ordenaram a todos os homens que saíssem da sala de audiências para tomar posições defensivas na extremidade do corredor. Agora o caminho estava limpo, a porta do corredor interno aberta, apenas o capitão dos cinzentos ao lado dela, e também ele estava se afastando. O líder dos de marca vermelha viu uma mulher surgir apressada à soleira, o bárbaro alto com ela, e reconheceu a sua presa. Outras mulheres estavam atrás dos dois.

Impaciente por completar a missão e assim aliviar a pressão sobre os homens de seu clã embaixo, e açoitado pela ânsia de matar, o líder da marca vermelha deu o sinal e irrompeu pela porta um instante cedo demais.

Blackthorne viu-o se aproximando e automaticamente sacou a pistola do quimono e disparou. A parte de trás da cabeça do homem desapareceu, momentaneamente detendo o ataque. Ao mesmo tempo, o capitão dos cinzentos se precipitou de volta e atacou com ferocidade. Descuidado da própria segurança, abateu um ninja. Então o bando todo caiu em cima dele e o massacrou. Mas esses poucos segundos deram tempo suficiente a Blackthorne para puxar Mariko para a segurança e bater a porta. Desesperado, agarrou a barra de ferro e colocou-a no lugar bem no momento em que os ninjas se lançavam contra ela, enquanto outros se desdobravam para guardar a porta principal.

– Meu Deus! O que está...

– *Ninjaaaaas!* – gritou Mariko enquanto Kiri, a senhora Sazuko, a senhora Etsu, Chimmoko, Achiko e as outras criadas surgiam histericamente dos outros quartos, golpes martelando a porta.

– Depressa, por aqui! – berrou Kiri, e disparou para o interior.

As mulheres a seguiram, aflitas, duas delas ajudando a velha senhora Etsu. Blackthorne viu a porta balançar sob os golpes furiosos das alavancas de assalto. A madeira estava lascando. Blackthorne voltou correndo ao seu quarto, para pegar o chifre de pólvora e as espadas.

Na sala de audiências, os ninjas já haviam eliminado os seis marrons e cinzentos junto à porta externa principal e sobrepujado os demais no corredor embaixo. Mas haviam perdido dois homens e dois se feriram antes que a luta estivesse terminada, as portas externas fechadas e barradas e todo o setor garantido.

– Depressa – rosnou o novo líder dos marcas vermelhas. Os homens com as alavancas não precisaram ser instados para tentar demolir a porta. Por um momento o líder parou junto do cadáver do irmão, depois deu-lhe um pontapé furioso, sabendo que a impaciência dele destruíra o seu ataque de surpresa. Juntou-se aos seus homens, que rodeavam a porta.

No corredor, Blackthorne recarregou a arma rapidamente, a porta rangendo sob a pressão das batidas. Primeiro a pólvora, socá-la com cuidado... *um dos painéis da porta estalou...* depois a bucha para apertar a carga, depois a bala e outra bucha... *uma das dobradiças da porta cedeu e a extremidade da alavanca atravessou...* depois soprar com cuidado o pó da pederneira.

– Anjin-san! – gritou Mariko de algum lugar nos quartos. – Depressa!

Mas Blackthorne não prestou atenção. Encaminhou-se para a porta, pôs o bocal numa fenda lascada e puxou o gatilho. Do outro lado da porta houve um berro e o assalto cessou. Ele recuou e começou a recarregar. Primeiro pólvora, socá-la com cuidado... *novamente a porta toda estremeceu quando homens se lançaram contra ela com ombros, punhos e pés enfurecidos, e armas...* depois a bucha para apertar, a bala e outra bucha... *a porta urrou, estremeceu e um dos ferrolhos saltou fora e caiu no chão...*

Kiri seguia às pressas por uma passagem interna, resfolegando, as outras meio que arrastando a senhora Etsu, Sazuko chorando: "Para que isso, não há para onde ir...". Mas Kiri corria, enveredou, trôpega, por outro quarto, atravessou-o e puxou para o lado uma parte do painel *shōji*. Havia uma porta de ferro fortificada escondida na parede de pedra atrás do *shōji*. Ela a abriu. Os gonzos estavam bem oleados.

– Isto... isto é o refúgio sec... secreto do meu amo – ofegou ela e começou a entrar, mas parou. – Onde está Mariko?

Chimmoko voltou-se e saiu correndo.

No primeiro corredor, Blackthorne soprou com cuidado o pó da pederneira e avançou de novo. A porta estava prestes a desabar, mas ainda oferecia cobertura. Novamente ele puxou o gatilho. Novamente um berro e um momento de trégua, depois os golpes recomeçaram, outro ferrolho caiu e a porta inteira oscilou. Ele começou a recarregar.

– Anjin-san! – Mariko estava ali na outra extremidade do aposento, acenando-lhe freneticamente, então ele agarrou as armas e correu na sua direção. Ela se voltou e correu, guiando-o. A porta despedaçou-se e os ninjas se lançaram atrás deles.

Mariko corria a toda velocidade, Blackthorne nos seus calcanhares. Ela atravessou um aposento, tropeçou nas saias e caiu. Ele a agarrou e, juntos, arremeteram por outra sala. Chimmoko correu ao seu encontro.

– Depressa! – guinchou ela, esperando que passassem. Seguiu-os um momento, depois, sem que percebessem, voltou e parou na passagem, a faca na mão.

Os ninjas invadiram a sala com ímpeto. Chimmoko se atirou, a faca estendida, contra o primeiro homem. Ele aparou o golpe e jogou-a para o lado como um brinquedo, arremetendo atrás de Blackthorne e Mariko. O último homem quebrou o pescoço de Chimmoko com o pé e continuou correndo.

Mariko corria o mais rápido que podia, mas não o suficiente, porque suas saias atrapalhavam-na. Blackthorne tentava ajudá-la. Cruzaram uma sala, depois à direita, passando por outra, e ele viu a porta. Kiri e Sazuko esperando aterrorizadas, Achiko e as criadas amparando a velha senhora na sala atrás delas. Ele empurrou Mariko para a segurança. Depois deu-lhe as costas, a pistola descarregada numa mão, uma espada na outra, esperando Chimmoko. Como ela não aparecesse, ele começou a voltar, mas ouviu a carga de ninjas se aproximando. Parou e entrou na sala com um pulo, assim que o primeiro ninja apareceu, e bateu a porta. Lanças e *shurikens* retiniram contra a porta antes que os atacantes se lançassem contra ela.

Entorpecido, agradeceu a Deus por ter escapado e depois, quando viu a resistência da porta e percebeu que as alavancas não poderiam quebrá-la com facilidade e que por enquanto se encontravam seguros, agradeceu a Deus novamente. Tentando recuperar o fôlego, olhou em torno. Mariko estava de joelhos, arquejando. Havia seis criadas, Achiko, Kiri e Sazuko, e a velha senhora, deitada, o rosto cinza, quase inconsciente. A sala era pequena, com paredes de pedra, e uma outra porta lateral levava a uma pequena varanda no parapeito. Ele tateou até uma janela e olhou para fora. Aquele canto da cornija projetava-se sobre a aleia e o adro, e ele podia ouvir sons do combate trazidos pelo vento lá de baixo, berros e guinchos e alguns gritos de batalha histéricos. Diversos cinzentos e samurais disponíveis já estavam começando a se reunir na aleia e nas ameias opostas. Os portões embaixo estavam fechados contra eles e defendidos por ninjas.

– Que diabo está acontecendo? – disse Blackthorne, o peito doendo.

Ninguém lhe respondeu. Ele voltou, ajoelhou-se ao lado de Mariko e sacudiu-a suavemente.

– O que está acontecendo?

Mas ela ainda não podia responder.

Yabu corria por um amplo corredor na ala oeste, em direção aos seus aposentos. Dobrou uma esquina e parou, derrapando. À sua frente, um grande número de samurais estava sendo repelido por um feroz contra-ataque de invasores que haviam se precipitado do último andar.

– O que está acontecendo? – gritou Yabu por sobre o tumulto, pois não estavam previstos ninjas ali, só embaixo.

– Estão por toda parte – arquejou um samurai. – Estes vieram de cima...

Yabu soltou uma imprecação, percebendo que fora logrado e que não fora posto a par do plano de ataque integral.

– Onde está Sumiyori?

– Deve estar morto. Eles dominaram este setor. O senhor teve sorte de escapar. Eles devem ter atacado pouco depois de o senhor ter saído. Para que os ninjas estão atacando?

Uma enxurrada de gritos distraiu-os. Na extremidade oposta, marrons desferiam outro contra-ataque a um canto, cobrindo samurais que lutavam com lanças. Os lanceiros rechaçaram os ninjas e os marrons se atiraram em perseguição. Mas uma nuvem de *shurikens* envolveu essa onda de assalto e logo estavam todos berrando e morrendo, bloqueando a passagem, o veneno provocando-lhes convulsões. Momentaneamente o restante dos marrons recuou, para se reagrupar.

Yabu, fora de perigo, gritou:

– Tragam arqueiros – Homens saíram correndo para lhe obedecer.

– Para que é o ataque? Por que eles são tantos? – perguntou de novo o samurai, o sangue de um ferimento na face escorrendo-lhe pelo rosto. De hábito os detestados ninjas atacavam isolado ou em pequenos grupos, para desaparecerem tão rapidamente quanto apareciam assim que a missão estivesse cumprida.

– Não sei – disse Yabu, todo aquele setor do castelo em rebuliço agora, os marrons ainda descoordenados, ainda desnorteados com a velocidade aterrorizadora do ataque.

– Se... se Toranaga-sama estivesse aqui, eu poderia entender que Ishido tivesse ordenado um ataque repentino, mas... mas por que agora? – disse o samurai. – Não há ninguém nem nada... – Parou, entendendo de súbito. – A senhora Toda!

Yabu tentou dominá-lo, mas o homem gritou:

– Estão atrás *dela*, Yabu-san! Têm que estar atrás da senhora Toda! – Comandou uma investida para a ala leste. Yabu hesitou, depois o seguiu.

Para atingir a ala leste tinham de cruzar o andar central, que os ninjas agora defendiam maciçamente. Havia samurais mortos por toda parte. Estimulados pelo conhecimento de que sua reverenciada líder estava em perigo, a primeira carga impetuosa rompeu o cordão. Mas esses homens foram rapidamente abatidos. Agora mais dos seus companheiros haviam se unido aos gritos de advertência; a notícia logo se espalhou e os marrons redobraram esforços. Yabu acorreu para dirigir a luta, permanecendo em segurança o mais que podia. Um ninja abriu a sua mochila, acendeu uma cabaça explosiva num archote de parede e atirou-a sobre os marrons. O petardo despedaçou-se contra a parede e explodiu, espalhando fogo e fumaça, e imediatamente esse ninja comandou um contra-ataque que pôs os marrons numa confusão fumegante. Sob a coberta de fumaça, reforços ninjas surgiram do andar inferior.

– Recuem e reagrupem-se! – gritou Yabu num dos corredores que davam início ao patamar principal, querendo protelar o mais que podia, presumindo que Mariko já tivesse sido capturada e estivesse sendo carregada para o porão, esperando a qualquer momento o toque de clarim que indicaria o sucesso e ordenaria a todos os ninjas que cessassem o ataque e se retirassem. Então uma força de marrons vinda de cima se arremessou num assalto suicida a uma escada e rompeu o cordão. Morreram, mas outros também desobedeceram a Yabu e investiram. Mais bombas foram atiradas, ateando fogo aos reposteiros das paredes. As chamas começaram a lamber as paredes, fagulhas inflamaram os tatames. Um súbito jato de fogo encurralou um ninja, transformando-o numa tocha humana uivante. Então o quimono de um samurai também pegou fogo e ele se atirou sobre outro ninja, para arderem juntos. Um samurai em chamas estava usando a espada como um machado de batalha para abrir caminho por entre os atacantes. Dez samurais o seguiram e, embora dois morressem e três caíssem mortalmente feridos, os demais desobstruíram a passagem e dispararam para a ala leste. Logo mais dez os seguiram. Yabu comandou o ataque seguinte em segurança, enquanto os ninjas remanescentes faziam uma retirada ordeira para o térreo e a sua rota de fuga embaixo. A batalha pela posse do beco sem saída na ala leste começou.

Dentro do pequeno aposento, eles olhavam fixamente para a porta. Podiam ouvir os atacantes raspando os gonzos e o chão. Então houve um súbito martelar e uma voz áspera e abafada lá fora.

Duas criadas começaram a soluçar.

– O que ele disse? – perguntou Blackthorne.

Mariko passou a língua pelos lábios secos.

– Disse... disse que abríssemos a porta e nos rendêssemos ou ele... ele explodiria a porta.

– Eles podem fazer isso, Mariko-san?

– Não sei. Eles... eles podem usar pólvora, naturalmente, e... – A mão de Mariko foi para o *obi* e voltou vazia. – Onde está a minha faca?

Todas as mulheres procuraram suas adagas. Kiri não tinha a sua, nem Sazuko. Tampouco Achiko ou a senhora Etsu. Blackthorne havia armado a pistola e tinha a espada longa. A curta caíra na corrida desesperada para a segurança.

A voz abafada tornou-se mais encolerizada e mais insistente e todos os olhos no aposento se fixaram em Blackthorne. Mas Mariko sabia que fora traída e que o seu momento chegara.

– Ele disse que se abrirmos a porta e nos rendermos todos estarão livres menos o senhor. – Mariko tirou uma mecha de cabelo da frente dos olhos. – Disse que o querem como refém, Anjin-san. Isso é tudo o que querem...

Blackthorne avançou para abrir a porta, mas Mariko lançou-se pateticamente em seu caminho.

– Não, Anjin-san, é um truque! – disse. – Sinto muito, eles não querem o senhor, querem a mim. Não acredite neles, eu não acredito neles.

Ele sorriu para ela, tocou-a rapidamente e estendeu a mão para um ferrolho.

– Não é o senhor, sou eu... é um truque! Juro! Não acredite neles, por favor – disse ela, e agarrou-lhe a espada. Estava fora da bainha pela metade quando ele percebeu o que ela estava fazendo e segurou-lhe a mão.

– Não! – ordenou. – Pare!

– Não me entregue às mãos deles! Não tenho faca! Por favor, Anjin-san! – Tentou se libertar do aperto dele, mas ele a levantou, tirou-a do caminho e colocou a mão sobre o ferrolho superior. "*Dōzo*", disse às outras, enquanto Mariko desesperadamente tentava detê-lo. Achiko avançou, suplicando a ela, e Mariko tentou empurrá-la e gritou:

– Por favor, Anjin-san, é um truque... pelo amor de Deus!

A mão dele fez saltar o primeiro ferrolho, abrindo-o.

– Eles me querem viva – gritou Mariko desvairadamente. – Não entende? Querem me capturar viva, não entende? E então será tudo por nada. Amanhã Toranaga tem que cruzar a fronteira, rogo-lhe, é um truque, diante de Deus...

Achiko tinha os braços em torno de Mariko, suplicando, puxando-a, e fazia sinal a ele que abrisse a porta.

– *Isoge, isoge*, Anjin-san...

Blackthorne abriu o ferrolho central.

– Pelo amor de Deus, não torne inúteis todas as mortes! Ajude-me! Lembre-se do seu voto!

Então a realidade do que ela estava dizendo o atingiu e, em pânico, ele trancou de novo os ferrolhos.

– Por que eles...

Um feroz martelamento na porta interrompeu-o, ferro retinindo sobre ferro, então a voz começou, num violento crescendo. Todos os sons exteriores cessaram. As mulheres correram para a parede oposta e se encolheram contra ela.

– Saia de perto da porta – gritou Mariko, correndo para junto delas. – Ele vai explodi-la!

– Retarde-os, Mariko-san – disse Blackthorne, e saltou para a porta lateral que levava às ameias. – Os nossos homens logo estarão aqui. Mexa nos ferrolhos, diga que estão emperrados, qualquer coisa. – Ele puxou com força o ferrolho superior da porta lateral, mas encontrou-o enferrujado. Obedientemente, Mariko correu para a porta e simulou débeis tentativas de deslocar o ferrolho central, suplicando ao ninja do outro lado. Então começou a chocalhar o ferrolho inferior. A voz tornou-se mais insistente e Mariko redobrou as suas súplicas chorosas. Blackthorne esmagou a mão fechada contra a lingueta de novo, mas ela não se moveu. As mulheres olhavam, impotentes. Por fim esse trinco se abriu ruidosamente. Mariko tentou cobrir o som e Blackthorne atacou o último ferrolho. As suas mãos estavam esfoladas e ensanguentadas agora. O líder ninja do lado de fora renovou a advertência colérica. Em desespero, Blackthorne agarrou a espada e usou o cabo como um porrete, sem se importar com o barulho. Mariko abafou os sons da melhor maneira que pôde. O ferrolho parecia soldado.

Do lado de fora da porta, o líder da marca vermelha estava quase louco de fúria. Aquele refúgio secreto era totalmente inesperado. As ordens que recebera do líder do clã eram para capturar Toda Mariko viva, certificar-se de que ela estava desarmada e entregá-la aos cinzentos que esperavam na extremidade do túnel que saía dos porões. Sabia que o tempo estava se esgotando. Podia ouvir a batalha devastadora no corredor, fora da sala de audiências, e sabia, desgostoso, que já estariam a salvo lá embaixo, a missão cumprida, não fosse aquele buraco de rato secreto e aquele imbecil superansioso do irmão, que começara o ataque prematuramente.

Karma ter um irmão assim!

Segurava uma lâmpada acesa na mão e estendera uma trilha de pólvora até os barriletes que haviam trazido nas mochilas para explodir a entrada secreta dos porões, a fim de assegurar a retirada. Mas estava num dilema. Explodir a porta era o único meio de entrar. Mas a mulher Toda estava bem do outro lado da porta e a explosão com certeza mataria todos os que estavam lá dentro e arruinaria a sua missão, tornando inúteis todas as suas perdas. Passos correram até ele. Era um dos seus homens.

– Depressa! – sussurrou o homem. – Não podemos aguentar muito tempo mais! – E afastou-se correndo.

O líder vermelho decidiu-se. Acenou a seus homens que se protegessem e gritou uma advertência através da porta:

– Afastem-se! Vou explodir a porta! – Colocou a vela na trilha e deu um pulo para a segurança. A pólvora crepitou, inflamou-se e serpeou para os barriletes.

Blackthorne escancarou a porta lateral com um último empurrão. O doce ar noturno invadiu a sala. As mulheres se precipitaram para a varanda. A velha senhora Etsu caiu, ele a agarrou, empurrou-a para fora, voltou-se para Mariko, mas ela havia se encostado à porta e anunciou com firmeza:

– Eu, Toda Mariko, protesto contra este ataque vergonhoso, e com a minha morte...

Ele saltou para cima dela, mas a explosão o atirou para o lado enquanto a porta era arrancada das dobradiças, voava pela sala e se chocava com estrondo contra a parede oposta. A detonação derrubou Kiri e as outras fora, no parapeito, mas deixou-as ilesas. A fumaça derramou-se pela sala, os ninjas também, entrando instantaneamente. A porta de ferro chamuscada deslizou para um canto.

O líder da marca vermelha estava de joelhos ao lado de Mariko, enquanto outros se desdobravam em leque, protegendo-o. Viu de imediato que ela tinha muitas fraturas e estava morrendo depressa. Karma, pensou, e pôs-se de pé com um pulo. Blackthorne jazia atordoado, um filete de sangue a escorrer-lhe dos ouvidos e do nariz, tentando rastejar de volta à vida. A pistola, retorcida e inútil, estava a um canto.

O líder deu um passo à frente e parou. Achiko moveu-se no vão da porta.

O ninja olhou para ela, reconhecendo-a. Depois baixou os olhos para Blackthorne, desprezando-o por causa da arma de fogo e da covardia em atirar cegamente através da porta, matando um de seus homens e ferindo outro. Olhou de novo para Achiko e estendeu a mão para a faca. Ela atacou cegamente. A faca dele atingiu-a no seio esquerdo. Estava morta quando caiu, e ele, sem raiva, retirou a faca do corpo que se contraía, efetuando a última parte das ordens que recebera de cima – de Ishido, presumia ele, embora isso não pudesse nunca ser provado –, que, se falhassem e a senhora Toda conseguisse se matar, ele devia deixá-la intacta e não lhe cortar a cabeça; devia proteger o bárbaro e deixar ilesas todas as outras mulheres, exceto Kiyama Achiko. Ele não sabia por que recebera a ordem de matá-la, mas isso fora ordenado e pago, portanto ela estava morta.

Fez sinal para a retirada. Um de seus homens pôs um chifre curvo aos lábios e soprou um toque estridente, que ecoou pelo castelo e através da noite. O líder fez um último exame em Mariko. Um último exame na garota. E um último exame no bárbaro, que ele gostaria muito que estivesse morto. Depois girou sobre os calcanhares e comandou a retirada, atravessando quartos e passagens até a sala de audiências. Os ninjas estavam defendendo a porta principal e esperaram até que todos os marcas vermelhas estivessem na rota de fuga, depois atiraram mais bombas de fogo e fumaça no corredor e também fugiram. O líder dava-lhes cobertura. Esperou até que estivessem todos em segurança, depois espalhou punhados de estrepes quase imperceptíveis, mas mortíferos, pelo chão – pequenas balas de metal com pontas finas como agulhas, cheias de veneno. Saiu em disparada quando os marrons irromperam por entre a fumaça na sala de audiências. Alguns saíram no seu encalço e outra falange arremeteu para o corredor. Os seus perseguidores berraram quando as agulhas dos estrepes se enterraram nas plantas dos pés e eles começaram a cair e morrer.

Na pequena sala, o único som era o dos pulmões de Blackthorne lutando por respirar. No parapeito, Kiri pôs-se de pé, vacilante, o quimono rasgado e as mãos e os braços com escoriações. Entrou na sala, trôpega, viu Achiko e gritou, depois cambaleou na direção de Mariko e caiu de joelhos ao seu lado. Outra explosão em algum lugar no castelo sacudiu o pó ligeiramente e houve mais gritos e berros distantes de "fogo!". A fumaça aumentou na sala. Sazuko e algumas das criadas puseram-se de pé. Sazuko tinha escoriações no rosto e ombros e estava com o pulso quebrado. Viu Achiko, olhos e boca arregalados no terror da morte, e soluçou.

Entorpecida, Kiri olhou para ela e fez sinal na direção de Blackthorne. A jovem cambaleou na direção de Kiri e viu Mariko. Começou a chorar. Depois conseguiu se controlar, aproximou-se de Blackthorne e tentou ajudá-lo a se levantar. As criadas acorreram para ajudá-la. Ele se apoiou nelas, fez força para se erguer, depois oscilou e caiu, tossindo e vomitando, o sangue ainda a escoar dos ouvidos. Os marrons irromperam na sala. Olharam em torno, consternados.

Kiri continuava de joelhos ao lado de Mariko. Um samurai ergueu-a. Outros se aglomeraram em torno. Afastaram-se quando Yabu entrou, o rosto pálido. Ao ver que Blackthorne ainda estava vivo, grande parte da ansiedade desapareceu.

– Tragam um médico! Depressa! – ordenou ele, e ajoelhou-se ao lado de Mariko. Ainda estava viva, mas extinguindo-se rapidamente. O rosto mal fora tocado, mas o corpo estava terrivelmente mutilado. Yabu tirou o quimono e cobriu-a até o pescoço.

– Apressem o médico – disse, a voz rascante. Depois se aproximou de Blackthorne e ajudou-o a se sentar contra a parede.

– Anjin-san! Anjin-san! – Blackthorne ainda estava em choque, os ouvidos ressoando, os olhos quase não enxergando, o rosto uma massa de contusões e queimaduras de pólvora. Então os seus olhos clarearam e viram Yabu, a imagem se desfigurando, o cheiro de fumaça de pólvora a sufocá-lo, e não sabia onde estava nem quem era, apenas que estava a bordo, numa batalha, e o seu navio fora atingido e precisava dele. Então viu Mariko e se lembrou.

Pôs-se de pé, oscilante, Yabu ajudando-o, e se aproximou cambaleando.

Ela parecia em paz, adormecida. Ele se ajoelhou pesadamente e afastou o quimono. Estendeu-o de novo. O seu pulso estava quase imperceptível. Depois cessou.

Ele ficou olhando para ela, balançando, quase caindo. Então chegou um médico, que meneou a cabeça e disse alguma coisa, mas Blackthorne não conseguiu ouvir ou entender. Só sabia que a morte a levara e que ele também estava morto.

Fez o sinal da cruz sobre ela, disse as palavras sagradas em latim que eram necessárias para abençoá-la e orou por ela, embora não lhe saísse som algum da boca. Os outros o observavam. Quando terminou, esforçou-se por se levantar novamente e ficou ereto. Então a sua cabeça pareceu explodir numa luz vermelha e púrpura, e ele desabou. Mãos gentis o seguraram e ajudaram-no a se deitar no chão, deixando-o descansar.

– Está morto? – perguntou Yabu.

– Quase. Não sei como estão os seus ouvidos, Yabu-sama – disse o médico. – Ele pode estar sangrando por dentro.

– É melhor nos apressarmos – disse um samurai, nervoso –, tratem de tirá-los daqui. O fogo pode se alastrar e ficaremos encurralados.

– Sim – disse Yabu. Outro samurai chamou-o urgentemente do parapeito e ele foi até lá fora.

A velha senhora Etsu estava deitada contra a ameia, amparada pela criada, o rosto cinéreo, os olhos remelosos. Fitou Yabu, focalizando com dificuldade.

– Kashigi Yabu-san?

– Sim, senhora.

– O senhor é o oficial superior aqui?

– Sim, senhora.

A velha senhora disse à criada:

— Por favor, ajude-me a me levantar.

— Mas a senhora devia esperar, o méd...

— Ajude-me a me levantar! — Os samurais na varanda observaram-na erguer-se, apoiada pela criada. — Escutem — disse ela, a voz rouca e frágil, em meio ao silêncio. — Eu, Maeda Etsu, esposa de Maeda Arinosi, senhor de Nagato, Iwami e Aki, declaro que Toda Mariko-sama pôs fim à vida para poupar-se de captura desonrosa por esses homens hediondos e vergonhosos. Declaro que... que Kiyama Achiko optou por atacar o ninja, preferindo perder a vida a correr o risco da desonra de ser capturada... que não fosse a bravura do samurai bárbaro, a senhora Toda teria sido capturada e desonrada, assim como todas nós, e nós, que estamos vivas, devemos-lhes gratidão, assim como os nossos senhores lhes devem gratidão por nos protegerem dessa vergonha... Acuso o senhor general Ishido de preparar esse ataque desonroso... e de trair o herdeiro e a senhora Ochiba... — A velha senhora cambaleou e quase caiu, e a criada soluçou e segurou-a com mais firmeza. — E... e o senhor Ishido os traiu e ao Conselho de Regentes. Peço a todos que prestem testemunho de que não posso mais viver com essa vergonha...

— Não, não, ama — soluçou a criada. — Não a deixarei...

— Afaste-se! Kashigi Yabu-san, por favor, ajude-me. Vá embora, mulher!

Yabu aparou o peso da senhora Etsu, que era mínimo, e ordenou à criada que se afastasse. Ela obedeceu.

A senhora Etsu sentia muita dor e respirava pesado.

— Atesto a verdade disso com a minha própria morte — disse, numa voz tênue, e levantou os olhos para Yabu. — Eu ficaria honrada se... se o senhor fosse o meu assistente. Por favor, ajude-me até o parapeito.

— Não, senhora. Não há necessidade de morrer.

Ela desviou o rosto dos outros e sussurrou apenas para ele:

— Já estou morrendo, Yabu-sama. Estou sangrando por dentro, alguma coisa se rompeu lá dentro, a explosão... Ajude-me a cumprir o meu dever... Sou velha e inútil, e a dor tem sido minha companheira de cama há vinte anos. Deixe a minha morte também ajudar o nosso amo, *né?* — Houve um lampejo nos velhos olhos. — *Né?*

Gentilmente ele a ergueu e parou com orgulho ao seu lado na cornija, o adro muito lá embaixo. Ajudou-a a subir. Todos se curvaram para ela.

— Eu disse a verdade. Atesto isso com a minha morte — disse, em pé, sozinha, a voz trêmula. Depois fechou os olhos, agradecida, e deixou-se tombar para a frente, para dar as boas-vindas à morte.

CAPÍTULO 58

OS REGENTES ESTAVAM REUNIDOS NO GRANDE SALÃO NO SEGUNDO ANDAR DO torreão. Ishido, Kiyama, Zataki, Ito e Onoshi. O sol do amanhecer lançava sombras compridas e o odor de fumaça ainda pairava pesadamente no ar.

A senhora Ochiba estava presente, também muitíssimo perturbada.

– Sinto muito, senhor general, discordo – estava dizendo Kiyama, na sua voz irritante. – É impossível ignorar o *jigai* da senhora Toda, a bravura da minha neta e o testemunho e a morte formal da senhora Maeda, junto com 147 homens de Toranaga mortos e aquela parte do castelo quase arrasada! Simplesmente isso não pode ser ignorado.

– Concordo – disse Zataki. Chegara de Takato na véspera, de manhã, e quando soubera os detalhes da confrontação de Mariko com Ishido ficara secretamente encantado. – Se ela tivesse sido autorizada a partir ontem, conforme aconselhei, não estaríamos nessa enrascada agora.

– Não é tão sério quanto os senhores pensam. – A boca de Ishido era uma linha compacta, e Ochiba sentiu aversão por ele naquele momento, repugnando-lhe que ele tivesse falhado e os tivesse colocado a todos naquela crise. – Os ninjas estavam apenas atrás de saque – disse Ishido.

– O bárbaro é saque? – zombou Kiyama. – Organizariam um ataque tão vasto por um bárbaro?

– Por que não? Poderiam pedir resgate por ele, *né*? – Ishido encarou o daimio, que estava ladeado por Ito Teruzumi e Zataki. – Os cristãos em Nagasaki pagariam muito bem por ele, morto ou vivo. *Né*?

– É possível – concordou Zataki. – É assim que os bárbaros combatem.

– Está sugerindo, formalmente – disse Kiyama, com firmeza –, que os cristãos planejaram e pagaram por esse ataque infame?

– Eu disse que era possível. E é possível.

– Sim. Mas não é provável – interveio Ishido, não querendo que o precário equilíbrio que existia entre os regentes fosse destruído no momento por uma discussão aberta. Ainda estava muito irritado por seus espiões não terem localizado o esconderijo secreto de Toranaga e ainda não compreendia como pudera ser preparado com tanto sigilo, sem nem um sopro de rumor sobre ele. – Em minha opinião, os ninjas estavam atrás de saque.

– É muito sensato e muito correto – disse Ito, com um lampejo malicioso nos olhos. Era um homem pequeno, de meia-idade, resplandecentemente adornado com espadas ornamentais, embora tivesse sido arrancado da cama como todos os demais. Estava maquiado como uma mulher e tinha os dentes escurecidos.

– Sim, senhor general. Mas talvez os ninjas não pretendessem cobrar resgate por ele em Nagasaki, mas em Edo, do senhor Toranaga. Ele não continua sendo lacaio dele?

O cenho de Ishido se ensombreceu à menção do nome.

– Concordo em que devemos gastar o nosso tempo discutindo sobre o senhor Toranaga e não sobre os ninjas. Provavelmente ele ordenou o ataque, *né*? É traiçoeiro o suficiente para fazer isso.

– Não, ele nunca usaria ninjas – disse Zataki. – Traição, sim, mas não esse lixo. Mercadores fariam isso, ou bárbaros. Mas não o senhor Toranaga.

Kiyama observava Zataki, odiando-o.

– Os nossos amigos portugueses não poderiam instigar tal interferência nos nossos assuntos. Nunca!

– O senhor acreditaria que eles ou os padres deles conspirariam com um dos daimios cristãos de Kyūshū para combater os não cristãos, a guerra apoiada por uma invasão estrangeira?

– Quem? Diga-me. Tem provas?

– Ainda não, senhor Kiyama. Mas os rumores correm e um dia terei provas. – Zataki voltou-se para Ishido. – O que podemos fazer em relação a esse ataque? Qual é a saída do dilema? – perguntou e olhou de relance para Ochiba. Ela observava Kiyama, depois os seus olhos movimentaram-se na direção de Ishido, depois de volta a Kiyama, e ele nunca a tinha visto mais desejável.

– Todos concordamos – disse Kiyama – que é evidente que o senhor Toranaga tramou para que fôssemos enredados por Toda Mariko-sama, por mais corajosa que ela tenha sido, por mais impelida pelo dever e honrada, Deus tenha piedade dela.

Ito arrumou uma dobra nas largas calças do seu quimono impecável.

– Mas o senhor não concorda que seria um estratagema perfeito para o senhor Toranaga atacar os seus próprios vassalos desse modo? Oh, senhor Zataki, sei que ele nunca usaria ninjas, mas é esperto o bastante para levar os outros a tomar-lhe as ideias e acreditar que são suas. *Né?*

– Tudo é possível. Mas usar ninjas não seria característico dele. É inteligente demais para usá-los. Ou para levar alguém a fazer isso. Não são dignos de confiança. E por que forçar Mariko-sama? Muito melhor esperar e nos deixar cometer o erro. Estávamos encurralados. *Né?*

– Sim. Ainda estamos encurralados. – Kiyama olhou para Ishido. – E quem quer que tenha ordenado o ataque foi um imbecil e não nos prestou serviço algum.

– Talvez o senhor general esteja certo e não seja tão sério quanto pensamos – disse Ito. – Mas é muito triste, uma morte deselegante para ela, pobre senhora.

– Isso foi o karma dela, e não estamos encurralados. – Ishido encarou Kiyama. – Foi muito afortunado que ela tivesse aquela toca para onde correr, caso contrário aquela ralé a teria capturado.

— Mas não a capturaram, senhor general, e ela cometeu uma forma de *jigai*. O mesmo fizeram os outros, e agora, se não deixarmos todos irem, haverá mais mortes de protesto, e não podemos nos permitir isso – disse Kiyama.

— Não concordo. Todos devem ficar aqui, pelo menos até que Toranaga-sama entre em nossos domínios.

— Esse será um dia memorável – disse Ito, sorrindo.

— Acha que ele não fará isso? – perguntou Zataki.

— O que penso não tem valor, senhor Zataki. Logo saberemos o que ele vai fazer. Seja o que for, não faz diferença. Toranaga deve morrer, se é para o herdeiro herdar. – Ito olhou para Ishido. – O bárbaro já morreu, senhor general?

Ishido balançou a cabeça e olhou Kiyama.

— Seria azar que ele morresse agora, ou que ficasse mutilado, um homem corajoso assim. *Né?*

— Acho que ele é uma praga, e quanto mais depressa morrer, melhor. O senhor esqueceu?

— Ele nos poderia ser útil. Concordo com o senhor Zataki, e com o senhor, que Toranaga não é nenhum imbecil. Tem que haver uma boa razão para Toranaga estimá-lo. *Né?*

— Sim, tem razão novamente – disse Ito. – O Anjin-san agiu bem para um bárbaro, não? Toranaga estava certo em fazê-lo samurai. – Olhou para Ochiba. – Quando ele lhe deu a flor, senhora, considerei o gesto poético, digno de um cortesão.

Houve aquiescência geral.

— E a competição de poesia, senhora? – perguntou Ito.

— Deve ser cancelada, sinto muito – disse Ochiba.

— Sim – concordou Kiyama.

— O senhor havia decidido participar? – perguntou ela.

— Não – respondeu ele. – Mas agora eu poderia dizer:

> *"Sobre um ramo seco*
> *a tempestade fez cair*
> *lágrimas de um verão sombrio."*

— Deixemos que isso seja o epitáfio dela. Ela era samurai – disse Ito calmamente. – Compartilho essas lágrimas de verão.

— Por mim – disse Ochiba –, eu preferiria um final diferente:

> *"Sobre um ramo seco*
> *a neve escutou*
> *o silêncio do inverno."*

— Mas concordo, senhor Ito. Também acho que todos nós compartilharemos as lágrimas deste verão trágico.

– Não, sinto muito, senhora, mas está enganada – disse Ishido. – Haverá lágrimas, sim, mas serão Toranaga e os seus aliados quem as derramarão. – Começou a conduzir a reunião para um encerramento. – Darei início a um inquérito sobre o ataque ninja agora mesmo Duvido que algum dia descubramos a verdade. Enquanto isso, por questão de segurança pessoal, todos os passes serão, lamentavelmente, cancelados e todas as pessoas, infelizmente, proibidas de partir até o vigésimo segundo dia.

– Não – disse Onoshi, o leproso, o último dos regentes, do seu lugar solitário do outro lado da sala, onde se encontrava, invisível, atrás das cortinas opacas da sua liteira. – Sinto muito, mas isso é exatamente o que o senhor não pode fazer. Agora deve deixar todos partirem. Todos.

– Por quê?

A voz de Onoshi era malévola e destemida:

– Se não o fizer, desonrará a senhora mais corajosa do império, desonrará a senhora Kiyama Achiko e a senhora Maeda. Deus tenha piedade da alma delas. Quando esse ato infame for do conhecimento comum, só Deus, o pai, sabe qual prejuízo causará ao herdeiro. E a todos nós, se não formos cautelosos.

Ochiba sentiu um calafrio. Um ano atrás, quando Onoshi viera prestar os seus respeitos ao táicum moribundo, os guardas haviam insistido para que as cortinas da liteira fossem abertas, para o caso de Onoshi ter armas ocultas, e ela vira o meio rosto devastado – sem nariz, sem orelhas, coberto de crostas –, os olhos fanáticos e candentes, o toco da mão esquerda e a direita, boa, agarrada à espada curta.

A senhora Ochiba rezou para que nem ela nem Yaemon jamais contraíssem lepra. Também ela queria que aquela reunião se encerrasse, pois tinha que decidir agora o que fazer: o que fazer em relação a Toranaga e o que fazer em relação a Ishido.

– Segundo – dizia Onoshi –, se o senhor usar esse ataque infame como desculpa para reter qualquer pessoa aqui, estará deixando implícito que nunca pretendeu permitir que partissem, embora tenha dado a sua garantia solene por escrito. Terceiro: o senhor...

Ishido interrompeu:

– O conselho todo concordou em emitir os salvo-condutos!

– Desculpe, o conselho inteiro concordou quanto à sábia sugestão da senhora Ochiba de oferecer salvo-condutos, presumindo, como ela, que poucos tirariam partido da oportunidade de partir e, ainda que o fizessem, que ocorreriam atrasos.

– Está sugerindo que as mulheres de Toranaga e Toda Mariko não teriam partido e que outras não as teriam seguido?

– O que aconteceu a essas mulheres não desviaria o senhor Toranaga um nada do seu objetivo. Temos que nos preocupar com os nossos aliados! Sem o ataque ninja e os três *jigais*, todo este absurdo teria sido abortado!

– Não concordo.

– Terceiro e último: se o senhor não deixar todos partirem, depois do que a senhora Etsu disse publicamente, será acusado pela maioria dos daimios de ordenar o ataque, embora não publicamente, e todos correremos o risco de ter a mesma sorte, e então haverá muitas lágrimas.

– Não preciso contar com ninjas.

– Naturalmente – concordou Onoshi, a voz venenosa. – Nem eu, ou qualquer pessoa aqui. Mas acho que é meu dever lembrá-lo de que existem 264 daimios, que a força do herdeiro repousa sobre a coalizão de talvez duzentos, e que o herdeiro não pode se permitir ter o senhor, o seu guia mais leal e comandante-chefe, supostamente culpado de tais métodos vis e de uma ineficiência tão monstruosa, já que o ataque falhou.

– Está dizendo que eu ordenei o ataque?

– Claro que não, desculpe. Apenas disse que o senhor será acusado de negligência se não deixar todo mundo partir.

– Há alguém aqui que pense que eu ordenei o ataque? – Ninguém desafiou Ishido abertamente. Não havia provas. Ele acertara ao não os consultar, e conversara apenas por meio de vagas alusões, mesmo com Kiyama e Ochiba. Mas todos sabiam e estavam todos igualmente furiosos de que ele tivesse tido a estupidez de falhar, todos, menos Zataki. Ainda assim, Ishido continuava sendo o senhor de Ōsaka, governador do tesouro do táicum, portanto não podia ser tocado ou eliminado.

– Bom – disse Ishido, com determinação. – Os ninjas estavam atrás de saque. Votaremos sobre os salvo-condutos. Voto que sejam cancelados.

– Discordo – disse Zataki.

– Sinto muito, também me oponho – disse Onoshi.

Ito corou com o escrutínio deles.

– Tenho que concordar com o senhor Onoshi, ao mesmo tempo, bem... é tudo muito difícil, *né*?

– Vote – disse Ishido, com severidade.

– Concordo com o senhor, general.

– Sinto muito, eu não – disse Kiyama.

– Bom – disse Onoshi. – Está resolvido, mas concordo, senhor general, temos outros problemas urgentes. Temos que saber o que o senhor Toranaga fará agora. Qual é a sua opinião?

Ishido sustentava o olhar de Kiyama, o rosto imóvel. Então, disse:

– O que responde a isso?

Kiyama estava tentando eliminar da mente todos os seus ódios, temores e preocupações, para fazer uma escolha final, Ishido ou Toranaga. Esta deve ser a hora. Lembrou-se vividamente de Mariko falando sobre a suposta traição de Ishido e a suposta prova dessa traição que Toranaga teria; sobre o bárbaro e o seu navio; e sobre o que poderia acontecer ao herdeiro e à Igreja se Toranaga dominasse o país e o que poderia acontecer à lei deles se os santos padres dominassem a terra. E por sobre isso tudo estava a angústia do padre-inspetor quanto ao herege e ao seu navio, e o que aconteceria se o Navio Negro se perdesse, e a convicção do capitão-mor, que jurou por Deus que o Anjin-san fora gerado por Satã, Mariko enfeitiçada, assim como Rodrigues estava enfeitiçado. Pobre Mariko, pensou ele tristemente, morrer assim depois de tanto sofrimento, sem absolvição, sem os últimos ritos, sem um padre, passar toda a eternidade afastada da doce graça celestial de Deus. Nossa Senhora tenha piedade dela. Muitas lágrimas de verão.

E Achiko? O líder ninja a escolheu ou foi apenas mais uma morte? Como foi corajosa em atacar e não se encolher de medo, pobre criança. Por que o bárbaro ainda está vivo? Por que o ninja não o matou? Deveria ter recebido ordem para fazer isso, se esse ataque imundo foi concebido por Ishido, como naturalmente deve ter sido. Que vergonha para Ishido fracassar, que repugnante fracasso. Ah, mas que coragem Mariko teve, como foi inteligente em nos enredar na sua teia corajosa! E o bárbaro.

Se eu fosse ele, nunca teria sido capaz de retardar os ninjas com tanta coragem, ou de proteger Mariko da hedionda vergonha da captura, e Kiritsubo e Sazuko e a senhora Etsu, sim, e até Achiko. Não fossem ele e o refúgio secreto, a senhora Mariko teria sido capturada. E todos eles. É meu dever de samurai honrar o Anjin-san como samurai. *Né?*

Deus me perdoe, não fui até Mariko-chan para ser seu assistente, o que era meu dever cristão. O herege ajudou-a e ergueu-a, assim como Jesus Cristo ajudou a outros e os ergueu, mas eu, eu a abandonei. Quem é o cristão? Não sei. Ainda assim, *ele* tem que morrer.

– E quanto a Toranaga, senhor Kiyama? – repetiu Ishido. – E quanto ao inimigo?

– E quanto ao Kantō? – perguntou Kiyama, observando-o.

– Quando Toranaga estiver destruído, proponho que o Kantō seja dado a um dos regentes.

– Que regente?

– O senhor – respondeu Ishido, brando. E acrescentou: – Ou talvez Zataki, senhor de Shinano. – Kiyama considerou prudente a observação, pois Zataki era muitíssimo necessário enquanto Toranaga estivesse vivo e Ishido já lhe dissera, um mês antes, que Zataki solicitara o Kantō como pagamento por se opor a Toranaga. Juntos haviam combinado que Ishido prometeria o Kantō a ele, ambos sabendo que se trataria de uma promessa vazia. Ambos haviam combinado que Zataki perderia a vida e a sua província, pela impertinência, tão logo fosse conveniente.

– Eu dificilmente seria a escolha certa para tal honra – disse Kiyama, calculando quem na sala era a seu favor e quem era contra.

Onoshi tentou disfarçar sua desaprovação.

– Essa decisão certamente é valiosa, digna de discussão, *né?* Mas é para o futuro. O que o atual senhor do Kantō vai fazer agora?

Ishido ainda estava olhando para Kiyama.

– Bem?

Kiyama sentiu a hostilidade de Zataki, embora o rosto do inimigo não demonstrasse nada. Dois contra mim, pensou, e Ochiba, mas ela não vota. Ito votará sempre com Ishido, portanto eu venço, se Ishido estiver falando a sério. Estará?, perguntou a si mesmo, estudando o rosto na sua frente, sondando a verdade. Então decidiu e disse abertamente o que concluíra.

– O senhor Toranaga nunca virá a Ōsaka.

– Bom – disse Ishido. – Então está isolado, proscrito, e o convite imperial para que ele cometa *seppuku* já está preparado para a assinatura do Exaltado. E esse é o fim de Toranaga e da sua linhagem. *Para sempre.*

– Sim. Se o Filho do Céu vier a Ōsaka.

– O quê?

– Concordo com o senhor Ito – continuou Kiyama, preferindo tê-lo como aliado a tê-lo como inimigo. – O senhor Toranaga é o mais manhoso dos homens. Acho que tem até astúcia suficiente para impedir a chegada do Exaltado.

– Impossível!

– E se a visita for adiada? – perguntou Kiyama subitamente, apreciando o desconforto de Ishido, detestando-o por haver falhado.

– O Filho do Céu estará aqui, conforme o planejado!

– E se o Filho do Céu não estiver?

– Digo-lhe que estará!

– E se não estiver?

– Como o senhor Toranaga poderia fazer isso? – perguntou a senhora Ochiba.

– Não sei. Mas se o Exaltado quisesse que sua visita fosse adiada por um mês... Não há nada que possamos fazer. O senhor Toranaga não é um mestre na subversão? Eu não o considero incapaz de nada, nem de influenciar o Filho do Céu.

Houve silêncio mortal na sala. A enormidade daquele pensamento, com suas repercussões, envolveu-os.

– Por favor, desculpem-me, mas... mas qual é a resposta? – disse Ochiba, por todos eles.

– Guerra! – disse Kiyama. – Mobilizamo-nos hoje secretamente. Esperamos até que a visita seja adiada, como será. Esse será o nosso sinal de que Toranaga influenciou o Altíssimo. No mesmo dia marchamos contra o Kantō, durante a estação das chuvas.

De repente o chão começou a tremer.

O primeiro terremoto foi leve e durou apenas alguns momentos, mas fez as vigas estalarem.

Depois houve outro tremor. Mais forte. Uma fenda rasgou uma parede de pedra e parou. A poeira desprendeu-se do teto. Colunas, traves e telhas guincharam e telhas se soltaram de um telhado e se lançaram no adro lá embaixo.

Ochiba sentiu-se tonta e nauseada, e se perguntou se era seu karma ser soterrada por entulho naquele dia. Agarrou-se ao soalho, tremendo, e esperou, assim como todo mundo no castelo, e a cidade e os navios na enseada, que o verdadeiro abalo começasse.

Mas não começou. O terremoto terminara. A vida recomeçou. A alegria de viver invadiu-os de novo e o riso dela ecoou pelo castelo. Todos pareciam saber que desta vez – aquela hora, aquele dia – o holocausto passara perto deles.

– *Shikata ga nai* – disse Ishido, ainda convulsionado. – *Né?*

– Sim – disse Ochiba gloriosamente.

– Vamos votar – disse Ishido, saboreando a própria existência. – Voto pela guerra!

– Eu também!
– Eu também!
– Eu também!
– Eu também!

Quando Blackthorne recuperou a consciência, soube que Mariko estava morta, e soube como ela morrera e por que morrera. Estava deitado sobre *futons*, homens cinzentos guardando-o, um teto de vigas no alto, a ofuscante luz do sol ferindo-lhe os olhos, o silêncio estranho. Havia um médico estudando as suas condições. O primeiro dos seus grandes temores se desvaneceu.

Posso ver.

O médico sorriu e disse alguma coisa, mas Blackthorne não conseguiu ouvir. Começou a se levantar, mas uma dor ofuscante disparou um ressoar violento nos seus ouvidos. O acre gosto de pólvora ainda estava na boca e o seu corpo inteiro doía.

Por um momento perdeu a consciência de novo, depois sentiu mãos gentis erguerem a sua cabeça, encostarem uma xícara nos seus lábios, e o agridoce sabor do chá com cheiro de jasmim eliminou o gosto de pólvora. Forçou os olhos a se abrirem. Novamente o médico disse alguma coisa. Novamente não conseguiu ouvir e novamente o terror começou a brotar. Mas ele o deteve. A sua mente lembrou-se da explosão, de vê-la morta e, antes de ela morrer, de dar-lhe uma absolvição que não era qualificado para dar. Deliberadamente afastou a lembrança e se concentrou na outra explosão: a vez em que fora atirado ao mar depois de o velho Alban Caradoc ter perdido as pernas. Daquela vez também tivera o mesmo ressoar nos ouvidos, a mesma dor, a mesma ausência de som, mas a sua audição voltara alguns dias depois.

Não há motivo para se preocupar, disse a si mesmo. Ainda não.

Podia ver a extensão das sombras do sol e a cor da luz. Amanheceu há pouco tempo, pensou, e mais uma vez bendisse a Deus por sua visão estar incólume.

Viu os lábios do médico se moverem, mas nenhum som atravessou a turbulência ressonante.

Com cuidado ele apalpou o rosto, a boca e os maxilares. Não havia dor nesses lugares, nem ferimentos. Depois o pescoço, braços e peito. Nada de ferimentos. Depois desceu mais as mãos, sobre os rins, a sua masculinidade. Mas não estava mutilado, como Alban Caradoc fora, e agradeceu a Deus por não ter sido ferido ali e deixado vivo para saber, como o pobre Alban Caradoc soubera.

Descansou um momento, a cabeça doendo de modo abominável. Depois apalpou as pernas e os pés. Tudo parecia em ordem. Cautelosamente pousou as mãos sobre as orelhas e fez pressão, depois entreabriu a boca, engoliu e meio que bocejou, para tentar clarear os ouvidos. Mas isso só aumentou a dor.

Você esperará um dia e meio, ordenou a si mesmo, e dez vezes esse tempo se for necessário; até lá você não terá medo.

O médico tocou-o, seus lábios movendo-se.

– Não consigo ouvir, sinto muito – disse Blackthorne calmamente, ouvindo as palavras apenas no cérebro.

O médico assentiu e tornou a falar. Desta vez Blackthorne leu nos lábios do homem: *Compreendo. Por favor, durma agora.*

Mas Blackthorne sabia que não dormiria. Tinha que planejar. Tinha que se levantar e deixar Ōsaka e ir a Nagasaki, arranjar atiradores e marujos para tomar o Navio Negro. Não havia mais nada em que pensar, mais nada de que se lembrar. Não havia mais razão para brincar de ser samurai ou japonês. Agora estava livre, todas as dívidas e amizades canceladas. Porque ela se fora.

Novamente levantou a cabeça e novamente sentiu a dor cegante. Dominou-a e se sentou. O quarto girou e ele se lembrou de que em seus sonhos estivera de volta a Anjiro, durante o terremoto, quando a terra se fendera e ele pulara lá dentro para salvá-la e a Toranaga de serem tragados. Ainda podia sentir a fria e pegajosa umidade e aspirar o mau cheiro da morte que vinha da fenda, Toranaga imenso, monstruoso e rindo no seu sonho.

Forçou os olhos a verem. O quarto parou de girar e a náusea passou. "Chá, *onegai*", disse, o gosto de pólvora na boca de novo. Mãos ajudaram-no a beber, depois ele estendeu os braços e elas o ajudaram a se erguer. Sem elas, teria caído. O seu corpo era um grande ferimento, mas agora tinha certeza de que nada se quebrara internamente, nem externamente, exceto os seus ouvidos, e que descanso, massagem e o tempo o curariam. Agradeceu mais uma vez a Deus por não ter sobrevivido cego ou mutilado. Os cinzentos ajudaram-no a se sentar de novo e ele se deitou por um instante. Não notou que o sol se moveu um quadrante do momento em que se deitou até o momento em que abriu os olhos.

Curioso, pensou, avaliando a sombra do sol, sem perceber que dormira. Eu poderia ter jurado que amanhecera há pouco. Os meus olhos estão me pregando peças. Está perto do fim do turno da manhã agora. Isso o fez lembrar-se de Alban Caradoc, e suas mãos percorreram o corpo mais uma vez, para certificar-se de que não sonhara que estava ileso.

Alguém o tocou e ele levantou os olhos. Yabu estava observando-o e falando.

– Sinto muito – disse Blackthorne devagar. – Ainda não consigo ouvir, Yabu-san. Logo estarei bem. Ouvidos doem, entende?

Viu Yabu assentir e franzir o cenho. Yabu e o médico conversaram e depois, com sinais, Yabu fez Blackthorne entender que logo voltaria e que Blackthorne descansasse até que ele retornasse. E saiu.

– Banho, por favor, e massagem – disse Blackthorne.

Mãos o ergueram e levaram-no até lá. Ele dormiu sob a pressão de dedos calmantes, o corpo mergulhado no êxtase do calor, a maciez e o aroma doce dos óleos que lhe foram esfregados na carne. E o tempo todo a sua mente planejou. Enquanto dormiu, os cinzentos vieram, colocaram-no na maca e carregaram-na para os aposentos internos do torreão, mas ele não despertou, drogado pela fadiga e pela poção curativa e sonífera.

– Ele estará seguro agora, senhora – disse Ishido.

– Contra Kiyama? – perguntou Ochiba.

– Contra todos os cristãos. – Ishido fez sinal aos guardas que se mantivessem muito alertas e saiu do quarto para o corredor, depois para o jardim inundado de sol.

– Foi por isso que a senhora Achiko foi morta? Porque era cristã?

Ishido ordenara isso na suposição de que ela fosse uma assassina introduzida lá pelo avô Kiyama, a fim de matar Blackthorne.

– Não tenho ideia – disse.

– Eles se agarram uns aos outros como abelhas numa colmeia. Como é que alguém pode acreditar no absurdo religioso deles?

– Não sei. Mas logo serão todos destruídos.

– Como, senhor general? Como o senhor fará isso quando tanta coisa depende da boa vontade deles?

– Promessas, até que Toranaga esteja morto. Aí eles cairão uns sobre os outros. Dividimos e governamos. Não é isso o que faz Toranaga, o que o senhor táicum fez? Kiyama quer o Kantō, *né?* Pelo Kantō ele obedecerá. Por isso foi-lhe prometido para um momento no futuro. Onoshi? Quem sabe o que esse louco deseja... exceto cuspir na cabeça de Toranaga e na de Kiyama antes de morrer?

– E se Kiyama descobrir a sua promessa a Onoshi, que todas as terras de Kiyama serão dele, ou que o senhor pretende manter a sua promessa a Zataki e não a ele?

– Mentiras, senhora, espalhadas por inimigos. – Ishido olhou para ela. – Onoshi quer a cabeça de Kiyama. Kiyama quer o Kantō. Assim como Zataki.

— E o senhor, senhor general? O que deseja?

— Primeiro, o herdeiro em segurança aos quinze anos, depois governando o reino em segurança. E a senhora e ele seguros e protegidos até lá. Nada mais.

— Nada?

— Não, senhora.

Mentiroso, pensou Ochiba. Colheu uma flor perfumada, aspirou o aroma e ofereceu-a a ele.

— Adorável, *né?*

— Sim, adorável — disse Ishido, pegando-a. — Obrigado.

— O funeral de Yodoko-sama foi lindo. Merece ser cumprimentado, senhor general.

— Sinto muito que ela tenha morrido — disse Ishido polidamente. — O seu conselho era sempre valioso.

Andaram a esmo, em silêncio, por momentos.

— Elas já partiram? Kiritsubo-san, a senhora Sazuko e seu filho? — perguntou Ochiba.

— Não. Partirão amanhã. Depois do funeral da senhora Toda. Muitos partirão amanhã, o que é grave.

— Sinto muito, mas isso faz diferença? Agora que todos concordamos em que Toranaga-sama não virá aqui?

— Acho que sim. Mas não é importante, não enquanto detivermos o Castelo de Ōsaka. Não, senhora, temos que ser pacientes, conforme Kiyama sugeriu. Esperaremos até o dia. Então marcharemos.

— Por que esperar? O senhor não pode marchar agora?

— Vai levar tempo para reunir as nossas hostes.

— Quantos enfrentarão Toranaga?

— Trezentos mil homens. Pelo menos três vezes o número de Toranaga.

— E a minha guarnição?

— Deixarei uma elite de 80 mil dentro dos muros, e mais 50 mil nas passagens.

— E Zataki?

— Trairá Toranaga. No final, ele o trairá.

— O senhor não acha curioso que o senhor Sudara, minha irmã e todos os filhos dela estejam visitando Takato?

— Não. Claro que Zataki fingiu algum acordo secreto com o meio-irmão. Mas é apenas um truque, nada mais. Ele o trairá.

— Ele deveria... Ele tem o mesmo sangue corrompido — disse ela, com desagrado. — Mas eu ficaria muito aborrecida se alguma coisa acontecesse à minha irmã ou aos seus filhos.

— Nada acontecerá, senhora, tenho certeza.

— Se Zataki estava pronto a assassinar a própria mãe... *Né?* Tem certeza de que ele não o trairá?

– Não. Não no final. Porque odeia Toranaga mais do que a mim, senhora, e respeita a senhora e deseja o Kantō acima de tudo. – Ishido sorriu para os andares que se elevavam acima dele. – Enquanto o castelo for nosso e o Kantō existir para ser oferecido, não há nada a temer.

– Esta manhã tive medo – disse ela, segurando uma flor junto ao nariz, apreciando o perfume, desejando que ela extinguisse o travo de medo que ainda perdurava. – Tive vontade de sair correndo, mas aí me lembrei do adivinho.

– Hein? Oh, ele. Tinha me esquecido – disse Ishido, divertido, mas sério. Era o adivinho, o emissário chinês, que predissera que o táicum morreria no leito deixando um filho saudável para segui-lo, que Toranaga morreria pela espada na meia-idade, que Ishido morreria muito velho, como o general mais famoso do reino, os pés firmes no solo. E que a senhora Ochiba terminaria os seus dias no Castelo de Ōsaka, rodeada pelos maiores nobres do império.

– Sim – repetiu Ishido. – Eu tinha me esquecido dele. Toranaga é de meia-idade, *né?*

– Sim. – Novamente Ochiba sentia a profundidade do olhar dele, e foi como se os seus rins se fundissem com o pensamento de um homem de verdade em cima dela, dentro dela, abraçando-a, tomando-a, dando-lhe uma nova vida dentro dela. Desta vez, uma concepção honrosa, não como a última, quando ela se perguntara horrorizada como seria a criança e como se pareceria.

Que tola você é, Ochiba, disse a si mesma, enquanto perambulavam pelos caminhos perfumados e sombreados. Afaste esses pesadelos imbecis, não passam disso. Você estava pensando num *homem*.

De repente Ochiba teve vontade de que Toranaga estivesse ali ao seu lado, e não Ishido, que Toranaga fosse senhor do Castelo de Ōsaka e senhor do tesouro do táicum, protetor do herdeiro e general-chefe dos exércitos de oeste, e não Ishido. Então não haveria problemas. Juntos eles possuiriam o reino, o reino todo, e agora, hoje, neste momento, ela o chamaria para o leito ou para uma clareira convidativa e amanhã ou no dia seguinte eles se casariam, e, acontecesse o que acontecesse no futuro, hoje ela possuiria e seria possuída e estaria em paz.

Ponha os sonhos de lado, Ochiba, disse ela para si mesma. Seja realista como o táicum, ou como Toranaga.

– O que vai fazer com o Anjin-san? – perguntou.

Ishido riu.

– Protegê-lo, deixá-lo tomar o Navio Negro talvez, ou usá-lo como ameaça contra Kiyama e Onoshi, se for necessário. Ambos o odeiam, *né?* Oh, sim, ele é uma espada na garganta deles, e na imunda Igreja deles.

– No jogo de xadrez entre o herdeiro e Toranaga, como julgaria o valor do Anjin-san, senhor general? Um peão? Um cavaleiro, talvez?

– Ah, senhora, no Grande Jogo, mal seria um peão, quanto muito – disse Ishido imediatamente. – Mas no jogo do herdeiro contra os cristãos, uma torre, facilmente uma torre, talvez duas.

– O senhor não acha que os jogos estão interligados?

– Sim, interligados, mas o Grande Jogo será decidido por daimio contra daimio, samurai contra samurai e espada contra espada. Naturalmente, em ambos os jogos, a senhora é a rainha.

– Não, senhor general, por favor, desculpe-me, não uma rainha – disse ela, contente de que ele entendesse isso. Depois, por questão de segurança, mudou de assunto. – Corre o boato de que o Anjin-san e Mariko-san "travesseiravam" juntos.

– Sim. Sim, também ouvi dizer. Deseja saber a verdade sobre isso?

Ochiba meneou a cabeça.

– Seria impensável que isso tivesse acontecido.

Ishido observava-a atentamente.

– A senhora acha que haveria algum valor em destruir a honra dela? Agora? E, junto com a dela, a de Buntaro-san?

– Não quis dizer nada, senhor general, nada disso. Só estava me perguntando... Apenas uma tolice de mulher. Mas é como o senhor Kiyama disse esta manhã: lágrimas de um verão trágico, triste, muito triste, *né?*

– Eu preferi o seu poema, senhora. Prometo-lhe que o lado de Toranaga terá as lágrimas.

– Quanto a Buntaro-san, talvez nem ele nem o senhor Hiromatsu lutem pelo senhor Toranaga *na* batalha.

– Isso é um fato?

– Não, senhor general, não um fato, mas uma possibilidade.

– Mas existe alguma coisa que a senhora possa fazer, talvez?

– Nada senão pedir-lhes o apoio ao herdeiro, e o de todos os generais de Toranaga, no momento em que a batalha estiver resolvida.

– Está resolvida agora, um movimento de pinça norte-sul e o ataque final a Odawara.

– Sim, mas não de fato. Não até que exército enfrente exército no campo de batalha. – Depois perguntou: – Desculpe, mas o senhor tem certeza de que é prudente o herdeiro comandar os exércitos?

– Eu comandarei os exércitos, mas o herdeiro deve estar presente. Aí Toranaga não poderá vencer. Até porque Toranaga jamais atacará o estandarte do herdeiro.

– Não seria mais seguro que o herdeiro ficasse aqui, por causa de assassinos, de Amidas?... Não podemos pôr a vida dele em risco. Toranaga tem um braço comprido, *né?*

– Sim. Mas nem tanto, e o estandarte pessoal do herdeiro torna o nosso lado legal e o de Toranaga ilegal. Conheço Toranaga. No final, respeitará a lei. E apenas isso colocará a sua cabeça na ponta de um chuço. Ele está morto, senhora. Assim que estiver morto de fato, destruirei a Igreja cristã, toda ela. Então a senhora e o herdeiro estarão seguros.

Ochiba levantou o olhar para ele, uma promessa não dita nos olhos.

– Rezarei pelo sucesso... e pelo seu regresso seguro.

O peito dele se apertou. Ele esperara muito tempo.

– Obrigado, senhora, obrigado – disse, entendendo-a. – Não lhe falharei.

Ela se curvou e deu-lhe as costas. Que impertinência, estava pensando. Como se eu fosse tomar um camponês por marido! Agora, será que devo realmente descartar Toranaga?

Dell'Aqua estava ajoelhado em oração diante do altar nas ruínas da pequena capela. A maior parte do telhado e de uma parede estava desmoronada, mas o terremoto não danificara o presbitério e nada tocara o belo vidro colorido da janela ou a Nossa Senhora esculpida, que era o seu orgulho.

O sol da tarde incidia através das vigas quebradas. Lá fora, trabalhadores já estavam removendo entulho do jardim, consertando e conversando, e, misturados à tagarelice deles, Dell'Aqua podia ouvir os chiados das gaivotas vindos da praia e sentir um travo na brisa, parte sal, parte fumaça, algas marinhas e pântanos. O odor transportou-o para casa, a sua propriedade perto de Nápoles, onde, misturados aos odores do mar, havia o perfume de limões e laranjas e o de pães frescos no forno, e massa e alho e *abbacchio* assando sobre brasas, e, na grande vila, a voz de sua mãe, dos irmãos e irmãs e seus filhos, todos felizes, alegres e vivos, aquecidos pelo sol dourado.

Ó minha Nossa Senhora, deixe-me voltar para casa em breve, orou ele. Estou longe há muito tempo. De casa e do Vaticano. Nossa Senhora, alivie-me do fardo. Perdoe-me, mas estou farto de japoneses, Ishido, matança, peixe cru, Toranaga, Kiyama, cristãos de arroz, tentar manter viva a sua Igreja. Dê-me a Sua força.

E proteja-nos dos bispos espanhóis. Os espanhóis não entendem o Japão ou os japoneses. Eles destruirão o que começamos pela Sua glória. E perdoe a Sua serva, a senhora Maria, e tome-a sob a sua guarda. Vele por...

Escutou alguém entrar na nave. Ao terminar as orações, levantou-se e voltou-se.

– Desculpe interrompê-lo, Eminência – disse o padre Soldi –, mas o senhor queria saber imediatamente. Há uma mensagem cifrada do padre Alvito. De Mishima. O pombo acabou de chegar.

– E?

– Ele só diz que verá Toranaga hoje. A noite passada foi impossível porque Toranaga estava fora de Mishima, mas espera-se que regresse ao meio-dia de hoje. A mensagem está datada desta manhã.

Dell'Aqua tentou reprimir o desapontamento, depois olhou as nuvens e o tempo, buscando confiança. A notícia do ataque ninja e da morte de Mariko tinha sido enviada a Alvito ao amanhecer, a mesma mensagem por dois pombos, por questão de segurança.

– As notícias logo estarão lá – disse Soldi.

– Sim. Sim, espero que sim.

Dell'Aqua saiu da capela, tomou o claustro e rumou para os seus escritórios. Soldi, pequeno, um passarinho, tinha que se apressar para acompanhar as grandes passadas do padre-inspetor. – Há mais uma coisa de extrema importância, Eminência – disse Soldi. – Os nossos informantes relatam que pouco depois do amanhecer os regentes votaram pela guerra.

Dell'Aqua parou.

– Guerra?

– Parece que estão convencidos de que Toranaga nunca virá a Ōsaka, ou o imperador. Por isso decidiram em conjunto ir contra o Kantō.

– Não há engano nisso?

– Não, Eminência. É a guerra. Kiyama acabou de mandar um aviso pelo irmão Miguel, que confirma a nossa fonte. Miguel acabou de voltar do castelo. A votação foi unânime.

– Dentro de quanto tempo?

– No momento em que souberem com certeza que o imperador não virá aqui.

– A guerra não terminará nunca. Deus tenha piedade de nós! E abençoe Mariko. Pelo menos Kiyama e Onoshi foram prevenidos da perfídia de Toranaga.

– E quanto a Onoshi, Eminência? E quanto à perfídia dele contra Kiyama?

– Não tenho provas disso, Soldi. É coisa forçada demais. Não posso acreditar que Onoshi faça isso.

– Mas se fizer, Eminência?

– Neste exato momento não é possível, mesmo que tenha sido planejado. Agora precisam um do outro.

– Até o falecimento do senhor Toranaga...

– Você não precisa me lembrar da inimizade desses dois, ou de que eles não têm escrúpulos. Deus perdoe a ambos. – Pôs-se em movimento de novo.

Soldi alcançou-o.

– Devo mandar essa informação ao padre Alvito?

– Não. Ainda não. Primeiro tenho que resolver o que fazer. Toranaga ficará sabendo bem depressa, pelas suas próprias fontes. Deus tome esta terra sob a Sua guarda e tenha piedade de todos nós.

Soldi abriu a porta para o padre-inspetor.

– O único outro assunto de importância é que o conselho, formalmente, recusou que ficássemos com o corpo da senhora Mariko. Ela terá um funeral cerimonial amanhã e não fomos convidados.

– Era de se esperar, mas é esplêndido que queiram honrá-la assim. Mande algum dos nossos buscar uma parte das suas cinzas. Isso será permitido. As cinzas serão enterradas em solo santificado em Nagasaki. – Endireitou um quadro automaticamente e sentou-se atrás da escrivaninha. – Direi um réquiem por ela aqui. O réquiem completo, com toda a pompa e cerimônia que pudermos, será quando os seus despojos forem formalmente enterrados. Ela será sepultada em solo de catedral, como uma filha muito abençoada da Igreja. Providencie uma placa, contrate os melhores artistas, calígrafos, tudo deve ser perfeito. A abençoada coragem e autossacrifício dela serão um enorme encorajamento ao nosso rebanho. Muito importante, Soldi.

– E a neta de Kiyama, senhor? As autoridades nos deixarão ficar com o corpo. Ele insistiu.

– Ótimo. Então os seus despojos devem ser enviados imediatamente para Nagasaki. Consultarei Kiyama sobre quão importante ele deseja que o funeral seja.

– O senhor realizará o serviço, Eminência?

– Sim, desde que seja possível que eu saia daqui.

– O senhor Kiyama ficaria muito satisfeito com essa honra.

– Sim, mas devemos nos certificar de que as suas exéquias não prejudiquem as da senhora Maria. As de Maria são, politicamente, muitíssimo mais importantes.

– Claro, Eminência. Compreendo perfeitamente.

Dell'Aqua examinou o seu secretário.

– Por que não confia em Onoshi?

– Desculpe, Eminência, provavelmente porque ele é leproso e me petrifica de terror. Peço desculpas.

– Peça desculpas a ele, Soldi, ele não tem culpa pela doença – disse Dell'Aqua. – Não temos provas da conspiração.

– As outras coisas que a senhora disse eram verdadeiras. Por que não isso?

– Não temos provas. É tudo suposição.

– Sim, suposição.

Dell'Aqua moveu o frasco de água, observando a luz se refratar. – Nas minhas orações senti o cheiro de flores de laranjeira e de pães frescos, e, oh, como gostaria de ir para casa.

Soldi suspirou.

– Sonho com *abbacchio*, Eminência, e com carne *pizzaiola* e um jarro de *Lacrima Christi* e... Deus me perdoe pelas fomes da fome! Logo poderemos ir para casa, Eminência. No próximo ano. Pelo próximo ano estará tudo acomodado aqui.

– Nada estará acomodado aqui no próximo ano. Essa guerra nos atingirá. Prejudicará a Igreja e os fiéis terrivelmente.

– Não, Eminência. Kyūshū será cristã, vença quem vencer – disse Soldi confiante, querendo consolar o superior. – Essa ilha pode esperar pelo bom tempo de Deus. Há mais que o suficiente a fazer em Kyūshū, Eminência, não há? Três milhões de almas a converter, meio milhão de fiéis a quem atender. Depois, há Nagasaki e o comércio. Eles precisam ter comércio. Ishido e Toranaga vão se rasgar em pedaços. O que importa isso? São ambos anticristãos, pagãos e assassinos.

– Sim. Mas, infelizmente, o que acontecer em Ōsaka e em Edo controlará Kyūshū. O que fazer, o que fazer? – Dell'Aqua pôs de lado a melancolia. – E o Inglês? Onde está agora?

– Ainda sob guarda no torreão.

– Deixe-me sozinho um pouco, velho amigo, preciso pensar. Tenho que decidir o que fazer. Finalmente. A Igreja está em grande perigo. – Dell'Aqua olhou pelas janelas para o adro. Então viu frei Perez se aproximando.

Soldi foi para a porta, a fim de interceptar o monge.

– Não – disse o padre-inspetor. – Eu o verei agora.

– Ah, Eminência, boa tarde – disse o frei Perez, coçando-se sem perceber. – Queria me ver?

– Sim. Por favor, traga a carta, Soldi.

– Ouvi dizer que a sua capela foi destruída – disse o monge.

– Danificada. Por favor, sente-se. – Dell'Aqua sentou-se na sua cadeira de espaldar alto, atrás da escrivaninha, o monge à sua frente. – Ninguém se feriu, graças a Deus. Dentro de alguns dias estará nova outra vez. E a sua missão?

– Intacta – disse o monge, com satisfação evidente. – Houve incêndios em toda a nossa volta depois dos tremores e muitos morreram, mas não fomos tocados. O olho de Deus vela por nós. – Depois acrescentou, crítico: – Ouvi dizer que pagãos estiveram assassinando pagãos a noite passada.

– Sim. Uma das nossas mais importantes convertidas, a senhora Maria, foi morta na escaramuça.

– Ah, sim. Também recebi relatórios. "Mate-o, Yoshinaka", disse a senhora Maria, e deu início à carnificina. Ouvi dizer que ela até tentou matar alguns pessoalmente antes de cometer suicídio.

Dell'Aqua corou.

– O senhor não entende nada sobre os japoneses, depois de todo esse tempo, e até fala um pouco da língua deles.

– Compreendo heresia, estupidez, matança e interferência política, e falo a língua pagã muito bem. Compreendo muita coisa sobre esses pagãos.

– Mas não sobre boas maneiras.

– A palavra de Deus não exige boas maneiras. É *a Palavra*. Oh, sim. Também compreendo sobre adultério. O que pensa sobre adultério... e meretrizes, Eminência?

A porta se abriu. Soldi estendeu a Dell'Aqua a carta do papa e saiu.

O padre-inspetor passou o papel ao monge, saboreando a própria vitória.

– Isto é de Sua Santidade. Chegou ontem por um mensageiro especial vindo de Macau.

O monge pegou a ordem papal e leu-a. Ordenava, com o acordo formal do rei da Espanha, que todos os padres de todas as ordens religiosas deviam, no futuro, viajar para o Japão *apenas* via Lisboa, Goa e Macau; que todos estavam proibidos, sob pena de excomunhão imediata, de ir diretamente de Manila para o Japão; e, por fim, que todos os padres não jesuítas deviam deixar o Japão *imediatamente* e dirigir-se para Manila, de onde poderiam, se seus superiores assim o desejassem, regressar ao Japão, mas somente via Lisboa, Goa e Macau.

O frei Perez examinou com atenção o selo, a assinatura e a data, releu cuidadosamente a ordem, depois riu, zombeteiro, e atirou a carta sobre a mesa.

– Não acredito nisso!

– É uma ordem de Sua Santidade o...

– É mais uma heresia contra o rebanho de Deus, contra nós e todos os mendicantes que levamos a Palavra aos pagãos. Com esse ardil, ficamos proibidos de vir ao Japão para sempre, porque os portugueses, instigados por certas pessoas, vão tergiversar para sempre e nunca nos concederão passagem ou vistos. *Se* isto for genuíno, serve apenas para provar o que vimos dizendo há anos: os jesuítas podem corromper até o vigário de Cristo em Roma!

Dell'Aqua se controlou.

– O senhor recebeu ordem de partir. Ou será excomungado.

– As ameaças jesuíticas não têm significado, Eminência. O senhor não fala com a língua de Deus, nunca falou, nunca falará. Não são soldados de Cristo. Servem a um papa, a um homem, Eminência. São políticos, homens da terra, homens do luxo com suas sedas pagãs e terras e poder e riquezas e influência. O senhor Jesus Cristo veio ao mundo disfarçado de homem simples, que se coçava, andava descalço e cheirava mal. Nunca partirei, nem os meus irmãos!

Dell'Aqua nunca estivera tão furioso na vida.

– *O senhor sairá do Japão!*

– Diante de Deus, não sairei! Mas esta é a última vez que venho aqui. Se no futuro o senhor me quiser ver, venha à nossa santa missão, venha e sirva aos pobres, aos doentes e aos indesejados, como fez Cristo. Lave-lhes os pés, como fez Cristo, e salve a sua própria alma antes de ser tarde demais.

– O senhor recebeu ordem, sob pena de excomunhão, de partir do Japão imediatamente.

– Ora vamos, Eminência, não estou excomungado e nunca estarei. Claro que aceito o documento, a menos que tenha caducado. Vem datado de 16 de setembro de 1598, quase dois anos atrás. Tem que ser verificado, é importante demais para ser aceito imediatamente, e isso levará no mínimo quatro anos.

– Claro que não caducou!

– Engana-se. Como Deus é meu juiz, acredito que tenha caducado. Dentro de poucas semanas, no máximo dentro de alguns meses, teremos finalmente um arcebispo no Japão. Um bispo espanhol! As cartas que tenho de Manila relatam que a ordem real é esperada a qualquer momento.

– Impossível! Isto é território português e *nossa* província!

– Era português. Era jesuítico. Mas agora tudo mudou. Com a ajuda dos nossos irmãos e a orientação divina, o rei da Espanha derrotou o seu geral em Roma.

– Isso é um absurdo. Mentiras e boatos. Pela sua alma imortal, obedeça às determinações do vigário de Cristo.

– Obedecerei. Escreverei a ele hoje mesmo, prometo-lhe. Enquanto isso, aguardo um bispo espanhol, um vice-rei espanhol e um novo capitão do Navio

Negro, também espanhol! Isso também deve fazer parte da ordem real. Também temos amigos em altos postos e finalmente eles venceram os jesuítas, de uma vez por todas! Fique com Deus, Eminência.

Frei Perez levantou-se, abriu a porta e saiu.

Na antecâmara, Soldi observou-o partindo, depois voltou correndo para a sala. Assustado pela cor de Dell'Aqua, correu para o frasco de conhaque e serviu um pouco de bebida.

– Eminência?

Dell'Aqua meneou a cabeça e continuou a fitar o vazio, inexpressivo. Durante o ano anterior houvera inquietantes notícias dos seus delegados na corte de Filipe da Espanha, em Madri, sobre a crescente influência dos inimigos da Companhia.

– Não é verdade, Eminência. Os espanhóis não podem vir aqui. Não pode ser verdade.

– Pode ser verdade facilmente. Facilmente demais. – Dell'Aqua tocou a ordem papal. – Este papa pode estar morto, o nosso geral morto... até o rei da Espanha. Enquanto isso... – Pôs-se de pé e ergueu-se em toda a sua altura. – Enquanto isso nós nos prepararemos para o pior e rezaremos por ajuda, faremos o melhor que pudermos. Mande o irmão Miguel trazer Kiyama aqui imediatamente.

– Sim, Eminência. Mas Kiyama nunca esteve aqui antes. Seria pouco provável que viesse agora.

– Diga a Miguel que use quaisquer argumentos que julgar necessários, mas deve trazer Kiyama aqui antes do crepúsculo. Depois mande logo a notícia sobre a guerra a Martim, para ser passada a Toranaga o mais rápido possível. Escreva você os detalhes, que quero mandar uma mensagem particular junto. Depois mande alguém trazer Ferreira aqui.

– Sim, Eminência. Mas quanto a Kiyama, com certeza Miguel não será capaz...

– Diga a Miguel que lhe ordene vir aqui, em nome de Deus, se necessário! Somos soldados de Cristo, vamos à guerra, à guerra de Deus! Depressa!

CAPÍTULO 59

– ANJIN-SAN?

Blackthorne escutou o seu nome no sonho. Vinha de muito longe, parecendo ecoar para sempre.

– *Hai?* – respondeu.

Depois ouviu repetir o nome e uma mão o tocou, os seus olhos se abriram e se concentraram na meia-luz do amanhecer, a sua consciência fluiu de volta e ele se sentou ereto. O médico estava novamente ajoelhado ao lado da sua cama. Kiritsubo e a senhora Ochiba estavam ali perto, olhando-o com atenção. Havia cinzentos por toda parte na sala. Lanternas a óleo bruxuleavam calidamente.

O médico falou-lhe de novo. O ressoar ainda estava nos seus ouvidos e a voz era tênue, mas não havia erro agora. Podia ouvir de novo. Involuntariamente as suas mãos foram parar nos ouvidos e apertaram. Logo a dor explodiu na sua cabeça e disparou faixas e luzes coloridas e um latejar violento.

– Desculpe – murmurou, esperando que o sofrimento diminuísse, querendo que diminuísse. – Desculpe, ouvidos doem, *né?* Mas eu ouço agora, entende, doutor-san? Escuto agora, um pouco. Desculpe, o que disse? – Prestou atenção aos lábios do homem para ajudar a ouvir.

– A senhora Ochiba e Kiritsubo-sama querem saber como o senhor está.

– Ah! – Blackthorne olhou para elas. Notou que estavam vestidas formalmente. Kiritsubo toda de branco, exceto por uma fita verde no cabelo, o quimono de Ochiba, verde-escuro, sem estampados ou adornos, o longo xale branco de gaze.

– Melhor, obrigado. – Depois observou a claridade lá fora e percebeu que estava quase amanhecendo e que não era crepúsculo. – Doutor-san, por favor, dormi um dia e uma noite?

– Sim, Anjin-san. Um dia e uma noite. Deite-se de novo, por favor. – O médico pegou o pulso de Blackthorne com seus longos dedos e pressionou, ouvindo com as pontas dos dedos as nove pulsações, três na superfície, três no meio e três profundas, conforme a medicina chinesa ensinava desde tempos imemoriais.

Todos na sala esperavam pelo diagnóstico. O médico concordou, satisfeito.

– Parece tudo em ordem, Anjin-san. Nenhum ferimento sério, entende? Muita dor de cabeça, *né?* – Voltou-se e explicou com mais detalhes para a senhora Ochiba e Kiritsubo.

– Anjin-san – disse Ochiba –, hoje é o funeral de Mariko-sama. Entende "funeral"?

— Sim, senhora.

— Bom. O funeral será pouco depois do amanhecer. É privilégio seu ir se quiser. Entende?

— Sim. Acho que sim. Sim, por favor, também vou.

— Muito bem. — Ochiba falou com o médico, dizendo-lhe que tratasse do paciente com todo o cuidado. Depois, com uma delicada reverência a Kiritsubo e um sorriso a Blackthorne, saiu.

Kiri esperou até que ela tivesse ido embora.

— Está bem, Anjin-san?

— Ouço mal, senhora. Sinto muito.

— Por favor, me desculpe. Eu queria lhe dizer obrigada. Entende?

— Dever. Apenas dever. Falhei. Mariko-sama morta, *né?*

Kiri curvou-se para ele em homenagem.

— Não falhou. Oh, não, não falhou. Obrigada, Anjin-san. Por ela, por mim e pelas outras. Depois falo mais. Obrigada. — E também foi embora.

Blackthorne apoiou-se e se pôs em pé. A dor de cabeça era monstruosa, fazia-o querer gritar. Forçou os lábios numa linha apertada, o peito doendo muito, o estômago contorcendo-se. Num instante a náusea passou, mas deixou um gosto repugnante na boca. Mexeu os pés para a frente, caminhou até a janela e apoiou-se ao peitoril, esforçando-se para não vomitar. Esperou. Depois caminhou de um lado para outro, mas isso não lhe eliminou a dor de cabeça nem a náusea.

— Eu bem, obrigado — disse, e sentou-se de novo.

— Tome, beba isto. Faz melhorar. Acomoda o *hara.* — O médico tinha um sorriso bondoso. Blackthorne bebeu e teve ânsias. A beberagem cheirava a esterco envelhecido de aves e a algas, misturado com folhas fermentando num dia quente de verão. O gosto era pior ainda.

— Beba. Logo estará melhor, sinto muito.

Blackthorne teve ânsias de novo, mas forçou o líquido a descer.

— Logo estará melhor, sinto muito.

Algumas criadas se aproximaram, pentearam-no e prenderam-lhe o cabelo. Um barbeiro barbeou-o. Trouxeram toalhas quentes para o rosto e as mãos, e ele se sentiu muito melhor. Mas a dor de cabeça permanecia. Outras criadas ajudaram-no a vestir o quimono formal e o manto com asas. Havia uma espada curta nova.

— Presente, amo. Presente de Kiritsubo-sama — disse uma criada.

Blackthorne aceitou-a e enfiou-a ao cinto, junto com a espada mortífera, a que Toranaga lhe dera, o cabo lascado e quase quebrado no ponto onde ele golpeara o ferrolho. Lembrou-se de Mariko em pé, de costas para a porta. Depois, de mais nada até o momento em que ele se ajoelhara ao lado dela e a vira morrer. Depois, nada até o momento.

— Desculpe, este é o torreão, *né?* — perguntou ao capitão dos cinzentos.

– Sim, Anjin-san. – O capitão curvou-se respeitosamente, corpulento como um gorila e igualmente perigoso.
– Por que estou aqui, por favor?
O capitão sorriu e respondeu com educação:
– O senhor general ordenou.
– Mas por que aqui?
– Foram ordens do senhor general – disse o samurai. – Por favor, desculpe, entende?
– Sim, obrigado – disse Blackthorne, cansado.
Quando por fim ficou pronto, sentiu-se péssimo. Um pouco de chá ajudou-o um momento, depois o enjoo subiu num turbilhão e ele vomitou na tigela que uma criada segurou, o peito e a cabeça trespassados por agulhas quentes e vermelhas a cada espasmo.
– Sinto muito – disse o médico, com paciência. – Tome, por favor, beba.
Ele tomou mais da beberagem, mas não adiantou.
O amanhecer agora estava se espalhando pelo céu. Criadas o chamaram com um sinal e o ajudaram a sair do amplo aposento, os seus guardas na frente, os demais atrás. Desceram a escada e saíram para o adro. Havia um palanquim à espera, com mais guardas. Ele se acomodou, agradecido. A uma ordem do seu capitão de cinzentos, os carregadores pegaram as hastes e, rodeados de guardas protetores, juntaram-se à procissão de liteiras e de samurais e senhoras a pé que coleava através do labirinto para fora do castelo. Estavam todos vestidos com esmero. Algumas mulheres usavam quimonos escuros com fitas pretas no cabelo, outras estavam todas de branco, exceto por uma fita de cor.
Blackthorne tinha consciência de estar sendo observado. Fingiu não notar isso e tentou manter as costas eretas e o rosto despido de emoção, e orou para o enjoo não voltar a envergonhá-lo. A dor aumentou.
O cortejo se insinuou por entre as muralhas do castelo, passou por milhares de samurais alinhados em filas silenciosas. Ninguém foi detido, nenhum documento solicitado. Sem parar, o cortejo fúnebre atravessou posto de controle após posto de controle, sob rastrilhos e através dos cinco fossos. Uma vez do outro lado do portão principal, fora das fortificações principais, ele notou que os seus cinzentos se tornaram mais cautelosos, os olhos vigiando todo mundo por perto, mantendo-se perto dele, protegendo-o muito cuidadosamente. Isso lhe diminuiu a ansiedade. A procissão cruzou uma área desimpedida, atravessou uma ponte, depois fez alto na praça ao lado da margem do rio.
Esse espaço tinha trezentos passos por quinhentos. No centro, havia um poço de quinze passos quadrados e cinco de profundidade, cheio de madeira. Sobre o poço havia um alto telhado de esteiras, enfeitado com seda branca e rodeado de paredes de tela de linho branco, pendendo de bambus, que apontavam

exatamente para leste, norte, oeste e sul, um pequeno portão de madeira no meio de cada parede.

– Os portões são para que a alma os atravesse, Anjin-san, no seu voo para o paraíso – dissera-lhe Mariko em Hakone.

– Vamos nadar ou conversar sobre outras coisas. Coisas felizes.

– Sim, claro, mas primeiro me deixe concluir, porque isto é uma coisa muito feliz. O nosso funeral é muitíssimo importante para nós, por isso você deve aprender a respeito dele, Anjin-san, *né*? Por favor?

– Está bem. Mas por que quatro portões? Por que não apenas um?

– A alma deve ter uma escolha. Isso é sábio, oh, somos muito sábios, *né*? Eu já lhe disse hoje que vos amo? – dissera ela, em latim. – Somos uma nação muito sábia em oferecer uma escolha à alma. A maioria das almas escolhe o portão sul, Anjin-san. É o portão importante, onde há mesas com figos secos, romãs frescas e outras frutas, rabanetes e outros vegetais, e folhas de arroz, se a estação for correta. E sempre uma tigela de arroz fresco, cozido, Anjin-san, isso é muito importante. Você entende, a alma pode querer comer antes de partir.

– Se for eu, ponha um faisão assado ou...

– Sinto muito, nada de carne. Nem mesmo peixe. Somos sérios sobre isso, Anjin-san. Além disso, sobre a mesa também haverá um pequeno braseiro com carvões queimando agradavelmente com madeiras preciosas e óleos, para que tudo tenha um cheiro suave...

Blackthorne sentiu os olhos se encherem de lágrimas.

– Quero que o meu funeral seja perto do amanhecer – dissera ela, sempre com muita serenidade. – Amo o amanhecer. E se também pudesse ser no outono...

Minha pobre querida, pensou ele. Você sabia o tempo todo que não haveria um outono.

A sua liteira parou num lugar de honra na fila dianteira, perto do centro, e ele ficou próximo o suficiente para ver lágrimas sobre as frutas borrifadas de água. Estava tudo ali, conforme ela dissera. Em torno alinhavam-se centenas de palanquins e na praça se aglomeravam mil samurais e suas senhoras em pé, todos silenciosos e imóveis. Ele reconheceu Ishido e, ao seu lado, Ochiba. Nenhum dos dois olhou para ele. Estavam sentados em liteiras suntuosas e fitavam as paredes de linho branco que sussurravam à brisa suave. Kiyama estava do outro lado de Ochiba, Zataki perto, com Ito. A liteira fechada de Onoshi também estava lá. Todos tinham destacamentos de guardas. Os samurais de Kiyama usavam cruzes. E os de Onoshi também.

Blackthorne olhou em torno, procurando Yabu, mas não conseguiu encontrá-lo em parte alguma, nem qualquer marrom ou rosto amistoso. Kiyama agora o fitava vitreamente, e, quando viu a expressão dos olhos dele, Blackthorne sentiu-se contente por ter guardas. Entretanto curvou-se com polidez. Mas o olhar de Kiyama permaneceu inalterado e não deu mostras de ter notado a polidez de Blackthorne. Dali a pouco Kiyama desviou os olhos e Blackthorne respirou com mais facilidade.

O som de tambores e sinos e de metal batendo em metal rasgou o ar. Dissonante. Lancinante. Todos os olhos se dirigiram para a entrada principal do castelo, de onde surgiu um palanquim coberto e adornado, carregado por oito sacerdotes xintoístas, um sumo sacerdote sentado como um Buda grave. Outros sacerdotes batiam em tambores de metal à frente e atrás da liteira, depois vinham duzentos sacerdotes budistas usando hábito laranja, mais sacerdotes xintoístas vestidos de branco e por fim o esquife.

Era rico, coberto, todo branco. Ela estava vestida de branco e sentada, a cabeça ligeiramente para a frente, o rosto maquiado, o penteado meticuloso. Dez marrons carregavam o andor. Diante do esquife, dois noviços atiravam minúsculas pétalas de rosas de papel que o vento levava e espalhava, significando que a vida era efêmera como uma flor; atrás deles dois sacerdotes arrastavam duas lanças com a ponta para baixo, indicando que ela era samurai, e o dever, forte como as lâminas de aço. Depois deles vinham quatro sacerdotes com archotes apagados. Saruji, o filho, vinha em seguida, o rosto tão branco quanto o quimono. Depois Kiritsubo e a senhora Sazuko, ambas de branco, o cabelo solto, mas coberto de gaze verde. O cabelo da garota caía-lhe abaixo da cintura, o de Kiri era mais longo. Depois havia um espaço e, por último, vinha o restante da guarnição de Toranaga. Alguns marrons estavam feridos e muitos mancavam.

Blackthorne via apenas ela. Parecia estar em oração e não apresentava marca alguma. Ele se mantinha rígido, sabendo quanta honra aquela cerimônia pública, com Ishido e Ochiba como testemunhas principais, representava para ela. Mas isso não lhe aliviava o sofrimento.

Por mais de uma hora o sumo sacerdote entoou encantamentos e os tambores soaram. Depois, num silêncio repentino, Saruji deu um passo à frente, pegou um archote apagado e foi a cada um dos quatro portões, leste, norte, oeste e sul, para se certificar de que não estavam obstruídos.

Blackthorne viu que o menino tremia e que estava de olhos baixos quando voltou para junto do esquife. Então ergueu a corda branca atada a ele e guiou os carregadores pelo portão sul. A liteira toda foi cuidadosamente colocada sobre a madeira. Outro encantamento solene, depois Saruji encostou o archote encharcado de óleo nas brasas do braseiro. Ardeu de imediato. Ele hesitou, depois voltou de novo pelo portão sul, sozinho, e atirou o archote na pira. A madeira impregnada de óleo pegou fogo. Rapidamente se tornou uma fornalha. Logo as chamas estavam com três metros de altura. Saruji foi forçado a recuar pelo calor, depois pegou madeiras e óleos perfumados e atirou-os ao fogo. O teto de madeira seca explodiu, o fogo atingindo as paredes de linho. Agora toda a área do poço era uma massa devastadora, pirogênica, redemoinhando, crepitando, ávida.

Os pilares do telhado ruíram. Um suspiro percorreu os assistentes. Sacerdotes avançaram e puseram mais madeira na pira, e as chamas se ergueram mais alto, a fumaça em grandes rolos. Restavam, agora, apenas os quatro pequenos portões. Blackthorne viu o calor chamuscá-los. Depois também arderam nas chamas.

Então Ishido, a principal testemunha, saiu do seu palanquim, avançou e fez a oferenda ritual de madeira preciosa. Curvou-se formalmente e se sentou de novo na sua liteira. A uma ordem sua, os carregadores o ergueram e ele voltou ao castelo. Ochiba seguiu-o. Outros começaram a partir.

Saruji curvou-se para as chamas uma última vez. Voltou-se e caminhou até Blackthorne. Parou à sua frente e curvou-se.

— Obrigado, Anjin-san — disse. Depois se afastou com Kiri e a senhora Sazuko.

— Tudo acabado, Anjin-san — disse o capitão dos cinzentos com um sorriso. — Os *kamis* seguros agora. Vamos ao castelo.

— Espere. Por favor.

— Sinto muito, ordens, *né?* — disse o capitão, preocupado, enquanto os outros guardas aproximavam-se.

— Por favor, espere.

Sem se preocupar com a ansiedade deles, Blackthorne desceu da liteira, a dor quase o cegando. Os samurais se espalharam, dando-lhe cobertura. Ele caminhou até a mesa, pegou alguns pedacinhos de madeira de cânfora e atirou-os na fornalha. Não conseguia ver nada através da cortina de chamas.

— *In nomine Patris et Filii et Spiritui Sancti* — murmurou ele, numa bênção, e fez um pequeno sinal da cruz. Depois voltou-se e se afastou do fogo.

Quando despertou, a cabeça estava muito melhor, mas ele se sentia esgotado, a dor surda ainda latejando atrás das têmporas e na testa.

— Como se sente, Anjin-san? — perguntou o médico com o seu sorriso dentuço, a voz ainda tênue. — Dormiu muito tempo.

Blackthorne apoiou-se sobre um cotovelo e fitou sonolento as sombras do sol. Devem ser quase cinco horas da tarde agora, pensou. Dormi mais de seis horas.

— Dormi o dia todo, *né?*

O médico sorriu.

— Ontem o dia todo, a noite e a maior parte de hoje. Entende?

— Compreendo. Sim. — Blackthorne deitou-se, um brilho de transpiração na pele. Bom, pensou. A melhor coisa que eu poderia ter feito, não admira que me sinta melhor.

A sua cama de acolchoados macios estava agora rodeada por três lados de requintados tabiques móveis, com pinturas de paisagens campestres e marítimas, emolduradas com marfim. A claridade vinha pelas janelas opostas e as moscas enxameavam o quarto imenso, agradável e silencioso. Fora havia os sons do castelo, agora misturados ao trote de cavalos passando, rédeas retinindo, os cascos desferrados. A brisa leve trazia o aroma de fumaça. Não sei se gostaria de ser queimado, pensou ele. Mas espere um minuto, não é melhor do que ser colocado numa caixa, depois enterrado e então os vermes... Pare com isso, ordenou a si mesmo, sentindo-se ir à deriva numa espiral descendente. Não há nada com que se preocupar, karma é karma, e, quando você estiver morto, estará morto, e não saberá de mais nada, e qualquer coisa é melhor do que afogamento, a água enchendo você, o seu corpo se tornando enlameado e pútrido, os caranguejos... Pare com isso!

– Beba, por favor. – O médico lhe deu mais daquela beberagem repugnante. Ele teve ânsia de vômito, mas reteve-a no estômago.

– Chá, por favor. – A criada serviu e ele agradeceu. Era uma mulher de meia-idade e rosto redondo, fendas no lugar de olhos e um fixo sorriso vazio. Depois de três xícaras, o gosto na sua boca ficou suportável.

– Por favor, Anjin-san, como está ouvindo?

– A mesma coisa. Ainda longe... distância, entende? Muito distante.

– Compreendo. Comer, Anjin-san?

Uma pequena bandeja lhe foi servida com arroz, sopa e peixe grelhado. O seu estômago estava nauseado, mas lembrou-se de que praticamente não comia havia dois dias, por isso se sentou e se forçou a ingerir um pouco de arroz e a tomar a sopa de peixe. Isso acomodou-lhe o estômago. Então comeu mais e deu cabo de tudo, usando os pauzinhos agora como extensões dos próprios dedos, sem esforço consciente.

– Obrigado. Faminto.

– Sim – disse o médico. Colocou uma bolsa de linho com ervas sobre a mesa baixa ao lado da cama. – Faça chá com isto, Anjin-san. Uma vez por dia, até sarar. Entende?

– Sim. Obrigado.

– Foi uma honra servi-lo. – O velho fez sinal à criada, que levou embora a bandeja vazia, e depois de mais outra mesura seguiu-a e saiu pela mesma porta interna. Blackthorne ficou sozinho. Deitou-se sobre os *futons*, sentindo-se muito melhor.

– Eu só estava com fome – disse alto. Usava apenas uma tanga. As suas roupas formais estavam numa pilha desarrumada onde ele as deixara e isso o surpreendeu, embora houvesse um quimono marrom limpo ao lado das suas espadas. Deixou-se devanear, mas, de repente, sentiu uma presença estranha. Inquieto, sentou-se e correu os olhos ao redor. Depois pôs-se de joelhos e olhou por cima dos biombos e antes de se dar conta estava em pé, a cabeça se fendendo com o repentino movimento de pânico ao ver o jesuíta japonês tonsurado fitando-o, ajoelhado imóvel ao lado da porta principal, um crucifixo e um rosário nas mãos.

– Quem é você? – perguntou Blackthorne, superando a dor.

– Sou o irmão Miguel, senhor. – Os olhos escuros como carvão não piscavam. Blackthorne afastou-se das divisórias e se dirigiu para as suas espadas.

– O que quer comigo?

– Mandaram-me perguntar como o senhor está – disse Miguel calmamente, num português claro, embora com sotaque.

– Quem o mandou?

– O senhor Kiyama.

Então Blackthorne percebeu que estavam totalmente sozinhos.

– Onde estão os meus guardas?

– O senhor não tem guardas.

– Claro que tenho! Tenho vinte cinzentos. Onde estão os meus cinzentos?

– Não havia nenhum quando cheguei, senhor. Sinto muito. O senhor ainda estava dormindo. – Miguel apontou gravemente para fora. – Talvez devesse perguntar àqueles samurais.

Blackthorne pegou a espada.

– Por favor, saia de junto da porta.

– Não estou armado, Anjin-san.

– Ainda assim, não se aproxime de mim. Os padres me deixam nervoso.

Obediente, Miguel pôs-se de pé e se afastou com a mesma calma enervante. Do lado de fora, dois cinzentos recostavam-se indolentes à balaustrada do patamar.

– Boa tarde – disse Blackthorne polidamente, sem reconhecer nenhum dos dois.

Ambos se curvaram.

– Boa tarde, Anjin-san – retrucou um.

– Por favor, onde estão os meus guardas?

– Todos os guardas foram levados embora na hora da Lebre esta manhã. Entende "hora da Lebre"? Não somos os seus guardas, Anjin-san. Este é o nosso posto habitual.

Blackthorne sentiu o suor gelado escorrer-lhe pelas costas.

– Guardas levados embora, quem ordenou?

Os dois samurais riram. O alto disse:

– Aqui, dentro do torreão, Anjin-san, apenas o senhor general dá ordens, ou a senhora Ochiba. Como se sente agora?

– Melhor, obrigado.

O samurai mais alto chamou alguém. Em poucos momentos um oficial saiu de uma sala com quatro samurais. Era jovem e empertigado. Quando viu Blackthorne, os seus olhos se iluminaram.

– Ah, Anjin-san. Como se sente?

– Melhor, obrigado. Por favor, desculpe-me, mas onde estão os meus guardas?

– Recebi ordem para lhe dizer, quando acordasse, que o senhor deve voltar ao seu navio. Aqui está o seu passe. – O capitão tirou o papel da manga e deu-o a ele, apontando com desdém para Miguel. – Esse sujeito será o seu guia.

Blackthorne tentou pôr a cabeça a funcionar, o cérebro gritando perigo.

– Sim. Obrigado. Mas primeiro, por favor, devo ver o senhor Ishido. Muito importante.

— Sinto muito. As suas ordens são para voltar ao navio assim que despertar. Entende?

— Sim. Por favor, desculpe-me, mas é muito importante eu ver o senhor Ishido. Por favor, diga ao seu capitão. Agora. Devo ver o senhor Ishido antes de partir. Muito importante, sinto muito.

O samurai coçou as marcas de varíola no queixo.

— Vou perguntar. Por favor, vista-se. — Afastou-se a passos largos e com ar de importância, para alívio de Blackthorne. Os quatro samurais ficaram. Blackthorne voltou e se vestiu rapidamente. Eles o observavam. O padre esperava no corredor.

Seja paciente, disse para si mesmo. Não pense e não se preocupe. É um engano. Nada mudou. Você continua tendo o poder que sempre teve.

Colocou as duas espadas no *obi* e tomou o resto do chá. Então viu o passe. O papel estava selado e coberto de caracteres. Não há engano quanto a isto, pensou, o quimono limpo já a lhe colar no corpo.

— Ei, Anjin-san — disse um dôs samurais —, ouvi dizer que o senhor matou cinco ninjas. Muito, muito bom, *né?*

— Sinto muito, apenas dois. Talvez três. — Blackthorne moveu a cabeça de um lado para outro a fim de aliviar a dor e a vertigem.

— Ouvi dizer que foram mortos 57 ninjas e 116 marrons. É verdade?

— Não sei. Sinto muito.

O capitão voltou ao quarto.

— As ordens são para o senhor ir para o seu navio, Anjin-san. O padre é o seu guia.

— Sim. Obrigado. Mas primeiro, desculpe, devo ver a senhora Ochiba. Muito, muito importante. Por favor, pergunte ao seu...

O capitão virou-se para Miguel e falou guturalmente e muito depressa.

— *Né?*

Miguel curvou-se, impassível, e voltou-se para Blackthorne.

— Sinto muito, senhor. Ele diz que o seu superior está perguntando ao superior dele, mas enquanto isso o senhor deve partir imediatamente e seguir-me para a galera.

— *Ima!* — acrescentou o capitão, com ênfase.

Blackthorne sabia que era um homem morto. Ainda perguntou:

— Obrigado, capitão. Onde estão os meus guardas, por favor?

— O senhor não tem guardas.

— Por favor, mande buscar no meu navio. Por favor traga meus vassalos do...

— Ordem ir navio agora! Entende, *né?* — As palavras foram descorteses e muito conclusivas. — Ir ao navio! — acrescentou o capitão com um sorriso falso, esperando que Blackthorne se curvasse primeiro.

Blackthorne notou isso e tudo se transformou em pesadelo, tudo retardado e enevoado. Desesperado, sentiu vontade de enxugar o suor do rosto e curvar-se, mas teve certeza de que dificilmente o capitão retribuiria a mesura, talvez nem sequer com polidez e jamais como igual, e ele estaria envergonhado diante de todos eles. Estava claro que fora traído e vendido ao inimigo cristão, que Kiyama, Ishido e os padres faziam parte da traição e, fosse pela razão ou o preço que fosse, não havia nada agora que ele pudesse fazer senão enxugar o suor, curvar-se e partir, e *eles* estariam à sua espera.

Então sentiu Mariko ao seu lado e se lembrou do terror dela, de tudo o que quisera dizer, tudo o que fizera e tudo o que lhe ensinara. Forçou a mão sobre o punho quebrado da espada e truculentamente separou os pés, sabendo que o seu destino estava decidido, seu karma fixado e que, se tinha que morrer, preferia morrer agora, com orgulho, a morrer mais tarde.

– Sou John Blackthorne, Anjin-san – disse, a sua decisão absoluta emprestando-lhe um poder estranho e uma rudeza perfeita. – General do navio do senhor Toranaga. De todos os navios. Samurai e *hatamoto*! Quem é o senhor?

O capitão corou.

– Saigo Masakatsu, de Kaga, capitão da guarnição do senhor Ishido.

– Sou *hatamoto*. O senhor é *hatamoto*? – perguntou Blackthorne, ainda mais rudemente, sem sequer tomar conhecimento do nome do adversário, apenas vendo-o com uma clareza enorme, irreal, vendo cada poro, cada pelo da barba curta, cada salpico de cor nos hostis olhos castanhos, cada pelo nas costas da mão do homem que agarrava o punho da espada.

– Não, não *hatamoto*.

– O senhor é samurai... ou *rōnin*? – A última palavra sibilou e Blackthorne sentiu homens atrás de si, mas não se preocupou. Estava apenas observando o capitão, esperando pelo golpe súbito e mortal que reuniria toda a *hara-gei*, toda a fonte interna de energia, e preparou-se para retribuir o golpe com a mesma força cegante, numa morte mútua e honrosa, e assim derrotar o inimigo.

Para seu espanto, viu os olhos do capitão mudarem, o homem se contrair e curvar-se, profunda e humildemente. O homem manteve-se curvo, apresentando-se indefeso.

– Por favor... por favor, desculpe a minha falta de maneiras. Eu... eu fui *rōnin*, mas... mas o senhor general deu-me uma segunda chance. Por favor, desculpe a minha falta de maneiras, Anjin-san. – A voz estava entrecortada de vergonha.

Era tudo muito irreal e Blackthorne ainda estava pronto para investir, guardando para investir, esperando a morte e não a vitória. Olhou para os outros samurais. Como um único homem, curvaram-se e mantiveram-se curvados como o capitão, outorgando-lhe a vitória.

Após um momento, Blackthorne curvou-se rigidamente. Mas não como um igual. Eles se mantiveram curvados até que ele se voltasse e tomasse o corredor, Miguel seguindo-o, saindo para a escada principal, descendo os degraus até o adro. Agora não sentia dor alguma. Estava invadido apenas por um ardor enorme. Cinzentos o observavam, e o grupo de samurais que o escoltou, e a

Miguel, até o primeiro posto de controle, manteve-se cuidadosamente fora do alcance da sua espada. Um homem foi enviado à frente, às pressas.

No posto de controle seguinte, o novo oficial curvou-se com polidez como um igual e ele retribuiu a reverência. O passe foi examinado meticulosa mas corretamente. Outra escolta levou-os ao posto seguinte, onde tudo se repetiu. Dali rumaram para o fosso interno, depois para o seguinte. Ninguém interferiu. Os samurais mal prestavam atenção nele.

Aos poucos ele foi notando que a cabeça quase não doía. O suor secara. Soltou os dedos do punho da espada e flexionou-os um momento. Parou junto a uma fonte num muro, bebeu e borrifou água na cabeça.

A escolta cinzenta parou e esperou paciente, e o tempo todo ele tentava entender por que perdera o favor e a proteção de Ishido e da senhora Ochiba. Nada mudou, pensou, aflito. Levantou os olhos e viu Miguel a fitá-lo.

– O que você quer?

– Nada, senhor – disse Miguel, cordialmente. Depois o rosto do padre se iluminou com um sorriso cheio de simpatia. – Ah, senhor, fez-me um grande serviço lá atrás, fazendo aquele *cabrón* de modos repugnantes beber a própria urina. Oh, foi ótimo de ver! – disse, e acrescentou em latim: – Agradeço-vos.

– Não fiz nada por você – disse Blackthorne em português, não querendo falar em latim.

– Sim. Mas que a paz esteja com o senhor. Saiba que Deus se move por caminhos misteriosos. Foi um serviço para todos os *homens*. Aquele *rōnin* foi envergonhado e mereceu. É uma coisa repugnante insultar o *bushidō*.

– Você também é samurai?

– Sim, senhor, tenho essa honra – disse Miguel. – O meu pai é primo do senhor Kiyama e meu clã é da província de Hizen, em Kyūshū. Como o senhor sabia que ele era *rōnin*?

Blackthorne tentou se lembrar.

– Não tenho certeza. Talvez porque ele disse que era de Kaga e isso fica muito longe e Mariko... a senhora Toda disse que Kaga é no extremo norte. Não sei... não me lembro realmente do que disse.

O oficial da escolta aproximou-se.

– Por favor, com licença, Anjin-san, mas este sujeito o está perturbando?

– Não. Não, obrigado. – Blackthorne pôs-se em movimento de novo. O passe foi verificado mais uma vez, com cortesia, e eles prosseguiram.

O sol estava baixo agora, mas ainda faltavam algumas horas para o escurecer, e diabinhos de poeira rodopiavam em espirais minúsculas nas correntes de ar quente. Passaram por muitos estábulos, todos os cavalos com a cara para fora, lanças, chuços e selas prontos para partida imediata, samurais tratando dos cavalos e limpando o equipamento. Blackthorne ficou impressionado com a quantidade de animais.

– Quantos cavalos, capitão? – perguntou.

— Milhares, Anjin-san. Dez, vinte, trinta mil aqui e em outros pontos do castelo.

Quando cruzavam o penúltimo fosso, Blackthorne chamou Miguel com um gesto.

— Você está me levando para a galera?

— Sim. Foi o que me disseram que fizesse, senhor.

— A nenhum outro lugar?

— Não, senhor.

— Quem lhe disse?

— O senhor Kiyama. E o padre-inspetor, senhor.

— Ah, ele! Prefiro Anjin-san, não "senhor"... padre.

— Por favor, desculpe-me, Anjin-san, mas não sou um padre. Não fui ordenado.

— Quando será?

— Quando Deus quiser — disse Miguel confiante.

— Onde está Yabu-san?

— Não sei, sinto muito.

— Você está apenas me levando ao meu navio, a nenhum outro lugar?

— Sim, Anjin-san.

— E depois estou livre? Livre para ir aonde quiser?

— Disseram-me que lhe perguntasse como o senhor está, depois para guiá-lo até o navio, nada mais. Sou apenas um mensageiro, um guia.

— Diante de Deus?

— Sou apenas um guia, Anjin-san.

— Onde aprendeu a falar português tão bem? E latim?

— Fui um dos quatro... dos quatro acólitos enviados pelo padre-inspetor a Roma. Tinha treze anos, Uraga-no-Tadamasa, doze.

— Ah! Agora me lembro. Uraga-san me disse que você foi um deles. Você era amigo dele. Soube que morreu?

— Sim. Passei mal ao ser informado.

— Foram cristãos que fizeram isso.

— Foram assassinos que fizeram isso, Anjin-san. Assassinos. Serão julgados, esteja certo.

Após um momento, Blackthorne disse:

— O que achou de Roma?

— Detestei. Todos nós detestamos. Tudo, a comida, a sujeira, a feiura. São todos *etas* lá, inacreditável! Levamos oito anos para chegar lá e voltar, e, oh, como bendisse Nossa Senhora quando finalmente voltei.

— E a Igreja? Os padres?

— Detestáveis. Muitos deles — disse Miguel calmamente. — Fiquei chocado com os seus costumes, amantes, ganância, pompa, hipocrisia e falta de educação, e os seus dois critérios, um para o rebanho, outro para os pastores. Foi tudo odioso... E, no entanto, encontrei Deus entre alguns, Anjin-san. Muito estranho.

Encontrei a verdade nas catedrais, nos claustros e entre os padres. – Miguel olhou para ele com inocência, uma ternura irradiando dele. – Foi raro, Anjin-san, raras vezes encontrei um vislumbre, isso é verdade. Mas de fato encontrei a verdade e Deus, e sei que o cristianismo é o único caminho para a vida eterna... por favor, desculpe-me, o cristianismo católico.

– Você viu os autos de fé, a Inquisição, as celas, julgamentos de feitiçaria?

– Vi muitas coisas terríveis. Muito poucos homens são sábios, a maioria é de pecadores e muito mal ocorre na Terra em nome de Deus. Mas não é mal de Deus. Este mundo é um vale de lágrimas e apenas uma preparação para a paz eterna. – Orou em silêncio um momento, depois, revigorado, levantou os olhos. – Até alguns hereges podem ser bons, *né?*

– Talvez – replicou Blackthorne, gostando dele.

O último fosso e o último portão, o portão sul principal. O último posto de controle, e o passe foi retido. Miguel atravessou o último rastrilho. Blackthorne seguiu-o. Fora do castelo, cem samurais os esperavam. Homens de Kiyama. Viu-lhes os crucifixos, a hostilidade, e parou. Miguel, não. O oficial fez sinal a Blackthorne que continuasse. Ele obedeceu. Os samurais estreitaram-se atrás e à volta dele, encerrando-o no meio. Carregadores e comerciantes naquela via principal dispersavam-se, curvavam-se e rastejavam até que eles tivessem passado. Alguns erguiam cruzes patéticas e Miguel os abençoava, tomando a dianteira pela ligeira vertente, passando pelo pátio funerário onde o buraco não fumegava mais, cruzando a ponte e seguindo para a cidade, em direção ao mar. Cinzentos e outros samurais vinham da cidade andando entre pedestres. Quando viram Miguel, fecharam a cara e o teriam forçado a se afastar para o lado não fosse a massa de samurais de Kiyama.

Blackthorne seguia Miguel. Já não sentia medo, embora continuasse desejando escapar. Mas não havia para onde correr ou onde se esconder. Em terra. A sua única segurança estava a bordo do *Erasmus*, partindo para o largo, uma tripulação completa com ele, com provisões e armas.

– O que vai acontecer na galera, irmão?

– Não sei, Anjin-san.

Agora estavam nas ruas da cidade, aproximando-se do mar. Miguel dobrou uma esquina e saiu num mercado aberto de peixe. Criadas bonitas, criadas gordas, velhas senhoras, jovens, homens, compradores, vendedores e crianças, todos o olhavam pasmados, depois começaram a fazer vênias, apressadamente. Blackthorne seguiu os samurais por entre barracas, cestos, tabuleiros de bambu com todos os tipos de peixe, peixe rutilante de água, expostos com toda a limpeza, muitos nadando em tanques: pitus e camarões, lagostas, caranguejos e lagostins. Limpeza assim em Londres, nunca, pensou ele, distraído, nem os peixes nem os vendedores. Então viu uma fileira de barracas de comida a um lado, cada uma com um pequeno braseiro, e sentiu todo o perfume de lagostins cozinhando.

– Jesus! – Sem pensar, mudou de direção. Imediatamente os samurais lhe barraram o caminho.

– *Gomen nasai, kinjiru* – disse um deles.

– *Iie!* – retrucou Blackthorne de modo igualmente áspero. – *Watashi tabetai desu, né? Watashi* Anjin-san, *né?* Estou com fome. Sou o Anjin-san!

Blackthorne começou a empurrá-los. O oficial apressou-se para interceptá-lo. Rapidamente Miguel voltou atrás e falou, apaziguador, embora com autoridade, pedindo permissão, que, com relutância, foi concedida.

– Por favor, Anjin-san – disse ele –, o oficial diz que o senhor pode comer. De que gostaria?

– Um pouco disto, por favor. – Blackthorne apontou para os camarões gigantes, sem cabeça e cortados ao longo do comprimento, a carne branca e rosada, as cascas torradas à perfeição. – Um pouco disto. – Não conseguia arrancar os olhos deles. – Por favor, diga ao oficial que não como há quase dois dias e de repente fiquei esfomeado. Sinto muito.

O peixeiro era um velho com três dentes e uma pele coriácea e usava apenas uma tanga. Estava inchado de orgulho de que a sua barraca tivesse sido escolhida e pegou os cinco melhores pitus com pauzinhos ágeis, estendeu-os com capricho sobre uma bandeja de bambu e pôs outros a assar.

– *Dōzo,* Anjin-san!

– *Dōmo.* – Blackthorne sentia o estômago roncando. Queria se empanturrar. Pegou um com os pauzinhos novos, mergulhou-o no molho e comeu com prazer. Estava delicioso.

– Irmão Miguel? – perguntou, oferecendo. Miguel pegou um, mas apenas por educação. O oficial recusou, agradecendo.

Blackthorne terminou aquele prato e comeu mais dois. Poderia ter comido mais dois, mas resolveu não fazê-lo por uma questão de boas maneiras e também porque não queria forçar o estômago.

– *Dōmo* – disse, pousando o prato com um polido arroto obrigatório. – *Bimi desu!* Delicioso.

O homem sorriu, curvou-se, e os feirantes por perto curvaram-se, e então Blackthorne percebeu, para seu horror, que não tinha dinheiro. Corou.

– O que foi? – perguntou Miguel.

– Eu, hã, eu não tenho dinheiro algum comigo... ou, hã!, coisa alguma para dar ao homem. Eu... você poderia me emprestar, por favor?

– Não tenho dinheiro, Anjin-san. Não carregamos dinheiro.

Houve um silêncio embaraçoso. O vendedor sorria, esperando paciente. Então, com igual embaraço, Miguel voltou-se para o oficial e pediu-lhe dinheiro em voz baixa. O oficial ficou furioso com Blackthorne. Falou bruscamente a um de seus homens, que avançou e pagou uma quantia generosa ao feirante, para ser agradecido profusamente, enquanto, róseo e transpirando, Miguel se voltava e se punha em marcha de novo. Blackthorne alcançou-o.

– Desculpe, mas isso... isso nunca me aconteceu! É a primeira vez que compro qualquer coisa aqui. Nunca tive dinheiro, por mais maluco que isso pareça, e nunca pensei... Nunca usei dinheiro...

– Por favor, esqueça, Anjin-san. Não foi nada.

– Por favor, diga ao oficial que lhe pagarei quando chegarmos ao navio.

Miguel fez o que lhe foi pedido. Caminharam em silêncio por algum tempo, Blackthorne mentalmente anotando posições. No fim da rua ficava a praia, o mar calmo e monótono sob a luz do crepúsculo. Então ele viu onde estavam e apontou para a esquerda, para uma rua larga que corria no sentido leste-oeste.

– Vamos por ali.

– Este caminho é mais rápido, Anjin-san.

– Sim, mas por aí temos que passar pela missão jesuítica e pela lorcha portuguesa. Prefiro fazer um desvio e tomar o caminho mais longo.

– Disseram-me que fosse por aqui.

– Vamos pelo outro caminho. – Blackthorne parou. O oficial perguntou o que estava acontecendo e Miguel explicou. O oficial apontou-lhe que continuasse... pelo caminho de Miguel.

Blackthorne ponderou os resultados de uma recusa. Seria forçado ou amarrado e carregado ou arrastado. Nenhuma das alternativas lhe convinha. Então deu de ombros e foi em frente.

Deram na rua larga que margeava a praia. Meia *ri* à frente estavam os ancoradouros e depósitos jesuíticos e, cem passos adiante, o navio português. Mais além, a cerca de duzentos passos, a sua galera, longe demais para que ele visse homens a bordo.

Blackthorne pegou uma pedra e atirou-a zunindo no mar.

– Vamos caminhar pela praia um pouco.

– Claro, Anjin-san. – Miguel desceu para a areia. Blackthorne caminhou pelos baixios, apreciando o frio do mar, o sussurrar da leve arrebentação.

– É uma hora excelente do dia, *né?*

– Ah, Anjin-san – disse Miguel com uma súbita e aberta reação amistosa –, há muitas horas, que minha Nossa Senhora me perdoe, em que eu gostaria de não ser sacerdote, mas apenas o filho de meu pai. E esta é uma delas.

– Por quê?

– Eu gostaria de levá-lo em segredo, o senhor e o seu estranho navio, de Yokohama para Hizen, para a nossa grande enseada de Sasebo. Então lhe pediria para negociar comigo, pedir-lhe-ia que me mostrasse e aos nossos capitães marítimos as peculiaridades do seu navio e a sua técnica marítima. Em troca lhe ofereceria os melhores professores do reino, professores de *bushidō*, *cha-no-yu*, *hara-gei*, *ki*, meditação *zazen*, arranjo de flores e todos os conhecimentos especiais e únicos que possuímos.

– Eu gostaria disso. Por que não fazemos agora?

– Não é possível hoje. Mas o senhor já sabe muito e num tempo muito curto, *né*? Mariko-sama foi uma excelente professora. O senhor é um samurai digno. E tem uma qualidade que é rara aqui: imprevisibilidade. O táicum a tinha, Toranaga-sama também a tem. O senhor entende: em geral somos pessoas muito previsíveis.

– Você é?

– Sim.

– Então preveja um modo de eu escapar da armadilha onde me encontro.

– Sinto muito, não existe, Anjin-san – disse Miguel.

– Não acredito. Como soube que o meu navio está em Yokohama?

– É de conhecimento comum.

– É?

– Quase tudo a seu respeito, e o fato de ter defendido o senhor Toranaga e a senhora Maria, senhora Toda, é bem conhecido. E respeitado.

– Também não acredito nisso. – Blackthorne pegou outra pedra e atirou-a roçando a água. Prosseguiram, Blackthorne cantando de boca fechada uma cantiga do mar, gostando muito de Miguel. Logo o seu caminho foi bloqueado por um quebra-mar. Contornaram-no e subiram para a rua mais uma vez. O depósito e a missão jesuítica eram altos, pairando contra o céu avermelhado. Ele viu os irmãos leigos de hábito laranja guardando a entrada arqueada de pedra e sentiu que eram hostis. Mas isso não o afetou. A sua cabeça começou a doer de novo.

Conforme esperava, Miguel rumou para os portões da missão. Ele se preparou, decidido a que teriam que deixá-lo inconsciente antes que ele entrasse e o forçassem a entregar as armas.

– Você só estava me guiando até a galera, hein?

– Sim, Anjin-san. – Para seu espanto, Miguel fez-lhe sinal que parasse do lado de fora da entrada. – Nada mudou. Disseram-me que informasse ao padre-inspetor quando passássemos por aqui. Sinto muito, mas o senhor terá que esperar um momento.

Pego desprevenido, Blackthorne observou-o atravessar sozinho os portões. Esperara que a missão fosse o término da jornada. Primeiro uma inquisição e um julgamento, com tortura, depois entregue ao capitão-mor. Olhou para a lorcha, cem passos à frente. Ferreira e Rodrigues estavam na popa e havia marujos armados se apinhando no convés principal. Passando o navio, a estrada do ancoradouro serpenteava ligeiramente e ele mal podia ver a sua galera. Havia homens que o observavam das amuradas e ele pensou reconhecer Yabu e Vinck entre eles, mas não conseguiu ter certeza. Parecia haver algumas mulheres a bordo também, mas não sabia quem poderiam ser. Rodeando a galera havia cinzentos. Muitos cinzentos.

Os seus olhos voltaram a fitar Ferreira e Rodrigues. Estavam ambos fortemente armados. Assim como os marujos. Atiradores postavam-se indolentes por perto dos dois pequenos canhões apontados para a praia, mas, na realidade, estavam encarregados das armas. Reconheceu o grande vulto de Pesaro, o contramestre, seguindo pelo passadiço com um grupo de homens. Os seus olhos seguiram-nos e o seu sangue gelou. Haviam erguido uma fogueira alta em terra, na outra extremidade do ancoradouro. Havia madeira empilhada em torno da base.

– Ah, capitão-piloto, como vai?

Dell'Aqua vinha passando pelos portões, fazendo Miguel parecer um anão ao seu lado. O padre-inspetor usava um hábito jesuítico, a sua altura imensa e a luxuriante barba cinza e branca dando-lhe a agourenta dignidade de um patriarca bíblico. Um inquisidor em cada centímetro, aparentemente benigno, pensou Blackthorne. Fitou os olhos castanhos, achando estranho ter que levantar os olhos para qualquer homem, e mais estranho ainda ver compaixão naqueles olhos. Mas sabia que não haveria piedade atrás deles e não esperava compaixão alguma.

– Ah, padre-inspetor, como vai? – replicou, os camarões agora pesando-lhe no estômago, enjoando-o.

– Vamos?

– Por que não?

Então a inquisição será a bordo, pensou Blackthorne, com um medo desesperado, desejando ter pistolas ao cinto. Você seria o primeiro a morrer, Eminência.

– Fique aqui, Miguel – disse Dell'Aqua. Depois olhou na direção da fragata portuguesa. O seu rosto endureceu e ele se pôs em movimento.

Blackthorne hesitou. Miguel e os samurais o observavam estranhamente.

– *Sayōnara*, Anjin-san – disse Miguel. – Vá com Deus.

Blackthorne assentiu brevemente e começou a caminhar entre os samurais, esperando que lhe caíssem em cima para lhe arrancar as espadas. Mas deixaram-no passar sem o molestar. Ele parou e olhou para trás, o coração disparado.

Por um momento sentiu-se tentado a sacar a espada e atacar. Mas não havia escapatória daquele modo. Não lutariam com ele. Muitos tinham lanças, portanto o acertariam e o desarmariam, ele seria amarrado e passado adiante. Não irei amarrado, prometeu a si mesmo. O seu único caminho era para a frente, e lá suas espadas eram impotentes contra as armas de fogo. Investiria contra as armas, mas simplesmente lhe mutilariam os joelhos e ele seria amarrado...

– Capitão Blackthorne, venha – chamou Dell'Aqua.

– Sim, só um instante, por favor. – Blackthorne chamou Miguel com um gesto. – Escute, irmão, lá na praia você disse que eu era um samurai digno. Falou a sério?

– Sim, Anjin-san. Isso e todo o resto.

– Então peço-lhe um favor, como samurai – disse calmamente, mas com urgência.

– Que favor?

– Morrer como samurai.

– A sua morte não está em minhas mãos. Está nas mãos de Deus, Anjin-san.

– Sim. Mas peço esse favor a você. – Blackthorne apontou para a fogueira distante. – Aquilo não é jeito. É infame.

Perplexo, Miguel olhou na direção da lorcha. E viu a fogueira pela primeira vez.

– Bendita mãe de Deus...

– Capitão Blackthorne, por favor, venha – chamou Dell'Aqua de novo.

Com mais urgência, Blackthorne disse:

– Explique ao oficial. Ele tem samurais suficientes aqui para insistir, *né?* Explique a ele. Você esteve na Europa. Sabe como é lá. Não é pedir demais, *né?* Por favor, sou samurai. Um deles poderia ser o meu assistente.

– Eu... eu pedirei. – Miguel voltou para junto do oficial e começou a falar, baixo e urgentemente.

Blackthorne voltou-se e concentrou a atenção no navio. Avançou. Dell'Aqua esperou até que ele estivesse ao seu lado, então pôs-se em movimento de novo.

À frente, Blackthorne viu Ferreira deixar a popa, empertigado, descer o convés principal, pistolas ao cinto, florete do lado. Rodrigues o observava, a mão direita na coronha de uma arma de cano longo. Pesaro e dez marujos já estavam preparados no quebra-mar, apoiados a mosquetes com baionetas. E a sombra comprida da fogueira com a madeira empilhada se esticava na direção de Blackthorne.

Ó Deus, um par de pistolas, dez bons lobos do mar e um canhão, pensou ele quando a brecha se fechou inexoravelmente. Ó Deus, não me deixe ser envergonhado...

– Boa noite, Eminência – disse Ferreira, os olhos vendo apenas Blackthorne. – Então, Ingl...

– Boa noite, capitão-mor. – Dell'Aqua apontou encolerizado para a fogueira. – Aquilo é ideia sua?

– Sim, Eminência.

– Volte para o seu navio!

– Isto é uma decisão militar.

– *Volte para o seu navio!*

– *Não!* Pesaro! – Imediatamente o contramestre e o grupo armado de baionetas puseram-se em guarda e avançaram até Blackthorne. Ferreira sacou a pistola.

– Então, Inglês, encontramo-nos de novo.

– Isso é coisa que não me satisfaz em absoluto. – A espada de Blackthorne saiu da bainha. Segurou-a desajeitadamente com as duas mãos, o punho quebrado machucando-o.

– Esta noite você ficará satisfeito no inferno – disse Ferreira, sombrio.

– Se você tivesse um pouco de coragem, lutaria homem a homem. Mas você não é homem, é um covarde, um covarde espanhol sem colhões.

— Desarmem-no! – ordenou Ferreira.

Imediatamente os dez homens avançaram, baionetas apontadas. Blackthorne recuou, mas foi cercado. Baionetas cutucaram-lhe as pernas e ele golpeou um atacante, mas, quando o homem recuou, outro atacou por trás. Então Dell'Aqua voltou a si e gritou:

— Baixem as armas! Diante de Deus, ordeno que parem!

Os marujos ficaram confusos. Todos os mosquetes apontavam para Blackthorne, que se erguia indefeso, encurralado, espada em riste.

— Voltem, todos vocês! – ordenou Dell'Aqua. – Voltem! Diante de Deus, voltem! São animais?

— Quero esse homem! – disse Ferreira.

— Eu sei, e já lhe disse que não pode tê-lo! Ontem e hoje! É surdo? Deus me dê paciência! Ordene que os seus homens voltem para bordo!

— Ordeno-lhe que faça meia-volta e vá embora!

— Ordena a *mim*?

— Sim. Ordeno ao senhor! Sou capitão-mor, governador de Macau, oficial-chefe de Portugal na Ásia, e esse homem é uma ameaça ao Estado, à Igreja, ao Navio Negro e a Macau!

— Diante de Deus, eu o excomungarei, e a toda a sua tripulação, se este homem for ferido. Estão ouvindo? – Dell'Aqua girou para os mosqueteiros, que recuaram atemorizados. Menos Pesaro. Este permaneceu no lugar, desafiador, a pistola frouxa na mão, esperando a ordem de Ferreira. – Subam naquele navio e saiam do caminho!

— Está cometendo um erro – vociferou Ferreira. – Ele é uma ameaça. Sou comandante militar na Ásia e digo que...

— Isto é assunto da Igreja, não milit...

Blackthorne estava perplexo, quase incapaz de pensar ou enxergar, a cabeça novamente explodindo de dor. Tudo acontecera tão depressa, num momento protegido, no momento seguinte não, num momento entregue à Inquisição, no momento seguinte livre, para ser traído de novo e agora defendido pelo inquisidor-chefe. Nada fazia sentido.

Ferreira estava gritando:

— Advirto-o novamente! Como Deus é o meu juiz, o senhor está cometendo um erro e informarei Lisboa!

— Enquanto isso, ordene que seus homens voltem para bordo ou eu o removo do posto de capitão-mor do Navio Negro!

— O senhor não tem poder para isso!

— A menos que ordene a seus homens que voltem para bordo e que não toquem no Inglês, *imediatamente*, eu o declararei excomungado, e qualquer homem que sirva sob suas ordens, em qualquer comando, excomungado, e o amaldiçoo, e a todos que o servem, em nome de Deus!

— Por Nossa Senhora... — Ferreira parou. Não tinha medo por si mesmo, mas agora o seu Navio Negro estava em risco e ele sabia que a maior parte da sua tripulação desertaria se não obedecesse. Por um momento contemplou a possibilidade de atirar no padre, mas isso não suprimiria a maldição. Por isso, cedeu.
— Muito bem... de volta a bordo, todos vocês!

Obedientemente os homens se dispersaram, contentes por se afastarem da cólera do padre. Blackthorne continuava desnorteado, perguntando-se se a sua cabeça não lhe estaria pregando uma peça. Então, em meio ao tumulto, o ódio de Pesaro explodiu. Fez pontaria. Dell'Aqua viu o movimento dissimulado e saltou para a frente a fim de proteger Blackthorne com o próprio corpo. Pesaro puxou o gatilho, mas nesse momento foi varado de setas, a pistola disparou inofensivamente e ele desabou gritando.

Blackthorne girou sobre os calcanhares e viu seis arqueiros de Kiyama, com outras setas prontas nos arcos. Junto deles, Miguel. O oficial falou asperamente. Pesaro soltou um último guincho, os membros contorcidos, e morreu.

Miguel tremia ao romper o silêncio.

— O oficial diz que sente muito, mas temeu pela vida do padre-inspetor. — Miguel estava implorando a Deus que o perdoasse por ter dado o sinal de ataque. Mas Pesaro tinha sido advertido, pensou ele. E é meu dever providenciar para que as ordens do padre-inspetor sejam obedecidas, que a sua vida seja protegida, que os assassinos sejam destruídos e ninguém seja excomungado.

Dell'Aqua estava de joelhos ao lado do cadáver de Pesaro. Fez o sinal da cruz e disse as palavras sagradas. Os portugueses ao seu redor observavam os samurais, ansiando pela ordem de matar os assassinos. O restante dos homens de Kiyama vinha correndo do portão da missão, onde haviam ficado, e uma quantidade de cinzentos afluía da área da galera a fim de investigar. Apesar da sua raiva quase cegante, Ferreira sabia que não poderia enfrentar um combate ali, naquele momento.

— Todos de volta a bordo! Tragam o corpo de Pesaro! — Com semblantes fechados, o grupo começou a obedecer.

Blackthorne baixou a espada, mas não a embainhou. Esperava, estupidificado, na expectativa de um truque, de ser capturado e arrastado para bordo.

No tombadilho, Rodrigues disse calmamente:

— Alerta para repelir abordagem, mas com cuidado, por Deus! — Logo os homens tomaram as posições de ação. — Protejam o capitão-mor! Preparem a chalupa...

Dell'Aqua levantou-se e voltou-se para Ferreira, que se erguia arrogante no passadiço, preparado para defender o seu navio.

— O senhor é responsável pela morte deste homem! — sibilou o padre-inspetor.
— A sua ambição fanática e vingativa e...

— Antes que o senhor diga publicamente alguma coisa de que possa se arrepender, Eminência, é melhor pensar com cuidado — interrompeu-o Ferreira.
— Curvei-me à sua ordem, mesmo sabendo, diante de Deus, que o senhor estava

cometendo um erro terrível. O senhor me ouviu ordenar a meus homens que voltassem para bordo! Pesaro desobedeceu-lhe, não eu, e a verdade é que, se alguém é responsável, é o senhor. O senhor impediu a ele e a nós de cumprirmos o nosso dever. Esse Inglês é o inimigo. Foi uma decisão militar, por Deus! Informarei Lisboa. – Os seus olhos certificaram-se da prontidão de combate do seu navio e dos samurais que se aproximavam.

Rodrigues movera-se para a ponte do convés principal.

– Capitão-mor, não posso zarpar com este vento e esta maré.

– Prepare uma chalupa para nos rebocar, se for necessário.

– Isso está sendo feito.

Ferreira gritou aos homens que carregavam Pesaro, dizendo-lhes que se apressassem. Logo estavam todos de volta a bordo. Os canhões foram equipados, embora discretamente, e todo mundo tinha dois mosquetes por perto. À esquerda e à direita, os samurais se aglomeravam no ancoradouro, mas não fizeram qualquer movimento declarado para interferir.

Ainda no cais, Ferreira disse peremptoriamente a Miguel:

– Diga-lhes que dispersem! Não há problema aqui, não há nada para eles fazerem. Houve um engano, um engano grave, mas eles tiveram razão em atirar no contramestre. Diga-lhes que dispersem. – Odiou dizer isso e queria matar todos eles, mas quase podia farejar o perigo no ancoradouro e não tinha alternativa agora senão recuar.

Miguel fez o que lhe foi ordenado. Os oficiais não se moveram.

– É melhor ir embora, Eminência – disse Ferreira asperamente. – Mas isto não encerrou a questão. O senhor vai se arrepender de tê-lo salvo!

Dell'Aqua também sentia a tensão prestes a explodir ao seu redor. Mas isso não o afetava. Fez o sinal da cruz e uma pequena bênção, depois virou as costas.

– Vamos, piloto.

– Por que está me deixando ir? – perguntou Blackthorne, a dor de cabeça atormentando-o, ainda não se atrevendo a acreditar.

– Vamos, piloto!

– Mas por que está me deixando ir? Não compreendo.

– Nem eu – disse Ferreira. – Eu também gostaria de saber a *verdadeira* razão, Eminência. Ele não continua sendo uma ameaça para nós e para a Igreja?

Dell'Aqua encarou-o. Sim, queria dizer, para apagar toda a presunção daquela cara arrogante à sua frente. Mas a ameaça maior é a guerra imediata, e nosso interesse é saber como ganhar tempo para você e cinquenta anos de Navio Negro, e a quem escolher: Toranaga ou Ishido. Você não entende nada dos nossos problemas, Ferreira, ou dos riscos envolvidos, ou a delicadeza da nossa posição aqui, ou dos perigos existentes.

– Por favor, senhor Kiyama, reconsidere. Sugiro que o senhor escolha o senhor Toranaga – dissera Dell'Aqua ao daimio na véspera, usando Miguel como intérprete, não confiando no seu próprio japonês, que era apenas razoável.

— Isso é uma imperdoável interferência nos negócios japoneses e está fora da sua jurisdição. Além disso, o bárbaro deve morrer.

Dell'Aqua usara toda a sua habilidade diplomática, mas Kiyama fora irredutível e se recusara a se comprometer ou a mudar a sua posição. Então, naquela manhã, quando se dirigira a Kiyama para lhe dizer que, graças à vontade de Deus, o Inglês fora neutralizado, houvera um lampejo de esperança.

— Considerei o que o senhor disse — dissera-lhe Kiyama. — Não vou me aliar a Toranaga. Deste momento até a batalha observarei os dois contendores com todo o cuidado. No momento correto escolherei. E agora consinto que o bárbaro se vá... não por causa do que o senhor me disse, mas por causa da senhora Mariko, para honrá-la... e porque o Anjin-san é *samurai*.

Ferreira ainda o olhava fixamente.

— O Inglês não continua sendo uma ameaça?

— Faça uma viagem segura, capitão-mor, e adeus. Piloto, vou levá-lo à sua galera. O senhor está bem?

— É que... a minha cabeça está... Acho que a explosão... O senhor mesmo vai me deixar ir? Por quê?

— Porque a senhora Maria, a senhora Mariko, pediu-nos que o protegêssemos. — Dell'Aqua pôs-se em marcha.

— Mas isso não é razão! O senhor não faria isso só porque ela pediu!

— Concordo — disse Ferreira. Depois exclamou: — Eminência, por que não lhe diz a verdade toda?

Dell'Aqua não parou. Blackthorne começou a segui-lo, mas não deu as costas ao navio, sempre aguardando traição.

— Isso não faz sentido. O senhor sabe que vou destruí-lo. Tomarei o seu Navio Negro.

Ferreira riu com escárnio:

— Com quê, Inglês? *Você não tem nenhum navio!*

— O que quer dizer?

— Você não tem navio. Foi destruído. Se não estivesse destruído, eu nunca o deixaria ir, fosse qual fosse a ameaça de Sua Eminência.

— Não é verdade...

Através da névoa da cabeça, Blackthorne ouviu Ferreira repetir e rir mais alto e acrescentar alguma coisa sobre um acidente e a mão de Deus: o seu navio queimou até à medula, portanto você nunca prejudicará o *meu* navio agora, embora ainda seja herege e inimigo e ainda constitua uma ameaça à nossa fé. Então viu Rodrigues nitidamente, piedade no rosto, e os lábios soletrarem: "Sim, é verdade, Inglês".

— Não é verdade, não pode ser verdade.

Então o padre inquisidor estava dizendo, de um milhão de léguas de distância:

— Recebi uma mensagem esta manhã do padre Alvito. Parece que um terremoto causou um maremoto, a onda...

Mas Blackthorne não estava escutando. A sua mente estava gritando: o seu navio está destruído, você o abandonou, o seu navio está destruído, você não tem navio, não tem navio, não tem navio...

– Não é verdade! Estão mentindo, o meu navio está numa enseada segura protegido por 4 mil homens. Está a salvo!

Alguém disse:

– Mas não a salvo de Deus!

E depois o inquisidor estava falando de novo:

– O maremoto fez o seu navio adernar. Dizem que as lâmpadas a óleo no convés viraram e o fogo se alastrou. O seu navio foi arrasado...

– Mentiras! E o vigia de convés? Sempre há um vigia de convés! É impossível – gritou ele, mas sabia que de algum modo o preço da sua vida fora o navio.

– Você está encalhado, Inglês – espicaçava-o Ferreira. – Está perdido. Vai ficar aqui para sempre, nunca conseguirá passagem num dos nossos navios. Você está encalhado para sempre...

Aquilo continuou, continuou, ele se sentia afogar. Então os seus olhos clarearam. Ouviu o grito das gaivotas, sentiu o mau cheiro da praia e viu Ferreira, viu o inimigo, e soube que era tudo uma mentira para enlouquecê-lo. Soube com certeza e que os padres faziam parte da trama. "Deus os leve para o inferno!", gritou, e investiu contra Ferreira, a espada em riste. Mas foi uma investida apenas no seu sonho. Agarraram-no com facilidade, tiraram-lhe as espadas e puseram-no a caminhar entre dois cinzentos, por entre todos os outros, até ele estar no passadiço da galera, onde lhe devolveram as espadas e o soltaram. Era-lhe difícil ver ou escutar, o cérebro quase não funcionando agora devido à dor, mas tinha certeza de que era tudo um truque para enlouquecê-lo e que conseguiriam se ele não fizesse um grande esforço. Ajude-me, rezou ele, alguém me ajude, depois Yabu estava ao seu lado, e Vinck, e seus vassalos, e ele não conseguia distinguir as línguas. Guiaram-no para bordo, Kiri lá, em algum lugar, e Sazuko, uma criança chorando nos braços de uma criada, o remanescente da guarnição marrom aglomerado no convés, remadores e marujos.

Cheiro de suor, suor de medo. Yabu falava com ele. E Vinck. Levou muito tempo para se concentrar.

– Piloto, por que, em nome de Cristo, eles o deixaram ir?

– Eu... eles... – Não conseguia dizer as palavras.

Então, de algum modo, encontrou-se no tombadilho e Yabu estava ordenando ao capitão que zarpasse antes que Ishido mudasse de ideia quanto a deixá-los partir e antes que os cinzentos no atracadouro mudassem de ideia quanto a permitir que a galera partisse, dizendo ao capitão que rumasse a toda velocidade para Nagasaki. Kiri dizendo: "Sinto muito, Yabu-sama, por favor, primeiro Edo, devemos ir a Edo...".

Os remos da embarcação impeliram-na para longe do ancoradouro, contra a maré e contra o vento, e ela saiu para a correnteza, gaivotas grasnando na sua esteira, e Blackthorne arrancando-se de algum modo do seu estupor para dizer de modo coerente:

– Não. Sinto muito. Ir Yokohama. Deve ir Yokohama.

– Primeiro conseguimos homens em Nagasaki, Anjin-san, entende? Importante. Primeiro os homens. Primeiro os homens! Tenho plano – disse Yabu.

– Não. Ir Yokohama. Meu navio... Meu navio perigo.

– Que perigo? – perguntou Yabu.

– Cristãos dizem... dizem fogo!

– O quê!?

– Pelo amor de Deus, piloto, qual é o problema? – gritou Vinck.

Blackthorne apontou tremulamente para a lorcha.

– Eles me disseram que o *Erasmus* está perdido, Johann. O nosso navio está perdido... Incendiado. – Depois, explodiu: – Ó Deus, que seja tudo mentira!

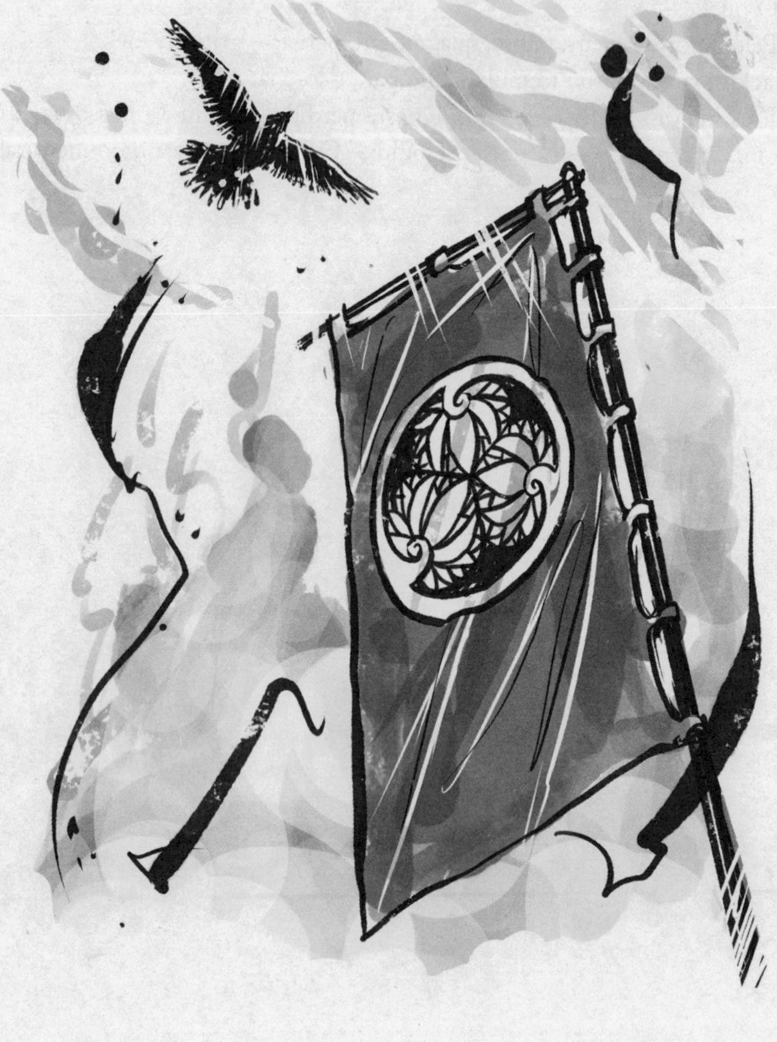

LIVRO SEIS

CAPÍTULO 60

EM PÉ, NO RASO, BLACKTHORNE OLHOU PARA O ESQUELETO CHAMUSCADO DO seu navio, encalhado e adernado, ao sabor da leve rebentação, uns setenta metros mar adentro, sem mastros, sem conveses, sem nada, exceto a quilha e as costelas do casco apontando para o céu.

– Os macacos tentaram puxá-lo para terra – disse Vinck sombriamente.

– Não. A maré o trouxe para cá.

– Pelo amor de Deus, por que dizer isso, piloto? Se se tem um maldito incêndio e se se está perto de uma maldita praia, embica-se o navio para combater o fogo! Por Deus, até esses bastardos sabem disso! – Vinck cuspiu na areia. – Macacos! O senhor nunca deveria tê-lo deixado com eles! O que vamos fazer agora? Como vamos voltar para casa? O senhor deveria tê-lo deixado em Edo, a salvo, e nós a salvo, com os nossos "eters".

A lamúria na voz de Vinck irritou Blackthorne. Tudo em Vinck o irritava agora. Por três vezes na semana anterior ele quase dissera a seus vassalos que apunhalassem Vinck e o atirassem ao mar, para se livrar da tortura quando os lamentos, queixumes e acusações se tornaram excessivos. Mas conseguira sempre se conter e subira ao convés ou descera à cabine para procurar Yabu. Perto de Yabu, Vinck não emitia som algum, ficava petrificado, e com razão. A bordo fora fácil se conter. Ali, envergonhado ante a nudez do seu navio, não era fácil.

– Talvez o tenham puxado para terra, Johann – disse ele, com um cansaço de morte.

– Pode apostar como esses bastardos comedores de esterco o puxaram! Mas não apagaram o fogo, Deus os amaldiçoe todos com o inferno! Não deveria ter deixado japonas nele, esses macacos fedorentos...

Blackthorne cerrou os ouvidos e se concentrou na galera. Estava atracada a sotavento em relação ao embarcadouro, a algumas centenas de passos dele, perto da aldeia de Yokohama. As cabanas do Regimento de Mosquetes ainda estavam dispersas pela praia e pelos contrafortes das montanhas, homens treinando, correndo, uma mortalha de ansiedade sobre todos eles. O dia estava quente e ensolarado, com um vento bom soprando. O nariz de Blackthorne captou um rastro de perfume de mimosas. Podia ver Kiri e a senhora Sazuko conversando sob sombrinhas alaranjadas na popa e perguntou a si mesmo se o perfume viria de lá. Depois observou Yabu e Naga caminhando de um lado para outro sobre o ancoradouro, Naga falando e Yabu ouvindo, ambos muito tensos. Viu-os olhar para ele. Sentiu-lhes o desassossego.

Quando a galera contornara o promontório duas horas antes, Yabu dissera:

– Por que olhar de mais perto, Anjin-san? O navio está liquidado, *né?* Tudo acabado. Vamos a Edo! Preparar para a guerra. Não há tempo agora.

– Sinto muito, parar aqui. Tenho olhar de perto. Por favor.

– Vamos a Edo! Navio destruído... liquidado. *Né?*

– O senhor quer, o senhor vai. Eu nado.

– Espere. Navio destruído, *né?*

– Sinto muito, por favor, pare. Pouco tempo. Depois Edo.

Por fim Yabu concordara, eles atracaram e Naga veio ao encontro deles.

– Sinto muito, Anjin-san. – dissera Naga, os olhos turvos pela falta de sono.

– Sim, sinto muito. Por favor, o que aconteceu?

– Desculpe, não sei. Não *hontō.* Não sei verdade. Eu não estava aqui, entende? Recebi ordem de ir a Mishima por alguns dias. Quando voltei, os homens falaram do terremoto durante a noite, tudo aconteceu à noite, entende? Entende "terremoto", Anjin-san?

– Entendo. Sim. Por favor, continue.

– Um pequeno terremoto. Durante a noite. Alguns homens dizem que foi o maremoto, outros dizem que não, que foi apenas um vagalhão, um vagalhão de tempestade. Houve uma tempestade de noite, *né?* Um pequeno *tai-fun.* Entende *tai-fun?*

– Sim.

– Ah, sinto muito. Noite muito escura. Dizem que o vagalhão veio. Dizem que as lâmpadas a óleo no convés se quebraram. O navio pegou fogo, *né?* Tudo queimou, depressa, muito...

– Mas os guardas, Naga-san? Onde os homens de convés?

– Muito escuro. Fogo muito rápido, entende? Sinto muito. *Shikata ga nai, né?* – acrescentou, esperançoso.

– Onde os homens de convés, Naga-san? Deixei guarda. *Né?*

– Quando voltei, um dia depois, senti muito, *né?* Navio liquidado, ainda ardendo ali nos baixios, perto da praia. Navio liquidado. Reuni todos os homens do navio e toda a patrulha da praia daquela noite. Pedi a eles que fizessem relatório. Ninguém tem certeza do que aconteceu. – O rosto de Naga ficou sombrio. – Ordenei-lhes que salvassem, que trouxessem tudo o que fosse possível, entende? Está tudo no acampamento agora. – Apontou para o planalto. – Sob guarda. Meus guardas. Depois condenei-os à morte e corri a Mishima, para relatar ao senhor Toranaga.

– Todos eles? Todos à morte?

– Sim. Eles falharam no seu dever.

– O que disse o senhor Toranaga?

– Muito zangado. Toda a razão de estar zangado, *né?* Ofereci *seppuku.* O senhor Toranaga recusou permissão. Iiiiiih! O senhor Toranaga furioso, Anjin-san. – Naga fez um gesto nervoso, abrangendo a praia. – O regimento inteiro em desgraça, Anjin-san. Todo mundo. Todos os oficiais chefes aqui em desgraça, Anjin-san. Mandados para Mishima. Já 58 *seppukus*.

Blackthorne pensara naquele número e tivera vontade de berrar: 5 mil ou 50 mil não podem reparar a perda do meu navio!

– Ruim – disse a sua boca. – Sim, muito ruim.

– Sim. Melhor ir para Edo. Hoje. Guerra hoje, amanhã, depois de amanhã. Sinto muito.

Depois Naga falara com veemência a Yabu por alguns momentos. Blackthorne, meio louco, odiando as palavras de som abominável, odiando Naga e Yabu e todos eles, mal conseguira acompanhá-lo, embora visse crescer a apreensão de Yabu. Naga voltara-se para ele de novo, com uma determinação embaraçosa.

– Sinto muito, Anjin-san. Nada mais que eu pudesse fazer. *Hontō, né?*

Blackthorne se forçara a assentir.

– *Hontō. Dōmo*, Naga-san. *Shikata ga nai*.

Pedira licença e os deixara para caminhar até o seu navio, para ficar sozinho, já não confiando em si mesmo para conter a fúria insana, sabendo que não havia nada que pudesse fazer, que nada mais saberia sobre a verdade, que os padres de algum modo haviam conseguido pagar, adular ou ameaçar alguém para cometer aquela profanação infame. Escapara de Yabu e Naga, caminhando lentamente e ereto, mas antes que pudesse deixar o ancoradouro Vinck correra atrás dele e implorara para não ser deixado para trás. Vendo o medo abjeto e servil do homem, concordara e lhe permitira acompanhá-lo. Mas fechara a mente a ele.

Então, de repente, seguindo pela praia, toparam com horríveis restos de cabeças. Mais de cem, escondidas do ancoradouro pelas dunas e espetadas em lanças. Aves marinhas ergueram-se numa revoada branca e aos guinchos quando eles se aproximaram e pousaram para continuar pilhando e disputando depois que eles rapidamente passaram.

Agora, estudando o casco do seu navio, um pensamento o obcecava. Mariko vira a verdade e a sussurrara a Kiyama ou aos padres: "Sem o navio, o Anjin-san fica indefeso contra a Igreja. Peço-lhes que o deixem vivo, matem apenas o navio...".

Podia ouvi-la dizendo isso. Ela tinha razão. Era uma solução muito simples para o problema dos católicos. Sim. Mas qualquer um deles poderia ter pensado a mesma coisa. E como passaram pelos 4 mil homens? A quem subornaram? Como?

Não importa quem. Ou como. Eles venceram.

Deus me ajude, sem o meu navio estou morto. Não posso ajudar Toranaga e a guerra o engolirá.

– Pobre navio – disse ele. – Perdoe-me... Tão triste morrer de modo inútil assim. Depois de todas aquelas léguas.

– Hein? – disse Vinck.

— Nada – disse ele. – Pobre navio, perdoe-me. Não fui eu que negociei com ela ou com qualquer pessoa. Pobre Mariko. Perdoe Mariko também.

— O que disse, piloto?

— Nada. Só estava pensando alto.

— O senhor disse alguma coisa. Eu ouvi, pelo amor de Deus!

— Pelo amor de Deus, cale a boca!

— Hein? Cale a boca, é? Estamos abandonados com esses comedores de bosta para o resto da vida! Hein?

— Sim!

— Temos que rastejar para esses malditos pagãos, cabeças de bosta, pelo resto das nossas malditas vidas e quanto tempo será isso, quando tudo o que eles falam é guerra, guerra, guerra? Hein?

— Sim.

— Sim, é? – O corpo todo de Vinck tremia e Blackthorne se preparou. – A culpa é sua. O senhor disse que viéssemos ao Japão, viemos, e quantos morreram vindo para cá? A culpa é sua!

— Sim. Sinto muito, você tem razão!

— Sente muito, piloto? Como vamos voltar para casa? Esse é o seu maldito trabalho, levar-nos para casa! Como vai fazer isso? Hein?

— Não sei. Outro dos nossos navios virá aqui, Johann. Só temos que esperar outr...

— Esperar? Quanto tempo vamos esperar? Cinco anos de bosta, vinte? Jesus Cristo, o senhor mesmo disse que todos esses cabeças de merda estão em guerra *agora!* – A mente de Vinck perdeu o tino. – Vão nos cortar a cabeça e espetá-la como aquelas ali, e os pássaros nos comerão... – Um paroxismo de gargalhada insana sacudiu-o e ele enfiou a mão na camisa esfarrapada. Blackthorne viu o bocal da pistola e teria sido fácil derrubar Vinck no chão e tomar a arma, mas não fez nada para se defender. Vinck brandiu a pistola no rosto dele, dançando ao seu redor com uma alegria disparatada, lunática. Blackthorne aguardou sem medo, esperando a bala. Depois Vinck saiu em disparada pela praia, as gaivotas alçando voo, espavoridas, saindo do caminho, grasnando e gritando. Vinck correu uns cem passos desvairados, depois desabou, caindo de costas, as pernas ainda se mexendo, os braços gesticulando, proferindo obscenidades mudas. Após um momento, pôs-se de bruços, levantou a cabeça com um último guincho, encarou Blackthorne e ficou imóvel. Finalmente o silêncio.

Quando Blackthorne chegou perto, a pistola estava apontada para ele, os olhos fitando-o com um ódio demente, os lábios repuxados sobre os dentes. Vinck estava morto.

Blackthorne fechou os olhos dele, pegou-o, atirou-o ao ombro e voltou. Os samurais vinham correndo na sua direção, Naga e Yabu à frente.

— O que aconteceu, Anjin-san?

– Ele enlouqueceu.
– Está morto?
– Sim. Primeiro enterro, depois Edo. Está bem?
– *Hai.*

Blackthorne mandou buscar uma pá, pediu-lhes que o deixassem sozinho um instante e enterrou Vinck acima da linha-d'água, numa elevação que dava para os destroços do navio. Pronunciou uma oração e sobre a sepultura plantou uma cruz, que moldou com dois pedaços de madeira que flutuavam por perto, à deriva. Foi muito fácil fazer o serviço fúnebre. Já o fizera um sem-número de vezes. Apenas naquela viagem, mais de cem vezes para os seus tripulantes desde que partiram da Holanda. Os únicos sobreviventes agora eram Baccus van Nekk e o rapaz Croocq. Os outros tinham vindo dos outros navios – Salamon, o mudo; Jan Roper; Sonk, o cozinheiro; Ginsel, o veleiro. Cinco navios e 496 homens. E agora Vinck. Todos mortos, menos nós sete. E para quê?

Para circum-navegar o globo? Para sermos os primeiros?

– Não sei – disse na direção do túmulo. – Mas isso não acontecerá agora.

Fez tudo com esmero. "*Sayōnara*, Johann." Depois caminhou até o mar e nadou, despido, até o navio para se purificar. Disse a Naga e Yabu que aquilo era hábito da sua gente depois de sepultar um de seus homens em terra. O capitão tinha que fazê-lo em particular se não houvesse mais ninguém, e o mar era o purificador diante do Deus deles, que era o Deus cristão, mas não exatamente o mesmo Deus cristão dos jesuítas.

Pendurou-se em uma das costelas do navio e viu que já havia craca grudando, areia acumulando-se na quilha, três braças abaixo. Logo o mar reclamaria o navio e a embarcação desapareceria. Olhou em torno, a esmo. Nada a salvar, disse para si mesmo, sem esperar que houvesse coisa alguma.

Nadou para a praia. Alguns de seus vassalos o esperavam com roupas limpas. Vestiu-se, pôs as espadas no *obi* e caminhou de volta. Perto do atracadouro, um dos seus vassalos apontou:

– Anjin-san!

Um pombo-correio, perseguido por um falcão, disparava freneticamente para a segurança do pombal na aldeia. O pombal ficava no sótão da construção mais alta dos arredores, sobre uma pequena elevação. Com noventa metros a percorrer, o falcão, em posição bem acima da presa, fechou as asas e mergulhou. A queda culminou com uma explosão de penas, mas imperfeita. O pombo caiu arrulhando como se estivesse mortalmente ferido. Então, perto do chão, recuperou-se e disparou para casa. Arrastou-se com dificuldade, por um buraco no viveiro, para a segurança, o falcão guinchando de raiva um pouco atrás, e todo mundo exultou, menos Blackthorne. Nem a esperteza e a coragem do pombo o tocaram. Nada mais o tocava.

– Bom, *né?* – disse um dos seus vassalos, embaraçado pela casmurrice do amo.

— Sim. — Blackthorne voltou à galera. Yabu estava lá, com a senhora Sazuko, Kiri e o capitão. Estava tudo pronto. — Yabu-san. *Ima* Edo *ka?* — pediu ele.

Mas Yabu não respondeu e ninguém notou a sua presença. Todos os olhos se concentravam em Naga, que estava correndo na direção da aldeia. Um tratador de pombos saiu do prédio do pombal, indo ao seu encontro. Naga quebrou o lacre e leu a tira de papel: "Galera e todos a bordo em Yokohama até que eu chegue". Estava assinado "Toranaga".

Os cavaleiros surgiram rapidamente sobre a borda da colina ao sol matinal. Primeiro vinham os cinquenta batedores e patrulheiros da vanguarda comandada por Buntaro. Depois, os estandartes. Em seguida, Toranaga. Depois dele, o grosso da expedição de guerra, sob o comando de Omi. Seguindo-os, vinham o padre Alvito Tsukku-san e dez acólitos, num grupo cerrado, e depois uma pequena retaguarda, no meio da qual caçadores com falcões sobre as luvas, todos encapuzados, e um grande milhafre de olhos amarelos. Todos os samurais estavam fortemente armados, usando peitoral e armadura de combate.

Toranaga cavalgava com desenvoltura, o espírito mais leve agora, um homem revigorado e mais forte, e estava contente por se encontrar perto do fim da sua jornada. Fazia dois dias e meio que ordenara a Naga que mantivesse a galera em Yokohama e que partira de Mishima em marcha forçada. Tinham vindo muito depressa, trocando os cavalos a cada vinte *ris*, mais ou menos. Numa parada onde os cavalos não estavam disponíveis, o samurai encarregado fora destituído, o seu estipêndio dado a outro e ele convidado a cometer *seppuku* ou a raspar a cabeça e tornar-se sacerdote. O samurai escolheu a morte.

O idiota tinha sido advertido, pensou Toranaga, o Kantō inteiro mobilizado e em pé de guerra. Contudo, esse homem não foi um desperdício total, disse a si mesmo. Pelo menos a notícia desse exemplo vai percorrer toda a extensão dos meus domínios e não haverá mais atrasos desnecessários.

Tanto que fazer ainda, pensou ele, a mente frenética com fatos, planos e mais planos. Dentro de quatro dias será o dia, o vigésimo segundo dia do oitavo mês, o mês da Contemplação da Lua. Hoje, em Ōsaka, o cortesão Ogaki Takamoto vai se dirigir a Ishido e anunciar que lamentavelmente a visita do Filho do Céu a Ōsaka foi adiada por alguns dias devido a um problema de saúde.

Fora tão fácil manipular o adiamento. Embora Ogaki fosse um príncipe de sétimo grau e descendesse do imperador Go-Shōkō, o nonagésimo quinto da dinastia, estava empobrecido, como todos os membros da corte imperial. A corte não possuía renda própria. Apenas os samurais tinham renda e fazia já centenas de anos que a corte tinha que sobreviver com um estipêndio — sempre cuidadosamente controlado e parco — concedido pelo shōgun, *kanpaku* ou junta governante do momento. Então Toranaga, humildemente e com toda a cautela, atribuíra 10 mil *kokus* anuais a Ogaki, através de intermediários, para que ele socorresse parentes necessitados conforme desejasse, dizendo com a devida humildade que, sendo Minowara e portanto também descendente de Go-Shōkō, ficava encantado em ser útil e esperava que o Exaltado tomasse cuidado com a sua preciosa saúde num clima tão traiçoeiro como o de Ōsaka, em especial por volta do vigésimo segundo dia.

Naturalmente não havia garantia de que Ogaki pudesse persuadir ou dissuadir o Exaltado, mas Toranaga supusera que os conselheiros do Filho do Céu, ou o próprio Filho do Céu, dariam as boas-vindas a uma desculpa para adiar – e, esperava ele, por fim cancelar – a visita. Apenas uma vez, em três séculos, um imperador reinante deixara o seu santuário em Kyōto. Isso fora há quatro anos, a um convite do táicum para contemplar as flores de cerejeira perto do Castelo de Ōsaka, coincidindo com a sua renúncia ao título de *kanpaku* em favor de Yaemon, e assim, por implicação, colocando o selo imperial na sucessão.

Normalmente daimio algum teria ousado fazer tal oferecimento a qualquer membro da corte, porque isso insultava e usurpava a prerrogativa de um superior – nesse caso, o Conselho de Regentes – e logo seria interpretado como traição, como legalmente era. Mas Toranaga sabia que já fora acusado de traição.

Amanhã Ishido e seus aliados se moverão contra mim. Quanto tempo mais ainda tenho? Onde deve ser a batalha? Em Odawara? A vitória depende apenas do tempo e do lugar, e não do número de homens. Eles vão me superar no mínimo em três contra um. Não tem importância, pensou, *Ishido vai sair do Castelo de Ōsaka!* Mariko o forçou. No jogo de xadrez pelo poder sacrifiquei a minha rainha, mas Ishido perdeu duas torres.

Sim. No entanto você perdeu mais que uma rainha na última jogada. Perdeu um navio. Um peão pode se transformar numa rainha, mas não num navio!

Estavam descendo a colina num trote rápido, de chocalhar os ossos. Lá embaixo estava o mar. Dobraram uma curva do caminho e lá estava a aldeia de Yokohama, com os restos do navio a pouca distância da praia. Toranaga podia ver o planalto onde o Regimento de Mosquetes estava alinhado em posição de revista de batalha, com os seus cavalos e equipamentos, mosquetes nos coldres, outros samurais igualmente bem armados formados como uma guarda de honra mais perto da praia.

Nos arredores da aldeia os aldeões estavam ajoelhados em fileiras precisas, esperando para homenageá-lo. Atrás deles estava a galera, os marinheiros esperando com o capitão. Em cada um dos lados do ancoradouro havia barcos de pesca abicados em disposição meticulosa, e Toranaga fez uma anotação mental para admoestar Naga. Ordenara que o regimento estivesse pronto para a partida imediata, mas tirar pescadores ou camponeses da pesca ou do trabalho nos campos era irresponsável.

Voltou-se na sela e chamou um samurai, ordenando-lhe que dissesse a Buntaro que fosse à frente ver se estava tudo seguro e preparado.

– Depois, vá até a aldeia e dispense todos os aldeões, mandando-os de volta ao trabalho, exceto o chefe da aldeia.

– Sim, senhor. – O homem cravou as esporas no cavalo e se afastou a galope.

Agora Toranaga estava perto do planalto o suficiente para distinguir rostos. O Anjin-san e Yabu, depois Kiri e a senhora Sazuko. A sua excitação aumentou.

Buntaro descia a trilha a galope, o seu grande arco e as aljavas cheias às costas, meia dúzia de samurais bem atrás dele. Saíram da trilha e surgiram no planalto. Imediatamente Buntaro viu Blackthorne e o seu rosto tornou-se ainda mais severo. Então puxou as rédeas e olhou em torno, cauteloso. Um estrado coberto, com uma única almofada, estava colocado de frente para o regimento. Ao lado, outro, menor e mais baixo. Kiri e a senhora Sazuko esperavam neste último. Yabu, na qualidade de oficial superior, estava à testa do regimento, Naga à sua direita, o Anjin-san à esquerda. Tudo parecia seguro, e Buntaro acenou ao grupo principal que prosseguisse. A vanguarda chegou a trote, desmontou e se espalhou em torno do estrado, a título de proteção. Então Toranaga cavalgou para dentro da arena. Naga levantou bem alto o estandarte de batalha. Imediatamente quatro mil homens gritaram "*Toranagaaaaaa!*" e se curvaram.

Toranaga não tomou conhecimento da saudação. Em silêncio absoluto, sondou o ambiente. Notou que Buntaro dissimuladamente observava o Anjin-san. Yabu usava a espada que ele lhe dera, mas estava muito nervoso. A reverência do Anjin-san foi correta, mas sóbria, o punho da sua espada quebrado. Kiri e a sua consorte mais nova estavam ajoelhadas, as mãos estendidas sobre os tatames, o rosto modestamente inclinado. Os olhos de Toranaga se abrandaram por um instante, depois fitaram o regimento, com ar de desaprovação. Cada homem ainda estava curvado. Ele não retribuiu a mesura, apenas assentiu secamente e percebeu o tremor que percorreu os samurais quando eles se endireitaram de novo. Bom, pensou ele, desmontando com agilidade, contente de que lhe temessem a vingança. Um samurai tomou as rédeas do seu cavalo e levou o animal embora, enquanto ele dava as costas ao regimento e, suado como todos eles por causa da umidade, se aproximava das duas damas.

– Bem, Kiri-san, bem-vinda ao lar!

Ela fez nova vênia jovialmente.

– Obrigada, senhor. Nunca pensei que teria o prazer de vê-lo de novo.

– Nem eu, senhora. – Toranaga deixou um lampejo da sua felicidade se mostrar. Olhou para a garota. – Bem, Sazuko-san? Onde está o meu filho?

– Com a ama de leite, senhor – respondeu ela, sem fôlego, gozando do seu favor declarado.

– Por favor, mande alguém buscar o nosso filho imediatamente.

– Oh, por favor, senhor, com a sua permissão, posso eu mesma trazê-lo?

— Sim, sim, se você quiser. — Toranaga sorriu e observou-a se afastar um momento, gostando muito dela. Olhou de novo para Kiri. — Está tudo bem com você? — perguntou para os ouvidos dela apenas.

— Sim, senhor. Oh, sim... e vê-lo tão forte enche-me de alegria.

— Perdeu peso, Kiri-chan, e está mais jovem do que nunca.

— Ah, sinto muito, senhor, não é verdade. Mas obrigada, obrigada.

Ele sorriu.

— Seja o que for então, assenta-lhe bem. Tragédia, solidão, estar abandonada... Estou contente de vê-la, Kiri-chan.

— Obrigada, senhor. Estou muito feliz de que a obediência e o sacrifício *dela* tenham destrancado Ōsaka. *Ela* ficaria enormemente satisfeita, senhor, de saber que teve êxito.

— Primeiro tenho que lidar com essa canalha, depois conversaremos. Há muito de que falar, *né?*

— Sim, oh, sim! — Os olhos dela cintilavam. — O Filho do Céu será atrasado, *né?*

— Isso seria prudente. *Né?*

— Tenho uma mensagem particular da senhora Ochiba.

— Ah? Bom! Mas isso terá que esperar. — Ele fez uma pausa. — A senhora Mariko morreu honrosamente? Por escolha e não por acidente ou engano?

— Mariko-sama *escolheu* a morte. Foi *jigai*. Se ela não tivesse feito o que fez, eles a teriam capturado. Oh, senhor, ela foi maravilhosa durante todos aqueles dias ruins. Tão corajosa. E o Anjin-san. Não fosse ele, ela teria sido capturada e envergonhada. Nós todas teríamos sido capturadas e envergonhadas.

— Ah, sim, os ninjas. — Toranaga bufou e os seus olhos ficaram injetados, e ela estremeceu. — Ishido tem muito por que responder, Kiri-chan. Por favor, desculpe-me. — Dirigiu-se, arrogante, para o estrado e se sentou, severo e ameaçador novamente. Os seus guardas o rodearam.

— Omi-san!

— Sim, senhor? — Omi avançou e curvou-se, parecendo mais velho do que antes, mais magro agora.

— Escolte a senhora Kiritsubo até os seus aposentos e certifique-se de que os meus estão adequados. Passarei a noite aqui.

Omi fez uma saudação e se afastou. Toranaga ficou contente de ver que a súbita alteração de planos não produzira sequer uma centelha nos olhos de Omi. Bom, pensou, Omi está aprendendo ou os seus espiões lhe informaram que secretamente ordenei a Sudara e Hiromatsu que viessem aqui, portanto não poderei partir até amanhã.

Em seguida concentrou toda a atenção no regimento. A um sinal seu, Yabu avançou e saudou-o. Toranaga retribuiu o cumprimento educadamente.

— Bem, Yabu-san! Seja bem-vindo.

— Obrigado, senhor. Permita-me dizer-lhe como estou feliz de que o senhor tenha evitado a traição de Ishido.

– Obrigado. E o senhor também. As coisas não se passaram bem em Ōsaka. *Né?*

– Não. A minha harmonia está destruída, senhor. Tive a esperança de comandar a retirada de Ōsaka, trazendo-lhe as suas senhoras em segurança, o seu filho e também a senhora Toda, o Anjin-san e marujos para o navio dele. Infelizmente, sinto muito, fomos ambos traídos, aqui e lá.

– Sim. – Toranaga olhou para os destroços à distância, banhados pelo mar. A cólera faiscou-lhe no rosto e todos se prepararam para a explosão. Mas não houve explosão. – Karma – disse ele. – Sim, karma, Yabu-san. O que se pode fazer contra os elementos? Nada. Negligência é outra coisa. Agora, quanto a Ōsaka, quero ouvir tudo o que aconteceu, em detalhes, assim que o regimento tiver sido dispensado e eu tiver tomado um banho.

– Tenho um relatório por escrito para o senhor.

– Bom. Obrigado, mas primeiro prefiro que o senhor me conte.

– É verdade que o Exaltado não irá a Ōsaka?

– O que o Exaltado decide depende do Exaltado.

– O senhor deseja passar em revista o regimento antes que eu o dispense? – perguntou Yabu formalmente.

– Por que eu deveria lhes conceder essa honra? O senhor não sabe que eles estão em desgraça, apesar dos elementos?

– Sim, senhor. Desculpe. Terrível. – Yabu estava tentando, em vão, ler a mente de Toranaga. – Fiquei horrorizado ao ser informado do que aconteceu. Parece quase impossível.

– Concordo. – O rosto de Toranaga se contraiu e ele olhou para Naga e, atrás dele, para as fileiras cerradas. – Ainda não consigo entender como pôde ocorrer tal incompetência. Eu precisava daquele navio!

Naga agitou-se.

– Por favor, senhor, com licença, mas deseja que eu faça outra investigação?

– O que você pode fazer que já não tenha feito?

– Não sei, senhor, nada, senhor, por favor, desculpe-me.

– A sua investigação foi completa, *né?*

– Sim, senhor. Por favor, perdoe a minha estupidez.

– A culpa não foi sua. Você não estava aqui. Nem no comando. – Impaciente, Toranaga voltou-se para Yabu. – É curioso, até sinistro, que a patrulha da praia, a patrulha do acampamento, a patrulha do convés e o comandante fossem todos homens de Izu naquela noite, com exceção de alguns poucos *rōnins* do Anjin-san.

– Sim, senhor. Curioso, mas não sinistro, sinto muito. O senhor foi perfeitamente correto em julgar os oficiais responsáveis, assim como Naga-san o foi, ao punir os outros. Desculpe, fiz minha própria investigação assim que cheguei, mas não tenho outras informações, nada a acrescentar. Concordo que é karma,

karma ajudado de algum modo por cristãos comedores de lixo. Ainda assim, peço desculpas.

– Ah, está dizendo que foi sabotagem?

– Não há evidência, senhor, mas um maremoto e um simples incêndio parecem uma explicação fácil demais. Com certeza qualquer incêndio teria sido apagado. Novamente peço desculpas.

– Aceito as suas desculpas, mas, por favor, diga-me como substituo aquele navio. Preciso *daquele navio!*

Yabu podia sentir a acidez no estômago.

– Sim, senhor. Eu sei. Sinto muito, não pode ser substituído, mas o Anjin-san nos disse durante a viagem que em breve outros navios de guerra do país dele chegarão aqui.

– Em breve, quando?

– Ele não sabe, senhor.

– Um ano? Dez anos? Mal tenho dez dias.

– Sinto muito, eu gostaria de saber. Talvez o senhor devesse perguntar a ele.

Toranaga olhou diretamente para Blackthorne pela primeira vez. O homem alto estava em pé, sozinho, a luz do seu rosto desaparecida.

– Anjin-san!

– Sim, senhor?

– Ruim, *né?* Muito ruim. – Toranaga apontou para o navio. – *Né?*

– Sim, muito ruim, senhor.

– Quando chegam outros navios?

– Meus navios, senhor?

– Sim.

– Quando... quando Buda quiser.

– Esta noite conversaremos. Vá agora. Obrigado por Ōsaka. Sim. Vá para a galera ou para a aldeia. Conversamos esta noite. Entende?

– Sim. Conversamos esta noite, sim, compreendo, senhor. Obrigado. Esta noite quando, por favor?

– Mando-lhe um mensageiro. Obrigado por Ōsaka.

– Meu dever, *né?* Mas fiz pouco. Toda Mariko-sama fez tudo. Tudo por Toranaga-sama.

– Sim. – Gravemente Toranaga retribuiu a reverência. O Anjin-san começou a se afastar, mas parou. Toranaga olhou de relance para o ponto extremo do planalto. Tsukku-san e seus acólitos haviam acabado de surgir e estavam desmontando. Ele não concedera uma entrevista ao padre em Mishima, embora lhe tivesse mandado de imediato uma mensagem sobre a destruição do navio, e deliberadamente o mantivera à espera, na dependência do resultado de Ōsaka e da chegada da galera a Anjiro em segurança. Só então resolvera trazer o padre até ali, para permitir que a confrontação ocorresse no momento correto.

Blackthorne começou a se dirigir para o sacerdote.

— Não, Anjin-san. Mais tarde, não agora. Agora vá para a aldeia! — ordenou ele.

— Mas, senhor! Aquele homem matou o meu navio! Ele é o inimigo!

— Você irá para lá! — Toranaga apontou para a aldeia lá embaixo. — Esperará lá, por favor. Esta noite conversaremos.

— Senhor, por favor, aquele homem...

— Não. Vá para a galera — disse Toranaga. — Vá agora, por favor. — Isto é melhor do que domar um falcão, pensou ele excitado, momentaneamente distraído, usando a própria vontade para impelir Blackthorne. É melhor, porque o Anjin-san é igualmente selvagem, perigoso e imprevisível, sempre em quantidade desconhecida. Um homem único, diferente de qualquer outro que eu tenha conhecido.

Pelo canto dos olhos notou que Buntaro se colocara no caminho do Anjin-san, pronto e ansioso por forçar a obediência. Que tolice, pensou Toranaga de passagem, e tão desnecessário. Manteve os olhos cravados em Blackthorne. E dominou-o.

— Sim. Vou agora, senhor Toranaga. Desculpe. Vou agora — disse Blackthorne. Enxugou o suor do rosto e começou a se afastar.

— Obrigado, Anjin-san — disse Toranaga. Não permitiu que o seu triunfo se mostrasse. Observou Blackthorne caminhando obedientemente, violento, assassino, mas controlado agora pela vontade de Toranaga.

Então mudou de ideia.

— Anjin-san! — chamou, decidindo que era tempo de soltar os pioses e deixar o matador voar livremente. O teste final. — Ouça, vá até lá se quiser. Acho que é melhor não matar o Tsukku-san. Mas, se você quiser matá-lo, mate. É melhor não matar. — Falou lenta e cuidadosamente, e repetiu. — *Wakarimasu ka?*

— *Hai.*

Toranaga olhou dentro daqueles olhos inacreditavelmente azuis, cheios de uma animosidade irracional, e se perguntou se aquela ave selvagem, lançada contra a presa, mataria ou não apenas por capricho seu e se retornaria ao punho sem comer.

— *Wakarimasu ka?*

— *Hai.*

Toranaga fez um gesto de dispensa. Blackthorne voltou-se e encaminhou-se a passos largos na direção norte. Rumo ao Tsukku-san. Buntaro saiu do caminho. Blackthorne não parecia notar ninguém além dos padres. O dia pareceu tornar-se mais sufocante.

— Então, Yabu-san, o que ele vai fazer? — perguntou Toranaga.

— Matar. Claro que o matará se puder pegá-lo. O padre merece morrer, *né*? Todos os padres cristãos merecem morrer, *né*? Todos os cristãos. Tenho certeza de que os padres e Kiyama estão por trás da sabotagem, embora eu não possa provar.

— Aposta a sua vida como ele matará o Tsukku-san?

— Não, senhor — disse Yabu rapidamente. — Não. Eu não apostaria. Sinto muito. Ele é bárbaro, são ambos bárbaros.

— Naga-san?

— Se fosse eu, mataria o padre e todos eles agora que o senhor deu a sua permissão. Nunca conheci alguém que odiasse tanto alguém, e tão abertamente. Nos últimos dois dias o Anjin-san tem estado como um demente, andando de um lado para outro, resmungando, olhando fixamente para os destroços do navio, dormindo lá, enrodilhado na areia, quase não comendo... — Naga olhou para Blackthorne de novo. — Concordo que não foi apenas a natureza que destruiu o navio. Sei que os padres, de algum modo, estiveram por trás disso. Também não posso provar, mas de algum modo... Não acredito que tenha acontecido por causa da tempestade.

— Escolha!

— Ele explodirá. Olhe o modo como anda... Acho que matará. Espero que mate.

— Buntaro-san?

Buntaro voltou-se, os pesados maxilares por barbear, as pernas musculosas plantadas no chão, os dedos no arco.

— O senhor o aconselhou a não matar o Tsukku-san, portanto o senhor não deseja que o padre seja morto. Se o Anjin-san mata ou não mata, não me importa, senhor. Só me preocupo com o que importa ao senhor. Posso detê-lo se ele começar a desobedecer-lhe? Posso fazê-lo facilmente desta distância.

— Pode garantir que iria apenas feri-lo?

— Não, senhor.

Toranaga riu suavemente e quebrou o encanto.

— O Anjin-san não o matará. Vai gritar e se enfurecer ou sibilar como uma cobra e chocalhar a espada, e o Tsukku-san vai se inchar de zelo "sagrado", completamente sem medo, e sibilará de volta, dizendo: "Foi um ato de Deus. Nunca toquei no seu navio!"; então o Anjin-san o chamará de mentiroso e o Tsukku-san se imbuirá de mais zelo e provavelmente o amaldiçoará e se odiarão por vinte vidas. Ninguém morrerá. Pelo menos por agora.

— Como sabe disso, pai? — perguntou Naga.

— Não sei com certeza, meu filho. Mas é isso o que acho que vai acontecer. É sempre importante dedicar tempo a estudar os homens, os homens importantes. Amigos e inimigos. Compreendê-los. Observei-os. São ambos muito importantes para mim. *Né*, Yabu-san?

— Sim, senhor — disse Yabu, de repente inquieto.

Naga deu uma olhada rápida em Blackthorne. O Anjin-san ainda estava andando com a mesma marcha sem pressa, agora a setenta passos do Tsukku--san, que esperava à frente dos seus acólitos, a brisa movendo-lhes os hábitos alaranjados.

– Mas, pai, nenhum dos dois é covarde, *né?* Como podem recuar agora, com honra?

– Ele não matará por três razões. Primeira, porque o Tsukku-san está desarmado e não revidará, nem com as mãos. É contra o código deles matar um homem desarmado, é uma desonra, um pecado contra o Deus cristão deles. Segunda, porque é cristão. Terceira, porque resolvi que não era o momento.

– Por favor, desculpe-me, senhor – disse Buntaro –, posso entender a terceira razão, até a primeira, mas a razão real do ódio deles não é que ambos acreditam que o outro não é cristão, mas o diabo, um adorador de Satã? Não é assim que eles chamam?

– Sim, mas esse Deus Jesus deles ensinou-lhes ou supõe-se que tenha ensinado que se deve perdoar a um inimigo. Isso é ser cristão.

– É estupidez, *né?* – disse Naga. – Perdoar a um inimigo é estupidez.

– Concordo. – Toranaga olhou para Yabu. – É tolice perdoar a um inimigo. *Né*, Yabu-san?

– Sim – concordou Yabu.

Toranaga olhou na direção norte. As duas figuras estavam muito próximas e agora, reservadamente, Toranaga estava amaldiçoando a própria impetuosidade. Ainda necessitava muitíssimo de ambos e não houvera necessidade de pôr em risco qualquer um deles. Soltara o Anjin-san por excitação pessoal, não para matar, e lamentou a própria estupidez. Agora esperava, de respiração suspensa como todos os demais. Mas aconteceu conforme ele predissera e o choque foi rápido, impetuoso e cheio de rancor, mesmo daquela distância, e ele se abanou, enormemente aliviado. Teria gostado muitíssimo de entender o que fora dito na realidade, para saber se estava correto. Logo viram o Anjin-san se afastar. Atrás dele, o Tsukku-san esfregou a testa com um lenço de papel colorido.

– Iiiiih! – exclamou Naga, com admiração. – Como podemos perder com o senhor no comando?

– Com toda a facilidade, meu filho, se esse for o meu karma. – Depois a sua disposição mudou. – Naga-san, ordene a todos os samurais que chegaram de Ōsaka na galera que se dirijam aos meus aposentos.

Naga saiu apressado.

– Yabu-san, fico contente em dar-lhe as boas-vindas. Dispense o regimento. Depois da refeição noturna conversaremos. Posso mandar buscá-lo?

– Naturalmente. Obrigado, senhor. – Yabu saudou e se foi.

Sozinho agora, com exceção dos guardas, que afastou para longe do raio de audição, Toranaga estudou Buntaro. Buntaro ficou desassossegado, como um cão ficaria quando observado. Quando não conseguiu mais suportar, disse:

– Senhor?

– Uma vez você pediu a morte dele, *né? Né?*

– Sim... sim, senhor.

– Bem?

– Ele... ele me insultou em Anjiro. Estou... ainda estou envergonhado.

– Ordeno que essa vergonha seja ignorada.

– Então está ignorada, senhor. Mas ela me traiu com ele, e isso não pode ser ignorado, não enquanto ele viver. Tenho provas. Quero-o morto. Agora. Ele... por favor, o navio dele se foi, que utilidade tem ele agora para o senhor? Peço-o como um favor de vida.

– Que provas?

– Todo mundo sabe. No caminho de Yokose. Conversei com Yoshinaka. Todo mundo sabe – acrescentou Buntaro, sombrio.

– Yoshinaka *viu-os* juntos? Acusou-a?

– Não. Mas o que disse... – Buntaro levantou os olhos, agoniado. – Eu sei, isso basta. Por favor, rogo como um favor de vida. Nunca lhe pedi nada, *né?*

– Preciso dele vivo. Não fosse ele, os ninjas a teriam capturado, envergonhado e consequentemente envergonhado você.

– Um desejo de vida – disse Buntaro. – Eu peço. O navio dele está arruinado... ele, ele fez o que o senhor queria. Por favor.

– Tenho provas de que ele não o envergonhou com ela.

– Desculpe, que provas?

– Escute. Isto é apenas para os seus ouvidos, conforme combinei com ela. Ordenei a ela que se tornasse amiga dele. Eram amigos, sim. O Anjin-san a adorava, mas nunca o envergonhou com ela, ou ela com ele. Em Anjiro, pouco depois do terremoto, quando ela sugeriu pela primeira vez ir a Ōsaka libertar todos os reféns, desafiando Ishido publicamente e depois forçando uma crise cometendo *jigai*, fosse o que fosse que ele tentasse fazer, naquele dia eu deci...

– Foi planejado, então?

– É claro. Você nunca aprenderá? Naquele dia ordenei a ela que se divorciasse de você.

– Senhor?

– Que se divorciasse. A palavra não está clara?

– Sim, mas...

– Que se divorciasse. Ela o punha demente há anos, você a tratava de modo abominável havia anos. E o seu tratamento à mãe adotiva e às damas dela? Eu lhe disse que precisava dela para interpretar com o Anjin-san. No entanto, você perdeu o controle e espancou-a, a verdade é que quase a matou daquela vez, *né? Né?*

– Sim... por favor, desculpe-me.

– Tinha chegado o momento de terminar esse casamento. Ordenei que terminasse. Naquela altura.

– Ela pediu divórcio?

– Não. Eu decidi e ordenei. Mas a sua esposa implorou que eu revogasse a ordem. Recusei. Então a sua esposa disse que cometeria *jigai* imediatamente, sem a minha permissão, antes de permitir que você fosse envergonhado desse modo. Ordenei-lhe que obedecesse. Ela se recusou. – Toranaga continuou, encolerizado: – A sua esposa forçou-me, a mim, seu *suserano*, a retirar uma ordem legal e fez-me concordar em tornar a minha ordem absoluta apenas depois de Ōsaka. Nós dois sabemos que Ōsaka, para ela, significava a morte. Está entendendo?

– Sim... sim, entendo.

– Em Ōsaka, o Anjin-san salvou a honra dela e a honra das minhas damas e do meu filho mais novo. Não fosse ele, elas e todos os reféns ainda estariam em Ōsaka, eu estaria morto ou nas mãos de Ikawa Jikkyu, provavelmente a ferros como um criminoso comum!

– Por favor, desculpe-me... mas por que ela fez isso? Odiava-me... por que adiaria o divórcio? Por causa de Saruji?

– Pela sua honra. Ela compreendia o significado do dever. A sua esposa estava tão preocupada com a sua honra, mesmo depois da própria morte, que parte do meu acordo foi que isto seria um assunto particular entre mim, ela e você. Ninguém jamais saberia, nem o Anjin-san, o filho dela, ninguém, nem mesmo o confessor cristão dela.

– O quê?

Toranaga explicou de novo. Por fim Buntaro entendeu com clareza e Toranaga dispensou-o. Então, enfim sozinho um momento, levantou-se e espreguiçou-se, exausto por todo o trabalho que tivera desde que chegara. O sol ainda estava alto, embora já fosse tarde. Toranaga sentia muita sede. Aceitou chá frio de um guarda-costas pessoal, depois desceu até à praia. Despiu o quimono ensopado e nadou, sentindo o mar glorioso, refrescante. Nadou embaixo da água, mas não ficou submerso muito tempo, sabendo que os seus guardas se preocupariam. Voltou à tona e boiou de costas, olhando para o céu, reunindo forças para a longa noite que tinha pela frente.

Ah, Mariko, pensou, que mulher extraordinária você é. Sim, é, porque certamente viverá para sempre. Está com o seu Deus cristão no seu paraíso cristão? Espero que não. Seria um terrível desperdício. Espero que o seu espírito esteja apenas aguardando os quarenta dias de Buda para renascer em algum lugar aqui. Rezo para que o seu espírito venha para a minha família. Por favor. Mas de novo como mulher, não como homem. Não podemos nos permitir ter você como homem. Você é especial demais para ser desperdiçada como homem.

Sorriu. Acontecera em Anjiro exatamente como ele contara a Buntaro, embora ela nunca o tivesse forçado a rescindir as suas ordens. "Como poderia me forçar a fazer qualquer coisa que eu não quisesse?", disse ao céu. Ela lhe pedira respeitosamente, corretamente, que não tornasse público o divórcio senão depois de Ōsaka. Mas, garantiu ele a si mesmo, ela com certeza teria cometido *jigai* se eu lhe tivesse recusado. Ela teria insistido, *né?* Claro que teria insistido, e isso arruinaria tudo. Concordando antes, apenas poupei-lhe a vergonha e uma discussão desnecessárias, e a mim mesmo um problema desnecessário. E mantendo o assunto em particular agora, como tenho certeza de que ela gostaria que acontecesse, todos saem ganhando. Estou contente de ter cedido, pensou benevolamente, depois riu alto. Uma pequena onda quebrou sobre ele, que engoliu água e engasgou.

— Está bem, senhor? — chamou seu guarda, ansioso, nadando por perto.

— Sim. Claro que sim. — Toranaga tossiu de novo e cuspiu, mantendo-se à tona com os pés, e pensou: isto lhe ensinará a não ser convencido. É o seu segundo erro hoje. Então viu os destroços do navio. — Vamos, vou competir com você! — disse, chamando um guarda.

Uma competição com Toranaga era uma competição. Uma vez um de seus generais deliberadamente lhe permitira vencer, esperando obter favor com isso. O engano custara tudo ao homem.

O guarda venceu. Toranaga cumprimentou-o, segurando-se a uma das costelas da carcaça, e esperou que o fôlego se normalizasse. Depois olhou em torno, sentindo uma enorme curiosidade. Mergulhou e inspecionou a quilha do *Erasmus*. Quando se sentiu satisfeito, nadou para a praia e retornou ao acampamento, refrescado e pronto.

Uma casa provisória fora instalada para ele numa boa posição sob um largo telhado de sapé, sustentado por resistentes pilares de bambu. Paredes *shōjis* e biombos tinham sido erguidos sobre um soalho elevado, de madeira e tatames. Já havia sentinelas postadas e aposentos para Kiri, Sazuko, criadas e cozinheiros, unidos por um complexo de passagens simples, erguidas sobre estacas provisórias.

Toranaga viu o filho pela primeira vez. Obviamente a senhora Sazuko nunca teria falhado na etiqueta a ponto de levar a criança até o planalto na mesma hora, temendo poder intrometer-se em assuntos importantes, como de fato teria feito, ainda que ele lhe tivesse alegremente concedido a oportunidade.

Gostou muito da criança.

— É um belo menino — gabou-se ele, segurando o bebê com uma confiança experiente. — E você está mais jovem e atraente do que nunca, Sazuko. Precisamos ter mais filhos imediatamente. A maternidade lhe assenta bem.

— Oh, senhor — disse ela. — Tive medo de nunca mais revê-lo e de nunca poder lhe mostrar o seu filho mais novo. Como vai escapar da armadilha... os exércitos de Ishido...

— Olhe que belo menino ele é! Na semana que vem construirei um santuário em homenagem a ele e o dotarei com... — Parou e dividiu ao meio a cifra que pensara de início, depois tirou mais metade. — ... com vinte *kokus* por ano.

— Oh, senhor, como é generoso!

O sorriso dela era sincero.

— Sim — disse ele. — É o suficiente para que algum sacerdote miserável e parasita diga alguns *Namu Amida Butsu, né?*

— Oh, sim, senhor. O santuário será perto do castelo de Edo? Oh, não seria maravilhoso se desse para um rio ou um riacho?

Ele concordou, relutante, embora tal escolha fosse custar mais do que ele queria gastar na extravagância. Mas o menino é lindo, posso me permitir ser generoso este ano, pensou ele.

— Oh, obrigada, senhor... — A senhora Sazuko parou. Naga vinha correndo na direção do local onde eles estavam sentados, numa varanda sombreada.

— Por favor, com licença, pai, mas os seus samurais de Ōsaka? Como deseja vê-los, individualmente ou todos juntos?

— Individualmente.

— Sim, senhor. O padre Tsukku-san gostaria de vê-lo quando fosse conveniente.

— Diga-lhe que mandarei chamá-lo assim que possível. — Toranaga começou a conversar de novo com a consorte, mas, polida e imediatamente, ela pediu licença para se retirar, sabendo que ele desejava lidar com os samurais logo. Ele lhe pediu que ficasse, mas ela implorou para ser autorizada a se retirar, e ele concordou.

Entrevistou os homens com cuidado, peneirando as histórias deles, às vezes chamando um samurai de volta, conferindo tudo. Lá pelo pôr do sol sabia claramente o que acontecera, o que todos pensavam que tivesse acontecido. Então comeu, ligeira e rapidamente, a sua primeira refeição do dia e chamou Kiri, afastando todos os guardas do raio de audição.

— Primeiro conte-me o que você fez, o que viu e o que testemunhou, Kiri-chan.

A noite caiu antes que ele se sentisse satisfeito, embora ela estivesse perfeitamente preparada.

— Iiiiih! — exclamou ele. — Isso foi uma coisa e tanto, Kiri-chan.

— Sim — replicou Kiri, as mãos cruzadas sobre o amplo regaço. E acrescentou com grande ternura: — Todos os deuses, grandes e pequenos, o estavam guardando, senhor, e a nós. Por favor, perdoe-me por haver duvidado do resultado do senhor. Os deuses estavam velando por nós.

— Parece que sim, realmente, parece muitíssimo. — Toranaga olhou a noite. As chamas dos archotes estavam sendo sopradas pela leve brisa marítima, que também afastava os insetos noturnos e tornava a noite mais agradável. Uma bela lua flutuava no céu, ele podia ver as marcas escuras na face dela e se perguntou, distraído, se o escuro era terra e o resto gelo e neve, e por que a lua estava lá, e quem vivia lá. Oh, há tantas coisas que eu gostaria de saber, pensou.

— Posso fazer-lhe uma pergunta, Tora-chan?

— Que pergunta, senhora?

— Por que Ishido nos deixou partir? Não precisaria ter feito isso, *né*? Se eu fosse ele, nunca o teria feito, nunca. Por quê?

— Primeiro me diga qual é a mensagem da senhora Ochiba.

— A senhora Ochiba disse: "Por favor, diga ao senhor Toranaga que eu respeitosamente gostaria que houvesse um meio de as suas diferenças com o herdeiro serem resolvidas. Como símbolo da afeição do herdeiro, eu gostaria de dizer a Toranaga-sama que o herdeiro disse muitas vezes que não deseja comandar quaisquer exércitos contra o tio, o senhor do Kant...".

— Ela disse isso!?

— Sim. Oh, sim.

— Com certeza ela sabe, e Ishido, que se Yaemon levantar o estandarte contra mim, eu perco!

— Foi o que ela disse, senhor.

— Iiiiiih! — Toranaga cerrou o grande punho calejado e socou-o sobre os tatames. — Se isto for um oferecimento verdadeiro e não um truque, estou a meio caminho de Kyōto, e um passo além.

— Sim — disse Kiri.

— Qual é o preço?

— Não sei. Ela não disse mais nada, senhor. A mensagem era só isso, além de saudações à irmã.

— O que posso dar a Ochiba que ela já não tenha? Ōsaka é dela, o tesouro é dela, para mim Yaemon sempre foi o herdeiro do reino. Esta guerra é desnecessária. Aconteça o que acontecer, dentro de oito anos Yaemon torna-se *kanpaku* e herda a terra, esta terra. Não sobra nada para dar a ela.

— Talvez ela deseje um casamento?

Toranaga meneou a cabeça enfaticamente.

— Não, ela não. Aquela mulher nunca se casaria comigo.

— É a solução perfeita, senhor, para ela.

— Ela nunca a consideraria. Ochiba, minha esposa? Por quatro vezes ela rogou ao táicum que me convidasse a partir para o Vazio.

— Sim. Mas isso foi quando ele estava vivo.

— Farei qualquer coisa que consolide o reino, preserve a paz e faça Yaemon *kanpaku*. É isso o que ela deseja?

— Isso confirmaria a sucessão. É o que interessa a ela.

Novamente Toranaga contemplou a lua, mas agora sua mente estava concentrada no quebra-cabeça, lembrando-se mais uma vez do que a senhora Yodoko dissera em Ōsaka. Como não conseguia antever nenhuma resposta imediata, colocou a questão de lado para continuar com o presente, mais importante.

— Acho que ela está usando os seus truques de novo. Kiyama disse a você que o navio bárbaro tinha sido sabotado?

— Não, senhor.

Toranaga franziu o cenho.

— É de surpreender, porque ele deve ter sabido na ocasião. Comuniquei ao Tsukku-san assim que fui informado, ele enviou um pombo-correio imediatamente, embora isso só fosse confirmar o que eles já deviam estar sabendo.

— A traição deles deveria ser punida, *né*? Tanto os instigadores quanto os imbecis que a autorizaram.

— Com paciência eles terão a sua recompensa, Kiri-san. Fui informado de que os padres cristãos alegam ter sido um "ato de Deus".

— Que hipocrisia! Estupidez, *né*?

— Sim. — Muito estúpido num sentido, pensou Toranaga, não em outro. — Bem, obrigado, Kiri-san. Repito que estou encantado por a senhora estar salva. Ficaremos aqui esta noite. Agora, por favor, com licença. Mande buscar Yabu-san e, quando ele chegar, traga chá e saquê e depois nos deixe a sós.

— Sim, senhor. Posso fazer uma pergunta agora?

— A mesma pergunta?

— Sim, senhor. Por que Ishido nos deixou partir?

— A resposta, Kiri-chan, é que eu não sei. Ele cometeu um erro.

Ela se curvou e saiu, contente.

A noite ia quase pela metade quando Yabu partiu. Toranaga curvou-se em despedida, de igual para igual, e agradeceu-lhe por tudo novamente. Convidara-o para o conselho de guerra secreto do dia seguinte, confirmara-o como general do Regimento de Mosquetes, confirmara-o por escrito no governo de Tōtōmi e Suruga, assim que estivessem conquistadas e garantidas.

— Agora o regimento é absolutamente vital, Yabu-san. O senhor será o único responsável pela sua estratégia e treinamento. Omi-san pode ser a ligação entre nós. Use o conhecimento do Anjin-san. Tudo, *né*?

— Sim, isso será perfeito, senhor. Posso humildemente agradecer-lhe?

— O senhor me fez um grande serviço trazendo as minhas damas, o meu filho e o Anjin-san em segurança. Terrível o que aconteceu ao navio, karma. Talvez um outro chegue logo. Boa noite, meu amigo.

Toranaga tomou um gole de chá. Estava se sentindo muito cansado agora.

— Naga-san?

— Senhor?

— Onde está o Anjin-san?

— Perto do navio com alguns dos seus vassalos.

— O que está fazendo lá?

— Apenas olhando. — Naga sentiu-se inquieto sob o olhar penetrante do pai. — Desculpe, ele não deveria estar lá, senhor?

— O quê? Oh, não, isso não tem importância. Onde está o Tsukku-san?

— Numa das casas de hóspedes, senhor.

— Você lhe disse que quer se tornar cristão no próximo ano?

— Sim, senhor.

— Bom. Vá buscá-lo.

Pouco depois Toranaga viu o padre alto e esbelto aproximar-se sob os archotes — o rosto tenso, profundamente sulcado, o cabelo preto tonsurado sem um salpico de cinza — e de repente lembrou-se de Yokose.

– A paciência é muito importante, Tsukku-san. *Né?*
– Sim, sempre. Mas por que disse isso, senhor?
– Oh, eu estava pensando em Yokose. Como tudo estava diferente lá, há tão pouco tempo.
– Ah, sim. Deus se move por caminhos curiosos, sim, senhor. Estou muito contente de que o senhor ainda esteja dentro das suas fronteiras.
– Queria me ver? – perguntou Toranaga, abanando-se, secretamente invejando o estômago chato e o dom para as línguas do padre.
– Apenas para me desculpar pelo que aconteceu.
– O que disse o Anjin-san?
– Muitas palavras coléricas e acusações de que eu queimei o navio dele.
– O senhor queimou?
– Não, senhor.
– Quem queimou?
– Foi um ato de Deus. Aconteceu uma tempestade e o navio pegou fogo.
– Não foi um ato de Deus. O senhor diz que não contribuiu para isso, o senhor ou qualquer padre ou qualquer cristão?
– Oh, contribuí, senhor. Rezei. Todos nós fizemos isso. Diante de Deus, acredito que aquele navio era um instrumento do demônio, disse isso muitas vezes. Sei que a sua opinião não era essa e mais uma vez lhe peço perdão por me opor ao senhor nesse assunto. Mas talvez esse ato de Deus tenha ajudado e não atrapalhado.
– Oh? Como?
– O padre-inspetor não está mais perturbado, senhor. Agora pode se concentrar nos senhores Kiyama e Onoshi.
– Já ouvi isso antes, Tsukku-san – disse Toranaga abruptamente. – Que ajuda prática o padre cristão chefe pode me dar?
– Senhor, deposite a sua fé em... – Alvito se conteve, depois disse com sinceridade: – Por favor, desculpe-me, senhor, mas acho, de todo o coração, que, se o senhor depositar sua fé em Deus, ele o ajudará.
– Eu confio, mas mais em Toranaga. Entrementes, sou informado de que Ishido, Kiyama, Onoshi e Zataki reuniram as suas legiões. Ishido terá 300 ou 400 mil homens em campo contra mim.
– O padre-inspetor está pondo em execução o acordo dele com o senhor. Em Yokose relatei fracasso, agora penso que há esperança.
– Não posso usar esperança contra espadas.
– Sim, mas Deus pode vencer contra quaisquer desigualdades.
– Sim. Se Deus existe, pode vencer contra quaisquer desigualdades. – A voz de Toranaga se aguçou ainda mais. – A que esperança o senhor está se referindo?
– Na realidade, não sei, senhor. Mas será que Ishido não virá contra o *senhor*? Fora do Castelo de Ōsaka? E esse não é outro ato de Deus?
– Não. Mas o senhor entende a importância dessa decisão?

— Oh, sim, muito claramente. Estou certo de que o padre-inspetor também entende isso.

— Está dizendo que o trabalho dele é esse?

— Oh, não, senhor. Mas isso está acontecendo.

— Talvez Ishido mude de ideia, faça o senhor Kiyama comandante-chefe, esconda-se em Ōsaka e lance Kiyama e o herdeiro contra mim?

— Não posso responder a isso, senhor. Mas se Ishido sair de Ōsaka será um milagre. *Né*?

— Está alegando, a sério, que esse é outro ato do seu Deus cristão?

— Não. Mas poderia ser. Creio que nada acontece sem o Seu conhecimento.

— Mesmo depois de mortos, pode ser que nunca venhamos a saber sobre Deus. — Então Toranaga acrescentou abruptamente: — Ouvi dizer que o padre-inspetor partiu de Ōsaka — e ficou contente de ver uma sombra cruzar o rosto de Tsukku-san. A notícia chegara no dia em que ele partira de Mishima.

— Sim — disse o padre, a apreensão aumentada. — Ele foi a Nagasaki, senhor.

— Para conduzir um funeral especial para Toda Mariko-sama?

— Sim. Ah, senhor, sabe tanto! Somos todos argila no torno do oleiro que o senhor gira.

— Isso não é verdade. E não gosto de lisonja inútil. Esqueceu-se?

— Não, senhor, por favor, desculpe-me. Isso não teve a intenção de ser lisonja. — Alvito pôs-se ainda mais em guarda, quase sem forças. — Opõe-se ao serviço fúnebre, senhor?

— A mim não interessa. Ela era uma pessoa muito especial e o seu exemplo merece ser honrado.

— Sim, senhor. Obrigado. O padre-inspetor ficará muito contente. Mas ele acha que isso tem muita importância.

— Claro. Porque ela era *minha* vassala e cristã, o seu exemplo não passará despercebido por outros cristãos. Ou por aqueles que estão considerando a possibilidade de conversão. *Né*?

— Eu diria que não passará despercebido. Por que passaria? Pelo contrário, ela merece grande louvor pela sua autoimolação.

— Dando a vida para que outros pudessem viver? — perguntou Toranaga criticamente, não mencionando *jigai* ou suicídio.

— Sim.

Toranaga sorriu consigo mesmo, notando que Tsukku-san não mencionara nem uma vez a outra garota, Kiyama Achiko, a sua bravura, morte ou funeral, também com grande pompa e cerimônia. Endureceu a voz.

— E o senhor não sabe de mais ninguém que tenha ordenado ou auxiliado na sabotagem do meu navio?

— Não, senhor. De outro modo que não através de orações, não sei.

— Fui informado de que a construção da sua igreja em Edo está indo bem.

— Sim, senhor. Agradeço-lhe novamente.

— Bem, Tsukku-san, espero que os esforços do sumo sacerdote dos cristãos gerem fruto logo. Preciso de mais do que esperança e tenho uma excelente memória. Agora, por favor, solicito os seus serviços como intérprete. — Instantaneamente sentiu certa resistência do padre. — O senhor não tem nada a temer.

— Oh, senhor, não tenho medo, por favor, desculpe-me, só não quero estar perto dele.

Toranaga levantou-se.

— Solicito-lhe que respeite o Anjin-san. A sua coragem é inquestionável e ele salvou a vida de Mariko-sama muitas vezes. Além disso, compreensivamente, ele está quase fora de si... a perda do navio, *né?*

— Sim, sim. Sinto muito.

Toranaga tomou a dianteira em direção à praia, guardas com archotes iluminando o caminho.

— Quando terei o relatório do seu sumo sacerdote sobre o incidente do contrabando de armas?

— Assim que ele obtiver todas as informações de Macau.

— Por favor, peça-lhe que acelere as investigações.

— Sim, senhor.

— Quem eram os daimios cristãos envolvidos?

— Não sei, sinto muito, nem se havia algum envolvido.

— É uma pena que o senhor não saiba, Tsukku-san. Isso me pouparia muito tempo. Não são poucos os daimios que estariam interessados em saber a verdade a esse respeito.

Ah, Tsukku-san, pensou Toranaga, mas você sabe, e eu poderia encostá-lo à parede agora e, enquanto você se contorcesse e se debatesse como uma cobra encurralada, eu lhe ordenaria que jurasse pelo seu Deus cristão, e aí, se você fizesse isso, teria que dizer: Kiyama, Onoshi e, provavelmente, Harima. Mas o momento não é oportuno. Ainda. Nem para que você saiba que acredito que os seus cristãos não têm nada a ver com a sabotagem. Nem Kiyama, Harima ou mesmo Onoshi. De fato, tenho certeza disso. Mas também não foi um ato de Deus. Foi um ato de Toranaga.

Sim.

Mas por quê?, você poderia perguntar.

Kiyama prudentemente recusou o oferecimento que Mariko lhe entregou com a carta. Precisava ter provas da minha sinceridade. O que mais eu poderia oferecer senão o navio, e o bárbaro, que aterrorizava vocês, cristãos? Eu esperava perder os dois, embora só tivesse dado um. Hoje, em Ōsaka, intermediários meus dirão a Kiyama e ao chefe dos seus padres que isso é um presente espontâneo de mim para eles, uma prova da minha sinceridade: que não me oponho à Igreja, apenas a Ishido. É uma prova, *né?*

Sim, mas você pode confiar em Kiyama?, perguntará você, com toda a razão.

Não. Mas Kiyama é japonês em primeiro lugar e cristão em segundo. Você sempre se esquece disso. Kiyama entenderá a minha sinceridade. O presente do navio foi absoluto, assim como o exemplo de Mariko e a bravura do Anjin-san.

E como sabotei o navio?, você poderia querer saber.

O que lhe importa isso, Tsukku-san? Basta que eu o tenha feito. E ninguém está a par, além de mim, alguns homens de confiança e o incendiário. Ele? Ishido usou ninjas, por que eu não poderia? Mas contratei um homem e tive êxito. Ishido fracassou.

— Estupidez fracassar — disse alto.

— Senhor? — perguntou Alvito.

— Estupidez fracassar em conservar um segredo tão inflamável como o dos mosquetes contrabandeados — disse ele asperamente — e incitar daimios cristãos à rebelião contra o seu suserano, o táicum. *Né?*

— Sim, senhor. Se isso for verdade.

— Oh, tenho certeza de que é, Tsukku-san. — Toranaga deixou a conversa esmorecer. Tsukku-san estava evidentemente agitado e pronto para ser um intérprete perfeito.

Estavam na praia agora e Toranaga ia na dianteira, a passos seguros na semiescuridão, pondo de lado o próprio cansaço. Ao passarem pelas cabeças na praia, viu Tsukku-san se persignar com medo e pensou: que estupidez ser tão supersticioso — e ter medo de nada.

Os vassalos do Anjin-san já estavam de pé, curvando-se, muito antes de ele chegar. O Anjin-san não. Ainda estava sentado, contemplando o mar com ar inexpressivo.

— Anjin-san — chamou Toranaga gentilmente.

— Sim, senhor? — Blackthorne voltou do devaneio e se pôs em pé. — Desculpe, quer conversar agora?

— Sim. Por favor. Trago Tsukku-san porque quero conversar com clareza. Entende? Rápido e claro?

— Sim.

Toranaga viu a fixidez dos olhos do homem à luz dos archotes e a sua total exaustão. Olhou para Tsukku-san.

— Ele entendeu o que eu disse? — Observou o padre falar e ouviu a língua que tinha o som do mal. O Anjin-san assentiu, o olhar acusador não fraquejando nunca.

— Sim, senhor — disse o padre.

— Agora traduza para mim, por favor, Tsukku-san, como antes. Tudo exato: ouça, Anjin-san, trouxe Tsukku-san a fim de que possamos falar direta e rapidamente sem perder o sentido de palavra alguma. É muito importante para mim, por isso peço-lhe paciência. Acho que é melhor assim.

— Sim, senhor.

– Tsukku-san, primeiro jure diante do seu Deus cristão que nada do que ele disser passará dos seus lábios aos ouvidos de outra pessoa. Como num confessionário. *Né?* Igualmente sagrado! Para mim e para ele.

– Mas, senhor, isto não é...

– Isso é o que o senhor fará. Agora. Ou retirarei todo o meu apoio, para sempre, ao senhor e à sua Igreja.

– Muito bem, senhor. Concordo. Diante de Deus.

– Bom. Obrigado. Explique o trato a ele. – Alvito obedeceu, depois Toranaga acomodou-se sobre as dunas de areia e agitou o leque contra os insetos noturnos. – Agora, por favor, conte-me, Anjin-san, o que aconteceu em Ōsaka.

Blackthorne principiou vacilante, mas aos poucos a sua mente começou a reviver tudo e logo as palavras fluíam e o padre Alvito tinha dificuldade em acompanhá-lo. Toranaga escutava em silêncio, nunca interrompendo o fluxo, apenas acrescentando um encorajamento cauteloso quando necessário, o ouvinte perfeito.

Blackthorne terminou ao amanhecer. Nessa altura Toranaga sabia tudo o que havia a contar, tudo o que o Anjin-san estava preparado para contar, corrigiu-se ele. O padre também sabia, mas Toranaga tinha certeza de que não havia nada no que fora dito que os católicos ou Kiyama pudessem usar contra ele, contra Mariko ou contra o Anjin-san, o qual, nessa altura, mal notava o padre.

– Tem certeza de que o capitão-mor o teria colocado na fogueira, Anjin-san? – perguntou de novo.

– Oh, sim. Não fosse o jesuíta. Sou um herege aos olhos dele. Supõe-se que o fogo "limpe" a alma de um herege de algum modo.

– Por que o padre-inspetor o salvou?

– Não sei. Tinha alguma coisa a ver com Mariko-sama. Sem o meu navio não posso tocá-los. Oh, eles teriam pensado nisso por si mesmos, mas talvez ela lhes tenha dado um indício de como fazê-lo.

– Que indício? O que ela saberia sobre incendiar navios?

– Não sei. Os ninjas entraram no castelo. Talvez os ninjas pudessem se infiltrar entre os homens aqui. O meu navio foi sabotado. Ela viu o padre-inspetor no castelo no dia em que morreu. Acho que disse a ele como incendiar o *Erasmus* em troca da minha vida. Mas não tenho vida sem o meu navio, senhor. Nenhuma.

– Está enganado, Anjin-san. Obrigado, Tsukku-san – disse Toranaga, dispensando-o. – Sim, agradeço-lhe pelo trabalho. Por favor, vá descansar um pouco.

– Sim, senhor. Obrigado. – Alvito hesitou. – Peço desculpas pelo capitão--mor. Os homens nascem em pecado, a maioria permanece em pecado, embora sejam cristãos.

– Os cristãos nascem em pecado, nós não. Somos um povo civilizado que entende o que é realmente pecado, não camponeses iletrados que não conhecem coisa melhor. Ainda assim, Tsukku-san, se eu fosse o seu capitão-mor, não teria deixado o Anjin-san ir embora, tendo-o ao meu alcance. Foi uma decisão militar, uma boa decisão. Acho que ele viverá para lamentar não ter insistido, e o mesmo fará o padre-inspetor.

– Quer que eu traduza isso, senhor?

– Isso foi para os seus ouvidos. Obrigado pelo seu auxílio. – Toranaga retribuiu as saudações do padre e mandou alguns homens acompanharem-no de volta a casa, depois se voltou para Blackthorne. – Anjin-san. Primeiro nadar.

– Senhor?

– Nadar! – Toranaga se despiu e entrou na água à luz nascente. Blackthorne e os guardas o seguiram. Toranaga nadou vigorosamente mar adentro, depois voltou e contornou o navio. Blackthorne vinha atrás dele, revigorado pelo frio da água. Logo Toranaga retornou à praia. Criadas tinham toalhas prontas, quimonos limpos, chá, saquê e comida.

– Coma, Anjin-san.

– Desculpe, não tenho fome.

– Coma!

Blackthorne engoliu alguns bocados e vomitou.

– Sinto muito.

– Estupidez. E fraqueza. Fraco como um comedor de alho. Não como um *hatamoto. Né?*

– Senhor?

Toranaga repetiu. Brutalmente. Depois apontou para o navio, sabendo que agora tinha toda a atenção de Blackthorne:

– Aquilo não é nada. *Shikata ga nai.* Sem importância. Ouça: Anjin-san é *hatamoto, né?* Não comedor de alho. Entende?

– Sim, sinto muito.

Toranaga chamou o guarda-costas, com um aceno, e o homem lhe estendeu um pergaminho lacrado.

– Ouça, Anjin-san, antes de partir de Edo, Mariko-sama deu-me isto. Mariko-sama disse que, se você vivesse depois de Ōsaka, se vivesse, entende?, pediu-me que lhe desse isto.

Blackthorne pegou o pergaminho oferecido e, após um momento, rompeu o lacre.

– O que diz a mensagem, Anjin-san? – perguntou Toranaga.

Ela escrevera em latim: "Vós. Eu vos amo. Se isto for lido por vós, então terei morrido em Ōsaka e talvez, por minha causa, o vosso navio esteja morto também. Eu talvez sacrifique essa parte muito estimada da vossa vida por causa da minha fé, para salvaguardar a minha Igreja, mas mais para salvar a vossa vida, que para mim é mais preciosa do que tudo, até do que o interesse do meu senhor Toranaga. Eu talvez chegue a uma escolha, meu amor: *vós ou o vosso navio.*

Desculpe, mas escolho a vida para vós. Esse navio está condenado de todo modo, com ou sem vós. Entregarei o vosso navio ao seu inimigo, de modo que vós possais viver. Esse navio não é nada. *Construí outro*. Isso vós podeis fazer, acaso não aprendestes a ser um construtor de navios, assim como um navegador de navios? Acredito que o senhor Toranaga vos dará todos os artesãos, carpinteiros e ferreiros necessários – *ele precisa de vós e dos vossos navios* –, e da minha fortuna pessoal leguei a vós todo o dinheiro necessário para tanto. Construí outro navio e construí outra vida, meu amor. Tomai o Navio Negro do próximo ano e vivei para sempre. Ouça, meu querido, a minha alma cristã reza para ver-vos de novo num paraíso cristão, meu *hara* japonês reza para que na próxima vida eu seja tudo o que for necessário para dar-vos alegria e para estar convosco, não importa onde estejais. Perdoai-me, mas a vossa vida é tudo o que importa. Eu vos amo".

– O que diz a mensagem, Anjin-san?

– Desculpe, senhor. Mariko-sama diz que esse navio não é necessário. Diz para construir um novo navio. Diz...

– Ah! É possível? É possível, Anjin-san?

Blackthorne viu o interesse cintilante do daimio.

– Sim. Se tiver... – Não conseguiu se lembrar da palavra "carpinteiro".

– Se Toranaga-sama der homens, homens que fazem navio, *né*? Sim. Eu posso.

– Na sua mente esse novo navio começou a tomar forma. Menor, muito menor do que o *Erasmus*. Entre noventa e cem toneladas, seria tudo o que ele poderia dirigir, pois nunca supervisionara ou projetara um navio completo antes, embora Alban Caradoc o tivesse educado como construtor naval e como piloto. Deus o abençoe, Alban, exultou ele. Sim, noventa toneladas para começar. O *Gondel Hind* de Drake tinha mais ou menos isso, e lembre-se do que ele aguentou! Posso pôr vinte canhões a bordo e isso seria o suficiente para... – Jesus Cristo, os canhões!

Saiu correndo e foi olhar os restos do navio, então viu Toranaga e todos eles a fitá-lo e percebeu que estivera falando em inglês.

– Ah, desculpe, senhor. Pensar rápido demais. Armas grandes... lá, no mar, *né*? Preciso pegar depressa!

Toranaga falou com seus homens, depois encarou Blackthorne de novo.

– Os samurais dizem que tudo o que estava no navio está no acampamento. Algumas coisas retiradas do mar aqui, na maré baixa, *né*? Agora no acampamento. Por quê?

Blackthorne sentia-se em delírio.

– Posso fazer navio. Se tiver armas grandes, posso lutar inimigo. Toranaga-sama pode conseguir pólvora?

– Sim. Quantos carpinteiros? Quantos são necessários?

– Quarenta carpinteiros, ferreiros, carvalho para os costados, o senhor tem carvalho aqui? Depois preciso de ferro, aço, construirei uma forja e precisarei de um mestre... – Blackthorne percebeu que estava falando inglês de novo.

– Desculpe. Escrevo no papel. Cuidadosamente. E penso cuidadosamente. Por favor, o senhor dá homens para ajudar?

– Todos os homens, todo o dinheiro. Já. *Preciso* do navio. Já! Em quanto tempo você pode construí-lo?

– Seis meses a partir do dia em que aprontarmos a quilha.

– Oh, não mais depressa?

– Não, sinto muito.

– Depois conversamos mais, Anjin-san. O que mais Mariko-sama diz?

– Pouco mais, senhor. Diz que dá dinheiro para ajudar navio, dinheiro dela. Também diz que sente muito se... se ajuda meu inimigo a destruir navio.

– Que inimigo? Que meio de destruir navio?

– Não diz quem, ou como, senhor. Nada, claro. Só se desculpa. Mariko-sama diz *sayōnara*. Espera *jigai* sirva senhor Toranaga.

– Ah, sim, serve enormemente, *né?*

– Sim.

Toranaga sorriu para ele.

– Contente, tudo bem agora, Anjin-san. Iiiih, Mariko-sama tinha razão. Não se preocupe com aquilo! – Toranaga apontou para o casco. – Construir navio novo imediatamente. Um navio de combate, *né?* Entende?

– Compreendo muitíssimo.

– Esse navio novo... poderia lutar com o Navio Negro?

– Sim.

– Ah! O Navio Negro do próximo ano?

– Possível.

– E a tripulação?

– Por favor?

– Marujos, atiradores?

– Ah! Até o próximo ano posso treinar os meus vassalos como atiradores. Não marujos.

– Você poderá ter a nata de todos os marujos do Kantō.

– Então, no próximo ano, possível. – Blackthorne sorriu malicioso. – Próximo ano possível? Guerra? E a guerra?

Toranaga deu de ombros.

– Guerra ou não... tentar assim mesmo, *né?* Essa é a sua presa. Entende "presa"? E nosso segredo. Entre mim e você apenas, *né?* O Navio Negro.

– Padres logo quebrarão o segredo.

– Talvez. Mas desta vez nada de maremoto ou tufão, meu amigo. Você vigiará e eu vigiarei.

– Sim.

– Primeiro, Navio Negro, depois ir para casa. Trazer-me uma marinha. Entende?

– Oh, sim.

– Se eu perder... karma. Se não, então tudo, Anjin-san. Tudo conforme você disse. Tudo: Navio Negro, embaixador, tratado, navios! Entende?

– Sim. Oh, sim! Obrigado.

– Agradeça a Mariko-sama. Sem ela... – Toranaga saudou-o calorosamente, pela primeira vez de igual para igual, e se afastou com seus guardas. Os vassalos de Blackthorne se curvaram, impressionados com a honra concedida ao amo.

Blackthorne observou Toranaga partir, exultante, depois viu a comida. As criadas estavam começando a recolher as sobras.

– Esperem. Agora comida, por favor.

Comeu com vagar e com boas maneiras, os seus próprios homens brigando pelo privilégio de servi-lo, a mente errando por todas as vastas possibilidades que Toranaga lhe abrira. Você venceu, disse ele, querendo dançar uma *hornpipe* de alegria. Mas não dançou. Releu a carta mais uma vez. E abençoou-a novamente.

– Sigam-me – ordenou, e tomou a dianteira na direção do acampamento, o cérebro já projetando o navio e as portinholas. Jesus, Deus do paraíso, ajude Toranaga a manter Ishido longe do Kantō e de Izu e, por favor, abençoe Mariko, esteja ela onde estiver, e faça com que os canhões não estejam enferrujados demais. Mariko tinha razão: o *Erasmus* estava condenado, com ou sem mim. Ela me restituiu a vida. Posso construir outra vida e outro navio. Noventa toneladas! O meu navio terá a proa em ponta, será uma plataforma de batalha flutuante, tão lustroso quanto um galgo, de tipo melhor que o do *Erasmus*, o gurupés sobressaindo arrogantemente e uma adorável figura de proa logo embaixo, e o rosto será exatamente parecido com o dela, com os seus adoráveis olhos oblíquos e as maças do rosto salientes. O meu navio será... Jesus, Deus, há uma tonelada de coisas que posso aproveitar do *Erasmus*. Posso usar a parte da quilha, algumas costelas. E haverá mil pregos, e o resto da quilha dará guarnições e braços e tudo de que preciso... Se eu tiver tempo.

Sim. O meu navio será como *ela*, prometeu para si mesmo. Será bem adaptado, uma miniatura, perfeito como uma lâmina Yoshitomo, e isso é a melhor coisa do mundo, e igualmente perigoso. No ano que vem ele tomará uma presa com vinte vezes o seu peso, como Mariko fez em Ōsaka, e expulsará o inimigo da Ásia. E depois, em outro ano ou no seguinte, eu o levo para o Tâmisa, para Londres, os porões cheios de ouro e os sete mares na sua esteira.

– O nome dele será *The Lady* – disse ele, em voz alta.

CAPÍTULO 61

DUAS MANHÃS DEPOIS, TORANAGA ESTAVA EXAMINANDO AS CILHAS DA SUA sela. Habilmente, fez o cavalo se ajoelhar, relaxando os músculos do estômago, e apertou a correia mais dois furos. Animal degenerado, pensou ele, desprezando os cavalos pelas constantes manhas, traições e periculosidade mal-humorada. Este sou eu, Yoshi Toranaga-no-Chikitada-no-Minowara, não uma criança qualquer de cérebro confuso. Esperou um momento e forçou o cavalo a se ajoelhar de novo. O cavalo relinchou e sacudiu o freio, e ele apertou as correias completamente.

– Bom, senhor! Muito bom – disse o mestre de caça, com admiração. Era um velho enrugado, tão forte e curtido quanto um barril de salmoura. – Muitos teriam ficado satisfeitos da primeira vez.

– Aí a sela do cavaleiro teria escorregado e o idiota teria sido atirado ao chão e suas costas talvez estivessem quebradas ao meio-dia. *Né?*

Os samurais riram.

– Sim, e merecendo isso, senhor! – Em torno deles, no estábulo, estavam guardas e falcoeiros, segurando falcões e gaviões encapuzados. Tetsu-ko, o *peregrinus*, estava no lugar de honra e, ao seu lado, menor, o único sem capuz, Kogo, o milhafre, os seus olhos dourados e inclementes inspecionando tudo.

Naga aproximou-se, a cavalo.

– Bom dia, pai.

– Bom dia, meu filho. Onde está seu irmão?

– O senhor Sudara está esperando no acampamento, senhor.

– Bom. – Toranaga sorriu para o jovem. Depois, porque gostava dele, puxou-o a um lado. – Escute, meu filho, em vez de ir caçar, escreva as ordens de batalha para eu assinar quando voltar esta noite.

– Oh, pai – disse Naga, explodindo de orgulho com a honra de formalmente aceitar o desafio lançado por Ishido, escrito pessoalmente por ele, pondo em execução a decisão, tomada na véspera pelo Conselho de Guerra, de ordenar aos exércitos que rumassem para os desfiladeiros. – Obrigado, obrigado.

– O Regimento de Mosquetes tem ordens de partir para Hakone ao amanhecer de amanhã, e o comboio de bagagem chegará de Edo esta tarde. Certifique-se de que esteja tudo pronto.

– Sim, certamente. Dentro de quanto tempo iremos à luta?

– Muito em breve. Na noite passada recebi notícias de que Ishido e o herdeiro partiriam de Ōsaka para passar em revista os exércitos. Portanto, agora está resolvido.

— Por favor, perdoe-me por não poder voar até Ōsaka como Tetsu-ko e matá-lo, e também Kiyama e Onoshi, e resolver todo esse problema sem ter que incomodá-lo.

— Obrigado, meu filho. — Toranaga não se deu ao trabalho de revelar a ele os monstruosos problemas que teriam de ser solucionados antes que tais mortes pudessem tornar-se um fato. Correu os olhos ao seu redor. Todos os falcoeiros estavam prontos. E os guardas. Chamou o mestre de caça para perto de si. — Primeiro vou até o acampamento, depois tomaremos a estrada costeira por quatro *ris* para o norte.

— Mas os batedores já se encontram nas colinas... — O mestre de caça engoliu o resto da queixa e tentou se recuperar. — Por favor, desculpe a minha... Não, devo ter comido alguma coisa estragada, senhor.

— É o que parece. Talvez você devesse passar a sua responsabilidade a outro. Talvez esteja com o raciocínio afetado, sinto muito — disse Toranaga. Se eu não estivesse usando a caçada como um disfarce, teria substituído o mestre de caça. — Que acha?

— Sim, sinto muito, senhor — disse o velho samurai. — Permita-me perguntar, o senhor gostaria de caçar nas áreas que escolheu a noite passada ou gostaria, hã, gostaria de caçar ao longo da costa?

— Ao longo da costa.

— Certamente, senhor. Por favor, com licença, vou providenciar a alteração. — O homem saiu correndo. Toranaga manteve os olhos nele. Está na hora de ele se aposentar, pensou sem maldade. Então notou que Omi se aproximava dos estábulos junto com um jovem samurai, que mancava muito, um cruel ferimento de faca ainda visível no rosto, resultado do combate em Ōsaka.

— Ah, Omi-san! — Retribuiu a saudação. — É esse o sujeito?

— Sim, senhor.

Toranaga chamou os dois à parte e interrogou habilmente o samurai. Fez isso por cortesia para com Omi, já tendo chegado às mesmas conclusões quando conversara com o homem na primeira noite, assim como fora educado com o Anjin-san, perguntando o que continha a carta de Mariko, embora já soubesse o que Mariko escrevera.

— Mas, por favor, coloque com as suas próprias palavras, Mariko-san — dissera ele, antes que ela partisse de Edo para Ōsaka.

— Devo entregar o navio do Anjin-san ao inimigo dele, senhor?

— Não, senhora — dissera ele, enquanto os olhos dela se enchiam de lágrimas. — Não. Repito: você vai sussurrar ao Tsukku-san os segredos que me contou, aqui, em Edo, imediatamente, depois ao sumo sacerdote e a Kiyama em Ōsaka, e dizer a todos que sem o navio o Anjin-san não é ameaça para eles. E escreverá uma carta ao Anjin-san conforme sugeri agora.

— Eles destruirão o navio.

– Tentarão fazer isso. Claro que pensarão na mesma resposta por si mesmos, portanto, na realidade, você não estará revelando nada, *né?*

– Pode proteger o navio dele, senhor?

– Será guardado por 4 mil samurais.

– Mas se tiverem êxito... O Anjin-san não vale nada sem o navio. Rogo pela vida dele.

– Não é preciso, Mariko-san. Garanto-lhe que ele é valioso para mim, com ou sem navio. Prometo-lhe. Diga-lhe também, na carta, que, se o navio dele se perder, *por favor, construa outro.*

– O quê?

– Você me disse que ele pode fazer isso, *né?* Tem certeza? Se eu lhe der todos os carpinteiros e ferreiros?

– Oh, sim. Oh, como o senhor é inteligente! Oh, sim, ele disse muitas vezes que é um construtor de navios habilitado...

– Tem toda a certeza, Mariko-san?

– Sim, senhor.

– Bom.

– Então o senhor pensa que os padres cristãos terão êxito, mesmo contra 4 mil homens?

– Sim. Sinto muito, mas os cristãos nunca deixarão o navio intacto, ou o bárbaro vivo, enquanto o barco estiver flutuando e pronto para zarpar. É uma ameaça grande demais para eles. Esse navio está condenado, portanto não há mal em entregá-lo a eles. Mas você e eu sabemos e devemos acreditar que a única esperança do Anjin-san é construir outro navio. Sou o único que pode ajudá-lo a fazer isso. Resolva Ōsaka para mim e providenciarei para que ele construa o seu navio.

Eu disse a verdade a ela, pensou Toranaga, ali, ao amanhecer, em Yokohama, sentindo o odor de cavalos, excrementos e suor, os seus ouvidos mal escutando agora o samurai ferido e Omi, todo o seu ser entristecido por Mariko. A vida é tão triste, disse a si mesmo, cansado dos homens, de Ōsaka, de jogos, que causavam tanto sofrimento à existência, por maiores que fossem os prêmios a atingir.

– Obrigado por me dizer, Kosami – disse ele quando o samurai terminou. – Agiu muito bem. Por favor, venha comigo. Vocês dois.

Toranaga voltou para junto da sua égua, fazendo-a ajoelhar uma última vez. Desta vez ela choramingou, mas ele não apertou mais a cilha.

– Cavalos são muito piores do que homens em traição – disse, a ninguém em particular, e saltou para a sela e saiu a galope, seguido de seus guardas, Omi e Kosami.

No acampamento, parou. Buntaro estava lá, ao lado de Yabu, Hiromatsu e Sudara, este com um *peregrinus* no punho. Saudaram-no.

– Bom dia – disse ele jovialmente, chamando Omi, com um gesto, a participar da conversa, mas afastando todos os demais. – Está pronto, meu filho?

— Sim, pai — disse Sudara. — Mandei alguns dos meus homens para as montanhas, a fim de verificarem se os batedores fizeram o trabalho certo para o senhor.

— Obrigado, mas decidi caçar ao longo da costa.

Logo Sudara chamou um dos guardas e mandou-o a galope para trazer os homens de volta das colinas e conduzi-los para a costa.

— Sinto muito, senhor, eu deveria ter pensado nisso e estar preparado. Por favor, me desculpe.

— Sim. Então, Hiromatsu, como vai o treinamento?

Hiromatsu, a espada inevitavelmente frouxa nas mãos, fez uma carranca.

— Ainda acho que isso é desonroso e desnecessário. Logo seremos capazes de esquecê-lo. Mijaremos em cima de Ishido sem este tipo de traição.

— Por favor, me desculpe — disse Yabu —, mas sem estas armas e esta estratégia, Hiromatsu-san, perderemos. Esta é uma guerra moderna, deste modo temos uma chance de vencer. — Olhou para Toranaga, que ainda não desmontara. — Fui informado durante a noite de que Jikkyu morreu.

— Tem certeza? — Toranaga fingiu surpresa. Obtivera a informação secreta no dia em que partira de Mishima.

— Sim, senhor. Parece que ele esteve doente algum tempo. O meu informante relata que ele morreu há dois dias — disse Yabu, regozijando-se abertamente. — O herdeiro é o filho dele, Hikoju.

— Aquele jovenzinho enfatuado? — disse Buntaro, com desdém.

— Sim. Concordo que ele não passa de um filhote. — Yabu parecia vários centímetros mais alto do que o habitual. — Senhor, isso não abre a estrada meridional? Por que não atacar pela estrada Tōkaidō de imediato? Com a velha raposa morta, Izu está segura agora e Suruga e Tōtōmi estão tão indefesas quanto um atum encalhado. *Né?*

Toranaga desmontou, pensativo.

— Bem? — perguntou a Hiromatsu.

O velho general respondeu imediatamente:

— Se pudéssemos dominar a estrada até o passo de Utsunoya e todas as pontes, e chegar à vertente Tenryu rapidamente, com todas as nossas comunicações garantidas, retalharíamos o baixo-ventre de Ishido. Poderíamos conter Zataki nas montanhas, reforçar o ataque pela Tōkaidō e investir contra Ōsaka. Seríamos invencíveis.

— Enquanto o herdeiro comandar os exércitos de Ishido — disse Sudara —, poderemos ser vencidos.

— Não concordo — disse Hiromatsu.

— Nem eu, sinto muito — disse Yabu.

— Mas eu concordo — disse Toranaga, tão inexpressivo e grave quanto Sudara. Ainda não lhes falara sobre o possível acordo de Zataki em trair Ishido quando o momento fosse oportuno. Por que deveria lhes dizer?, pensou. Não é um fato. Ainda.

Mas como é que você propõe pôr em prática o seu acordo solene com o seu meio-irmão, casando-o com Ochiba se ele o apoiar, e, ao mesmo tempo, casar você mesmo com Ochiba, se for esse o preço dela? É uma pergunta razoável, disse Toranaga para si mesmo. Mas é altamente improvável que Ochiba traia Ishido. Se o fizesse e esse fosse o preço, a resposta seria simples: meu irmão teria que se curvar ao inevitável.

Viu-os todos a olhá-lo.

– O que é?

Houve um silêncio. Então Buntaro perguntou:

– O que acontece, senhor, quando nos opomos à bandeira do herdeiro?

Nenhum deles jamais formulara essa pergunta formalmente, direta e publicamente.

– Se isso acontecer, eu perco – disse Toranaga. – Cometerei *seppuku* e aqueles que honram o testamento do táicum e a inconteste herança legal do herdeiro terão que se submeter com humildade e imediatamente ao seu perdão. Os que não o fizerem não terão honra. *Né?*

Todos concordaram. Então ele se voltou para Yabu para concluir o negócio que estava à mão e tornou-se cordial de novo.

– Entretanto, ainda não estamos nesse campo de batalha, portanto continuamos conforme planejado. Sim, Yabu-sama, a estrada meridional é possível agora. De que morreu Jikkyu?

– De doença, senhor.

– Uma doença de quinhentos *kokus?*

Yabu riu, mas interiormente ficou furioso de que Toranaga houvesse rompido a sua rede de segurança.

– Sim – disse –, eu presumiria que sim, senhor. O meu irmão lhe contou? – Toranaga concordou e pediu-lhe que explicasse aos demais. Yabu aquiesceu, não descontente, pois era um estratagema inteligente, e contou-lhes como Mizuno, seu irmão, passara o dinheiro proveniente do Anjin-san a um ajudante de cozinheiro que fora introduzido na cozinha particular de Jikkyu.

– Barato, *né?* – disse Yabu alegremente. – Quinhentos *kokus* pela estrada meridional?

Intransigente, Hiromatsu disse a Toranaga:

– Por favor, me desculpe, mas acho essa história repugnante.

– Traição é uma arma de guerra, *né?* – sustentou Toranaga, sorrindo.

– Sim. Mas não a de um samurai.

– Sinto muito, senhor Hiromatsu, mas presumo que o senhor não tenha tido a intenção de me insultar – soltou Yabu, indignado.

– Ele não teve a intenção. Teve, Hiromatsu? – disse Toranaga.

– Não, senhor – replicou o velho general. – Por favor, me desculpe.

– Veneno, traição, deslealdade, assassinato sempre foram armas de guerra, meu velho amigo – disse Toranaga. – Jikkyu era um inimigo e um imbecil. Dar quinhentos *kokus* pela estrada meridional não é nada! Yabu-sama serviu-me bem. Aqui e em Ōsaka. *Né*, Yabu-san?

– Sempre tentei servi-lo com lealdade, senhor.

– Sim. Então, por favor, explique por que matou o capitão Sumiyori antes do ataque ninja – disse Toranaga.

O rosto de Yabu não se alterou. Estava usando a sua espada Yoshitomo. A mão, como sempre, frouxa sobre o punho da arma.

– Quem diz isso? Quem me acusa disso, senhor?

Toranaga apontou para o grupo de marrons a quarenta passos de distância.

– Aquele homem! Por favor, venha aqui, Kosami-san. – O jovem samurai desmontou, avançou coxeando e curvou-se.

Yabu cravou os olhos nele.

– Quem é você, camarada?

– Sokura Kosami, da Décima Legião, designado para a guarda pessoal da senhora Kiritsubo em Ōsaka, senhor – disse o jovem. – O senhor me pôs de guarda à porta dos seus aposentos, e de Sumiyori-san, na noite do ataque ninja.

– Não me lembro de você. Atreve-se a dizer que matei Sumiyori?

O jovem hesitou. Toranaga insistiu:

– Conte-lhe!

Kosami disse de um fôlego:

– Antes de os ninjas caírem em cima de nós, só tive tempo, senhor, de abrir a porta e gritar um aviso a Sumiyori-san, mas ele não se mexeu. – Voltou-se para Toranaga, estremecendo sob o olhar de todos eles. – Ele... Ele tinha sono leve, senhor, e foi só um momento depois de... Isso é tudo, senhor.

– Você entrou no quarto? Sacudiu-o? – pressionou Yabu.

– Não, senhor, oh, não, senhor, os ninjas chegaram tão depressa que recuamos imediatamente e contra-atacamos assim que pudemos. Foi como eu disse...

Yabu olhou para Toranaga:

– Sumiyori-san estivera de serviço durante dois dias. Estava exausto, todos nós estávamos. O que isso prova? – perguntou a todos eles.

– Nada – disse Toranaga, ainda cordial. – Mas, mais tarde, Kosami-san, você voltou ao quarto. *Né?*

– Sim, senhor. Sumiyori-san ainda estava deitado nos *futons*, do jeito que eu o vira e... e o quarto não estava em desordem, em absoluto, senhor, e ele tinha sido esfaqueado, senhor, esfaqueado nas costas uma vez. Na hora pensei que tivessem sido os ninjas e mais nada, até que Omi-san me interrogou.

– Ah! – Yabu voltou os olhos para o sobrinho, toda a sua *hara* centrada no seu traidor, medindo a distância entre eles. – Então você o interrogou?

– Sim, senhor – replicou Omi. – O senhor Toranaga pediu-me que reexaminasse todas as histórias. Essa foi uma das mais estranhas que achei que poderiam ser trazidas à atenção do nosso amo.

— Uma das mais estranhas? Há outra?

— Seguindo as ordens do senhor Toranaga, interroguei os criados que sobreviveram ao ataque, senhor. Havia dois. Sinto muito, mas ambos disseram que o senhor atravessou os aposentos deles com um samurai e retornou pouco depois, sozinho, gritando: "*Ninjas!*". Então eles...

— Eles nos atacaram e mataram o infeliz com uma lança e uma espada, e quase me abateram. Tive que recuar para dar o alarme. — Yabu voltou-se para Toranaga cuidadosamente, pondo os pés numa posição melhor para o ataque. — Já lhe tinha contado isso, senhor, tanto pessoalmente quanto no relatório escrito. O que os criados têm a ver comigo?

— Bem, Omi-san? — perguntou Toranaga.

— Sinto muito, Yabu-sama — disse Omi —, mas ambos o viram abrir os ferrolhos de uma porta secreta no porão e ouviram-no dizer aos ninjas: "Sou Kashigi Yabu". Foi isso o que deu tempo a eles de se esconderem e não serem massacrados.

A mão de Yabu movimentou-se uma fração de segundo. Instantaneamente Sudara saltou para a frente de Toranaga, a fim de protegê-lo, e no mesmo momento a espada de Hiromatsu disparou na direção do pescoço de Yabu.

— Pare! — ordenou Toranaga.

A espada de Hiromatsu parou, o seu controle era miraculoso. Yabu não fizera movimento algum. Encarou-os. Depois riu, insolente.

— Serei eu um *rōnin* imundo que atacaria o seu suserano? Este é Kashigi Yabu, senhor de Izu, Suruga e Tōtōmi. *Né?* — Olhou diretamente para Toranaga. — De que sou acusado, senhor? De ajudar ninjas? Ridículo! O que têm as fantasias de criados a ver comigo? São mentirosos! Assim como este sujeito que insinua uma coisa que não pode provar e eu não posso justificar!

— Não há provas, Yabu-sama — disse Toranaga. — Concordo integralmente. Não há provas em absoluto.

— Yabu-sama, o senhor fez essas coisas? — perguntou Hiromatsu.

— Claro que não!

— Mas eu acho que fez — disse Toranaga. — Portanto todas as suas terras estão confiscadas. Por favor, rasgue o ventre hoje. Antes do meio-dia.

A sentença era decisiva. Era o momento supremo para o qual Yabu estivera preparado a vida toda.

Karma, pensou, o cérebro trabalhando a uma velocidade frenética. Não há nada que eu possa fazer, a ordem é legal, Toranaga é meu suserano, eles podem me tirar a cabeça ou posso morrer com dignidade. De um jeito ou de outro, estou morto. Omi traiu-me, mas esse é o meu karma. Os criados deviam ter sido todos mortos, conforme o plano, mas dois sobreviveram, e esse é o meu karma. Seja digno, disse ele para si mesmo, reunindo coragem. Pense com clareza e seja responsável.

— Senhor — começou ele, com uma demonstração de audácia —, primeiro, sou inocente desses crimes. Kosami está enganado e os criados são mentirosos. Segundo, sou o melhor general de batalha que o senhor tem. Imploro pela honra de comandar o ataque pela Tōkaidō, ou o primeiro lugar na primeira batalha, de modo que minha morte seja de uso direto.

— É uma boa sugestão, Yabu-san — disse Toranaga cordialmente —, e concordo sinceramente que o senhor é o melhor general para o Regimento de Mosquetes, mas, sinto muito, não confio no senhor. Por favor, rasgue o ventre antes do meio-dia.

Yabu controlou a fúria cegante e satisfez a sua honra como samurai e como líder do seu clã, com a totalidade do seu autossacrifício.

— Formalmente absolvo o meu sobrinho Kashigi Omi-san de qualquer responsabilidade pela minha traição e o designo meu herdeiro.

Toranaga ficou tão surpreso quanto todos os demais.

— Muito bem — disse. — Sim, acho que isso é muito sábio. Concordo.

— Izu é o feudo hereditário dos Kashigi. Lego-o a ele.

— Izu já não é seu para dá-lo. O senhor é meu vassalo, *né?* Izu é uma das minhas províncias, a ser dada conforme eu desejar, *né?*

Yabu encolheu os ombros.

— Lego-o a ele, ainda assim... — Riu. — É um favor de vida. *Né?*

— Pedir é justo. A sua solicitação está recusada. E, Yabu-san, todas as suas últimas ordens estão sujeitas à minha aprovação. Buntaro-san, você será a testemunha formal. Agora, Yabu-san, a quem deseja como assistente?

— Kashigi Omi-san.

Toranaga olhou para Omi. Omi curvou-se, o rosto sem cor.

— A honra será minha — disse.

— Bom. Então está tudo arranjado.

— E o ataque pela Tōkaidō? — disse Hiromatsu.

— Estaremos mais seguros atrás das nossas montanhas. — Jovialmente Toranaga retribuiu-lhes o cumprimento, montou e partiu a trote. Sudara fez um gesto polido de cabeça e seguiu-o. Assim que Toranaga e Sudara se encontraram fora de alcance, Buntaro e Hiromatsu se descontraíram, mas Omi não, e nenhum deles tirou os olhos do braço da espada de Yabu.

— Onde quer que seja, Yabu-sama? — perguntou Buntaro.

— Aqui, ali, na praia, ou num monte de bosta, para mim é tudo a mesma coisa. Não preciso de vestes cerimoniais. Mas, Omi-san, você não dará o golpe até que eu tenha feito dois cortes.

— Sim, senhor.

— Com a sua permissão, Yabu-sama, também serei testemunha — disse Hiromatsu.

— Por que não se preocupa com as suas hemorroidas?

O general indignou-se e disse a Buntaro:

— Por favor, mande me chamar quando ele estiver pronto.

Yabu cuspiu.

— Já estou pronto. O senhor está?

Hiromatsu girou sobre os calcanhares.

Yabu pensou um momento, depois tirou a espada Yoshitomo, embainhada, do *obi*.

– Buntaro-san, talvez pudesse me fazer um favor. Dê isto ao Anjin-san. – Ofereceu a espada, depois franziu o cenho. – Pensando melhor, se não for incômodo, quer, por favor, mandar chamá-lo, para que eu possa entregar-lhe pessoalmente?

– Certamente.

– E, por favor, traga aquele padre fedorento também, de modo que eu possa conversar diretamente com o Anjin-san.

– Bom. Que providências o senhor deseja que sejam tomadas?

– Só quero papel, tinta, um pincel para o meu testamento e o meu poema de morte e dois tatames. Não há razão para eu machucar os joelhos ou me ajoelhar no pó, como um camponês fedorento. *Né?* – acrescentou Yabu, com bravata.

Buntaro dirigiu-se aos outros samurais, que mudavam de posição de um pé para outro, com uma excitação contida. Negligentemente Yabu sentou-se de pernas cruzadas e esgaravatou os dentes com um talo de grama. Omi acocorou-se perto, cautelosamente longe do alcance da espada.

– Iiiiih! – disse Yabu. – Estive tão perto do sucesso! – Esticou as pernas e martelou-as contra a terra num repentino acesso de raiva. – Iiiiih, tão perto! Eh, karma, *né?* Karma! – Depois riu sonoramente, pigarreou e cuspiu, orgulhoso de ainda ter saliva na boca. – *Isto* em todos os deuses, vivos, mortos ou que ainda vão nascer! Mas, Omi-san, morro feliz. Jikkyu está morto, e quando eu cruzar o último rio e o vir esperando lá, rilhando os dentes, poderei cuspir-lhe no olho para sempre.

– Prestou um grande serviço ao senhor Toranaga, senhor – disse Omi, falando com sinceridade, embora o observasse como um falcão. – O senhor tinha razão, e Punho de Aço e Sudara estão errados. Poderíamos atacar imediatamente, as armas nos farão atravessar.

– Aquele velho monte de esterco! Imbecil! – Yabu riu de novo. – Você o viu ficar roxo quando eu mencionei as hemorroidas dele? Ah! Pensei que elas iam explodir naquela hora. Samurai? Sou mais samurai do que ele! Vou mostrar a ele! Você não dará o golpe até que eu lhe dê a ordem!

– Posso humildemente agradecer-lhe por me conceder essa honra e também por me fazer seu herdeiro? Formalmente juro que a honra dos Kashigi estará segura nas minhas mãos.

– Se eu não pensasse isso, não teria sugerido. – Yabu baixou a voz. – Você agiu certo me traindo com Toranaga. Eu teria feito o mesmo se fosse você, embora seja tudo mentira. É a desculpa de Toranaga. Ele sempre teve inveja das minhas proezas em combate e da minha compreensão das armas de fogo e do valor do navio. É tudo ideia minha.

– Sim, senhor, eu me lembro.

— Você salvará a família. É tão astuto quanto um rato velho e sarnento. Conseguirá Izu de volta e mais, é tudo o que importa agora, e vai conservá-la para os seus filhos. Você entende as armas. E Toranaga. *Né?*

— Juro que tentarei, senhor.

Os olhos de Yabu deram com a mão de Omi sobre a espada, notando a sua postura de alerta defensiva.

— Acha que vou atacá-lo?

— Sinto muito, claro que não, senhor.

— Fico contente de que você esteja em guarda. O meu pai era como você. Sim, você é muito parecido com ele. — Sem fazer qualquer movimento brusco, colocou as duas espadas no chão, fora de alcance. — Pronto! Agora estou indefeso. Há alguns momentos queria vê-lo morto, mas agora não. Agora você não precisa me temer.

— É sempre necessário temê-lo, senhor.

Yabu soltou uma risadinha e chupou outro talo de grama. Depois, atirou-o fora.

— Ouça, Omi-san, estas são minhas ordens como senhor dos Kashigi. Você levará o meu filho para a sua casa e o usará como ele é digno de ser usado. Depois encontre bons maridos para a minha esposa e a minha consorte e agradeça-lhes muitíssimo por me terem servido tão bem. Quanto ao seu pai, Mizuno, ordeno-lhe que cometa *seppuku* imediatamente.

— Posso solicitar para ele a alternativa de raspar a cabeça e tornar-se monge?

— Não. Ele é imbecil demais, você nunca poderá confiar nele. Que atrevimento o dele passar os meus segredos a Toranaga! Ele estará sempre no seu caminho. Quanto à sua mãe... — ele arreganhou os dentes — ... fica ordenada a raspar a cabeça, tornar-se monja, entrar num mosteiro fora de Izu e passar o resto da vida fazendo orações pelo futuro dos Kashigi. Budista ou xintoísta; prefiro xintoísta. Você concorda, xintoísta?

— Sim, senhor.

— Bom. Desse modo — acrescentou Yabu, com um deleite malicioso — ela parará de distraí-lo dos assuntos Kashigi com seus lamentos constantes.

— Será feito.

— Bom. Ordeno-lhe que vingue as mentiras levantadas contra mim por Kosami e aqueles criados traiçoeiros. Cedo ou tarde, não me importa, desde que você o faça antes de morrer.

— Obedecerei.

— Esqueci de alguma coisa?

Cuidadosamente, Omi se certificou de que não estavam sendo ouvidos.

— E quanto ao herdeiro? — perguntou com cautela. — Quando o herdeiro estiver em campo contra nós, perderemos, *né?*

— Pegue o Regimento de Mosquetes, abra caminho à força e mate-o, diga Toranaga o que disser. Yaemon é o seu alvo primordial.

– A minha conclusão também era essa. Obrigado.
– Bom. Mas melhor do que esperar todo esse tempo é colocar a cabeça dele a prêmio agora, secretamente, entre os ninjas... ou os Amidas.
– Como os encontro? – perguntou Omi, um tremor na voz.
– A bruxa velha, Gyoko, a Mama-san, é uma das que sabem como.
– Ela?
– Sim. Mas cuidado com ela e com os Amidas. Não os use levianamente, Omi-san. Nunca a toque, sempre a proteja. Ela sabe segredos demais, e o pincel de escrita é um braço que se alonga da sepultura. Foi consorte não oficial do meu pai durante um ano... pode até ser que o filho dela seja meu meio-irmão. Cuidado com ela, sabe segredos demais.
– Mas onde arrumo dinheiro?
– Isso é problema seu. Mas arrume. Em qualquer lugar, de qualquer modo.
– Sim. Obrigado. Obedecerei.
Yabu aproximou-se mais. Imediatamente Omi se preparou, desconfiado, a espada quase fora da bainha. Yabu sentiu-se satisfeito de, mesmo indefeso, ainda ser um homem contra quem se acautelar.
– Enterre este segredo muito fundo. E escute, sobrinho, seja um ótimo amigo do Anjin-san. Tente controlar a marinha que ele trará um dia. Toranaga não entende o valor real do Anjin-san, mas está certo em ficar atrás das montanhas. Isso dá a ele e a você tempo. Temos que sair da terra e nos pormos ao largo, os nossos tripulantes nos navios deles, com Kashigis no comando supremo. Os Kashigi devem se fazer ao mar, para comandar o mar. Ordeno.
– Sim... oh, sim – disse Omi. – Confie em mim. Isso *acontecerá*.
– Bom. Por último, jamais confie em Toranaga.
Omi disse com toda a sinceridade:
– Não confio, senhor. Nunca confiei. E nunca confiarei.
– Bom. E, quanto a esses imundos mentirosos, não se esqueça, trate deles. E de Kosami. – Yabu suspirou, em paz consigo. – Agora, por favor, com licença, preciso pensar no meu poema de morte.
Omi levantou-se, recuou e, quando estava a alguma distância, curvou-se e se afastou mais vinte passos. Em meio à segurança dos seus próprios guardas, sentou-se de novo e começou a sua espera.

Toranaga e a sua comitiva trotavam ao longo da estrada costeira que contornava a ampla baía, o mar chegando quase até à estrada, do lado direito. Ali a terra era baixa e pantanosa, com muitos charcos. Algumas *ris* ao norte a estrada se unia à Tōkaidō, a artéria principal. Mais vinte *ris* ao norte ficava Edo.
Toranaga tinha cem samurais consigo, dez falcoeiros e dez aves sobre o punho enluvado dos falcoeiros. Sudara tinha vinte guardas e três aves, e cavalgava como vanguarda.

— Sudara! — chamou Toranaga, como se fosse uma ideia súbita. — Pare na próxima estalagem. Quero comer alguma coisa!

Sudara acenou, dando a entender que ouvira, e prosseguiu a galope. Quando Toranaga chegou, as criadas curvavam-se e sorriam, o estalajadeiro fazendo mesuras com toda a sua gente. Os guardas cobriam o norte e o sul e as suas bandeiras estavam orgulhosamente plantadas.

— Bom dia, senhor, por favor, o que posso lhe servir para comer? — perguntou o estalajadeiro. — Obrigado por honrar a minha pobre hospedaria.

— Chá e um pouco de macarrão com soja, por favor.

— Sim, senhor.

A comida foi trazida numa bela tigela quase que de imediato, cozida exatamente do modo como ele gostava, já que Sudara prevenira o estalajadeiro. Sem cerimônia, Toranaga se acocorou numa varanda e consumiu com prazer o prato simples, camponês, e observou a estrada à frente. Outros hóspedes se curvaram e foram tratar dos seus próprios negócios, contentes, orgulhosos de se encontrarem na mesma hospedaria que o grande daimio. Sudara inspecionou os postos avançados, certificando-se de que estava tudo perfeito.

— Onde estão os batedores agora? — perguntou ao mestre de caça.

— Alguns ao norte, alguns ao sul, e tenho homens extras nas colinas ali. — O velho samurai apontou para o interior, na direção de Yokohama, infeliz e transpirando. — Por favor, desculpe-me, mas o senhor tem alguma ideia de aonde nosso amo gostaria de ir?

— Nenhuma, absolutamente. Mas não cometa mais enganos hoje.

— Sim, senhor.

Sudara terminou a sua ronda, depois apresentou-se a Toranaga.

— Está tudo satisfatório, senhor? Há alguma coisa que eu possa fazer pelo senhor?

— Não, obrigado. — Toranaga terminou a tigela e tomou o resto da sopa. Depois disse numa voz inexpressiva: — Você estava correto no que disse sobre o herdeiro.

— Por favor, desculpe-me, tive medo de talvez tê-lo ofendido, sem intenção.

— Você estava certo, por que eu ficaria ofendido? Quando o herdeiro se virar contra mim, o que você fará?

— Obedecerei às suas ordens.

— Por favor, mande o meu secretário vir aqui e volte com ele.

Sudara obedeceu. Kawanabi, o secretário, um ex-samurai e ex-sacerdote que sempre viajava com Toranaga, chegou rapidamente com a sua caixa de papéis de viagem, tintas, carimbos e pincéis que se ajustavam no seu cesto de sela.

— Senhor?

— Escreva isto: "Eu, Yoshi Toranaga-no-Minowara, reemposso o meu filho Yoshi Sudara-no-Minowara como meu herdeiro, com todas as suas rendas e títulos restituídos".

Sudara curvou-se.

– Obrigado, pai – disse, a voz firme, mas perguntando a si mesmo: *por quê?*

– Jure formalmente aceitar todos os meus preceitos, testamentos e o Legado.

Sudara obedeceu. Toranaga esperou em silêncio até Kawanabi escrever a ordem, depois assinou e tornou-a legal com seu carimbo, um pequeno pedaço quadrado de marfim com seu nome esculpido numa extremidade. Pressionou-o contra a tinta escarlate quase sólida, depois na base do papel de arroz. A marca saiu perfeita.

– Obrigado, Kawanabi-san, ponha a data de ontem. É tudo por enquanto.

– Por favor, desculpe, mas o senhor precisará de mais cinco cópias para tornar a sua sucessão inviolável: uma para o senhor Sudara, uma para o Conselho de Regentes, uma para a Casa de Registros, uma para os seus fichários pessoais e outra para os arquivos.

– Faça-as imediatamente. E dê-me uma cópia extra.

– Sim, senhor. – O secretário deixou-os. Toranaga olhou para Sudara e estudou o rosto estreito, inexpressivo. Quando fizera o anúncio, deliberadamente repentino, Sudara não deixara transparecer nada, nem no rosto nem nas mãos. Nenhum contentamento, gratidão, orgulho. Nem mesmo surpresa, e isso o entristeceu. Mas, pensou Toranaga, por que ficar triste? Você tem outros filhos que sorriem, riem, cometem erros, gritam, enfurecem-se, "travesseiram" e têm muitas mulheres. Filhos normais. Este filho é para seguir você, para comandar depois que você estiver morto, para manter os Minowara unidos e passar o Kantō e o poder a outros Minowara. Para ser frio e calculista *como você*. Não, não como eu, disse ele para si mesmo, com sinceridade. Eu posso rir às vezes, ter compaixão às vezes, e gosto de peidar e "travesseirar", enfurecer-me, dançar, jogar xadrez, representar, e algumas pessoas me alegram, como Naga, Kiri, Chano e o Anjin-san, e gosto de caçar e vencer, vencer, vencer. Nada o alegra, Sudara, sinto muito. Nada. Exceto a sua esposa, a senhora Genjiko. A senhora Genjiko é o único elo fraco na sua corrente.

– Senhor? – perguntou Sudara.

– Eu estava tentando me lembrar de quando o vi rir pela última vez.

– Deseja que eu ria, senhor?

Toranaga meneou a cabeça, sabendo que educara Sudara para ser o filho perfeito para aquilo que tinha que ser feito.

– Quanto tempo você levaria para se certificar de que Jikkyu está realmente morto?

– Antes de deixar o acampamento enviei uma mensagem cifrada de alta prioridade para Mishima, para o caso de o senhor já não saber se isso era verdade ou não, pai. Terei uma resposta dentro de três dias.

Toranaga bendisse os deuses por ter tido conhecimento antecipado da conspiração contra Jikkyu por meio de Kashigi Mizuno e da notícia da morte desse inimigo. Por um momento reexaminou o seu plano e não conseguiu encontrar falha alguma nele. Então, levemente nauseado, tomou a decisão.

– Ordene aos Décimo Primeiro, Décimo Sexto, Nonagésimo Quarto e Nonagésimo Quinto regimentos, em Mishima, que se ponham em estado de alerta imediatamente. Dentro de quatro dias lance-os pela Tōkaidō.

– Céu Carmesim? – perguntou Sudara, desconcertado. – *O senhor vai atacar?*

– Sim. Não vou esperar que venham contra mim.

– Então Jikkyu está morto?

– Sim.

– Bom – disse Sudara. – Posso sugerir-lhe que acrescente o Vigésimo e o Vigésimo Terceiro?

– Não. Dez mil homens devem ser suficientes, com surpresa. Ainda tenho que defender toda a minha fronteira, para o caso de fracasso ou de uma armadilha. E também há Zataki a conter.

– Sim – disse Sudara.

– Quem deve comandar o ataque?

– O senhor Hiromatsu. É uma campanha perfeita para ele.

– Por quê?

– É direto, simples, conservador e dá ordens claras, pai. Será perfeito para essa campanha.

– Então você entende que ele já não é apto a ser o comandante-chefe?!

– Sinto muito, Yabu-san tinha razão, as armas de fogo mudaram o mundo. Punho de Aço está ultrapassado agora.

– Quem, então?

– Apenas o senhor. Até que a batalha esteja encerrada, aconselho-o a não ter ninguém entre o senhor e a batalha.

– Considerarei isso – disse Toranaga. – Agora vá a Mishima. Você preparará tudo. A força de assalto de Hiromatsu terá vinte dias para atravessar o rio Tenryu e garantir a estrada Tōkaidō.

– Por favor, desculpe-me, permita-me sugerir que o objetivo final deles seja um pouco adiante, o cume do Shiomi. Dê-lhes trinta dias.

– Não. Se eu der essa ordem, alguns homens atingirão o cume. Mas a maioria será morta e não será capaz de desferir o contra-ataque ou acossar o inimigo enquanto as nossas forças se retiram.

– Mas por certo o senhor enviará reforços imediatamente nos calcanhares deles?

– O nosso ataque principal atravessa as montanhas de Zataki. Isto é uma simulação. – Toranaga estava avaliando o filho com todo o cuidado. Mas Sudara não revelou nada, nem surpresa, nem aprovação, nem desaprovação.

– Ah. Desculpe. Por favor, desculpe-me, senhor.

– Com Yabu morto, quem deve comandar as armas de fogo?

– Kashigi Omi.

— Por quê?

— Ele as entende. Mais que isso, ele é moderno, muito corajoso, muito inteligente, muito paciente. E também muito perigoso, mais perigoso do que o tio. Aconselho-o, se o senhor vencer e ele sobreviver, a encontrar alguma desculpa para mandá-lo para o Vazio.

— *Se* eu vencer?

— Céu Carmesim sempre foi um último plano. O senhor disse isso cem vezes. Se formos batidos na Tōkaidō, Zataki descerá com tudo para as planícies. As armas não nos ajudarão então. É um último plano. O senhor jamais gostou de últimos planos.

— E o Anjin-san? O que aconselha a respeito dele?

— Concordo com Omi-san e com Naga-san. Ele deve ser refreado. O restante dos homens dele não representa nada, são *etas* e logo se devorarão entre si; portanto não são nada. Aconselho que todos os estrangeiros sejam contidos ou expulsos. São uma praga, a ser tratada como tal.

— Então não haverá comércio de seda. *Né?*

— Se o preço fosse esse, eu pagaria. Eles são uma praga.

— Mas precisamos ter seda e, para nos proteger, devemos aprender sobre eles, aprender o que sabem, *né?*

— Eles deveriam ser confinados em Nagasaki, sob guarda muito cerrada, e o seu número estritamente limitado. Ainda poderiam comerciar uma vez por ano. Dinheiro não é o motivo essencial deles? Não é o que diz o Anjin-san?

— Ah, então ele é útil?

— Sim. Muito. Ensinou-nos a sabedoria dos éditos de expulsão. O Anjin-san é muito sábio, muito corajoso. Mas é um brinquedo. Ele o diverte, senhor, como Tetsu-ko, portanto é valioso, embora continue sendo um brinquedo.

— Obrigado pelas suas opiniões. Assim que se desencadear o ataque, você regressará a Edo e esperará outras ordens — disse, dura e deliberadamente. Zataki ainda detinha a senhora Genjiko e o filho e três filhas do casal como reféns na sua capital, Takato. Por solicitação de Toranaga, Zataki concedera a Sudara uma permissão de ausência, mas apenas por dez dias, e Sudara solenemente concordara com o trato e com a volta nesse prazo. Zataki era famoso pela sua rigidez quanto à honra. Legalmente ele poderia, e o faria, aniquilar todos os reféns por causa desse ponto de honra, independentemente de qualquer tratado ou acordo aberto ou sigiloso. Tanto Toranaga quanto Sudara sabiam que, sem dúvida alguma, Zataki faria isso se Sudara não retornasse conforme o prometido. — Você esperará em Edo por outras ordens.

— Sim, senhor.

— Parta imediatamente para Mishima.

— Então poupará tempo se eu for por aqui. — Sudara apontou para o entroncamento à frente.

– Sim. Mando-lhe uma mensagem amanhã.

Sudara curvou-se, dirigiu-se para o seu cavalo e, com os seus vinte guardas, partiu.

Toranaga pegou a tigela e comeu um último bocado de macarrão, agora frio.

– Oh, senhor, sinto muito, deseja mais um pouco? – disse a jovem criada, sem fôlego, acorrendo. Tinha o rosto redondo, não era bonita, mas esperta e atenta, exatamente do jeito como ele gostava que fossem os seus criados e criadas.

– Não, obrigado. Como você se chama?

– Yuki, senhor.

– Diga ao seu amo que ele faz um bom macarrão, Yuki.

– Sim, senhor, obrigada. Obrigada, senhor, por honrar a nossa casa. Basta estalar os dedos para qualquer coisa que deseje e o senhor a terá instantaneamente.

Ele piscou para ela, que riu, recolheu a bandeja e saiu apressada. Contendo a impaciência, ele examinou a curva distante na estrada, depois os arredores. A hospedaria estava em boas condições, as passagens cobertas até o poço limpas e a terra varrida. Fora, no pátio, e em toda a volta, os seus homens esperavam pacientemente, mas ele detectou nervosismo no mestre de caça e resolveu que aquele dia seria o último de serviço ativo do homem. Se Toranaga estivesse mesmo interessado na caçada em si, teria dito a ele que voltasse a Edo agora, dando-lhe uma generosa pensão, e designado outro para o seu lugar.

Essa é a diferença entre mim e Sudara, pensou ele sem maldade. Sudara não hesitaria. Ordenaria ao homem que cometesse *seppuku* agora, o que pouparia a pensão e todo o incômodo posterior e aumentaria a perícia do substituto. Sim, meu filho, conheço-o muito bem. Você é muito importante para mim.

E quanto à senhora Genjiko e os filhos?, perguntou a si mesmo, trazendo à tona a questão vital. Se a senhora Genjiko não fosse irmã de Ochiba, e estimada como irmã favorita, eu pesarosamente permitiria a Zataki eliminar todos eles agora e assim pouparia Sudara de um risco enorme no futuro, se eu morrer cedo, porque eles são o seu único elo fraco. Mas felizmente Genjiko *é irmã* de Ochiba, portanto uma peça importante no Grande Jogo, e não tenho como permitir que isso aconteça. Eu deveria, mas não o farei. Desta vez tenho que arriscar. Portanto me lembrarei de que Genjiko é valiosa em outros sentidos, é tão afiada quanto uma espinha de tubarão, faz filhos ótimos e é fanaticamente implacável na defesa da prole, assim como Ochiba, com uma enorme diferença: Genjiko-san é leal primeiro a mim; Ochiba, primeiro ao herdeiro.

Então isso está resolvido. Antes do décimo dia Sudara deve estar de volta às mãos de Zataki. Uma extensão do prazo? Não, isso poderia deixar Zataki ainda mais desconfiado do que já está, e ele é o último homem que quero ver desconfiado agora. De que modo Zataki reagirá?

Você foi sábio em designar Sudara. Se houver um futuro, o futuro estará seguro nas mãos dele e de Genjiko, desde que sigam o Legado à letra. E a decisão de reempossá-lo agora foi correta e vai agradar a Ochiba.

Ele já escrevera a carta naquela manhã e a enviaria a ela na mesma noite, com uma cópia da ordem. Sim, isso removerá uma espinha da goela dela, que a estava fazendo sufocar e que tinha sido deliberadamente cravada ali há muito tempo com essa finalidade. É bom saber que Genjiko é um dos elos fracos de Ochiba, talvez até o único. Qual é a fraqueza de Genjiko? Nenhuma. Pelo menos ainda não descobri uma, mas, se houver, descobrirei.

Estava examinando seus falcões. Alguns estavam palrando, outros se alisando com o bico, todos em boa forma, todos encapuzados, menos Kogo, os grandes olhos amarelos dardejando, olhando tudo, tão interessado quanto ele próprio.

O que você diria, minha beleza, perguntou Toranaga à ave em silêncio, o que você diria se eu lhe contasse que devo ser impaciente e explodir e que o meu ataque principal será ao longo da Tōkaidō, e não através das montanhas de Zataki, conforme disse a Sudara? Você provavelmente diria: por quê? E eu responderia: porque confio em Zataki tanto quanto confio em que eu mesmo possa voar. E eu não posso voar em absoluto. *Né?*

Então viu o olhar de Kogo mover-se rapidamente para a estrada. Semicerrou os olhos para ver à distância e sorriu ao distinguir os palanquins e os cavalos de bagagem que se aproximavam, dobrando a curva.

– Então, Fujiko-san? Como vai?

– Bem, obrigada, senhor, muito bem. – Ela se curvou e ele notou que ela não sentia dores nas cicatrizes da queimadura. Os seus membros agora estavam tão flexíveis como sempre e havia um rubor agradável nas suas faces. – Posso perguntar como está o Anjin-san? – disse ela. – Ouvi dizer que a viagem de Ōsaka foi muito ruim, senhor.

– Ele está passando bem agora, com muito boa saúde.

– Oh, senhor, é a melhor notícia que poderia ter me dado.

– Bom. – Ele se voltou para o palanquim seguinte para saudar Kiku, que sorriu alegremente e cumprimentou-o com grande afeto, dizendo que estava muito feliz de vê-lo e que sentira muita falta dele.

– Faz muito tempo, senhor.

– Sim, por favor, me desculpe, sinto muito – disse ele, excitado pela surpreendente beleza e alegria interior dela, apesar das suas próprias ansiedades opressivas. – Estou muito satisfeito em vê-la. – Depois os seus olhos foram para a última liteira. – Ah, Gyoko-san, há quanto tempo – acrescentou, seco como lenha.

– Obrigada, senhor, sim, renasci agora que estes velhos olhos tiveram a honra de vê-lo de novo. – A reverência de Gyoko, que estava cuidadosamente resplandecente, foi impecável e ele captou um lampejo mínimo de um quimono escarlate, da seda mais cara, sobre o outro. – Ah, como está forte, senhor, um gigante entre os homens – entoou ela.

– Obrigado. Está com boa aparência, também.

Kiku bateu palmas ante o gracejo e todos riram com ela.

– Ouçam – disse ele, feliz por causa dela –, tomei providências para que todas vocês fiquem aqui por enquanto. Agora, Fujiko-san, por favor, venha comigo.

Tomou Fujiko à parte e, depois de lhe oferecer chá e de tagarelarem sobre coisas sem importância, foi ao ponto.

– Você concordou com meio ano e eu concordei com meio ano. Sinto muito, mas devo saber hoje se você mudará o acordo.

O rosto pequeno e quadrado perdeu o atrativo quando a alegria se desvaneceu. A ponta da sua língua tocou os dentes agudos um momento.

– Como posso mudar o acordo, senhor?

– Muito fácil. Está terminado. Ordeno.

– Por favor, desculpe-me, senhor – disse Fujiko, a voz sem modulação. – Eu não quis dizer isso. Fiz o acordo espontânea e solenemente diante de Buda, com o espírito do meu falecido marido e do meu falecido filho. Não pode ser mudado.

– Ordeno que seja.

– Sinto muito, senhor, por favor, me desculpe, mas então o *bushidō* me desobriga de obediência ao senhor. O seu contrato foi igualmente solene e qualquer alteração tem que ser aceita por ambas as partes, sem coerção.

– O Anjin-san lhe agrada?

– Sou sua consorte. O necessário é que eu agrade a ele.

– Você gostaria de continuar vivendo com ele se o outro acordo não existisse?

– A vida com ele é muito, muito difícil, senhor. Todas as formalidades, a maioria das cortesias, todo tipo de costume que torna a vida segura, digna, polida e suportável tem que ser posto de lado ou contornado, por isso a casa dele não é segura, não tem *wa*, não há harmonia para mim. É quase impossível fazer os criados entenderem, ou eu mesma entender... Mas, sim, eu poderia continuar a cumprir o meu dever para com ele.

– Peço-lhe que dê por encerrado o acordo.

– O meu primeiro dever é para com o senhor. O meu segundo dever é para com o meu marido.

– A minha ideia, Fujiko-san, era que o Anjin-san se casasse com você. Aí você não seria uma consorte.

– Um samurai não pode servir a dois senhores, nem uma esposa a dois maridos. O meu dever é para com o meu falecido marido. Por favor, me desculpe, não posso mudar.

– Com paciência, tudo muda. Logo o Anjin-san saberá mais dos nossos hábitos e a casa dele também terá *wa*. Ele aprendeu incrivelmente desde que...

– Oh, por favor, senhor, não me interprete mal, o Anjin-san é o homem mais extraordinário que já conheci e, oh, sim, sei que a casa dele logo será uma casa de verdade, mas... mas, por favor, me desculpe, devo cumprir o meu dever. O meu dever é para com o meu marido, meu único marido... – Esforçou-se por se controlar. – Deve ser, *né*? Deve ser, senhor, ou então toda... toda a vergonha, o sofrimento, a desonra perdem o significado, *né*? A morte dele, de meu filho, as espadas dele quebradas e enterradas na aldeia *eta*... Sem dever para com ele, todo o nosso *bushidō* não é senão uma pilhéria imortal.

– Deve responder a uma pergunta, Fujiko-san: o seu dever para com uma solicitação minha, seu suserano, e para com um homem surpreendentemente corajoso que está se tornando um de nós e é seu amo, e – acrescentou, acreditando vislumbrar um rubor no rosto dela – o seu dever para com o filho dele ainda não nascido, isso tudo não tem precedência sobre um dever anterior?

– Eu... Eu não estou carregando o filho dele, senhor.

– Tem certeza?

– Não, não tenho.

– Está atrasada?

– Sim... Mas só um pouco, e isso poderia ser...

Toranaga observava e esperava. Pacientemente. Ainda havia muito a fazer antes que ele pudesse partir a galope e soltar Tetsu-ko ou Kogo, e sentia-se ávido por esse prazer, mas isso seria apenas para ele, portanto sem importância. Fujiko era importante e ele prometera a si mesmo que, pelo menos hoje, fingiria ter vencido a guerra, que tinha tempo, podia ser paciente e resolver assuntos que era seu dever resolver.

– Bem?

– Sinto muito, senhor, não.

– Então é não, Fujiko-san. Por favor, me desculpe por ter perguntado, mas era necessário. – Toranaga não estava nem zangado nem satisfeito. A garota estava apenas fazendo o que era honroso fazer, e ele soubera, desde o momento em que concordara em fazer o trato com ela, que nunca haveria uma alteração. É isso o que nos torna únicos na Terra, pensou ele com satisfação. Um trato com a morte é um trato santificado. Curvou-se para ela formalmente. – Cumprimento-a pela sua honra e senso de dever para com o seu marido, Usagi Fujiko – disse ele, citando o nome que cessara de existir.

– Oh, obrigada, senhor – disse ela, ante a honra que ele lhe fazia, as lágrimas escorrendo devido à total felicidade que a invadia, sabendo que esse gesto simples limpava o estigma do único marido que ela teria nesta vida.

– Escute, Fujiko, vinte dias antes do último dia você partirá para Edo, aconteça o que acontecer a mim. A sua morte deve ocorrer durante a viagem e deve parecer acidental. *Né*?

– Sim, sim, senhor.

– Isso será segredo nosso. Seu e meu apenas.

— Sim, senhor.
— Até lá você continuará como cabeça da casa dele.
— Sim, senhor.
— Agora, por favor, diga a Gyoko que venha aqui. Mandarei chamá-la de novo antes de partir. Tenho outras coisas a discutir com você.
— Sim, senhor. — Fujiko curvou-se profundamente e disse: — Eu o abençoo por me libertar da vida. — Afastou-se.

Curioso, pensou Toranaga, como as mulheres podem mudar como camaleões: num momento feias, no outro atraentes, às vezes até bonitas, embora na realidade não sejam.

— Mandou me chamar, senhor?
— Sim, Gyoko-san. Que notícias tem para mim?
— De todo tipo, senhor — disse Gyoko, o rosto bem maquiado, sem medo, um brilho nos olhos, mas as tripas se contorcendo. Sabia que não era por coincidência que aquele encontro estava ocorrendo e o seu instinto lhe dizia que Toranaga estava mais perigoso do que o habitual. — As providências para a corporação de cortesãs avançam satisfatoriamente e as regras e regulamentos estão sendo rascunhados para a sua aprovação. Há uma área excelente ao norte da cidade que...
— A área que já escolhi fica perto da costa. O Yoshiwara.

Ela o cumprimentou pela escolha, gemendo por dentro. O Yoshiwara — Brejo de Junco — era atualmente um pântano, infestado de mosquitos, e teria que ser drenado e recuperado antes de poder ser cercado e suportar uma construção.

— Excelente, senhor. As regras e regulamentos para as gueixas também estão sendo preparados para o seu exame.
— Bom. Faça-os breves e concisos. Que inscrição você colocará sobre a entrada do Yoshiwara?
— "A luxúria não se refreia; alguma coisa tem que ser feita com relação a isso."

Ele riu e ela sorriu, mas não se descontraiu, e acrescentou, séria:
— Permita-me agradecer-lhe de novo em nome das gerações futuras, senhor.
— Não foi por você ou por elas que eu concordei — disse Toranaga. E citou uma das suas notas no Legado: — "Os homens virtuosos, no decorrer da história, sempre censuraram as casas de tolerância ou lugares de 'travesseiro'. Mas os homens não são virtuosos, e, se um líder banir as casas e o 'travesseiro', será um tolo, porque males maiores logo irromperão como uma peste de furúnculos.".
— Como é sábio, senhor.
— E, quanto a colocar todos os lugares de "travesseiro" numa única área, isso quer dizer que todos os não virtuosos poderão ser vigiados, taxados e controlados, todos ao mesmo tempo. Você tem razão de novo, Gyoko-san, "a luxúria não se refreia". Logo se deteriora. O que mais?
— Kiku-san recuperou a saúde, senhor. Perfeitamente.

– Sim, eu vi. Ela está deliciosa! Desculpe... Edo certamente é quente e rude no verão. Tem certeza de que ela está bem agora?

– Sim, oh, sim, mas ela sentiu saudades do senhor. Devemos acompanhá-lo a Mishima?

– Que outros boatos você ouviu?

– Apenas que Ishido deixou o Castelo de Ōsaka. Os regentes formalmente declararam o senhor fora da lei. Que impertinência, senhor!

– De que modo ele está planejando me atacar?

– Não sei, senhor – disse ela cautelosamente. – Mas imagino que seja um ataque bifurcado, ao longo da Tōkaidō, com Ikawa Hikoju partindo de Shinano, já que o senhor Zataki tolamente se aliou ao senhor Ishido contra o senhor. Mas atrás das suas montanhas o senhor está seguro. Oh, sim, estou certa de que o senhor viverá até uma idade bem avançada. Com a sua permissão, senhor, vou transferir todos os meus negócios para Edo.

– Certamente. Enquanto isso, veja se consegue descobrir onde será a investida principal.

– Tentarei, oh, sim, senhor. Estes são tempos terríveis, senhor, quando irmão vai contra irmão, filho contra pai.

De olhos velados, Toranaga anotou mentalmente para aumentar a vigilância sobre Noboru, seu filho mais velho, cuja fidelidade última era para com o táicum.

– Sim – concordou. – Tempos terríveis. Tempos de grandes mudanças. Algumas más, outras boas. Você, por exemplo, está rica agora. E o seu filho, ele não está encarregado da sua fábrica de saquê em Odawara?

– Sim, senhor. – Gyoko ficou cinza por baixo da maquiagem.

– Tem tido grandes lucros, *né*?

– Ele com certeza é o melhor administrador de Odawara, senhor.

– Assim ouvi dizer. Tenho um serviço para ele. O Anjin-san vai construir um novo navio. Estou providenciando todos os artesãos e materiais, por isso quero o lado comercial tratado *com o maior cuidado*.

Gyoko quase desmaiou de alívio. Presumira que Toranaga ia destruí-los antes de partir para a guerra, ou taxá-la de modo exorbitante, porque descobrira que ela mentira sobre o Anjin-san e a senhora Toda, ou sobre o infeliz aborto de Kiku, que não fora por acaso, como ela relatara tão lacrimosamente um mês atrás, mas por cuidadosa indução, por insistência, junto com a submissa anuência de Kiku.

– Oh, senhor, quando quer o meu filho em Yokohama? Ele garantirá que seja o navio mais barato jamais construído.

– Não o quero barato. Quero que seja o melhor, pelo preço mais razoável. Ele será supervisor e responsável, subordinado ao Anjin-san.

– Senhor, tem a minha garantia, o meu futuro, as minhas esperanças de futuro, de que será como o senhor deseja.

– Se o navio for construído perfeitamente, da forma exata como o Anjin-san quer, dentro de seis meses a contar do primeiro dia farei o seu filho samurai.

Ela se curvou profundamente e por um momento não conseguiu falar.

– Por favor, perdoe uma pobre imbecil, senhor. Obrigada, obrigada.

– Ele tem que aprender tudo o que o Anjin-san sabe sobre a construção de navios, de modo que se possam construir outros depois que ele parta. *Né?*

– Será feito.

Ele mudou de assunto.

– Os talentos de Kiku-san merecem um futuro melhor do que apenas estar sozinha numa caixa, uma dentre muitas mulheres.

Gyoko levantou os olhos, de novo esperando pelo pior.

– Vai vender o contrato dela, senhor?

– Não, ela não deveria ser cortesã novamente ou mesmo uma das suas gueixas. Deveria estar numa família, uma senhora dentre poucas, muito poucas.

– Mas, senhor, se ela o vir, ainda que ocasionalmente, como poderia ter uma vida melhor em outro lugar?

Ele permitiu que ela o cumprimentasse, retribuiu, estendendo o cumprimento a Kiku, e disse:

– Francamente, Gyoko-san, estou gostando demais dela e não posso me permitir ser distraído. Ela é bonita demais para mim... perfeita demais... Por favor, desculpe-me, mas este deve ser outro dos nossos segredos.

– Concordo, senhor, claro, tudo o que desejar – disse Gyoko fervorosamente, ignorando tudo o que fora dito como mentiras, quebrando a cabeça à procura da verdadeira razão. – Se a pessoa pudesse ser alguém que Kiku conseguisse admirar, eu morreria contente.

– Mas apenas depois de ver o navio do Anjin-san navegando, no prazo de seis meses – disse ele secamente.

– Sim... oh, sim. – Gyoko moveu o leque, pois o sol estava quente agora, o ar úmido e abafado, tentando sondar por que Toranaga estava sendo generoso com elas duas, sabendo que o preço seria pesado, muito pesado. – Kiku-san ficará muito perturbada por deixar a sua casa.

– Sim, naturalmente. Acho que deveria haver alguma compensação pela obediência dela a mim, seu suserano. Deixe isso comigo e por enquanto não toque no assunto com ela.

– Sim, senhor. E quando deseja que o meu filho esteja em Yokohama?

– Você será informada antes de eu partir.

Ela se curvou e se afastou a trote. Toranaga foi nadar um pouco. Ao norte, o céu estava muito escuro e ele sabia que devia estar chovendo pesado por lá. Quando viu o pequeno grupo de cavaleiros vindo da direção de Yokohama, retornou.

Omi desmontou e desembrulhou a cabeça.

– O senhor Kashigi Yabu obedeceu, senhor, pouco antes do meio-dia. – A cabeça fora recentemente lavada, o cabelo penteado, e estava espetada na ponta de um pequeno pedestal, utilizado de hábito para esse exame.

Toranaga inspecionou o inimigo como já fizera 10 mil vezes na vida, perguntando a si mesmo, como sempre, como se pareceria a sua própria cabeça depois da morte, examinada pelo seu conquistador, e se demonstraria terror, agonia, raiva, horror, ou tudo isso junto ou nada disso. Ou dignidade. A máscara de morte de Yabu mostrava somente uma cólera frenética, os lábios repuxados para trás num desafio feroz.

– Ele morreu bem?

– O melhor que já vi, senhor. O senhor Hiromatsu disse o mesmo. Os dois cortes, depois um terceiro na garganta. Sem auxílio e sem ruído – acrescentou Omi. – Aqui está o seu testamento.

– Você decepou a cabeça com um único golpe?

– Sim, senhor. Pedi permissão ao Anjin-san para usar a espada do senhor Yabu.

– A Yoshitomo? A que eu dei a Yabu? Ele a deu ao Anjin-san?

– Sim, senhor. Eles conversaram por intermédio do Tsukku-san. Ele disse: "Anjin-san, dou-lhe isto para celebrar a sua chegada a Anjiro e como um agradecimento pelo prazer que o pequeno bárbaro me deu". De início o Anjin-san se recusou a aceitá-la, mas Yabu rogou-lhe que o fizesse e disse: "Nenhum desses comedores de esterco merece uma lâmina assim". O Anjin-san acabou concordando.

Curioso, pensou Toranaga. Eu esperava que Yabu desse a lâmina a Omi.

– Quais foram suas últimas instruções? – perguntou.

Omi contou-lhe. Com exatidão. Se não estivessem escritas no testamento, que fora dado publicamente à testemunha formal, Buntaro, Omi não as teria comunicado todas e, na realidade, teria inventado outras. Yabu tinha razão, pensou ele, furioso, lembrando-se de que devia ter sempre em mente que o pincel de escrita era um braço que se alongava da sepultura.

– Para honrar a bravura da morte do seu tio, devo respeitar os seus desejos de morte. Todos eles, sem alteração, *né*? – disse Toranaga, testando-o.

– Sim, senhor.

– Yuki!

– Sim, senhor – disse a criada.

– Traga chá, por favor.

Ela saiu correndo e Toranaga deixou a mente ponderar sobre as últimas vontades de Yabu. Eram todas muito sábias. Mizuno era um imbecil e totalmente no caminho de Omi. A mãe era uma megera velha, irritante e untuosa, também no caminho de Omi.

– Muito bem, desde que você concorde, estão confirmadas. Todas elas. E também desejo aprovar os desejos de morte do seu pai, antes de se tornarem finais.

Como recompensa pela sua devoção, designo-o comandante do Regimento de Mosquetes.

– Obrigado, senhor, mas não mereço essa honra – disse Omi, exultante.

– Naga será o segundo em comando. – Depois: – Você fica nomeado cabeça dos Kashigi e o seu novo feudo serão as terras fronteiriças a Izu, de Atami, a leste, a Numazu, a oeste, incluindo a capital, Mishima, com a renda anual de 30 mil *kokus*.

– Sim, senhor, obrigado. Por favor... não sei como agradecer-lhe. Não sou digno dessas honras.

– Faça por sê-lo, Omi-sama – disse Toranaga, afavelmente. – Tome posse do Castelo de Mishima de imediato. Parta de Yokohama hoje. Apresente-se ao senhor Sudara em Mishima. O Regimento de Mosquetes será enviado para Hakone e estará lá dentro de quatro dias. – Depois, em particular, apenas para conhecimento de Omi: – Estou mandando o Anjin-san de volta a Anjiro. Ele construirá um novo navio lá. Você passará o seu feudo atual a ele. Imediatamente.

– Sim, senhor. Posso dar-lhe a minha casa?

– Sim, pode – disse Toranaga, embora naturalmente um feudo contivesse tudo o que estivesse no local, casas, propriedade, camponeses, pescadores, botes. Os dois homens olharam quando a risada gorjeante de Kiku surgiu no ar e viram-na no pátio fazendo o jogo de atirar o leque com a criada, Suisen, cujo contrato Toranaga também comprara como presente de consolo pelo infeliz aborto de Kiku.

A adoração de Omi foi evidente, todos poderiam notá-la, por mais que tentasse ocultar, tão súbita e inesperada fora a aparição dela. Então viram-na olhar na direção deles. Um sorriso adorável espalhou-se pelo rosto dela, que acenou alegremente. Toranaga retribuiu e ela voltou ao jogo.

– É bonita, *né?*

Omi sentiu as orelhas queimando.

– Sim.

A princípio Toranaga comprara o contrato de Kiku para separá-la de Omi, porque ela era uma das fraquezas dele e claramente um prêmio, a ser dado ou recusado, até que Omi tivesse declarado e provado a sua real dedicação e ajudado ou não na eliminação de Yabu. E ele ajudara, miraculosamente, e provara isso mesmo muitas vezes. Investigar os criados fora sugestão de Omi. Muitas, se não todas, das excelentes ideias de Yabu provieram de Omi. Um mês antes Omi havia desvendado os detalhes da conspiração a fim de assassinar Naga e os outros oficiais marrons durante a batalha.

– Não há engano nisso, Omi-san? – perguntara ele quando Omi se apresentara secretamente a ele, em Mishima, enquanto ele esperava o resultado do desafio de Mariko.

– Não, senhor. Kiwami Matano, do Terceiro Regimento de Izu, está lá fora.

O oficial de Izu, um homem de meia-idade, bochechudo, atarracado, revelara a conspiração toda, dando as senhas e explicando como funcionaria o esquema.

– Eu não podia mais viver com a vergonha desse conhecimento, senhor. O senhor é o nosso suserano. Claro, para ser justo devo dizer que o plano era apenas para o caso de *ser necessário*. Imaginei que isso significasse a possibilidade de Yabu-sama resolver mudar de lado durante a batalha. Sinto muito, o senhor era o alvo principal depois de Naga-san. Depois o senhor Sudara.

– Quando foi dada a ordem para esse plano e quem está a par dele?

– Pouco depois de o regimento ser formado. Cinquenta e quatro de nós sabemos, dei todos os nomes por escrito a Omi-sama. O plano, de codinome "Ameixeira", foi confirmado pessoalmente por Kashigi Yabu-sama, antes de ele partir para Osaka a última vez.

– Obrigado. Cumprimento-o pela lealdade. Deve manter isso em segredo até que eu lhe diga. Depois receberá um feudo no valor de 5 mil *kokus*.

– Por favor, desculpe-me, não mereço nada, senhor. Imploro permissão para cometer *seppuku*, por ter guardado esse segredo vergonhoso tanto tempo.

– A permissão é recusada. Será conforme eu ordenei.

– Por favor, desculpe-me, não mereço essa recompensa. Pelo menos permita-me continuar como estou. Era o meu dever e não merece recompensa. Na realidade, eu deveria ser punido.

– Qual é a sua renda agora?

– Quatrocentos *kokus*, senhor. É suficiente.

– Considerarei o que você diz, Kiwami-san.

Depois que o oficial se fora, ele dissera:

– O que prometeu a ele, Omi-san?

– Nada, senhor. Ele me procurou espontaneamente ontem.

– Um homem honesto? Está me dizendo que ele é um homem honesto?

– Não sei nada sobre isso, senhor. Mas ele me procurou ontem, e eu corri para cá para lhe dizer.

– Então ele realmente será recompensado. Tal lealdade é mais importante do que qualquer outra coisa, *né*?

– Sim, senhor.

– Não diga nada sobre isso a ninguém.

Omi partira e Toranaga perguntara a si mesmo se Mizuno e ele não teriam forjado a conspiração para desacreditar Yabu. Imediatamente colocou os seus espiões para descobrirem a verdade. Mas a conspiração era autêntica e a queima do navio fora uma desculpa perfeita para eliminar os 53 traidores, todos eles colocados entre os guardas de Izu naquela noite. Kiwami Matano fora mandado para o norte, com um bom feudo, embora modesto.

– Com certeza esse Kiwami é o mais perigoso de todos – dissera a Sudara, o único a ser informado da trama.

— Sim. E será vigiado o resto da vida e nunca merecerá confiança. Mas geralmente o bem existe nas pessoas más e o mal nas pessoas boas. Deve-se escolher o bem e eliminar o mal, sem sacrificar o bom. *Não* há desperdício nos meus domínios para ser jogado fora levianamente.

Sim, pensou Toranaga, com grande satisfação. Você com certeza merece um prêmio, Omi.

— Ouça, Omi-san, a batalha começará em poucos dias. Você me serviu lealmente. No último campo de batalha, após a minha vitória, nomeá-lo-ei governador de Izu e farei novamente da linhagem Kashigi daimios hereditários.

— Sinto muito, senhor, por favor, desculpe-me, mas não mereço essa honra – disse Omi.

— Você é jovem mas promete muito, mais do que a sua idade deixaria supor. O seu avô era muito parecido com você, muito inteligente, mas não tinha paciência. – De novo o som da risada das senhoras e Toranaga observou Kiku, tentando resolver, sobre ela, o plano original agora posto de lado.

— Posso perguntar-lhe o que quer dizer com "paciência", senhor? – disse Omi, instintivamente sentindo que Toranaga desejava que a pergunta fosse feita.

Toranaga ainda olhava para a garota, entusiasmado com ela.

— Paciência quer dizer conter-se. Existem sete emoções, *né?* Alegria, ira, ansiedade, adoração, pesar, medo e ódio. Se um homem não cede a elas, é paciente. Eu não sou tão forte quanto poderia ser, mas sou paciente. Entende?

— Sim, senhor. Com toda a clareza.

— A paciência é muito necessária num líder.

— Sim.

— Aquela senhora, por exemplo. É uma distração para mim, bela demais, perfeita demais para mim. Sou simples demais para uma criatura tão rara. Por isso resolvi que ela pertence a outro lugar.

— Mas, senhor, mesmo como uma das suas damas menores... – Omi pronunciou a cortesia que os dois homens sabiam ser um fingimento, embora obrigatória, e o tempo todo rezava como nunca rezara antes, sabendo o que era possível, sabendo que nunca poderia pedir.

— Concordo totalmente – disse Toranaga. – Mas um grande talento merece sacrifício. – Ainda a observava jogando o leque, pegando o leque da criada de volta, a sua alegria contagiante. Então a vista das duas mulheres foi obscurecida pelos cavalos. Sinto muito, Kiku-san, pensou ele, mas tenho que passá-la adiante, instalá-la fora do meu alcance rapidamente. A verdade é que de fato estou gostando demais de você, embora Gyoko nunca acreditasse quando eu lhe disse a verdade, nem Omi, nem você mesma. – Kiku-san é digna de ter sua própria casa. Com seu próprio marido.

— Melhor ser consorte do samurai mais baixo do que esposa de um fazendeiro ou mercador, por mais rico que seja.

– Não concordo.

Para Omi, essas palavras encerraram o assunto. Karma, disse a si mesmo, o sofrimento dominando-o. Afaste a tristeza, imbecil. O seu suserano decidiu, portanto está encerrado. Midori é uma esposa perfeita. A sua mãe vai se tornar monja, portanto agora a sua casa terá harmonia.

Tanta tristeza hoje. E felicidade: futuro daimio de Izu, comandante do regimento, o Anjin-san será mantido em Anjiro, consequentemente o primeiro navio será construído em Izu – *no meu feudo*. Ponha de lado a sua tristeza. A vida é toda feita de tristeza. Kiku-san tem seu karma, eu o meu, Toranaga o dele, e o meu senhor Yabu mostra como é tolo preocupar-se sobre isto, aquilo ou qualquer coisa.

Omi levantou os olhos para Toranaga, a mente clara, tudo no respectivo compartimento:

– Por favor, desculpe-me, senhor, peço-lhe perdão. Eu não estava pensando com clareza.

– Pode saudá-la se desejar, antes de partir.

– Obrigado, senhor. – Omi envolveu a cabeça de Yabu. – Deseja que eu a enterre ou que a exiba?

– Espete-a numa lança, de frente para os destroços do navio.

– Sim, senhor.

– Qual foi o poema de morte dele?

Omi disse:

> *"O que são nuvens*
> *senão uma desculpa do céu?*
> *O que é a vida*
> *senão uma fuga da morte?"*

Toranaga sorriu.

– Interessante – disse.

Omi curvou-se, entregou a cabeça embrulhada a um de seus homens e dirigiu-se por entre cavalos e samurais até o pátio.

– Ah, senhora – disse ele, com uma formalidade gentil. – Estou muito satisfeito de vê-la bem e feliz.

– Estou com o meu senhor, Omi-san, e ele está forte e contente. Como poderia eu estar senão feliz?

– *Sayōnara*, senhora.

– *Sayōnara*, Omi-san. – Ela se curvou, consciente agora de um imenso caráter final que nunca percebera antes. Uma lágrima brotou e ela a secou e se curvou de novo, enquanto ele se afastava.

Observou o andar firme dele e teria chorado alto, o coração prestes a se romper, mas então, como sempre, ouviu na memória as palavras tantas vezes pronunciadas, faladas gentilmente, faladas sabiamente: "Por que chora, criança? Nós, do Mundo Flutuante, vivemos apenas para o momento, dando todo o nosso tempo aos prazeres das flores de cerejeira, da neve, das folhas de bordo, do chamado de um grilo, da beleza da lua, minguando, crescendo e renascendo, cantando as nossas canções e tomando chá e saquê, conhecendo perfumes e o toque das sedas, acariciando por prazer e devaneando, sempre devaneando. Escute, criança, nunca fique triste, sinta-se sempre vagando como um lírio na correnteza do rio da vida. Como você tem sorte, Kiku-chan, você é uma princesa do *Ukiyo*, do Mundo Flutuante, devaneie, viva o momento...".

Kiku secou uma segunda lágrima, uma última lágrima. Garota tola, chorando assim. Pare de chorar!, ordenou a si mesma. Você tem uma sorte inacreditável! É consorte do maior daimio, embora seja uma consorte menor, não oficial, mas o que importa isso? *Os seus filhos nascerão samurais*. Esse não é o presente mais inacreditável do mundo? O adivinho não predisse essa boa fortuna incrível, que era para não se acreditar nunca? Mas agora é verdade, *né?* Se você tem que chorar, há coisas mais importantes por que chorar. Sobre a semente crescendo no seu ventre, que o chá de gosto esquisito tirou de você. Mas por que chorar por isso? Ainda nem era uma criança, e quem era o pai? De verdade?

— Não sei, não com certeza, Gyoko-san, sinto muito, mas acho que é do meu senhor — dissera ela finalmente, desejando muito um filho dele para concretizar a promessa de samurai.

— Mas digamos que a criança nasça com olhos azuis e a pele clara? Poderia, *né?* Conte os dias.

— Contei e recontei, oh, como contei!

— Então seja honesta consigo mesma. Sinto muito, mas o futuro de nós duas depende agora de você. Tem muitos anos férteis pela frente. Está só com dezoito anos, criança, *né?* É melhor ter certeza, *né?*

Sim, pensou ela de novo, como a senhora é sábia, Gyoko-san, e como eu fui tola, estava enfeitiçada. Era apenas um começo, e como somos sensatos, nós, japoneses, em saber que uma criança não é uma criança propriamente dita até trinta dias após o nascimento, quando o espírito se assenta no corpo e o seu karma se torna inexorável. Oh, como tenho sorte, e quero um filho, outro e outro, e nunca uma filha. Coitadas das meninas! Ó deuses, abençoem o adivinho e obrigada, obrigada pelo meu karma, por eu ser favorecida pelo grande daimio, por meus filhos serem samurais e, oh, por favor, façam-me digna de tanta maravilha...

— O que é, ama? — perguntou a pequena Suisen, amedrontada com a alegria que parecia brotar de Kiku.

Kiku suspirou, contente.

— Eu estava pensando no adivinho, no meu senhor, no meu karma, apenas devaneando, devaneando...

Avançou pelo pátio, protegendo-se com a sombrinha escarlate, à procura de Toranaga. Ele estava quase escondido pelos cavalos e samurais e falcões no pátio, mas ela conseguiu vê-lo ainda na varanda, tomando chá agora, Fujiko curvando-se à sua frente de novo. Logo será a minha vez, pensou ela. Talvez esta noite possamos começar uma nova criança. Oh, por favor... Então, extremamente feliz, voltou ao jogo.

Fora dos portões, Omi montou e partiu a galope com os seus guardas, cada vez mais depressa, a velocidade revigorando-o, limpando-o, o pungente cheiro de suor do seu cavalo agradando-lhe. Não se voltou para olhar para ela, porque não havia necessidade. Sabia que abandonara toda a paixão da vida e tudo o que adorara aos pés dela. Tinha certeza de que nunca conheceria a paixão novamente, o êxtase de união espiritual que incandescia homem e mulher. Mas isso não lhe desagradou. Pelo contrário, pensou ele, com uma claridade gélida recém-descoberta, abençoo Toranaga por me libertar dessa servidão. Agora nada me prende. Nem pai, nem mãe, nem Kiku. Agora também posso ser paciente. Tenho 21 anos, sou quase daimio de Izu e tenho um mundo a conquistar.

— Sim, senhor? — estava dizendo Fujiko.

— Você irá diretamente daqui para Anjiro. Resolvi trocar o feudo do Anjin-san, Yokohama, por Anjiro. Vinte *ris* em cada direção a partir da aldeia, com uma renda anual de 4 mil *kokus*. Você ficará com a casa de Omi-san.

— Permita-me agradecer-lhe em nome dele, senhor. Sinto muito, estou entendendo que ele ainda não sabe disso?

— Não. Vou dizer-lhe hoje. Ordenei-lhe que construísse outro navio, Fujiko-san, para substituir o que se perdeu, e Anjiro será um estaleiro perfeito, muito melhor que Yokohama. Combinei com a mulher Gyoko para que o filho mais velho dela seja supervisor comercial para o Anjin-san, e todos os materiais e artesãos serão pagos pela minha tesouraria. Você terá que ajudá-lo a estabelecer alguma forma de administração.

— Oh, senhor — disse ela imediatamente, preocupada. — O tempo que me sobra com o Anjin-san será tão curto.

— Sim. Terei que encontrar outra consorte para ele. Ou esposa, *né?*

Fujiko levantou a cabeça, os olhos estreitando-se. E disse:

— Por favor, como posso ajudar?

— Quem seria a sua sugestão? — disse Toranaga. — Quero que o Anjin-san fique contente. Homens contentes trabalham melhor.

— Sim — Fujiko procurou na mente. Quem poderia ser comparada a Mariko-san? Então ela sorriu: — Senhor, a atual mulher de Omi-san, Midori-san. A mãe dele odeia a nora, como sabe, e quer que Omi se divorcie. Peço desculpa, os seus modos foram espantosamente ruins ao falar do assunto na minha frente. Midori-san é uma senhora tão amável e, oh, tão inteligente.

– Você acha que Omi quer se divorciar? – Outra peça do quebra-cabeça que se encaixa no lugar.

– Oh, não, senhor, tenho certeza de que não. Que homem realmente deseja obedecer à mãe? Mas essa é a nossa lei, por isso ele deveria ter se divorciado na primeira vez em que os pais mencionaram isso, *né?* Ainda que a sua mãe tenha um temperamento péssimo, com certeza ela sabe o que é melhor para ele, claro. Sinto muito, tenho que ser sincera, já que este assunto é muito importante. Claro que não tenho a intenção de ofender, senhor, mas o dever filial é um dos pontos básicos da nossa lei.

– Concordo – disse Toranaga, enquanto considerava essa nova ideia afortunada. – Será que o Anjin-san vai considerar Midori-san uma boa sugestão?

– Não, senhor, se ordenar o casamento. Mas, me desculpe, não haverá necessidade de dar essa ordem a ele.

– Oh!

– O senhor precisa apenas pensar numa maneira de fazê-lo pensar ele próprio nessa hipótese. Essa seria a melhor maneira. Em relação a Omi-san, o senhor precisará apenas dar uma ordem.

– Claro que a senhora aprova a escolha de Midori-san, certo?

– Oh, sim. Ela tem dezessete anos, o seu filho é saudável, ela é de boa linhagem samurai, portanto daria belos filhos ao Anjin-san. Suponho que os pais de Omi insistirão para que Midori entregue o filho a Omi-san, mas, se não o fizerem, o Anjin-san poderia adotá-lo. Sei que o meu amo gosta dela, porque Mariko-sama contou-me que o provocava com ela. Ela é de ótima linhagem samurai, muito prudente, muito inteligente. Oh, sim, ele estaria muito seguro com ela. Além disso, os seus pais estão mortos, portanto não haveria ressentimento por parte deles quanto ao casamento dela com um... com o Anjin-san.

Toranaga brincou com a ideia. Eu, certamente, tenho que manter Omi desnorteado, disse a si mesmo. O jovem Omi pode se tornar um estorvo para o meu lado, com toda a facilidade. Bem, não terei que fazer nada para que Midori se divorcie. O pai de Omi certamente terá as últimas vontades definidas antes de cometer *seppuku*, e a esposa insistirá, com certeza, em que a última coisa mais importante que ele faça neste mundo seja casar o filho corretamente. Então Midori estará divorciada dentro de poucos dias, de qualquer modo. Sim, ela daria uma ótima esposa.

– Além dela, Fujiko-san, que tal Kiku, Kiku-san?

Fujiko deixou cair o queixo, de pasmo.

– Oh, sinto muito, senhor, vai abandoná-la?

– Talvez. Bem?

– Eu teria pensado que Kiku-san seria uma perfeita consorte não oficial, senhor. É brilhante e maravilhosa. Mas embora eu entenda que ela seria uma distração enorme para um homem comum, levaria anos até que o Anjin-san fosse capaz de apreciar a qualidade rara do seu canto, da sua dança ou do seu espírito. Como esposa? – perguntou ela, com a ênfase suficiente para indicar total desaprovação. – As damas do Mundo do Salgueiro geralmente não são educadas do mesmo modo que... que as outras, senhor. Os seus talentos repousam em outro lugar. Ser responsável pelas finanças e os negócios da casa de um samurai é diferente do Mundo do Salgueiro.

– Ela poderia aprender?

Fujiko hesitou um longo momento.

– O ideal para o Anjin-san seria Midori-san como esposa, Kiku-san como consorte.

– Será que elas poderiam aprender a viver com as, hã, atitudes *diferentes* dele?

– Midori-san é samurai, senhor. Seria dever dela. O senhor lhe ordenaria. Kiku-san também.

– Mas não o Anjin-san?

– O senhor o conhece melhor do que eu. Mas em coisas de "travesseiro", hã... seria melhor que ele, bem, pensasse nisso sozinho.

– Toda Mariko-sama teria dado uma esposa perfeita para ele. *Né?*

– Essa ideia é extraordinária, senhor – replicou Fujiko, sem piscar. – Certamente, ambos tinham um enorme respeito mútuo.

– Sim – disse ele secamente. – Bem, obrigado, Fujiko-san. Considerarei o que você disse. Ele estará em Anjiro dentro de uns dez dias.

– Obrigada, senhor. Se eu puder sugerir, o porto de Ito e a nascente de Yokose deveriam ser incluídos no feudo do Anjin-san.

– Por quê?

– Ito só para o caso de Anjiro não ser grande o bastante. Talvez sejam necessárias carreiras de lançamento maiores, para um navio tão grande. Talvez estivessem disponíveis lá. Yokose porqu...

– Estão?

– Sim, senhor. E...

– Você esteve lá?

– Não, senhor. Mas o Anjin-san se interessa pelo mar. O senhor também. Era meu dever tentar aprender sobre navios e navegação, e, quando fomos informados de que o navio do Anjin-san tinha pegado fogo, perguntei a mim mesma se seria possível construir outro, e, se fosse, onde e como. Ito é a escolha perfeita, senhor. Será fácil manter os exércitos de Ishido à distância.

– E por que Yokose?

– Porque um *hatamoto* deve ter um lugar nas montanhas, onde o senhor possa ser recebido no estilo que tem o direito de esperar.

Toranaga observava-a atentamente. Fujiko parecia muito dócil e modesta, mas ele sabia que era tão inflexível quanto ele mesmo, e nem um pouco pronta a ceder em nenhum dos dois pontos, a menos que ele ordenasse.

– Concordo. E considerarei o que você disse sobre Midori-san e Kiku-san.

– Obrigada, senhor – disse ela com humildade, contente por haver cumprido o dever para com o amo e saldado seu débito com Mariko. Ito pelas carreiras e Yokose porque Mariko dissera que fora lá que o "amor" deles de fato começara.

– Tenho tanta sorte, Fujiko-chan – dissera-lhe Mariko em Edo. – A nossa viagem para cá trouxe-me mais alegria do que eu tenho o direito de esperar em vinte vidas.

– Imploro-lhe que o proteja em Ōsaka, Mariko-san. Sinto muito, ele não é como nós, não é civilizado como nós, pobre homem. O nirvana dele é a vida e não a morte.

Isso ainda é verdade, pensou Fujiko novamente, abençoando a memória de Mariko. Mariko salvara o Anjin-san, ninguém mais – não o Deus cristão ou quaisquer deuses, não o próprio Anjin-san, nem mesmo Toranaga, ninguém –, apenas Mariko, sozinha. Toda Mariko-no-Akechi Jinsai o salvara.

Antes de morrer, vou erigir um santuário em Yokose e deixarei um legado para outro em Ōsaka e outro em Edo. Será um dos meus desejos de morte, Toranaga-sama, prometeu ela a si mesma, olhando para ele pacientemente, animada pelas outras coisas agradáveis que ainda havia por fazer em nome do Anjin-san. Midori como esposa, sem dúvida, nunca Kiku como esposa, apenas como consorte e não necessariamente consorte-chefe, e o feudo aumentado até Shimoda, no extremo sul da costa de Izu.

– Deseja que eu parta imediatamente, senhor?

– Fique aqui esta noite, depois vá direto amanhã. Não via Yokohama.

– Sim. Compreendo. Desculpe, posso tomar posse do novo feudo do meu amo em seu nome, e de tudo o que contém, no momento em que eu chegar?

– Kawanabi-san lhe dará os documentos necessários antes que você parta. Agora, por favor, mande Kiku-san até mim.

Fujiko curvou-se e saiu.

Toranaga grunhiu. Uma pena que essa mulher vá pôr fim à vida. Ela é quase valiosa demais para se perder, e esperta demais. Ito e Yokose? Ito é compreensível. Por que Yokose? E o que mais ela tinha em mente?

Viu Kiku atravessando o pátio banhado de sol, os pezinhos em *tabis* brancos, quase dançando, tão doce e elegante com suas sedas, a sombrinha carmesim, o desejo de cada homem à vista dele. Ah, Kiku, pensou ele, não posso me permitir esse desejo, desculpe-me. Não posso me permitir ter você nesta vida, sinto muito. Você deveria ter continuado onde estava, no Mundo Flutuante, cortesã de primeira classe. Ou, até melhor, gueixa. Com que ideia ótima aquela velha megera me saiu! Então você estaria segura, propriedade de muitos, a adorada de muitos, o ponto central de suicídios trágicos e disputas violentas e encontros maravilhosos, adulada e temida, coberta de dinheiro, que você trataria com desdém, uma lenda – enquanto a sua beleza durasse. Mas agora? Agora não posso conservá-la, sinto muito. Qualquer samurai a quem eu a dê leva para casa uma faca de dois gumes: uma distração completa e a inveja de todos os outros homens. *Né?* Poucos concordariam em se casar com você, sinto muito, mas essa é a verdade, e este é um dia de verdades. Fujiko tinha razão. Você não foi educada para dirigir a casa de um samurai, sinto muito. Assim que a sua beleza se for... oh, a sua voz durará, criança, e o seu espírito, mas logo você será atirada ao monte de esterco do mundo. Sinto muito, mas isso também é verdade. Outra verdade é que as mais altas damas do Mundo Flutuante são conservadas no seu Mundo Flutuante para dirigir outras casas quando a idade se abate sobre elas, mesmo sobre as mais famosas, para chorar pelos amantes perdidos, pela juventude perdida em barris de saquê, aguado pelas suas lágrimas. As inferiores, quando muito, tornam-se esposas de um fazendeiro, um pescador, um mercador ou um rico vendedor ou artesão, de cuja vida você nasceu — a flor rara e inesperada que aparece na floresta por nenhuma outra razão senão karma, para florescer rapidamente e se extinguir rapidamente.

Tão triste, muito triste. Como lhe dou filhos samurais?

Conserve-a para o resto da vida, disse-lhe o seu coração secreto. Ela merece. Não se iluda como ilude aos outros. A verdade é que você poderia conservá-la facilmente, tirando-lhe um pouco, deixando-lhe muito, exatamente como à sua favorita, Tetsu-ko ou Kogo. Kiku não é exatamente como um falcão para você? Apreciada, sim, única, sim, mas apenas um falcão que você alimenta no punho, para lançar sobre uma presa e chamar de volta com um engodo, para, após uma estação ou duas, soltar a esmo e desaparecer para sempre? Não minta a si mesmo, isso é fatal. Por que não conservá-la? Ela é apenas um falcão, embora muito especial, de voo muito alto, muito bela de ver, mas nada mais, rara certamente, única certamente, e, oh, tão "travesseirável"...

— Por que ri? Por que está tão feliz, senhor?

— Porque você é uma alegria de se ver.

Blackthorne apoiou o próprio peso contra um dos três cabos grossos que estavam presos à quilha do navio.

— *Hipparuuuuuu!* — gritou. — *Puuuuuuuuxem!*

Havia cem samurais, só de tanga, puxando cada corda vigorosamente. Era de tarde agora, a maré estava baixa, e Blackthorne esperava poder deslocar o resto do navio e trazê-lo para a praia, para aproveitar tudo. Adaptara o primeiro plano quando descobrira, para júbilo seu, que todos os canhões tinham sido resgatados ao mar no dia seguinte ao holocausto e que estavam quase tão perfeitos quanto no dia em que haviam deixado a fundição perto de Chatham, no condado de Kent. Além disso, quase mil balas de canhão, correntes e muitas coisas de metal tinham sido recuperadas. A maior parte estava retorcida e esfolada, mas ele tinha o essencial de um navio, melhor do que sonhara possível.

– Maravilhoso, Naga-san! Maravilhoso! – cumprimentara-o ele, ao descobrir toda a extensão do que fora poupado.

– Oh, obrigado, Anjin-san. Tentei arduamente, sinto muito.

– Não se lamente mais. Tudo bem agora!

Sim, regozijou-se ele. Agora a *The Lady* pode ser um nadinha mais comprida e um nadinha mais larga, mas ainda será um galgo, para acabar com o inimigo.

Ah, Rodrigues, pensara ele, sem rancor, estou contente de que você esteja a salvo, este ano, e que haja outro homem para afundar no ano que vem. Se Ferreira for capitão-mor de novo, será um presente do céu, mas não vou contar com isso e estou contente que você esteja indo embora. Devo-lhe a vida e você foi um piloto formidável.

– *Hipparuuuuuuuu!* – gritou ele de novo, e os cabos estremeceram, o mar escorrendo deles como suor, mas o navio não se moveu.

Desde aquele amanhecer na praia, com Toranaga, a carta de Mariko nas mãos, os canhões descobertos logo depois, os dias deixaram de ter horas suficientes. Ele esboçara projetos iniciais, fizera e refizera listas, mudara os planos e muito cuidadosamente oferecera listas de homens e materiais necessários, não querendo que houvesse erro algum. E, quando o dia findava, ele trabalhava no dicionário noite adentro, para aprender as novas palavras de que precisaria para dizer aos artesãos o que desejava, para descobrir o que eles já tinham e o que já podiam fazer. Muitas vezes, em desespero, teve vontade de pedir ao padre que o ajudasse, mas sabia que não havia ajuda ali agora, que a sua inimizade estava inexoravelmente fixada.

Karma, disse ele sem mágoa para si mesmo, com pena do padre pelo seu fanatismo ilegítimo.

– *Hipparuuuuuu!*

Mais uma vez os samurais fizeram força contra a garra da areia e do mar, então começaram a entoar uma canção e puxaram em uníssono. O casco moveu-se um nada, eles redobraram os esforços e o resto do navio soltou-se com um estremecimento. Eles se esparramaram na areia. Levantaram-se, rindo, cumprimentando-se, e novamente se agarraram às cordas. Mas o navio estava firme de novo.

Blackthorne mostrou-lhes como levar as cordas para um lado, depois para outro, tentando soltar o navio para bombordo ou estibordo, mas estava tão fixo como se estivesse ancorado.

– Terei que colocar boias nele, depois a maré fará o trabalho e o erguerá – disse ele alto, em inglês.

– *Hai?* – disse Naga, desorientado.

– Ah, *gomen nasai*, Naga-san. – Por meio de sinais e desenhos na areia, explicou, amaldiçoando a sua falta de palavras, como fazer uma balsa e amarrá-la às costelas na maré baixa. Depois a maré alta faria flutuar o navio e eles poderiam puxá-lo para a praia e abicá-lo. Na outra maré baixa seria fácil lidar porque eles teriam colocado rolos de madeira onde apoiar o casco.

– *Ah, sō desu ka!* – disse Naga, impressionado. Quando explicou aos demais oficiais, eles também se admiraram muito, e os vassalos de Blackthorne se envaideceram com a importância que deduziram disso.

Blackthorne notou isso e apontou um dedo para um deles.

– Onde estão as suas maneiras?

– O quê? Oh, desculpe, senhor, por favor, desculpe-me por tê-lo ofendido.

– Hoje desculparei, amanhã não. Nade até o navio e desamarre esta corda.

O samurai *rōnin* tremeu e rolou os olhos nas órbitas.

– Sinto muito, senhor, não sei nadar.

Fez-se silêncio na praia e Blackthorne sabia que estavam todos esperando para ver o que aconteceria. Ficou furioso consigo mesmo, pois uma ordem era uma ordem e, involuntariamente, ele dera uma sentença de morte que desta vez não era merecida. Pensou um momento.

– As ordens de Toranaga-sama todos os homens aprender nadar. *Né?* Todos os meus vassalos nadam dentro de trinta dias. Melhor nadar em trinta dias. Você, na água, a primeira aula agora.

Receoso, o samurai começou a entrar no mar, sabendo que era um homem morto. Blackthorne juntou-se a ele e, quando a cabeça do homem afundou, puxou-o para cima, sem nenhuma delicadeza, e o fez nadar, deixando-o submergir, mas nunca perigosamente, até os destroços, o homem tossindo, tendo ânsias de vômito e prosseguindo. Depois puxou-o de volta à praia e a vinte metros dos baixios empurrou-o para a frente. "Nade!"

O homem fez isso como um gato semiafogado. Nunca mais ele se daria ares de importância na frente do amo. Os companheiros aplaudiram e os homens na praia rolaram de rir na areia, os que sabiam nadar.

– Muito bom, Anjin-san – disse Naga. – Muito sábio. – Riu de novo, depois disse: – Por favor, mandei homens buscar bambu. Para balsa, *né?* Amanhã tentar trazer tudo para cá.

– Obrigado.

– Puxar mais hoje?

– Não, não, obrigado... – Blackthorne parou e os seus olhos se turvaram. O padre Alvito estava em pé sobre uma duna, observando-os. – Não, obrigado, Naga-san. Acaba tudo por aqui hoje. Por favor, com licença um momento. – Foi pegar as roupas e as espadas, mas os seus homens lhe trouxeram tudo rapidamente. Sem pressa, vestiu-se e enfiou a espada no *obi*.

– Boa tarde – disse ele, aproximando-se de Alvito. O padre parecia abatido, mas havia cordialidade no seu rosto, como houvera antes da violenta discussão nos arredores de Mishima. A cautela de Blackthorne aumentou.

– Para o senhor também, capitão-piloto. Vou partir esta manhã. Só queria conversar um instante. Importa-se?

– Não, em absoluto.

– O que vai fazer, tentar pôr o casco a flutuar?

– Sim.

– Receio que isso não vá ajudar.

– Não tem importância. Vou tentar.

– Realmente acredita que pode construir outro navio?

– Oh, sim – disse Blackthorne, com paciência, perguntando a si mesmo o que Alvito teria em mente.

– Vai trazer o resto da sua tripulação para cá, para ajudá-lo?

– Não – disse Blackthorne, após um momento. – É melhor que fiquem em Edo. Quando o navio estiver quase acabado haverá muito tempo para trazê-los para cá.

– Eles vivem com *etas*, não?

– Sim.

– É essa a razão pela qual o senhor não os quer aqui?

– Uma delas.

– Não o censuro. Ouvi dizer que estão todos muito turbulentos e bêbados a maior parte do tempo. O senhor soube que, ao que consta, há uma semana mais ou menos houve uma pequena desordem entre eles e a casa se incendiou?

– Não. Alguém se feriu?

– Não. Mas só pela graça de Deus. Da próxima vez... Parece que um deles fez uma destilaria. É terrível o que a bebida faz a um homem.

– Sim. É uma pena o que aconteceu à casa deles. Construirão outra.

Alvito assentiu e olhou de novo para as costelas banhadas pelas ondas.

– Eu queria lhe dizer, antes de partir, que sei o que a perda de Mariko-san representa para o senhor. Fiquei extremamente entristecido com a sua história sobre Ōsaka, mas de certo modo exaltado. Compreendo o que significou o sacrifício dela... Ela lhe contou sobre o pai, toda aquela outra tragédia?

– Sim. Alguma coisa.

– Ah. Então o senhor também entende. Conheci Jū-san Kubō muito bem.

– O quê? Refere-se a Akechi Jinsai?

– Oh, desculpe, sim. É esse o nome pelo qual ele é conhecido agora. Mariko-sama não lhe contou?

– Não.

– O táicum, ironicamente, o apelidou assim: Jū-san Kubō, *o Shōgun dos Treze Dias*. A rebelião dele, ao condenar os seus homens ao grande *seppuku*, durou apenas treze dias. Era um homem excelente, mas odiava-nos, não porque éramos cristãos, mas porque éramos estrangeiros. Com frequência me perguntei se Mariko não se tornou cristã apenas para aprender os nossos procedimentos, a fim de nos destruir. Ele dizia frequentemente que eu tinha envenenado Goroda contra ele.

— Envenenou?

— Não.

— Como era ele?

— Um homem baixo, calvo, muito orgulhoso, um excelente general e um poeta de grande notoriedade. Muito triste terminar daquele jeito, todos os Akechi. E, agora, a última deles. Pobre Mariko... mas o que ela fez salvou Toranaga, se Deus assim o desejar. — Os dedos de Alvito tocaram o rosário. Após um momento, disse: — Além disso, piloto, antes de partir quero me desculpar por... bem, estou contente que o padre-inspetor estivesse lá para salvá-lo.

— Desculpa-se pelo meu navio, também?

— Não pelo *Erasmus*, porque não tive nada a ver com isso. Peço desculpas apenas por aqueles homens, Pesaro e o capitão-mor. Estou contente que o seu navio tenha sido destruído.

— *Shikata ga nai*, padre. Logo terei outro.

— Que tipo de embarcação tentará construir?

— Uma que seja grande e forte o suficiente.

— Para atacar o Navio Negro?

— Para navegar de volta à Inglaterra e me defender de qualquer um.

— Será um desperdício todo esse esforço.

— Haverá outro "ato de Deus"?

— Sim. Ou sabotagem.

— Se houver e o meu navio falhar, construo outro, e se esse falhar, outro. Vou construir um navio e quando voltar à Inglaterra vou pedir, emprestar, comprar ou roubar um navio corsário e então voltarei para cá.

— Sim. Eu sei. É por isso que nunca partirá. O senhor sabe demais, Anjin-san. Disse-lhe isso antes e digo de novo, mas sem maldade. De verdade. É um bravo homem, um excelente adversário, digno de respeito, eu o respeito, e deveria haver paz entre nós. Vamos nos ver muito um ao outro ao longo dos anos, se nós sobrevivermos à guerra.

— Será que vamos?

— Sim. O senhor está muito bom em japonês. Logo será o intérprete pessoal de Toranaga. Não deveríamos discutir, o senhor e eu. Receio que nossos destinos estejam interligados. Mariko-san também lhe disse isso? A mim disse.

— Não. Ela nunca disse. O que mais ela lhe disse?

— Rogou-me que fosse seu amigo, que o protegesse, se pudesse. Anjin-san, não vim aqui para espicaçá-lo ou para discutir, mas para pedir paz antes de partir.

— Aonde vai?

— Primeiro a Nagasaki, de navio, saindo de Mishima. Há negociações comerciais a concluir. Depois, para onde quer que Toranaga vá, onde quer que seja a batalha.

– Eles o deixarão comerciar livremente, apesar da guerra?

– Oh, sim. Eles precisam de nós, vença quem vencer. Com certeza podemos ser razoáveis e fazer a paz, o senhor e eu. Peço por causa de Mariko-sama.

Blackthorne não disse nada por um instante.

– Uma vez tivemos uma trégua, porque ela quis. Ofereço-lhe isso. Uma trégua, não uma paz, desde que o senhor concorde em não chegar a mais de cinquenta milhas do ponto onde estiver o meu estaleiro.

– Concordo, piloto, claro que concordo, mas o senhor não tem nada a recear de mim. Uma trégua, então, em memória dela. – Alvito estendeu a mão. – Obrigado.

Blackthorne apertou a mão com firmeza. Então Alvito disse:

– O funeral dela será logo, em Nagasaki. Deve ser na catedral. O padre-inspetor celebrará o serviço pessoalmente. Parte das suas cinzas serão sepultadas lá.

– Ela gostaria disso. – Blackthorne observou os destroços do navio um momento, depois olhou de novo para Alvito. – Uma coisa que eu... eu não mencionei a Toranaga: pouco antes de ela morrer, eu a abençoei como um padre faria e dei-lhe os últimos ritos do melhor modo que pude. Não havia mais ninguém e ela era católica. Não creio que tenha me ouvido, não sei se estava consciente. E repeti na cremação. Isso... isso seria a mesma coisa? Seria aceitável? Tentei fazê-lo diante de Deus, não o meu, nem o seu, mas Deus.

– Não, Anjin-san. Somos ensinados que não seria a mesma coisa. Mas dois dias antes de morrer ela pediu e recebeu a absolvição do padre-inspetor e foi santificada.

– Então... então ela sabia o tempo todo que tinha de morrer... Acontecesse o que acontecesse, ela se ofereceu ao sacrifício.

– Sim, Deus a abençoe e estime!

– Obrigado por me dizer – exclamou Blackthorne. – Eu... eu estive sempre preocupado que a minha intercessão não servisse, embora eu... Obrigado por me dizer.

– *Sayōnara*, Anjin-san – disse Alvito, oferecendo a mão de novo.

– *Sayōnara*, Tsukku-san. Por favor, acenda uma vela para ela... por mim.

– Farei isso.

Blackthorne apertou a mão e ficou olhando o padre se afastar, alto e forte, um adversário digno. Seremos sempre inimigos, pensou. Ambos sabemos disso, com trégua ou sem trégua. O que você diria se soubesse do plano de Toranaga e do meu plano? Nada além do que já ameaçou, *né?* Bom. Entendemos um ao outro. Uma trégua não fará mal algum. Mas não vamos nos ver tanto assim, Tsukku-san. Enquanto o meu navio estiver sendo construído, tomarei o seu lugar como intérprete, com Toranaga e os regentes, e logo você estará fora das negociações de comércio, mesmo enquanto os navios portugueses ainda carregarem a seda. E tudo isso também mudará. A minha frota será apenas o começo. Em dez anos, o Leão da Inglaterra dominará estes mares. Mas primeiro a *The Lady*, depois o resto...

Contente, Blackthorne voltou para junto de Naga e estabeleceu planos para o dia seguinte, depois subiu a vertente até a sua casa temporária, perto da de Toranaga. Lá comeu arroz e peixe cru desfiado que um dos seus cozinheiros preparara para ele e achou delicioso. Pegou um segundo prato e começou a rir.

– Senhor?

– Nada. – Mas mentalmente estava vendo Mariko e ouvindo-a dizer: "Oh, Anjin-san, um dia talvez até consigamos que o senhor goste de peixe cru e então o senhor estará a caminho do nirvana, o Lugar da Paz Perfeita".

Ah, Mariko, pensou ele, estou muito contente com a absolvição verdadeira. E agradeço-lhe.

Agradece o quê, Anjin-san?, ouviu-a dizer.

A vida, Mariko, minha querida. Vós...

Muitas vezes, durante o dia e a noite, ele conversava com ela mentalmente, revivendo partes da vida deles juntos e contando-lhe sobre hoje, sentindo a sua presença muito próxima, sempre tão próxima que uma ou duas vezes ele olhara por cima do ombro, esperando vê-la em pé, ali. Fiz isso esta manhã, Mariko, mas em vez de você era Buntaro, com Tsukku-san ao lado, ambos me fitando. Eu tinha a minha espada, mas ele estava com o grande arco nas mãos. Ah, meu amor, precisei de toda a minha coragem para me aproximar e cumprimentá-los formalmente. Você estava assistindo? Teria tido orgulho de mim, tão calmo e tão samurai e tão petrificado. Ele disse rigidamente, falando por intermédio do Tsukku-san:

– A senhora Kiritsubo e a senhora Sazuko me informaram de como o senhor protegeu a honra de minha esposa e a delas. Como o senhor a salvou da vergonha. E a elas. Agradeço-lhe, Anjin-san. Por favor, desculpe-me pelo meu desprezível desequilíbrio de antes. Peço desculpas e agradeço. – Então se curvou para mim e foi embora, e eu tive muita vontade de que você estivesse aqui, para saber que está tudo protegido e ninguém jamais saberá.

Muitas vezes Blackthorne olhara por cima do ombro, esperando vê-la ali, mas ela nunca estava e nunca estaria, e isso não o perturbava. Ela estaria com ele para sempre, sabendo que a amaria nos bons e nos maus tempos, até mesmo no inverno da sua vida. Ela estaria sempre presente nos seus sonhos. E agora esses sonhos eram bons, muito bons. E misturados com ela estavam esboços, planos, a escultura da figura de proa e as velas, e como fazer a quilha, e como construir o navio, e depois, que alegria, a forma final da *The Lady* a toda vela, enfunada por um impetuoso vento sudoeste, subindo canal acima, o freio entre os dentes, adriças rangendo, botalós estirados numa manobra de bombordo e depois: "Todas as velas, *ho!* Joanetes, velas mestras, sobrejoanetes!", soltando as cordas, dando-lhe mais pano, o canhoneio das velas com o navio tomando outra posição e "Conservem o rumo!", cada partícula de lona respondendo ao seu grito, e depois, finalmente, encorpada, uma dama de beleza inestimável virando a bombordo, perto de Beachy Head, chegando a Londres...

Toranaga subiu a elevação perto do acampamento, a sua comitiva agrupada ao seu redor. Trazia Kogo sobre a luva, havia caçado ao longo da costa e agora se dirigia para as colinas acima da aldeia. Ainda restavam duas horas de sol e ele não queria desperdiçá-las, não sabendo quando teria tempo para caçar outra vez.

Hoje foi um dia dedicado a mim, pensou ele. Amanhã irei à guerra, mas hoje foi para pôr a minha casa em ordem, fingindo que o Kantō estava seguro e Izu estava seguro, e, assim, a minha sucessão – e que viverei para ver outro inverno e, na primavera, novamente caçar por lazer. Ah, hoje foi muito bom.

Matara duas vezes com Tetsu-ko e a ave voara como num sonho, nunca estivera tão perfeita, nem mesmo quando caçara com Naga, perto de Anjiro – aquele belo mergulho, de não se esquecer nunca, para pegar aquele astuto galo velho. Hoje ela pegara um grou com várias vezes o seu tamanho e voltara à isca perfeitamente. Um faisão fora apontado pelos cães e ele lançara o falcão para a posição circulante no ar. Depois o faisão fora levantado e o "eleva-se, sobe e cai" começara, para durar para sempre, mas terminar num abate lindo. Mais uma vez Tetsu-ko voltara à isca e se alimentara, orgulhosamente, sobre o punho.

Agora estava à procura de uma lebre. Ocorrera-lhe que o Anjin-san gostaria de carne. Assim, em vez de dar o dia por encerrado, satisfeito, Toranaga decidira caçar comida. Apertou o passo, não querendo falhar.

Os seus batedores na dianteira passaram pelo acampamento, subiram a estrada coleante até o cume e ele se sentia extremamente contente com o dia que tivera.

O seu olhar crítico varreu o acampamento, procurando perigos, e não descobriu nenhum. Pôde ver homens em treinamento de armas – todo o treinamento e tiroteio do regimento estava proibido enquanto Tsukku-san se encontrasse por perto – e isso lhe agradou. A um lado, cintilando ao sol, estavam os vinte canhões que haviam sido salvos com tanto cuidado, e ele notou que Blackthorne estava sentado de pernas cruzadas no chão ali perto, concentrado numa mesa baixa, sentado, agora, como qualquer pessoa normal se sentaria. Adiante via os restos do navio. Notou que ainda não saíra do lugar e perguntou a si próprio como o Anjin-san o traria para a praia se não pudesse ser puxado.

Porque, Anjin-san, você o trará para a praia, disse Toranaga para si mesmo, com toda a certeza.

Oh, sim. E construirá o seu navio e eu o destruirei como destruí o outro, ou o entregarei. Outro agrado para os cristãos, que são mais importantes para mim do que os seus navios, meu amigo, sinto muito, e do que os outros navios esperando no seu país. Os seus compatriotas os trarão para mim, e o tratado com a sua rainha. Não você. Preciso de você aqui.

Quando o momento for oportuno, Anjin-san, eu lhe contarei por que tive de queimar o seu navio, e então você não se importará, porque outras coisas o estarão ocupando e entenderá que o que eu lhe disse era igualmente verdade: era o seu navio ou a sua vida. Escolhi a sua vida. Foi correto, *né?* Então riremos sobre o "ato de Deus", você e eu. Oh, foi fácil designar um turno especial de homens de confiança a bordo, com instruções secretas de espalhar pólvora com abundância na noite escolhida, depois de dizer a Naga – no momento em que Omi sussurrara sobre a conspiração de Yabu – que refizesse a escalação, de modo que a patrulha da praia e o vigia de convés fossem apenas homens de Izu, particularmente os 53 traidores. Depois, um único ninja saído da escuridão com uma pederneira e o seu navio se tornou uma tocha. Claro que nem Omi nem Naga jamais estiveram a par da sabotagem.

Sinto muito, mas foi necessário, Anjin-san. Salvei-lhe a vida, que você desejava acima do seu navio. Cinquenta vezes ou mais já tive que considerar a possibilidade de entregar a sua vida, mas até o momento consegui dar um jeito de evitar isso. Espero continuar a fazê-lo. Por quê? Este é um dia para dizer todas as verdades, *né?* A resposta é que você me faz rir e eu preciso de um amigo. Não me atrevo a fazer amigos entre a minha própria gente ou entre os portugueses. Sim, cochicharei isso num poço ao meio-dia, mas só quando tiver certeza de estar sozinho: preciso de um amigo. E também do seu conhecimento. Mariko-sama estava certa de novo. Antes de você partir, quero saber tudo o que você sabe. Eu lhe disse que nós dois tínhamos muito tempo, você e eu.

Quero saber como navegar em torno do mundo e entender como uma pequena ilha pode derrotar um império imenso. Talvez a resposta se aplicasse a nós e à China, *né?* Oh, sim, o táicum estava certo em algumas coisas.

Na primeira vez que o vi, eu disse: "Não há desculpa para rebelião". E você disse: "Há uma: se se vence!". Ah, Anjin-san, afeiçoei-me a você naquele momento. Concordo. Está tudo certo se se vence.

Estupidez fracassar. Imperdoável.

Você não fracassará e estará seguro e feliz no seu grande feudo de Anjiro, onde Mura, o pescador, o protegerá dos cristãos e continuará a lhes fornecer informações falsas, conforme eu determine. Que ingenuidade do Tsukku-san acreditar que algum dos meus homens, ainda que cristão, roubaria os seus portulanos e os daria secretamente aos padres, sem o meu conhecimento ou a minha orientação. Ah, Mura, você tem sido fiel há trinta anos ou mais, logo receberá a sua recompensa! O que diriam os padres se soubessem que o seu verdadeiro nome é Akira Tonomoto, samurai – espião sob a minha orientação, assim como pescador, chefe de aldeia e cristão! Eles peidariam pó, *né?*

Por isso não se preocupe, Anjin-san, eu estou me preocupando quanto ao seu futuro. Está em boas e fortes mãos e, ah, que futuro planejei para você!

– Devo ser consorte do bárbaro? Oh! Oh! Oh! – gemera Kiku.

– Sim, dentro de um mês. Fujiko-san formalmente concordou. – Mais uma vez contara a verdade a Kiku e a Gyoko pacientemente. – E mil *kokus* por ano após o nascimento do primeiro filho do Anjin-san.

– Hein, mil... o que o senhor disse?

Ele repetira a promessa e acrescentara com suavidade:

– Afinal de contas, samurai é samurai, e duas espadas são duas espadas, e os filhos dele serão samurais. Ele é *hatamoto*, um dos meus vassalos mais importantes, almirante de todos os meus navios, um conselheiro pessoal íntimo, até um amigo. *Né?*

– Sinto muito, mas, senhor...

– *Primeiro* você será consorte dele.

– Desculpe, primeiro, senhor?

– Talvez você devesse ser a sua esposa. Fujiko-san disse-me que não deseja se casar nunca mais, mas acho que ele deve se casar. Por que não com você? Se você lhe agradar o suficiente, e imagino que possa, e, ainda, se o mantiver construindo o navio... *Né?* Sim, acho que você deve ser esposa dele.

– Oh sim, oh sim, oh sim! – Ela atirara os braços em torno do pescoço dele e o abençoara e pedira desculpas pela impulsiva falta de modos, interrompendo e não escutando com submissão, e o deixara, caminhando quatro passos acima do solo, quando um momento antes estivera prestes a se atirar do penhasco mais próximo.

Ah, mulheres, pensou Toranaga, confuso e muito contente. Agora ela tem tudo o que deseja, assim como Gyoko – se o navio for construído em tempo, e será –, assim como os padres, assim como...

– Senhor! – Um dos caçadores estava apontando para uma moita ao lado da estrada. Ele freou e preparou Kogo, afrouxando os pioses que prendiam a ave ao seu punho.

– Já – ordenou ele suavemente. Soltaram o cão.

A lebre irrompeu dos arbustos, correndo à procura de proteção, e nesse instante Toranaga soltou Kogo. Com batidas de asas imensamente potentes, a ave se lançou em perseguição, direto como uma seta, passando à frente do animal em pânico. Adiante, cem passos do outro lado da ondulação do terreno, havia um matagal espinhoso, e a lebre disparou em zigue-zague, a uma velocidade frenética, rumando para a segurança. Kogo fechou a brecha, cortando as extremidades, investindo sempre mais perto, a alguns pés do solo. Então postou-se acima da presa, atacou, a lebre chiou, levantou-se nas patas traseiras e voltou em disparada; Kogo, ainda em perseguição, chiou de raiva porque errara. A lebre rodopiou de novo numa arremetida final para um abrigo e chiou quando Kogo atacou outra vez, fincou firme as garras no pescoço e na cabeça da lebre e se agarrou sem medo, fechando as asas, sem se importar com as frenéticas contorções e volteios do animal, enquanto sem esforço o milhafre lhe quebrava o pescoço. Um último chio. Kogo largou a presa e lançou-se no ar por um instante, sacudiu as penas arrepiadas de volta ao lugar com um estremecimento violento, depois pousou de novo sobre o corpo quente, contorcendo-se, as garras mais uma vez no aperto mortal. Então, e só então, soltou o seu guincho de vitória e sibilou de prazer com a matança. Os seus olhos fitavam Toranaga.

Toranaga aproximou-se a trote e desmontou, oferecendo o engodo. Obediente, o milhafre abandonou a presa e então, como Toranaga habilmente escondera o engodo, pousou sobre a luva esticada. Os dedos do daimio seguraram os pioses e ele pôde sentir o aperto das garras, através do couro reforçado com aço, ao redor de seu indicador.

– Iiiiih, foi muito bem-feito, minha beleza – disse ele, recompensando a ave com um pedaço, uma parte da orelha da lebre que um batedor cortara para ele. – Pronto, empanturre-se com isto, mas não demais, você ainda tem trabalho a fazer.

Sorrindo, o batedor levantou a lebre.

– Amo! Deve ter três, quatro vezes o peso dela. O melhor que vimos há semanas, *né*?

– Sim. Mande-a para o acampamento, para o Anjin-san. – Toranaga subiu na sela de novo e acenou aos outros que prosseguissem à caça.

Sim, o abate foi muito bem executado, mas não teve nada da excitação do de um *peregrinus*. Um milhafre é apenas o que é, uma ave de cozinheiro, um matador, nascido para matar toda e qualquer coisa que se mova. É como você, Anjin-san, *né*?

Sim, você é um gavião de asas curtas. Ah, mas Mariko era um *peregrinus*. Lembrou-se dela com muita clareza e sentiu uma vontade imensa de que não tivesse sido necessário que ela fosse a Ōsaka e para o Vazio. Mas era, disse para si mesmo, pacientemente. Os reféns tinham que ser libertados. Não os meus parentes, mas todos os outros. Agora tenho mais cinquenta aliados secretamente comprometidos comigo. A sua coragem e a coragem e o autossacrifício da senhora Etsu os trouxeram e a todos os Maeda para o meu lado, e, com eles, toda a costa ocidental. Ishido tinha que ser atraído para fora do seu covil inexpugnável, os regentes divididos, e Ochiba e Kiyama trazidos, domados, para o meu punho. Você fez tudo isso e mais: deu-me tempo. Apenas o tempo monta armadilhas e produz engodos.

Ah, Mariko-chan, quem teria pensado que um nadinha de mulher como você, filha de Jū-san Kubō, meu velho rival, o arquitraidor Akechi Jinsai, poderia fazer tanto e descarregar uma vingança tamanha, tão lindamente e com tanta dignidade, contra o táicum, inimigo e assassino do seu pai? Um único mergulho apavorante, como Tetsu-ko, e você matou todas as suas presas, que são as minhas.

Muito triste que você não exista mais. Lealdade assim merece favor especial.

Toranaga estava no topo agora. Parou e chamou Tetsu-ko. O falcoeiro ficou com Kogo e Toranaga acariciou o *peregrinus* encapuzado sobre o punho uma última vez, depois removeu-lhe o capuz e lançou-o ao céu. Observou a espiral ascendente, sempre ascendente, que a ave fazia, procurando uma presa que ele não mais lhe apontaria como isca. A liberdade de Tetsu-ko é o meu presente a você, Mariko-san, disse ele ao espírito dela, observando o falcão circular cada vez mais alto. Para honrar a sua lealdade a mim e a sua devoção filial à nossa regra mais importante: que um filho respeitoso, ou filha, não pode descansar sob o mesmo céu enquanto o assassino de seu pai estiver vivo.

– Ah, muito sábio, senhor – disse o falcoeiro.

– Hein?

– Soltar Tetsu-ko, libertá-la. Da última vez que o senhor a soltou, pensei que ela nunca mais voltaria, mas não tinha certeza. Ah, senhor, é o maior falcoeiro do reino, o melhor, para saber, para ter certeza de quando devolvê-la ao céu.

Toranaga permitiu-se fazer uma carranca. O falcoeiro empalideceu, sem entender por quê, rapidamente ofereceu Kogo de novo e recuou às pressas.

Sim, o momento de Tetsu-ko chegara, pensou Toranaga irritado, mas ainda assim foi um presente simbólico ao espírito de Mariko e à qualidade da sua vingança.

Sim. Mas e quanto a todos os filhos de todos os homens que você matou?

Ah, isso é diferente, aqueles mereceram morrer, todos eles, respondeu ele a si mesmo. Assim você sempre se acautela contra quem avança até o raio de uma seta – isso é prudência normal. A observação agradou a Toranaga e ele resolveu acrescentá-la ao Legado.

Semicerrou os olhos para o céu mais uma vez e viu o falcão, que já não era seu. Era uma criatura de imensa beleza lá em cima, além de todas as cóleras, elevando-se sem esforço. Então alguma força fora do alcance visual de Toranaga a tomou, fez a ave girar para norte, e ela desapareceu.

– Ah, Tetsu-ko, obrigado. Faça muitas filhas – disse ele, e voltou a atenção para a terra aqui embaixo.

A aldeia apresentava-se nítida ao sol poente, o Anjin-san ainda estava à sua mesa, samurais treinando, fumaça elevando-se das cozinhas. Do outro lado da baía, a vinte *ris* mais ou menos, ficava Edo. Quarenta *ris* a sudoeste, Anjiro. Duzentas e noventa *ris* a oeste, Ōsaka, e trinta *ris* ao norte, depois de Ōsaka, Kyōto.

É lá que deve ser a batalha principal, pensou ele. Perto da capital. Ao norte, contornando Gifu ou Ōgaki ou Hashima, transversalmente sobre a Nakasendō, a Grande Estrada Norte. Talvez onde a estrada dobra para o sul, para a capital, perto da pequena aldeia de Sekigahara, nas montanhas. Em algum lugar por ali. Oh, eu estaria a salvo durante anos atrás das minhas montanhas, mas esta é a chance pela qual esperei: a jugular de Ishido está desprotegida.

A minha investida principal será ao longo da estrada norte e não pela Tōkaidō, a estrada costeira, embora daqui até lá eu vá fingir mudar de ideia cinquenta vezes. O meu irmão cavalgará comigo. Oh, sim, acho que Zataki se convencerá de que Ishido o traiu com Kiyama. O meu irmão não é tolo. E manterei o meu voto solene de dar-lhe Ochiba. Durante a batalha, Kiyama mudará de lado, acho que mudará de lado, e quando o fizer, se fizer, cairá em cima do seu odiado rival, Onoshi. Esse será o sinal para as armas de fogo atacarem, eu enrolarei os flancos dos exércitos deles e vencerei. Oh, sim, vencerei, porque Ochiba, prudentemente, nunca deixará o herdeiro se pôr em campo contra mim. Sabe que, se o fizesse, eu seria forçado a matá-lo, sinto muito.

Toranaga começou secretamente a sorrir. No momento em que tiver vencido, darei a Kiyama todas as terras de Onoshi e o convidarei a designar Saruji seu herdeiro. No momento em que eu for presidente do novo Conselho de Regentes, apresentaremos a proposta de Zataki à senhora Ochiba, que ficará tão enraivecida com a impertinência dele que, para aplacar a primeira dama da terra do herdeiro, os regentes lamentavelmente terão que convidar o meu irmão a partir para o Vazio. Quem deverá tomar o seu lugar como regente? Kashigi Omi. Kiyama será a presa de Omi... sim, isso é sábio, e muito fácil, porque com certeza, nessa altura, Kiyama, senhor de todos os cristãos, estará ostentando a sua religião, que ainda é contra a nossa lei. Os éditos de expulsão do táicum ainda são legais, *né?* Sem dúvida Omi e os outros dirão: "Voto para que os éditos sejam invocados". E, uma vez que Kiyama se tenha ido, nunca mais deverá haver um regente cristão, e pacientemente o nosso arrocho se reforçará sobre o estúpido mas perigoso dogma estrangeiro que é uma ameaça à Terra dos Deuses, que sempre ameaçou a nossa *wa*... e que, portanto, deve ser destruído. Nós, regentes, encorajaremos os compatriotas do Anjin-san a tomar o comércio português. Tão logo seja possível, os regentes ordenarão que todo o comércio e todos os estrangeiros se confinem a Nagasaki, a uma parte minúscula de Nagasaki, sob uma guarda muito séria. E fecharemos o país a eles para sempre... a eles, às suas armas e aos seus venenos.

Tantas coisas maravilhosas a fazer, depois que eu tiver vencido, se eu vencer, quando eu vencer. Somos um povo muito previsível.

Será uma idade áurea. Ochiba e o herdeiro majestosamente instalarão a corte em Ōsaka e, de vez em quando, nós nos curvaremos diante deles e continuaremos a governar em seu nome, do lado de fora do Castelo de Ōsaka. Dentro de três anos, mais ou menos, o Filho do Céu me convidará a dissolver o conselho e a me tornar shōgun pelo resto da menoridade do meu sobrinho. Os regentes me pressionarão a aceitar e, relutante, aceitarei. Depois de um ano ou dois, sem cerimônia, renunciarei em favor de Sudara, conservarei o poder como sempre e ficarei de olhos firmes no Castelo de Ōsaka. Continuarei a esperar pacientemente e um dia aqueles usurpadores lá dentro cometerão um engano e desaparecerão e de algum modo o Castelo de Ōsaka desaparecerá, apenas outro sonho dentro de um sonho, e o verdadeiro prêmio do Grande Jogo que começou assim que eu pude pensar, que se tornou possível no momento em que o táicum morreu, o verdadeiro prêmio será conquistado: o shogunato.

É por isso que venho lutando e planejando a vida toda. Eu, sozinho, sou o herdeiro do reino. Serei shōgun. E darei início a uma dinastia.

É tudo possível agora, por causa de Mariko-san e do bárbaro estrangeiro que veio do mar oriental.

Mariko-san, era seu karma morrer gloriosamente e viver para sempre. Anjin-san, meu amigo, é seu karma não deixar nunca esta terra. O meu é ser shōgun.

Kogo, o milhafre, esvoaçou sobre o seu pulso e se acomodou, observando-o. Toranaga sorriu para a ave. Não escolhi ser o que sou. É o meu karma.

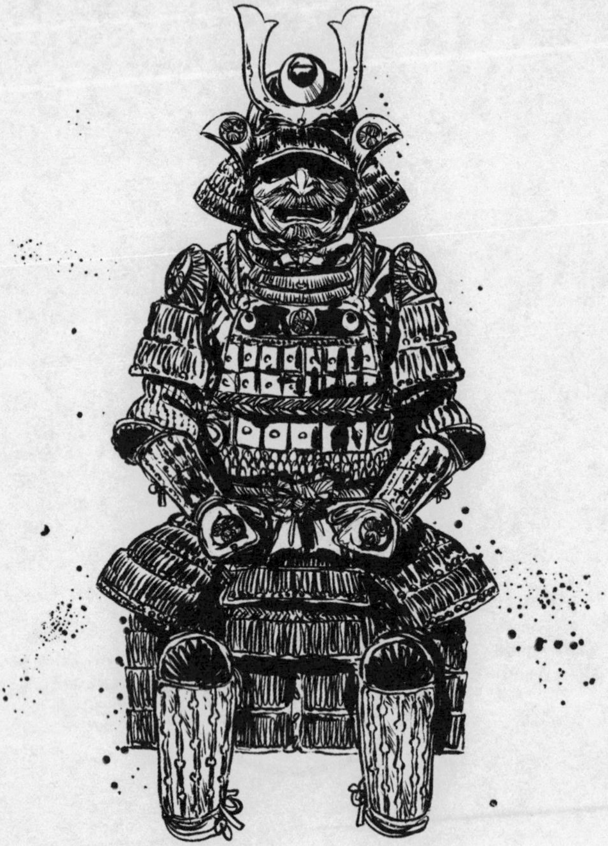

Naquele ano, ao amanhecer do vigésimo primeiro dia do décimo mês, o Mês sem Deuses, os exércitos principais se chocaram. Foi nas montanhas perto de Sekigahara, cortando a estrada norte, o tempo péssimo – neblina, depois granizo. Pelo fim da tarde, Toranaga havia vencido a batalha e o massacre começou. Quarenta mil cabeças rolaram.

Três dias depois, Ishido foi capturado vivo. Cordialmente, Toranaga lembrou-lhe a profecia e mandou-o a ferros para Ōsaka, para exibição pública, ordenando aos etas que plantassem firmemente os pés do senhor general Ishido na terra, deixando apenas a cabeça de fora, e que convidassem os passantes a serrar o pescoço mais famoso do reino com uma serra de bambu. Ishido durou três dias e morreu muito velho.

GLOSSÁRIO

- P. 23

Goshujin-sama, gokibun wa ikaga desu ka? (御主人様、ご気分は如何ですか？) – "Caro senhor, como está se sentindo?". "Shujin" significa "senhor" (literalmente, "pessoa principal").

- P. 28

Daimio (大名 - Daimyō) – "Senhor feudal", como está no romance. Literalmente, "Grande Nome". De uma maneira aproximada, um senhor feudal que controla um grande território no Japão na época.

- P. 29

Nanigoto da? (何事だ？) – "O que está acontecendo?".

- P. 30

Onushi ittai doko kara kita no da? Doko no kuni no mono da? (お主一体何処から来たのだ？何処の国の者だ？) – "De onde você veio? De qual país você é?". "Onushi" é um jeito antigo de se referir à pessoa à sua frente. "Kuni" significa "país". No contexto da época, seria o feudo ou a região do Japão. Dentro deste livro, seria a província.

Wakarimasu ka? (わかりますか？) – "Compreende?". "Wakarimasu", que é a resposta que o padre Sebastião dá ao samurai, significa "Compreendo".

- P. 31

Ikinasai (行きなさい) – "Vá".

- P. 32

Hōtte oke! (放っておけ！) – "Deixe como está!".
Nan no yō da? (何の用だ？) – "O que quer?", literalmente, "Qual o seu propósito?".
Wakarimasen (わかりません) – "Não compreendo".
Kirishitan (キリシタン ou 切支丹) – "Cristão". Era uma pronúncia que os japoneses costumavam usar na época para "cristão".

- P. 33

Ah, naruhodo! Kinjiru! (あっ、なるほど！禁じる！) – "Ah, sim! Proíbo!". "Kinjiru" significa, literalmente, "proibir".

- P. 41

Konbanwa (こんばんは) – "Boa noite".

Hai? (はい?) - "Sim?"
Shimashō! (しましょう!) - "Vamos fazer!"

- P. 42

Nanda? (何だ?) - "O quê?".
Namae (名前) - "Nome".

- P. 47

Jūjutsu (柔術, tem várias formas de escrita) - literalmente, "técnica suave", indica técnicas de combate corporal, notadamente desarmado. O jūjutsu também recebe muitas outras denominações conforme a escola/estilo, sendo técnicas que séculos depois permitiram o surgimento do Judô e, posteriormente, do BJJ (Brazilian Jiu-Jitsu).
Eta (穢多) - classe social frequentemente agrupada com os hinin (非人). Existem diversas nuances nessa classificação, por existirem grupos bastante distintos dentro dessa classe.
Shōji (障子) - painel feito de madeira e papel, muito usado para portas de correr.

- P. 52

Ano mono wa nani wo mōshite oru! (あの者は何を申しておる!) - "O que aquele homem está a dizer?!"

- P. 65

Os Cinco Regentes são baseados no arranjo Cinco Anciãos - Cinco Magistrados, que governavam o Japão como regentes após a morte de Toyotomi Hideyoshi (o Táicum Nakamura, neste romance), até a maioridade de Toyotomi Hideyori (Nakamura Yaemon). Os Cinco Anciãos eram Tokugawa Ieyasu (Yoshi Toranaga), Maeda Toshiie (Sugiyama), posteriormente Maeda Toshinaga, Mōri Terumoto, Ukita Hideie e Kobayakawa Takakage, posteriormente Uesugi Kagekatsu. Na vida real, Ishida Mitsunari (Ishido Kazunari) era parte dos Cinco Magistrados, juntamente com Asano Nagamasa, Maeda Gen'i, Masuda Nagamori e Nagatsuka Masaie, que comandavam o governo junto com os Cinco Regentes. As Oito Províncias de Kantō sob o controle de Tokugawa/Toranaga eram Musashi, Sagami, Shimousa, Kazusa, Kōzuke, Shimotsuke, Hitachi e Awa.

- P. 66

Clãs Minowara, Fujimoto e Takashima são referências, respectivamente, aos clãs Minamoto, Fujiwara e Taira.

- P. 68

Mestre-espadeiro Murasama é uma referência ao mestre forjador Muramasa (Sengo Muramasa).

- P. 76

Isoge! (急げ!) - "Apresse-se!"

- P. 83

Futon (布団) - como está no romance, são cobertores bem espessos usados no Japão. O cobertor de baixo serve para acolchoar, enquanto que o de cima serve como o cobertor propriamente dito.

- P. 85

O sistema de koku ("Kokudaka" - 石高) era baseada na capacidade produtora do lugar. Como está no romance, a base era a capacidade produtora de arroz, fazendo-se a conversão de todos os demais produtos, agrícolas, fluviais ou marinhos, para o arroz, de forma a estimar o valor da terra (imóvel). Um pouco diferente do que está no romance, no Japão real um koku apontava a quantidade de arroz (para ser mais exato, arroz integral) para alimentar uma pessoa durante um ano.

- P. 91

Obi (帯) é literalmente a faixa que é usada, entre outras finalidades, para amarrar o quimono e deixá-lo firme no lugar. No romance, também é referida como cinto.

- P. 103

Okiro (起きろ) - "Levante-se". Dependendo do contexto, também pode ser usado como "acorde".

- P. 104

Anjin (按針) - "Piloto" no sentido náutico do termo, como está no romance. Literalmente, "verificar/refletir sobre a agulha".

- P. 105

Ri (里) - equivalente a uma milha japonesa. A medida efetiva variava conforme a época - no período em que se passa o romance, variava mais ou menos entre 550 e 650 metros.
Hatamoto (旗本) - literalmente, "base da bandeira". Indica os guerreiros mais leais, pois estes portavam o estandarte do senhor feudal. Posteriormente, passou a ser uma classe social dentre a casta dos guerreiros (samurai/bushi).

- P. 106

Oku-san (奥さん) - "senhora do fundo". O termo vem do fato das dependências cotidianas/domésticas dos samurais serem chamadas de "Oku", "fundo", na época. Hoje em dia, usado para se referir à esposa dos outros.

- P. 116

Konnichi wa (こんにちは) - cumprimento que geralmente era usado como "boa tarde", mas recentemente é mais usado como um "olá".

- P. 117

Codpiece - Peça de roupa que cobre os orgãos genitais masculinos.

- P. 124

Ikimashō ka (行きましょうか) – "Vamos?".

Ikimashō (行きましょう) – "Vamos".

Ima (今) – "Agora".

- P. 125

Ichiban (一番) – "Primeiro lugar".

- P. 130

Gomen nasai (ごめんなさい) – "Desculpe". Literalmente, "Que me escusem".

- P. 153

Arigatō gozaimashita (ありがとうございました) – "Muito obrigado(a)". Tirando algumas exceções, a língua japonesa não tem gênero. Apenas a título de curiosidade, existe uma lenda urbana de que a palavra "arigatō" teria vindo do português "obrigado". Na realidade, hoje há um entendimento de que essa palavra vem de um texto budista, na qual reforça-se de que existir ("aru") como ser humano neste mundo é muito raro/difícil ("katashi"), portanto nascer e viver como um ser humano é uma dádiva pela qual todos deveríamos ser muito gratos, daí a associação entre gratidão/agradecimento e o termo "aru"+"katashi"= "arigatō".

- P. 159

Tabi (足袋) são as meias japonesas. Na época em que se passa este romance, o tabi costumava ser feito de couro tingido de púrpura.

- P. 182

Teki (敵) – "Inimigo", como está no romance.

- P. 209

Minikui (醜い) – "Horrendo".

- P. 211

Iie (いいえ) – "Não".

Bateren (バテレン ou 伴天連) – uma forma dos japoneses chamarem um padre nessa época. É a adaptação para a língua japonesa da palavra "padre".

- P. 215

"Cango" é a palavra que os ocidentais usavam na época para Kago (駕籠), a liteira/palanquim japonês. A rigor, um carregador de "cango" era chamado de "cango-no-mono".

- P. 218

Dōmo, genki desu (どうも、元気です) – "Obrigado(a), estou bem".

Dōzo (どうぞ) - "Por favor", usado não no sentido de pedir por alguma coisa, mas no sentido de oferecer/ceder algo.

Mizu (水) - "Água".

- P. 223

"Gomen nasai, dōzo ga matsu" é uma frase sem sentido dita por Blackthorne. Foi mantida essa frase exatamente para caracterizar a sua falta de proficiência em língua japonesa. Uma forma de dizer o que ele gostaria é "Gomen nasai, sukoshi matte kudasai" (ごめんなさい、少し待ってください), que seria o "Sinto muito, por favor, espere" que o piloto quis transmitir.

"Gomen nasai, nihongo ga hanasemasen" (ごめんなさい、日本語が話せません) - "Desculpe, não falo japonês". Essa frase está correta em japonês e, por isso, o líder dos samurais pôde deduzir o que Blackthorne quis dizer com as suas frases.

- P. 226

Daijōbu (大丈夫) - como está no romance, significa "bem (tudo bem)", "sem problemas".

- P. 227

"Anjin-san wa Toranaga-sama no shūjin desu" (按針さんは虎長(虎永)様の囚人です) - "O senhor Anjin é prisioneiro do lorde Toranaga".

- P. 230

Cha-no-yu (茶の湯) - jeito popular de se referir à tradicional cerimônia do chá, cujo nome formal é Sadō, literalmente "Caminho do Chá". A cerimônia mais comum envolve o uso do matcha e era adotada pelos samurais. Posteriormente, surgiram outras cerimônias de chá para outros tipos de chá, sendo que o mais popular era o Senchadō, o "Caminho do Sencha", difundido entre os eruditos em literatura e poesia e que, ao invés do matcha, usa sencha, gyokuro e outros tipos de folhas de chá.

- P. 244

Bárbaros do Sul (ou bárbaros meridionais) - Nanban (南蛮), em japonês. Como diz o romance, era o termo frequentemente utilizado pelos japoneses para se referir aos europeus, notadamente aos portugueses. Esse termo pode ser visto ainda hoje de forma pontual, como por exemplo no "Nanbanzuke" - um prato japonês que seria uma adaptação local ao escabeche, introduzido na Terra do Sol Nascente pelos portugueses no século 16, ou seja, mais ou menos na época em que se passa este romance.

- P. 246

Nani ga hontō nano ka? (何が本当なのか?) - "O que é verdade?". Hontō (本当) em japonês, quer dizer "verdade".

- P. 259

Namu Amida Butsu (南無阿弥陀仏) - adaptação japonesa para o cântico "Namo Amitabha Buddha", originalmente do sânscrito "namo 'mitābhāya buddhāya".

- P. 282

Hiragana (ひらがな) - um dos dois alfabetos fonéticos usados na língua japonesa. O outro é o Katakana (カタカナ).

- P. 290

Sakazuki (盃) - literalmente, é o cálice para tomar saquê.
Iie, dōmo (いいえ、どうも) - "Não, obrigado".
Ima wa hara ga hette wa oranu (今は腹が減ってはおらぬ) - "Não está/estou com fome agora". Uma tradução mais literal seria, "agora não estou com a barriga vazia".

- P. 292

Dō itashimashite (どういたしまして) - "De nada" ou "Não há de quê", como está no romance.

- P. 295

Nan ja (何じゃ) - "O que é/foi?", dito de uma forma mais ríspida por uma pessoa já de uma certa idade, especialmente em romances de época.
Kare ni matsu yō ni (彼に待つように) - "(Diga a) ele para esperar". Literalmente, "que ele espere". Matsu (待つ) significa "esperar".
Gyoi (御意) - "Sim, senhor", em uma forma bastante usada por samurais. Hoje não é mais usado, salvo em situações muito específicas. Literalmente, "Vossa vontade".

- P. 296

Ah, sō desu ka? (あっ、そうですか？) - "Ah, é mesmo?"

- P. 309

Junshi (殉死) - como está no romance, é a morte (suicídio) seguindo a morte de uma outra pessoa.

- P. 333

"Pagai pois a César o que é de César". Esse trecho aparece em várias passagens do Novo Testamento. No caso, baseou-se em Mateus 22:21, na versão do Pe. João Ferreira de Almeida, de 1681.

- P. 346

Konbanwa, Anjin-san. Watashi wa ima Kapitan-san ja nai desu (こんばんは按針さん、私は今カピタンさんじゃないです) - "Boa noite, senhor Anjin. Agora eu não sou o Capitão". "Kapitan" é o jeito japonês usado à época para se referir a "capitão/capitán", uma adaptação da palavra original em português/espanhol.
Kare ga Kapitan-san desu! (彼がカピタンさんです！) - "Ele que é o Capitão!".

- P. 347

Keirei! (敬礼!) - "Saudação!". Nesse caso, naturalmente, uma saudação mais próxima da acepção militar do termo.

- P. 355

O assistente no ritual do seppuku se chama "Kaishaku" (介錯) ou "kaishaku-nin" (介錯人). A palavra "Kaishaku" tem originalmente o significado de "auxiliar para evitar falhas", por isso posteriormente passou a ser usado exclusivamente para a cerimônia do seppuku. Cabe ressaltar que o procedimento do seppuku varia bastante, não apenas de acordo com a situação e com a época. Existem estilos tradicionais de artes marciais japonesas que possuem diretrizes específicas para o seppuku.

- P. 394

Gomen kudasai (御免下さい) - "com licença". Literalmente, "Peço o seu perdão".

- P. 395

Matsu (待つ) - "aguardar/aguardo", no sentido de "esperar".

- P. 410

Sochi mo oyogitamō ka? (そちも泳ぎたもうか?) - "Você também gostaria de nadar?"

- P. 414

Taifū (台風) - "tufão", "furacão".

Kamikaze (神風) - literalmente, "Vento divino". Como está no romance, indica o furacão e as tempestades que ajudaram a frustrar a invasão mongol ao Japão. A conotação de ataque suicida veio apenas no final da Segunda Guerra Mundial, pelo fato do esquadrão suicida receber o nome de "Kamikaze".

- P. 424

Umu (ウム) - interjeição que tem uma nuance afirmativa. Seria como dizer "sim" de uma forma mais velada. No original, usa-se a expressão "Oh ko", que não possui significado em japonês, por isso foi alterado para que um personagem japonês use palavras compatíveis com a sua origem.

- P. 425

Os nomes e respectivos significados dos personagens que estão com Mura: Uo (魚) - "peixe" e Ninjin (人参) - "cenoura".

- P. 427

Jigai (自害) - seria o equivalente ao suicídio. No original está como seppuku, mas foi ajustado pois, como está no próprio romance, as mulheres realizavam o ritual do suicídio perfurando a garganta e não rasgando o abdome, que seria o seppuku.

Wa (和) - literalmente, "harmonia". Em outros contextos, também pode indicar "Japão" ou "japonês(a)", pois faz referência a um nome antigo do Japão.

- P. 435

A vitória de Toranaga sobre Nakamura em Nagakude é uma referência à vitória das forças de Tokugawa Ieyasu (juntamente com as de Oda Nobukatsu) sobre Toyotomi Hideyoshi, na época ainda chamado de Hashiba Hideyoshi. Foi a batalha de Komaki-Nagakute, que aconteceu em 1584.

- P. 438

O deus Hachiman (八幡神) foi um deus (kami) prestigiado por muitos samurais e venerado por muitos clãs, inclusive os Minamoto ("Minowara", no romance).

- P. 439

Provavelmente a espada dada por Nakamura a Toranaga é uma referência à famosa katana Dōjigiri Yasutsuna, que foi de posse de Toyotomi Hideyoshi e posteriormente passou a fazer parte do acervo de Tokugawa Ieyasu. Hoje está no Museu Nacional de Tōkyō, sendo considerada um dos Tesouros Nacionais do Japão. Yasutsuna é o nome do mestre espadeiro e Dōjigiri significa literalmente, "Ceifador de Criança/Kumāra", em referência ao famoso episódio em que essa espada teria sido usada por Minamoto-no-Yorimitsu para combater o demônio Shuten-dōji.

- P. 444

Watashi no namae desu ka, Anjin-sama? (私の名前ですか、按針様？) - "(Deseja saber) O meu nome, senhor Anjin?"
Iie, gomen nasai! "San" wa nashi de, Anjin-sama. (いいえ、ごめんなさい！「さん」は無しで、按針様) - "Não, desculpe, sem "san", senhor Anjin". O "gomen nasai" foi mantido como no original, inclusive porque Blackthorne já ouviu essa expressão anteriormente. Dada a diferença hierárquica entre os dois personagens, o mínimo que Ueki-ya (literalmente, "Paisagista") deveria dizer seria "mōshiwake gozaimasen" que é uma forma bem mais polida de dizer "gomen nasai".

- P. 454

Ugoku na! Tomare! (動くな！止まれ！) - "Não se movam! Parem!"

- P. 455

A explicação de Mariko sobre os agradecimentos faz sentido no universo do livro, obviamente, mas não na vida real. Um samurai da época utilizaria termos como "Katajikenai" (かたじけない ou 忝い) para agradecer.

- P. 472

Onore! (おのれ！) - "Maldição!", em tradução livre.

- P. 481

Yabu-kō wa kiden no goshusseki wa kon-ya hitsuyō to senu to ōserareta（藪公は貴殿の御出席は今夜必要とせぬと仰せられた）- "O lorde Yabu afirmou que esta noite, a vossa presença não será necessária".

- P. 497

Ohayō, Anjin-sama, shitsurei itashimasu.（おはよう、按針様、失礼致します）- "Bom dia, senhor Anjin, com licença". Em japonês, o "com licença" não raro se diz como "shitsurei itashimasu", que significa, literalmente, "estou cometendo uma falta de respeito".

Ohayō, Fujiko-san, dōmo.（おはよう、ふじこさん、どうも）- "Bom dia, Fujiko-san, obrigado".

Ikaga desu ka?（如何ですか？）- "Como está?".

Okagesama de genki desu, Anjin-san.（お陰様で元気です、按針さん）- "Estou bem, Anjin-san". O "Okagesama de" traz também uma nuance de "Graças a você (estou bem".

Anata wa yoku nemutta ka?（貴女は良く眠ったか？）- "Você dormiu bem?"

Hai, Anjin-san, arigatō gozaimashita!（はい、按針さん、ありがとうございました！）– "Sim, Anjin-san, muito obrigada!"

Anata wa?（貴方は？）- "E você?"

Watashi wa yoku nemuru.（私は良く眠る）- "Eu durmo muito bem."

Watashi wa yoku nemutta.（私は良く眠った）- "Eu dormi bem."

Yoi! Taihen yoi!（良い！大変良い！）- "Bom! Muito bom!"

Nani mo.（何も）- "Nada".

A rigor, o tokonoma（床の間）pouco tem a ver com a alcova. É um espaço muito nobre dentro de um aposento para receber visitas. Originalmente uma influência budista, deixando estátuas ou pinturas budistas, depois passou a ser um lugar utilizado não só para adornar com pergaminhos, arranjos florais, cerâmicas ou peças laqueadas, mas também para demonstrar tanto o poderio do anfitrião quanto o respeito dado para o conviva.

- P. 526

Shikata ga nai（仕方がない）- "Não há o que fazer", "Paciência".

- P. 527

Nan de shō ka?（何でしょうか？）- "O que seria?"
Miro!（見ろ！）- "Veja!"

- P. 528

Kotoba shirimasen.（言葉知りません）- "Não sei palavras". Como se pode ver pela tradução, é um uso mais precário do idioma japonês.

Okuru tsukai arigatō Toranaga-sama（送る使いありがとう虎永（虎長）様）- "Enviar mensageiro obrigado Toranaga-sama". Como está no romance, é um mau japonês.

- P. 535

Yōkoso oide kudasareta（ようこそおいで下された）- "Seja bem-vindo", em um linguajar antiquado.

Kō wa jōzu ni hanaseru yō ni natta na（公は上手に話せる様になったな）- "O senhor está sendo capaz de falar bem". "Kō" (公) significa literalmente "nobre" e antigamente era usado como pronome pessoal para se indicar a pessoa com quem está falando.

Ah, sō desu ka! Dōmo.（ああ、そうですか！どうも）- "Ah, certo! Obrigado". A expressão "sō desu ka!" pode ser traduzida de diversas formas, mas costuma ser usada em um contexto de concordar ou reconhecer o que a pessoa está falando.

- P. 536

Blackthorne está se referindo ao famoso cerco de Malta, ocorrido em 1565. Os Cavaleiros de São João - a rigor, a Ordem dos Cavaleiros Hospitalários de São João de Jerusalém, é a Ordem de Malta ou os Cavaleiros Hospitalários.

- P. 537

Shokuji wa mada ka? Kyaku wa… sazo kūfuku de orō, né?（食事はまだか？客は・・・さぞ空腹でおろう）- "A refeição ainda não vai vir? O conviva… certamente deve estar faminto".

Ah, gomen nasai, hi ga kurete kara ni itashimasu.（ああ、ごめんなさい、日が暮れてからに致します）- "Ah, desculpe, será (servida) após o pôr-do-sol".

- P. 540

Hidari!（左！）- "Esquerda!". Se fosse da direita, teria sido "Migi!" (右！)

- P. 543

Ima!（今！）- "Agora!"

Nanitozo oyurushi wo.（何卒お許しを）- "Suplico pela sua permissão".

- P. 544

Shitsurei itashimasu.（失礼致します）- "Com sua licença".

- P. 545

Sumimasen, Anjin-san, anata mo suimin, né?（すみません、按針さん、貴方も睡眠、ね？）- "Desculpe, Anjin-san, você também dormir, né?"

Iie. Watashi oyogu ima.（いいえ。私、泳ぐ、今）- "Não. Eu nadar agora". Se fosse em japonês um pouco mais fluente, seria na linha de "Watashi wa ima kara oyogu" (私は今から泳ぐ)

- P. 547

O poema que Mariko está citando é uma referência a um poema que realmente consta do Kojiki, um dos primeiros textos compilados sobre a História do Japão. O significado (e a tradução) do poema foi naturalmente adaptado para os fins deste romance. A "Cerca Óctupla" se refere ao termo "Yaegaki" (八重垣) em japonês.

- P. 551

Hakkiri wakaranu ga shinpai suru koto wa nai. (はっきり分らぬが心配することはない) - "Não sei muito bem, mas não há do que se preocupar".

- P. 579

Tomodachi (友達) - "Amigo".

- P. 580

Wakarimasu. Nan desu kiji ka? (分かります。何です雉か?) - "Entendo. O que é o faisão é, por acaso?". Se fosse para dizer "e onde está o faisão?" em um japonês um pouco mais fluente, seria mais ou menos na linha de "Sore de kiji wa doko desu ka?" (それで雉はどこですか?).

Dō saremashita ka, Anjin-san? (どうされましたか、按針さん?) - "O que foi, Anjin-san?"

Dare toru desu ka? (誰取るですか?) - "Quem pegou é?". Se fosse para dizer "Quem o pegou?" em um japonês um pouco mais fluente, seria mais ou menos na linha de "Dare ga totta no desu ka?" (誰が取ったのですか?)

Yoi. Motte kuru Ueki-ya. (よい。持ってくる植木屋) - "Bom, Trazer Ueki-ya". Ressalta-se que "motte kuru", apesar de significar "trazer", é usado para trazer coisas e objetos, não pessoas. Se fosse para dizer "Traga Ueki-ya", seriam usados verbos como "Ueki-ya wo tsurete koi" (植木屋を連れてこい).

Ueki-ya wa shinimashita (植木屋は死にました) - "Ueki-ya morreu".

Ueki-ya ga shinda da to? Dono yō ni? Dōshite? Dono yō ni shinda no da? (植木屋が死んだだと?どのように?どうして?どのように死んだのだ?) - "Ueki-ya morreu? Como? Por quê? Como ele morreu?"

- P. 587

Matte (待って) - "Espere(m)". O idioma japonês não tem singular nem plural, via de regra. Portanto, "Matte" serve para uma ou mais pessoas esperarem.

- P. 591

Fujiko-san yoi ka? (ふじこさん良いか?) -"A senhora Fujiko bem?". Se fosse para dizer "A senhora Fujiko ficará bem?" em um japonês um pouco mais fluente, seria mais ou menos na linha de "Fujiko-san wa yoku naru no ka?" (ふじこさんは良くなるのか?)

- P. 593

Watakushi no yuya wa hakaisarete imasen. Otsukai ni narimasen ka? (私の湯屋は破壊されていません、お使いになりませんか?) -"minha casa de banho não foi destruída. Não quer usar?".

- P. 599

Kari ga aru (借りがある) - "ter uma dívida". "Karu" (借る) significa literalmente "tomar emprestado". Portanto, "Kari ga aru" significaria literalmente "ter um empréstimo (a ser devolvido)". Assim, é usado quando uma pessoa tem uma dívida com outra, não em termos financeiros, mas em termos de favor, gratidão e demais compromissos imateriais, sejam positivos ou negativos.

- P. 604

Hai, kawaii Tsukku-sama! (はい、可愛いツック様!) - "Sim, encantadora senhora Tsukku!". "Kawaii" (可愛い) tem o significado de ser "bonita", mas com uma nuance mais de "encantadora", "fofa", "meiga" e similares.

Mariko-san Tsukku-san yori kawaii desu! Yori kaori masu, né? (まりこさん、ツックさんより可愛いです!より香りますね) - "Mariko-san mais fofinha do que Tsukku-san! Mais perfumada, né!".

Wakō (倭寇) - como está no romance, piratas que atuavam nos mares do Extremo Oriente na época. Pessoas de diferentes nacionalidades e etnias atuavam como piratas na época, mas consistiam em sua maioria de chineses e japoneses.

- P. 614

Koban (小判) era das moedas usadas no Japão, como está no romance. Via de regra, era uma moeda elipsoidal achatada, feita de uma liga de ouro e de prata. Como a sua superfície era tratada quimicamente, a moeda reluzia como se fosse ouro. Koban era uma versão menor da Ōban (大判) e tinha o valor de face de 1 ryō (両), sendo uma quantia extremamente considerável para a época.

- P. 630

Harigata (張形) é o termo japonês para os consolos adultos, como está no romance. No Japão, a representação do falo masculino não remete apenas ao prazer carnal, mas simboliza também os votos para uma família numerosa e próspera, além de proteção contra o fogo, dependendo da região do país, entre outros possíveis significados. Ainda hoje existem templos no Japão que possuem representações fálicas como oferendas.

Konomi-shinju (好み真珠) - literalmente "Pérolas da preferência". No Japão da época, esses brinquedos adultos geralmente vinham como duas esferas separadas, sendo chamadas de "Rin-no-tama".

- P. 631

Himitsu-kawa (秘密皮) - literalmente "Pele do Segredo". Este tipo de acessório adulto também existia no Japão da época, mas tinha outros nomes, podendo ser chamados de "Rin-no-wa" ou "Namako-no-wa", dependendo do material e da forma como eram produzidos.

Hirō-gunbi (疲労軍備) - literalmente "equipamento militar do cansaço". Esse tipo de brinquedo adulto existia no Japão da época, mas tinha um outro nome, geralmente sendo chamado de "Yoroi-gata", "Forma de armadura". Posteriormente, ainda durante o Shogunato Tokugawa, saíram publicações com instruções de uso desses brinquedos adultos, obviamente(?) com ilustrações. A loja especializada em brinquedos adultos mais famosa era a "Yotsume-ya", a ponto de, em uma determinada época, ser sinônimo desse tipo de ramo de atividade, oferecendo uma grande variedade de produtos para os prazeres adultos.

- P. 648

As Termas de Shuzenji (修善寺温泉) são reais e uma das termas mais tradicionais do Japão, localizada em Izu, província de Shizuoka.

- P. 679

Gueixa (芸者 - Geisha) significa literalmente "pessoa da arte", como está no romance. Atualmente, essa palavra é utilizada basicamente para as mulheres descritas no texto, mas antigamente era usado em sentido bem mais amplo, em um sentido similar ao termo "artista" ou "especialista" em português.

- P. 730

Como está descrito no romance, a passagem de Hakone (箱根) era o trecho mais difícil desse trajeto. Mishima hoje é uma cidade da província de Shizuoka, a aproximadamente 20km ao norte da cidade de Izu. A partir de Mishima, rumando-se para oeste vai para a direção de Kyōto, enquanto que a leste vai para Tōkyō (nome atual de Edo). E, exatamente conforme está no romance, a noroeste de Mishima fica o famoso Monte Fuji.

- P. 735

Tanto chōgin (丁銀) quanto monme (匁) são termos usados em finanças da época. Enquanto "chōgin" indicava a moeda de prata em si, "monme" era uma medida de peso que, gradativamente, se tornou uma unidade financeira.

- P. 749

Kare wa watashi no ichi yūjin desu (彼は私の一友人です) - "Ele é um dos meus amigos".

- P. 760

Okashira, sukoshi no aida watakushi ua ikitai no desu. Watakushi no fune ga asoko ni arimasu. (お頭、少しの間私は行きたいのです。私の船があそこにあります。) - "Chefe, por um momento eu quero ir lá. O meu navio está lá". Essa frase do Blackthorne já mostra uma maior desenvoltura na língua japonesa.

- P. 778

Shukkō kanō（出航可能）- "possível de navegar".

- P. 797

Maa, suware. Odoroita. Hontō ni mata aete ureshii.（まあ、座れ。驚いた。本当にまた会えて嬉しい。）- "Bom, sente-se. Estou surpreso. Estou realmente feliz em nos encontrarmos novamente".

- P. 799

Onegai（お願い）- "Favor". Negai（願い）significa literalmente, "desejo", "pedido".
Omoidasu（思い出す）- "Lembrar".
Honbun（本分）não tem uma tradução simples. Esse termo significa o dever que a pessoa deveria cumprir, porque cumprir esse dever faz a pessoa ser o que ela realmente é. Com efeito, esse termo podia ser usado para esse sentimento de dever de um samurai.
Majutsu（魔術）- "Magia".

- P. 838

Anata wo ukeru desu（貴方を受けるです）- "Eu o recebo é". Se fosse para usar uma frase um pouco mais fluente em japonês, seria algo na linha de "Anata wo ukeiremasu"（貴方を受け入れます）.

- P. 848

Quinto ano de Keichō é o ano de 1600.

- P. 856

Yukkuri sei!（ゆっくりせい！）- "Devagar!", em um linguajar um pouco mais antigo.

- P. 880

Os Três Tesouros Sagrados são reais e, com efeito, são transmitidos quando o novo Imperador ascende ao Trono do Crisântemo, sendo a representação da sua linhagem e da sua importância. A Espada Sagrada se chama Ama-no-Murakumo-no-Tsurugi（天叢雲剣）ou Kusanagi-no-Tsurugi（草薙剣）, o Espelho se chama Yata-no-Kagami（八咫鏡）e a Joia se chama Yasakani-no-Magatama（八尺瓊勾玉）.
A passagem sobre o deus Ninigi-no-Mikoto（瓊瓊杵尊）e Jinmu Tennō（神武天皇）, o Imperador Jinmu, está de acordo com as tradições reais sobre a fundação do Japão. "Jinmu" é o nome que assumiu ao se tornar Imperador, sendo também chamado de Kan-Yamato-Iwarebiko-no-Sumera-Mikoto（神日本磐余彦天皇）.

- P. 886

Nichiren-shū（日蓮宗）é um dos ramos do budismo japonês.

- P. 924

Ohayō（おはよう）- "bom dia". Literalmente, "está (de pé) cedo".

- P. 999

Hara (腹) - "abdome". Dependendo do contexto, pode ter também a conotação de "verdadeira intenção".

- P. 1011

Bimi desu! (美味です！) - "Delicioso!". Literalmente, "belo sabor!"

- P. 1073

Yoshiwara (吉原) significa literalmente "Campo bom". A região foi de fato um lugar específico para os estabelecimentos das cortesãs e, ainda hoje, existem lojas desse ramo de atividade em Yoshiwara, Tōkyō.

- P. 1087

Hipparu (引っ張る) - "Puxar". "Puxem" seria "Hippare".

- P. 1089

Jū-san Kubō (十三公方) - "Shōgun Treze", em tradução literal. A palavra "Kubō" varia de significado conforme o contexto. No contexto da conversa entre Alvito e Blackthorne, significa "Shōgun".

- P. 1101

O décimo mês no antigo calendário japonês era de fato chamado de "Kannazuki" (神無月), o "Mês sem Deuses". A origem desse nome vem das antigas mitologias japonesas.

- Notas adicionais:

A grafia dos termos em japonês obedeceu ao método Hepburn.
Assim,
- todo "j" se pronuncia como "dj - ex: "Saruji" se pronuncia como "Sarudji".
- todo "s" se pronuncia como "s" mesmo no meio da palavra - ex: "gomen nasai" se pronuncia como "gomen nassai".
- todo "ch" se pronuncia como "tch" - ex: "Chikitada" se pronuncia como "Tchikitada".
- todo "w" se pronuncia com um som semelhante a "u" e não a "v", sendo a pronúncia de "w" em "water", em inglês.
- "ge" e "gi" se pronunciam, respectivamente, como "gue" e "gui". Ex: "Kashigi" se pronuncia como "Kashigui".
- todo "h" se pronuncia como o "r" aspirado.
- todo "r" se pronuncia como o "r" em "cara", "pura" e afins, mesmo quando está no começo da palavra.
- vogais com macron, ou seja, com um traço horizontal em cima, indicam que são prolongadas. Ex: "Honshū" se pronuncia como "Honshuu".

SOBRE O AUTOR

Os romances de James Clavell que compõem a mundialmente famosa *Saga da Ásia*, que inclui *Shōgun*, *Tai-Pan*, *Gai-Jin*, *Changi* - *King Rat*, *Noble House* - *A Casa Nobre* e *Whirlwind* – *Turbilhão*, se tornaram best-sellers aclamados por crítica e público e foram adaptados com grande sucesso em premiadas séries para a TV assim como para longas-metragens. Nascido na Austrália e educado na Inglaterra, James Clavell serviu o exército britânico durante a Segunda Guerra Mundial. Foi capturado e preso em Changi, localizado em Singapura, acontecimento esse que permearia toda as suas obras. O romancista também atuou como diretor e roteirista de filmes para o cinema. É dele a direção de clássicos como *Ao Mestre com Carinho* (1967) e *A Mosca da Cabeça Branca* (1958). Clavell faleceu em 1994.

A marca FSC® é a garantia que a madeira utilizada na fabricação do papel deste livro provém de florestas que foram gerenciadas de maneira ambientalmente correta, socialmente justa e economicamente viável, além de outras fontes de origem controlada.

FSC
www.fsc.org

MISTO
Papel | Apoiando
uma gestão florestal
responsável
FSC® C121203

1ª edição [2025]

Esta obra foi impressa pela gráfica Corprint sobre Pólen Natural 70g da Suzano S.A. para a Editora JBC em maio de 2025.

1ª edição 2016 | **1ª reimpressão** janeiro de 2019 | **Fonte** NewJohnstonBook
Papel Offset 75 g/m² | **Impressão e acabamento** Orgrafic